AF393181

Esra Groll

Drei Meter über Null

IMPRESSUM

Bibliografische Information der Deutschen Nationalbibliothek: Die Deutsche Nationalbibliothek verzeichnet diese Publikation in der Deutschen Nationalbibliografie; detaillierte bibliografische Daten sind im Internet über dnb.dnb.de abrufbar.

ISBN: 978-3-7597-6643-4

Lektorat: Melina Wendt, www.weltenzeilen.de
Covergestaltung: Constanze Kramer, coverboutique.de
Bildnachweise: ©Ulia Koltyrina,
©WideRangeVisuals – stock.adobe.com
freepik.com, rawpixel.com
©Olga Bolbot, shutterstock.com

Verlag: BoD • Books on Demand GmbH, In de Tarpen 42, 22848 Norderstedt
Druck: Libri Plureos GmbH, Friedensallee 273, 22763 Hamburg

Für Inhaltshinweise, sog. Content Notes, beachte bitte die folgende Seite im Buch.
Die Inhaltshinweise enthalten Spoiler für die Geschichte.

CONTENT NOTES

In diesem Buch werden Themen behandelt oder
erwähnt, wie: Panikattacken und deren Beschreibung,
generalisierte Angststörung und Angstgedanken,
Verlustangst, Erwähnung
vom Tod einer nahestehenden Person, sowie dadurch
eventuell entstandene Traumata, Depression.

Manchmal fühlen wir uns durch Geschichten
verstanden und gesehen. Wir können die oben genannten
Themen nachempfinden.
Wenn du aber feststellst, dass du dich damit unwohl
fühlst, empfehle ich dir, von dem Text Abstand zu nehmen.
Scheu dich nicht, Hilfe anzunehmen, wenn du sie
brauchst.

Telefonseelsorge Deutschland:
116 123
online.telefonseelsorge.de

PLAYLIST

Es ist dein Leben.
Dein Herz.
Dein Weg.
Immer.

Verfasser unbekannt

Für Tante Waltraud und für dich.
Denn du bist wichtig für jemanden.

SOMMERNACHT

Vor sechzehn Jahren

Wir lagen im sommertrockenen Gras.
Meine Hand in deiner.
Das Zirpen der Grillen so laut an meinem Ohr, dass ich mir
vorstellen konnte, nicht im kleinen Garten eines
Siedlungshauses auf der Wiese zu liegen, sondern auf
einem südlicheren Fleck der Erde.
Der Nachthimmel malte ein Bild aus glänzenden Punkten.
Kobaltblaue Tiefe über uns.
In der Ferne verwässert zum Lichtblau des nächtlichen
Sommers.
Deine Stimme in meinem Ohr.
Tiefer als die meines sechzehnjährigen Ichs.
»Ich verrate dir etwas ... Wusstest du, dass wir aus
Sternenstaub gemacht sind?«
Ich wünschte mir, alles, was du erzähltest, behalten zu
können.
Wirbelnde Nebel, verlorene Herzen, beflügelte Fantasie.
Aber alles, was ich behielt, war der tiefe, samtene Klang
von dir. Das Wispern zwischen den dunklen Hecken.
Und ich drückte deine Hand fester.
Damals blieb ein Stück von mir bei dir.
In der kobaltblauen Nacht, zwischen tiefhängenden
Brombeerzweigen und den letzten Sommernächten,
wurden wir zu Sternenstaub.

PROLOG

Felix

Als ich sechzehn war, fragte man mich, ob es nicht langweilig wäre, immer das gleiche Meer zu sehen. Den gleichen Strand. Die gleichen Leute. Jeden Sommer.

Vor Empörung blieb ich still. Wie so oft.

Offenbar wussten sie nicht viel über das Meer. Nie ist es gleich, immer in Bewegung. Jede kleinste Welle, wie wir Menschen. Unendlich, wie unsere Seelen.

Dennoch begrüßt es mich, als wären wir alte Bekannte. Lässt in mir das trügerische Gefühl von tiefem Verständnis und Vertrauen aufsteigen. Beruhigt mich beim ersten Anblick, aber kitzelt kurz darauf eine Sehnsucht frei und lässt mich klein zurück. Nicht etwa erhaben.

Irgendwo habe ich einmal gelesen, dass das Meer die anschauliche Gegenwart des Unendlichen ist und dass es nichts Furchtbareres gibt als die Unendlichkeit.

Und genau diese macht mir Angst.

KAPITEL 1

Januar

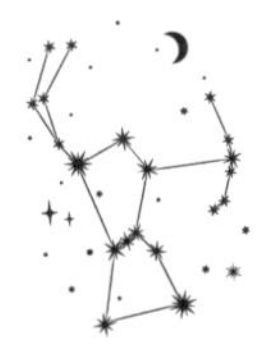

Felix

»Felix, kommst du?«

Gedämpft dringt Johannes' Stimme durch die angelehnte Schlafzimmertür, während ich mich bemühe, den letzten Knopf an meinem Hemdkragen zu schließen.

»Moment!«, rufe ich Richtung Flur und ärgere mich über die Dicke des Knopfes, der mir immer wieder durch die Finger gleitet. Warum noch mal habe ich das hellblau karierte Hemd rausgesucht? Ach ja, weil es laut Johannes angeblich gut zu meinen Augen passt.

Die Schlafzimmertür öffnet sich und Johannes' dunkelbrauner Haarschopf taucht auf. Er tritt ins Zimmer, sein amüsierter Blick begegnet mir im Spiegel. Das erdige Braun seiner Augen trifft auf mein verwaschenes Lichtblau. »Du wolltest in drei Minuten los, nicht ich.«

Ich verdrehe die Augen, und endlich rutscht der Knopf durch das Knopfloch. »Ja. Und du weißt warum. Ich finde nichts unangenehmer, als mich als einer der Letzten durch die besetzten Stuhlreihen zu schieben.«

Ein leises Seufzen von sich gebend, tritt er hinter mich. Wir sehen uns eine Weile im Spiegel an. Ich frage mich, was er in meinem Blick erkennt, denn mir fällt es schwer, seinen zu deuten. Schließlich greift er an mir vorbei zu seiner Jacke, die am Schlafzimmerschrank hängt.

»Wir haben doch feste Plätze, und so, wie ich dich kenne, sind wir selbst dann überpünktlich, wenn wir erst in zehn Minuten losfahren.« Ein Grinsen bildet sich auf seinen frischrasierten Wangen oberhalb des akkurat gestutzten kurzen Barts.

In meinem Nacken kribbelt es, energisch reibe ich mir darüber.

»Oder habe ich unrecht?«, setzt er hinterher.

Ich drehe mich vom Spiegel weg, hin zu ihm. Der sanfte, seifige Duft seines Aftershaves liegt in der Luft. Er hat recht, und obwohl mich das für eine Sekunde wurmt, weiß ich doch, es ist liebevoll gemeint.

»Außerdem kann ich mir kaum vorstellen, dass das Altonaer Theater an einem Dienstagabend ausverkauft ist.«

»Darum geht es nicht«, erwidere ich. Das mir nur allzu bekannte Gefühl, mich zu rechtfertigen, steigt in mir auf, wie ein übler Geschmack, den man nicht loswird.

Johannes beugt sich vor, und seine Lippen sind für einen Wimpernschlag lang auf meinen, rauben mir damit die nächsten Worte.

»Ich weiß«, sagt er und verschwindet daraufhin aus dem Schlafzimmer. »Du hast jetzt zwei Monate Entspannung vor dir. Mit zwei Wochen Tapetenwechsel von dem hier. Also, lass es uns heute ruhig angehen.«

Mein Blick streift unser Schlafzimmer. Die Fotos, die Sternenkarte an der Wand, die dunkle Holzkommode und den aus dem gleichen Holz gefertigten Stuhl, mit der schon lange abgegriffenen hellgrünen Sitzpolsterung. Mein grauer Wollpullover hängt über der Lehne, und für einen Moment ist der Gedanke verlockend, hineinzuschlüpfen. Die dunkle Nässe draußen vor der Tür zu ignorieren. Auf dem Sofa zu bleiben.

Der Theaterbesuch gehört zum Abschiedsgeschenk meines Teams. Sieben Jahre war ich Teil davon und noch immer fühlt es sich seltsam an, nicht einfach nach ein paar freien Tagen in das Gebäude mit dem vergangenen Charme der sechziger Jahre zurückzukehren.

Zwei Monate bis zum ersten Tag im neuen Job. So viel Zeit hatte ich noch nie zur Verfügung. Nicht mal nach dem Abi.

»Die Jungs meinten übrigens, die Stelle ist ein echter Glücksgriff, als ich erzählt habe, dass du ab März den neuen Job hast. Die Karriereleiter weiter nach oben.«

Aus dem Flur höre ich, wie die Ösen des Vorhangs von unserem Schuhregal über die Stange gleiten.

»Ja«, sage ich halblaut. Die Jungs. Seine Freundesclique.

»Was denn, ist doch so, oder? Ich bin echt froh, dass ich die Anzeige gesehen und dir geschickt habe und du dich durchgerungen hast.« Johannes rumort weiter im Flur herum.

Ich sage nichts mehr. Die Lust auf ein erneutes Gespräch über mein Sicherheitsbewusstsein und seine Zielstrebigkeit liegt bei minus fünfzig.

Zwei Monate schweben, zwischen Altem und Neuen.

Ein Funken Euphorie entzündet sich, als ich daran denke und die gepackte Reisetasche neben unserem Bett ansehe. Nur meine Sachen sind darin. Und ich freue mich auf das Stück Auszeit, die mich hoffentlich ablenkt von der Nervosität hier zu Hause.

Der Januar hat so plötzlich Einzug gehalten wie in jedem Jahr. Gerade noch habe ich dem bislang Gewohnten einen gebührenden Abschied gegeben, schon steht der Januar als Gast vor der Tür, und ich weiß, er bleibt länger, zwingt mich, mich mit dem neuen Jahr anzufreunden. Ob ich will oder nicht.

»So, ich bin fertig. Was ist jetzt?«

Ich schrecke aus meinen Gedanken und haste in den Flur, wo Johannes mit klimperndem Schlüssel auf mich wartet.

»Ja, lass uns los«, antworte ich.

***

Die S-Bahn ruckelt über die Gleise. In vom Fahrtwind verzerrten Perlen rinnt das Regenwasser über die Scheiben. Als wir in den Tunnel einfahren, ist ein kurzer Ruck zu spüren und der Luftdruck drückt die Nässe noch stärker nach hinten. Ich kann Johannes neben mir in der Spiegelung der Scheibe ausmachen, wie er den Monitor mit den nächsten Haltestellen studiert.

»Zwei Stationen noch«, informiert er mich und lockert seinen dicken Schal. Durch die Wärme in der überheizten Bahn beginnen die Fenster zu beschlagen. »Sag mal, wie ist euer Plan für die nächsten zwei Wochen?«

Ich warte ab, bis die Bahn an der folgenden Station hält. »Gute Frage. Morgen Nachmittag fahre ich los, und dann besprechen Marie und ich, wie das mit dem Renovieren ablaufen soll. Amir kommt erst am Donnerstag wieder. Ich denke, wir fangen aber schon mal an.«

Ich sehe Marie vor mir, meine älteste Freundin. Wie sie in dem kleinen Haus an der Ostseeküste herumwerkelt, welches sie und Amir vor fünf Jahren gekauft haben. Seitdem wird jedes Jahr eins der Zimmer renoviert. Und ich denke an Mara, Maries und Amirs Tochter – mit Maries wilden Locken und Amirs dunklen, großen Augen. Ihr Zimmer war als Erstes fertig. Vor fünf Jahren. Pünktlich zur Geburt.

»Aber ihr plant nicht, die ganzen zwei Wochen für das zweite Kinderzimmer zu brauchen, oder?«

Ich bedenke Johannes mit einem vorwurfsvollen Blick. Ich habe ihm mindestens zweimal erzählt, dass wir keine Grundrenovierung durchführen. »Marie ist chaotisch, und Planen ist ihrer Meinung nach etwas für Langweiler, aber wir müssen nur tapezieren und Möbel aufbauen. Also nein.«

Johannes sieht zur Haltestellenanzeige. »Hätte ich Zeit, um Urlaub zu nehmen, dann würde ich helfen. Du weißt doch, tapezieren läuft mir gut von der Hand.«

Er legt mir einen Arm um die Schultern. Ich erinnere mich lebhaft ans Tapezieren unseres Schlafzimmers vor sechs Jahren, als Johannes bei mir einzog. Sein Ausmessen hatte durchaus etwas Wissenschaftliches an sich.

»Nichts gegen Maries Renovierungskünste, jedoch lässt sie schon gerne mal Fünfe gerade sein, oder? Denk an die schiefen Gardinenhalterungen.« Er lacht, und eigentlich will ich mitlachen, aber ich ärgere mich darüber, dass es so klingt, als ob mit ihm die Renovierung eine andere Qualität hätte.

»Das war ganz am Anfang. Ich denke, mittlerweile haben beide genug Übung. Du kannst ja am Wochenende vorbeikommen und helfen.« Ich kann den Vorwurf in meiner Stimme nicht ganz zurückhalten.

Johannes schnalzt mit der Zunge. »Kein Grund eingeschnappt zu sein.« Er drückt mich flüchtig an sich. »Und du weißt doch, ich hab meinem Vater versprochen, vorbeizuschauen.« Die Bahn bremst ab und das Licht des Bahnsteigs kommt in Sicht.

Er zieht mich hoch. »Na los.« Ich halte mich an einer der Haltestangen fest, als die S-Bahn anhält. »Vielleicht komme ich das Wochenende danach vorbei. Ihr seid bestimmt schnell durch, und du hast Erholung an der See und Zeit mit Marie, bevor der zweite Zwerg da ist. Wann ist es so weit?«

Die Türen öffnen sich. Die muffige Bahnhofsluft schlägt mir entgegen, als wir aus dem Waggon treten.

»Im April«, antworte ich und schlängle mich neben Johannes durch die Menschentraube, die ungeduldig darauf wartet, einsteigen zu können.

Johannes greift nach meiner Hand. »Ich schaue, dass ich das Wochenende komme, damit wir wenigstens eine Auszeit für uns haben außerhalb unserer vier Wände.«

Wärme kriecht in mir hoch. Breitet sich aus wie die beruhigende Wirkung von Pfefferminztee in meiner Kindheit. Vertreibt die nasskalte Luft des Januars.

Mein seit November geplanter Jobwechsel zum März hat uns keinen Urlaub gegönnt. Bis zum Jahreswechsel hatte ich, wie meistens zum Geschäftsjahresende, viel zu tun, und die Übergabe von Aufgaben und der Abschluss von Projekten ließ nicht mal Zeit für ein verlängertes Wochenende zu zweit. Lediglich zwischen Weihnachten und Neujahr hatten wir Ruhe.

Ich spüre Johannes' Finger an meinen. Er lotst uns mit zielsicherem Schritt um die Pfützen herum, vorbei am Museumspark. Verlassen liegt der Weg zum Parkeingang in der Dunkelheit da. Kurz blitzt das Bild auf, wie ich vor fast drei Jahrzehnten im Sommer auf einer der Schaukeln auf dem Spielplatz des Parks saß. Zwischen niedrig angelegten Buchsbaumhecken und Beeten voll buntblühender Begonien, unweit eines Sandplatzes, auf dem ältere Herren Boule spielten. Erinnerungen wie durch einen blassrosa Filter, festgehalten auf einem alten Polaroid. Ein entferntes Leben, eine Ewigkeit. Ich war diese Ewigkeit lang nicht mehr hier. Wie mag es bei Tageslicht aussehen?

Johannes gibt meiner Hand einen kleinen Ruck. »Hier lang.«

Ich wende mich von den dunklen Hecken ab. Wir schlendern vorbei am Altonaer Museum Richtung des erleuchteten Theatereingangs. Ich freue mich auf den gemeinsamen Abend. Und obwohl ich mich auch auf die nächsten zwei Wochen bei Marie freue, trübt sich die Vorfreude, wenn ich daran denke, ohne Johannes dort zu sein.

Das letzte Mal gemeinsam waren wir im Sommer bei ihr. Danach habe ich sie einmal allein besucht. Ich überlege, wann Johannes und ich das letzte Mal zusammen irgendwo waren. An Weihnachten besuchten wir an einem Tag meine Eltern und am nächsten seinen Vater. Aber ansonsten fällt mir von den vergangenen Monaten nichts ein. Das war mal anders. Wir waren wie ein Kosmos für zwei Menschen. Zusammen einkaufen, zusammen Freunde besuchen, zusammen spazieren gehen. Verstohlen sehe ich ihn an. Wir sollten das ändern in der nächsten Zeit.

Im Theatersaal wärme ich meine eine kalte Hand an der anderen, während Johannes mit unseren Karten nach den Plätzen Ausschau hält.

»Siehst du, ich hab doch gesagt, wir werden rechtzeitig da sein«, raunt er mir zu, als wir durch die Reihen der samtbezogenen Sitze gehen. In unserer Reihe sitzen bisher nur vier Leute. Ich knuffe ihn unauffällig in die Seite und er mich zurück, als wir die Sitze umklappen und uns setzen.

Im Programmheft steckt ein Flyer vom Museum nebenan. Ich starre auf die Überschrift der Ausstellung, streiche mit dem Daumen abwesend über das Papier. Das Thema wechselt nächsten Monat. Vielleicht möchte Johannes mit mir dorthin. Ich stupse ihn an und deutete auf den Flyer.

Johannes mustert ihn und hebt die Augenbrauen. »Ganz schön viel Kulturprogramm, was du da von mir verlangst.« Er grinst. »Oder warte, das hat nichts mit deiner ungewöhnlichen Jobidee von letztens zu tun, oder?«

Ein Ziehen in meiner Brust. Ich schüttle den Kopf. »Nee, war nur ein Vorschlag, dass wir uns die Ausstellung gemeinsam ansehen.«

»Wir schauen mal.« Johannes streicht kurz über meinen Arm und sieht nach vorne.

Ungewöhnliche Jobidee. Als ich ihm im Herbst davon erzählte, nannte er sie noch verrückt, bis er bemerkte, dass es mir damit ernst war. Zumindest für ein paar Wochen. Bis wir genug darüber gesprochen hatten, welche Vorteile ein Arbeitsplatz als Teamleitung bei einer großen, renommierten Versicherung hat im Vergleich zu einem als Projektkoordinator in einem regionalen Museum. Ich sagte das Kennenlerngespräch im Museum ab. Für meinen Berufsweg ist der zukünftige Job bei der Versicherung der sinnvollste. Mein Herz tut trotzdem weh beim Blick auf den Flyer. Schnell stecke ich ihn zurück zwischen das Programmheft.

Langsam füllt sich der Saal, nur einige der äußeren Plätze bleiben unbesetzt. Das erste Klingeln ertönt, und womöglich bilde ich es mir nur ein, aber das gedämpfte Stimmengemurmel klingt einen Hauch aufgeregter. Wie ein unsichtbares Schwingen in der Luft.

Johannes beugt sich zu mir rüber. »Da ich dich jetzt endlich mal ins Theater begleite, kommst du dann nächsten Monat mit zu den Jungs zum *Super Bowl* gucken?«

Ach verdammt. Johannes' Pflichttermin im Februar. Football erschließt sich mir nicht. Egal, wie oft er versucht, es mir zu erklären. Bisher war das eine Verabredung, bei der er sich den Sonntag bei Freunden einquartierte und den Montag danach freinahm, damit sie das Ereignis über Nacht gemeinsam sehen konnten.

Definitiv nichts, wofür ich einen Tag Urlaub opfern wollte. Jedoch bin ich dieses Jahr zu Hause. Es gibt keine Verpflichtung, die ich vorschieben kann. Und die Renovierung bei Marie könnte noch so chaotisch laufen, bis dahin ließe sie sich nicht verlängern.

»Hm, ja, wieso nicht.« Meine Antwort verliert sich, als sich ein Nachzüglerpärchen in unsere Reihe drängt und wir aufstehen müssen, um sie durchzulassen.

»Wäre fair«, sagt Johannes.

Ich betrachte den Vorhang, doch meine Gedanken kreisen um Johannes' Wunsch. Seine Super Bowl-Freunde kennt er noch aus seiner Schulzeit. Jedes Mal, wenn ich sie sehe, fällt mir auf, dass es kaum eine Gemeinsamkeit mit ihnen und mir gibt. Ihre Gespräche drehen sich um Sport oder wer von ihnen im Job gerade Neues erreicht hat. Nichts, bei dem ich mitreden kann.

Johannes beugt sich wieder näher, sein Atem streicht mein Ohr. »Übrigens gibt es bei uns im Fitnessstudio einen

Kurs für funktionelles Training für Einsteiger. Einklang für Körper und Geist als Workout. Wäre das nicht etwas für dich? Du hast doch jetzt Zeit, neue Routinen zu entwickeln, und vielleicht, na ja, tut es dir gut.«

In dem Moment, in dem ich ihm einen ungläubigen Blick zuwerfe, ertönt das zweite Klingeln. Zum Glück. Eventuell würde ich der Beschreibung des Kurses eine Chance einräumen, aber nicht unter diesen Ausgangsbedingungen. Die, die am meisten dagegenspricht, sitzt neben mir, ist viermal die Woche für jeweils eineinhalb Stunden beim Sport und achtet seit neustem auf eine darmfreundliche Ernährung. Ich hingegen jogge ab und zu die immer gleiche Strecke durch den kleinen Park bei uns um die Ecke und verdrücke meine Lieblingsschokokekse heimlich, wenn Johannes Sport macht. Schon allein die Vorstellung eines Fitnessstudios lässt mein Selbstwertgefühl sinken.

Als sich der Vorhang öffnet, streiche ich abwesend mit dem Daumen über das Sitzpolster. Für den Bruchteil einer Sekunde huscht der Gedanke durch meinen Kopf, wie ich vorhin in unserem Schlafzimmer stand. Der kurze Wunsch, einfach zu Hause zu bleiben. Ein vages Bild meines Wollpullovers über dem alten Stuhl. Mein Herzschlag stolpert. Einmal. Ich halte die Luft an. Das Scheinwerferlicht erhellt grell ein Bühnenbild, mein Blick wischt darüber, und gleichzeitig habe ich das Gefühl, nichts davon wahrzunehmen. Ein Rauschen in meinen Ohren, nur ganz leicht. Doch es ist da. Nein, bitte nicht jetzt. Flach atme ich ein.

Sie passt hier nicht rein, in den Saal voll Menschen, die erwartungsvoll nach vorne schauen. Die sich freuen. Sie passt *mir* nicht. Nicht heute, an diesem Abend, an dem Johannes mich endlich hierher begleitet und nicht meine Kollegin, die mir im Büro gegenübersaß.

Ein Kribbeln zieht sich von meinem Nacken hinunter, läuft über meinen Rücken. Etwas Dunkles schwebt hinter mir, ganz nahe. Wie die Vorahnung auf etwas Unheilvolles.

Schickt Schauer über meine Haut. Heiß und gleichzeitig kalt. Ich schlucke und hole wieder Luft. Diesmal tiefer. Zwinge mich dazu, langsam auszuatmen. Um mich herum schwillt ein Lachen an. Erst jetzt nehme ich eine Person auf der Bühne wahr.

Einatmen. Ausatmen. Ich bin hier, nicht allein, nicht in einem Kokon. Ich schiele zu Johannes rüber, der das Schauspiel auf der Bühne verfolgt. Er hat nichts mitbekommen. Wie auch. Meine Handflächen entspannen sich und beim nächsten Atemzug meine Schultern.

Es ist alles normal. Es ist alles gut. Ein Mantra, das automatisch mit einer Stimme, die entfernt nach meiner klingt, in meinen Gedanken abläuft. Verstohlen sehe ich mich um, und ein Warum formt sich in meinem Kopf. Warum jetzt? Warum stelle ich mir die Frage immer wieder? Denn ich weiß doch, dass es keine richtige Antwort darauf gibt.

***

Alexander

Logbucheintrag 10. Januar: *19:30 Uhr, bedeckt, zeitweise Regenschauer, 6 Grad, Wind: 5 m/s Südost.*
Himmelsbeobachtung: *Objekt: Beteigeuze. Sternbild: Orion. Beschreibung: Habe mich entschieden, Beteigeuze zu beobachten. In den Astro-Foren gab es unzählige neue Kommentare über die Verdunklung des Sterns. Die nächsten Wochen werden zeigen, ob an den Vermutungen etwas dran ist. Wenn ja, dürfte es ein ziemliches Schauspiel am Himmel geben. Mein letzter Blick auf den Stern war Anfang Dezember. Sobald sich das Wetter bessert, werde ich mich dem ›Roten Riesen‹ widmen.*
Tagesbericht: *Habe den letzten Abschluss für den Auftrag in Kücknitz abgegeben und bin danach zurück zu Tante Waltrauds*

Ich grinse, als ich meine Worte auf dem Papier betrachte und meinen Großonkel mit der dicken Hornbrille in Gedanken vor mir sehe. Wie er früher behäbig mit mir im Schlepptau durch das Haus schlurfte, in dessen Wohnzimmer ich jetzt an dem alten Sekretär sitze. Wie er mir seine Wetteraufzeichnungen zeigte und die des Abendhimmels. Ich bin froh, dass ich damals zugehört habe und irgendwann verstand die kleinen Abkürzungen in den steil geschriebenen Buchstaben und Zahlen zu deuten. Er war nie in Eile, wodurch ich zur Ruhe kam.

Meine Hand schwebt über den linierten Buchseiten. Was gab es heute noch Wichtiges? War überhaupt etwas wichtig? Die Erinnerung an damals verblasst, ich lehne mich zurück, sodass der Holzstuhl knarrt. Das Haus ist still.

Es war immer ruhig hier, bei meiner Großtante und meinem Großonkel. Ruhiger als bei uns zu Hause. Aber jetzt ist es eine endgültige Stille. Seit Anfang Dezember. Ich schaue mich im Wohnzimmer um. Wo die dunklen schweren Möbel mir immer ein Stück Behaglichkeit vermittelt haben, wirken sie jetzt verlassen. Ohne Tante Waltraud wirkt alles irgendwie leer. Mit ihr war hier Leben, wenn sie mir die Tür öffnete und ich mich zu ihr runterbeugen musste, um sie zu umarmen. Wenn ich sie mit Svenja besuchen kam. Und später ohne sie.

Schwer zieht das bekannte Gefühl an mir. Wenn ich jetzt weiter unbewegt sitzen bleibe und den Blick verliere, nimmt es mich mit. Dann ist es wie vor ein paar Wochen, als die Nachricht von Tante Waltrauds Tod eintraf. Oder so wie vor sieben Jahren. Da war es am schlimmsten. Nur Tiefe und ein dichtes Grau. Ich will nicht daran denken.

Mit einem Ruck drehe ich mich zurück zur Schreibunterlage und meinem Buch. Ich könnte aufschreiben, was aus dem Baumarkt geholt werden muss. Dass ein Brief vom Nachlassverwalter ungeöffnet bei mir zu Hause in Lübeck liegt. Eigentlich weiß ich, was darin steht: die genaue Aufzählung des Nachlasses. Des Erbes. Alleinerbe.

Ich schlucke fest und fast kommt Wut in mir auf. Absurd. Auf wen soll ich wütend sein? Es ist keiner mehr da. Und diejenigen, die noch da sind, sind mir so fern wie Fremde.

Mein Eintrag ist heute eine halbe Seite lang. Mir fällt auf, dass ich nicht unten war am Wasser, als ich angekommen bin. Es war eh schon dunkel. Morgen nehme ich wieder mit auf, wie sich das Meer verhält.

Ich klappe das Buch zu, und mein Blick huscht zum Regal neben dem Sekretär. Eine ganze Reihe Bücher steht darin. Schmale, manche mit Ledereinband, andere in Stoff oder ähnlich wie meine, mit fester Pappe umhüllt. Es sind die Logbücher meines Großonkels. Was soll ich damit anfangen, jetzt, wo keiner mehr da ist? Und was passiert irgendwann mit meinen? Ich will nicht darüber nachdenken, dass die schmalen Notizbücher zu Hause plus das vor mir liegende vollkommen sinnlos sind. Dass es sinnlos ist, Tag für Tag das Wetter und einen Tagesbericht festzuhalten.

Ich erhebe mich und greife nach der kleinen Reisetasche, die seit ein paar Wochen den kurzen Weg zwischen Lübeck und hier mit mir hin und her reist, wenn ich mehrere Tage bleibe. Die letzten beiden langen Wochenenden hier waren anstrengend, aber ich habe eine Menge geschafft. Eine merkwürdige Freude kommt in mir darüber auf, hier voranzukommen. Es ist eine Beschäftigung neben dem Alltäglichen. Neben dem Job. Den zweiundfünfzig Quadratmetern zu Hause in Lübeck, die sich zu eng anfühlen, obwohl genug Platz für mich ist. Eine Abwechslung, die ich die letzten Monate nicht hatte. Oder nicht wollte. Würde Svenja mich sehen, mein stummes Zögern, wäre sie wahrscheinlich erstaunt. Erstaunt über ihren Bruder, der immer raus wollte und den nichts hielt.

Ich stapfe die Holztreppe ins Obergeschoss hoch, die teppichbesetzten Stufen dämpfen meine Schritte, bis ich im Gästezimmer die Reisetasche auf dem Bett fallen lasse. Die anderen beiden Zimmer sind bereits leer. Nur in diesem ist noch alles so, wie ich es vorfand. Wie ich es kannte, wenn ich hierherkam und hier übernachtete.

Im ehemaligen Schlafzimmer knipse ich das Licht an. Die gelben Gläser der Deckenlampe werfen dämmrige Streifen auf die Tapetenreste, auf das zarte Blumenmuster. Sechzig Jahre Leben in diesem Haus entfernt in ein paar Tagen. Herausgerissen von zwei Händen, von den Wänden gezogen mit einem dünnen Spatel.

Ich drehe mich zurück in den Flur. Morgen werde ich hier weitermachen.

KAPITEL 2

Felix

Lautlos sprühen kleine Wasserpunkte auf die Windschutzscheibe, funkeln im Scheinwerferlicht des Gegenverkehrs auf, bevor sie gnadenlos dem Scheibenwischerblatt zum Opfer fallen.

Die Abfahrt Richtung Ratekau liegt hinter mir. Genauso wie das kurze Stück Landstraße. Es ist nicht mehr weit bis zum Kurort, in dem Marie wohnt. In der dunkler werdenden Dämmerung fahre ich vorbei an zwei Bauernhöfen. Den großen See rechts von mir kenne ich von unzähligen Radtouren im Sommer. Doch jetzt von der Straße aus sehe ich ihn nicht.

Zehn Minuten später parke ich hinter dem roten Backsteinhaus mit den hohen Giebeln neben Maries Golf ein. Im schalen Licht der Dämmerung ragen die kahlen Äste des Apfelbaums vor meinem Auto gen Himmel. Für einen Moment bleibe ich sitzen und lausche dem Trippeln des Nieselregens.

Hier anzukommen ist wie nach Hause kommen nach einer langen Reise, die Anspannung der letzten Tage fällt von mir ab. Hier ist immer ein Platz für mich. Egal, ob in Maries heimeliger Wohnküche, wenn es im Winter früh dunkel wird. Oder unten am Wasser, wenn ich den Aufgang zum Strand nehme, sich Sekunden später meine Füße in den Sand graben und mir der von der Sommersonne lauwarme Ostseewind entgegenweht. Die alte Holzbank am Steilufer mit dem Blick über die Bucht, über die sich kräuselnden Wellen. Der Geruch nach Wildwiese und Apfelspalten, die meine Mutter früher für Spaziergänge mitgenommen hatte. Hier kommen meine Gedanken zur Ruhe.

Kann man an zwei Orten zu Hause sein? Ehe ich mich weiter in der Erinnerung verliere, sehe ich im Rückspiegel, wie das Licht aus der geöffneten Haustür auf den kleinen Pfad fällt. Marie schaut um die Hausecke zu den Autos und zu mir. Ich muss unwillkürlich lächeln, als Maras dunkler Lockenkopf unterhalb von Maries Hüfte auftaucht. Schnell steige ich aus.

»Felix!« Mit einem Lachen kommt Marie auf mich zu und zieht mich in eine Umarmung, die wie immer ein wenig nach Bergamotte und Kräutern riecht. »Du bist ja gut durchgekommen.«

Ich löse mich lächelnd von ihr und nicke. Automatisch fällt mein Blick auf ihren kugeligen Bauch und dann auf Mara, die sich an ihre Seite drückt.

»Ach, jetzt bist du auf einmal schüchtern. Dabei hast du eben noch die ganze Zeit geplappert, dass Felix herkommt.«

Mara grinst und kaut auf ihrem Zeigefinger. Ich grinse zurück und gehe in die Hocke. Das letzte Mal habe ich sie vor fünf Monaten gesehen, also eine kleine Ewigkeit für sie.

»Und diesmal bin ich zwei Wochen bei euch. Genug Zeit für ›Lotti Karotti‹ und ›Uno‹. Oder?«

Mara nickt verlegen.

Marie reibt sich die Arme. »Komm rein. Hier draußen ist es furchtbar ungemütlich.«

Ich trete hinter ihnen ins warme Haus.

Im Flur empfängt mich das liebevolle Chaos aus zu wenigen Garderobenhaken, die von zu vielen Jacken überladen sind. Kleine und große Winterstiefel und Schuhe reihen sich darunter, daneben türmt sich ein Haufen aus Mützen und Schals auf der Holzkommode mit buntlackiertem Blumendekor. Johannes würde die Augen verdrehen bei dem unordentlichen Stapel. Ich schlüpfe aus meinen Stiefeln und hänge meine Winterjacke vorsichtig über den am wenigsten beladenen Haken, in der Hoffnung, dass mir nicht alle Jacken entgegenrutschen.

Noch bevor ich die Küche betrete, steigt mir der Duft von Tomatensoße in die Nase. Marie macht die Beste. Egal, wie simpel Nudeln mit Tomatensoße sind, sie haben etwas Tröstliches, sind wie ein Stück Kindheit. So wie klarer Apfelsaft und zu süßes Wassereis mit Colageschmack. Nicht, dass ich etwas davon in den letzten Jahren hatte. Mit zweiunddreißig und einem Freund, dessen Gesundheitsbewusstsein wenig bis gar keinen Zucker duldet, stehen Wassereis und Fruchtsaft ohne Mineralwasser nicht auf dem Speiseplan.

Marie verteilt Teller auf dem Tisch, und Mara hüpft um ihren Stuhl herum, bis Marie sie ermahnt und sie sich auf den Stuhl plumpsen lässt. Ich nehme Marie den Topf mit den Nudeln ab, und wir setzen uns an den Tisch.

»Na, wie fühlt es sich an, so viel freie Zeit zu haben?« Marie lässt eine Kelle voll Spirelli auf meinen Teller gleiten, nachdem Mara mit einer Portion Nudeln und Soße versorgt ist.

»Du spannst mich hier ja gleich ein.« Ich fülle mir Soße auf, während Maries Lippen ein empörtes *Oh* formen. Ich lache auf. »Nein, Scherz. Bisher war es wie ein paar Tage frei, aber ich hab noch keine Ahnung, was ich nach den Tagen hier mache. Johannes hat nicht frei.«

»Nicht bekommen oder nicht genommen?«

Anstatt Marie zu antworten, rühre ich die Soße unter die Nudeln. Eigentlich weiß ich es nicht genau. Ich habe ihn nicht gefragt, und Johannes hat nichts gesagt. Wahrscheinlich geht er davon aus, dass ich zu Hause bin. Einfach da, bis ich im neuen Job loslege. Klar hätten wir gemeinsam wegfahren können. *Tun wir aber nicht*, denke ich trotzig und schiebe mir die erste Gabel voll Nudeln in den Mund. Marie schaut mich weiterhin fragend an.

»Er will nächstes Wochenende eventuell herkommen«, erwidere ich, und Marie nickt kauend. »Er hätte auch mitgeholfen, aber er ist am Wochenende bei seinem Vater, und wir legen morgen los, oder?«

»Ja, ich bringe Mara um kurz vor acht schnell zur Vorschule und dann können wir loslegen. Ach du, das kriegen wir auch ohne Johannes hin. Ich kenne doch seine Vorträge.« Sie zwinkert mir zu, und mir kommt Johannes' Spruch in der S-Bahn in den Sinn. Seine Einschätzung zu Maries Renovierungskünsten.

Marie und Johannes kommen miteinander aus. Der gemeinsame Nenner, warum sie es tun, bin ich. Amir und Johannes haben mit dem Thema Fitness genug Gesprächsstoff, um sich nicht anzuschweigen, wenn wir uns sehen. Wären Johannes und ich nicht zusammen, wären er, Marie und Amir höchstwahrscheinlich nicht befreundet. Er hat manchmal eine Art, Präsenz zu zeigen und den Raum einzunehmen, die über einen längeren Zeitraum für andere anstrengend sein kann. Wenn wir zu zweit sind, ist er anders. Sanfter, leiser. Ich mag diese Seite viel mehr und ich bin froh, dass er nach und nach gelernt hat, diese Seite ebenso Marie und Amir zu zeigen.

»Auf jeden Fall müssen wir morgen früh einmal in den Baumarkt fahren.« Marie reicht Mara ein Papiertuch, bevor ein Klecks Tomatensoße ihren Weg auf Maras Pullover findet. »Ich brauche noch Kleister und Spachtelmasse und zwei drei andere Kleinigkeiten. Ist das okay?«

Ich nicke. »Klar, kein Problem.«

Marie greift lächelnd nach meiner Hand. »Ich freu mich, dass du da bist.«

Ich erwidere den Druck ihrer Finger um meine.

Marie und ich sind nicht nur wie ein Buch voll von Freundschaftserinnerungen, in dessen Seiten man schwelgt, wie leicht das Leben doch als Kind war und wie schwer von Verantwortung es jetzt ist. Nicht dieses ›weißt du noch‹ und ›wir wussten alles voneinander‹, das sich gewandelt hat und uns jetzt verschiedene Leben leben lässt, die wir nicht in einen Einklang bringen. Unsere Freundschaft ist ein Anknüpfen an Wochen, in denen wir nichts voneinander hören, ein Weitermachen dort, wo wir aufgehört haben. Ohne Vorwurf, ohne Distanz. Sie ist ein tiefes Verständnis mit einem Blick, einem Schmunzeln, einer Umarmung. Sie ist zuhause.

***

»Welchen Aufsatz wolltest du genau haben?« Ich überfliege die handgeschriebene Liste, die Marie gestern Abend angefangen und heute Morgen beendet hat.

Zwei Drittel haben wir im Einkaufswagen, den Marie vor ihrem Bauch in der offenen Winterjacke vor sich herschiebt. Die restlichen Sachen sind laut ihrer Aussage schnell zusammengesucht. Die unterschwellige Hektik, die sie antreibt, ist ansteckend. Vielleicht haben wir ein wenig zu lange im neuen Kinderzimmer gestanden und über die Planung gefachsimpelt. Da Mara nur am Vormittag in der Vorschule ist, wollten wir eigentlich jetzt schon wieder zurück im Haus sein und nicht noch in dem sich langsam füllenden Baumarkt.

»Wir teilen uns auf«, entscheidet Marie bestimmt. »Hier, du gehst den Aufsatz für den Bohrer holen, und ich suche die Spachtelmasse. Ich sammle dich hier gleich wieder ein.« Mit einem kurzen Nicken in den Gang links von mir macht sie sich energischen Schrittes auf den Weg, den Hauptgang entlang.

Kurz darauf stehe ich etwas verloren neben einem Aufsteller für Bohrmaschinen, in dem mir ein Monitor Werbevideos entgegen plärrt. Ich bin offenbar richtig. Im Gang erstreckt sich eine schier unendliche Anzahl an Bohraufsätzen, an denen ich leicht überfordert entlanggehe. Wenn ich eine Bohrmaschine hätte, würde ich mich vielleicht besser

28

auskennen. Habe ich aber nicht. Meine Eltern haben eine, und die wenigen Male, die etwas bei mir in der Wohnung gebohrt werden musste, kam mein Vater vorbei. Es ist vollkommen okay, wenn nicht jeder Mann wie Bob der Baumeister agiert und alles kann. Bohren gehört bei mir einfach zu den Defiziten.

Maries Beschreibung des Bohraufsatzes macht es nicht leichter. Wandaufsatz sechs Millimeter. Die ordentlich aufgehängten Bohraufsätze an der langen Lochwand sehen so aus, als ob sie nach einem System dort hängen, das ich allerdings nicht begreife. Ich trete näher und finde wenigstens schon mal Sechs-Millimeter-Aufsätze. Stein- oder Betonbohrer? Holz auf keinen Fall, die Lampe, die wir anbohren wollen, soll an die Decke. Bei manchen Preisen auf Augenhöhe ziehe ich erstaunt die Brauen hoch. Ich beuge mich runter, um die Beschilderungen weiter unten zu lesen. Sind dort nicht immer die günstigeren Produkte? Der Einkaufszettel segelt aus meiner Hand zwischen einen der Auslagenkörbe am Boden.

»Ja, toll. Super.« Seufzend strecke ich meine Hand aus, um den Zettel zwischen den Plastikverpackungen herauszukramen.

»Kann ich helfen?«

Meine Finger bekommen den Zettel zu fassen und ich komme schwungvoll wieder hoch, höre im gleichen Moment ein ›Vorsicht!‹, ehe ich mit der Schulter an einen längeren Haken der Lochwand stoße. Trotz der Winterjacke pikt das Metall unangenehm in meinen Arm. »Au«, entfährt es mir automatisch, ich reibe mir über die linke Schulter und knülle dabei den Zettel zusammen. Wahnsinnig reife Leistung für einen Anfang Dreißigjährigen.

»Alles in Ordnung?« Die Stimme schräg neben mir schwingt zwischen besorgt und amüsiert, klingt warm, und ein Stück meines Ärgers verfliegt.

»Ja, nichts passiert.« Endlich drehe ich mich um.

Sturmgrau oder Blau oder etwas dazwischen. Etwa, wie das Meer im Winter, schießt es mir durch den Kopf. Der Ausdruck in diesen Augen wird fragender. Ich blinzle einmal. Sehe jetzt erst den Mann richtig an, der neben mir steht und auf eine Antwort wartet.

Was war noch mal? Mir fällt der geknüllte Zettel ein, dessen Kanten in meine Handinnenseite drücken.

»Ähm«, sage ich und schaue wieder hoch in das Sturmgrau. Ein Lächeln lässt es glänzen, lässt kleine Furchen in den Augenwinkeln erscheinen. Jetzt ist mehr Blau zu sehen. Ich lächle zurück, weil ich verdammt noch mal nicht weiß, wann mich das letzte Mal ein Lächeln so aus dem Konzept gebracht hat, oder ein Blick aus so einer Meerestiefe.

»Suchst du was Bestimmtes? Ich bin zwar kein Baumarktmitarbeiter, aber du sahst so suchend aus.«

Mich stört es gerade überhaupt nicht, dass ich offensichtlich eine Art von Inkompetenz ausstrahle, die ihn dazu verleitet hat, mich anzusprechen. »Ja, ich suche einen Sechs-Millimeter-Aufsatz, für die Decke. A-also, um eine Lampe anzubringen.« Es kann nur besser werden.

Wir drehen uns beide zurück zur Wand mit den Haken. Mein Blick huscht an den Aufsätzen vorbei zu ihm. Ob er der Bob der Baumeister-Typ ist? Er mustert das Regal auf jeden Fall nicht so verloren, wie ich mir bis eben vorkam.

»SDS oder Schnellspanner?«

»Was?«

Sein rechter Mundwinkel zuckt, bis sich ein Schmunzeln bildet. Wahrscheinlich sieht man mir an, dass ich absolut nicht weiß, wovon er spricht. »Weißt du, ob du den Aufsatz einfach nur reinklickst oder festziehen musst?«

Ja, definitiv Bob der Baumeister. Verwirrt schaue ich auf den Zettel. Vielleicht hat Marie irgendeine Abkürzung dazugeschrieben, die ich bisher übersehen habe. Aber leider steht dort nichts anderes als noch vor ein paar Minuten. »Ich habe ehrlich gesagt keine Ahnung. Das ist nicht meine Bohrmaschine, für die ich das brauche.«

Er reibt sich über das Kinn, und ich atme durch. Auf eine mir unerklärliche Weise möchte ich nicht, dass er mich jetzt schulterzuckend hier stehen lässt. Etwas an ihm ist beruhigend. So, wie er neben mir steht, in seiner schwarzen, gefütterten Flanelljacke und der dunklen Jeans, die Hände in die Jackentasche steckt und einen Schritt nähertritt.

Noch mehr Ruhe. Als er lächelt, zeichnen sich auf seinen Wangen über seinem Dreitagebart Grübchen ab. Und als er den Kopf neigt, reiben seine braunen Haare im Nacken über den Kragen seiner Jacke. Ein kleines Stück nackte Haut blitzt dort auf. In meinen Fingern zuckt es.

»Sonst nimmst du einfach beide mit und bringst den, der nicht passt, wieder zurück, falls es nicht zu umständlich ist. Du willst eine Lampe an der Decke anbringen, richtig?« Er greift nach einem Aufsatz und dann ein Stück tiefer nach einem anderen und zeigt sie mir.

Ich verliere schnell den Faden bei seinen Erklärungen. Irgendwas mit der Farbe der X-Spitze und der Festigkeit, und für eine Sekunde presse ich meine Lippen fest aufeinander, weil ein unpassender Vergleich in meinem Hirn auftaucht. Reiß dich zusammen. Ich kann an einer Hand abzählen, wie oft ich so bei einem Fremden reagiert habe in den letzten Jahren. Ich nicke wieder, als er auf die Beschreibung der Verpackung zeigt und weiterspricht.

»Ja, fest ist schon wichtig«, antworte ich. Dabei fällt mein Blick in der Beschreibung des Bohraufsatzes auf die großgedruckten Wörter ›Vibrationsarmer Lauf‹. *Oh, bitte!* Ich hole geräuschvoll Luft. Erst jetzt merke ich, dass er fertig ist mit seiner Erklärung und mich aus diesen klaren Augen betrachtet.

»Ist dir nicht gut? Die Luft ist hier ziemlich stickig im Gang.« Er dreht sich zum Hauptgang und dann wieder zu mir.

»Nee, alles okay. Es ist warm in der Winterjacke.« Und in meinem Kopf. Nicht nur da.

»Hm, draußen ist es ja auch kalt«, antwortet er, und dann ist da wieder dieses kurze Zucken seiner Augen, der Schalk. Das Blau zwischen dem Sturmgrau. Und ich möchte noch immer, dass er bleibt.

»Felix! Bist du noch ...« Das metallische Rattern des Einkaufswagens stoppt abrupt vor dem Gang, in dem wir stehen, und Marie taucht auf. Ihr Blick gleitet zweimal von mir zu dem Mann und wieder zurück. Heftet sich an mich, und nach zwei Sekunden grinst sie. Dieses Grinsen kenne ich. Sie lässt den Wagen stehen und kommt auf uns zu.

»Ich hab alles gefunden, sogar etwas Kleines für Mara. Und du bist offenbar auch fündig geworden.«

Ob sie die Bohraufsätze meint, die der Mann neben mir in der Hand hält, oder ob sie auf etwas anderes anspielt, bleibt offen. Ich vermute fast Letzteres. Bevor sie etwas Peinliches sagen kann, beuge ich mich ein Stück näher zu ihm und nehme ihm die beiden Verpackungen aus der Hand. Seine Finger sind warm, ein wenig rau, und er riecht wie klare Winterluft am Abend. Erdig, nach Moos und Holz. Ich sehe ihm noch einmal in die Augen.

»Felix, wir brauchen nur einen, den für SDS.« Maries Stimme klingt fordernd, und mir fällt ein, wir wollten uns eigentlich beeilen.

Seine Finger berühren erneut meine. Erstaunt sehe ich auf meine rechte Hand, aus der er sanft die eine Verpackung nimmt. Seine Hände sind nicht viel größer als meine. Etwas breiter. Seine Fingerspitzen streichen über meinen Handrücken, dann ist der Moment auch schon vorbei.

»Dann brauchst du den nicht.« Er hängt den einen Aufsatz zurück.

»Danke dir«, sagt Marie an meiner Stelle, kneift die Augen zusammen und deutet mit dem Zeigefinger fragend auf ihn.

»Alexander, oder Alex«, erwidert er, und sie lacht auf.

»Richtig. Ich hoffe, ich merke es mir jetzt. Das letzte Mal beim Einkaufen ist ja eigentlich nicht so lange her. Wir müssen leider los, ansonsten wird das heute nichts mehr mit den neuen Tapeten.«

Ich erwache aus meiner Starre. »Ähm, ja, danke dir. War nett, dich kennenzulernen, Alexander.«

»Fand ich ebenfalls, Felix.« Ich mag es, wie mein Name klingt, wenn er ihn ausspricht. So geduldig. »Solltest du noch mal Beratung brauchen ...« Er lächelt.

»Ich weiß, wo Alexander zu finden ist«, beendet Marie den Satz, und ich folge ihr zum Einkaufswagen, während Alexander in die andere Richtung verschwindet.

Ich lasse die Verpackung mit dem Aufsatz in den Wagen plumpsen, und wir gehen vorbei am plärrenden Werbeaufsteller in Richtung der Kassen.

»Na, Marktwert abchecken?«

Ich runzle entrüstet die Stirn. »Quatsch!« Das eben war wohl alles andere als ein erfolgreicher Versuch zu flirten.

»Aha«, antwortet Marie, »also hat er sich quasi aufgedrängt, dir mit den Bohraufsätzen zu helfen. Ich dachte eigentlich, damit kennst du dich aus.«

Ich brauche Marie nicht einmal anzusehen. Die Art, wie sich ein Lachen in ihrer Stimme anbahnt, verrät sie und das, was sie andeutet.

»Eventuell habe ich die Marktentwicklung der letzten sechs Jahre nicht so akribisch verfolgt, und jetzt hat sie mich positiv überrascht«, gebe ich zurück und als Marie laut auflacht, freue ich mich insgeheim über meine schlagfertige Antwort. Ihr Ellenbogen landet spielerisch in meiner Seite. Ich bin kurz davor zurückzuboxen, da fällt mein Blick auf ihren Babybauch.

»Glück gehabt, du hast Schonfrist.«

***

Alexander

Logbucheintrag 12. Januar: *21:10 Uhr, vormittags bedeckt, nachmittags Regenschauer, abends aufgeklart, 7 Grad, Wind: 3 m/s West. Wassertemperatur: 5 Grad, ruhig*
Himmelsbeobachtung: *Objekt: Beteigeuze. Sternbild: Orion. Beschreibung: Der Himmel ist klar und der Riesenstern mit der typischen Orange-Rotfärbung als linker Schulterstern des Orion gut zu erkennen. Trotzdem kommt es mir so vor, als ob er an Helligkeit eingebüßt hat und im unteren Rand weniger leuchtet. Ich werde Joris eine E-Mail schreiben, ob er die Helligkeit genauer dokumentieren kann. Nebenbei habe ich M42, den Orionnebel, betrachtet. Die Farben lassen sich sogar durch Onkel Heiners Teleskop erahnen.*
Tagesbericht: *Die Tapete aus dem Schlafzimmer ist komplett entfernt, Wände geglättet und Unebenheiten verputzt. Morgen ist das Prozedere im kleinen Zimmer nebenan dran. Der neue Schleifaufsatz macht gute Arbeit und war im Baumarkt im Angebot. Habe dort Marie, die Frau von Amir, wiedergetroffen. Sie war mit einem Mann unterwegs, Felix, dem ich bei den Bohraufsätzen helfen konnte. Er wirkte ein wenig überfordert. Er ist ungefähr in meinem Alter und er ist …*

Ich stocke. Sein erst erschrockener Blick aus den blauen Augen. Die winterliche Blässe, umrahmt von dunkelblondem, feinem Haar.

… hübsch.

Das Wort wirkt auf meiner Buchseite fehl am Platz. Es ist nicht praktisch, nicht nützlich, so subjektiv. Ich drehe den Stift zwischen Daumen und Zeigefinger, während ich

34

überlege. Auf dem Sekretär steht eine kleine blaue Tonvase mit einem Strauß getrockneter Kamillenblüten. Ich starre erneut auf das letzte geschriebene Wort. Es wächst wild inmitten von diesen tausend Worten voller Nüchternheit der vergangenen Monate, so wie eins der Kamillenpflänzchen von Tante Waltraud. Ein erlaubtes Stück grazile Feinheit zwischen all den neutralen Beschreibungen, wie meine Tage verliefen.

Er hilft Marie und Amir offenbar beim Renovieren.

Die Wärme seiner Hände, als sie meine streiften. Er hat schöne Hände. Das unsichere Stottern, als es um die Auswahl ging. Vielleicht habe ich ihm ein wenig zu viel erzählt, über die Funktionalität.

Ich schüttle die Gedanken ab.

Wenn ich mit dem anderen Zimmer morgen fertig werden sollte, ist die Überlegung, mit der Toilette im Obergeschoss fortzufahren oder hier unten zu beginnen.

Im Gästezimmer, in dem ich schlafe, ist am wenigsten zu werkeln. Wenn die Möbel irgendwann raus sind, wäre noch der Teppichboden rauszunehmen. Die Wände sind relativ neu gestrichen und von den Lagen mehrerer Tapeten schon vor ein paar Jahren befreit worden. Hier unten muss die Küche renoviert werden, der Flur und das Bad. Und schließlich das Wohnzimmer, in dem ich täglich in mein Logbuch schreibe. Hier liegen die Erinnerungen schwer: Der Eichenholz-Esstisch und die Stühle mit dem Blumenpolster. Die massive Schrankwand, die einen großen Teil des Zimmers dominiert. Bücher, Schallplatten, ordentlich aneinandergereiht. Fotos in goldenen Rahmen und in Alben sicher verstaut, nach Jahren sortiert. Das hier wird die meiste Arbeit werden. Aber ich habe Zeit. Ich muss mich nicht beeilen.

Wenn ich zum Frühjahrsbeginn mit allem durch bin, dann ... ja, was dann? Jedes Mal, wenn ich an diesem Punkt angelangt bin, weiß ich es nicht. Ich will einfach weitermachen, ohne darüber nachzudenken, dass es irgendwann ein Ende hat. Dass ich das Ende setze. Was hat sich bitte in den letzten Monaten verändert, wodurch ich etwas nicht beenden möchte? Vielleicht beginne ich deswegen kaum etwas Neues: aus Furcht vor dem Ende.

Frustriert blättere ich durch die wenigen beschriebenen Seiten des Logbuchs. Jede Seite ein Tag. Jedes Buch ein Jahr. Ich klappe es zu.

Wenn ich morgen früh ans Wasser runtergehe, mache ich vielleicht einen kleinen Schlenker bei Maries und Amirs Haus vorbei. Nur um sicherzugehen, dass es mit dem Bohraufsatz geklappt hat.

***

Felix

Maries Leiter ist eine Herausforderung für meine Nerven. Sie ist alt, besteht nicht wie die Neuen aus handlichen, breiten Aluminiumstreben, sondern aus dünneren Metallstangen, die zwar schwerer sind, aber deren Enden auch deutlich schmaler und weniger standfest sind als die der Alu-Leitern, die ich kenne. Die Sprossen sind ebenfalls knapper.

Marie balanciert mit ihrem Knie auf dem oberen Teil der Leiter und einem Fuß auf einer Sprosse. Ein Schweißausbruch jagt mir über den Rücken, als sie sich mühelos hin und herbewegt und die Leiter dabei wackelt.

»Marie«, sage ich keuchend, »lass mich das machen.«

»Gleich, ich habe das Stück jetzt gerade perfekt platziert.« Sie beugt sich noch ein Stück weiter über die Leiter, und vor meinem inneren Auge spult sich der Film ab, was passieren würde, wenn die Leiter kippt. *Was ist, wenn Marie sich nicht halten kann und fällt. Wenn ich nicht schnell genug bin. Was passiert dann mit ihr, mit dem Baby ...*

»Nein! Warte bitte!« Mit zwei Schritten bin ich bei ihr und halte krampfhaft die Leiter fest.

»Mach dir keinen Kopf. Die Leiter und ich haben eine lange Beziehung miteinander. Ich kenne die kleinen Unebenheiten. Guck nicht so erschrocken.« Sie sieht zu mir runter und schnippt gegen meine Stirn.

Ich ringe mir ein schmales Lächeln ab. Ich sollte endlich lernen, nicht so schreckhaft zu sein. Mein Puls pocht in meinen Ohren. »Lass mich trotzdem jetzt auf die Leiter. Du kannst halten.«

Mit dem Quast streicht sie ein letztes Mal über die Tapetenkante und steigt nach unten. Ich schiebe die Leiter ein Stück weiter, während sie die restliche Tapetenbahn glattstreicht. Ich bin schon mit einem Fuß auf der Leiter, als ein Quieken aus dem Flur ertönt. Gleich darauf taucht Amir mit Mara auf dem Arm im Türrahmen auf.

»Na, lässt meine Frau sich wieder nichts abnehmen?«

Amir ist groß und kräftig und mit Mara auf dem Arm füllt er die ganze Breite der Tür aus. Neben ihm wirke ich fast schmächtig, trotz kleinem Bauchansatz und den ein Meter achtundsiebzig, die in meinem Ausweis stehen. Eben nichts gegen jemanden, der mit seinem Haar beinahe den Türrahmen streift.

»So ähnlich«, antworte ich, nehme mir die vorletzte Tapetenbahn und steige die Leiter hoch.

Mara hat sich von Amir absetzen lassen.

»Ich möchte auch helfen. Mama, du hast versprochen, ich kann etwas machen. Felix, kann ich was helfen?«

»Bestimmt gleich.« Ich bin zu sehr auf die Wand fixiert, als ihr ausgiebig zu antworten.

Ich recke mich über die Leiter, lege die Tapetenkante vorsichtig an die Wand und ignoriere das Zittern meiner Beine, als die Leiter wackelt. *Konzentriere dich.* Durch den Baustrahler, den Amir aufgestellt hat, ist es unter der Decke wärmer. Ein leichter Schweißfilm bildet sich auf meiner

Stirn. Natürlich haben wir es gestern nicht mehr geschafft, das komplette Zimmer zu tapezieren, heute jedoch können wir zum Nachmittag fertig werden.

»Bekommt das Baby auch so eine Sternenhimmellampe wie ich?« Mara hüpft im Zimmer auf und ab.

»Vielleicht ja«, antwortet Marie. »Du kannst die Tapetenreste zusammensammeln, okay? Und wenn wir morgen die Wände malen, kannst du mithelfen.«

Das Runtersteigen von der Leiter gestaltet sich schwierig. Mara turnt um die Leiter, zupft begeistert die klebrigen Tapetenreste vom Boden und stopft sie in eine Tüte, die Amir ihr hinhält.

»Fährst du mit mir morgen die Möbel holen?«, fragt er.

Ich bin froh, wieder den Boden unter den Füßen zu haben. Ich weiß nicht, wie oft ich die Leiter heute auf und ab gestiegen bin, aber an diese wackelige Konstruktion habe ich mich trotzdem nicht gewöhnt. »Ja klar. Dann hat Marie mal eine Pause.«

»Ich möchte mitfahren«, redet Mara dazwischen und ihre dunklen Locken hüpfen auf und ab, während sie von einem feuchten Fleck, den der Tapetenkleister auf der Abdeckpappe hinterlassen hat, zum anderen hüpft.

»Du wischst dir gleich erst mal deine Hausschuhe ab, wenn du aus dem Zimmer turnst«, sagt Marie, »und morgen bereiten wir ein bisschen was vor, bis die beiden wieder da sind. Da brauche ich deine Hilfe hier.«

Ich schmunzle, als Mara ernst nickt und offensichtlich mit Maries Vorschlag einverstanden ist.

»Und bringt morgen auf jeden Fall noch so ein Bücherbord mit«, fügt Marie an uns gewandt hinzu.

Amir nickt. »Habt ihr den neuen Aufsatz für die Bohrmaschine geholt?«

Ich blicke zu Marie – und oh, natürlich ist da wieder das Grinsen von gestern. Bevor ich etwas sagen kann, hat sie eine Hand in die Hüfte gestemmt, was aufgrund ihres kugeligen Bauches lustig aussieht.

»O ja, haben wir. Beziehungsweise Felix. Er hat sich ausführlich beraten lassen.«

»Hey«, erwidere ich und diesmal stupse ich sie leicht an der Schulter an. »Du weißt doch gar nicht, wie lange ich dort mit Alexander stand und mich unterhalten habe. Vielleicht waren es nur Sekunden.«

Marie sieht mich mit einer hochgezogenen Augenbraue an. »Deswegen hatte er die ausgesuchten Aufsätze in der Hand und du rote Wangen. Weil es nur Sekunden waren. Komm schon, es ist doch nichts dabei, jemanden sympathisch zu finden. Du guckst selten so von der Rolle.«

Manchmal ist es fast erschreckend, wie gut Marie mich kennt. Allerdings waren wir ja schon Freunde, als wir beide vier Jahre alt waren.

»Ja, sicher«, murmle ich und verdrehe die Augen.

»Wen habt ihr getroffen? Alexander?« Amir knüllt die Plastiktüte mit Müll zusammen.

»Ja. Alexander, der das Haus von Frau Maas übernommen hat. Der, der für eure Firma im letzten Jahr den Bauentwurf erstellt hat.« Marie hat offenbar einige Informationen über ihn. Ich dachte gestern, dass sie ihn nur vom Einkaufen kennt.

Amir macht einen zustimmenden Laut.

»Ihr kennt ihn beide?« Ein Kribbeln steigt in mir hoch. Was vielleicht daran liegt, dass ich gestern Abend und heute Morgen an ihn gedacht habe, als ich vom kleinen Gästezimmer im Haus das Fenster öffnete und tief die kalte, feuchte Winterluft einatmete.

»Na, kennen ist vielleicht zu viel gesagt«, antwortet Amir. »Ich hatte geschäftlich mit ihm zu tun, als es um den Neubau bei uns ging, und wir kamen ins Gespräch, wo wir wohnen, weil Marie an dem Tag bei mir im Büro war. Daher wussten wir, dass seine Großtante hier in einem Haus wohnte, und Marie hat ihn letztens beim Einkaufen getroffen.«

Mit einem Handgriff stoppt Marie Mara beim Hüpfen. Gerade noch rechtzeitig, ehe sie gegen den Eimer mit Tapetenkleister stößt. »Da hat er erzählt, dass er das Haus von seiner Großtante übernommen hat, und offenbar ist er dort am Renovieren. Felix, du kennst Frau Maas auch noch von früher und müsstest wissen, wo das Haus steht. So ein kleineres Einfamilienhaus weiter unten beim Yachthotel. Neben dem Haus von Gesas Eltern. Hat er dir mehr erzählt?« Marie schaut mich erwartungsvoll an, Amirs Blick liegt ebenso neugierig auf mir.

»Leute ich habe mit ihm wirklich nur über die Aufsätze gesprochen, mehr nicht. Seit wann seid ihr so wissbegierig?«

Marie macht eine ausladende Handbewegung. »Wir leben auf dem Dorf.«

Ich hebe skeptisch eine Augenbraue. »Müsstest du dann nicht schon bestens informiert sein?« Von meinen Eltern bin ich es gewohnt, dass sie ebenfalls wissen, was es gerade in der Nachbarschaft Neues gibt, und das, obwohl sie in Hamburg wohnen, in einer Reihenhaussiedlung mit buntem Kleingartenflair.

»Vielleicht laufen wir uns noch mal über den Weg, wenn wir mal Zeit für einen Spaziergang haben«, meint Marie mit einem Schulterzucken.

Ich widme mich wieder der Tapetenbahn, während Marie und Amir sich über die Kinderzimmermöbel unterhalten. Ich weiß nicht warum, aber ich würde Alexander gerne wiedersehen. Mit dem Quast drücke ich etwas zu fest auf die Tapete, als mir das Sturmgrau in den Sinn kommt. Lächerlich. Was will ich jemanden näher kennenlernen?

In den letzten sechs Jahren, seitdem ich mit Johannes zusammen bin, kam ich nicht auf die Idee. Warum also dieses vage Ziehen, wenn ich an Alexander denke? Eventuell finde ich ihn interessant. Ohne Hintergedanken. In der letzten Zeit habe ich wenig neue Bekanntschaften gemacht. Sicher wird sich das mit dem Jobwechsel ändern, trotzdem schadet es ja nichts, außerhalb dessen jemanden kennenzulernen. Das wird es sein, ich finde ihn sympathisch und möglicherweise liegen wir auf einer Wellenlänge. Sofern man das nach höchstens zehn Minuten Gespräch, die nicht einen Deut Persönliches enthielten, behaupten kann.

»Dein Handy hat geklingelt.« Amirs Stimme reißt mich aus den Gedanken.

Er hält mir mein Handy hin, das ich vorhin auf einem Farbeimer abgelegt habe, und ich nehme es entgegen. Eine Nachricht von Johannes. Ich lese nur die Nachrichtenvorschau. Ob ich mich entschieden habe, den *Super Bowl* mit ihm und seinen Freunden zu gucken oder nicht, er hat den Urlaubstag danach schon eingereicht.

Ich seufze auf. Das ist etwas, was ich jetzt nicht entscheiden will. In mir bäumt sich kurz die Enttäuschung auf, dass er dafür selbstverständlich Urlaub genommen hat, aber keinen Urlaubstag für meine zwei freien Monaten eingereicht hat.

»Ich geh das Essen warm machen. Wir sind jetzt ja gleich durch, oder?« Marie streckt sich. »Amir räumt hier auf, das habe ich doch richtig verstanden, oder mein Schatz?« Mit einem Grinsen dreht sie sich Richtung Flur, und Amir legt einen Arm um sie.

»Ja ja, immer das Gleiche mit dir.« Er drückt ihr einen Kuss auf die Stirn. »Ich hab den Herd mit dem Topf schon angemacht, setz du dich mal einen Augenblick hin.«

»Aaach, mein Held.« Marie legt ihren Kopf an seine Schulter und knufft ihn.

Ich lächle beim Anblick der beiden und gleichzeitig habe ich das Gefühl, als ob mir etwas fehlt. Johannes. Bei dem Gedanken an ihn ist da wieder dieser kleine Tupfen

Enttäuschung. Ob wir auch so sind wie Marie und Amir, wenn man uns von außen betrachtet? So nahe beieinander? Womöglich sollte ich ihn einfach fragen, ob er sich ein paar Tage freinimmt, damit wir Zeit miteinander verbringen. Er hat nicht den Luxus von so viel Freizeit im Moment und vermutlich genug um die Ohren. Die ersten Tage in diesem Jahr drehten sich bei ihm um ein neues Programm, das seine IT-Firma herausgebracht hat und welches er mit seinem Team bei den Kunden betreut. Im Dezember gab es abends bei uns kaum ein anderes Thema als die Vorbereitung darauf, sodass ich irgendwann nur noch mit *ja* und zustimmenden Lauten antwortete, allerdings nur jedes zweite Wort mitschnitt.

»Felix, der Kleister tropft auf den Boden.«

Ich schaue auf den Quast in meiner linken Hand und dann auf den Fleck, der sich auf dem Boden ausbreitet. *Na toll.* Hatte ich nicht zu Hause noch darüber nachgedacht, dass ich mich darauf freue, Zeit für mich zu haben? Und jetzt zerdenke ich, warum Johannes Dinge nicht tut, die ich bisher nicht mal angesprochen habe. Wenn ich ihn später oder morgen anrufe, frage ich ihn.

KAPITEL 3

Felix

Einen neuen Job zu beginnen, von dem man zwar weiß, was ausgeschrieben wurde, aber nicht, was einen genau erwartet, ist ein bisschen so wie der Start in die fünfte Klasse. Oder ins Studium. So eine Mischung aus Freude, Neugier, Motivation zu zeigen, was man kann, und Furcht, ob man es schafft, klarzukommen. In den vergangenen Tagen zu Hause war ich erfolgreich darin, das mulmige Gefühl zu verdrängen, die Nervosität, die von mir Besitz ergreift, sobald ich daran denke, Anfang März neu zu starten.

Die vergangenen Jahre waren ein Einleben und Spezifizieren in einer Komfortzone, die ich mir selbst geschaffen habe. Es gab keine großen Ansprüche. Gerade deswegen beschleicht mich manchmal das Gefühl, dass die Zusage mehr mit Glück zu tun hatte, und nicht zuletzt frage ich mich, ob sich die Personalabteilung nicht geirrt hat. Wenn diese Gedanken aufkommen und nicht verschwinden, ist meine letzte Möglichkeit, nach dem Haustürschlüssel zu greifen und die Wohnung für eine Runde um den Block zu verlassen. Johannes zog mich damit auf, und ich wollte mitlachen, aber es ging nicht. Zu tief sitzt die Furcht vor dem Versagen. Frisst sich von meinem Bauch nach oben, durch meine Brust, über meinen Rücken und hinterlässt kalte Schauer.

Jetzt ist sie kleiner. Zusammengeballt zu einer Kugel, die längst nicht so schwer wiegt wie noch am Anfang der Woche. Ich ziehe den Reißverschluss meiner Winterjacke gegen den frischen Wind, der über die Bucht weht, weiter hoch. Das Wasser der Ostsee kräuselt sich in kleinen Wellen, die an den Strand spülen. Ich starre einen Moment in die trübe Ferne, wo die Bucht ins offene Meer übergeht und der Horizont nicht vom wolkenverhangenen Himmel zu unterscheiden ist. Einzig eine Fähre, ein kleiner weißer Punkt, zieht auf der unsichtbaren Linie entlang. Wahrscheinlich nach Malmö oder Trelleborg.

Ich war einmal dort, als ich noch klein war, jedoch kann ich mich kaum daran erinnern. Deswegen möchte ich unbedingt noch mal hin. Vor dreieinhalb Jahren kam Johannes die Idee, eine Reise durch Schweden zu planen, von Malmö hinauf bis nach Gotland. Wir wären drei Wochen mit einem Mietwagen unterwegs gewesen mit Stopps in verschiedenen Städten. Im Sommer, wenn es kaum dunkel wird. Wir fuhren nicht. Ich schlucke bei dem Gedanken.

Wenn Johannes freinähme, könnten wir dort für ein paar Tage hin. Irgendwo, wo ich nicht darüber nachdenke, dass ich mich die nächsten Monate wie der vollkommene Anfänger fühlen werde.

Ich atme weiße Wölkchen in die nasse Luft, wende mich vom Strandaufgang ab und gehe auf der Promenade weiter. Die Ostseeluft ist eine willkommene Abwechslung zum Tapetenkleister-Geruch im Haus. Gelegentlich kommen mir Spazierende entgegen. Paare in gleichen Funktionsjacken mit einem schnellen Schritt, Hundebesitzer, die ihre Vierbeiner spazieren führen, und wenige einzelne, so wie ich, bei denen ich rate, ob sie Touristen oder Einheimische sind. Im Januar verirren sich in den Kurort nur vereinzelt Menschen von außerhalb, wenn es nicht Sonntag oder sonniges Wetter ist.

Der feuchte Sand, der vom Strand hoch auf die Promenade getragen wurde, knirscht unter meinen Stiefeln. Ich stecke die Hände in die Jackentaschen und gehe weiter, vorbei an den niedrig angelegten Dünen mit knorrigen Sanddornbüschen. Das Schild mit dem Aufgang zum Yachthotel kommt in Sicht.

So ein kleineres Einfamilienhaus weiter unten beim Yachthotel. Ich werde langsamer, blicke den Aufgang entlang von der Promenade zwischen den Strandhäusern hindurch zur Straße hin. Auf der anderen Seite der Hauptstraße, die durch den gesamten Ort führt, kommt das große weiße Gebäude des Hotels in Sicht. Und genau dort geht eine kleine Stichstraße ab. Ein Kribbeln steigt in mir auf.

Nein, das ist albern. Ich komme mir vor wie damals mit zehn, als Marie und ich einer Familie mit zwei Jungs vom Strand bis zu ihrer Ferienwohnung nachgeschlichen sind, weil Marie sich unsterblich in den einen der beiden verknallt hatte, was ungefähr eine Woche hielt, bis die Familie wieder nach Hause fuhr. Ich gebe mir einen Ruck und gehe weiter Richtung Hafen. Gestern haben Amir und ich unter Maries Anweisung den Großteil der Möbel des Kinderzimmers aufgebaut. Nur ein Regal fehlt noch, dann ist alles fertig, und sechs Tage von meinen zwei Wochen sind fast vorbei.

Vom Landesinneren ziehen dunklere Wolken auf, schieben sich gemächlich Richtung Wasser. Wenn ich richtig liege, haben wir Westwind, also eher weniger die Chance auf gutes Wetter. Ostwind bedeutet Sonne, kaum Regenwahrscheinlichkeit. Das ist ein Teil Küstenwissen, den ich aus den Sommerurlauben hier mitgenommen habe. Mit den ersten feinen Regentropfen entscheide ich, die Promenade Richtung Straße zu verlassen und zurück zu Marie zu gehen.

An der Straße angekommen wirken die Gärten, die die Häuser am Straßenrand säumen, trist. Ich gehe einen Schritt schneller, den kalten Januarwind im Nacken, und mit einem Mal bin ich schon an der Stichstraße, vor mir das große Yachthotel. Mein Blick fällt die Straße hinunter, wo rechts Einfamilienhäuser stehen und sich links neben dem Hotel ein kleiner Mehrfamilienkomplex erstreckt. Im Sommer biegen sich Stockrosen und Dahlien über die Zäune. Jetzt glänzt nur der schmale Gehweg in der Nässe des Nieselregens.

Soll ich? Nach einem kurzen Zögern biege ich langsam in die Sackgasse ein, gehe an den Vorgärten vorbei. Wahrscheinlich erkenne ich das Haus gar nicht wieder. Ich weiß, dass eine Schulfreundin von Marie nebenan gewohnt hat, in einem Haus mit weißgetünchter Fassade, aber das von Frau Maas?

Zwei helle Häuser liegen nebeneinander, nachdem ich die Hälfte der Straße hinter mir habe. Vielleicht ist das kleine rote Backsteinhaus daneben das richtige. Hinter dem Fenster, das nach vorne zeigt, brennt kein Licht, und die Garage mit dem dunkelbraunen Tor ist verschlossen.

Für eine Sekunde kommt mir der Gedanke, dass es das falsche Haus ist, bis mein Blick auf den Briefkasten am Gartentor fällt. *Maas.* Also bin ich doch richtig. Ich schaue wieder hoch. Was habe ich erwartet? Das zufällig jemand die Tür öffnet, wenn ich am Zaum lauere? Der Nieselregen wird unangenehmer, sprüht jetzt dichter in mein Gesicht. Ich fahre mir durch die Haare und setze die Kapuze auf.

Es war eine dumme Idee, hierher zu kommen. Ich lasse die Arme hängen und schlucke die Enttäuschung herunter. Ein Gefühl, das in den letzten Tagen häufig aufkam. Ich wollte Johannes anrufen. Vielleicht später. Jetzt ist mir nicht danach. Ich will lieber schnell hier weg, bevor es mir selbst noch unangenehmer wird, hier überhaupt eingebogen zu sein. Rasch drehe ich mich um und mache den ersten Schritt.

Nur einen Wimpernschlag später drückt sich meine Wange auf nassen Stoff, und jemand hält mich an beiden Armen fest, um mich vor dem Stolpern zu retten. *Was zum …*

»Felix?«

Ich schaue auf. Heute wirkt das Sturmgrau aufgewühlt. Unvorbereitet. Hat exakt die Farbe der Ostsee bei bewölktem Himmel. Ich blinzle einmal und starre dann wieder.

»Hi.«

Ein Lächeln zur Antwort. »Hi.«

Ich mag die Lachfalten in seinen Wangen. Wie er mich ansieht. Der Sprühregen hinterlässt einen Kranz feiner Tröpfchen auf Alexanders tiefblauer Strickmütze, unter der die dunkelbraunen Haarsträhnen feucht an seiner Stirn kleben. Seine Hände berühren immer noch meine Arme. Ich lächle zurück.

In diesem Moment wird mir klar, dass ich mir selbst etwas vorgemacht habe, als ich dachte, ich würde ihn einfach nur so wiedersehen wollen. Mein Herz verrät sich, und das finde ich ganz und gar nicht in Ordnung. Ich blinzle ein weiteres Mal.

»Ich war hier spazieren und na ja, bin jetzt in dich reingelaufen.«

»Offensichtlich.« Alexander klingt wieder auf diese Weise amüsiert, wie vor ein paar Tagen im Baumarkt. Schnell verdränge ich, dass ich an dem Abend Wort für Wort des Gesprächs in meinem Kopf abgespult habe. »Hast du's noch weit?«

»Ein kleines Stück«, antworte ich. Von hier aus gesehen ist Maries Haus nur zwei Stichstraßen entfernt.

»Hm.« Alexander wirkt für einen Moment unschlüssig, verzieht das Gesicht, als ein Windstoß eine Regenböe über uns weht. »Wenn du Zeit hast, möchtest du einen Kaffee? Oder Tee? Der Schauer zieht jetzt wahrscheinlich über uns rüber, und bevor du total durchnässt bist, kann ich dir von den Reserven in der Küche etwas anbieten.«

Ich lache und wische mir über das Gesicht. Im Moment ist es mir egal, dass meine Fingerspitzen von der Nässe bereits eiskalt sind. »Gerne.«

Da ist es wieder, das Blau zwischen dem Sturmgrau. »Okay, dann komm.« Er schiebt mich sanft zurück, mit ihm mit, Richtung Gartentor.

***

Es gibt Häuser oder Wohnungen, die betritt man, und nichts verrät etwas über den Menschen, der darin lebt. Eine gesichtslose Person. Vier Wände ohne einen Charakter. Wie kann das ein Zuhause sein, wenn alles, was darin ist, austauschbar wirkt, wie ein Abziehbild eines Einrichtungskatalogs?

Und dann gibt es die Wohnungen oder Häuser, in denen man augenblicklich spürt, dass alles eine Art Bedeutung hat. Egal, ob ordentlich oder nicht. Alles, was dort ist, macht den Eindruck, als ob es einen Platz hat, einen Sinn. Es liegt förmlich in der Luft. Das, was diesen Menschen ausmacht.

Nachdem ich in der Küche einen Kaffee aus der Thermoskanne von Alexander in die Hand gedrückt bekomme und meine kalten Finger daran wärme, habe ich genau diesen Eindruck. Neugierig schaue ich mich in der quadratisch geschnittenen Küche um. Die holzfarbenen Schränke sind in die Jahre gekommen, dennoch penibel sauber. Mit einem Blick in den Flur entdecke ich eine schmale Kommode im Charme der siebziger Jahre. Ein Spitzendeckchen und eine messingfarbene Vase mit einem Trockenblumenstrauß zieren sie. An der Wand darüber hängen Wandteller und Fotos.

Alexander folgt meinem Blick. »Ich renoviere gerade das Obergeschoss. Hier unten dauert es noch etwas.«

Ich lehne mich an die Küchenzeile und trinke einen Schluck vom Kaffee. Meine Jacke hängt im Flur, meine Winterstiefel stehen dort ebenfalls. Beim Anblick des sauberen Teppichs im Flur nagte sofort ein schlechtes Gewissen an mir, bei dem Gedanken mit den Stiefeln durch das Haus zu laufen. »Wie lange bist du schon dabei?«

Alexander lehnt sich mir gegenüber. »Seit der Woche nach Weihnachten.« Er betrachtet mich, was mich nervös macht.

Lächeln Felix. Das ist etwas, was an mir angeblich hübsch aussehen soll – und es funktioniert.

Er lächelt zurück. »Und du bist ein Freund von Amir und Marie? Oder ... ein Verwandter?«

»Ein Freund von Marie. Wir kennen uns schon ewig. Ich bin für zwei Wochen hier und helfe ihnen beim zweiten Kinderzimmer. Wir sind quasi fast durch, mir bleiben dann noch ein paar Tage Freizeit.«

»Hat es also mit dem Bohraufsatz geklappt?«

Ich muss lachen. Draußen rauscht ein kräftiger Regenschauer vor dem Fenster nieder. »Ja, danke noch mal für deine Beratung.«

»Nicht dafür. Und ich dachte schon, du willst dich beschweren und suchst mich deswegen auf. Ich hätte als Bestechung noch Vollkornbutterkekse hier, aber ob das so gut funktioniert, weiß ich nicht.« Er ist in zwei Schritten bei mir, greift neben mir zur Arbeitsplatte und zieht eine offene Packung Kekse hervor.

»Die Normalen hätten es getan, dagegen fällt Vollkorn durch«, erwidere ich, woraufhin er den Kopf hängen lässt, bevor er zu mir linst und lächelt.

Ich fühle mich ein wenig atemlos dabei. Mein Herz will in eine falsche Richtung, deshalb trinke ich schnell einen Schluck Kaffee und frage das erste, was mir einfällt. »Wie viele Zimmer hat das Haus eigentlich?«

»Oben sind drei plus ein WC. Hier unten das Wohnzimmer, das Bad und die Küche. Willst du einen Rundgang? Ich fürchte, es lohnt sich gerade nicht, vor die Tür zu gehen.« Er sieht an mir vorbei zum Küchenfenster, vor dem es weiterhin gießt.

»Klar, gerne.« Ich stelle den Becher ab und folge ihm in den Flur. »Im Januar habe ich eigentlich Kälte und eventuell ein paar nasskalte Schneeflocken hier erwartet, aber das da draußen ist noch schlimmer.«

»Hier an der Küste ist es oft milder als weiter im Landesinneren. Bist du nicht von hier?« Alexander geht vor mir die Treppe nach oben.

Mein Blick streift seinen Rücken und seine Schultern unter dem dunkelblauen Strickpullover. Die braunen Haare sind im Nacken etwas zu lang und an seinen Schläfen und über den Ohren verstecken sich ein paar graue Haare. Ich muss grinsen. Seine Frage klingt verwundert. Wahrscheinlich dachte er durch meine Freundschaft mit Marie automatisch, dass ich aus der Nähe bin.

»Ich komme aus Hamburg.«

Der Treppenaufgang ist vom Obergeschoss durch eine Tür getrennt. Ich stoppe nur Millimeter auf der Stufe hinter Alexander, als er diese öffnet. Der Geruch von Holz und feuchtem, frischem Moos ist wieder da, doch jetzt, so nahe bei ihm, ist da noch etwas. Etwas Warmes. Wieder überkommt mich das beruhigende Gefühl, und ich kann nicht anders, als tief einzuatmen. Mein Pulsschlag, der eben noch in meinem Ohr klang, verlangsamt sich.

»Das ist ja auch nicht so weit. Ich wohne etwas näher dran. In Lübeck.«

»Ach«, antworte ich nur, ehe ich einen Schritt in den Flur hinein mache.

»Vorsicht hier oben. Ich habe Folie ausgelegt. Nicht, dass du ausrutschst.«

Ich gehe hinter ihm her und trete vorsichtig auf der Folie auf. In dem kleinen Toilettenraum sind die dunkelrosa Kacheln zur Hälfte entfernt. Zwei Zimmer sind schon komplett leer, und hellere Flecken an den Wänden wirken so, als ob Stellen frisch verputzt worden sind.

»Hier waren das Schlafzimmer und nebenan das Nähzimmer, obwohl meine Großtante nicht viel genäht hat. Sie hat es trotzdem so genannt.« Alexander deutet lächelnd hinein. »Die Nachmittagssonne fällt hier so gut rein, dass mein Großonkel sich gern ein Schläfchen im Sessel, der hier stand, gegönnt hat.«

»Hier kann man auch ein prima Arbeitszimmer draus machen oder ein großes Kinderzimmer, wenn man die Wand rausnimmt«, sage ich, trete einen Schritt zurück und sehe vom Flur aus in beide Zimmer. »Die Räume sind ja recht klein bemessen. Ein Größerer ist vielleicht sinnvoller.«

Alexanders Miene hellt sich auf. »Ja, daran habe ich auch schon gedacht. Und weißt du was? Vormittags hast du im vorderen Bereich die Morgensonne und zum Nachmittag das Licht auf der anderen Seite. Die Türdurchgänge würde ich eventuell trotzdem so lassen. Oder je nachdem, wie man die Möbel stellen will, doch einen davon schließen.« Er tritt in den linken Raum, öffnet die Arme, lässt den Blick durch das Zimmer streifen. Dann sieht er mich an. Er lächelt wieder und mir wird warm. »Was meinst du?«

Vorsichtig betrete ich den Raum, gehe bis zum Fenster. Unten erstreckt sich ein Garten, eine Birke steht an dessen Ende. Die Regentropfen trommeln an die Scheibe, und die nackten Äste wiegen sich im Wind. Im Sommer ist der Blick über die Gärten der anderen Siedlungshäuser im Abendlicht sicher schön. Ich drehe mich zu Alexander um. »Ja, ich hätte nichts gegen so einen Ausblick.«

»Die Terrasse muss neu gelegt werden, da sind Teile abgesackt, und aus dem Garten lässt sich mehr machen. Mit einem Durchbruch von der Küche zum Essbereich hätte man eine offene Fläche im Erdgeschoss, wenn man es will.« Alexander reibt sich über den Hinterkopf. »Sorry, ich texte dich mit meinen ganzen Ideen voll.«

Ich grinse. »Schon okay. Ich finde es gut, wenn man aus etwas Bestehendem was Neues macht.« Mit wenigen Schritten bin ich wieder an der Tür und sehe mich noch einmal im Zimmer um.

»Danke dir für die Bestätigung. Vielleicht sollte ich dich bei ein paar anderen Ideen um Rat fragen. Wir liegen wohl auf einer Linie.« Er zwinkert, schiebt sich an mir vorbei aus dem Raum und wir drehen die Runde durch den Flur zurück. Hinter einer offenstehenden Tür ist ein Zimmer komplett möbliert.

»Hier schlafe ich momentan.«

Ich erhasche einen Blick auf das Bett unter dem schrägen Dachfenster. Das Bettzeug ist ordentlich aufgeschlagen. Ein helles T-Shirt liegt auf dem Kissen, wie rasch hingeworfen, und eine kleine Reisetasche steht vor dem Bett. Es kribbelt in meinen Wangen, und ich weiß, dass sie sich gleich mit roten Tupfen verfärben werden.

Es ist seltsam, das Schlafzimmer eines Mannes zu sehen, mit dem ich insgesamt höchstens dreißig Minuten gesprochen habe. Für andere mag das nicht gelten, für mich schon. Hastig schaue ich zu Alexander, der für einen Moment in den Raum starrt und sich dann zurück zur Treppe wendet.

Die durchsichtige Folie raschelt unter meinen Socken, als ich wieder die Stufen hinter ihm betrete. An der Wand zum Treppenaufgang hängen noch mehr Fotos. Eine kleine Frau neben einem kräftigen Mann. Derselbe Mann neben einem Fischerboot. Ein schwarzweißes Hochzeitsfoto in einem goldenen Holzrahmen.

»Meine Großtante und mein Großonkel. Ihnen hat das Haus gehört.« In Alexanders Stimme schwingt etwas Belegtes mit, als er ebenfalls auf die Fotos schaut. Verloren, so wirkt sein Blick für einen Moment, bis er schließlich die letzten Stufen nach unten nimmt. »Hier hätten wir noch das Wohnzimmer. Der wohl größte Raum im Haus.«

Er hat recht. Ich wundere mich, warum die oberen Räume so klein bemessen sind, im Gegensatz zu dem Wohnzimmer. Zum Fenster gewandt stehen zwei Sofagarnituren, eine Wohnwand dominiert die lange Seite neben der Tür.

Links davon ein Essbereich und dahinter Bücherregale und ein Sekretär mit aufgeklappter Schreibfläche und einem Stuhl davor. Um die Wand beim Sekretär hängen mehrere Karten. Keine Länder oder Städte, sondern Sternenkarten. So ähnlich wie die in meinem Schlafzimmer.

Ich verrate dir etwas. Ein kleines Lächeln huscht über meine Lippen. Die Worte in meinem Kopf sind einfach da, weil ich immer an sie denke, wenn ich die Sterne sehe. Weil sie mich an einen Augenblick erinnern, der mich tröstet und etwas Wohliges in meinem Inneren auslöst.

Ich löse den Blick von den Sternenkarten. »Da hast du ja noch was vor dir«, stelle ich fest und drehe mich im Wohnzimmer einmal um mich selbst.

Alexander, der zum Sekretär gegangen ist, schlägt ein Buch zu. Er nickt. »Ja. Mein Plan war eigentlich, im Frühjahr fertig zu sein. Mal sehen. Es sollte neben dem Arbeiten klappen. Aber es ist schon einiges.«

»Hast du jetzt frei?« Wenn er plant, nur an den Wochenenden weiterzumachen, ist es allein wirklich ein ziemliches Stück Arbeit.

»Kann man so sagen. Ich kann mir meine Zeit recht frei einteilen.« Er bemerkt meinen fragenden Gesichtsausdruck, denn er fügt hinzu: »Ich arbeite als Architekt in einem Planungsbüro, und meine Arbeit ist so projektbezogen, dass ich sie theoretisch auch überwiegend von hier ausführen kann.«

»Das ist natürlich praktisch.« Er ist also Architekt. Irgendwie habe ich ihn mir in etwas Handfesterem vorgestellt, gleichzeitig rüge ich mich selbst dafür. Welchen ersten Eindruck erwecke ich wohl, wenn man mir begegnet? Programmierer? Ich bin nicht sportlich und danach sehe ich auch nicht aus.

»Und du?« Seine Frage reißt mich aus den Gedanken. »Hast du dir extra freigenommen? Im Januar an der Ostsee Urlaub zu machen ist ja eher ungewöhnlich.«

»Nein, ich fange im März einen neuen Job an und habe zwei Monate frei.« Ich drehe mich instinktiv zum Fenster und gehe ein paar Schritte zur Terrassentür. Der längliche Garten erstreckt sich hinter der erhöhten Terrasse. Gleich kommt sicher die Frage, was ich bisher gemacht habe und jetzt neu beginne. Ich würde diese Fragen gerne überspringen, dieses Definieren des eigenen Ichs über den Job. Allerdings hat Alexander bisher nicht den Eindruck erweckt, dass es ihm wichtig wäre, darüber zu sprechen. Sofort kommt mir Johannes in den Sinn. Sicher, er brennt für das, was er macht, und er liebt es, von seinem Job zu reden. Vielleicht geht es mir auch nur nach den sechs Jahren so, dass ich oft abschalte, wenn es sich darum dreht.

»Und wie lange bist du noch hier?«

Damit habe ich nicht gerechnet. »Acht Tage. Wieso?«

»Na ja.« Er kommt einen Schritt näher, zwischen uns ist nur die hohe Lehne des einen Sofas. Abwesend streicht er darüber und sieht mich an. »Jetzt, wo du bei deinen Freunden fertig bist und es dir womöglich langweilig werden könnte, wäre hier die optimale Beschäftigung. Wo du gerade in Übung bist mit dem Renovieren. Vielleicht schaffe ich dann sogar mein Ziel mit dem Frühjahr.«

In Bruchteilen von Sekunden schießen mir Gedanken durch den Kopf. Das ist zu einfach. Ich lerne jemanden kennen, finde ihn sympathisch, rein platonisch. *Oder was auch immer*, korrigiert mein Hirn. Und es beruht auf Gegenseitigkeit. Nach nicht einmal einer Stunde.

Dann erwidere ich etwas, was so spontan vollkommen untypisch für mich ist. »Okay. Kein Problem.«

Alexanders Augen weiten sich. »Wow, das ging schnell.« Er lacht auf. »Eigentlich meinte ich das eher als Scherz. Du hast sicher etwas Besseres zu tun, als mir hier mit dem Rausreißen von Fliesen zu helfen, aber okay.«

Gott, wie peinlich. Habe ich nichts dazugelernt, seit der Abi-Feier vor vierzehn Jahren, an der mich einer aus dem

Parallelkurs angetrunken nach draußen gelockt hat, unter dem Vorwand mich zu küssen, nur um mich vor gefühlt dem halben Jahrgang komplett zu outen? Ich wollte mich doch nie wieder so schnell etwas oder jemandem hingeben.

»Ich weiß nicht ... Es war nur ...« Am besten gehe ich jetzt. Sofort. Mir wird heiß. So viel Unsicherheit kann ich gar nicht weglächeln.

»Ich würde mich freuen, wenn du Zeit hast, Felix.«

Oh. Ich hebe den Blick.

»Ich helfe dir gerne«, bringe ich leise heraus. »Und ich sollte jetzt trotzdem los.« Das Rauschen des Regens ist verstummt. Ich sollte zurück. Für den Rest der Möbel und das Mittagessen.

»Gut. Ich bin hier. Morgen genauso.«

Ich nicke zur Antwort und gehe zurück in den Flur, um mir Stiefel und Jacke anzuziehen. Mein Blick fällt auf den vergessenen Kaffee in der Küche, von dem ich nur zwei Schlucke genommen habe.

»Wenn du kommst, ist der Kaffee auch frisch und nicht von vor vier Stunden aus der Thermoskanne.« Alexander lehnt sich an den Türrahmen, als ich die Tür öffne, legt den Kopf schräg, und vielleicht kommt es mir nur so vor, aber sein Blick wirkt eindringlich. Oder ehrlich. Offen.

Für eine Sekunde frage ich mich, wohin ich mich selbst führe, wenn ich morgen wieder hierherkomme. Wenn ich mich darauf einlasse, ihn wiederzusehen. Obwohl ich weiß, es sollte auf nichts hinauslaufen, und obwohl ich immer weit entfernt davon war, unvernünftig zu sein.

Ich schiebe alles beiseite. Wenn das hier die einzige Chance ist, meine Nervosität vor der nächsten Zeit zu ignorieren, nehme ich sie. Denn irgendwas sagt mir, dass es keine gemeinsamen freien Tage mit Johannes geben wird.

***

»Meine Güte! Wieso sind diese alten Tapeten so verdammt widerspenstig?« Ich fluche, als der Spachtel an der Kante abrutscht.

Die Hälfte des Flurs oben ist tapetenfrei, mit der anderen kämpfe ich. Wahrscheinlich werden mich die Muster und Farben der Tapeten in den nächsten Wochen im Traum verfolgen. Frustriert schiebe ich den Spachtel fester über die Wand. Meine Muskeln im Oberarm brennen leicht. Ich weiß, warum Kraftsport nichts für mich ist.

»Hey, lass uns eine Pause machen.« Alexander, der bis eben zwei Türen weiter im kleinen WC dabei war, die Wände abzuschleifen, steht neben mir und tippt mir auf den Arm. Meine Haut kribbelt unter dem T-Shirt. In seinen Haaren hat sich der feine weiße Staub verfangen.

»Das Haus sorgt für graue Haare bei dir.« Ich grinse.

»Noch mehr?« Er zwinkert mir zu und schiebt sich an mir vorbei zum Treppenhaus.

Heute ist der zweite Tag, den ich hier verbringe. Marie hat nur gelacht, als ich ihr von meinem Vorhaben erzählt habe, wie ich die freien Tage nutzen werde.

Unten nehme ich gegenüber von Alexander an dem kleinen Küchentisch Platz, und er schiebt mir eine Packung mit Cookies entgegen.

»Ich bin dir wirklich dankbar. Ich konnte schon keine Tapeten mehr sehen«, sagt er.

»Deswegen darf ich sie jetzt entfernen.« Insgeheim bin ich froh darüber. Die Wände abzuschleifen wäre weniger etwas für mich gewesen.

»Hast du eigentlich so schnell zugesagt, weil ich dir leidtue oder weil du das Haus magst?«

Ich nehme mir einen Keks und beiße hinein. Keine Ahnung, wann ich das letzte Mal innerhalb von zwei Tagen so viele Kekse außerhalb von normalen Mahlzeiten gegessen habe. Ich rede mir ein, dass die Bewegung ausreicht, um die

Kalorien zu verbrennen. »Beides. Ich hab halt eine Schwäche für ältere Dinge.«

Alexander schaut mich entgeistert an. »Es sind nur knapp fünf Jahre.«

Ich muss mir Mühe geben, ernst zu gucken und die Kekskrümel nicht über den Tisch zu prusten. Vielleicht wollte ich darauf anspielen. Da ist so ein Terrain um uns, was zwar ausgelotet ist, dennoch hat es keiner benannt. Ich deute um mich herum. »Ich meinte den Charme vergangener Zeiten und so.«

Jetzt ist er es, der sich fast an einem Keks verschluckt.

Mittlerweile habe ich mich damit abgefunden, dass ich ihn gerne ansehe. Auf allen Ebenen. Und ich weiß, wo die Grenze ist. Er weiß, dass es Johannes gibt, und ich weiß, dass bei ihm niemand auf ihn wartet. Mehr haben wir nicht über Partner oder Partnerinnen gesprochen. Ich will auch kein Thema daraus machen. Das hier ist gerade so leicht. So, wie ich mich schon lange nicht gefühlt habe. So wie sanfte Wellen am Ufer überspült unser Zusammensein meine Nervosität, bevor sie ausbricht.

»Wenn du im Frühjahr fertig bist, willst du dann von Lübeck hierher ziehen oder vermietest du das Haus?« Ich stelle mir vor, wie es wäre, hier zu wohnen.

Vor dem Küchenfenster liegt die Straße, auf der nur ab und zu ein Auto der Nachbarn vorbeifährt. Die niedrigen Einfamilienhäuser gegenüber liegen aneinandergereiht mit großzügig Platz dazwischen, manche mit einem Fahnenmast im Vorgarten, wo die hellblau-gelbe Flagge des Ostseeorts weht. Selbst im Sommer, wenn Touristen den Ort fluten, ist es hier ruhiger. Es sind nur höchstens zehn Minuten von hier, bis man seine Zehen in den Sand graben kann und das Meer an den Knöcheln spürt. Ich schaue vom Fenster zurück zu Alexander.

Er hat bisher geschwiegen. Dann sieht er mich an. »Ehrlich gesagt, habe ich mir bisher keine Gedanken gemacht. Mein erster Gedanke war, es zu verkaufen, aber ...«, er schiebt ein paar Kekskrümel zusammen, »es ist ein Stück aus meiner Familie, was noch da ist.«

Ich will nicht weiter fragen, weiter bohren. Was immer das bedeutet, es schmerzt. Ein stiller Schmerz, der nur sichtbar wird an Alexanders zuckenden Kiefermuskeln und der steilen Falte zwischen seinen Augenbrauen.

»Du musst es ja nicht sofort entscheiden. Es läuft ja nicht weg«, sage ich. Wenn ihm das hier so viel bedeutet, wird es einen Grund geben, warum er zögert. Und jetzt gutgemeinte Ratschläge anzubringen, ist sicher nicht das, was er hören will.

»Das stimmt. Aber dadurch wird es auch nicht besser. Ich plane lieber nichts mehr.«

Ich weiß nicht, was ich darauf erwidern soll, und schweige.

»Hast du dich denn entschieden, ob du bis zum März noch mal wegfährst? Du könntest ins Warme. Costa Rica ist im Januar und Februar toll.«

Ich ziehe die Augenbrauen hoch. »Nee, ich weiß nicht. Vielleicht ergibt sich noch etwas.«

Ich will nicht zugeben, dass die Vorstellung eines Urlaubs das nervöse Ziehen zurückbringt. Nicht zu wissen, was mich erwartet. Die letzten Urlaube war ich nie allein, Johannes war immer bei mir. Vor zwei Jahren waren wir für ein paar Tage in Italien. Die Nacht vor der Abreise waren meine Gedanken eine ruhelose Wolke, ob alles so funktionieren würde, wie wir es geplant hatten. Ob wir unser Hotel finden würden. Es stellte sich heraus, ich hatte mir viel zu viele Gedanken gemacht.

»Warst du schon mal in Costa Rica?«

Alexander nickt. »Ja, vor vier Jahren. Für drei Wochen.

Eineinhalb davon war ich mit dem Rucksack unterwegs und die restlichen mit einem Kumpel in einem kleinen Hotel. Dort findet man so viel Naturvielfalt und Wasser. Gleich zwei Meere, also definitiv etwas für dich, wo du das Meer liebst. Magst du Schildkröten? Je nach Jahreszeit erlebt man, wie sie schlüpfen und ins Meer kriechen.«

Ich lächle und meine Wangen werden warm. »Klingt toll.«

»Oder die Kanarischen Inseln. Da fliegst du nicht so lange. Die Wärme ist trockener und die Vulkanformationen muss man sich ansehen. Vielleicht bekommst du dann etwas Farbe im Gesicht.« Er beißt von einem Keks ab.

Meine Wangen fühlen sich so an, als ob sie genug Röte zieren würde. Ich habe keine Flugangst, Johannes bekommt allerdings Kopfschmerzen im Flugzeug, also sind wir bisher nur zweimal geflogen. »Lass mich raten, dort warst du auch.«

»Ja. So weit es sich mit der Arbeit vereinbaren ließ, bin ich in der Vergangenheit recht oft unterwegs gewesen. Es gibt so unglaublich viele einzigartige und wunderschöne Orte. Und damit meine ich nicht die von Touristen überlaufenen, sondern die, die dir von Einheimischen empfohlen werden, nach einem geselligen Abend.«

Wenn ich seinen Erzählungen von den Reisen lausche, klingen sie so unkompliziert. Ohne Stress, hineingelebt in den Tag. Ich würde das gerne können, aber vielleicht bin ich dazu gar nicht in der Lage. Er sitzt jetzt vor mir, kann die Geschichte mit einem Lächeln erzählen, als er mit dem Rucksack in den falschen Bus gestiegen und vier Stunden ans andere Ende des Landes gefahren ist. Ich lache mit. Würde mir sowas jedoch passieren, ich weiß nicht, wie ich reagieren würde. Vielleicht ist es also ganz gut, dass ich nur darüber nachdenke, nach Schweden zu fahren. Und nicht mal das ist sicher.

»Also?« Er schaut mich zum Abschluss fragend an.

»So, wie du es erzählst, bekommt man schon Lust darauf. Na ja, ich weiß noch nicht. Mal sehen.« Hastig trinke ich einen Schluck Wasser. Wenn wir uns weiter darüber unterhalten, offenbare ich ein Stück Unsicherheit, was mir nicht gefällt. Was ich selbst an mir nicht mag. Der Stuhl rutscht geräuschvoll über die Küchenfliesen, als ich aufstehe.

»Wagst du manchmal etwas, Felix?«

Ich starre Alexander an. Seine Frage erwischt mich kalt. Es überwältigt mich, so durchschaubar für ihn zu sein. So ertappt. Der Splitter Unsicherheit wird sichtbar, jedoch ohne dass es schmerzt.

Ich weiche seinem Blick aus. »Manchmal«, antworte ich vage und gehe an ihm vorbei zurück in den Flur. Weil das Terrain zwischen uns uneben ist, habe ich Angst zu stolpern und noch mehr Angst habe ich davor zu hoffen, dass er mich hält, so, wie sich etwas in mir danach sehnt, gehalten zu werden.

***

Eine Mischung aus schwerem Staub und dem Geruch von angefeuchteten Tapetenresten hängt in der Luft. Ich wische mir den Schweiß von der Stirn. Draußen hat sich die Dämmerung niedergelegt und lässt die kahlen Äste und den tristen grauen Himmel verschwinden.

Die Uhr zeigt Viertel nach vier. Seit heute Morgen bis jetzt habe ich den Flur im Obergeschoss von den Tapeten befreit. Den Muskelkater in meinen Armen ignoriere ich, schiebe die Reste vom Boden zusammen und stopfe sie in eine Mülltüte. »Alex? Ich werde gleich rübergehen, ist das okay?«

Alexander steckt seinen Kopf aus dem kleinen Bad und zieht die Atemmaske nach unten. In seinem Gesicht klebt der weiße Staub vom Schleifen der Wände. »Sicher. Ich mache auch nicht mehr so lange.« Für eine Sekunde mustert er mich, bevor er weiterspricht. »Sag mal, wenn du nicht schon verplant bist, willst du hier zu Abend essen? So als Dankeschön. Außerdem habe ich ein schlechtes Gewissen, weil ich dir nur Kekse, Kaffee und Wasser angeboten habe.«

Jemandem bei etwas zu helfen, damit es schneller geht und damit man von den eigenen Gedanken abgelenkt ist, ist eine Sache. Ein Abendessen ist eine andere. Zumindest, was unser Terrain betrifft. Dabei ist es eigentlich Quatsch, es ist nur ein Abendessen.

»Okay«, stimme ich zu. »Aber ich gehe trotzdem erst mal zu Marie. Ich brauche eine Dusche. Ohne die willst du mich nicht neben dir sitzen haben.«

»Das hast du gesagt«, antwortet er mit einem schelmischen Ausdruck im Gesicht. »Gegen 18:30 Uhr wieder hier?«

Ich nicke. Vielleicht mache ich mir zu viele Gedanken, wir kommen einfach gut miteinander aus. Er gibt mir andere Impulse, die mich ablenken und dafür sorgen, dass sich das Schweben der letzten Tage in einem fremden Raum langsam weniger beängstigend anfühlt.

***

Um halb sieben öffnet Alexander mir die Tür. Der Staub ist aus seinem Gesicht und den dunklen Haaren verschwunden, und als ich an ihm vorbei in den Flur gehe, kitzelt der fast schon vertraute Geruch nach klarer Winterluft in meiner Nase. Darunter etwas herberes Frisches, was intensiver wird, während Alexander die Tür schließt und neben mich tritt.

»Ich habs gerade noch geschafft, nach dem Duschen für die nächsten Tage einzukaufen. Du hast also eine kleine Auswahl, was es geben soll.«

Ich folge ihm in die Küche. Es hat etwas ungewohnt Heimisches, wie er die Taschen auspackt und die Einkäufe verteilt. Bei Marie und Amir ist es nicht anders, nur da fällt es mir nicht auf. Zu Hause habe ich das ebenfalls und für eine Sekunde überkommt mich ein schlechtes Gewissen. Johannes ging gestern Abend nicht ans Telefon, und später schrieben wir uns nur Nachrichten hin und her. *Ich helfe einem Nachbarn von Marie*, war meine kurze Antwort auf Johannes' Frage, was ich die nächsten Tage mache.

»Willst du was anderes trinken als Kaffee und Wasser?« Alexander zeigt auf eine kleine Auswahl an Getränken. »Und gibt es etwas, was du gar nicht essen magst?« Er lehnt sich mit dem Rücken an die Küchenzeile, rollt eine rote Paprika in den Händen. Ich möchte ihn noch ein bisschen länger betrachten.

»Ähm, ich weiß nicht genau, eigentlich nicht. Na ja, ich mag keinen frischen Fenchel. Ansonsten bin ich ziemlich genügsam.« Ich greife nach der Flasche mit trüber Apfelschorle.

»Hätte ich kaum vermutet aus deinen Erzählungen«, gibt er schmunzelnd zurück. »Keine Sorge, Fenchel habe ich nur als Tee.«

Bin ich wirklich so leicht zu lesen? Und er? Was sehe ich in ihm? Er hat mir den Rücken zugewandt. Die Fragen, die ich ihm gestellt habe, hat er mir ohne zu zögern beantwortet. Aber da ist etwas, was ungesagt bleibt. Wenn es um das Haus geht, die Familie. Andererseits kenne ich ihn erst seit ein paar Tagen, was erwarte ich bitte?

Er legt die Paprika zurück auf die Arbeitsfläche und beginnt, die Einkäufe zu sortieren. Zucchini, Karotten, Zwiebeln, eine Packung Reis und eine Dose Mais.

»Ist Gemüsepfanne mit Reis für dich in Ordnung?« Ich nicke. »Gut.« Aus einem der Küchenschränke kramt Alexander ein Sieb hervor, legt die Paprika und zwei Zucchini hinein und wäscht sie gründlich.

Ich stehe verloren hinter ihm, betrachte die Karotten und die Maisdose, die auf der Arbeitsfläche liegen.

»Willst du mithelfen? Ansonsten setz dich gerne.«

Ich schüttle den Kopf. »Nein, ich helfe dir.«

Seine Finger berühren meine, als er mir ein Holzbrett in die Hand drückt.

Je älter ich werde, desto mehr fällt mir auf, wie unterschiedlich Menschen Essen vorbereiten. Ich mochte kochen schon immer gerne. Johannes nimmt zum Schneiden immer eins unserer großen Holzbretter und schneidet mit einer Präzision, die Zeit kostet und mich manchmal auf die Palme bringt, wenn es schnell gehen soll. Marie schneidet Zwiebeln, als wären sie ihr persönlicher Feind – so sehen sie danach auch aus.

Und nicht mit jedem Menschen lässt sich Hand in Hand zubereiten. Mit Alexander schon. Das gleichmäßige Geräusch zweier Messer, die Gemüse schneiden, erfüllt die Küche. Nebenbei dudelt ein altes Radio auf dem Fensterbrett.

»Ist es für Amir und Marie in Ordnung, dass du die Tage hier bist?«

»Ja.« Ich schiebe einen kleinen Haufen geschnittener Paprikastücke in einen tiefen Teller. »Marie arbeitet ja noch und das überwiegend von zu Hause. Und die anderen Abende hatten wir ja zusammen.«

Alexander nickt verstehend. »Woher kennt ihr euch eigentlich?«

Ich denke an Nachmittage am Strand, wenn die Sonne lange Schatten in den Sand warf und wir müde vom Sommertag unsere Sachen packten. Tauchübungen auf der Sandbank. Fußball auf dem Hof. An Regen, der nachts aufs Zeltdach trommelte, wenn wir im Garten ihrer Eltern gezeltet haben und am Morgen mit klammen Schlafsäcken zurück ins Haus schlichen. An meinen ersten Diskobesuch mit Marie ein paar Orte weiter: weil ich den Schlüssel zum Apartment verlegt hatte, mussten wir, bis es hell wurde und

meine Eltern wach wurden, auf den Stufen vor dem Haus-
eingang hocken. Ich denke an Nächte am Strand und den
endlos tiefen Sternenhimmel, an dem ich mich nicht sattse-
hen konnte. An das Gefühl von zu Hause, wenn ich hierher
komme. An mein Leben, in dem Marie so viele Spuren hinterlassen hat, die uns verbinden.

»Unsere Eltern kennen sich schon lange, und ihre Familie zog von Hamburg hierher, als sie noch klein war. Wir
fuhren jeden Sommer in den Ferien her. Es ist quasi meine
zweite Heimat. Und wir sind seitdem befreundet.« Die wenigen Worte erklären es, dennoch werden sie nicht im An-
satz der Bedeutung gerecht, die unsere Freundschaft hat.
»Marie hat mich mit meinem ersten Liebeskummer getrös-
tet, und mit dem zweiten. Ich war die erste Anlaufstelle, als
sie übergangsweise bei jemandem wohnen musste, und als
ich Johannes kennenlernte, war die Feuertaufe, dass sie
sich verstehen. Ich war ihr Trauzeuge und wahrscheinlich
aufgeregter als sie selbst, und bevor Mara geboren wurde,
hat Marie schon festgelegt, dass ich ihr Taufpate sein werde.«

Alexander hält darin inne Wasser für den Reis in einen
Topf zu geben. Mein Blick trifft seinen.

»Sie kann sich glücklich schätzen«, sagt er leise und es
ist so, als ob er etwas in meinem Blick suchen würde. Ich
schaue zurück auf meine Hände. »Versteh das bitte nicht
falsch. Ich meine, dass ihr so gut befreundet seid.«

Da ist es wieder, das tief Verschlossene in seiner Stimme. Nur für einen Augenblick, aber ich habe es gehört. »Das
tun wir beide.«

***

»Ist dein Großonkel zur See gefahren?« Fotografien von
einem kräftigen Mann stehen auf einer schmalen Ablage

der Wohnwand neben denen von Familiengruppen- und Einzelfotos.

»Nein, er hat auf der Werft hier im Ort gearbeitet. Nebenbei ist er rausgefahren zum Fischen oder wenn er Ruhe brauchte. Später hat er mit Tante Waltraud zusammen Strandkörbe vermietet.«

Die großen Buchstaben des Namens auf dem Rücken der Strandkörbe an einem Strandabschnitt blitzen vor meinem inneren Auge auf. Alexander verschwindet in der Küche, räumt die letzten Reste vom Abendessen weg, während ich die Fotos weiter anschaue. Ein Porträt von einer Frau mit hochfrisierten Haaren und großer getönter Brille, daneben eins mit einer zweiten Frau, ungefähr im gleichen Alter. Alexander tritt wieder neben mich, sein Pullover streift meinen Arm.

»Das ist meine Großtante mit meiner Oma, ihrer Schwester.« Er deutet auf das Bild der beiden Frauen. Alles schwarz ist rötlich geworden, gibt den Gesichtern weiche Züge.

Ich zeige auf ein Foto daneben. Ein Mädchen und ein Junge auf einer Gartenbank. Beide in farbigen Jeanshosen und bunten T-Shirts, in genau so einem Stil, wie ich sie in den Neunzigern trug. »Hatten deine Großtante und dein Großonkel Enkelkinder?«

Alexander schüttelt den Kopf. »Nein.« Er atmet tief ein, ehe er weiterspricht. »Das sind meine Schwester und ich.«

Ich betrachte das Bild genauer. Den Jungen darauf. Braune Haare, auch damals schon ein bisschen zu lang im Nacken, ein Grinsen, in dem eine Zahnlücke aufblitzt. Das Mädchen lächelt scheu in die Kamera.

»Da sitzen wir hier auf der Terrasse.«

»Wart ihr öfter hier?«

Alexander nickt. »Ziemlich oft. Vor allem in den Ferien. Unsere Mutter musste meistens arbeiten, mit den Großeltern war nicht viel Kontakt, also waren wir hier. Ich kenne mich hier demnach sehr gut aus.«

Ich schaue von Alexander zurück auf das Foto. Da könnte er sieben oder acht gewesen sein. Wie hat er ein paar Jahre später wohl ausgesehen? Vielleicht sind wir uns hier schon über den Weg gelaufen. Ganz bestimmt, denn so groß ist es hier nicht und man verbrachte als Kind im Sommer die meiste Zeit draußen. »Wer von euch ist älter?«

»Meine Schwester. Knapp zwei Jahre.« Abrupt dreht Alexander sich von der Wohnwand weg, tritt zur Terrassentür und öffnet sie. Kalte Luft strömt ins Wohnzimmer und von der entfernten Schnellstraße klingt das Rauschen eines Autos über den nassen Asphalt.

Ich sehe sein Gesicht im Profil. Seine geschwungenen Wangenknochen, die markante Linie seines Kinns, welche sich unter dem Dreitagebart erahnen lässt. Die dunklen Wimpern. Er starrt nach draußen in die Dunkelheit, ins Nichts. Ein Schauer läuft über meinen Rücken. Das warme, heimelige Licht des Wohnzimmers steht im Kontrast zur Schwärze, die vor der Terrassentür lauert. Ein längst vergessener Traum blitzt nur Millisekunden in meinen Gedanken auf. Nichts Greifbares. Nur die Furcht vor der Fremde. Vor der Dunkelheit. In meinem Nacken sticht es, etwas zieht an mir hinunter und will meine Brust umschlingen.

Ich atme tief ein. Kalte Luft mischt sich mit der Wärme des Raums in meinen Lungen. Ein weit entferntes Summen. Oder doch nicht? *Nein, bitte nicht jetzt.*

»Einen Moment Lüften tut mal gut«, sagt Alexander und dreht sich zu mir.

Ich blinzle. Einmal. Noch einmal. Da ist die Helligkeit, in der wir stehen, und die Dunkelheit vor der Tür. Als ob sich die andere Wirklichkeit, die sich manchmal in meinen Kopf schleicht, wieder aufgelöst hat. Keine Furcht, kein Summen, nichts dazwischen. Ich riskiere einen weiteren Blick in die schwarze Leere vor der Tür. Alexander schließt sie, und ich erschaudere ein letztes Mal.

Er nimmt unsere Gläser vom Esstisch, stellt sie auf dem Couchtisch ab und setzt sich auf eins der beiden Sofas. »Hast du Geschwister?«

Ich schüttle den Kopf. »Nein, ich bin Einzelkind. Vielleicht auch ein bisschen verwöhnt, aber es hält sich in Grenzen.« Wir lächeln beide. »Meine Eltern waren schon Ende dreißig und Anfang vierzig, als ich kam. Mehr war dann nicht in Planung.« Ich setze mich auf das andere Sofa, schräg daneben.

Alexander lehnt sich mit den Unterarmen auf seine Beine und sieht mich an. Wieder diese Ruhe, die mich einnimmt. Die meine aufrührenden Gedanken besänftigt, sich darüber legt und mir versichert, dass es okay ist, wie es gerade in mir ist. Keine Angst. »Und du hast schon immer in Hamburg gewohnt?«

Ich nicke. »Wir sind nur einmal umgezogen in das Haus, in dem meine Eltern immer noch wohnen. Warst du schonmal in Hamburg?« Ich überlege, wie gut ich im Gegenzug Lübeck kenne. Die Innenstadt und ein bisschen etwas drum herum vom Durchfahren.

»Ein paar Mal. Wenn du mir jetzt allerdings Straßennamen von mehr als den Hauptstraßen nennst, muss ich passen. Stadtteile gehen schon eher.« Ein Grinsen.

»Alles klar. Ich bin zum Teil in Altona aufgewachsen, dann in Bergedorf und da wohne ich jetzt immer noch.«

»Das ist übersichtlich.«

Ich runzle die Stirn. »Wenn du meine Wohnorte meinst, auf jeden Fall.« Wahrscheinlich auch alles andere in meinem Leben, aber das erwähne ich nicht. »Bis zum Ende des Studiums habe ich zu Hause gewohnt, bin dann ausgezogen in die Wohnung, in der ich jetzt wohne. Und ungefähr eineinhalb Jahre später ist Johannes mit eingezogen.«

Es ist seltsam, in Alexanders Gegenwart von Johannes zu sprechen, während ich hier auf dem Sofa seiner Großtante sitze. Es scheint mir wie ein anderes Leben, keins das beladen ist mit Alltäglichem. Vor einer Woche bestand mein Leben aus so viel Gewohnheit, die mir jetzt vorkommt, wie das immer wiederkehrende Gefühl der Eintönigkeit, wenn ich Projektberichte schreibe. Das ist nicht fair, ich weiß es. Nichts kommt mir in den letzten Monaten besonders vor. Außer der geplante Jobwechsel. Vielleicht gehört das dazu, dass sich das hier anders anfühlt. Vielleicht gehört es zu dem Schweben zwischen Altem und Neuem.

»Und seitdem bist du mit ihm zusammen oder schon vorher?«

»Wir waren schon ungefähr ein halbes Jahr zusammen. Und dann war es am praktischsten, dass er bei mir einzog.« Es klingt wenig romantisch, aber das war es auch nicht. Johannes' Mietvertrag damals war befristet, ich hatte Platz, wir trafen uns schon eine Weile, und er wohnte umständlich zu erreichen am anderen Ende von Hamburg. Also war das die beste Lösung.

»Praktisch, okay.« So, wie Alexander es ausspricht, klingt es amüsiert. Ich könnte etwas einwerfen, die Richtung, in die sich seine Gedanken spinnen, ändern. Doch irgendwie hört sich alles dazu in meinem Kopf nur wie eine Rechtfertigung an. Ich bin froh, dass er weiterspricht.

»Ich bin, glaube ich, neun Mal umgezogen.« Er lacht, als ich ihn ungläubig betrachte. »Ja, wir mit unserer Mutter. Danach mit meiner Schwester, dann mehrfach allein. Zwei Jahre war ich im Ausland, und zuletzt bin ich nach Lübeck gezogen, in die Wohnung, in der ich jetzt lebe. Dazwischen war viel Sturm- und Drang-Zeit.« Er lässt sich nach hinten in die Sofalehne fallen, verschränkt langsam die Arme hinter dem Kopf, und ich verliere meinen Blick in seinen Augen.

Gab es bei mir so eine Zeit? Die eineinhalb Jahre, in denen ich allein wohnte, bis Johannes zu mir zog, kann man kaum so benennen. Mein Puls pocht in meinem Hals. Etwas an Alexander ist neben der Ruhe, die ich in seiner Gegenwart spüre, einnehmend. Ich will mich dem nicht entziehen. Will, dass es mich umhüllt. Dass dies ein Teil meines Schwebens in dieser Zeit hier ist. Ob er weiß, wie das alles auf mich wirkt? Denkt er, ich bin auf der Suche nach etwas? Nach Abenteuer? Ich schaue weg, denn das Gefühl von Scham zwickt. Mein Blick brennt sich in das Bücherregal neben dem Sekretär. Wir sind erwachsen, was für ein Quatsch.

»Manchmal hätte ich mir weniger Stress gewünscht, mehr Beständigkeit. Ich war andauernd unterwegs und mich hielt es nicht lange an einem Ort. Na ja.« Er seufzt, während ich weiter auf die Buchrücken im Regal blicke. »Seltsam, dass man sich immer nach dem sehnt, was man nicht hat.«

»Immer?« Endlich kann ich ihn wieder ansehen.

»Vielleicht nicht immer. Aber ab und zu gibt es Dinge, die man erst zu schätzen weiß, wenn man sie verloren hat oder wenn keine Chance besteht, sie zu erreichen.«

Ich würde gerne fragen, was er verloren hat. Welche Chance verstrichen ist, doch mir fehlt der Mut.

»Interessierst du dich für Geschichte?«

Der Themenwechsel kommt so plötzlich, dass ich ihn irritiert anstarre. »Ähm ... ja.«

Alexander steht auf und geht zum Bücherregal. »Du hast die Bücher so fixiert, deswegen. Mein Großonkel hat ein paar Aufzeichnungen und Geschichtsbücher über die Region gesammelt.«

Ich werde hellhörig. Dinge vergangener Zeiten kitzelten schon immer meine Neugier. Alexander wischt mit der Hand über die Buchrücken, nimmt zwei Bücher heraus und setzt sich damit neben mich. Das Sitzpolster gibt nach, wodurch ich ihm minimal entgegen rutsche. Großartig.

»Hier.« Er schlägt ein größeres Buch auf, sodass ein Teil auf meinen Knien liegt, der andere auf seinen. Ich spüre jeden Millimeter von ihm, der mir nahe ist. »Ganz früher lebten hier überwiegend Bauern. Der Fischfang wurde erst im neunzehnten Jahrhundert erlaubt.«

Ich atme durch und konzentriere mich auf die Bilder und Überschriften in dem Buch. Bilder aus der Umgebung: Von Travemünde. Dem Steilufer, das man erreicht, wenn man der Promenade bis zum Ende folgt. Auf dem man im Sommer vom Strand aus die gelben Getreidefelder erahnen kann. Der Hemmelsdorfer See, an dem ich vorbeigefahren bin, als ich vor ein paar Tagen hier ankam.

»Badestrand wurde es Ende des neunzehnten Jahrhunderts. Vorher konnte kaum jemand schwimmen.« Alexanders Schulter berührt meine, als er die Seite umblättert und mit dem Finger über die Fotos streicht. Ich unterdrücke den warmen Schauer und lese die Untertitel unter den Schwarzweiß-Fotos von alten Badekarren und einer kleinen Seebrücke. Ein Foto erregt meine Aufmerksamkeit.

»Was war hier?« Ich deute auf ein Bild. Ein fast zerstörtes Bauernhaus. Das Dach noch intakt, aber die Wände werden nur von den Fachwerkbalken gehalten. Eine Zeichnung daneben, von tobenden Wellen und einem Reetdach, das im Wasser zerfällt.

»Das war die Sturmflut im November 1872. Mehr als die Hälfte der Häuser im Dorf und Hinterland wurden zerstört. Eine der schlimmsten Sturmfluten an der Ostsee. Der Pegelstand war bei 3,3 über Normalnull. Das hat die Küstenregionen schwer getroffen. Und weil wir hier auf einer Nehrung liegen, quasi wie ein Streifen Land zwischen Ostsee und Hemmelsdorfer See, spülte die See hier einfach rüber.«

Ein kalter Schauer läuft über meinen Rücken. Vage sind da Erinnerungen an Albträume, in denen das Wasser der Bucht immer weiter stieg bis zum Ende des Strands und ich nicht schnell genug war. Danach wachte ich schweißgebadet auf.

»Im Museum in Scharbeutz gibt es eine Ausstellung dazu.«

»Oh, hat es im Moment geöffnet?« In mir kribbelt Neugierde.

Alexander schmunzelt. »Ich glaube ja. Willst du hin? Ich hab sie mir auch noch nicht angesehen.«

Bei der Vorstellung, mehr Zeit mit ihm zu verbringen, und das außerhalb dieser vier Wände, verwandelt sich das Kribbeln in mir in ein Tosen. »Ähm, ja. Gerne.«

»Okay. Morgen Vormittag? Ich kann dich abholen, und dann fahren wir hin.«

Ich muss nicht lange überlegen und nicke. Wärme steigt in meine Wangen, schnell schaue ich zurück auf die Bilder der Sturmflut. Alexanders Daumen und Zeigefinger ruhen auf den Buchseiten. »Ich finde es immer noch schwer greifbar, mir vorzustellen, wie stetig das Wasser steigen und alles verschlingen kann. Ich kenne die Flutmarken an der Elbe aus den sechziger Jahren. Als Kind war es für mich unvorstellbar, dass dort, wo wir spazieren gingen und sich neben uns Häuser, Gärten und weiter unten der Elbstrand entlangzogen, Wassermassen bis über meinen Kopf gestanden haben.«

»Der Küstenschutz ist mittlerweile besser, nasse Füße würden wir eventuell trotzdem bekommen. Aber das Boot von meinem Großonkel liegt gepflegt hier im Hafen, und ich kann es fahren. Besänftigt das deine Sorge?«

Ich kann nicht anders und lache leise. Seine Schulter berührt wieder meine, diesmal mit voller Absicht. Grinsend presse ich die Lippen aufeinander.

»Mit Kapitänsmütze?«, frage ich.

Alexander hebt eine Augenbraue. Bilde ich es mir ein oder ist er so dicht bei mir geblieben? Seine Hand streift flüchtig meinen Oberschenkel, als er das Buch schließt, neben sich legt und zum nächsten greift.

»Wenn du das möchtest.« Das Buch liegt geschlossen in seinen Händen. Wieder halb auf seinem und halb auf meinem Bein. Eine Verbindung zwischen uns.

»I-ich weiß nicht genau, vielleicht.«

Sein tiefes Lachen macht etwas mit mir.

»Das ist deine Standardantwort auf vieles, oder?«

Reflexartig öffne ich den Mund, schließe ihn aber sofort wieder. Er hat recht. Ich bin unsicher und so Standard wie die alljährlich wiederkehrende Übergangsjacke im Frühjahr und Herbst. Unauffälliger Standard. Er hingegen wirkt wie ein wieder in Mode gekommener wohliger Norwegerpullover. Ein bisschen verwegen.

Vergiss es, Felix, selbst wenn er auf Männer stehen sollte. Du warst immer die treue Seele, willst du das jetzt plötzlich ändern? Die Stimme in meinem Kopf klingt verdächtig nach Marie.

»Das Boot war sein zweites, nachdem das erste irgendwann hinüber war. Damit ist er im Zweiten Weltkrieg über die Ostsee geflüchtet und hier gelandet. Tja, und Tante Waltraud hat bei ihm wohl einen großen Eindruck hinterlassen, denn sie haben geheiratet.«

Alexander lehnt sich ins Sofa, nachdem ich keine Anstalten gemacht habe, ihn zum Aufschlagen des Buches zu bewegen.

»Kam deine Großtante von hier?« Ich lehne mich ebenfalls zurück.

Er nickt zur Antwort und blickt zur Decke. »Sie hatte die azurblauesten Augen, die ich je gesehen habe. Wie die Ostsee, wenn die Sonne scheint und hoch im Südwesten steht.« Er dreht den Kopf zu mir, und ich muss lächeln. »Deine sind wie das Meer am Morgen. Weißt du, was ich meine?«

Oh bitte, das kannst du nicht tun, denke ich und schüttle den Kopf.

»Wenn du früh morgens runter an den Strand gehst, nachdem die Sonne gerade aufgegangen ist, ist es meistens still. Nur kleine Wellen, die ans Ufer schwappen. Und das Wasser hat so eine sanfte helle Farbe, voller Licht. So, als ob es nichts darin geben würde, was dich verletzt. So weich, wenn du darin versinken würdest. Selbst wenn es bewölkt ist. So sind deine Augen.« Er setzt an, etwas hinzuzufügen, aber stockt und senkt schließlich den Blick auf das Buch. »Tut mir leid, das ist ... nicht angemessen.« Die Muskeln in seinem Kiefer zucken wieder, und zurück ist die Falte zwischen seinen Augenbrauen.

Ich widerstehe dem Drang, meinen Kopf einfach an seine Schulter sinken zu lassen und die Augen zu schließen. Wäre ein wenig Nähe so verkehrt? Mehr als die zufällige Berührung unserer Schultern, weil wir so verdammt nahe nebeneinandersitzen? Ich will nicht, dass es ihn traurig macht, darüber zu sprechen, an was er denkt, wenn er meine Augen sieht. Wenn er mich sieht. An was auch immer er gedacht hat in den letzten Tagen, was dieses Sturmgrau dunkel werden ließ, ich will nicht der Grund für seine Traurigkeit sein.

Vorsichtig beuge ich mich ein Stück vor.

»Dann bin ich gerne wie das Meer am Morgen«, antworte ich und es klingt ein bisschen atemlos. Ich sehe nicht, was auf den Seiten des Buches steht, als ich es durchblättere. Meine Gedanken kreisen um den Menschen neben mir. Um das Kribbeln in meinen Fingerspitzen. »Es ist lange her, dass ich auf die Ostsee rausgefahren bin.«

»Wie kommts?« In Alexanders Stimme schwingt nur ein Hauch der Betrübtheit mit.

Ich schlage das Buch wieder zu. Vorsichtig streiche ich mit dem Daumen über den Einband. »Hat sich irgendwie nicht ergeben. Und ... ich bin etwas ängstlich. So ... ziemlich oft.« Ich spreche nicht häufig darüber, weil die wenigsten wissen, was sie darauf erwidern sollen. Und weil es eine Schwäche ist, die ich zwar erklären kann, doch die mir trotzdem einen Stempel aufdrückt, den ich nicht will. Alexander wirkt anders. Nicht wie einer von denen, die mir zureden wollen, was das Richtige für mich ist.

»Oft?« Er sieht mich fragend an. »Jetzt auch?«

Ich muss schmunzeln, denn er sieht so besorgt aus und es kommt mir gerade absurd vor, dass ich jetzt Angst haben könnte. »Nein, jetzt nicht. Ich mache mir in manchen Situationen zu viele Gedanken, was passieren könnte beziehungsweise, dass etwas passieren könnte. Überdenke Dinge zu oft. Mir selbst fällt es gar nicht mehr auf, aber na ja, anderen geht es nicht so. Es ist nicht ...«

... normal. Ich merke, dass ich das Thema lange nicht angesprochen oder ausgesprochen habe. Es fällt mir schwer, geeignete Worte zu finden.

»Bekommst du Panik?«

Ich halte für eine Sekunde inne bei dem Gedanken an die Panik. »Manchmal. Jedoch ist das losgelöst davon. Das gibt es on top.«

»Also bekommst du Panikattacken und zerdenkst Dinge?«, fasst Alexander zusammen.

Ich lehne den Kopf zurück und starre an die Decke. »Ja. Ich habe das schon ziemlich lange. Mal mehr, mal weniger.«

»Das klingt anstrengend.«

Erstaunt drehe ich den Kopf in seine Richtung. Er ist seit langem der Erste, der genau den Punkt trifft und das ausspricht, was es am meisten ist: anstrengend.

»Ja, das ist es.«

»Aber jetzt geht es dir gut?«

Geht es mir gut? In mir ist mehr, seitdem ich hier angekommen bin. Mehr Schwanken, mehr Schmerz, mehr Kribbeln. Wie kann es sein, dass ich mich nach nur ein paar Tagen lebendiger fühle als in den ganzen letzten Monaten?

Ich gebe ihm die einzige Antwort, die mir dazu einfällt: »Ja.«

»Sagst du es mir, wenn nicht?« Seine Stimme klingt unsicher. Eine Nuance leiser, brüchiger. Etwas fügt sich zusammen. Der Mann, den ich vor ein paar Tagen traf und der mir mit einer Ruhe und Selbstverständlichkeit ein Stück Sicherheit vermittelte, offenbart mir Verletztheit.

Ich beuge mich näher. »Ja.«

Das Schweigen zwischen uns zieht sich für ein paar Momente. Lässt die Erkenntnisse sinken.

»Weißt du«, beginne ich, denn ich möchte es nicht so stehen lassen, »sie kommt so aus dem Nichts, die Angst. Selbst wenn es jetzt losgehen würde, hat es nichts damit zu tun, wie du dich verhalten hast oder ob es ein schöner Abend war. Ich möchte nicht, dass jemand in meiner Gegenwart Rücksicht nimmt.«

Alexander sieht zu mir. Sieht mich an. Sieht mich. »Warum willst du das nicht?«

Ist es nicht offensichtlich?, möchte ich erwidern. Mit einer Schwäche Aufmerksamkeit zu erregen, stört mich. Genauso wie darüber definiert zu werden. »Weil es mein Problem ist. Und ich deswegen nicht mit Samthandschuhen angefasst werden muss.«

Johannes' Blicke vor ein paar Jahren waren unsicher, abschätzend. Damals, als mich jeder Schritt vor die Tür Überwindung kostete. Er war trotzdem da, wenn auch im Hintergrund, bis ich wieder leichter atmen konnte und es besser wurde. Mittlerweile hat er eine Routine entwickelt, mit wenigen Worten um mich herum zu arbeiten. Mir Unterstützung zu zeigen, indem er mich ablenkt. Er hat sie nur lange nicht mehr bei mir gesehen, die Angst. Weil sie nicht so groß ist wie damals und ich sie lieber verschweige.

Alexander rutscht auf dem Sofa herum, legt seinen Arm auf die Sofalehne. »Ich bin für Ehrlichkeit anstatt Samthandschuhe. Auch wenn du sagst, es ist dein Problem, darfst du dir eingestehen, dass es zu viel ist. Das muss man nicht verschweigen.«

Ich seufze. »Es ist nur so, es ist nicht wie ein verstauchter Knöchel.«

»Wie ist es dann?«

Jetzt weiß ich, was er mit Ehrlichkeit meint. Ich überlege, wie es ist.

»Hattest du schon mal ein Déjà-vu?« Auf Alexanders Nicken hin fahre ich fort: »Dann weißt du, wie es sich anfühlt. Als hätte man die Sekunde, den Moment, was auch immer, schon einmal erlebt. Oder, als würde einen die Situation, in der man gerade ist, an etwas erinnern. An einen Moment oder an einen Traum, und es fühlt sich verdreht an im Kopf. Wir wundern uns, und irgendwie ist es unangenehm. Und man hat das Gefühl, gleich bekommt man eine Gänsehaut davon und will sich über die Arme reiben.« Ich halte inne. Bis dahin kann es fast jeder nachvollziehen. Alexander sieht ebenso aus, als ob er es könnte. »Bei mir hört es da aber nicht auf. Es ist so, als ob sich alles verlangsamt, mein Herz jedoch schlägt schneller, und in meinen Ohren rauscht es. Als ob ich mir selbst zusehen kann, wie ich erstarre. Und ich will weg, sofort. Vor diesem furchtbaren Gefühl. Es ist wie etwas Dunkles, Waberndes hinter mir, das mich einengt und ... alles, wovor ich mich in der letzten Zeit gefürchtet habe, bricht über mich herein.« Den letzten Satz bringe ich nur flüsternd heraus.

Alexander sieht mich weiterhin an. Sagt nichts.

Mit den Fingerspitzen reibe ich energisch über meinen Oberschenkel. »Und wenn ich daran gearbeitet habe, fragen mich Leute nach ein paar Wochen, ob es jetzt besser ist, oder weg. Ob es schon was gebracht hat. Die erste Therapie, die Meditation, das sich-dem-stellen, die Atemübungen.« Alles Dinge der letzten Jahre. »Oder sie sagen: ›Ja, das dauert bestimmt. Da musst du länger durchhalten.‹ Danke.« Ich klinge verbittert und werde lauter, aber ich kann nicht anders. »Oder es kommt, ich solle mich nicht so stressen. Ich solle auf mich achten und alles in Ruhe machen. Nur wie ruhig soll ich denn noch werden?« Ich habe mich während des Sprechens tiefer ins Sitzpolster geschoben, rutsche jetzt ebenfalls zu ihm herum. »Weißt du, was ich will?«

Alexander schüttelt den Kopf.

»Ich *will* mich stressen können und dann zur Ruhe kommen, ohne die Angst im Nacken, zu Hause zusammenzubrechen, weil es zu viel war. Ich will nicht darüber nachdenken, ob jemand am Bordstein umknickt und auf die Fahrbahn fällt und sämtliche Horrorszenarien im Kopf durchlaufen, nur weil jemand dicht an einer Straße geht. Nicht jeden möglichen Verlauf durchspielen, wenn vor mir etwas Neues, etwas Unbekanntes liegt. Ich will diese scheiß dunkle Wolke hinter mir loswerden.« Das, woran ich lange nicht gedacht habe, ist raus. Was ich keinem gegenüber so deutlich in Worte gefasst habe. Quasi einem Fremden anvertraue.

Ist er das? Ich schaue ihn an. Nein, nicht fremd. Nur noch nicht so vertraut, dass ich ihn in eines der sorgsam sortierten Polaroids meines Lebens zuordnen kann. Ich möchte das ändern. Die Erkenntnis ist einfach da.

»Danke«, sagt Alexander schließlich in die Stille zwischen uns. Mehr nicht. Wieder das Verschlossene in seinen Augen, ehe er sanft lächelt. »Ich weiß nicht, ob Wut die richtige Emotion dagegen ist, aber ab und zu muss es raus. Das, was wir zurückhalten. Du darfst wütend sein, ohne darüber nachzudenken, ob jemand damit einverstanden ist oder nicht. Ich kenne das. Anders, aber ähnlich.«

»Ähnlich?«, frage ich leise.

»Die Dunkelheit.«

Oh.

Es ist wie ein unausgesprochenes Eingeständnis zwischen uns. Ein Satz, der sagt: *Ich verstehe dich, mir geht es auch so.* Vielleicht auf eine andere Weise, aber ich kenne die Erschöpfung. Den Wunsch, dass Ruhe ist. Dass es nicht mehr über einen hereinbricht.

Ich wage es, ihm ein Stück näher zu kommen. Der lange Tag zieht langsam an mir, ich verstecke gerade noch rechtzeitig mein Gähnen hinter der Hand.

Alexander schaut zur Uhr. »Es ist schon viertel nach elf. Du bist wahrscheinlich k. o. vom Tag, oder?«

Ich würde gerne verneinen, doch er hat recht. Wenn ich morgen früh wieder fit sein möchte, sollte ich mich langsam auf den kurzen Weg zurück zu Marie und Amir machen.

Im Flur schlüpfe ich in die Winterjacke und wickle den Strickschal um meinen Hals.

»Danke fürs Abendessen.« Ich öffne die Haustür und ein Schwall nasskalter Luft mit dem salzigen Ostseearoma schlägt mir entgegen. Ich ziehe den Schal fester.

»Ich hab zu danken.« Er legt den Kopf wieder schräg. Ich mag das, genauso wie das Lächeln, das an seinen Mundwinkeln zupft. »Dann hole ich dich morgen gegen elf ab?«

»Gerne. Ich freu mich.« Und wie. Mein Herz pocht laut in meinem Hals. »Also, gute Nacht. Und ... schlaf gut.«

Alexander nickt zur Bestätigung. »Jetzt bestimmt. Verlauf dich nicht.«

Ich drehe mich noch einmal um, um ihm zuzuwinken. Jetzt bestimmt? Ich brauche dafür sicher länger.

***

Alexander

Logbucheintrag 17. Januar: *23:40 Uhr, vormittags bedeckt, zum Nachmittag Regenschauer, abends: vereinzelte Wolkenbildung. 6 Grad, Wind: 4,5 m/s Nordwest. Wassertemperatur: 5 Grad, Wellengang.*

Himmelsbeobachtung: *Objekt: Beteigeuze. Sternbild: Orion. Beschreibung: Zwischen ein paar vorbeiziehenden Wolken konnte ich Beteigeuze noch kurz beobachten. Definitiv hat er in den letzten Tagen Helligkeit eingebüßt. Er wirkt blass, die Kanten trotzdem wabernd. Sollten sich die Spekulationen bestätigen und wir wirklich auf eine Supernova zusteuern, würden wir sie selbst bei Tag als Licht am Himmel deutlich sehen.*

Tagesbericht: *Felix und ich sind im Obergeschoss weit gekommen. Er hat die Tapeten aus dem Flur komplett entfernt, und ich habe im WC die Wände abgeschliffen. Für die nächsten Tage ist eingekauft, also bleibe ich länger, als ich es erst geplant hatte. Morgen fahre ich mit Felix ins Museum nach Scharbeutz. Bei der Erwähnung der Ausstellung strahlten seine Augen förmlich. Bisher habe ich ihn nur hier erlebt. Irgendwie möchte ich das ändern.*

Und dann? Was versprichst du dir davon? Eine Stimme, die mir eine Gänsehaut beschert, flüstert die Worte in mein Gewissen. Ja, er ist in einer Beziehung, und ich plane nichts. Schon lange nicht mehr. Aber mit ihm ist die Zeit leichter. Mit ihm fühle ich mehr. Vielleicht darf ich das endlich mal wieder genießen.

Ich habe Felix heute noch mal gefragt, ob er in seiner freien Zeit wegfahren will. Bisher hat er nichts geplant. Wäre ich an seiner Stelle, wäre ich wahrscheinlich schon längst auf dem Weg irgendwohin. Er wirkt dagegen übervorsichtig und erinnert mich an …

Svenja. Die Spitze des Stifts schwebt über dem Papier. Ich wage nicht, den Namen auszuschreiben. In diesem Buch steht er bisher nicht. Keine Erinnerung an sie, doch auch keine Trauer. So, als hätte es sie nicht gegeben. Ich ringe mit mir, ob ich meinen Gedanken weiterschreiben soll. Oder ob ich es weiter hinauszögern kann, sie zu erwähnen. Sie wieder einen Teil meiner Erinnerung für dieses Jahr werden zu lassen. Was ändert es? Es bin nur ich, der diese Bücher von Zeit zu Zeit in den Händen hält, also kann hinein, was in meinem Kopf ist.

Ich schreibe ihren Namen aus, setze einen Punkt und denke wieder an Felix. Wie er verbissen und zwischendurch fluchend nur eine dünne Wand von mir entfernt den Tag über gearbeitet hat. Wie er sich im stickigen Flur über den verschwitzten Nacken gerieben hat und lächelte, als alle Tapetenreste endlich runter waren. Wie er von Marie und sich erzählt hat. Darin lag so viel Wärme. Eine Art von Wärme, die er permanent ausstrahlt.

Und ich Idiot lasse mich zu diesem Kompliment über seine Augenfarbe verleiten. Ich reibe mir über das Gesicht. Es ist eine Ewigkeit her, seitdem ich mich das letzte Mal mit einem Mann getroffen, geschweige denn zu einem hingezogen gefühlt habe. Felix hingegen ist ... Es war nicht ausgedacht, dass mich seine Augen an einen ruhigen Morgen am Meer erinnern. Alles an ihm erinnert mich daran. Ich streife mit einem Blick das Wohnzimmer. Es ist nur zwanzig Minuten her. Der Raum hat sich verändert, seit er hier war. Er ist voller, heller.

Sein Frust, seine zittrige Verdrossenheit so dicht neben mir. Die Wut gegen die Angst. Wie sich seine blassen Wangen vor Aufregung röteten. Ich hätte ihn dort gerne berührt. Mir wird warm bei dem Gedanken.

Verdammt, Alex, schreib dein Logbuch und fertig. Die letzten Sätze, die ich über unser gemeinsames Abendessen schreibe, klingen fast belanglos, dann klappe ich das Buch zu.

Was waren die jüngsten Highlights, die ich beschrieben habe? In den vergangenen Tagen war es Felix. Sein Name, der sich ständig wiederholt. In den letzten sechs Jahren ist nichts dergleichen passiert. Niemand hat sich so in meine Gedanken gestohlen. Darin war Stillstand. Und ich weiß, warum. Weil ich es so wollte.

Ich knipse die Leselampe mit dem grünen Glaslampenschirm aus, nehme die beiden Gläser vom Sofatisch und blicke noch einmal zu dem Platz auf dem Sofa, auf dem Felix gesessen hat. Es war gut, den Abend nicht allein zu sein.

KAPITEL 4

Felix

Die Wolken hängen an diesem Vormittag tief und trübe über der Bucht. Ich reibe meine kalten Fingerspitzen aneinander. Ich hätte bei Marie im Haus warten können, bis Alexander mich abholt, aber das nervöse Kribbeln war zehn Minuten vor elf nicht mehr auszuhalten.

Also stehe ich jetzt in der Einfahrt und recke bei jedem nahenden Auto den Hals zur Straße. Hinter mir ertönen Schritte auf dem Hof.

»Sorry, dass ich dir nicht so ein spannendes Programm wie Alexander biete, sodass du es kaum erwarten kannst, loszufahren.«

»Marie, dass ...«, setze ich an.

Marie haut mir sacht gegen den Arm. »Ist doch gut, dass ihr nicht nur zwischen staubigen Wänden die Tage verbringt. Und ich muss eh noch an einem Kundenauftrag arbeiten. Willst du nachher mitessen oder habt ihr was gemeinsam geplant?«

Ich zucke mit den Schultern. »Nee, bisher war nur die Rede vom Museum. Ich sag dir sonst Bescheid.«

Sie zieht ihre Nase kraus. »Ist Alexander auch so ein Ernährungsfanatiker wie Johannes? Falls ja, bei uns gibts heute Nudelauflauf. Sollte Johannes noch vorbeikommen, weihe ich vielleicht endlich diesen Spiralschneider für Zucchini ein, den er mir geschenkt hat. Bisher liegt er jungfräulich in einer Schublade. Benutzt er so ein Teil wirklich, wenn er kocht?«

»Hm, ja. Und Gemüsenudeln sind ganz lecker. Mit der richtigen Soße.« Ein Lachen entweicht mir bei Maries skeptischem Blick. »Die Soße gibts nur selten.«

»Hab ich mir gedacht. Hey, dein Date kommt.«

Ich drehe mich schwungvoll zu der kurzen Auffahrt um, in die Alexanders Kombi gerade einbiegt. »Es ist kein Date«, nuschle ich in meinen Schal, als Alexander jedoch das Auto vor uns zum Stehen bringt und mich ansieht, kann ich das Lächeln nicht unterdrücken. Genauso wenig wie mein Herzklopfen.

»Viel Spaß euch.« Marie winkt Alexander zu und dann mir.

Schnell steige ich zu ihm ins Auto. Wärme empfängt mich und sein Geruch. Lebendig und herb. Ich schlucke.

»Guten Morgen.« Er zwinkert mir zu und blickt auf die Uhr. »Oder so halbwegs. Bereit?«

»Ja.« Blind greife ich nach dem Anschnallgurt und bekomme ihn beim zweiten Versuch zu fassen. »Passt dir das mit deinem Zeitplan überhaupt, wenn wir heute Vormittag etwas anderes machen?«

Alexander wendet auf dem Hof und wir ruckeln die Auffahrt zurück auf die Straße. Es sind nicht viele Autos unterwegs. »Ach was, na klar. Wir können nicht nur die ganze Zeit wie verrückt durcharbeiten. Das Ziel habe ich mir nicht gesetzt. Es ist genug Zeit. Außerdem braucht man ab und zu etwas Schönes.« Sein Blick huscht für eine Sekunde zu mir und dann wieder auf die Straße. Das Schmunzeln in seinen Mundwinkeln bleibt.

Hitze steigt in mir auf und das nicht nur von der Autoheizung. Langsam lockere ich den Schal um meinen Hals. »Finde ich auch«, erwidere ich und zwinge mich, auf die Straße zu schauen.

Wir biegen am Hafen Richtung Schnellstraße ab und Alexander beschleunigt. Die im Sommer satten Wiesen und grünen Weiden, auf denen Kühe grasen, liegen jetzt verlassen und grünbraun da.

»Also, Geschichte ist deins?«, fragt Alexander.

»Ja, schon immer. In der Schulzeit fanden es die meisten zu trocken, obwohl wir einen Lehrer hatten, der Geschichte

wirklich gelebt hat. Stell dir einen typischen Geschichtsprofessor vor: mit Brille, Tweedjackett und trotzdem etwas alternativ. So war er. Wir waren oft in Museen. Das passte mir
gut, weil mein Opa später nicht mehr so viel unterwegs sein
konnte. Sonst waren wir zusammen bei Ausstellungen.« Ich
lehne mich im Sitz zurück und betrachte die kargen Bäume
entlang der Schnellstraße.

»Und du wolltest nicht in die Fußstapfen deines Lehrers treten und Geschichte studieren?«

Ich schüttle sacht den Kopf. »Damals kam mir das nicht
in den Sinn. Außerdem hätte ich gar nicht gewusst, was ich
damit später anfangen sollte. Lehrer wollte ich nicht werden. Na ja, ein paar aus meinem Jahrgang haben sich für
BWL entschieden. Damit gab es eine ziemlich große Bandbreite an Jobs und eben eher etwas Handfestes. Keine Träumerei. Also wurde es das für mich und ich zog das Studium
durch.«

»Bist du kein Träumer?«

Alexanders Frage klingt so leicht, ohne Wertung. Für einen Moment weiß ich nicht, was ich antworten soll. Da waren mal so viele Träume, so viel Fantasie, aber irgendwann ... war ich erwachsen.

»Früher schon, und wie.« Ich lache leise, wage jedoch
nicht, Alexander anzusehen, sondern betrachte die Hotels
und die touristische Meile im Nachbarort, den wir durchfahren. »Aber dann kam das Arbeiten, der Alltag, und irgendwie war keine Zeit mehr. Klingt jetzt blöd. Vielleicht
träumt man als Erwachsener nicht mehr so wie damals.«

Alexander schweigt, mein Blick streift ihn. Er schaut
konzentriert auf die Straße, die sich heraus aus dem Ort in
die Natur schlängelt.

»Und du?«

»Sowas von. Ich war immer ein Träumer, das ist geblieben. Es ist anders, das stimmt. Doch ich muss dir widersprechen. Zeit ist immer da. Du musst sie dir nur nehmen und dich drauf einlassen.« Er schenkt mir diesen ruhigen, warmen Blick, der bis zu meinem Herzen geht.

»Vielleicht«, antworte ich leise.

»Hier hast du sie. Heute und morgen und in den nächsten Tagen.«

Ich atme lange und lautlos aus. Wenn er wüsste, dass er einen großen Teil meiner Träume ausmacht, nachts und tagsüber, würde er das immer noch sagen? Ich komme nicht dazu, weiter darüber nachzudenken. Ein Parkplatz und ein großes Backsteingebäude kommen in Sicht, und Alexander lenkt den Wagen in eine Parklücke.

»Da wären wir.«

Ich folge ihm den kurzen Weg vom Parkplatz zum Eingang.

Wir durchstreifen in der nächsten Stunde die Räume, bleiben vor Schaukästen mit Schriftstücken und Urkunden zu den Dörfern in Ostholstein stehen und betrachten die Ausstellungsstücke, die durch die Jahrhunderte zusammengetragen wurden. Im Ausstellungsraum über die Sturmflut entdecke ich neben den Bildern, die schon im Buch von Alexanders Großonkel abgebildet sind, weitere Zeichnungen und Fotos.

»Selbst Lübeck hat es damals ziemlich erwischt.« Alexander schaut sich eine Stadtkarte an, auf der eingezeichnet ist, wie hoch das Wasser in der Stadt stand. »Mein Vater ist direkt an der Trave aufgewachsen. Die tritt ab und zu übers Ufer, aber nicht so wie hier.« Er deutet auf die Zeichnung, ich lehne mich näher zu ihm.

»Lebt er auch in Lübeck?«

Er seufzt, und fast bereue ich die Frage. »Ja. Aber ich habe nur sporadisch Kontakt zu ihm. Meine Eltern haben sich getrennt, als ich zehn war. Na ja, er war der Meinung, wir könnten uns melden, wenn was wäre. Doch seien wir ehrlich, wann macht man das.« Er zuckt mit den Schultern, als ob er etwas abschütteln würde. »Meine Eltern und ich sind uns nicht sehr nahe.« Dann dreht er sich um und geht eine Schauwand weiter.

Ich wage nicht, weiter zu fragen. Da ist plötzlich eine Distanz. Eine Abgeklärtheit. Er schirmt sich ab. Schnell folge ich ihm.

Alexander zeigt auf ein Foto mit einer Flutmarke. »Über fünf Meter hohe Wellen. Das glaubt man kaum.« Ich nicke, zwinge mich meine Aufmerksamkeit wieder auf die Ausstellung zu lenken. »Warst du mal auf hoher See? Richtig weit? Fünf Meter Wellen sind ein Erlebnis. Aber hier, so dicht an der Küste, sind sie verheerend.«

»Ich bin nur mal von hier nach Boltenhagen gefahren, sonst nichts«, erwidere ich.

Alexander boxt mir lachend in die Seite. Die Distanz ist verschwunden, macht Platz für mehr Nähe. »Das ändern wir. Zumindest kannst du mit mir mal hinausfahren. Keine Sorge, ich mag zwar Abenteuer, aber ich bin nicht leichtsinnig.« Er drückt sanft meinen Arm, gegen den er eben geboxt hat. »Ich bin auch schon nachts rausgefahren, wenn es klar war. Zusammen mit meinem Großonkel. Vom Wasser aus sind die Sterne noch mal eindrucksvoller. Keine Ahnung wieso.«

Mir fallen die Sternenkarten im Haus seiner Großtante ein. »Hat sich dein Großonkel für Astronomie interessiert?«

Alexander nickt. »Ja. Er war in einem Verein und hat im Sommer für Interessierte Wanderungen veranstaltet. Im Winter lohnte es sich nicht so sehr. Dabei sieht man in den dunklen Monaten viel mehr. Ich habe eine Zeit lang überlegt ...« Er bricht ab, sieht mich an.

Diesmal will ich ihn nicht so gehen lassen. So, wie ich ihm gestern Abend Dinge anvertraut habe, möchte ich, dass er sich mir ebenso öffnen kann. »Ja? Erzähl ruhig.«

Alexander senkt den Blick, doch lächelt dabei. »Ich habe überlegt, dass für ihn weiterzuführen. Seit einigen Jahren gibt es keine Führungen mehr. Eventuell würden welche im

Winter zustande kommen, wenn man genug Werbung dafür macht. Es gibt Foren und Möglichkeiten.«

»Mach das doch.« Ich stupse ihn freundschaftlich an, um ihn zu ermutigen. »Du bist sicher super im Erzählen und Zeigen. Du hast so viel Ruhe und Geduld, und man hört dir gerne zu.«

»Ach ja? Ist das so?« Das Schmunzeln ist zurück, und Röte kriecht meine Wangen hinauf, während ich ihn ansehe. »Vielleicht darf ich bei dir üben. Das Erzählen und Zeigen.« Seine Stimme ist eine Nuance tiefer.

Ich befeuchte meine Lippen mit meiner Zunge und bemerke, wie sein Blick zu meinem Mund huscht. »W-wie …«

Ein älteres Pärchen tritt hinter uns in den Ausstellungsraum und unterbricht alles, was mir auf der Zunge liegt. Alexander schaut zu den beiden auf, grüßt mit einem Nicken, und ich wende den Blick zu Boden.

Es geht ums Erzählen, Felix, nichts weiter. Mit weniger Interesse als noch vor ein paar Sekunden betrachte ich die restlichen Stücke der Ausstellung und folge Alexander in den letzten Raum, in dem ich mich nur halbherzig auf die Bilder der Bäderarchitektur der Kurorte konzentrieren kann.

Was war das eben? War das eine freundschaftliche Frage? Ein Flirt? Ein freundschaftlicher Flirt? Die kenne ich aus meinem Freundeskreis. Sowas fällt immer mal wieder, ohne einen ernsten Hintergrund. Ist es bei ihm auch so?

Mein Kopf schwirrt, bis uns die kühle Luft vor dem Museumsgebäude umfängt. Knapp zwei Stunden sind vergangen.

Alexander streckt sich, bevor er die Autotür öffnet. »Wann erwartet Marie dich zurück?«

»Ich hab keine Uhrzeit mitbekommen.« Ich grinse ihn über das Autodach hinweg an.

»Ich muss gleich noch ein paar Versicherungsunterlagen durchschauen. Das schiebe ich seit einer Woche auf.«

Er rollt mit den Augen. »Das ist etwas, was ich wirklich hasse. Papierkram.«

»Soll ich dir helfen?« Vielleicht kam mir das zu schnell über die Lippen. Alexander verzieht fragend die Augenbrauen. »Na, ich habe in einem Versicherungsbüro gearbeitet und tue es demnächst wieder. Nur etwas größer«, erkläre ich. »Ich kann nicht alles beantworten, aber einiges weiß ich.«

»Wenn du das schon so anbietest, gerne. Ich habe was gut bei dir. Dann holen wir uns auf dem Weg zurück etwas zum Essen. So kann ich mich wenigstens revanchieren.«

Erleichtert steige ich ins Auto und schnalle mich an. Die Aussicht, noch ein paar Stunden mit ihm zu verbringen, ist wie eine wohlige Decke.

***

»Okay, die Vollmacht geht über den Tod hinaus. Das ist also alles kein Problem. Schick die Bestätigung zusammen mit dem Schein ab. Am besten per Einschreiben. Wenn nach sieben Tagen keine Rückmeldung gekommen ist, ruf noch mal dort an. Ich weiß, wie hoch manche Bearbeitungsberge sein können, und je nach Personalstärke zieht sich das in die Länge. Im Grunde brauchst du dir jedenfalls keine Sorgen zu machen.« Ich schiebe die Papiere vor mir zu einem Stapel zusammen und hefte sie in dem Ordner ab, den Alexander mir vor einer guten halben Stunde vorgelegt hat.

Er starrt mich an. »Ich bewundere dich.«

»Bitte?« Ich halte inne.

»Dass du damit so entspannt umgehst und durch das ganze Beamtendeutsch durchsteigst. Und diese Auflistungen, ehrlich.« Alexander schiebt die Papiere und Ordner ans andere Ende des Esstisches und zieht zwei Styropor-Boxen mit gebratenen Nudeln zu uns ran.

»Das ist mein Job und irgendwie ... nichts Besonderes.«

»Für manche schon.« Er legt mir eine Gabel und ein Paar Essstäbchen hin.

»Du baust Häuser«, platzt es amüsiert aus mir heraus.

Er schüttelt den Kopf. »Ich plane sie. Den Bau und die Arbeit übernehmen Fachfirmen.«

Wir klappen beide die Deckel der Verpackung hoch. Die Nudeln verströmen das würzige Aroma von Sojasoße und gebratenem Hühnchen.

»Ja, trotzdem. Wenn irgendwas nicht richtig geplant ist, hat das weitreichendere Folgen, als wenn ich irgendeine Excel-Datei nicht abspeichere. Das Schlimmste, was passieren kann, ist, dass ich mir die Arbeit dann noch mal mache. Du erschaffst etwas. Ich werte Kennzahlen aus und schreibe Berichte. Kein Vergleich also.« Ich seufze. »Egal. Anderes Thema. Guten Appetit.« Ich greife nach der Gabel und rolle ein paar Nudeln auf. Mit dem Gedanken an meinen alten und den neuen Job ist der Druck auf meiner Brust zurück. Ich will ihn nicht spüren. Nicht daran denken.

Glücklicherweise widmet sich Alexander ebenso seinem Essen. Er balanciert mühelos die dünnen Karottenstreifen und ein paar Nudeln zwischen den Stäbchen bis zu seinem Mund. Mein Blick heftet sich auf seine Lippen, während er kaut. Dann erst registriere ich das Grinsen.

»Kannst du mit Stäbchen essen?«

»Äh, geht so.«

»Wie isst du Sushi?«

»Mit der Gabel?«

»Das geht nicht.«

Bevor ich Blinzeln kann, ist Alexander aufgestanden, hat den Tisch umrundet und setzt sich neben mich auf den freien Stuhl. Er zieht die Holzstäbchen aus der Papierhülle. »So, guck mal.«

Ich möchte aufseufzen, aber muss lachen. »Ich weiß, wie man sie hält. Theoretisch.«

»Na dann los. Ich bin nur da zur Hilfestellung.« Schmunzelnd drückt er mir die Stäbchen in die Hand, und ungelenk platziere ich sie so, wie ich denke, dass es richtig ist. Vorsichtig nehme ich ein paar Nudeln damit auf, doch sie rutschen durch die Stäbchen.

»Fast«, sagt Alexander. »Du brauchst sie nicht so verkrampft zu halten. Hier, es gibt einen Trick.« Er erhebt sich, greift mit einem Arm um mich herum, nimmt meine Hand in seine und legt die Stäbchen mit der anderen zwischen meinen Fingern zurecht.

Mir wird warm. Wärmer. Ob die Stäbchen richtig liegen oder nicht ist mir gerade egal. Alexanders Körper ist mir so nahe, sein Geruch. Sein Atem streicht für einen Moment über meine Wange.

»Halt fest. Siehst du? So.«

Ich sehe nur seine Hand, die meine hält. Die tausende kleine Stromschläge auf meiner Haut verteilt. Wie gerne würde ich bei dem Klang seines tiefen Timbres die Augen schließen und mich an ihn lehnen. »Ja«, krächze ich.

Als ich meinen Kopf zu ihm wende, streife ich mit meiner Wange seine. Er zieht sich zurück und lächelt. Blaue Punkte im Sturmgrau.

»Sieht perfekt aus.« Er setzt sich wieder mir gegenüber.

Alles kribbelt, ist lebendig und voller klarer Konturen. Mittendrin Alexander. Er isst mit einer Seelenruhe weiter. Immer noch ungelenk, jedoch sicherer als eben, schaffe ich es, die Stäbchen einzusetzen und zu essen.

Die nächsten Minuten vergehen im Schweigen, bis ich die Stäbchen in die leere Packung sinken lasse. »Das war echt lecker. Danke dir.«

Alexander klappt den Deckel seiner Box zu. »Oft reicht was Simples. Freut mich.«

»In den letzten Tagen bestand mein Essen fast jeden zweiten Tag aus Nudelgerichten in allen Variationen. Marie liebt sie. Ich hab sie nicht so oft.« Ich neige den Kopf, als Alexander erstaunt schaut.

»Wie kann man Nudeln nicht mögen?«

»Zu viele Kohlenhydrate, also gibts die eher selten. Oder wenn Vollkorn.«

Er verzieht das Gesicht. »Ich achte ja auch auf Ausgewogenheit, aber ich mache mich nicht verrückt. Mir ist wichtiger, wo etwas herkommt.« Er schaut ertappt auf die leeren Verpackungen. »Okay, hierbei weiß ich es nicht genau. Es gibt eben Ausnahmen. Bist du so bedacht auf eine gesunde Ernährung?«

»Ich nicht so sehr«, antworte ich mit einem leisen Seufzen. Damit mir nicht ein falscher Satz dazu über die Lippen kommt, stehe ich auf und räume unseren Müll zusammen, stopfe ihn in den Beutel, in dem Alexander das Essen geholt hat. Es ist unfair Johannes gegenüber. Er hat ja recht mit dem, was er mir erzählt. Nur war er in den letzten Monaten etwas zu überschwänglich darauf bedacht. »Ich mache nicht viel Sport, also läuft das eher über die Ernährung.«

»Was genau?« Alexander stützt sich mit den Armen auf dem Tisch ab. Erwartungsvoll sieht er zu mir hoch.

Ich stehe vor ihm und klopfe auf meinen kleinen Bauchansatz. Vor ein paar Jahren war er noch nicht da. Ja, ein wenig nervt er mich. Aber eher, weil Johannes die Disziplin hat, gefühlte zwei Drittel seiner Freizeit mit Sport auszufüllen und alles an ihm definiert ist, ich mich jedoch kaum aufraffen kann.

»Du spinnst. Wenn sich daran jemand stört, dann sollte sich dieser jemand Gedanken machen um seine Wahrnehmung. An dir ist alles ... genau passend. Ehrlich.« Wie selbst erstaunt über seine Worte lacht er, fährt sich durch die Haare und steht auf. Dann nimmt er mir die Tüte mit dem Müll aus der Hand und schnappt sich den Rest des Bestecks vom Tisch.

»Nein, so ist es nicht. Ihn stört es nicht. Höchstens mich.« Ich bin noch dabei zu verarbeiten, was Alexander eben gesagt hat.

»Dann ist ja gut. Und wenn es dich wurmt, kannst du ja morgens ein paar Runden am Strand laufen. Mich triffst du da ebenfalls, aber ich gehe nur spazieren. Fünf Jahre.« Er zeigt zwischen mir und sich hin und her.

Ich pruste laut los.

»Fast fünf Jahre. Und was hat das bitte mit dem Alter zu tun?«, rufe ich ihm hinterher, als er mit dem Müll in den Flur geht.

Er dreht sich um, zuckt mit den Schultern und zwinkert.

Eine Vertrautheit schleicht sich ein, und ich lasse sie gewähren. Sie ist tröstend. Dieses Gefühl, welches sich in den letzten Tagen wie in einer Achterbahnfahrt in Höhen und Tiefen abwechselt. Ruhe bei Marie und ebenso bei Alexander. Jedoch bringt er gleichzeitig etwas durcheinander in mir. In meinem Herzen. Bei ihm ist es anders als bei Johannes. Er ist näher an mir. An dem, was ich bin.

Ich tippe gedankenverloren mit den Fingerspitzen gegen die Tischplatte und umrunde sie, bis ich vor dem Regal neben dem Sekretär stehen bleibe. Schmale Bücher mit dunklem Einband reihen sich aneinander. Auf der Schreibplatte des Sekretärs liegt ein ähnliches. Es sieht aus wie ein Notizbuch. Ich bin versucht, es in die Hand zu nehmen und einen Blick hineinzuwerfen. Aber wer weiß, wofür es genutzt wird.

Ich spüre Alexanders Nähe in meinem Rücken, noch ehe ich ihn sehe. »Was sind das für Bücher?«

»Logbücher von meinem Großonkel. Jedes Buch steht für ein Jahr.«

Fasziniert betrachte ich die Reihe. Mit Sicherheit sind es dreißig oder vierzig Bücher. »Und was genau meinst du mit Logbuch? Also, ich weiß, was es theoretisch ist, wenn man zur See fährt.«

Alexander tritt neben mich. »Im Prinzip sind es Tagebücher. Er hat das Wetter notiert, in kurzen Sätzen den Tag wiedergegeben und was er am Himmel beobachtet hat, wenn das Wetter es zuließ. Wie gesagt, er war Hobbyastronom. Von ihm habe ich das.«

Mein Blick huscht wieder zu dem Buch auf der Schreibfläche. »Schreibst du auch Logbuch?« Zu gerne würde ich wissen, wie seine Handschrift aussieht, die so ein Notizbuch füllt, und was für Gedanken er darin niederschreibt. In meinen Fingern zuckt es, ich reibe sie aneinander.

Er nickt. »Seit ich vierzehn bin.« Fast zärtlich streicht er über den dunklen Einband des Notizbuchs.

»Beobachtest du auch den Himmel? Schreibt man dann auf, was man alles sieht, und malt eine Karte, oder wie ist das?« In meinem Kopf tauchen feine Linien und Punkte auf einem Papier auf, die sich zu einer Karte zusammensetzen.

»Ja, aber ich suche mir ein Objekt heraus, das ich über einen längeren Zeitraum beobachte. Ab und zu kommt eine Beobachtung dazu, doch die führe ich nicht jedes Mal weiter. Wenn du alles, was du siehst, notierst, wärst du ziemlich lange dabei. Also konzentriert man sich auf etwas. Moment.« Er zieht den Stuhl beim Sekretär hervor und setzt sich. Seine linke Hand ruht auf dem Buch, sein Daumen spielt mit den Seiten, bis er es aufklappt, darin blättert und offenbar die Sätze überfliegt. Vielleicht überlegt er, was er mir zeigen kann.

Ich mache einen kleinen Schritt auf ihn zu. Was steht darin, dass er erst überlegen muss? Das Jahr ist noch jung. Da fällt mir ein: wenn bei ihm ebenso jedes Buch für ein Jahr steht, gab es schon einige Tage, die wir zusammen verbracht haben.

»Neugierig?« Er grinst mich von seinem Platz auf dem

Stuhl an, und ertappt senke ich den Blick. Ein Schmunzeln kann ich aber nicht verhindern.

»Macht nichts. Ich glaube, die meisten finden sowas sterbenslangweilig. Da bist du anders.«

Wirklich? Wie kommt er darauf? Erstaunt sehe ich ihn wieder an. Bevor ich weiter über den Satz nachdenken kann, räuspert er sich.

»Im Moment beobachte ich Beteigeuze, einen Riesenstern im Sternbild Orion. Wenn du weißt, wo du ihn findest, kannst du ihn mit bloßem Auge gut erkennen. In den letzten Wochen gab es viele Spekulationen, weil die Helligkeit des Sterns extrem zurückgegangen ist. Also schaue ich mir, wenn es das Wetter zulässt, an, was an den Spekulationen dran ist. Notiere, wie sich die Helligkeit verhält, ob es Veränderungen gibt. So etwas eben.«

Er dreht das aufgeschlagene Buch ein Stück, ich überfliege die Zeilen unter dem Punkt ›Himmelsbeobachtung‹. Dann beginnt ein ›Tagesbericht‹, und daneben steht mein Name, doch wie zufällig liegen Alexanders Finger über dem geschriebenen Text.

Mein Herz pocht auf meiner Zunge, ich schlucke dagegen an. Warum bin ich das erste Wort seines Tagesberichts? Mein Blick huscht zurück zu den Beobachtungen. »Eine Supernova? Ist das nicht eine Sternenexplosion?«

»Ja. Genauer gesagt ist es das Aufleuchten, wenn ein Stern explodiert, sein Ende findet.« Alexander klappt das Buch zu, dreht sich zu mir und lächelt. »Stell dir unsere Sonne vor. Beteigeuze ist viel größer als sie. Die inneren Planeten wie Merkur, Venus, Erde und Mars würden in ihm verschwinden, wenn er der Mittelpunkt unseres Sonnensystems wäre. Wenn der Stern kein Brennmaterial mehr in sich hat, das er abgeben kann, dann fällt er in sich zusammen, explodiert und gibt Unmengen an Energie frei – und eine Supernova entsteht. Diese kann heller leuchten als die gesamte Galaxie, in der der Stern existierte. Und da du

Beteigeuze am Nachthimmel so sehen kannst, wäre das ein ziemliches Schauspiel, wenn wir die Supernova erleben würden.«

Ich mag es, ihm zuzuhören. Seine tiefe Stimme malt Bilder mit Worten. »Würden wir etwas davon merken?«

Alexander schüttelt den Kopf. »Nein, dafür ist der Stern viel zu weit entfernt. Keine Sorge. Doch wir würden die Supernova selbst am Taghimmel sehen, so hell würde sie strahlen.«

»Wow. Das wirkt im ersten Moment irgendwie schwer greifbar, wenn man es nur liest, weil es so weit weg ist«, flüstere ich. »Ich meine, für dich vielleicht nicht, weil du dich damit beschäftigst. Aber so, wie du es erzählst und darstellst, wird so ein Stück Universum für andere begreiflicher.«

Alexander erhebt sich und ist wieder so nahe, dass mich sein klarer, herber Duft einhüllt. »Ich habe nie aufgehört, darüber zu staunen, wie alles zusammenhängt.«

Ich schaue auf. Schaue ihn an. *Ich verrate dir etwas.* Der vertraute Satz schleicht sich in meinen Kopf. Was, wenn er …

Nein, Felix, sei nicht albern. Ich schiebe den Gedanken beiseite, der sich nach vorne zu drängen versucht. Wenn ich ihm erzähle, dass ich selbst mal sämtliche Bücher in der Bibliothek zum Thema Astronomie gewälzt habe, wird er fragen warum. Das Warum ist meine vertraute Erinnerung. Ein Anker, der mich beruhigt, wenn ich die Augen schließe.

Vor dem Wohnzimmerfenster legt sich die Dämmerung langsam nieder. *Noch einen Moment*, denke ich. Noch einen Moment will ich das genießen.

***

»Lieber das Süße oder das Salzige?«

»Was?« Ich schrecke aus meinen Gedanken.

Marie hält in jeder Hand eine bunte Packung. »Popcorn. Du wolltest mit Mara heute oder morgen Encanto gucken.«

»Ja, richtig. Ähm, Süß.«

Die Popcorntüte landet im Einkaufswagen.

»Für wen ist denn diese Salatzusammenstellung?« Marie deutet auf eine Box gefüllt mit frischgeschnittenen Tomaten, Gurke, ein wenig Antipasti und Feta.

Die Box habe ich an der Frische-Theke mit einer Auswahl befüllt, während Marie ein paar Zutaten fürs Abendessen zusammengesammelt hat. »Ich bring das nach dem Einkaufen Alexander vorbei und helfe ein wenig. Ich bin zum Abendessen aber wieder drüben. Dann hat er schon was Fertiges da.«

Marie stupst mich an. »Da kümmert sich jemand gut um den einsamen Mann. Obwohl: ist er überhaupt single?«

»Marie«, mahne ich.

»Ja ja.« Sie lacht. »Ich mag dich doch gerne ein bisschen aufziehen.«

Wir schlendern zur Kasse. »Wann soll ich wieder bei euch sein? Nicht, dass Mara den Film allein anfängt.«

Marie lacht auf. »Die stolziert eher los und holt dich ab. Wenn ihr Temperament so bleibt, haben wir jede Menge Spaß vor uns. Mal sehen, wie der nächste Zwerg wird.« Sie tätschelt ihren Bauch.

»Von wem sie das wohl hat«, antworte ich. »Und übrigens, ja ist er.«

»Oh, Felix, schmachtest du ihn wenigstens ein bisschen an?«

»Psst.« Ich lege einen Finger an die Lippen. Es muss ja nicht der ganze Kassenbereich mitbekommen, über wen und was wir reden.

Ich nehme beide Beutel mit den Einkäufen und ignoriere Maries Protest, einen davon tragen zu wollen. Gemeinsam machen wir uns auf den Weg zurück zu ihrem Haus.

Der Wind ist frischer geworden, die Temperaturen sind ein Stück gesunken. Dafür ist hinter der dünnen, diesigen Wolkenschicht schon den ganzen Tag die Sonne zu sehen. Meinetwegen kann es gern kälter werden, wenn es dann weniger regengrau und dunkel ist. Neben uns verlangsamt sich ein Auto.

»Na ihr beiden?« Alexander hat das Fenster runtergekurbelt und lächelt Marie an, dann bleibt sein Blick bei mir hängen.

Mein Herz stolpert, automatisch lächle ich.

»Oh, Alexander, hi! Wie gehts dir?« Marie kommt mir zuvor.

»Gut, endlich wieder etwas Sonne. Soll ich euch mitnehmen?«

Marie winkt ab. Dann fällt ihr Blick auf meine Hände mit den Einkaufstaschen. Schuldbewusst sieht sie zu mir auf. »Oder möchtest du?«

So sehr ich jede Sekunde ersehne, die ich mit ihm verbringe, ich muss mich endlich etwas zügeln. »Nein, schon gut. Es ist ja nicht so weit. Warst du unterwegs?«

»Ja, im Baumarkt. Zwei, drei Sachen holen. Ich bin bald Stammgast dort.« Er deutet zum Kofferraum. »Kommst du nachher noch rüber?«

Klingt das hoffnungsvoll? Ich will mich nicht daran klammern, tue es jedoch trotzdem. »Ja klar.«

Marie grinst. »Er hat dir eben extra etwas gekauft.«

Ich stupse sie mit einem Beutel an.

Hitze steigt in meine Wangen, und ich kann nicht fassen, dass mein Körper reagiert wie der eines Sechzehnjährigen.

Alexander lächelt mich an. »Dann bin ich gespannt. Ich freu mich. Bis gleich.« Das Fenster schließt sich, und er fährt weiter.

Marie winkt ihm kurz hinterher, dann dreht sie sich zu mir. Ihr Grinsen wird zu einem fragenden Ausdruck. »Bist du sauer?«

Erstaunt schaue ich sie an. »Sehe ich sauer aus?«

Langsam gehen wir weiter.

»Nicht direkt, aber irgendwie ... seltsam.«

»Ah, seltsam.« So fühle ich mich auch.

»Tut mir leid, wenn ich albern wirke. Es ist nur ... Im Moment sind so viele ernste Gedanken in meinem Kopf. Mara kommt im Sommer in die Schule, jetzt kommt erst mal im Frühjahr der Zwerg, langsam die Vorbereitung für die Elternzeit. Dann das Umbauen hier und da im Haus. Irgendwie ist die Verantwortung manchmal erdrückend. So erwachsen zu sein, wenn wir gefühlt vor ein paar Jahren gerade erst zwanzig waren und die größte Sorge war, was man am Wochenende machen wollte.« Marie seufzt. Ihre Locken tanzen auf ihren Schultern, während sie den schmalen Gehweg vor mir hergeht und den Kopf hin und her wiegt.

»Ist doch okay«, erwidere ich. Ich habe keine Familie, die von mir in dem Umfang Verantwortung erwartet, trotzdem ahne ich, was sie meint. Etwas drängt in mir. Will, dass sie weiß, dass nichts, was sich in den letzten Jahren in unserem Leben gewandelt hat oder in den nächsten verändern wird, etwas daran ändert, was sie mir bedeutet. »Ich bin immer da, okay?«

Der Weg wird breiter. Sie nimmt mir einen Henkel vom Einkaufsbeutel aus der Hand, und wir tragen ihn gemeinsam weiter. »Okay. Ich bin froh, dass du hier bist und mein Kopf mal Zeit für andere Dinge hat. Für uns und für dich.«

Mit meinem Zeigefinger streiche ich über ihren Handrücken, woraufhin beinahe der Beutel zwischen uns abrutscht.

Marie bricht in Gelächter aus. »Pass auf, sonst liegt der Salat für deine Nachmittagsbegleitung hier auf der Straße. Und meine Milch fürs Müsli!«

»Dafür gehe ich noch mal los.« Ich zwinkere ihr zu, und wir biegen in die Kiesauffahrt zu ihrem Haus ein.

***

Ich rede mir ein, dass ich mich nicht beeilt habe, bis ich vor dem alten Backsteinhaus stehe, ein wenig außer Atem bin und auf die Türklingel drücke, neben der der Name Maas steht. Vielleicht kommt die Energie in mir auch nur von dem besseren Wetter, denn die Sonne hat es durch die diesige Wolkenschicht geschafft und scheint tief vom Mittagshimmel.

Alexander öffnet mir die Tür, und ich folge ihm in den Flur. Erst jetzt fällt mir auf, dass er noch in Jeans und Sweatshirt vor mir steht und nicht wie sonst in der alten, mit Farbflecken übersäten Hose und einem ausrangierten T-Shirt, das den Dreck vom Schleifen oder Malen nicht stört.

Meine Renovierungsklamotten liegen mittlerweile als kleiner Stapel zusammengelegt auf der Treppe hinter ihm.

Alexander folgt meinem Blick zu dem Klamottenhaufen, dann sieht er wieder zu mir. »Ich dachte, wenn du willst, machen wir sonst heute noch mal etwas anderes, als nur hier zu arbeiten. Wenn du möchtest. Die Sonne ist endlich mal draußen.« Er lächelt und schaut auf die Tüte in meiner Hand. »Ist darin das, was du mir mitgebracht hast?«

Ich halte sie ihm hin. Meine Gedanken sind noch bei seinem Vorschlag. Seine Finger sind warm, wie immer, wenn sie meine berühren. »Für dich als Mittag- oder Abendessen. Ich werde ja sonst immer von Marie versorgt, aber so musst du nichts kochen. Ich dachte, wenn wir hier wieder bis zum Abend arbeiten, bleibt dir das Kochen erspart.«

Er schaut in die Tüte. Marie hat noch zwei Brötchen dazu gepackt. »Danke.« Wieder ein Lächeln, und meine Ohren werden heiß. Zum Teufel mit meiner Reaktion.

Er packt die Box mit dem Salat aus und stellt sie in der Küche in den Kühlschrank. »Ich bin ja gewohnt mir etwas zu kochen, aber du hast schon recht, die Motivation dazu ist nach einem Tag Renovieren nicht sehr groß.« Er kommt zurück in den Flur. »Das ist für zwei etwas anderes.«

Ach bitte, warum sagst du sowas? Ich würde gerne etwas Humorvolles erwidern. Irgendwas, was dieses Flimmern, dieses Ziehen lockert. Wegwischt. Damit es sich sicher anfühlt zwischen uns auf unserem Terrain. Doch ich lache nur kurz auf und schaue auf meine Füße. Halten sie mich? Bin ich standfest genug?

»Also? Gehen wir heute lieber spazieren?«

Wenn sie mich nicht halten, dann vielleicht er.

»Ja«, antworte ich. »Gerne.«

***

Die Strahlen der Januarsonne hinterlassen Wärme, dort, wo sie es direkt hinschaffen. Träge schwappt das Meer an den Strand. Ein Knistern läuft durch den nassen Sand, wo sich das Wasser zurückzieht, bis die nächste kleine Welle kommt.

Ich atme tief durch. Die Luft ist klar, kalt und ein wenig salzig. Alexanders Schritte neben mir sind stetig, beruhigen mich, und ich bleibe für einen Moment mit geschlossenen Augen stehen.

»Schön, oder?«, sage ich, atme noch einmal tief ein und blinzle gegen das Sonnenlicht an, in dem er vor mir stehen geblieben ist.

Er betrachtet mich. »Ja. Das ist es.«

Ich spüre wieder das Schwanken. Vielleicht ist es auch nur der unebene Sand. Der weite blaue Himmel über uns.

Wir gehen weiter.

»Warum eigentlich Architektur?«, frage ich Alexander.

Für einen Augenblick zögert er, ehe ein Lächeln auf sein Gesicht tritt. »Zeichnen lag mir und mir gefiel der Gedanke, etwas zu entwerfen, was nachhaltig bleibt. Ein Haus ist nicht gleich ein Haus. Es soll Schutz geben, Rückzugsort sein, Ruhe bieten oder einem bestimmten Zweck dienen. Nützlich sein. Für mich ist es wichtig, dass es im Einklang mit der Umgebung ist. Keine unnütze Fläche, die wenig durchdacht irgendwo platziert wird. Davon gibt es schon genug. Das war ein Hauptgrund für das Studium.«

Er besitzt einen Eifer und eine Genauigkeit dafür, das habe ich schon bemerkt, als er mir seine Ideen für das Haus seiner Großtante erzählt hat. Andere hätten sicher kaum einen Gedanken daran verschwendet, das Haus sofort abgerissen und etwas Größeres auf das Grundstück gesetzt. So, dass nur wenig Platz für einen grünen Rückzugsort auf der Rückseite geblieben wäre.

»Die Bausünden, die hier teilweise verübt wurden ...« Er schüttelt mit dem Kopf. »Vieles wäre nicht nötig gewesen. Wir Menschen haben uns angewöhnt, zu groß zu denken. Man kann auch auf kleinem Raum glücklich sein.«

Sicher kann man das. Bin ich in meiner Wohnung in Hamburg glücklich? In der Enge der Stadt, die mein Zuhause ist, und in der ich mich trotzdem manchmal so ausgelaugt fühle, dass ich raus möchte?

Vom Haus von Alexanders Großtante hingegen sind es nur ein paar Minuten, und man hat Sand unter den Füßen und das Meer vor den Augen. Kann in die Weite sehen, ohne eine Häuserfront, die die Sicht versperrt. Man hat den tintenblauen Himmel bei Nacht, ohne die Helligkeit der Stadt, die nur einen milchigen Nachthimmel zulässt. Kann man Heimweh verspüren nach einem Ort, an dem man nicht wohnt? Ist es dann Fernweh? Obwohl hier alles so vertraut ist, so viele Erinnerungen birgt an Sommerregenduft und Sonnencreme. An trockenes Laub und gemähte Felder im Herbst. Der Winter hier riecht anders als in der Stadt. Weiter, klarer, ein bisschen salzig und wild. Nicht regenfeucht und betäubend.

»Und du? Ich frag jetzt nicht, warum BWL, das hatten wir gestern.« Er schmunzelt, und ich grinse. »Aber warum der Jobwechsel?«

Zwei Kinder rennen mit lautem Lachen an uns vorbei, weichen den Wellen aus, die den Spülsaum hinaufrollen. Wie gerne würde ich das ebenfalls einfach tun. Dem dumpfen Gedanken an meine Entscheidung entfliehen.

»Johannes hat mir den Tipp gegeben, dass dort gesucht wird. Der Bereich ist ähnlich wie meiner jetzt, aber die Firma um einiges größer. Eigentlich etwas, was ich nicht so mag, doch die moderne Einstellung hat mich überrascht und überzeugt. Ich hab dort offiziell Teamverantwortung. Hatte ich bis vor kurzem ebenso, nur bin ich da so reingewachsen, und na ja, es gab nicht wirklich Aufstiegschancen. Es ist nicht so, dass es keinen Spaß mehr gemacht hat, aber irgendwann wird es mal Zeit für Veränderung, sogar bei mir.«

»Freust du dich drauf?«

An meinen Schuhen klebt nasser Sand. »Ich bin gespannt, wie es wird.«

»Oh, wow, Überzeugung hört sich anders an.« Alexander klingt wieder auf diese Weise amüsiert, die mich bei anderen kleiner werden lassen würde. Wogegen bei ihm ehrliches Verständnis mitschwingt. Ebenso in seinem Blick, unter dem ich mich offen fühle, unter dem mein Herz weit wird. Noch weiter, als es hier am Meer ist.

»Ich habe das lange abgewogen, und im Endeffekt meinten alle, dass es definitiv etwas wäre, um sich weiterzuentwickeln.«

»Alle?«

Ich zucke mit den Schultern. Denke an das Überlegen und Rechnen, wenn der Fall einträte, dass ich die Probezeit nicht schaffe. Ob wir klarkommen würden, und was der Arbeitsmarkt sonst hergeben würde. Johannes, der schon längst nicht mehr bei der Firma arbeitet, als wir uns damals kennenlernten, hat fast jeden meiner Punkte, die mich zum Zweifeln veranlassten, in den Wind geschossen. »Johannes, meine Eltern, sogar meine engste Kollegin, mit der ich vorher darüber gesprochen habe.«

Wir schweigen. Hier in der Wintersonne und mit dem tiefen Himmelblau fühlt sich die Zeit der Entscheidung über den Jobwechsel weit entfernt an, ist das alles weit weg, gleicht einem Traum.

»Weißt du, ich dachte, dieses Gefühl, nicht zu wissen, ob etwas hundertprozentig der richtige Weg ist, überkommt einen nur nach der Schulzeit. Fängt man etwas an, was Zukunft hat, was sicher ist? Womit man genug verdient? Erfüllt es einen? Nach dem Studium war es leicht, weil ich nach dem Master einfach bei der Firma geblieben bin, bei der ich nebenbei schon gearbeitet habe. Aber da ist diese Unentschlossenheit, und ich weiß nicht ...« Ich zögere. Soll ich es ihm sagen? Es weiß keiner, außer Johannes und meiner Mutter. Doch nicht mal ihr habe ich erzählt, wie es in mir aussah, als es um die Entscheidung ging. »Es gab da noch eine andere Stelle.«

Alexander zieht die Augenbrauen erwartungsvoll hoch, als ich nicht weiterspreche. Er sieht ein bisschen entzückend aus mit diesem Ausdruck und dem kleinen Lächeln. Als wisse er, dass es mich immer noch beschäftigt. Ich wehre mich gegen die Enge im Hals, die entsteht, wenn ich an das denke, was ich abgelehnt habe.

»Und die wolltest du? Was war es?«

Jetzt gibt es kein Zurück. »In einem Museum, die Koordination der Veranstaltungen und Ausstellungen.« Ich warte ab, aber es kommt kein ungläubiger Ausruf wie von Johannes und kein irritierter Blick wie von meiner Mutter. »Ich hatte ja erzählt, dass ich früher oft mit meinem Opa in Museen war. Und später allein. Wenn ich schulfrei hatte, in den Ferien oder im Winter an den Wochenenden. Ich mag es, dass man dort das Gefühl hat, immer ein wenig leiser sprechen zu müssen. Dass, wenn du mit einem Raum fertig bist, dich die Neugier packt, was dich im nächsten erwartet. Und selbst wenn es nicht so wirkt: im Job habe ich keine Probleme, Entscheidungen zu treffen. Da betreffen sie mich nicht so persönlich.« So ist es wohl. Das ist einerseits mein Problem und andererseits meine Stärke.

»Und warum ...«

»Weil es ein kleines Museum in Hamburg ist. Keins der Großen. Und weil es nicht die gleichen Karrierechancen bietet und die Absicherung wie in einem Konzern.« Das waren Johannes' Worte.

»Hm, und weil es etwas ist, was dein Herz will, nicht dein Kopf.«

Erstaunt blicke ich Alexander an, er hebt die Hände. »Ist nur eine Vermutung.«

Eine ziemlich Treffende, wie ich finde. »Darin bist du wahrscheinlich um Längen besser, in dem Entscheiden-mit-dem-Herz.« So wie er herumgereist ist, hat er viel öfter vor Entscheidungen gestanden, nur sicherlich weniger gedanklichen Taumel erlebt.

»Mein Herz hat schon lange nichts mehr entschieden.« Seine Antwort ist leise, ganz leise gegen den Wind, sodass ich sie fast überhört hätte.

Da ist sie wieder, die Traurigkeit. Vergraben unter wehendem Sand, versteckt hinter Worten und dem hochgezogenen Kragen seiner Winterjacke. Ich warte, doch er sagt nichts mehr. Dabei möchte ich ihm zuhören, denn ich glaube, dass ich gut darin bin. Ich trete einen Schritt näher zu ihm und wir gehen weiter.

Auf Alexanders Stirn glättet sich die Furche, ohne mein Zutun, ohne meine Hilfe. »Wenn du schon so lange herkommst, kennst du noch die massiven Steinwellenbrecher, auf denen man bis zum Ende gehen konnte, oder?«

Ich nicke. »Ja, ganz am Ende war es oft glitschig durch das Meerwasser und die Algen. Aber an der Seite konnte man super sitzen und die Zehen ins Wasser strecken.«

»Wir sind vom Ende aus immer ins Wasser gesprungen. Da war weniger Seetang, der oben schwamm, wenn wieder Mengen davon in die Bucht getrieben wurden. Und von da aus dann hinter die Sandbank, wo es tiefer ist und man besser schwimmen kann.«

Ich stecke meine kalten Hände in die Jackentaschen und schaue Richtung Sandbank, die sich im Wasser parallel entlang des Strandes zieht. »Ich war selten weit hinter der Sandbank. Meistens sind wir nur bis dahin geschwommen und dort getaucht oder haben Beachball gespielt, wenn das Wasser niedriger stand.«

Alexander dreht sich zu mir, geht rückwärts weiter und grinst. »Wenn du mit mir mit dem Boot rausfahren willst, kommen wir aber weiter raus als bis zur Sandbank. Willst du das wagen?«

Von jedem anderen hätte ich es als Anspielung auf meine Unsicherheit gesehen. Bei Alexander wirkt es nur nach einem Necken, um mich aus der Reserve zu locken. Das konnte er in den letzten Tagen schon gut.

»Krieg ich 'ne Schwimmweste?«, frage ich.

»Ist zwar keine Pflicht, aber ich habe immer eine mit. Für dich auch«, antwortet er und dreht sich zurück, nimmt einen Stein aus dem Sand auf und schleudert ihn ins Wasser. Mit einem satten Plopp verschwindet der Stein darin. »Außerdem will ich nicht, dass du dich unwohl fühlst, wenn du dich schon mit mir auf die Ostsee traust.«

»Hmmm.« Ich kichere, als er mich empört anschaut. »Ich werde also gut umsorgt.«

»Bei mir immer«, gibt er leise zurück, kickt einen Stein vor seiner Schuhspitze weiter in den Sand und sieht aufs Wasser. Seine Lippen sind zusammengepresst, verbissen.

Habe ich etwas Falsches gesagt?

Alexander mustert mich. »Es ist kalt, oder? Wettrennen bis zum nächsten Wellenbrecher?« Er deutet auf den Steinwall, der aus dem Wasser ragt. Ich blinzle perplex.

»Was?«

»Bis zu den Steinen sind es ... hm ... fünfzig Meter? Nicht ganz. Los, komm!«

Bevor ich weiß, wie mir geschieht, zieht er mich am Ärmel nach vorne und rennt los. Nur zwei Sekunden vergehen, in denen ich begreife, dass ich hinterherrennen will, und ich laufe los.

Der feuchte, unebene Sand erschwert es mir an Schnelligkeit zu gewinnen. Alexanders längere Beine sind ihm von Vorteil, und so sehr ich mich anstrenge, ich hole ihn nicht ein. Er dreht sich im Laufen um, ein Lachen. Ich lache ebenfalls, trete fester in den Sand, will mit ihm mithalten. Der kalte Wind pikt wie kleine Nadelstiche an Wangen und Ohren. Meine Augen tränen, doch ich laufe weiter. Keine Ahnung, wann ich das letzte Mal durch den Sand gerannt bin, aber es ist Freiheit.

Alexander kommt vor mir an. Ich grabe mit jedem Schritt meine Füße in den Sand. Nur noch wenige Meter und meine Beine werden schwer. Als ich bei ihm ankomme, greife ich nach seinem Arm und ziehe ihn mit herum. Das schnelle Atmen brennt in meiner Lunge, ich halte mich bei ihm fest.

»Das ... war unfair!« Japsend stütze ich mich auf den Knien ab.

Alexander drückt meine Schulter. »Ein bisschen. Alles gut bei dir?«

Ich kann nur nicken. Sprechen ist gerade schwierig.

Langsam komme ich wieder hoch. Definitiv bin ich nur Schönwetter-Jogger und Warmes-Wetter-Jogger.

Er lacht. »Du hast mal richtig Farbe im Gesicht.«

»Zwischen Farbe im Gesicht und Tomate ist wohl ein Unterschied, und ich bin jetzt sicher mehr Richtung Tomate. Außerdem hast du mich gestern angelogen, als du erzählt hast, du gehst nur spazieren. Woher kommt bitte die Kondition?« Mein Atem kommt zur Ruhe.

Wenigstens wirkt Alexander ebenfalls etwas außer Atem, als er mich angrinst.

Kleine weiße Wolken bilden sich vor seinen Lippen. Ich wische die Tränen vom Wind aus meinen Augenwinkeln. Seine Brust hebt und senkt sich. Standen wir eben schon so nahe? Mit jedem tiefen Atemzug rieche ich die Winterluft, das Klare, Erdige darunter. Ihn. Die Sonne lässt die wenigen grauen Stoppel in seinem dunklen Bart glänzen.

»Felix ...«, flüstern seine Lippen.

Ich sehe hoch in das Sturmgrau. So viel Blau ist heute darin. Ganze Ozeane. Ich will in der Unendlichkeit versinken. Nirgendwo anders hin. Dort bleiben. Nicht zurück zu all dem, was mich nervös macht. Was mich ängstigt. Hier ist Sicherheit. Bei ihm. Ich möchte meine Stirn an seine legen. Ihm nahe sein.

Verdammt.

»Komm, lass uns weiter.« Da ist sie, meine Vernunft. »Wenn wir stehen bleiben, fangen wir an zu frieren.« Ich setze mich in Bewegung, greife jedoch nach seinem Arm. Wenigstens etwas, was uns verbindet.

Er nickt lächelnd.

»Richtung Hafen?«, frage ich.

»Ja. Wenn du willst, zeige ich dir, wo das Boot jetzt im Winter liegt.« Alexander geht dicht neben mir, seine Gelassenheit ist zurück.

Unterwegs begegnen uns Spazierende. Die Sonne lockt

nach draußen, nach den Tagen voller Regenschauer und tiefhängender Wolkendecke.

Wir kommen an den Hallen am Hafen an, wo Alexander plötzlich stehen bleibt. »Ach Mist, der Schlüssel liegt im Haus.« Er seufzt. »Na ja, hier auf dem Gelände ist das Boot im Winterliegeplatz. Aber im Wasser. Der Trockenliegeplatz ist teurer. Im Frühjahr habe ich es immer ins Trockne gebracht und gereinigt. Das werde ich wohl beibehalten.«

»Warst du damit im Winter schon auf der Ostsee?« Ich habe keine Ahnung, wie die Saison für Boote ist.

»Ja, ein paar Mal. Das Wetter sollte beständig sein, ansonsten ist es kein Problem.« Er dreht sich Richtung Hafenbecken, in dem die kleinen Fischerboote und Ausflugsdampfer liegen und sich im glucksenden Wasser des Beckens wiegen. »Ich bin mal als Junge beim Versuch möglichst cool vom Boot zu gehen abgerutscht und ins Hafenbecken gefallen.«

»O Gott, mein persönlicher Alptraum.« Die Vorstellung zwischen die Boote zu fallen und vor sich die Stahlwand des Beckens zu haben, lässt mich erschaudern.

Behutsam berührt Alexander meine Schulter. Mein Herz hüpft auf. »War auch nicht so angenehm. Doch wie du siehst, stehe ich hier.«

Ich schiele von der Seite zu ihm rüber. »Zum Glück.«

Wir schlendern von der Halle zurück am Hafen entlang.

»Willst du einen Kaffee? Ich lad’ dich ein.« Er hat die Hände in den Taschen seiner Flanelljacke vergraben und neigt den Kopf ein Stück.

»Okay.« Ich folge ihm in Richtung eines der kleinen bunten Holzhäuser.

»Klassisch oder ausgefallen?«, fragt Alexander, als wir vor der Theke stehen. Das Café ist gut besucht und die Stühle und Bänke davor voll besetzt.

Ich überfliege die Tafel. Jede Menge Flavours und Zusätze, bis im unteren Teil die Standardkaffeesorten aufgezählt sind. »Klassisch. Einen Milchkaffee.«

Alexander schmunzelt und stellt sich an. »Hätte mich gewundert, wenn es etwas anderes als klassisch geworden wäre.«

»Ich kann auch ausgefallen«, sage ich, ehe ich mir der Doppeldeutigkeit bewusst werde. Vielleicht übergeht er das.

»Hm, wie denn genau?« Ein Schmunzeln, während er weiter nach vorne schaut. Okay, er hat es herausgehört. Wärme in mir. Auch ohne Kaffee.

Ich betrachte sein Gesicht im Profil. Die hohen Wangenknochen, seine Nase, deren leichte Krümmung man aus diesem Blickwinkel sieht, die Lachfalten in seinen Augenwinkeln. Er hat ein kleines Muttermal am Haaransatz hinter dem Ohr. Ich würde dort gerne über seine Haut streichen und wenn ich ihn dort küssen wollen würde, müsste ich mich eventuell auf die Zehenspitzen stellen. Nur ein bisschen. Ein Paar, das sich hinter uns anstellt, holt mich aus dem Tagtraum. Zum Glück.

Zwei Mal in den letzten sechs Jahren. So oft kam es vor, dass ich in meiner Beziehung an einen anderen Mann gedacht habe. Einmal nach einer Feier, als ich mit zwei Kolleginnen von der Arbeit aus weiter auf den Kiez in eine Bar gefahren bin und nicht mehr haargenau weiß, wie ich später nach Hause kam. Jedoch kann ich mich an den hübschen Mann mit den roten Locken erinnern, der die Hand irgendwann auf meinem Oberschenkel hatte. Bis mir nicht mehr gut war und ich an die frische Luft gestolpert bin, Richtung U-Bahn. Und das zweite Mal kam es auf dem sechzigsten Geburtstag meines Vaters vor, vor drei Jahren. Johannes und ich saßen gegenüber den engsten Freunden meiner Eltern und deren Sohn. Dessen blaue Augen sah ich noch in der Nacht vor mir, als ich die Augen schloss.

Diese zwei Male waren flüchtig. Ein Wimpernschlag einer Begegnung über einen Zeitraum von sechs Jahren. Aber das hier sind vier Tage. Etwas mehr als eine halbe Woche, in der ich mich von Alexander auffangen lasse in meinem Schwanken. In der ich an nichts anderes denken möchte als den nächsten Tag, wenn ich ihn wiedersehe. In der ich so sehr im Moment und dem Hier und Jetzt lebe wie noch nie zuvor.

Mein Puls rennt. Es flimmert vor meinen Augen. Alexanders Stimme klingt von weit entfernt zu mir, während er die Bestellung aufgibt.

Nein! Es ist alles gut. Es ist alles normal. Einatmen, ausatmen. Mit jedem Einatmen schließe ich die Augen und öffne sie wieder.

Plötzlich ist Alexander ganz nahe.

»Hey, was ist?«

»Schon gut, alles okay.« Ich winke ab. Das Stimmengewirr um mich herum ist mir zu laut, drückt auf mich nieder.

»Das glaub ich dir nicht, komm.« Er greift nach dem kleinen Pappgestell mit zwei Bechern und bugsiert mich achtsam vor sich her. Weg von der Warteschlange und den vollbesetzten Bänken. »Wir gehen runter Richtung Freistrand, zur kleinen Holzbrücke. Da gibt es einen ruhigen, windgeschützten Platz.«

Ich folge ihm wortlos. Alles ist ein wenig zu laut, zu hell, zu kalt. Ich atme wieder tief ein und aus. Versuche, mich auf die Umgebung um mich herum zu konzentrieren, meine Gedanken zu beruhigen. Am liebsten würde ich Alexanders Hand greifen und von ihm gehalten werden. Weil mich Berührungen erden und mir das Gefühl geben, nicht vollkommen den Halt zu verlieren. Aber ich wage es nicht.

Ein weiterer tiefer Atemzug. Nein, es ist nicht so schlimm wie sonst. Trotzdem läuft mir ein kalter Schauer den Rücken herunter, als wir zwischen den Segelboot-Liegeplätzen hindurchgehen, vorbei an einem kleinen Wall Dünengras und Sanddorn. Alexander biegt links in einen Abgang ein zu einem Stück Strand zwischen der Hafenanlage und großen Steinen, von denen eine Holzbrücke abgeht. Der Wind wird von den aufgetürmten Steinen abgehalten, und die Sonne bringt das Wasser vor uns zum Glitzern.

Er berührt mich am Ellenbogen und deutet auf den flachen Stein, auf dem er seinen Schal ausgebreitet hat. »Wenigstens etwas, komm setz dich. Hier ist dein Kaffee.«

Die Geste berührt mich. Mein Herz ist nur gerade überfordert damit, noch mehr zu spüren. Der Kaffeebecher wärmt meine Hände, und der Schal, auf dem wir sitzen, hält die Winterkälte des Steins ein wenig ab. Ich nippe an dem Kaffee, der herbe Geschmack bringt mich zur Ruhe. Ich hole Luft, blicke mich um und sehe zum ersten Mal, wo wir sitzen. Der Sand geht flach ins Wasser über, vor uns liegt die Hafeneinfahrt. Weiter unten an den Steinen haben sich Muschelreste zusammengehäuft. Die feinen Schalensplitter glänzen im tiefen Licht.

»Normalerweise erlebt man mein Programm nicht sofort live in der ersten Woche des Kennenlernens.« Das Herunterspielen habe ich über die Jahre trainiert. Ich lächle schief und es wirkt offenbar, denn Alexander lächelt zurück.

»Du hast mich ja schon eingeweiht.« Nur ist da ein Ausdruck in seinen Augen, der wärmer ist als das Lächeln. »Du brauchst es nicht kleinreden, wenn es passiert.«

Ich gebe einen erstickten Laut von mir.

»Nicht bei mir«, fügt er hinzu, und ich möchte mich in seiner Sicherheit und Ruhe verkriechen. Ich möchte ihn zulassen. In meinem Herz und meinem Kopf.

»Danke«, antworte ich leise. »Es war mal schlimmer.«

Alexander legt den Kopf schief. »Wann?«

Will ich, dass er es weiß? Dass er den Teil sieht, den kaum einer zu Gesicht bekommt? Ich blicke ihn an. Etwas in mir verzehrt sich danach, endlich wieder jemanden zu haben, vor dem ich nichts verstecken möchte. Jemanden, dem die Hilflosigkeit nicht ins Gesicht geschrieben steht, wenn ich mich verkriechen möchte und gleichzeitig wütend darauf bin, wie es mir geht.

Ich nehme einen Schluck vom warmen Kaffee. »Vor vier Jahren. Da gab es diese Tage, an denen ich es nur bis ins Treppenhaus schaffte. Weiter nicht. Selbst in der Wohnung war ich nicht sicher vor der Angst. Dort holte sie mich ebenso ein. Die Wohnung war der einzige Ort, an dem ich zulassen konnte, die Angst nicht zu verstecken. Nicht so wie im Büro. Wenn sie mich da überkam, versuchte ich krampfhaft, langsam zu atmen, mit schweißnassen Fingern auf der Tastatur weiter zu tippen, damit keiner fragte, was los sei. Oder wenn sie auf dem Weg zum Supermarkt kam, musste ich letztlich immer einen Umweg einschlagen, um ihr nicht zu begegnen. Beim Spazierengehen im Park bei uns um die Ecke … Nachdem sie mich dort einholte, war ich nicht mehr dort.« Meine Stimme zittert. Es ist, als ob sich eine Schleuse öffnet mit Erinnerungen, die verborgen bleiben sollten, sich jetzt jedoch über mir ergießen.

»Ich kaufte meine Lieblingsaufbackbrötchen nicht mehr, weil mich der Aufdruck an meine letzte Panikattacke erinnerte. Ich hörte nicht mehr The Killers, obwohl ich deren Songs geliebt habe, und ich ging am Regal mit der Nussschokolade vorbei, weil ich Angst vor der nächsten Welle hatte, die von diesen Dingen ausgelöst werden könnte. Ich sagte eine Rundreise mit Johannes nach Schweden ab, weil ich den Gedanken an eine fremde Umgebung nicht mehr aushielt. Es waren viele ›nicht mehr‹.« Der Kaffee hinterlässt einen bitteren Geschmack auf meiner Zunge. Ich schlucke gegen ihn an.

Alexander schweigt, und ich starre auf meine Hände, die den Becher festhalten.

»Ich war in Therapie und es wurde besser, aber ich war nie ...« Ja, was? Geheilt? Normal? *Frei?* Feuchtigkeit sammelt sich in meinen Augen.

»Weißt du, warum?«

Ich schüttle kaum merklich den Kopf. Ja, es wäre einfacher, wenn es etwas gäbe, worauf sich alles zurückführen ließe. Einen Grund, einen Auslöser. Dann könnte ich die Wut, die in manchen Augenblicken hochkocht, darauf schieben. Aufarbeiten. Doch so ist da nichts.

Ich rutsche ein Stück zu Alexander herum. »Nicht wirklich. Es gibt nicht das eine Erlebnis oder den einen Grund. Wenn ich zurückdenke, war ich schon immer eher ängstlich, habe zu viel nachgedacht und mich zurückgehalten. Während des Studiums habe ich mich ziemlich unter Druck gesetzt, alles durchzuziehen, ohne Fehler und ohne den Eindruck zu erwecken, ich würde nur BWL studieren, weil mir nichts anderes eingefallen wäre. Mir machte es wirklich Spaß. Aber ich habe mich nicht nur einmal viel zu sehr unter Druck gesetzt deswegen. Meine Therapeutin meinte, das kann es begünstigt haben, neben anderen Faktoren. Na ja.« Ich seufze auf. »Nach eineinhalb Jahren Therapie war es wie weggepustet, und ich fühlte mich wie früher. Der Rückschlag kam, aber nicht so, dass ich es nicht aushalten würde. Weißt du«, meine Stimme ist nur noch ein Flüstern, »manchmal fühlt es sich an, als hätte ich mich irgendwo auf dem Weg verloren und würde mich nicht mehr finden.«

»Danke.« Alexander lehnt sich leicht gegen meine Schulter. »Dass du es mir erzählt hast.«

Ich atme zittrig ein.

Schweigend beobachten wir einen der Ausflugsdampfer, der gemächlich aus dem Hafen fährt und das Wasser der Bucht in größere Wellen bricht. Der Geruch nach Schiffsdiesel ist vertraut, und das Schwappen der Wellen an den Strand klingt nicht mehr bedrohlich laut. Vielleicht fühle ich mich bei ihm so sicher, weil da eine Verbindung ist. Etwas, was er kennt.

Ich wage es zu fragen. »Was meintest du vorgestern Abend damit, dass du es kennst? Die Dunkelheit?«

Alexander nimmt einem Schluck aus seinem Becher. Seine Augenlider zucken, bevor er spricht. »Das Mädchen neben mir auf dem Foto, meine Schwester ...« Er hält inne, holt einmal Luft. »Svenja. Sie starb vor sieben Jahren.«

Da ist sie, die Verschlossenheit. Der Schmerz in seiner Stimme. Fahl, ohne Tiefe.

»Wie?«, frage ich leise.

»Bei einem Autounfall in Südafrika.«

»Das tut ...« Weiter komme ich nicht.

»Ist okay. Es sind immerhin sieben Jahre.«

»Ist es nicht.« Ich beharre mit fester Stimme darauf. So fest, wie es geht, und so sanftmütig wie möglich. »Es ist nie nur okay, wenn es wehtut.« Ich drücke mein Knie gegen seins. Ein Lächeln versteckt sich in seinen Grübchen. Zupft an seinen Augen, ehe sie wieder ernst werden.

»Es ist nur so«, setzt er leise fort, »das Makabre daran ist, dass sie immer die Vorsichtigere von uns war. Diejenige, die immer vernünftig und nach Plan gehandelt hat. Während ich nach dem Abi sofort unterwegs war, in England und Spanien in irgendwelchen Hostels gepennt habe und was erleben und mich ausleben wollte, hat sie sich für ein duales Studium eingetragen und sofort angefangen. Sie war die Vorzeigetochter, ich musste erst wieder eingefangen werden. Glaubt man mir jetzt nicht, was?« Er lächelt, als er mein erstauntes Gesicht sieht. Zugegeben, ich hatte mir nicht viel von seiner Vergangenheit ausgemalt, nur dass er oft unterwegs war.

»Sie hat schon gearbeitet, und ich war gerade fertig mit dem Studium, wir teilten uns eine Wohnung, und sie wagte das erste Mal einen Urlaub mit einer Freundin, weiter als über die Grenzen Europas hinaus. Nichts Ausgefallenes. Vierzehn Tage Kapstadt und eine geführte Tour in der Natur. Kapstadt ist zwar die sicherste Stadt in Südafrika, aber trotzdem sollte man ein paar Dinge beachten. Sie hat sich alle Tipps durchgelesen. Immer etwas Bargeld in der Tasche haben, sollte man überfallen werden, damit man keinen weiteren Ärger bekommt. Nicht abseits der Hauptstraßen und belebten Viertel umherlaufen. Nie allein ab dem frühen Abend unterwegs sein. Alles davon.« Er unterstreicht es mit einer Handbewegung. »Und dann stirbt sie, weil sie all das beachtete, abends, bei einem Unfall, in einem verdammten Taxi auf dem Weg vom Hotel zu einem Restaurant. Einfach so.« Er starrt auf das glitzernde Wasser. »Und ich, der zwar meistens einen kühlen Kopf bewahrt hat – aber hey, wenn ich nichts wage, erlebe ich nichts –, ich war hier. Sicher und lebendig.«

Alexander lehnt sich mit den Ellenbogen auf seine Oberschenkel, schaut auf den Sand zu unseren Füßen. »Weißt du, sie hatte das nicht verdient. Da war noch so viel, was sie machen wollte. Sie hat zu mir gesagt, ich soll nicht aufhören mit dem Träumen, nicht auf der Stelle stehen bleiben. Sie würde langsam dahinterkommen, was das bedeutet. Und dann ist es Schluss gewesen, bevor es begonnen hatte.« Die Muskeln in seinem Kiefer zucken, seine Lippen zittern für Sekunden. Er presst sie aufeinander.

»Und eure Eltern?«

Er lacht freudlos auf. »Von meinem Vater habe ich in der Zeit nicht mehr gehört, als es jetzt der Fall ist. Wir waren ja lange schon nur zu dritt. Und meine Mutter und ich, wir hatten nie den besten Draht. Vielleicht bin ich meinem Vater zu ähnlich, ich weiß es nicht. Ich habe lange nicht mit ihr gesprochen.« Er dreht den Kaffeebecher in den Händen. »Das letzte Mal hat sie mir vorgeworfen, nicht genug zu trauern. Dass ich Svenja den Floh ins Ohr gesetzt hätte, in so ein gefährliches Land zu fahren. Dass ich ständig in anderen Ländern unterwegs gewesen wäre, aber immer heil wiedergekommen bin. Und ihre Tochter das erste Mal weiter wegfuhr und tja, eben nicht wieder kam. Vielleicht wäre es ihr lieber gewesen, ich hätte an Svenjas Stelle im Taxi gesessen.«

»Alex«, flüstere ich. »Nein.« Mehr fällt mir nicht ein.

»Doch«, erwidert er schlicht. »Ich glaube, das dachte sie. Und ... es gab eine Zeit, da dachte ich das auch.«

Furcht erfasst mich. Furcht um ihn. Um diesen sanften, liebevollen Menschen. Dessen Sturmgrau mein Herz zum Stolpern bringt. Dessen Unsicherheit ich jetzt im Ozeanblau erkenne. Der behauptet, sieben Jahre wären okay, wären genug. Aber Trauer darf immer da sein und einen Raum haben. Nur soll sie nicht verzehren, bis nichts mehr übrig ist.

Ich würde ihn gerne umarmen, ihm sagen, wie froh ich bin, dass er hier sitzt und nicht dort war, vor sieben Jahren. Stattdessen halte ich den Becher mit dem kalten Kaffeerest umklammert und meine Probleme, meine Ängste kommen mir lächerlich klein gegen seine vor. Es ist kein Wettkampf, das ist mir klar, trotzdem bekomme ich den Gedanken nicht aus dem Kopf.

Ich presse mein Knie erneut gegen seins, schaue ihn vorsichtig an. Er lächelt, schiebt seinen Fuß gegen meinen. Und etwas wird leichter.

***

Alexander

Logbucheintrag 19. Januar: *21:15 Uhr, morgens Raureif, den Tag über heiter, 3 Grad, Wind: 0,5 m/s Südost. Wassertemperatur: 4 Grad, ruhig*

Himmelsbeobachtung: *Objekt: Beteigeuze. Sternbild: Orion. Beschreibung: Der Helligkeitsrückgang vom ›Roten Riesen‹ ist weiterhin zu sehen. Heute wieder besonders im Kontrast zu den anderen Sternen des Sternbilds. Rigel strahlt wie gewöhnlich hell, ebenso wie die Gürtelsterne und Bellatrix. Vielleicht hat Felix Interesse, sich den Nachthimmel ebenfalls anzusehen. Gestern klang es so, als ob er nicht abgeneigt wäre.*

Tagesbericht: *Der erste trockene Tag seit über einer Woche und es ist kälter geworden. Womöglich gibt es doch noch Schnee diesen Winter. Habe heute den Bauschutt entsorgt und bin noch mal zum Baumarkt gefahren, um zwei neue Schutteimer zu besorgen, die Alten sind durch. Felix kam am Mittag rüber, aber wir sind spazieren gegangen, anstatt hier im Haus weiterzumachen. Ich glaube, das tat uns beiden zur Abwechslung gut. Ich habe ihn auf einen Kaffee eingeladen. Er hat mir von seinen Angstgefühlen erzählt. Etwas, worunter er ziemlich zu leiden scheint beziehungsweise gelitten hat. Ich kann mir nur ansatzweise vorstellen, wie es ihn einschränkt.*

Mir kommen die Ergebnisse in den Sinn, die mir die Suchmaschine vorhin ausgespuckt hat. *Angststörung. Gefühle der Nervosität, Angst vor Kontrollverlust.* Die Liste, die sich öffnete, war lang. Die Seite, wie Außenstehende helfen können, ebenso. Er war in Therapie, allerdings klang es vorhin so, als ob er wieder öfter darunter leidet. Oder immer noch. Wenn er nur Teile davon durchmacht, die ich mir durchgelesen habe, möchte ich ihm gerne sagen, wie stark er ist.

Wir waren uns so nahe. Sein Knie an meinem. Seine Worte, als ich von Svenja erzählte. Er ist der Erste seit langer Zeit, dem ich die Geschichte überhaupt erzähle. Ich will die Fragen vermeiden und die Blicke. Die stumm bemitleiden. Die Worte, die folgen. Das alles will ich nicht. Denn das Mitleid ist nicht für mich bestimmt, es gilt ihr. Und auf eine selbstgerechte Weise wünsche ich mir, dass jemand mich sieht. Felix hat es getan. Er hat nach der Dunkelheit gefragt. Er, dessen Wärme hell und sanft ist. Ich weiß nur nicht, ob es mir gefällt, dass es ihm offenbar leicht fällt, mich zu sehen. Auch das in mir, was tief unten ist.

Ich seufze auf und streiche über die eingelassene Glasplatte des Sekretärs. Über die Punkte, die sich auf dem vergilbten Papier darunter aneinanderreihen, verbunden mit dünnen Linien. Meine Fingerkuppe fährt das W nach. Cassiopeia. Wenn der Himmel klar ist, könnte ich noch mal mit dem Teleskop von meinem Fenster aus schauen. Beteigeuze und Rigel sollten hell zu sehen sein.

Felix weiß von Svenja. Von dem Unfall und allem. Es tat wie immer weh, aber er hat ... es war leichter mit ihm. Ergibt das einen Sinn? Ich weiß es nicht. Morgen kommt er wieder her, und wir machen gemeinsam weiter.

Und ich bin froh darüber. Für einen Moment lasse ich zu, mir zu wünschen, ich würde die Gedanken, die es nicht ins Logbuch schaffen, mit jemandem teilen. Und für einen Bruchteil dieses Moments erlaube ich mir die Vorstellung, dass das Felix wäre. Nicht nur vorübergehend, sondern immer.

Wenn ich die Augen schließe, ist da sein erschrockener Ausdruck, seine Sorge. Gerne hätte ich ihn beruhigt. Ihm gesagt, dass die Leere in mir mich nicht mehr so auffrisst wie damals. Am liebsten hätte ich ihn an mich gezogen und ihn festgehalten, sodass sein Schmerz weniger wird und meiner ... meiner ebenfalls.

KAPITEL 5

Felix

Raureif liegt über den welken Blättern der übriggebliebenen Stängel, die zwischen den Zäunen auf den Gehweg ragen. Mein Atem bildet Wolken. Heute hätte ich eine Mütze gegen die Temperaturen gebrauchen können. Egal, der Weg von Marie zu Alexander ist nicht weit. Über Nacht hat der Frost eine weiße Decke über alles gelegt. An den Zweigen wachsen Eiskristalle, die in der Morgensonne glänzen und deren filigrane Schönheit vergangen sein wird, sobald die Sonne am wolkenlosen Himmel höher steht.

Ich verdränge den Gedanken, dass ich die Gewohnheit genieße, die sich mit jedem Tag, den ich diesen Weg gehe und bei Alexander verbringe, einschleicht. Es ist nur vorübergehend. Genauso vergänglich. Dabei gefällt mir diese Verbindlichkeit, zu wissen, womit ich meine Tage hier fülle.

Ich lasse mich von dem trügerisch warmen Gefühl der Normalität einlullen und drücke den Knauf der Vorgartenpforte nach unten.

»Guten Morgen.«

Erschrocken fahre ich herum. Da steht er, der Grund, dass sich die letzten Tage wie Wochen anfühlten. Wochen, voll von einem neuen Empfinden, konzentriert auf einen Ort, der mir so vertraut ist wie kaum ein anderer.

Die Sonne spielt Schatten und Licht auf Alexanders Gesicht. Verfängt sich in seinen Wimpern, bringt den Ozean im Sturmgrau zum Leuchten. Ich möchte die zarte Röte auf seinen Wangen berühren.

»Hast du mich nicht gehört?«

Ich schüttle den Kopf und schaue an ihm hinunter. An seinen Stiefeln klebt nasser Sand.

»Komm rein, es ist kalt. Ich war am Strand eine Runde spazieren.«

Im Haus hänge ich meine Jacke neben seine an die Garderobe, steige hinter Alexander aus meinen Stiefeln und reibe die Hände aneinander. Meine Ohren werden langsam wieder warm. »Machst du das wirklich jeden Tag?«

Alexander ist schon in der Küche und holt zwei Becher aus dem Schrank. Ich lehne mich an die Küchenzeile. »Morgens am Strand spazieren gehen? Ja. Egal, wie das Wetter ist. Na ja, fast egal.« Er schenkt Kaffee ein.

»Ist bestimmt schön.« Ich wärme meine Hände am vollen Kaffeebecher, den er mir reicht.

Alexander nickt.

»Ja. Besonders wenn es so ist wie heute. Ruhig und hell. Oder wenn es richtig stürmt und das Meer ungestüm an den Strand spült. Es ist irgendwie faszinierend. Was meinst du?«

Erstaunt blicke ich ihn an. »Ich?«

»Ja, was fasziniert dich?«

Du. Doch ich schlucke das Wort hinunter, weg von meinen Lippen, die verraten würden, wie mich der Gedanke an ihn jeden Abend beim Einschlafen begleitet. Wie ich diesen Gedanken in einer kleinen, geheimen Kammer meines Herzens hüte und ihn abschotte von allem, was mich beschäftigt. Nur wenn die Nervosität überhandnimmt, lasse ich ihn zu. Dann ist er eine tröstliche Ablenkung, auf die ich mich konditioniert habe. Wie egoistisch, aber außer mir weiß es keiner. Vielleicht darf ich mir dieses kleine Stück Egoismus gönnen.

»Ich ...« Zögernd starre ich ihn an. »Wenn ich das Meer sehe, kommt es mir vor, als ob ich nicht lange weg war. So vertraut. Egal, ob es windstill daliegt oder sich Wellen auftürmen. Nur ist das wahrscheinlich ein Trugschluss. Womöglich kenne ich es nicht, denn wer weiß schon, was alles unter der Oberfläche ist. Was einen dort erwartet.« So wie bei uns. Wenn meine kaputte Angst über mich einbricht oder an mir kratzt, so wie gestern, erkenne ich mich selbst nicht. Wenn seine tief vergrabene Traurigkeit zutage tritt, die er unter Verschluss hält.

Das Sonnenlicht fällt durch die weißen Gardinen, wirft schattige Blumenmuster auf den Küchentisch.

»Hm, und was hält dich auf, nur ein wenig davon herauszufinden?« Alexander greift nach der Milchpackung, tritt an mich heran und umschließt vorsichtig meinen Becher, den ich halte, mit seiner Hand. Die Milch verteilt sich in der dunklen Flüssigkeit. Seine Hand hält den Becher und meine Hand, obwohl längst genug Milch in meinem Kaffee ist. Ein behutsames Streichen seiner Fingerspitzen über meinen Handrücken, und ein winziges Lächeln, als ich wage, ihn anzusehen. Dann tritt er zurück, lehnt sich an die Küchenzeile, und ich vermisse seine warmen Finger.

Ich halte mich selbst auf und alles, was mich ausmacht. Die Erkenntnis ist nicht neu, aber jetzt genau trifft sie mich unvorbereitet. Zieht mich runter. Hier, in seiner Gegenwart, in der ich nicht ich sein will, so wie ich mich sonst kenne. In der ich jemand anderes sein kann und doch näher bin an mir wie schon lange nicht mehr.

»Was ist heute dran?«, frage ich und die Antwort auf seine Frage schwebt ungesagt zwischen uns. Er sieht mich an. Ein paar Sekunden zu lang. Abschätzend. Es entgeht mir nicht.

Er nippt an seinem Kaffee. »Oben im Flur müssen die Wände zu Ende verspachtelt und die schon fertigen abgeschliffen werden.«

Ich nicke. »Okay, dann ziehe ich mich mal um.«

Den ganzen Morgen habe ich das Gefühl, meine Antwort, die ich ihm schulde, hängt zwischen uns, obwohl wir nur wenige Meter nebeneinander arbeiten. Ich ignoriere meine schmerzenden Knie, während ich Spachtelmasse auf den Furchen und Unebenheiten am Wandabschluss zum

Boden verstreiche. Genauso ignoriere ich das Schweigen zwischen uns, als ich die groben, getrockneten Überreste mit dem Spachtel entferne und vor die geschlossene Gästezimmertür eine Folie klebe, damit kein Staub in das Zimmer, in dem er schläft, eindringt.

Erst als Alexander nach einiger Zeit neben mich tritt, mich sacht anstößt und mir einen Keks hinhält, schaue ich ihn an.

»Alles okay? Du bist so still.« Da ist ein Stück Unsicherheit in seiner Stimme. *Nein*, möchte ich sagen. *Aber du kannst am wenigsten etwas dafür.*

Ich nehme den Keks und muss lachen, als der fragende Ausdruck auf seinem Gesicht nicht verschwindet. »Ja, ich bin nur spät eingeschlafen.« Und das ist nicht mal gelogen.

»Halte ich dich hier vom Schlafen ab?«

Hier nicht, denke ich, beiße vom Keks ab und verdrehe die Augen.

»Ich bring dir was zum Trinken. Apfelschorle? Ich will dich ja bei Laune halten.« Er dreht sich im Gehen zu mir und lächelt.

Ja, ich darf ein bisschen egoistisch sein und ihn entzückend finden, wenn er so ist, wie er ist. In seinen dunklen Haaren und auf seinen nackten Unterarmen haben sich Reste des Staubs vom Schleifen abgelegt. Die fleckige Jeans hängt einen Hauch zu tief und das graue T-Shirt ist vom Waschen verzogen, sodass jedes Mal der Rand seiner Boxershorts und helle Haut hervorblitzen, wenn er nur die Arme ein Stück hebt. So wie jetzt. Verdammt, es kostet mich Willenskraft, ihn nicht nach unten zu begleiten und im Vorbeigehen nur flüchtig zu berühren. Und seinen Geruch einzuatmen. Klare Winterluft und frisches Moos.

Stattdessen nicke ich und widme mich wieder den restlichen Unebenheiten. Würde Marie es verstehen, wenn ich hiervon erzähle? Oder hält sie mich dann die verbleibende

Zeit bei sich beschäftigt, damit ich nicht auf dumme Gedanken komme?

Mit halbem Ohr bekomme ich das Klingeln an der Tür mit. Es müsste mittlerweile früher Mittag sein. Ich schiebe mir den Rest des Kekses in den Mund.

»Felix? Kommst du mal runter?«

»Ja«, antworte ich, und meine Schritte knistern auf der ausgelegten Folie.

Ich brauche auf keinen Fall einen Anstandswauwau, der mir erzählt, dass ich dabei bin, mich in etwas zu verrennen. Vorsichtig gehe ich die Stufen nach unten, nachdem ich meine Schuhsohlen oben abgerieben habe. Der Staub klebt auch sonst schon überall an uns, er muss sich nicht noch in den Teppich eintreten. Ich sehe hoch und – meine Gedanken stoppen. Alles stoppt für eine Sekunde.

»Hi!«

Mein Augenlid zuckt. »Johannes?«

Etwas passt nicht hierher. *Er* passt nicht her.

Für eine Sekunde rast der irrationale Gedanke durch mein Hirn, dass Johannes genau weiß, warum ich die ganzen freien Tage hier bin. Warum wir kaum telefoniert, nur ein paar Nachrichten hin und her geschrieben haben und ich mein Leben in Hamburg ignoriere. Mein Blick huscht von ihm zu Alexander, doch er lässt nicht durchblicken, was er davon hält, dass mein Freund bei ihm vor der Tür steht.

»Ja, Marie hat mir erzählt, wo ich dich finde. Ich wollte dich überraschen. Ist mir offenbar gelungen.« Er grinst, aber ich kenne ihn zu gut. Da ist eine Spur Zweifel.

Johannes folgt Alexanders einladender Geste und tritt in den Flur. Mein Herz pocht zu laut. Ich beobachte ihn, wie er sich umsieht, den Blick über die Einrichtung gleiten lässt, dann über Alexander und dort einen Moment länger verweilt, bis er mich ansieht.

»Ich dachte ja, du bist irgendwo direkt nebenan bei Marie, aber hier bedeutet ›bei einem Nachbarn helfen‹ offenbar einen größeren Radius als bei uns.«

Ich habe keine Zeit zu antworten, denn Johannes streckt Alexander seine Hand hin, zögert aber bei dem Anblick des weißen Staubs, der Alexander bedeckt. Schließlich hebt er nur seine Hand, wohl aus Angst, dass sein dunkelblauer Wollmantel Spuren vom Renovieren davontragen könnte.

»Ich bin Johannes, Felix’ Freund. Freut mich.«

»Alexander, der Nachbar. Ebenfalls.«

Johannes hatte noch nie ein Problem damit, sich als meinen Freund vorzustellen, allerdings kommt es selten vor, dass es die ersten Worte sind, mit denen er sich vorstellt. Außer es gibt einen Grund. Gibt es hier einen?

Ich schaue von ihm zu Alexander. Beide stehen sich auf Augenhöhe gegenüber, jedoch könnten sie unterschiedlicher nicht sein. Johannes, mit seinen akkurat liegenden kurzen Haaren, dem gepflegten, immer gestutzten Bart um das Kinn und dem dunklen Wollmantel, den er lässig offen trägt. Ich rieche den dezenten Hauch seines vertrauten Aftershaves. Selbst in dem gestrickten Pullover und der Jeans wirkt er wie ein typischer Großstädter. Ein Mittdreißiger, der es sich leisten kann, jede Mittagspause in einem der Restaurants in der Hamburger Innenstadt zu verbringen, in der das Büro liegt, in dem er arbeitet. Der sich letzten Sommer eines der neuesten Fahrräder mit Akku in extraleicht kaufen konnte, bei dessen Preis ich mich kurz verschluckt habe, als er mir die Internetseite zeigte. Johannes hat einen Plan und Struktur. Immer. Meistens für mich mit. Das ist bequem auf eine Art, doch genau daran möchte ich gerade nicht denken. Er wirkt hier so fehl am Platz, zwischen den Möbeln aus mehreren Jahrzehnten, den Spitzendeckchen, den alten gerahmten Karten an den Wänden und Alexander, dessen Flanellwinterjacke am Garderobenhaken hängt und der staubig und in seiner alten Jeans und dem verzogenen T-Shirt vor ihm steht.

Alexander begleitet eine Rauheit. Eine furchige, vielschichtige Rauheit. Wie ein Granitstein, der an den Strand gespült wurde. Mit hellen und dunklen Facetten, durchzogen von Glimmer, der im Licht sichtbar wird. Wenngleich die Farbe seiner Stimme ruhig und sanft ist. Vor meinen Augen trifft etwas aufeinander, kollidiert, und meine fragile Kugel aus Sicherheit der letzten Tage bekommt Risse. Dabei war Johannes bis jetzt mein Sicherheitspol.

»Was macht ihr hier eigentlich genau?« Johannes schaut an mir vorbei zur Treppe.

Wonach sieht es denn aus? Ich möchte die Augen verdrehen, jedoch habe ich ihm nicht viel darüber erzählt, was wir hier tun. Unsere Konversation in den letzten Tagen war auf wenige Dinge beschränkt, und Johannes' Abende im Büro zogen sich in die Länge. Alexander erklärt ihm mit knappen Worten von den oberen Räumen und was unten geplant ist.

»Das ist ja noch eine Menge Arbeit«, kommentiert Johannes. »Wäre es nicht lukrativer gewesen, das Ganze, na ja, platt zu machen? Also für einen Verkauf zumindest. Du willst es verkaufen, oder?«

Ich starre Johannes an. Ja, er ist oft sehr direkt, nach der Devise: Warum um den heißen Brei herum reden? Felix, das hat noch niemanden weitergebracht. Und vielleicht interpretiere ich zu viel in das Haus und dessen Bedeutung für Alexander hinein, aber die steile Falte, die sich zwischen seinen Augenbrauen bildet, bestätigt mir, dass Johannes' Worte einen wunden Punkt getroffen haben.

»Es ist nicht geplant. Und Geld ist das Letzte, was mich interessiert.« Alexander verschränkt langsam die Arme vor seiner Brust.

»Verstehe.« Johannes steckt die Hände in die Taschen seines Mantels und sieht mich an. Leise klappert sein Autoschlüssel in der Manteltasche. »Gut, ich kann sonst auch erst wieder zurück zu Marie gehen. Ich wollte heute über Nacht bleiben. Wenn ich schon keine Zeit für ein ganzes Wochenende an der Ostsee habe, dann wenigstens für einen Tag. Ich fahre morgen früh weiter nach Kiel ins Partnerbüro, deswegen passt der Zwischenstopp hier gut.«

Ah, deswegen bist du hier. Da ist sie wieder, die Enttäuschung, die sich in den vergangenen Tagen nicht gemeldet hat, sich jetzt aber erfolgreich in Erinnerung ruft. Er ist nicht ausschließlich hier, um mit mir Zeit zu verbringen. Es passte gut.

»Ist schon okay. Felix hat die Tage so viel geholfen.« Alexander schaut mich an. »Ich komm klar.« Ein schiefes Lächeln, bevor er sich umdreht und nach einem leeren Eimer greift. Er nimmt mir jegliche Möglichkeit, jede Entscheidung ab. Die Enttäuschung darüber brennt noch mehr in meiner Brust. Befeuert den Frust in mir, dass Johannes morgen weiterfährt und ich nur ein Zwischenstopp bin. Das Luftholen schmerzt mit einem Mal in meinem Hals.

»Okay«, erwidere ich leise, »ich zieh mich schnell um. Dauert nicht lange.«

Ich bin mit ein paar Schritten an Alexander vorbei im Wohnzimmer, nehme meine Jeans, das saubere T-Shirt und das Sweatshirt und verschwinde im Badezimmer. Grob streife ich mir die staubige Jogginghose von den Beinen. Hinter meinen Rippen lässt das brennende Gefühl nicht nach, unter die Enttäuschung mischt sich Wut. Mein T-Shirt landet neben der Hose. Ich ziehe das saubere an und erhasche mein Spiegelbild im Badezimmerspiegel. Blasse Haut, schlanke Hüften, ein klein bisschen Bauchansatz, ein leichter Bartschatten. Meine undefinierbare Haarfarbe, irgendetwas zwischen hellbraun und aschblond.

Meine Hände umfassen den Waschbeckenrand, ich starre mir in die Augen. *Wie das Meer am Morgen.* Ich fühle mich dumpf und während ich meine Jeans vom Wannenrand nehme und mich fertig anziehe, fällt mir auf, dass ich mal wieder andere für mich entscheiden lasse. Ein einfacher Weg.

Doch was möchte ich? Vielleicht hätte ich Alexander noch geholfen. Zumindest so lange, bis wir oben mit dem Schleifen fertiggewesen wären. Es ist nicht mehr viel. Ich hätte mir überlegen können, was Johannes und ich den Rest des Tages machen.

Mit meiner schmutzigen Kleidung eingerollt unter dem Arm trete ich aus dem Bad raus in den Flur. Es ist, als wäre ich nur eine Sekunde weggewesen. Johannes sieht mich an, macht einen Schritt zur Tür. Mein Blick wandert zu Alexander. Er steht an der Treppe nach oben und sieht zu Boden.

Sieh mich an, denke ich. *Bitte.*

»Ja dann«, sage ich leise, und er schaut hoch. Tiefdunkles Sturmgrau.

»Ja, macht euch 'nen netten Tag, wir sehen uns.«

Ich nicke.

***

»Die Seeluft tut echt gut, nach den ganzen langen Tagen im Büro. Ich beneide dich ein bisschen.«

Ich atme durch. Der Arbeitsalltag wirkt so weit entfernt. Überstunden, weil etwas noch fertig werden muss. Kaffeegespräche auf dem Flur. Ehrlich gesagt, weiß ich nicht, warum Johannes im Moment so lange arbeitet. Ist es immer noch wegen des neuen Programms? Bis ich fuhr, war er zur gleichen Zeit zu Hause wie sonst. »Warum war es denn so viel?«

Vor uns hüpft Mara im Sand und drückt Marie Steine in die Hand, die sie ins Wasser werfen soll. Steinchen und Sand knirschen unter meinen Stiefeln. Geben widerwillig nach mit jedem Schritt, den ich gehe. Johannes' Schritte wirken leicht neben mir.

»Ach Felix, das habe ich dir doch schon erzählt.«

Ich wüsste nicht wann, dennoch sage ich nichts. Eventuell hat er etwas erzählt und ich habe nicht richtig zugehört.

»Wir haben den Relaunch der Seite, das nimmt gerade echt viel Zeit in Anspruch. Dazu gab es ein paar Wechsel in den Teams bei uns und in Kiel, deswegen bin ich morgen dort. Ein paar neue Teammitglieder einarbeiten, und so ein kleines Firmenevent findet statt.«

»Ach so«, antworte ich. Will ich mehr davon wissen? Ich schaue auf die glatte Wasseroberfläche. »Aber dass du nach Kiel fährst, kam jetzt kurzfristig?«

»Hm?« Johannes sieht mich an, für eine Sekunde zögert er, ehe er fortfährt. »Ja. Ja, doch. Das war anders geplant. Sonst hätte ich geschaut, dass ich hier noch einen Tag dranhänge, aber es kam leider dazwischen.«

Ich betrachte ihn von der Seite. Etwas ist anders. Hat er sich verändert oder ich mich?

Vor sechs Jahren war das erste, was ich von ihm kennenlernte, seine Stimme am Telefon. Den charmanten Ton, das Lachen, das Fordernde darin, was etwas ankitzelte in mir. Weil eine Rechnung fehlerhaft war, rief er nicht nur einmal zurück, um alles richtigzustellen. Vielleicht telefonierte ich während der Arbeitszeit ein wenig zu lang mit ihm, doch das störte keinen in dem Büro mit den vier Schreibtischen. Und als wir uns das erste Mal sahen, war ich froh, dass die Warnung meiner Mutter sich nicht bewahrheitete. Eine angenehme Stimme ist nicht alles. Ich mochte das Fordernde, nicht nur in seiner Stimme. Mag ich es immer noch so?

Er hebt passend zu meinen Gedanken seine Augenbrauen. »Und du? Hast nicht genug vom Wändestreichen bei Marie bekommen und hilfst woanders mit?«

Ich stecke die Hände in die Jackentaschen und weiche seinem Blick aus. Ohne die Strandkörbe wirkt der Strand breiter, ein wenig einsam. »Das hat sich so ergeben.« Wahnsinn, wie lahm eine Antwort klingen kann. »Ich mag das Haus.« *Und seinen Besitzer.* Innerlich verdrehe ich die Augen über das, was mein Hirn ergänzt.

Johannes lacht. »Wahrscheinlich konntest du mal wieder nicht Nein sagen.«

»Ja, vielleicht. Aber, es macht Spaß und es lenkt ab von ... ach, egal.«

Obwohl er recht damit hat, dass ich viel zu oft zusage, nur, weil ich niemanden enttäuschen möchte, stimmt es diesmal nicht.

Er legt einem Arm um meine Schultern. »Ach komm, erzähl jetzt nicht, du machst dir immer noch Gedanken darum, wie es im März wird.« Er tippt gegen meine Stirn.

»Nein, mache ich nicht.« Ich lache mit und versuche gar nicht erst, ihm zu erklären, warum ich nicht nur mit mir und meinen Gedanken allein sein will. Ich will keine Motivationssprüche hören, wie er sie seinem Team hält. Kein: *Felix, das ist die Chance. Du hast so viel Potential.* Oder: *Nutz die Tage für dich.* Das, was in den letzten Wochen immer und immer wieder fiel, wenn ich zweifelte.

»Okay, ich glaub dir das mal. Nächste Woche ist es bei mir bestimmt etwas ruhiger und dann machen wir uns die Abende nett.«

»Klingt gut.« Jedoch beruhigt mich nichts an dieser Vorstellung auch nur annähernd so, wie der Gedanke an das Sturmgrau, an das zarte Lächeln und den Geruch nach frischer Winterluft.

***

»Du siehst übrigens erholt aus.«

Ich spüre Johannes' Atem in meinem Nacken. Wir liegen gemeinsam auf der einen Meter breiten Matratze in Maries Gästezimmer. Er hat seinen Arm vertraut um meine Mitte geschlungen.

»Ach ja?« Ich grinse, als Johannes ein leiser Fluch über die Lippen kommt, denn seine Decke ist runtergerutscht. »Vielleicht sollte ich noch mal den Job wechseln und im Handwerk anfangen.«

Johannes zieht seine Decke zurück. »Mann bin ich froh, dass unser Bett größer ist. Und ja, ich habs ja immer gesagt, du hast talentierte Hände. Und einen talentierten Mund.«

»Ha ha«, erwidere ich. Es ist nicht das erste Mal, dass wir hier das Bett teilen.

Meine beiden Welten haben sich langsam gefunden, als Johannes, Marie, Mara und ich am Strand spazieren gingen, und wir Marie, nachdem wir Mara zur Schwimmstunde gebracht hatten, ins Café am Hafen einluden. Am Abend ertrug Johannes geduldig Maras Filmwunsch, und wir saßen mit Amir und Marie noch eine ganze Weile im Wohnzimmer, bis ich merkte, wie die Müdigkeit an meinen Augen zog.

»Ist doch so.« Johannes' Lippen berühren die empfindliche Haut an meinem Hals, kurz vor dem T-Shirtkragen. Einmal. Zweimal. Ich schließe die Augen und atme durch. »Bekomme ich jetzt einen richtigen Kuss?«

Ich blinzle. Haben wir uns noch nicht geküsst, seitdem er angekommen ist? Er hat recht. Umständlich drehe ich mich ein Stück zu ihm um. Im fahlen Licht der Winternacht wirkt er fremd in diesem Raum, den ich in den letzten Nächten für mich allein hatte. Mit dem rechten Arm stütze ich mich auf. Er drückt sich unangenehm tief in die Matratze.

Johannes lacht leise. »Ach, Felix. Entspann dich.« Seine Lippen sind vertraut. Fest und ein bisschen fordernd. Nur für Sekunden streicht seine Zunge über meine, hinterlässt den Pfefferminzgeschmack seiner Zahnpasta in meinem Mund, bis er eine feuchte Spur von meinem Kinn an meinem Hals herunter küsst.

Fingerspitzen, die hastig am Bund meiner Shorts ziehen, abrutschen und den Rand ein zweites Mal verfehlen. Gegen meinen Ellenbogen drückt sich eine Stofffalte der Matratze. Ich starre an die Deckenlampe.

»Felix?«

In meinem Arm kribbelt es. Johannes liegt halb auf mir, ich verkrampfe nur mehr, als er versucht, sich aufzurichten. Er stützt sich auf meine andere Seite.

»Warte ... nicht so.«

»Willst du dich umdrehen?« Seine Hand ist schon an meiner Hüfte.

Alles ist zu eng, zu gedrängt. Mich stört die Hektik.

»Nein.« Ich zögere, und Johannes hält inne. »Ich glaube, das Bett ist zu klein dafür und irgendwie ...«

Ein Aufseufzen von ihm. »Ehrlich jetzt?«

»Ja, ehrlich«, antworte ich und kann nicht verhindern, dass meine Stimme gepresst klingt. Es ist mir zu schnell, zu gehetzt. Die vergangenen Tage waren langsam, entschleunigt, auf eine Art, von der ich nicht wusste, dass ich sie brauche. Und das hier ist ... anders. Ich weiß nicht, warum.

»Okay.« Johannes rollt sich ein Stück von mir weg. »Was möchtest du denn?« Braune Augen sehen mich an. In seinem Blick liegt Ungeduld.

Ich drücke mein Gesicht an seine Schulter. Er riecht nach zu Hause, vermischt mit dem Duft der Bettwäsche. Ein anderer Geruch drängt sich in mein Gedächtnis, fest presse ich die Augen zusammen. Nein, der Gedanke ist nicht richtig. »Einfach hier liegen? Und schlafen?«, nuschle ich in den Stoff seines T-Shirts.

Ein weiteres Seufzen und seine Hand, die durch mein Haar streicht. »Okay.« Er legt den Arm um mich. »Die vier nächsten Tage schaffe ich dann auch, bis du zurück bist.«

Ich will protestieren, doch er hält mich fest. »Wir haben ja noch morgen früh«, flüstere ich.

»Hm, ist das ein Versprechen?« Sacht berühren seine Lippen mein Ohr. Ich schließe die Augen. »Vielleicht.« Und lächle.

Minuten verstreichen im Dunkel der Nacht, meine Gedanken schweben träge zwischen Wachsein und Schlaf. Ich rücke näher an den Körper neben mir, schiebe meine Hand unter die Decke, unter sein T-Shirt. Streiche über warme Haut, und Alexanders Silhouette blitzt vor meinem inneren Auge auf. Wie eine verblasste Erinnerung, der Anblick des Streifens nackter Haut unter seinem verwaschenen Shirt. Ich male eine Linie mit meinem Finger über die Haut am Rücken, nach vorne über seine Hüfte, bis ich an seinem Bauch stoppe. Ein paar feine Haare kitzeln an meiner Fingerkuppe. Er zuckt leicht zusammen, und ich möchte ihn am Bund der Hose zu mir ziehen. Würde er sich mehr Zeit lassen? Bedächtiger küssen? Ich möchte hören, wie er meinen Namen flüstert, wenn ich ihn berühre. Wenn meine Hand tiefer wandert, ihn umschließt. Wenn er sich fallen lässt.

»S'kitzelt, Felix.« Johannes' Nuscheln knipst einen Schalter um, ich bin hellwach.

Mein Puls pocht an meinem Hals, ich atme tief ein und wieder aus. Meine wandernden Gedanken verselbstständigen sich in eine Richtung, die für mich und den Menschen neben mir nicht gut ist. Etwas kratzt aus dem Dunkeln tief in mir, ich unterdrücke den Schauer und ziehe die Decke fester um meine Schultern.

***

Rote Rücklichter verschwinden auf der Auffahrt in der Morgendämmerung. Ich reibe mir über die Arme. Es hat in der Nacht wieder gefroren, tagsüber soll es nur knapp über null Grad werden. Schnell gehe ich über den Hof und husche ins warme Haus. Johannes will pünktlich in Kiel ankommen, und bisher sagt die Verkehrsapp, dass er es schaffen sollte. In der Küche öffnet Marie gerade eine Packung mit Cornflakes. Mara wischt sich über die müden Augen.

»Na, du bist auch keine Frühaufsteherin, was?«, frage ich schmunzelnd.

Sie schüttelt den Kopf, ihre dunklen Locken wackeln hin und her. »Nee, und es ist kalt. Kommt Jo wieder her?«

Ich setze mich zu ihr an den Tisch. Nur Mara nennt Johannes so, und obwohl er behauptet, bisher nie so gut mit Kindern ausgekommen zu sein, klappt es mit Mara erstaunlich gut. Gestern hat er sogar mehrere Runden Uno mit ihr durchgehalten, bis sie fünf Mal gewonnen hat. »Wahrscheinlich nicht. Er hat viel bei der Arbeit zu tun. Aber ich bleibe noch etwas, und vielleicht schneit es in den nächsten Tagen ein bisschen. Ich habe da sowas gehört.« Verschwörerisch hebe ich die Augenbrauen.

»Wenn du Jo zu doll vermisst, kannst du Cookie mit rüber ins Zimmer nehmen.«

Cookie ist ein Kuschelkissen in Form eines großen Kekses. Eines sehr weichen, kuscheligen Kekses, und eines von Maras Lieblingskuschelkissen. Das Angebot soll etwas heißen.

»Danke, da komme ich vielleicht drauf zurück.«

Marie stellt eine Cornflakes-Schale vor Mara ab und lässt sich auf den dritten Stuhl fallen. »Setz ihr noch den Floh mit dem Schnee ins Ohr. Du bist ja nicht mehr lange hier, um dir die Fragerei jeden Tag anzuhören, wann es endlich schneit.«

»Was denn, in der Wettervorhersage wurde das angezeigt.« Ich verteidige meinen und Maras Wunsch nach Schnee, selbst wenn es nur ein paar Flocken sind.

»Ich kann auch Papa fragen«, wirft Mara ein.

Marie gießt sich Milch in ein Glas und reicht mir die Milchpackung für meinen Kaffee. »Das kannst du auf jeden Fall, aber solange Felix hier ist, fragst du ihn als Erstes. Und gerne mehrfach.«

Ich schenke Marie einen vorwurfsvollen Blick, den sie ignoriert.

»Okay«, stimmt Mara zu und wischt sich mit dem Ärmel ein paar Milchtropfen von ihrem Kinn, bevor Marie nach einem Küchentuch geangelt hat und es ihr geben kann.

»Ist Johannes die ganze Woche in Kiel?«

Ich schüttle den Kopf. »Nein, heute Nachmittag und morgen ist irgendein Meeting, er übernachtet da und kommt danach wohl wieder. Also er ist wieder da, wenn ich zurückfahre.«

»War nicht erst der Plan, dass er das Wochenende herkommen wollte, anstatt nur einen Tag?«

Ja, aber will ich zugeben, dass ich darüber mit ihm nicht mehr geschrieben, geschweige denn gesprochen habe? Und er hat nicht nachgefragt. »Er hatte so viel zu tun«, antworte ich hastig und senke den Blick auf die Holztischmaserung.

»Na, du bist hier ja gut abgelenkt. Apropos, ich setze mich gleich noch mal für zwei, drei Stunden an ein Projekt, nachdem ich Mara zur Vorschule gebracht habe. Aber morgen ist nichts geplant, wollen wir da was gemeinsam machen?«

Ich nicke und lächle.

Früher waren die letzten Urlaubstage hier voll von Wehmut, und ich konzentrierte mich darauf, jeden Moment gemeinsam mit Marie zu genießen. Jedes Gefühl festzuhalten: Wie sich warme Sandkörner anfühlen, wenn man die

Wange hineindrückt. Wie schwer und süß die Heckenrosen in der vollen Sonne riechen. Wie das Meer vor einem Sommergewitter einem glatten Spiegel gleichen kann. Und wie wir uns selbst hochschaukelten und lachten, in den letzten Stunden, bis wir nach Hause fuhren.

Heute ist nur noch ein Hauch dieser Wehmut übrig. Ich muss nicht darauf warten, dass die Ferien anfangen und meine Eltern das Auto bis zum Rand vollgepackt haben. Ich kann mich ins Auto oder in die Bahn setzen und herfahren, wenn mir danach ist. Wenn alles frei ist, brauche ich mit dem Auto fünfundvierzig Minuten. Nur eine dreiviertel Stunde, dann kann ich das Meer sehen. Ich schaue aus dem Fenster auf die weißgefrorene Koniferenhecke. Ich mache es nur nicht. Das, wonach mir ist. Noch nicht einmal ab und zu.

»Oh, es ist schon kurz nach halb neun.« Marie reißt mich aus den Gedanken. »Felix, ich bringe Mara schnell rüber.« Sie wuselt um mich herum und von ihrer Aufregung angesteckt springt Mara vom Stuhl, tanzt durch die Küche in den Flur, wo sie nach ihren Winterstiefeln zwischen den anderen angelt.

»Wenn es heute noch schneit, gehen wir zusammen raus?«

»Na klar.« Ich folge ihr in den Flur und helfe ihr beim Zuschnüren. »Viel Spaß heute.« Ich drücke sie einmal.

Marie nimmt ihre Jacke von der Garderobe. »Bist du gleich noch hier oder schon wieder bei deiner neuen Tagesbeschäftigung?«

»Ähm. Ich wollte vielleicht gegen neun zu Alex rüber.«

Mara hat schon die Tür geöffnet und ist nach draußen geschlüpft. Das Tapsen ihrer Schritte klingt vom Hof ins Haus.

»Felix, ist eigentlich alles okay?« Marie sieht mich an.

Meine Wangen werden warm und schnell senke ich den Blick. Ich weiß nur nicht, warum. »Sicher, wieso?«

Sie scheint zu überlegen, ehe sie weiterspricht. Ich will noch etwas hinzufügen, etwas Überzeugendes. Nur fällt mir nichts ein. Mara ruft von draußen nach ihr.

»Ach, egal. Später. Oder morgen in Ruhe. Wenn was ist, melde dich. Wir sehen uns.« Marie greift nach den Schlüsseln, hastet zur Tür und dreht sich noch einmal zu mir um. »Mach nichts ... Unüberlegtes.« Ihr Gesicht verzieht sich zu einem komplizierten Ausdruck, dann geht sie.

Die Tür fällt ins Schloss. Stille breitet sich aus. Die Uhr in der Küche tickt laut. Ich nehme den Kaffeebecher in die Hand und halte inne.

Etwas Unüberlegtes. Ich glaube, kaum ein Schritt in meinem Leben war unüberlegt. Alles durchdacht, lieber ein Zögern, bevor ich stolpere und falle. Wie kann etwas unüberlegt sein, wenn ich ständig daran denke und es in meinem Kopf so viel Platz einnimmt?

Ich setze mich an den Tisch, greife nach meinem Handy, öffne den Chat mit Alexander, der nur wenige Nachrichten der letzten Tage enthält, und tippe.

Guten Morgen, brauchst du mich heute?

Weiße Buchstaben auf dunklem Grund, die Worte und die Frage falsch, verdreht. *Ich brauche dich heute.* So wäre es richtig. Ich will die Nervosität loswerden, die sich prickelnd in mir aufbaut. Mit ihm ginge es am besten. Mit seiner Ruhe.

Zwei blaue Haken, aber keine Antwort. Seufzend lasse ich meine Stirn auf die Tischplatte sinken. Was mache ich hier eigentlich? Vielleicht sollte ich wirklich ein paar Tage woanders hinfahren. Hatte nicht eine Freundin von meiner Mutter eine Ferienwohnung in den Niederlanden? Ich müsste nur sehen, wie ich hinkomme. Mit dem Auto, oder ich könnte einen Reisebus nehmen. Ansonsten muss ich eine Route planen. Finanziell passt das. Aber vielleicht wäre Johannes dann enttäuscht und meine Eltern würden sich fragen, warum ich allein wegfahre. Dann eventuell doch mit Johannes zusammen oder … Das laute Brummen des Smartphones lässt mich aus der Gedankenspirale hochschrecken. Alexander hat geantwortet.

Guten Morgen. Nicht unbedingt. Ich sortiere heute die Sachen unten. Also nichts Großes.

Ich reibe über meine Augen. Diese verdammte Enttäuschung. Ich würde lügen, wenn ich behaupte, es täte nicht weh. Und es ist albern, dass es mit Anfang dreißig so ist. Immer noch so wie damals, beim ersten zarten Versuch, jemandem näher zu kommen.

Ein zweites Vibrieren.

Aber wenn du willst, kannst du trotzdem gern herkommen.

Ich springe auf. Das ist auch immer noch so. Das warme Flattern. Das Glücklichsein.

***

Fotos sind für mich Erinnerungsstücke, die die fragile Emotion des Augenblicks einfangen. Einen Wimpernschlag einfrieren, ohne Widerruf.

Ich blättere durch ein Fotoalbum. Gelbliche Seiten, Bilder, von Fotoecken in Position gehalten. Vorsichtig schlage ich das transparente Trennpapier um. »Bist du das?«

Alexander sieht vom Esstisch zu mir runter. Ich sitze an das Sofa gelehnt im Schneidersitz auf dem Boden.

»Zeig mal.« Er kniet sich neben mich. »Ja. O Gott, ist das lange her. Frag nicht nach der Frisur. Das war mal modern.«

Ich stupse ihn mit dem Ellenbogen an. »Ach was. Tu nicht so, als ob ich so viel jünger bin, ich weiß auch, dass man so rumlief.«

»Echt?« Alexander sieht mich amüsiert an. »Wie sahst du denn aus, mit neunzehn?«

Ich mag es hier, neben ihm. Ein kleines Stück zu ihm aufzusehen und seine Schulter an meiner zu spüren. Meine unsichtbare Kugel der Sicherheit hüllt uns ein. »Jünger. Aber ansonsten, nicht viel anders als jetzt.«

»Also auch so ...« Er zögert und senkt den Blick auf das Fotoalbum in meinem Schoß.

»So ...?«, frage ich. So durchschnittlich, übersehbar oder doch etwas anderes? Aber er lächelt nur und blättert eine Seite weiter.

»Hier. Das ist das Boot von meinem Großonkel. Nichts Großes.«

Ich folge mit dem Blick seinem Zeigefinger, der auf ein Foto mit einem Fischerboot zeigt. Ein weißer Rumpf mit rotem und blauem Abschluss, einer Metallreling und einer kleinen Holzkajüte.

»Gehört es dir oder nutzt du es nur?«

»Es gehört mir«, antwortet er. »Wie das meiste von den beiden.«

Da ist kein Stolz in seiner Stimme oder Freude. Nur Nüchternheit mit einem Hauch von etwas Dunklerem. Mir kommt Johannes' fehlendes Feingefühl in den Sinn.

»Wegen gestern ...« Nervös reibe ich über den Einband des Albums. »Tut mir leid, dass mein Freund etwas forsch war. Er merkt manchmal nicht, ob etwas zu ... du weißt schon, zu direkt ist.«

Alexander sieht mich verdutzt an, beginnt zu lachen und erhebt sich wieder. Augenblicklich vermisse ich ihn neben mir. Ich hätte nichts dagegen, weiter so mit ihm hier auf dem Boden zu sitzen.

»Dafür musst du dich nicht entschuldigen. Ich bin alt genug und er ebenso. Offenbar hast du ihm ja nicht viel erzählt.« Er zwinkert mir zu.

Wirklich? Wärme zieht sich meine Wangen hoch, bis in meine Ohren. Ich klappe das Fotoalbum zu und lege es in den Karton, wo schon drei andere gestapelt liegen. Es stimmt ja, und im Moment habe ich nicht mal ein schlechtes Gewissen deswegen.

»Wie lange seid ihr noch mal zusammen?« Er knipst die Stehlampe neben dem Sekretär gegen die aufkommende Dunkelheit an und schiebt die beiden Kartons, die wir den Nachmittag über mit Papieren und Ordnern befüllt haben, in eine Ecke.

»Sechs Jahre.«

»Das ist schon eine Weile. Sechs Jahre mit Höhen und Tiefen durchzustehen. Meine letzte Beziehung ist sechs Jahre her. Sie und ich haben uns kennengelernt kurz bevor ...«, er schluckt, »bevor der Unfall passierte. Sie hat also eine harte Zeit mit mir durchgemacht. Es ist gut, wenn noch jemand da ist.« Er stützt sich mit den Händen auf dem Tisch ab, starrt ins Leere.

Ich weiß nicht, was in mir mehr Unbehagen auslöst. Entweder die Tatsache, dass wir angefangen haben, von Johannes und mir zu reden und Alexander automatisch davon ausgeht, dass wir Höhen und Tiefen erlebt haben, oder dass mich eine leise Stimme ganz hinten in meinem Kopf darauf hinweist, dass seine letzte Beziehung mit einer Frau war, die diese Zeit mit ihm durchlebt hat.

Ich ringe mich schließlich zu einer Antwort durch. »Zusammen lässt es sich wahrscheinlich besser durchstehen.«

Er nickt. »Am Schluss war es aber genau das, woran wir scheiterten. Manchmal ist es besser, man geht getrennte Wege, auch wenn es wehtut.«

»Das tut mir leid.« Es ist keine Phrase, trotzdem klingt es danach. Erzähl mehr, möchte ich sagen. Doch in seinen Blick schleicht sich wieder dieses Stürmische, was ich nicht deuten kann. Langsam stehe ich auf, und weil ich keine Worte finde, trete ich zu ihm an den Tisch.

»Es ist okay, wirklich.« Ein achtsamer Ausdruck tritt in seine Augen. Ich bin überrascht, dass er mein Verständnis offenbar versteht, auch ohne viele Worte. »Und du und Johannes?«

Was will er hören? Bis vor ein paar Tagen hatte ich das

Gefühl, nur mit ihm vollständig zu sein, andererseits war es vielleicht nur meine eigene Unsicherheit.

»Wir hatten bisher zum Glück nicht viele Tiefen. Bei uns ist es eher heiter bis wolkig gleichbleibend. Außer … na ja.«

Alexander sieht mich an, ohne etwas zu sagen.

Johannes' Blick, als wir hier im Flur standen, taucht vor meinem inneren Auge auf, der Funken Zweifel. Sein Arm um meine Schultern beim Strandspaziergang. Seine Umarmung gestern, als wir gemeinsam im Bett lagen. Und in mir drängt sich die Nervosität wieder nach oben. »Versteh mich nicht falsch, es soll nicht so klingen, als ob ich mich langweile. Absolut nicht. Im Gegenteil, ich bin gern ein Gewohnheitsmensch, und er ist derjenige, der mich fordert, wenn ich es nicht kann. Und das ist prima, wirklich. Nur manchmal versteht er nicht, wie das ist, bei mir. Wenn es zu viel wird. Und deswegen habe ich seit einiger Zeit vermieden, mit ihm darüber zu sprechen. Zumindest so detailliert. Aber er hilft mir darin trotzdem. Gott, das hört sich an, als ob ich bedürftig wäre.« Ich schüttle den Kopf über meinen Redeschwall.

»Felix.« Da ist wieder diese tiefe Ruhe. »Du musst mich nicht davon überzeugen, dass es bei euch gut läuft.«

Ich fixiere einen Punkt an der Decke. *Nein, da hast du recht. Ich muss mich selbst überzeugen.* »Ja, mag sein. Und bei dir?«, erwidere ich rasch. Ich möchte nicht der Einzige sein, der das Knäuel der eigenen Gefühle versucht zu entwinden.

»Nicht wirklich erwähnenswert. Zumindest gab es keine, mit der es ernster wurde. Oder keinen. Alles andere …« Er spricht nicht weiter, weshalb ich mich zwinge, den Blick von der Decke zu lösen.

Oder keinen. Mein Herz macht einen Satz nach vorne. Womöglich habe ich das Schweigen falsch interpretiert, denn an seinem Mundwinkel zupft ein Lächeln, während er weiter Papiere in einen kleinen Karton sortiert.

Plötzlich sieht er mich an. »Ich hatte keine Langeweile.«

Vier Worte und mir wird heiß. Mein Schlucken klingt laut in meinen Ohren. Mein Blick wandert von seinen Augen über seine Lippen, an seinem Oberkörper hinunter. *Keine Langeweile.* Die hätte ich auch nicht.

»Komm, ich wollte das Sideboard noch durchschauen. Hilfst du mir? Ich packe aus und du legst die Sachen auf den Tisch.«

Nicken geht. Entgegennehmen und auf den Tisch legen ebenfalls. Nebenbei frage ich mich, ob mich meine Gefühle zum Narren halten wollen. Was das hier alles soll. Ob es nur eine weitere perfide Strategie meiner Psyche ist, dass zu verdrängen, was eigentlich wichtig wäre. Zeitschriften und Schnellhefter mit Sternbildern wandern aus meinen Händen auf den Tisch. Ein Ausdruck in einer Klarsichthülle, eine Kopie einer Karte, die mir bekannt vorkommt.

Moment – die hängt bei mir im Schlafzimmer, nur etwas größer. »Ich kenne die.«

Alexander hält inne und sieht mich an, dann das Bild in meinen Händen. »Die Sternenkarte?«

Ich nicke. Jetzt kann ich nicht zurück und im Grunde will ich auch nicht. »Ja, ich hatte mal so eine Phase als Teenager. Meine Mutter ist dann mit mir regelmäßig ins Planetarium gegangen, und zu Hause habe ich, wenn es dunkel war, versucht, am viel zu hellen Stadthimmel Sternbilder zu erkennen. Ein paar kenne ich noch. Die Karte, sie hängt bei mir im Schlafzimmer, so ein Relikt von damals.«

In Alexanders Augen spiegelt sich Freude, sodass ich es fast bereue, nicht gestern schon davon erzählt zu haben. »Na sowas. Meine Phase hat wie gesagt nie aufgehört.« Er nimmt eine der Zeitschriften in die Hand. Offene Sternenhaufen in der Milchstraße steht auf dem Titelbild. »Ich

habe mit meinem Großonkel zu jeder Jahreszeit den Nachthimmel beobachtet und irgendwann mein eigenes Teleskop bekommen, ab da an war ich davon fasziniert. Hast du
mal durch eins geschaut?«

Ich schüttle den Kopf. »Nein, ich war schon beeindruckt
vom Sternenhimmel hier im Sommer mit bloßem Auge. In
der Stadt wirkt der Himmel dagegen milchig, mit wenigen
schwachen Lichtpunkten. Und den Sternschnuppenregen
kann man hier viel besser sehen, zum Beispiel vom Strand
aus.«

»Stimmt, die Perseiden und der Sommerhimmel.« Er lächelt, so, als erinnere er sich an etwas. Ich hoffe, an etwas
Schönes. Das Dunkle gab es heute zu oft.

Alexander kramt im Regal nach einer Box und kommt
an den Tisch zurück. Er ist wieder so nahe. Er hebt den Deckel der Box an und es kommen Fotos zum Vorschein. Auf-
nahmen vom dunklen Himmel. Auf manchen sieht man im
unteren Bildteil schemenhaft die Spitzen der Hausdächer.
Ansonsten die nächtliche Weite mit großen und kleinen Flecken. Fotos, nur mit dem Himmel, einem hellen Streifen,
der sich durch das Foto zieht. Nahaufnahmen, leicht verschwommen. Ein Planet mit braunbunten Streifen und
Punkten: Der Jupiter.

»Im Sommer sind die weißen Nächte. Die Sonne geht
nicht lange unter, es wird also nie so dunkel wie im Winter.
Wenn du jetzt nach draußen gehst, siehst du viel mehr am
Himmel.«

Ich denke an die Sommerabende am Strand. Daran, wie
ruhig es in meinem Kopf war. *Ich verrate dir etwas.*

Ich schließe für einen Moment meine Augen und mit
dem Satz wirft es mich in den Sommer von vor sechzehn
Jahren. Der Anblick des Sternenhimmels. Eine Hand in meiner. Sanfte Worte und mein laut klopfendes Herz.

»Weißt du«, sage ich leise, »es ist schwer zu beschrei-
ben, aber diese unendliche Anzahl leuchtender Punkte zu

sehen, macht schwindelig und gleichzeitig will man noch mehr Luft holen, weil man das Gefühl hat, ein Teil davon zu sein.«

»Und nicht einsam.« Alexanders Stimme ist ein Flüstern. »Alles ist dort. Was mal war und was sein wird.«

Ich öffne die Augen. Er schaut zu Boden.

»Alles?«, frage ich. Er nickt und schließlich sehe ich in das helle Sturmgrau, in die blauen Punkte. »Auch das, was nicht sein kann?«

»Willst du, dass es da ist, dass es sein kann?« Seine Hand berührt meinen Arm. Zarte Kreise.

Ich bin ihm so nahe und doch nicht nahe genug. Ich suche zwischen dem Grau und Blau nach etwas Dunklem. Nach etwas, was nicht sein soll, aber ich finde nichts.

»Ja«, bringe ich schließlich heraus. Noch näher. Klare Winterluft und so viel mehr, was ich wahrnehme. Ich will spüren, dass da Wärme ist, so wie in seiner Stimme. Langsam streiche ich seinen Arm hinauf, fahre die Naht seines Pullovers mit dem Finger nach, berühre die warme Haut an seinem Hals. Sein Puls unter meinen Fingern. Alexander schließt für eine Sekunde die Augen. Fährt sich mit der Zunge über die Lippen.

Ich will, dass es da ist. Ich will, dass es sein kann. Nicht nur in meinem Kopf, vergraben unter Gewohnheit, Enttäuschung und dunklen Wolken.

»Dann«, sein Blick huscht zu meinen Lippen und zurück, »dann ist es da.«

Ich schließe die Augen und spüre. Ihn.

Vielleicht ist es dieser Moment, wenn man alles vergisst. Wenn sich ein Teil, der nach außen wirkt und wahrnimmt, abschaltet und ein anderer erwacht.

Es ist ein bisschen so, als ob man den Sternenhimmel fühlt. Auf den Lippen.

Ich hole für eine Sekunde Luft und meine Lippen sind zurück auf seinen. Meine Hände an seinem Rücken. Wandern unter seinen Pullover, streichen Linien über die Haut, dort am Rand seiner Jeans. Ich halte meine Augen geschlossen. Ich will nur spüren. Wie weich seine Haut unter meinen Händen ist oder wie sich seine Haare zwischen meinen Fingerspitzen verfangen, als ich ihn dort festhalte. Wie er meinen rechten Mundwinkel küsst, meine Wange entlang, zu meinem Ohr. Ich will darin ertrinken. In den Tiefen der blauen Punkte, als ich nur für einen Moment die Augen öffne und in seine sehe. Ich will nicht, dass ein leerer Raum zwischen uns entsteht, ich will die Nähe, ziehe ihn an mich und er küsst mich. Ein ersticktes Geräusch, ein Stöhnen, und ich registriere Sekunden später, dass es von mir kam. Wie er mit seinen Händen meine Wangen berührt, als wäre ich etwas Zartes, Zerbrechliches. Ich atme zitternd ein. Schaue ihn an und er mich. Endlich. Jeder seiner Atemzüge streift meinen Mund.

Er beugt sich vor und langsam, ganz langsam legen sich seine Lippen erneut auf meine. Ein bedächtiger Kuss. Seine Daumen streichen über meine Wangen, während seine Hände warm an meinem Gesicht ruhen und er ebenso zitternd wie ich einatmet. Seine Stirn berührt meine. »Gott, du bist so schön.«

Schön? Mein Herz pocht in meinem Hals, auf meiner Zunge. Behutsam streicht er mit dem Daumen über meine Lippen. Weit entfernt drängt sich der Gedanke empor, dass mich noch nie jemand so genannt hat. Brennend ruft sich etwas anderes in Erinnerung. Johannes.

Ich lehne mich zurück, weg von ihm. »Tut mir leid, ich weiß nicht, was ... Das ist nicht ...«

Verdammt, was tue ich hier?

Alexander lässt mich los und tritt zurück, und die Erkenntnis, was gerade passiert ist, sickert wie Eiswasser in meinen Verstand. Spült frei, dass ich etwas verlange, was nicht richtig ist.

Ich wische mir über mein Gesicht. »Ich gehe lieber.«

Ich kann ihn nicht anschauen. Will nicht sehen, ob da etwas ist, in seinem Blick. Und ich will nicht darüber reden, nur noch weg.

Hastig ziehe ich im Flur meine Stiefel an und streife mir die Jacke über. Die Hand auf dem Türgriff der Haustür, zögere ich. Aus dem Augenwinkel sehe ich Alexander in der Wohnzimmertür stehen. Alles krampft sich in mir zusammen. Vorsichtig schaue ich hoch. Es ist meine Schuld, dass diese Traurigkeit in seinem Blick liegt. Ich bin der Grund.

»Sorry«, flüstere ich, öffne die Tür und gehe hinaus, ehe ich mich weiter verrenne und ihn mitreiße.

Schneidend kalt weht der Wind in mein Gesicht. Hinterlässt schmerzende Nadelstiche auf meinen Wangen und auf meinen Lippen, die bis eben die Wärme seiner Berührung festhielten. Ich gehe weiter.

Wie konnte ich so dumm sein? Am Aufgang der Seebrücke bleibe ich stehen. Das beleuchtete Geländer lässt die Brücke wirken, als reiche sie ins dunkle Nichts. Langsam trete ich ein paar Schritte vor. Unter mir gleicht das Rauschen des Wassers dem in meinem Kopf. Ich blicke in die Bucht. Wie Perlen liegen die leuchtenden Punkte der Strandabschnitte und der Orte nebeneinander. Flackern im Nachtschwarz. Über mir ziehen Wolken dahin, zwischendrin blitzt der dunkle Himmel hindurch und einzelne Sterne. Ich umfasse das Holzgeländer, auf dem der Frost Eiskristalle hinterlassen hat. Die Kälte schmerzt in meinen Fingern. Etwas, was ich eindeutig spüre zwischen dem Chaos in mir.

Ich wollte in diesen Tagen hier zur Ruhe kommen. Vergessen, wie nervös mich mein Leben im Moment macht. Wie mich das ungewisse Schweben ängstigt. Statt etwas abzulegen, kommt jedoch etwas hinzu. Und ich verfluche mein Herz, weil es so reagiert.

Am besten fahre ich morgen schon nach Hause, anstatt noch zwei Tage länger zu bleiben. So sehr sich alles wie

Heimat anfühlt – gerade hat mein Sicherheitsradius einen Dämpfer abbekommen. Eine Erinnerung, ein Polaroid, was ich nicht mit etwas Schönem verbinde. Oder?

Die Berührung seiner Lippen geistert über meine. Ja, er küsst langsam und bedächtig. Es war schön. Es war so, dass ich nicht aufhören wollte. So einnehmend.

Ich drehe mich auf dem Absatz um, schlage den Weg zu Marie ein. Morgen Nachmittag fahre ich nach Hause. Vielleicht schreibe ich ihm vorher oder … Ich will nicht, dass er sich für irgendetwas schuldig fühlt. Mit einem Seufzen gehe ich von der Promenade runter zur Straße.

Wie können andere bloß nebenbei Affären haben? Das bin ich nicht. Mir reicht schon der Stress allein bei dem Gedanken daran.

***

Alexander

Logbucheintrag 22. Januar: *22:45 Uhr, vormittags vereinzelt Sonne, ab Nachmittag bedeckt, -1 Grad, Wind: 1 m/s Ost. Wassertemperatur: 3 Grad, ruhig*
Himmelsbeobachtung: *Keine. Durchgehend bewölkt seit dem Nachmittag.*
Tagesbericht: *Heute habe ich die Papiere vorsortiert bzw. wir. Tante Waltraud hat zum Glück Ordnung gehalten. Felix hat die Fächer, in denen Fotoalben standen, in Kartons sortiert. Bei den Sternenkarten kam heraus, dass er selbst eine bei sich in der Wohnung hängen hat. Er hat sich früher für Astronomie interessiert. Vielleicht gebe ich ihm etwas von den Sachen, ich hab selbst genug und …*

Was schreibe ich hier eigentlich?

Mit zitternden Fingern starre ich auf die Zeilen, die ich eben geschrieben habe. Unbedeutende Worte. Nichts davon beschreibt, wie es in mir aussieht. Will ich später etwa nicht lesen, wie es mir wirklich geht? Was für eine Art der Realität schaffe ich hier? Ich drücke den Stift aufs Papier.

Ich habe verdammt noch mal einen Fehler gemacht. Wahrscheinlich den größten in den letzten Monaten. Ich habe Felix geküsst. Nur wenige Minuten nachdem er über seine Beziehung gesprochen hat, aber ich habe nichts Besseres zu tun, als ihn zu küssen. Ich komme mir vor, als ob ich die Situation ausgenutzt hätte. Wie bescheuert bin ich bitte.

Ich atme tief durch, schaue aus dem Wohnzimmerfenster ins Dunkle und sehe mich in der verschwommenen Spiegelung. Genauso fühle ich mich. Verschwommen.

Das Schlimme ist, ich bereue es nicht. Wir sind erwachsen genug. Hätte es Probleme mit sich gebracht, wenn wir nicht aufgehört hätten? Wahrscheinlich. Er bringt mich dazu, endlich wieder etwas zu spüren, nach den ganzen letzten Monaten, die aus einer grauen Masse aus trägem Alltag bestanden. Ist es verrückt, was ich hier schreibe? Ja, vielleicht. Wenn das hier irgendjemand außer mir lesen wird, bitte. Es kommt noch mehr. Ich habe ihn »schön« genannt. Und verdammt, das ist er. Nennt man andere Männer so oder macht man das nicht? Es ist mir egal. Er ist auf eine unvollkommene Weise schön. Alles an ihm. Selbst seine Angst. Ihn zu küssen hat die Büchse der Pandora geöffnet, jedoch wollte ich nicht aufhören.

Warum? An ihm ist so viel Wärme, Zärtlichkeit. Ich möchte ihn halten und sehen, fühlen, wie er sich fallen lässt. Dieser eine erstickte Laut vorhin, so möchte ich ihn hören, die ganze Nacht. Ich rolle den Stift fest zwischen meinen Fingern, er hinterlässt rote Striemen auf der Haut.

Er ist gegangen, weshalb ich glaube, dass er es bereut. Ich verstehe es sogar. Er hat jemanden. Übermorgen fährt er zurück nach Hamburg. Wenn er meine Nummer blockiert und wir uns nicht mehr wiedersehen, dann muss ich das akzeptieren. Wahrscheinlich sind das hier die pathetischsten

und emotionalsten Zeilen der letzten Zeit, weil ich in den ver-
gangenen Tagen endlich wieder etwas empfinden konnte,
seit sechs Jahren. Irgendwie bezeichnend, dass zu dem Zeit-
punkt seine Beziehung begann und meine endete. Ich werde
morgen noch das aufräumen, was ich angefangen habe, und
dann fahre ich zurück nach Lübeck.

Irgendwas wird zu tun sein. Irgendetwas, damit ich den heutigen Abend vergesse.

KAPITEL 6

Felix

»Hey, Felix. Aufwachen.«

Mühselig öffne ich die Augen, lasse meine Umgebung durch einen kleinen Spalt in mein Hirn sickern. Es ist schon hell, und das Erste, was ich sehe, ist Maries Bauch, um den sich ihr graues Langarmshirt spannt.

»Es ist kurz nach neun. Alles okay? Geht's dir nicht gut?«

Ich blinzle zu ihr hoch. Kurz nach neun? Kein Wunder, dass nicht der übliche morgige Trubel herrscht. Das letzte Mal, als ich auf die Uhr gesehen habe, war es kurz nach drei heute früh, und irgendwann danach bin ich in einen traumlosen Schlaf gefallen. An ein schnelles Einschlafen war gestern nicht zu denken.

»Bin nur spät eingeschlafen, alles okay«, nuschle ich ins Kissen, schäle mich aus der Bettdecke und reibe über meine Augen.

»Na dann, ab ins Bad. Mara geht heute nach der Vorschule zu Ida. Wir haben also entspannt Zeit.« Sie wedelt mit einem Pullover vor meinem Gesicht herum und verschwindet im Flur. »Kaffee wartet unten auf dich.«

Auf der Bettkante sitzend, fühle ich mich wie nach einer durchzechten Nacht. Vollkommen erledigt. Warum ist Nachdenken manchmal so nervenaufreibend? Mein Handy vibriert und hektisch greife ich zum Nachttisch. Ob er …

Die Nachricht ist von meiner Mutter. Ob Johannes und ich am Wochenende vorbeikommen wollen zum Essen. Eine zweite Nachricht, von vor knapp einer Stunde. Von Johannes. Ein ›guten Morgen‹ und ›freu mich auf morgen‹.

Mein normales Leben. Da ist es. Es ist so, als ob ich mich

dazu zwingen müsste, es in den nächsten Tagen wieder aufzunehmen. Genau genommen ab heute Abend. Johannes habe ich bisher nicht geschrieben, dass ich heute schon nach Hause fahre. Ich möchte den Abend für mich haben. Und die Nacht. Der Gedanke an unser Bett und an Johannes neben mir wirkt fremd. Ich weiß nicht, ob ich ihm heute so in die Augen schauen könnte.

Ich tapse ins Bad, vorbei an dem renovierten Kinderzimmer, vor dessen Tür noch der Geruch von neuen Möbeln und Farbe hängt. Weiter geht's, Felix.

Unten sitzt Marie am Küchentisch und tippt auf ihrem Laptop herum. Als sie mich sieht, klappt sie das Display zu. »So, wir beide, heute.«

Um meinen Kopf herrschen noch Wattewolken. »Was?«

»Na, da du heute Nachmittag irgendwann loswillst, was möchtest du machen?«

»Ich weiß nicht genau.« Alexanders amüsierte Erwiderung auf diesen Satz von mir fällt mir ein. Und mit einer Sekunde auf die andere fluten Bilder meine Sinne. Wie ein langsam laufender Streifen eines Super-8-Films. Alexander im warmen Licht des Wohnzimmers. Sein Knie an meinem. Seine Lippen nur Millimeter vor meinen. Seine dunklen Wimpern. Die Traurigkeit in seinem Blick.

»Felix?«

»Hm?«

Marie hebt abwartend eine Augenbraue.

Ich setze mich ihr gegenüber und gieße Milch in meinen Kaffee. Erst jetzt entdecke ich die dünne weiße Schneeschicht, die die Hecke vor dem Küchenfenster bedeckt. Es hat geschneit. »Auf jeden Fall eine Runde raus. Wann kommt Mara wieder?«

Verdutzt sieht Marie mich an. »Ich hole sie irgendwann am frühen Nachmittag, wieso?«

»Ich hab versprochen mit ihr rauszugehen, wenn es schneit. Das muss ich einhalten.« Ich lächle schief.

Maries Gesichtsausdruck wird weich. »Dann holen wir sie nachher zusammen ab.«

***

Sonne blitzt durch die träge am Himmel hängenden Wolken. Es hat bisher nicht noch mehr geschneit, aber die Temperaturen sind niedrig genug, dass die fast durchsichtige Schicht Schnee liegengeblieben ist. Marie und ich spazieren die Straße hinter dem Hafen entlang, bis wir Timmendorf erreichen. Die Kiefernzweige am Rand der Promenade sehen aus, als hätte jemand feinen Puderzucker darüber verstreut.

»Die Tage gingen so schnell rum.« Marie seufzt. »Wahrscheinlich sind es nur zweimal blinzeln und der Zwerg hier ist da.« Sie streicht über den Steppmantel, unter dem sich ihr Bauch abzeichnet.

»Wird schon alles werden«, antworte ich mehr aus einer Gewohnheit heraus, woraufhin Marie leise lacht.

Sie sieht mich von der Seite an. »Das wird es doch immer irgendwie, oder?« Ich ziehe die Schultern ein Stück hoch. »Was ist los, Felix? Und komm mir nicht mit ›alles gut‹.«

Ich schaue auf unsere Füße, die im gemächlichen Gleichschritt Abdrücke in der dünnen Schneedecke hinterlassen. »Ach, alles und nichts.«

»Okay, ich hätte auch kryptische Aussagen ausschließen sollen. Was geht also vor in deinem hübschen Kopf?«

Bei dem Wort *hübsch* ist da wieder Alexanders Stimme in meinem Ohr. Sein Atem an meinem Hals. Hier draußen lassen sich die Bilder in meinem Kopf besser abschütteln.

Will ich Marie davon erzählen? Ich vertraue ihr. Nur … wenn ich es ausgesprochen habe, was unkontrolliert durch meine Gedanken jagt, gibt es kein Zurück mehr. Dann hat das, was ich empfinde, eine Endgültigkeit.

»Wann warst du das letzte Mal auf der Ostsee mit einem Boot? Und ich meine wirklich ein Boot. Kein Schiff, wie die für die Lampionfahrten oder so. Sondern so wie damals unser Schlauchboot oder das Ruderboot von deinem Opa.«

Marie runzelt die Stirn. »Ist das ein Versuch, vom Thema abzulenken?« Verwirrt sieht sie mich an, aber als sie merkt, dass ich auf eine Antwort warte, pustet sie die Wangen auf und überlegt. Eine Wolke bildet sich vor ihrem Gesicht, als sie ausatmet. »Bestimmt vor acht oder zehn Jahren oder so. Das ist echt schon eine Weile her. Wieso?«

»Erinnerst du dich daran, wie es ist, wenn man gerade losgefahren ist? Dieses unsichere, schwankende Gefühl? Du versuchst, das Gleichgewicht zu halten, auszugleichen und das Herz klopft wilder. Die Freude, dass du dich über dem Wasser fortbewegst und nicht nass wirst. Ein wenig unglaublich, in dem durchlässigen Element unter dir. Und wenn eine Bugwelle kommt und das Boot zu schaukeln beginnt, eventuell etwas unkontrolliert, dann spürst du, wie das Adrenalin durch deinen Körper kitzelt. Und ein kleinwenig die Angst, die immer im Hinterkopf ist, ins Wasser zu fallen.«

Mit aufmerksamem Blick sieht sie mich an. Schließlich nickt sie. »Ja, ich glaube schon.«

»So geht's mir.« Ich würde die theatralische Pause gerne genießen, doch das Gefühl beschreibt mein Innerstes leider ziemlich gut. »Ich dachte, ich komme zur Ruhe nach dem stressigen Abschluss im Job im letzten Jahr. Gönne mir die Pause. Eventuell nimmt sich Johannes mal die Zeit und wir machen was gemeinsam, und dann fange ich Anfang März wieder an zu arbeiten. Alles in meinem zurechtgelegten Tempo. Ja ich weiß, vielleicht etwas langsamer als bei anderen.« Marie hebt die Hände, als ob sie mir keinen Vorwurf machen will.

»Stattdessen wartete ich in den ersten Tagen in Lauerstellung darauf, dass mir etwas in die Hände fällt, damit ich mich beschäftige, weil mein Kopf mir ständig vorspielen will, was wohl alles im März schieflaufen könnte. Ich kam nicht zur Ruhe. Hier war es zwar besser, und wir waren mit dem Kinderzimmer beschäftigt, aber es ist die ganze Zeit in meinem Kopf. Macht mich nervös.« Ich starre an ihr vorbei aufs Wasser. Langsam schwappt es an den Strand. »Und dann taucht jemand auf, und ich vergesse, nervös zu sein. Vergesse, dass ich die treue Seele bin. Nehme jeden Strohhalm, jedes Aufeinandertreffen, das sich ergibt. Er ist wie die Bugwelle.«

Ich schaue zu Marie, ob sie mir noch folgen kann. Ihre Augenbrauen sind minimal zusammengezogen. »Und ich frag mich, warum? Ich hab doch Johannes. Was will ich denn?« Ich kann nicht verhindern, dass ich beim letzten Satz leiser spreche. In Gedanken durchlief ich diese Frage vergangene Nacht sicher tausend Mal in meinem Kopf.

»Glaubst du denn, dass dir etwas fehlt? Läuft es noch gut zwischen euch?«

Ich zucke mit den Schultern. »Na schon. Du kennst uns doch. Oder was meinst du?«

»Oh, Felix, ehrlich. Wenn ich danach gehe ...« Sie sieht mir wohl das Fragezeichen im Gesicht an. »Euer Liebesleben passt mittlerweile auf einen Teelöffel, und eure Beziehung hat den Charme einer prilblumenfarbigen Tupperdose aus den Siebzigern.«

Ich verschlucke mich an der kalten Luft. »Bitte was?«

»Amir und ich sind ja auch schon eine ganze Weile zusammen und ja, die rosarote Brille verliert ihren Filter im ersten Jahr – aber ihr beide seid so nüchtern. Es fehlt noch, dass ihr euch nur mit einem freundschaftlichen Schulterklopfen begrüßt. Vielleicht braucht ihr eine Auffrischung, müsst mal gemeinsam raus.«

»Ja, vielleicht ist es das.« Zu hören, dass er und ich den Eindruck einer drögen Beziehung erwecken, ist irgendwie enttäuschend. Habe ich etwas anderes erwartet? Eine

Möwe kreischt über uns, fliegt einen weiten Bogen und landet schließlich auf dem leeren Strand. »Bist du glücklich?«

Marie lacht hell. »Ich denke doch. Ich habe Amir und Mara, und bald ist da noch jemand. Wir sind gesund, haben das Haus, jeder von uns einen Job, in dem wir uns wohlfühlen. Warum also nicht?«

Ich zucke mit den Schultern und überlege einen Moment, bevor ich weiterspreche. »Stimmt schon, das gibt alles Sicherheit und wirkt so erstrebenswert, aber macht es dich glücklich?«

Ihr Arm schlingt sich um meinen, sie hakt sich bei mir ein. »So meinst du das, okay. Dann: Ja Felix, ich bin damit glücklich. Aber das ist mein Empfinden. Möglicherweise macht so etwas jemand anderen nicht glücklich. Jeder Mensch definiert das für sich unterschiedlich. Was ist mit dir, bist du glücklich?«

Die kalte Luft einatmend, schaue ich aufs Meer. Was bin ich gerade? Ich weiß es nicht.

Ich bin dort weit draußen, doch nahe genug, dass ich das Ufer sehe. Ich bin zwischen Sturmgrau und Ozeanblau. Ich bin wie das Meer am Morgen, unter mir jedoch ist es dunkel und endlos. Dort lauert meine Angst darauf, dass ich einen Fehltritt mache, dass ich in Panik gerate, hektisch schwimme – um mich dann hinunterzuziehen, mich kalt zu umschlingen und mir die Luft aus den Lungen zu drücken.

Ein Schauer fährt mir über den Rücken, schließlich wende mich ab. »Wenn ich das wüsste, hätte ich heute Nacht mehr Schlaf abbekommen.«

Marie stupst mich scherzhaft, und ich bringe ein Lächeln zustande. Es verliert sich bei dem Gedanken an gestern Abend.

»Weißt du«, fahre ich leise fort, »vielleicht hab ich mich zu lange mitreißen lassen. Von allem, was in dem Moment am sinnvollsten oder einfachsten war – und zu wenig darauf gehört, was ich möchte. Weil das möglicherweise bedeuten könnte, dass ich meine Entscheidung verteidigen müsste und dass ich etwas tue, was neu für mich ist. Oder worin ich mich nicht auskenne, etwas Ungewohntes.«

»Aber du hast den Schritt mit der neuen Stelle gewagt.«

»Ja.« Ich lache freudlos auf. »Nach langem Zögern.«

»Egal.« Marie macht eine wedelnde Handbewegung, so, als lasse sie die Aussage nicht gelten. »In diesem Fall zählt das Ergebnis.« Sie zieht mich näher zu sich. »Felix, vielleicht muss man das Glücklichsein Stück für Stück lernen, es geht nicht alles auf einmal.«

Ihre Worte klingen in mir nach. Legen sich über meine angefangenen und nicht zu Ende geführten Gedanken wie die zarte Schneedecke. Doch für einen Gedanken reicht die dünne Schicht nicht aus. Er ragt weiterhin heraus. Unförmig und schwer.

»Und was ist, wenn man lernt, dass einen etwas nicht mehr glücklich macht? Jemand?« Sie sind raus, die Worte. In meinem Kopf schwirrt es, mein Gesicht glüht vor Aufregung, obwohl die kalte Luft an meinen Wangen brennt.

»Ist das so?«

Ich schweige, weil ich keine Antwort darauf habe. Weil ich nicht weiß, ob ich dabei bin, zu lernen, glücklich zu sein, oder ob ich mich in meinem Schweben zwischen Altem und Neuem einfach nur an etwas orientieren will. An jemandem.

»Was ist das mit Alex?«

Ich brauche nicht lange zu überlegen. »Alles und nichts.«

Marie seufzt auf. »Felix, nicht schon –«

Ich unterbreche sie. »Nein wirklich. Genau das ist es. Hier ist er alles. Wie er mich sieht und ich ihn sehe. Doch ich weiß, wenn ich nachher wieder zu Hause bin, ist er nichts mehr außer einer blassen Erinnerung an jemanden, von dem ich für ein paar Tage dachte, dass er mich auf eine Weise kennt, die ich kaum zeige. Aber die vielleicht nicht reicht, um ein ›Alles‹ zu sein.«

»Oh, Felix.« Maries Stimme ist nur ein Flüstern, sie drückt meinen Arm. Ich will lächeln, doch es gelingt mir nicht. Es verrutscht auf halbem Weg. »So doll?«

»Ich glaube ja«, flüstere ich zurück.

»Komm.« Mit einem Ruck zieht sie mich am Arm einen Strandabschnitt hinunter.

Schweigend schlendern wir am Wasser entlang. Ein paar Möwen, die an einem Fetzen Seetang zupfen, stieben auseinander, flitzen kreischend vor uns im Sand davon.

Marie kneift die Augen zusammen, als ein kalter Windstoß uns entgegenweht und wieder abflaut. »Von uns beiden warst du immer der Besonnenere, und egal, was ich dir erzählt habe, ich brauchte nie Angst haben, dass du mich schief ansehen würdest oder dich abwendest. Hätte ich irgendeinen Mist gemacht, über den hinaus, den ich gemacht habe, du hättest mich immer gedeckt.«

»Ach Marie.« Ich schmunzle. »Natürlich hätte ich das.« Ich war ihr Alibi, als sie mit achtzehn mit ihrem ersten Freund für ein Wochenende in die Niederlande fuhr. Ich habe nur die Augen verdreht und wollte dann alles wissen, als sie kurz darauf jemand Neues kennenlernte.

»Ich hoffe, du weißt, es ist andersrum genauso«, setzt sie hinterher. »Egal, was ist. Gut, vielleicht verdrehe ich die Augen, aber ich bin da.«

Ich lege meinen Arm um ihre Schulter und ziehe sie an mich. Etwas drückt in meinem Hals, auf meiner Brust. »Ich weiß«, flüstere ich.

Am Spülsaum des Wassers bleiben wir stehen. Von hier aus sieht man bis nach Niendorf. Mein Blick streift den kleinen Streifen Strand bei den Segelbootliegeplätzen. Dort saßen Alexander und ich vor ein paar Tagen in der Sonne. Schnell schaue ich zur Seite.

»Dass du dich noch an das kleine Ruderboot von meinem Opa erinnerst.« Marie steckt die Hände tiefer in ihre Manteltaschen.

»Klar.« Ich erinnere mich ganz genau. An das Platschen der Wellen an den Bug. An meine Verwunderung, wie ruhig es weiter draußen auf dem Wasser ist. Mit dem Boot bin ich das erste Mal aufs Meer gefahren.

Marie sieht in die Weite. »Bevor ich mit Mara schwanger wurde und Amir und ich schon über ein Haus nachdachten und alles so langsam konkret mit uns wurde, da … Ich hab mich da an einem Wochenende vielleicht nicht ganz so an die Regeln gehalten, die für eine Beziehung gut sind.«

Ich sehe sie mit gerunzelter Stirn an. Marie und … ich führe den Gedanken nicht weiter. »Du hast, was?« »Nicht bis zum Äußersten. Ich bin nicht mit ihm im Bett gelandet.«

Meine Augenbrauen schnellen nach oben. »Wer denn eigentlich? Und wo?«

»Ein Referent auf einer Fortbildung in Lüneburg«, antwortet Marie knapp. »Irgendwie hat mich der Gedanke geängstigt an das alles hier. Ich weiß, das ist keine Entschuldigung.« Sie zieht die Nase kraus, wie früher.

»Weiß Amir davon?«

Marie nickt. »Ja, nicht im Detail, aber ich wollte ihn nicht anlügen. Er war damals schon so bemüht. Wir hatten zwei Wochen, in denen wir kaum miteinander gesprochen haben, und dann haben wir uns zusammengesetzt und entschieden: weiter gehts.«

Für einen Moment sticht der Gedanke, dass sie mir davon nie erzählt hat. Vielleicht war nie der richtige Zeitpunkt. Jetzt hat sie es getan. Vielleicht gehörte dies bisher zu einem der Dinge, die man für sich behält. Nicht, weil es mit Absicht ein Geheimnis bleiben soll, sondern weil es nach hinten rutscht in allem, was im Leben danach kommt.

Weil es an Wichtigkeit verliert. Ich überlege kurz, warum sie mir das in diesem Moment erzählt. »Marie, ich bin nicht stürmisch mit Alexander ins Bett gefallen, falls du das denkst. Er und ich, wir ... wir haben uns nur geküsst und dann kam ich zur Vernunft.« Und wie.

»Und mehr wäre nicht passiert, wenn deine Vernunft nicht eingesetzt hätte? Sei ehrlich.«

»Ich ... Keine Ahnung.« Ich senke den Blick, weiche ihrem aus. Ja, was wäre gewesen?

Meine Gedanken schweifen zu Johannes, ich sehe sein Lachen vor mir. Immer ein wenig laut und ansteckend. Dass ich am besten einschlafen kann, wenn er neben mir liegt. Daran, dass er es liebt, Monologe über Themen zu schwingen, von denen er überzeugt ist und ich gerne die Augen darüber verdrehe, aber ihn insgeheim bewundere und lächeln muss. Ich denke daran, wie er es mit zwei Fahrten schaffte, alles aus seiner Wohnung in meine zu bringen, weil ihm ein minimalistischer Lebensstil reichte. Und daran, wie verdammt aufgeregt ich war, als ich ihn damals meinen Eltern vorstellte. Er ist das erste Mal lieben, zusammenleben und die erste Beziehung.

Jedoch fühlt es sich jetzt so an, als hätten wir beide uns Stück für Stück aus unserem gemeinsamen Kosmos entfernt. Jeder für sich, ohne den anderen davon abzuhalten.

Marie wendet sich zurück zum Wasser und lehnt sich gegen mich. »Johannes und du, nehmt euch Zeit für euch beide, geht mal raus aus allem, was ihr sonst habt und was euch einnimmt.«

Ich seufze. »Vielleicht. Ich weiß nur nicht, ob das etwas ändert, ob wir uns wieder näher sind danach. Ob es überhaupt mit ihm und mir zusammenhängt.«

»Du weißt es nicht, bis du es nicht ausprobiert hast.«

Ungeduld steigt in mir auf, da ich mich mit meinen Worten im Kreis drehe. »Nein, aber er macht ebenso wenig einen Schritt in meine Richtung. Als ob es für ihn alles so in

Ordnung ist, wie wir sind. Und ich, ich habe das Gefühl, die vergangenen Tage haben einen Vorhang in meinem Kopf geöffnet. Und ich habe den direkten Vergleich, dass Dinge anders sein können.« Ich hebe die Hände an meinen Kopf, lehne mich zurück und sehe in den Himmel. »Was ist, wenn wir feststellen, dass wir uns zu weit voneinander entfernt haben?«

Maries atmet geräuschvoll aus. »Felix.« Ihre Stimme ist leiser als eben. »Was willst du eigentlich?«

Jetzt gerade? Jetzt möchte ich am liebsten vom Strand nach oben laufen, den Weg zurück zum Hafen einschlagen, der Straße folgen, bis vor mir das weiße Yachthotel auftaucht, in die kleine Straße einbiegen und an der weißen Eingangstür mit dem Milchglasfenster klingeln. Ich möchte ihn wiedersehen. Die Traurigkeit wegwischen. Meine Hand an seiner Wange. Meine Lippen auf seinen. Und ich will im Sturmgrau ertrinken.

Nichts davon tue ich.

»Ich weiß es nicht«, antworte ich schließlich.

***

Schneeflocken, so fein, dass man sie kaum bemerkt, schweben vom Himmel, der im Dämmerlicht bläulich schimmert.

»Komm her.« Mit beiden Armen hebe ich Mara hoch und drehe mich mit ihr ein paar Mal im Kreis, ihr helles Lachen hallt über den Hof. Ich lache mit und bin nach der fünften Umdrehung außer Atem und schwindelig. Ihre kleinen Hände sind kalt, als sie mich umarmt.

»Kommst du bald wieder?«

Ich sehe lächelnd in ihre großen braunen Augen. »Ganz bestimmt. Und jetzt wieder rein mit dir. Deine Hände sind schon ganz kalt, und du hast keine Jacke an.«

Sie hüpft auf halbem Weg nach unten aus meiner Umarmung, rennt los, winkt mir noch einmal zu und verschwindet im Haus.

»Wer liest jetzt bloß abends ihre Lieblingsgeschichte zum fünften Mal vor?« Marie reibt sich über die Arme, und wir grinsen uns an.

»Das ist der Vorteil vom Patenonkel-sein, ich kann mir die Rosinen rauspicken – immerhin hab ich ihr das Buch geschenkt..« Ich öffne den Kofferraum, um meine Reisetasche und den Rucksack zu verstauen.

»Ich finde, du schenkst ihr zum Geburtstag einfach fünf Bücher, sodass ich mal Abwechslung habe, wenn immer nur deine Bücher als Lieblingsgeschichten auserkoren werden.«

»Ich überleg's mir.«

Marie legt mir einen Arm um die Mitte. »Hach, Felix, ich kann es kaum erwarten, bis sie alt genug ist, um dich in Hamburg zu besuchen und bei dir Großstadtluft zu schnuppern. Dann ist nichts mit Rosinen rauspicken, dann hast du sie ganz da.«

Ich grinse. »Als ob mich das stören würde. Wer ruft dann wohl dreimal am Tag bei mir an? Na?«

Marie holt Luft, setzt zu einer Erwiderung an, als ich hinter ihr am Weg zur Straße jemanden erkenne. Jemanden, der den Weg zum Haus einschlägt und näher kommt.

Marie dreht sich um. »Oh«, ist das Einzige, was ihr über die Lippen kommt.

Alexander bleibt ein paar Schritte vor uns stehen. Er trägt eine Schachtel, etwas größer als ein Schuhkarton. »Hi.«

»Hi«, sagt Marie. »Ähm, ich geh kurz rein und hole noch was. Bin gleich wieder da.«

Was? Ich habe nichts mehr, was sie holen könnte. Doch Marie verschwindet im Haus.

Das Licht reicht nicht aus, um Alexanders Blick zu deuten.

»Hi.«

»Fährst du heute schon?«

Ich nicke. »Ja, ich hab dann noch etwas Ruhe.« Mir fällt ein, wie das in seinen Ohren klingen muss. Es könnte alles bedeuten. Warum ist er hier?

»Ah, okay. Ja, ich wollte dir das vorbeibringen.«

Mein Blick fällt auf die Schachtel und endlich, endlich tritt er näher. Automatisch komme ich ihm entgegen, strecke meine Hände aus, als er den Karton mit beiden Händen ein Stück in meine Richtung reicht.

Ich greife danach und berühre ihn. Seine Finger sind kalt. Er zieht sie nicht zurück. »Was ist das?«

»Zwei Sternenkarten von meinem Großonkel und ein paar Bücher über Astronomie. Falls du sie möchtest. Ich brauche sie nicht und ich dachte, vielleicht willst du reinschauen. Wenn nicht, ist es okay, dann nehme ich sie wieder mit.« Er wirkt zögerlich.

»Nein, gerne.« Mein Griff wird fester. Es ist etwas von ihm, was ich halte, was ich mitnehme. Im Moment ist es mir egal, was es ist. Ob ich verstehe, was darin steht, oder nicht. Es ist etwas, was mich mit ihm verbindet, und auf keinen Fall verzichte ich darauf.

»Okay«, antwortet er und zieht langsam seine Hände vom Karton. Zurück bleibt nur seine Wärme.

Ich möchte etwas erwidern. Wie absurd das hier alles ist. Dass es nicht mal vierundzwanzig Stunden her ist, dass ich mich ihm näher fühlte als jedem anderen in der letzten Zeit. Und jetzt stehen wir hier mit etwas zwischen uns, was hundertmal so schwer wiegt wie der Karton mit Büchern. Stattdessen drehe ich mich zum Kofferraum und stelle den Karton ab. Was soll ich ihm sagen?

»Alex ...«

»Warte«, unterbricht er mich und tritt noch einen Schritt näher. »Fährst du wegen gestern früher zurück? Ich hab heute gewartet, ob du vorbeikommst, aber eigentlich war mir klar, dass das alles verändert hat. Es war nicht richtig von mir. Ich will nicht, dass du dich deswegen schlecht fühlst.«

Nein! Und ich will nicht, dass er sich für etwas verantwortlich macht. Wir sind alt genug, oder?

»Ich fühl mich nicht schlecht wegen dir, nur wegen mir selbst. Weil ich nicht ehrlich bin«, flüstere ich.

Kaum merklich zucken seine Brauen. Doch ich habe es gesehen. Den Schimmer in seinen Augen.

»Und was wäre, wenn du ehrlich wärst?«

Ich starre ihn an. Das Chaos in meinem Kopf ist wie ein weißes Rauschen, das alles überdeckt und kein einziges, klares Wort frei lässt. Ich greife nach dem weichen Kragen seiner Jacke. Er könnte zurücktreten etwas sagen, mich stoppen. Doch er tut nichts, sieht mich nur an. Dunkle Tiefen im Grau, es ist alles eins.

Nur wenige Zentimeter zwischen uns. Ich spüre für eine Sekunde seinen Atem auf meiner Wange, bis ich seine Lippen berühre. Kühl und ein bisschen rau. Mein Herz pocht wieder auf meiner Zunge, berührt seine, und ich weiß, dass ein Teil meines Herzens bei ihm bleibt.

Ich löse mich von ihm, öffne langsam die Augen. »Wenn ich ehrlich wäre«, flüstere ich, »würde mir nichts davon leidtun.«

»Mir auch nicht«, antwortet er leise und lehnt seine Stirn an meine. »Felix ...«

Ich schüttle den Kopf, streiche über seine Jacke. »Ich fahre jetzt.«

Er holt tief Luft. »Okay.« Ich ringe mir ein Lächeln ab. Ein Zögern in seinem Ausdruck, ehe er sich umdreht und den Weg zur Straße zurückgeht.

Marie steht in der Haustür. Wie viel davon hat sie mitbekommen? Warum hat mein Kopf nach dem ganzen Gedankenkarussell beschlossen, sich auf Autopilot zu stellen und meinem Herz die Führung zu überlassen? Maries Gesichtsausdruck kann ich nicht deuten, aber sie eilt zu mir, als ich den Kofferraum schließe und zur Fahrertür gehe.

Sie zieht mich in eine Umarmung. »Willst du noch mal reinkommen?«

Ich schüttle den Kopf, mein Gesicht an ihre Schulter gepresst.

»Okay, aber wenn was ist, melde dich.«

Ich nicke und steige ins Auto. Genug jetzt.

***

Die Scheibenwischer streichen in einem mir nicht bekannten Takt über die Windschutzscheibe. Schieben die winzigen Schneekristalle weg und meine Sicht auf die Autobahn frei. Der Asphalt unter mir rauscht, der Rhythmus der Scheibenwischer wirkt beinahe beruhigend. Dennoch kommt diese Ruhe nicht in mir an. Da ist etwas Schmerzliches, was sich beharrlich in meiner Brust hält. Mich niederdrückt. Ich atme flach dagegen an.

Wäre ich zehn Minuten früher gefahren, hätte ich Alexander nicht mehr gesehen. Dann würde in meinem Kofferraum nicht der kleine Karton liegen, bei dem ich mich frage, warum er ihn mir gegeben hat. Ich hätte nicht verraten, dass ich nicht ehrlich bin. Mein Herz hätte sich nicht verraten.

Verliebt man sich innerhalb weniger Tage? Ich war nie so. Wieso jetzt?

Gerade rechtzeitig sehe ich das Schild für meine Abfahrt und blinke. Wäre er später aufgetaucht, wäre ich schon weg gewesen und ich hätte ihn nicht noch einmal geküsst. Vielleicht hat Marie recht, und ich ignoriere, dass ich im Moment nicht weiß, was ich will. Dass Johannes und ich reden müssen. Das Ziehen in der Brust wird schwerer. War unsere Welt nicht vor Kurzem noch wie immer? Keine Wogen, die mich aus dem Gleichgewicht brachten. Selbst meine Angst war vertraut. Wenn auch lästig.

In meinem Blick tauchen die bekannten Häuserfronten auf, die mehrspurige Hauptstraße glänzt feucht im Licht der Straßenlaternen. Noch ein kleines Stück, dann bin ich zu Hause. In mir steigt Ruhe auf, als ich einen freien Parkplatz finde. Zu Hause, allein. Zeit zum Nachdenken oder um an nichts zu denken.

Ich stelle den Motor ab, steige aus und umrunde das Auto. Als ich mir die Reisetasche und meinen Rucksack über die Schulter streife, fällt mein Blick auf den Karton. Nein, jetzt noch nicht. Ich will in unsere vier Wände treten und durchatmen. Mir kommt der Gedanke an meine Sachen tröstlich vor. Ich werde morgen die Tasche auspacken, heute will ich mich nur noch mit einer Decke auf dem Sofa verkriechen. Den Karton hole ich morgen aus dem Auto.

Der Briefkasten ist leer, ich steige die Stufen in den zweiten Stock hinauf. Ich bin erschöpft, der wenige Schlaf der letzten Nacht hängt mir in den Gliedern. Gedankenversunken wiege ich den Schlüssel in meiner Hand. Morgen werde ich noch etwas einkaufen, ehe Johannes nach Hause kommt, und dann werde ich endlich ansprechen, dass wir uns gemeinsam Zeit gönnen.

Der Schlüsselanhänger mit dem runden Holzstück liegt vertraut in meiner Hand, ich schiebe den Riemen des Rucksacks weiter über meine Schulter, stecke den Schlüssel ins Schloss. Nur ein Stück dreht er sich und die Tür schnappt auf. Moment. Hat Johannes vergessen, abzuschließen, und die Wohnung war die ganzen Tage unverschlossen?

Vorsichtig schiebe ich die Tür auf und trete ein. Automatisch tastet meine Hand zum Lichtschalter neben der Tür, sofort erhellt Licht den Flur. Es sieht aus wie immer, zwei Paar Stiefel aufgereiht unter den Garderobenhaken, daran hängen ein paar Jacken. Mir gegenüber liegt unser Schlafzimmer dunkel da.

Augenblick. Ich sehe zurück zur Garderobe. Hatte Johannes nicht den dunkelblauen Mantel an, als er nach Kiel gefahren ist? Wieso hängt er jetzt hier?

Ich schließe die Wohnungstür und lasse die Reisetasche auf den Läufer im Flur fallen. Ein Rascheln rechts von mir, aus unserem Wohnzimmer. Mein Blick schnellt dorthin, mein Puls beginnt zu rasen. Ist jemand in der Wohnung?

Die angelehnte Wohnzimmertür öffnet sich, und Johannes steht im Türrahmen.

»Felix?« Für eine Sekunde spiegelt mein Unglauben sich in seinem Blick. »Was machst du denn hier?« Er fährt sich durch die Haare, dann an dem T-Shirt und der Boxershorts entlang, die er trägt.

Ich stutze über die hastige Geste, die wenige Kleidung und dass er keine Anstalten macht, mir näher zu kommen.

»Ähm, ich wollte schon nach Hause. Bist du früher aus Kiel zurückgekommen?« Ich lasse den Rucksack sinken. Warum sagt er nichts?

Ein leises Knarren hinter mir. Ich kenne das Geräusch. Das Öffnen unserer Badezimmertür. Die Härchen in meinem Nacken stellen sich auf. Während ich Johannes' aufgerissene Augen fixiere, drehe ich mich langsam um. Schließlich wende ich mich ganz von ihm ab.

»Oh, Shit.« Zwei Worte, die einem fremden Mann über die Lippen kommen, der nur mit einem Handtuch um die Hüften geschlungen aus unserem Bad tritt.

Was zum ... Ruckartig blicke ich wieder zu Johannes.

Er presst seine Hand vor den Mund. »Scheiße ... Scheiße, Felix, es ...«

Ich spüre den Luftzug, als der Mann aus dem Bad eilt, an mir vorbei, und im Wohnzimmer verschwindet. Er zieht den Duft nach Johannes' Duschgel mit sich, und in mir steigt Übelkeit auf. Ich starre auf die Badfliesen, den Holzfußboden, den schmalen Läufer. Das kann nicht wahr sein.

Johannes kommt auf mich zu. »Felix, ich wollte nicht, aber ...«

»Stopp.«

Johannes bleibt mit Abstand vor mir stehen. »Felix, bitte.« Panik lauert hinter seinen Augen, hektische rote Flecken zieren seine Wangen.

Was passiert hier gerade? Ich starre ihn an, dann gebe ich mir einen Ruck und flüchte ins Schlafzimmer, schließe die Tür hinter mir und lasse mich auf das Bett sinken.

Hier ist es dunkel und still, in meinem Kopf jedoch herrscht ein lautes Rauschen. Eins, das anschwillt. Ich streiche mit zittrigen Fingern über den rauen Stoff der Tagesdecke auf unserem Bett. Alles ist so wie immer in diesem Zimmer. Die dunkle Holzkommode mir gegenüber, der Stuhl mit dem grünen Bezug. Mein Wollpullover, der immer noch über dem Stuhl hängt. An den Wänden Bilder von der See, ein kleines von Johannes und mir, verschwommen im bleichen Licht des Winterabends. Die gerahmte Sternenkarte.

Alles zieht sich in mir zusammen. *Ich verrate dir etwas.* Die Worte sind da, wie immer bei dem Blick auf die Sterne. Sie sollen trösten, aber schaffen es nicht.

Hier drinnen bin ich in meiner brüchigen Kugel aus Sicherheit. Leise Stimmen dringen durch die Tür zu mir, anschließend das dumpfe Klacken des Türgriffs, als unsere Wohnungstür geöffnet und ein paar Sekunden später geschlossen wird. Die Stille ist erdrückend. Bis eben war hier mein sicherer Hafen, doch jetzt ist mir alles fremd. Macht mir Angst.

Der Gedanke an Johannes und was passiert sein könnte, zieht schmerzhaft an jeder Faser meines Körpers. War er überhaupt in Kiel? Oder die ganzen Tage hier mit einem anderen Mann in unserer Wohnung? In meinem Zuhause? Ich kralle die Finger in die Tagesdecke. Das Rauschen in meinem Kopf ist einem dumpfen Pochen gewichen. Was ist, wenn das alles ein Missverständnis ist? Vielleicht hat er gar nicht mit ihm ... Vielleicht ist er nur ein Bekannter, der ... Gleichzeitig drängt sich in mir bitter die Erkenntnis hoch, dass ich mir viel zu oft Dinge schöngeredet und mich selbst belogen habe, um den Schmerz zu verdrängen.

»Felix.« Johannes' Stimme ist nur ein Flüstern auf der anderen Seite der Tür.

Meine Hände sind kalt, obwohl ich noch meine Jacke trage. Alles wirkt kalt hier in diesem Zimmer, engt mich ein, mein Atem geht schneller, ich habe das Gefühl, ich muss würgen. Ich muss hier raus.

Als ich die Tür öffne, steht mir Johannes im Flur gegenüber. Seine Augen sind gerötet, seine sonst so gepflegt sitzenden Haare zerzaust. Er hat eine Jogginghose angezogen und die Arme schützend vor seinen Oberkörper geschlungen. Er sieht bemitleidenswert aus. Jedoch kann ich ihm kein Mitleid entgegenbringen. Da ist nur Schmerz. Dumpf und überall.

»Es war hier nur das eine Mal, wirklich. Es tut m–«

»Nein«, krächze ich. Übelkeit droht mich erneut zu überrollen. Es war also kein Missverständnis. »Ich will es nicht hören. Ich gehe.«

Ich will weg. Weg von ihm. Weg von unserem Zuhause, das fremd wirkt, das mir Angst macht. Nur raus. Blindlinks greife ich nach der Reisetasche und meinem Rucksack, die noch auf dem Läufer liegen, schnappe mir meinen Schlüssel und reiße die Wohnungstür auf.

Johannes ruft etwas, aber ich bin schon auf dem Treppenabsatz. Unten schlägt mir die nasskalte Luft entgegen. Der zweite Abend in Folge, an dem ich weglaufe. Nur war das hier bis eben mein sicherer Hafen.

Mit jedem Schritt, den ich mich vom Haus in Richtung Auto entferne, wird das Pochen in meinem Kopf schwächer. Ich kann atmen und werde langsamer. Am Auto angekommen, werfe ich die Sachen auf den Rücksitz, dann setze ich mich hinters Lenkrad und starre zu unserem Häuserblock.

Und jetzt?

Leere in meinen Gedanken, in meinem Kopf nur das leise Pochen. Ich schiebe meine kalten Finger unter die Oberschenkel.

Es fehlt noch, dass ihr euch nur mit einem freundschaftlichen Schulterklopfen begrüßt. Maries Stimme ist zurück. War es so zwischen uns? War ich so? Habe ich mir keine Mühe mehr gegeben und deswegen hat er ...?

Ich starte den Motor. Die Heizung verteilt allmählich Wärme im Inneren des Wagens. Trotzdem friere ich, als ich die Straße zurück zur großen Kreuzung fahre. Doch wohin? Einfach weiter.

Meine Gedanken wandern die Minuten rückwärts. Zu dem Mann, der in unserer Badezimmertür stand. Es waren nur Sekunden. Ich kenne ihn nicht. Er war ein Stück größer als ich, sah athletischer aus. Nicht so weich, so schlicht wie ich. Ist das Johannes' Typ? Vielleicht für gewisse Dinge. Mein Kopf spielt mir Szenen mit Johannes und dem Mann auf unserem Sofa vor. Ich trete fest auf die Bremse, als die Ampel vor mir auf Rot umspringt. Ich will das Bild aus meinem Kopf vertreiben.

Rotleuchtende Rücklichter, das grellgelbe Licht der Straßenlaternen, ich fahre weiter. Das Schild für die Autobahnauffahrt auf die A1 kommt in Sicht. Wie viele Minuten ist es her, seit ich auf der anderen Seite abgefahren bin? Zwanzig? Vierzig? Ich habe das Zeitgefühl verloren. Meine Hände lenken automatisch, führen jede Bewegung aus, als hätte ich mich von ihnen gelöst. Ich sehe mich selbst, aus einer höheren Perspektive, und erschaudere. Alles ist durcheinander.

Auf der Autobahn ist wenig los, und endlich entspannt sich mein fester Griff um das Lenkrad.

In meine Gedanken drängen sich Bilder und Augenblicke von Johannes und mir. Wir beide, in unserem ersten gemeinsamen Urlaub, beim ersten gemeinsamen Kauf eines neuen Sofas, beim ersten Mal gemeinsamer Trauer, als mein Onkel starb. Beim ersten großen Streit mit Tränen und geflüsterten Worten der Versöhnung. Johannes und ich sind so viele erste Male. Und jetzt? Ist es das erste Mal Betrügen?

Das weiße Rauschen in meinem Kopf ist zurück. Und ich, bin ich besser? Wann fängt Betrügen an? Mit Gedanken? Mit Blicken? Mit einem Kuss? Es waren zwei. Ich erschaudere erneut. Blinzle die Tränen weg.

Der Hinweis für die Abfahrt auf die B75 taucht auf. Kurz vor der Abfahrt vibriert mein Handy in der Jackentasche. Hitze überkommt mich. Es kann nur Johannes sein.

Es tut ihm leid, hat er gesagt. Der Gedanke an ihn und den anderen Mann versetzt mir wieder einen Stich.

Und dann ist da der Augenblick gestern Abend und vorhin, ehe ich losfuhr. Alexander.

Ich glaube, mir tut das nicht leid. Nicht, weil ich Gleiches mit Gleichem vergelten will, sondern weil ...

Zitternd atme ich ein, blinke und fahre ab. Ich werde zu Marie und Amir zurückfahren.

***

Alexander

Logbucheintrag 23. Januar: *21:45 Uhr, morgens bedeckt, den Tag über diesig, 0 Grad, Wind: 1,5 m/s Ost. Wassertemperatur: 3 Grad, leichter Wellengang*
Himmelsbeobachtung: *Objekt: Beteigeuze. Sternbild: Orion. Beschreibung: Durch den diesigen Schleier ließ sich der Stern zwar erkennen, aber zu wenig, um bessere Aufzeichnungen vorzunehmen. Möglich, dass die schwankende Helligkeit gar nicht mit einer bevorstehenden Supernova zusammenhängt, sondern mit einfachen Schwankungen zu erklären ist. Oder einer Staubwolke. Und dann der ganze Aufruhr darum.*

Tagesbericht: *Das Aufräumen zog sich heute, ich war wenig motiviert. Vorhin war ich bei Marie, gerade noch rechtzeitig, bevor Felix losfuhr. Ich habe ihm etwas von Onkel Heiners Astronomiesachen geschenkt. Drei Bücher und ein paar illustrierte Karten. Falls ich noch mehr aussortiere, schreibe ich ihm eventuell. Ich fahre morgen erst zurück nach Lübeck. Ob ich hier den Abend verbringe oder in meiner Wohnung, macht wenig Unterschied. Das Meer war heute Nachmittag ruhig und nur etwas in Bewegung, als die Schneeschauer einsetzten. Wenn es weiter so kalt bleibt, dann ...*

Es klingelt an der Tür. Ich sehe auf, warte ab. Mein Blick schnellt zur Wanduhr. Um diese Zeit? Ein zweites Klingeln, diesmal länger. Mit gerunzelter Stirn erhebe ich mich. Ich knipse das Licht im Flur an. Vor dem Milchglas der Tür ist schemenhaft eine Silhouette zu erkennen. Vielleicht fehlt den Nachbarn etwas. Ob ich aushelfen kann, steht auf einem anderen Blatt. Ich öffne.

Felix. Er ist noch blasser als sonst. Geschmolzene Schneeflocken hängen in Tropfen in seinem dunkelblonden Haar.

Er atmet tief ein, ein Zittern fährt über seine Lippen. »Sorry, ich wusste nicht ... Maries Auto ist nicht vor dem Haus, ich glaube, sie ist nicht da, nur Amir und ... Ich war unten am Wasser und habe überlegt, doch wieder zurückzufahren, zu meinen Eltern oder ... aber dann bin ich doch hier hochgegangen, zu dir, obwohl ich ...«

»Ist etwas passiert?« Ich widerstehe dem Drang, ihn am Ärmel ins Haus zu ziehen, ihn zu umarmen. Die klare Linie hat er gezogen, vorhin.

Er schüttelt den Kopf, doch dann nickt er.

»Komm rein«, sage ich.

Erleichterung huscht über sein Gesicht. Nur ganz kurz, dann ist da wieder dieser aufgelöste Ausdruck. Er hängt seine Jacke an den Garderobenhaken, dreht sich zu mir und starrt auf einen Punkt hinter mir. Die Haut an seinen Wangen verfärbt sich zu einem sanften Rot, und ich betrachte seine feinen Wimpern.

Ich versuche, mir die unsichtbare Linie zwischen uns vor Augen zu führen. Sie ist doch noch da, oder? Wenn nicht, weiß ich nicht, ob ich sie wieder ziehen kann oder überhaupt will, dass sie zwischen uns existiert.

***

Nachtrag: *23:50 Uhr. Felix schläft oben in meinem Bett. Ich werde hier unten auf dem Sofa schlafen. Er stand vorhin einfach vor der Tür und hat, nachdem ich ihn hereingebeten habe, in wenigen Worten erzählt, was passiert ist. Und mit noch weniger Worten, dass er sich schuldig fühlt. Gut, vielleicht hat er es nicht direkt ausgesprochen. Aber so ließ es sich heraushören. Meine Gedanken dazu habe ich vorerst für mich behalten. Sie gleichen zu sehr Kalenderweisheiten, die keiner hören will, wenn man sich für das Fremdgehen des Partners die Schuld gibt. Was hat Tante Waltraud immer gesagt? Morgen ist ein neuer Tag. Tja, ein neuer Tag, mit den gleichen Problemen. Doch vielleicht mit neuen Gedanken dazu.*

Ich lege den Kugelschreiber beiseite, klappe das Buch zu, lösche das Licht und krieche unter die Wolldecke auf dem Sofa. Vor dem Fenster ziehen Wolkenfetzen über den Nachthimmel am Halbmond vorbei.

Felix liegt in meinem Bett. Falsch, in dem Bett, in dem ich die letzten Nächte geschlafen habe. In dem Bett, in dem ich vor ein paar Tagen daran gedacht habe, wie es wäre, wenn ich dort mit ihm liegen würde. Ein Ziehen in meinem Körper. Ich reibe mir über das Gesicht. Gott, das ist der denkbar schlechteste Zeitpunkt, mich daran zu erinnern, dass ich mir vorgestellt habe, mit ihm zu schlafen.

Als er ankam, hatte er einen erschöpften, hilflosen Ausdruck in seinen Augen. Als er sich ins Bett verabschiedet hat, war dieser ein wenig gewichen. Wie gerne würde ich noch mal hochgehen, ihm erklären, dass es nicht nur Schuld gibt. Nicht nur Absicht. Dass wir Menschen manchmal so sind, ohne Schuld, ohne Absicht. Nur mit dem, was wir empfinden.

Die Röte seiner Wangen taucht in meinen Gedanken auf und mit ihr bäumt sich die Sehnsucht nach ihm auf. Wie lange ist es her, dass ich das gespürt habe? Mit wem?

Ich schiebe mich wieder vom Sofa hoch, trete zur Terrassentür und starre in den Himmel. Suche ihn ab, bis ich den Lichtpunkt finde. Sirius. Etwas mehr als acht Lichtjahre ist er entfernt. Das, was ich sehe, ist die Vergangenheit. Vielleicht existiert dieser Stern mit seinem farbigen Flackern längst nicht mehr in dieser Helligkeit, und wohin ich starre, ist in Wirklichkeit nur das Nichts. Ich weiß es erst in etwas mehr als acht Jahren. Ich könnte ihn in meine Aufzeichnungen aufnehmen. Veränderungen notieren und warten. Nur auf was? Habe ich nicht die letzten Jahre genug auf etwas gewartet? Darauf, dass es sich allein nicht einsam anfühlt? Dass das Aufstehen nicht genauso sinnlos erscheint wie das Hinlegen und dass das Fallen ins Dunkle diese paradoxe Mischung aus Anziehung und Furcht verliert? Die Erkenntnis drückt sich auf mich nieder.

Felix. Mit ihm ist es ...

Ich schließe die Augen und seufze. Das Glas der Terrassentür drückt kühl gegen meine Stirn. Jetzt ist der Zeitpunkt, an dem ich die klare Linie zwischen uns verfluche, aber gleichzeitig verdammt dankbar für sie bin.

KAPITEL 7

Felix

Nebel wabert um mich herum. Ein Stechen in meinem Nacken. Mein Herz pocht schneller, schlägt hart gegen meine Brust. Ich hole tief Luft und öffne die Augen. In meinen Ohren klingt das Rauschen ab, ich fixiere die Körnchen der Raufasertapete an der Dachschräge über mir. Einatmen und ausatmen. Die Bettwäsche riecht frisch, nach Winter.

Ach ja, ich bin bei Alexander. Nicht zu Hause. *Zu Hause.* Johannes' erschrockenes Gesicht taucht vor meinem inneren Auge auf. Wie er vor mir stehen blieb, nicht näherkam, weil es nicht ging. Für mich. Der Schmerz von gestern Abend will zurück, drängt sich von innen gegen meinen Schädel, meine Brust, und ich atme stockend ein, um die Panik zu besänftigen. *Nicht jetzt. Bitte.*

Ich strecke meinen Kopf, blinzle ins Helle über mir. Durch das Dachfenster schimmert der zartrosa Himmel. Die Sonne geht langsam auf. Wie spät mag es sein?

Neben mich tastend, bekomme ich mein Handy zu fassen. Kurz nach halb neun. Vier verpasste Anrufe und fünf Nachrichten. Nur die Vorschau davon bringt meine Hände zum Schwitzen. Ich lasse das Handy auf den Boden neben dem Bett sinken, rolle mich auf der Seite zusammen und drücke mein Gesicht in das Kissen und die Bettdecke. Beides riecht nach ihm. Nach Alexander. Nach frischem Moos. Ich streiche über das Laken. Es ist warm, dort wo ich eben auf dem Rücken lag.

Mein Herz beginnt wieder laut zu pochen. Und wenn Alexander hier neben mir liegen würde, dann ... Ich könnte ihn berühren. Ich drücke mein Gesicht tiefer in das Kissen, bis ich das Gefühl habe, ihn förmlich zu schmecken. Bis es nicht der Stoff des Kissens unter meinen Lippen ist, sondern die nackte Haut seiner Schulter oder die Wärme seiner Halsbeuge. Das Sehnen nach Geborgenheit droht überhandzunehmen, weshalb ich mich zwinge, aufzustehen.

Reiß dich zusammen! Irgendwie geht es weiter, das tut es doch immer.

Ich schlüpfe in meine Jeans und das T-Shirt von gestern und lausche in den Flur, während ich die Socken überziehe. Aus der Küche dringt das Klappern von Geschirr. Der Duft nach Kaffee zieht bis zu mir nach oben. War es gestern Abend so schlau, hierher zu kommen? Vielleicht hätte ich doch zu meinen Eltern fahren sollen. Aber so wie ich meine Mutter mit ihrer fürsorglichen Art kenne, hätte ich keinen Augenblick Ruhe gehabt. Ich hätte weiter auf Marie warten können, bei ihr ist ebenfalls ein Stück Zuhause.

Im Treppenaufgang fällt mein Blick auf die Fotos an der Wand. Alexanders Großtante und Großonkel. Sie hatten in dieser Zeit mit Sicherheit ganz andere Sorgen. Überlebensängste. Was ist mein Sorgenpaket dagegen?

»Konntest du schlafen?«

Hastig drehe ich mich zu Alexander. Er ist ein Ruhepol in dem Sturm aus Chaos in mir. So, wie er dort im Türrahmen zur Küche steht, in seiner Jeans, einem hellen T-Shirt und heute strubbeligem Haar. Sicher war die Nacht auf dem Sofa nicht so erholsam. Er hat die Arme locker vor der Brust verschränkt. Wie gerne würde ich jetzt zu ihm treten, seine Arme lösen, um mich legen und ihn umarmen. Fest, und tief einatmen. Nichts davon tue ich.

Ich reibe mir über das Gesicht und nicke. Wahrscheinlich sehe ich ähnlich zerknittert aus wie mein T-Shirt. »Ja, ich bin schneller eingeschlafen, als ich dachte.« Ich deute in den Flur. »Ich geh kurz ins Bad.«

»Du kannst auch länger ins Bad.« Ein Lächeln. »Falls du duschen möchtest. Ein paar frische Handtücher liegen im Regal.«

Eine Gänsehaut bildet sich auf meinen Armen, bei dem Gedanken an eine heiße Dusche, und ich unterdrücke den wohligen Schauer. »Danke.«

***

»Er hat was?« Maries Ausruf hallt durch das Haus und sie klatscht mit der flachen Hand auf den Küchentisch. »Tickt er nicht ganz richtig?«

»Marie ...«, besänftige ich sie mit leiser Stimme. Womöglich war es gut, dass ich nicht schon gestern Abend hier aufgetaucht bin. Marie ist dabei, sich in Rage zu reden.

»Nein, fang gar nicht erst an, eine Entschuldigung zu suchen. Ich glaub's nicht! Du bist ein paar Tage im Urlaub, und er vögelt in eurer Wohnung mit irgendeinem anderen Kerl? Er mimt ja gerne den abgeklärten Charmeur, aber das habe ich ihm nicht zugetraut.«

Ich schaue weg. Auf meine Reisetasche, die noch im Eingang zur Küche steht. Nach der Dusche bei Alexander und einem Kaffee kam eine weitere Nachricht von Johannes. Eine weitere Entschuldigung. Wo ich bin, ob ich ihm eine Chance geben würde, sich zu erklären. Ich will gerade nichts davon. Er weiß, dass ich hier bin, das reicht.

»Und jetzt?« Marie sieht mich an.

Ich zucke mit den Schultern. »Keine Ahnung.«

Sie nimmt meine Hand. »Du kannst auf jeden Fall gerne hierbleiben, wenn du möchtest. Bis sich die Wogen geglättet haben oder was auch immer kommt.« Eine Welle von Dankbarkeit für meine längste Freundin überschwemmt mich. »Was hat Alexander gesagt?«

»Nicht viel.« Ich überlege, ob er überhaupt etwas dazu gesagt hat. Ich erinnere mich an meinen Redefluss. An die kurze Zusammenfassung, die über meine Lippen sprudelte, warum ich vor seiner Tür aufgetaucht bin. An seine ehrli-

che Erschütterung und das: »*Ach, scheiße. Willst du sonst ...
heute Nacht hierbleiben?*«

»Nicht viel? Du hättest noch herkommen können. Zum
Reden oder Heulen oder was auch immer.«

»Ich weiß doch.« Trotzdem war die Ruhe und die Sicherheit, mit der Alexander mich gestern empfangen hat,
etwas, was mich erdete. Mehr als der Gedanke an Marie.
Selbst wenn es rational gesehen sicher nicht die richtige
Entscheidung gewesen war zu dem Mann zu fahren, der
mein Herz wanken lässt und nach dessen Nähe ich mich
ständig sehne. Selbst jetzt. Aber gerade jetzt verschwimmt
die Grenze zwischen richtig und falsch. Ich seufze. »Ich
schätze, ich bleibe ein paar Tage hier. Sammle meine Gedanken und lenke mich ab.«

Marie nickt. »Gute Idee. Ich bin da, egal, was du möchtest. Wenn du erstmal auf dem Sofa liegen und reden und
heulen willst, kein Problem. Ablenkung danach finden wir
bestimmt. Mara freut sich sicher über ein paar Tage mehr
mit dir. Und wir gehen raus an den Strand und lassen uns
den Kopf freipusten. Ansonsten, wie steht deine Motivation
für weitere Renovierungsarbeiten? Ich hab da noch was. Ist
auch nicht viel Arbeit.« Sie grinst.

»Solange es kein Tapetenablösen ist, bin ich dabei.«

»Nein, du musst nur den Pinsel schwingen.« Marie
klingt viel zu motiviert.

Ein kurzes Auflachen entkommt mir.

»Okay, überredet. Schätze, alles ist besser als mein Gedankenkarussell.«

***

Es ist faszinierend, wie unterschiedlich man Zeiträume
wahrnehmen kann. Nach drei Tagen in einer normalen Arbeitswoche kann ich sie manchmal nicht voneinander unterscheiden und weiß nicht, was ich am ersten Tag gefrüh-

stückt habe und wann ich am vierten Tag ins Bett gegangen bin, so sehr verschwimmen sie ineinander.

Die letzten vier Tage hatten genau eine Gemeinsamkeit: Ich wachte in Maries Gästezimmer auf und stand früh genug auf, um in die morgendliche Routine um Maras Fertigmachen für die Vorschule eingebunden zu werden. Das frühe Aufstehen war am ersten Tag eher widerwillig, nachdem Marie und ich am Abend zuvor viel zu lange wachgeblieben waren. Alle weiteren Tage waren ein Wechselbad aus Gefühlen.

Amir hat bei dem improvisierten Projekt, den Flur unten und oben zu verschönern, nur den Kopf geschüttelt. Mittlerweile sind wir so gut wie fertig.

Vorsichtig ziehe ich den dünnen Streifen Malerkrepp von der Wand. Gesprächsfetzen von Maries Telefonat aus der Küche vermischen sich mit dem Rascheln des Kreppbands in meiner Hand. Vermutlich ein Kundengespräch, denn sie redet von Designvorschlägen und Grafiken. Mit dem Zeigefinger fahre ich die blauen Linien auf der weißen Tapete nach und nur für einen Moment huscht der Job im Museum durch meine Gedanken. Ich schüttle den Kopf. Nein, darauf will ich nicht auch noch herumdenken. Das Arbeiten hier im Haus lenkt von den ewig kreisenden Fragen um Johannes ab.

Er hat sich vor zwei Tagen das letzte Mal gemeldet. Dass er vorübergehend bei seinem Vater ist. Dass ich zurückkommen kann und dass er uns Zeit geben möchte und sobald ich bereit bin, da ist. Meine Antwort war kurz. *Okay.* Es ist Stille zwischen uns, gerade schmerzt sie nur dumpf. Etwas ist auf Pause, lässt mich freier atmen.

»Felix? Wollen wir eine Runde raus? Mich macht dieses Projekt fertig, ich brauche frische Luft.« Maries Stimme klingt forsch, lässt keinen Raum für Entscheidungen.

Ich knülle den letzten Rest Kreppband zusammen, werfe es in den Mülleimer und gehe die Treppe nach unten. Am

Esstisch in der Küche empfängt mich Marie mit einer Hand in den Rücken gestützt. Ihr Bauch wölbt sich unter dem roten Pullover, worüber ich grinse.

»Kein Kommentar zu der Kugel bitte. Ich fühle mich heute wie ein Michelinmännchen.«

»Mit nur einer Wölbung?«

Mahnend hebt Marie den Zeigefinger, klappt ihr Notebook zu und geht zur Garderobe, um sich ihre Jacke zu schnappen. »Irgendwann wird es soweit sein und wir teilen diesen Zustand, dann liegt das nicht nur bei den Frauen. Freud und Leid sind selten so nahe beieinander, glaub mir. Oder wir sterben dann aus.«

Ich lache auf, greife nach dem Kragen ihres Wintermantels und helfe ihr in die Ärmel. »Ich bin mir sicher, Amir würde dir mehr abnehmen, wenn es gehen würde. Außerdem finde ich das faszinierend.« Ich deute auf ihren Bauch, als Marie mich stirnrunzelnd ansieht.

»Was genau? Die Schwangerschaftsstreifen, das Wasser in meinen Füßen oder das ich nur noch auf der Seite schlafen kann?«

»Nein.« Ich schlüpfe in meine Jacke und in die Stiefel, und mein Blick fällt auf die Fotocollage von Maras erstem Lebensjahr, die neben der Eingangstür hängt. »Dass dort Leben heranwächst und so ein kleiner, fertiger Mensch herauskommt.«

Ich spüre Maries Umarmung.

»Danke«, flüstert sie. »Du weißt manchmal ganz genau, was gesagt werden muss.«

Ich drücke sie zurück. Manchmal weiß ich es wohl, jedoch viel zu oft nicht. »Dann komm. Runter an den Strand?«

»Ja, bevor ich noch mehr davon höre. Ich bin nämlich auch näher am Wasser gebaut als sonst.«

***

In den Vertiefungen des schmalen Dünenstreifens liegen verharschte Reste des Schnees. Ich vergrabe meine Hände in den Jackentaschen. Es weht kaum Wind, und der feuchte Sand knirscht unter unseren Schuhen. Spazierengehen ist eine der wenigen Konstanten der letzten vier Tage. Während ich am ersten Tag noch lethargisch auf dem Sofa lag und mich fragte, wo ich in diesem ganzen Gebilde aus Empfindungen stehe, habe ich mich die anderen Tage in Aufgaben gestürzt. Und am Abend versucht, irgendwas Rationales aus allem zu ziehen. Aber ich scheiterte.

Außer einem Mann mit Hund sind wir allein auf dem Strandabschnitt. »Ist es jetzt besser mit dem Michelinmännchen-Empfinden?«

Marie hakt sich bei mir ein. »Ja, danke. Sorry, wenn ich launischer bin.«

»Ich weiß nicht, was du meinst.« Ich kann ein Grinsen nicht zurückhalten, woraufhin Marie mich ein Stück zur Seite schubst.

»Und wie gehts dir?«

Ich atme tief ein. Nasskalte Winterluft. Seetang. »Ich wei–« Ich breche ab. Weiß ich es wirklich nicht? »Es ist nicht mehr so, dass ich aufwache und denke, mein Leben ist plötzlich zu einer spanischen Telenovela geworden.«

»Uh«, Marie verzieht das Gesicht, »dabei hatte ich mal eine Phase, in der ich die gemocht habe.«

»Für mich waren die nichts. Zu viel Drama.«

»Ach komm«, Marie stupst mich erneut an, »irgendein Happy End gibt es doch immer. Manchmal dauert es nur fünfunddreißig Folgen.«

Mir entweicht ein Schnauben. »Schwacher Trost.«

»Wann willst du mit ihm reden?«

Für eine Sekunde bin ich versucht, mich dumm zu stellen und zu fragen, wen sie meint, doch überlege es mir anders und zucke mit den Schultern.

»Er kann auch gerne herkommen, wenn du das möchtest«, setzt Marie hinterher.

»Nee, lass mal.« Die Vorstellung, dass Johannes herkommt und ich mit ihm womöglich über den Strand spaziere und wir über unsere Beziehungsscherben sprechen ... Ich will das nicht. Alles in mir sträubt sich dagegen, hier mit ihm zu reden, an diesem Ort, der für mich ein Stück von mir ist. Ein Stück, von allem, was ich bin. Kind, Mann, Sohn, bester Freund. Partner, zumindest bisher. »Aber danke.« Ich schenke Marie ein kleines Lächeln.

Dieses Gespräch, wo immer es auch stattfinden wird, haben wir in den letzten Tagen immer wieder angerissen. Und so sehr ich Marie mag – ihr Standpunkt ihm klipp und klar zu sagen, wie verletzt ich bin, dass wir über unser Vertrauen sprechen müssen und über das, was uns vermeintlich fehlt und wir erarbeiten wollen, hört sich nur gut an, solange sie und ich darüber sprechen.

»Denk dran«, sagt Marie und sie fängt an, Stichpunkte aufzuzählen.

Nicht schon wieder. Mein Augenlid zuckt kurz, ich lege meine kühlen Finger an meine Schläfe. Ihre Stimme verliert sich zwischen den trägen Geräuschen des Wassers, während ich meinen Blick über die Bucht schweifen lasse, hin aufs offene Meer und weiter bis zur Seebrücke, die wir fast erreicht haben. Dort unten am Spülsaum steht jemand, der mir bekannt vorkommt. Die dunkle Flanelljacke kenne ich. Alexander.

Mein Herz pocht schneller, Maries Aufzählung gerät völlig in den Hintergrund. Ich habe ihn, seit ich bei ihm übernachtet habe, nicht mehr gesehen. Nur ein paar Nachrichten haben wir ausgetauscht. Er dreht sich um und scheint uns entdeckt zu haben. Es sind nur noch wenige Meter, bis wir die Seebrückenpfeiler und damit ihn erreichen, und mich überkommt ein schlechtes Gewissen, weil ich mich in diesem Augenblick viel zu sehr nach ihm sehne.

»Moin ihr beiden.« Er lächelt Marie an, sie erwidert seinen Gruß, und schließlich landet sein Blick auf mir. Das Lächeln bleibt, und ich bin so erleichtert. Da ist Ruhe in seinen Augen. In meinem Herzen zieht es. Ich will diese Ruhe spüren und ihn, näher bei mir.

»Hey, du bist aus Lübeck zurück?« Ich ohrfeige mich innerlich für diese Frage, er würde sonst nicht hier stehen.

Er nickt. »Und du bist noch hier.«

Ich mache einen Schritt auf ihn zu, würde gerne irgendetwas erwidern. Einen lockeren Spruch oder etwas Sarkastisches, aber jegliche Worte tauchen unter, verschwinden einfach im Sturmgrau.

»Wollen wir ein Stück auf die Seebrücke?« Marie reißt mich aus den Gedanken.

»Klar«, krächze ich. Meine Stimme wollte sich wohl mit meinen Worten zurückziehen.

»Alexander, wie weit bist du denn mittlerweile?« Marie wendet sich zu ihm, während wir am Strand hinaufgehen und die Seebrücke betreten. Ich trotte einen Schritt hinter den beiden her.

»Das Wohnzimmer ist ziemlich ausgeräumt, zumindest der Inhalt der Möbel. Die, die ich nicht behalte, werden in den nächsten Tagen abgeholt. Oben bin ich durch mit allem, was ich vorerst machen wollte. Dank Felix kam ich gut voran.« Er dreht sich zu mir um. Sein Blick ist eine Sekunde zu lang, zu abwartend. Möchte er wissen, was in den letzten Tagen war? Er hat nicht viel gefragt, als wir uns schrieben.

Wir schlendern die Seebrücke ein Stück entlang, der Wind nimmt zu, je weiter wir uns vom Strand entfernen.

»Puh, nehmt es mir nicht übel, aber ich muss zurück. Da drückt jemand auf meine Blase.« Marie schüttelt sich, als die nächste Böe über uns weht. »Noch so etwas, was ich nicht vermissen werde.«

Sie schafft es, dass ich auflache, und wiederholt für

Alexander unser Gespräch von vorhin, der mich dabei schmunzelnd ansieht. Wärme in meinen Wangen, trotz des kalten Windes. Vielleicht habe ich in den letzten Tagen das verschmitzte Lächeln vermisst, mit dem es sich gerade leichter atmen lässt.

Wieder am Anfang der Seebrücke angekommen, sieht Marie mich fragend an. »Mit zurück oder wollt ihr weitergehen?«

Ich sehe zu Alexander. Was will ich? Ich muss nicht lange überlegen. »Wollen wir noch ein Stück weiter?«

Alexander nickt, und als ob das ihr Stichwort ist, hebt Marie die Hand, ruft: »Dann bis später!« und verschwindet in Richtung der Straße.

»Ich glaube, da muss jemand sehr nötig«, kommentiere ich ihren schnellen Abgang.

Alexander lacht leise. »Da haben wir es einfacher, wenn es mal dringend ist. Richtung Steilufer?« Er deutet den Strandabschnitt hinauf, hinter dessen Ende der Naturstrand und das Steilufer beginnen.

Eine plötzliche Sehnsucht nach Sommer, Wärme und dem Duft der Felder und Wildwiesenstreifen oberhalb des Steilufers erfasst mich. Ich beneide mein zukünftiges Ich, das in ein paar Monaten mit Sicherheit hier sein wird, und das diesen Zustand zwischen Unsicherheit und Ohnmacht hinter sich hat. »Ja«, antworte ich.

Ein kurzer gepflasterter Weg führt am Meerwasserschwimmbad mit den beschlagenen Scheiben vorbei, bis es wieder auf den Strand zurückgeht. Zwischen uns breitet sich Schweigen aus. Meine Fingerspitzen kribbeln.

»Ich dachte, du bist noch in Lübeck, du hast gar nicht erwähnt, dass du herkommst.«

In Alexanders Antwort liegt ein Zögern. »Ich wollte dir die Ruhe gönnen und außerdem hatte ich wirklich ein wenig dort zu tun. Und du?«

Ich wappne mich für die Frage, die ich in den letzten vier Tagen zu oft gehört habe. Danach, wie es mir geht. Ein flüchtiges Stechen beginnt in meinem Nacken, ich halte die Luft an, bis es abebbt.

»Warum bist du noch hier?«

Erstaunt darüber, dass seine Frage eine völlig andere ist, sehe ich ihn an. Ein Lächeln versteckt sich in seinen Mundwinkeln.

»Ähm, ist wohl so eine Mischung aus Flucht, Vermeiden und Besinnen.«

»Besinnen auf was?«

Ich schaue auf unsere Füße, die uns vom Sand den Holzbohlenweg zum Steilufer entlangtragen. »Was ich eigentlich will«, antworte ich schließlich.

Die Flutmauer des letzten Gebäudes vor der Steilküste ragt neben mir auf. Nur wenige Meter, dann treten wir auf die unebene Fläche des Naturstrands. Jahre der Witterung haben das Gestein freigewaschen und unzählige Steine auf dem Abschnitt des Strands verteilt. Große Findlinge liegen im Wasser, werden umspült, und Algen wiegen sich in der seichten Brandung zwischen ihnen hin und her.

»Den Job im Museum?«

Ich schmunzle. »Dass dir das einfällt.«

Er zuckt mit den Schultern. »Es war dir wichtig. Etwas, wofür dein Herz schlägt.«

Ja. Nur ist es etwas, was ich nicht haben werde. Genauso wie das, was wie ein fragiles Konstrukt zwischen ihm und mir schwebt.

»Was sagt dein Freund? Oder seid ihr ...« Alexander schaut auf das Steinmeer unter uns.

»Im Moment sind wir irgendwie ... nichts. Wir müssen reden, ja. Jedoch weiß ich nicht ...« Ich seufze auf, blinzle nach oben in den Himmel. Die Sonne blitzt durch die helle Wolkendecke hindurch. »Marie meint, wir müssen uns aussprechen. Das, was zwischen uns liegt, was sich eingeschlichen hat, auf den Tisch bringen. Als ich letztens meinte, bei uns gab es wenig Höhen und Tiefen, war das nicht gelogen. Im Grunde ist er meine erste richtig ernsthafte Beziehung, und sechs Jahre sind sechs Jahre ... Doch ich weiß einfach nicht, was werden soll, wenn wir uns ausgesprochen haben. Ich fühl mich meilenweit von ihm entfernt. Ja, ich gebe Marie recht, dass man sich wieder annähern, daran arbeiten kann. Ich weiß nicht, ob es noch ...« Liebe ist.

Mein Herz krampft, und meine Hände zittern. Ich balle sie zu Fäusten, trete fester auf die Steine. Mit einem lauten Knirschen geben sie bei jedem Schritt nach. Der alberne Vergleich mit der spanischen Telenovela spukt durch meinen Kopf, ich verdrehe innerlich die Augen darüber, aber genauso ist es doch. »Weißt du, ich dachte immer, das passiert nur anderen.«

»Dass sich etwas im Leben verändert?« Alexander bückt sich und hebt einen kleinen Stein auf. »Veränderung ist erst mal nichts Schlechtes.«

»Aber ich mag das Gewohnte«, platzt es aus mir heraus.

Nachdenklich dreht Alexander den Stein in seinen Händen und schließlich sieht er mich an. Das Sturmgrau ist dunkler. »Und warum dann der zweite Kuss?«

Mein Atem stockt, mein Herz stolpert. »Weil ...« *Ja, warum, Felix?* Ich ringe nach Worten. *Bei dir ist es anders, du bist anders. Du bist Ruhe und Tiefe ohne Angst. Angst.* Ich halte eine Sekunde zu lange inne. Etwas kippt in mir.

»Egal.« Ich stapfe weiter, ohne mich nach ihm umzuschauen.

Der Strand besteht mittlerweile nur noch aus einem einzigen Bett aus Steinen, sodass es mühsam ist, zügig voranzukommen. Eine niedrige Steinmauer kommt in Sicht, die sich vom Ufer bis ins flache Wasser zieht. Hoffentlich rutsche ich nicht an einem der größeren Steine ab, wenn ich gleich dort hochsteige.

»Felix, warte!« Alexanders Schritte kommen näher.

Was mache ich hier eigentlich? Warum schafft er es mit ein paar Worten, so viel Sehnsucht nach etwas anderem zu entfachen? Mich dazu zu bringen, was ich vor Marie nicht gewagt habe auszusprechen? Wenn er mich jetzt fragt, was ich will, kann ich nur meine Antwort wiederholen, die ich so oft gebe: Ich weiß es nicht. Verdammt, ich weiß es wirklich nicht. Alles, wonach ich mich sehne, passt nicht zu mir. Zu dem Felix, der besonnen und manchmal zu zögerlich handelt. Dessen moralischer Kompass bisher im Gleichgewicht lag. Der diesen Zwiespalt der Gefühle nur von anderen kannte und dessen Urteil darüber zu schnell in Schuldzuweisung fiel.

Hinter mir zieht es dunkel auf. Hoch und bedrohlich, ich hole Luft, spüre jedoch nur Leere in meinen Lungen. Wieder und wieder. Alles ist zu hell. Das Schwappen der Wellen zu laut. Sie kommen näher, oder? Panisch blicke ich vom Wasser zur Steinmauer vor mir und stütze mich mit einer Hand darauf ab. Zu nahe, die Wand des Steilufers drängt sich dichter heran.

Ich schnappe immer noch nach Luft, schluchze, als nichts in mir ankommt. *Bitte nicht! Bitte ... nicht hier, vor ihm.* Der Boden wankt, die Mauer rückt auf mich zu. »Nein«, flüstere ich. Als es nicht aufhört, lauter. »Nein!«

»Felix, hey.«

Kalt und rau sind die Mauersteine unter meiner Haut. Ich drücke meine Finger dagegen, Sand gräbt sich unter meine Nägel. Ich bin schuld. Ein dumpfer Schleier legt sich über mich, dämpft alle Geräusche, zwingt mich in die Knie. Die Angst füllt schwarz meine Lungen, lässt keine Luft hindurch. Drückt das Pochen in meinen Hals hinauf, wütet wie ein rasendes, unförmiges Gebilde aus Furcht in mir und lähmt mich. Die kleinen Wellen spülen stetig an den Strand. Auch sie drängen näher. Und dann? Dann gehe ich unter. Werde zerdrückt, von allem um mich herum.

Von dem Gefühl, schuld zu sein.

»Felix!«

Ich werde von der Mauer fortgezogen und einen Wimpernschlag später spüre ich die Umarmung. Warm, im Kontrast zu den kalten Steinen unter meinen Knien. Aus einem Impuls heraus will ich mich wegschieben, weg von ihm, nicht noch eingeengter sein, aber Alexander hält mich fest.

»Hey, es ist alles gut.« Sacht streicht er über meinen Rücken, meinen Arm, und endlich, endlich spüre ich die kalte Luft, als ich einatme. »Langsam, atme langsam. Mit mir.«

Seine Stimme ist ein warmes, tiefes Timbre, und als sein Brustkorb sich hebt, atme ich mit ihm ein und zitternd wieder aus. Der dumpfe Schleier beginnt sich aufzulösen.

»Alles ist okay, ich bin hier.« Alexanders Atem streift meine Stirn, und ich schließe die Augen und lasse mich fallen.

Ich weiß nicht, ob es nur Sekunden oder Minuten sind, in denen er mich umarmt und wir auf dem Bett aus Steinen hocken. Seine Finger streichen durch mein Haar, immer wieder. Verweilen einen Moment an meiner Wange. Ich öffne die Augen.

Das Wasser glitzert in der Sonne, die mittlerweile herausgekommen ist. Ein Beben fährt durch mich hindurch. Erschöpft atme ich aus. »Tut mir leid«, flüstere ich und drücke mich an ihn. Ich will noch nicht weg. Wenn ich jetzt aufsehe, weiß ich, dass ich mich schäme für meinen Zusammenbruch. Dafür, dass ich etwas nicht im Griff habe als erwachsener Mann.

»Da gibt es nichts, was dir leidtun muss.« Sein Kinn ruht an meinem Kopf, ich spüre die Vibration seiner Stimme. Ein Schauer überkommt mich, und sein Griff um mich wird noch einmal fester.

»Schon okay.« Ich mag es viel zu sehr so nahe bei ihm. In meinem Kopf herrscht Leere nach dem Chaos. Da ist nur seine Wärme.

»Besser?«, fragt er, und ich nicke an seiner Brust. »Kannst du aufstehen?«

Langsam bewege ich mich und er sich mit mir, bis wir stehen. Er ist immer noch nahe, seine Hand auf meiner Schulter.

Ich reibe mir über das Gesicht und sehe zu Alexander auf. Er betrachtet mich aufmerksam, die kleine Furche zwischen seinen Augenbrauen ist zurück. Er muss denken, dass mein Leben momentan eine Vollkatastrophe ist, so wie ich hier eben auf den feuchten Steinen kniete und sich mein Innerstes auf eine erschreckende Weise nach außen kehrte. Dabei gibt es weitaus Schlimmeres. Nur ist es nicht so, dass einem das eigene Leid in dem Moment, in dem es passiert, immer aussichtslos erscheint? Und erst mit Abstand, mit einem Schritt nach vorn, klärt sich der graue Schleier und man erkennt, dass es nur ein weiterer Stein im eigenen Leben war, den man überwunden hat. Im Moment kommt mir dieser Schritt nach vorn unglaublich groß vor.

»Komm«, sagt er. »Wir gehen zurück. Ich glaub, Wärme wäre jetzt gut, anstatt hier im Kalten rumzulaufen.«

Ich folge ihm, gemächlich schlagen wir den Weg zurück ein. Die Sicht von Weitem auf die Promenade und die Häuser wirkt fast tröstlich.

»So schlimm war es lange nicht.« Ich traue meiner Stimme nicht. Noch überkommt mich von Zeit zu Zeit ein Zittern.

»Hm, ist vielleicht dem Päckchen geschuldet, das du mit dir herumträgst.«

»Ich fühle mich schuldig.«

Alexander sieht mich an. »Für eben?«

»Auch.« Und dafür, dass sich in meinem Kopf der Gedanke festgesetzt hat, Johannes in die Arme eines anderen getrieben zu haben, weil es zu bequem war zwischen uns in unserer Beziehung. Dafür, dass ich für jemanden Gefühle entwickelt habe, den ich erst seit ein paar Tagen kenne. Dass ich den Job, den ich angenommen habe, eigentlich gar nicht machen will und dass ich mich nicht zusammenreiße, wenn die beschissene Angst kommt.

Wir sind fast zurück am Schwimmbad und damit am Übergang zur Promenade. Nur ein kleines Stück Naturstrand trennt uns vom gepflasterten Weg.

Alexander hält inne und wendet sich zum Wasser. »Vor knapp sieben Jahren bin ich oft am Abend oder früh morgens hierhergefahren. Ich konnte nicht schlafen, weil mich diese Finsternis wachhielt. Und weil ich wütend war, auf alles und jeden. Auf meine Mutter mit ihren Vorwürfen, auf meine Schwester, weil sie nicht mehr da war, und schließlich am meisten auf mich selbst.« In seinem Kiefer zuckt es. »Ich bin hier ans Wasser runtergegangen und habe diese ganze Wut herausgeschrien. Aufs Meer, denn ich musste irgendwo damit hin.«

Die Sonne wirft Schatten auf seinen Bart. Lässt die wenigen grauen Haarsträhnen zwischen seinen dunklen glänzen. Vorsichtig berühre ich seine Hand. Etwas wird eng in meiner Brust, doch nicht meinetwegen, sondern seinetwegen.

»Wie war sie, deine Schwester?«

Alexander schluckt, sein Kehlkopf hüpft auf und ab. »Besonnen. Jemand, der im Hintergrund da war. Wenn ich kopflos nach Hause kam, hatte sie die Ruhe, mich wieder einzufangen. Ich wollte das ebenso können.«

»Jetzt bist du ziemlich gut darin«, wage ich zu erwidern.

Er deutet ein Nicken an, starrt auf die Wasseroberfläche. »Wenn du dein ganzes Leben einen Menschen hattest, von dem du wusstest, dass er da ist, dann gibt er dir Sicherheit. Und dann plötzlich damit klarzukommen, dass dieser Mensch verschwunden ist, für immer, und du nie mehr die Möglichkeit haben wirst, etwas zu fragen, da zu sein, das

Lächeln zu sehen. Das ist …« Er schließt die Augen, sein Gesicht verzerrt sich für eine Sekunde schmerzhaft. »Das ist Dunkelheit und Leere.« Seine Hand drückt meine und lässt sie wieder los. Er schaut zu mir. »Halte das nicht zurück, es frisst dich auf, reibt dich wund, und du verlierst dich.«

»Okay.« Kurz presse ich die Lippen aufeinander. Schmecke das Salz der Seeluft. »Danke … dass du mich eben gefunden hast.«

Für eine Sekunde weiten sich erstaunt seine Augen, und mein Herz pocht lauter. Ein Lächeln huscht über sein Gesicht. »Komm«, sagt er erneut, und gemeinsam gehen wir den Weg zurück.

***

Wenn man alle Empfindungen übereinanderlegt, die in einem Augenblick über einen hereinbrechen, passiert dann dasselbe, wie es bei Farben der Fall ist? Alle Regenbogenfarben zusammen ergeben Weiß. Ein Nichts. Wenn man also alles gefühlt hat, fühlt man danach nichts?

Ich starre an die weiße Decke über mir. Mein Kopf lehnt an der Sofalehne, und mir ist noch immer kalt, obwohl ich meine Hände unter der Wolldecke vergraben habe, die über meinem Schoß liegt. Alexander kommt ins Wohnzimmer, stellt einen Becher vor mir auf dem Tisch ab und setzt sich neben mich, mir zugewandt.

»Pfefferminztee. Der wärmt von innen.«

»Danke.« Der Wunsch, ihm zu erklären, was ab und zu passiert, ist wieder da. Dass er es ansatzweise versteht, obwohl ich es selbst manchmal nicht verstehe.

»Es ist wie eine Fehlfunktion, weißt du?« Ich ziehe eine Hand unter der Decke hervor und tippe an meinen Kopf. »Wenn es mir zu viel wird. Oder wenn ich zur Ruhe komme und mein Hirn Zeit hat, über Dinge nachzudenken. Dann horche ich ängstlich in mich hinein, erwarte regelrecht, dass mich etwas aus dem Gleichgewicht bringt und mich ins Dunkel stürzen lässt. Dann braucht es nur eine kleine Ungereimtheit – und es geht los. Irgendwas ist also nicht ganz normal bei mir.«

»Was ist schon normal«, erwidert Alexander leise und sein Zeigefinger streicht federleicht über meinen Daumen. Hinterlässt ein Kribbeln auf meiner Haut. »Aber, versprichst du mir was?«

Worauf will er hinaus?

Er stellt seinen Teebecher auf den Tisch und dreht sich zurück zu mir. Der Drang, sich wieder an ihn zu schmiegen ist groß.

»Wenn etwas mehr Ruhe eingekehrt ist, versuchst du es noch mal mit dem Auseinandersetzen damit? Angst gehört zu uns allen, jedoch soll sie nicht kaputt machen. Und du bist ...«

»... schon sehr kaputt?« Meine Mundwinkel zittern. Ich tue es schon wieder. Ich verharmlose meine Angst unter einer Decke aus Sarkasmus.

»Nein.« Er schüttelt den Kopf. »Zu wichtig für andere, für dich und ... für mich.«

Was? »Alex ...«

»Schon gut. Ich wollte das loswerden. Ist vielleicht nicht ganz fair und klingt egoistisch, nur zurückhalten war grade keine Option.« Er schiebt sich ein Stück von mir weg, sinkt tiefer ins Sofa und schaut aus dem großen Fenster, vor dem die Dämmerung eingesetzt hat.

Ich betrachte sein Profil, den markanten Schwung seiner Wangen. In mir wankt es immer noch, wenn auch nur für kurze Blitzmomente, bis ich tief einatme und die Ruhe zurückkehrt. Mit dem Geruch nach Moos und Winterluft. Ich möchte nicht am Nullpunkt meiner Empfindungen sein. Im Weiß und Nichts.

Langsam ziehe ich die Decke unter meinen Beinen hervor, rutsche zu ihm, decke sie über uns beide und lehne meinen Kopf an seine Schulter. »Nur halten, mehr nicht«, flüstere ich.

»Okay«, flüstert Alexander zurück und legt den Arm um mich.

Es ist wie ein Ankommen zwischen uns. Alexanders ruhige Atemzüge, seine Wärme. Ich erlaube mir, mein Gesicht an ihn zu pressen und tief einzuatmen.

Er drückt mich an sich. »Das hier, mit dir. Sowas ist lange her.« Seine Stimme ist tief. Wispert die Worte an meine Schläfe.

»Bist du einsam?« Ich spüre, wie er innehält.

»Ja.« Seine simple Antwort brennt in meiner Brust.

»Warum?« Die Worte sind schneller raus, als ich möchte, und für eine Sekunde habe ich Angst, eine Grenze überschritten zu haben. Steht es mir zu, ihn dies zu fragen? Er wirkte bisher nicht wie jemand, der Schwierigkeiten hat, Menschen kennenzulernen.

Alexander fährt mit den Fingern durch meine Haare, spielt mit den Strähnen oberhalb meiner Stirn. »Nach Svenjas Tod und meiner Trennung dachte ich, ich kann weitermachen wie davor. Kann den dunklen Graben überwinden. Also habe ich weitergemacht. Bin so oft wie möglich gereist, wenn Zeit war, habe Frauen gedatet und ... Männer. Unverbindlich. Der dunkle Graben wurde schmaler, aber etwas davon blieb. War da, wenn ich am Morgen in einem fremden Bett aufwachte oder jemand in meinem lag. Also bin ich auf Distanz geblieben.«

Das Bedürfnis, ihn anzusehen, zieht an mir, doch seine Finger, die weiter sacht durch meine Haare streicheln, halten mich zurück. Vielleicht braucht er diesen Kontakt, und um nichts in der Welt will ich ihm diesen jetzt nehmen.

»Ich weiß gerade nicht, was mehr schmerzt.« Er atmet zittrig aus. »Die Distanz, die ich bis vor ein paar Tagen jahrelang aufrechterhalten habe, oder die Erkenntnis, dass du es geschafft hast, sie zu überwinden, und ich fühle, dass ...«

Sein Mund presst sich fest an meine Stirn.

»Alex.«

»Sch, nicht jetzt.«

Distanz ist nichts, was ich auch nur für eine Sekunde bei ihm gespürt habe. War das mit mir von Beginn an anders? So, wie für mich mit ihm? Fragen und Augenblicke der letzten Tage wirbeln durch meinen Kopf.

Meine Augenlider werden schwer. Ich möchte so sitzen bleiben. Weiter seine Berührungen genießen und die Vorstellung einsickern lassen, dass ich ebenso sein Herz aufwühle. So, wie er meins. Nur für einen Moment.

Als ich meine Augen wieder öffne, ist es draußen vor dem großen Fenster stockfinster. Die Leselampe mit dem grünen Lampenschirm spendet als einziges Licht.

»Wie lange hab ich geschlafen?« Meine Stimme klingt belegt.

Ich spüre Alexanders Atem auf meiner Stirn, als er leise lacht. »Nicht lange, vielleicht eine halbe Stunde oder so. Ich habe nicht auf die Uhr gesehen.«

Vor dem Fenster ist der Abendhimmel klar und einzelne Sterne leuchten schwach.

»Danke übrigens, für den Karton. Die Bücher waren etwas Ablenkung, na ja, in den letzten Tagen. Besonders die Sternbilder.«

Alexander malt unsichtbare Muster auf meinen Oberarm. »Ich verrate dir etwas«, raunt er. Ich lächle, weil diese zufälligen Worte genau jetzt wie eine vertraute Decke sind. So wie immer, wenn ich an sie und das Kobaltblau mit unzähligen Sternen denke. »Wusstest du, dass wir aus Sternenstaub gemacht sind?«

Ja, denke ich und halte still inne. Etwas beginnt, sich zusammenzusetzen. Diese Worte, die Sterne ... *Was, wenn er damals ...* Das kann nicht sein. Es ist fast sechzehn Jahre her.

»Alles, woraus wir bestehen, war im Inneren eines Sterns.« Er haucht einen Kuss an meine Schläfe. »Unsere

Zellen, der Sauerstoff, den wir atmen, das Eisen in unserem Blut – alles besteht aus Sternenmaterial. Viele Milliarden Jahre alt.« Wieder streifen seine Lippen meine Haut. »Und wenn wir vergehen, werden wir irgendwann wieder zu Staub. Wir sind ...«

»... für immer vereint, weil nichts verloren geht«, flüstere ich und mein bis eben ruhiges Herz schlägt lauter.

»Du weißt es.«

Ich nicke. »Ja, ich kenne die Worte. Aber ...«

Erzählt wurden sie mir nur ein einziges Mal, ich weiß es genau. Zusammen mit dem Satz, der immer da ist, wenn ich die Sterne sehe.

Dieses einzige Mal begleitet in meiner Erinnerung der wildsüße Duft von Heckenrosen, trockenes Gras unter meinen Händen, der Rausch klebriger Cola mit Rum und die Finsternis der Sommernacht. Maries Lachen auf der Terrasse des Elternhauses einer Freundin, von irgendwo aus dem Haus verzerrte Töne von Nirvana, und ich mit dem Rücken auf dem Rasen und den Augen gen Himmel, im Versuch, alle Sterne mit ihrem Glanz in mir aufzunehmen.

Und jemand lag neben mir und erzählte über die Nebel und leuchtenden Punkte und über Sternenstaub, mit einer Stimme, tiefer als der meines sechzehnjährigen Ichs. Ich erinnere mich an meinen Mut, weil es dunkel war, weil alles leichter wirkte, nach zwei Gläsern Rum und Cola, weil die Stimme so ein Kribbeln in mir auslöste, was sich von meiner Brust in meinen Bauch, meine Lenden und überall hin ausbreitete und weil er meine Hand zurückdrückte, als ich seine fand. Mehr war es nicht und doch war es in diesem Augenblick so viel. Bis Marie nach mir rief und ich mich hochrappelte, ohne mich umzuschauen. Es blieben nur die Worte, seine Stimme und die Wärme der Berührung.

Ich bin noch immer mutiger, wenn es dunkel ist.
Ich greife nach seiner Hand. Unsere Finger verschränken

sich ineinander, und ich spüre, wie er tief einatmet. Ich könnte vollkommen falschliegen und er könnte diese Worte schon hundertmal anderen Menschen erzählt haben. Aber was, wenn ich richtig liege?

»Du warst es, oder? Damals im Sommer? Im Garten nebenan? Ich hab dich nicht angesehen, doch du hast genau diese Worte gesagt. Du hast mir verraten, was du denkst, und meine Hand gehalten. Ich denke immer noch daran.«

Nur ein kurzes Zögern und dann verstärkt sich der Druck seiner Finger um meine. »Ich war mir nicht sicher. Du warst damals schon hübsch, obwohl ich dich nur im Dämmerlicht gesehen habe.«

Das Sturmgrau flackert im fahlen Licht des Winterabends. Etwas bricht, und dahinter zeigt sich, was ich will.

Seine Hände umfassen meine Hüften, als ich auf seinen Schoß rutsche und mich ihm entgegen drücke.

»Felix.« Nur ein raues Flüstern, bis meine Lippen seine berühren.

Wir atmen uns, küssen uns, bis nichts mehr zwischen uns ist und doch alles, was wir wollen, bleibt. Meine Hände gleiten über die Haut in seinem Nacken und alles, was er in dieser Sekunde gibt, will ich. Das Erschaudern, sein Griff um mich, das leise Stöhnen, das ich ersticke.

Küssen ist wie fallen, jedoch ohne Furcht vor der Tiefe und dem Aufprall. Sein kurzer Bart kitzelt an meinen Lippen, und ich sehe das Lächeln in seinem Mundwinkel. Ich möchte das einfangen, behalten. Streiche mit der Zunge über seine Unterlippe und beiße verhalten hinein. Der Griff um mich wird fester und das Ziehen in meiner Mitte fordernder.

»Mutig«, raunt er gegen meine Lippen.

Ich will etwas erwidern, aber stoppe, als er zittrig einatmet. Da sind Zweifel und irgendwo unter all dem die Warnung, dass es nicht der richtige Zeitpunkt ist. Nicht nach dem, was in den letzten Tagen passiert ist.

Doch wie kann es nicht richtig sein, wenn Alexander bis in meine Seele sieht? Mit jedem Wort, jedem Blick alles durchbricht und ich ihn lasse.

»Felix, du …«

»Ich weiß«, unterbreche ich ihn und lehne meine Stirn gegen seine. »Ich bin auch egoistisch darin.« Etwas drängt sich unsichtbar in mir hinauf, doch bevor es mir wieder die Luft nimmt, streicht Alexander mit dem Daumen sacht an meiner Wange entlang bis zum Kinn und er beugt sich vor, küsst die Angst von meiner Haut, und ich schließe die Augen.

»Ist das genug?«

Alexander zieht mich an sich, umschließt mich mit seinen Armen, hält mich, und ich atme aus. Es ist wie Schwerelosigkeit, ein Kokon aus Stille und Sicherheit, der uns umhüllt. Ich will an nichts denken, was außerhalb dessen ist.

»Genug?« Ein leiser Laut an meinem Ohr, fast ungläubig. Er klingt erstickt. »Felix, verdammt, du …«

Ich will ihn ansehen, denn da ist etwas Drängendes in seiner Stimme. So, wie in den Momenten im Leben, in denen man aufpassen und genau zuhören sollte.

Er zögert, holt Luft, und alles an ihm wirkt verletzlich. »Du lässt mich fühlen.«

Ein Satz mit all seiner Einfachheit. Trotzdem sickert die Bedeutung der Worte nur langsam ein. Weil es Worte sind, die ich in der winzig gehüteten Ecke meines Herzens erhofft habe. Weil in mir die vage Ahnung wächst, dass es für ihn nichts Gewohntes, sondern etwas lang Ersehntes ist. Und egal, wie wenig wir uns voneinander erzählt haben, was ungesagt blieb – hier, zwischen staubigen Wänden, und dort, zwischen der Unendlichkeit des Meeres und des Sandes, finde ich mich bei ihm.

»Felix.« Er nimmt mein Gesicht in seine Hände, stoppt mich in jeder Regung. »Ich bin wahrscheinlich kein guter Mensch, denn ich bin mir nicht sicher, ob ich aufhören kann, wenn du es nicht tust, und ich weiß nicht, ob das jetzt so ein guter Zeitpunkt ist, wenn wir weitermachen.«

Scham brennt, vor mir selbst und vor ihm. Ich rutsche mit einem Bein von ihm runter. Doch er hält mich fest.

»Warte.« Sein Blick ist flehend. »Es ist nur ... Du läufst nicht wieder weg, oder? Ich hab das so lange nicht empfunden. Ja, es ist egoistisch, etwas zu wollen, was man nicht haben kann, aber ich will das nicht aufgeben.«

Ich schüttle den Kopf, lehne meine Stirn wieder an seine. »Ich glaube, ich auch nicht.« Das Geständnis tut mir weh, ich bin jedoch zu ausgelaugt, als es zu leugnen.

Zart küsse ich seine Stirn. »Nein, ich laufe nicht mehr weg. Aber ich gehe jetzt zu Marie zurück«, flüstere ich und erhebe mich, denn er hat recht. Jedes Wort wie ein geflüstertes Versprechen, dass es so bleibt.

Minuten später umhüllt mich die Stille der abendlichen Straße, nur kurz unterbrochen von einem vorbeirauschenden Auto. Anstatt direkt zu Marie nach Hause zu gehen, überquere ich die Straße, laufe den Aufgang zum Strand, den Marie und ich immer nehmen, zwischen zwei alten Strandvillen hindurch und bleibe erst stehen, als ich den Dünenstreifen hinter mir gelassen habe und das Rauschen der Wellen vor mir liegt. Ich stehe mitten auf dem leeren dunklen Strand. Meine Angst ist nur noch ein träger, dünner Schatten des vergangenen Tages, und die kalte Luft klärt meinen Kopf. Am Himmel zieht sich ein Nebelschleier über die Sterne.

Ich verrate dir etwas. Die Worte, an die ich mich seit so langer Zeit immer wieder erinnere, kamen von ihm. Von Alexander. Und jetzt treffen wir aufeinander, genau zu dem Zeitpunkt, an dem ich das Gefühl habe, die Sicherheit der letzten Jahre rinnt mir wie Sand durch die Finger.

Ich habe immer ein kleines bisschen an das Schicksal geglaubt. Weil es etwas Magisches hat, weil man sich dem nicht entziehen kann, und der Gedanke, dass etwas für einen vorherbestimmt ist, ohne zu wissen was, beruhigte mich. Andererseits stört mich, dass ich zu oft andere für mich entscheiden lasse. Was ist das hier also gerade?

Ich habe Alexander gesagt, ich bin noch hier, weil ich etwas vermeiden und mich besinnen will. Am liebsten würde ich ewig hierbleiben. Wenn ich an die Stadt denke, zieht mich nichts dorthin. Jedoch kann ich mich nicht andauernd hier verstecken.

Eine Böe reißt mich ein Stück zurück. Ich drücke mich ihr entgegen. Es bringt nichts, wenn ich mit meinen Gedanken und Gefühlen weiter auf der Stelle trete.

KAPITEL 8

Felix

Auf dem Display hinterlassen meine Finger feuchte Abdrücke. Mit einem letzten prüfenden Blick klicke ich auf den Button. *Senden.*

Ehe ich meine angehaltene Luft ausatmen kann, umarmt mich Marie fest von der Seite. »Und jetzt wünsch ich dir ganz viel Glück.«

»Danke.« Meine Worte sind gepresst, denn eigentlich glaube ich nicht, dass meine E-Mail an die Personalabteilung des Museums irgendetwas bewirkt. Die Stelle von vor zweieinhalb Monaten ist nicht mehr ausgeschrieben. Und schließlich habe ich nach der E-Mail mit dem Interesse an meiner Bewerbung und dem darauffolgenden Telefonat selbst abgesagt. Warum also soll jetzt meine Nachfrage, ob der Job neu besetzt wurde oder nicht, auf Beachtung stoßen.

Marie lässt sich mit einem Seufzen in das weiche Sofa sinken, auf dem wir beide sitzen. Ich lasse mein Smartphone achtlos zwischen uns plumpsen.

Sie wuschelt mir durch das Haar. »Mein Felix, der Rebell.«

Belustigt schnaube ich auf.

»Rebellen haben sicher keine schwitzigen Hände beim Verfassen einer E-Mail und lesen sie zehn Mal Korrektur. Gott, ich bereue jetzt schon, dass ich sie abgeschickt habe.« Am besten deaktiviere ich die Benachrichtigungen der E-Mail-App für die nächsten Tage. Zumindest so lange, bis ich morgen das Treffen mit Johannes hinter mir habe. Ich weiß nicht, auf welchem Stresslevel ich momentan bin, aber seit dem gestrigen Abend bei Alexander ist da ein stetiges Summen in mir. Ein *Tu was, ändere selbst.*

Marie malt mit ihrem Zeigefinger ein Herz auf meine Wange. »Weißt du noch damals in den einen Sommerferien, als deine Eltern dich unbedingt überreden wollten, den Surfkurs weiterzumachen? Mit diesem Idioten in der Gruppe, der so rumgemobbt hat? Und du ihnen einen perfekten Monolog über deine Entscheidungsfreiheit gehalten hast?«

Sie lacht, als ich die Augen verdrehe und nicke. »O ja, der Typ war schon achtzehn und hat meisterhaft viele homophobe Sprüche um sich geworfen. Respekt, was ihm innerhalb von eineinhalb Stunden Kursdauer alles einfiel. Und meine Eltern haben im Endeffekt nachgegeben.«

»Hm«, Marie dreht eine ihrer Locken um den Finger, »wussten deine Eltern damals eigentlich schon von dir ...«

»Ja, das war doch das Jahr, in dem ich mich kurz vor den Sommerferien vor ihnen geoutet habe.« Die Erinnerung an den Sommer ist durchzogen von endlos vielen sonnigen Tagen. An das erste Mal nicht schämen für meine Gefühle, das erste Mal für mich einstehen. In diesem Surfkurs beziehungsweise vor meinen Eltern. »Im Kurs wusste es keiner, der Typ auch nicht. Ich glaube ja, er stand auch auf Kerle.«

Marie lacht lauter, woraufhin ich mit den Augenbrauen wackle.

»Wirklich. Er hat mich immer viel zu lange angesehen. So ein Neoprenanzug überlässt nicht viel der Fantasie.«

Marie hält sich den Bauch vor Lachen. Endlich ist es wieder leichter, endlich ist das nervöse Summen in mir ganz klein und leise.

Marie lässt sich gegen meine Schulter sinken, und ich lehne mich an sie. Ihre Haare kitzeln an meiner Wange. »Der Sommer war ein bisschen magisch.«

»Ja.« Es war der Sommer, in dem ich Alexanders Hand hielt.

Wie hineingesogen in die Erinnerung, liege ich auf der Wiese und ein Junge lässt sich neben mir ins Gras fallen.

»Das, was du jetzt siehst, ist eigentlich schon Vergangenheit«, sagt er nach ein paar Sekunden.

Tiefdunkles Kobaltblau und unzählige funkelnde Punkte. Ich wage kaum zu blinzeln. »Und andersherum?« Bei dem Gedanken, wie weit alles über mir entfernt ist, wird mir schwindelig.

»Vielleicht ist in fünfzehn oder zwanzig Lichtjahren entfernt ein Planet mit Leben. Und dann bekommt man dort genau diesen Moment in fünfzehn oder zwanzig Jahren zu sehen.«

Ich mag das Ruhige in seiner Stimme, den weichen Klang. Mein Handrücken, der seinen berührt. Alles ist weit, alles ist möglich.

»Der Gedanke gefällt mir«, flüstere ich und weil es Sommer ist und irgendwie magisch, taste ich nach seiner Hand, und mein Herz stolpert, als er sanft meine Hand drückt.

»Ich verrate dir etwas ...«

»Hast du schon einen Plan wegen morgen?« Maries Stimme reißt mich aus der Erinnerung.

»Ungefähr. Aber irgendwie glaube ich, es ist besser ohne großen Plan.«

»Wirklich? Das ist okay für dich?«

Ich höre heraus, was sie meint. Ob es mir guttut, planlos zu sein, wenn ich sonst nur schwer ohne mein Sicherheitsnetz sein kann. Zugegeben, die Vorstellung den Gesprächsverlauf zu lenken, ohne ein ›Warum hast du nur ...‹ oder ein ›Du bist Schuld, dass ...‹ wäre mir am liebsten. Noch erscheint der Zeitpunkt morgen unendlich weit weg zu sein. Jetzt, wo ich in Maries Wohnzimmer auf dem Sofa sitze, das Meer nur ein paar Minuten entfernt ist und der Gedanke an Alexanders Nachricht ›Guten Morgen, wie hast du geschlafen?‹ ein Prickeln hinterlässt.

In etwa zwanzig Stunden sehe ich Johannes.

»Irgendwann muss ich ja mal etwas wagen, oder?«

Hamburg im Januar ist meistens eine Aneinanderreihung von dunklen, nassen Tagen, die scheinbar endlos sind, bis einen entweder ein kurzer Wintereinbruch mit einer dünnen Schneedecke über Nacht überrascht oder die ersten Narzissen- und Tulpensträuße einen Duft mit der Ahnung nach Frühling mit sich bringen und plötzlich ist das Herz leichter.

Heute ist es anders. Heute scheint die Sonne. Lässt die Metalldächer im Hafen glänzen und mich gegen die Lichtspiegelung in der Elbe die Augen zusammenkneifen. Gemächlich zieht ein Containerriese über den Fluss unter mir. Das Metall des Geländers ist kalt, jedoch greife ich trotzdem danach, beuge mich vor, um über den Grünstreifen nach unten zum Containerterminal zu sehen. Von hier aus wirken die Fahrzeuge und die Container, die von Kränen umgeschlagen werden, wie Spielzeug. Balkonaussicht vom Altonaer Balkon, weit weg vom Treiben im Hafengelände.

Mein Herz ist nicht leicht. Im Gegenteil. Wenn ich versuche, das bevorstehende Gespräch mit Johannes in meinem Kopf zu ordnen, bleibt nur ein wirbelndes Gebilde von möglichen Verläufen zurück.

Ich greife fester um das Geländer, obwohl das Metall kalt in meine Hände schneidet.

»Hallo Felix.«

Ein heftiges Ziehen in meiner Brust bei dem Klang seiner Stimme. Ich muss mich zwingen, das Geländer loszulassen und mich zur Seite zu drehen.

Da steht er, die Hände vergraben in den Taschen seines dunkelblauen Mantels. Auf Johannes' Gesicht liegt ein Schatten, eine Müdigkeit. Sein Lächeln verzieht sich zu einer Grimasse.

In meiner Vorstellung hat er sich die letzten Tage bei

seinem Vater verkrochen und mit ihm über alles, über uns, gesprochen. Denn alles, was tief emotional ist, bespricht er mit ihm. Oder mir. Aber nicht mit Freunden – wahrscheinlich weiß keiner in seinem Freundeskreis, wie es manchmal in ihm aussieht. Er macht Dinge mit sich aus und geht danach mit einer Struktur im Kopf weiter. Nicht wie ich, der stundenlang Nachrichten mit Marie hin und herschreibt und sich windet, eine Entscheidung zu treffen.

Ich habe nicht darüber nachgedacht, ob er in den letzten Tagen gelitten hat. Ich habe es. Gelitten. Und geweint, die scheiß Angst gespürt und mich entfremdet. Gleichwohl habe ich das Meer angesehen und war nicht so hilflos wie sonst. Denn da war jemand, der mich aufgefangen hat, und ich habe sogar gelacht. Vielleicht ging es mir besser als ihm, weniger einsam. Wie sieht er mich nach diesen Tagen?

»Hey.« Ich trete einen Schritt auf ihn zu. »Wollen wir ein Stück gehen?«

Auf Johannes' Nicken hin setzen wir uns in Bewegung in Richtung des Wegs, der sich weg vom Straßenlärm hinein in den Park und durch die großgewachsenen Buchen schlängelt.

Es ist seltsam mit so viel Distanz zwischen uns. Ohne eine Umarmung oder jegliche Berührung. Wenn ich mich anstrenge und alles, wirklich alles, ausblende, könnte dies ein Samstagmittag sein, an dem wir gemeinsam spazieren gehen. So wie wir es öfter getan haben, als noch weniger Gedanken zwischen uns lagen. Diese Tage sind schon lange her.

»Warst du die ganze Zeit bei deinem Vater?«

»Ja. Ich dachte, du wolltest vielleicht zwischendurch zurück nach Hause und ... es ist fair, wenn wir uns dann nicht sehen.«

Zurück nach Hause. Bisher war ich nicht dort.

Heute Vormittag bin ich von Marie direkt hierher gefahren und ziellos durch die Straßen in Altona gelaufen, die in meiner Kindheit mein Zuhause waren. Neue Häuser, nach und nach, mehr Familien, bunte Läden, all das gab es nicht in der Vielzahl, als ich mit sechs Jahren mit meinen Eltern ans andere Ende von Hamburg zog. Hier hat sich seitdem viel verändert. Es ist ein bisschen so fremd wie die Beziehung mit Johannes. Und doch sehe ich in dem gewandelten Bild Vertrautes, Gebliebenes.

»Felix, es tut mir leid.« Johannes neben mir wirkt, als halte er das Schweigen zwischen uns nicht aus. In einer nervösen Geste reibt er die Hände über seinen Mantel, um sie dann wieder in die Taschen zu stecken. »Ich weiß, dass es keine Ausrede dafür gibt. Ich bin dumm gewesen und habe nicht weiter gedacht. Ich hab dich angelogen, und ehrlich, wenn du etwas wissen willst, frag mich einfach. Ich werde dir keinen Mist erzählen und irgendwas leugnen.«

Was will ich wissen? Will ich überhaupt etwas davon wissen? Es wird nur wieder wehtun und die Wunde, die jetzt dumpf pulsiert, aufreißen. Trotzdem, es sind sechs Jahre. »Lief das schon länger?«

Er holt tief Luft und sein Atem steigt als helle Wolke auf. »Vier Monate.«

Der erste Riss. Vor vier Monaten, was war da? Es war Spätsommer. Gab es einen Punkt, ab dem er sich verändert hat? Ich durchwühle meine Erinnerungen an den Herbst und wie der Herbst in den Winter überging, doch nichts bleibt hängen. »Und woher ...«

Johannes ahnt meine Worte. »Er arbeitet in dem neuen Team in Kiel. Ab und zu ist er deswegen hier gewesen im Hauptsitz.«

Oder du in Kiel. Da waren seine Tagesreisen und irgendwann ein längeres Wochenende. Ich zwinge mich, flach zu atmen, weil sonst etwas aus mir herausbricht. »Wie oft?«, presse ich hervor. Ich wollte diese Frage nicht stellen, sondern besonnener damit umgehen, über dem Ganzen stehen, aber ich kann nicht.

»Felix, wirklich.« In seiner Stimme schwingt der sonst so tadelnde Ton mit, doch er stirbt ab, als Johannes mich ansieht und gleich darauf resigniert nieder blickt. »Ein- oder zweimal im Monat. Einmal auch drei. Und manchmal haben wir telefoniert.«

Der Riss in mir wird größer. Verdammt noch mal, warum mache ich das?

»Und bevor du fragst, ja, ich habe mich immer geschützt. Ich würde nie ein Risiko eingehen und ...« Er bricht ab.

O Gott. Ich wende mein Gesicht nach oben. Da ist nur Blau und Weite, dagegen stören die hohen Häuserfluchten in meinem Augenwinkel das Bild. Keine Meeresweite. Ich würde ihm gerne entgegenschleudern, dass er verdammt noch mal ein anderes Risiko eingegangen ist: Das Ende unserer Beziehung, das, was wir sechs Jahre waren.

»Also war es nur Sex?«

Es sind sieben Schritte, die wir gehen, bis er antwortet. Mindestens sechs zu viel. »Irgendwie, vielleicht.«

»Okay.« Meine Sicht verschwimmt, trotzdem schaue ich weiter angestrengt nach vorne.

»Wir haben uns erst nur unterhalten, über alles Mögliche. Manchmal auch über dich und mich. Und dann ist es irgendwie, na ja, es hat sich so entwickelt.«

»Ah, okay.« *Wow.* Nicht nur ein paar schnelle Nummern, die man sich nach einem Meeting gegönnt hat. In meinem Kopf spielt sich ungewollt ein Film ab, und dann kann ich nicht mehr nur denken.

»Ihr habt also geredet, und er war – was? Emotional supportive? Und dazu gehörte eine tiefere Betrachtungsweise?« Mit Zeige- und Mittelfinger male ich Gänsefüßchen, um die letzten beiden Worte zu unterstreichen. »Du hättest auch mit mir reden können. Vor allem, wenn es um uns ging. Nee, stattdessen war es dir scheißegal, dass ich zwei Monate frei habe, nachdem ich im November und Dezember in der Projektübergabe und im Abschluss bald versunken bin, und wir jetzt endlich Zeit hätten, um etwas für uns zu machen. Du hast mich nur gefragt, ob ich Zeit mit deinen alten Freunden verbringen will, von denen du weißt, dass ich mit keinem auf einer Wellenlänge liege. Für sie nimmst du frei. Dein Besuch an der Ostsee wirkt jetzt wie ein Pflichtbesuch, und dann lief nicht mal was zwischen uns, schade für dich, aber das war ja egal. Du warst ja am nächsten Tag in Kiel und danach mit ihm in Hamburg. Passte ja, dass ich nicht da war. Ihr hattet ja genug Zeit zum Fi–« Mein lauter und schneller Redeschwall wird unterbrochen.

»Verdammt Felix, sch!« Johannes zieht mich grob am Ärmel herum, weg vom Weg und auf den abfallenden Rasenhügel runter.

Mir ist es gerade egal, dass zwei andere Spaziergehende an uns vorbeigehen. Der Riss in mir ist zu weit offen, und es tut weh, so sehr. Es war nicht nur ein paar Mal Sex.

»Ich werde keinem von uns die Erniedrigung geben und weiter so darüber sprechen. Nicht mir, dir oder ihm.« Sein Blick ist entschlossen, trotz der Blässe und der dunklen Schatten.

Mein Hals tut weh, trotzig presse ich die Lippen aufeinander. Es war mehr, warum sonst nimmt er ihn in Schutz? Weil Johannes so ist. Weil er immer fair war, sogar jetzt. Und womöglich schmerzt es genau deshalb noch mehr. Wäre es eine Affäre oder ein One-Night-Stand, ohne eine Bedeutung oder Verbindung, und würde er sich weniger respektvoll gegenüber dem anderen Mann ausdrücken, täte es vielleicht nicht so weh. Ich hasse den egoistischen Teil in mir dafür, dass ich so denke.

»Okay, sorry«, flüstere ich, schließe die Augen und reibe über meine Stirn. *Atme, Felix.* Ich hole Luft.

»Komm.« Johannes zieht mich sacht weiter die Wiese entlang. »Warum hast du mich nicht einfach gefragt, ob wir etwas machen wollen?«

Erstaunt sehe ich ihn an. Wir sind fast an dem Zaun, der den Geesthang einfasst. Dahinter geht es nach unten, bis zu den Kaimauern der Elbe. Ich wünsche mich dorthin. Weg von der Wahrheit.

Ja, warum nicht? Warum habe ich immer nur darüber nachgedacht? »Ich weiß es nicht. Irgendwie habe ich gewartet, dass du einen Schritt machst.«

Johannes lässt mich los. »Und vielleicht hätte ich es gut gefunden, wenn du von dir aus mehr sagst oder einfach tust. Und es nicht selbstverständlich ist, dass ich ... dass ich jedes Mal den ersten Schritt mache. Ich weiß nicht, ob das mit deiner Angst besser geworden ist oder nicht, du sprichst mit mir nicht darüber. Du bremst dich ständig selbst aus. Und tja, ich hab mich auch ausgebremst gefühlt.«

Ich kaue auf einem wunden Punkt an meiner Lippe. Die Worte stehen nicht nur für das Schweigen in den zwei Monaten. Sie stehen für all die verpassten Chancen der letzten Zeit.

»Du denkst so viel auf allem herum und dann ... ich weiß nicht. Dann dauert es oder du überlässt mir die Entscheidung. Und trotzdem vertraust du dann nicht drauf. Felix, manchmal würde ich am liebsten sagen: Mach es jetzt doch einfach. Egal, was. Denk nicht drüber nach.«

Hitze wallt in mir auf, ich will mich verteidigen, wie jedes Mal, wenn es sich um dieses Thema dreht. »Für dich ist das leicht, du wägst ab und fertig. Aber ich hab ständig Befürchtungen, und sobald eine davon abgewogen ist, kommt die Nächste, und ich bin wieder nur ein kleines Stück weiter. Es ist so anstrengend.«

»Ja«, erwidert Johannes, »das ist es. Anstrengend.« Und er klingt resigniert, denn die Art von Diskussion führen wir nicht zum ersten Mal.

Es ist zwischen uns, als ob man immer und immer wieder dieselbe Seite eines Buches lesen würde, ohne umblättern zu können, doch ebenso, ohne wirklich verstanden zu haben, was auf der Seite geschrieben steht. Es sind schöne Worte, zweifelsohne, alle für sich stehend. Was sie jedoch ergeben, klingt sinnlos.

»Ich hab ein internes Angebot bekommen, ab Juni für zwölf Monate im Consultant-Bereich in Helsinki zu arbeiten. Mit der Aussicht auf länger, wenn es gut läuft.« Er sieht auf den Fluss. Die Sonne, die durch die nackten Äste der Buche vor uns bricht, reflektiert sich hell in seinen braunen Augen. »Ich weiß es seit Dezember, aber ich wollte es nicht entscheiden, bis du diese Angstsache und die Befürchtungen mit deinem Jobwechsel abgelegt hast. Nur, bis Ende des Monats muss ich mich entscheiden.«

Es gab mal eine Zeit, in der wir nebeneinandersaßen und stundenlang über das, was uns bewegte, sprachen. In der ich nicht genervt war von seinen Geschichten aus dem Job und mir ein klein bisschen gewünscht habe, genauso zu sein. So offen und entscheidungsfreudig. Irgendwann nahm das ab, weil er nur über seine Projekte und seine Ambitionen sprach und ich nicht viel erzählte, weil es nichts gab. Und er nicht fragte. Irgendwann hörte ich wohl nicht mehr zu. Hätte ich es mal getan.

»Oh.« Ich weiß nicht, was ich sonst sagen soll.

»Ehrlich Felix? Mehr nicht?« Johannes wartet. Wartet, sieht mir in die Augen, und ich halte seinem Blick nicht stand.

»Nein, ich meine ... Johannes, es ist gerade zu viel.« Ich lehne mich mit dem Rücken an den Zaun und starre auf die Häuserfronten, die sich hinter dem Park und den kahlen Bäumen hervorheben.

Er will nach Finnland? Bis vor wenigen Minuten dachte ich, dass ich ihn kenne. Dass ich einer der wenigen Menschen bin, mit denen er solche Gedanken teilt. Offenbar bin ich es seit ein paar Wochen nicht mehr.

»Warst du die ganze Zeit bei Marie?«

Ich runzle die Stirn. *Natürlich*, will ich antworten und sehe ihn an.

Wenn man zusammen ist, gibt es diese Momente voller Stille, in denen Blicke ausreichen, um sich zu verstehen. In denen mit einer kleinen Regung alles gesagt ist, mit dem Öffnen der Lippen und dem Ausatmen. Und man sieht ein *Ja* oder ein *Nein*. Eine stumme Wahrheit oder eine Lüge.

Ich weiß, dass er es sieht. Warum also lügen. »Nein«, antworte ich.

»Bei Alexander?«

Für eine Sekunde wundere ich mich, dass der Name in seinem Gedächtnis geblieben ist, denn ich hatte sonst den Eindruck, ihn würde vieles nicht mehr interessieren, was mich betrifft. Doch offensichtlich haben wir uns in den letzten Monaten so entfremdet, dass ich selbst nicht weiß, was wir noch sind. Was übrig ist.

»Ja.«

Er nickt stumm ohne eine weitere Frage, was war oder nicht war.

Und im Grunde ist es egal, denn darum geht es nicht. Wir könnten jetzt alles auf den Tisch packen, seine und meine Gefühle. Und danach trennen, was seine und was meine sind und was von ihm für diesen anderen Mann und von mir für Alexander übrig ist – aber was würde es ändern?

Vielleicht ist unsere Beziehung wie ein alter, staubiger Spiegel. Er ließe sich putzen, die Staubschicht und jeder Fleck ließe sich entfernen, doch die dunkel angelaufenen Stellen auf der Rückseite würden nicht verschwinden. Sie wären sichtbar, brächen das klare, saubere Bild und erinnerten an etwas, was sich nicht vergessen lässt.

Hamburg im Januar hat sonst kaum Sonne. *Warum heute?*, denke ich zerstreut. Warum in diesem Moment, in dem ich sehe, wie mein bisheriger Freund das Gesicht verzieht, um Fassung ringt und es nicht schafft, bis langsam einzelne Tränen über seine Wangen laufen.

»Liebst du mich noch?« Es ist nur ein Flüstern, ein Zittern, und ich will *Ja* sagen.

Will, dass wir das sind, was ich immer geliebt habe, wenn ich an uns dachte. Aber vielleicht habe ich in der letzten Zeit nur die Vorstellung von uns geliebt.

»Ich ... Ich weiß es nicht«, flüstere ich zurück. Und es tut verdammt weh, die Wahrheit auszusprechen. Viel mehr als der Riss in mir.

Er schluchzt. »Seit wann, Felix?«

Ich befürchte, er könnte einfach gehen, verschwinden, sodass ich keine Zeit mehr habe, etwas zu erklären, und mir alles entrinnt, die ganzen sechs Jahre.

Es ist nur ein Schritt bis zu ihm. Ich umarme ihn und schließe die Augen, als er sich zu mir beugt und sein Gesicht an meine Schulter schmiegt. Seine Hände auf meinem Rücken, und es ist wie sonst, wie immer. So, wie vor ein paar Wochen. Das Kind in mir wünscht sich dorthin zurück. Weil das Beben seiner Schultern und das leise Schluchzen nicht zu ertragen sind und ich mich nicht besser fühle, jetzt, wo alles gesagt ist. Ich vermisse uns.

»Ich liebe dich noch, irgendwie. Nur anders.« Ich gebe ihm einen Kuss auf die Schläfe und halte ihn.

Er umarmt mich fester, wiegt uns hin und her. Mit einem Mal bin ich froh über die zarten Strahlen der Januarsonne. Alles um uns herum ist, als brenne es sich in ein Bild ein. Das hier hat es gegeben. Uns hat es gegeben. Bis heute. Und für einen letzten Tag Beziehung ist es schön.

»Ich liebe dich noch«, wiederhole ich, denn Liebe verschwindet nicht so einfach, nur ist nicht mehr genug übrig für ein *Uns.*

»Ich dich auch.« Seine Stimme ist so leise, so brüchig. Erst, als ein kühler Windhauch an uns zerrt, spüre ich die Nässe auf meinen Wangen.

***

Die Stadt ist zu laut. Mit ihren Menschen, die an diesem sonnigen Nachmittag überall sind, während ich durch die Straßen weg von der Elbe zu meinem Auto laufe. Sie ist zu laut, mit ihrem unermüdlichen Verkehrsstrom, der mich die Hauptstraßen entlang spült, und mit dem Lachen, das vom Straßenrand zu mir dringt, als ich mit geöffnetem Fenster an der Ampel anfahre. Ich brauche Luft, doch hier riecht es nur nach Staub, muffigen Hinterhöfen und Abgasen.

Die Stadt ist grell und ruhelos. Ich finde keinen Ort, an dem ich für mich sein kann.

Fährst du nach Hause oder willst du wieder herkommen?, lautete Maries Nachricht vor einer Stunde.

Ist das noch mein Zuhause? Johannes ist zurück zu seinem Vater gefahren und bleibt vorerst dort. Ich könnte in unsere Wohnung, jedoch gäbe es vermutlich nicht einen einzigen Gegenstand, der mich nicht an uns erinnert. Die Kraft, zu meinen Eltern zu fahren und mich ihren Fragen zu stellen, habe ich nicht. Und aus meinem kleinen Freundeskreis hier ist niemand so wie Marie.

Ich komme zurück, tippe ich ihr als Antwort und lege das Smartphone wieder in die Mittelkonsole.

So ist es also, ein Beziehungsende: Leere im Herzen und der Kopf übervoll. Oder andersherum?

Seltsam ist es. Ich dachte immer, wenn eine Beziehung zerbricht, dann wirft man sich Worte wie ›Es ist aus mit uns beiden!‹ oder: ›Das war es mit uns!‹ an den Kopf. Worte, die die Endgültigkeit ausdrücken. Keins davon fiel vorhin. Und dennoch ist klargeworden, dass wir kein *Uns* mehr haben, dass wir kein *Wir beide* mehr sind.

Die tiefstehenden Sonnenstrahlen fallen durch mein offenes Fenster. Es ist trotzdem kalt, aber das ist mir egal. Wer weiß, ob es nur Zeit bräuchte zwischen uns und wir danach reden könnten über das, worüber wir in den letzten Monaten geschwiegen haben. Und ob wir verzeihen könnten. Im Moment will mein Herz einfach nur raus aus dem Lärm und der Ruhelosigkeit. Weg aus der Stadt. Hin zu ... Hin zum Meer.

Am Kreisverkehr zur Autobahn staut es sich. Weil die Kälte nun durch meine Jacke greift, schließe ich das Fenster. Die plötzliche Stille halte ich nur für eine Minute aus, ehe ich auf dem Smartphone nach einer Playlist scrolle. Wahllos klicke ich etwas an und verbinde das Autoradio mit der Playlist auf meinem Smartphone. Als die ersten Töne erklingen, möchte ich für eine Sekunde den Glauben an das Schicksal aus dem Fenster werfen. ›I Lied‹ von Lord Huron. Meine Indie-Folk-Playlist. Johannes fand sie okay, ein bisschen zu melancholisch. Etwas, worum ich mir in der nächsten Zeit keine Gedanken machen muss.

Ich bremse mich selbst aus, hat er gesagt. Und ihn. Die Ironie, dass ich glaubte, alle meine Entscheidungen von der Meinung anderer abhängig zu machen, aber offenbar den Eindruck erweckte, ich wäre gar nicht in der Lage, selbst zu entscheiden, verhärtet jetzt meine Gedanken.

Minuten fliegen wie ein Schwarm Schwalben an mir vorbei. Erhaschen für einen Moment meine Aufmerksamkeit und sind verschwunden, bevor ich auch nur einen klaren Blick auf sie werfen konnte. Rote Rücklichter glimmen vor mir auf. Über mir der mattblaue Himmel. Die untergehende Sonne färbt die Wattewolken rosa und fliederfarben.

Als ich vor Maries Haus den Motor abstelle, hat die Dämmerung eingesetzt. Ich sollte aussteigen, klingeln, meine Tasche, die seit drei Wochen hin- und herreist, aus dem Kofferraum holen. Weitermachen. Aber ich kann nicht. Alles ist schwer. Mein Herz ist heimatlos.

In den letzten Tagen habe ich so oft über das Gespräch mit Johannes nachgedacht, wie es verlaufen könnte, was ich ihm sagen möchte, und gleichzeitig die Fragen *Was jetzt?* und *Warum das alles?* verdrängt. Ich habe nicht darüber nachgedacht, was danach kommt. Was ich danach bin.

Jetzt ist dieser Zeitpunkt gekommen – und ich habe keine Ahnung.

Ein Klopfen am Seitenfenster lässt mich aufschrecken. Marie steht davor, eingepackt in ihren Wintermantel und mit einer Strickmütze auf dem Kopf. Kaum bin ich ausgestiegen, zieht sie mich in eine feste Umarmung.

»Komm«, sagt sie an meiner Wange, »nimm deine Mütze mit. Wir gehen.«

»Wohin?«, frage ich überrascht.

Sie hat sich bei mir untergehakt, ich kann gerade noch das Auto abschließen und mir meine Mütze über die Ohren stülpen, bevor sie mich weg vom Auto zieht. »Dahin, wo wir uns früher Geheimnisse erzählt haben, wo uns niemand hören konnte und wo sie sicher blieben.«

***

Der Freistrand ist leer. An den Dünen ist es windstill, hier jedoch, am Ende des Strands, an den zu Wellenbrechern aufgetürmten großen Findlingen und dicht am Wasser, zupft der Winterwind an uns. In der Ferne funkeln die Lichter entlang der Bucht, und die Markierungsleuchten der Hafeneinfahrt spiegeln sich in der Bewegung der Wellen.

Ich lasse mich auf einen der Steine fallen. »Warum bin ich so?« Die Worte rutschen aus mir heraus, bevor ich über sie nachgedacht habe.

Marie sieht mich an. »So ... was?«

»So unentschlossen und ... so voll von Ängsten.«

»Hat er das gesagt?«

Ich zucke mit den Schultern. »Indirekt. Aber ich weiß es selbst. Ich würde ja gerne anders sein, nur ist es so verdammt schwer. Ich kann ihm dafür nicht böse sein.« Resigniert stoße ich mit der Schuhspitze in den feuchten Sand.

In der Dunkelheit klingt das Schwappen der seichten Wellen noch beruhigender.

Marie hat sich an einen der größeren Steine gelehnt, jetzt beugt sie sich das kleine Stück zu mir herunter. »Felix. Warum willst du anders sein?« Ihre Stimme ist nahe an meinem Ohr.

»Ich weiß nicht.« Ich halte inne, ehe ich fortfahre. »Vielleicht, weil es dann leichter wäre. Weil ich weniger grübeln und einfach machen würde. Egal was. Johannes und ich wollten durch Schweden fahren, von Süden nach Norden, und wir haben es immer wieder verschoben. Ich habe es verschoben, weil ich Angst hatte. Ich habe den Job im Museum abgesagt, und die Chance ist höchstwahrscheinlich vorbei. Ich hätte Johannes mehr zuhören sollen und ich ...«

»Hey«, unterbricht Marie mich. »Hör auf, nur dir die Vorwürfe zu machen.« Sie legt einen Arm um meine Schultern, langsam lehne ich mich an sie. Einzelne Sterne funkeln über uns. »Du hast schon so viel geschafft. Ich hab dich immer beneidet um deine Ruhe und Geduld. Ich war oft viel zu sprunghaft. Hab für zwei Wochen mit etwas angefangen und dann das Interesse verloren, wenn etwas nicht klappte. Oder ich verliere die Geduld, wenn zu Hause etwas nicht sofort läuft. Du hast dich zum Lernen hingesetzt, als es ums Abi ging. Du hast alle Kurse im Studium durchgezogen, ohne Zeit zu verplempern. Du hast immer das Gespräch mit unseren Eltern übernommen, wenn wir im Sommer viel zu spät nach Hause kamen – und dank dir durften wir am nächsten Abend wieder losziehen. Du bist immer da, wenn ich mir was von der Seele reden will, und egal, wie verrückt etwas war, du hast mitgelacht und mich nie verurteilt. Du hast Johannes in seinen ganzen Ideen unterstützt und warst da. Und deiner Angst hast du schon so oft ›Fick dich‹ gesagt, obwohl sie immer wiederkommt. Du schaffst es, wieder rauszugehen und zu leben, nachdem es schlimm war. Es muss nicht jeder Tag wie ein prachtvolles Blumenbouquet sein. Es reicht auch ein Strauß voll zarter Wiesenblumen, wenn dich das glücklich macht.«

Mein Hals wird eng, mein Lächeln ist zittrig.

»Felix, du bist mein bester Freund und so so mutig.« Sie drückt mir einen Kuss auf die Mütze, und ich lache, endlich.

»Irgendwie war es früher leichter, als wir hier saßen, so vor zehn Jahren.«

»Nein.« In Maries Stimme schwingt ein Schmunzeln mit, als sie mir widerspricht. »Es war genauso schwer, wenn etwas schieflief, wir waren nur jünger und dachten nicht so viel an morgen.«

Seufzend schließe ich die Augen und horche. Nicht zu wissen, was kommt, die Unsicherheit, das Wanken, wie im Ruderboot von Maries Opa. Das alles ist wie früher, nur war meine Angst damals nicht schon zehn Schritte vor mir und warf mir Steine in den Weg. Mich damit auseinandersetzen, vielleicht sollte ich das. Mit dem dunklen, wabernden Gebilde. Meine Gedanken wandern zu Alexander.

»Weißt du, was sicher noch so ist wie vor zehn Jahren?« Marie zieht meine Mütze zurecht, als ich zu ihr aufblicke und den Kopf schüttle. »Das Leichtsein, das Herzklopfen. Hier drin.« Sie klopft auf meine Brust. »Oder?«

Ich schließe wieder die Augen.

»Denk dran. Wenn es ein Geheimnis bleiben soll, dann bleibt es hier. So, wie früher«, setzt sie leise hinterher.

Und für eine Sekunde ist es wie damals. Wie in den Sommern, in denen wir das Gefühl hatten, alles zu können. Hoch zu fliegen und tief zu fallen. Nächte zu durchwachen, um mit den ersten Sonnenstrahlen über der Bucht schlafen zu gehen. Sommernachtluft zu atmen, die alles versprach, wonach wir uns sehnten. Damals war die Angst noch anders, klein und zahm. Es war egal, ob man …

»Marie«, flüstere ich, »ich hab mich verliebt.« Die Worte fallen über meine Lippen. Ich hole tief Luft. »Und du hast recht, das ist noch so wie damals, aber gleichzeitig tut es weh und ist viel zu schwer, weil wir eben nicht mehr zweiundzwanzig sind und jetzt wissen, was passieren kann.«

»Was denkst du, passiert?«, fragt Marie nur.

Ich wende mich ihr zu und will von Konsequenzen erzählen, von Verpflichtungen und Abhängigkeiten. Davon, dass einer geht und der andere zurückbleibt. Doch nichts ist greifbar.

»Es gibt immer Erwartungen, und man denkt, dass man den anderen kennt und versteht, und plötzlich ist alles anders. Ich kann doch nicht einfach ...« Ich schlucke, spreche aus, was ich denke. »Marie, ich kann mich doch nicht einfach neu verlieben. Ja, Johannes hat mich verletzt, aber das hier ist keine Rache oder sowas Dämliches, um ihm etwas heimzuzahlen. Das Gefühl für Alexander war schon da, bevor ich von Johannes und der Geschichte wusste. Ich fühl mich schuldig. Ich bin nicht besser als er.«

Vorsichtig streicht Marie mir über den Arm. »Ich weiß. Nur ist das Quatsch, denn Liebe ist ohne Wertung, ohne Schuldsein. Sie ist erst mal nur da, und alles Weitere, was kommt, ist das, was wir daraus machen. Vielleicht warst du nicht mehr glücklich, Felix.«

Ich liebe Marie. Weil sie mir nicht sagt, dass es mit Johannes nicht mehr sein sollte oder dass es ihr leidtut. Weil sie mir nicht vorwirft, zu bequem gewesen zu sein. Denn es mussten erst die Umstände der letzten Wochen passieren, damit mir klar wurde, dass ich viel zu lange warte, bis sich etwas von allein ändert. Und das wird nicht passieren. Ich ändere es.

»Du hast recht«, antworte ich ihr. In mir kribbelt es.

Mit einem Ruck stehe ich auf. Verwundert sieht Marie mich an. Ich muss weiter raus. Ganz nahe ans Wasser.

Von irgendwoher fällt immer Licht auf den Strand, leuchtet wider von der Bucht, bricht sich auf der welligen Oberfläche der See. Ich klettere über die Steine weiter nach vorne, wo ich nur ahnen kann, dass die Wasserkante nahe ist. Die Steine sind nasser und an manchen rutsche ich ab, fange mich wieder. Marie bleibt hinter mir auf dem Sand stehen, ruft mir hinterher. Hoffend, dass sie es in der Dunkelheit sieht, winke ich nur ab. Das Kribbeln ist stärker, es verdrängt die Erschöpfung und die Schwere, die an mir zieht. Ich bleibe auf einem größeren, platten Findling stehen und lasse mein wild klopfendes Herz langsam zur Ruhe kommen, atme tief durch. Vom Klettern ist mir warm, ich reiße mir die Mütze vom Kopf.

Der kalte Wind zerrt an meinen Haaren und alles rauscht, ist weit und lebendig. Das Kribbeln wird zu einem Brodeln tief in meiner Brust. Ich hole tief Luft und schreie.

Einmal. Hinaus auf das offene Meer. Noch einmal, und dann lache ich und rufe: »Ich will glücklich sein, okay? Und ich will nicht mehr warten. Ab jetzt will ich glücklich sein!«

Der Wind weht Maries Stimme zu mir, sie ruft meinen Namen, als ich auf den Steinen zu ihr zurückklettere.

»Was war das denn? Ich hatte kurzzeitig Angst, du kletterst weiter und fällst in die Ostsee.« Sie schüttelt grinsend den Kopf.

»Ich musste etwas loswerden, und jemand sagte mir, das sei eine gute Methode«, antworte ich und ziehe sie in eine feste Umarmung.

Es geht weiter, das tut es immer.

KAPITEL 9

Februar

Felix

»Du packst ein!« Mara ist schneller vom Stuhl aufgestanden, als ich ›Moment‹ sagen kann, rennt auf ihren Anti-Rutsch-Socken aus der Küche, den Flur entlang und trampelt die Treppenstufen nach oben.

Amir lacht leise hinter mir. Auf dem Spielbrett baumeln die roten Kunststoffäpfel an den kleinen Bäumen. Habe ich jetzt Lust, ihr hinterherzurufen oder zu gehen? Nein. Mit einem Seufzen schiebe ich die Spielfiguren zusammen und klappe das Spielbrett ein. »Jetzt weiß ich, warum das mit dem Nachgeben oder Draufbestehen so ein groß diskutiertes Thema bei der Erziehung ist.«

Amir gluckst.

Er setzt sich auf den Stuhl, auf dem bis vor ein paar Sekunden Mara saß, während wir darum spielten, wer die meisten Äpfel erntet.

Mein Smartphone brummt. Meine Mutter ruft an.

»Ach nee, jetzt nicht.« Den Anruf auf stumm schaltend, sehe ich reumütig zu Amir hinüber. »Wir haben jetzt jeden Tag telefoniert, seit über einer Woche, und ich habe ihr versprochen, am Samstag, wenn ich nach Hamburg zurückfahre, bei ihnen vorbeizukommen. Ich schreib ihr nachher.«

»Ist doch schön, wenn sie sich so kümmern will.«

»Ja, auf jeden Fall. Aber du kennst ja meine Mutter. Sie würde sich am liebsten für ein paar Tage bei mir einquartieren und mich bekochen, mir Vorschläge machen, was ich tun kann, um mich abzulenken und mich dazu animieren, meine und Johannes' Sachen zu trennen. Und mein Vater hält sich im Hintergrund, bis er sich einen ruhigen Abend mit mir machen möchte, um mir väterliche Ratschläge zu geben. Ich dachte, Helikoptereltern sind so ein Ding der Generation nach uns, wohl nicht.«

»Hat Johannes schon eine Wohnung?«

Ich nicke, der Gedanke daran ist seltsam fremd. Zehn Tage sind vergangen seit unserem Gespräch. »Ab dem ersten März. Er hat schon ein paar Sachen zu seinem Vater gebracht. Ich hab ihm gesagt, dass er sich Zeit lassen kann. Ich bin ja hier. Danke übrigens noch mal.«

Amir winkt ab. »Kein Problem, wirklich. Du kannst auch den ganzen Februar bleiben, wenn du willst. Mara ist begeistert, dass du ihr neuer Abholdienst von der Vorschule bist. Außerdem, na ja, ich stell es mir schwer vor, wenn du in deiner Wohnung allein bist und von ihm noch alles dort ist.«

»Schon irgendwie, ja.« Ich starre aus dem Küchenfenster auf das Blumenbeet, in dem die weißen Köpfe der Schneeglöckchen im Wind wackeln.

Der Februar hat begonnen und den Januar ziehen lassen, während ich durch einen Schleudergang aus Gefühlen geworfen und wieder ausgespuckt wurde. Noch nie hat sich der Beginn eines Jahres wie ein Flug durch mein Leben angefühlt. Es ist wie ein Ausbrechen und Offenbaren, ich sehe mich und mein Innerstes und muss die ausgebrochenen Teile einsammeln und sortieren, damit es weitergeht.

Da Johannes auszieht, werde ich mich neu ordnen, irgendwie. Wohn- und Schlafzimmer können einen neuen Anstrich vertragen. Mittlerweile bin ich geübt. Ein paar neue Möbel werde ich besorgen, denn er nimmt welche mit. Irgendwo tief in mir ist der Schmerz. Einer, der anklagend drückt. Doch längst nicht so fordernd wie vor der Trennung. Es ist in Ordnung, wir sind okay.

Meine Mutter hat im dritten Telefonat gefragt, ob er und ich noch mal darüber sprechen wollen. Ob wir nicht einen Weg sehen, denn es muss ja nicht sofort ein Ende sein. Und obschon Johannes und ich nicht über Chancen oder Versuche gesprochen haben, zwischen unseren Worten schwebten die unausgesprochenen Sätze, dass es keine gibt. Zumindest nicht jetzt.

Als Johannes mir am Telefon von seiner neuen Wohnung erzählte, war ich erleichtert. Ich weiß nicht, was kommen wird, allerdings ist mein Gewissen leichter, wenn jeden Morgen eine Nachricht von Alexander auf meinem Display wartet.

Alexander. Er ist in Lübeck, und wir haben uns seit dem Abend bei ihm nicht mehr gesehen. Dafür allerdings unzählige Nachrichten hin und hergeschrieben, und mein Herz tanzt bei jeder davon ein bisschen mehr. Sein Angebot an mich, übergangsweise im Haus seiner Großtante zu wohnen, sollte es bei Marie und Amir zu viel werden, habe ich ausgeschlagen. Wenngleich ich viel zu oft daran denke, wie es wäre, noch mal dort oben in dem Zimmer in seinem Bett zu liegen und durch das Dachfenster in den Himmel zu blicken. Neben ihm. In seinem Arm.

»Felix, du wirst angerufen.« Amir schiebt mir mein Smartphone entgegen und weckt mich aus dem Tagtraum.

Eine mir unbekannte Nummer ruft an. Ich wische stirnrunzelnd über das Display und halte mir das Handy ans Ohr. »Ja?«

»Herr Wehnke? Hier ist Frau Borchers vom Auswanderermuseum ...«

Nur langsam nehme ich die Worte der Frau aus dem Personalbüro wahr. Mein Herz pocht laut, an meinen Handflächen bildet sich Feuchtigkeit. Soll es wirklich sein ... Nachdem Frau Borchers zu Ende gesprochen hat und mir eine Frage stellt, finde ich meine Stimme wieder.

»Äh, ja, ja richtig. I-ich hätte Zeit. Nächsten Montag?« Mein Blick huscht hektisch durch die Küche. Wo verdammt hängt noch mal der Kalender? Ach, es ist eh nicht meiner.

Nächsten Montag. Das ist in fünf Tagen. Okay. Okay. »Ja, das passt.«

Zittrig schiebe ich nach ein paar weiteren Sätzen und einer Abschiedsfloskel das Handy in meine Hosentasche.

»Ein Termin?«, fragt Amir.

Ich wische meine Hände an der Hose ab. In mir beruhigt sich das vor Aufregung aufgesprudelte Prickeln. »Ja, das Museum, wegen meiner Jobanfrage. Moment.«

Hastig stehe ich vom Stuhl auf und bin mit ein paar Schritten im Wohnzimmer, wo Marie Wäsche auf dem Bügelbrett zusammenlegt. Ich muss es ihr als Erstes erzählen.

Sie sieht auf und verengt für eine Sekunde ihre Augen. »Alles okay?«

»Ja.« Ich muss lachen, fahre mir nervös durch die Haare. So ganz glaube ich noch nicht, was ich eben am Telefon gehört habe. »Das Museum hat angerufen, wegen meiner E-Mail. Der Job ist noch frei, der- oder diejenige ist wohl abgesprungen. Am Montag kann ich zum Vorstellen kommen.«

»Was? Das ist ja der Wahnsinn!« Marie schlingt die Arme um mich.

Kann das wirklich sein? Ist es so einfach, ein Stück von mir selbst einzusammeln und an den richtigen Platz zu setzen?

»Ja, nur ...« Ich zögere.

»Was denn?« Unter Maries prüfendem Blick kriecht meine Unsicherheit erneut in mir hoch.

»Ich hab bei der Versicherung doch schon zugesagt. Außerdem, keine Ahnung, ob sie mich am Montag immer noch so überzeugend finden und ...«

»Stopp mal, Felix. Sie haben dich jetzt das zweite Mal eingeladen, das wird wohl nicht ohne Grund so sein. Hast du deine Referenzen vergessen? Du bist verdammt noch mal brillant. Du wirst Montag überzeugen, da bin ich mir sicher. Und wenn es dort klappt, dann ziehst du deine Zusage bei der Versicherung zurück. Fertig. Du beginnst doch erst am ersten März, nicht jetzt schon. Du entscheidest, was dich glücklich macht, schon vergessen?«

Ich senke lächelnd meinen Blick auf ihren Babybauch. »Du hast recht. Ich entscheide es.«

»Du packst das.« Amir, der hinter mir ins Wohnzimmer gekommen ist, klopft mir auf die Schulter. »Ich kenne kaum jemanden, der so souverän über die Planung eines Nachmittags mit einem Vorschulkind verhandeln kann, wie du es machst.«

»Ha, danke. Wenn du das sagst.« Ich atme auf, und alles ist mit einem Mal leichter.

»Oh, da hat Amir recht«, stimmt Marie zu. »Und jetzt darf sich jeder einen Wäschestapel aussuchen und ihn nach oben tragen. Bitte schön.«

Amir seufzt bei dem Anblick der zusammengelegten Wäsche. »Willst du nicht doch noch etwas länger hierbleiben?«

Mit einem Grinsen greife ich nach einem Stapel. »Ich merke schon, ich werde hier als Au-pair-Mann benutzt. Keine Sorge, die Aufgabe erfülle ich gern bis zum letzten Tag.«

In meiner Hosentasche vibriert mein Handy erneut. Kurz zögere ich, lege den Wäschestapel zurück und ziehe das Smartphone heraus.

»Wieder deine Mutter?« Amir deutet aufs Handy.

Marie ist schneller. »Nein, Alexander. Na, da macht sich jemand sehr oft Gedanken um dich.«

Ich ziehe eine Grimasse und flüchte vor Zuhörern in die Küche, bevor ich rangehe. »Ja?«

»Hey, wie … war dein Tag bisher?«

Bei seinem Zögern muss ich lächeln. Eine wohlige Gänsehaut kriecht wie milder Sommerwind über mich. Das hier ist der vierte Tag in Folge, an dem wir telefonieren. Er fragt nach meinem Tag und ich nach seinem. Keiner von uns hat den anderen bisher am späten Abend angerufen, nicht mal eine Nachricht geschrieben, wenn einer von uns schon im Bett lag. So, als ob mit der Dämmerung und der Nacht etwas auftauchen würde, was wir nicht kontrollieren können. Oder wollen. Im wachen Zustand hält mein Verstand sich zurück, jedoch weiß meine Fantasie ganz genau, wie sie die traurigschweren Gedanken an mein Beziehungsende verscheuchen kann, sobald ich im Bett liege und die Augen schließe.

Dann ist da Alexander, fast jede Nacht in einem Traum. Morgens wache ich mit blassgewaschenen Bildern von ihm auf. Ich habe versucht, mich genauer an die Sommernacht von vor sechzehn Jahren zu erinnern. An ihn, ob er mir zwischen den anderen Jugendlichen damals aufgefallen ist, die bei Maries Freundin im Garten zu Besuch waren. Doch jede Silhouette ist nur der Schatten.

»Mein Tag war ... gut. Ich habe zwar eben haushoch im Apfelernten verloren, aber das ist okay. Und das Museum hat eben angerufen. Montag bin ich dort für ein Gespräch.« Ich lausche in mich hinein. Nein, da ist kein Stolpern, kein Zittern. Ich sollte aufhören, nach meiner Angst zu horchen. »Und deiner?«

»Ach, zwei Begehungen von Bauobjekten, in denen etwas erweitert werden soll, und jetzt stehe ich im Stau, der sich bis ins Zentrum zieht.« Er seufzt. »Aber das mit dem Museum ist ja super. Allerdings klingst du etwas, hm, zurückhaltend?«

Und er hört sich erschöpft an. Wie kann es sein, dass wir nach diesen wenigen Wochen heraushören, was zwischen den Worten schwebt?

»Ja, das Übliche, egal. Hast du in den nächsten Tagen noch Termine?« Vielleicht kann ich meine Nervosität überspielen und ihn auf andere Gedanken bringen.

»Nein, wieso?«

»Dann solltest du dringend eine Erholungspause am Meer einlegen.«

Er lacht dieses warme, tiefe Lachen, und mein Herz tanzt wieder. »Du meinst, in einem halb ausgeräumten Haus, was mich auf andere Arbeitsgedanken bringt?«

Die Renovierungsarbeiten hatte ich kurzzeitig vergessen. »Hm, na ja. Wir könnten einfach ganz lange spazieren gehen, und dann leiste ich dir bei einem Kaffee im Haus Gesellschaft, und du denkst gar nicht an die Arbeit dort.« Angestrengt lausche ich den Sekunden der Stille am anderen Ende, bis er antwortet.

»Du meinst also, ich habe dann nur Augen für etwas anderes, wenn du da bist? Hm, die Idee ist gut.«

Mir wird warm. Womöglich verschwimmt die Grenze zwischen dem, was jetzt gesagt werden kann und was wir nach der Dämmerung sagen würden. Das Gefühl seines festen Griffs um meine Hüften schleicht sich in meinen Kopf. Verdammte Fantasie.

»Wenn das hilft, dann gerne«, krächze ich.

»Sowas von.« Er lacht wieder tief, bevor er weiterspricht. »Und damit du auf andere Gedanken kommst, hatte ich eine ähnliche Idee. Ich wollte morgen gegen Mittag mit dem Boot rausfahren, willst du mit?«

Oh, raus auf das Meer. Meine Sehnsucht zupft an mir. Ich war so lange nicht mehr dort draußen. *Aber soll das Wetter beständig bleiben? Heute Morgen war es noch ziemlich windig. Die Strömung in der Bucht ist nicht ohne, und der Wellengang weiter draußen ist nicht zu unterschätzen. Wie kalt ist das Wasser aktuell? Wenn ich hineinfallen würde, wie lange könnte ich … Vielleicht sollte ich lieber …*

Stopp. Ich will mit ihm rausfahren. »Ja, gerne.«

»Ich freu mich, Felix. Hier gehts jetzt weiter, ich schreibe dir später noch mal. Okay?«

»Ja, bis später.« Ich lege auf.

Zwischen all dem weiten Glücksgefühl mit Alexander ist etwas Trübes. Ich kann es nicht greifen, da sind zu viele Gedanken. Ich sollte es lassen, zu viel darüber nachzudenken.

***

Alexander

Logbucheintrag 09. Februar: *21:00 Uhr, vormittags bedeckt, später heiter bis wolkig, 6 Grad, Wind: 5 m/s Südost.*

Himmelsbeobachtung: Objekt: Beteigeuze. Sternbild: Orion. Beschreibung: Heute wirkt der Stern im Ganzen kleiner, kompakter. Dafür im Zentrum heller, jedoch bleibt in der südlicheren Region ein dunkler Schatten, wie die Tage zuvor.
Tagesbericht: *Die Idee mit dem Durchbruch im alten Schlafzimmer zum kleinen Zimmer in Tante Waltrauds Haus hat mich heute noch mal beschäftigt. Vom Licht her wäre der Platz optimal zum Arbeiten. Die Wand ist laut den Plänen nicht tragend, und mit dem kleinen Zimmer kann sowieso kaum jemand etwas anfangen. Sollte ich das Haus vorerst behalten, dann wäre an der Wand schräg neben dem Fenster der beste Ort für einen Schreibtisch.*

Wenn ich es behalte. Ich blicke von meinem Schreibtisch im Wohnzimmer auf. Neben dem Bücherregal und dem Sideboard stehen immer noch die Bilderrahmen mit den Großaufnahmen von Meeren: die Ostsee, der Atlantische Ozean, das Rote Meer, die Nordsee und das Mittelmeer. Nicht nur Felix liebt das Meer, ich ebenso. Im Haus wären genug Wände, um sie aufzuhängen, nur hier, hier engen sie mich ein. Erinnern mich an das Reisen und das, was ich dadurch verloren habe. Wen ich verloren habe. Sie erinnern mich an Svenja.

224

Ich stehe auf, durchquere das Wohnzimmer und nehme eine der Fotografien in die Hand. Eine glatte See, die Wasseroberfläche wirkt fast samtig, nur ganz leicht kräuselt sich das Wasser an manchen Stellen. Andere sind vollkommen glatt. Der helle Morgenhimmel spiegelt sich darin, und unter allem ein Lichtblau.

Wie das Meer am Morgen. Ist es wirklich erst ein paar Wochen her, seit ich Felix begegnet bin? Ich glaube nicht an das Schicksal, absolut nicht. Weil vor sieben Jahren für mich jeder noch so kleine Funken Glauben an etwas erloschen ist. Ich stelle das Bild zurück, lasse mich auf mein Sofa fallen und reibe mir fest mit den Händen über das Gesicht.

Ich wollte ihm noch schreiben. Wann ich morgen an der See sein werde, wann wir uns treffen können. Und sollte es morgen doch regnen, verbringe ich den Tag mit ihm im Haus oder irgendwo anders. Ich will ihn endlich wiedersehen, selbst wenn wir uns ›nur sehen‹, es reicht aus. Obwohl – nein, das tut es nicht.

Er hat etwas zum Einsturz gebracht, was ich nicht aufhalten kann. Zu wissen, dass er nicht mehr mit seinem Freund zusammen ist und langsam wagt nach vorne zu schauen, macht es nicht besser. Behalte ich das Haus, könnte er an den Wochenenden vorbeikommen, in den Ort, an dem für uns beide so viel Vergangenheit hängt. Wäre es gut? Können wir gemeinsam eine Zukunft erschaffen?

Ich schließe die Augen, stelle mir vor, wie es wäre, mit ihm morgens aufzuwachen, mit ihm von einem Strandspaziergang nach Hause zu kommen, ihn nachts auf der Terrasse zu umarmen und ihn zu küssen, bei jeder Gelegenheit. Das ist zu viel, oder? Viel zu viel. Denn wenn ich all das zulasse, was er auslöst, schwemmt es uns weg. Oder mich.

Seine Nähe ist nicht nur bloßes Verlangen, dem ich nachgeben will, mich zugleich jedoch zurückhalte, weil …

Ich schüttle den Kopf, um den Gedanken loszuwerden, was er und ich sein könnten.

Er hat genug Baustellen, da braucht er nicht noch eine weitere. Außer, er gibt mir ein Zeichen. Irgendwas, das mir signalisiert, dass es ihm genauso geht wie mir. Kann es so einfach sein, jemanden wieder in mein Leben zu lassen? Er weiß, warum es für mich so schwer ist, dennoch hat er sich nicht abgewandt, und ich habe ihn näher gelassen. Will ihn noch näher lassen, bis keine Dunkelheit mehr da ist.

Ich presse die Handflächen gegen meine Augen, als das Brennen überhandnimmt. *Felix, was machst du mit mir?*

***

Felix

Das Wetter ist zwar nicht sonnig, sondern eher trüb, aber dafür nahezu windstill, als ich am Hafen ankomme und nach Alexander Ausschau halte. Vorhin hat es kurz genieselt, doch jetzt ist es trocken und den Himmel ziert das triste Wintergrau. Ein paar Touristen sind unterwegs, die an der Touristeninformation stehen bleiben oder eines der größeren Fischerboote genauer inspizieren.

Alexander hat sich erst heute früh gemeldet, als er sich auf den Weg von Lübeck hierher machte. Leise Zweifel haben sich seit gestern Abend in meinen Kopf geschlichen. Vielleicht sollten wir uns lieber nicht sehen, was macht das für einen Eindruck auf andere. Andererseits, außer Marie und Amir und uns selbst weiß niemand, dass wir uns treffen. Oder überhaupt Kontakt haben. Und ich bin zweiunddreißig Jahre alt, verdammt. Gibt es nach einer Trennung eine vorgeschriebene Anstandszeit, in der man sich in Unsichtbarkeit üben sollte? Wenn ja, weiß ich nichts davon. Außerdem haben wir bisher am Telefon nur über unseren Alltag gesprochen und hatten keinen wilden Telefonsex.

Wann hatte ich überhaupt mal ... Meine Gedanken wandern zu seiner lockeren Anspielung bei unserem Telefonat gestern Abend. Wer lenkt hier wohl wen ab.

Mein Blick verliert sich in den wenigen Booten, die im Hafen liegen, bis jemand nahe bei der Werkstatt der Bootsbauerei in meine Richtung winkt. Alexander, der dort mit einem anderen Mann steht. Ich setze mich in Bewegung und komme nach ein paar Metern bei den beiden an.

»Hey, sorry. Standest du schon lange da?« Alexander zögert nur eine Sekunde, bis er mich kurz umarmt.

»Nein, alles gut.« Ich lächle automatisch über seinen mittlerweile vertrauten Geruch.

»Das ist Jens. Er arbeitet hier in der Segelschule.« Er deutet auf den Mann neben sich. »Jens, Felix.«

Jens wirkt mit der Funktionsjacke, der dunkelblauen Strickmütze, den sattblonden, halblangen Haarsträhnen, die darunter hervorgucken, und dem kurzen rotblonden Bart wie aus einer Segelbootwerbung für die norddeutsche Küste.

Ich drücke seine raue, warme Hand. »Freut mich.«

»Ebenso.« Er lächelt. »Und ihr wollt heute zusammen rausfahren?« Jens sieht von mir zu Alexander und wieder zurück.

»Ja, ich bin lange nicht mit einem Boot draußen gewesen, und wenn man schon mal die Chance hat«, sage ich.

Alexander hält zwei Schwimmwesten hoch, die definitiv zur modernen Sorte gehören. Ich kenne nur die Orangenen mit einem Kragen, in dem man sich fühlt, als ob man eine Halskrause trägt. Diese hier sind schmal, trotzdem hoffe ich, dass sie den gleichen Zweck erfüllen.

»Ohnmachtssicher«, erklärt Alexander. »Ich hab dir gesagt, wenn du mit mir rausfährst, musst du dir keine Sorgen machen.«

Jens lacht daraufhin, legt einen Arm um Alexanders Schulter und sieht ihn verschmitzt an. »Du und deine Fürsorge. Aber mitgedacht, es sind die für wetterfeste Kleidung.« Er reibt über einen Aufnäher an einer der Schwimmwesten. Offenbar gibt es Unterschiede, von denen ich keine Ahnung habe.

»Du musst wissen«, fährt Jens an mich gerichtet fort, »er ist schon seit fast zwei Stunden hier und kontrolliert alles an Bord. Ich wünschte, jeder wäre so verantwortungsvoll.«

»Ich muss ja nichts herausfordern, erst recht nicht im Winter«, erwidert Alexander, und für eine Sekunde ziehen sich seine Augenbrauen zusammen, glätten sich jedoch sofort wieder, als Jens ihm ein weiteres Mal auf die Schulter klopft. Die beiden wirken ziemlich vertraut miteinander.

»Na dann, viel Spaß euch.« Jens zwinkert mir zu, schaut mich einen Moment länger an, dann wieder Alexander und verabschiedet sich mit einem Grinsen in Richtung Werftgelände.

Aha.

Kurz wirkt Alexander unschlüssig, bedeutet mir dann aber, ihm zu folgen.

»Ihr kennt euch gut?«, hake ich nach.

»Kann man so sagen.« Mir entgeht nicht sein kleines Lächeln. »Vor vier Jahren habe ich meine Segelkenntnisse in einem Kurs bei ihm aufgefrischt.«

Ich kann mich nur schwer zurückhalten, nicht loszuprusten. »Ah, eine Auffrischung nennt man das also. War der Kurs hilfreich?«

Jetzt lacht er richtig und boxt mir in die Seite. »Definitiv. Hat mir einige Dinge eröffnet, die mir so nicht bewusst waren. Darf ich bitten?«

Wir sind mittlerweile bei einem Steg angekommen, vor dem mehrere Boote im glucksenden Wasser nebeneinanderliegen. ›Andromeda‹ steht in schwarzen Buchstaben auf dem weißen Rumpf des Bootes, vor dem wir stehenbleiben.

Über dem Namen glänzt der rote und blaue Holzlack an den Abschlussleisten wie frisch gesäubert.

»Das Boot heißt Andromeda?«, frage ich und deute auf den Schiffsnamen.

»Ja, nach der griechischen Mythologie und dem Sternbild.« Alexander ist mit einem großen Schritt an Bord, kommt wieder näher zur Reling und hält mir die Hand entgegen. Ich schiebe mein Zögern beiseite. *Nicht nachdenken, Felix. Du fällst nicht rein. Schau gar nicht erst in den Spalt zwischen Steg und Boot.* Ich ergreife seine Hand und berühre einen Wimpernschlag später mit den Füßen den Holzboden. Vielleicht war Alexanders Griff etwas schwungvoll, denn ich stehe nahe an ihn gepresst und starre auf sein Kinn.

»Und was für Dinge waren dir nicht bewusst?« Ich will von meinem pochenden Herz ablenken, greife seine Worte von eben auf.

Alexander bringt etwas Abstand zwischen uns, legt eine Schwimmweste ab und öffnet den Verschluss der anderen. »Neben dem Wissen über die See: dass ich das hier mögen darf, ohne ein schlechtes Gewissen zu haben. Halt still.« Er zieht mir die dünne Weste über den Kopf, ruckelt sie an meinen Schultern zurecht und greift um meinen Oberkörper, damit sie richtig sitzt. Sein Atem streift meine Wange. »Und dass ich es genießen darf und jetzt werde.« Ein schalkhaftes Lächeln.

So viel zum Ablenken. Hat er mal daran gezweifelt, wie er fühlt? Damit gerungen, dass er ebenso Männer anziehend findet? Darüber haben wir bisher nicht gesprochen.

Er schließt die Weste über meiner Jacke und zieht sie an einem Band fester. Dann widmet er sich seiner.

»Gut, dass du diesen Kurs gemacht hast.«

Erstaunt sieht er zu mir, helles Sturmgrau und ganz viel Blau darin.

Ich möchte dieses Vertrauen so sehr. »Wir sollten uns immer sicher mit dem fühlen können, was wir mögen. Selbst wenn eine neue Erkenntnis dazukommt.«

»Ja, da hast du recht. Hat bei mir nur etwas gedauert, das war bei uns zu Hause nicht so … normal. Egal, wie alt man war.« Er holt tief Luft. »So, jetzt bekommst du eine kleine Führung, groß ist es hier ja nicht. Und dann gehts los.«

Eine Runde auf dem Boot und ein paar Fachbegriffe später tuckern wir gemächlich an den anderen Liegeplätzen entlang und aus der Hafeneinfahrt hinaus. Wir fahren an dem langgezogenen Ende des Freistrands vorbei, an den Steinen, auf denen ich vor ein paar Tagen stand und meinen Frust und meine Verzweiflung auf die Ostsee hinausgebrüllt habe. Es kommt mir vor, als ob schon Wochen vergangen wären seit dem Abend.

Ich trete von der Reling zurück und geselle mich zu Alexander in die kleine Kajüte auf dem hinteren Teil des Boots.

»Jetzt sind wir definitiv hinter der Sandbank.« Alexander deutet grinsend hinter uns, wo sich der helle Küstenstreifen vom graublauen Meer absetzt.

Ich nicke und blicke wieder nach vorne. Die Orte reihen sich aneinander. Die Erinnerung taucht auf, wie wir früher im Sand saßen und die Namen nacheinander aufzählten. Bis zum Zipfel der Bucht, den wir sehen konnten und wo im Dunkeln der Leuchtturm in Pelzerhaken aufleuchtete. »Im Winter war ich hier noch nie draußen. Na ja, ich war eh nicht so oft auf der Ostsee.«

»Dann habe ich also eine Premiere heute mit dir, freut mich.« Er sieht ehrlich glücklich aus, als er mich ansieht.

»Fährst du sonst lieber allein?«

»Meistens.« Er steuert weiter raus mit dem Blick auf das Sonargerät. »Ist jetzt nicht so, dass sich jeder darum reißt, mit einem Fischerboot auf der Ostsee herumzuschippern. Ist halt kein schickes Sportboot, aber das hier ist mir hundertmal lieber als so eins.«

»Mir auch«, sage ich, umfasse sacht seinen Arm und schlängle mich in der kleinen Kajüte hinter ihm hindurch, um auf der anderen Seite hinauszutreten und auf die offene Bucht zu blicken.

Ein motorbetriebenes Segelboot fährt an uns vorbei, ich hebe die Hand, um zu grüßen. Nicht weit von uns entfernt wirft eine Anglerin ihre Angel von einem Boot aus. Ich mag es hier draußen. Das gleichmäßige Tuckern des Motors, die Luft, die nach Feuchtigkeit riecht und nach Meer, intensiver und frischer als am Strand. Ich beuge mich vorsichtig über die Reling, verfolge die kleinen Wellen, die sich am Bug brechen. Ein paar Halme Seegras schwimmen verloren auf der Wasseroberfläche, bleiben für einen Moment am Holz hängen und werden mit der nächsten Welle weggespült. Immer wieder kräuselt sich das Wasser, wirft Bläschen und winzige Strudel und wird wieder glatt. Und es ist still.

Mich mit beiden Händen festhaltend, schließe ich die Augen. Kein Gedanke daran, wie es weitergeht, wenn ich zurück in Hamburg bin. Was sein wird, wenn ich allein in der Wohnung bin. Was das Gespräch im Museum ergibt. Es klappt für ein paar Atemzüge, jedoch kommen die einzelnen Gedanken zurück, drehen sich wie in einer Ellipse um mich, oder ich mich um sie. Mal näher, mal weiter weg. Resigniert öffne ich wieder die Augen.

Seichte Wellen schwappen gegen den Bug, das Boot wiegt sanft hin und her. Das Motorengeräusch verklingt, und Alexander tritt zu mir hinaus.

»Die Strömung ist heute nicht stark, alles ruhig.« Er deutet aufs Wasser. »Wie gehts dir?«

»Allgemein oder jetzt gerade?« Ich überlege schon, was ich sagen könnte, bevor er mir antwortet.

»Macht es einen Unterschied?«

»Gute Frage.« Ich wünschte, in mir wäre es so ruhig wie hier draußen auf dem Wasser. »Ich bin mir nicht sicher.«

»Ob es einen Unterschied macht oder wie es dir geht?«

»Beides?« Es sollte vielleicht nicht wie eine Frage klingen, tut es aber.

»Felix, du –«

»Ich weiß«, unterbreche ich ihn und klinge dabei harscher als beabsichtigt. Versöhnlich sehe ich ihn an. Er betrachtet mich mit einem seltsam abwartenden Ausdruck, sodass ich aufseufze. »Es ärgert mich, dass ich nicht mal für zwei Stunden meine Gedanken abschalten kann. Irgendetwas schafft es immer wieder nach oben und bringt mich zum Grübeln. Mein Leben hat sich innerhalb von sechs Wochen auf links gedreht und jetzt soll es weiterlaufen in einer neuen Bahn, von der ich keine Ahnung habe.«

»Manchmal ist das so.« Alexander spricht mit seiner typischen Ruhe, am liebsten würde ich laut vor Ungeduld ausrufen.

»Mag sein. Du bist darin wahrscheinlich super, dich neuen Situationen anzupassen und nicht alles zu zerdenken und dir schon vorher Sorgen um etwas zu machen, was womöglich nicht eintreten wird.«

»Oh, danke, dass du denkst, ich mache mir wenig Gedanken.« Er zieht spöttisch die Augenbrauen nach oben und schüttelt dann den Kopf. »Wenn es so wirkt, muss ich dich enttäuschen. Vielleicht zerdenke ich Dinge anders, aber dafür ziehe ich mich in mein selbstgebautes Schneckenhaus zurück, was keiner merkt. Da ist ja kaum jemand.«

»Nein, so meine ich das nicht!« Es ist zum Haareraufen. »Was sind schon meine Probleme gegen ...« Ich halte inne, als er mit dem Kopf herumruckt und mich scharf ansieht. Ich schlucke. »Tut mir leid. Nur muss es nicht immer um mich gehen.« Wann genau ist die Stimmung zwischen uns gekippt? Was ist das überhaupt zwischen uns?

Sein Ausdruck wird weicher, das Sturmgrau tiefer. »Es geht nicht ums Vergleichen, Felix. Du darfst fühlen, genauso wie ich. Und wir sprechen darüber.« Er zögert eine Sekunde. »Vielleicht hatten wir das bisher nicht, aber ich hätte es gerne.« Seine Stimme ist leiser geworden. Er sieht wieder hinaus aufs Wasser, und mein Herz krampft sich zusammen.

Ich drehe mich zu ihm, lasse die Reling los. Gleiche das seichte Schwanken mit den Beinen aus. »Du fragst mich, wie es mir geht? Ich fühle mich haltlos. Egal, ob mit festem Boden unter den Füßen oder nicht. Ich hab keinen Plan, was kommt. Denn ich weiß nicht, was besser für mich sein wird, und keiner legt mir passende Vorschläge hin, die ich nur zu ergreifen brauche. Ich glaube, das ist das erste Mal in meinem Leben so. Und ich habe Angst«, ich hebe in einer resignierten Geste meine Arme, ehe ich weiterspreche, »ich habe Angst, dass ich es nicht schaffe, das Richtige zu tun.«

Ein beschissenes Geständnis und das bisschen Ruhe, was ich in den letzten Tagen in mir angehäuft habe, sinkt wie Sand durch das Wasser in die Tiefe. Einatmen ist mit einem Mal schwerer, blind greife ich mit einer Hand nach der kalten Metallreling. Presse die Zähne aufeinander und sehe nur Alexander an. Nicht das offene Meer. Bis eben war es sicher, nur wird mir jetzt bewusst, wie weit wir wirklich auf der offenen See sind. Vor der Tiefe unter mir kann ich nicht entfliehen.

»Felix.« Alexander macht einen Schritt auf mich zu. »Denkst du, mir ging das nicht so und ich konnte immer alles souverän durchziehen?« Er lacht, allerdings freudlos, und reibt sich über das Gesicht. In mir brennt trotz seiner Worte von eben ein schlechtes Gewissen. »Du wirst das schaffen, egal, wie anstrengend sich das jetzt anhört. Es wird besser werden, auch mit deiner Angst. Und wenn es Zeit braucht, dann ...«

»Was dann?«, flüstere ich in seinen Satz. Alexander hält

inne. »Es ist so verdammt lächerlich, weil ich nicht mal richtig sagen kann, wovor ich Angst habe. Aber wenn ich wirklich in mich hineinhorche, dann habe ich vor allem Angst. Wie soll das besser werden?«

Ich schließe die Augen. In meinem Hals kriecht eine Enge hoch. Es soll nicht so werden wie vor ein paar Jahren.

Ich will kein ›nicht mehr‹, weil die Angst mich einschränkt, weil ich mich einschränke und zurückstecke.

Nein, das will ich nicht noch einmal durchstehen.

Ein entferntes Rauschen, das auf meine Ohren drückt, und ich denke, dass es egal ist. Dann habe ich eben Angst. Unter meiner Haut kribbelt die Erwartung. Dann soll sie kommen, die Furcht und alles in mir aussetzen, was rational ist.

Nur eine Sekunde später spüre ich Alexanders Arme, die mich fest umschließen, und schrecke auf. »Ich kann dir nicht beantworten wie genau. Ich weiß nur, dass es besser wird.«

»Woher weißt du das?«, flüstere ich. Ich will nicht, dass er mich loslässt, doch er schiebt sich ein Stück weg, nur so weit, bis wir uns ansehen können.

»Weil das Leben manchmal drei Meter über null ist, ohne, dass wir etwas dagegen tun können. Aber es pegelt sich wieder ein, meistens von allein. Und wir sind diejenigen, die die Scherben beseitigen, damit es weitergehen kann.«

Alles in mir steht auf Flut. Zu hoch, zu viel. Ich sehe nicht mehr, was von mir noch da ist und womit ich weitermachen kann. Zitternd atme ich aus, lege beide Hände um Alexanders Gesicht. »Und du? Warum dann die Flucht vor etwas? Wovor?« Denn ich will nicht, dass er untergeht.

Er schließt die Augen und lehnt seine Stirn an meine. »Weil ich genauso Angst habe, so eine verdammte Angst, allein zu sein. Davor, wieder jemanden zu verlieren. Ohnmächtig vor diesem dunklen Graben zu stehen und dann mich zu verlieren – und es nicht herauszuschaffen.« Er verzieht das Gesicht. Ich kann sehen, dass ihm das Geständnis wehtut.

Behutsam streiche ich mit den Daumen über seine Stirn, über die weichen dunklen Augenbrauen. Ich will seinen Schmerz besänftigen. Ich habe keine Ahnung, wie es ist, wenn niemand mehr da ist. Oder kein Kontakt gewollt ist. Wenn ich es zulasse, könnte ich die nächsten Tage bei meinen Eltern verbringen und mein Vater würde mir ohne viele Worte zu verstehen geben, dass er derjenige ist, der mit mir die neuen Möbel kauft und aufbaut. Meine Mutter würde mich damit beschäftigen, ihre jährliche Gartenplanung anzugehen, damit ich abgelenkt bin. Am Wochenende kämen Vorschläge von Freunden, damit ich rauskomme. Doch wen hat Alexander? Er fährt von einer stillen Wohnung in ein stilles Haus und zurück. Sicher hat er Freunde, aber wissen sie, wie es ihm geht? Wenn er es wollen würde, könnte ich jemand sein, der …

So viele Gedanken in meinem Kopf, alle für ihn und nur eins, was ich in diesem Augenblick möchte. Zart berühre ich seinen Mundwinkel mit meinen Lippen. »Vielleicht muss man sich manchmal erst verlieren, um sich wiederzufinden.«

Da sind sie, die ozeanblauen Punkte, als er die Augen aufschlägt.

»Felix.« Ich brauche nicht mehr als dieses Wispern. Meine Lippen finden seine, und seine Zunge ist weich und fordernd, als ich sie mit meiner berühre. Er schmeckt nach so viel Sehnsucht und Begehren und allem, was ich vermisse. Und vielleicht finden wir hier genau das, was uns über den drei Metern hält, über der Flutmarke, und nicht untergehen lässt.

Ein Tropfen landet auf meiner Stirn, ein weiterer auf meiner Wange.

Mit einem Blick nach oben und dann auf die Wasseroberfläche zieht Alexander mich in Richtung Kajüte. »Lass uns zurückfahren.«

Die Tropfen werden mehr, fallen stetiger, als Alexander das Boot wendet und im Sprühnebel des Regens das Ufer in der Ferne zu erahnen ist. Verstohlen blicke ich zu ihm. Konzentriert schaut er geradeaus und lenkt. Ich möchte die Stille zwischen uns unterbrechen, damit wir nicht in zwanzig Minuten von Bord gehen und nicht wissen, was wir sagen sollen, weil wir das ausgesprochen haben, was uns am meisten ängstigt und uns lähmt. Aber eben hier draußen, zwischen Winterwind und unzählig viel Wasser und etwas Unendlichkeit dazwischen. Nicht an Land, mit festem und vertrautem Boden unter den Füßen.

Vorsichtig lehne ich mich an ihn, lege einen Arm um seine Mitte. »Du bist nicht allein. Wenn du willst, bin ich da.« Ich wollte mutiger klingen, mit festerer Stimme. Heraus kommt eher das Gegenteil. Doch es scheint ihn nicht zu stören, denn er legt einen Arm um mich und zieht mich näher zu sich.

»Okay.«

Ein einziges Wort, mit dem ich mich zufrieden gebe. Es könnte bedeuten, dass er dankbar ist. Oder, dass er die Möglichkeit in Betracht zieht, dieses Angebot irgendwann anzunehmen. Und dann gibt es noch eine Bedeutung: dass er zustimmt. Jetzt.

Es ist ruhig, trotz des summenden Motors und des Regengeräuschs auf dem Dach.

Obwohl die Sicht draußen vor der Kajüte schlechter wird, lächelt er. »Ich mag deinen Mut.«

Ehe ich etwas erwidern kann, drückt er mir einen Kuss auf die Stirn und konzentriert sich dann wieder darauf, das Boot Richtung Hafeneinfahrt zu manövrieren.

Mut? Auf mein Schnauben hin lacht er auf.

»Ich wette«, beginnt er leise, während die rot- und grünleuchtenden Bojen in Sicht kommen, »davon steckt eine Menge in dir. Unter dem hier. Hm?« Er zupft an meinem Schal – und *verdammt*.

In seinen Augen blitzt etwas Herausforderndes. Wärme kriecht in meine Wangen. Warum muss ich daran denken, wie es wäre, wenn er mich an die Holzwand hinter uns presst, oder ich ihn? Ich widerstehe dem Drang, meinen Schal zu lockern, aber recke den Hals. Das reicht ihm offenbar.

»Dachte ich mir.« Er drückt mich noch etwas fester an sich.

»Alex.« Mehr weiß ich nicht. Die nächsten Minuten verstreichen schweigend.

Er lässt mich los, als wir in den schmalen Hafen einfahren. Seine Hand streift über den unteren Saum meiner Jacke, berührt flüchtig meinen Hintern, bis er das Steuer mit beiden Händen greift. *Starr nicht auf seine Hände, Felix!* Es hilft wenig, weil meine Fantasie nur Bruchteile von Sekunden benötigt, um mir die Vorstellung seiner kräftigen Hände auf meinen Hüften zu präsentieren.

Gänsehaut zieht meinen Rücken hinauf, und ein Prickeln schießt in meine Mitte. O Gott, wann bitte war das letzte Mal, dass sich meine Stimmung so schnell gewandelt hat? Wann wollte ich das letzte Mal jemanden so dringend spüren?

»Wenn wir gleich anlegen, lass mich zuerst an Land, ich helfe dir dann. Ich will nicht, dass du auf dem nassen Holz ausrutschst und im Hafenbecken landest.« Alexanders Blick ist aufmerksam nach vorne gerichtet, während wir langsam an den Liegeplatz zurückfahren.

»Okay, du erinnerst dich an meinen persönlichen Albtraum«, antworte ich, und er nickt. Der Regen prasselt in einem lauten Rhythmus auf das Dach der Kajüte.

Wenige Handgriffe später schwingt Alexander sich mit einem großen Schritt vom Boot auf den Steg und hält mir die Hand entgegen. Ich blinzle gegen die Regentropfen an, bekomme seine Hand zu fassen, und er zieht mich mit einem Ruck zu sich. Der fast jugendliche Ausdruck und sein Lächeln, das so leicht wirkt, sind wunderschön.

»Mist.« Er zieht sich die Kapuze über den Kopf. »Warum wird es jetzt noch mehr?«

Mit einer Hand schirme ich den Regen ab, denn ich habe keine Kapuze, die mich schützt. Wir flüchten einen Augenblick später unter das Dach der Bootswerkstatt.

»Eigentlich wollte ich die abnehmen.« Ich deute auf die Schwimmweste. »Aber bei dem Regen schwimmen wir hier weg. Na ja, ich bin gleich eh durchnässt.« Meine Hände sind taub, wie durch Eiswasser gezogen. Nur mit Mühe bekomme ich die Verschlüsse der Weste geöffnet. Alexander zieht sie mir über den Kopf.

»Komm mit zu mir. Das ist kürzer. Du kannst heiß duschen. Und ich habe trockene Klamotten ... wenn du welche willst.«

Langsam nicke ich. Täusche ich mich, oder gehts ihm wie mir? Da ist etwas Drängendes, etwas, was wir beide wollen.

»Dann los. Auf drei?« Ich schaue prüfend zum Himmel, doch der Regen ergießt sich weiterhin unbarmherzig über uns.

Alexander ergreift meine Hand und lächelt mit dem ersten Schritt in den Regen. Zieht mich mit sich in den Schwall aus großen Tropfen. »Quatsch. Auf eins. Los!«

Und wir rennen.

***

Die Sweatjacke über dem T-Shirt hängt ein Stück zu weit an meinen Schultern herab. Alexanders Schultern sind definitiv breiter als meine. Ich betrachte mich in der beschlagenen Scheibe des Spiegels. Das warme Wasser der Dusche hat rote Flecken auf meinen Wangen hinterlassen, und meine feuchten Haare stehen durcheinander vom Kopf ab. Da ich keine Bürste finde, fahre ich mir ein paar Mal mit den Fingern über den Kopf. Es wird reichen. Die Jacke riecht nach Alexander. Wie alles, was ich trage.

Mein Herz klopft laut, als ich aus dem Bad trete. »Hey, ich bin fertig.«

In einer trockenen Hose und einem neuen Shirt, dessen Ärmel aufgekrempelt sind, steht Alexander an der großen Fensterfront im Wohnzimmer, vor der sich der Regen weiterhin in Strömen ergießt. Er dreht sich zu mir. »Ist dir wieder warm?«

Ich nicke, und er lächelt, als ich das Wohnzimmer durchquere und neben ihm stehen bleibe. Die große Wohnwand ist weg und der Esstisch mit den gepolsterten Stühlen abgeholt.

»Ein Becher Tee ist für dich.« Er deutet auf den Sofatisch, der vor der übriggebliebenen Couchgarnitur steht. Dies und der Sekretär sind noch da. Neben vielen Kartons. »Wärmt sicher besser als Kaffee.«

»Danke dir.«

Die tiefgrauen Regenwolken verfinstern den Himmel, schleierhaft schimmern die Regentropfen im entfernten Licht, das von irgendwo aus der Nachbarschaft auf das Ende des Gartens fällt.

»Ist dir warm genug?«, frage ich und berühre seinen Arm. Streiche mit den Fingerkuppen bis zu seinem Ellenbogen, wo sich der Stoff des Shirts rafft. Fasziniert beobachte ich, wie sich die Härchen an seinem Arm aufstellen. Das Bedürfnis, ihn zu berühren, steigt seit vorhin stetig.

»Felix.« Seine Stimme ist rauer, tiefer. Ich sehe ihm in die Augen und trete näher. Er zieht mich in seine Arme, und ich gebe auf, es nicht zuzulassen. Der Tee auf dem Tisch ist vergessen.

»Wie soll mir kalt sein, wenn ich weiß, dass alles, was du jetzt von mir trägst, deine Haut berührt?« Jedes Wort ist ein Flüstern an meiner Wange. Streift meinen Mundwinkel, meine Lippen und verharrt an meinem Hals.

In seiner Umarmung dreht er mich um, sodass ich seine ganze Wärme an meinem Rücken spüre. Seine Hände, die sich um mich legen. Auf meiner Brust und knapp unter meinem Bauch verharren. Ich schließe die Augen und lasse meinen Kopf nach hinten gegen ihn sinken.

»Willst du mich berühren?«, flüstere ich zurück. Da ist keine Hürde mehr, kein Aushalten. Gott, ich *kann* es nicht mehr aushalten. Ich will seine Hände auf mir.

Als Antwort rutscht seine Hand behutsam unter den Saum meines T-Shirts, streicht über meinen Bauch und meine Seiten.

Ich öffne die Augen. Vor dem Fenster wird es dunkler, auf der Scheibe zeichnen wir uns als verschwommene Spiegelung ab. Hinter uns bildet das Wohnzimmer Farbtupfen und unscharfe Formen, wie bei dem ersten Blick durch ein Kaleidoskop. Hier sind nur wir beide im Zentrum unserer Empfindungen, eng umschlungen. Ein Raum nur für uns und das, was wir sein wollen. Es ist ein intimes Bild, mich ihm so nahe zu sehen. Zu sehen, wie er mich berührt, wo er mich berührt.

Seine Lippen finden meinen Hals wieder. Ich stöhne auf, als seine Hand unter den Bund der Jogginghose rutscht, langsam tiefer sinkt, an meiner Hüfte entlang streicht.

»Du trägst nichts drunter.« Bei seiner Feststellung steigt Wärme in meine Wangen, obwohl ich eben bewusst nur die Jogginghose angezogen habe.

»Der Regen hat eben ganze Arbeit geleistet.« Dass meine Pants kaum etwas von der Nässe meiner Jeans abbekommen haben, ist egal.

Alexander lacht leise, sein heißer Atem streift meine Haut. Sein Bart kitzelt an meiner Wange. »Daran habe ich viel zu oft gedacht.« Er verteilt Küsse an meinem Ohr und vergräbt seine Nase in meinen feuchten Haaren.

»Ich auch.« Das Geständnis wirkt leicht, ich will keine Sekunde mehr verlieren, die wir haben können. Will die Zartheit einfangen und genießen, mit der er mich gemächlich berührt, über meine Haut streicht, und gleichzeitig dränge ich nach mehr Nähe. Sein Lächeln ist so leicht zu küssen.

Ich greife nach hinten und schiebe sein Shirt hoch, so gut es geht. Ich will seine Haut anfassen, presse mich gegen ihn und *oh*, er drückt sich mit einem leisen Stöhnen hart an mich. Der Stoff zwischen uns hält nur wenig zurück.

Jede Berührung ist ein Schauer, ein Entfachen. Er umfasst mich, streicht mit dem Daumen über meine empfindlichste Stelle, bewegt seine Hand quälend langsam auf und ab, und ich will verbrennen. Endlich. Will mich verlieren und das wieder und wieder spüren.

Ich drücke mein Gesicht in seine Halsbeuge, atme hungrig den Geruch nach Winter und Moos ein, küsse sein Kinn und lecke eine feuchte Spur dort entlang, bis er mich zu sich dreht und mich hart küsst, bis wir Luft holen müssen.

»Alex, bitte.« Ich weiß nicht, wann ich das letzte Mal so hastig und fast unbeholfen meine Klamotten loswerden und jemanden entkleiden wollte. Die Jacke und das T-Shirt, das ich anhatte, fallen raschelnd zu Boden. Mit beiden Händen streife ich Alexander das Shirt über den Kopf.

Wir stehen uns gegenüber, beide nur noch in Jogginghosen. Seine nackte Brust hebt und senkt sich mit jedem Atemzug. Ich fahre die feinen dunklen Haare nach, über seinen Bauch hinunter bis zu seinem Hosenbund. Er zeichnet sich darunter ab, und ich grinse schief, als ich mit den Fingern darüberstreiche, seine Erregung umfasse und er zusammenzuckt. Ich beuge mich zu ihm und mein nackter

Oberkörper berührt hauchzart seinen. Schickt wieder winzige Stromstöße durch meinen Körper, kribbelt in meinen Händen, bis in die Fingerspitzen.

»Ist es zu früh zu verraten, dass ich ziemlich gerne meine Lippen darum schließen würde?«, flüstere ich in sein Ohr. »Hab dafür so eine Schwäche.«

Spiele ich mit unfairen Karten? Vielleicht ein bisschen. Nur ist der Ausdruck auf Alexanders Gesicht viel zu entzückend. Seine rotgeküssten Lippen und das Sturmgrau in seinen Augen, tief und wild. Dieses Geständnis ist nur ein Teil dessen, was sich mit ihm in meine Träume der letzten Nächte geschlichen hat. Der Stoff stört, als ich fester greife. Meine andere Hand findet seinen Nacken, zieht ihn zu mir. Seine Lippen nur Millimeter von meinen entfernt.

»Willst du das hier, Felix?« Es klingt wie eine letzte Absicherung.

»Ja.« Kein Bedenken, kein Zögern.

Ein Lächeln auf seinen Lippen, als ich mit einem Schritt zur Seite gegen das Sofa stoße. »Komm.«

Wir finden den Weg nach oben in das Zimmer, in dem ich beim letzten Besuch aufgewacht bin. Es hat sich nichts verändert. Die Reisetasche steht wieder neben dem Bett, und von draußen fällt schwaches Licht in die Dunkelheit des Zimmers. In unseren Berührungen finde ich den Mut, ihn auf das Bett zu ziehen, meine Hände über seinen Rücken gleiten zu lassen, unter den Bund seiner Hose. Dort, wo seine Haut noch wärmer ist, weicher. Die Muskeln an seinem Rücken, wie flache Täler und Hügel, verändern sich bei jeder Bewegung, bei jedem Atemzug, meine Fingerspitzen tanzen darüber.

Rhythmisch bewegt er quälend langsam sein Becken gegen meines. »Ich habe an dich gedacht, wenn ich hier lag. Und nachdem du hier geschlafen hast, roch mein Bett nach dir. Weißt du, wie unfair es war? So verdammt unfair, Felix.«

Ich stöhne, als er sich fester an mich presst, seine Erektion wieder und wieder meine trifft und er zärtlich in die Kuhle zwischen meinem Hals und meiner Schulter beißt.

»Hast du an das hier gedacht?« Meine Stimme klingt heiser.

»O ja. Daran, wie es wäre, dich die ganze Nacht hierzuhaben. Und wie es wäre, dich zu berühren, und dass du mich berührst. Und wir kaum Schlaf bekommen, weil ich das hier auskosten will mit dir. Die ganze Nacht, wieder und wieder.« Er küsst eine Spur von meiner Schulter, über mein Schlüsselbein, leckt über die empfindlichen Stellen meiner Nippel.

Ich schließe nur für eine Sekunde meine Augen, bevor ich ihn zu mir ziehe und ihn küsse. Ich liebe es, wie er schmeckt, wie sein Bart über mein Kinn reibt, wie er in meine Lippe beißt und danach mit seiner Zunge beruhigend darüberstreicht. Diese Mischung aus kurzem Schmerz und tiefer Zärtlichkeit. Der letzte Rest Kleidung fällt zu Boden. Erstickt lache ich, weil wir zu hastig sind und gegeneinanderstoßen.

Endlich kann ich meine Beine um ihn schlingen, ihn so nahe wie möglich haben. Seine ganze Wärme spüren. Nichts ist zwischen uns, nur die Hitze unserer Vorstellung, die nach und nach mit jeder Berührung Wirklichkeit wird. Mit jedem weiteren Kuss, mit jedem leisen *Ich will dich*, und jedem Einatmen und Ausatmen. Nichts davon soll eilig sein.

Ich sehe ihn an, berühre mit den Fingerspitzen seinen Mund, zeichne den Schwung seiner Lippen nach. Und für einen Augenblick stolpert mein Herz und ich hole tief Luft. Passiert das wirklich? Eine niedrige dunkle Welle schwappt weit entfernt.

Alexander greift nach meinen Fingern, als ob er es ahnen würde. »Wir sind hier. Es ist okay. Wir sind okay.« Er haucht federleichte Küsse an meiner Hand entlang, und mein Herz will näher zu ihm.

»Ja«, antworte ich, und alle Hast verschwindet. Löst sich auf, als wir uns auf dem Bett drehen und ich mich über ihn beuge und mit offenen Lippen weitere Küsse über seinen Oberkörper verteile, weiter hinab.

Übrig bleiben wir mit jeder einzelnen Berührung. »Lass dich fallen«, flüstere ich. Weil er so viel verdient hat, was lange nicht da war, und mich Wärme durchflutet, weil ich das hier in ihm auslöse.

Erstaunen liegt in seinem Blick, den er mir aus gesenkten Lidern schenkt, bis ich behutsam einen Kuss auf die Spitze seines Penis gebe und ihn schließlich langsam in meinen Mund gleiten lasse. Gott, er fühlt sich so gut an.

»Felix, du … verdammt.« Ein tiefes Stöhnen meines Namens, und nie habe ich etwas Erregenderes von ihm gehört.

Ich spüre ihn in mir, an meiner Zunge, wie er zuckt. Wie sich eine Sekunde später seine Hand in meinem Haar vergräbt und ich die Augen schließe und mich der Hitze hingebe, seinem Schwanz in meinem Mund, der samtigen Haut an meinen Lippen, als ich sie fester um ihn schließe, daran sauge und ich mich langsam, ganz langsam bewege.

Hier sind nur er und ich. In diesem dunklen Zimmer. Winterluft, erfüllt von etwas Herbem, von ihm, und ich so nahe an seinem warmen, nackten Körper. Ich will nichts anderes. Seine Finger, die fahrig durch mein Haar und über meine Wange streichen. Alexanders leises Stöhnen, wie er erst den Kopf ins Kissen presst und dann wieder hebt, um mich anzusehen. Ich lasse meine Zunge an ihm entlanggleiten, bis er mein Kinn anhebt und mich zu sich hochzieht.

Hungrig küsst er mich.

»Das ist definitiv deine Stärke, keine Schwäche.« Er keucht. »Wenn du weitermachst, ist es ziemlich schnell zu Ende.«

Ich möchte antworten, dass es egal ist. Dass ich will, dass er genießt. Aber er dreht sich auf die Seite, rutscht näher, küsst mich wieder und drückt sich an mein Becken. Seine Hand umschließt uns beide und bewegt sich, erst langsam, dann schneller.

»Alex ...« Ihn direkt an mir zu spüren, lässt alle meine Nervenenden flimmern. Zu *sehen*, wie er uns weiter und höher treibt.

»Was willst du, Felix?«, raunt er.

Ich will ihn wieder küssen, doch er legt seinen Zeigefinger an meine Lippen. Bewegt seine andere Hand quälend langsam und fest an uns auf und ab.

Ich stoße in seine Faust, greife viel zu hart in seinen Oberarm und stöhne auf. »Alex. I-ich ...«

»Sag es. Alles. Egal, was.«

Alles ist warm, alles ist hier, und ich will, ich ...

»Verdammt, ich will das hier noch so viele Male, mit dir. Ich will, dass von eben noch mal. Du in meinem Mund, und ich will, dass du mich fickst.« Gott, ich schließe die Augen, presse mich tiefer ins Kissen. Meine Scham verschwindet in der Vorstellung von ihm tief in mir.

Sein Atem ist heiß an meinen Lippen, als er erst zart darüber leckt, an meiner Lippe saugt und mich dann küsst. Seine Bewegungen werden fahriger, meine Hand findet seine und uns. Er zuckt, stößt in meine Hand, und ich brauche meine ganze Willenskraft, um nicht wieder ein Stück nach unten zu rutschen und seinen Schwanz in den Mund zu nehmen, um ihn einfach nur genießen zu lassen.

»Alles davon. Wir haben Zeit.« Er keucht an meinen Lippen.

Ich schlinge ein Bein über seins, bin ihm noch näher. Als seine Zunge mit einem Stöhnen meine findet, falle ich in die brennende Hitze aus seiner und meiner Lust und komme zitternd. Nur Sekunden später spüre ich, wie er sich ergießt. Leise, ganz leise mit meinem Namen auf seinen Lippen.

Ich will noch etwas länger in dieser Schwerelosigkeit baden, in dieser Stille mit ihm neben mir. In seinem Blick liegt so viel Offenheit und Vertrauen. Zart küsst er meine Stirn, und ich finde seine Lippen erneut für einen langen Kuss.

Er lächelt und reckt sich, um vom Nachttisch eine Taschentuchpackung zu greifen. Vorsichtig wischt er über meinen Bauch und über unsere Hände.

Ich muss grinsen, ziehe ein weiteres Taschentuch heraus und reibe über seinen Oberkörper und meine rechte Hand. »Bitte etwas gründlicher, ansonsten wird's unangenehm, wenn es trocknet und du hier drinliegst.«

Alexanders Lachen klingt so losgelöst, dass sich eine Gänsehaut über meinen Armen ausbreitet. Er wirft die zusammengeknüllten Tücher achtlos auf den Boden. Stützt sich auf einem Arm ab, beugt sich über mich und streicht von meiner Schulter, über meine Brust, meinen Bauch bis zu meiner Hüfte und zieht kleine Kreise auf meinem Oberschenkel.

Ich zucke zusammen und spüre erneut ein schwaches Kribbeln zwischen meinen Beinen. Das hatte ich schon länger nicht, so kurz hintereinander erregt zu sein.

»Ich hab nicht vor, heute hier allein zu liegen. Außer ...« Zögernd sieht er mich an.

Schnell presse ich einen Kuss auf seine Lippen und drücke ihn an mich. »Ich würde gerne hierbleiben. Ich sage nur Marie Bescheid.«

Ich wühle mich aus dem Bett und suche am Boden nach meiner Hose, als Alexander sich räuspert. Fragend sehe ich zu ihm. Ein Fehler. So, wie er mit seinem Grinsen nackt auf dem Bett liegt und mich ansieht, würde ich mich viel lieber wieder sofort zu ihm legen, als nach unten zu gehen und nach meinem Handy zu suchen.

»Ich finde, du brauchst die Hose nicht. Oder wolltest du länger unten bleiben? Ich wärme dich gleich wieder auf, falls dir kalt werden sollte. Versprochen.«

»Einverstanden.« Mit einem Schmunzeln lasse ich die Hose fallen und tapse durch das dunkle Zimmer in den Flur und nach unten. Die Nachricht an Marie schreibe ich, während ich im Hausflur stehe. Vorsichtshalber nehme ich unsere Shirts aus dem Wohnzimmer mit, knipse das Licht aus und lausche für einen Moment dem stetigen Prasseln des Regens.

Ihn eben zu berühren war vertraut. Seltsam, denn ich dachte, dass es anders, fremd sein müsste, nach so langer Zeit mit einem anderen Mann. Aber das ist es nicht. Das Flattern in meiner Brust ist zurück. Für eine Sekunde ist der Gedanke an Johannes da. Vielleicht war es bei ihm genauso mit dem anderen Mann. Da ist ein Teil in mir, der ihn versteht. Wäre es mit Alexander und mir auch so gewesen? Hätte ich mich vorher getrennt? Ich weiß immer noch nicht, was das zwischen uns ist. Mit einem Seufzen nehme ich die Stufen zurück nach oben.

***

Etwas drückt schwer auf meine Brust. Zieht mich zurück, als ich hochkommen will, und drückt mir die Luft ab. Ich öffne die Augen. In meinen Ohren rauscht es, mein Puls hämmert. Ich zucke zusammen, als mir jemand über die nackte Brust streicht. Wo bin ich, was ... Warum jetzt?

»Hey, sch, alles gut.« Alexanders Stimme ist vom Schlaf belegt.

Mondlicht fällt auf die helle Bettdecke, zieht einen milchigen Streifen Licht bis zum Bettende und an der Wand entlang. Ich bin bei Alexander. Es ist alles gut. Trotzdem zittere ich mit jedem Atemzug. *Reiß dich zusammen, Felix!*

»Sorry«, flüstere ich und presse meine Augen fest zu, aber in der Dunkelheit ist die Erinnerung an die Enge von eben überwältigend, sodass ich sie wieder öffne.

»Schlecht geträumt?«

»Ich weiß nicht.« Ich suche Alexanders Hand und verschränke unsere Finger ineinander.

Er rückt näher zu mir. »Habe ich manchmal auch.« Zärtlich streicht er über meine Stirn und durch mein Haar.

Ich beuge mich vor und küsse ihn.

Denke, dass es unfair ist. Dass er hier ist und für mich da, aber wenn er nachts aufgewacht ist, allein war ... Ich möchte für ihn da sein. Möchte er das ebenso oder wäre es ihm zu viel?

»Alex, was ist das mit uns?«

Er betrachtet mich, während er federleicht mit dem Zeigefinger über meine Augenbrauen fährt, an meiner Wange entlang, bis zu meinen Lippen.

»Was möchtest du, was es ist?«

Alles. Weil es das ist, was ich mir fast von Beginn an in meiner Naivität gewünscht habe. Doch dann sehe ich die losen Enden in meinem Leben. Meine gerade gescheiterte Beziehung, meinen Jobwechsel, meine Angst. Dazu Alexander. Es ist zu viel. Zu viel Ungeklärtes, zu viel verdrängen und zurückhalten. Ich muss erst ... Ich kann nicht mit ihm ...

Ein Schluchzen aus meiner Kehle. Erschrocken presse ich die Hand auf den Mund. Nein, nicht schon wieder. Warum bei ihm? Eine einzelne Träne rinnt an meiner Schläfe entlang, versickert im Kissen.

»Ich bin nicht so kaputt, verdammt. Nur diese beschissene Furcht vor allem, was gerade nicht läuft oder total fremd ist u-und ...« Ich schluchze erneut auf, will ihm sagen, dass ich nicht nur nach jemandem gesucht habe, der mich auffängt, doch bringe nichts über meine Lippen.

Er zieht mich an sich. »Bist du nicht.« Ich vergrabe mein Gesicht an seinem Hals, spüre seinen Puls an meiner Wange. So lebendig, so warm. »Du bist mutig, du brauchst es nur zulassen. Das, wovor du dich am meisten fürchtest.«

Ich weiß, er hat recht. Zulassen, loslassen, davor habe ich am meisten Angst.

Es ist still zwischen uns.

»Ich habe nicht extra danach gesucht«, flüstere ich schließlich. »Nach dem, was zwischen uns ist. Oder nach jemandem. Aber dann warst du da, und ich sehne mich so nach mehr.« Es klingt wie eine Entschuldigung. Nur ist sie nicht für ihn, sondern für mein Gewissen.

Seine Lippen berühren meine brennenden Augenlider, ehe er leise antwortet: »Ich weiß, ich mich auch.«

»Komm her«, wispere ich.

Er ist schon da, doch ich will ihn halten, so, wie er mich hält. Er rutscht ein Stück tiefer. Ich nehme ihn in den Arm, drücke ihm einen Kuss auf den Scheitel, als er ausatmet und weich wird, sich hingibt.

***

Ich schließe den Kofferraum und drehe mich um. Amir ist der erste, der mich in eine feste Umarmung zieht.

»Machs gut, ich drück dir die Daumen für morgen. Ich wette, die nehmen dich sofort.« Ein letztes Klopfen auf meinen Rücken, er löst sich von mir, und ich nicke ihm zu.

Marie hat glasige Augen und verdreht sie übertrieben, bevor sie mich umarmt. »Komm einfach wieder her, wenn es zu viel sein sollte oder irgendwas ist. Und grüß deine Eltern.«

»Mache ich. Und umarm Mara noch mal von mir, wenn sie nachher von der Geburtstagsfeier wieder zu Hause ist.«

»Sicher. Fahr vorsichtig und melde dich, wenn du angekommen bist. Was ist mit ... Alex?«

Marie hat fast alle Details der letzten beiden Tage aus mir herausgekitzelt. Ich grinse. »Er fährt morgen früh nach Lübeck zurück. Ich schreibe ihm, wenn ich zu Hause bin.«

Wir hatten genug Zeit zum Verabschieden, dennoch fiel es uns schwer.

Ich steige ins Auto, starte den Motor und fahre mit einem letzten Winken vom Hof und auf die Straße raus.

Sonne scheint durch die Windschutzscheibe, wärmt meine Hände am Lenkrad. Endlich ist es heller nach den vergangenen trüben Tagen. Ein letzter Blick in den Hafen, ehe ich zur Schnellstraße abbiege und Richtung Autobahn fahre.

Ich denke an Alexander. In den zwei Tagen so nahe beieinander, haben wir uns selbst ein Stück wiedergefunden. Eng umschlungen in seinem Bett, nackt, haben wir uns gehalten. Er mich und ich ihn. Mit Küssen, geflüsterten Worten und mit Lachen. Wir haben am zweiten Tag auf dem Teppich vor dem Sofatisch gesessen und gefrühstückt, weil das Sofa am Abend zuvor abgeholt wurde, und Alexander hat mich einen Banausen genannt, weil ich nicht Honig und Butter auf dem Brötchen mische, und ich habe mich über seine Abwaschreihenfolge aufgeregt und ihn zum Abtrocknen abgestellt. Wir haben miteinander geschlafen und uns so oft geküsst, dass meine Lippen wund wurden und er mir grinsend Wundsalbe darauf strich. Wir sind so verdammt verliebt.

Ich reibe mir ein paar Mal fest über mein Kinn. Das war ohne unseren Alltag, von dem ich nicht weiß, wie er bei mir ab jetzt sein wird. Keiner von uns hat genau ausgesprochen, was das mit uns ist oder ob es eine Zukunft hat. Jedoch ist uns eins klargeworden zwischen endlosen Minuten, in denen wir nebeneinanderlagen: Wir wollen nicht ohneeinander. Und das, was jeder von uns trägt, kann leichter werden mit dem anderen. Nur nicht durch ihn. Daran arbeiten wir.

Wie immer schwimmt ein Hauch Wehmut mit, wenn ich hier wegfahre, zurück nach Hause. Doch weiß ich jetzt, dass hier ebenso ein Stück Zuhause ist. Mein Herz kann an zwei Orten eine Heimat haben.

Da es sich auf der Autobahn direkt staut, lasse ich meinen Blick träge auf den Autodächern ruhen. Die tiefstehende Sonne spiegelt sich orange darin. Wenn alles ein Neuanfang wird, dann jetzt.

Schnell greife ich nach meinem Smartphone in der Mittelkonsole und durchsuche meine Kontakte. Als ich den Passenden gefunden habe, schwebt mein Daumen für einen Moment über dem Namen. Mein Herz klopft laut. *Mach es, Felix.* Ich tippe den Namen an und lausche dem Freizeichen durch die Freisprecheinrichtung.

›Guten Tag. Sie sind verbunden mit der psychotherapeutischen Praxis von Frau Dr. Michels. Momentan rufen Sie außerhalb der Sprechzeiten an. Für eine Terminvergabe hinterlassen Sie mir mit Namen und Telefonnummer nach dem Signalton eine Nachricht. Neupatienten bitte ich ...‹

Ich warte den Rest der Ansage ab, bis das Piepen erklingt. »Ja, hallo. Hier ist Felix Wehnke. Ich war vor drei Jahren bei Ihnen in Therapie wegen meiner Angststörung und«, ich schlucke und hole Luft, »ich habe wieder Bedarf. Meine Telefonnummer ist ...«

Ich lege auf und kann eine Autolänge weiterrollen. Der erste Schritt. Geschafft. Selbst wenn noch Wochen bis zu einem Termin vergehen können – ich weiß, wie hoch der Bedarf an Therapieplätzen ist –, ich habe angerufen, es mir eingestanden.

Liebe Angst, so läuft es nicht mehr mit uns beiden. Wir brauchen ein besseres Verhältnis, ein gesundes. Denn ich will endlich leben und glücklich sein, ohne den Gedankenstrudel und das furchtvolle In-mich-Hineinhorchen. Ohne mich kaputt zu fühlen und Angst davor zu haben, dass ich schuld bin an meinem Scheitern oder dem der anderen.

Ich schaffe das.

KAPITEL 10

Juni

Alexander

Logbucheintrag 19. Juni: *00:45 Uhr, vormittags bedeckt, vereinzelt Sonne, zum Nachmittag heiter bis in die Nacht, 21 Grad, Wind: 1 m/s West. Wassertemperatur: 18 Grad, ruhig*

Himmelsbeobachtung: *Objekt: Antares. Sternbild: Skorpion. Beschreibung: So kurz vor der Sonnenwende ist der Riesenstern zwar rötlich zu erkennen, aber ich habe mich heute nicht nur auf ihn konzentriert, sondern einfach die Aussicht auf die Sommersternbilder genossen. In diesem Jahr habe ich offenbar eine Schwäche für Sterne nahe ihrer Supernova entwickelt.*

Tagesbericht: *Das Abschleifen des Parketts im Wohnzimmer war eine Sauarbeit, aber ich habe es endlich fertig. Morgen kommt die Versiegelung drauf, und dann kann ich mich ans Streichen der Wände machen. Der Rasen müsste gemäht werden, vielleicht am Wochenende. Die nächsten zwei Tage will ich mit dem Wohnzimmer fertig werden. Kommende Woche haben sich drei Interessenten angekündigt, zwei davon klangen vielversprechend. Ich fahre wahrscheinlich nur für die Wohnungsbesichtigung nach Lübeck und dann zurück hierher. Der Flyer für nächsten Monat muss noch fertig werden, damit ich ihn Joris schicken kann und er ihn in der Volkshochschule aufhängt. Ansonsten wird es knapp mit den Anmeldungen für die zweite Sternenwanderung mit der Gruppe.*

Ich lege den Stift beiseite. Das Nachmittagslicht fällt auf meinen Schreibtisch. Daneben steht der Sekretär aus dem Wohnzimmer. Sobald es fertig ist, kommt er wieder nach unten. Er gehört dorthin und in meiner Vorstellung reiht er sich perfekt in den Stil aus alten und neuen Möbeln in den Raum ein. Genauso wie die Sternenkarten, von denen zwei größere einen Platz hier im neuen, vergrößerten Raum im Obergeschoss bekommen haben. Ich lächle bei dem Gedanken an den Jahresbeginn, als ich Felix von meiner Idee erzählt habe, die Wand zwischen den beiden Zimmern zu entfernen. Mittlerweile ist sie raus und ein großer Raum ist entstanden, in den in der ersten Tageshälfte das Vormittagslicht fällt und auf der anderen Seite am Nachmittag bis zum Abend hinein die Sonne Helligkeit spendet.

Wenn ich durch das Haus gehe, denke ich nicht nur an die vergangenen Jahre, sondern jetzt auch an Felix.

Bis in den Frühling hinein kam er regelmäßig an den Wochenenden hierher und dann begann seine Therapie. Und damit meine Zeit, mich zu fragen, was ich will. Ihm den Freiraum zu geben, sein Leben zu sortieren. Meine Dunkelheit kehrte für kurze Zeit zurück. Denn zu wissen, dass er an sich arbeitet, daran, wieder zu erkennen, was er möchte, schürte die Angst, zurückgelassen zu werden. Er ist seit so langer Zeit der erste Mensch, von dem ich mir wünsche, dass er bleibt. Endlich kann ich mir eingestehen, jemanden in meinem Leben zu wollen, der da ist.

Das Haus, die Umbauten haben mich rausgezogen. Ich will hierbleiben, und vielleicht will er etwas mit mir teilen.

Als wir uns das letzte Mal vor ein paar Wochen sahen, haben wir über das Haus gesprochen und über meinen Entschluss, die Wohnung in Lübeck aufzugeben. Jedoch nicht, was wir beide sein wollen. Es war nicht der richtige Zeitpunkt, bei Marie und ihrer kleinen Familie auf der Terrasse im Garten. Felix hat mich ohne Umschweife gefragt, ob ich mitkommen wolle. So, als ob er mich als einen Teil seiner Umlaufbahn haben möchte, zusammen mit seinen Freunden. Und obwohl wir nicht über uns gesprochen haben, war der Augenblick in der Maisonne mit ihm und Marie ein Teil von etwas, was wir sein können. Gemeinsam. Wie Marie mir den kleinen Lukas in den Arm legte und mit einem Zwinkern behauptete, dass so ein Baby im Arm gut zu mir passe. Ich wagte nicht, Felix dabei anzusehen. Mein Leben hat bisher in diesem Jahr so viele Gefühle aufgewühlt, da ist dieses eins, das ich erst mal weit nach hinten dränge. Auch jetzt. Mit einer schnellen Handbewegung klappe ich das Logbuch zu.

Seit dem Tag im Mai war ich ein paar Mal bei Marie und Amir. Habe Amir geholfen, eine Schaukel im Garten aufzubauen und einmal für zwei Stunden auf Mara aufgepasst, als Marie mit Lukas zu einem Vorsorgetermin musste und niemand sonst Zeit zum Einhüten hatte. Diese Freundschaft und Felix fügen sich so leicht in mein Leben ein, lässt mehr Nähe zu, dass ich mich selbst wundere, wie sich etwas innerhalb weniger Monate ändern kann, was jahrelang an meiner selbsterrichteten Mauer abprallte. Von dieser Mauer ist nicht mehr viel übrig. Sie gibt die Sicht frei auf etwas Gemeinsames.

Felix' regelmäßige Nachrichten und Anrufe geben mir Hoffnung darauf. Ich will mehr, mit ihm. Und wenn ich ihm das in manchen schwachen Momenten durch das Telefon ins Ohr flüstere, wird mein Herz bei seinem sanften Lachen weit und bei den Worten: ›Ich auch, bald.‹

Ich habe Geduld. Das Wasser ist ruhig, glatt, und keine Wogen sind in Sicht.

***

September

Felix

Ich stehe am Strand und atme tief durch. Diesige Nebelschwaden hängen tief über der Ostsee. Die Septembersonne kriecht langsam hinter dem Horizont hervor. Das leise an- und abschwellende Rauschen der Wellen dringt in mein Ohr, wie sie träge den Strand heraufrollen und sich wieder zurückziehen. Und ich horche in mich hinein, ohne es zu wollen. Halte inne.

Da ist nichts Beunruhigendes. Es ist so eine Gewohnheit, die sich schwer ablegen lässt. Das ist in Ordnung, irgendwann verschwindet sie. Denn das, was mich sonst zu überrollen drohte wie die dunklen Wogen eines Herbststurms, habe ich zu kleinen Wellen besänftigt. Gleich denen vor meinen Füßen.

Und darüber darf ich ein bisschen erhaben sein. Daran habe ich gearbeitet, und verdammt noch mal, es war anstrengend, doch das war es wert.

Die Wochen sind so schnell vergangen. Und doch kommt mir die Zeit im Januar und Februar wie eine Ewigkeit entfernt vor. Erinnerungsfetzen, die schmerzen, aber nur noch vage und dumpf. Das Gefühl, wieder so kurz davor zu sein, mich in meiner Angst zu verlieren, so wie vor ein paar Jahren. Im Rückblick wirkt es klarer, dass ich darauf zusteuerte.

Diesmal habe ich es nicht so weit kommen lassen. Diesmal höre ich nicht sofort mit der Therapie auf. Es tut mir gut, die Regelmäßigkeit, die Gespräche. Selbst, wenn Dinge zutage kamen und immer noch kommen, die mich lange nachdenken lassen. Jetzt ist da jemand, der zuhört. Richtig hinhört. Auch, wenn ich ihm manchmal nur in Nachrichten sagen kann, wie es mir geht. Alexander hört zu.

Und ich ihm.

Wenn seine Worte knapp sind und nur einzelne davon über seine Lippen kommen und mir zeigen, dass ihn an manchen Tagen ein Vorhang von der Welt trennt. Doch ich darf da sein, er lässt mich zu.

Ein letztes Mal schaue ich auf die kleine Welle, die sanft und zugleich kühl meine Knöchel umspült. Dann drehe ich mich um und gehe weiter in Richtung des nächsten Strandaufgangs. Noch ist es früh und nur wenige Spazierende sind unterwegs. Sicherlich werden in ein oder zwei Stunden die Feriengäste den Strand fluten. So wie immer an einem sonnigen Wochenende im Spätsommer. Der Sand ist kühl unter meinen Füßen, kitzelt und lässt mich lebendig fühlen.

Ein Lächeln schleicht sich auf mein Gesicht, als ich den Mann entdecke, der den Aufgang herunterkommt, aufs Meer schaut und sich streckt. Einen Augenblick später fällt sein Blick auf mich und Erstaunen liegt darin.

»Felix.« Der sachte Wind weht seine Stimme zu mir.

Mit wenigen Schritten bin ich bei ihm.

»Hey, guten Morgen.«

Alexanders Haare sind ein Stück kürzer als vor ein paar Wochen, als ich ihn gesehen habe, und seine Haut ziert die Sommerbräune, lässt die kleinen Fältchen in seinen Augen noch hinreißender aussehen, wenn er lächelt, so wie jetzt. Im Frühjahr waren dort Schatten unter seinen Augen, obwohl wir uns jedes Wochenende sahen, nur vielleicht genau deswegen.

Vielleicht war dieser Abstand gut. Diese Monate suchen und finden. Ich würde am liebsten meine Arme um ihn legen, ihn an mich ziehen, so, wie ich es ihm vor ein paar Tagen geschrieben habe. Aber jetzt, hier vor ihm, zögere ich. Es ist etwas anderes, mit der Sicherheit eines Abstands die Wahrheit in Worte zu legen. Jetzt ist kein Abstand zwischen uns. Jetzt sind wir hier.

»Du wolltest doch erst am Mittag kommen.« Er schaut mich immer noch an, als könne er nicht glauben, dass ich bei seinem täglichen Morgenspaziergang aufgetaucht bin.

»Ich wollte nicht warten. Außerdem war ich schon lange nicht mehr so früh hier unten am Wasser.«

Er lacht leise, schüttelt den Kopf, und ich verbrenne vor Sehnsucht unter seinem Blick. Nur eine Sekunde später schlingt er seine Arme um mich. Mit einem Aufseufzen streiche ich über seinen Rücken.

»Du bist hier«, flüstert er in mein Ohr.

Er riecht so vertraut, dass mir Tränen in die Augen schießen.

»Ja.« Durch sein T-Shirt spüre ich seinen Herzschlag an meiner Brust. Gott, ich habe ihn so sehr vermisst. »Dachtest du, ich mache einen Rückzieher?« Die Worte sollen leicht klingen, doch in meinem Herz ist die leise Furcht davor nicht verschwunden, dass wir uns in den letzten Monaten nur an etwas festgehalten haben, um nicht unterzugehen – an einer Vorstellung, die dem Alltag und uns nicht gerecht werden kann.

Ich sehe die gleiche Angst, als er sich ein Stück zurückzieht und mich ansieht. »Ich weiß nicht.« Worte, die ich sonst nur von mir kenne. Kannte.

Ich weiß jetzt, was ich möchte.

»Komm.« Ich nehme seine Hand. »Dein Spaziergang hat erst begonnen, und meine Füße werden kalt.«

Er lacht wieder, und wir gehen zurück zum Wasser. »Wo sind deine Schuhe?«

»Im Auto. Das steht oben an der Straße. Ich wollte den Sand spüren.« Ich grinse.

So ganz glaube ich noch nicht, dass dieser Moment gekommen ist, den ich mir seit Mitte des Sommers ausmale. Seitdem mir klar wurde, dass ich das hier will. Mit ihm.

Zum Beginn der Sommerferien war im Museum einiges zu organisieren, die Wochenenden waren gefüllt mit genug

Arbeit, weshalb ich abends müde ins Bett fiel. Zum Glück kamen Marie und Amir mit Mara und Lukas an einem Vormittag in der Woche im Museum vorbei, und Mara probierte alle Installationen für Kinder ganz genau aus.

Seit Lukas' Geburt im Frühjahr hat mich Mara alle zwei Wochen gesehen, wodurch alle Schüchternheit verflogen ist. Marie zu besuchen, ihr und Amir unter die Arme zu greifen, obwohl beide behaupten, dass es nicht nötig wäre, ist zu einer Konstante für mich geworden. Das leise ›Danke‹, geflüstert an meine Schulter, wenn ich wieder nach Hamburg fahre, lässt mich wissen, dass es Marie genauso geht. Dieses Stück Zuhause, Familie, füllt etwas auf. Füllt die Leere, die Johannes hinterlassen hat.

Ich habe ihn im Mai auf einer Geburtstagsfeier das erste Mal nach seinem Auszug wiedergesehen. Er war allein und es war seltsam zwischen uns. Das wird eine Weile so sein, denke ich, während ich das Wasser betrachte. Nur werden wir uns in den nächsten Monaten nicht mal unabsichtlich über den Weg laufen. Er hat sich für Finnland entschieden. Ich glaube, dass die Entscheidung dafür in ihm schon am Anfang des Jahres gefallen war. Ein weiterer Punkt, warum es mit uns keine Zukunft hatte. Ich schüttle den Gedanken daran ab.

»Was macht der Garten?« Ich linse zu Alexander, der aufstöhnt. Aus seinen letzten Nachrichten weiß ich genau, dass das ein Thema ist, mit dem er kämpft.

»Warum wächst das alles so schnell? Kaum habe ich irgendwo Unkraut gezogen, kann ich schon wieder von vorne anfangen.«

»Frag mal meine Mutter, die hat aufgehört, sich darüber zu beschweren. Aber hey, ich kann sie fragen, ob sie Tipps hat, was leicht zu pflegen ist.«

»Gerne. Drum kümmern muss ich mich trotzdem.«

»Zufällig habe ich Lust, mich mal in einem Garten auszutoben. Zumindest ist die Vorstellung davon nett. Mal sehen, ob ich es immer noch gut finde, wenn ich in den Beeten knie.«

Alexander legt seinen Arm um mich und zieht mich sacht näher, während wir weitergehen. »Ein verlockendes Angebot. Und wenn du ab und zu an den Wochenenden herkommst, bleibt mit den Tipps deiner Mutter sicher noch Zeit für andere Dinge als nur die Gartenpflege.« Seine Lippen streifen meine Schläfe.

Ich lächle bei der versteckten Frage, was in Zukunft sein wird.

»Oder am Nachmittag in der Woche. Wenn ich Zeit habe.«

»Und deine Arbeit?«

In mir kribbelt die Nervosität, meine Hand findet den Weg um seine Mitte. »Na ja, für die Planung arbeite ich jetzt ja an manchen Tagen aus dem Home-Office. Ob das in Hamburg ist oder hier …« Sind wir zu schnell? Oder ich? »Nur so als Idee. Es muss ja nicht sofort sein.«

Alexander schweigt, tief atme ich ein. Okay, Felix. Ganz ruhig. Wieder schiele ich zu ihm.

Er bleibt abrupt stehen, dreht sich zu mir, legt behutsam seine Hände an meine Wangen und betrachtet mich. Ich liebe das Ozeanblau zwischen dem Sturmgrau so sehr. Und dann beugt er sich vor und seine Lippen streifen sacht meine, verharren dort.

»So wie das Meer am Morgen«, flüstert er, und ich stolpere über die plötzlichen Worte von vor Monaten. Sein warmer Atem, der sich mit meinem vermischt und über meine Lippen tanzt.

Ich möchte ihn küssen, schmecken, spüren. Alles. Das Verlangen ist so drängend, jetzt, wo wir uns endlich wieder haben. »Alex.«

Er neigt den Kopf ein Stück, betrachtet mich wieder. »Du bist so wie das Meer am Morgen. Alles an dir. Du bist so

sanft und hell und voller Wärme und weich, ohne Schmerz –
und ich will darin versinken. Ich weiß, wie kitschig das
klingt, aber das ist mir egal.«

Ich umfasse ihn, ziehe ihn an mich, so nahe, wie es
geht. Spüre die Wärme seines Körpers. Ich will das für ihn
sein. »Dann lass dich fallen, ich bin da.«

Küsse sind für mich das Intimste zwischen zwei Menschen. Ich bin nackter, offener und alles, was ich fühle, liegt
darin. Brennt auf meinen Lippen, auf meiner Zunge und in
jedem Laut, den ich von mir gebe.

Ich will nicht mehr aufhören, Alexander zu küssen. Ich
liebe es, wie er sich an mich schmiegt, seine Zunge meine
berührt, tiefer dringt und ich ihn schmecken kann. Den
Hauch seines Morgenkaffees, das Süße und zugleich Herbe,
ihn. Ich will mehr.

Er löst sich von meinen Lippen, bevor es unangenehm
werden könnte für uns oder andere, lächelt, doch hält mich
weiter im Arm. Zart stupst er meine Nase mit seiner an. »Du
bist hier«, wiederholt er die Worte von vorhin.

»Ja«, antworte ich.

»Wie lange?«

»So lange, wie du möchtest.« Ich gebe ihm einen kurzen
Kuss auf seine Wange. »Na ja, am Mittwoch habe ich einen
Termin im Museum. Aber ansonsten ...«

»Gut.« Er zieht uns weiter, damit wir den Strand ent-
langschlendern können. »Mir gefällt dein Vorschlag, und
nicht nur der mit dem Garten. Übrigens ist oben Platz für
einen zweiten Schreibtisch.« Er zwinkert, und etwas, was
die ganze Zeit, die ganzen Monate kaum wahrzunehmen
war, wie ein fast durchsichtiger Schleier zwischen uns hing,
löst sich auf.

Die Unendlichkeit hat kein Ende. Doch sie hat einen
Beginn. Das sind wir jetzt. Der Beginn.

NACHWORT

Sicher geht es vielen Autor:innen ähnlich wie mir. Man plant eine Geschichte, sucht ein Thema, begegnet Figuren, die für diese Geschichte gemacht sind, und dann entwickelt es sich ein wenig anders als eigentlich gedacht. Ich bin mit dem Ergebnis mehr als zufrieden.

Das ich über einen Menschen schreibe, der an einer Angststörung leidet, saß schon länger in meinem Kopf. Seit einem Gespräch mit dir, Timea. Auch wenn der Abstand zwischen unseren Gesprächen länger ist, wir können ebenso anknüpfen, wie Felix und Marie es tun.
Meine erste Panikattacke hatte ich mit ungefähr elf Jahren. Die nächste mit neunzehn. Seitdem begleitet mich dieses schwierige Verhältnis zu meiner Angst. Wie Felix war ich ebenfalls in Therapie. Die Angst kam wieder, aber ich habe an einem besseren Verhältnis gearbeitet und arbeite weiter daran.

Generalisierte Angststörung, Panikstörung und Panikattacken haben vielfältige Symptome. Jede:r empfindet anders. Anders schlimm, anders intensiv. Aber es gibt Gemeinsamkeiten. Das Gefühl des Eingeschränktseins, der Anstrengung.

Hol dir Hilfe. Sprich darüber. Du bist nicht allein mit dieser Last. Manchmal hilft schon der Gedanke daran.
Dieses Buch ist kein Ratgeber wie du mit Angstgefühlen umgehst. Jedoch kann dir die Geschichte eventuell ein bisschen

Hoffnung geben, dass jede:r es schaffen kann, einen besseren Umgang mit seiner Angst zu bekommen. Alexander und Felix unterstützen sich. Es geht nicht darum, einen anderen Menschen in die Verantwortung zu nehmen, dass es dir gut geht. Dafür sorgst du selbst. Unterstützen und Zuhören geht zusammen.

Warum die Ostsee? Genauso wie für Felix ist sie meine zweite Heimat. Der Ort, der mein Herz hält, an dem alles weit wird und ich zur Ruhe komme. Tante Waltraud mit den azurblauen Augen und keinem grauen Haar bis zu ihrem 90. Geburtstag hat mich Seetang vom Spülsaum zusammenharken und Strandkörbe an ihren Platz schieben lassen. Hat mir vom Ostwind erzählt und vom Meer am Morgen, sodass ich als Kind das Gefühl hatte, an die See zu gehören.
Das Gefühl ist geblieben. Die Geschichte ist also eine kleine Liebeserklärung an das Meer.

Tausend Dank an die Menschen, die **Drei Meter über Null** zu dem gemacht haben, was es ist.

Melina, meine Lektorin, für jede Ergänzung und jeden Gedankenstoß.
Constanze, für das wundervolle Cover, das jede Stimmung der Geschichte einfängt.
Den Testlesenden: Martin, Jenna und Sonja (Helsinki wird kommen!).
Ancla, der Expertin für Astronomie (Alexander hat seine Erzählkunst und seine Leidenschaft von dir).
Menschen, mit denen die Angst für mich leichter wird:
Meine Herzensmenschen Katharina, Andi & Jeannine.
Nico, mein Fels in der Brandung. Jonas, mit der Ruhe, die ich in deinem Alter gerne gehabt hätte.

Und zu guter Letzt danke ich dir, liebe Leserin und lieber Leser, dass du dieses Buch gekauft hast. Selfpublishing ist ein Haufen Arbeit. Arbeit, die ich liebe und deren Erfolge mich darin bestärken, weiter zu machen.
Danke für deinen Support!

LA SOMBRA RELIGIOSA AMERICANA

CÓMO EL PROTESTANTISMO DE LOS EE.UU.
IMPACTA EL ROSTRO DE LA IGLESIA
LATINOAMERICANA.
IDENTIDAD Y RELEVANCIA

José Luis Avendaño

Editorial CLIE
www.clie.es

EDITORIAL CLIE

C/ Ferrocarril, 8

08232 VILADECAVALLS

(Barcelona) ESPAÑA

E-mail: clie@clie.es

http://www.clie.es

LA SOMBRA RELIGIOSA AMERICANA

ISBN: 978-84-18204-49-4

Depósito Legal: B 11920-2021

Cristianismo

Historia

Referencia: 225162

José Luis Avendaño es un Doctor (PhD) en teología y filosofía por la Universidad de Toronto, de nacionalidad chilena. Ha realizado estudios en ciencias teológicas y bíblicas en diversas instituciones de América Latina (Chile, Argentina, Costa Rica). Ha servido como pastor luterano en los Estados Unidos por la *Evangelical Lutheran Church in America*. Dentro de sus diversos intereses académicos destacan, tópicos tan variados, como el estudio de la *American Religion* y su influjo en el contexto evangélico de América Latina; la tradición sinóptica y el Jesús histórico; la teología de la Reforma; corrientes teológicas contemporáneas y el problema de la teodicea. Ha publicado un estudio sobre el evangelio de Marcos y su tesis doctoral, *Teodicea a la luz de la* theologia crucis. *Martin Lutero ante el misterio del sufrimiento humano, cristiano.*

DEDICATORIA

A mi madre y al recuerdo de mi padre.

ÍNDICE GENERAL

Prólogo por Manfred Svensson 13

Presentación 17

I. VERDAD EN POSTERGACIÓN DE LA CONTEXTUALIDAD. LA IDENTIDAD COMO IMPERATIVO

1. PLANTEAMIENTO DEL PROBLEMA 31

2. UNA HERENCIA DESDE EL NORTE 33
   2.1. Influjo misional en el marco de un incipiente interés geopolítico y económico 43
   2.2. América Latina, "una zona oscura y tenebrosa" 47
   2.3. Profundización de los contenidos de la *American Religion*. Una tarea pendiente 55

3. EL FUNDAMENTALISMO 62
   3.1. Origen del fundamentalismo 62
   3.2. Principios de la identidad fundamentalista 65
      3.2.1. Principio político 66
         3.2.1.1. El contacto con una sociedad y una cultura abiertas ya a la modernidad 66
         3.2.1.2. Inicio y desarrollo del antiintelectualismo 69
         3.2.1.3. El antiintelectualismo evangelicalista. Primer y Segundo Despertar 75
         3.2.1.4. El fin de la Segunda Guerra. Un cambio de escenario misional y de estrategia política 88
         3.2.1.5. La nueva derecha cristiana 97
         3.2.1.6. El asunto de Israel 101
         3.2.1.7. Su legado para América Latina 107
      3.2.2. Principio cultural 113
         3.2.2.1. Aspectos preliminares 113
         3.2.2.2. La dinámica de la subcultura 114
         3.2.2.3. Evangelio y *American way of life* 115
         3.2.2.4. Aciertos y contrariedades 132
      3.2.3. Principio teológico 141
         3.2.3.1. Aspectos preliminares 141
         3.2.3.2. El asunto del biblicismo 147
         3.2.3.3. Conclusión 155
   3.3. El neopentecostalismo 156
      3.3.1. Aspectos preliminares 156
      3.3.2. Ruptura y continuidad 160
      3.3.3. Escatología terrena y teodicea de la felicidad 163
      3.3.4. Un sistema cúltico que hace a la teología y se constituye en primer elemento misional 164
      3.3.5. Espacios cúlticos, visiones sobre Dios, el discurso de la prosperidad 173
      3.3.6. Conclusión 177
   3.4. El fundamentalismo. Una observación final 179

4. LAS REORTODOXIAS 187
    4.1. Aclaraciones previas 187
    4.2. Los riesgos 197
    4.3. Conclusión 201

5. EL MOVIMIENTO DE LAS IGLESIAS EMERGENTES 207
    5.1. Aclaraciones previas 207
    5.2. Lectura crítica de la religiosidad convencional 209
    5.3. Reestructuración organizacional y teológica de las iglesias. Dan Kimball y
         Brian D. McLaren, dos propuestas 211
    5.4. Un intento de evaluación 217

II. CONTEXTUALIDAD QUE CONDICIONA ELLA MISMA *A PRIORI* EL CRITERIO DE VERDAD. LA RELEVANCIA COMO IMPERATIVO

1. PLANTEAMIENTO DEL PROBLEMA 235

2. TENDENCIAS EN AMÉRICA LATINA 239
    2.1. La relevancia como imperativo 239
    2.2. Modelos crítico-teóricos y distanciamiento hermenéutico 241
    2.3. El quehacer teológico como ejercicio de mediación 245
    2.4. Teología de la liberación y teologías del genitivo 247
         2.4.1. Aspectos preliminares 247
         2.4.2. Ejes conductores 252
                2.4.2.1. Compromiso 252
                2.4.2.2. Pobre y pobreza 283
                2.4.2.3. Lo popular y contextual 302
                2.4.2.4. Ruptura con la historia del pensamiento cristiano y filosófico,
                         y la referencialidad confesional 308

3. EL PROGRESISMO POSMODERNO 328
    3.1. Aspectos preliminares 328
    3.2. El progresismo en su modalidad eclesiástica-teológica 336
    3.3. Progresismo teológico, que no liberalismo teológico. Inicios
         del movimiento 339
    3.4. Modernidad, secularización y el recurso práctico de la posmodernidad ... 347
    3.5. Aclaraciones sobre el término 356
    3.6. Elementos esenciales del progresismo posmoderno 360
         3.6.1. El institucionalismo como identidad 360
         3.6.2. Régimen laicista y liderazgo eclesial 366
         3.6.3. Justicia social y discurso horizontal 375
         3.6.4. Diálogo con las religiones del mundo, cultura y sociedad ... 387
         3.6.5. Políticas educacionales, la glorificación de las minorías ... 391
         3.6.6. El trabajo misional con las comunidades hispanas y construcción
                cultural de América Latina 397
         3.6.7. Educación teológica en el marco del nuevo giro de la educación superior ... 403
         3.6.8. El asunto de la literatura en general y de la teología en particular:
                producción literaria y políticas de traducción al español ... 424

III. IDENTIDAD Y RELEVANCIA. SU RELACIÓN DIALÉCTICA Y CLAVES DE INTEGRACIÓN PARA EL QUEHACER ECLESIÁSTICO Y TEOLÓGICO EVANGÉLICO DE AMÉRICA LATINA

1. PLANTEAMIENTO DEL PROBLEMA 449

2. DOS EXPLICACIONES SOBRE EL TEMA 451
   2.1. Pasión por la gran comisión 451
   2.2. Hábitos del corazón: Una natural tendencia hacia la polarización y la escisión 453
   2.3. Conclusión 466

3. LA INSISTENCIA EN UNA TEOLOGÍA ESTRICTAMENTE REGIONAL, COMO VÍA PARA ALCANZAR UNA TEOLOGÍA DESCRIPTIVA DE AMÉRICA LATINA. UN COTEJO CON EL PROYECTO FILOSÓFICO HISPANOAMERICANO 470
   3.1. Universalidad y regionalidad 470
   3.2. Apertura y clausura 476
   3.3. Crítica intercultural al proyecto filosófico latinoamericano 481

4. EL PROCESO DE INTERNALIZACIÓN DEL PENSAMIENTO FILOSÓFICO EN AMÉRICA LATINA 488
   4.1. El periplo 488
   4.2. Caracterizaciones 491
   4.3. Ausencia de filosofía propia. La tarea de nuestra filosofía 493
   4.4. Conclusión 500
   4.5. Semblanzas y contrastes con el quehacer de la teología 501

5. EL CAMINO DEL QUEHACER ECLESIÁSTICO Y TEOLÓGICO EVANGÉLICO LATINOAMERICANO. UNA PROPUESTA 511
   5.1. Aspectos preliminares 511
   5.2. Recuperación de lo universal y lo circunstancial como camino hacia un quehacer teológico evangélico auténtico y profundo 511
   5.3. Recuperación de la dimensión del misterio 515
   5.4. Recuperación de la dimensión ecuménica sobre la base de un diálogo profundo y veraz entre las iglesias 518
   5.5. Recuperación de la correcta articulación dialéctica de la dimensión de la identidad y de la relevancia 523

BIBLIOGRAFÍA 533

PRÓLOGO

El lector tal vez recuerde que unos años atrás, el presidente venezolano Hugo Chávez tomó la decisión de expulsar de su país a una organización misionera estadounidense llamada "Nuevas Tribus". A su juicio, la actividad de esta organización constituía una "verdadera penetración imperialista". Si alguien toma el presente libro en sus manos y cree que en él encontrará el respaldo histórico o teológico para una decisión como la de Chávez, si espera encontrar en él la simple denuncia de las iglesias evangélicas como brazo del imperialismo o el capitalismo, se verá ampliamente defraudado.

Porque como bien lo indica el subtítulo, lo que se busca esclarecer aquí es la influencia del genio religioso norteamericano sobre nuestro continente. Tal como con la tradición de reflexión política occidental, que pervive en Estados Unidos, pero con énfasis muy propios, el cristianismo que ahí llegó sufrió una transformación significativa, no en el sentido de un explícito cambio doctrinal, sino en términos del espíritu que caracteriza a toda su vida religiosa (patente en el tipo de relación que se cultiva con la tradición previa, en su antiintelectualismo, su resistencia a la mediación, etc.). Es esa religiosidad americana, que está lejos de agotarse en una política imperialista, la que aquí es estudiada como un factor determinante sobre las variadas corrientes del evangelicalismo latinoamericano. Este libro se yergue pues contra el "pensamiento único", pero precisamente desde una conciencia de que lo que entre nosotros se ha impuesto como pensamiento único y como "modelo cultural homogeneizante y tutelar, no ha sido desde luego el gran acervo teologal presente en la historia del pensamiento cristiano, los grandes credos ecuménicos, la herencia teológica de los Reformadores", sino más bien "la desreferencialidad y la ruptura más radical".

Pero la desconexión entre la religión americana y fenómenos como la expulsión de las "Nuevas Tribus" no es total; Chávez tomó su decisión poco después de que Pat Robertson, en su programa El Club 700, afirmara que el gobierno norteamericano debía tomar la decisión de acabar con la vida del presidente venezolano, por constituir una "amenaza terrorífica" para Norteamérica. Tales dichos, que en boca de otros podrían constituir una imprudente salida de libreto, aquí más bien parecen un ejemplo típico (el lector encontrará en estas páginas muchísimos más) de la derecha religiosa. Esta es, en efecto, una manifestación política y teológica muy significativa de esta religión americana. Con todo, ella no agota el espectro de dicha religiosidad, y la conciencia de ese hecho es lo primero que vuelve singular al libro que el lector tiene entre sus manos.

La denuncia contra la derecha religiosa como un producto norteamericano, cuya influencia sobre Latinoamérica es considerable, no es, en efecto, nada inusual. Inusual resulta, en cambio, el esfuerzo del presente libro por mostrar como igualmente propios de la religión americana al posmodernismo y a la izquierda cultural en sus manifestaciones religiosas. Inusual es que se esté buscando la religión americana no solo en sus manifestaciones extravagantes, sino donde es más imperceptible, donde hay incluso una apariencia de distancia al respecto de la cultura americana; por decirlo de otro modo, inusual es que se esté dispuesto a explorar en una misma obra lo que une a un Pat Robertson con un Brian McLaren. Bien puede decirse, de hecho, que el objeto de este libro son las simetrías entre movimientos aparentemente antagónicos, simetrías que se explican por el genio característico de la religiosidad norteamericana.

Pero con eso hemos hablado solo de una parte del título, por decirlo así, dejando de lado los términos "identidad" y "relevancia". Conviene reparar en ello porque, de lo contrario, podría reducirse la problemática a una mera discusión sobre las simetrías entre derecha e izquierda. Ya eso tendría por supuesto cierto valor, en particular para quienes solo tengan ojos para ver los problemas de una (cualquiera de las dos) de esas orientaciones políticas. Pero con eso quedaría muy en el trasfondo la preocupación realmente central de este libro, que, de principio a fin, y con todo lo detenido que en otro sentido pueda ser su análisis cultural, es una preocupación teológica. Las diferencias que políticamente podrían ser expresadas como de derecha e izquierda son aquí revisadas con miras al polo al que se orienta cada tendencia teológica o eclesiástica dentro de la dialéctica entre identidad y relevancia. Con tales conceptos José Luis Avendaño se refiere, por una parte, a quienes buscan ante todo preservar una identidad distintivamente cristiana y, por la otra, a quienes buscan presentarla de un modo relevante para el propio contexto (posmoderno, latinoamericano, o lo que fuere). Que todo intento por expresar genuinamente el cristianismo implicará una atención debida a la identidad cristiana, sin diluirla en lo que sea que se presente como objeto de su misión, pero que dicha identidad es para algo y que, por lo tanto, el momento de relevancia también tiene que estar siempre en la mira, es algo que el autor tiene claramente presente, y que le permite estar reconociendo en cada uno de los polos momentos de lo cristiano, en lugar de escribir una simple obra de denuncia. Pero su valor radica precisamente en la independencia –una independencia de juicio muy difícil de encontrar en nuestro medio– con la que diagnostica características unilateralidades del "radicalismo de la identidad" y del "radicalismo de la relevancia".

Al acometer tal tarea, José Luis naturalmente está consciente de estar trabajando en base a "tipos", cuya concreción en la realidad muchas veces es más matizada que lo discernible en los pocos párrafos que se puede dedicar a cada tema. Esto es así al respecto de cada uno de los asuntos implicados en esta discusión. La delimitación de lo que ha de contar como *evangelical*, por ejemplo, es de una dificultad considerable, suficiente como para preguntarse por la utilidad del término. Si se le sigue considerando útil, y se caracteriza lo *evangelical* en contraposición con un *mainstream protestantism*, por el polo de la identidad, se habrán iluminado elementos considerables de dicha mentalidad, pero no es menos cierto que también el polo *evangelical* de la cultura eclesiástica norteamericana, incluso cuando se le siga caracterizando como de derecha, es capaz de configurarse de un modo muy significativo por la búsqueda de relevancia (algo que, en la tipología de José Luis Avendaño, correspondería más bien a la tendencia de la izquierda cultural y eclesiástica). Os Guinness dedicó hace una década un libro entero, su *Prophetic Untimeliness: A Challenge to the Idol of Relevance*, a dicha cuestión. Pero eso, lejos de echar por tierra la propuesta de José Luis, me parece que más bien confirma las intuiciones básicas de este libro, a saber: aquellas sobre la medida en que los polos aparentemente opuestos de esta cultura religiosa pueden ser retrotraídos a un mismo espíritu característico.

Pero esta obra no se agota en una simple identificación de un determinado espíritu de la religión americana, sino que desciende a cuestiones particulares con bastante detención. Entre ellas se encuentran no solo preocupaciones como la de la forma que pueda adoptar una actividad ecuménica que escape a las peculiaridades de un énfasis exclusivo en identidad o relevancia, sino que se encuentra también una amplia preocupación por la educación teológica en el marco de los cambios que ha sufrido la educación superior. Rara vez en la literatura latinoamericana sobre la educación teológica hay tal reflexión previa sobre el estado general de la educación superior en la cultura contemporánea, y ya eso hace que valga la pena la lectura de este libro. En esto desciende, por lo demás, a situaciones específicas en las que se materializan políticas: las decisiones, por ejemplo, al respecto de qué literatura teológica traducir, una decisión de primera relevancia si se considera lo escaso que sigue siendo en el mundo latinoamericano el acceso a literatura en otros idiomas. Sería de sumo interés un análisis más exhaustivo de este punto, que contrastara las diversas editoriales influyentes del mundo evangélico hispanoparlante; las preguntas aquí planteadas parecen una buena guía en dicha dirección.

Cabe, por último, plantear algunas dudas al respecto de la medida en que lo aquí estudiado podría ser convertible a un estudio no sobre lo característicamente americano de nuestra religiosidad, sino de lo característicamente moderno de la misma. Los dos polos en que este espíritu se ve refractado, identidad y relevancia, o fundamentalismo y relativismo, son, en efecto, polos a los que se tiende no solo bajo condiciones propias del espíritu norteamericano, sino que constituyen una división que —como testifican, por ejemplo, los estudios reunidos por Peter Berger en *Between Relativism and Fundamentalism*— bien puede ser reconducida a escisiones característicamente modernas. Bien cabe preguntarse si en medio de nuestra preocupación contextual seguimos en buena medida ciegos al más general de nuestros contextos: la modernidad. Pero esta por supuesto no es una alternativa al estudio de la religiosidad americana, sino algo complementario. De hecho, como en más de un lugar de este libro se apunta, la religión americana y su subyacente *American way of life* han contribuido de modo significativo a nuestro enajenamiento al respecto de cualquier tradición previa, y dicho enajenamiento ha llevado a la pérdida de todo punto de contraste que nos permita ver lo característicamente moderno de nuestra situación. Por lo mismo, también las tendencias antimodernas en nuestro seno adquieren un sabor moderno: antiarminianismo, antiliberalismo y fenómenos similares se hacen presentes en nuestro medio, pero su peculiaridad como momentos de una historia de la teología no es percibida (más bien, reemergen siempre con un aire decimonónico), y por lo tanto no logran plantearse como efectiva alternativa a la situación contemporánea, sino que se convierten siempre en una cara de la misma situación.

Seminaristas, pastores y creyentes con fuerte interés teológico, todos encontrarán cuestiones de interés en estas páginas. No es prerrequisito para ello tener una disposición hostil hacia la cultura norteamericana; sí es prerrequisito tener algo de espíritu crítico (que el autor agradecerá también al respecto de su propio texto).

Manfred Svensson
Doctor en Filosofía por la Ludwig-Maximilians-Universität,
München (Alemania). Actualmente es profesor en el Instituto de
Filosofía de la Universidad de los Andes (Chile)

PRESENTACIÓN

Quienquiera que se haya involucrado en el quehacer teológico formal, se habrá enfrentado en más de alguna oportunidad a la tan decisiva pregunta de si, al final de cuentas, todo aquel conjunto de tradiciones y saberes que constituyen esta actividad sirven al propósito de afirmar y clarificar, para cada nueva generación y aun para su propia vida, el mensaje central de la fe cristiana, a saber: Jesús, el Cristo, su vida, su mensaje, su muerte y su resurrección. Es cierto, no lo podríamos obviar; tan crucial interrogante le afecta a aquel hipotético sujeto en su condición de teólogo cristiano, le afecta, además, en relación con su particular especialidad teológica, le afecta en tanto suscriptor o simpatizante de una determinada escuela, le afecta también como hombre o mujer que vive y se desenvuelve en una específica cultura y sociedad, le afecta, claro está, como miembro de una particular tradición eclesiástica, pero le afecta aún más, en lo más cabal de su existencia cristiana, en la medida en que aquella pregunta no se reduce simplemente a un asunto de interés estadístico o estructural, sino a lo que aquel Jesús, crucificado y resucitado, le dice y lo compromete en lo concreto de su propia humanidad, y en el cómo el quehacer eclesiástico y teológico ha contribuido en preservar y esclarecer dicha realidad. Sin embargo, esto que constituye una impostergable dilucidación personal, ineludible toda vez que el teólogo no discurre en torno a un principio divino general, sino en relación directa con el Dios de la historia y, más precisamente, su revelación, Cristo y su Palabra, podemos afirmar además que ha sido la pregunta que ha concitado a través de todos los tiempos los esfuerzos más sensibles de la Iglesia toda y de cada generación cristiana. Hállanse implicados en tal pregunta, por lo demás, y en todos sus esfuerzos de abordarla, dos dimensiones indisolubles del mensaje cristiano, esto es: los conceptos de identidad y de relevancia. Nos referimos con aquello de la identidad y la relevancia a aquel dialéctico movimiento que se establece en torno al mensaje fundante de nuestra fe, y que no es otro, respecto a lo primero, que la afirmación de su verdad, entendida como verdad revelada, que incluye el seguimiento de su despliegue en la historia de sus interpretaciones[1],

---

[1] No se está sugiriendo con tal afirmación, claro está, que Escritura y tradición han de gozar de la misma autoridad, tal como lo hiciera ya el Concilio Tridentino en su primer decreto conciliar (cf. H. Dezinger, *Enchiridion symbolorum, definitionum et declarationum de rebus fidei et morum*, Herder, Barcelona, 1960, 1501), sino, más bien, se intenta indicar aquí que aquel conjunto de interpretaciones y sistematizaciones en desarrollo histórico, en la medida en que su compromiso esencial ha

como, al respecto de lo segundo, la preocupación por el impacto relevante de esta verdad, a modo de participación contextual.

Ya Paul Tillich, al comienzo de su *Teología sistemática*, podía afirmar abiertamente que la función más importante del quehacer teológico en cuanto órgano de la iglesia no es otra, sino "la afirmación de la verdad del mensaje cristiano y la interpretación de esta verdad para cada nueva generación"[2]. Ciertamente, nadie podría negar que, en el esfuerzo por preservar la verdad insustituible del mensaje cristiano, su particular identidad, como mensaje que se distingue de todas las demás voces y anuncios de este mundo, y en el empeño a su vez por traducir esa inmutable proclamación a las oscilantes categorías de comprensión humanas, propias de cada cultura y generación, radica la labor teológica esencial de la iglesia cristiana. Y, no obstante, ¿quién podría desconocer también en esta tarea tan fundamental al propio ser de la iglesia, aquello que asimismo le ha enfrentado a su mayor crisis y desgarramiento internos, toda vez que a esta no siempre le ha resultado labor fácil el discernimiento del correcto modo de relacionar la afirmación y la interpretación del mensaje de nuestra fe? ¿Quién no podría advertir, entre tanto, tras el fraccionamiento de una misma familia denominacional, la evidente polarización de sus bandos al enfatizar una dimensión a expensas de la otra, ora la de la identidad, ora la de la relevancia, de aquel mismo e indisoluble discurso cristiano? Más aún, si tuviéramos que someter a evaluación nuestro propio cometido como quehacer teológico y eclesiástico evangélico latinoamericano, en función de acceder a una armónica correlación entre ambas inseparables dimensiones de la fe, ¿diríamos que lo que ha primado aquí ha sido el saludable fluir dialéctico de ambas funciones o, simplemente, la exacerbación polarizante de una sola de ellas? ¿Podríamos afirmar que, en nuestro afán de una presurosa interpretación de aquel mensaje a la contingencia política, social o cultural de nuestra América Latina, y en el intento de destacar, claro está, su continua dimensión relevante, se ha sabido siempre preservar la afirmación de aquella revelada verdad y la referencia histórica de sus sistematizaciones, que resulta inseparable de su propia identidad? Y, a modo de indispensable contraparte, ¿podríamos constatar que, a aquella ferviente valoración por la verdad de este mensaje, incluso en su articulación doctrinal o confesional, le ha seguido siempre su eficaz internalización en las urgencias más vitales de nuestra vida social, cultural, continental?

---

sido la iluminación de aquella verdad escritural para una determinada coyuntura histórica y cultural, constituye para la iglesia el gran legado de su pensamiento y, en consecuencia, de su identidad. A tal legado, que, por lo demás, no puede ser comprendido ni como tradición repetitiva ni anquilosada, menos aún ponderado de tal modo que llegue a eclipsar la verdad escritural, toda vez que él mismo, correctamente entendido, no ha pretendido ser más que testimonio histórico de un determinado esfuerzo hermenéutico y teológico por traducir aquella revelada verdad, le habremos de denominar en lo siguiente, simplemente, como *historia del pensamiento cristiano.*

[2] *Teología sistemática I. La razón y la revelación. El ser y Dios*, Sígueme, Salamanca, 1982, 15.

Ahora bien, en la medida en que el hilo conductor que engarza cada uno de estos interrogantes se decanta en torno a aquel mismo principio de identidad y relevancia del mensaje cristiano, y al respecto del modo en que se ha de relacionar a ambos, permítasenos adelantar, en reacción a aquello, una declaración preliminar que resulte, al mismo tiempo, en propuesta programática de lo que a través de toda esta presentación intentaremos ensayar: ninguna contribución verdaderamente significativa al quehacer teológico y eclesiástico de América Latina podría darse por satisfecha en la actualidad con una comprensión de la fe cristiana que señale nada más que su carácter normativo y doctrinal, al margen de toda atención a su desarrollo histórico, como así también a su impostergable compromiso con la realidad contextual, pero, mucho menos, con permitir que sean aquella misma evolución y regionalidad las que configuren en exclusiva y prácticamente *a priori* el criterio de identidad. Empero, para que esta afirmación directriz logre articularse en lo concreto de una matriz social, cultural y continental, y sortee así los límites de la correcta pero abstracta declaración de principios, debe antes seriamente considerar la evidente complejidad que ofrece en la actualidad el escenario evangélico de América Latina. Un escenario, tanto eclesiástico como teológico, mucho más diversificado y complejo que el de hace treinta años, y en el que confluyen, solo por nombrar algunos de sus actores más notorios y en principio virtualmente antagónicos, desde el fundamentalismo, las ortodoxias, el pentecostalismo autóctono, los recientes movimientos neopentecostales y los grupos emergentes, hasta la teología de la liberación, las teologías del genitivo[3] y los incipientes bloques progresistas. Y, sin embargo, más allá de la diversidad de expresiones y modalidades, no siempre fáciles de reconocer o clasificar, que se dan cita en el contexto evangélico de nuestro continente, creemos posible advertir dos tendencias preponderantes que, aunque sean disímiles en su origen y muchas veces excluyentes entre sí, convergen no pocas veces en el curso de su desarrollo en similares comportamientos polarizantes. Ambas tendencias giran, a nuestro juicio, también en torno a la dimensión de la identidad y la relevancia del mensaje cristiano, pero la mayoría de las veces exacerban, no obstante, una sola de estas inalienables funciones. Llamaremos a este movimiento unidireccional: verdad (identidad) en postergación de la contextualidad (relevancia), y contextualidad que condiciona ella misma *a priori* el criterio de verdad. Ciertamente, qué duda

---

[3] Ha sido, hasta donde nos resulta posible saber, Hans de Wit, en su útil libro, *En la dispersión el texto es patria. Introducción a la hermenéutica clásica, moderna y posmoderna* (Universidad Bíblica Latinoamericana, San José, 2002), el que ha utilizado por primera vez, al menos en español, el término *teologías del genitivo*, o mejor dicho, *hermenéuticas del genitivo*, para hacer referencia a aquellas teologías o hermenéuticas latinoamericanas epígonas de la teología de la liberación y que, tal como la sintaxis del caso genitival lo refiere, harían referencia al elemento de definición de su quehacer, a saber: teología *del* indígena, *de la* mujer, *de la* tierra, etc.

puede haber de que en el cuidado por no encallar en ninguna de estas aporías reside en parte aquello que le permitirá al quehacer teológico y eclesiástico evangélico de nuestro continente desarrollar una sana relación dialéctica entre ambas fundamentales dimensiones de la fe cristiana –la identidad y la relevancia– que, junto con la continuidad y fidelidad hacia su acervo histórico (teología *in oratione obliqua*), posibilite a su vez la iluminación creativa y desafiante del presente (teología *in oratione recta*)[4].

Esa diversidad de formas y expresiones que a la sazón dan forma al variopinto escenario evangélico de América Latina, y cuya complejidad en cuanto al análisis no podría ser desconocida, discurre, no obstante, y a pesar de todo aquello, bajo un determinado horizonte espiritual y de sentido –*lo evangélico*–, y este bajo una particular fuerza histórica e ideológica, que le ha insuflado su contenido –los grupos y movimientos misioneros que han sido gestores de la evangelización en nuestro continente, con casi total hegemonía entre estos, aquellos provenientes de los Estados Unidos–. Tales grupos y movimientos, en efecto, han sido no solamente responsables por la introducción del protestantismo en América Latina –y ya al nivel de empresa misionera, enhorabuena– o de aquello que en tan alta medida se tiende a afirmar y a comprender en nuestro medio como *lo evangélico*, sino además por el modo en que se ha llegado a establecer en el mismo la relación entre la dimensión de la identidad y de la relevancia del mensaje cristiano. Sea necesario, por tanto, y a la luz de estas fundamentales afirmaciones, realizar dos importantes clarificaciones, tanto en relación con lo que queremos mentar por *lo evangélico*, como por el alcance que pretendemos asignarle a aquello de las dimensiones de la identidad y la relevancia dentro de este contexto específico. Al respecto de la relación con *lo evangélico*, o si se quiere, con el concepto aquel de *iglesia evangélica*, no es sorpresa para nadie el hecho de que el término puede bien prestarse (y se ha prestado) a más de una ambivalencia o confusión. En efecto, mientras por lo general en Alemania o en muchas iglesias luteranas de Europa, la iglesia luterana es, por antonomasia, la *iglesia evangélica*, y bajo este término es conocida, entre tanto que a otras confesiones o denominaciones cristianas se las designa específicamente por su nombre –por ejemplo: iglesia católica, iglesia bautista, iglesia pentecostal, etc.–, en el mundo anglosajón, lo *evangelical* hace referencia a aquellas facciones del protestantismo estrictamente de cuño conservador, cuando no directamente fundamentalistas, y generalmente refractarias tanto a la actividad ecuménica y al diálogo con otras religiones, como al involucramiento en el área de lo social y lo

---

[4] Ambas funciones de la teología –*in oratione obliqua* e *in oratione recta*– son desarrolladas ampliamente por B. Lonergan en *Especializaciones funcionales constitutivas del método teológico* (en, *Método en teología*, Sígueme, Salamanca, 2006, 132 ss.). Véase, también, E. Araya, *Funciones de la teología*, en, *Introducción a la teología sistemática. Prolegómenos,* CTE, Santiago, sin fecha de publicación, 11 ss.).

político. Por otra parte, sabido es que no pocos cristianos evangélicos en América Latina preferirían no ser clasificados bajo aquella particular designación de *lo evangélico,* sino directamente como protestantes, en la medida en que tienden a asociar lo primero con aquellas corrientes cada vez más vaciadas de las fuerzas históricas características de la Reforma –teológicas, litúrgicas, espirituales–, como rendidas ya a las peculiares formas de un evangelicalismo o protestantismo reconvertido según la cultura y el espíritu religioso de los Estados Unidos, aunque, por lo demás, sean muy conscientes de que las tales resultan ser, en este concierto latinoamericano, las corrientes realmente más representativas, sino directamente hegemónicas. Tal reclamo, que al menos desde el punto de vista del análisis formal bien podría hallar justificada razón, se estrella, sin embargo, con las delimitaciones de su propia descripción, en el sentido de que, reconocido el hecho de que son precisamente estas corrientes y no otras las que predominan en el protestantismo de América Latina, no es posible en consecuencia distanciarse tan fácilmente de aquella designación, incluso si se concediera el caso de que la misma podría resultar, para algunos, reduccionista o abiertamente incómoda.

Precisamente, y ya que lo que nos ocupará a lo largo de todo este recorrido será el influjo de las corrientes evangélicas de los Estados Unidos en América Latina, es indispensable ofrecer algunas breves especificaciones sobre la comprensión que en aquel país se tiende a establecer de *lo evangélico,* como así también el modo en que nosotros utilizaremos tal término en relación con nuestro propio medio latinoamericano. Tal como hemos señalado anteriormente, en el contexto anglosajón, y aquí específicamente estadounidense, el término *evangelical* hace referencia general a aquellas corrientes del protestantismo que bien podrían amparar a aquel gran espectro de cristianos y comunidades protestantes caracterizados por una teología y una visión sociopolítica de la vida que podría oscilar entre lo explícitamente conservador y lo abiertamente fundamentalista, y que, en opinión de P. F. Knitter[5], incluiría básicamente a los sectores declaradamente fundamentalistas, a los evangélicos más moderados en relación con ese mismo fundamentalismo y a los tradicionales grupos pentecostales y sus recientes derivaciones neopentecostales. Según el mismo autor[6], las divergencias entre todos estos sectores estarían puestas más bien en lo relativo a la intensidad de su experiencia potenciadora del Espíritu y a la forma en que los énfasis característicos del fundamentalismo pudiesen estar presentes, sea de un modo más moderado o de uno más radicalizado, más que en el orden de una diferenciación sustancial en cuanto al fondo de su teología misma. Se trataría, por lo demás, de una línea que concitaría un enorme contingente de cristianos en los Estados Unidos, y que, a juicio del propio Knitter, de considerar la población protestante afroamericana –agreguemos también aquí,

---

[5] *Introducción a las teologías del mundo,* Verbo Divino, Navarra, 2002.
[6] *Ibíd.,* 70.

desde luego, la población de inmigrantes evangélicos hispanos y asiáticos, algo que generalmente no se tiende a incluir–, llegaría a bordear o a superar incluso el 40 por ciento de la población estadounidense.[7]

Dicho todo esto, debemos considerar también a aquel otro bloque de cristianos protestantes en los Estados Unidos, para quienes la palabra *evangelical* no resulta una caracterización apropiada en absoluto. Se trata de aquellas familias denominacionales que aparecen en inmediata continuidad, al menos en lo que al asunto nominal se refiere, con las corrientes históricas de la Reforma, en lo que algunos han querido denominar un "protestantismo histórico", pero que han venido experimentando hace ya bastante tiempo un largo y profundo proceso de ruptura en relación con el legado de sus respectivas confesiones y, en un sentido más amplio, con el gran acervo del pensamiento cristiano, para abrirse a nuevas exploraciones teológicas, bajo un perfil que bien podríamos definir como "progresista" y "posmoderno". Hablamos de aquellos sectores a los que se da, en los Estados Unidos, el nombre de *mainline churches,* y que, a diferencia del anterior bloque evangélico, ostentan como elemento consustancial de su agenda y aun de su propia identidad, solo por mencionar algunos elementos al azar, una declarada participación en la coyuntura política –si bien, como veremos más adelante, el bloque evangélico tampoco queda exento de aquel involucramiento en la política coyuntural, aunque ciertamente lo lleve a cabo bajo los auspicios de la derecha religiosa y otras organizaciones semejantes–, básicamente en el marco de la dinámica de la izquierda cultural, la valoración amplia del programa ecuménico, lo que incluye asimismo el diálogo con las grandes religiones del mundo y, en no pocos casos, la integración de algunos de los componentes de su espiritualidad, como, a su vez, un replanteamiento sustancial de la temática ética y valórica afirmada tradicionalmente por el cristianismo convencional. Nos referimos, por último, a un sector que experimenta a la sazón, y por motivos de los que más adelante nos ocuparemos ampliamente de discutir y detallar, una dramática disminución de su feligresía y de su impacto en la sociedad, un fenómeno con consecuencias todavía por precisar.

Pues bien, sin desconocer ni mucho menos esta importante diferenciación –es más: sirviéndonos básicamente de su modelo–, intentaremos, no obstante, abordar nuestra investigación desde un constructo mucho más amplio y unificador, un constructo que sea capaz de contener las matizaciones y aun antagonismos de ambos bloques o sectores del protestantismo o evangelicalismo estadounidense, pero que, al mismo tiempo, sea capaz de identificar y preservar aquello que, por sobre concordancias y oposiciones, se nos ofrece como absolutamente distinguible de este particular genio espiritual y religioso. Aludimos obviamente aquí a aquel concepto tan caro y fundamental para definir la dinámica y el perfil del

---

[7] *Op. cit.,* 71.

cristianismo de los Estados Unidos, aunque particularmente en nuestro caso, al protestantismo de aquel país, que es el de *religión americana* o, mejor dicho, de *American Religion*. Sin entrar de momento en ninguna mayor explicitación de todo aquello que estaría contenido en el concepto de *American Religion*, toda vez que tal cavilación será nuestra preocupación constante a lo largo de toda esta exposición, convénganos por ahora simplemente señalar que se trata de un concepto de amplio consenso y uso entre historiadores, críticos sociales y teólogos, tanto dentro como fuera de los Estados Unidos, para hacer alusión a aquel estado de profunda reelaboración que ha experimentado en términos generales el cristianismo y, en términos específicos, el protestantismo, desde sus fuerzas históricas fundantes –el cristianismo primitivo, Europa– con ocasión de su inserción en el contexto social y cultural de los Estados Unidos. Un estado de profunda transformación, cuya consecuencia más pronta a reconocer ha sido el nacimiento de un tipo de cristianismo y un tipo de protestantismo que no solo guarda escasa continuidad y relación con aquellas fuerzas fundantes ya mentadas, sino que, al igual que el genio cultural de aquel país, bien podría ser definido en términos de lo que suele denominarse como su inconfundible *excepcionalismo*.

Tal constructo, la *American Religion*, indivisible si lo situamos tan solo a partir de los escuetos datos que sobre este acabamos de verter, se intentará desglosar, no obstante, en relación con el protestantismo de aquel país y, en particular, entre aquellas corrientes del mismo que tienden a exacerbar la dimensión de la identidad en detrimento del discurso relevante y horizontal –y que hallarían evidente representatividad en aquella designación de lo *evangelical*, reseñada ya por P. F. Knitter–, y aquellas otras corrientes que, por el contrario, suelen radicalizar la dimensión de la relevancia, prácticamente en suspensión de toda su contraparte de la identidad –y en las que habría que consignar todas aquellas líneas que bien podrían quedar circunscritas bajo el concepto aquel de *mainline churches*–. Ciertamente, toda vez que lo que aquí habremos de acometer será la influencia y las consecuencias que la *American Religion* ha tenido sobre el concierto evangélico de nuestro continente, tanto en lo relativo a su quehacer eclesiástico como teológico, aparece claramente exigida la necesidad de detenernos específicamente en aquellas expresiones suyas que han contado con una efectiva y real presencia en este medio. Este parámetro hace referencia, en este caso, a aquellas manifestaciones mayoritariamente provenientes de aquella línea *evangelical*, y que nosotros, como hemos dicho, comprenderemos dentro del marco de aquella dialéctica tan consustancial para la fe cristiana –la de la identidad y la relevancia–, como la afirmación de un posicionamiento que tiende a radicalizar la primera de estas dimensiones, entretanto que tiende a suspender o a minusvalorar la segunda de ellas; a saber: aquellos grupos y corrientes misionales originados tanto a partir del así llamado Segundo Despertar, como dentro del marco general del fundamentalismo misional, que incluye asimismo ciertas expresiones de la ortodoxia, las posteriores corrientes pentecostales y neopentecostales, y se extiende hasta llegar a los incipientes movimientos emergentes. Desde luego, y en atención al hecho de que ha sido esta línea *evangelical* la expresión absolutamente preponderante de la *American Religion* en América Latina, cuya influencia por lo demás ha resultado tan decisiva a la hora de configurar el perfil y la dinámica característicos del protestantismo de nuestro continente, no parece posible impugnar sin más la validez de designación de este con el nombre de *evangélico*. Se comprende, claro está, que existe a la par de aquella, otra connotación del término, mucho más amplia teológicamente hablando, esto es, en cuanto referencia directa a la proclamación del *euangelion* y a la gracia y la oferta de salvación contenidas en la persona y en el mensaje de Jesús, el Cristo.

Más allá de esto, y reconociendo abiertamente la ascendencia predominante de esta línea *evangelical,* cuya constante propensión se ha decantado hacia la evidente polarización de la dimensión de la identidad, tendremos asimismo el deber de abordar aquella otra expresión de la *American Religion* que, por el contrario, se ha perfilado, cuánto más en estas últimas décadas, hacia un notorio radicalismo del discurso relevante y horizontal. Una expresión, como se ha dicho, asociada generalmente a aquel concepto de las *mainline churches,* y que si bien no ha constituido (a diferencia del bloque *evangelical*) ninguna fuerza misional gravitante, y por lo mismo, su impacto en el concierto evangélico de América Latina ha sido realmente muy exiguo, comienza en la actualidad, sin embargo, a partir de cierta presencia en espacios teológico-educacionales y una agenda que, identificada con una determinada directriz política y cultural, resulta de evidente agrado para ciertos grupos afines a ella, a ofrecer alguna incipiente influencia en el concierto evangélico continental. Por supuesto, *evangelical* y *mainline churches, identidad* y *relevancia,* no constituyen, a decir verdad, más que sendos tipos ideales, instrumentos heurísticos de aprehensión de la realidad al servicio de la descripción de una determinada dinámica de fe y su aledaña espiritualidad, la religión americana, cuyo alcance, empero, sobrepuja con creces la estricta referencia a un quehacer teológico y eclesiástico en particular para integrar en su horizonte elementos esenciales de aquel genio cultural usamericano. Es cierto, por otra parte, y nadie lo podría negar, que la vida concreta se presenta siempre mucho más compleja de lo que cualquier tipo ideal puede consignar y, en tal sentido, no es posible presionar a tal recurso conceptual al punto de exigirle que constituya un catastro inequívoco de aquel fenómeno sobre el cual este se ha decidido implementar. Esto equivale a afirmar que no existen fenómenos de la realidad humana que se expresen de manera completamente aséptica y pura, sin la integración de o la interacción con otras experiencias de la realidad, tanto si ese relacionamiento es de antagonismo, complementariedad o continuidad. Valga, en efecto, esta aclaración, por cuanto en lo que a la religión americana refiere, no debemos pensar que aquella indisoluble dialéctica de la fe cristiana –las dimensiones de la identidad y la relevancia– se desarrolle entre ambos bloques o expresiones ya descritos bajo una suerte de antagonismo primigenio o un dualismo primordial, esto es, aquí la relevancia –*mainline churches*–, allá la identidad –*evangelical churches*–, sin que medie al menos entre ambas un cierto grado de relacionamiento y correlatividad.

Dicho de otro modo: no existe en realidad algún quehacer eclesiástico o teologal, por más abocado que esté a la preservación celosa de aquello que a su juicio aparece contenido e inmodificable en la dimensión de identidad que, al mismo tiempo, no busque siquiera furtivamente que sus propiedades sean de algún modo relevantes para la generación actual; de igual manera, desde luego, tampoco existe alguna corriente teológica o algún movimiento eclesial que, en su esfuerzo por actualizar el discurso cristiano (por más radical y a ratos destemplado que nos parezca este afán), prescinda absolutamente de todo fondo de identidad para explicarse a sí mismo. Pues bien, en virtud de lo acotado, sería erróneo afirmar que las expresiones de la *American Religion* amparadas bajo aquella designación de lo *evangelical* carezcan de toda preocupación por la temática relevante y contextual, o, por el contrario, que a las circunscritas dentro de aquel concepto de *mainline churches* no le asista en su esfuerzo de cubrir lo horizontal siquiera un breve margen de referencia a la dimensión de identidad. Mas, con todo lo cierto que esto pueda entrañar, se debe reconocer sin embargo como rasgo aprehensible y tendencia general, y aquí es precisamente donde la figura del tipo ideal nos ofrece a despecho de lo ya mentado una indiscutible utilidad, que en la religión americana se trasunta una disposición casi natural a la escisión de esta indisoluble dialéctica de la fe cristiana, la relevancia y la identidad, de forma tal que la atención y afirmación de la una es prácticamente a la par y casi por un acto de necesidad postergación (sino directa suspensión) de su contraparte esencial. Por supuesto, es menester precisar además que la comprensión y afirmación que en este contexto se llegue a albergar sobre las dimensiones de la relevancia y la identidad discurre básicamente dentro de los márgenes y precomprensiones dados por aquella misma *American Religion* y, en última instancia, por su entorno cultural mayor, esto es, la *American way of life*.

A la luz, entonces, de esta especificación, quisiéramos por último señalar brevemente la forma en que hemos decidido dividir este trabajo. En el primer capítulo, nos ocuparemos de analizar aquella expresión del protestantismo de los Estados Unidos que hemos definido ya como bloque *evangelical,* y cuya propensión general, amén de las explicaciones ya referidas anteriormente, se orienta según nuestra opinión hacia una evidente radicalización de la dimensión de la identidad. Desde luego, en la medida en que de este bloque han emergido aquellos grupos y corrientes cuyas fuerzas misionales y espirituales han resultado prácticamente fundantes y hasta el día de hoy sostenedoras del protestantismo en América Latina, lo que le confiere en tan alto grado su inconfundible caracterización, orientaremos nuestro esfuerzo precisamente al análisis de estas, aunque destinemos, no obstante, una mayor atención en este espacio al movimiento fundamentalista. La razón de proceder así apunta a la importante fuerza misional que de suyo siempre ha definido al movimiento fundamentalista y a su innegable influencia en nuestro propio contexto evangélico, incluso en cuanto modalidad de pensamiento que trasciende lo estrictamente teologal para integrar sendas visiones en lo relativo a la cosmovisión política, cultural o de sociedad; esta metodología considera además que, como rectamente ha señalado P. F. Knitter, en este bloque *evangelical* las diferencias a observar guardan más bien relación con la dinámica asignada al Espíritu que con una diferenciación sustancial del fondo teologal mismo. En consecuencia, las variaciones oscilan en cuanto a los grados de moderación o radicalización en que se expresen entre estos grupos los énfasis característicos de la teología fundamentalista. Dentro de esta primera sección, también consideraremos, aunque no exista una ligazón o un punto de contacto evidente y directo con el fundamentalismo propiamente dicho, algunas expresiones de la ortodoxia y asimismo de los actuales movimientos emergentes, en cuanto expresiones de la religión americana que, a pesar de sus diversos orígenes y matices, constituyen de igual modo, en nuestra opinión, ejemplos concretos de corrientes posicionadas en torno al radicalismo de la dimensión de la identidad. Ciertamente, no lo debemos olvidar, nuestro mayor interés en todo este esfuerzo descriptivo será el análisis y la reflexión al respecto del impacto y las consecuencias que todas estas corrientes han tenido o tendrán –pensando aquí en el caso específico de movimientos más recientes, como el neopentecostalismo o los grupos emergentes– en el quehacer eclesiástico y teológico evangélico de América Latina y, en última instancia, en su configuración contemporánea. Sin embargo, también quisiéramos comprender en esta parte los orígenes mismos de la *American Religion,* explicitar con mayor profundidad sus énfasis, sus contenidos y los modos en que los mismos han sido internalizados tan profundamente en el mundo evangélico de nuestro continente, la mayoría de las veces de una forma completamente inadvertida para el grueso de su población, aun cuando han arrastrado consecuencias decisivas y fundamentales. Para ello, en efecto, se hará indispensable referirnos siquiera indirectamente a los dos grandes despertares espirituales de los Estados Unidos y a los primeros contactos del protestantismo de aquel país, a modo de esfuerzos misionales, con América Latina.

En el segundo capítulo, abordaremos aquellas expresiones de la religión americana cuya directriz se orienta, por el contrario, hacia una notoria polarización de la dimensión de la relevancia, y que hemos consentido en comprender bajo aquella figura de las *mainline churches.* Valgan aquí, por supuesto, las mismas matizaciones que presentábamos al respecto del bloque anterior. Cabe señalar además que ampliaremos en este capítulo nuestro análisis al respecto de esta particular propensión a radicalizar la dimensión de la relevancia más allá de los límites exclusivos de la religión americana, para dedicar un generoso espacio a quehaceres teológicos tan característicos de esta posición como lo son –y con el agregado además de constituir un producto, como se afirma, nativo de nuestra reflexión– ciertas teologías del genitivo y, desde luego, la teología de la liberación. Volviendo, empero, al tema concreto de la religión americana, nos ocuparemos a su vez de desarrollar nuestra convicción de que no solo existe una sola y exclusiva expresión de esta, como tantas veces se ha dado por sentado sin mayor constatación, asociándola particularmente con el bloque *evangelical,* y dentro de este específicamente con el fundamentalismo, los movimientos pentecostales y neopentecostales y, desde luego, las tendencias políticas de derecha, sino también una expresión caracterizada por la radicalización del discurso horizontal y relevante, el deleite por la dinámica contracultural y la plena identificación con el programa de la izquierda cultural. Una expresión que tiende a legitimar, sino directamente a cristianizar, precisamente en cuanto modalidad religiosa, prácticamente todo aquello que aparece contenido en la agenda progresista, al tiempo que busca censurar lo que desde el bloque evangelical es tenido por norma de fe y conducta, en la medida en que se le enrostra a este un proceder no solamente evasivo al respecto de las urgencias de los tiempos, sino además "fundamentalista" y "radical". Precisamente en este punto intentaremos demostrar que, a despecho de tan evidentes y en primera instancia irreconciliables antagonismos que aquí nada más hemos podido enunciar, nos hallamos en presencia de distintas expresiones y énfasis, pero con un mismo fondo religioso, ideológico y cultural –esto es, la *American Religion*– que ambos bloques, incluidas sus llamativas remarcaciones, comparten por igual. Cubriremos también, y siempre dentro de esta línea de la religión americana que exacerba la dimensión de la relevancia y el discurso horizontal, el modo en que la misma, bajo el soporte directo de ciertas tendencias políticas y sociológicas, ha venido ejerciendo durante un tiempo considerable una influencia ideológica importante en cierta parte de la educación superior de los Estados Unidos, sus métodos y publicaciones en general (aunque aquí nos detendremos específicamente en lo teológico). Observaremos, por último, la manera en que, a partir de esta injerencia, tal tendencia ha venido insinuando una cada vez más incipiente presencia en el concierto evangélico de América Latina, precisamente entre aquellos sectores que le otorgan un carácter directriz y referencial a aquella línea teológico-educacional.

En el tercer y último capítulo, intentaremos ofrecer una lectura en perspectiva ya final al respecto de las consecuencias que creemos ha tenido el concurso de la religión americana en el quehacer eclesiástico y teológico evangélico de nuestro continente. Se comprende plenamente aquí que la misma es expresión de un genio cultural mucho más global –la *American way of life*–, y por eso se considerarán las consecuencias que este genio trasvasado precisamente por medio de este canal religioso-espiritual –la *American Religion*– ha tenido también para la vida social y cultural de América Latina. Por supuesto, el esfuerzo será aquí no solamente detenernos en aquel conjunto de elementos disgregantes y escindidos de la *American Religion,* y que resultan a nuestro parecer enormemente decisivos a la hora de intentar explicar aquel tan profundo desgarramiento entre la dimensión de la identidad y de la relevancia que caracteriza al mundo evangélico de América Latina, sino también poder reconocer aquellas fuerzas espirituales y vitales consustanciales a esta, y que han llevado a convertirla en una de las expresiones del cristianismo con más conciencia y vigor misioneros. No podríamos cerrar este capítulo final sin dejar de ofrecer al menos una muy tentativa propuesta al respecto de cómo creemos que podría ser posible, para el quehacer teológico y eclesiástico latinoamericano, avanzar hacia la consecución de una correcta articulación dialéctica entre las dimensiones de la identidad y la relevancia de la fe cristiana, sin cuya verdadera relación orgánica, el mensaje cristiano o pierde su fondo y consistencia o pierde su real impacto y aplicabilidad en el mundo. A este propósito, nos será de gran utilidad cotejar el esfuerzo de otras esferas del pensamiento latinoamericano, como lo es el proyecto de una filosofía hispanoamericana, asimismo involucrado, y acaso con una mayor conciencia de su urgencia y necesidad, en la tarea de posibilitar una mayor correlatividad entre lo universal y lo circunstancial, en este caso, del quehacer filosófico, con el fin de lograr una reflexión y una acción que, al tiempo que fiel y responsable con el destino histórico de lo latinoamericano, su *circunstancialidad*, lo sea también con la plena conciencia de ser parte de un gran acervo tradicional, y de las problemáticas planteadas por el ser humano sin las exclusiones o particularidades de una determinada regionalidad, a saber, lo *universal*.

Toronto, invierno del 2013

Una nueva edición de *La sombra religiosa americana* venía haciéndose hace tiempo ya, a mi juicio, largamente necesaria. La oportunidad para ello nos la ha brindado con enorme gentileza Editorial CLIE, razón por lo cual le estamos grandemente agradecidos. Por lo demás, en esta nueva edición, no solo hemos tenido la oportunidad de mejorar el estilo gramatical, corregir los errores propios del texto y actualizar nuestra bibliografía, sino además de entrar en diálogo fecundo con las nuevas corrientes ideológicas y de pensamiento que, transcurridos ya seis años desde la primera publicación de esta obra hasta la fecha, han comenzado a hacerse sentir poderosamente en nuestra sociedad actual, y frente a las cuales el mundo evangélico sencillamente no puede permanecer indiferente. Finalmente, si el contenido de este trabajo sirve de alguna manera al propósito de proporcionar mayores elementos de juicio y recursos al mundo evangélico de América Latina, a fin de que este pueda relacionarse de una forma mucho más lúcida y contribuyente con su herencia misionera y su ininterrumpido influjo —el innegable conjunto de posibilidades que ella posee, pero al mismo tiempo sus elementos altamente disonantes y confusos—, me sentiré ya suficientemente recompensado por este libro.

Viña del Mar, invierno del 2020

PARTE I

VERDAD EN POSTERGACIÓN DE LA CONTEXTUALIDAD.
LA IDENTIDAD COMO IMPERATIVO

1

Planteamiento del problema

La urgencia por establecer una saludable relación dialéctica entre aquellas dos dimensiones ciertamente indisolubles de la fe cristiana, a saber, la identidad y la relevancia, no compromete una tarea cuya responsabilidad se deba únicamente endosar a la teología bíblica o sistemática, a la teología práctica o a la pastoral; esto no constituye tampoco un asunto de mera precisión y preservación doctrinal, ni de hacer más prácticos o populares sus contenidos. Antes bien, aquello, visto en su real profundidad, guarda relación con la determinación de la especificidad misma del mensaje cristiano y con la necesidad de que tal particularidad sea traducible a las categorías propias de comprensión humana e interpele a sus todas realidades existenciales y horizontales y, en consecuencia, es un trabajo que concita el esfuerzo todo de la iglesia cristiana. Por lo mismo, cualquier escisión de esta inquebrantable unidad o polarización en torno a alguna de estas dimensiones, lleva a cierto riesgo no solo de difuminar la unicidad de este mensaje, sino también de convertirlo en una alquimia o un discurso simplemente inocuo para el ser humano y sus necesidades integrales. Ahora bien, en lo que refiere a la relación estricta con la radicalización de la dimensión de identidad, podríamos decir, en términos generales, que el peligro estriba aquí en que, en aquel denodado esmero por resguardar el valor irreductible de las verdades que se estiman reveladas, mas en sensible postergación de su aplicación en desarrollo contextual, se tiende al evidente riesgo de identificar el contenido de tales verdades con ciertas interpretaciones y visiones propias de un determinado entrevero histórico y cultural, y se cree por lo mismo que un ulterior esfuerzo de contextualización o traducción no solo resultaría innecesario, sino además atentatorio contra aquella fijación inicial.

Un claro ejemplo de este posicionamiento, en que contenido de la verdad revelada y solución coyuntural se yuxtapone, al punto de forzar extemporáneamente su asimilación, podría estar fielmente representado tanto por el fundamentalismo bíblico-teológico como por algunas actuales reediciones de la ortodoxia evangélica. El resultado es, por tanto, en lo teórico, el hecho de que ambos sistemas dan muestras de una notoria incapacidad para ofrecer un diálogo profundo y veraz con la dimensión contextual, ya que elevan lo transitorio y contingente, con sus respectivas figuras conceptuales, a lo absoluto y perenne; en lo existencial, por su parte, esto acarrea la censura de toda búsqueda honesta de la verdad, la crisis entre la ciencia y la conciencia y, por último, una suerte de insana fiscalización a la conciencia libre de quienes no alineen fila con las conclusiones inalterables de esa escuela. Es cierto que, en una estructura de pensamiento planteada según esta modalidad, el elemento de identidad se verá claramente favorecido, y se evitará así su consiguiente problematización –"sabemos quiénes somos, lo que pensamos y hacia dónde nos dirigimos"–, aunque, a decir verdad, aquel saber lo que se es no significa que haya sido realmente confrontado, a través del contacto con la otredad, aquella convicción de lo pensado, ni que esa seguridad no haya sido forjada mediante la exclusión de todo aquello que apareciera como discrepancia y desacuerdo, ni que aquel saber hacia dónde se va haya significado otra cosa más que un movimiento circular. Y es que una afirmación de la identidad cristiana que desestime *a priori* el *extra nos* siempre interpelante de la dimensión contextual, presente en las esferas política, social, económica, valórica, ambiental, en fin, de la vida toda, perderá en relevancia lo que ha ganado en identidad, y resultará, finalmente, en un discurso apenas significativo más allá de sus seguras fronteras confesionales o proposicionales. Pues bien, y sin más dilatación, introduzcámonos entonces en aquella expresión de la *American Religion*, cuyo movimiento general se orienta hacia una evidente exacerbación de la dimensión de identidad y atiende, en especial, al enorme influjo e impacto que tal tendencia ha ejercido en el concierto evangélico de América Latina.

2

Una herencia desde el Norte

Como es sabido, gran parte del protestantismo que arribó a América Latina, incluso a través de aquellas familias denominacionales abiertamente vinculadas con el movimiento histórico de la Reforma, no tomó el camino más directo desde su matriz fundante, Europa, sino que accedió a nuestro continente por medio de un más dilatado periplo, que incluía ya una profunda mediación teológica y cultural propia de los movimientos protestantes forjados en los Estados Unidos.[8] Determinar el impacto de esta herencia y obtener de allí las respectivas lecciones para el diversificado espectro evangélico de América Latina ha de ser la principal tarea que a continuación nos propondremos. No solo, desde luego, porque "la ignorancia de esos procesos de mediación ha sido un grave obstáculo para que los evangélicos latinoamericanos nos entendiéramos a nosotros mismos como protestantes"[9], como correctamente ha enfatizado José Míguez Bonino, sino, aún más, y planteado positivamente, porque el conocimiento pleno de esta mediación nos ha de permitir discernir con mayor precisión histórica los grandes méritos y oportunidades contenidos en esta herencia misional, pero del mismo modo también sus evidentes riesgos y vacíos. En efecto, ha sido la falta de discernimiento en cuanto a los elementos disonantes de la religión americana y no la escasez en relación a la celebración de sus aciertos la gran deuda que, a nuestro criterio, arrastra el mundo evangélico de América Latina, factor de retraso, a su vez, para el establecimiento de una relación mucho más saludable en torno a las dimensiones de identidad y

---

[8] Como podrá apreciar el lector, evitaremos a lo largo de todo este trabajo el uso del término *América* para referirnos a los Estados Unidos, en la medida en que América, en estricto rigor, abarca las regiones Sur, Centro y Norte del continente. De igual modo, evitaremos también la inexacta designación de *Norteamérica* o *norteamericano* para la misma función, ya que tanto México como Canadá y sus respectivos habitantes son parte de Norteamérica y, en consecuencia, también norteamericanos. En su lugar, emplearemos siempre, para referirnos al país y a sus habitantes, el término *Estados Unidos-estadounidense* o, en su lugar, un concepto que no hace mucho ha comenzado a operar, pero a nuestro juicio, trae mucha claridad: *Usamérica-usamericano*. Hasta donde nos ha sido posible averiguar, el término proviene del filósofo español Carlos Thiebaut, aunque también acusa un amplio uso en la filosofía latinoamericana intercultural (así, por ejemplo, R. Fornet-Betancourt). Desde luego, dejaremos intacta la designación *América-americano* cuando la misma aparezca como terminología establecida, como en el caso, por ejemplo, de la "religión americana", o cuando forme parte de las citas bibliográficas que habremos de ocupar.

[9] J. Míguez Bonino, *Rostros del protestantismo latinoamericano,* Nueva Creación, Buenos Aires, 1995, 7.

relevancia de la fe. Ciertamente, le asiste nuevamente la razón a Míguez Bonino[10] cuando acusa que ha sido aquel afán casi compulsivo por avistar el error en el otro –entiéndase aquí por aquel otro, el "catolicismo heredado", cuyo error ha consistido mayormente, según gran parte del juicio evangélico, en su abierto sincretismo, su flagrante ausencia de centralidad bíblica, etc.– lo que ha impedido al mundo evangélico de América Latina operar con un similar criterio crítico cuando se ha tratado de reparar en los elementos distorsionantes que ha tenido su herencia misionera en la propia realidad evangélica. Empero, y a pesar de la consistencia que contenga la apreciación del teólogo argentino, o que los yerros enrostrados por una buena parte del espectro evangélico a aquel catolicismo no estén completamente desprovistos de todo fondo de veracidad, habría también que señalar que el influjo de esta herencia misionera proveniente de los Estados Unidos ha resultado tan abarcante y decisiva para el espectro evangélico de nuestro continente que sería virtualmente inimaginable pretender obtener una afirmación y explicitación de *lo evangélico* para este fuera de esos exclusivos márgenes y horizontes de sentido. Por lo mismo, y toda vez que tal herencia se ha constituido para este en su sustancia informante, en su medio natural, no han resultado fáciles ni la distancia de perspectiva requerida ni los recursos de acervo histórico y teológico debidos para desarrollar un indispensable ejercicio de discernimiento y crítica al respecto de la propia influencia misional. Esto es así al punto que se podría aseverar, aunque sobre ello no haya completa conciencia, o esta exista únicamente en relación al fundamentalismo, que afirmar la identidad evangélica en América Latina es afirmar lo sustancial de la religión americana, lo que ella tenga de meritorio, pero también lo que tenga de peligroso.

No se está afirmando con lo anterior que fuera de ese trayecto mediador no hayan existido jamás intentos de establecer expresiones del protestantismo en mayor correspondencia con su fuente primigenia en nuestro continente.[11] Así, por ejemplo, las dos malogradas expediciones calvinistas que, entre 1555 y 1558 zarpaban hacia Brasil, bajo la dirección del almirante Coligny y el consentimiento del propio Calvino, dan cuenta de aquello en plena época de consolidación de la

---

[10] *Ibíd.,* 116.

[11] Es menester recordar que tales expresiones más arcaicas de una fe protestante, es decir, en la modalidad directa de un protestantismo europeo no mediado por el tardío influjo del evangelicalismo estadounidense, no se habrán de establecer inicialmente en toda América Latina, sino únicamente en aquel enclave geográfico conocido como el Cono Sur, incluido Brasil, y más bien bajo el móvil de la *iglesia de trasplante* que el de la actividad propiamente misionera. Sobre las iglesias de trasplante en el Cono Sur puede verse: Waldo Luis Villalpando, *Las iglesias del trasplante. Protestantismo de inmigración en la Argentina,* Centro de Estudios Cristianos, Buenos Aires, 1970; Fritz Mybes, *Historia de las iglesias luteranas en Chile originadas por la inmigración alemana,* Optima, Santiago, 1996.

Reforma.[12] Incluso más, y aunque estos esfuerzos responden ciertamente a muy variadas fuentes, se deben también considerar a este respecto la obra de avanzada establecida por los cuáqueros en el Caribe en 1671, las diversas agencias anglicanas creadas posteriormente con el objetivo de evangelizar a las colonias británicas del Nuevo Mundo[13] o el grupo de moravos comisionados por el mismo Conde von Zinzendorf que en 1732 arribaba a las Guayanas Holandesas para iniciar trabajos con los esclavos negros de aquel lugar.[14] Sin embargo, de tal expedición calvinista, de la propia insistencia de Lutero tocante a la necesidad de evangelización de judíos y turcos[15], o de las mismas iniciativas posteriores, no podemos colegir que la actividad misionera en este período haya sido una prioridad absoluta y permanente.[16] Ciertamente, y como bien lo recuerda el historiador luterano R.

---

[12] Sobre las primeras expresiones del protestantismo en América Latina y los proyectos de misión posteriores, sigue siendo de mucha utilidad el capítulo de John Mackay, *El advenimiento del protestantismo*, en su ya clásico, *El otro Cristo español. Un estudio de la historia espiritual de España e Hispanoamérica*, CUPSA, Buenos Aires, 1989, 242-266; también el muy buen capítulo de R. Blank, *La llegada de las iglesias del protestantismo histórico a América Latina*, en, *Teología y misión en América Latina*, CPH, Missouri, 1995, 155-180; y, por supuesto, la obra de Arturo Piedra, sin duda el trabajo más importante en esta materia, *Evangelización protestante en América Latina. Análisis de las razones que justificaron y promovieron la expansión protestante*, Tomo II (citado desde ahora como *Evangelización protestante I-II*), CLAI, Quito, 2002.

[13] Nos referimos a la *Society for the Promotion of Christian Knowledge* (1698), la *Society for the Propagation of the Gospel in Foreign Parts* (1701) y los *Associates of Dr. Bray* (1723).

[14] Véase para esto, S. Rooy, *Las agencias misioneras en América Latina frente al paradigma ecuménico emergente*, en, A. Piedra; S. Rooy; H. F. Bullón, ¿Hacia dónde va el protestantismo? Herencia y prospectivas en América Latina (citado desde ahora como ¿Hacia dónde va el protestantismo?), Kairós, Buenos Aires, 2003, 73 ss.

[15] Como se sabrá, el propio Lutero expresó la necesidad de traducir y estudiar el Corán para llegar así a comprender mejor a los seguidores del profeta Mahoma y, de este modo, poder comunicarles el evangelio. Posteriormente, tanto el reformador esloveno Primus Truber (1508-1586) como el Barón luterano Hans von Sonegg (1493-1564), inspirados por la visión de Lutero, emprendieron la tarea de enviar Biblias y tratados a los turcos para darles a conocer los principios elementales del cristianismo. Similares acciones fueron emprendidas, a su vez, y dentro de la misma época, tanto por el Duque Ludwig de Württemberg (1557-1608), como por el Rey luterano de Suecia Gustavo Vasa (1496-1560). El primero envió al norte de África al predicador Valentin Class de Knittligen con el fin de que aprendiese los dialectos árabes de aquella región y así pudiese anunciar el evangelio a sus habitantes; el segundo comisionó misioneros luteranos para la evangelización del pueblo lapón. Para todo esto, resulta fundamental la obra de Werner Elert, *The Structure of Luteranism*, CPH, St. Louis, 1962, 398 ss. Puede consultarse también el buen artículo de Eugene W. Bunkowske, "Was Luther a Missionary?", en, *Concordia Theological Quartely*, Vol. 49, n.° 2 y 3, 1985, 161-179.

[16] No hay duda de que el reclamo de S. Rooy, en términos de que sería un error suponer que no hubo actividad misionera significativa en América Latina antes del siglo XIX, encuentra, como se ha visto, plena justificación, pero se debe reconocer asimismo que esta nunca alcanzó el carácter permanente y consistente, ni mucho menos el impacto en la población, que hallaría entre fines del siglo XIX y comienzos y mediados del XX. En parte, se debería explicar esta situación por las condiciones de extrema resistencia que encontrarían estas iniciativas misioneras en el continente, mucho

Blank[17] para el caso inmediato a la Reforma, factores tales como la importancia dada a promover las doctrinas de los reformadores dentro del propio territorio europeo y de este modo afianzar el movimiento de la Reforma en aquellos Estados donde esta había sido acogida, o la misma necesidad de organizarse y emprender una defensa contra los ataques perpetrados por los agentes de la Contrarreforma, sin contar la fatídica Guerra de los 30 Años, que llevó a los Estados luteranos y reformados casi al total debilitamiento de sus fuerzas, no podrían nunca dejarse de lado a la hora de intentar comprender este innegable retraso misional por parte del naciente protestantismo europeo.

No obstante aquello, no cabe duda de que conforme la causa de la Reforma se iba consolidando, en no pequeña medida gracias a las alianzas protectoras con los gobiernos civiles que la habían acogido –los príncipes, en el caso luterano; las importantes burguesías económicas, en el caso reformado–, y con ello se iba dando a luz un concepto de iglesia institucionalizada, con ministros y teólogos subordinados y a la vez beneficiados por aquella nueva estructura eclesiástica, cada vez más dependiente del poder secular, la actividad misionera quedaría prácticamente reducida a una experiencia única e intransferible de la iglesia primitiva. Así, por ejemplo, en el período de la ortodoxia, tanto luterana como reformada, se impondría el principio elemental de que el mandato de la gran comisión solo habría contado para el tiempo de los apóstoles, y no para las iglesias de Europa, las cuales solo tendrían obligaciones de instrucción cristiana para con sus ciudadanos, y aquello bajo la supervisión de las autoridades civiles, sostenedoras la mayoría de las veces de estas mismas comunidades. Notable es el caso del Barón luterano Justinianus von Weltz (1621-1668), nacido en Carintia, Austria, quien luego de haber vendido casi todas sus propiedades para organizar la empresa misionera, que él mismo encabezaría, tras haber apelado para ello al espíritu de la Confesión de Augsburgo como "principio de la recta fe para todos los cristianos luteranos", recibió el enérgico rechazo de la ortodoxia luterana ante su proyecto de misión y, en especial, de parte de uno de sus más reconocidos representantes, el teólogo de Ratisbona, Johann Ursinus (1608-1667). En efecto, Ursinus acusaría a von Weltz de fanático y hereje, por cuanto como simple laico se habría atrevido a desafiar la interpretación oficial de los doctores de la iglesia, según la cual, y como ya hemos visto, el período de la gran comisión habría expirado con el último de los apóstoles. Pero, incluso, Ursinus iba más allá en su rechazo de la actividad misionera, toda vez que, a su juicio, los paganos debían dar antes muestras de verdadera

---

más, desde luego, que en los siglos XIX y XX, pero también en virtud del objetivo que las mismas perseguían, esto es, el trabajo con sus respectivas colonias o con la población de esclavos directamente dependiente de aquellos intereses (cf. S. Rooy, *Las agencias misioneras en América Latina frente al paradigma ecuménico emergente*, en, A. Piedra; S. Rooy; H. F. Bullón, *Op. cit.*, 75).

[17] *Op. cit.*, 159.

humanidad y falta de contumacia para recién entonces hacerse acreedores de la comunicación del evangelio. Bajo un parecido tenor, aunque no con la misma virulencia mostrada por Ursinus, se condujo la respuesta del teólogo reformado Teodoro de Beza (1509-1605), continuador de la obra de Calvino en Ginebra y en otras ciudades suizas, ante el ferviente llamado de Adrián Saravia (1532-1612) de dar inicio a la actividad misionera, frente al que argumentó que solo la segunda parte del mandato de la gran comisión –"Haced discípulos", identificada en su opinión de igual modo con la instrucción cristiana– hallaba correspondencia con la iglesia de todos los tiempos, entre tanto que la primera parte del mandato –"Id por todo el mundo"– correspondía únicamente al tiempo apostólico.

Será, por tanto, tan manifiesta indolencia frente al compromiso por la tarea misionera lo que llevaría a su vez a la Iglesia Católica Romana a negar el carácter católico y apostólico del naciente protestantismo europeo, la cual contendría, a su juicio como signo imperecedero, el esfuerzo por compartir a los no creyentes el mensaje del evangelio. Solo con el advenimiento del Pietismo, asociado con los nombres de Phillipp Jakob Spener (1635-1705), August Hermann Francke (1663-1727) y la Universidad de Halle, con la figura del conde Nikolaus Ludwig von Zinzendorf (1700-1760) y los hermanos moravos y, por último, con la influencia de estos últimos sobre los hermanos Wesley y el consiguiente nacimiento del metodismo, todos estos figuras y movimientos críticos al institucionalismo de la Iglesia y su subordinación a los poderes temporales, como asimismo al positivismo de la teología de la ortodoxia, que se dará inicio entre una buena parte del protestantismo europeo a una real conciencia misionera. Conciencia misionera esta que, en la medida en que asumía un derrotero allende a estos marcos referenciales propios del institucionalismo eclesiástico y la ortodoxia evangélica, e incluso al generar nuevas corrientes e iglesias[18], sentaría las bases para la fundación de las modernas compañías misioneras evangélicas, que no serían ni siquiera afectadas posteriormente por aquellos otros dos movimientos igualmente refractarios a la actividad misionera, a saber, la teología liberal y la teología de la crisis o neo-ortodoxia. Huelga recordar, por lo demás, que en estos tales movimientos y su conciencia misionera encontraremos la antesala y el espíritu impulsor del Primer Gran Despertar (*First Great Awakening*) de los Estados Unidos, que luego, por medio del Segundo Despertar (*Second Awakening*) y del propio movimiento fundamentalista, se convertirán en las corrientes misioneras evangélicas más influyentes desde aquel país del Norte hacia América Latina.[19]

---

[18] Aunque, como bien lo precisan J. L. González y C. F. Cardoza, en su *Historia general de las misiones* (CLIE, Barcelona, 2008, 138): "Ello no se debió tanto al espíritu cismático de sus fundadores como a la rigidez de las iglesias dentro de las cuales surgieron".

[19] Para todo esto, puede verse el fundamental trabajo de G. Warneck; G, Robson, *Outline of a History of Protestant Missions from the Reformation to the Present Time*, Kissinger Publishing,

Pero volviendo a los vestigios de aquella presencia protestante directamente procedente de su fuente primigenia en América Latina, habría que recordar también que el primer cuerpo protestante que logró establecerse en nuestro continente, específicamente, en Brasil, fue el anglicano, que consiguió por lo demás el inédito logro para la época de la primera construcción de un templo no católico romano, y esto en una fecha tan temprana como 1819. Y, sin embargo, aunque cada enclave del continente iberoamericano bien podría atestiguar de esta inicial presencia evangélica, incluso con alguna participación en la contingencia social y cultural, lo cierto es que fuese ya por las condiciones ambientales de la época, marcada por la evidente hegemonía católica y su violenta indisposición hacia toda expresión de fe y pensamiento que no representara las formas ya establecidas[20], fuese porque tal presencia ocupó un espacio básicamente de comunidad de trasplante, con atención casi exclusiva a los inmigrantes europeos, los inicios del movimiento evangélico moderno en América Latina deben ser reconocidos como parte de los esfuerzos misioneros provenientes de los Estados Unidos, luego de concluida la guerra hispano-estadounidense, a la par que el territorio latinoamericano despertaba gran interés para aquel país como tierra de expansión y de oportunidades.

Es verdad que es posible distinguir diversas corrientes históricas que configuraron la evolución del protestantismo misionero usamericano que finalmente habría de asentarse en América Latina, desde la segunda mitad del siglo XIX hasta

---

Whitefish, 2006.

[20] De hecho, habría que recordar que, aunque la inmigración de las comunidades europeas se llevó a cabo en muchos de los casos por invitación explícita de los gobiernos de las nacientes repúblicas de nuestro continente, que procuraban con su presencia la población de sus territorios baldíos, o como medida para incorporar nuevas técnicas para el mejoramiento de la producción agrícola, a la hora de intentar ejercitar libremente sus convicciones religiosas, y valga aquello para el caso específico de las representaciones protestantes, las comunidades de inmigrantes debieron enfrentar enormes hostilidades por parte de esas mismas autoridades, bajo la presión expresa de un catolicismo que hacía, en la mayoría de las veces, en estas naciones, como una especie de segundo gobierno. Entre algunas de estas discriminaciones, habría que considerar las grandes dificultades que debieron enfrentar estas comunidades protestantes de inmigración para la obtención de permisos para la construcción de sus propios templos, o el derecho a celebrar matrimonios y sepelios para sus miembros, incluso más, y así fue el caso de Chile, la negación de la posibilidad de dar sepultura a sus deudos en cementerios públicos y no tener más opción, bajo tales circunstancias, que arrojarlos al mar, o la negación análoga de poder brindar educación religiosa protestante a los propios hijos. Tal estado de abuso y de contrariedad únicamente pudo verse mitigado, y solo en ciertas ocasiones, gracias a la intervención oportuna de agentes diplomáticos europeos residentes en las respectivas naciones de América Latina. Un recomendable análisis de esta situación, específicamente para el caso de Chile, puede verse en el trabajo de W. Pacheco, "Impedimentos, libertad y nuevo status legal a las iglesias protestantes-evangélicas en Chile (1812-2001)", *Colección de Estudios Evangélicos*, Valparaíso, 2003.

nuestros días.[21] No obstante toda la utilidad que pudiese reportar seguir el rastro de aquel proceso, no cabe duda de que es en estas tales corrientes de misión, Segundo Despertar y fundamentalismo, y este último subsumiendo posteriormente al primero, donde podemos encontrar los elementos realmente gravitantes que han informado la conciencia evangélica de América Latina, sus visiones teológicas, su particular manera de situarse ante la cultura y la sociedad. Valga insistir en esta aclaración, por más que ciertos historiadores protestantes pasados y actuales se esfuercen por hacer aparecer a otros actores anteriores, muchos de ellos, aunque ilustres, nada más que personajes individuales que no movimientos misionales, como decisivos en tal conformación. Ciertamente, aquello debe ser explicado, como bien lo ha señalado José Míguez Bonino[22], por la añoranza de hacer del protestantismo un agente más activo en la historia y reivindicar, al mismo tiempo, su legitimidad espiritual en nuestro continente, aunque esto al costo de inflar muchas veces desproporcionadamente unas participaciones y acciones limitadas y circunstanciales de ciertos protestantes notables, a menudo por medio de citas selectivas y descontextualizadas, que no resultan en modo alguno suficientes para ocultar una presencia evangélica en América Latina realmente marginal y exigua. Pero, además, valga también mencionar como otra de las razones que ha conducido actualmente a la sobreexposición de estas figuras protestantes pioneras por parte de algunos recientes historiadores del protestantismo, y como complemento de lo dicho ya por Míguez Bonino, el afán de los mismos por mostrar a un protestantismo, sobre todo ante medios académicos no evangélicos y preferencialmente católicos, portador de un mayor progresismo social y una consistencia intelectual superior que los dados por aquellos movimientos misioneros realmente configuradores que, como se sabrá, no han destacado particularmente ni por lo uno ni

---

[21] De este modo, E. Fediakova, en su ensayo "Protestantismo misionero norteamericano en América Latina en el siglo XX" (Universidad Alberto Hurtado, *Persona y sociedad,* Vol. XXI, número 1, 2007, 12) distingue cinco corrientes básicas:

1) Desde 1890 hasta los años treinta del siglo XX: período de elaboración de estrategias misioneras para América Latina, en medio de las controversias entre los sectores conservadores y liberales.

2) Desde 1929 hasta 1945: período de reducción del contingente misionero hacia el continente, producto de la crisis económica originada por la Gran Depresión.

3) Desde 1945 hasta 1960: fusión de las corrientes evangélico-conservadoras y fundamentalistas con la lógica de la Guerra Fría y fuerte politización del discurso evangelístico.

4) Desde 1960 hasta 1990: período caracterizado por la implementación de modernas técnicas de evangelización, utilización de los medios de comunicación masiva, estudios de mercado e irrupción de las agencias no denominacionales o misiones de fe.

5) Desde el cese de la Guerra Fría hasta nuestros días: período marcado por el evidente declive del protestantismo confesional, como, a su vez, por el crecimiento vertiginoso del neopentecostalismo en todo el mundo, que asume incluso sus propias modalidades autóctonas, aunque siempre bajo el referente de los modelos estadounidenses.

[22] *Op. cit.,* 15.

por lo otro. Desde luego, no objetamos aquí ni el reconocimiento que se llegue a hacer de estas figuras ni mucho menos el rescate histórico de su memoria, aunque, como insiste Míguez Bonino, su participación aparezca mucho más dimensionada de lo que realmente ha sido. Pero sí nos parece muy necesario objetar el hecho de que se haga de estas figuras elementos gravitantes en la conformación de la conciencia evangélica de América Latina, cuando una simple observación ligera del espectro evangélico continental se encargaría de ofrecer un gran mentís al respecto de aquella pretensión. Al hacer esto, no solo se lleva a confusión a ese mismo medio académico no evangélico, y particularmente católico, sino que se le lleva a creer al propio mundo evangélico que son aquellos personajes pioneros los que han sido y siguen siendo gravitantes en la formación de su conciencia, con el resultado no solamente de incurrir en una falacia histórica, desmentida desde la simple cotidianidad evangélico eclesiástica, sino también de hacer casi inválida toda lectura crítica de las fuerzas realmente gravitantes de tal conciencia: el Segundo Despertar y el fundamentalismo.[23]

Hecha, por tanto, esta necesaria aclaración, convengamos en señalar que uno de los factores que indudablemente favoreció a la introducción del protestantismo en América Latina fue el hecho de que las incipientes oligarquías criollas liberales percibieran al mismo como un aliado[24] en su lucha contra las pretensiones totalitarias –tanto políticas como religiosas– de un catolicismo español todavía recluido en el viejo espíritu medieval, a quien, por lo demás, juzgaban como portador

---

[23] Pienso aquí, particularmente, en la sobreexposición que muchas veces se ha dado en Chile a la figura del misionero congregacionalista estadounidense David Trumbull, llegado a Chile en 1845 y fallecido en 1889, al cual se le quisiera atribuir, tanto por su consistencia intelectual como por su adelantada visión social, una gravitación en los posteriores movimientos evangélicos chilenos y hasta el día de hoy que, ¡muy lamentablemente!, guarda muy poca correspondencia con la realidad de los hechos. Ciertamente, cuando se observa tanto el comportamiento teológico como social del espectro evangélico chileno, tanto pretérito como actual, incluso el de aquellos sectores eclesiásticos que quisieran reclamar con mayor propiedad el legado del notable misionero estadounidense, como es el caso de las iglesias presbiterianas de Chile, no resulta en modo alguno posible seguir insistiendo en aquella ascendencia o continuidad, sino más bien confirmar el influjo envolvente que han tenido y siguen teniendo en la actualidad los movimientos misioneros ya citados, vale decir, primeramente, el Segundo Despertar, y luego, el fundamentalismo en prácticamente todas las modalidades en que este ha derivado. Un muy buen trabajo sobre el Rev. David Trumbull y su influencia en el Chile del siglo XIX, aunque no siempre capaz de sortear aquella misma idealización de este sobre los movimientos evangélicos posteriores, puede verse en, W. Pacheco, "Fe y obras: Breve perfil ecuménico y de su servicio social del Rev. Dr. David Trumbull (1870-1889)", en, M. I. Concha; C. Salinas; F. Vergara, *Historia Religiosa de Valparaíso*, Ediciones Universitarias de Valparaíso, Valparaíso, 2005, 51 ss.

[24] Piénsese, por ejemplo, en el caso concreto del presidente de Guatemala, Justo Rufino Barrios, quien durante su mandato (1873-1885) solicitó expresamente a los Estados Unidos la presencia en su país de misioneros presbiterianos para contrarrestar de esta forma los avances y pretensiones de la jerarquía católica y la oligarquía rural aún dependiente de esta.

directo de un oscurantismo tanto espiritual como intelectual. En contraste con ello, en general los países que habían acogido al protestantismo eran vistos como modelos de naciones que se habían abierto plenamente a las libertades religiosas y de pensamiento, y que habían iniciado de este modo un proceso de desarrollo económico, político y social digno de emular. De esta forma, el liberal chileno Francisco Bilbao, al comparar a las dos Américas, podía afirmar que la libertad de pensar como derecho ingénito, como derecho de los derechos, caracterizaba el origen y el desarrollo de la sociedad de los Estados Unidos, entre tanto que el pensamiento y las libertades sometidos, no al libre examen sino a los dogmas, caracterizaban al Sur. ¿La razón? Era muy simple, respondía Bilbao: "El Norte era protestante y católico el Sur"[25]. Bajo este estado de cosas, resulta comprensible entonces el que, en los primeros años de su independencia, los gobiernos de muchas naciones de América Latina reclamaran los servicios de extranjeros provenientes precisamente de países proclives al protestantismo, muchas veces ellos mismos adherentes a esta confesión, de suerte que mediante el ejercicio de sus diversos oficios y especialidades pudiesen aportar al progreso que estos nuevos pueblos con tanto denuedo perseguían. Como bien lo recuerda Pablo Deiros:

> Es así como educadores protestantes acompañaron a Simón Bolívar y José de San Martín en sus campañas de liberación, y otros protestantes organizaron observatorios, establecieron laboratorios, construyeron puertos, crearon bibliotecas y numerosas instituciones ligadas al desarrollo de la cultura y la ciencia.[26]

Dentro del inicial atractivo que representaba el protestantismo para estas nacientes repúblicas iberoamericanas, en tanto a su juicio este afirmaba la construcción de un nuevo orden de mundo, libre de aquel dogmatismo y retrogradismo presente y aun exigido por el clericalismo católico de la época, no cabe duda de que la emergente nación de los Estados Unidos, con su división entre Iglesia y Estado, su libertad política y de pensamiento, su incremento comercial, además de una constitución de gobierno que era vista como fuente de inspiración para el resto de las repúblicas americanas, despertaba para estas preferencial

---

[25] Cf. Leopoldo Zea, *América como conciencia,* UNAM, México, 1972, 97. Sin embargo, será también Bilbao una de las primeras voces que se alzará críticamente contra el coloso del Norte, precisamente luego de su intervencionismo en México y sus expresos deseos de expansionismo hacia el Sur. A este seguirán otras voces, como las de los mejicanos Justo Sierra y José Vasconcelos, la del uruguayo José Enrique Rodó y otros, inicialmente declarados promotores de los Estados Unidos como modelo político y social a imitar. En otras palabras, con el correr del tiempo, al ya de suyo sentimiento de admiración por los Estados Unidos, se comenzará a desarrollar una incipiente actitud de temor y reserva en vistas de su creciente giro expansionista.

[26] *Protestantismo en América Latina. Ayer, hoy y mañana,* Caribe, Nashville, 1997, 19.

interés. Citemos aquí las proverbiales palabras de Simón Bolívar durante su refugio en Kingston, Jamaica, en 1815, contenidas en su ya famosa epístola, conocida como *Carta de Jamaica: Contestando a un caballero que tomaba gran interés en la causa republicana en la América del Sur*[27]:

> En tanto que nuestros compatriotas no adquieran los talentos y las virtudes políticas que distinguen a nuestros hermanos del Norte, los sistemas enteramente populares, lejos de sernos favorables, temo mucho que vengan a ser nuestra ruina. Desgraciadamente, estas cualidades parecen estar muy distantes de nosotros, en el grado que se requiere; y, por el contrario, estamos dominados de los vicios que se contraen bajo la dirección de una nación como la española, que solo ha sobresalido en fiereza, ambición, venganza y codicia.

Un poco más adelante, y en el parecer de quien fuera presidente de Argentina, además de distinguido hombre de letras, Domingo Sarmiento, en su *Conflicto y armonía de razas en América*, podemos también descubrir la comprensión de todo buen liberal de la época al respecto de la herencia española, y esta en contraposición con la emergente nación de los Estados Unidos de Norte América: "La civilización yanqui fue obra del arado y de la cartilla; a la sudamericana la destruyeron la cruz y la espada. Allí se aprendió a trabajar y leer, aquí a holgazanear y rezar"[28]. El mismo Sarmiento podrá en otro momento a su vez afirmar:

> La América del Sur se quedará atrás y perderá su misión providencial, de sucursal de la civilización moderna. No detengamos a los Estados Unidos en su marcha, seamos la América como el mar es el océano. Seamos los Estados Unidos. ¡Llamaos los Estados Unidos de la América del Sur, y el sentimiento de la dignidad humana y una noble emulación conspirarán en no hacer un baldón del nombre a que se asocian ideas grandes![29]

En efecto, tal manifiesto interés que despertaba la nación de los Estados Unidos entre los sectores liberales de América Latina se traducía al menos indirectamente en un contexto ligeramente más propicio, aunque no todavía exento de penurias y resistencias, para un renovado esfuerzo por introducir al continente la fe evangélica. Baste recordar al respecto, en el mejor de los casos, las restricciones impuestas para que los servicios religiosos protestantes se llevaran a cabo en lugares privados y en su propio idioma, bajo la expresa prohibición de proselitismo

---

[27] Presidencia de la República, Caracas, 1972.

[28] Citado en L. Zea, *Las ideas en Iberoamérica en el siglo XIX*, La Plata, 1956, 31.

[29] Citado en L. Zea, *América como conciencia*, 97.

entre el resto de la población, y, en el peor de los casos, las constantes escaramuzas y hostilidades que sufrían los misioneros y asimismo los recién convertidos a esta fe.[30] Tal esfuerzo por introducir esta nueva fe a América Latina, denunciada hasta la saciedad como advenediza y heterodoxa por parte de una jerarquía católica que deseaba detenerla a cualquier precio, en vistas sobre todo de su propia decadencia interna y del estado de un pueblo cada vez más apático a ella, se nutría, esta vez, no de impulsos individuales provenientes de Europa, con fines exclusivos para los colonos europeos que en este nuevo continente residían, sino, en una forma más consistente y sistemática, esto es: a modo de compañías misioneras desde aquel emergente país del Norte, los Estados Unidos de Norte América. Todo esto ocurría, como ya se ha dicho, a partir de la segunda mitad del siglo XIX y hasta los albores de la Segunda Guerra. Por supuesto, esto no quiere decir que los móviles de tales compañías estadounidenses se agotaran en el puro horizonte misionero. Así, por ejemplo, Arturo Piedra[31], en su documentado trabajo acerca de la evangelización protestante en América Latina, se ha encargado de demostrar con completa contundencia que el real interés de las compañías misioneras estadounidenses por ofrecer sus servicios en América Latina no comenzaría sino a partir de eventos tan cruciales para la historia geopolítica de aquel país como la guerra hispano-estadounidense (1898), la apertura del Canal de Panamá (1914) y la misma Primera Guerra Mundial. Expresado de un modo más directo: que los esfuerzos por extender tal trabajo misional hacia nuestro continente no resultaron del todo desligados de la importancia geopolítica y económica que las naciones latinoamericanas reportaron en su momento para los Estados Unidos.

2.1 Influjo misional en el marco de un incipiente interés geopolítico y económico

Dicho nada despreciable antecedente, además del hecho de que el poder y la expansión colonial fuese interpretado generalmente por el protestantismo de aquel país como recompensa por su fidelidad cristiana, explicaría también la situación, según Piedra, de que resulte trabajo tan oneroso encontrar líderes misionales en esta época dispuestos a cuestionar la avidez y la agresividad del gobierno estadounidense en el escenario latinoamericano. Por supuesto, no encontramos una muy disímil situación en el protestantismo europeo en relación con las condiciones de Colonia ejercidas por sus respectivos países, sino directamente un margen de mayor acomodación en vistas a los evidentes beneficios que aquello reportaba

---

[30] Como se sabrá, las libertades conquistadas por el pueblo evangélico de América Latina, tales como la libertad de culto, el derecho a realizarlo en su propio idioma, llevar a cabo la evangelización de la población y otras muchas más similares, han sido conseguidas con gran esfuerzo y hechas realidad en plenitud para algunos países solo en época muy reciente.

[31] *Evangelización protestante, I-II.*

para la propia empresa misionera, y pensamos aquí específicamente en el caso de las sociedades misioneras de Gran Bretaña.[32] En efecto, ya en la Conferencia Misionera de Londres, celebrada en el año 1888, se enfatizaba el factor decisivo que le habría cabido al trabajo misionero protestante, tanto en África como en Asia, en el propósito de controlar la resistencia de las colonias, de modo de poder justificar así la conveniencia de apoyar a las sociedades misioneras que operaban en aquellos lugares. Bajo tales peculiares circunstancias, hay quienes han llegado incluso a postular abiertamente que las misiones protestantes de la época llegaron a ser indirectamente el brazo ideológico del colonialismo.[33] Por cierto, subyace a dicha afirmación un proceso mucho más complejo y paradójico sobre el cual aquí no podemos profundizar mucho más. Baste simplemente por ahora señalar que esas mismas condiciones de modernidad, basadas en buena parte en la explotación colonial, fueron también las que posibilitaron el avance del protestantismo misionero, sin las cuales el mismo hubiese sido mucho más difícil de lograr.

Ahora bien, y volviendo al marco de relación entre el protestantismo misionero de los Estados Unidos y América Latina, como bien refiere A. Piedra[34], ya que toda crítica al ya sucedido colonialismo español hubiese comprometido una denuncia al mismo tiempo de aquel mismo comportamiento neocolonialista estadounidense que ya comenzaba a avizorarse, específicamente sobre países como México, Cuba, Puerto Rico, República Dominicana y Nicaragua, la acusación dirigida por parte de las corrientes misioneras de aquel país al dominio ejercido por la corona española, y que, digámoslo, en tan penosa situación había dejado a sus colonias de América Latina, se centraba únicamente en la pobreza espiritual del Conquistador, no de menor incidencia, mas no en las condiciones del coloniaje propiamente tal. De este modo, Frederick Crowe, un pionero del protestantismo estadounidense en Guatemala, podrá afirmar en relación con este nuevo cambio de tutelaje que España no había fracasado por su condición de potencia colonial, sino más bien por no ser capaz de cumplir con las responsabilidades —espirituales, se entiende— de tan alto llamamiento y que, en el presente, Dios había levantado a otras grandes potencias para corregir e instruir a las naciones paganas.[35] Incluso más, no fueron pocas las manifestaciones de júbilo

---

[32] Incluso se pensaba también de la propia SAMS que su trabajo misionero podía contrarrestar la "barbarie" y "maldad" de la población aborigen de la Patagonia, que tantas dificultades había ocasionado a las embarcaciones inglesas, con pérdida incluso de alguna de ellas, para de este modo poder lograr acceso seguro a aquel tan importante lugar de intercambio comercial para los intereses británicos (cf. A. Piedra, *Evangelización protestante, I*, 21-22).

[33] Así, por ejemplo, Justo L. González, no obstante, con muy equilibrados juicios. *Retos y oportunidades para la iglesia de hoy. Recursos en la historia de la iglesia para una iglesia posmoderna* (citado desde ahora como, *Retos y oportunidades*), Mundo Hispano, Texas, 2011, 64 ss.

[34] *Evangelización protestante, I*, 9.

[35] *Evangelización protestante, I*, 9.

expresadas por los misioneros estadounidenses luego de la victoria de su país sobre España, en la que sería conocida como guerra hispano-estadounidense de 1898, y que le permitía sin lugar a dudas a aquella nación, a partir de dicho acontecimiento, ocupar el nuevo rol de potencia mundial. Luego de esto, el paso para justificar la intervención militar de Estados Unidos en territorio latinoamericano, bajo el entendido de que con ello se traería progreso económico y libertad para predicar el evangelio, no se haría esperar demasiado. Así, por ejemplo, quien fuera secretario de la Junta de Misiones en el Extranjero de la Iglesia Presbiteriana en Estados Unidos (1891-1937), asistente al Congreso de Edimburgo, importante misionero para América Latina, además de fundador y promotor del *Committee on Cooperation in Latin America* (CCLA)[36], Robert Speer, podía escribir en 1904, en apoyo del intervencionismo de su país, toda vez que le asignaba a este la función de "policía del mundo", lo siguiente:

Las naciones civilizadas están comenzando a percibir que tienen un deber, que a menudo se le designa despectivamente como policía del mundo. [...] Las naciones civilizadas tienen el derecho de ir al comienzo de las formas de procedimiento en tierras no civilizadas, para asegurar los derechos negados. De hecho, es su deber hacerlo, y lo están haciendo constantemente por intereses comerciales. Dar a entender que no tienen ese derecho y deber, significa que no se entiende el carácter fiduciario de la civilización.[37]

---

[36] Comité fundado en 1913 y que sería la entidad organizadora y sostenedora de las diversas conferencias evangélicas realizadas en el continente hasta 1961, y en las que caben destacar, por su importancia, las conferencias de Panamá (1916), Montevideo (1925) y La Habana (1929). Desde luego, no deja de llamar la atención el proceso gradual de latinoamericanización que experimentarían estas asambleas, que comenzarían con una conferencia en Panamá en la que, de sus 481 participantes, solo 24 serían de origen latinoamericano, y el inglés sería el idioma a utilizar, hasta las posteriores, en las que la presencia latinoamericana sería cada vez más creciente, como asimismo la concesión de sus obligaciones.

[37] Citado en A. Piedra, *Op. cit.*, 25. El mismo argumento utilizado ya por un cierto misionero, Green, para explicar la intervención de los Estados Unidos en Cuba, como así también el de otros en relación a Filipinas, y que aludía, por una parte, tanto al deficiente carácter moral de aquellas naciones, como, por otra, a los beneficios que dicha ocupación traería consigo, sería el empleado por Speer al respecto de la intervención estadounidense en Puerto Rico. En otras palabras, se repite por parte de estos agentes misionales estadounidenses de la época, y a modo casi de constante en su esfuerzo por legitimar el intervencionismo de su nación, en primer lugar, la apelación al déficit moral del país ocupado, en cuyo caso la intervención adquiere prácticamente connotaciones soteriológicas, y, en segundo lugar, el énfasis en toda la serie de beneficios que dicha ocupación habría de traer (cf. A. Piedra, *Evangelización protestante, I*, 29 ss.).

Bástennos por ahora estos breves antecedentes para advertir cómo el protestantismo misionero, europeo primeramente, usamericano después, y cada uno en sus respectivos escenarios, tendió a aceptar la mayoría de las veces las condiciones de colonialismo y neocolonialismo llevado a cabo respectivamente, no solo en virtud de las ventajas que para su propia actividad misionera aquello reportaba, "sino por las ventajas *per sé* que eso representaba económica y geopolíticamente para su país"[38]. La misma forma en que las compañías misioneras estadounidenses reaccionaron frente a las intervenciones militares de su país en Cuba, Puerto Rico o Filipinas, dejaba claramente de manifiesto la estrecha vinculación existente entre los intereses políticos y económicos, por una parte, y los supuestamente propios de la misión cristiana, por la otra. Al respecto del caso específico de Puerto Rico, sabido es cómo tal ocupación llegó a ser recurrentemente utilizada por gran parte de los círculos misioneros como una forma de ilustrar la manera en que la administración de los Estados Unidos en América Latina podía servir de "puerta abierta" y "oportunidad" para el avance mismo del protestantismo. En otras palabras, tal expansionismo neocolonial, lejos de ofrecer la ocasión para una lectura crítica y resistente del mismo, fue siempre ponderado a la luz de los beneficios para los Estados Unidos y para los logros de la obra misionera. Es más, y en no pocas oportunidades, algo visto también, como diría William Adams, profesor del *Union Seminary* de New York y representante de este en el Congreso Protestante de Panamá, en relación al Canal de Panamá, como "una recompensa a la fe de los Estados Unidos en Dios"[39]. Por supuesto, no es que se careciera aquí de todo interés por atender a las condiciones sociales que ofrecía el trabajo misional en la región, gran parte de las cuales evidenciaba enormes niveles de explotación, retraso y vulnerabilidad en todo orden, pero tal preocupación, resentida a todas luces de una muy sensible ingenuidad, nunca reparaba en el modo en que la nueva ocupación las tornaba más profundas y evidentes, al menos para el grueso de la población latinoamericana, y se concentraba únicamente en el fracaso religioso del catolicismo o en el carácter deficiente de su gente. Esta misma ingenuidad hermenéutica o evidente incapacidad para percibir la realidad de la política exterior de su país, acrecentada en no poca medida por aquel absentismo político y ausencia de criticidad estructural tan propios del Primer Despertar, explica a su vez por qué les resultó siempre tan difícil a los misioneros llegar a percibir la agenda imperialista de su nación. Tal como señala Arturo Piedra, tras cotejar importantes testimonios, creyeron siempre que tras aquel expansionismo de los Estados Unidos subyacían las mejores intenciones, al servicio en última instancia de América Latina, y que el tiempo de los abusos del Norte hacia el Sur —si es que alguna vez habían de hecho existido—, sencillamente ya había transcurrido.

---

[38] *Evangelización protestante, I*, 25.

[39] Citado en A. Piedra, *Evangelización protestante, I*, 86.

2.2 América Latina, "una zona oscura y tenebrosa"

Con arreglo a lo anterior, y a falta de mayores recursos críticos para un análisis de la realidad estructural, no pocas veces se tendió a exagerar, quizás de una forma en extremo caricaturesca, tanto el carácter perdido, moral e intelectualmente hablando, del continente latinoamericano, como asimismo del propio catolicismo colonial que lo había evangelizado. En parte, aquella acentuación tan pintoresca se explicaba a la luz de la necesidad de convencer a los donantes del imperativo sin aplazamiento de aquella misión[40] –y baste para ello recoger las fuentes de primera mano que coteja Arturo Piedra[41], sobre todo de organizaciones tan importantes para el destino evangélico misionero de América Latina como lo fueron, en su momento, tanto la SAMS como la propia Misión Centroamericana–, y, a su vez, por un convencimiento no menor y no siempre revelado, aunque abunden las fuentes para corroborar dicha afirmación, de que efectivamente la población de América Latina se resentía de una suerte de inferioridad moral y cultural, que convertía en urgente su evangelización y que contrastaba evidentemente con las virtudes de la raza y la cultura anglosajona.[42] En el mejor

---

[40] Desde luego, muy pronto este argumento debió ser modificado, precisamente en la medida en que los donantes caían en la cuenta de que la crudeza de los relatos de una América Latina completamente paganizada y perdida no engarzaba completamente con la realidad de la situación. Es decir, y como bien señala A. Piedra, "los donantes pedían evidencia de que el trabajo misionero estaba cambiando la 'horrible' realidad de los pueblos aborígenes" (*Evangelización protestante, I*, 41).

[41] *Evangelización protestante, I*, 41.

[42] En efecto, como el propio A. Piedra profundiza, una de las principales razones presentadas para justificar el trabajo misionero en América Latina fue precisamente la alusión al carácter degradante del continente. Se hablaba incluso de América Latina como una zona "oscura y tenebrosa", prácticamente abandonada por Dios, de la cual, más allá de sus recursos naturales y de valores poco esenciales, relacionados básicamente con la candidez de la conducta, nada más podía rescatarse. Un pueblo que llevaba incluso grabado en sus rostros las marcas de la vida viciosa, la sensualidad y la inferioridad de espíritu, y que podría constituir una eminente amenaza para los países cristianos y civilizados si, en esa misma condición, tomaban contacto con estos. Como señalaba con toda elocuencia el misionero metodista Charles Inwood:

> Si usted no evangeliza a la América Latina, ella entonces le arruinará a usted. Nuestro cristianismo y nuestra civilización sufrirán si una América Latina, negra y sucia hasta los tuétanos, entra en relación estrecha con nosotros. Por eso oro para que despertemos a este peligro. Nuestros hombres de estado y de negocios están tomando conciencia de ello (citado en A. Piedra, *Evangelización protestante, I*, 1).

Es en este mismo contexto también, como explica A. Piedra, que una buena parte de los misioneros estadounidenses se opuso terminantemente a la propuesta de anexión de México a los Estados Unidos, que algunas voces de aquel país promovían. No precisamente por repudio a las pretensiones imperialistas de los Estados Unidos, sino, más bien, porque "la incorporación de un país de baja moralidad y cultura traería más problemas que ventajas para el Norte", o, como afirmaría John Butler, uno de los grandes pioneros del metodismo en México, "hacer eso sería tomar la opción

de los casos, se destacaban, tal como lo hiciera el misionero Speer[43], valores de la cultura popular latinoamericana tan poco esenciales para el progreso de un país, como la espontaneidad en las relaciones sociales, la amabilidad, la candidez del pensamiento o el tratamiento afectuoso para con los niños, en modo alguno comparables con aquellos de la cultura anglosajona, tales como la dignidad, la integridad, la confiabilidad, la firmeza intelectual, etc. Por su parte, el misionero de la Iglesia los Discípulos de Cristo para México, y figura también clave del CCLA, Samuel Guy Inman, explicaba la diferencia existente entre los habitantes del Norte y del Sur del continente americano, y señalaba que los primeros eran los "ingenieros" capaces de llevar a cabo grandes empresas, como la construcción del Canal de Panamá, entre tanto los segundos eran los "poetas", los "soñadores solo de proyectos"[44]. Es más, otro importante líder protestante, Homer C. Stuntz, quien había dedicado en su extensa obra, *Christian Work in Latin America,* todo un largo análisis al trabajo misional en América Latina, se refería a la condición del continente latinoamericano en estos tan particulares términos:

> Nosotros pensamos en la monotonía y el pasado de América Latina, sumida en una profunda noche de un ininterrumpido analfabetismo de siglos, en su suciedad, en sus enfermedades, su desprecio por los que sufren, su baja estima del valor de la vida humana y en la ausencia de todas aquellas virtudes que caracterizaron a las razas anglosajonas. Esta realidad nos hace tomar una actitud de lástima que suplanta cualquier otro sentir.[45]

---

equivocada", es decir, y continuando con su idea, ganarse "la maldición de tres millones de votantes católicos analfabetos", para crear así "un balance de poder cargado de peligro para nuestra república, por no hablar de una posible restauración de muchos de los males del territorio adquirido" (citado en A. Piedra, *Evangelización protestante, I,* 73). Con toda razón, el mismo Piedra ha advertido que, en este interés por la actividad misional hacia América Latina, sin prejuicio de reconocer en este muchas de sus nobles aspiraciones, no ha podido quedar completamente ausente la tendencia racista que casi todos los países industrializados sostenían sobre aquellos pueblos, al menos en esta área, menos aventajados, como también el convencimiento de superioridad de la raza anglosajona al respecto de otras etnias (cf. *Evangelización protestante, I,* 66 ss).

[43] Cf. A. Piedra, *Evangelización protestante, I,* 70.

[44] Cf. A. Piedra, *Evangelización protestante, I,* 71. Ciertamente, tal impresión que en el uso de Samuel Inman no puede ocultar su evidente dejo de prejuicio, no deja de hallar un cierto margen de sustento, cuánto más vistos los itinerarios *a posteriori* de ambas expresiones histórico-culturales que habría de ofrecer el gran continente americano. Esto es, por una parte, la evidente ausencia de inclinación metafísica y marcado positivismo y, si se quiere también, la escasez de tradición poética que ha caracterizado siempre a los Estados Unidos, como, a su vez, y sin caer en el error de ofrecer una causalidad directa entre ambas tendencias, la riqueza en América Latina de aquello último, a la par de su menos habitual capacidad de gestionar un proyecto histórico basado en la eficiencia de sus instituciones, por otra.

[45] Citado en A. Piedra, *Evangelización protestante, I,* 70.

Y, sin embargo, dicha visualización tan desmejorada al respecto del talante moral y cultural del continente latinoamericano hallaría todavía un margen de mayor radicalidad en relación con las comunidades indígenas del continente. Una percepción, a decir verdad, no demasiado disímil de la que los propios colonizadores protestantes arribados a los Estados Unidos habían sostenido ya de los pueblos originarios encontrados en aquella zona. No podemos extendernos aquí sobre tan importante capítulo de la misión evangélica, lo cual desde luego sobrepasaría los límites de nuestra investigación. Empero, convenga al menos señalar que la comprensión que tales compañías misioneras llegaron generalmente a esgrimir del contingente indígena no resultó más deplorable que la sostenida por los propios gobiernos liberales de la región. En uno y otro caso, por razones divergentes y otras veces concomitantes, tales comunidades fueron vistas, en virtud de su "rudeza" e "ingobernabilidad", como un verdadero obstáculo para los intereses respectivos, y en relación específica con las compañías misioneras, como manifestación de una tal degradación moral y una ausencia tan radical de humanidad que solo el contacto con el evangelio, traído por tales compañías, podría restaurar.[46] Por supuesto, no sería justo endosarle toda la responsabilidad al respecto de esta visión tan poco halagüeña del habitante primigenio americano únicamente al veredicto misionero. Ya encontramos juicios de un talante todavía más oscuro en los dichos del naturalista francés Jorge Luis Buffon, para quien no solo el hombre nativo americano daría cuenta de una evidente inferioridad, sino también su propio entorno natural, lo que evidenciaría una notoria degradación de las especies.[47] Empero, una aseveración cuánto más definitiva tocante a la infinita distinción que dista entre el hombre occidental y el aborigen, al punto

---

[46] Así, por ejemplo, el misionero W. Bramley, en una fecha tan temprana como 1867, podía referirse así a este triunfo del evangelio sobre la degradación de los indígenas de Tierra del Fuego:

> El tipo más degradado de naturaleza humana salvaje en el mundo ha llegado a estar bajo la influencia del Evangelio, el cual ha demostrado el poder de salvación de Dios en estos degradados seres. Su condición fue una desgracia para la religión y la civilización de Europa. El salvaje de la Tierra del Fuego, quien otrora fuera poseído por los demonios de la crueldad, falsedad, sed de sangre, se ve ahora vestido y en sano juicio (citado en A. Piedra, *Evangelización protestante, I*, 41-42).

Para otros testimonios aportados por el mismo autor, pueden verse, *Op. cit., I*, 44 ss.

[47] En palabras del propio Buffon:

> El salvaje es débil y pequeño en cuanto a sus órganos de generación. No tiene ni vello ni barba y carece de ardor para la hembra. La naturaleza americana es hostil al desarrollo de los animales. Los únicos animales que se reproducen en gran cantidad y alcanzan tamaños no conocidos en el Viejo Mundo son los reptiles y los insectos, los llamados animales de sangre fría. Frío es el salvaje, fría es la serpiente, fríos son los animales de sangre fría (citado en Leopoldo Zea, *América como conciencia*, 80).

de negarle no solo a este la condición humana, sino el hecho mismo de tratarlo como tal, es la que vertería A. Toynbee en su celebrada obra *Estudio de la historia*. Así leemos:

> Cuando nosotros los occidentales llamamos a ciertas gentes *indígenas* borramos implícitamente el color cultural de nuestras percepciones de ellos. Son para nosotros algo así como árboles que caminarán, o como animales selváticos que infestarán el país en que nos ha tocado toparnos con ellos. De hecho los vemos como parte de la flora y fauna local, y no como hombres con pasiones parejas a las nuestras; y viéndolos así como cosa infrahumana, nos sentimos con título para tratarlos como si no poseyeran los derechos humanos usuales.[48]

De esta forma, el juicio extendido de aquel protestantismo misionero era entonces que el tiempo del catolicismo había ya fenecido, tras haberse mostrado absolutamente incapaz de traer a América Latina el desarrollo moral y cultural que solo el protestantismo podía proporcionar, al que se presentaba ahora prácticamente como la única esperanza posible de transformación para este desmejorado continente. En palabras del misionero metodista Thomas Neely:

> El romanismo tuvo su oportunidad en Sudamérica y falló; no pudo alumbrarla ni elevarla. No la liberó políticamente, ni liberó al pueblo de la superstición. Encontró una Sudamérica idólatra y dejó que su gente continuara practicando la adoración de imágenes.[49]

Incluso el mismo misionero metodista, pero como él muchos otros más, no dudaban en situar a América Latina dentro del rango de aquellos países decididamente paganos y cuyos continentes jamás habían sido alcanzados por el cristianismo, como África y Asia. Otros, sin embargo, como el ya mentado Speer[50], no llegaban tan lejos, al punto de restarle a América Latina todo contacto con el cristianismo, pero sí mantenían con enfática convicción que aquel tipo de cristianismo arribado junto al Conquistador era de tal modo deficiente y sincretista en sus costumbres que, en resumidas cuentas, era como si nunca este se hubiese asomado por el continente. Precisamente esta será la opinión que prevalecerá en el Congreso de Panamá y que marcará los lineamientos de la comprensión que gran parte del protestantismo usamericano sostendrá, y en no poca medida hasta en la actualidad, del legado y la influencia del catolicismo en América Latina:

---

[48] I, Emecé, Buenos Aires, 1951, 78.

[49] Citado en A. Piedra, *Evangelización protestante, I,* 61.

[50] Cf. A. Piedra, *Evangelización protestante, I,* 62 ss.

Incuestionables testimonios provenientes tanto de fuentes católicas como protestantes dicen que la Iglesia Católica fue una institución influyente que Latinoamérica heredó, pero que está rápidamente perdiendo su poder. Con algunas notables excepciones, los sacerdotes están desacreditados entre las clases pensantes. Su vida moral es débil y su testimonio espiritual está desapareciendo. Actualmente no le da al pueblo ni la Biblia ni el evangelio, ni orientación intelectual ni dinamismo moral, ni tampoco la edificación social que Latinoamérica necesita. Está cargada de medievalismo y otro tipo de cosas no cristianas.[51]

Por lo demás, las acusaciones esgrimidas por este tal protestantismo misionero contra aquel catolicismo presente en América Latina no solo se reducían a enrostrarle a este su incapacidad de haber ofrecido verdadera evangelización cristiana y guía espiritual para los habitantes de este continente, sino abiertamente por haber permitido en su pusilanimidad y falta de convicción de fe la incorporación de prácticas y vicios propios de los latinoamericanos, y peor aún, no pocas prácticas paganas provenientes de los indígenas, con el resultado, finalmente, de haber llevado al cristianismo a una clara laxitud moral y a un insano sincretismo. Proverbial llegó a ser a este respecto la afirmación de otro misionero, Harlam Beach, al enjuiciar el influjo del catolicismo en América Latina: "No cumplió la misión de iluminar, convertir y santificar a los nativos. [...] Se bautizó el paganismo y el cristianismo fue paganizado"[52]. En consecuencia, la evangelización protestante para América Latina fue comprendida al modo de un imperativo moral para tales corrientes misioneras estadounidenses. Un imperativo que no podía ser retrasado, mucho menos obstaculizado, ni siquiera por la expresa restricción que le había impuesto a estas la conferencia de Edimburgo, en términos de no considerar al continente latinoamericano como jamás alcanzado por el cristianismo e interferir, de este modo, con los avances supuestamente ya logrados por el catolicismo. Es cierto que la propaganda anticatólica se tendió a llevar en no pocas ocasiones hasta límites caricaturescos, o que en aquel afán de hacer notar los beneficios que podría aportar el protestantismo para América Latina, tanto en lo concerniente al desarrollo moral como en cuanto al progreso social, se llegó muchas veces a una confusión verdaderamente lamentable entre fe cristiana y los intereses de los Estados Unidos o, lo que es prácticamente lo mismo, a convencerse de que la comunicación del evangelio para América Latina incluía también la propaganda del estilo de vida y la cosmovisión de aquel país, la *American way of life*, como consustanciales a este.[53] De este modo, quien fuera un prominente miembro del Comité de conti-

---

[51] Citado en A. Piedra, *Evangelización protestante, I*, 63.

[52] Citado en A. Piedra, *Evangelización protestante, I*, 147.

[53] Así, por ejemplo, el reverendo de la Iglesia Metodista Episcopal, Henry K. Carrol, quien también ofrecía servicios como representante del gobierno estadounidense en el exterior, y que sería

nuación del Congreso de Edimburgo y figura clave del Congreso de Panamá, J. R. Mott, podía hablar de la responsabilidad que le cabía a los cristianos de los Estados Unidos para establecer el Reino de Dios en suelo latinoamericano[54], de lo cual no es difícil colegir su convicción de que el mismo ya se hallaba extendido en suelo usamericano. Sin embargo, y más allá de lo entusiastas o incluso destempladas que dichas declaraciones o impresiones a la sazón nos pudiesen resultar, difícilmente se podría soslayar la evidente incapacidad que desvelaba aquel catolicismo, todavía enraizado en el espíritu y la cosmovisión colonial, para seguir liderando aquel proyecto de evangelización cristiana y de despertar espiritual de América Latina, como tampoco la menos evidente realidad de retraso y obstrucción al progreso social y cultural que aparecía adjunta a aquella mentalidad.

En tal sentido, bien conviene recordar, a modo de concesión siquiera de un leve crédito a la propaganda de aquel protestantismo, aquello de lo cual Leopoldo Zea, en su importante libro *América como conciencia*[55], ya hiciera referencia, a saber: que el legado tanto espiritual como cultural que España impuso a América, y con el que en alta medida los propios misioneros estadounidenses se encontraran, fue uno marcado ya por la profunda crisis de la visión escolástica del mundo, y que lejos de haber sido la escolástica creadora y renovadora de un Tomás de Aquino o de un Suárez respectivamente, fue la de un tipo anquilosado y endurecido en la defensa de los fines e intereses de aquel mundo medieval puesto en crisis por los nuevos aires de progreso y modernidad. Una forma de escolasticismo, a decir verdad, que tanto en lo cultural como en lo espiritual y aun en lo intelectual no buscaba su afirmación ni en la apertura ni en la creatividad, sino en la negación y destrucción violenta de aquello que se le ofrecía como confrontación o emplazamiento a su mundo de sentido, aunque el mismo se estuviese derrumbando a pedazos ante sus propias narices. Naturalmente, otra cosa es poder determinar hasta qué punto aquel protestantismo misionero resultó capaz de cubrir las tan altas expectativas contenidas en su discurso, y plantearse de esta forma como la verdadera alternativa espiritual, incluso de progreso social y cultural, frente a aquel catolicismo que hasta aquel momento se asomaba como una fuerza sin contrapesos. También habría que preguntarse, además, hasta qué punto se llegó a comprender y valorar el particular genio cultural y religioso latino —¡y qué hablar

---

comisionado nada menos que por el propio presidente W. McKinley en el año 1899 para observar y redactar un informe sobre las condiciones de Puerto Rico, se refería a los latinoamericanos como "niños atrapados por un medio hostil que determinaba su deficiente conducta moral". A su juicio, tal medio hostil, dado básicamente por la herencia del catolicismo y las condiciones intrínsecas del habitante latinoamericano, solo podía ser subvertido por la contribución del protestantismo, el que podría permitir en un corto tiempo convertir a la gente de este continente, ruda y de poco roce cultural, en *easy going people*. Es decir, gente capaz de adquirir los buenos modales y costumbres de los estadounidenses (cf. A. Piedra, *Evangelización protestante I,* 70).

[54] Cf. A. Piedra, *Evangelización protestante I,* 121.

[55] *América como conciencia,* 74 ss.

del genio cultural de los pueblos originarios!–, tan radicalmente distinto y en tantos diversos aspectos al anglosajón.[56] En consecuencia, desde tal sereno entendimiento y estimación, sin perjuicio desde luego de su abierta confrontación y corrección en los aspectos que así fueran necesarios, es importante poder enfatizar las contribuciones realizadas por su gestión, mas sin arrasar, por una parte, con las virtudes de dicho genio latino, ni llegar a creer, por otra, que su propia expresión del evangelio se hallaba en forma pura y libre de mediaciones. No obstante, y a pesar de toda ulterior consideración, sería injusto privarle de todo mérito a estas iniciativas misioneras estadounidenses, todavía más cuando frente a la indiferencia de aquel protestantismo europeo y su consideración de América Latina como un continente ya cristiano de suyo por el solo contacto con el catolicismo, serán estas las que emprenderán los desafíos de dicha evangelización, y todo esto, conviene ser recordado una vez más, en medio de no pocas hostilidades y resistencias.

Añadamos frente a ello también el decisivo antecedente, el cual constituye un elemento absolutamente imprescindible para toda verdadera comprensión de los movimientos evangélicos en América Latina, y sin el cual tampoco sería posible entender la profunda escisión entre identidad y relevancia que caracteriza al quehacer eclesiástico y teológico de nuestro continente, de que tal empresa misionera será asumida posteriormente a la Segunda Guerra y hasta nuestros días por aquellas corrientes que, procedentes también de los Estados Unidos, serán expresión más fiel de su evangelicalismo más conservador y luego fundamentalista que de aquellas más ligadas a las *mainline churches*.[57] Y, que incluso estas últimas, con un

---

[56] Como bien señalara Octavio Paz en su *El laberinto de soledad* (FCE, Madrid, 1998, 6), contrastando el genio cultural usamericano con el mejicano, extensivo este, desde luego, a todo el genio latinoamericano, y traspasando por supuesto lo estrictamente religioso:

> Ellos son crédulos, nosotros creyentes; aman los cuentos de hadas y las historias policíacas, nosotros los mitos y las leyendas. Los mexicanos mienten por fantasía, por desesperación o para superar su vida sórdida; ellos no mienten, pero sustituyen la verdad verdadera, que es siempre desagradable, por una verdad social. Nos emborrachamos para confesarnos; ellos para olvidarse. Son optimistas; nosotros nihilistas —solo que nuestro nihilismo no es intelectual, sino una reacción instintiva: por lo tanto, es irrefutable—. Los mexicanos son desconfiados; ellos abiertos. Nosotros somos tristes y sarcásticos; ellos alegres y humorísticos. Los norteamericanos quieren comprender; nosotros contemplar. Son activos; nosotros quietistas: disfrutamos de nuestras llagas como ellos de sus inventos. Creen en la higiene, en la salud, en el trabajo, en la felicidad, pero tal vez no conocen la verdadera alegría, que es una embriaguez y un torbellino. En el alarido de la noche de fiesta nuestra voz estalla en luces y vida y muerte se confunden; su vitalidad se petrifica en una sonrisa: niega la vejez y la muerte, pero inmoviliza la vida".

[57] Recogemos aquí, como observará el lector, el reparo presentado ya por J. Míguez Bonino, *Historia y misión. Los estudios históricos del cristianismo en América Latina con referencia a la búsqueda de liberación*, en, *Protestantismo y liberalismo en América Latina*, DEI, San José, 1983, 20, nota, 1, tocante a no referirnos a un cierto tipo de protestantismo, sin más, en términos de "histórico", en contraposición con otro que no cabría bajo tal designación, y esto tanto por la dificultad de

grado de presencia en América Latina definitivamente menor, mas no al punto de la inexistencia, dejarán ya entrever, del mismo modo que aquellas, la particular caracterización teológica y cultural de su procedencia, esto es, la *American Religion*. Ciertamente, el que hayan sido estas tales corrientes evangélicas –*evangelical churches*– y no otras –*mainline churches*– dentro del protestantismo de los Estados Unidos las que funcionaron como punta de lanza en la evangelización de América Latina, resulta explicable, primeramente, más allá de todo incuestionable fervor misionero que siempre ha caracterizado a estas, al atender al hecho de que se ha

---

descripción tipológica que tal designación entrañaría, como por la evidente ambigüedad de aquello que se pretendería consignar como "histórico". Es evidente, por lo demás, que ninguna tipología del protestantismo, y este en relación con su influjo en América Latina, podría resultar completamente satisfactoria. Pueden verse, entre tanto, los intentos de R. Alves, *Función ideológica y posibilidades utópicas del protestantismo,* en, *De la iglesia y la sociedad,* Tierra Nueva, Montevideo, 1974, con una fuerte carga de tipificación ideológica, propia de la época, y en clara dependencia del trabajo de Karl Mannheim, *Utopía e ideología. Introducción a la sociología del conocimiento,* FCE, Madrid, 1997; de J. Míguez Bonino, *Visión de cambio social y sus tareas desde las iglesias no-católicas,* en, *Fe cristiana y cambio social en América Latina,* Sígueme, Salamanca, 1973; o de O. Costas, *El protestantismo en América Latina hoy: ensayos de camino,* INDEF, San José, 1975. Una clasificación, sin embargo, que nos parece sugerente, en la medida en que aparece más actualizada y sin tanta carga ideológica, amén del reparo anterior sobre "lo histórico", es la que proporciona a nuestro juicio el excelente trabajo de F. Galindo, *El "fenómeno de las sectas" fundamentalistas. La conquista evangélica de América Latina,* Verbo Divino, Estella, 1994, 86 ss., quien distingue entre:

1) Iglesias protestantes "históricas" de origen europeo: formadas durante el movimiento histórico de la Reforma, y cuya presencia en América Latina se ha desarrollado casi en los márgenes exclusivos de "iglesias de trasplante" o de servicio exclusivo para los inmigrantes.

2) Iglesias "históricas" de origen estadounidense: se trata de las iglesias que, procedentes del movimiento anterior, emigraron a los Estados Unidos durante la época colonial, siendo objeto a partir de allí de una profunda reelaboración teológica, propia de la nueva situación histórica y cultural del país, y dando a luz, a su vez, a otros nuevos movimientos evangélicos. Serán precisamente estos grupos los que darán inicio al primer gran movimiento evangélico misionero en América Latina durante la segunda mitad del siglo XIX.

3) Iglesias evangelicalistas: se trata de aquellos diversos grupos eclesiásticos y religiosos, derivados directamente del movimiento fundamentalista estadounidense, y en fusión o no con otros fenómenos religiosos, tales como los movimientos de santificación o *revival.* Cabe señalar que han sido estas iglesias y movimientos los gestores, desde el siglo XX hasta nuestros días, del mayor movimiento misionero en América Latina.

4) Iglesias paraevangélicas: grupos religiosos que, aunque nacidos directamente o indirectamente de iglesias evangélicas establecidas de los Estados Unidos, han desarrollado una forma de existencia tanto teológica como eclesiástica que bien podría ser considerada completamente al margen del esquema básico, tanto del protestantismo como del cristianismo en general (testigos de Jehová, mormones, etc.).

Nosotros, sin embargo, sin desconocer el valor de esta discusión, seguiremos empleando para los fines de nuestra investigación el esquema mucho más directo y sencillo, en relación con el protestantismo estadounidense y su influjo en el concierto evangélico de América Latina, de *evangelical* y *mainline churches, identidad* y *relevancia.*

tratado de sectores que se han sentido evidentemente marginados por el creciente estado de urbanización y modernidad de su sociedad, y que a partir de allí, han visto también amenazados los valores tradicionales de su nación, lo que los llevó a volcarse en consecuencia hacia otros horizontes en busca de establecer tanto su centro de actividades como la propagación de sus valores nacionales y evangélicos en un nuevo contexto allende a sus fronteras. Pero también encuentra como antesala la resolución a la que llegaba el Congreso de Edimburgo en 1910, representado fundamentalmente por iglesias europeas, tocante a la exclusión de América Latina del campo de cooperación misionera, toda vez que se le consideró un continente ya suficientemente evangelizado por la iglesia católica. Algo que, desde luego, tales sectores evangélicos no podían tolerar y que les llevó finalmente a celebrar su propio *Congreso de Obra Cristiana en América Latina*, en 1916, en Panamá, en el que las misiones europeas no estarían representadas y donde además se reconocería a América Latina como campo prioritario de evangelización. Todo esto, que incluye además el cierre de los campos misioneros bajo los regímenes comunistas, en China fundamentalmente, pero también en Europa del Este, lugares tradicionalmente escogidos por las iglesias estadounidenses para sus programas de misión, llevaría a estos sectores evangélicos a focalizar sus esfuerzos de evangelización principalmente hacia América Latina.

2.3 Profundización de los contenidos de la *American Religion*. Una tarea pendiente

Frente a un prolongado período de silencio, tanto de pensamiento como editorial al respecto de las implicancias concretas de esta herencia religiosa, política y cultural estadounidense, la *American Religion*, en la configuración y desarrollo posterior de los movimientos evangélicos de América Latina, explicable únicamente en la medida en que se estimaba a este influjo, sin mayor nivel de problematización, como la expresión más fidedigna tanto del protestantismo como incluso de la propia fe cristiana y como quien traía al continente la nueva era de progreso social y cultural, encarnada ya en el espíritu del liberalismo, encontramos solo a partir de investigaciones realizadas por teólogos de la liberación los primeros esfuerzos por indagar en sus más profundas consecuencias. Pensamos sobre todo aquí en el artículo ya citado de J. Míguez Bonino[58], en el que se ofrece un tratamiento de esta religiosidad –aunque nunca se le designe como tal: *American Religion*– nada más que indirecto y en su relación casi exclusiva con el liberalismo económico y político de los Estados Unidos, propio, por lo demás, de las publicaciones liberacionistas de la época. Resta a todas luces todavía por reparar en las consecuencias más profundas que esta misma religiosidad ha llegado a presentar, con implicacio-

---

[58] *Historia y misión. Los estudios históricos del cristianismo en América Latina con referencia a la búsqueda de liberación*, en, *Op. cit.*

nes asimismo en las cosmovisiones de lo político y lo cultural, en los movimientos evangélicos de América Latina. Tal tarea es algo que, digámoslo con total honestidad, o bien no ha sido acometida con suficiente detenimiento y seriedad, tal como la misma lo precisa, o bien ha pasado simplemente totalmente inadvertida. Nos referimos con aquello de la *American Religion*, valga recordar, y profundizando un poco más sobre lo que en relación a esta ya anteriormente hemos vertido, a aquel proceso que M. S. Stedman describe como de profunda *(usa)americanización* – más que *nacionalización*– a la que ha sido sometida la fe cristiana por parte de los movimientos protestantes de los Estados Unidos. Un proceso que, a su juicio, ha desligado a esta fe abruptamente de sus fuerzas religiosas europeas o propias del cristianismo antiguo, y que ha traído como consecuencia hasta el día de hoy "un particularismo acrítico –o antiintelectualista– y una aceptación indiscutida –acrítica también– del estilo norteamericano de vida como estilo cristiano de vida"[59]. El resultado, por tanto, de aquella tan indisoluble fusión entre fe cristiana y cultura usamericana ha sido, sin duda alguna, como ya lo señalaba Will Herberg, en su clásica obra sobre los principales movimientos religiosos en los Estados Unidos –*Protestant-Catholic-Jew. An Essay in American Religious Sociology*[60]– el que la religión predominante en aquel país no sea, a decir verdad, ni el protestantismo, ni el catolicismo, ni el judaísmo o la que fuere, sino básicamente el *americanismo* o, actualizando esta figura, la *American Religion*.

---

[59] *Religión y política en los Estados Unidos de América*, Paidós, Buenos Aires, 1964, 64. No es sorprendente, bajo esta aclaración y como el mismo Stedman lo recuerda (*Op. cit.*, 64), que el propio papa León XIII dirigiera hacia 1899 una carta apostólica, *Testem Benevolentiae*, al cardenal Gibbons, poniéndolo sobre aviso al respecto de los peligros que entrañaba aquella *(usa)americanización* incluso para el propio catolicismo. Tal preocupación, siempre dentro del catolicismo, sería recordada incluso en pleno siglo XX, cuando el sacerdote dominico francés, R. L. Bruckberger, de visita en los Estados Unidos, expresara su evidente malestar por el hecho de que los católicos de aquel país desarrollasen un moralismo más parecido al de los bautistas del Sur que al de sus homónimos europeos (R. L. Bruckberger, *The American Catholics as a Minority*, en, T. T. McAvoy, *Roman Catholicism and the American Way of Life*, Notre Dame, IN, 1960, 45 ss.). Por supuesto, más allá del asunto anecdótico, es evidente que el catolicismo estadounidense se ha visto también en un alto grado informado por aquel mismo usamericanismo y por gran parte también de aquellos mismos énfasis constitutivos de la *American Religion*, tal como el propio evangelicalismo, y dentro de esta religiosidad, en especial, por su moralismo y antiintelectualismo. Según R. Hofstadter (*El antiintelectualismo en la vida norteamericana*, Tecnos, Madrid, 1969, 127 ss.), habría que entender tal adaptación al usamericanismo e incorporación del antiintelectualismo en el catolicismo estadounidense básicamente como un mecanismo tendiente a superar aquel sentimiento de evidente inferioridad y extranjerismo con el que el catolicismo de los Estados Unidos debió cargar prácticamente desde sus inicios. Entretanto que, en lo concerniente a su antiintelectualismo, como la resultante del sello impuesto por el clero irlandés, al tiempo que su escasísima absorción de la impresionante erudición del catolicismo germano, del polémico intelectualismo católico francés y del espíritu fiero y combativo, aun intelectualmente hablando, del puritanismo inglés.

[60] Garden City, New York, 1983, 85 ss.

Es cierto, como ya lo hemos precisado reiteradamente, aunque tal aclaración no podría ser jamás suficientemente enfatizada, que en el horizonte más amplio de la religión americana no hallamos una sol a y única expresión de la misma, asociada con el bloque *evangelical* y tendiente más bien a la radicalización de la dimensión de identidad de la fe cristiana, sino también una cuya propensión general se decanta a su vez hacia una evidente polarización de su indisoluble contraparte de relevancia, como asimismo del discurso horizontal, y que hemos consentido en identificar con la figura de las *mainline churches*, aun cuando ambas reproduzcan, bajo una contrariedad superficial y solo en apariencia, similares contenidos, los de esa misma religiosidad, y los de aquel mismo genio cultural que les contiene. Y, sin embargo, ha sido particularmente por medio de la primera expresión de esta religiosidad, en la medida en que la misma y no la segunda se ha constituido en el motor misionero para América Latina y para el mundo, que se han internalizado en el espectro evangélico de nuestro continente aquellos contenidos a los que ya Stedman aludía, es decir: aquella abierta promoción de que cultura usamericana y fe cristiana se requieren, como también aquella tendencia a sustraer a esta última de sus fuerzas históricas europeas. Semejante mirada olvida, primeramente, que ninguna cultura podría arrogarse el depósito total del evangelio, sino que es este el que, al trascender cada una de estas, las juzga, las confirma y las discierne, y, en segundo lugar, y como muy certeramente lo ha expresado Ratzinger, en tiempos en que ya es eslogan fácil anatematizar todo cuanto hunda sus raíces en Occidente, aquello de que "ha sido precisamente en Europa donde el cristianismo ha recibido su impronta cultural e intelectual más eficaz, y por consiguiente, está vinculado de manera especial a Europa"[61]. Esto es algo que no puede pasar inadvertido, pues tendrá decisivas consecuencias a la hora de intentar comprender el tipo de protestantismo que se ha forjado en América Latina. Por supuesto, es necesario reconocer que ambas peculiares pretensiones se daban cita plena en el programa misionero de los Estados Unidos para América Latina, incluso antes de la Segunda Guerra. En lo que respecta a la particular comprensión de Europa, acota Arturo Piedra en su tan importante investigación:

> Los misioneros protestantes trajeron a América Latina la percepción estadounidense de Europa que había dejado la Primera Guerra Mundial. El fracaso de las naciones del Viejo Continente en arreglar pacíficamente sus problemas se interpretaba en los Estados Unidos como una señal de la pérdida de su poder y autoridad para guiar ideológica y culturalmente a las demás naciones del mundo. Esta realidad era contrastada por los protestantes con la participación decisiva de su nación en la solución del

---

[61] J. Ratzinger, *El cristianismo en la crisis de Europa*, Cristiandad, Madrid, 2006, 27.

conflicto. Tal situación ayudaba a dar una imagen más idealista y romántica de las tradiciones y cultura estadounidenses.[62]

En efecto, tales fuerzas espirituales y culturales europeas se estimaban obsoletas y, por lo mismo, se insistía, incapaces ya de comprender debido a su tan profundo anclaje en el tradicionalismo, la distinción de clases y el discurso metafísico del nuevo orden de desarrollo, aventura y pragmatismo inaugurado a la sazón por los Estados Unidos. Como escribiera el importante líder de misiones estadounidense para América Latina, Samuel G. Inman, poco después de la Primera Guerra, como reflejo tanto de la percepción generalizada de los Estados Unidos sobre Europa misma como al respecto también del rol que cabía a esta en el destino político, cultural y aun religioso de América Latina: "La misión de Europa ha terminado, solo América puede salvar la humanidad"[63], y luego, en pregunta retórica en otra de sus publicaciones: "¿Están los Estados Unidos haciendo un esfuerzo deliberado para dirigir los asuntos de América Latina y aislarla de Europa?"[64]. Por otra parte, sería iluso pretender que, en tan denodado afán por mantener el destino religioso de América Latina alejado de la intervención europea, no fuera posible entrever ciertos trazos de la peculiar Doctrina Monroe, la cual, no se puede negar, contribuyó aún más a acentuar el desánimo que de suyo las grandes compañías misioneras de Europa expresaban hacia América Latina. En efecto, y en una modalidad no solamente defensiva, la consigna "América para los americanos", verdadero corazón de la Doctrina Monroe, implicaba también, y desde el punto de vista de los grupos misioneros de fines del siglo XIX y principios del XX, la articulación de un programa a gran escala para América Latina, en el que el programa evangelístico y la gestión geopolítica, lejos de excluirse, se complementaban entre sí. Un misionero estadounidense, Thomas Woods, podía señalar de esa manera lo siguiente:

Suramérica ofrece una excelente oportunidad para que los estadounidenses extiendan su dominio en la evangelización sin competencia alguna, y definir posibles resultados a un nivel más amplio. Suramérica está llamando a los cristianos norteamericanos con el imperativo macedonio "venga y ayúdanos".[65]

Por lo mismo, deja ahora de hablarse de América Latina como del "continente abandonado" o de la zona "oscura y tenebrosa", para referirse a esta como *The*

---

⁶² *Evangelización protestante II*, 39.

⁶³ Se trata de la revista, *The Message of the Magazine*, LND, August, 1927, citado en A. Piedra, *Evangelización protestante II*, 39.

⁶⁴ Citado en A. Piedra, *Evangelización protestante II*, 41.

⁶⁵ Citado en A. Piedra, *Evangelización protestante I*, 19.

Continent of Oportunity, según rezaba el título de uno de los libros (de 1907) del fundador del movimiento estadounidense *Esfuerzo Cristiano*, Francis Clark, como alusión, en efecto, a la pléyade de oportunidades que América Latina ofrecía a los intereses misioneros y económicos de los Estados Unidos. Como explicación para la elección de tal título para su libro, el mismo Clark comentaba:

> Yo he escogido este título porque contiene la palabra que mejor describe el presente y futuro de Sudamérica. Es hoy por hoy el continente de oportunidades por excelencia en todos los campos: el espiritual, sus minas y manufacturas, sus bosques, su riqueza pesquera, su comercio y agricultura, sus escuelas, sus iglesias y su política.[66]

No es de extrañar, entonces, y a la luz de esta inmensidad de recursos que los misioneros estadounidenses ciertamente conocían, producto de su contacto con amplias zonas del continente, su insistente llamado a que las autoridades de su país, incluidos hombres de Estado y de negocios, se apresuraran a tomar control de ellos, de modo de no permitir que los tales quedasen en manos de la explotación europea. Así, por ejemplo, hombres tan influyentes para el destino de esta empresa misionera, como H. Stuntz y Th. Neely, podían con total firmeza señalar: "Si los norteamericanos se descuidan, los países europeos no dudarían en tomar control de tal riqueza material"[67]. Sin embargo, y más allá de los retazos de la Doctrina Monroe, del creciente interés que despertaba América Latina como lugar insospechado de oportunidades, o del mismo convencimiento de que los hechos acaecidos tras la Primera Guerra denunciaban ya la absoluta incapacidad de que continuara siendo el Viejo Mundo el indicado a liderar el destino político, cultural, cuánto más religioso de todo el mundo, esta manifiesta renuencia a siquiera tolerar cualquier forma de injerencia o influjo de Europa sobre América Latina se nutría a su vez del tradicional nativismo o mito de los orígenes de la nación, el cual llevaba a la profunda certeza de que solo aquello que surgiera desde el interior de los Estados Unidos podría llevar a cabo su especial misión hacia el mundo, esto es, sin la articulación de ninguna mediación ulterior. Así las cosas, una Europa que llevaba a cuestas el tremendo fracaso que significó la tragedia de la Guerra Mundial, portadora además de todas aquellas formas de pensamiento –socialismo, comunismo, modernismo, humanismo, criticismo bíblico, etc.– que se habían mostrado, a juicio del evangelicalismo estadounidense, abiertamente hostiles a la fe cristiana y a su moral, no podía constituir más que una amenaza no solo para los Estados Unidos de Norte América, sino también para el resto de las naciones a las que esta nación había decidido llevar la luz de la verdad. Todos estos elementos

---

66 Citado en A. Piedra, *Evangelización protestante I*, 82.
67 Citado en A. Piedra, *Evangelización protestante I*, 92.

aparecen ya suficientemente contenidos en las palabras de quien fuera profesor de Boston, y quien, en referencia *al First Great Awakening*, podía señalar:

> En los alrededores de la mitad del siglo pasado sobrevino la plenitud de la era de Dios, pues se había creado una nación cristiana. América ha sido testigo de diversas formas de infidelidad, tales como las de Thomas Jefferson, Thomas Cooper y Thomas Paine, conocidos como los tres thomases incrédulos y después más recientemente, el trascendentalismo, el socialismo, el espiritualismo y la frenología, pero ninguno de ellos era de origen americano, todos estos movimientos en contra del pensamiento cristiano han procedido siempre de Europa. Ninguno partió de nuestro país y esto significa para nosotros algo muy importante.[68]

En efecto, podemos reconocer aquí la sempiterna presunción, por una parte, y con ribetes de un chauvinismo rayano ya en lo bizarresco, de que en la tradición religiosa usamericana, sus intérpretes y su particular comprensión del oficio teológico se encuentra todo cuanto se precisa para una definitiva comprensión de las Escrituras y el legado de su pensamiento, como, por otra, el rechazo enconado a toda utilización de recursos científicos o extrabíblicos para dilucidar el contenido de todo aquello, cuánto más tratándose de los forjados desde la liberal y modernista Europa, cuna de los actuales movimientos que han capitulado ya de la pureza de la fe y los valores tradicionales del cristianismo. Entre los cuales, desde luego, despunta con colores propios el criticismo bíblico desarrollado principalmente por las facultades de teología de Alemania, al cual no solamente se le pretenderá responsabilizar por el declive mismo del cristianismo, sino en lo posible asociar, por cuanto ha minado aquella autoridad literal de las Escrituras, con los estragos y atrocidades de la Guerra. Es por eso, y tal como tendremos oportunidad de revisar más adelante, que cuando un pensador tan versátil como lo fue Gresham Machen, en cierto modo fundador del movimiento fundamentalista, pero al mismo tiempo y debido a su enorme vocación intelectual, tan difícil de encasillarlo en este, especialmente a la luz de las posteriores alianzas que este movimiento habría de contraer —dispensacionalismo, derecha religiosa, etc.—, insistió en que el mayor problema del cristianismo de su tiempo residía básicamente en su crisis intelectual, en aquella ausencia de eficaz diálogo con la cultura contemporánea y, en consecuencia, en aquella popularización trivial de la teología, que no en una falta de mayor proselitismo o de actividad misional, fue acusado por ese mismo fundamentalismo ni más ni menos que de presunción europeísta. Esta acusación con el tiempo se volvería más amarga y recurrente, no solo porque Machen había cursado un año de estudios en Alemania y había

---

[68] Citado en C. Cañeque, *Dios en América. Aproximación al conservadurismo político-religioso en los Estados Unidos,* Península, Barcelona, 1988, 37-38.

llegado a partir de esa estancia a manifestar un evidente respeto intelectual por aquel gran teólogo liberal Wilhelm Hermann, aunque por cierto manteniendo incólume su conocida distancia con el liberalismo, sino también porque con dicha insistencia ponía evidentemente en entredicho el discurso autosuficiente del nativismo estadounidense, tan caro por lo demás al fundamentalismo, y su presunción de no precisar de ninguna mediación, además de exponer el fracaso de este movimiento en su forma de relacionarse con la cultura y la sociedad modernas.[69]

Pues bien, teniendo en cuenta siempre esta particular herencia como telón de fondo, la cual ha organizado y configurado en tan alta medida el escenario evangélico de nuestro continente, dejándose sentir sobre todo en el campo de la ética, la apreciación del arte y la cultura, la misión, en fin, el quehacer teológico de la iglesia, nos concentraremos ahora en esta expresión *evangelical* de la *American Religion*, particularmente en el fundamentalismo. Un fundamentalismo que, bajo los diversos grupos y corrientes a los que posteriormente ha dado origen, o a los que aun cuando provenientes de un muy diverso origen, del mismo modo ha llegado a absorber, se presenta acaso como la expresión *evangelical* que más poderosamente ha influido en el contexto evangélico de América Latina y, a la luz de esta explicación, como la fuerza más abundante y representativa en América Latina de aquella herencia protestante proveniente desde el Norte.[70]

---

[69] Cf. C. Cañeque, *Op. cit.*, 44-45. Mayores antecedentes en, Bradley J. Longfield, *Presbyterian Controversy: Fundamentalists, Modernists, and Moderates*, Oxford, Oxford University Press, 1991; D. G. Hart, *Defending the Faith: J. Gresham Machen and the Crisis of Conservative Protestantism in Modern America*, Presbyterian and Reformed Publishing Co, New Jersey, 2003.

[70] La información que proporciona F. Galindo, *Op. cit.*, 32, de suyo ya suficientemente expresiva, tocante a que el fundamentalismo usamericano, presente tanto en sus expresiones pentecostales, neopentecostales o simplemente en su amplio espectro evangelicalista, concitaría entre el 75 y 80 por ciento de la población evangélica de América Latina, requiere, sin embargo, a mi juicio, de una cierta rectificación, en orden de una consideración aun mayor de esta cifra. Lo primero apunta al crecimiento verdaderamente explosivo que ha experimentado el fenómeno explícitamente fundamentalista desde la publicación de esta obra (1994) hasta nuestros días. Lo segundo guarda relación con aquella indiscutible realidad de que aun aquellas familias denominacionales que en virtud de su procedencia teológica e histórica no podrían ser consignadas sin más dentro del esquema básico del fundamentalismo, y pensamos aquí específicamente en aquellos sectores que más adelante definiremos como "reortodoxias", se han visto de igual modo en la actualidad condicionadas directa o indirectamente por su influjo. De ello da cuenta, precisamente, la incorporación en su horizonte eclesiológico y hermenéutico, de dinámicas que bien podrían resultar claramente descriptivas del movimiento fundamentalista. Todo lo anterior, a fin de cuentas, no hace más que confirmar que la presencia del fundamentalismo usamericano, ya sea a través de su modalidad explícita o indirecta, constituye la directriz evangélica más representativa en América Latina, tanto numérica como a nivel del pensamiento.

3

El fundamentalismo

3.1 Origen del fundamentalismo

Los orígenes del fundamentalismo bíblico-teológico pueden ser rastreados a partir de la oposición de los grupos evangélicos de los Estados Unidos, primero al influjo de la teología liberal en el siglo XIX, y luego al de la teología de la crisis en el siglo XX, como, así también, a las crecientes transformaciones de una sociedad cada vez más urbana e industrializada frente a la cual parecía no haber más respuesta posible que la de la retirada o la embestida. Un movimiento, cuyo principal soporte, como ha dicho Paul Tillich[71], lo ha constituido el biblicismo laico de aquel país y su pretensión de poder acceder directamente al contenido de la Revelación prescindiendo de cualquier mediación teológica o cultural para ello. Florencio Galindo ha descrito de este modo las características históricas esenciales del fundamentalismo desde sus orígenes y hasta el presente:

> Surge como movimiento teológico en los Estados Unidos a fines del siglo XIX y principios del XX; se orienta básicamente a combatir el modernismo, el secularismo de la sociedad y el darwinismo en las ciencias naturales; para aquello recurre a la Biblia y a la teología, rechazando en general toda reflexión crítica; pretende afirmarse en sus puntos de vista mediante congresos; rompe con el resto de la iglesia y pronto se divide a su vez en diversas corrientes; superada una fase de cierta decadencia social y política, en la década de 1970 recibe un impulso decisivo con la aparición de la Iglesia Electrónica, y en la formación de la Nueva Derecha. Su influjo en la política interna y externa de los Estados Unidos se acentúo notablemente durante la administración de Ronald Reagan.[72]

Por supuesto, no toda reacción contraria frente al liberalismo teológico o a los avances mismos de la modernidad tomó siempre la forma expresa de un fundamentalismo, sin más, como bien fue el riesgo que siempre sacudió al evangelicalismo de los Estados Unidos, en debate permanente entre un "o esto o aquello".

---

[71] *Pensamiento cristiano y cultura en Occidente. Primera parte: De los orígenes a la Reforma* (citado desde ahora como, *Pensamiento cristiano I*), La Aurora, Buenos Aires, 1977, 326. Un breve, pero muy recomendable artículo acerca del fundamentalismo evangélico estadounidense, puede verse en Juan Stam, *El fundamentalismo protestante*, en, *Haciendo teología en América Latina. Juan Stam, un teólogo de camino,* UBL, San José, 2004, 271-274.

[72] *Op. cit.,* 180.

Una teología conservadora capaz de llegar muy lúcidamente a identificar los evidentes riesgos contenidos en el liberalismo, pero sin renunciar a los avances conseguidos por este, sobre todo en materia de crítica bíblica e histórica, y con el suficiente cuidado de evitar respuestas reaccionarias que bien le perfilaran en el surco del fundamentalismo, puede verse ya en la figura del teólogo alemán Martin Kähler, como también en la del escocés Peter T. Forsyth, y en sus respectivas escuelas.[73] Aunque, por supuesto, tales personajes y sus repercusiones deben situarse, claro está, fuera del contexto de los Estados Unidos. Ahora bien, el nombre *fundamentalismo*, término, por lo demás, con el que se ha llegado a conocer mundialmente a este movimiento, procede originalmente de una serie de doce documentos redactados entre los años 1910-1915 bajo el título *The Fundamentals: A Testimony to the Truth,* editados por el millonario californiano Lymann Stewart, quien creía ver en esta inversión una de las mejores fuentes educativas para la humanidad. En tales publicaciones quedarían establecidos los principios *fundamentales* que deberían ser afirmados y promovidos por el movimiento, cuya adhesión constituiría criterio absoluto de la pureza de la fe. Más allá de la diversidad de temáticas apologéticas que es posible observar en estos doce volúmenes, algunos de los cuales trataban acerca de la necesidad del arrepentimiento y la salvación, o del peligro que el modernismo y el liberalismo reportan para la fe, en la mayoría de ellos se llamaba a los lectores a asumir ciertos principios o fundamentos esenciales que, en opinión de sus contribuyentes, constituirían garantía insustituible de una genuina y no adulterada fe. Se trataba de cinco declaraciones,

---

[73] Precisamente, el teólogo dogmático Martin Kähler ofreció una conferencia, posteriormente publicada con el nombre *Der sogennante historische Jesus un der geschichtliche, biblische Cristhus* (Leipzig, 1892) que constituiría a la sazón un paso gravitante en la superación de aquella aporía suscitada por la teología liberal al respecto de la historicidad de Jesús y aquella distinción entre el Jesús histórico y el Cristo de la fe. De más está recordar las dificultades que actualmente podría reportar aquella tesis. Sin embargo, lo que aquí conviene destacar no es tanto su vigencia cuanto el evidente avance que la misma reportó a la hora de sobrepujar el positivismo historicista del liberalismo, y que sería fuente de inspiración en teólogos bíblicos tan diversos como O. Culmann, J. Jeremias o el mismo E. Käsemann, críticos todos estos al radicalismo de Bultmann, y en sistemáticos de la talla de A. Schlatter, P. Althaus y el propio P. Tillich. Lo mismo se podría decir de la figura de Forsyth, quien realizó estudios tanto en la universidad de Aberdeen como en Göttingen. En esta última, bajo la guía de Albrecht Ritschl, la figura más importante de la teología liberal junto a Aldolf von Harnack. En ambos casos, nos hallamos con figuras, y sus respectivas escuelas, que conocieron desde su centro mismo a la teología liberal, sus aportes y sus elementos de riesgo, y que bien supieron articular una teología que, bajo una equilibrada crítica de esta, no viniera a dar lisa y llanamente en fundamentalismo. Desde luego, lo anterior abiertamente contrastará con aquella suerte de caricatura e histeria colectiva en que vino a dar la teología liberal en gran parte del evangelicalismo de los Estados Unidos, cuyas críticas más destempladas vendrán precisamente de parte de los líderes del movimiento fundamentalista, la gran mayoría de ellos con escaso horizonte intelectual y conocimiento mínimo, más allá de la propaganda, del liberalismo.

todas ellas colegibles de la primera, la inspiración verbal de la Biblia y su completa inerrancia, a saber: el nacimiento virginal de Cristo, la realidad histórica de sus milagros, su muerte como sacrificio vicario y su resurrección corporal, lo que incluye su segunda venida también en forma literal y física; todos estos puntos, como se ha dicho ya, debían ser comprendidos no solo en el marco de una declaración programática de Escritura y teología, sino además en el de una determinada afirmación de mundo, cultura, política y sociedad. Sobre este conjunto de intereses, de los cuales los cinco principios no constituían más que un punto de adhesión simbólica, refiere F. Galindo:

> En efecto, los cinco "fundamentos" son solo un "consenso mínimo" para formar un frente común contra la crítica bíblica, la teología "liberal" y la reformista del "evangelio social", que eran los verdaderos motivos de la controversia. Se trataba de combatir todo y a todos los que eran causa de preocupación para los protestantes tradicionalistas, ante todo en las iglesias bautistas y presbiterianas de los Estados del Norte; hacer que EUA recuperara su identidad cristiana bíblica, que muchos evangélicos creían ya perdida, sobre todo a consecuencia de la primera guerra mundial; disipar los temores de revolución social, denunciando principalmente el peligro del comunismo; neutralizar el impacto social y moral producido por las inmigraciones de las últimas décadas, tanto más que con ellas habían llegado al país muchos católicos romanos. Símbolos de la ruina moral eran el evolucionismo, la crítica bíblica, el socialismo, el modernismo, el humanismo secularizante y el bolchevismo o comunismo. La adhesión a los cinco fundamentos se convirtió en un punto de referencia simbólico para la identificación del movimiento fundamentalista.[74]

Cabe también precisar, y acaso antes de seguir avanzando con el curso de nuestro planteamiento, la naturaleza particular del fundamentalismo usamericano, cuánto más si ha sido sempiterna costumbre entre los círculos evangélicos latinoamericanos, bajo el influjo hegemónico de esta misma orientación, la confusión histórica de movimientos teológicos y su respectiva comprensión. En razón de esto, habría que comenzar advirtiendo que el fundamentalismo como movimiento bíblico y teológico, pero asimismo político y cultural, que ciertamente lo es, no se condice ni con las categorías de pensamiento propias de la ortodoxia protestante, ni tampoco con las del integrismo del catolicismo romano, confusión esta en la que tantas veces se suele incurrir. Aunque, a decir verdad, y en lo que respecta a la ortodoxia, esta haya adquirido no pocas veces en el contexto de los Estados Unidos un similar comportamiento al del fundamentalismo. Sin

---

[74] *Ibíd.,* 162-163.

embargo, sobre este importante movimiento, la ortodoxia, nos ocuparemos en páginas posteriores. Ahora bien, en cuanto al integrismo católico, bástenos simplemente con decir que la visión que se pretende imponer aquí es la de la absoluta uniformidad y continuidad histórica de los concilios y dogmas de la iglesia, de los que se intenta salvaguardar siempre su absoluta integridad, la misma que se sostiene, desde luego, sobre el rechazo a toda revisión, para no hablar de la confrontación de sus contenidos. Y todo aquello, claro está, bajo una forma de gobierno eclesiástico centrífuga y piramidal, con facultades para aplicar sanciones e incluso la misma excomunión, según sea el caso, para aquellos que resulten amenazantes para aquella visión integral de la doctrina eclesial. En el fundamentalismo usamericano, en cambio, tal apelación a un acervo histórico no solo que resulta desconocida en relación con la gran tradición eclesial, sino que lo es incluso en relación con el propio legado del protestantismo histórico, siendo este reemplazado, en cuanto autoridad última, por los mitos fundacionales de la nación, bajo una forma tal de comprender el gobierno de la iglesia que, frente a la discrepancia o la sanción, no surge como en el integrismo católico simplemente la excomunión, sino la oportunidad para la formación de otro nuevo grupo o secta, aunque siempre dentro de los márgenes de la misma cosmovisión.

3.2 Principios de la identidad fundamentalista

El fundamentalismo ha mostrado *per se,* a pesar de lo que se pueda llegar a suponer, una increíble capacidad de reciclaje y de reinvención de sí mismo, ha ofrecido una y otra vez renovadas formas de expresión que le han permitido caminar al compás de los tiempos, en el sentido de saber interpretar las visiones, afirmaciones y preocupaciones de un sector no despreciable de la población.[75] Empero, más allá de la diversidad de sus matices, entre los que se cuentan, entre otros, el evangelio de la prosperidad, el fenómeno de las megaiglesias o los movimientos neopentecostales, todo esto no es más que evidencia concreta de aquella continua

---

[75] En última instancia, esta capacidad de estar en plena sintonía con los signos de los tiempos constituye el mérito del evangelicalismo usamericano ya desde sus orígenes. Así, por ejemplo, J. M. Marco, *La nueva revolución americana. Por qué la derecha crece en los Estados Unidos y por qué los europeos no lo entienden,* Ciudadela, Madrid, 2007, 261, al referirse al vertiginoso crecimiento del evangelicalismo de los Estados Unidos en la década de los ochenta, puede observar con toda lucidez lo siguiente:

Los evangélicos, además, siempre habían sido hombres de su tiempo. En el siglo XVIII se habían recorrido el inmenso territorio norteamericano predicando de viva voz la buena nueva de una fe renovada. En el siglo XIX habían recurrido a la imprenta para difundir a muy bajo precio sus sermones. En la segunda mitad del siglo XX, los grandes líderes del movimiento evangélico, hombres hechos a sí mismos, con movimientos creados a partir de su personalidad y su esfuerzo en un mercado libre, llegaron a fundar auténticos imperios mediáticos y culturales.

reposición de facetas; lo cierto es que el fundamentalismo bíblico-teológico, tal como lo hemos experimentado en el pasado y lo seguimos experimentando en la actualidad, incluso en América Latina, sigue siendo fiel a aquellos mismos principios que, cada uno y en su conjunto, configuran finalmente su identidad. Tales principios, que nos remiten siempre, indefectiblemente, al particular escenario de su procedencia –la *American Religion*, la *American way of life*–, descansan en nuestra opinión en tres elementos sustanciales, que únicamente cuando han sido ponderados debidamente en su conjunto nos permiten adentrarnos en una correcta comprensión de su identidad. Estos son, básicamente, los principios político, teológico y cultural. Es cierto que los límites de estos tres principios podrían resultar en cierto modo difusos, al punto de que no es posible ofrecer un tratamiento absolutamente diferenciado sobre cada uno de ellos sin rozar los elementos que podrían estimarse distintivos de los demás. Así, por ejemplo, al tratar sobre el principio político, nos veremos obligados a mencionar la relación del primer fundamentalismo con los avances de una cultura abierta ya a la modernidad, o a indagar en los orígenes mismos del antiintelectualismo. Al abordar el principio cultural, abordaremos elementos propios del análisis político y aun teológico, presentes ya en la figura aquella de la *American way of life*. Y, al tratar sobre el principio teológico, deberemos tener siempre como antecedente los contenidos de los principios político y cultural. De todos modos, permítasenos ofrecer algunas breves consideraciones sobre cada uno de ellos, bajo el entendido de que tal tratamiento individualizante no es más que un desglose sugerido para efectos de allanar su descripción.

3.2.1 *Principio político*

3.2.1.1 El contacto con una sociedad y una cultura abiertas ya a la modernidad

Ya la Primera Guerra Mundial le había proporcionado al fundamentalismo el marco de fondo más propicio para su legitimación de aquella conducta abiertamente refractaria en cuanto a toda participación política y social de las iglesias. Bajo este tenor, un personaje con no menor ascendencia en el concierto evangélico conservador de los Estados Unidos, M. Haldeman[76], podía referirse a la reforma social que algunas iglesias del país habían decidido implementar como signo evidente de la decadencia moral de un cristianismo en alianza con el socialismo, una distracción que el propio Satanás tendía a la iglesia para que esta olvidara su misión esencial sobre la tierra, la cual no era ni política ni social, sino moral, ya que el propio Jesús no había levantado su voz ni contra la guerra ni contra la esclavitud, pero sí contra la licencia moral. Naturalmente, este discurso de radical ausentismo político y social, tan caro por lo demás a esta primera etapa del fundamentalismo, no tardaría demasiado en despertar severos reproches, y

---

[76] *The signs of the Times*, Charles C. Cook, New York, 1912. Cf. C. Cañeque, *Op. cit.,* 49 ss.

no solo de parte de autoridades eclesiásticas o personas relacionadas con la educación teológica, más allá por supuesto de los estrictos márgenes dados por el fundamentalismo, sino también de parte de reconocidas figuras académicas del país interesadas en el desarrollo de la *American Religion*. De esta forma, una figura tan versátil y reconocida del mundo académico estadounidense de la época como John Dewey, en medio de una serie de conferencias pronunciadas en la universidad de Yale en 1934 y publicadas posteriormente bajo el título *A Common Faith*[77], podía acusar el atraso de este tipo de cristianismo, preocupado únicamente por los *síntomas morales* –alcohol, divorcio, juegos– de una sociedad, pero ausente de aquellas grandes tareas que le informan y terminan finalmente haciendo digna (o no) la vida de las personas, tales como el fin de toda guerra, la lucha contra la injusticia económica y política, entre otras. Tareas todas estas que, según Dewey, habían sido recogidas más bien por movimientos humanistas y seculares que por grupos eclesiásticos, mucho menos provenientes de esta particular cosmovisión.

Volviendo nuevamente con Haldeman, otro signo de declinación de la humanidad, profetizado ya por la Biblia como antesala del final, lo constituían para este los avances producidos por la ciencia y la tecnología.[78] Algo, como se sabrá, no completamente compartido por todos los precursores del movimiento fundamentalista, para quienes tales progresos, bajo la comprensión de una ciencia que no aventajaba el carácter evidentemente divulgativo y popular, no hacía más que respaldar las grandes verdades y afirmaciones consignadas ya por la Biblia, el texto científico por excelencia. Ni tampoco, como veremos más adelante, será compartido por las versiones de un fundamentalismo actual, las que, lejos de desdeñar tales logros, tenderán de buena gana a servirse de sus beneficios, especialmente los de tipo tecnológico, aunque no extrayendo de ellos el discurso filosófico racional que los vio florecer, es decir, la modernidad. Empero, y a despecho de lo anterior, es evidente que se impone en este período una mirada refractaria de la ciencia, sobre todo al respecto de la teoría de la evolución, sindicada por antonomasia como la gran amenaza para la fe y la piedad, y como signo irrefutable de la apostasía anunciada para los postreros tiempos. Por supuesto, la arremetida contra cualquier sospecha de difundir la perniciosa doctrina de la evolución, cuánto más ante la posibilidad de que esta formase parte del programa educacional del país, no solo vendría de aquellos sectores eclesiásticos abiertamente identificados con el movimiento fundamentalista, sino también de los sectores políticos de

---

[77] En español, *Una fe en común*, Losada, Buenos Aires, 1964, 79-80.

[78] Otro editor de *The Fundamentals*, A. P. Dixon, quien particularmente veía en la teoría de la evolución la apoteosis de todos los males y el mayor peligro para la nación, llegaba incluso a remontar los inicios de tal teoría a los filósofos griegos, los que, en su opinión, y en virtud de una serie de interpretaciones bíblicas altamente peculiares, resultaban ser descendientes ni más ni menos que de Caín (cf. C. Cañeque, *Ibíd.*, 64).

derecha directamente influenciados por este movimiento, cuando no completamente fusionados con este. Afirmación, esta última, que no debiera mayormente sorprender pues, como se sabrá, muchos dirigentes de la derecha política estadounidense, incluso en sus modalidades más extremas, fueron hijos de predicadores fundamentalistas o ellos mismos, en tal calidad, alternaron con aquella función. En tal sentido, declaraciones como las de un cierto secretario de Estado y tres veces candidato a la presidencia de los Estados Unidos, que afirmaba aquello de que "todos los males que sufre América pueden resumirse en la enseñanza de la evolución. Sería mejor destruir todos los libros que se hayan escrito y salvar únicamente los tres primeros versículos del Génesis"[79], no resultarán infrecuentes, aunque, digámoslo, el momento más parafernálico y bizarro de esta cruzada antievolucionista se vivirá sin lugar a dudas con el bullado juicio contra el profesor de escuela secundaria de Tennessee, John. T. Scopes, más conocido como el "juicio del simio". Ciertamente, erraríamos grandemente en comprender el propósito último de esta feroz arremetida fundamentalista contra la teoría de la evolución, y así contra otros tantos elementos secularizantes, si solo la redujéramos a una mera pulsión reaccionaria, sin ver en esta el decidido esfuerzo por proteger aquel legado de religión que, según su más íntima convicción, hacía al valor mismo de la nación, de las escuelas, y en última instancia, de la vida de las familias. Religión, nación y lealtades familiares resultaban los valores que el fundamentalismo creía abiertamente amenazados por toda la oleada modernista, en especial por la doctrina de la evolución, como bien quedaría de manifiesto en el juicio contra Scopes. Fe de los padres –entiéndase, ya a esta altura, *American Religion*– y democracia popular –afirmada esta en el rechazo expreso a toda forma de elitismo, mucho más en este caso al elitismo científico–, en el marco de un profundo comportamiento antiintelectual que dichas tendencias originarían y preservarían, fueron los recursos de los que echaría mano el fundamentalismo en su larga lucha contra la modernidad.

Por otro lado, la cultura, insistirá Haldelman, por cuanto no posee ningún carácter redimible, ha sido entregada ya en las manos del mal, de suerte que la única salida que le resta a la iglesia para sobrevivir es no contaminarse con ella, apartarse, a la espera del retorno glorioso del Señor. Es más, centros de formación cristiana asociados a esta cosmovisión, como el muy reconocido instituto Moody[80], sostendrán enfáticamente que el rol de los institutos bíblicos no es convertirse en espacio para la discusión cultural y que los cristianos han de cumplir mejor su función, que no es otra que la de evangelizar, en la medida en que se abstengan de involucrarse en los asuntos de este mundo, incluso de la propia lectura del periódico, a no ser para encontrar en este información utilizable para el trabajo

---

[79] Citado en R. Hofstadter, *Op. cit.,* 118.

[80] Véase, G. Getz, *The Story of Moody Bible Institute,* Moody Press, Chicago, 1969.

misional. Otros líderes, entre tanto, llegaban a una postura incluso más radical, al propugnar un abierto separatismo de toda institución humana, incluida la ruptura con las respectivas denominaciones evangélicas, en la medida en que estas no se mostraran partidarias de asumir los principios elementales del movimiento.[81] Sin embargo, y a la par de estos evidentes radicalismos, ciertamente más bien la regla que la excepción, también es posible encontrar en esta época agentes más moderados dentro del propio movimiento fundamentalista, aunque, desde luego, siempre dentro de los márgenes de la misma orientación. Es el caso de William B. Riley[82], también llamado *The Grand Old Man of Fundamentalism,* para quien, todo lo contrario de Handelman y otros líderes destacados en la misma línea de este, sería un error abandonar a su suerte a las grandes ciudades y su cultura moderna sin antes hacer el esfuerzo de convencerlas de su necesidad de salvación a partir de la sana moral y la enseñanza preservada, desde luego, por el fundamentalismo. Sea de ello lo que fuere, incluidas estas mismas matizaciones, no cabe duda de que subyace en los orígenes mismos del movimiento fundamentalista como elemento claramente informante –y así, nos parece, lo continuará siendo a lo largo de su desarrollo histórico–, unas veces como un explícito manifiesto, otras veces sublimado en el mismo genio cultural que le da forma, la creencia, como bien lo ha advertido C. Cañeque[83] –o "espejismo", como él mismo sugiere– de poder influir en la moral colectiva estadounidense mediante legitimaciones éticas o de corte patriótico-nacional que apelen siempre a aquel mismo mito fundacional o de los orígenes.

3.2.1.2 Inicio y desarrollo del antiintelectualismo

Salta a la vista aquí, desde luego, la connotación cada vez más antiintelectualista que fue adquiriendo el fundamentalismo conforme las transformaciones sociales e históricas se continuaron sucediendo, si bien, como ya hemos dicho antes, el talante antiintelectualista no solo resulta en distintivo exclusivo de este movimiento o, en un sentido más amplio, de la religión americana, sino del genio cultural usamericano todo, independientemente de que en el evangelicalismo haya adquirido este su más reconocido perfil. Cierto es, como bien lo afirma R. Hofstadter[84], que, en el macartismo, el antiintelectualismo llegó adquirir en la sociedad estadounidense niveles prácticamente surrealistas, y aquello con su

---

[81] El caso más radical lo encontramos sin duda en la figura de A. Gaebelein, el que incluso llegaría a romper con la Iglesia Metodista Episcopal y a adoptar, en sus últimos años, un dispensacionalismo de perfil abiertamente apocalíptico (cf. E. Sandeen, *The Roots of Fundamentalism. British and American Millenarianism,* The University of Chicago Press, United States, 1970, 23 ss.).

[82] Cf. E. Sandeen, *Op. cit.,* 123 ss.

[83] *Op. cit.,* 66.

[84] *Op. cit,* 13.

ataque a las universidades, confiscación de obras, persecución de profesores e intelectuales[85], incluso hostilidad hacia aquellas mismas expresiones culturales que, consideradas a la luz del natural paisajismo usamericano, daban cuenta de un talante evidentemente superior a lo usual.[86] A partir de aquel momento, cierto grupo de pensadores llegaba por primera vez a la conciencia generalizada de que tal tendencia, tan desbordada contra la razón, el pensamiento y la libertad intelectual, no podría ser denominada de un mejor modo que como *antiintelectualismo*, sin más. No obstante, el mismo autor confiesa que ya desde los inicios de la nación era consenso entre los intelectuales manifestar una abierta amargura por la actitud irrespetuosa de la sociedad estadounidense hacia la inteligencia y la vida de la academia en general, en contraste con la ponderación sobrevalorada que recaía sobre el activista y especialmente sobre el hombre de negocios[87], algo

---

[85] Ya en pleno auge del macartismo, *The Freeman*, la publicación más importante de la *Foundation for Economic Education*, instrumento importante en la propaganda de aquel movimiento, se despachaba la siguiente declaración, a propósito de la reciente discriminación de la que había sido objeto la *Ivy League:*

> Nuestras universidades son los campos de entrenamiento de los bárbaros del futuro, aquellos que con el pretexto de aprender nos invadirán armados con horcas de ignorancia y cinismo y acuchillarán y destruirán los restos de la civilización humana. No será el populacho el que destrozará nuestras murallas: ellos son únicamente el instrumento de nuestros hermanos literatos, quienes borrarán la libertad individual de los libros del pensamiento humano. Si envían a sus hijos a los colegios de hoy, crearán el verdugo de mañana. La resurrección del idealismo debe partir de los núcleos aislados de pensamiento no universitario (citado en R. Hofstadter, *Op. cit.*, 22).

[86] No cabe duda de que, adjunto al comportamiento antiintelectual, se desarrolla siempre un evidente empobrecimiento cultural, en lo que bien se podría calificar como su derivado anticultural. Ejemplos de aquello, a lo largo de la historia, podría haberlos suficientes para mentar. De este modo, y en los albores mismos del macartismo, el diputado por Michigan, George Dondero, paladín de la cruzada contra cualquier indicio de comunismo en las escuelas y en las universidades, se refería a expresiones artísticas tales como el cubismo, el surrealismo, el dadaísmo, el futurismo, etc., como a males foráneos que podrían llevar a corromper el alma misma de la sociedad estadounidense. En sus propias palabras, según la cita de R. Hofstadter (*Op. cit.*, 23):

> El arte de los ismos, arma de la revolución rusa, es el arte que ha sido trasplantado a América, y hoy, habiéndose infiltrado y saturado muchos de nuestros centros artísticos, amenaza con apoderarse del arte puro de nuestra tradición y patrimonio. El llamado arte moderno o contemporáneo de nuestro querido país contiene todos los ismos de depravación, decadencia y destrucción. [...] Todos estos ismos son de origen extraño, y en verdad no debieran tener lugar en el arte americano, [...] todos son instrumentos y armas de destrucción.

[87] De hecho, se podría decir que el principal factor para que el antiintelectualismo en los Estados Unidos llegara adquirir aquel carácter de programa oficial durante la década de 1950 y del macartismo en general, debe buscarse no exclusivamente en el problema puntual de la guerra fría y la sicosis colectiva hacia el comunismo, sino, además, como bien lo apunta R. Hofstadter (*Op. cit.*,

nada sorprendente, desde luego, si, como el propio Hofstadter vuelve a precisar, la sociedad estadounidense fue desde sus inicios una sociedad forjada en el carácter, el valor y, por razones obvias, en la astucia práctica de la vida, pero no una sociedad con la suficiente sensibilidad para producir poetas, artistas o sabios.[88] Lo curioso, sin embargo, es que ese mismo intelectual, que ya desde los orígenes de la sociedad estadounidense acusaba tan sensible indolencia hacia la inteligencia y la vida académica por parte de esta, no escapaba él mismo de incidir en una de las características esenciales de la tendencia antiintelectual, a saber: un pobrísimo sentido de conciencia histórica.[89] En consecuencia, se debe advertir que el antiintelectualismo no constituye un impulso monista ni una tendencia que se nos ofrezca en estado absolutamente puro, sino más bien debe ser comprendido como un conjunto de actitudes, muchas veces de diverso origen, pero entrelazadas todas ellas en torno a una evidente minusvaloración, ora sospecha, ora enconada oposición, hacia la vida del pensamiento, sus representantes y las contribuciones que, alcanzadas por este, han llegado a formar parte de un gran y normativo acervo histórico. Conviene, desde luego, y tal como la lúcida apreciación de Hofstadter lo sugiere[90], ofrecer algunas importantes especificaciones al respecto del antiintelectualismo, que nos serán de gran utilidad al momento de referirnos al concurso de esta tendencia en el seno mismo de la *American Religion* y, de momento, en el fundamentalismo.

En primer lugar, se debe precisar que el antiintelectualismo no debe bajo circunstancia alguna ser identificado con aquella doctrina filosófica que se ha convenido generalmente en denominar como *antirracionalismo*, doctrina comúnmente representada por nombres tan diversos como Nietzsche, Bergson, Emerson, Whitman, Hemingway, William Blake, entre otros, todos los cuales no podrían sin más calzar en los estrechos recovecos políticos y sociológicos, mucho menos de acervo intelectual, de aquel mentado movimiento. En un segundo lugar, resulta indispensable también aclarar que el antiintelectualismo no es el equivalente literal al vacío de convicciones o de ideas. Como certeramente lo advirtiera ya Hofstadter[91], así como el enemigo más efectivo del hombre culto y del óptimo desarrollo

---

21), en la enconada sospecha que esos mismos hombres de negocio –orgullo nacional, por su forjamiento a puro temple–, albergaban hacia aquellos expertos cuyo campo de acción se encontraba fuera de su posibilidad de comprensión y control –científicos, académicos, críticos sociales–, y que a la sazón se atrevían a dictar unos lineamientos desconocidos por ellos para guiar a la nación. No es de extrañar, por tanto, ni la fusión de este sector empresarial con la causa del macartismo, ni el ataque fervoroso de ambos grupos hacia las universidades, calificadas como centros de fermentación del comunismo y del antiamericanismo.

[88] *Op. cit.*, 78.

[89] *Op. cit.*, 15.

[90] *Op. cit.*, 17 ss.

[91] *Op. cit.*, 29.

cultural lo constituye generalmente el hombre con una educación fragmentada y a medias, así también los expositores más notorios del antiintelectualismo han sido hombres con arraigadas convicciones y opiniones, pero resentidas las mismas de una evidente carencia de perspectiva histórica que, como fruto de lo mismo, les ha llevado a fijarlas de un modo completamente reñido con el correcto criterio de juicio y racionalidad. Bien se podría decir, entonces, y cuánto más en el área del evangelicalismo estadounidense, que muchos de los más recalcitrantes antiintelectualistas han sido, a su manera, "intelectuales", sí, pero monistas e incapaces de situar, ora por desconocimiento, ora por deliberada voluntad, sus ideas en el curso de un mayor desarrollo histórico y cultural. Dicho de otro modo, por cuanto han situado sus doctrinas y creencias en un marco de referencia demasiado limitado y desprovisto al mismo tiempo de toda hermenéutica circularidad, han convertido a estas en un depósito clausurado y agotado ya en sí mismo, sobre el cual ya no es necesario indagar o problematizar nada más. Como un tercer elemento a clarificar, es necesario finalmente señalar, contra lo que generalmente se suele pensar, que el antiintelectualismo no es directamente sospecha hacia la inteligencia como tal, menos en su acepción más práctica, sino suspicacia hacia aquel ejercicio del intelecto que, en su modalidad más discursiva o abstracta, pareciera no conseguir resultados inmediatos y concretos, es decir, medibles y cuantificables, en la dimensión más básica y elemental de la vida humana y social[92], aunque sean precisamente tales inversiones del pensamiento las que permitan las incidencias más profundas y perdurables en aquellas mismas dimensiones prácticas de la vida que tanto se desea controlar. Bastaría simplemente revisar el desarrollo de la historia de las ideas para comprobar la incidencia permanente de estas en el curso de la historia humana, al punto de que, como bien lo enfatiza Hofstadter[93], el prejuicio popular de que el intelectual es impráctico por herencia no solo no soporta mayor análisis, sino que solo se puede llegar a comprender en la medida en que en este prejuicio se ha llegado a fundir, de manera casi indisoluble, un antiintelectualismo rebosante con un pragmatismo fundacional. Sin embargo, conviene a su vez

---

[92] Dentro de esta misma sobrevaloración por el comportamiento medible y cuantificable en los Estados Unidos, a la par que aquella evidente sospecha por todo aquello que no se ajuste a aquella modalidad observable de la vida, ha llamado siempre la atención al espectador foráneo, y dentro del marco de la vida académica universitaria, el que se otorgue en esta tanto realce, distinciones y subvenciones a la actividad atlética –¡como en ningún otro país en el mundo!– y, sin embargo, se proceda de forma tan pusilánime con aquellas áreas de investigación intelectual que superen, claro está, lo estrictamente empiricista. El propio Hofstadter (*Op. cit.*, 52, nota 21) cree que el tributo que se le brinda en el marco universitario estadounidense a la actividad gimnasta es el de reconocer en esta el lugar no menos importante que le cabe al espacio del entretenimiento, de modo tal de no convertir a la actividad universitaria en una "pura cofradía de élite y de intelectuales". Obviamente, si esto no es resentimiento contra el intelecto, bajo el subterfugio de la actividad deportiva, entonces qué lo es.

[93] *Op. cit.*, 36-37.

recordar, tal como esa misma historia de las ideas nos lo podría atestiguar, que el desarrollo intelectual encuentra sus condiciones más óptimas precisamente en el *ethos* aristocrático y sacerdotal, como también allí donde la imposición al medio natural deja de ser la primera fuente de necesidad, lo que da lugar a actividades más sofisticadas y contemplativas. En tal sentido, no debiera constituir motivo de mayor perplejidad el que la figura y la obra del intelectual en la sociedad usamericana no haya gozado jamás, por así decirlo, de un exuberante aprecio y popularidad, sino antes bien se resienta de un declarado prejuicio, sospecha y contrariedad, toda vez que el comportamiento pragmatista y el espíritu democrático, antiaristocrático y anticlerical que caracterizan aquella nación han sido elementos fundantes y sostenedores hasta el día de hoy de su propia formación e identidad.

Ha sido a través del evangelicalismo, según el criterio de R. Hofstadter[94], que el antiintelectualismo logró su primera internalización y asentamiento en la sociedad estadounidense, para desde allí extenderse a las áreas de la política y la educación, principalmente, y constituir hasta el presente una de las características esenciales del genio cultural de aquella nación. La batalla que ha librado de suyo siempre el cristianismo entre sus fuerzas racionales y emocionales se ha decidido para el evangelicalismo de los Estados Unidos, según nuestro autor, abiertamente a favor de estas últimas.[95] Pero tal emocionalismo no solo se alimenta de "la religión del corazón a solas con Dios", como definía William James a la religión americana, sino además, como complementa acertadamente Hofstadter, de una suerte de primitivismo que, nutrido no por la razón sino por la intuición natural, que se entiende impartida directamente por Dios, prefigura ser continuidad de aquel proyecto que tanto Israel como luego Europa han dejado truncos, a saber, ser verdaderamente una nación bajo el mandato de Dios (*One Nation Under God*[96]), como asimismo de volver a reinstalar sin fisuras el espíritu y la forma del cristianismo primitivo en su propio país. Así las cosas, no resulta extraño entonces que el antiintelectualismo evangélico de los Estados Unidos, ligado a este emocionalismo de corte interioricista y a aquel constante anhelo de retomar el paraíso perdido del cristianismo primitivo, compartido por toda la *American Religion*, por lo demás, se resienta tantas veces y ya desde sus orígenes hasta nuestros días de aquel arrogante juicio sobre el intelecto, encubierto, no obstante, de piedad cristiana. No puedo dejar de citar el ataque que, en 1938, George Ripley dirigía contra la facultad de divinidad de Harvard, según el registro de R. Hofstadter, no solo porque hallamos en este un buen reflejo del espíritu antiintelectualista de la

---

[94] *Op. cit.*, 30.

[95] *Op. cit.*, 50 ss.

[96] Al respecto de la enorme influencia que el concepto *One Nation Under God* todavía ejerce en la sociedad estadounidense, puede verse la excelente investigación de B. A. Kosmin y S. P. Lachman, *One Nation Under God. Religion in Contemporary American Society*, Harmony Books, New York, 1993.

época y aquellos componentes ya mentados, sino porque bien podríamos afirmar que el mismo sigue gozando de plena actualidad, cuánto más en muchos sectores del evangelicalismo de América Latina:

> He conocido grandes y beneficiosos efectos surgidos de la simple exposición de la verdad del Evangelio al corazón y la conciencia, por hombres fervorosos, que confiaban en el poder intuitivo del alma y en la percepción de su divinidad. Por más que valoro una lógica sana puesta en su sitio, estoy seguro de que no es el instrumento poderoso para llegar a Dios ni para aniquilar las fortificaciones del pecado. Quizá nos detecte error, pero no puede darnos una visión de la gloria de Cristo. Quizá rechace el engaño, pero no puede unir el corazón al amor, a la santidad. Usted mantiene que un conocimiento extenso es generalmente requisito único para influir en los hombres en temas religiosos, pero Jesús ciertamente no tomó en cuenta esta consideración en la selección de los doce discípulos; encargó la promulgación de su religión a hombres "incultos e ignorantes", las verdades más sublimes fueron confiadas a las mentes más comunes, y de esta manera Dios ridiculizó la sabiduría del mundo. Cristo vio que el alarde de sabiduría que imparten los libros no era nada frente a "la luz que ilumina toda mente humana". Todo el curso de la historia de su país fue un ejemplo ilustrativo del hecho de que "pobres mecánicos eran los escogidos como los embajadores de Dios en el mundo". Cristo no estableció un colegio de Apóstoles, no resucitó la escuela de los profetas que ya estaba muerta: Él no hizo distinción a la vanidad del saber; en verdad, a veces sugiere que es incluso un obstáculo para la posesión de la verdad, y gracias a Dios que mientras ocultaba los misterios del reino de los cielos al sabio y al prudente, los daba a conocer a hombres tan ignorantes como los recién nacidos de las escuelas del saber.[97]

Se echa de ver en la queja de Ripley, como bien lo ha identificado Hofstadter[98], el argumento de que en el antiintelectualismo de los Estados Unidos, cuánto más si deriva este en fundamentalismo, se ha tornado claramente recurrente y ha alcanzado incluso a la propia idea de democracia que se sostiene en aquel país: se comienza con la proposición difícilmente rebatible de que la fe religiosa, en este caso el cristianismo, no se propaga por medio de categorías lógicas o del saber. De ahí se sigue, echando mano de una lectura de los evangelios completamente antojadiza y cerrada en sí misma, pero a la que a pesar de todos sus vacíos se le alza como veredicto histórico definitivo, que en realidad el cristianismo se

---

[97] *Op. cit.*, 51.
[98] *Op. cit.*, 51 ss.

propaga y consolida de manera más óptima en la medida en que sus agentes sean hombres sin mayor formación y educación, tal como ha quedado de manifiesto en el caso de los discípulos de Jesús. Adjunta a aquella afirmación, se deduce que, por cuanto tales discípulos poseían en resumidas cuentas un sentido más profundo de la verdad y la sabiduría que las mentes más ilustradas de la época, el cultivo de las ciencias y del saber no solo viene a dar en aderezos inocuos, sino que abiertamente constituyen un estorbo a la propagación de la fe. Finalmente, como la transmisión de la fe, no su demostración, es la tarea más importante que ha de emprender el ser humano, y son precisamente aquellos que desprovistos de mayor educación e incluso refractarios a esta los que cumplen con mayor cabalidad esta misión, se colige, en consecuencia, que la ignorancia humana, provista de energía y de virtud, resulta mucho más apetecible que la mente más cultivada. Es, por tanto, según Hofstadter, herencia del evangelicalismo usamericano –la *American Religion*–, y no de ninguna corriente contemporánea asimismo opositora a la razón, "el sentir de que las ideas deben ser ante todo realizadas, el desdén hacia la doctrina y el refinamiento en las ideas, la subordinación de los hombres de ideas a los hombres de poder emocional o habilidad manipuladora"[99]. En conclusión, y recapitulando parte de la importante investigación proporcionada por Hofstadter[100], si el antiintelectualismo ha hecho su ingreso en la conciencia estadounidense, fundamentalmente a partir del evangelicalismo y coadyuvado paso seguido por aquella profunda intuición de ser portador de un primitivismo de origen divino, ha sido, no obstante, una sociedad predominantemente de negocios y su espíritu pragmático y calculador los que han terminado por imponerse virtualmente en casi todos los órdenes de la vida y han hecho, de esta cualidad, algo distintivo de toda una nación.

3.2.1.3 *El antiintelectualismo evangelicalista. Primer y Segundo Despertar*

Privada la vida religiosa en los Estados Unidos de fuertes instituciones teológicas que dieran acogida a sus intelectuales, marcada a su vez por aquel profundo sentimiento de que se dejaba atrás, junto con el Viejo Mundo, a una religión jerarquizada y petrificada en sus vetustas prácticas teológicas y litúrgicas, la naciente nación se convertiría al muy breve tiempo de su andar en tierra de múltiples predicadores itinerantes y profetas apocalípticos, dispuestos a llevar su mensaje de conversión y juicio final a través de todo el país, bajo el resorte de saberse liberados de una institución eclesiástica central que normativizara sus peculiares actividades. Es cierto que, a tales pintorescos personajes, tan caros a los inicios mismos de la religión americana, se les debe atribuir directamente y junto al Primer Gran Despertar, del que ellos mismos constituyeron su motor principal, el

---

[99] *Op. cit.*, 57.
[100] *Op. cit.*, 52.

posibilitar el triunfo del evangelicalismo frente al deísmo intelectual, y el hecho de que la sociedad estadounidense por influjo de este último no adquiriera los excesos positivistas de la Revolución Francesa o, si se quiere, que el protestantismo estadounidense, a diferencia del de Europa, se constituyera en organizaciones de asociación libre y en asunto de libertad de conciencia y de decisión personal, a modo de superar así los peligros inherentes a una organización religiosa tan dependiente de la intervención estatal y la superestructura eclesiástico-institucional. No obstante, y sin perjuicio de lo óptimo que podamos reconocer en todo esto, no se podría tampoco negar que los mismos representaban el inminente riesgo de terminar por socavar aquello poco que aún se preservaba de tradición litúrgica[101] y teologal, precisamente con el absoluto desbordamiento emocional, la insistencia en un acceso directo a Dios sin mediación institucional o sacramental, y haciendo del oficio y la tradición teológicos un asunto prácticamente sin mayor utilidad, toda vez que, según su consigna fundamental, lo esencial en la fe cristiana era experimentar la presencia de Cristo en el corazón de los individuos y no las teorías teológicas acerca de su persona, acerca de la iglesia o acerca del desarrollo y sistematización de los dogmas y las doctrinas. Nos hallamos, desde luego aquí, con los inicios de la religión americana y aquella caracterización que exacerbaría el individualismo y el subjetivismo de una fe recluida en los recovecos de la interioridad. A este respecto, resulta ilustrativo citar parte de un informe que un personero de la Iglesia Reformada de Alemania, con fecha de 1849, entregaba luego de observar los movimientos evangélicos en su paso por los Estados Unidos. Según él mismo, el evangelicalismo de aquel país:

> …implica, necesariamente, una protesta contra la autoridad de toda la historia pasada, salvo que parezca estar de acuerdo con lo que encuentra ser verdadero; en cuyo caso, naturalmente, la única medida real de la verdad se considera no la autoridad de la historia, sino la mente de cada secta en particular. A una secta genuina no le importará ni por un momento, ni al empezar ni después, el no estar enraizada en la historia. Su ambición

---

[101] Para formarnos una idea de la impresión que podría causar al espectador ocasional e imparcial, de mayor ascendencia cultural, y desde luego no absorbido por este fenómeno espiritual, este tipo de servicio bajo el completo predominio sensorial y la difuminación de todo ordenamiento litúrgico, basta simplemente con recordar el particular caso de Tocqueville, quien acostumbrado a la celebración pomposa de la liturgia católica, al ser invitado en 1831 a un servicio de una comunidad cuáquera (*Quakers Shakers*) en Albany, New York, pudo luego describir tal experiencia como haber estado en un amplio salón en el que la ausencia de todo ornamento religioso a nadie haría sospechar se trataba de un espacio destinado al culto, y ante un grupo de personas que, en virtud de su forma tan incontrolada de celebrar, hacía pensar que se trataba de un pueblo todavía sin civilizar (cf. George Wilson Pierson, *Tocqueville in America,* The John Hopkins University Press, Baltimore, 1996, 178 ss.).

es más bien aparecer en este respecto como autóctona, aborigen surgida de la Biblia o a través de la Biblia como bajada de los cielos. La idea de una continuidad histórica en la vida de la Iglesia no tiene peso en la conciencia de la secta.[102]

Con alguna anterioridad, ya el propio Hegel arribaba a similares conclusiones cuando, al referirse a la vida religiosa de los Estados Unidos, observaba aquello de que "la iglesia, en efecto, no es algo que subsiste en sí y por sí, con un sacerdocio sustancial y una organización externa; sino que la religión se administra según el parecer de cada uno"[103]. Y luego, al contrastar la estructura organizacional de las iglesias europeas y las de los Estados Unidos, señalaba a su vez que "en Norteamérica reina el mayor desenfreno en las imaginaciones y no existe esa unidad religiosa que se ha conservado en los Estados europeos"[104]. Por supuesto, la excepción a todo aquello, y que consiguió de este modo que el evangelicalismo de los Estados Unidos no se convirtiera en una especie de anarquía de la subjetividad o en una tiranía del antiintelectualismo, lo constituyó sin duda alguna el puritanismo, especialmente su primera generación, con su énfasis en la elaboración racional y piadosa de su discurso, que evitó al mismo tiempo el desbordamiento de emociones característico de los grupos anteriores. De tal forma, y atendido el hecho de que la aspiración de los puritanos ya en su propio contexto de origen fue siempre poder disponer de un cuerpo de ministros que destacara por su amplia erudición[105], no debe extrañar entonces, ya en pleno periodo colonial, el que haya sido la tradición intelectual de esta colectividad, presente sobre todo en New England, la que haya dirigido, y por no menos de tres siglos, los avances culturales y educacionales prácticamente para toda la nación. En efecto, el legado de aquellos primeros puritanos, formados al alero de universidades como Oxford y Cambridge, y su amplia tradición humanista, se haría presente también en aquellos colonos que arribaban desde Europa hasta el Nuevo Mundo, y su ideal de un ministro altamente ilustrado y calificado, capaz de convertirse no solo en un servidor congregacional, sino además de toda la comunidad. En consecuencia, y al igual que sus antepasados, la sola idea de distinguir entre una educación específicamente para el clero, y otra exclusiva para el seglar, no formaba parte de su horizonte educacional. Es más, la aspiración fue siempre aquí que los futuros ministros pudiesen ser educados a la par de aquel mismo programa liberal al que

---

[102] Citado en R. Hofstadter, *Op. cit.,* 81.

[103] *Lecciones sobre la filosofía de la historia universal I,* Altaya, Barcelona, 1994, 175.

[104] *Op. cit.,* 175.

[105] Así, por ejemplo, Hofstadter (*Op. cit.,* 61) menciona que había por lo menos un miembro de esta colectividad que realizaba estudios en Oxford o en Cambridge por cada cuarenta o cincuenta familias de la zona.

accedían hombres de letras y de negocios, de manera que no se les pudiera reprochar ningún menoscabo intelectual.[106]

Empero, la rigidez de la que muchas veces se resintieron los métodos del puritanismo, y desde allí el surgimiento de abusos que han llegado a ser una mancha histórica hasta el día de hoy para el movimiento[107], junto con aquella errada pretensión que recurrentemente acecha a los intelectuales en materia de perspectiva social o política, cuánto más se arroguen estos un cierto compromiso valórico o metafísico, y que no es otra según Hofstadter[108] que la aspiración de poder comprometer a toda una sociedad civil en el seguimiento y observación de determinados credos y normas trascendentes, terminó por restar ostensiblemente la influencia del puritanismo en el evangelicalismo como asimismo en la propia sociedad estadounidense. Frente a tales tensiones, que parecían ir cada vez más en aumento, bien se puede afirmar que el Primer Gran Despertar constituyó la respuesta generalizada de un evangelicalismo popular en contra de aquel proyecto puritano de un clero erudito y profesional, y de una expresión religiosa con mayor carga de formalidad, de modo de instalar en su lugar los componentes que hasta hoy en día resultan característicos de aquello que podemos consignar sin más como la *American Religion*. Esto no significa, claro está, que el asunto de los despertares como fenómeno revivalista haya visto su existencia únicamente en el marco del evangelicalismo estadounidense. Ya Europa había conocido fenómenos similares dentro del propio protestantismo, con el pietismo en Alemania y el metodismo en Inglaterra. Pero, aunque tales movimientos guarden no escasa correlatividad con los despertares de los Estados Unidos, e incluso hayan sido importante fuente de inspiración y modelo para estos, con todo, tales despertares

---

[106] Como se sabrá, la creación de seminarios o institutos exclusivamente bíblicos o teológicos, fuera del marco de una universidad mayor, en la que que se dieran cita diversas especialidades del saber, en última instancia, facultades, es un producto básicamente moderno, originado por las tendencias evangélicas conservadoras y fundamentalistas respectivamente, para contrarrestar el supuesto peligro del liberalismo y del secularismo en la educación. Serían los metodistas los primeros en dar a luz a este tipo de educación, y específicamente con aquel nombre que, por medio de su influjo, ha llegado a ser tan usual en América Latina, esto es, el de *Instituto* bíblico, nombre que no solamente le distinguirá de la ya suficientemente denostada tradicional *Facultad de teología*, sino del propio término de *Seminario teológico*, venido a dar también en una suerte de sospecha y descrédito (cf. N. Bangs, *A History of the Methodist Episcopal Church*, Volume II, Mason and Lane, New York, 1842).

[107] Es imposible no pensar aquí en el tristemente famoso juicio por los casos de brujería en Salem y en otras aldeas, en la aquel entonces colonia inglesa de Massachusetts, instigado principalmente por el clero puritano, y en el que más de un centenar de personas serían arrestadas y encarceladas por aquel cargo.

[108] *Op. cit.*, 62.

de la nación usamericana destacan tanto por su inconfundible violencia antiintelectual y emocional, como por la radicalidad misma de sus agentes.[109]

Sin embargo, como todo movimiento que se alza para corregir las omisiones o los abusos de un estado anterior, él mismo, polarizado ya en sus fuerzas y desprovisto de elementos de mayor equilibrio desde su interior, bien pronto y a partir de sus expresiones más extremas provocaría no menores tensiones en ese mismo evangelicalismo que se había propuesto revitalizar y expandir. Se iniciará así la embestida contra los ministros ordenados que ejercían sus funciones al amparo de una institución, bajo el cargo de hallarse desprovistos de piedad y fervor evangelístico, y de depender más de esas mismas instituciones, sus seguridades y beneficios, y sus estereotipados manuales de homilética y teología, que del celo por Dios, la lectura llana y simple de las Escrituras, y el poder del Espíritu para llevar a cabo su misión.[110] Paso seguido, se produciría una verdadera avalancha de predicadores laicos para el ministerio de la predicación, prácticamente sin ninguna formación teológica, que lejos de sentirse llamados a ejercer una función formativa por medio de esta actividad, verán como único objetivo de su misión el llamado al arrepentimiento y a la conversión moral, para lo cual echarán mano y sin restricción alguna de todos los recursos histriónicos y persuasivos posibles de imaginar.[111] Así las cosas, no pasaría mucho tiempo para que la consigna cada vez más fervorosa tocante a la no necesidad de un ministerio ordenado, ni a la regulación de instituciones eclesiásticas, ni mucho menos a la no importancia de la enseñanza teológica, de modo de presentar a la Biblia bajo la sola inspiración del Espíritu como único recurso de utilidad para el creyente, pusiera en serio riesgo la institucionalidad de las iglesias y generara un estado de tensión tal entre restauradores y conservadores que amenazaría con salirse fuera de todo control. No solo que se minusvaloraba, de parte de los primeros, el valor de la educación formal y en especial el de la teología, sino que se le oponía abiertamente al ministerio pastoral, a la misión evangelizadora e incluso a la misma piedad cristiana.

---

[109] Sigue siendo de gran utilidad, para todo el Primer Gran Despertar, el libro de E. S. Gaustad, *The Great Awakening in New England,* Harper & Bros, New York, 1957.

[110] Gilbert Tennet, una de las voces más radicales del Primer Despertar, recalcitrante opositor al ministerio pastoral instituido, se refería en estos términos a tales ministros:

> Mercenarios, orugas, fariseos letrados, hombres con la habilidad del zorro y la crueldad del lobo, hipócritas, lacayos, semilla de serpientes, constructores locos a quienes el demonio lleva al ministerio, ramas secas, perros muertos que no pueden ladrar, hombres ciegos, hombres muertos, hombres poseídos por el demonio, rebeldes y enemigos de Dios, guías que son ciegos y sordos como piedras, hijos de Satán, hipócritas asesinos (citado en R. Hofstadter, *Op. cit.,* 68, nota 14).

[111] Muchos de estos servicios tan pletóricos de histrionismo, emocionalidad y fenómenos extáticos han quedado inmortalizados en una obra de tan agradable lectura como lo es, *Las aventuras de Huckleberry Finn,* de Mark Twain (Anaya, Madrid, 2010; original inglés de 1884).

La discusión y el desarrollo teológicos, por tanto, tan caros al período del puritanismo, si bien estos cada vez más dependientes de un extemporáneo ortodoxismo, cederán su paso a un *minimum consensus* doctrinal, el que, sumado a aquel credo casi aborigen del usamericanismo tocante a que la historia del cristianismo no ha sido el proceso de sus ricas tradiciones sino un conjunto de obstaculizaciones y corrupciones humanas que es necesario radicalmente simplificar, acaso directamente abandonar, para dar con su proyecto original, llevará a que el quehacer teológico no sea comprendido más que como un conjunto de actividades prácticas y tendientes únicamente a lograr la conversión espiritual. Todo lo demás, en efecto, será visto como un evidente estorbo para la consecución de este proyecto o misión fundamental. El ideario puritano de un ministro referente intelectual y educacional, y cuya preparación en última instancia apuntaba a convertirle en un servidor de la sociedad, también será abandonado en función de aquel nuevo modelo de ministro que surgirá de este fervor revivalista. Un modelo de ministro, básicamente predicador del conversionismo y cruzado del moralismo individual, para quien el quehacer de la teología no será más que un recurso digerido e instrumental, a contramano de las grandes discusiones intelectuales y preocupaciones éticas que afectarán tanto a la humanidad como a su propia sociedad. De este modo, no solo la figura del pastor perderá su lugar de ascendencia cultural e intelectual en la sociedad, sino que, en el reforzamiento de este modelo, aparecerán cada vez más como contrapuestas, para la mentalidad de las iglesias, la ciencia y la fe, la razón discursiva y la piedad. No podríamos exagerar jamás la importancia de esta tendencia que a partir de aquí se impondrá, no solamente porque resultará en elemento clave en la comprensión de aquel carácter positivista y pragmatista, tan caros al evangelicalismo de los Estados Unidos, y este por sobre su profundidad histórica y reflexiva, sino porque redundará además en un antecedente capital a la hora de aquilatar el proyecto y las enfatizaciones con que arribarán posteriormente tales grupos de misiones a América Latina, que constituirá hasta el día de hoy en nuestro medio su influjo más constante y decisivo.

No solamente las voces más radicalizadas caían en esta suerte de iconoclasticismo intelectual, sino también aquellos considerados moderados y alabados aun en la actualidad por su gran vigor espiritual.[112] Tal es el caso, verbigracia, de John Whitefield, quien habría instigado a quemar ciertos libros considerados en su

---

[112] Sin duda, una clara excepción a este estado de descontrol prácticamente generalizado, que llegó a afectar, como hemos dicho, incluso a los agentes más equilibrados del movimiento, la constituyó la figura de Jonathan Edwards, quien siempre supo conciliar la piedad y el intelectualismo característicos de los puritanos de New England. Y, sin embargo, ni siquiera el propio Edwards se privó de emplazar a universidades tales como Harvard y Yale por no ser capaces de despertar el fervor espiritual en sus alumnos. Véase, en especial *The Works of Jonathan Edwards Series*, Volume 4, *The Great Awakening*, editado por C. C. Goen, Yale University Press, New Heaven, 2009.

opinión no recomendables para la fe y habría logrado tal propósito por parte de sus seguidores. Precisamente, tal violento desprecio de la actividad intelectual y las tradiciones acuñadas por esta sería aquello que traería finalmente el descrédito religioso al movimiento y que instalaría además tal grado de antiintelectualismo en el evangelicalismo de los Estados Unidos que en lo futuro sería muy difícil de extirpar. De esta forma caracterizaba Charles Chauncy, un clero de Boston, abierto opositor del movimiento, al error fundamental del Primer Gran Despertar:

> Su dependencia en la ayuda del Espíritu como desprecio al saber. A esto se debe el que tantos hablen tan ligeramente de nuestras escuelas y universidades; alardeando de buena voluntad, si estuviera en su poder arrasarlas lo harían hasta en sus cimientos. A la misma causa se puede atribuir que tal enjambre de exhortadores hubieran aparecido sobre la tierra y fuesen admirados y seguidos, aunque muchos de ellos apenas podían hablar con sentido común, y a la misma causa se debe atribuir que muchos ministros prediquen no solo sin libro, sino también sin estudio; y justifican su poder sosteniendo que la previa preparación restringe al estudio.[113]

Tratamos aquí del influjo y las relaciones del Primer Gran Despertar con aquellas tendencias antiintelectuales que hasta el día de hoy se nos ofrecen distintivas de la *American Religion*, sin intentar entrar por ello en una discusión pormenorizada de las implicancias sociales y políticas de aquel movimiento en particular, asunto que, indudablemente, sobrepasaría los límites de lo que nos hemos impuesto abordar. Convénganos aclarar, por supuesto, que no haríamos completa justicia a aquel gran movimiento religioso y aun social si le redujéramos a su solo antiintelectualismo radical, por más que este haya resultado decisivo en la configuración del perfil, y aún hasta nuestros días, del evangelicalismo de los Estados Unidos. Ciertamente, no son pocos los historiadores que han visto en la insistencia de este movimiento en comprender a la religión como asunto de asociación voluntaria y liberada ya del tutelaje de una élite o de un acervo tradicional, los principios fundamentales del espíritu democrático estadounidense, además del impulso de causas humanitarias tales como la creación de comedores libres u orfanatos, causas que redundarían finalmente en hacer más fuerte y decidida la lucha contra la esclavitud racial. Mas todo aquello no nos debe hacer olvidar, tal como enfáticamente el propio Hofstadter bien lo precisa, que es con el Primer Gran Despertar que el antiintelectualismo usamericano adquirió su postura militante, lo que puso fin a la era del puritanismo para dar lugar a una nueva era religiosa dentro del protestantismo de los Estados Unidos, el evangelicalismo o, si

---

[113] Citado en R. Hofstadter, *Op. cit.,* 70.

se prefiere, la *American Religion.*[114] Empero, esto no significó que el puritanismo abandonara toda forma de influencia, y afirmamos esto no solo en tanto fuente de inspiración en la formación de posteriores movimientos religiosos o en relación a su importante legado literario teológico, sino porque aquella convicción tan cara a este y a New England toda, tocante a que con su gestión se daba inicio a la creación de una cristiandad totalmente pura y nueva, será continuada por todos los posteriores movimientos evangelicalistas, y con ello se definirá un principio inconfundible y sustancial de la *American Religion.* No obstante, y en la medida en que también es posible hallar esta misma convicción y con el mismo vigor en el deísmo y el jeffersonianismo de Virginia, aunque en el sentido de una nueva y pura comunidad de orden político, quizás sea más preciso hablar del influjo de un *nativismo* o, como prefiere Reinhold Niebuhr, de un "estado de inocencia"[115] que atraviesa hasta nuestros días el alma de los Estados Unidos, y del que la religión americana es sin duda representante genuina.

El advenimiento del Segundo Gran Despertar no marcaría una diferencia cualitativa al respecto de los elementos ya contenidos en su movimiento homólogo precedente. Tanto el Primer como el Segundo Despertar no afectarían de un mismo modo a todas las denominaciones del país; así, por ejemplo, ni el luteranismo ni mucho menos el catolicismo[116] se verían demasiado afectados por su fervor espiritual, sus profundas transformaciones en el área de la liturgia y la homilética, ni por su peculiar ponderación de la teología, de la misión de la iglesia, o del mismo rol ministerial, aunque sería imposible desconocer que ambas facciones quedarían igualmente integradas *a posteriori* dentro de los márgenes de aquella misma *American Religion,* cuyos contenidos esenciales serían iniciados y reforzados respectivamente por ambos despertares. Otras denominaciones, por lo demás, como los presbiterianos y los congregacionalistas, se verían divididas entre seguidores y detractores en relación a estos movimientos, entre tanto que el caso de los episcopales llegaría a ser realmente único, pues su escasa comprensión de las fuerzas espirituales y sociales subyacentes a ambos fenómenos religiosos, cuánto

---

[114] *Op. cit.,* 73.

[115] *La ironía en la historia americana,* Instituto de Estudios Políticos, Madrid, 1958.

[116] Con respecto a la situación del catolicismo, si se piensa, como bien lo recuerda J. M. Marco (*Op. cit.,* 251), en que asuntos tales como su estructura jerarquizada, dependiente en última instancia de un poder foráneo, y con un control estricto de su *corpus doctrinae,* y de allí del único modo admisible en que el ser humano pudiese relacionarse con Dios, ya de suyo le convertía en un cuerpo extraño a la identidad usamericana o, si se quiere, en una institución "antiusamericana", puede comprenderse asimismo que resultase también inmune a los efectos de los Despertares. En última instancia, aquello mismo que convertía al catolicismo de la naciente república, solo en un primer momento, en un cuerpo extraño a la identidad usamericana, hacía las veces lo mismo con la religión americana, en la medida en que esa forma de religión, la americana, constituía acaso la esencia más representativa de esa identidad de nación.

más del Segundo Despertar, y dada además su condición de facción conservadora y de élite, les llevaría, en virtud de este desajuste, a una dramática disminución de su membresía, a tal punto que no pocos llegarían a presagiar con absoluta falta de optimismo su futura discontinuidad. El contraste de lo anterior vendría dado, en efecto, por bautistas y metodistas, quienes darían muestras contundentes de su óptima adaptación a estas nuevas transformaciones espirituales y, en consecuencia, al creciente usamericanismo como nueva forma de vida que se iría imponiendo con ello, aunque los primeros, incluso más que los segundos, debe ser esto dicho, con una propensión antiintelectual y anticultural tan profunda, al punto de llegar a convertirse en un estigma del cual ni siquiera en lo futuro se podrían del todo desembarazar.

No vamos a descubrir ahora ni la pasión espiritual ni aquel amplio horizonte misional que habrían de caracterizar a aquellos próceres del Segundo Despertar, ni a aportar nada nuevo a aquellas grandes biografías que se han escrito sobre nombres tales como Charles Grandison Finney, Lyman Beecher, Asa Mahan o el propio Dwight L. Moody. Se trata, en definitiva, de figuras en las que el talante de su personalidad espiritual resulta indispensable para llegar a ponderar uno de los más grandes avivamientos del cristianismo del que se tenga memoria. Y, sin embargo, vistas sus participaciones a la luz de este breve recorrido que hemos realizado por las tendencias antiintelectuales que han marcado el evangelicalismo de los Estados Unidos, no podemos más que corroborar su estrecha visión de la cultura, de la vida política, como así también su relación con el saber, en el mejor de los casos, como un asunto meramente instrumental. Todo lo cual no ha hecho más que profundizar, a decir verdad, aquel vacío de conciencia histórica y de vocación intelectual que ha llegado a ser tan constitutivo de la *American Religion*. La conclusión a la que llegara A. C. McGiffert, al respecto del despertar en Inglaterra, bien podría ser aplicada a la situación de ambos despertares en los Estados Unidos, con la salvedad, como ya se ha advertido, de que las tendencias antiintelectuales aparecerán aquí de un modo más explosivo y radical:

> Agudizó la situación entre el cristianismo y la Edad Moderna y promovió el concepto de que la fe de los padres no se transmitía a sus hijos. Llegando a identificarse en la mente de muchos con el cristianismo, su estrechez y medievalismo, su falta de intelectualidad y emocionalismo, su supernaturalismo craso y literalismo bíblico, su falta de simpatía hacia el arte y la ciencia y la cultura seglar en general, los enfrentó de manera permanente contra la religión. A pesar del gran trabajo logrado en el evangelicalismo, el resultado en muchos sectores fue desastroso.[117]

---

[117] *Protestant Thought before Kant*, Scribner's Sons, New York, 1911, 175.

Ya el propio Finney se jactaba de ser un autodidacta en materia de teología y de no precisar nada más que su propia Biblia y su interpretación personal para la comunicación del evangelio, al punto que el propio Tocqueville habría visto en su arrojo individual el prototipo del ciudadano estadounidense siempre presto a avanzar sin el tutelaje de una tradición normativa para alcanzar nuevos horizontes. Pero incluso el propio Finney, que suavizó en sus postreros años su opinión al respecto de la no necesidad de poseer una cierta educación formal en teología, motivo por el cual adquirió un elemental conocimiento de los idiomas bíblicos, sería puesto bajo la sospecha de otros líderes del movimiento, quienes le enrostrarían su preocupación de que llegase a convertirse en otro "intelectual" más.[118] Ciertamente nada más antojadizo que aquella preocupación, pero ni siquiera el gran líder se libraría de aquella opinión tan extendida entre el movimiento al respecto de la inutilidad de la cultura y el rechazo de la teología como ejercicio académico y racional. La primera, vista como idolatría, toda vez que no sitúa a Dios como centro de la creación ni promueve ni la castidad ni el pudor; la segunda, entendida como un atentado contra la piedad y el fervor por la evangelización en la medida que suscita un saber arrogante y superficial que resulta, por lo mismo, incapaz de conciliar lo anterior. Sea de esto lo que fuere, lo cierto es que será con el Segundo Despertar, y aquello con independencia de todas las virtudes de piedad y de fervor misional que a tal movimiento le podamos adjudicar, que el antiintelectualismo en los Estados Unidos alcanzará a un nivel de verdadera consolidación nacional, al que además se le habría de sumar el consabido pragmatismo característico de su genio cultural. En otras palabras, no solamente se le atribuirá valor aquí únicamente a lo que apunta específicamente al objetivo de convertir a los perdidos, sino que todo aquello que no propiciase este cometido práctico y funcional sería descartado bajo el cargo de inútil, inservible o ineficaz, sea el avance de las ciencias y la cultura o el propio oficio de la teología. Así, como se sabrá, el propio Finncy expresaba su estupefacción al encontrarse con una persona que hubiese experimentado el evangelio y el amor de Dios y que, al mismo tiempo, expresase alguna inclinación por la literatura de los perdidos, ya que Shakespeare, Scott y Lord Byron, solo por nombrar algunos de esos contumaces espíritus, no eran más que literatos mundanos y blasfemos del nombre de Dios, cuyas lecturas no harían más que apartar de la fe a los incautos.[119] No muy distinto es el caso de Moody, quien se mostraba abiertamente reaccionario a todo tipo de educación y

---

118 Para todo esto, véase, en especial, el excelente libro de William G. McLoughlin, *Modern Revivalism: Charles Grandison Finney to Billy Graham* (Ronald Press Company, New York, 1965). Pero recordemos que ya el propio Edwards, aun con todo su énfasis en la piedad, había sido duramente criticado en su congregación precisamente por este esfuerzo de razonar la fe y plantear disquisiciones doctrinales más allá del esquema del discurso evangelístico.

119 Cf. William G. McLoughlin, *Op. cit.,* 118 ss.

contacto con la cultura en general que no sirviera al propósito expreso de la evangelización, y quien manifestó más de una vez su complacencia por no necesitar más lectura que la de la Biblia para su conocimiento personal –y esta, desde luego, desprovista de cualquier instrumento científico de interpretación, al punto de que la sola concesión de géneros literarios en su contenido le causaba incomodidad, ya que atentaba contra la simpleza de la inspiración divina–. Por lo demás, su decidido premilenialismo, siempre tan ligado este a aquella visión pesimista del ser humano y su incapacidad en consecuencia de ser agente de transformación histórica, le llevaba a despreciar todo programa reformacionista, cuánto más en su modalidad evangélica, toda vez que la única transformación veraz y necesaria no es la social, basada en el esfuerzo de ese mismo ser humano caído y escindido, sino la del Espíritu Santo, que lo transforma en un ser espiritual. No cabe duda de que la posición en que Moody situaba al ser humano resulta, en última instancia, sintomática de la antropología albergada por el Segundo Despertar, esto es: carece este ya de sus conexiones horizontales, sean estas sociales, políticas o culturales para quedar todo él reducido a su puro interés espiritual, en última instancia, evangelístico.

Si de antiintelectualismo en la religión americana debemos hablar, difícilmente alguien podría negar que este llegó a alcanzar su momento verdaderamente apoteósico con la figura del pintoresco predicador Billy Sunday, considerado por muchos como uno de los mayores revivalistas del evangelicalismo de los Estados Unidos.[120] Es verdad que, a través de todo el Primer y el Segundo Gran Despertar, como lo hemos intentado destacar, se despliega una radical tendencia antiintelectualista, con algunas pasajeras excepciones, claro está, como el particular caso de Edwards. No obstante, el cariz antiintelectualista de los discursos de Sunday llegaría a adquirir tal nivel de excentricidad e irracionalidad –según él mismo explicaría, para hacer más llano y emotivo el mensaje del evangelio al hombre popular– que, como muchos han llegado a plantear, si Finney y Moody lo hubiesen podido escuchar –cuyos sermones no eran tampoco ningún derroche de fina oratoria e intelectualidad–, sin duda alguna se habrían escandalizado por igual. El propio Hofstadter cree que con Sunday tuvo lugar el surgimiento de un nuevo tipo de antiintelectualismo en la *American Religion*, no solo de suyo ya ligado a un violento antimodernismo y a un cada vez más incipiente fundamentalismo, sino uno tal que recogería con orgullo cuanta desfachatez popular se pudiese encontrar, pero que, cubierto al mismo tiempo con un manto de tal severa moralidad, nadie se sintiese con la libertad de llegar a cuestionar sin sentir al mismo tiempo que su piedad, incluso su propia salvación, se pudiese

---

[120] No conozco otro trabajo mejor sobre la vida y la obra de Billy Sunday que el de William G. McLoughlin, *Billy Sunday Was His Real Name*, University of Chicago Press, Chicago, 1955.

resquebrajar. Según Hofstadter[121], nos hallamos en la figura de este curioso personaje, con una mente totalmente comprometida con toda la gama de las fatuidades populares dominantes, determinada al mismo tiempo a que nadie tenga derecho de impugnarlas, ya que consideraría dicha intransigencia, rudeza y falta de criticidad como signos de una verdadera virilidad que debiera caracterizar, por lo demás, a todo predicador evangélico. No cabe duda, por tanto, que en la figura de Billy Sunday y su particular aporte de histrionismo discursivo y presuntuosa irracionalidad a aquella *American Religion,* ya de suyo dominada por el comportamiento emocionalista y antiintelectual, nos hallamos en la antesala de quienes llegarían al clímax en el empleo de todos estos recursos, esto es, los teleevangelistas, cuya incidencia en el desarrollo de ese mismo evangelicalismo y su correspondiente influencia hasta el día de hoy entre grandes sectores evangélicos de América Latina nadie podría negar.

Bajo este particular estado de cosas, que aquí solamente a grandes rasgos hemos intentado enunciar, pero en el que descuella con luces absolutamente propias aquel inveterado antiintelectualismo y absentismo político, además de una sensible ausencia de conciencia histórica y de principio teológico de catolicidad, no es sorprendente que las primeras misiones evangélicas que arribaron desde los Estados Unidos hacia América Latina, entre fines del siglo XIX y principios del XX, trasmitieran a los nuevos convertidos la idea de una fe que es susceptible de ser sentida, experimentada, transmitida, pero no pensada ni razonada. En efecto, y como también hemos tenido oportunidad de revisar, se trataba de iniciativas misionales directamente relacionadas con el así llamado Segundo Despertar. Es decir, y agregando a todo lo que ya se ha dicho, eran grupos evangelicalistas, dentro por supuesto de aquella misma *American Religion,* que destacaban sin embargo por su radical comportamiento revivalista y emocional, a los que la urgencia de la segunda venida de Cristo, bajo el marco de una teología de cuño dispensacional, les llevaba a minusvalorar no solamente la importancia de la educación teológica formal, sino a su vez toda forma de pensamiento o desarrollo cultural que no apuntara precisamente a aquel fin misional. En relación con lo anterior, es menester también considerar el hecho de que casi la totalidad de estos agentes misionales, formados por lo demás en centros de capacitación cristiana bajo el expreso título de *Institutos bíblicos* o, en el mejor de los casos, *Seminarios teológicos,* designación por medio de la cual se buscaba tomar distancia de las frías y liberales facultades de teología universitarias o del mismo evangelio social, y en los que cabe mencionar ante todo al Instituto Bíblico Moody y al Instituto Bíblico de los Ángeles, albergaban una comprensión del quehacer de la teología nada más que pragmática e instrumental, que llegó a condicionar profundamente su visión del incipiente protestantismo latinoamericano, sus necesidades, desafíos y proyectos de futuro. Y es que, como

---

[121] *Op. cit.,* 112.

bien lo ha señalado Arturo Piedra, cuya importancia jamás podríamos enfatizar suficientemente a la hora de intentar comprender el tipo de educación teológica que se ha instalado en nuestro continente, el modelo del instituto bíblico o teológico de tales misiones tuvo características bien definidas: "La cultura del instituto bíblico es intencionadamente poco teológica. Es una cultura del entrenamiento para hacer cosas más que para pensarlas: predicar bien y aprender fórmulas para evangelizar. [...] Es una cultura para hacer y no tanto para pensar"[122].

Esto explicará, a su vez, el escaso interés y compromiso que, por influjo directo de esta herencia misional, manifestará el pueblo evangélico de América Latina, aun hasta en la actualidad, por una integración mayor del pensamiento y la cultura, tanto cristianos como universales, a su comportamiento de fe individual y comunal, como así también su exigua contribución a la educación y reflexión teológicas, que reproduce, casi sin variación alguna, en el caso de iniciado algún proyecto teológico-educacional, prácticamente el mismo modelo del *instituto* o del *seminario* de su herencia misional. Así las cosas, no resulta accidental, en modo alguno, el hecho de que, bajo la directriz de esta particular cosmovisión, preponderante, ya lo hemos dicho, en la realidad evangélica de América Latina, la figura misma del instituto o del seminario ceda abiertamente tanto en número como en cuanto a valoración frente a la de la escuela de evangelización, y que haya sido por consiguiente el rol del evangelizador, del predicador, del plantador de iglesias –cuánto más urbano– y, ahora último, del ministro de música o alabanza y no el del teólogo, biblista o pensador el que cobre aquí mayor trascendencia y significación. De hecho, no nos aventuramos demasiado si concluimos que se trata de una tradición que sobreabunda en relación con lo primero, pero que da cuenta de una muy sensible orfandad en relación con el segundo factor. Por lo mismo, prácticamente la única contribución que se le suele reconocer, y específicamente de parte de las autoridades, al mundo evangélico de América Latina al respecto de la vida pública, apreciación que estimamos se ajusta plenamente a la realidad, es aquella que tiene que ver con su rol asistencial o de transformación de conductas entre aquel contingente más bien marginal de la sociedad –alcohólicos, drogadictos, delincuentes, etc.–, pero ninguna en lo que respecta a algún aporte al pensamiento, a la educación superior, a las artes, a la cultura propiamente dicha. Por supuesto, nuestro informe no sería del todo completo ni veraz si no reconociéramos el carácter eminentemente piadoso de estas iniciativas misioneras, como así también el abnegado esfuerzo, muchas veces con enorme costo personal para sus agentes, cuyo resultado y a despecho de cuanto reparo podamos realizar, comenzando por aquella evidente asimilación de su programa a un determinado modelo ideológico y cultural, el del destino manifiesto y la religión americana, fue

---

[122] *El rostro posmoderno del protestantismo latinoamericano*, en, A. Piedra; S. Rooy; H. F. Bullón, *Op. cit.*, 63.

con todo, "cual tesoro contenido en vasos de barro" (2 Co 4,7), la comunicación del evangelio de esperanza y salvación a un continente que, aunque diagnosticado como evangelizado ya, se hallaba indudablemente en medio de un gran estado de sincretismo y abandono espiritual.[123]

3.2.1.4 *El fin de la Segunda Guerra. Un cambio de escenario misional y de estrategia política*

El fin de la Segunda Guerra no solo traerá un cambio profundo en el escenario político y económico del planeta, con los Estados Unidos de Norte América como principal agente de esta transformación, sino también un nuevo reordenamiento del destino de las misiones evangélicas, en el que también este tendrá relevante participación. Ante la evidente dificultad que enfrentaban las agencias misioneras de los Estados Unidos luego de la posguerra para continuar con sus programas en los territorios de Asia y Europa oriental, producto de las restricciones comunistas en aquellas zonas, América Latina se asomaba entonces como un campo fértil y atractivo hacia donde redirigir la actividad evangelizadora. Es el tiempo del mayor contingente de misiones evangélicas dirigidas hacia el continente, patrocinadas en su inmensa mayoría, por grupos y agencias no denominacionales que, para

---

[123] Como podrá comprobar el lector, insistiremos en el transcurso de toda nuestra investigación en acusar aquella escasa capacidad de comprensión de las misiones estadounidenses al respecto del genio cultural latino, mucho más tendiente a lo místico que a lo pragmático, a lo iconográfico que a lo discursivo-racional, como escasa comprensión a su vez de la religiosidad popular, tan arraigada en el espíritu de lo latinoamericano, y siempre más comunitaria que individual. En esta línea, consentimos de buena gana con la opinión de S. Rooy tocante a que, de haber preservado el protestantismo misionero aquella espiritualidad popular, "se podría haber provisto una mejor base para interpretar la realidad menos objetivamente e integrar más al sujeto con su mundo" (*Las agencias misioneras en América Latina,* en, A. Piedra; S. Rooy; H. F. Bullón, *Op. cit.,* 92). Sin embargo, y aun cuando todo aquello contenga una nada despreciable verdad, no se debe olvidar, como se ha dicho ya, la evidente condición de sincretismo espiritual en que el catolicismo había sumido a América Latina, precisamente la condición con la que se habría encontrado el protestantismo misional, y en el que el contacto con las Escrituras y la ética de allí dimanada, al menos en su dimensión individual, prácticamente no encontraba ningún lugar. En tal sentido, se debe proceder con prudencia, de modo de no caer en una tan ligera condenación de esta religiosidad popular, en gran medida informada por el catolicismo colonial y la espiritualidad ancestral o, incluso más, juzgar *a priori* aquel genio cultural latino como indefectiblemente incompatible con el espíritu del protestantismo, pero asimismo no venir a dar tampoco en una tan irreflexiva idealización de lo primero, al punto de que nos neguemos a la salutífera confrontación sobre todo de sus elementos abiertamente reñidos con una fe escritural. La excelente y ciertísima frase que despacha S. Rooy en el texto ya citado (93), al respecto de las misiones pasadas estadounidenses –a saber, que "en fin, faltaba sospecha hacia la cultura misionera y sobraba sospecha hacia la cultura local"–, bien puede ser aplicada a ciertos grupos académicos de línea progresista en la actualidad, preferentemente del primer mundo: "Sobra sospecha hacia la cultura misionera, cuánto más conservadora, pero falta sospecha hacia la cultura local, sobre todo si se le cubre con el manto idílico de lo popular".

aquella sazón, experimentaban un enorme florecimiento y que, a despecho de la variedad de sus tendencias, daban todos ellos cuenta, explícita o indirectamente, de su lazo de dependencia con el tradicional movimiento fundamentalista. Es el tiempo, desde luego, del pleno auge de una Guerra Fría, cuya influencia constituirá elemento significativo en la directriz impuesta a estos emergentes proyectos de misión, y que dará como resultado, en palabras de P. Deiros, "una nueva oleada de misioneros norteamericanos imbuidos de los nuevos ideales de la Guerra Fría, el triunfalismo y mesianismo norteamericano, la ideología del destino manifiesto, y un feroz anticomunismo"[124].

El fin de la Segunda Guerra marcaría también para el fundamentalismo un notable cambio tanto en su direccionamiento como en su perfil. Si bien con antelación a esta época, tal como quedó consignado en *The Fundamentals,* se había visto involucrado en asuntos de apologética teológica, básicamente contra el evolucionismo, la modernidad y la teología procedente de Europa, tales disquisiciones evidenciaban, empero, nada más que un implícito pronunciamiento en materia de política tanto interna como exterior, y en la medida únicamente en que ello afectara los intereses del trabajo evangelístico y el llamado a la conversión. El nuevo escenario mundial conduciría al fundamentalismo, entre tanto, al abierto emplazamiento político y a la definición contundente de sus enemigos: en lo político, el comunismo; en el orden del pensamiento y lo específicamente religioso, el catolicismo, el humanismo y el liberalismo. No con poca razón se ha dicho que en este nuevo perfil adquirido a la sazón por el fundamentalismo, el símbolo de la cruz, estandarte señero para el movimiento en sus inicios, sería reemplazado por el de la bandera de la nación.[125] Pero es posible dar incluso un paso más allá y preguntar, junto a J. Míguez Bonino[126], si esta forma de protestantismo, exculpándola desde ya de todo explícito maquiavelismo, no ha resultado en realidad más que en la dimensión religiosa de un proyecto de extensión más global, en el que el interés económico, político, incluso territorial, ha constituido a decir verdad la meta principal. Sin embargo, si se atiende al hecho de que en ningún otro sector de la sociedad estadounidense se ha encarnado de un modo más profundo la idea aquella de un destino manifiesto que reposaría por encargo divino sobre la nación[127], a saber, "la misión de transmitir al resto del mundo las

---

[124] *Op. cit.,* 47.

[125] Así, por ejemplo, R. Hofstadter, *Op. cit.,* 123.

[126] *Historia y misión. Los estudios históricos del cristianismo en América Latina con referencia a la búsqueda de liberación,* en, *Protestantismo y liberalismo en América Latina,* 27 ss.; véase, también, nota 8.

[127] Sin embargo, y como bien lo recuerda Richard Rorty, aun cuando no quepa duda de que gran parte del sentido de la identidad estadounidense repose sobre aquel teologúmeno del destino manifiesto, o dicho en palabras del propio Rorty en la "creencia de un favor divino especial", y presente este en casi toda la literatura religiosa, desde un Joseph Smith hasta un Billy Graham, también

experiencias y estilo de vida americanos, como garantía de salvación, aunque esto implique el imponerle por la fuerza los propios valores y sistemas"[128], como entre la derecha republicana y su modalidad religiosa, el fundamentalismo evangélico, o viceversa, se podrá entender el porqué para estos grupos misionales arribados luego de la Segunda Guerra, en pleno apogeo de la Guerra Fría y con la experiencia casi inmediata de su expulsión de China y de los países de Europa del Este, resultaba cometido tan oneroso el poder distinguir los límites entre la actividad propiamente evangelizadora y la propaganda implícita de la política y la cultura de su país. Pues bien, con arreglo específicamente a lo anterior, resulte más prudente el concluir que a lo que a nosotros se nos antoja a la distancia hoy como sensible confusión de límites, sino acaso como criptoprograma con connotaciones geopolíticas, para tales compañías misioneras y sus agentes no era más que la afirmación de que en aquel modelo político y cultural usamericano se cristalizaba de un modo ciertamente más prístino y fidedigno aquella fuerza evangélica que con no pequeño celo se esmeraban en transmitir. Naturalmente esta inextricable fusión entre lo político y lo religioso no resulta en modo alguno una experiencia absolutamente inédita y puesta en marcha únicamente por medio del fundamentalismo, pues, como Reinhold Niebuhr[129] bien lo ha dicho, la convicción de que la nación de los Estados Unidos ha sido destinada por Dios para cumplir una particular misión sobre la tierra no solo contiene, ya desde sus inicios, una dimensión religiosa, con el puritanismo de New England, sino también una dimensión político-moral, con el deísmo y el jeffersonianismo de Virginia —ambas, con el tiempo, y esto sí adjudicable al fundamentalismo, hechas solo una—. Al respecto, las palabras expresadas por Federico Hoffet en su abierta apología del liberalismo protestante de los Estados Unidos hablan casi por sí solas:

---

es posible hallar la inversión de aquel sentido de identidad, particularmente en escritores tales como Elijah Muhammad o Leslie Marmon Silko, para quienes la relación de la divinidad con los Estados Unidos blancos no es de bendición, sino de una ira por llegar. Richard Rorty, *Forjar nuestro país. El pensamiento de izquierdas en los Estados Unidos del siglo XX* (citado desde ahora como, *Forjar nuestro país*), Paidós, Barcelona, 1999, 28. En esta misma línea contestataria a la doctrina del destino manifiesto de los Estados Unidos blanco, se conduce el juicio del escritor afroamericano James Baldwin en su *The Fire Next Time*, traído a la cita también por Rorty (*Op. cit.*, 41), y para quien tal destino manifiesto u orgullo nacional no descansaría más que en una:

Colección de mitos a los que se aferran los estadounidenses blancos: que todos sus antepasados fueron héroes amantes de la libertad, que nacieron en el país más fabuloso que el mundo jamás haya visto o que los estadounidenses son invencibles en la guerra y sabios en la paz; que los estadounidenses siempre han tratado con honor a los mexicanos y a los indios y a todos los demás vecinos o subordinados; que los hombres estadounidenses son los más francos y viriles, que las mujeres estadounidenses son las más puras.

[128] F. Galindo, *Op. cit.*, 142.

[129] *Op. cit.*, 57.

Porque la política norteamericana no podría ser, por sus raíces sino por sus fines, la de un pueblo cuya alma ha sido forjada y cuyas instituciones han sido modeladas, por el protestantismo. Y el imperialismo que algunos le reprochan a los Estados Unidos es, a decir, verdad, un imperialismo protestante, si se entiende por tal, no las tentativas de dominación de una religión que siempre ha desdeñado la acción política, sino la expresión natural de la pujanza de un pueblo impregnado a tal punto por la religión, que no puede aislarla de las fuerzas espirituales que han asegurado su grandeza.[130]

No obstante, aunque aquel principio del no involucramiento político y social fuese en una primera etapa para estas agencias misioneras póliza prácticamente oficial, acaso por una comprensión dualística de la realidad que temía que este tipo de inserción horizontal condujera a la fe a contemporizar con los poderes temporales de este mundo, o acaso simplemente por asunto de estrategia evangelística[131], sobre todo en vistas de su condición de agentes extranjeros, lo cierto es que este influjo misional terminó acabando por legitimar –algunas veces tácitamente, otras abiertamente– los intereses de la política exterior de los Estados Unidos y, en no pocos casos, al menos con su falta de denuncia y criticidad, los regímenes totalitarios de la época. Esto último, particularmente, cuando en ellos veían combatido el peligro del "ateísmo marxista" y, en consecuencia, el resguardo de sus libertades para su actividad misional. Por supuesto, habría que recordar, como bien lo ha señalado E. Fediakova[132], y a fin de no venir a dar en una caza de brujas, pero esta vez en sentido inverso, que al igual que no todos los comunistas eran agentes de Moscú, así tampoco todos los misioneros estadounidenses de la época resultaban ser agentes de Washington, ni mucho menos. Empero, como bien lo advierte a su vez nuestra investigadora[133], diversos factores, muchos de los

---

[130] *Imperialismo protestante. Consideraciones sobre el destino desigual de los pueblos protestantes y católicos en el mundo actual*, La Aurora, Buenos Aires, 1949, 5.

[131] Así, R. Lores, *El destino manifiesto y la empresa misionera*, en, C. Álvarez [*et al.*], *Lectura teológica del tiempo latinoamericano: Ensayos en honor del Dr. Wilton M. Nelson*, Seminario Bíblico Latinoamericano, San José, 1979, 217 ss.

[132] *Op. cit.*, 20.

[133] Con todo, me resulta difícil seguirle cuando considera, como uno de estos factores, "la profunda tradición pietista" de estas misiones, la que también sería aquí la responsable del rechazo de estas a la contribución social (*Ibíd.*, 23). Es cierto que el pietismo –fenómeno, no hay que olvidar, básicamente luterano–, como ya lo hemos indicado anteriormente, especialmente a través de la influencia de los hermanos moravos sobre Wesley, ejercerá una poderosa influencia en el Primer Despertar, como también es cierto que el mismo, en su intento de diagnosticar como "amor hacia el mundo" aquello que la ortodoxia –aquí también luterana– juzgaba sin más en lo ético como asunto adiáforon, redundará posteriormente en un evidente legalismo de las costumbres y en una clara represión vital. Sin embargo, no se debe olvidar, por una parte, que ha sido el movimiento pietista

cuales ya hemos mencionado –la profunda convicción en la doctrina del destino manifiesto, una visión de mundo completamente determinada por la Guerra Fría, la casi inmediata experiencia de la expulsión de los países comunistas, etc.–, los convertían implícitamente en elementos de afirmación de todo aquel cuadro político e ideológico. Tácitamente, aquello también resultaba posible en la medida en que aquel llamado a la conversión y al camino de la santificación, centro gravitante de aquel discurso evangelizador, quedaba reducido a un campo de transformación meramente interior, el corazón del creyente, y con asignación únicamente al espectro eclesial, su comunidad local, sin ver en cambio la necesidad de que aquella novedad de vida desafiara de un modo explícito las estructuras de opresión sociales, económicas y, por supuesto, políticas que sometían y oprimían a gran parte de esos mismos convertidos. Frente a este evidente soslayamiento de la situación estructural en pro de una comprensión de la fe en perspectiva exclusivamente interiorizante e individual, y en consecuencia desligada de su participación en el aquí y ahora de la realidad social, reaccionaba ya J. Míguez Bonino en acalorada retórica:

> ¿Se trataba de un cambio nacido de las demandas del evangelio o era la nota religiosa en el acorde dominado por la ideología liberal capitalista que ha sumergido a América Latina en la condición de dependencia, subdesarrollo y explotación bajo la cual gime hoy? ¿Podemos decir que la conversión significaba realmente libertad si simplemente sustituía la antigua alineación por una nueva, ofreciendo un refugio, una sociedad sustitutiva (la iglesia) y por tanto retirando a las personas del verdadero frente donde se decidía el destino de la sociedad? ¿Es la "santidad" de la que tanto nos enorgullecemos los protestantes una verdadera respuesta a la santidad de Dios o el medio por el cual contribuimos a la formación de

dentro del protestantismo el primero en desarrollar un claro sentido de ética social, aunque desde luego no todavía con las implicaciones políticas de lo que hoy conocemos como el programa de justicia social desarrollado por muchas iglesias en la actualidad, y aquello principalmente mediante la creación de orfanatos, comedores libres y compañías misioneras. Pero, por otra parte, tampoco se debe olvidar aquello que ya el propio Tillich (*Pensamiento cristiano I,* 296) advertía en relación con la errada comprensión que del pietismo se albergaba en los Estados Unidos –además, por cierto, como veremos, de otros tantos movimientos históricos más–, la cual generalmente le asignaba componentes más bien propios de su moralismo religioso que los que correspondían necesariamente al movimiento histórico como tal. Así las cosas, nos parece más oportuno, entonces, referirnos a una influencia nada más que indirecta del pietismo en estos tales movimientos misioneros estadounidenses, y entender más bien su comportamiento a la luz de los elementos básicos de la religión americana, y más particularmente bajo aquellas modalidades de esta que exacerban la dimensión de identidad, vale decir y en este caso, el fundamentalismo principalmente.

la pequeña burguesía urbana, que se constituye hoy en apoyo y personal de los regímenes e ideologías fascistas?[134]

Pero tan lamentable vacío a la hora de lograr integrar fe e historia, evangelio y realidad social, debe ser buscado no tanto en una calculada acción segregacionista como en la resultante más bien natural de la escatología del fundamentalismo –para la cual el mundo se halla bajo el poderío de Satanás, imposibilitado asimismo de cualquier progreso estructural–, orientada únicamente en mantener viva en el creyente el ansia de su liberación final, cuando ocurra el retorno glorioso de Cristo en las nubes en su segunda venida. Y, pues bien, ya que el alcance asignado al reino de Dios en esta comprensión de la fe fundamentalista no integra su condición de proyecto histórico, sino de esperanza básicamente ultramundana, las miserias de este mundo y sus estructuras de opresión deben ser soportadas con cristiana resignación, toda vez que las mismas están allí por divina voluntad. Ahora bien, este abandono de la historia y sus tareas a la providencia, ¿surge acaso de la serena convicción de que, una vez que como iglesia se ha cumplido con aquel fiel encargo de ser agente responsable de su curso y desarrollo, sal y luz de la tierra, es aquel que es Señor de la historia el que se reserva finalmente el derecho a imponerle a esta sus tiempos y sus derroteros o, más bien, la resultante de un flagrante escapismo de la fe encubierto bajo un manto de evangélica piedad? ¿Es esta tal comprensión de la fe, en relación con la historia, instrumento de liberación integral o herramienta simplemente de legitimación ideológica y del orden establecido? Una revisión, por ejemplo, de la propuesta sugerida por una revista de amplia difusión entre los círculos fundamentalistas de los Estados Unidos y adaptada al español para el uso de sus misioneros en América Latina, al respecto de cómo relacionarse con la autoridad secular, sobre todo en una época en que en el continente arreciaban por doquier los regímenes autoritarios, podría fácilmente corroborar todo aquello que se ha esbozado escuetamente más arriba, a saber:

1. Cultive la conciencia mental de que todas las autoridades seculares son constituidas por Dios.

2. Reconozca que tanto la sujeción como la revelación son esencialmente actitudes más que hechos.

3. Confié en Dios para que Él cambie esas autoridades que no son justas. Hay muchos gobernantes oficiales, administraciones, leyes, reglas, ordenanzas y restricciones injustas en nuestros países. Y Dios conoce cada

---

[134] *Historia y misión. Los estudios históricos del cristianismo en América Latina con referencia a la búsqueda de liberación,* en, *Op. cit.,* 29.

uno de ellos. Existen por Su permiso para cumplir Su propósito. Cuando ese propósito se haya cumplido, pueden ser y serán quitadas.[135]

Esto no quiere decir que en el programa del fundamentalismo misionero haya quedado omitida toda finalidad ético-social, aun cuando erraríamos en exigir de esta alguna correspondencia con aquel actual programa que entre algunas iglesias es costumbre ya denominar en términos de justicia social. Tal transformación de las redes de opresión que enajenan a la sociedad no ha quedado *a priori* excluida, pero la idea es que las mismas redes solo pueden ser afectadas si primero son depuestos los vicios que azotan al ser humano individual, despuntando por supuesto entre ellos el alcohol, el tabaco, el baile, el cine, los juegos de azar y, desde luego, toda actividad política. Lo que cuenta aquí no es el amplio horizonte ético, sino la moral del comportamiento individual, no la denuncia de aquellas redes de injusticia estructural, sino la nueva justicia del que ha sido objeto el regenerado, y que, por medio del abandono de aquellas conductas ya descritas, él mismo da testimonio público de que, en su vida, "el mundo y sus pasiones" han quedado atrás. Fuerza es decir que ninguna comprensión correcta de la ética cristiana podría quedar reducida a la sola transformación estructural, sin integrar al mismo tiempo el comportamiento ético individual del creyente; sin embargo, el *ethos* ético que subyace a esta idea de liberación presente en este mensaje misionero pareciera prescindir, hay que decirlo, de toda participación de la fe en la dimensión horizontal de la vida. Se trata más bien de la liberación de la fe que, a juicio del fundamentalismo, el catolicismo ha convertido no más que en superstición e idolatría; liberación escritural que este mismo romanismo, mediante su tradicionalismo, ha mantenido cautiva; liberación espiritual que, por medio de su ritualismo meramente externo, aquel no ha podido jamás proporcionar. Se trata, en resumidas cuentas, para este discurso misionero, de aquello que Stanley Rycroft ha designado simplemente como la liberación de la "fe de la atadura de la religión"[136].

En cuanto a la influencia directa que le pueda caber a esta presencia misionera influenciada tan directamente por las cosmovisiones del fundamentalismo –al menos en sus expresiones más extremas–, el lector interesado puede, por su parte, consultar las excelentes obras de Florencio Galindo y de Arturo Piedra, a las que hemos venido ya aludiendo, para seguir *in extenso* la discusión que allí se ofrece. No obstante aquello, no podemos dejar de señalar dentro del conjunto de evidencias que presentan nuestros autores, sin duda por la repercusión tan sensible como notoria que en su momento ejercieron, los episodios acaecidos durante la dictadura de Anastasio Somoza y su hijo en Nicaragua, en que grupos misioneros

---

[135] Don Basham, *El cristiano y el gobierno secular,* Vino Nuevo, México, Vol. 2, 1977, 22.

[136] *Religión y fe en América Latina*, La Aurora, Buenos Aires, 1961.

ciertamente proclives a la orientación fundamentalista llamaban a la población en "nombre del evangelio" a no participar en la situación política del país, lo que afianzara aquel orden de opresión establecido, o la vergonzosa justificación que un cierto misionero ofrecía con ocasión de la masacre de los indígenas Pipil en 1932 en el Salvador: "Un hombre que abraza doctrinas rojas y se rebela contra el gobierno merece la muerte"[137]. Y, luego, en Guatemala, tras la caída de Jacobo Arbenz en 1952, abiertamente orquestada por la CIA, la emblemática declaración de la misma agencia misionera a la que pertenecía el predicador arriba mencionado:

> Por muchos meses el dominio comunista ha estado presente en el gobierno de Guatemala, evidentemente introducido y controlado por los rojos rusos. El gobierno comunista ha sido derribado. [...] Qué gran motivo para dar gracias a Dios de que las puertas continúen abiertas para proseguir el anuncio de Evangelio y de que aun esta amenaza haya sido suprimida.[138]

Repárese, además, en la ausencia casi absoluta de informes positivos en las revistas misioneras de la época, al respecto de los levantamientos populares llevados a cabo por parte de Farabundo Martí en el Salvador, o de César Augusto Sandino en Nicaragua en la década de los treinta, cuya gestión, más allá de toda ulterior consideración, ponía evidentemente en riesgo los intereses políticos y económicos que los Estados Unidos mantenían en aquellas zonas. Atiéndase, a su vez, a las escasas voces de protesta de misioneros estadounidenses avecindados en Argentina, Brasil o Paraguay cuando estos países experimentaban durísimas dictaduras de derecha entre las décadas de los setenta y los ochenta. Adviértase, también, en el caso de Chile, aunque en la modalidad ya de un fundamentalismo de corte más criollo, en el así llamado *Te Deum evangélico*[139], que solo a dos años del golpe de Estado grupos pentecostales celebrarían por iniciativa del propio

---

[137] Citado en F. Galindo, *Op. cit.*, 302.

[138] Citado en F. Galindo, *Op. cit.*, 302.

[139] Celebrado desde 1975 hasta el presente en la así llamada Catedral Evangélica de Santiago, principal templo de la Iglesia Metodista Pentecostal de Chile, constituyó la alternativa evangélica del régimen militar al tradicional *Te Deum* realizado por la Iglesia Católica desde 1881 que, para aquella sazón, y debido a la tácita insinuación de algunos obispos y otras organizaciones católicas tocante a la anomalía política que acaecía en el país, comenzaba ya a ser motivo de preocupación para el gobierno. La idea de brindarle a esta incipiente población evangélica, especialmente pentecostal, un espacio público de reconocimiento, cuánto más en vistas de su clara marginalidad social, se presentaba para el régimen militar como una inmejorable oportunidad de granjearse el favor de aquel nada despreciable colectivo religioso y poblacional y, de paso, lograr instrumentalizarlo de tal modo que no solo vieran en este a un agente mesiánico de libertad –entiéndase de la liberación del comunismo–, sino que quedasen también completamente distraídos al respecto de los graves abusos contra los Derechos Humanos que se suscitaban por todo el país.

Pinochet, para agradecer a Dios de que, en virtud de la gestión de este último, había sido derrotado en el país el comunismo y, con ello, la gran amenaza para la preservación y propagación del evangelio. Esto, claro está, sin hacer alusión alguna a los centenares de chilenos que eran asesinados o desaparecidos por aquel régimen "libertador". Y, por último, piénsese en la participación que se ha llegado a establecer con la CIA al respecto del crimen del sacerdote español Ignacio Ellacuría y sus otros compañeros jesuitas en el Salvador, frente a lo cual, los grupos misioneros evangélicos estadounidenses que residían en el país guardaron completo silencio, toda vez que se trataba de agitadores y promotores de la "teología de la liberación". No cabe duda de que, a la luz de estos simples testimonios, en tanto nada más que parte de un conjunto de evidencias que apenas hemos podido enunciar aquí, la tentación a querer comprobar una teoría de conspiración, oculta en la agenda de las iglesias y misiones estadounidenses en América Latina, con la expresa finalidad de proteger los intereses económicos y políticos de su país, podría contar con un amplio margen de justificación. Con todo y esto, no seríamos del todo justos con tales proyectos eclesiásticos y misioneros si no hiciéramos el esfuerzo de ponderarlos y comprenderlos a la luz de aquellos factores ideológicos e históricos que en definitiva habrían de condicionar en tan alta medida su accionar en nuestro continente. Entre ellos, por supuesto, la ideología del destino manifiesto, la coyuntura de la Guerra Fría, la convicción de que la *American way of life* y el cristianismo se requieren, un desconocimiento flagrante de las categorías propias del pensamiento y la cultura hispanoamericanos, como así también, no lo podríamos obviar, una actitud demasiado desinformada y acrítica de la política exterior de su propio país. Esta última característica, que junto con la religión americana resulta en englobante de todas las demás, es descrita por Arturo Piedra de la siguiente manera:

> La lealtad incondicional a su nación fue una de las actitudes que a los protestantes estadounidenses les costó evadir y postergar. El "internacionalismo" y el "universalismo" que sirvió para que las misiones protestantes justificaran la evangelización de las culturas no fue suficiente para desplazar el provincianismo cultural occidental de su trabajo. Mientras por un lado se minimizaba la importancia de la identidad nacional y regional de América Latina, por otro se promovía la visión panamericanista que promovía su nación. De allí que fue difícil para las misiones disipar la imagen de religión extranjera y contraria a los anhelos y esperanzas del pueblo latinoamericano. Cuando se presentó la oportunidad de escoger entre la solidaridad con América Latina y la defensa de los intereses de su propio país, los misioneros optaron por lo último.[140]

---

[140] *Evangelización protestante, II,* 79.

No estamos sugiriendo aquí, desde luego, que no haya habido jamás dentro del propio protestantismo estadounidense siquiera asomos de alguna conciencia crítica o de algún planteamiento divergente al respecto de la política exterior de su país. De este modo, y en medio de la convulsionada década de los setenta, un grupo de 16 líderes católicos y evangélicos, enviaban, con fecha de 1974, una carta abierta al Presidente de los Estados Unidos, Gerald Ford, en la que manifestaban su reprobación por la participación que le cabía a la CIA en los hechos acaecidos en Chile, como también en otros países de América Latina, a la que calificaban como "absolutamente incompatible con los ideales que nosotros defendemos como americanos y cristianos"[141]. Bajo este mismo tenor, y a la luz también de la situación chilena, la Unidad General de la Iglesia de los Hermanos emitía asimismo una resolución en la que demandaba tanto del Presidente como del Congreso de los Estados Unidos que se ordenara a la CIA "evitar todo tipo de acciones que violen el Estatuto de Naciones Unidas y no respeten las leyes y acuerdos internacionales, o que rechacen los derechos de las naciones y pueblos de administrar sus propios asuntos"[142]. No han faltado tampoco testimonios más recientes de algunos actuales líderes evangélicos de aquel país, y podemos referirnos particularmente a una entrevista concedida por Mark Noll[143] en el año 2002, en la que se vuelve a reconocer que no pocos misioneros cooperaron al menos indirectamente con la CIA y el Departamento de Estado de los Estados Unidos, al entregar información selectiva sobre la situación política de los diversos países latinoamericanos mientras desarrollaban su actividad misionera, en el convencimiento, claro está, de que al actuar de esta manera servían no solo a los intereses de su país sino a los del propio evangelio. Empero, aunque todos estos testimonios constituyan innegable constancia al respecto de la existencia de voces disidentes al interior de los propios movimientos evangélicos de los Estados Unidos, se debe precisar, a pesar de todo, que tales voces no formaban parte de los contingentes de agencias misioneras que se destinaban hacia América Latina y, en consecuencia, se hallaban muy distantes de ofrecer alguna injerencia en su política misionera oficial.

3.2.1.5 *La nueva derecha cristiana*

Nadie podría poner hoy en duda la enorme participación que han tenido los sectores religiosos más conservadores en la formación de la nueva derecha cristiana de los Estados Unidos, despuntando entre ellos, desde luego, los movimientos evangélicos fundamentalistas, al punto que bien se podría decir que en tal

---

[141] Tomamos esta información de E. Fediakova, *Op. cit.,* 27, que a su vez corresponde a *The Christian Century,* 1975, 218.

[142] Citado en E. Fediakova, *Op. cit.,* 27.

[143] La entrevista puede verse en *The American Evangelical Missionary Impulse,* Religioscope, 29 de junio, 2002.

organización, lo político y lo religioso se entrelazan indisolublemente. No obstante, esta mutua complicidad entre los elementos político y religioso no constituye una tendencia insólita en el carácter de los Estados Unidos, tanto así que un observador del paisajismo cultural de aquel país tan reconocido como Alexis de Tocqueville[144], hace ya más de siglo y medio atrás, podía percibir que aquel maridaje entre política y religión, dado a luz casi al inicio de la colonización, y esto a pesar de la temprana declaración de separación entre Iglesia y Estado, seguiría en pie durante todo el futuro de aquella nación. Hemos enunciado anteriormente el giro emprendido por el fundamentalismo desde sus inicios –presentes ya en *The Fundamentals* con aquella atención casi exclusiva en la apologética teológica, y esta dirigida especialmente contra el liberalismo, el modernismo y la teoría de la evolución, y su casi total abstinencia de participación política bajo una comprensión de mundo que únicamente precisaba del arrepentimiento y del moralismo ascético para la salvación– hasta aquel fundamentalismo que luego de la Segunda Guerra incorporaría nuevos adversarios en su agenda teológica e irrumpiría agresiva y organizadamente en el escenario político para buscar así nuevas formas de injerencia y legitimación. Será durante este segundo periplo del fundamentalismo, por tanto, que se crearán organizaciones tan señeras para este movimiento como *The Christian Voice*, liderada por el teleevangelista Pat Robertson; *Religious Roundtable*, por su homólogo James Robison; y la *Moral Majority*, sin duda la más importante y mayor de todas ellas, fundada por el singular, también teleevangelista y hombre crucial en el destino de la nueva derecha cristiana, Jerry Falwell. Será también a partir de este nuevo contexto que los grupos relacionados con la nueva derecha cristiana construirán sus propios espacios de reclutamiento y formación, enormes enclaves físicos, tales como la megaiglesia y universidad *Thomas Road Baptist Church* de Lynchburg, Virginia, presidida en su momento por el propio Falwell, además de otras universidades, hospitales, centros recreativos, fundaciones, editoriales, etc. De igual modo, y en el marco de estos mismos eventos, sucederá que la nueva derecha cristiana comenzará a utilizar toda una serie de medios masivos de comunicación para la difusión de sus programas, algo ciertamente desconocido para el fundamentalismo de la etapa anterior. Es el nacimiento de las *megachurches*, los canales evangélicos por cable privado[145] y, por supuesto, de los teleevangelistas, cuyos programas de televisión alcanzarán con su sintonía a todo

---

[144] *La democracia en América*, FCE, México, 2005.

[145] Así, por ejemplo, según los datos proporcionados por J. M. Marco (*Op. cit.*, 262), la Christian Broadcasting Network sería la quinta emisora de cable más grande del país, con no menos de treinta millones de suscriptores.

el país, pero en especial a los sectores socioculturalmente más precarios, aquellos que forman parte de la zona llamada *Bible Belt*[146].

Sin embargo, será en aquella organización fundada originalmente en 1978 por el controvertido líder evangélico Jerry Falwell, los católicos Richard Viguerie y Paul Weyrich, y el nacido en el seno de una familia judía, aunque luego convertido al evangelicalismo, Howard Phillips, a la que posteriormente se unirían líderes evangélicos tan mediáticos como Greg Dixon y Tim LaHaye[147], nos referimos desde luego a la *Moral Majority*, donde será más claramente posible observar el abierto involucramiento de esta nueva derecha cristiana en la política partidista, que adoptaría incluso, tanto por su esquema organizacional como por su capacidad de representatividad en todos los estados de los Estados Unidos, un comportamiento en extremo similar al de cualquier partido político constituido. Empero,

---

[146] Entre los programas que llegaron a alcanzar más notoriedad, habría que mencionar, por supuesto, el *Old-Time Gospel Hour*, creado por Jerry Falwell, o el *700 Club*, fundado por la figura del bullado teleevangelista Pat Robertson y retransmitido incluso en sus primeras ediciones a América Latina. Ciertamente, no hay que esforzarse demasiado para advertir que aquí se encuentran la escuela, el modelo, la aspiración y muchas veces la extrapolación sin demasiado refinamiento o esfuerzo de contextualización de gran parte de los programas televisivos evangélicos de América Latina: mismo tipo de escenografía de los estudios, mismas vestimentas del teleevangelista, mismo sonsonete, mismos estribillos, misma dinámica del programa, la búsqueda de los mismos efectos entre el auditorio presente y televisivo aunque, y esto debe decirse, a pesar del esmero por la emulación y a ratos afán por la copia al dedillo, no siempre sea posible dejar de percibir los particularismos propios del criollismo evangélico que, en tales programas, siempre terminan haciéndose presente. En otras palabras, se carece del talento original, hollywoodense y propio del *show business* del modelo original estadounidense.

[147] Tim LaHaye, como se sabrá, ha llegado a ser conocido mundialmente por su serie de novelas *Left Behind*, llevadas inclusive al cine. Se trata de aquella serie de novelas redactadas en conjunto con Jerry B. Jenkins, verdaderos *best sellers* del mundo evangélico, no solamente en el medio estadounidense sino también a nivel mundial, y comparables solo con el éxito de ventas que ha llegado a tener Harry Potter, gran parte de las cuales han sido traducidas ya al español bajo el título *Dejados atrás*, y que han llegado a vender, hasta donde tengo información, la cantidad de 120 millones de copias hasta la fecha en que escribo este libro. Tales novelas constituyen, por así decirlo, el imaginario colectivo de gran parte del fundamentalismo estadounidense al respecto de los eventos por venir, a saber: Israel como centro de las naciones y reloj profético de Dios, los Estados Unidos desempeñando un rol único y fundamental en estos acontecimientos, tanto protegiendo a Israel como combatiendo contra las huestes del Anticristo que, por supuesto, proceden de Europa del este y son patrocinadas por las Naciones Unidas y, en general, por todos aquellos países que se oponen a esta cruzada estadounidense de la lucha del bien contra el mal, de Dios contra el Anticristo. Además, por cierto, de la consabida doctrina del rapto o arrebatamiento, de cuyo privilegio serán objeto únicamente aquellos que se hayan mantenido estrictamente fieles a las enseñanzas de este particular, pero no menos multitudinario sector evangélico. De más está decir la enorme influencia que esta bizarra visión escatológica ha ejercido y sigue ejerciendo entre gran parte de los grupos evangélicos de América Latina, con similar efecto enajenante y de escapismo al respecto de las responsabilidades políticas y sociales, desde luego, que el de los sectores estadounidenses.

erraríamos grandemente si viéramos en la conformación de la *Moral Majority* nada más que la decisión arbitraria y exclusivista de un grupo de líderes que decide ingresar, a título personal, en el escenario político, simplemente utilizando para ello la cobertura dada por las diversas organizaciones religiosas. En realidad, se ha tratado, y de manera bastante similar en relación con las motivaciones que dieran origen al movimiento fundamentalista, aunque al mismo tiempo sobrepujándolo con creces, en la medida en que no solamente ha incorporado al elemento explícitamente evangélico, si bien este ha sido claramente preponderante, de un malestar que ha surgido desde las mismas bases ciudadanas, principalmente entre aquellos sectores ligados a una confesionalidad religioso-conservadora, quienes a la sazón sentían "que las élites judiciales, académicas e intelectuales les estaban hurtando una parte fundamental de su identidad y su cultura"[148], y, naturalmente, sus valores tradicionales como nación. Un malestar que se había estado incubando y que seguía cada vez más *in crescendo,* a partir de acontecimientos tan gravitantes para la sensibilidad moral, religiosa y aun nacional de un amplio sector de aquel país, como el decreto del Tribunal Supremo en 1963 que prohibía la lectura de la Biblia y las oraciones cristianas en los colegios públicos y, posteriormente, la exhibición de todo símbolo religioso, incluidos los 10 mandamientos, en los juzgados y edificios gubernamentales, la legalización del aborto en 1973, al tiempo que la pornografía quedaba amparada ni más ni menos que por la propia Constitución.[149]

Por ello, una organización como la *Moral Majority* debiera ser comprendida principalmente como la cristalización de una larga movilización de fuerzas de diversa procedencia, pero unidas, sin embargo, en torno a un mismo objetivo en común, esto es, recuperar la identidad cristiana y la grandeza moral que dieron origen e hicieron grande a aquella nación, y que, a juicio de sus integrantes y miembros en tanto representantes de una amplia población, se veían a la sazón desvirtuadas y amenazadas por pequeñas élites de poder que se habían alejado ruinosamente de la misión trazada por los padres fundadores para ese naciente país: ser la ciudad que resplandece sobre el monte. No es de extrañar, en consecuencia, que la forma elegida por la *Moral Majority* para responder a ese estado de anomia con que, en su opinión, el laicismo secularizante amenazaba con impregnar a toda la nación, fuera elaborar una declaración de principios basada en lo que se consideraba obligación moral para todo cristiano, cuánto más para aquellos que ocupaban cargos públicos. Aunque, con ello, indudablemente, la distancia entre conservadores y progresistas, cristianos renacidos y laicistas, marcara en definitiva la distancia entre dos formas acaso irreconciliables de comprender aquella nación, bien a partir de la identidad, bien en función de la relevancia.

---

[148] Citado en J. M. Marco, *Op. cit.,* 264.

[149] Más información acerca de esta situación puede verse en, J. M. Marco, *Op. cit.,* 262 ss.

> Un político cristiano no puede aceptar el aborto, la supresión del rezo en la escuela, la igualdad total de los gays con respecto de los heterosexuales. Y mucho menos, que en nombre de la separación entre la Iglesia y el Gobierno la religión desaparezca del espacio público.[150]

El título, por lo tanto, de ese gran libro de Gertrude Himmelfarb, *Un país, dos culturas*[151], no solo cobraría plena validez a la luz de un pasado escindido entre Norte y Sur, con sus respectivas consecuencias todavía en vigencia, sino que sería, por qué no decirlo, parte fundante de esa misma identidad de país, y que organizaciones como la *Moral Majority*, la nueva derecha cristiana o, más recientemente, la *Christian Coalition*, junto a los bloques situados en sus antípodas, bien han vuelto a poner claramente en evidencia. En tal sentido, la entrevista de Tim LaHaye con Jimmy Carter en la Casa Blanca, a fines de la década de los setenta —y que ha llegado a ser ya anecdótica, precisamente en tiempos en que el partido Demócrata era secuestrado por el ideologismo de la nueva izquierda, y la respuesta del mundo evangélico de línea abiertamente fundamentalista o de cuño simplemente conservador ante aquella agenda, se debatía entre posiciones medianamente razonables y otras completamente contraproducentes, y que culminaría con la dura afirmación de LaHaye luego de terminada la reunión, en la que decía que había que echar a ese hombre de la casa de gobierno—, corroboraría de forma dramática y quizás ya definitiva aquello de *One Nation, Two Cultures*.

3.2.1.6 *El asunto de Israel*

Por último, no podríamos dejar de mencionar, en esta alianza entre el fundamentalismo y la nueva derecha cristiana, la focalización casi extrema en el Estado de Israel y el interés en sus vetustas tradiciones religiosas, las mismas ya reconvertidas en gran medida al espíritu de la *American Religion* y con atención casi exclusiva por lo mismo al asunto del apocalipticismo, el reloj escatológico de Dios, bajo una apología y difusión de todo aquello que, sin embargo, colinda más con la proyección de las novelas *Left Behind* que con una correcta comprensión de la tradición histórica y religiosa de aquel país, e incluso con sus propios y justificados intereses como nación. Así, por ejemplo, Jerry Falwell, podía escribir:

> El último libro de la Biblia, el Libro de las Revelaciones, contiene profecías sobre el futuro. Israel ocupa un lugar importante en esas profecías. Esa pequeña nación será de nuevo atacada por sus enemigos ayudados por los grandes ejércitos rusos y sus aliados árabes. Pero el profeta

---

[150] Citado en J. M. Marco, *Op. cit.,* 264.

[151] *One Nation, Two Cultures: A Searching Examination of American Society in the Aftermath of Our Cultural Revolution,* Vintage, New York, 2001.

Ezequiel profetizó que Rusia será vencida e Israel será ayudado por la mano de Dios. Si los rusos leyeran lo que Dios les tiene reservado, se encontrarían cayendo sobre sus rodillas y pedirían al Dios de Israel que les perdonase. América debe continuar ayudando a Israel. […] Los judíos están ciegos espiritualmente y necesitan desesperadamente a su Mesías. A pesar de ello, son el pueblo de Dios, y en el mundo de hoy los cristianos americanos son los mayores amigos que la nación de Israel puede tener. Debemos recordar esto.[152]

Por cierto, este fenómeno de férrea identificación del fundamentalismo y la nueva derecha cristiana de los Estados Unidos con los intereses políticos y religiosos del pueblo judío debe ser observado como un fenómeno relativamente reciente, afirmado, como hemos dicho, en elementos que de suyo trascienden la comprensión siempre sensata y mesurada de los elementos en cuestión. Así, S. M. Lipset, quien le ha dedicado en su importante libro, *El excepcionalismo norteamericano. Una espada de dos filos,* todo un largo y documentado capítulo a la historia de la comunidad judía en los Estados Unidos, bajo el singular encabezamiento de *Un pueblo único en un país excepcional*[153], ha mostrado cómo, después de la Segunda Guerra Mundial, diversos grupos de tendencia derechista y antisemita de aquel país, incluidos grupos fundamentalistas evangélicos, se habrían opuesto tenazmente al ingreso de refugiados judíos, lo que contribuyó de este modo en no poca medida a la política de suyo ya dubitativa que expresara Franklin Roosevelt al respecto de la situación alemana judía. Por otra parte, Lipset, en aquel mismo capítulo, ha llamado la atención al respecto de la tendencia abiertamente liberal y proclive a las políticas de izquierda que ha caracterizado generalmente a gran parte de la comunidad judía de los Estados Unidos a partir de la Segunda Guerra, con la sola excepción de los grupos ortodoxos, los cuales se han mostrado siempre más conservadores y afines a la derecha republicana, aunque constituyen, por lo demás, el grupo más reducido de aquella colectividad.[154] La razón del porqué el grueso de la comunidad judía de los Estados Unidos se habría mostrado tras los acontecimientos de la Guerra más solidaria con las políticas liberales y de izquierda, a pesar incluso de su privilegiada condición social, cree hallarla Lipset[155] en el continuo efecto que habrían tenido, sobre esta colectividad, los valores

---

[152] Citado en C. Cañeque, *Op. cit.,* 138.

[153] 211, 248, en, *El excepcionalismo.*

[154] Cf. *El excepcionalismo,* 238 ss.

[155] *Op. cit.,* 240 ss. Más allá de este capítulo al que estamos aludiendo sobre la historia de la comunidad judía en el marco de los Estados Unidos, S. M. Lipset ha dedicado todo un libro junto a E. Raab a esta cuestión, bajo el título *Jews and the New American Scene* (Harvard University Press, Cambridge, 1985).

políticos de la izquierda, patrimonio de la Europa oriental, con su evidente preocupación, y por razones obvias, por el antisemitismo. Ese mismo antisemitismo estaría, en la mentalidad de esta comunidad y ya en el contexto de los Estados Unidos, más asociado para aquel entonces más bien a las tendencias políticas de derecha que a las de izquierda.

Y, sin embargo, nuestra información tocante al modo en que aquella fusión resultante entre los bloques evangélicos y las tendencias políticas de aquel país ha continuado decantándose al respecto del asunto judío, o simplemente la causa de Israel, no estaría del todo completa si no ofreciéramos siquiera algunas escuetas impresiones tendientes a la actualización del problema, a fin de completar o continuar el importante análisis de Lipset, enfocado empero en la génesis de este asunto. En tal sentido, baste por ahora simplemente con mencionar, en el entendido de que ofreceremos sobre esta tendencia un análisis más pormenorizado en nuestro siguiente capítulo, en el que trataremos específicamente del radicalismo de la dimensión de relevancia de la fe cristiana, que las décadas más recientes han atestiguado una notable transformación en cuanto al asunto del Estado de Israel, primeramente en el campo político internacional, y desde allí, en torno al posicionamiento mundial de las iglesias, con obvias repercusiones en el espectro también partidista y eclesiástico de los Estados Unidos. Así, por ejemplo, aquella izquierda internacional que tras la Segunda Guerra Mundial y la consiguiente derrota del nazismo resultaba emerger victoriosa en el escenario político de Europa, que al mismo tiempo parecía solidarizar de una mejor manera con las durísimas circunstancias de la colectividad judía, en la medida en que tal comunidad representaba por así decirlo la enseña de los estragos y las penurias ocasionados por el fascismo, experimentaría al poco tiempo también la estrepitosa debacle de sus propios proyectos revolucionarios, tanto en el terreno de lo político como de lo económico, aplicados estos en el Viejo Mundo primeramente, pero también extensivos a ciertas regiones del tercer mundo, como ya es sabido. Sin embargo, de la evidente inoperatividad mostrada por estos modelos, a los que el derrumbe de la Unión Soviética, el enorme costo político y humano de sus fallidas extrapolaciones en otras latitudes del planeta o la misma caída del muro de Berlín, entre otros sucesos, parecían simplemente fijar su acta de defunción, no se colegiría ni mucho menos el deceso de la izquierda como sistema, como proyecto, incluso como religión.

Poco duraría, en efecto, para esta izquierda, la inercia ocasionada por aquel traspié, y aunque no menos sensible la derrota, con todo, esta no sería ni mucho menos definitiva, tal como lo estimara con total candidez el politólogo estadounidense Francis Fukuyama, en aquel conocidísimo libro *The End of History and the Last Man*[156]. Huérfana, por tanto, de una revolución que se había mostrado en

---

[156] Avon Books, New York, 1992.

casi todas sus apuestas dramáticamente fallida, pero incapaz, al mismo tiempo, de concebir su existencia sin ella, muy prontamente entendería esta misma izquierda, con una capacidad de reinventarse a sí misma, comparable solamente con aquella versatilidad que le hemos reconocido al fundamentalismo evangélico, que la vía para salir de aquel atolladero no estribaba en la capitulación de sus reyertas, sino en trasladarle de aquel viejo escenario a uno nuevo. A saber, de aquella revolución consistente en la lucha de clases a la revolución dada por la batalla cultural; del economicismo como variante prácticamente exclusiva y excluyente desde la cual comprender la realidad social para procurar luego su transformación en una colectividad sin clases, sin propiedad privada, bajo el dominio del proletariado, a la multiplicidad de demandas culturales, muchas veces inconexas o incluso en principio opuestas entre sí, pero aglutinadas y movilizadas magistralmente bajo ciertos enemigos en común, tales como, no faltaba más, el capitalismo, los Estados Unidos, el patriarcado, y por qué no decirlo, la herencia y el influjo del cristianismo en la civilización de Occidente. Será, entonces, este nuevo campo de batalla ofrecido por la enmarañada variante cultural, de suyo mucho más amplia y extensiva que el solo criterio economicista y proletarial –tan presente en la obra de Marx y Engels, *La ideología alemana*–, y de paso más solidaria con el espíritu de la posmodernidad, el que le permitirá a esta nueva izquierda encontrar un nuevo hogar para la reinvención de sus revoluciones, lo que daría lugar así a todas aquellas emblemáticas cruzadas que por doquier experimentamos en la actualidad. F. J. Contreras lo explica de esta manera:

> Privada, pues, de su proyecto clásico, la izquierda ha tenido que buscar uno nuevo, y lo ha encontrado en el magma liberacionista y freudomarxista [...]: ideología de género, permisividad sexual, aborto libre, cuestionamiento de la "familia tradicional", hostilidad al cristianismo, pacifismo buenista, multiculturalismo "asimétrico" (idealización de las culturas no occidentales y denigración de la occidental), ecologismo "profundo" (*Deep ecology*), antiindustrial y antihumanista.[157]

Y, sin embargo, en dicha lista, que solo apunta naturalmente a lo más representativo, no podría desde luego faltar la mención de aquel propalestinismo o palestinofilia que resulta en bandera no menos distintiva de la izquierda cultural, junto con su respectiva contraparte, el antijudaísmo o, mejor dicho, la judeofobia. De este modo, el judaísmo, el pueblo judío, el Estado de Israel y, por antonomasia, claro está, el sionismo, serán asociados por esta nueva izquierda con el colonialismo, el imperialismo, el genocidio de los palestinos, la alianza maléfica con

---

[157] *Por qué la izquierda ataca a la iglesia*, en, F. J. Contreras y D. Poole, *Nueva izquierda y cristianismo*, Encuentro, Madrid, 2001, 35.

los Estados Unidos, cuyo verdadero objetivo no es otro que el dominio capitalista o neoliberacionista de todo el planeta, etc., con el fin de encender y movilizar los ánimos de todo el mundo contra esta nación, de modo tal de sentenciarle, según el juicio popular, como un pueblo que en virtud de su avaricia, hipocresía y maldad, a duras penas merece el derecho a seguir existiendo. Permítasenos hacer un pequeño paréntesis aquí y preguntarnos, en honor a la verdad, si frente a toda esta paranoia conspiradora maquinada por el neomarxismo, establecer algún grado de comparación con aquel miserable panfleto antisemita, *Los protocolos de los sabios de Sion,* responsable en gran medida de reforzar en el imaginario colectivo la idea ya de suyo extendida en toda Europa al respecto del judío como ser maléfico, miserable y llamado por tanto a ser eliminado si es que uno no quiere ser alcanzado por su mal, panfleto por lo demás creado expresamente como una forma de justificar los pogromos contra esta comunidad, lejos de venir a dar en una mera conjetura, no constituye más bien una obligación histórica y moral. Traigamos a la cita, y a propósito de todo esto, las muy lúcidas y certeras palabras del filósofo e historiador de las ideas francés, Pierre-André Taguieff:

Esta reciente ola de judeofobia resulta inseparable de un discurso ideológico legitimador y movilizador que se difunde a escala planetaria, un discurso en el que se reconocen ciertos legados en cuanto a terminología y a temas que provienen de las diversas tradiciones antijudías, y en los que también se perciben nuevos motivos de acusación centrados en "Israel" y en el "sionismo", convertidos en mitos repulsivos. Para ir a lo esencial, digamos que su fórmula argumentativa general es la siguiente: "Los judíos son todos unos sionistas más o menos camuflados". Ahora bien, el sionismo es un colonialismo, un imperialismo y un racismo. Por consiguiente, los judíos son unos colonialistas, unos imperialistas y unos racistas, ya lo declaren o lo disimulen. Y es justamente la representación del sionismo como una encarnación del mal absoluto lo que ha permitido reconstruir una visión antijudía del mundo en la segunda mitad del siglo XX. Como ocurría con el viejo "antisemitismo" en el sentido fuerte del término, la estructura de esta representación es la de un odio absoluto a los judíos, a quienes la fantasía pinta como a representantes de una única y misma entidad intrínsecamente negativa, o como ejemplos de una potencia maléfica, en virtud de un odio total que se dirige específicamente contra los judíos, a quienes "en sí mismos se considera dotados de una esencia nefasta". Como resultado de la unión de dos temas de acusación, los judíos están en todas partes ("nomadismo"), y en todas partes son solidarios entre sí (razón por la cual pueden ser acusados de formar un grupo conspirador de ámbito mundial). De este modo, las acusaciones de "voluntad de dominio" (o de "conquista del mundo") y de "complot internacional" se reciclan. Y otro tanto ocurre con el rumor que ya hace mucho tiempo se estabilizó en forma de estereotipo: "Los judíos son culpables", rumor traducido una y otra vez, indefinidamente, desde hace medio siglo, como "Los sionistas son culpables", "El sionismo es culpable", "Israel es culpable". [...] Ahora bien, una de mis hipótesis de interpretación sostiene que las más recientes metamorfosis de la judeofobia responden con notable eficacia simbólica a la demanda de sentido y de causas con capacidad de movilizar que plantean todos aquellos que, sintiéndose huérfanos de la Revolución, siguen pensando y orientándose en el elemento del mito revolucionario de la tradición comunista, considerado en sus múltiples variantes marxistas (versiones leninista, trotskista, tercermundista) o anarquistas (neoizquierdismo, "nuevas radicalidades"). Para estos ambientes "radicales", al igual que para todos los grupos de extrema derecha (cosa que no sucedió sino hasta el final de los años sesenta), Israel encarna al diablo, el "sionismo", representa el enemigo absoluto, y, tras esas figuras visibles y esas denuncias decibles, los judíos son percibidos como seres inquietantes, maléficos, temibles.[158]

Llegamos de este modo, por tanto, con esta larga cita de Taguieff, justificada en razón de su importancia a la hora de intentar comprender este nuevo viraje al respecto de la situación judía, al final de nuestra digresión. No podríamos jamás insistir suficientemente en la relevancia de esta aclaración, por cuanto esta nueva dirección que ha adquirido en la política de izquierda el asunto del Estado judío, o simplemente la cuestión judía, como parte de su nueva comprensión del mito revolucionario y su instalación del mismo desde lo estrictamente economicista a la pluriformidad dada por el criterio cultural, también ha encontrado inmediata repercusión en la situación política interna de los Estados Unidos, como asimismo en sus tendencias evangélicas. Bajo esta lógica, por supuesto, no podría resultar para nadie demasiado sorprendente, por más que el vuelco en los posicionamientos resulte, por decir lo menos, bastante inaudito, que sean en la actualidad aquellos sectores más ligados en lo político al republicanismo, la nueva derecha cristiana, y en lo religioso a los grupos evangélicos fundamentalistas, aunque incluyendo también, hay que decirlo, a aquel amplio campo representado por el evangelicalismo simplemente conservador, lo *evangelical*, para ser más exactos, los que se muestren más predispuestos a solidarizarse con la causa del Estado de Israel y todo aquello que aparezca contenido bajo la designación de lo "judío". Y esto, desde luego, sin perjuicio de todas las destemplanzas y exabruptos que podamos reconocer aquí. Pero, tampoco, que sea la coalición demócrata, precisamente aquella línea política con la que según Lipset el judaísmo posterior a la Segunda Guerra se habría sentido más interpretado, en la que las inclinaciones judeofóbicas promovidas por la izquierda cultural hayan encontrado mayor receptividad, y en consecuencia que sean también las tendencias evangélicas ya abiertamente

---

[158] *La nueva judeofobia. Israel y los judíos: desinformación y antisemitismo*, Gedisa, Barcelona, 2009, 16-17 y 21. Se trata de un libro de enorme importancia y utilidad, y que viene a poner un poco de urgente equilibrio e información veraz en medio de tanta publicación tendenciosa y sesgada ideológicamente al respecto de la problemática del asunto judío, tan propia de parte de la izquierda cultural.

fusionadas con el discurso de esta misma nueva izquierda, casi siempre amparadas bajo la figura de las *mainline churches* y su respectivo radicalismo de la dimensión relevante de la fe cristiana, las que se engarcen en este mismo comportamiento tocante a una abierta palestinofilia, sino islamofilia, al tiempo que una actitud casi siempre sospechosa, crítica, odiosa, que da cuenta de una solapada judeofobia, contraria al Estado de Israel y a todo lo que la designación "judío" pudiese evocar.

3.2.1.7 *Su legado para América Latina*

Nos queda finalmente por acometer brevemente la cuestión al respecto de cómo se ha expresado tal principio político del fundamentalismo en el concierto evangélico de América Latina, cuánto más tomando en consideración que ha sido esta la corriente eclesiástica y teológica del misionerismo estadounidense que más ha informado al protestantismo de nuestro continente, incluso, volvemos a repetirlo, en relación con aquellas familias denominacionales que por cuestión de evocación histórica quisieran sentirse más ligadas a la teología de la Reforma. Habría que comenzar diciendo que ha sido particularmente aquel primer alcance de la actividad política albergado por el fundamentalismo estadounidense el que ha ejercido el más determinante influjo en la comprensión que el espectro evangélico de América Latina ha llegado a desarrollar sobre esta misma actividad y la consiguiente manera de relacionarse con ella. Ya hemos hecho alusión, por lo demás, a aquella escasa capacidad de comprensión de las compañías misioneras estadounidenses y sus agentes misionales al respecto del hecho de que gran parte de las penurias y disfuncionalidades que asolaban a la sociedad de América Latina no solo podían ser explicadas bajo el argumento de su inhabilidad espiritual, sino cuánto más en términos de estructuras políticas y económicas de opresión que conducían a la enajenación social. Desde luego, esta visión tan fragmentada de la realidad social, a la que el evangelio para ser realmente integral está llamado sin dicotomía alguna a leudar, de modo de evitar la tentación de quedar suspendido únicamente en el mundo del formulismo proposicional o, lo que es peor, en el discurso meramente espiritualizante, debe ser explicada a la luz de todos aquellos factores a los que nos hemos referido ya en páginas precedentes. En primer lugar, su particular comprensión de Escritura y teología, pero en un no menor sitial, la reciente experiencia de expulsión que las compañías misioneras estadounidenses habían experimentado en los países de la Europa del Este dominados por el bloque comunista, como así también de China, y la consiguiente cruzada contra esta ideología o cualquier actividad que se creyera asociada a la política de izquierda, símbolo por excelencia, esta última, para estas compañías misioneras y el fundamentalismo estadounidense en general, de la negación del cristianismo y de una amenaza a todos los valores usamericanos en particular. A este respecto, resulta de gran interés el testimonio presentado por Florencio Galindo de quien fuera misionero presbiteriano en

Guatemala y presidente del seminario de la misma iglesia en la capital de este país entre los años 1963 y 1977, Ross Kinsley:

> Después de dos años de actividad misionera, empecé a comprender que el anticomunismo –motivación aprendida en los EE. UU.– no es más que un manto para cubrir el imperialismo, y que la raíz del problema está en la estructura socioeconómica. Esto fue nuevo para mí.[159]

Obviamente, y como el propio Galindo en su documentada investigación lo certifica, el precio que aquellos pocos misioneros conscientes de esta realidad social y dispuestos a confrontar por ello a sus respectivas agencias misioneras tuvieron que pagar resultó ser la mayoría de las veces demasiado alto para estos, sin exclusión incluso de la deposición de sus propios cargos misioneros. Una vez más, la argumentación era aquí, bajo una absoluta falta de comprensión del intrincado escenario político y social que atravesaba América Latina y de la función del quehacer teológico mismo en ella, que el trabajo evangelístico entorpece su misión –dicho de un modo más directo: la corrompe– si presta atención o se entretiene con asuntos que trasuntan el interés interno de las congregaciones, cuánto más tratándose estos de asuntos tan poco edificantes y sospechosos para la iglesia como la "actividad política" y la "acción social". Incluso más, ocupar lenguaje tan heterodoxo como justicia social, pecado corporativo, análisis estructural, etc., ponía a cualquier misionero o líder congregacional bajo la sospecha de promover el discurso marxista y de ser agitador de la teología de la liberación, razón más que suficiente como para tener total precaución en el actuar. Por supuesto, habría que reconocer también que se trasuntan aquí los ecos de aquel gran temor que significó el programa del evangelio social para tales compañías misioneras que arribaban ya a fines del siglo XIX y durante buena parte del siglo XX a América Latina, para las cuales tal "evangelio", con su énfasis casi exclusivo en el servicio social, la creación de obras de caridad y, mucho más, el activismo político, resultaba nada más que un sustituto falaz de la verdadera misión de la iglesia, consistente en la actividad evangelística y el trabajo congregacional. Solo una vez que se ha atendido suficientemente al conjunto total de estos antecedentes es que resulta posible llegar a dimensionar la real dificultad que entrañaba para este influjo misional la incorporación en su horizonte de actividades, temáticas alusivas a la contingencia política y social, cuánto más si aquello evocaba su pasada lucha contra el secularismo, a su juicio contenido en el evangelio social, como, en perspectiva más actual, la gran amenaza del marxismo que creía promovido por el discurso de la teología de la liberación. De tal suerte, entonces, la misión de la iglesia y su discurso teologal quedaban en buena parte reducidos únicamente al

---

[159] Citado en F. Galindo, *Op. cit.,* 322.

trabajo evangelístico y local de las comunidades, sin intrusión alguna de actividad política o análisis social que la pudiesen estorbar, toda vez que dichas asignaturas se juzgaban incompatibles con su contenido más esencial. Aunque, a decir verdad, al actuar de tal modo no se podía evitar el efecto de realizar un constante ejercicio de política implícita, como, a su vez, y en ciertas oportunidades, de abierto apoyo a estructuras políticas de poder, que, aunque reñidas con las libertades civiles y el Estado de derecho, eran por razones obvias garantes de y hasta interesadas por la salvaguarda de su actividad misional.

Sea dicho todo esto en relación a la cosmovisión de lo político con que arribaba el fundamentalismo misionero a América Latina; su sello quedaría marcado a fuego en el espectro evangélico de nuestro continente y dejaría un legado hasta donde es posible entrever todavía enormemente vigente y de consecuencias que trascienden desde luego el mero alcance de la actividad política. Al respecto de estas consecuencias o implicaciones, en muchas de las cuales ahondaremos al tratar sobre los principios siguientes del fundamentalismo, Florencio Galindo[160] apunta como algunas de las más evidentes, en primer lugar, aquella radical separación entre lo sagrado y lo profano, que conduce inevitablemente a la escisión entre iglesia y mundo, con el resultado de sustraer al creyente de sus responsabilidades sociales para recluirlo únicamente en la actividad eclesial. De este modo, advierte Galindo, "la sociedad se ve privada de toda orientación religiosa y abandonada a quienes se supone que, por no ser verdaderos cristianos, están dispuestos a ocuparse en 'negocios sucios'"[161]. En segundo lugar, el predominio de la esfera individual sobre la estructura social, bajo la premisa de que el evangelio guarda relación únicamente con una transformación interior del creyente, y que es solamente a partir del cambio de vida moral del convertido en su esfera individual que puede ocurrir el cambio estructural y la construcción de una sociedad más afín con el evangelio. En tercer lugar, el predominio del cambio espontáneo al cambio producido, lo cual, vale decir para nuestro autor, la aceptación sin mayor cuestionamiento de las reglas de un capitalismo desenfrenado como ideal de organización social y de distribución económica, en la medida que tal modelo, personificado particularmente en la *American way of life*, es promovido por tal influjo misionero como el modelo que mejor encarnaría el Reino de Dios sobre la tierra y salvaguardaría los valores más caros de la cristiandad. En cuarto lugar, la preferencia por la continuidad social y cultural sobre todo fenómeno que implique algún tipo de ruptura con el proceso histórico, toda vez que subyace aquí aquella alianza tardía pero no menos importante para el fundamentalismo, según la cual la historia ya ha sido predeterminada en todas sus etapas por el designio divino, y en esta el ser humano no ha sido llamado a

---

[160] *Ibíd.*, 324.
[161] *Ibíd.*, 324.

ser sujeto de su transformación sino objeto a la espera de que esta llegue a su día final. Ciertamente, y como el propio Galindo lo advierte, pocas sociedades sometidas a regímenes de opresión y negación de sus libertades civiles –comenzando, por supuesto, con los propios casos de América Latina– habrían visto alguna vez derroteros de liberación si hubieran procedido según la lógica política del fundamentalismo, en muchas oportunidades alentada por estos mismos regímenes, quienes más de una vez han caído en la cuenta de lo útil que puede ser tal discurso religioso para sus intereses políticos. De esta forma, el principio político del fundamentalismo, sea afirmado por derivación o por ejercicio manifiesto, no solo se muestra completamente sesgado e incapaz de ofrecer, en virtud de su misma ausencia de criticidad, una lectura eficaz de la realidad social, sino que deja de cumplir con la misión profética de la iglesia.

Pero, entonces, ¿qué decir del influjo de aquella segunda etapa del fundamentalismo usamericano en nuestro continente, llamado también por algunos historiadores del protestantismo y este en relación con América Latina, como "tercera ola del evangelicalismo misionero" –entiéndase, estadounidense– o, simplemente, como "neopentecostalismo", con su ahora abierta decisión de involucramiento en la actividad política de acuerdo con aquel programa, recursos y cosmovisión que ya largamente hemos discutido? No vamos a entrar sino más adelante en algunos de los aspectos teológicos de esta segunda etapa del fundamentalismo, si bien cualquier cosa que pueda ser dicha al respecto de sus pretensiones políticas, resulte también inseparable de su teología, y si bien también más allá de la remoción de sus formas externas, mantenga esta evidente continuidad, teológicamente hablando, con su etapa primigenia. Baste por ahora simplemente con advertir que el margen de real incidencia en la estructura política de las sociedades latinoamericanas que este movimiento ha mostrado ejercer ha sido claramente exiguo, más allá, por supuesto, de su notorio activismo evangélico, y este prácticamente dentro de las mismas coordenadas y reivindicaciones del movimiento fundante estadounidense. Naturalmente, dicha afirmación en relación con su escasa presencia en la esfera de la actividad política, y a pesar de que el objetivo expreso sea aquí, a diferencia de la primera etapa del fundamentalismo, intervenir decididamente en ella, no puede quedar desligada de aquel sensible ausentismo en esta misma dimensión de la vida social de la que se han resentido históricamente la mayoría de los grupos evangélicos en nuestro continente, ora por la particular cosmovisión de lo político heredada de aquella expresión de la *American Religion* que tendía a radicalizar la dimensión de la identidad, ora por la condición básicamente de marginalidad y de bajo estrato sociocultural que ha caracterizado generalmente a estos sectores, ora, por último, por aquellas evidentes dificultades con las que se las ha tenido que ver desde sus inicios este mismo protestantismo, tanto por la autoridad civil como por el celoso influjo del catolicismo, para poder abrirse camino llano y expedito en esta tan importante dimensión de la vida.

Sin embargo, y a pesar de todo esto, inclusive a despecho de su sensible desconocimiento del escenario histórico y social que da forma a la realidad política de América Latina, el neopentecostalismo ha dado muestras de no pretender renunciar ni mucho menos a sus aspiraciones de ascendencia en el campo político. Tal como Florencio Galindo[162] ha convenido en señalar, la estrategia es ahora, y a diferencia del pentecostalismo tradicional, cuánto más de corte criollo, poder alcanzar a los ciudadanos pudientes e influyentes de la sociedad, o por lo menos de clase media alta. Para ello se toma extremo cuidado de no reeditar, desde luego, el antiguo método tan caro a la anterior etapa del fundamentalismo y del evangelicalismo en general, y que como es sabido, consistía en utilizar el altoparlante o la campaña evangelística al aire libre o en las carpas, para así llamar la atención de la gente del barrio o de la población popular. Lejos de aquello, y acaso para evitar también la estigmatización social tan recurrente de la que ha sido objeto el pentecostalismo autóctono, la usanza es ahora invitar a estos ciudadanos de mayor ascendencia social a un desayuno o jornada de trabajo en algún lujoso restaurante u hotel, cuyos invitados oscilan entre distinguidos empresarios, miembros activos o en retiro de las fuerzas armadas, políticos y hasta incluso presidentes y expresidentes –algunos de ellos, con dudosa reputación democrática–. Se evita, entre tanto, utilizar el término "evangélico", mucho más "religión"; se habla simplemente de cristianismo como un estilo sobrenatural en lo natural.

También se suelen realizar programas radiales de oración o incluso encuentros multitudinarios con el mismo objetivo, de modo de rogar por las autoridades, principalmente políticas y militares, a fin de que estas puedan garantizar la plena libertad de culto, la predicación del evangelio y la preservación de los valores tradicionales de un cristianismo básicamente planteado de acuerdo a la axiología de la religión americana, particularmente en su modalidad neopentecostal. En efecto, la comprensión es aquí que solo una transformación en la dimensión espiritual de las autoridades y a nivel de su fuero más interno podría garantizar dichas libertades. Y, ciertamente, aun cuando nunca se podría objetar como tal la petición particular por las autoridades y el anhelo de su orientación individual también hacia la fe cristiana, el énfasis exclusivo en esta sola dimensión de la vida deja evidentemente sin abordar las profundas problemáticas estructurales, génesis en tantos casos de las verdaderas condiciones de enajenación y explotación social, además de que muchas de estas mismas autoridades, avales de dichas estructuras de opresión, resultan claramente complacidas con un tipo de cristianismo como este, que no reporta mayor desafío para su administración. Un tipo de cristianismo, huelga decir, que bajo la modalidad expresa de un neopentecostalismo directamente extrapolado desde su lugar de origen, los Estados Unidos, y prácticamente sin mayor esfuerzo de contextualidad, pero amparado en la innegable

---

[162] *Op. cit.,* 333 ss.

fama de su gran contingente numeral, ha llegado a concitar el evidente interés de los sectores políticos de América Latina, siempre prestos a sacar partido, sobre todo en temporadas de elección, de las diversas colectividades evangélicas. Pero, con todo esto, lo único que se ha llegado a conseguir, en realidad, es secuestrar la representación protestante en América Latina, toda vez que, para estas mismas autoridades políticas, y a pesar de todos los riesgos y vacíos que en estos sectores podamos avizorar, los tales han llegado a constituir la voz evangélica más autorizada y representativa frente a cualquier tipo de diálogo, consulta o comprensión misma de aquello que se llegue a considerar como protestante o evangélico.

Por otra parte, puede incluso hasta decirse que aun el propio pentecostalismo y este de cariz autóctono, sin negarnos al reconocimiento de toda su tendencia al ausentismo social y escasez de recursos técnicos para el análisis estructural, presentaba una mayor conciencia de criticidad social en relación con el caso específico del neopentecostalismo. Como bien señala M. A. Mansilla en su estudio comparativo entre el pentecostalismo clásico y el actual fenómeno neopentecostal:

> Antes en el pentecostalismo por lo menos había una protesta simbólica, ahora no hay nada. Todos los problemas sociales son responsabilidad del individuo, por lo tanto, el problema real no está afuera, sino dentro de él: está en su mente. Todos los problemas sociales tienen causas espirituales y, por tanto, basta con exorcizar desde los templos o basta con hacer la declaración positiva, como si las palabras fueran mágicas e hicieran los cambios por sí mismas, sin que necesiten de la acción, el compromiso y la responsabilidad humana. Nada suplanta la acción humana, ni siquiera sus propias palabras, por más divinas que estas sean.[163]

Bajo este particular proceder, queda totalmente de manifiesto la absoluta falta de experiencia política que caracteriza al neopentecostalismo en América Latina, al carecer sobre todo de aquel expertaje político y organizacional que en los Estados Unidos le confiere, por ejemplo, al fundamentalismo, tanto el republicanismo como la nueva derecha cristiana, pero también el muy lamentable hecho de que muchas veces lo que en realidad se persigue aquí no sobrepuja más que el tradicional clientelismo político. Un clientelismo político que, si se quiere ser realmente sincero, no solo afecta en América Latina al particular movimiento neopentecostal, sino que parece ser la dulce tentación de los diversos sectores evangélicos, una vez que siendo reconocidos en la mayoría de los países latinoamericanos sus derechos, buscan dejar atrás, más que con una verdadera contribución social y

---

[163] "El pentecostalismo clásico y el neopentecostalismo en América Latina", *Revista Fe y Pueblo*, N.º 18, marzo 2011, 15.

cultural, con un no disfrazado interés de beneficios políticos, su otrora época de relegación y marginalidad.

3.2.2 Principio cultural

3.2.2.1 Aspectos preliminares

Ninguna lectura que pretenda indagar con un cierto esfuerzo de seriedad en el fenómeno del fundamentalismo y no se conforme nada más que con una llamada de atención a su literalismo escritural o a su cerrazón dialogal podría soslayar aquel principio cultural que entrecruza toda su cosmovisión teológica y, sin la cual, sería imposible comprender tanto su vertiginoso expansionismo como su impacto teológico en la realidad evangélica de América Latina. Esta mediación cultural, o ideológica si se quiere, que determina finalmente los lineamientos todos de la identidad del fundamentalismo no puede ser comprendida como desligada del conjunto de conductas y valores que domina gran parte de la sociedad estadounidense, sino como un grado altamente representativo de su transcurrir natural. Tal sería la adhesión que encontraría el fundamentalismo como modalidad de pensamiento entre la sociedad de los Estados Unidos que incluso, como lo señala F. Galindo, se podría llegar a afirmar que una tercera parte de sus ciudadanos se mostraría adepto o simpatizante con algunos de sus rasgos esenciales, tales como:

> Un marcado patriotismo con motivación religiosa, una opción expresa por el sistema capitalista en bloque y la propiedad privada, rigorismo moral y distinción dualista entre el bien y el mal, y la lucha abierta contra los adversarios: modernismo, humanismo secular, evolucionismo, crítica bíblica, socialismo, comunismo.[164]

Lejos esto de constituir un comportamiento inusual en relación al lugar que le compete a la religión en una determinada sociedad, no haría más que confirmar la premisa hace tiempo ya advertida por Paul Tillich, tocante a que "la religión es la sustancia de la cultura, y la cultura es la forma de la religión"[165]. De allí entonces que el comportamiento social del fundamentalismo no sea el de la contracultura, sino el de la asimilación y la subcultura, a pesar de que su discurso sobreabunde en alocuciones que aludan o a la demonización de esa cultura, de la cual él mismo no es más que otra expresión y, por lo tanto, a su indolente desinterés, o bien al llamado al avasallamiento y, en consecuencia, al de la cruzada espiritual. Valga aquello de la asimilación o la subcultura para los inicios del movimiento fundamentalista, y su obsesión por la propaganda anticomunista o, para sus expresiones

---

[164] *Op. cit.*, 227.

[165] *Teología de la cultura*, Amorrortu, Buenos Aires, 1974, 45.

más actualizadas, su evidente pro-usamericanismo, presente este, principalmente, en la promoción a toda hora de aquella *American way of life.*

3.2.2.2 *La dinámica de la subcultura*

Vista así las cosas, cuando un Jimmy Swaggart, en su visita a Chile, en el apogeo de la dictadura militar, proclamaba en pleno estadio nacional de Santiago y ante miles de personas –recinto deportivo que, por lo demás, había sido poco tiempo atrás fatídico reducto para la tortura y el asesinato de decenas de chilenos– que Pinochet era una bendición para el país, ya que había librado a Chile del peligro del comunismo, ¿no desempeñaba esencialmente un rol de subcultura en relación con la política internacional de su país? Cuando, por otra parte, desde el evangelio de la prosperidad se promociona el discurso de que el designio de Dios para el creyente es que este pueda alcanzar pleno éxito económico, salud, felicidad –¡la *American way of life*!–, como, al mismo tiempo, alejar de sí toda idea de sufrimiento, pobreza, enfermedad, como signos de una fe que no ha alcanzado su plenitud, sino que fracasa y titubea, incluso más, que se halla bajo el crisol de la divina disciplina, ¿no se están asimilando valores y aspiraciones tan propios de la sociedad estadounidense, para la cual, como diría Erich Fromm, la afirmación de la vida no gira en torno al *ser* sino al *tener*, decantándose hacia una evidente actitud de negación del dolor por medio de la exigencia a aparecer siempre joven, bello, exitoso, sano, alegre? Cuando gran parte de los grupos evangélicos en aquella nación han decidido crear sus propios canales de televisión, financiados por publicidad pagada, para desarrollar sus propios programas de entretenimiento, *talk shows*, noticieros, *christian realities,* etc., al mejor estilo de la industria televisiva del país, ¿no están dando forma a una propia subcultura, construida, sin embargo, con los mismos valores de la cultura establecida? Cuando una buena parte de los templos en aquella nación han dejado ya de ser espacios destinados para el encuentro con la Palabra, la oración, la cura de almas y la *koinonía*, de modo de convertirse en verdaderos *malls*, supermercados para ofertar toda serie de "productos cristianos", gigantescas estructuras de hormigón en las que el individuo de rostro concreto, su historia, sus pesares, sus más profundas necesidades, parecen extraviarse en medio de una verdadera marabunta humana, una marabunta indefinida y programada que procura sin embargo con extremo afán un instante de descompresión emocional, pero evita el compromiso relacional con los demás o la inserción contribuyente y crítica en la sociedad, ¿no se está extrapolando simplemente a la situación eclesial aquella convicción tan arraigada en la conciencia popular usamericana, según la cual es siempre lo medible y cuantificable, lo pragmático y observable, lo que define el criterio del desarrollo y del progreso, de lo importante y perdurable, y en la que el individuo escindido de los demás y de sí mismo, en una sociedad todavía más escindida y fragmentada, procura su catarsis a través de instantes privados y no relacionales de satisfacción emocional, sean estos dados por el consumismo, el erotismo, la anestesia de la televisión y el tecnologicismo[166], e incluso el producto ofertado por la propia religión? Obviamente, una forma de religión basada en la interminable dinámica del divertimiento –sino enajenamiento– y el consumismo religioso –sino negocio de la fe– no puede desempeñar en la sociedad otro rol más que el de la subcultura, y aquello con el objeto de legitimar, en su modalidad religiosa, a aquella cultura mayor en la que ella misma se inserta y de la cual es continuación. Tal forma de religión jamás podría llegar a internalizar, desde luego, el principio protestante elemental de crítica profética y de protesta creativa que, basado en el reconocimiento de la soberanía de Dios y su autorrevelación en Jesucristo, se levanta contra toda realidad humana que pretenda alzar lo perenne y eventual como absoluto e incondicional, incluida, en este caso, aquella misma cultura globalizante que cobija a esta religión. Ciertamente, tal principio, y no otro, es como diría Paul Tillich en su *La era protestante*[167], la impronta imperecedera del protestantismo.

3.2.2.3 *Evangelio y American way of life*

Empero, contra todo lo veraz que dicho análisis nos parezca, queda todavía por resolver la cuestión de por qué esta actual modalidad del fundamentalismo usamericano ha logrado tal capacidad de penetración en la realidad evangélica de nuestro continente, especialmente –aunque no exclusivamente– entre los segmentos socioculturales más bajos de su población. La explicación de aquello no puede esgrimir como único argumento, tal como ha sido ya costumbre, el hecho de que, en el actual fundamentalismo, la fijación por la propaganda anticomunista y anticatólica, o la actitud reaccionaria frente a las transformaciones sociales y culturales no aparezca ya con la misma virulencia que aquel que arribaba a América Latina ya al comienzo de la posguerra. Tampoco podría apelar al hecho de que este supuestamente ha venido a llenar el gran vacío de interiorización religiosa que tanto el catolicismo como el protestantismo de cuño más histórico no han sabido recoger ni satisfacer entre sus feligreses. Ciertamente, dichos componentes siguen conservando su pleno valor a la hora de ensayar una elucidación de este singular fenómeno. No obstante, es en la glorificación de aquel particular

---

[166] Como el propio Berman lo advierte –*Edad oscura americana. La fase final del imperio* (citado desde ahora como, *Edad oscura*), Sexto Piso, México D. F., 2007, 73–, apoyado en los estudios de Karl Polanyi y Langdon Winner, los dos caminos por los que irremisiblemente se conduce a la ruina a una sociedad son, en primer lugar, dejar que el mercado sea el único rector del destino de los seres humanos y, en segundo, permitir que la tecnología impregne cada aspecto de la vida de las personas. Dos caminos, por supuesto, suficientemente ya transitados por los Estados Unidos y, que ahora, a partir del poderío económico de las multinacionales, comienza a ser cada vez más el camino que se obliga a recorrer a las sociedades de América Latina.

[167] Así, también dirá: "Lo eterno no es la era protestante, sino el principio protestante", que ya acabamos de describir. Paidós, Buenos Aires, 1965.

modelo cultural que bien podríamos designar como la *American way of life* que el actual fundamentalismo promociona, de un modo mucho más apoteósico que el anterior, donde radica, en nuestra opinión, uno de los factores más decisivos para la comprensión del gran impacto que ha tenido y continúa teniendo este movimiento en la realidad evangélica del mundo hispanoamericano. No cabe duda de que en no menor medida aquello ha sido posible toda vez que tal modelo es publicitado desde el propio fundamentalismo como aquel conjunto de valores políticos, culturales y por supuesto religiosos que con mayor fidelidad representarían el reino de Dios sobre la tierra y, en consecuencia, el modelo de vida al que todo cristiano en el mundo debería propender. Evangelio y *American way of life*, por tanto, lejos de cohabitar en el fundamentalismo en relación crítico-dialéctica, más bien se explicitan el uno al otro y se requieren. Dicho de otro modo, la comprensión es aquí que, en la promoción de aquel modelo usamericano de cultura popular, el usamericanismo, se refuerzan los valores más caros al cristianismo, y en la proclamación del evangelio, se reconoce al mismo tiempo el legado divino que le corresponde a la nación de los Estados Unidos como aquel "nuevo Israel"[168] que ha experimentado su propio éxodo[169] de la esclavitud de Egipto –entiéndase: Europa–, como "aquella ciudad que ilumina sobre el monte", ya que, como es convicción profunda entre el movimiento fundamentalista, y al decir de uno de sus más insignes actuales portavoces, "la formación de los Estados Unidos fue el hecho más importante después del nacimiento de Cristo"[170].

Esto no significa, ni mucho menos, que en el fundamentalismo más primitivo se hallase ausente tal convicción, sino, más bien, que la modalidad más actualizada de este movimiento ha sabido internalizar este producto cultural estadounidense en la realidad evangélica de América Latina de un modo ciertamente mucho más efectivo que el anterior. Tal efectividad guarda relación básicamente con la extraordinaria capacidad que él mismo ha evidenciado para comprender que factores de impacto tan masivos como influyentes, como el fenómeno de la globalización o el mismo poderío económico de las multinacionales, resultan sin lugar a dudas en los mejores aliados para dar curso a dicha internalización. El primero, la globalización, como aquel fenómeno que da cuenta de la cada vez más creciente "usamericanización de la vida"[171]. El segundo, el poderío económico

---

[168] Cf. R. Bellah, *Beyond Belief: Essays on Religion in a Post-Traditionalist World*, University of California Press, 1991, 175.

[169] Sobre la figura del éxodo como arquetipo utilizado ya por los padres peregrinos puritanos, y presente también en la raíz de todos los movimientos religiosos estadounidenses, cuánto más los de tendencia apocalíptica, y sus consecuencias, véase el buen capítulo de J. Moltmann, *El "sueño americano"*, en, *Teología política-ética política*, Sígueme, Salamanca, 1987, 65-78.

[170] Rus Walton, NACLA Report XVIII, 31, 1981, citado en F. Galindo, *Op. cit.*, 325.

[171] Así, por ejemplo, M. Hertsgaard, quien se refiere específicamente al fenómeno de la globalización como a "un creciente estado de americanización" (*La sombra del águila. Por qué Estados*

de las multinacionales, como el instrumento que garantiza casi sin resistencia alguna la perpetuación de aquel modelo cultural de consumo en las sociedades del mundo entero y, cuánto más, por supuesto, en las de América Latina. Junto con una propaganda que ha mostrado no escatimar en ningún tipo de recursos con el fin de alcanzar a aquellos sectores social y culturalmente más desprotegidos de América Latina, desde el amplio uso de los medios de comunicación masiva, hasta la apelación a toda una agresiva logística psicologicista, tal como lo podemos advertir, por ejemplo, en la iglesia electrónica, ambos factores, por lo demás, le han permitido al actual fundamentalismo presentar dicho modelo cultural usamericano como un producto directamente asociado con la cultura del éxito, el progreso y el divertimento. En última instancia, con aquellos mismos énfasis que, entre estos círculos fundamentalistas, equivalen sin ningún margen de duda, como hemos dicho, al cristianismo requerido por Dios. En virtud de aquello y mucho más, podemos solidarizar cabalmente con la afirmación de Florencio Galindo y gran parte de los análisis interdisciplinares sobre esta materia, cuando afirma que no es "falsa la afirmación de que en América Latina el fundamentalismo se tiene que ver como uno de los principales canales de penetración cultural e ideológica de los EE. UU. y de alienación sociopolítica y cultural de la realidad latinoamericana"[172].

Unidos suscita odios y pasiones en el mundo, Paidós, Barcelona, 2003, 31). Pero, incluso, del mismo modo que Hertsgaard, un autor al que no se le podría acusar ni mucho menos de antiamericanismo como Jean Françoise Revel, puede asimismo confirmar, aunque poniendo más énfasis en la acepción relativa al modelo económico más que cultural, aquello de que "mundialización –globalización, para Revel– liberal sea sinónimo de americanización" (*La obsesión antiamericana. Dinámica, causas e incongruencias,* Tendencias, Barcelona, 2007, 30). Por lo demás, Revel (*Op. cit.,* 66) nos recuerda un aspecto de la globalización en el que en realidad muy pocos quisieran reparar, y que al menos, aunque de momento no sea el aspecto de esta que precisamente nos convoque, quisiéramos aquí mencionar, a saber, que la globalización –o "mundialización", como prefiere denominarla el autor francés– no solo ofrece una modalidad conservadora, liberal o usamericana, si se quiere, sino también de izquierda, solo que en esta última, la globalización del mercado cede ante la de tipo político e ideológico –¡ni que lo diga la izquierda cultural y su actual agenda!–. Corroboración de aquello, apunta Revel, fue la Francia revolucionaria, que se atribuyó la misión de expandir sus principios de 1789 a todo el mundo, o el socialismo de los siglos XIX y XX, que se comprendió a sí mismo como una ideología internacional de ambiciones planetarias, que llegó incluso a fundar su *IV Internacional,* y asimismo los regímenes comunistas tanto soviéticos como maoístas, quienes siempre aspiraron a imponer sus modelos a toda la humanidad, sin exclusión si quiera de la propia violencia revolucionaria o la lucha armada con tal de alcanzar dicho cometido. En consecuencia, para Revel, la dinámica de la globalización no sería una creación *ex profeso* del usamericanismo para internacionalizar los contenidos del liberalismo, sino una plataforma de más larga data, como ya se ha visto, utilizada con mayor celo y anterioridad incluso por el propio izquierdismo, quien solo tendería a oponerse tenazmente y anatemizar nada más que los aspectos de esta que difunden y consagran el modelo liberal.

[172] *Op. cit.,* 321.

Pero en todo esto le debe ser reconocido al fundamentalismo no solo el mérito de haber sabido leer correctamente en los signos de los tiempos, sino incluso de adelantarse magistralmente a sus efectos, de modo de ponerlos claramente a su favor. Permítasenos ahondar un poco más en esta argumentación mediante una sugerente investigación que aparecía ya en el año 1984, bajo el título de libro *Global Dreams: Imperial Corporations and the New World Order*[173], en el cual se recogía una serie de artículos de los autores R. Barnet y J. Cavanagh en torno al fenómeno, incipiente para aquel entonces, de las multinacionales y la globalización, y el impacto que se preveía que este habría de generar en la dinámica de todo el orbe. Ciertamente, no se trata aquí de repetir invariablemente las premisas de una investigación que, a la luz de las pesquisas mucho más pormenorizadas del momento, podrían resultar en muchos de sus aspectos ya anacrónicas. Sin embargo, una de las tesis principales contenidas en esta obra, y que a despecho aun del tiempo, ha mostrado y cuánto más seguir conservando plena vigencia y valor como instrumento heurístico de lo que aquí exponemos, era aquella según la cual el mayor producto de exportación de los Estados Unidos hacia el mundo entero no era otro sino su cultura popular, esto es, su *American way of life*.[174] Un producto patrocinado básicamente por la industria de la imagen y del entretenimiento –filmes, música, moda, infoentretenimiento, *fast food*, etc.–, y cuya propaganda implícita para el usuario era la oferta de hacerle participar, mediante su consumo, de una experiencia que le habría de conectar sin dilación alguna con la idea del goce instantáneo, con lo exitoso, con lo divertido, con lo cuantificable, con lo masivo. Un producto, por último, que bajo el soporte económico de las multinacionales y catapultado gracias al fenómeno de la globalización, ha mostrado con el paso del tiempo tener efectos determinantes no solo en la actividad económica de los países, sino también en su dimensión social y cultural, especialmente en la de aquellos que evidencian en estas áreas un mayor grado de vulnerabilidad.

No se debe colegir de lo anterior, por supuesto, que el impacto de los Estados Unidos en el escenario mundial se supedite únicamente al influjo de su cultura popular, tal como resultaba ser a la sazón el énfasis de los autores de *Global Dreams*. No cabe duda alguna de que los vaivenes internos de aquella nación tanto como las decisiones políticas que esta pueda llegar a adoptar –desde la cotización del dólar, su manejo en política exterior, sus operativos militares, hasta sus programas

---

[173] Simon & Schuster, New York, 1984.

[174] Pero, incluso, un escritor estadounidense como Mark Hertsgaard, a quien no se podría acusar de anacronismo informativo o intelectual, volverá a afirmar aquello de que el producto de exportación más importante de los Estados Unidos es precisamente su *American way of life*, al que define básicamente como un producto cultural marcado tanto por el individualismo como por el consumismo (*Op. cit.*, 21).

al respecto del uso de los recursos naturales, etc.– tienen efecto inmediato en el resto de los países del mundo, y alteran en no poca medida su propia realidad política, económica y social. Sin embargo, y concedida plenamente la veracidad de aquello, bastaría simplemente con observar las tendencias "culturales" que actualmente predominan en el mundo, con la imposición, por ejemplo, de una industria cinematográfica, musical e incluso literaria casi absolutamente regulada por los criterios de la *American way of life*, o a su vez, atender al modo en que en el presente tendemos a organizar nuestra vida cotidiana y laboral con aquella dependencia casi exclusiva de los avances tecnológicos producidos en los Estados Unidos, como para reconocer que los análisis de Barnet y Cavanagh han hallado, y mucho más en estos últimos años, un cumplimiento superior a su expectativa inicial. Cierto es, no lo podríamos objetar, que cada nación, cada sociedad y cada generación han aportado con lo suyo, y lo siguen haciendo, al ocaso de aquella civilización –no hace mucho todavía en vigencia e incluso todavía haciendo sentir sus estertores –, en donde palabras como arte, periodismo, literatura, ciencia, universidad, en fin, cultura, todavía cobraba un evidente sentido en mención directa con el desarrollo integral de la humanidad, para venir a dar en aquel pueril sucedáneo de esta que hoy por todas partes nos domina: la cultura de masas. Una cultura de masas que, como dirían G. Lipovetsky y J. Serroy:

> Quiere ofrecer novedades accesibles para el público más amplio posible y que distraigan a la mayor cantidad posible de consumidores. Su intención es divertir y dar placer, posibilitar una evasión fácil y accesible para todos, sin necesidad de formación alguna, sin referentes culturales concretos y eruditos.[175]

Pero que, en razón de erguir el principio del entretenimiento como criterio único, hegemónico y exclusivo, sin duda porque hace tiempo que ha caído en la cuenta de que es lo que resulta más adictivo y por lo tanto remunerativo, ha traído nada más que como consecuencia, según el acertado juicio de Mario Vargas Llosa en su tan lúcido libro, *La Civilización del espectáculo*: "la banalización de la cultura, la generalización de la frivolidad y, en el campo de la información, que prolifere el periodismo irresponsable de la chismografía y el escándalo"[176]. Por supuesto, alguien se podría preguntar si con esta designación de "masas" para mentar las corrientes culturales que pululan hoy en día no se está procurando simplemente la manera más peyorativa para definir a un fenómeno social que en última instancia se podría explicar como una forma de rebelarse contra el monopolio cultural de las élites, de modo de lograr la democratización de la misma e

---

[175] *La cultura-mundo. Respuesta a una sociedad desorientada*, Anagrama, Barcelona, 2010, 79.
[176] Alfaguara, Santiago, 2012, 34.

incluso dejar en las manos del propio consumidor la atribución del valor que le parezca o estime conveniente a estas tales producciones. En tal sentido, al menos sí podríamos concederles a estas nuevas corrientes culturales "populares" la veracidad al respecto de la "democratización" y distribución mundial de sus producciones, al punto de que, como lo ha señalado correctamente Vargas Llosa, siguiendo aquí los estudios de Frédéric Martel[177], se trataría de:

> Un fenómeno planetario, algo que ocurre por primera vez en la historia, de que participan los países desarrollados y subdesarrollados, no importa cuán diferentes sean sus tradiciones, creencias o sistemas de gobierno, aunque lógicamente, estas variantes introduzcan, para cada país y sociedad, ciertas diferencias de detalle y matiz en las películas, culebrones, *mangas,* cintas de animación, etcétera.[178]

Y, sin embargo, fuerza es decirlo, se yergue aquí, entre aquella antigua comprensión de cultura, en la que a pesar de sus vacíos, yerros o incluso elitismo, todavía nos parece se daba cita la expresión más noble y mejor que el espíritu humano y el de los pueblos han producido, y este su sucedáneo masificado y uniformizante con el que nos las habemos cada día, diferencias sustanciales que no pueden ser omitidas, en cuanto a su relación con la esencia y el fondo de lo que podamos llegar a entender por cultura.[179] Otra vez, las palabras de Vargas Llosa resultan altamente iluminadoras:

---

[177] Se trata de su obra, *Cultura Mainstream. Cómo nacen los fenómenos de masas*, Taurus, México, 2011.

[178] *Op. cit.,* 31.

[179] Llegados a este punto, la cuestión que se impone por sí sola es determinar por qué seguir empecinándose en designar a toda esta producción monotemática, banal y uniformizante todavía como cultura, "cultura popular", "cultura *mainstream*", "cultura posmoderna" o lo que fuera. Creo que acierta plenamente M. Vargas Llosa al sostener que aquello se explicaría tanto por las políticas –de izquierda– tendientes a la "democratización" de la alta cultura, cuyo resultado ya a la vista de todos no ha sido otro que el trivializar la vida cultural, al priorizar su masificación y simplicidad por sobre su trascendencia y calidad, pero, asimismo, y este aspecto no podría jamás dejar de ser suficientemente destacado, por la lamentable acepción de "cultura" que se ha llegado a imponer por parte de la antropología, según la cual "cultura" sería el conjunto de todas las acciones y producciones humanas, sin mayores criterios ni esfuerzos de juicio y evaluación. Bajo tal peculiar estado de cosas, y de acuerdo con este particular paradigma antropológico que ha llegado a imponerse, "cultura", sería entonces tanto un cuadro de Velázquez como el rayado garabatesco a una propiedad privada a manos de una horda delincuente juvenil, bajo el subterfugio de practicar "arte grafiti"; tanto el ballet *Lebedinoje ozero*, más conocido como el *Lago de los cisnes*, escrito por Piotr Tchaikovsky, como una marcha de semidesnudas adolescentes feministas por las calles de Valparaíso, al mejor estilo criollo del movimiento Femen.

La diferencia esencial entre aquella cultura del pasado y el entretenimiento de hoy es que los productos de aquella pretendían trascender el tiempo presente, durar, seguir vivos en las generaciones futuras, en tanto que los productos de este son fabricados para ser consumidos al instante y desaparecer, como los bizcochos o el *popcorn*. Tolstói, Thomas Mann, todavía Joyce y Faulkner escribían libros que pretendían derrotar a la muerte, sobrevivir a sus autores, seguir atrayendo y fascinando lectores en los tiempos futuros. Las telenovelas brasileñas y las películas de Bollywood, como los conciertos de Shakira, no pretenden durar más que el tiempo de su presentación, y desaparecer para dejar el espacio a otros productos igualmente exitosos y efímeros. La cultura es diversión y lo que no es diversión no es cultura.[180]

Ahora bien, en el recuento final, a la hora de evaluar aquellas participaciones que han contribuido de un modo mucho más decisivo y eficaz a acelerar y profundizar aquel proceso de desmoronamiento de aquel más óptimo acervo cultural y su sustitución por estas actuales bagatelas desechables y pasajeras, resulta imposible no identificar el rol referencial que le cabe en este desplome a aquel sucedáneo cultural ofertado por la *American way of life*. Naturalmente no sería más que simplificar perezosamente el problema al responsabilizar únicamente a aquel modelo de cultura empresarial, negar la concomitancia de otros actores en esta debacle que, comenzando por lo cultural, su rostro más visible, termina por salpicar y contaminar a otras actividades sustanciales de la vida humana y la sociedad. Y nos referimos expresamente aquí a las arremetidas de la izquierda cultural, que bajo la coartada de conducirse bajo motivaciones totalmente opuestas al modelo empresarial, esto es, supuestamente más sofisticadas en cuanto al pensamiento y liberadoras respecto a lo social, ha contribuido de igual manera, sino en este último tiempo con mayor vigorosidad, con su enconado rechazo al conocimiento en perspectiva lineal y al acervo valórico tradicional, no solamente a frivolizar todavía más lo poco que pudiese quedar de noble cultura, sino a convertirla a esta en un gran campo de batalla ideológica, el cual con mucho, no faltaba más, sobrepuja la mera aspiración cultural. Mas, comoquiera que recién comenzamos a aquilatar las implicaciones de todo aquello, por más que muchas de estas se nos revelen desde ya y sin tener que aguardar su resolución final como verdaderas degradaciones en las dimensiones humana, valórica y por cierto cultural, lo que por ahora nos interesa, dejaremos lo anterior para el capítulo subsecuente, a fin de seguir desarrollando las conexiones de la *American way of life* con aquel principio cultural que creemos tan caro a la identidad del fundamentalismo evangélico de los Estados Unidos, y este en su relación con el mundo evangélico de América Latina.

---

[180] *Op. cit.*, 31.

En efecto, cuando se piensa en la tan deficiente distribución de los recursos que experimenta la realidad interna de América Latina, y adjunto a ello el creciente estado de desempleo, delincuencia y marginalidad que acompaña siempre a niveles avanzados de exclusión social; cuando se observa, por otra parte, que en América Latina el sistema tanto de salud como educacional aparece óptimo y de excelencia solo para aquella pequeña élite que los puede costear, con el resultado de que es siempre aquella diminuta oligarquía económica la que puede propender a una digna calidad de vida, y ser parte, en consecuencia, de aquella selecta cofradía que habrá de tomar las decisiones para el resto de la sociedad; cuando se advierte, asimismo, en el proceso casi irreversible que han puesto en marcha gran parte de las universidades en América Latina, tocante a reducir casi al mínimo, sino directamente eliminar, las disciplinas propias de las artes y las humanidades, únicas que, como bien señala Morris Berman[181] –y a petición, claro está, de que no se hallen ya secuestradas por el ideologismo de la izquierda cultural–, nos obligan a detenernos y reflexionar sobre las preguntas de sentido y propósito de la vida, que cuestionan la validez de las estructuras y que contribuyen en consecuencia a la activación de espacios significativos de lectura crítica de la realidad social y cultural; cuando se descubre que estas mismas universidades persisten en privilegiar, por el contrario, aquellas especialidades que aparecen reforzando aquel modelo usamericano educacional, esto es, las relacionadas con las actividades del mercado y el cientificismo[182], este último, con todo su arsenal de aparatos

---

[181] *Las raíces del fracaso americano* (citado desde ahora como, *Las raíces*), Sexto Piso, México D. F., 2012, 84.

[182] Sumándonos a los conceptos vertidos por F. J. Contreras (*Cristianismo y confianza en la razón*, en, F. J. Contreras y D. Poole, *Op. cit.*, 169), podemos señalar lo siguiente:

> El cientificismo consiste en una ontologización de la reducción metodológica característica de las ciencias: confunde los límites de lo real con los límites de lo científicamente cognoscible. El cientificismo no contempla la posibilidad de que los diversos sectores de la realidad requieran técnicas indagatorias diversas: absolutiza el método científico-experimental, y relega al plano de la fantasía (o, como mucho, de la opinión subjetiva, no susceptible de fundamentación racional) todo lo que no se deje validar por él.

Por lo mismo, y ya que salta a la vista que no toda la realidad de la vida resulta susceptible de ser aprehendida ni agotada por la vía científico-experimental, pues al decir veraz de J. Ratzinger, "lo que no es material no puede abordarse con métodos que se acomoden a lo material" (citado en F. J. Contreras, *Cristianismo y confianza en la razón*, en, F. J. Contreras y D. Poole, *Ibíd.*, 169), resulta evidente no solo la actitud clausurante y autocastrante del cientificismo en cuanto a su propia comprensión de la razón, en tanto la empequeñece y la mutila en virtud de su propio dogmatismo tocante a que solo lo científicamente comprobable es real, sino también su absoluta incapacidad para dar respuesta a las preguntas más profundas y urgentes del ser humano y de la sociedad, las cuestiones últimas, como se suele acotar. No es azaroso, en consecuencia, que un cientificismo desbordado en cuanto a sus capacidades, como asimismo ciego al respecto de sus propias limitaciones,

impersonales y en muchos casos hasta innecesarios, los cuales no hacen más que desgarrar al individuo de su propio fondo espiritual, de su actividad relacional en torno a la comunidad, e incluso más, que crear una falsa apariencia de movilidad social, toda vez que la disponibilidad de estas mercancías resulta mucho más asequible y hasta preferible al buen sistema de salud o al buen programa educacional; cuando se advierte que toda esta política educacional mercantil y cientificista, como bien lo ha expresado la destacada pedagoga sueca Inger Enkvist[183], termina por provocar entre el estudiantado absoluto desgano y aversión por la lectura, un lenguaje cada vez más paupérrimo y elemental, al tiempo que una centralidad destemplada en la autonomía del estudiante, que no es autonomía, por supuesto, del pensamiento, sino del "déjame hacer lo que quiero, sino me quejaré del menoscabo de mis derechos", con el resultado de trivializar aún más de lo que ya lo está el aporte insoslayable del docente; cuando se repara, además, en el nada insignificante hecho de que son los herederos de este mismo modelo educacional, rendido ya a los intereses del fetichismo tecnologicista, los que están definiendo ahora mismo las políticas de desarrollo integral para nuestros países, que incluyen en ello lo que se llegue a entender como aporte social y cultural, con el efecto de habérnosla con un grupo de poder que, como correctamente lo vuelve a observar la propia Enkvist[184], ha terminado por acabar con la cultura de sus respectivos países de origen, y ha hecho del absoluto del mercado, el culto al positivismo y un inglés frío, técnico y empobrecido –que no es, desde luego, el inglés de Shakespeare ni de Keats– prácticamente la única llave al desarrollo nacional[185]; cuando se reflexiona, entre tanto, en el evidente vacío de pertenencia

---

derive a la postre nada más que en tecnologicismo y en la presunción tanto arrogante como ingenua de que el conjunto casi interminable de los insumos producidos por éste podría de algún modo soslayar tales inquietudes o incluso, a su manera, responderlas. Si esto resulta ya perturbador en la modalidad en que ha venido generalmente llevándose a cabo, esto es, en la dinámica del mercado, cuánto más cuando deviene política educacional impuesta por la propia institución de la universidad, precisamente, aquel espacio al que por antonomasia se ha relacionado con una comprensión no monista sino universal de la realidad humana y social. La disminución estrepitosa en muchas universidades de América Latina, si no del mundo, de aquellas disciplinas relacionadas con las humanidades para priorizar únicamente las relativas al cientificismo, mercado incluido, no es más que una triste constatación de todo lo anterior.

[183] *Op. cit.*, 37.

[184] *Op. cit.*, 37.

[185] Ya se preguntaba E. Dussel, *Transmodernidad e interculturalidad (Interpretación desde la filosofía de la liberación)*, en, R. Fornet-Betancourt (Ed.), *Crítica intercultural de la filosofía latinoamericana actual* (citado desde ahora como, *Crítica intercultural*), Trotta, Madrid, 2004, 143, si la instalación de un usamericanismo despiadado no terminaría borrando finalmente al resto de las culturas universales e instalando al idioma inglés, bajo presiones económicas e instrumentales, prácticamente como lengua única de los países, aunque con ello, es decir, con la pérdida de los respectivos idiomas, al menos a un nivel de significativo conocimiento y dominio, se extravíen las

histórica y de identidad cultural que resulta cada vez más característico de nuestra idiosincrasia continental, producto evidentemente de la sensible ausencia de referentes a nivel político, cultural, social, intelectual; en fin, cuando se atiende a todo esto y cuánto más de lo que aquí apenas podemos esbozar, y se le contrasta, por otra parte, con aquella exposición agresiva, constante y económicamente sin par de aquella *American way of life,* cuya oferta es siempre la promesa de hacer participar al usuario de lo exitoso, de lo rápido, de lo efectivo, de lo entretenido, de lo jovial, de lo *cool,* uno puede entonces llegar a comprender la gran seducción que ejerce sobre las sociedades de América Latina, y en especial de los bloques de mayor exclusión social, este modelo cultural de mercancía y culto al tecnologicismo. Indudablemente, tras las bambalinas de esta parafernálica representación de exitismo y jovialidad, habría que entrever aquello que ya Octavio Paz observaba al respecto de este modelo cultural: "Su vitalidad se petrifica en una sonrisa: niega la vejez y la muerte, pero inmoviliza la vida"[186]. No obstante todo aquello, para la mentalidad popular no participar de este, no asimilarse a él, sería prácticamente –y así reza el imponente marketing de cada día– como quedar excluido del disfrute pleno de la vida, renunciar a la única vía que podría transformar una existencia tediosa, lúgubre y empobrecida en una siempre entretenida, radiante y abierta al éxito y a la prosperidad. Y, por cierto, no cabe duda de que esta vía coincide, unívocamente, según este modelo, claro está, con la creciente usamericanización de la vida y el consumo sin restricción alguna de cada una de sus mercancías. Como bien lo señala S. M. Lipset[187], a partir de los análisis realizados por C. Degler[188] y M. Harrington[189], el (usa)americanismo se ha transformado en un sustituto ideológico del otrora socialismo, que ha llevado a sus usuarios, estadounidenses, primeramente, pero también al resto de sus consumidores en todo el mundo, a la profunda convicción de que este efectivamente posee todo aquello que promete y aun más.

El problema aquí no es solo con aquel profundo proceso de internalización de los contenidos más sensible de aquella *American way of life*[190], que experimen-

---

propias tradiciones nacionales. Incluso, desde un paradigma totalmente distinto, como es el pedagógico y cultural, la propia I. Enkvist ha hecho un llamado a los países a matizar aquella obsesión casi desquiciada por el uso instrumental del inglés, planteado prácticamente como única vía al progreso, sobre todo a las generaciones más jóvenes, y dar mayor atención al desarrollo y perfección de sus vernáculos idiomas, muchas veces sumido en un estado de enorme precariedad y deterioro entre estos mismos sectores.

[186] FCE, Madrid, 1998, 6.

[187] *El excepcionalismo,* 118.

[188] *Out of Our Past: Forces That Shaped Modern America,* Harper & Brothers, New York, 1959.

[189] *Socialism: Past and Future,* Arcade Publishing, New York, 1989.

[190] Como podrá reconocer el lector no ofrecemos aquí más que una paráfrasis ampliada y contextualizada de lo que advirtiera ya magistralmente Morris Berman, en su, *El crepúsculo de la cultura*

tan actualmente todas las naciones de América Latina, que con la industria del *fast food* se haya incrementado dramáticamente el índice de obesidad mórbida y de enfermedades cardiorrespiratorias, sino que este producto que se le ofrece al usuario masivo, entretenido y sin mayor demora para su consumo, está llevando cada día más a la extinción, o por lo menos relegando al sitial únicamente de exótico criollismo, la comida sana y típica de nuestros pueblos, sobre todo entre las generaciones más jóvenes de su población. El problema con esta cultura del *kitsch* no es solo que la industria de cafés Starbucks –con su producción de tiendas construidas en serie, sus utensilios de cartón y plástico, su música siempre pop y tecno de fondo, sin olvidar, por cierto, sus empleados adolescentes, contratados ocasionalmente y que jamás han visto en su vida un cafetal– haya reemplazado casi por completo a la bohemia irrepetible de los cafés de nuestros barrios, como obligado lugar de encuentro para la conversación comprometida y la propiciación de espacios significativos de música en vivo, poesía y crítica cultural. El problema con este modelo cultural mercantilista no es solo que la vida social de las personas en América Latina esté dejando ya de desarrollarse en torno a la plaza, la junta vecinal o la misma iglesia, para agolparse compulsivamente en torno al *mall*, la verdadera catedral de este modelo, con toda su enorme carga de consumismo obsesivo y de alienación cultural. El problema con este estilo de vida rendido ya a la religión tecnologicista no es solo que las personas no puedan desprenderse ni por cinco minutos de su último aparato electrónico, de su celular, ni dejar de revisar sus mensajes de textos, ni siquiera cuando están en una cena con amigos, en alguna ceremonia o en la misma iglesia, lo que muestra en realidad no solamente una enorme pobreza en los hábitos y las costumbres, un pánico casi irracional por los espacios de silencio, sino que toda actividad relacional o cultural de mayor significación y calidad, que no aparezca subordinada al imperativo del tecnologicismo, carece prácticamente de toda importancia real. El problema con esta cultura del "toma, usa y bota" y la extrema uniformidad, no es solo, tampoco, que la instalación de estos mega centros comerciales, Starbucks y McDonald's incluidos, y en fin toda aquella constelación de construcciones en serie, esté deteriorando todo el paisajismo de nuestras ciudades, su carácter, su particular arquitectura[191],

---

americana (citado desde ahora como, *El crepúsculo*), Octaedro, Barcelona, 2003, y *Edad oscura*.

[191] Resulta muy interesante la cita que reproduce M. Berman (*Edad oscura*, 71, del libro de Bettina Drew, *Crossing the Expendable Lanscape*), quien, luego de haber realizado un largo viaje en su automóvil por los Estados Unidos, llega a la siguiente conclusión del modo en que ha sido transformado el paisajismo de aquel país desde la década de los ochenta en adelante:

Buena parte del paisaje americano ha sido transformado en una especie de anuncio interminable; carreteras plagadas de plazas de comidas rápidas y gasolineras y minisupermercados. Alternativamente, tenemos comunidades cercadas y oficinas de empresas aisladas, que transmiten una sensación aséptica e impersonal. Nuestros paisajes revelan

e instalando en su lugar un mundo vaciado de vida y de espíritu, monotemático, que no hace más que revelar que los valores que aquí priman son los del mercado y sus intereses y no los de las personas, los pueblos y sus patrimonios culturales[192], y que bien parece darle la razón a Jean Baudrillard cuando, describiendo el paisajismo estadounidense, comentaba en su *Amérique*:

> América es un gigantesco holograma, su formación total está implícita en cada uno de sus elementos. Tomad la más diminuta gasolinera del desierto, cualquier calle del Middle West, un parking, una casa californiana, un Burger King o un Studebaker, y ya tenéis toda América, tanto el sur y el norte como el este y el oeste.[193]

El problema con esta cultura de lo instantáneo y desechable no es solo que en las librerías de nuestros países sea cada vez más difícil encontrar literatura sugerente, con cierta conciencia de la historia del pensamiento, el arte y la cultura universal –¡cuanto menos con conciencia de nuestra propia herencia histórica!–, y que en cambio se experimente un verdadero monopolio de aquel producto, *best seller*, importado desde los Estados Unidos, el cual no sobrepuja más que el típico romance truculento –réplica a mal traer de Corín Tellado– o el manual de

---

una nación gobernada por fuerzas económicas con una visión que apenas ve algo más que el dólar.

[192] Un ejemplo de exitosa organización en vistas de la protección del patrimonio arquitectónico y la conservación de un ritmo de vida más humano, contra la invasión de este yermo y enajenante paisajismo usamericano, lo constituye el esfuerzo en conjunto, según la narración del propio Berman (*Op. cit.,* 42) de treinta y tres pequeños pueblos italianos –tales como Todi, Asti, Orvieto, Positano, ¡verdaderas reliquias medievales!–, que lograron impedir que las multinacionales de McDonald's y Starbucks abrieran franquicias en sus territorios. Tal ejemplo de organización y resistencia de estos pueblos de Italia, digno ciertamente de emular, constituye en mi opinión una meta todavía muy difícil de alcanzar en lo que respecta a la situación de América Latina, no solo por su ya notorio estado de carencia de pertenencia histórica y de ausencia de identidad cultural, sino porque el ritmo todo de su vida social y aun cultural, pareciera quedar cada vez más en manos de intereses empresariales y menos en las de su patrimonio social y cultural.

[193] *América,* Anagrama, Barcelona, 1987, 46. Pero, incluso, otro agudo observador de este mismo paisajismo estadounidense, y con bastante anterioridad al propio Baudrillard, como es el caso de Theodor Adorno, ha podido asimismo señalar, y prácticamente en calcada línea con el pensador francés, lo siguiente:

> En Norteamérica, todos los poblados son de igual aspecto. La estandarización, producto de la conexión entre tecnología y monopolio, es aterradora. Uno tiende a creer que las diferencias cualitativas han desaparecido realmente de la vida cotidiana, tal como han sido extinguidas del método científico por el avance del racionalismo (citado en C. Offe, *Autorretrato a distancia. Tocqueville, Weber y Adorno en los Estados Unidos de América,* Katz Editores, Buenos Aires, 2006, 119).

autoayuda y de conexión con nuestro mundo espiritual, a cargo de la *Nueva Era* o del último gurú millonario de Hollywood. Y todo aquello, por lo demás, dando por descontado que el tiempo de utilidad real de estas obras literarias sin igual no oscila, a decir verdad, más que el lapso de espera en la fila del supermercado o en el paradero de la locomoción colectiva. El problema con esta cultura de expoliación de lo sagrado no es solo que se le atribuya valor únicamente a aquello que resulta susceptible de ser medible y cuantificable, sino que, como consecuencia de esta perspectiva positivista de la realidad, se termine por despreciar toda sutileza que florezca ante la vida y la preñe de sentido trascendental, al punto de que la sentencia de Antoine de Saint Exupéry, en su maravilloso *El principito,* "lo esencial está oculto a los ojos"[194], no pueda resultar más para esta cultura del consumo que a herejía y necedad. Y no pueda derivar más que en esto, pues, como ha visto ya Theodor Adorno, se trata de una cultura que se ha resignado a vivir ya bajo la "prepotencia de lo existente"[195]. Se cumple así, por tanto, aunque con una extrema radicalidad, el mundo del que nos hablara ya Georg Simmel, en su *De la esencia de la cultura*[196], en el que el ser humano se encuentra cercado por una infinidad de objetos culturales, que aparentemente le ofrecen un significado, pero que en la más plena hondura de su esencia, en tanto ser no unidimensional, carecen de todo sentido, por cuanto forman nada más que parte del mundo fetichista de mercancía, en el que todos los objetos han sido creados para ser reemplazados, incluido el ser humano mismo, bajo la falaz promesa de plenitud del progreso. Es cierto, como apunta, Morris Berman, que las pérdidas ocasionadas con este modelo cultural tan obsesionado con el discurso de realización del progreso, entendido este solo desde la perspectiva tecnologicista, podrían de momento resultar intangibles para la mayoría de las personas, especialmente para las más jóvenes, nacidas en este modelo de cultura empresarial, pero traerían a la postre, sino ahora mismo, grandes consecuencias para la vida sana de una sociedad. Porque, como el mismo Berman pregunta y al mismo tiempo concluye, en relación directa con la sociedad usamericana, aunque con aplicaciones evidentes para el resto de las sociedades en las que tal modelo cultural se ha logrado internalizar:

> ¿Se le puede llamar progreso a tener cuarenta y siete (o los que sean) tipos distinto de navajas de afeitar en el mercado? ¿Se le puede llamar progreso a cenar con un grupo de amigos cuando la mitad de ellos pasa la velada

---

[194] En el encuentro del Principito con el zorro, donde este señala al despedirse: "Adiós –contestó el zorro–. Mi secreto es algo muy simple: no se puede ver sino con el corazón. Lo esencial está oculto a los ojos. Lo esencial está oculto a los ojos, repitió el Principito para no olvidarlo" (Zig-Zag, Santiago, 1981, 84. Original francés, *Le Petit Prince*, de 1943).

[195] *Minima moralia. Reflexiones desde la vida dañada*, Akal, Madrid, 2006, 30.

[196] Prometeo, Argentina, 2009.

hablando por teléfono (por lo general en la misma mesa) en lugar de entre ellos? ¿O cuando una horda de clientes de Wal-Mart literalmente aplasta a alguien hasta matarlo para apoderarse de un DVD con descuento, y después se niega a hacerse a un lado cuando llegan los médicos? Si esto es el progreso, no estoy seguro que podamos soportarlo durante mucho más tiempo.[197]

---

[197] *Las raíces,* 17. No se debe suponer que no hayan existido jamás voces, desde los inicios mismos de este fenómeno en los Estados Unidos, capaces de denunciar que el progreso entendido únicamente en términos tecnologicistas llevaría finalmente a la verdadera deshumanización social. En otras palabras, y a sazón con la época, voces que se alzaran para que los estadounidenses pudiesen estimar metas más elevadas y con más profundo sentido vital que hacerse de la última tostadora de pan o la podadora eléctrica del momento; entre ellas, podemos considerar las de Lewis Mumford, Vance Packard, John Kenneth Galbraith, Paul Goodman, David Riesman o la del mismo Erich Fromm. Sin embargo, lo que ninguno de estos autores al parecer llegó a comprender en toda su real profundidad, según la certera afirmación M. Berman (*Op. cit.,* 45), y que se refrenda a la luz de lo que experimentamos en la actualidad, fue la naturaleza absolutamente adictiva del consumo tecnologicista, el cual opera no solo como clave de ingreso a una cierta idea de realización individual, sino como droga sustitutiva del concepto tan esencial a la condición misma del ser humano como lo es el de la mancomunidad, entendida esta desde su dimensión familiar hasta social; tal consumo constituye, en el caso de los Estados Unidos, una de las aspiraciones más profundas de su población. No en vano el propio Tocqueville, impresionado por la devoción que el pueblo estadounidense expresaba por los avances tecnológicos y su tan profunda esperanza de que a partir de estos se conseguiría un futuro de prosperidad ilimitada para la nación, llegó afirmar aquello de que el tecnologicismo era "la verdadera religión americana" (véase, M. Berman, *Op. cit.,* 100). Por lo mismo, no podríamos negar que aquel apetito voraz por el consumo tecnologicista se halla en el corazón mismo del genio usamericano desde su nacimiento. De este modo, y para dar un solo ejemplo de ello, considérese, como el propio Berman lo recuerda, el hecho de que, aun cuando gran parte de los libros de Vance Packard —que denunciaban los peligros de este tipo de consumo bestial— se convirtieron en *best sellers,* y los lectores estadounidenses parecían aprobar lo dicho por el crítico social, seguían comprando un segundo automóvil y un montón de electrodomésticos innecesarios, por la simple razón de aparecer como lo más novedoso que ofrecía el mercado en el momento. No obstante, y aun si se acepta toda la verdad que contenga aquello, sería un error suponer que tal dinámica de depredación tecnologicista no se haya propagado a todo el mundo y con resultados aún más desastrosos. Todavía a uno le impacta volver a observar las imágenes de televisión que dieron vuelta al mundo cuando, con ocasión del terrible terremoto que azotó la zona central y sur de Chile en 2010, se podía apreciar a gente de todos los niveles sociales arrasando, cual pillaje cualquiera, tiendas y supermercados con el objeto de sustraer no precisamente artículos de primera necesidad —agua, leche, pan, etc.–, como uno podría en estas circunstancias imaginar —sin, por supuesto, llegar a justificar dicho acto delictivo–, sino televisores irrisoriamente enormes, computadores y otros artículos por el estilo que, como es sabido, de ninguna ayuda real resultan para este tipo de eventualidad. Pero, más allá de esto, muchas de las personas que en América Latina y en otros lugares con similar nivel de vulnerabilidad social y educacional se muestran en principio muy de acuerdo con el axioma de que la adquisición de buena literatura podría mejorar ostensiblemente su desarrollo cultural y el de su propia sociedad, arguyen luego que el impedimento para hacerlo radica en los altos costos de la misma, lo cual, en muchos casos, resulta en una triste realidad. Sin embargo, esas mismas personas parecen no escatimar ningún tipo de esfuerzo, desde permanecer en grandes filas de espera por horas,

Por lo demás, el problema con esta industria multinacional de la imagen y el entretenimiento no es solo que en América Latina la información imparcial y veraz esté siendo reemplazada cada día más por el infoentretenimiento, y que la industria de la televisión, tanto privada como estatal, ya no ejerza casi ninguna función ni educativa ni social debido a que prácticamente su única meta apunta a convertirse en una réplica criolla del producto televisivo de Usamérica[198] –farándula, *talk shows* y *realities* incluidos–, sino que ese tipo de información y ese tipo de producto televisivo, con su enorme carga de enajenación y toxicidad, es mayormente consumido por los sectores poblacionales de mayor riesgo social. En resumidas cuentas, el problema, en realidad, con la instalación en América Latina de aquella *American way of life*, llevada a cabo gracias al poderío económico de las multinacionales y a impulsos del fenómeno de la globalización, es que el conjunto de cada uno de estos factores que se halla presente en aquel modelo cultural de consumo termina finalmente por socavar todo esfuerzo de identidad cultural entre los pueblos y por desgarrar todo espacio creativo de crítica social y cultural –si por aquello de la crítica social y cultural no pensamos, como bien lo han destacado A. Potter y J. Heath, en su obra, *Rebelarse vende. El negocio de la contracultura*[199], en una forma

---

hasta endeudarse desproporcionadamente, doblando o triplicando cualquier costo de literatura y tirando al traste el discurso de mejora del nivel cultural, cuando se trata del último aparato computacional –televisor, celular, lo que fuere– recientemente salido al mercado. En realidad, no cabe duda de que el progreso, cuando se entiende únicamente en términos tecnologicistas, no solo resulta a la larga enormemente desastroso para una sociedad, sino a su vez tremendamente enajenante y adictivo para los seres humanos.

[198] Sobre los medios de comunicación masiva, la prensa y la actividad informativa en general en los Estados Unidos, puede verse el capítulo de M. Hertsgaard, *Nuestra prensa de palacio*, en, *Op. cit.*, 103-126.

[199] Taurus, Madrid, 2005. Potter y Heath han destacado que la "rebeldía contracultural" no solo ha resultado a la larga poco útil y claramente contraproducente para el mundo actual, sino que tiende además a malgastar energías en iniciativas que no mejoran en nada la vida real de las personas, sino que solo fomentan el desprecio popular hacia los falsos cambios cualitativos. Bajo tales circunstancias, continúan afirmando los autores, no resulta sorprendente que el capitalismo consumista haya sobrevivido a tal "rebeldía contracultural"; por el contrario, ha logrado beneficiarse de ella (cf. *Op. cit.*, 18 ss.). Un ejemplo de ello, dentro no más de un universo de casos a mencionar, es el que pude observar en una de las recientes ocasiones en que estuve en Chile, donde tuve la oportunidad de asistir a una obra teatral en memoria de Víctor Jara en la ciudad de Viña del Mar. Antes de comenzar la función, mientras esperaba en las afueras del teatro municipal, me llamó poderosamente la atención la gran cantidad de adolescentes (y no tan adolescentes) vestidos con poleras con el logo del Che Guevara y, por supuesto, de Víctor Jara, además de todo un arsenal de accesorios que buscaba recrear la identidad visible de estas dos figuras. Una vez dentro del teatro y en plena función, me llamó todavía más poderosamente la atención la absoluta distracción mostrada por estos asistentes, para no decir directamente falta de respeto hacia la obra misma. Sencillamente, no estaban interesados en la temática de la obra, mucho menos en el legado de Víctor Jara, al que al parecer ni siquiera conocían. Sus cabelleras largas, sus boinas al estilo de Guevara y por supuesto sus poleras con el logo del rostro de este y de Jara no eran más que una moda pasajera, atuendos

de rebeldía inocua, más sujeta a las modas comerciales y al activismo superficial y de poses, que a convicciones críticas y vitales que pueden conducir a la confrontación de las estructuras viciadas de la realidad política y social[200]–. Pero, en fin, y continuando, tal cultura de lo simplemente dado termina por enajenar e idiotizar a las personas, al frivolizar sus costumbres y distraerlas de las verdaderas urgencias

---

conseguidos en el bazar más próximo; su contracultura no era más que una fachada de aparente rebeldía y supuesta conciencia social, creada por las mismas casas comerciales, en beneficio de sus propios intereses económicos. La observación de Álvaro Vargas Llosa, por tanto, en relación al Che Guevara, convertido ya en producto "contracultural de consumo", esto es, "de agitador comunista a marca registrada capitalista", cuenta como diagnóstico general para todo este sucedáneo comercial, inocuo y nada más que activista y pasajero de la verdadera crítica cultural. La sentencia de A. Vargas Llosa fue publicada en la revista *El instituto independiente* el 11 de julio del 2005, bajo el título "La máquina de matar: el Che Guevara, de agitador comunista a marca capitalista".

[200] Ejemplo apoteósico de aquel activismo contracultural pletórico en aspavientos y poses, pero, finalmente, más allá de su parafernalia escénica, completamente inocuo, lo constituye, indudablemente, Mayo del 68, llevado a cabo por la juventud más acomodada y privilegiada de la sociedad francesa, y su ya legendario lema, "¡Prohibido prohibir!", en el que se hacía, como nos recuerda Mario Vargas Llosa (*Op. cit.*, 83), glamorosa apología a la desconfianza de toda autoridad por resultar esta intrínsecamente y ya de suyo perniciosa, deleznable y sospechosa, ¡al estilo del mejor programa deconstruccionista!, de modo que, abolida esta, pudiese ser instalado el verdadero ideario de la libertad, cualquiera que esta sea. Sin embargo, y como nos vuelve a recordar el Premio Nobel peruano (*Ibíd.*, 83-84):

> El poder no se vio afectado en lo más mínimo con este desplante simbólico de los jóvenes rebeldes que, sin saberlo la inmensa mayoría de ellos, llevaron a las barricadas los ideales iconoclastas de pensadores como Foucault. Baste recordar que en las primeras elecciones celebradas en Francia después de mayo del 68, la derecha gaullista obtuvo una rotunda victoria.

Otro buen ejemplo de este tipo de activismo contracultural, sin embargo, de tanta aceptación y seguimiento para gran parte de la sociedad estadounidense, incluso hasta hoy en día, es el representado por Theodore Roszak y su *best seller, The Making of a Counter Culture. Reflections on the Technocratic Society and Its Youthful Opposition* (University of California Press, California, 1968). Pues bien, en relación con esto mismo, piénsese en uno de los movimientos más reconocidamente contraculturales de los Estados Unidos, como lo fue el movimiento *hippie* de la década de los sesenta, un movimiento cuya retórica dispersa era la oposición a todo aquello que tuviese un dejo de *establishment*, pero sin poseer ningún programa definido, más allá, por supuesto, de una política de vida alternativa, traducida básicamente en la vestimenta y en la música, que, supuestamente, llevaría por sí sola a un cambio de conciencia en las personas. Sin embargo, como bien ha señalado M. Berman (*Las raíces*, 53), la mayoría de los muchachos *hippies* provenía de la clase media y alta, y su objetivo, si había alguno, al mejor estilo usamericano, apuntaba al cambio individual-emocional y no al social-estructural. No es extraño, entonces, como bien lo advierte nuestro autor, que el movimiento adquiriera muy prontamente un carácter superficial y narcisista, con el resultado no solo de que las empresas comprendieran que la vida alternativa hippie resultaba comercialmente muy atractiva, y se produjera luego una estampida de recursos *hippie* para la venta del consumidor, sino que a la postre esa misma época contracultural viera el surgimiento, poco tiempo después, del reaganismo y del thatcherismo, y el hecho de que la mayoría de esos mismos jóvenes se convirtieran luego en los agresivos *yuppies*.

130

de la vida en sociedad. Termina por hacer, del consumismo, el borreguismo[201], y finalmente, del "sálvese quien pueda" casi el único *leitmotiv* de la vida, al confabular a la larga contra todo sentido de comunidad, de solidaridad social, de preocupación elemental por los demás, y al entregar nada más que una falsa seguridad de plenitud, alegría y realización personal, mucho menos colectiva. Termina por deteriorar toda la belleza de los espacios públicos, al imponer en su lugar la triste monotonía de la pseudoarquitectura empresarial. Termina, definitivamente, por perpetuar, tras la fachada de un producto que se presenta entretenido, alegre, exitoso, eficiente, intereses económicos internacionales, ajenos a todo esfuerzo de solidaridad con el desarrollo social, cultural y aun humano de nuestros pueblos, al ofrecer en su lugar, como hace tiempo lo hubo ya advertido Augusto del Noce[202], un sistema basado nada más que en relaciones utilitarias, en el que toda dimensión humana, sea esta política, cultural, social, incluso moral, se subordina a los intereses de producción de un mercado frío e impersonal.

Sería precipitado, no obstante, concluir que la clásica doctrina del destino manifiesto no sea resorte alguno de este modelo cultural usamericano de consumo, sino que, como bien lo ha advertido Morris Berman[203], esta ha sido simplemente trasladada ahora del mundo de la ideología al mundo de la economía. Esto no quiere decir, desde luego, que en este viraje hacia lo económico se prescinda del tradicional contenido mesiánico que siempre ha sustentado al formulismo del destino manifiesto, pues, como nos recuerda el mismo Berman[204], la pretensión es hacer ahora del consumo y la asimilación global de este modelo, la *American way of life*, una especie de nueva religión para el mundo entero. Empero, vista a la luz de sus resultados concretos, tal cultura del consumo ha mostrado ser aquel tipo de religión que demanda el sacrificio siempre constante de víctimas para satisfacer la avidez de un mercado nunca satisfecho, cual Moloc, que se agota en el puro interés cosista y en el comportamiento instrumentalizante del ser humano. Es la religión presentista del "aquí y del ahora", de la domesticación de la utopía y del conformismo ante lo simplemente dado, del cierre de todos los horizontes

---

[201] Precisamente aquí es donde resulta posible observar una de las mayores paradojas presentes en este modelo cultural. Por una parte, la sensación de que el sujeto es capaz de individualizarse, distinguirse frente a la masa, al poder optar libremente por los productos que estima convenientes para construir su identidad, incluso, la sensación misma de libertad para despreciarlos, si así lo desea, y construir una identidad al margen de o al choque contra el sistema. Pero, a decir verdad, ni la apertura total al consumo de los productos ofertados por esta cultura *mainstream*, evidentemente, como tampoco la opción contestataria y rebelde que este mismo modelo cultural ofrece en su versión alternativa, diríamos contracultural o antisistema, permite el resurgimiento del sujeto, promueve al individuo, sino, antes bien, y en palabras de Vargas Llosa, "lo aborrega, privándolo de lucidez y libre albedrío, y lo hace reaccionar ante la 'cultura' imperante de manera condicionada y gregaria, como los perros de Pavlov ante la campanita que anuncia la comida" (*Op. cit.*, 28-29).

[202] *La agonía de la sociedad opulenta*, EUNSA, Pamplona, 1979, 138 ss.

[203] *Op. cit.*, 198.

[204] *Ibíd.*, 198.

esperanzadores, en reemplazo de una salvación que se ofrece individualista y pragmatista, pero que transcurre únicamente dentro de los círculos herméticos del *status quo*. Es decir, que carece de toda apertura hacia alguna trascendentalidad, como así también de toda actitud que promueva el respeto y la solidaridad entre las personas. Aquel espíritu, por tanto, que Max Weber[205] creía hallar en el primer capitalismo y al que ligaba directamente con la ética del protestantismo, ha sido completamente desterrado de este modelo cultural de mercancía, por cuanto el motor que mueve en esta toda su actividad no es ahora una asignación del trabajo ligada a la vocación y a la sobriedad de las costumbres —*Ad majorem Dei gloria*—, sino, lisa y llanamente, la búsqueda ávida y afanosa de su propio beneficio material y el expansionismo de su ideología del individualismo y la voracidad.[206]

3.2.2.4 *Aciertos y contrariedades*

Pero retornemos a nuestro intento de dar respuesta, siempre en el marco del principio cultural que hace a la identidad del fundamentalismo, a la pregunta sobre por qué la actual modalidad de este movimiento ha logrado tal capacidad de convocatoria en la realidad evangélica de América Latina. Hemos señalado que intentos de dilucidar aquello al referir a un supuesto carácter menos beligerante —aunque en modo alguno inexistente— que mostraría esta presente expresión del fundamentalismo frente al catolicismo, el socialismo o frente a las vertiginosas transformaciones culturales y sociales del presente, como así también al aludir a su capacidad de responder a una "religión del corazón", frente a expresiones del cristianismo más simbólicas o racionales, siguen conservando ciertamente todo su valor. Sin embargo, hemos indicado también la dificultad de explicitar por estas únicas dos vías la explosiva expansión de este fenómeno en América Latina. Frente a ello, y más todavía, frente a la condición de nuestra sociedad actual, caracterizada por el creciente estado de globalización e internalización de la cosmovisión posmoderna como filosofía práctica de vida, hemos apuntado a la necesidad de incorporar un tercer factor que haga eco de estos tales condicionamientos.

Hemos querido encontrar tal factor, que integra a la vez cada uno de estos elementos, en la inigualable capacidad que ha mostrado el presente fundamentalismo,

---

[205] En su, *La ética protestante y el espíritu del capitalismo*, Orbis, Barcelona, 1985. Primera edición en alemán de 1904.

[206] Pero tal diagnóstico sobre los males de los que se resentiría el actual capitalismo halla incluso una cierta receptividad desde lo que se suele llamar la visión neoconservadora estadounidense y sus científicos sociales más destacados, D. Bell, P. L. Berger, S. M. Lipset, M. Novak, entre otros. Así, por ejemplo, D. Bell puede señalar que la actual crisis del capitalismo compromete una crisis cultural, o más específicamente, "una crisis espiritual", en la que la tensión provocada por la racionalidad político-económica y la cultura racionalizada ha terminado por erosionar la base moral misma de la sociedad y su sentido de unidad. De este modo, para Bell, la ética puritana, base de la integración social en el capitalismo del pasado, ha sido socavada ahora por el hedonismo predominante de la estética moderna (*Las contradicciones culturales del capitalismo*, Alianza, Madrid, 1977, 89 ss.).

particularmente en expresiones como la iglesia electrónica, las megaiglesias, pero especialmente en el neopentecostalismo, de asociar su propaganda evangelística, tanto por asunto de convicción como por estrategia, con el mayor producto de exportación de los Estados Unidos, a saber, su cultura popular. Hemos afirmado, asimismo, que esta cultura popular usamericana o *American way of life,* asociada principalmente a la industria de la imagen, por sobre el pensamiento, y del entretenimiento, por sobre la educación, y cuya oferta mediática es siempre la promesa para el usuario del acceso a lo rápido, a lo entretenido, a lo exitoso, a lo masivo, ha logrado imponerse casi sin resistencia alguna en todos los mercados mundiales gracias al poderío económico de las multinacionales y, no menos también, gracias al fenómeno mismo de la globalización, entendido este como aquel ascendente proceso de usamericanización de la vida. Y, aunque sea asunto incontestablemente cierto que tal cultura de la valoración únicamente de lo medible y cuantificable tenga efectos nocivos para la dimensión social y cultural de los países, sobre lo cual ya nos hemos extendido suficientemente, el caso es que la misma es percibida por gran parte de las sociedades del mundo como la cultura de la realización y el éxito, como el modelo de vida hacia el cual, si se quiere alcanzar una existencia plena, se hace indispensable propender y apuntar.

Naturalmente es pensamiento ya reflejo, y con justificada razón, claro está, asociar dicho colonialismo cultural con aquellas sociedades que, en virtud de sus mayores márgenes de vulnerabilidad política, económica y social, parecieran disponer de menores recursos a la hora de generar espacios significativos de lectura crítica frente a este sucedáneo cultural. Pero lo cierto es que nos la habemos con un fenómeno de características absolutamente globales, del que ni siquiera los países y sociedades más avanzados, o en vías de llegar a serlo, se han logrado del todo liberar, cuando no hacer más profundo aquel desgarro de la civilización occidental, en la medida en que a esa cultura del divertimento y la frivolidad, cuyo símbolo por excelencia lo constituye la *American way of life,* se le anexan además aquí las riesgosas extravagancias ideológicas de la izquierda cultural. Por lo mismo, la responsabilidad en este contexto resulta mucho más agravada, toda vez que, al disponer tales países o sociedades, en principio y supuestamente, de los referentes para llevar a cabo dicha tarea de emplazamiento y confrontación de este concubinato tanto mercantilista como ideológico que, desde diferentes frentes y aparentemente en sus antípodas, convergen, no obstante, para socavar la cultura y la civilización de Occidente –y pensamos aquí en los recursos y herramientas que van desde un periodismo autónomo y fiscalizador hasta la labor del pensador, el líder de opinión, el "intelectual"[207]–, los mismos o bien han sido ya censurados, silenciados

---

[207] No sería jamás posible exagerar la enorme tragedia que constituye en nuestros días la sensible deserción, capitulación o abandono de deberes por parte del pensador, el líder de opinión o simplemente el "intelectual", al respecto de su tarea de confrontar los vicios de una sociedad,

o, sencillamente, se hallan completamente confabulados con los beneficios y las comparsas que reporta la promoción de lo uno, de lo otro, o de esta misma fusión.

He aquí, entonces, todo lo que habíamos señalado hasta el momento sobre aquel modelo usamericano de cultura popular, la *American way of life*, al que

---

advertir los peligros de sus caminos elegidos o espolear sus actitudes pusilánimes y adormecidas. "La huida de los intelectuales", parafraseando el título del corajudo libro de Paul Berman, aunque dirigido este principalmente contra la desidia y la confabulación de los intelectuales europeos y principalmente ingleses al respecto de la creciente islamización de Europa, bien podría trocarse aquí por la "traición de los intelectuales", en referencia a la indolencia y cobardía manifestada por gran parte de estos ante la profunda crisis que experimenta la civilización de Occidente. Ciertamente, bien sabe el intelectual, antes de decidirse a emitir cualquier declaración, el pensador debe evaluar muy seriamente los costos que dicha toma de posición pública habrá de implicar para él —y pensamos aquí en aquella opinión, desde luego, que no se alía sin más con el discurso políticamente correcto, ni se mueve únicamente en función de lo que le reporta aplausos y beneficios, sino que va precisamente a contracorriente de todo aquello, al desafiar el borreguismo de las modas ideológicas impuestas, al no llamar a lo malo, bueno, y a lo bueno, malo, sino antes bien a cada cosa por su nombre—. Mas por lo mismo que el precio de abandonar su zona de confort, ser fiel a su vocación y decidirse a incursionar en este verdadero circo romano en que prácticamente ha devenido hoy el debate público, ha mostrado ser para el intelectual demasiado oneroso, cuánto más en esta particular coyuntura histórica, dominada por aquel sucedáneo cultural del divertimento y la frivolidad, y su corriente gemela, el neomarxismo, con su imposición de todo aquel conjunto de ideologías beligerantes y *contra naturam*, que fluctúan generalmente aquel costo entre el escarnio y el hostigamiento público, hasta el entorpecimiento o el silenciamiento de sus propias funciones, a manos de aquellos poderes fácticos que se ven emplazados e incomodados por su intervención, tiende este rápidamente a autoexiliarse, a recluirse en la seguridad que le confiere aquella torre de marfil dada por su especialidad académica, sus eruditas investigaciones y aquel círculo de pensadores que prácticamente comparte similares pasiones e intereses: libre naturalmente de los acosos y las intimidaciones que le reporta su exposición pública, para así poder dedicarse a una vida completamente dedicada a la investigación y al saber. Ciertamente, quién podría censurar una determinación así, al fin y al cabo, no todos tienen vocación de mártir, como para sentirse impelidos a renunciar a sus recovecos de seguridad y exponerse a toda aquella pléyade de molestias y sinsabores que implica semejante involucramiento en la arena del debate público. Y, sin embargo, con esta actitud de deserción, huida, traición, "sentido común" del intelectual —dirá alguno, y con no poca razón— al respecto del servicio público, lo único que se consigue en realidad es que sean finalmente aquellas voces que resultan más estridentes, aparatosas y violentas, o en su defecto aquellos charlatanes devenidos líderes de opinión o, lo que es aún peor, y como bien lo advierte M. Vargas Llosa (*Op. cit.*, 47), aquellos "intelectuales de los medios", entiéndase, puestos y monitoreados por estos, y más que interesados en la defensa de un principio o de un valor, interesados en la autopromoción, el exhibicionismo o la adulación de aquella corriente o ideología que podría conferirles algún tipo de gratificación, los que aparezcan en virtud de este vacío de pensamiento como ofreciendo la palabra incuestionable, asertiva, última, frente a lo cual la opinión pública, suficientemente ya condicionada por las corrientes culturales e ideológicas del momento, crea hallar sobre cada disyuntiva o temática de la vida la respuesta que zanja toda la cuestión. Con todo, se trata de un escapismo, una deserción, una huida al respecto de los intelectuales y su responsabilidad con los vitales intereses de su tiempo, que más que reflejar en estos la tendencia *per excellentiam*, resulta más bien y en un sentido mucho más amplio en característica y sino de nuestra época. Una época tan obsesionada, como diría G. Lipovetsky (*La felicidad paradójica. Ensayo sobre la sociedad de hiperconsumo*, Anagrama, Barcelona, 2013, 11), por el lugar

la actual modalidad del fundamentalismo ha ligado abiertamente su imagen, su estrategia y, en parte, su propia identidad. Gran mérito del actual fundamentalismo, y cuánto más en su variante neopentecostal[208], ha sido luego, como bien lo ha apuntado José María Mardones[209], siguiendo en esto la teorización de S. P. Huntington sobre el lugar que le cabe a la religión en la sociedad actual, el haber puesto a su servicio todos los logros atribuidos a la modernidad para el bien de su propia promoción y efectividad, entre ellos, el aparataje tecnologicista, su eficacia de marketing y de producción, el juego de la democracia liberal, etc., y todo aquello, además, sin transar en nada su rol de religión afianzadora del orden establecido y tradicional. Es decir, y para explicitar un poco más esta afirmación, aceptar y aun celebrar aquella parte de la modernidad que ha desembocado en la construcción de una sociedad tecnificada y de mercado liberal, pero ofrecer feroz resistencia a aquella otra dimensión de esta que, despuntando ya desde la Ilustración en su dimensión crítico-racional, ha sometido a profundo cuestionamiento y revisión las visiones culturales de mundo, ser humano y sociedad. Precisamente, en torno a este sagaz discernimiento por parte del actual fundamentalismo de aquello que podría resultarle beneficioso o contraproducente de la modernidad, e internalizando sus resultados según los mismos aparecen ya encarnados en la

---

central que ocupan los deseos de bienestar en los individuos, por la afanosa búsqueda en estos de una cada vez mejor calidad de vida, pero circunscrita esta en los exclusivos márgenes de lo que atañe nada más que a sí mismos y a los suyos. Como, así también, y en la misma frecuencia de lo ya dicho, una época en la que el saber no es más que mero instrumento para alcanzar dicha condición, y no vocación que empuja a una responsabilidad que excede y sobrepuja con mucho la mera y propia zona de confort. Así, por ejemplo, M. Vargas Llosa (*Ibíd.*, 44 ss.) nos recuerda de la participación de hombres de pensamiento y de creación en las diversas esferas de la vida pública, cuya toma de posición, opinión, intervención en materias concernientes a la religión, la filosofía, la economía, la política, la cultura, y en general en todo aquello que se torna importante para la vida de las personas y de los pueblos, hacía pensar que el rol del intelectual o el pensador no solo resultaba justificado en virtud de un saber instrumental y privado, dirigido únicamente a una pequeña élite que pudiese estar lo suficientemente iniciada como para llegar a aquilatarlo, sino sobre todo de cara a su aporte y contribución fundamental a los destinos de una época, una nación, una sociedad, cuánto más si la exigencia de la hora así lo requería. De este modo, podemos mencionar, tras los ejemplos mentados por Vargas Llosa, los casos de Platón en Grecia, de Cicerón en Roma, de Montaigne y Maquiavelo en Francia, de Voltaire y Diderot en la Ilustración, de Lamartine y Victor Hugo en el Romanticismo, de Bertrand Russell en Inglaterra, de Sartre y Camus en Francia, de Moravia y Vittorini en Italia, de Günter Grass y Enzensberger en Alemania o de José Ortega y Gasset y Unamuno en España.

[208] Al respecto del particular fenómeno que representa actualmente el neopentecostalismo, como movimiento tan propio de la *American Religion*, sus riesgos y desafíos para el mundo evangélico de nuestro continente, nos ocuparemos en páginas siguientes. Por ahora, baste simplemente con precisar aquello de que no todo el fundamentalismo evangélico, ni mucho menos, ha derivado necesariamente en neopentecostalismo, pero sí el neopentecostalismo resulta siempre una expresión del evangelicalismo fundamentalista.

[209] *Neoliberalismo y religión. La religión en la época de la globalización*, Verbo Divino, Navarra, 1998, 25 ss.

American way of life a su propia dinámica comunicacional, radica a nuestro juicio uno de los más decisivos factores a la hora de intentar explicar el éxito de este movimiento en la realidad evangélica de América Latina. Con arreglo a todo aquello, podemos plenamente concordar con Theo Donner[210], cuando afirma que el crecimiento de la iglesia evangélica en América Latina se debe en gran parte a la percepción de estos grupos de que el evangelicalismo usamericano, con toda la parafernalia de su *American way of life,* representa la cultura del éxito y la prosperidad. No obstante, sería muy sesgado concluir que esta percepción solo es reconocida entre los sectores —socioculturalmente hablando— más bajos de la sociedad y que el éxito de la gestión de este remozado fundamentalismo en América Latina se concentre solo en aquel segmento social, pues aunque sea un hecho irrefutable que este ha sido su primer escenario para actuar, y en el que su programa ha gozado de un mayor reconocimiento y efectividad, lo cierto es que cada vez más sectores con mayor influencia económica y social comienzan a sentirse atraídos por su oferta de espiritualidad, tal como es posible constatarlo con el fenómeno neopentecostal. Se trata de sectores, a decir verdad, que provienen por lo general del mundo del mercado y del cientificismo, generalmente no de las humanidades, y que por lo tanto se han rendido ya completamente a los logros conseguidos por la modernidad, aunque han desechado de esta el relativismo moral, los valores sometidos al escrutinio personal y la falta de liderazgo institucional que esta misma modernidad en su aspecto crítico-racional conlleva. Ambas reacciones frente a la modernidad —la integración de sus logros tecnológicos y económicos, y el rechazo, por otra parte, de su crítica racional frente a todo lo valórico-tradicional—, ya muy presentes ambas en el actual fundamentalismo, logran explicar el atractivo que comienza a despertar, entre estos sectores de mayor movilidad social, la propuesta religiosa de esta expresión tan señera de la religión americana y, en especial, su modo de relacionarse con la modernidad.

Si frente a la hegemonía de un modelo de mundo y sociedad, erigido según los criterios de la modernidad y la posmodernidad, marcado ya por aquel profundo individualismo, pragmatismo, utilitarismo, fragmentación existencial, centralidad del tecnologicismo y de la productividad, la solución paliativa de la religión neognóstica de la *Nueva Era* ha sido la construcción de una espiritualidad en sentido sincretista y esotérico, la del fundamentalismo evangelicalista ha sido, en cambio, la de fundir religión y sistema, sociedad tradicional y beneficios de la modernidad. Y, todo esto, sin descontar que ambas soluciones, la del neognosticismo y la del fundamentalismo evangelical, han llegado a transformarse en las más importantes alternativas religiosas a la hora de sobrevivir al impacto de la modernidad. Dos modalidades que, al plantear como finalidad el bienestar únicamente individual —la

---

[210] *Fe y posmodernidad. Una cosmovisión cristiana para un mundo fragmentado,* CLIE, Barcelona, 2004, 102.

primera al buscar la relación con la divinidad que, según la enseñanza, yace ya en el interior de cada ser humano, por medio de la complacencia interna del cuerpo, sus sensaciones y afectos; la segunda al procurar esta misma actividad relacional únicamente en los recovecos de la intimidad emocional–, legitiman con su absoluta indolencia del mundo alrededor el orden establecido, y resultan, por lo tanto, en aliadas perfectas de aquel mismo sistema que no solo las tolera sino que además las publicita. No es azaroso, en consecuencia, en relación específica con la situación de la *Nueva Era*, pero extensible también al propio caso del actual fundamentalismo evangelical, que este énfasis en una salvación en clave únicamente espiritualizante, en la búsqueda de la divinidad interna y en la profundización de la interioridad emocional "se preste más a las degustaciones espirituales manipuladas comercialmente que a una movilización de resistencia y creatividad frente a los dinamismos de esta sociedad incontrolada y del riesgo"[211].

Ahora bien, a vueltas con la actual modalidad del fundamentalismo, y nuestra opinión de que gran parte de su vertiginoso éxito y crecimiento en América Latina se debe en no poca medida a su sagaz fusión de religión y sistema, *American Religion* y *American way of life*, nos parece necesario matizar un poco más el asunto. Sí, es cierto, tal asociación con aquel modelo usamericano de consumo cultural, el cual es percibido como la cultura del éxito y de la prosperidad, y el paradigma de vida que se ha de asimilar, ha sido factor elemental en el explosivo crecimiento que ha logrado la presente modalidad del fundamentalismo estadounidense en la realidad evangélica de América Latina. No obstante, y con todo, debemos también enfatizar que tal modelo de mercancía cultural, la *American way of life,* no puede despertar por sí sola la fe de toda una comunidad, ni provocar en esta la devoción y el seguimiento que acompaña siempre a toda experiencia de trascendentalidad. Y no puede hacerlo, sencillamente, porque bajo la fuerza ideológica que le da vida y la promueve, la esencia misma de su proyecto se encuentra *a priori* ya vaciada tanto de espíritu como de algún imperativo ético que le abra hacia lo trascendental. Es aquí, ciertamente, y precisamente aquí, donde destacamos el aporte sin igual del actual fundamentalismo en su asociación con aquella *American way of life*. Este, a nuestro juicio, no es solamente haber asociado su propio proyecto evangelical con aquel modelo usamericano de consumo cultural, percibido popularmente, ¡globalmente!, como la cultura del éxito y la prosperidad, sino más bien,

---

[211] Citado en J. M. Mardones, *Op. cit.,* 171-172. Un estudio muy sugestivo acerca de la *Nueva Era*, como producto de consumo religioso para la inquieta clase media de los Estados Unidos, es el que ofrece H. Bloom, en su libro, *Presagios del milenio. La gnosis de los ángeles, el milenio y la resurrección* (Anagrama, Barcelona, 1997). Lo que sería, en el fundamentalismo, la comercialización de la fe por parte de los teleevangelistas, sería aquí, en la *Nueva Era*, la comercialización de las experiencias religiosas y de una interminable chapucería pseudognóstica por parte de sus gurúes y de toda la parafernalia editorial de la que esta aparece provista.

haberle devuelto al mismo, y a su fuerza motriz subyacente, el capitalismo, aquel espíritu y aquel contenido ético trascendental que de suyo tiempo ha que ambos han extraviado.

Y, entonces, ¿cuál ha sido el resultado concreto de haber vuelto a preñar a estos de una ética y de un espíritu claramente ya extinguidos? Respondemos: junto con lograr mediante tal asociación que su propaganda evangelística, imagen y estrategia sean percibidos como parte también de aquella misma cultura del éxito y la prosperidad, posibilitar sobre todo y aún más que este mismo modelo cultural sea visto también como aquel conjunto de valores y comportamientos que, en definitiva, encarnaría de un modo más fiel y prístino el cristianismo requerido por Dios. Pero surge, luego, sin demora alguna, la cuestión de indagar sobre cuál sea en realidad este espíritu y esta ética con los que esta actual modalidad del fundamentalismo ha vuelto a preñar a este modelo usamericano cultural de mercancía y a su fuerza motriz subyacente, el capitalismo. Ciertamente, no es la ética del protestantismo histórico o confesional, o mejor dicho, del calvinismo, que según Max Weber hacía al espíritu del primer capitalismo, sino la ética y el espíritu de la *American Religion*[212], aquella religión americana de la cual el fundamentalismo evangelicalista no es más que una expresión, aunque, por cierto, claramente aventajada y señera; aquella religión americana provista de una tenacidad inigualable por alcanzar siempre nuevos campos blancos y fronteras, y así cumplir como ningún otro movimiento cristiano con la tarea de misionar; aquella religión americana dotada de una energía casi incombustible por el activismo y el énfasis en el moralismo individual, pero, al mismo tiempo, tan desprovista y carente de aquella sensibilidad y valoración por el recogimiento introspectivo, el silencio, la actitud contemplativa, por los símbolos y la iconografía –insuficiencia esta, en rigor de verdad, que ni siquiera los más recientes esfuerzos, tendientes a incorporar ciertas dinámicas del antiguo culto judío, en el caso de ciertas expresiones del actual fundamentalismo, o de religiosidad oriental y ancestral, en el caso de las *mainline churches*, ha logrado ni con mucho subsanar, sino, antes bien, dar lugar a una lastimosa hibridez de culto y espiritualidad–[213].

---

[212] Pero, como es sabido, el propio Weber, en su famosa obra, *La ética protestante y el espíritu del protestantismo,* apuntaba ya a la ironía de que aquellos mismos elementos del calvinismo que contribuyeron significativamente a la formación del espíritu capitalista y científico en general, propios de la modernidad, serían luego socavados por esta misma modernidad.

[213] Así, por ejemplo, uno puede observar en ciertas expresiones del neopentecostalismo, en las que ya se han incorporado elementos del así llamado judaísmo mesiánico, cómo los tradicionales símbolos cristianos han sido ya reemplazados por elementos del típico y antiguo culto judío. De este modo, el año eclesiástico, sus paramentos, figuras de la historia de la salvación, cuya dirección apunta toda hacia la cruz y la resurrección de Jesucristo, son sustituidos ahora por el arca del pacto, los querubines, las ropas sacerdotales, etc., además de una nomenclatura propia del antiguo culto judío. Todo lo cual hace cuestionar si en realidad nos hallamos aquí con una expresión de la iglesia

Por ello, y tal como tendremos oportunidad de revisar más adelante, cuando el movimiento de las iglesias emergentes llama la atención al respecto de los Estados Unidos como aquella nación de mayor diversidad religiosa en el mundo, donde uno puede encontrarse casi en cada ciudad con mezquitas islámicas, templos hindúes y budistas, centros de meditación oriental, iglesias cristianas, y mucho más, es más, cuando se atreve a afirmar, para dar más fuerza a aquella excepcionalidad, que el budismo se ha llegado a transformar prácticamente en la religión actual de los estadounidenses[214], para así fundamentar que nos hallamos en presencia de una nación "poscristiana", no yerra quizás en esta apreciación, pero sí en lo tocante a ignorar lo que hemos apuntado más arriba. A saber, que estas mismas expresiones religiosas tan diversas y dispares, que actualmente constituyen una muy atractiva oferta de espiritualidad para gran parte de aquella sociedad estadounidense, han debido quedar sometidas previamente, con arreglo a aquellos fines, a un inevitable proceso de ajuste al respecto de su nuevo entorno cultural, sus demandas y cosmovisiones, no distinto, por lo demás, al experimentado por otras disciplinas de procedencia igualmente foránea que, con el paso del tiempo, se han logrado imponer y masificar en aquella misma matriz cultural. De modo tal que las mismas, lejos de aparecer en un estado absolutamente prístino, tal como sería de esperar en su contexto original, ya han sido profundamente afectadas por los énfasis de este nuevo genio cultural, más precisamente por la atmósfera de la *American Religion*, tal como ocurrió en su momento con el propio cristianismo, por lo demás. Ciertamente, lo que bien advierte una conocida promotora del "yoga cristiano", Agnieszka Tennant, en un artículo para la revista *Christianity Today*: "Los puristas de yoga no dirigen clases en los gimnasios americanos comunes"[215], resulta claramente indicativo de lo que aquí hemos venido enfatizando, aunque,

---

cristiana, más allá que lo sea en su modalidad de religión americana, o más bien con una reedición con toques de cristianismo del antiguo culto judío. Otro tanto, por cierto, habría que decir en relación con la creciente incorporación en los servicios cúlticos de elementos de religiones ancestrales y orientales en el protestantismo más progresista de los Estados Unidos, aunque también de Canadá. En ambos casos, tal como lo señalábamos en el texto arriba, aquel vacío del que da cuenta la religión americana no solo que no se llena, sino que aquel mismo esfuerzo por allanarlo se torna, por decir lo menos, grotesco, forzado, artificial.

[214] Observaciones de este tipo pueden ser reconocidas en la mayoría de las publicaciones de este movimiento, pero en especial en el libro de uno de sus mayores portavoces: D. Kimball, *La iglesia emergente. Cristianismo añejado para nuevas generaciones en Cristo,* Vida, Miami, 2009, 86 ss.

[215] *Cristianity Today, Yes to Yoga,* mayo de 2005. Citado en R. Oakland, *La fe desechada. La iglesia emergente. Una nueva Reforma o un engaño de los postreros días,* Lighthouse Trails Publishing, Silverton, 2009, 100-101. Es más, esa falta de purismo, en lo que al yoga se refiere, y su usamericanización o "cristianización" del mismo a la manera, por supuesto, de la religión americana, ha sido criticada por importantes yoguis hindúes, formados en las escuelas más seleccionadas de esta tradición, como es el caso del Yoghi Baba Prem, quien ha refutado abiertamente la posibilidad de un "yoga cristiano", mucho más "usamericano".

indudablemente, para ella dicha aseveración, lejos de constituir algún tipo de menoscabo, sea motivo de orgullo. En tal sentido, la insistente tesis del movimiento de las iglesias emergentes, que apunta, en relación con los Estados Unidos, al tránsito de una nación cristiana a una poscristiana, y que en este mismo giro ofrecería no solo el declive tutorial del cristianismo en aquella sociedad, hasta hace poco indiscutible, sino una variopinta oferta de religiones y espiritualidades como ninguna nación en el mundo, desconoce demasiado pronto, incluso si la misma se aceptara sin mayor problematicidad, el influjo constante, directriz y casi sin variaciones fundamentales que sigue ejerciendo la religión americana sobre este nuevo ciclo del cristianismo, como, de igual manera, sobre aquella avalancha de religiones y espiritualidades. En otras palabras, es una avalancha de religiones y espiritualidades, sí, lo aceptamos, pero dentro del marco regulatorio y transformacional de la religión americana, un sentido más amplio de la misma *American way of life.*

Una religión americana para la cual, y a despecho de sus matices, pareciera prácticamente no existir algo así como la historia del pensamiento cristiano, ni mayor tensión entre fe cristiana y cultura usamericana y que, como ha dicho uno de sus más importantes críticos actuales, Harold Bloom[216], Jesús, el Cristo, no solo parece ser más usamericano que Cristo, sino también no existir nunca como el crucificado, sino solo como el glorificado, *theologia gloriae* que no *theologia crucis.*[217] Una religión americana, por último, que pareciera tampoco nunca poder conciliar en una armónica relación dialéctica las dimensiones de la identidad y la

---

[216] *La religión americana*, Taurus, Madrid, 2009, 64.

[217] Dentro de esta misma perspectiva se inserta el comentario de H. Bloom cuando afirma que ninguna nación occidental supera a los Estados Unidos en su obsesión religiosa, como, al mismo tiempo, en su negación de la muerte y el dolor, incluso en el marco de esa misma obsesión por la religión (*Op. cit.*, 270). No cabe duda de que esta es una de las características de la religión americana que se le ofrece más notoria al visitante no formado en el particular modelo cultural y religioso que ofrece la nación de los Estados Unidos. Yo mismo, durante toda mi función pastoral en una comunidad hispana luterana en los Estados Unidos, pero siempre en relación con y dependencia de una comunidad de angloparlantes también de dicha confesión, he podido comprobar la incomodidad que produce en la cultura religiosa usamericana la referencia, de forma abierta y sin ambages, al asunto de la muerte y el dolor –¡y eso que partimos aquí del supuesto que un patrimonio intransable de la fe luterana es el mensaje de la *teología de la cruz*!–, como, por otro lado, la exigencia de que la religión siempre aparezca ligada a la idea de lo entretenido, lo activista, lo autoafirmativo. Finalmente, y en vistas de mi propia observación durante esta estadía, no me puedo dejar de preguntar si el programa de "justicia social", que ha prendido tan fuertemente entre las iglesias del tipo *mainline churches*, y aquello con todo lo noble que de suyo el proyecto pudiese contener, no se engarza más bien dentro de aquel mismo perfil de activismo y autoafirmación que de comprensión profunda del dolor. En relación a esto último, y más precisamente en torno al modo en que las iglesias de habla inglesa en los Estados Unidos desarrollan sus proyectos de misión con las comunidades hispanas residentes en aquel país, el lector puede consultar mi análisis, "The Mission of the Church. A Contribution to the Evangelistic Work with Hispanic Communities in the United States, from

relevancia de la fe cristiana, y que, como en la sentencia kierkegaardiana –aunque nada más lejano a ella misma que la comprensión cristiana del filósofo de Copenhague–, su única opción pareciera versar, al respecto de estas dimensiones, entre "lo uno o lo otro", "esto o aquello", a saber: o religión del corazón y del individuo a solas con Jesús, en espera de su retorno apocalíptico –pero que en esta religión del interioricismo y del *Left Behind* ha quedado prácticamente ya extinguida toda conciencia de mundo, cultura y sociedad–, o religión en la que el individuo, su subjetividad y todo alcance de una revelación en perspectiva vertical parece subsumirse en un puro movimiento político, socializante, es decir, en perspectiva meramente horizontal. En otros términos: o religión de la correcta proposición doctrinal, entiéndase en su modalidad de una tardía ortodoxia protestante usamericana –reortodoxias–, y de una ética en la que cuenta solo la dimensión individual, o religión de la praxis y del activismo político y social, para la cual, sin embargo, la única doctrina valedera es aquella que refuerza la agenda de una izquierda cultural. Expresado de un modo más directo: o dimensión cristiana de la identidad o de la relevancia, pero, al parecer, jamás la armónica relación dialéctica de ambas. Dicho, entonces, todo esto, continuemos tratando sobre aquella expresión de la religión americana que de momento nos ocupa, el fundamentalismo, pero ahora al respecto del tercer componente que hace a su identidad: su teología.

3.2.3 Principio teológico

3.2.3.1 Aspectos preliminares

Aunque sea asunto indiscutiblemente cierto que el fundamentalismo, en cuanto movimiento religioso forjado en los Estados Unidos y desde allí exportado a casi todo el resto del planeta[218], es la cristalización de una determinada visión de revelación, ser humano y mundo, en la que el elemento político y cultural no quedan en ningún momento rezagados a la hora de conformar su particular identidad, no es cosa menos cierta también que es en su dimensión teológica donde hallamos contenido, de un modo mucho más preciso, todo lo demás. Esto último se hace mucho más patente aún cuando analizamos los orígenes del fundamentalismo usamericano en América Latina y su actual avasallador influjo entre los sectores evangélicos de nuestro continente. En lo que al quehacer teológico específicamente respecta, es necesario afirmar que la educación teológica no ha sido ni con mucho el principal resorte del fundamentalismo usamericano una vez arribado

---

the Principle of Discipleship as the Central Axis of the Christian Mission", *Grace Lutheran Church*, Des Moines, 2009.

[218] Así, por ejemplo, H. Bloom (*Op. cit.*, 234), cuando escribe: "El fundamentalismo cristiano es, esencialmente, un fenómeno norteamericano; a excepción de Estados Unidos y Canadá, solo ha tenido una vida autóctona en el Ulster. Sus demás manifestaciones mundiales suelen exportarse desde Estados Unidos".

a América Latina, incluso en lo que corre de nuestros días. Tal actividad, en el marco de un ejercicio conceptual y teórico, ha ocupado una función claramente secundaria y tardía, a la luz, por ejemplo, del valor capital que se le ha asignado a la transmisión oral de sus postulados y a la búsqueda del impacto emocional que dicha transmisión pudiera ocasionar. Sin embargo, tal evidente minusvaloración por el quehacer de la teología no es más que la resultante natural de la particular cosmovisión dualística que ha caracterizado desde sus orígenes al fundamentalismo usamericano mismo, que le ha llevado siempre a contraponer a una realidad espiritual, una realidad de este mundo, a una realidad supranatural, una realidad de los sentidos, a saber: "Iglesia-mundo", "sagrado-profano", "espiritual-carnal", "práctico-teórico". En tal sentido, el quehacer teológico, incluso en aquellas ulteriores etapas en que ha podido alcanzar una cierta configuración sistemática, ha sido entendido más bien como un instrumento de legitimación y afianzamiento de las estructuras de pensamiento ya institucionalizadas, que como un espacio de apertura y revisión de ese mismo cuerpo de presupuestos ya obligados. Por cierto, es evidente que tal legitimación ha podido llegar a ser efectiva, evitando de paso cualquier margen de revisión, únicamente en la medida en que no se ha visto necesario considerar para su configuración la confrontación con las dimensiones política, social, cultural y aun intelectual de la vida, mucho menos todavía el diálogo con aquellas disciplinas humanas involucradas en cada una de estas tareas. En consecuencia, acierta claramente F. Galindo cuando observa que el fundamentalismo en tanto sistema le ofrece al individuo la posibilidad de experimentar una gran fuga ante las obligaciones de la vida, ya que este:

> En lo *cultural*, que incluye la religión, es la fuga del individuo ante la necesidad de organizar su propio proyecto de vida, para refugiarse en una colectividad que protege y ofrece seguridad. En lo *intelectual* es la fuga del individuo ante los riesgos del discurso abierto, para refugiarse en pretendidos fundamentos imposibles de racionalizar y demostrar.[219]

Resultado de este éxodo de deberes ha sido, como bien lo ha puesto de manifiesto sobre todo la teología de la liberación, la comprensión de una fe cristiana desligada de las urgentes responsabilidades políticas, culturales e incluso intelectuales de la vida, adjunta a una perspectiva de *ecclesia* a la que solo ha parecido interesarle la vida "espiritual" de las personas y no su existencia concreta en tanto seres humanos que desarrollan sus relaciones interpersonales y sus actividades en una multiformidad de redes sociales. Si se puede hablar en el fundamentalismo evangélico latinoamericano de una cierta tradición teológica, no, claro está, en el

---

[219] *Op. cit.*, 238.

sentido de un cuerpo sistemático de doctrinas históricas, sino en el de una determinada cosmovisión de revelación, ser humano y mundo sobre la cual construir el discurso sobre Dios, esta no sería más, en sentido estricto, que la extrapolación descontextualizada de los propios marcos referenciales del movimiento fundante de los Estados Unidos, como, en un sentido más amplio, el de los universos simbólicos de la religión americana y su cultura circundante. Por ello, no es extraño que fenómenos tan característicos del movimiento originario, tales como aquel furioso antiintelectualismo o la tendencia a hacer de la *American way of life* prácticamente un nuevo destino manifiesto o, dicho de un modo más directo, prácticamente la encarnación del reino de Dios sobre la tierra, lejos de suavizarse en este contexto latinoamericano, lleguen a adquirir niveles incluso surrealistas. Cabe, por tanto, al fin de cuentas preguntar: ¿Es posible en virtud de todo lo que ya hemos repasado al respecto del fundamentalismo, tanto a la luz de su propio contexto original como en su modalidad actual y claramente operante en América Latina, seguir todavía pensando que este movimiento resulta en una cierta continuidad de las categorías generales de la teología de la Reforma, cuando su marco de referencia histórico y cultural resulta ser absolutamente otro?[220] ¿No resultaría más correcto, a decir verdad, desligarlo de toda esta continuidad teológica e histórica, que no hace más que poner sobre el mismo una carga indebida, una referencialidad desconocida, y comprenderlo nada más que como una expresión autóctona de la religión americana, "la expresión pura del chamanismo americano"[221], como ha dicho Harold Bloom o, simplemente, la dimensión religiosa del republicanismo y, de paso, también, el mayor producto de exportación religiosa desde los Estados Unidos a todo el mundo?

Que tales inquietudes no responden a una especulación meramente antojadiza lo confirma, nos parece, el repaso que ya hemos hecho de los principios tanto político como cultural sobre los cuales se construye la identidad del fundamentalismo. Con todo, no es hasta que nos detenemos en el análisis del principio teológico de su identidad, su expresión ciertamente más representativa, cuando llegamos realmente a aquilatar la enorme zanja que se cierne entre el fundamentalismo y aquel protestantismo que hunde sus raíces de continuidad con la teología de la Reforma. Piénsese, verbigracia, y nada más que como simple botón de muestra, en la particular comprensión y lectura que desde los sectores evangélico-fundamentalistas de América Latina se tiende a hacer de la Reforma protestante y,

---

[220] Ya el teólogo chileno E. Araya, en su investigación *La posible imposibilidad. Crónicas históricas de las iglesias evangélicas en Chile*, CTE, Santiago, 1999, abría el capítulo dedicado a los movimientos pentecostales y fundamentalistas con un muy insinuante título que lleva ya implícita la respuesta: ¿Protestantismo sin Reforma?

[221] *Op. cit.,* 182.

a partir de allí, la definición de lo que se entiende por lo "evangélico". Una definición, por lo demás, que no se fundamenta, positivamente hablando, a partir de una propuesta descriptiva de su legado y horizonte de fe, sino, negativamente y a modo de contraste, en la insistencia peculiar de que no se es "católico", entiéndase romanista. En efecto, quién podría negar la respuesta masiva con que se celebra el día 31 de octubre como Día de la Reforma entre estos sectores, cuando se trae a la memoria el pintoresco acontecimiento en el que un fraile agustino clavaba sus 95 tesis en la puerta del castillo de Wittenberg. No obstante, más allá de las simpatías que despierta el reformador, esencialmente por su oposición a Roma, el pensamiento de Lutero —como así también el de los demás reformadores—, su particular contribución a la teología evangélica, el trasfondo espiritual e histórico que enmarca el movimiento de la Reforma, incluso el legado espiritual e intelectual con que esta ha contribuido al acervo histórico de Occidente, resultan, a decir verdad, prácticamente desconocidos. Se insiste, por otra parte, en el valor de *sola fide, sola gratia, sola scriptura, solus Christus* como estandartes inconfundibles de la Reforma, pero la lectura que se hace de estas enunciaciones, junto con su consiguiente aplicación, evidencia que su comprensión ha sufrido ya tan notables transformaciones que difícilmente guardan relación con el espíritu y el sentido de su original formulación. Así, de este modo, se habla de la justificación por la fe, pero luego se entiende a esta simplemente como obra meritoria al ligarla directamente con el camino de la santificación. Se promueve, entretanto, el "solamente Cristo", como fundamento y base de toda soteriología, pero la exposición que se hace de ese Cristo se resiente de un tan desmedido interés por lo taumatúrgico que tal presentación roza ya muy de cerca al docetismo.

Se rechaza, a su vez, terminantemente, cualquier apelación a un acervo teológico mayor, por ver en ello alianzas o maridajes inadmisibles con el catolicismo romano y, sin embargo, se obliga la suscripción casi total y en sentido normativo de ciertas pautas culturales e ideológicas propias del movimiento estadounidense, a las que se les atribuye luego el rango prácticamente de *regula fidei*. Pero no es sino en la modalidad latinoamericana del fundamentalismo usamericano donde es posible evidenciar un rechazo todavía más patológico al respecto de toda tradición eclesiástica, incluso más que en su contexto de origen, al punto de que, tanto a la historia del pensamiento cristiano como a la del filosófico, a las cuales por lo demás prácticamente se desconoce, se les enrostra sin más la acusación de ser tradición muerta, negación del carisma, jerga propia del catolicismo romano, etc. Mas al tiempo que se afirma todo aquello con una ferocidad antiintelectualista que de veras asombra, se le endilga por otra parte a los gurúes del movimiento usamericano, tanto pasado como presente, que por cierto nada tienen que ver con alguna historia del pensamiento cristiano o filosófico, una tal autoridad de fe que sus dichos, publicaciones, vaticinios y patrones de conducta llegan a formar una paralela e incluso más autoritativa *traditio ecclesiae*. De esta forma, y a partir de aquella independiente tradición construida, que se nutre de los elementos más extremos de la religión americana y el referente no menos constante de la *American way of life*, el fundamentalismo evangélico de América Latina llegará a establecer su propio criterio del ser cristiano, el cual, en efecto, se le negará a quienes no estén dispuestos a reconocer la condición tutorial de esta tradición alternativa. Por supuesto, no se trata en modo alguno de una criteriología autónoma para esta modalidad del fundamentalismo presente en América Latina, sino de la extrapolación, muchas veces sin esfuerzo de contextualización ninguno, de la configurada ya por el movimiento fundante de los Estados Unidos. Un criterio de determinación del ser cristiano, sin embargo, que de acuerdo a esta tradición usamericana y en su aspecto más estructural y teórico, le estará **únicamente** concedido a aquellos que, como sucintamente ha advertido F. Galindo, se subordinen sin tensión alguna a los principios de:

> La absoluta inerrancia de la Biblia; la invalidez de toda teología y ciencia modernas, si contradicen la Biblia; la convicción de que quien no comparta los puntos de vista fundamentalistas no es verdadero cristiano; y el rechazo selectivo del principio político de la separación entre las iglesias y el Estado, o sea, la exigencia de que el Estado se someta a determinadas normas religiosas y las imponga como obligatorias a todos los ciudadanos.[222]

Se trata, en efecto, como se podrá observar, de principios rectores y generales que discurren más bien en el terreno de las declaraciones programáticas, pero que, sin embargo, han mostrado su completa capacidad para irrumpir en las esferas más cotidianas de la vida, al dar a luz a criterios mucho más precisos y selectivos en orden a la definición del ser o no cristiano. Dentro del conjunto de todos estos criterios que operan en la esfera contingente de la vida, y cuyo marco referencial sigue siendo la uniformidad de la conducta social y la experiencia religiosa del creyente de acuerdo a los patrones del movimiento fundante estadounidense, permítasenos mencionar, acaso por su notoriedad y repetitividad, los siguientes: asumir una determinada forma de expresión cúltica, asociada a un particular género de música —entiéndase, electrónica— y a un respectivo contenido lírico —entiéndase, el que afirma la teología de la gloria y desprecia la teología de la cruz— como el correcto servicio requerido por Dios; estimar como única y veraz una determinada forma de experiencia religiosa —entiéndase, la percibida solo por la vía de los sentidos, y que rechaza al mismo tiempo toda inclusión de la razón teórica y del acervo de la tradición teológica, por juzgarlas como contraria a esta—; la imposición de una exclusiva visión escatológica como la única que

---

[222] *Op. cit.*, 241.

interpreta con fidelidad el testimonio de las Escrituras –entiéndase, la del *Left Behind* y del Armagedón–; la inclinación a reconocer el favor de Dios para con el individuo solo allí donde es posible observar la prosperidad en su modalidad más material y visible –entiéndase, generalmente, en términos de salud, dinero y promoción–, pero concluir que la existencia del sufrimiento, la enfermedad, la pobreza, la aflicción, etc., resultan más bien de la disciplina de Dios en respuesta al pecado de esos mismos individuos o, simplemente, en términos de la intervención de fuerzas espirituales malignas; conferir aprobación y valor tan solo al ejercicio de la moral individual, la microética –entiéndase, básicamente, el listado de los permitidos y prohibidos suministrados y constantemente actualizados por el movimiento fundante de los Estados Unidos–, pero denunciar como proyecto sospechoso y contemporizante con alguna forma de secularización el hecho de hacerse cargo de las grandes urgencias sociales, políticas, ecológicas; asumir, por último, como conclusión final de todos estos criterios aquí esgrimidos y muchos otros más que operan en la dimensión cotidiana de la vida, que quien sea capaz de ordenar su conducta y experiencia conforme a cada uno de estos tiene el derecho a ser considerado en propiedad como cristiano y quien no, por el contrario, no será reconocido como tal.

No cabe duda de que lo que subyace bajo la suma de todos estos criterios articulados por el fundamentalismo, tanto desde la dimensión teórica como desde la esfera cotidiana de la vida, es el intento de proveer certezas religiosas absolutas frente a la ambivalencia de un mundo cada vez más secularizado y fragmentado en su más profunda esencia, con el fin de proporcionarle al individuo un sentido de organización a partir de una fuerza que se presente para este como depositaria de propósito y pertenencia. Rozamos aquí de lleno la tesis de S. P. Huntington[223], según la cual el fundamentalismo sería la religiosidad más propicia para estos tiempos de modernidad, ya que a partir de su esquema tradicional de mundo y sociedad, permitiría sobrevivir al trauma de la modernidad tardía, al ofrecer un refugio de protección y seguridad convencional que, al mismo tiempo, pueda también aprovecharse de los beneficios de esa misma modernidad. Empero, lo que desvela en realidad una mirada mucho más atenta a esta oferta de organización propuesta por el fundamentalismo es la aplicación de una fuerza completamente heterónoma. Heterónoma, a decir verdad, tanto a la propia naturaleza del sujeto humano, en la medida en que le impone a este una ley que, al invadirlo desde afuera de su condición de *homo sapien et creator*, le recluye a un constante estado de minoría de edad, en el que la afirmación, *sapere aude*, no tiene para él ya ningún sentido, como asimismo al propio desafío histórico que le cabe a América

---

[223] *El choque de las civilizaciones y la reconfiguración del orden mundial*, Paidós, Buenos Aires, 2004.

Latina, y aquello en el orden social, político y aun cultural de su destino. Así las cosas, el costo real de este reordenamiento de la existencia ofertado por el fundamentalismo es ni más ni menos que la privación de la propia autonomía interna y relacional para el individuo y su reclusión, como hemos dicho, a un estado de permanente inmadurez intelectual, social e incluso emocional. Intelectual, toda vez que tal reordenamiento implica la absoluta subordinación a una estructura de pensamiento dogmatizante y cerrada, sobre la cual, sin embargo, este intenta ofrecer visiones definitivas sobre el mundo y el ser humano, y que a su vez discurre de forma absolutamente paralela a las contribuciones que las disciplinas humanistas, científicas e incluso teológicas han conseguido en cada una de estas áreas. Social, por cuanto no le provee al individuo de las condiciones y los recursos para llegar a plantearse en torno a su realidad estructural con criterios de criticidad, menos a constituirse en agente de transformación social, sino, más bien, lo convierte en instrumento de legitimación y hasta de promoción del orden establecido. Emocional, ya que al situar la doctrina de la retribución en un lugar tan determinante en la relación entre Dios y el ser humano, puede llevar a este último al verdadero descalabro de esa construcción de sentido, sobre todo cuando el peso y las miserias de la vida se encarguen de ponerla en entredicho. Finalmente, debemos decirlo, es la propia comprensión de Dios la que el fundamentalismo llega violentamente a subvertir tras su insistencia en la adquisición de certezas absolutas, ya que al pretender explicar la esencia y el actuar de Dios, como quien pretende describir y predecir la naturaleza y el movimiento de un objeto de este mundo, descuida que Dios no admite otra disponibilidad fuera de la revelación que de él tenemos en Jesucristo y que ningún discurso y supuesta experiencia que se tenga sobre este podría llegar a olvidar que se trata, en resumidas cuentas aquí, de la experiencia de aquel *mysterium fascinan et tremendum*.

3.2.3.2 *El asunto del biblicismo*

En la misma línea de oposición al catolicismo romano, se condena el dogma de la infalibilidad papal y la veneración iconográfica –y del mismo modo, casi todo símbolo litúrgico–, pero se hace de las Escrituras, como muchas veces se ha insistido, una especie de "papa de papel". En efecto, más que un testimonio de la revelación, la Biblia se convierte aquí, en cuanto libro, en cuanto incluso a una determinada versión –entiéndase, la de Casiodoro de Reina y Cipriano de Valera–, prácticamente en un tótem sagrado, que no admite prácticamente ningún instrumento de investigación, y que solo habla desde su literalidad para el presente, como desde su apocalipticismo amenazante para el futuro y que, por lo mismo, se transforma en espacio para toda suerte de cálculos numéricos y desciframiento de señales con objeto de determinar el tiempo del fin. Un libro, cuyo origen y formación poco menos se asume como habiendo descendido todo ya compacto y definitivo desde el cielo, prácticamente a la usanza del Corán para el mundo islámico, y acaso con similares criterios de interpretación y aplicación. Obviamente, la insistencia en esta noción de infalibilidad bíblica, que constituye una verdadera cruzada para el fundamentalismo y que a más de alguno podría llegar emocionar al reparar en el respeto casi numinoso que pareciera haber aquí por el texto sagrado del cristianismo, revela, en realidad, no pequeñas inconsistencias cuando se le confronta con su aplicabilidad en la dimensión práctica de la vida. Sin pretender agregar nada nuevo a lo que ya se ha dicho largamente sobre el asunto[224], la primera de estas fisuras es la cuestión de si tal noción de infalibilidad no se aplica en rigor de verdad solo allí cuando sirve al propósito de legitimar las tendencias y posiciones previamente construidas por el movimiento, es decir, con total anterioridad a la constatación de los propios textos, al mismo tiempo que la misma se suaviza, manipula e incluso abandona cuando la inteligencia natural de los mismos pareciera discutirlas y mucho más impugnarlas. Y ya que tal noción de infalibilidad es inseparable de aquella otra de un literalismo sin contemplaciones, para el cual la preocupación por algo así como un *detrás del texto*, un *dentro del texto* o un *delante del texto*[225] no es más que un pasatiempo inoficioso de "modernistas" o "liberales", el emplazamiento de las palabras escriturales, según la lógica de este razonamiento, solo espera recibir un cumplimiento *ad pedem litterae*. En consecuencia, no puede menos que aparecer como insólito el hecho de que, al trasladarse el artículo de la infalibilidad, *ad literam,* al mero centro de la vida cotidiana, queda al descubierto la compleja acrobacia a la que el fundamentalismo debe recurrir —lo que desdice la declaración oficial— para poder determinar qué resulta en cumplimiento estricto y literal de las palabras escriturales y qué amerita nada más que un seguimiento figurado e incluso opcional. En este sentido, y a pesar de las pretensiones albergadas por el fundamentalismo, habría que concluir que los textos bíblicos tienen mucho más que decir acerca de la justicia social o el cuidado por el afligido y menesteroso que al respecto de la cruzada en contra de la

---

[224] Sobre la noción de infalibilidad en el fundamentalismo, el lector en español puede consultar el libro de Felipe Fernández Ramos, *Fundamentalismo bíblico,* Desclée De Brouwer, Bilbao, 2008.

[225] Nos referimos con aquello del *detrás del texto* a los métodos histórico-críticos (crítica de las formas, crítica de la redacción, etc.), con aquello del *dentro del texto* básicamente al análisis semiótico y estructuralista de estos y, finalmente, con lo del *delante del texto* al interés por el aspecto retórico de los mismos. Es decir, al reconocimiento de que los textos bíblicos poseen una dimensión histórica, literaria e ideológica, respectivamente, como presupuesto básico para su correcta comprensión, algo que el fundamentalismo, al apelar únicamente a una lectura literal y muchas veces ingenua —esto último, según la denominación de Paul Ricoeur—, parece completamente desvalorar o simplemente ignorar.

pornografía y la homosexualidad, sin restar ni mucho menos el valor de una seria discusión de estos tópicos a partir de estas mismas fuentes bíblicas.

Sobre este curioso ejercicio del fundamentalismo, tocante a convertir ciertos textos en su sentido gramatical mismo —al transformarlos del indicativo al imperativo, o del imperativo al indicativo—, no obstante, su oficial declaración de inspiración verbal, y esta *ad pedem litterae,* versa el siguiente comentario autobiográfico de Rubem Alves que reproducimos aquí:

> Recuerdo que cuando trabajaba en mi libro *Protestantismo y represión,* quedé fascinado por algo que me pareció un curioso enigma. Yo sabía que, en virtud de la doctrina de la inspiración verbal de las Escrituras, sustentada por los grupos más conservadores, la exégesis de los textos debería ser consistentemente literal. Pero yo también sabía que no era esto lo que acontecía en la práctica. Ciertos textos *debían* ser interpretados literalmente; otros *podían* ser entendidos de otra manera. Yo era capaz de separar los dos grupos de textos, pero ignoraba la regla para ellos. Así, resolví, hacer listas de ambos tipos de pasajes bíblicos.
>
> El mundo fue creado en seis días; el Paraíso fue un lugar preciso, localizado en el tiempo y en el espacio; la Bestia de Balaam habló; Jonás fue engullido por un pez; María era virgen; Jesús caminó sobre las aguas; etc.
>
> Si quieres ser perfecto, ve, vende lo que tienes y dalo a los pobres; si alguien te golpea una mejilla, ofrécele otra; si tu ojo derecho escandaliza, arráncalo.
>
> El primero es el grupo de los textos que deben ser interpretados literalmente. Negar alguna de las afirmaciones que contienen es negar la fe. Modernismo. Es curioso que no ocurra lo mismo con el segundo grupo de textos. No conozco si quiera un caso de una persona que haya sido excluida de la Iglesia por no haber repartido sus bienes con los pobres. ¿Percibieron la diferencia entre los dos grupos de textos? El primero está todo *en modo indicativo.* [...] El segundo *en modo imperativo.*[226]

Cabe, entonces, todo el derecho a conjeturar si, después de todo, no son para el fundamentalismo aquellos planteamientos y posiciones que *a priori* él mismo ha construido, en función de sus intereses, y que guardan generalmente relación con pretensiones políticas, dogmatismos escatológicos y cruzadas de contenido micro-moralísticas, y que tan solo después y *a fortiori* son insertados en un cierto fondo bíblico, lo que realmente goza de un carácter infalible y no los textos escriturales

---

[226] Rubem Alves, *La teología como juego,* La Aurora, Buenos Aires, 1982, 111-112.

mismos.[227] Como ha dicho J. Barr[228], en su obra casi definitiva sobre el fundamentalismo evangelicalista, no es que tales planteamientos y posiciones que constituyen el distintivo sustancial del fundamentalismo sean la consecuencia natural, como supone este, del sometimiento sin restricciones a la infalibilidad literal de las Escrituras, sino más bien, el resultado determinante de un cierto paradigma de religión, en este caso, el de la religión americana, que condiciona finalmente toda la visión de la Biblia y sus respectivas interpretaciones. La Biblia, entonces, ya no es comprendida aquí como testimonio de la revelación que interpela al ser humano desde su inteligencia orgánica, y que desde allí regula y confronta la tradición, incluso entendida esta en su acepción fundamentalista, sino como un vademécum de conjuros y recetas que en el fondo no hace más que legitimar y perpetuar a esa misma tradición y a sus intereses. De este modo, el original empeño de la Reforma de facilitar al lector el libre examen de las Escrituras, sin la coacción de una tradición heterónomamente impuesta –en aquella coyuntura, la del catolicismo romano–, queda así en manos del fundamentalismo violentamente socavado, toda vez que le impone a este de una forma incluso mucho más

---

[227] Un buen ejemplo de lo que aquí decimos, y que yo mismo tuve la oportunidad de seguir muy de cerca, fue el modo en que los grupos fundamentalistas de los Estados Unidos encararon el proceso de la campaña electoral presidencial del 2012, el cual enfrentó al candidato republicano Mitt Romney con el demócrata Barack Obama, en la que consiguió como es sabido la reelección este último para una segunda etapa de gobierno. Precisamente, un candidato como Mitt Romney, de reconocida adscripción mormona, que en cualquier otra circunstancia habría recibido el rechazo total de los sectores fundamentalistas básicamente por su confesión religiosa, a la hora de enfrentar las elecciones como candidato republicano, con una plataforma ideológica y de valores que engarzaba básicamente con la de estos, y ante un rival, por lo demás, que aunque miembro de una congregación cristiana, representaba todo aquello que desde la cosmovisión fundamentalista tanto por línea política –demócrata– como religiosa –progresista– venía a dar en la gran amenaza para sus intereses, era legitimado luego en su candidatura por una serie de complejas acrobacias bíblicas y teológicas. Primero, con el fin de demostrar que su mormonismo no era en absoluto una amenaza para la ortodoxia de la fe cristiana –o, mejor dicho, de la religión americana–, sino tan solo un intertanto para llegar a esta y, en consecuencia, que era el hombre destinado por Dios para dirigir los destinos de la nación y así lograr recuperar tanto la moral cristiana como la prosperidad económica –signo del favor de Dios–, extraviadas en el gobierno anterior. De más está decir que esos mismos complejísimos ejercicios que fueron esgrimidos para legitimar al candidato republicano sirvieron asimismo para mostrar al reelecto presidente como el "hombre de pecado" profetizado por las Escrituras, como quien llevaría a la nación, en caso de ser reelegido, a la debacle moral y espiritual y, por último, al dominio comunista con la consiguiente persecución de la iglesia cristiana, detenida únicamente con el *Left Behind*. Asuntos, entre tanto, tan cruciales al contenido mismo de las campañas y, en el que cada uno de los candidatos mostraba sus diferencias al respecto del giro que pretendía darle a su ciclo presidencial –tales como el rol del Estado, el gasto en defensa o la misma cuestión de los impuestos– quedaron prácticamente sin tocar.

[228] J. Barr, *Fundamentalismus*, Kaiser, München, 1981, 36 ss.

autoritaria que lo hizo aquella en su momento, sus extrapolantes visiones ideológicas de Dios, mundo y ser humano.

Frente, entonces, a tal acrobacia ideológica, la única conclusión posible a la que podríamos arribar sería, en realidad, que a quien quisiera dilucidar el lugar y la función que le cabe a la Biblia en el esquema del fundamentalismo, le sería más útil recurrir no tanto a la exégesis ni a la teología como su primera herramienta, sino más bien a la crítica ideológica y quizás a la psiquiatría. Y, no obstante, no es sino en esta noción de la infalibilidad literal, *ad pedem litterae,* que el fundamentalismo cual cruzada promueve, pero que a la vez somete a diversas acomodaciones en la medida en que la tal refuerce o desdiga sus postulados esenciales, donde se revela acaso el mayor distanciamiento entre el concepto de Escritura de este y el de los reformadores; quizás una pálida semblanza pueda hallarse, más bien, con el período de la ortodoxia protestante.[229] Como bien lo han señalado J. Dillenberger y C. Welch[230], la estructura dogmática a la que el fundamentalismo se aferró no fue ni la de la gran tradición de la iglesia antigua ni la de los propios reformadores, sino la de aquellas expresiones del escolasticismo protestante de los siglos XVII y XVIII, en su forma calvinista básicamente y luterana derivadamente. Expresiones que, particularmente en cuanto a doctrinas tales como la inspiración de las Escrituras o la cristología, ya se habían apartado sustancialmente de su formulación original, llegando a adquirir luego, en el contexto de los Estados Unidos, connotaciones absolutamente distorsionadas. En efecto, ya para Lutero[231], la alusión

---

[229] Importantes son para el desarrollo de la doctrina de la inspiración verbal, en la ortodoxia protestante, los nombres tanto de Francis Turrentin, para la tradición reformada, como el de David Hollaz, para la luterana, este último llegando incluso a sostener que los puntos de vocalización del texto masorético del Antiguo Testamento, que como es sabido no alcanzó su fijación final sino hasta los siglos IX y X d.C., conservaban la misma autoridad y antigüedad que las consonantes. Sin embargo, ya dentro de esta propia ortodoxia, otras voces, como la del teólogo luterano J. A. Quenstedt o la de su homólogo calvinista K. Scholder, comenzarán a hablar también de la acomodación del Espíritu Santo a cada autor bíblico y a su determinada época. Véase, para esto, W. Pannenberg, *La evolución y el problema de los llamados prolegómena de la dogmática,* en, *Teología sistemática I,* UPCO, Madrid, 1992, 27-59; J. L. González, *La ortodoxia luterana,* además de, *La teología reformada después de Calvino,* en, *Historia del pensamiento cristiano III,* Caribe, Florida, 2002, 253-259; 271-304; R. D. Preus, *The Plenary Inspiration of Scripture* en, *The Theology of Post-Reformation Lutheranism: A Study of Theological Prolegomena,* CPH, St. Louis, 1970, 278 ss.

[230] *Protestant Christianity. Interpreted Through its Development,* Charles Scribner's Sons, New York, 1954, 230.

[231] Por supuesto, esto no quiere decir que la doctrina de la inspiración verbal no resulte en última instancia en un derivado casi necesario de la insistencia del propio Lutero de que la Escritura es el principio sobre el cual la teología ha de tomar todas sus afirmaciones. Sin embargo, es obvio que el tratamiento al que la ortodoxia sometió a este principio se resiente de una extremada radicalización que sobrepuja todo criterio de necesidad. Véase el interesante tratamiento sobre el tema en W. Pannenberg, *La evolución y el problema de los llamados prolegómena de la dogmática,* en, *Teología sistemática I,* 35 ss.

primera a la Palabra de Dios alude a la existencia del Verbo, la segunda persona de la Trinidad, de lo cual se colige que nada más ajeno al espíritu del protestantismo que el promover la adoración de un libro y su letra –a la que ni el propio fundamentalismo, como hemos visto, se subordina completamente–, la Biblia, menos particulares versiones de esta, sino antes bien al Cristo que en aquel testimonio escritural se revela, pero que su existencia y actuación precede y sobrepuja a esta. De igual modo, Calvino[232], a modo de prevención contra la tentación de establecer la certeza de la fe sobre la sola constatación del registro escrito, habló a su vez del *testimonium internum* del Espíritu Santo como el verdadero instrumento de convalidación para el creyente de la inspiración de aquellas Escrituras.

Es a la luz, por tanto, de todo esto que no se puede dejar de abrigar enormes sospechas acerca de la verdadera consistencia del fundamentalismo, y cuánto más al considerar aquella pretensión de ser virtualmente la única expresión del cristianismo que conserva el fiel respeto y autoridad de las Escrituras, en contraposición con un espectro eclesial actual –católico, primeramente, pero también el ligado al protestantismo proveniente de la Reforma, tanto luterana como calvinista–, que daría suficientes muestras ya de su creciente apostasía al no ver en la Biblia la única norma de fe y conducta para la iglesia y para el individuo. No, claro está, en el sentido de minimizar la validez de este principio, ni tampoco en el de negar la lamentable realidad, en muchos casos, de esta tendencia, sino en la forma en que el fundamentalismo utiliza dicha máxima, esto es, como un axioma insoslayable cuando de afirmar sus intereses ideológicos se trata, pero al mismo tiempo susceptible de flagrantes acomodos y piruetas cuando las Escrituras los confrontan o reprueban. Es a causa de ello, por lo demás, que cuando el fundamentalismo pretende garantizar dicha pretensión al apuntar al hecho de que, entre sus filas, cada miembro llega a constituirse en un verdadero conocedor de la Escritura, lo que se expresa en el interés por tomar apuntes y poder citar amplios pasajes de esta y, mejor aún, en su voluntad de aplicarla a los aspectos más cotidianos de la vida, no podemos menos que señalar sendos reparos sobre la consecuencia de dicha garantía. No, otra vez, lo esclarecemos, como si implicara desconocer que una iglesia y un liderazgo que no sean capaces de llevar a su grey a un conocimiento profundo de las Escrituras, con aplicación a los aspectos más prácticos de la existencia, y desde allí luego a las dimensiones más estructurales de la vida, han dejado ya de cumplir fielmente con su misión evangélica, sino en términos de impugnar que una comprensión profunda de las Escrituras sea el equivalente sin más a la mera repetición descontextualizada de citas y versículos, o que fidelidad y respeto por las Escrituras sean lo mismo que bibliolatría.

---

[232] *Institución de la religión cristiana* I, IX, III, Rijwijk, Países Bajos, 1968.

Y es con arreglo a todo aquello, por consiguiente, que cuando el fundamentalismo pretende afirmar que –a diferencia de la investigación académica de las Escrituras, la cual a su juicio se acercaría a esta sin conocer *a priori* su condición divina– su lectura, entretanto "ingenua"[233] –aunque desde el fundamentalismo, y cuánto más de tendencia neopentecostal, se le denominaría a tal lectura "espiritual", en el sentido de poseer la unción o el carisma verdaderos para su interpretación cabal– sería la única que procedería con real reverencia y haciendo justicia plena a su carácter divino, no podemos estar en mayor desacuerdo con dicha aseveración. No en la acepción, por supuesto, de omitir que es en las Escrituras en tanto testimonio de la revelación donde Dios sale al encuentro del ser humano con su mensaje de gracia y salvación, ni tampoco bajo el criterio de desconocer que todo tratamiento académico de las Escrituras se verá siempre amenazado por el riesgo de venir a dar en pura filología o aplicación de las corrientes hermenéuticas de moda, lo que lleva a la domesticación de su mensaje y a la pérdida de toda la capacidad de asombro al respecto de esta. Ciertamente, no en tal dirección, pero sí en los términos de sostener que el tratamiento académico ha de resultar *per se* y bajo todos sus aspectos atentatorios contra la dignidad de las Escrituras y, por lo tanto, un ejercicio sin valor alguno, lo que implicaría desconocer al mismo tiempo todos los avances que las ciencias bíblicas han conseguido para una mejor comprensión y conocimiento de las mismas, y el hecho de que es la iglesia, a decir verdad, la primera en beneficiarse de todos estos adelantos bíblico-científicos. Sí, por cierto, en cuanto a pretender que solo una lectura ingenua de la Biblia, que nada sepa de instrumentos científicos para su comprensión o que incluso los desdeñe como inservibles, sería la única lectura posible de ofrecer un tratamiento respetuoso de esta, al hacer a su vez plena justicia de su condición divina.

Cierto es que, en una lectura ingenua de la Biblia, en tanto lectura ideal para el fundamentalismo, habrá siempre un amplio margen para la actitud de piedad y creatividad del individuo, en tanto el lector situado solo frente al texto pretende

---

[233] Ciertamente, y tal como H. de Wit lo precisa (*Op. cit.*, 202 ss.), no se está esgrimiendo un criterio peyorativo bajo la denominación de "lectura ingenua", sino más bien, haciendo alusión a lo que Paul Ricoeur ha convenido en designar como la primera fase en el proceso de interpretación de los textos: aquella fase en que el lector prescinde de todo instrumento científico para llevar a cabo su ejercicio de interpretación e incorpora a los textos, a su vez, su propio mundo de experiencias y conocimientos, sin reparar demasiado en si dicho ejercicio tiende a bloquear o a violentar la inteligencia propia de estos. Se trata de una lectura, como el propio H. de Wit así lo corrobora, que no constituye patrimonio exclusivo de los grupos evangélicos fundamentalistas, sino también de diversas lecturas populares latinoamericanas de la Biblia, epígonas, desde luego, de la teología de la liberación, toda vez que en estas opera aquel mismo enconado antiintelectualismo tan característico del fundamentalismo evangélico, junto a un aparataje ideológico que, de igual manera que este, funge como principio rector a la hora de imponerle el sentido a los textos.

hallar en cada palabra escritural respuesta al detalle de sus inquietudes e interrogantes ante la vida. Sin embargo, en la medida en que este mismo lector soslaya el hecho aquel de que el sentido de los textos, y al decir de Clodovis Boff, no se encuentra, por decirlo así, "a cielo abierto", sino que "el tiempo ha ido ahondando una distancia entre ellos y nosotros"[234] –es decir, que entre el texto original y la propia lectura personal, circunstancial, actual, existe una evidente zanja temporal, idiomática, cultural, etc., que dificulta la comprensión de los textos y que requiere, con arreglo a aquellos fines, de las disciplinas exegéticas y hermenéuticas como puente para allanar esta digresión–, estará, a decir verdad, irremisiblemente proclive a desarrollar un ejercicio más bien de eiségesis que de exégesis de los textos y, por lo tanto, a violentar el sentido de estos más que a honrarlos y respetarlos. Como bien lo ha señalado Hans de Wit[235], es en esta lectura ingenua de la Biblia donde es posible advertir con mayor precisión y claridad la actitud narcisista del lector que, enamorado de su propia imagen reflejada en los textos, los interroga cual si fueran estos prisioneros o reos, imponiéndoles por consiguiente él mismo las reglas del interrogatorio y las respuestas que desea escuchar.

Precisamente entre tales aguas tan turbulentas y peligrosas, principios tan caros a la comprensión luterana de la interpretación bíblica y del protestantismo como tal, como, verbigracia, el libre examen de las Escrituras o que el creyente acceda al contenido de las mismas sin la mediación tutelar de ninguna tradición o magisterio, pueden fácilmente pervertirse y naufragar, al venir a dar simplemente en lamentables subterfugios con el fin único de justificar toda suerte de arbitrarias y penosas interpretaciones –aspecto sobre el cual, como se sabrá, el mundo evangélico ha escrito amplias páginas en el curso de su historia, y probablemente, y a mucho lamentar, las seguirá escribiendo–. Se trata de principios, indudablemente, derivados del pensamiento de Lutero, que resultan únicamente capaces de aquilatar correctamente si se atiende primeramente al carácter eminentemente dialéctico que entrecruza casi todas las afirmaciones del reformador alemán, como así también a la vigorosidad con que, habida cuenta del contexto histórico, se los pronuncia. Todo lo cual, naturalmente, no aminora la importancia ni la centralidad que les cabe en relación con la hermenéutica evangélica de las Escrituras, pero sí los sitúa en un marco de referencia más extenso, que garantiza precisamente su correcta aplicación y entendimiento. Dicho, en otros términos, los precave de llegar a alzarlos como normas extemporáneas y absolutas que, desconectadas del conjunto de la teología de Lutero y del propio espíritu de la Reforma, se transformen simplemente en eslóganes caricaturescos y unilaterales que poco tienen que ver con los genuinos principios protestantes al respecto de la interpretación de las Escrituras. Difícilmente Lutero ha visto en el libre examen de las Escrituras o en

---

[234] *Teología de lo político. Sus mediaciones,* Sígueme, Salamanca, 1980, 250.
[235] *Op. cit.,* 211.

el directo acceso del creyente a estas la ocasión para la minusvaloración –o, peor aún, exclusión– de los instrumentos científicos apropiados para su correcta comprensión, de los intérpretes y maestros autorizados y destacados por la iglesia para ejercer esta función y de la misma tradición como depósito del testimonio de sus interpretaciones históricas, de modo que individuos o agrupaciones que desdeñan todo lo anterior, en virtud de una soberbia que solo es resultado de la ignorancia más tozuda y terca, se juzguen luego en la insana libertad de utilizar los textos bíblicos con la única finalidad de ver confirmados en estos sus propios proyectos, ensoñaciones e intereses. Baste para confirmar aquello atender simplemente al amplio uso de Lutero, en todos sus comentarios de las Escrituras, de diversos intérpretes y fuentes de la tradición; su esfuerzo, bajo el impulso motivador de los estudios humanistas en relación con los clásicos, por fijar los textos bíblicos a la luz de su sentido gramatical e histórico; la confección de catecismos para que el creyente sencillo pudiese encontrar una guía acerca de qué encontrar en las Escrituras y cómo llegar a ello; su tenaz rechazo de la interpretación "ingenua" de los por él llamados *Schwärmer* (fanáticos o exaltados), quienes precisamente abogaban por una directa revelación del Espíritu al lector, sin mediación de ningún instrumento o tradición ulterior.

3.2.3.3 *Conclusión*

Llegamos así al final de nuestra breve descripción de los principios sobre los cuales creemos que se construye la identidad del fundamentalismo, con la salvedad, ya previamente acotada, de que los tales no se desarrollan de manera inconexa o autónoma entre sí, sino de un modo claramente entrelazado, al punto de que no es posible la presencia de uno solo de estos sin la participación de los otros. Pues bien, hacemos ahora también la aclaración de que al habernos referido al fundamentalismo como una de las expresiones del cristianismo evangélico –o, mejor aún, de la religión americana– que exacerba con mayor vigorosidad la dimensión de la identidad a expensas de su contraparte relevante, no hemos querido con ello concluir que carezca este de todo esfuerzo por hacer notorio y contingente su discurso y esquema. Antes bien, lo que realmente se ha pretendido señalar es que en el fundamentalismo tal esfuerzo, lejos de aparecer confrontado por la contingencia ambiental y sus respectivos desafíos históricos, y regulado en primer lugar por la tradición bíblica y desde allí por la historia del pensamiento cristiano y filosófico, resulta más bien en la presentación remodelada de aquellos mismos principios que conforman su identidad. En otras palabras, se trata en el fundamentalismo de una relevancia que no es más que el reflejo o la proyección de su propia identidad, con la resultante, por consiguiente, de que lo que se actualiza aquí, para el mundo de hoy, no es principalmente aquello que resulta distintivo y propio de la fe cristiana –Jesús, el Cristo, su muerte y su resurrección–, sino, primordialmente, los contenidos e intereses de esos mismos principios. Vale decir, y recapitulando muy sucintamente aquello que hemos ya abordado antes: como principio cultural, la promoción de la *American way of life* como aquel conjunto de valores y comportamientos que representaría como ningún otro en el mundo la encarnación de lo exitoso, lo rápido, lo grande, lo medible y cuantificable, lo entretenido, lo alegre, lo eternamente juvenil y, por lo tanto, el *modus vivendi* prácticamente requerido por Dios y al que todo creyente debería por consiguiente aspirar; como principio político, en primer lugar, la convicción de que los Estados Unidos de Norte América, como nación elegida por Dios, han sido llamados a imponer los términos de su *pax usamericana* y su concepto de progreso y libertad a todo el resto de las naciones, como única vía para que estas puedan alcanzar su redención final, y, en un segundo pero no menos importante sitial, el derecho a catalogar como adversarios del bien o a situar dentro del "eje del mal" a todos aquellos sistemas políticos, intelectuales o religiosos que pudieran poner en riesgo los valores e intereses tradicionales de su sociedad; como principio teológico, una afirmación del cristianismo que aparece en alto grado ya condicionada por aquellos mismos contenidos que han configurado el mito fundacional de la nación, esto es, la convicción de que la expresión más pura y genuina de esta fe solo ha llegado a hacerse manifiesta, luego de su aparición en el cristianismo primitivo, por supuesto, en los Estados Unidos de Norte América, y en la modalidad asignada por el esquema del fundamentalismo, que tiende, por lo mismo, a desgarrar al cristianismo y a su quehacer teológico de sus fuerzas fundantes y de sus elementos en perspectiva histórica más profundos e iluminadores; una compresión de las Escrituras no desde su inteligencia orgánica, ni en cuanto texto susceptible de un ejercicio hermenéutico de interpretación, sino desprovista ya de cualquier instrumento consciente de mediación, reducida prácticamente a nada más que material para la construcción de consignas y reforzamiento ideológico; una visión, además, completamente dualística de la existencia, que al hacer irrelevante toda lucha contra las redes de opresión estructural, por cuanto el mundo no se dirige más que a su Armagedón final, y el creyente solo ha de preocuparse por la espera de ese desenlace de la salvación de su alma individual, se convierte nada más que en instrumento de legitimación del orden establecido y en verdadera anestesia social.

3.3 El neopentecostalismo

3.3.1 Aspectos preliminares

Aun cuando el neopentecostalismo se engarce de lleno en la actual modalidad que exhibe hoy el fundamentalismo evangélico, al ser quizás su expresión más emergente y multitudinaria, hemos creído conveniente, sin embargo, destinar un tratamiento independiente sobre este aspecto, debido por supuesto a su innegable repercusión en América Latina y en el resto del mundo. Tratamos al hablar del neopentecostalismo, en realidad, de un fenómeno bastante reciente en nuestro continente, sobre el cual y a pesar de su a todas luces explosivo crecimiento, relativamente poco se ha investigado todavía.[236] Un fenómeno que, si bien en el contexto estadounidense se ha venido ya gestando a partir de este nuevo giro del fundamentalismo al que hemos hecho alusión, y que ha visto su consagración a la luz de las condiciones dadas por la posmodernidad y la globalización, no ha dejado sentir su presencia en América Latina sino a fines de la década de los ochenta, y ha hallado como hitos precursores tanto el teleevangelismo como la propia iglesia electrónica. Debe verse, no obstante, el neopentecostalismo tanto como continuidad con el fundamentalismo en lo general y con el pentecostalismo en lo particular, a la vez que como una clara desmarcación de este último, necesariamente dada por el nuevo escenario social y cultural en el que a la sazón este se ha debido desarrollar. Con el primero guarda evidente continuidad con los aspectos que este comparte de suyo con toda la religión americana, como asimismo con los elementos específicos que esta expresión de esta misma religiosidad, en su modalidad que exacerba la dimensión de la identidad, ha sabido llevar a grandes límites de radicalidad; con el segundo, aquellas particulares reivindicaciones teológicas que, más allá de sus matices y readaptaciones históricas, han resultado patrimonio prácticamente distintivo del movimiento pentecostal, a saber, su insistencia en la vigencia actual de los dones apostólicos, su escatología dispensacional, su sobrevaloración de los fenómenos extáticos, su profundo dualismo vital, etc. Incluso, en algunas de estas reivindicaciones no solo convendría hablar de continuidad, sino de un esmerado esfuerzo por llevar las mismas a su máxima espectacularidad.

---

[236] Tal carencia bibliográfica, en opinión de M. A. Mansilla ("El neopentecostalismo chileno", *REVISTA ciencias sociales* n.º 18, 2007, 88), se acrecentaría mucho más, por ejemplo, en un país como Chile, en el que a diferencia de Argentina, Brasil, principalmente, pero también Bolivia, Venezuela, México y ciertos países de América Central y del Caribe, no es frecuente todavía la existencia de megatemplos, ni los líderes de este movimiento han alcanzado aún el *status* de celebridades casi hollywoodenses que ostentan en dichos lugares, en un intento de emular, por supuesto, a sus homólogos estadounidenses. Todo lo cual, y de acuerdo a nuestro autor, explicaría la falta de mayor interés para investigar sobre este movimiento en el contexto chileno. Por supuesto, podemos concederle plena validez a la observación realizada por Mansilla y, sin embargo, no cabe duda de que en la medida en que el movimiento neopentecostal en Chile comience a hacerse cada vez más notorio y expansivo, si es que ya no lo es, la necesidad de reflexionar en torno a su impacto eclesiástico y social se tornará asunto claramente urgente. Por lo demás, el hecho de que en Chile el fenómeno neopentecostal haya visto un crecimiento y una espectacularidad proporcionalmente más rezagados al respecto del resto del continente, aunque todo pareciera apuntar a que se enriela definitivamente hacia aquella dirección, debe incluir a mi juicio, como uno de los factores a considerar y en modo alguno menor, el influjo tan importante que ha ejercido el pentecostalismo autóctono en el contexto evangélico chileno. Un pentecostalismo criollo, cuya reacción ante la presencia del neopentecostalismo ha oscilado, por una parte, entre el rechazo y la desconfianza, inicial y mayoritariamente, como, por otra parte, en asomos de asimilación, particularmente en este último tiempo, aunque aquello no sin un claro margen de tensión, especialmente de parte del liderazgo de mayor edad, quien ve en esta acomodación la contemporización con un evangelio diferente, para no decir, lisa y llanamente, la traición hacia su espíritu formador.

Nada extraño, desde luego, si se repara en el hecho de que el itinerario histórico del pentecostalismo ha mostrado consistir, como la mayoría de sus investigadores lo confirma, en ciertas etapas de rutinización de su carisma, a las que sigue un nuevo periodo que se esfuerza por hacer de este una experiencia más radical y espectacular, de forma que su genio religioso, al cual ciertos caracteres son más propensos que otros, pueda continuar vigente.[237]

De este modo, para el neopentecostalismo ya no es suficiente la cruzada evangelística, la manifestación de la glosolalia, el milagro de sanidad y el respectivo exorcismo dentro del margen del culto de la comunidad local, el compromiso del diezmo, etc., como en el pentecostalismo tradicional, sino la construcción de megatemplos y teatros para sus celebraciones, la risa santa, gruñir como animales, toser espíritus, declarar batalla espiritual a demonios territoriales, el desvanecimiento de las personas con el soplo del Espíritu, hacer llover lluvia de oro desde el cielo, exigir enormes sumas de dinero a los feligreses o seguidores más allá de la décima parte que resultaba habitual, el hecho de ya no solo hablar de pastores, maestros, evangelistas u obispos, como en la tradicional jerga eclesiástica, sino de "profetas", "apóstoles", "patriarcas", "superapóstoles", capaces estos de exhibir portentosas señales y de llevar en cada una de sus presentaciones a millares de personas no convertidas a la nueva fe cristiana.[238] Desde luego, los líderes del

---

[237] Podemos consentir, en efecto, con aquella *alma mater* de la religión americana, William James (*Las variedades de la experiencia religiosa. Tomo I. Estudio de la naturaleza humana*, Prana, México, 2010, 151), cuando afirmaba que aquellos genios religiosos más violentos en el renacimiento de su fe y en la manifestación de sus fenómenos extáticos –y aquí podemos incluir, por supuesto, al propio pentecostalismo– no podrán ser nunca desplazados, pues resultan imprescindibles para ciertos temperamentos. Y, no obstante, podemos consentir en tal afirmación únicamente a petición, claro está, de que la viveza de estos mismos elementos que resultan constituyentes para dichos genios religiosos y de factor cautivante para un determinado temperamento o seguidor, lejos de rutinizarse y en consecuencia fenecer o derivar en un tipo ya institucionalizado de religión, puedan estar sometidos a un constante proceso de superación de sí mismos, para así poder preservar su existencia como tal y mantener vivo, de este modo, el interés de sus adeptos. Por supuesto, la veracidad de dicha afirmación no se ve disminuida por el hecho de que históricamente este tipo de procesos de "superación" se hayan mostrado más deudores de un acto conscientemente programado con arreglo a los fines que persigue, que de una experiencia de carisma espontáneo y puro.

[238] En un libro que resulta de lectura obligada para tomar contacto con el desarrollo histórico del neopentecostalismo y el respectivo análisis de su impacto eclesial y social en los Estados Unidos, principalmente, pero también con aplicaciones a nivel mundial, a saber, P. Glover-M. Haville (Eds.), *The Signs and Wonders Movement: Exposed*, Day One Publications, Bromley, 1997, uno de sus editores, Mark Haville, ofrece en un capítulo, titulado *An Illusion of Power* (23 ss.), antecedentes que resultan de gran importancia para una evaluación de estas enfatizaciones que este movimiento ha llevado a niveles prácticamente bizarros. Haville, quien había sido anteriormente un reconocido líder y escritor neopentecostal, colaborador a su vez de las figuras más emblemáticas del movimiento, pero que en virtud de los excesos del mismo decidió tomar distancia definitiva de este, denuncia cómo aquellos apoteósicos informes de millares de conversiones bajo la aclamación portentosa del

movimiento neopentecostal en América Latina, ciertamente formados a imagen y semejanza de esta misma escuela, no pretenden quedar ni mucho menos rezagados en cuanto a la manifestación de las mismas obras prodigiosas que exhiben sus mentores usamericanos, verdadero seña y santo para acceder al liderazgo local e inclusive al reconocimiento mundial de este movimiento. De tal suerte, y echando mano nada más que de un ejemplo a escoger, el guatemalteco Cash Luna, pastor de la iglesia por él mismo fundada, *Casa de Dios*, y reconocido líder neopentecostal en el concierto criollo, puede relatar en su conocida página web experiencias milagrosas que en nada pueden desmerecer los fenómenos presenciados por los líderes del movimiento en los Estados Unidos, por más que la misma secuencia de los hechos se resienta de un claro recurso estereotipado en la historia del pentecostalismo[239]:

> Las manifestaciones del poder son maravillosas. He sabido de algunos lugares en los que han ocurrido milagros a causa de la presencia de Dios. Me enteré que en algunos lugares ha llovido bajo techo. En cierta ocasión, los bomberos llegaron a un templo porque habían recibido llamadas que informaban que se estaba incendiando. El fuego era visible incluso a las personas que estaban dentro de la iglesia. El poder de Dios derramándose en ese lugar, fue tanto que el fuego de Su presencia era visible para todos. Las manifestaciones del poder de Dios son asombrosas, de la misma forma en que puede hacer aparecer una escarcha de oro. Yo he tenido la oportunidad de ver la expresión del poder de Dios en diferentes formas. En una ocasión, junto con otros pastores, pudimos ver cómo aparece el polvo de oro; cuando terminamos de orar había plumas de ángeles en el suelo. [240]

"apóstol" o el "profeta" en cuestión, verdadero estandarte de batalla del neopentecostalismo, no solo que no son jamás objeto ni de seguimiento ni de verificación, en términos de hallar luego del evento a estos supuestos "convertidos" integrados a alguna comunidad de fe, sino que los mismos métodos para lograr la respuesta emotiva de los asistentes, incluyendo las parafernálicas sanidades, se resienten de dudosa reputación.

[239] Precisamente, F. W. R. Benoit, en su apreciable artículo, "La historia y el impacto del neopentecostalismo" (*Obrero fiel*, 21 de marzo, 2008, 8), ve en el relato de Luna paráfrasis directas de las experiencias relatadas por los primeros pentecostales de la calle Azusa, y de este modo puede concluir: "Esto es una muestra de cómo las historias usadas para legitimar los reclamos —neopentecostales— pueden ser manipuladas y distorsionadas con el paso del tiempo y el recuento". En otras palabras, nos hallamos aquí con el mismo principio de continuidad y radicalidad que ya habíamos mencionado. Es decir, experiencias estereotípicas del acervo pentecostal tradicional son recogidas de modo de ofrecer continuidad con el espíritu fundante y, al mismo tiempo, conducidas a su máxima espectacularidad, con el fin de no perder vigencia.

[240] Con fecha 21 de octubre del 2003.

3.3.2 Ruptura y continuidad

Más allá de estos elementos de continuidad con el fundamentalismo en general, como con el pentecostalismo en particular, si bien en relación con este último se trataría en muchos aspectos de elementos de continuidad que se han llevado a su máxima radicalidad, el neopentecostalismo en América Latina ofrece también evidentes elementos de ruptura y discontinuidad con este segundo movimiento, mucho más en su acepción de un pentecostalismo autóctono, y que ya hemos dicho, resultan en gran medida dados por su nuevo escenario social y cultural. En primer lugar, podemos mencionar la aspiración de alcanzar un sector poblacional ya no exclusivamente periférico y marginal, como en el pentecostalismo autóctono o simplemente en el tradicional evangelicalismo misionero. En efecto, tal aspiración ha sido posible toda vez que la actual generación de evangélicos en esta línea, dicho otra vez, la inmensa mayoría en América Latina ha experimentado un evidente flujo migratorio de su tradicional contexto rural hacia la ciudad, y con ello ha dado un salto cualitativo en lo concerniente al mejoramiento de su educación formal y a su poder adquisitivo. E incluso más, el propio liderazgo de estos sectores ha llegado también a quedar constituido por no pocos profesionales, aun con grados teológicos, aunque siempre en el marco de este mismo horizonte teologal. En tal sentido, y bajo este nuevo escenario contextual y sus consiguientes desafíos, se puede hablar con respecto al neopentecostalismo de América Latina de una clara rutinización de aquel primigenio carisma pentecostal o, como gráficamente se ha dicho, parafraseando el título de aquel clásico libro de Christian Lalive d'Epinay[241] sobre el pentecostalismo chileno, *El refugio de las masas,* de una nueva oferta de refugio religioso, esta vez ya no tanto para las masas o la periferia cuanto para una sociedad marcada por una pulsión consumista desenfrenada y la asimilación cada vez más creciente de la *American way of life.* No en vano se ha advertido que el pentecostalismo clásico, mucho más en sus formas autóctonas, ha entrado en una evidente crisis de identidad, en la medida en que su discurso correspondía a un tipo de sociedad en transición "entre lo tradicional y la modernización, lo rural y lo urbano"[242]. Todo lo anterior no nos

---

[241] *El refugio de las masas. Estudio sociológico del protestantismo chileno,* CEEP, Concepción, 2009.

[242] Citado en M. A. Mansilla, "El pentecostalismo clásico y el neopentecostalismo en América Latina", *Revista Fe y Pueblo,* N.° 18, marzo 2011, 2. Resulta verdaderamente sorprendente advertir, tal como tendremos ocasión de cotejar más adelante, y aunque aquello ciertamente no deje de tener una clara explicación, el deficiente análisis que el mundo académico teológico, tanto de los Estados Unidos como de Europa, particularmente aquel ligado a la izquierda cultural y al progresismo en general, suele realizar del escenario religioso de América Latina –sino del mundo entero–, particularmente cuando se trata de anticiparse a sus efectos. Así, por ejemplo, y en su momento, se concluía que el supuesto avance de la secularización llevaría a una evidente disminución del consumo religioso, cuando el efecto más bien ha sido todo lo contrario, no solamente en América Latina sino también en los así llamados países del primer mundo. Del mismo modo, se pronosticaba, y no hace

lleva más que al reconocimiento de la notable capacidad del neopentecostalismo a la hora de poder leer los signos de los tiempos y beneficiarse en consecuencia de ciertos elementos característicos de la modernidad, aquella misma modernidad tan demonizada por el pentecostalismo tradicional, de la cual ahora este propio neopentecostalismo se sabe aprovechar, con un amplio margen de generosidad de todo su aparataje tecnológico y empresarial, aunque negándose, por supuesto, a recoger todas las consecuencias éticas de su discurso científico-racional, de modo de no poner en situación de riesgo su particular cosmovisión de ser humano, mundo y sociedad tradicional.

Pero el neopentecostalismo no solamente ha evidenciado una extraordinaria efectividad en cuanto a la utilización selectiva de la modernidad, sino a su vez, y no faltaba más, de la propia posmodernidad, al punto de que no son pocos los que han llegado a sostener que, junto con la *Nueva Era*, serían aquellos dos tipos de religión formulados precisamente por la tardía modernidad con el fin de amortizar el vacío de una existencia carente ya de escatología y utopías, volcada simplemente a la satisfacción de un inmediatismo en el que ya no cuenta la dimensión relacional.[243] Incluso hay quienes han dado todavía un paso más y han llegado a sostener que el neopentecostalismo no solo se debatiría entre aquella tensión, propiciada o accidental –y, como es sabido, con resultados hasta el momento altamente positivos para sus filas, por lo menos en cuanto a su explosivo crecimiento numérico–, dada por la modernidad y la posmodernidad, sino que asimismo incluiría ciertos rasgos característicos de la premodernidad.[244] En efecto, esto último tendría lugar toda vez que, por medio de la intervención de aquellos actores denominados por el neopentecostalismo como "apóstoles" y "profetas", se procura la salvación del mundo por medio de la manipulación animista de espíritus malignos y toda una pléyade adjunta de ritos y conjuros –guerra espiritual, expertos en maldiciones, acorralamiento geográfico de demonios, silbidos exorcizantes, etc.– propios de aquella pretérita mentalidad. Pero en medio de esta sorprendente versatilidad que trasunta el neopentecostalismo y que le hace apto para transitar por diversas

---

mucho, en un arrebato del más cándido ideologismo, que prácticamente toda América Latina suscribiría muy pronto o bien a la propuesta del pentecostalismo autóctono o bien a la de la teología de la liberación, cuando en realidad el primero, como ya se ha dicho, ha demostrado haber ingresado ya en un irreversible proceso de crisis y digresión, entre tanto que el segundo, a decir verdad, jamás sobrepasó los límites de una pequeña propuesta académica de intelectuales de izquierda, con casi ninguna presencia en la vida real de las congregaciones. No es de extrañar, por tanto, los escasos estudios realizados sobre el fenómeno neopentecostal, aun cuando, dicho sea de paso, constituya este el movimiento evangélico de crecimiento más explosivo del que se tenga memoria, con presencia además en casi todos los continentes.

[243] Así, por ejemplo, J. Mardones, *Op. cit.*

[244] Así, por ejemplo, A. Piedra, *El rostro posmoderno del protestantismo latinoamericano*, en, A. Piedra; S. Rooy; H. F. Bullón, en, *Op. cit.*, 45.

épocas y sus modos de pensar, si es que así le podemos llamar, debemos también considerar que se pone en evidencia una de las características más representativas de la *American Religion*, que este, en efecto, ha sabido aprovechar muy bien, esto es: su profundo eclecticismo.

Como un segundo elemento a destacar habría también que señalar que la forma de organización eclesial en el neopentecostalismo no solo se resiente de aquella sempiterna pretensión de toda la religión americana en general, pero mucho más de sus expresiones radicalizadas en torno a la dimensión de la identidad, tocante a reeditar prácticamente y sin variación alguna el espíritu y la praxis de la iglesia primitiva, según esa misma religión la ha llegado a idear, sino además de todo un lenguaje y un dispositivo propios del rubro empresarial para dar funcionamiento a su dinámica. Como bien lo señala O. Campos, prevalece en el neopentecostalismo el "estilo administrativo contemporáneo empresarial y las técnicas del mercado actual", tanto para organizar internamente a la comunidad como para abrirse paso entre la sociedad.[245] Por ello, es posible advertir aquí, incluso mucho más que en todas las etapas previas del fundamentalismo misionero, una promoción mucho más enérgica de la *American way of life* y del modelo político-económico que le sostiene como el estilo de vida y la forma de organizar a la sociedad que resultaría más compatible con el propio cristianismo. Y, aledaño a esto, era de esperar, una entusiasta apología, como lo ha señalado M. A. Mansilla[246], de la teodicea de la felicidad, que solo un individualismo reencantado podría abrazar casi sin ningún margen de criticidad. En tercer lugar, y contrario a la antigua práctica del pentecostalismo criollo –para el cual la mujer solo podía optar por funciones diaconales o ser la sostenedora silente del ministerio pastoral, ocupado desde luego solo por varones–, la mujer es ahora, en el neopentecostalismo, líder indiscutible de su estructura organizacional. Un líder que no solo accede ya al tradicional cargo pastoral, sino que también retoma el espíritu de las antiguas heroínas de Israel (Séfora, Débora, etc.), siendo por lo mismo, a la sazón, no solo "pastora", sino también "profetisa", "princesa", "guerrera", incluso "apóstol". Precisamente factores tales como este mismo cambio de escenario social, el énfasis tan preponderante en el discurso de la prosperidad y la teodicea de la felicidad, además de aquel reencantamiento por un individualismo cada vez más radical, han llevado a su vez a que el neopentecostalismo ya no se sirva de figuras bíblicas tales como los "cautivos en Babilonia", los "allegados en Egipto", los "peregrinos", los "publicanos", los "pequeños", los "menesterosos", etc., para afirmar su identidad, tal como sucedía en el pentecostalismo autóctono. Muy por el contrario, la autopercepción es ahora, sin ocultar el evidente narcisismo que subyace bajo cada una de estas designaciones, "reyes", "sacerdotes", "guerreros", "príncipes" y "princesas",

---

245 Citado en F. W. R. Benoit, *Op. cit.,* 11.

246 "El neopentecostalismo chileno", *REVISTA ciencias sociales*, n.º 18, 2007, 89.

"apóstoles" y "profetas", etc.: un pueblo llamado a transformar y a conquistar todo el mundo para Cristo. Un pueblo a quien Dios, por lo demás, ha prometido la satisfacción de todas sus necesidades, el goce pleno de todos sus anhelos en el "aquí" y en el "ahora", y no solo para el tiempo de una vida ultraterrena. Discurso este que, como es sabido, resultaba ser resorte fundamental del pentecostalismo tradicional (mucho más el autóctono).

3.3.3 *Escatología terrena y teodicea de la felicidad*

Desde luego, esto no quiere decir que el pentecostalismo autóctono careciera de toda teodicea de felicidad terrenal, pero tal teodicea seguía siendo deudora de los límites de su propio entorno sociocultural, y siempre sujeta además a los marcos de su autopercepción como creyentes peregrinos, errantes y marginados. En definitiva, una teodicea de la felicidad que paradójicamente no aspiraba más que al aplazamiento del sufrimiento terrenal: superar la pobreza, poner fin al hacinamiento, revertir la enfermedad, derrotar los vicios mundanos, etc. En el neopentecostalismo, entre tanto, no solo que tal teodicea de la felicidad no está planteada simplemente como dique o barricada contra los sufrimientos y miserias de este mundo, sino que la misma se transforma prácticamente ya en discurso central y en meta final del cristianismo, en una búsqueda de la satisfacción y del goce terrenal que no ocurren simplemente por echar mano de la esperanza escatológica, sino que hay que conquistar, declarar la palabra que ya afirma que aquello ha sido obtenido y que habla, al mismo tiempo, de este nuevo escenario sociocultural en el que se mueve este movimiento, como así también de sus nuevas aspiraciones de realización temporal: salud, belleza, movilidad social, trabajos bien remunerados, ingreso al rubro empresarial, capacidad amplia de consumo, etc.

No dejan de darse dos sensibles singularidades en esta ferviente aspiración de realización terrena suscrita por el neopentecostalismo o, dicho de otro modo, en su particular teodicea de la felicidad. La primera, por supuesto, es que a pesar de que el neopentecostalismo afirma la misma escatología dispensacionalista del pentecostalismo tradicional y del fundamentalismo en general —aunque aderezándole ahora a esta los accesorios tecnológicos e ideológicos característicos de la nueva época, tal como queda de manifiesto en su actual versión del *Left Behind*—, ofrece por otra parte su modalidad peculiar y no menos radical de una escatología realizada. La segunda de estas singularidades, aunque se trate más bien de una consecuencia prácticamente exigida de acuerdo al marco político e ideológico en que se afirma gran parte de su identidad, es que tales aspiraciones de realización, vida abundante, escatologismo realizado, etc., toman muy curiosamente los mismos contornos ofertados y encarnados por la *American way of life*.

En efecto, nada quiere saber el neopentecostalismo de una teología de la cruz, de un Jesús crucificado que en su abandono de Dios toma el dolor de los seres humanos y de la Creación consigo para desafiar todo aquello que amenaza su humanización y redención: el pecado individual, primeramente, pero también aquellas estructuras de opresión que este mismo pecado ha instalado. No, el Cristo del neopentecostalismo es un Cristo radicalmente desde arriba, un Cristo más deudor del docetismo y el neognosticismo que del Jesús histórico de Galilea. Es el Cristo de la *theologia gloriae*, no de la *theologia crucis*, cuyo mensaje se asemeja más al triunfalismo voraz pregonado por este nuevo orden mundial y su oferta de felicidad y goce pleno de la vida mediante el consumo de todas sus mercancías, que al mismísimo Sermón de la Montaña. Ciertamente, la cruz se ha transformado ya aquí, en el neopentecostalismo, tan solo en una categoría teológica de la redención, de la resurrección, pero que parece olvidar muy prontamente que aquella misma redención ha sido conseguida por aquel hombre concreto, Jesús, quien ha experimentado en aquel madero de la cruz la más ignominiosa muerte de todas, como asimismo el abandono de su Dios. No resulta extraño, en consecuencia, que el iconoclasticismo litúrgico que de suyo el neopentecostalismo comparte con toda la religión americana, aunque este se ha encargado de llevar prácticamente a niveles que rayan lo bizarro, se dirija especialmente contra el símbolo de la cruz: "Jesús no está crucificado –se repetirá una y otra vez aquí–, él ha resucitado"; o "Una cruz y un crucificado allí son solo símbolos de paganismo, de superstición o, lo que es peor, de religión". Esto olvida, empero, no solo la importancia de los símbolos litúrgicos para la fe cristiana, y desconoce aun el particular genio religioso de la cultura latina, a la que, dicho sea de paso, la religión americana prácticamente ha llevado a su extinción, sino mucho más, el hecho de que el apóstol Pablo no haya querido saber otra cosa sino del Cristo crucificado, que esta, la cruz, constituye el centro de la fe cristiana, y que el Resucitado es el vencedor y triunfante porque primero ha sabido ser el Crucificado abandonado en aquella cruz: *Victor quia victima*!

3.3.4 *Un sistema cúltico que hace a la teología y se constituye en primer elemento misional*

Si traemos a la cita nuevamente aquel antiguo adagio eclesiástico, según el cual la teología de una iglesia se conoce más por su tipo de culto que por sus mismas declaraciones de fe, podríamos convenir en que gran parte del proyecto neopentecostal aparece claramente definido ya en los propios márgenes de su sistema cúltico. En su predicación, primeramente, pero en un grado no menor también en su música. En efecto, en su propuesta musical encontramos reforzados y contenidos los elementos que de suyo hacen gran parte de la teología neopentecostal: la centralidad de una teología de la gloria, con ocultamiento radical del mensaje de la cruz, y un individualismo claramente exacerbado, en el que la tradicional consigna de la religión americana, "el creyente y su solo corazón a solas con Dios", no solo agudiza esa falta de dimensión horizontal de la fe, sino que prácticamente hace depender la misma de las virtudes sensoriales del oferente y de la promesa de su realización completa en el presente. Ciertamente, atendido el hecho de que el neopentecostalismo es un fenómeno fundamentalmente urbano, que ha sabido internalizar como ningún otro movimiento religioso los avances tecnológicos propios de la modernidad –programas de radio, canales de televisión, filmaciones, *YouTube, Facebook, Twitter,* incluyendo por cierto las corrientes musicales más actuales del mercado, interpretadas con un volumen de musicalización digno de cualquier concierto de pop–, no resulta sorprendente en consecuencia que aparezca básicamente compuesto por adolescentes y jóvenes adultos, quienes tienden a ver, por lo demás, en el amplio uso de estos recursos, una forma de refutar aquella constante acusación vertida contra el evangelicalismo, cuánto más pentecostal, de ser un movimiento nada más que antimoderno, marginal, rural. Si en el protestantismo histórico, el empleo del himno que echaba mano de la gran tradición himnológica fue elemento fundamental, como lo fue también el "corito" o la alabanza en el pentecostalismo tradicional y a veces la procesión congregacional en el autóctono, en el neopentecostalismo se impone ahora el uso del cantante o de la banda profesional. La música es entendida ahora básicamente como actividad empresarial, como industria que busca los ritmos y tendencias más rentables y aceptados del mercado, que suelen oscilar desde el género pop de tendencia más bien anglo hasta la típica balada romántica, y que serán puestos al servicio y consumo de cada comunidad local. Bajo esta nueva comprensión asignada a la música, los así llamados ministerios musicales y sus respectivos directores, cuya importancia dada por el neopentecostalismo ha llegado a ser, dentro de la historia del evangelicalismo, algo a todas luces inusual, serán los encargados de reproducir tales ritmos en el espacio cultual, repitiendo muchas veces y hasta la saciedad una misma canción, o bien dejando únicamente su música de fondo una vez terminada su lírica para que cada congregante se sienta en la libertad de entonar sus propios estribillos o doxologías, según el espíritu –aquí se afirma– les mueva, y por un tiempo de duración que podría variar de acuerdo a la ocasión y su intensidad. Todo esto –sumado además a sermones cuya economía de tiempo no es con mucho su característica principal o al hecho de que, al no seguirse aquí el orden de culto tradicional, los pocos contenidos que han logrado sobrevivir del mismo suelen ser llevados hasta la eternidad– hace que los servicios del neopentecostalismo resulten en jornadas maratónicas, casi imposibles de observar para aquellos que no están completamente familiarizados con sus contenidos.

No cabe duda de que ha sido principalmente a través de su dinámica musical que el neopentecostalismo ha encontrado el más adecuado canal para hacerse un lugar en el mundo evangélico prácticamente a nivel mundial. En efecto, a nadie hoy día podría parecerle asunto demasiado sorprendente observar cómo los éxitos de sus representantes son seguidos y coreados en comunidades evangélicas de tan diversos países como Rusia, Ucrania, Italia, Australia, Sudáfrica, Nigeria, incluyendo por supuesto los Estados Unidos y toda América Latina. Es cierto que se trata de sectores evangélicos, en estos respectivos países y otros tantos más que sería demasiado largo de apuntar, identificados plenamente ya con el fenómeno pentecostal, primero, y luego con el neopentecostal, y aquello por efecto del trabajo misionero usamericano, por supuesto. Sin embargo, nadie podría hoy tampoco negar que la ascendencia de la música neopentecostal se ha dejado sentir y con no pequeña fuerza también entre gran parte de aquel protestantismo bien o mal llamado histórico e incluso entre cierta parte de la propia iglesia católica. En cuanto a aquel tipo de protestantismo, así llamado histórico, y pienso aquí específicamente en el contexto de América Latina, la explicación de aquello estaría dada en mi opinión en consideración de que este tipo de protestantismo, con la sola excepción, claro está, del fenómeno de las iglesias de trasplante, ha bebido casi sin interrupción alguna de los mismos pozos de la religión americana, y ha desarrollado en consecuencia una muy pobre conciencia histórica de la liturgia cristiana, incluso en relación con su propia tradición confesional, de modo que el salto hacia aquella dirección no le ha resultado asunto demasiado traumatizante. Incluso, en muchos casos, se trata de iglesias cuyo liderazgo ha procedido no solamente del evangelicalismo fundamental, lo cual no reporta de suyo mayor novedad, sino directamente del propio pentecostalismo, y que, desprovisto de mayor formación teológica confesional, ha visto en esta nueva propuesta musical ofertada por el neopentecostalismo, la alabanza evangélica por excelencia, es decir, aquella que ha venido a cubrir, a su juicio, el hiato entre la fría y anticuada himnología protestante y el estigmatizado "corito" pentecostal. No obstante, tampoco se puede excluir como otro de los factores a mencionar la misma presión ejercida por los adolescentes y adultos jóvenes de estas iglesias, tocante a incluir lo que en su opinión resulta una temática musical con más modernidad y jovialidad, sobre todo cuando, al observar los grupos de jóvenes neopentecostales, sus servicios con gran concurrencia o sus relatos de experiencias sin igual, tales mentadas virtudes parecieran sobreabundar.

En cuanto a aquel sector del catolicismo que bien ha incorporado la dinámica musicológica neopentecostal, y volvemos aquí a pensar en el contexto de América Latina, se trata también de aquellos grupos carismáticos que observan en esta propuesta, principalmente por su alto contenido emocional y por ser una fe que, centrada en el individuo, prescinde de lo institucional y horizontal, un aliado prácticamente natural. Difícilmente uno podría imaginarse a estos grupos carismáticos dentro del catolicismo entonar algo así como *Castillo fuerte* o *Roca de la eternidad*. Pero, incluso, la influencia neopentecostal, aunque no exclusivamente a través de su dinámica musical, dentro del catolicismo carismático propiamente dicho ha traspasado las fronteras de América Latina para instalarse poco a poco en el propio contexto de los Estados Unidos, sin duda alguna por la misma influencia de la comunidad hispana residente en aquel lugar. Así, por ejemplo, recuerdo que mientras estudiaba en la Universidad de Toronto, un compañero, sacerdote católico que había ejercido un largo período pastoral en la ciudad de Miami, se quejaba de que en aquella ciudad, como en otras muchas más de los Estados Unidos, el catolicismo popular había adquirido prácticamente las mismas políticas distintivas del neopentecostalismo –el discurso de la teodicea de la felicidad, el individualismo como eje central, la obsesión por la guerra espiritual, pero principalmente, su dinámica cúltica y musical–, al punto que, comentaba este compañero, resultaba muy difícil distinguir si se estaba realmente en una comunidad católica o en otra neopentecostal. Todo lo cual, concluía él con un manifiesto dejo de pesar, no reportaba mayor incomodidad para una cierta parte del liderazgo de su iglesia en la medida en que el aumento de asistentes bajo esta nueva modalidad había favorecido un crecimiento fenomenal.

No es tarea fácil abordar el asunto tocante a los vacíos que se puedan llegar a hallar en la propuesta musical, más allá de lo cúltico propiamente dicho, del fenómeno neopentecostal. No, ciertamente, porque no los haya, y estos en un grado no precisamente elemental o frugal, sino porque a esta altura de su casi universal receptividad, ya hemos dicho, trascendiendo incluso los márgenes de lo meramente neopentecostal, deslizar cualquier observación crítica sobre esta llega a ser para gran parte del mundo evangélico prácticamente un ataque contra la misma cristiana piedad. Reconocida, entonces, dicha no menor dificultad, permítasenos de todos modos esbozar algunas observaciones críticas y nada más que en perspectiva general. En primer lugar, el carácter claramente empresarial que ha alcanzado la música dentro del neopentecostalismo, esto es, sus grupos o solistas suelen adquirir los mismos compromisos que cualquier músico o banda inserto en el mercado musical mundial –giras, agentes, publicidad, convenios con los sellos para grabar cada cierto tiempo, etc.–; todo esto le ha permitido alcanzar una cobertura casi sin precedentes en el concierto evangélico mundial.[247] En efecto, y

---

[247] No es asunto que tome a nadie por sorpresa, por consiguiente, y en vistas al indiscutible éxito que ha alcanzado el fenómeno musical neopentecostal, el hecho de que empresas dedicadas al entretenimiento en general y al rubro musical en particular, de la tribuna incluso de *Sony Music*, hayan decidido invertir en cantantes de este género, aunque, desde luego, con la encarecida recomendación para estos de que eviten en sus letras un contenido religioso explícito. El caso más notorio al que podemos apelar es el de la cantante mexicano-estadounidense Jaci Velázquez, la que, en sus últimas producciones, y a efectos de este nuevo escenario transversal, se ha visto en la necesidad de hacer uso de una lírica claramente ambigua, en la que no es fácil ya poder determinar en muchas de sus nuevas canciones si la relación de amor a la que se alude es hacia Dios mismo o hacia un compañero sentimental. Por supuesto, el punto que aquí se quisiera destacar no es en sí la ambigüedad de la lírica, ni mucho menos censurar el que un cierto cantante o grupo cristiano se abra a una lírica más transversal, sino el hecho de que el fenómeno musical neopentecostal ha alcanzado un tal grado de popularidad que ha despertado el interés incluso de compañías discográficas nunca antes relacionadas con el rubro evangelical (cf. Arturo Piedra, *El rostro posmoderno del protestantismo latinoamericano*, en, A. Piedra; S. Rooy; H. F. Bullón, *Op. cit.*, 55 ss.).

como bien nos lo recuerda Arturo Piedra[248], ya no es la promoción de un determinado predicador o evangelista lo que genera actualmente la mayor expectativa entre la parcialidad evangélica de América Latina, tal como sucedía generalmente en las décadas de los setentas y ochentas, sino la visita de un determinado músico o grupo musical representante de este movimiento. Es más, cualquier predicador, evangelista o conferencista que pretenda alcanzar una buena audiencia o concurrencia entre el medio evangélico de América Latina, incluso si él mismo no suscribiera expresamente a la ideología neopentecostal, bien sabe que aquello se lo podría garantizar el solo hecho de aparecer acompañado por uno de estos cantantes o bandas.[249] Esto, efectivamente, no hace más que confirmar la extraordinaria convocatoria y ascendencia que entre el mundo evangelical, no solamente latinoamericano sino aun más a nivel mundial, posee este fenómeno musical.

Si en el protestantismo la himnología funcionaba como largo acervo teológico y testimonial que se sedimentaba y cobraba vida en la esfera cúltica de la comunidad mediante la transmisión de cada una de sus generaciones, ahora, en el neopentecostalismo, su música aparece como éxito del último disco, del último concierto de una de sus celebridades en particular. Desde luego, independientemente de la pérdida de memoria histórica, sobre lo cual volveremos a hablar, el efecto más inmediato a avizorar, y en virtud de esa misma capacidad de cobertura que solo el beneficio del mercado puede proporcionar, es una indiscutible uniformidad del evangelicalismo a nivel mundial, y esta en su sentido más usamericanizado, no faltaba más. Sin embargo, baste por ahora señalar que el sentido de la gran *ecoumene* de la cristiandad, y aquello de que el genio religioso de un lugar es también su genio cultural, queda con esta evidente uniformidad sensiblemente cercenado. No hay lugar ya para recoger el particular filón musical de cada tradición evangélica de acuerdo a su respectiva región y acervo cultural, para que aquello contribuya en conjunto a la riqueza y al valor de la gran *ecoumene* cristiana. Si, como bien ha expresado M. Herstgaard[250], la globalización puede ser considerada como la creciente usamericanización de la vida, bien puede también comprenderse al neopentecostalismo como la dimensión religiosa de aquel proceso de

---

[248] *El rostro posmoderno del protestantismo latinoamericano*, en, *Op. cit.,* 54.

[249] A este respecto, A. Piedra (*El rostro posmoderno del protestantismo latinoamericano*, en, *Op. cit.,* 55), menciona la gira a América Latina que hace algunos años realizara Franklin Graham, hijo y heredero del ministerio de evangelización de su padre, Billy Graham, para la cual se hizo en todo momento acompañar por el trabajo musical de Marcos Witt, o las mismas conferencias dadas por el conocido conferencista evangelical Josh McDowell, en los Estados Unidos, quien también utilizó los servicios de una banda musical ampliamente popular en aquel país, Petra. En ambos casos, concluye Piedra, y en otros tantos más, la necesidad de emplear estos recursos musicales parte del reconocimiento real de que, sin la mediación de los mismos, el éxito de la jornada, al menos en cuanto al asunto numérico, sería muy difícil de lograr.

[250] *Op. cit.,* 31.

internalización, en el que sus diversos bienes de consumo, pero principalmente su industria musical, llevan a cabo aquella función.

Por una parte, ya no solo resulta recurrente advertir cómo la propuesta musical del neopentecostalismo se ha logrado imponer prácticamente en todas las latitudes del planeta, llevando de este modo a la evidente uniformidad de la música evangélica, sino también y por razones de su envergadura empresarial, cómo ha terminado por extinguir a su vez el aporte particular de los cantautores y poetas populares de cada región, encargados precisamente de salvaguardar el acervo cultural distintivo de cada una de estas. Por otra parte, resulta asunto indiscutible constatar que estas mismas propuestas musicales, y cuánto más sus contenidos litúrgicos –si así podemos todavía definirlos–, han contribuido a agudizar aquella pobreza de sentido histórico y falta de sensibilidad litúrgicos que de suyo han caracterizado sempiternamente las expresiones cúlticas del evangelicalismo de América Latina, como herencia directa, claro está, de los grupos misioneros arribados desde los Estados Unidos, reforzada esta por todas sus corrientes epígonas. En primer lugar, porque este peculiar fenómeno musical ha llegado a convertirse prácticamente en finalidad última de los servicios en el neopentecostalismo, al desplazar en importancia incluso a los medios de gracia, *palabra* y *sacramento*, como las verdaderas *notae eclessiae*.[251] En segundo lugar, porque toda vez que esta se reduce a una evidente monotematicidad de contenidos, ligados básicamente, como ya hemos dicho, a la teología de la gloria, la teodicea de la felicidad y el subjetivismo de una fe emocionalista y privada que carece de toda dimensión horizontal, resulta claramente insuficiente para cubrir todos los elementos que hacen al culto cristiano, mucho más a aquellos que atañen al año eclesiástico, y este

---

[251] Ciertamente, no se ha venido a dar en esta suerte de hegemonía del *show music* en el neopentecostalismo –que, al mismo tiempo, ha servido de punto de apoyo y de modelo para otras expresiones del evangelicalismo latinoamericano– sin la presencia de ciertos elementos condicionantes. Entre ellos y, como bien apunta A. Piedra, hallando en ello plena correlatividad con los análisis que ya hemos compartido de M. Vargas Llosa, habría que destacar el hecho de hallarnos insertos en una cultura tan devota del entretenimiento, criterio este de gran consumo sobre todo entre los sectores más jóvenes de la sociedad, precisamente el sector que hace gran parte del universo neopentecostal. Pero también, y en un no menor importante sitial, la verdadera crisis que ha venido experimentando por años el oficio de la predicación evangélica entre, por una parte, su falta evidente de consistencia y profundidad, y por otra, su notoria incapacidad de contextualidad, cuyo vacío ha sido ocupado indudablemente por el espectáculo musical (cf. *Lo nuevo en la realidad del protestantismo latinoamericano*, en, A. Piedra; S. Rooy; H. F. Bullón, *Op. cit.*, 19 ss.). Ahora bien, en relación específica con aquellas tradiciones evangélicas en principio en nada afines con el neopentecostalismo, pero que de igual modo han incorporado este modelo cultural, no es posible dejar de mencionar, como un elemento claramente decisivo, el hecho de un cada vez más flagrante y lamentable desconocimiento de sus propias tradiciones tanto teológicas como litúrgicas, de las que las nuevas generaciones se sienten cada vez menos deudoras, a la luz de un liderazgo mayor que ha resultado claramente incapaz de introducirles en el valor, aun con criterios críticos, de las mismas.

como recapitulación de la historia salvífica toda. Le asiste plena razón, por tanto, a M. A. Mansilla[252] cuando, en el estudio al que hemos ya aludido, señala que la música en el neopentecostalismo no está planteada ni mucho menos en función de la articulación teologal, tal como en la himnología en el protestantismo histórico, ni como el elemento testimonial en el pentecostalismo tradicional, ni en función de los contenidos del orden del culto o propios del año litúrgico, sino que más bien cumple un rol de descompresión emocional que le permite a los presentes el vaciamiento del estrés y las cargas cotidianas de la vida. Una descompresión experimentada únicamente en la esfera individual y subjetiva, y que pareciera precisar cada vez más de nuevas y mayores sensaciones que posibiliten al individuo degustar de una dosis más potente de conexión espiritual, pero que resulta a la postre, en virtud de su misma inocua extaticidad, más legitimadora de las ideologías enajenantes y destructivas que pululan en la sociedad que una experiencia que conduce a su resistencia y criticidad, y que no resulta, por lo demás, demasiado divergente a otras ofertas de evasión sensorial y mental a las que resulta proclive nuestra sociedad posmoderna actual. Incluso, y para dar más fuerza a nuestra anterior afirmación, baste simplemente atender a las siguientes impresiones de M. Vargas Llosa en relación al rol que cumpliría el uso de drogas en la sociedad de hoy, y preguntarse luego si establecer algún tipo de semblanzas con la catarsis que ofrece la dinámica cúltica de neopentecostalismo no encuentra en realidad un amplio margen de sensatez.

> Para millones de personas las drogas sirven hoy, como las religiones y la alta cultura de ayer, para aplacar las dudas y perplejidades sobre la condición humana, la vida, la muerte, el más allá, el sentido o sinsentido de la existencia. Ellas, en la exaltación y euforia o sosiego artificiales que producen, confieren la momentánea seguridad de estar a salvo, redimido y feliz. Se trata de una ficción, no benigna sino maligna en este caso, que aísla al individuo y que solo en apariencia lo libera de problemas, responsabilidades y angustias. Porque al final todo aquello volverá a hacer presa de él, exigiéndole cada vez más dosis mayores de aturdimiento y sobreexcitación que profundizarán su vacío espiritual.[253]

Precisamente, una de las características fundamentales de la propuesta musical del neopentecostalismo es su presentación de un Cristo que, o recluido en la intimidad del corazón o bien sentado en su trono numinoso, apenas si parece interesado en los avatares concretos de la historia, sino antes bien empecinado por llevar

---

[252] "El pentecostalismo clásico y el neopentecostalismo en América Latina", *Revista Fe y Pueblo*, N.º 18, marzo 2011, 12 ss.

[253] *Op. cit.*, 41-42.

a cabo la plena realización individual de los creyentes, cuando no absorto en la guerra espiritual contra los demonios. Así, por ejemplo, Mansilla[254], al analizar la letra de cantantes como Jesús Adrián Romero, Marcela Gándara o Daniel Calveti, puede advertir cómo la idea de un Cristo poderoso y triunfante, que resguarda del fracaso y de todo dolor a los creyentes, que se constituye además en realizador de todos sus sueños y anhelos, aparece aquí como claramente dominante. Otro tanto se puede agregar al respecto de los cánticos de Marcos Witt, referente indiscutible de este movimiento para América Latina, actualmente pastor asociado de aquella megaiglesia en Houston, Texas, *Lakewood Church,* dirigida por el famosísimo Joel Osteen, ícono por lo demás del evangelio de la prosperidad en los Estados Unidos. Aquí también resulta posible apreciar a un Cristo supraterreno y poderoso, vencedor de los poderes infernales, sin prácticamente ninguna vinculación con la historia terrena, cuyo reino se establece o bien en el corazón de las personas o bien nada más que en los cielos. En otras palabras, de lo que en la temática musical del neopentecostalismo se echa de ver en realidad es de una cristología que, resentida ya de evidente docetismo, resulta claramente incapaz de ofrecer el punto de arranque y los contenidos propicios para que el mundo evangélico pueda asumir plenamente su rol de sujeto histórico, al no hacer más que agudizar, por el contrario, aquel dualismo metafísico y atemporal tan caro al pentecostalismo tradicional, pero adicionándole ahora además aquel interés casi exclusivo por una realización de cariz individual que redunda indefectiblemente en un narcicismo pseudoespiritual que nada sabe ya de abrazar con la cruz del Crucificado los dolores y pesares de este mundo, para, a partir de allí, confrontar sus ideologías deshumanizantes y estructuras de opresión social.

Más que ver en todo aquello una apuesta inédita e innovadora, la propuesta musical del neopentecostalismo latinoamericano, específicamente en lo concerniente a su cristología, no puede verse más que como una extensión, si acaso no una burda repetición, del movimiento fundante usamericano. Así, uno puede traer a la memoria, y nada más que como caso proverbial, aquel libro de E. Murphy, *Handbook for Spiritual Warfare*[255], que entre los círculos neopentecostales usamericanos llegó a ser no solamente un rápido éxito de ventas, sino un verdadero vademécum de la guerra espiritual, lo mismo también entre gran parte del mundo evangélico latinoamericano –no solamente neopentecostal–, en la medida en que su traducción al español no se hizo esperar demasiado.[256] Aquí, la figura de Cristo, prescindiendo de cualquier análisis exegético relativamente serio de los textos evangélicos y de cualquier conocimiento siquiera somero del estado de la

---

[254] "El pentecostalismo clásico y el neopentecostalismo en América Latina", *Revista Fe y Pueblo,* N.° 18, marzo 2011,12 ss.

[255] Thomas Nelson Publishers, Nashville, 1992.

[256] *Manual de guerra espiritual,* Grupo Nelson, Nashville, 1995.

cuestión de los mismos, aparece prácticamente vaciada ya de toda humanidad. De lo que en realidad se trata es de un Cristo evidentemente sobrenatural, cuya única batalla a librar es contra Satanás y sus demonios, la cual se lleva a cabo únicamente en la esfera de lo supratemporal, lo invisible, lo espiritual. Nada hay aquí de un "colorido local y de un contexto histórico de los evangelios", para usar la terminología de Gerd Theissen[257], que permita atender a la relación de Jesús con el imperio romano, su proceso y juicio de cruz, su tensión misma con las tendencias religiosas y políticas de la época. La cristología, en el esquema de Murphy, no parte con el hombre concreto, Jesús de Nazaret, y su llamado a cada hombre y mujer al seguimiento, a tomar la cruz y negarse a sí mismo cada día, en medio de los avatares de esta vida también humana y concreta, sino con un Cristo ya ni siquiera radicalmente desde arriba, sino abiertamente docético, quien ha venido al mundo para convertir a cada creyente en un guerrero contra las huestes de Satán. De tal cristología, debemos decirlo, se resienten gran parte de los cánticos del neopentecostalismo.

Toda esta lectura crítica de la propuesta musical neopentecostal, necesaria y hasta exigida toda vez que ha sido a partir de aquí que este movimiento –con sus vacíos ya advertidos– ha logrado con bastante efectividad internalizarse en sectores eclesiásticos no inicialmente familiarizados con sus contenidos, no puede ni mucho menos persuadirnos del deber de preguntar hasta qué punto el protestantismo histórico en América Latina ha sido capaz de preservar su legado himnológico, al tiempo que avanza hacia nuevas propuestas de creación literaria y musical, solidarias con su contingencia actual. Somos de la opinión de que dos han sido las reacciones más recurrentes frente a tal requerimiento entre gran parte del así llamado protestantismo histórico en América Latina: o bien ese legado ha sido objeto de un muy deficiente nivel de conocimiento y comprensión, puesto que resulta inseparable de la teología que le ha producido, y por lo mismo, lo exiguo que de él ha sobrevivido, lo ha hecho más por el recurso del costumbrismo y el ejercicio reflejo que por el argumento lúcido y explicativo de su historia, su valor y sus contenidos; o bien lo que ha ocurrido ha sido una asimilación casi sin contrapeso, en virtud de aquel mismo precario nivel de conocimiento y comprensión, primero de los énfasis musicales de evangelicalismo fundamentalista en general, como también de la propuesta del neopentecostalismo en particular. En efecto,

---

[257] Nos referimos a su fundamental investigación: *Colorido local y contexto histórico en los evangelios. Una contribución a la historia de la tradición sinóptica*, Sígueme, Salamanca, 1997. Como se sabrá, este gran erudito neotestamentario, profesor en la Universidad de Heidelberg, ha sido el iniciador de un método en el estudio de los evangelios que, en la línea de la *Formgeschichte* y la *Redaktiongeschichte*, pero tomando a la vez resguardo de superar sus reduccionismos, ha incorporado el análisis del contexto sociológico y cultural de los mismos, con enormes resultados en vistas a un mejor conocimiento tanto de la teología de los evangelistas como del propio Jesús histórico.

ese legado himnológico, en virtud de su senda articulación teologal, su solidaridad con los diversos contenidos del orden del culto, su cobertura de todo el año eclesial y el valor testimonial que le precede, debe seguir siendo para el protestantismo piedra angular, pero que desde allí avanza en la búsqueda de nuevas lecturas del testimonio cristiano en la dimensión de la vida social, estructural, y recoge a su vez la polifonía del cantar cristiano de los pueblos.

Sin embargo, con todo lo importante que resulte afirmar todo esto, el cantar protestante y cristiano en general no podría tampoco estar completo de carecer de aquella perspectiva que a su vez se abre hacia una dimensión vertical, que conecta al creyente y a la comunidad, cual salmista y sin mayor mediación horizontal, ora con su confesión, ora con su endecha, ora con su acción de gracias ante el trono celestial. Esencialmente, este ha sido, nos parece, el inconfundible acierto de la propuesta musical del neopentecostalismo, el mismo que le ha permitido encontrar una tan evidente solidaridad entre gran parte del espectro evangélico mundial, al que el cantar de una ortodoxia dormida acaso demasiado tiempo ya en los laureles de una gloriosa himnología, pero sin mayor esfuerzo de contextualización, o de un progresismo que ha llegado a reducir el cántico evangélico prácticamente a un folklore universal o incluso a una mera consigna de la izquierda cultural, poco tienen que aportar. En lo primero, dicho sea de paso, acaso por desconocimiento o ausencia de memoria histórica; en lo segundo, desde luego, por difuminarse aquello que resulta distintivo ineludible de la fe cristiana –Jesús, el Cristo, su muerte, su resurrección– en una pura dimensión horizontal. Por supuesto, no nos vamos ahora ni a desdecir ni a engañar, porque precisamente en este mismo acierto, que no se presenta ni mucho menos como total, aparece contenido en razón de su mismo exclusivismo, distorsión y radicalidad, lo que también hace a gran parte de los vacíos más evidentes que entraña la música neopentecostal. Y, sin embargo, aun con todos los vacíos que a esta le podamos reprochar, debemos reconocer que a su forma y bajo su particular identidad ha sabido rescatar aquella dimensión vertical de la fe cristiana que en el cantar cristiano congregacional nunca debe faltar.

3.3.5 *Espacios cúlticos, visiones sobre Dios, el discurso de la prosperidad*

A ninguno que posea alguna cierta familiaridad con los contenidos teológicos enfatizados por el movimiento neopentecostal le podrá resultar demasiado sorprendente apreciar que los espacios físicos utilizados por este reciente fenómeno de la *American Religion* para su actividad cultual guarden más relación con la estructura del anfiteatro o el *mall* que con la del templo cristiano, sus símbolos y parámetros litúrgicos. Ciertamente, en esta verdadera obsesión por lo medible y cuantificable que trasunta el neopentecostalismo –aunque dicha propensión resulta a decir verdad en distintivo de la religión americana por igual–, el crecimiento numérico ha llegado a ser para este lo que el *rating* para la televisión actual. Y, en consecuencia, la amplitud y suntuosidad de los espacios cúlticos no ha sido, en el neopentecostalismo, asunto sobre el que se pueda tranzar, aunque con ello se hayan debido sacrificar aspectos tan caros al ser mismo de la iglesia como el discipulado, la Palabra, los sacramentos y la disciplina, o la misma cura de almas. Así tampoco es de extrañar que los mismos contenidos del culto, cada vez más desprovistos de lo que hace a la esencia del culto cristiano, estriben más bien en una simbiosis de elementos tomados tanto del antiguo culto judío –aunque estos ya suficientemente usamericanizados como para quedar convertidos en nada más que otra expresión, aunque quizás más exótica, de aquella misma religión americana–, como del mensaje motivacional y de autosuperación casi propio de la *Nueva Era.* En efecto, nada demasiado sorprendente si, como muchos analistas lo sugieren y lo hemos dicho antes, tanto el neopentecostalismo como la misma *Nueva Era* serían los dos sistemas religiosos ofertados por el capitalismo tardío para poder sobrevivir al impacto ocasionado por la modernidad, dos sistemas religiosos que, al tiempo que les permiten a sus usuarios acomodarse a los contenidos de esta modernidad en su paso a la posmodernidad, les ofrece además la posibilidad de conservar un cierto universo de sentido, dentro, por supuesto, de los márgenes de ese mismo modelo empresarial. Un mensaje neopentecostal, por lo demás, cuyo fin pareciera no ser más, a decir verdad, que la afirmación de la teodicea de la felicidad en el marco de un individualismo reencantado, narcisista y con casi ningún sentido de conciencia social.

Al respecto del uso y el lugar que le queda a la Biblia dentro del esquema del neopentecostalismo, es cierto que esta sigue siendo para este regla normativa y fundamental, incluso como medio para legitimar aquel discurso de triunfalismo radical. No obstante, la lectura que se hace de la Escritura para reafirmar dicha teodicea de la felicidad y de la prosperidad, junto con el seguimiento de los consabidos cánones de la interpretación fundamentalista, no se vuelve ya, como ha apuntado Mansilla, a las figuras trágicas o sufrientes de sus relatos, como en el pentecostalismo tradicional –a saber: el siervo sufriente del Trito Isaías, Jeremías, Lázaro, el samaritano, el publicano, etc.–, sino a aquellas que se perciben como triunfantes, prósperas, "héroes", "conquistadores", "guerreros" –vale decir: Abraham en Canaán, José en Egipto, Josué en la conquista, David ya rey, etc.–. Según Mansilla[258], la figura más dominante aquí, aun por encima de la del Padre amoroso, pero rígido y severo, tan cara al pentecostalismo en general, es la de un "Dios Gerente", "Socio" o incluso "Banquero". De este modo, la relación entre Dios y el creyente se configura más bien bajo el binomio "dueño-administrador", "creador-mayordomo", similar, insiste Mansilla, a la concepción albergada por Wesley: "Dios es el banquero justo que ha distribuido bienes y capacidades espirituales,

---

[258] "El pentecostalismo clásico y el neopentecostalismo en América Latina", *Revista Fe y Pueblo,* N.º 18, marzo 2011, 8 ss.

intelectuales y materiales a sus hijos, que tienen el deber de invertir y reproducir para la gloria de Dios"[259]. Ciertamente, para Wesley el dinero aparece como uno de los principales dones de Dios, destinado a satisfacer las necesidades del creyente y sobre todo puesto al servicio de su gloria. Un don, como dirá Mansilla, que bajo el entendido de que solo Dios es "el dueño del oro y de la plata", y que como tal no es este, el dinero, el que corrompe sino el desmedido amor hacia él, aparece vaciado ya de su rotulación mefistofélica y de su acusación de ser la gran prostituta y alcahueta universal que todo a su paso lo destruye.[260] Y, no obstante, no cabe duda de que existe una radical divergencia en cuanto a la comprensión del dinero y mucho más en cuanto a su finalidad entre Wesley y el neopentecostalismo, a pesar de sus aparentes puntos de encuentro. Efectivamente, como bien Mansilla lo vuelve a precisar, en Wesley y el subsiguiente metodismo wesleyano, el dinero solicitado, principalmente a su propia membresía, siempre aparece en función de la obra misionera o de la actividad social. En el neopentecostalismo, en cambio, aquel dinero que con tanta tenacidad se insta a la membresía a ofrendar, sin escatimar en subterfugios, histrionismos o chantaje espiritual, a la hora de conseguir aquella finalidad, se transforma más bien en símbolo de poder y favor divino. Un símbolo cuya forma visible se concretiza en la vida aparatosamente suntuosa que puede llegar a exhibir el líder de la organización, o en el mismo afán de ampliar cada vez más el espacio cultual, lo que termina por establecer casi una suerte de competencia con estadios, teatros u otras mismas iglesias del movimiento neopentecostal. Por lo mismo, sería un error no menor, en línea nuevamente aquí con Mansilla, por no decir directamente una aberración tanto de contenido como histórica, establecer una suerte de comparación entre la comprensión del dinero y la prosperidad albergada por el neopentecostalismo y aquel calvinismo, sobre todo precapitalista, tan certeramente descrito por Weber.[261] En este, el dinero está planteado en función del ahorro, la empresa, la modestia en el vivir, la abstinencia del lujo y, todo aquello, ciertamente, a fin de procurar la gloria de Dios y ser fiel a la vocación por este asignada a los creyentes. En aquel, en cambio, lo anterior resulta tanto un sinsentido como algo ignoto, ya que todo viene a dar más bien en una exhibición obscena e interminable, como dirá el propio Mansilla, de consumismo, gastos y despilfarro entendidos, sin embargo, como signos del favor divino.[262]

---

[259] *Op. cit.,* 8.

[260] *Op. cit.,* 8.

[261] Así, por ejemplo, S. George, habla del dinero y de la prosperidad entendidos prácticamente como fin último del (neo)pentecostalismo como "una nueva vuelta de tuerca del calvinismo" (*El pensamiento secuestrado. Cómo la derecha laica y religiosa se ha apoderado de Estados Unidos,* Icaria, Barcelona, 2009).

[262] *Op. cit.,* 9.

Por último, lo mismo que ya se ha dicho del neopentecostalismo al respecto de su cristología puede decirse también en orden a su modo de enarbolar su discurso de la prosperidad, ya que gran parte de este, si no todo, se intenta legitimar a partir aquellas particulares visiones de Cristo. Nuevamente se trasluce aquí un tratamiento de los textos evangélicos que realmente no resiste análisis alguno, y que solo se puede llegar a comprender exclusivamente a partir del mundo paralelo en el que, en muchos aspectos, transita el neopentecostalismo. A uno no le queda, a decir verdad, casi ningún margen de duda luego de revisar algunos de los textos fundamentales de este discurso de la prosperidad, que tras ese Cristo que rezuma para los creyentes logros, realización, éxito, salud, bienestar y que mira nada más que de reojo al sufrimiento de este mundo, y como algo de lo cual no es apropiado hablar, subyace en definitiva no Jesús de Nazaret, aquel judío del siglo I, sino, como bien ha dicho M. Ocaña, "los criterios del Nuevo Orden Mundial y su economía de libre mercado"[263], al menos en su modalidad más desbocada. Ciertamente, esta verdadera obsesión por el discurso de la prosperidad en el neopentecostalismo, que deriva no pocas veces en malversación de fondos y otro tipo de escándalos no solamente financieros, ha llevado a que la opinión pública, no siempre capaz de discernir las diversas modalidades que ofrece el protestantismo actual, asocie en general al mundo evangélico con un industria de tipo religiosa, cuya oferta de sanidad, realización personal y riquezas no es más que un elaborado truco para obtener dinero, básicamente de personas cuya vulnerabilidad emocional se presta fácilmente para ello. Baste simplemente con observar el enorme nivel de descrédito y desconfianza, sino de chanzas, más allá por supuesto del irrestricto apoyo de sus adherentes, del que es objeto este sector evangélico en el propio contexto de los Estados Unidos, con el lamentable resultado de que no es solamente el protestantismo el que pierde legitimidad en la sociedad, sino la propia comprensión que esta pueda llegar a albergar del cristianismo. No exagera demasiado, por lo tanto, J. L. González[264] cuando se refiere a este fenómeno como un proceso de paganización del cristianismo, un *criptopaganismo,* que subvertiría

---

[263] *Cristología neopentecostal. ¿Cristología del mercado total?*, CLAI, Quito, 2006, 7.

[264] *Retos y oportunidades,* 86. Incluso, llega a sugerir González que, con todo lo serio y trágico que puede resultar el proceso actual de descristianización, como efecto colateral del programa de la posmodernidad, el mismo no sería tan temible para la fe cristiana como aquel proceso de paganización del cristianismo o *criptopaganismo.* Esto es cierto, como se ha dicho, en la medida en que los impulsos de una sociedad deshumanizada y de consumo se introducen subrepticiamente y bajo una legitimidad pseudoteológica en la dinámica de las iglesias. Sin embargo, no es menos cierto que cuando dicho proceso de descristianización, en el marco de esa misma tendencia posmoderna, se ofrece como un programa no surgido desde el exterior, sino como programa de una iglesia que ha absorbido ya plenamente y sin mayores recursos ni discernimiento ni criticidad los contenidos plenos de su agenda, los efectos para la fe cristiana no resultan en modo alguno más benevolentes.

y trastornaría los fundamentos elementales de la fe cristiana, por cuanto haría de esta nada más que una expresión religiosa de las ambiciones más deshumanizantes e instrumentalizantes de nuestra actual sociedad de consumo.

3.3.6 Conclusión

A la luz de todo lo que ha sido aquí planteado no es precipitado afirmar que el neopentecostalismo recoge y reproduce los vacíos más notorios y riesgosos de la *American Religion*, cuánto más tomando en cuenta su explosivo expansionismo prácticamente a nivel mundial: la sacralización de un individualismo fetichista y reencantado, que prácticamente nada conoce de su responsabilidad social; la centralidad casi absoluta de la teodicea de la felicidad y del discurso de la prosperidad, los que, por lo demás, lejos de aparecer como una fiel expresión de la teología escritural, resultan en realidad abiertamente deudores del catálogo de la *American way of life*; y, por último, una iconoclasia litúrgica y una ruptura con todo sentido teológico de catolicidad de tal nivel de ferocidad que ni siquiera el más crítico observador de la religión americana hasta hace unos pocos años atrás podría haber llegado a imaginar. En efecto, en la medida en que el neopentecostalismo ha creado sus propios mecanismos de aprehensión de la realidad y con ello sus propias mercancías de consumo –libros, música, cine, lenguaje, cosmovisión de la realidad, etc., deudores todos ellos de un mundo fragmentado, en el que un individualismo sacralizado y tecnologizado se plantea como la única real centralidad–, toda memoria histórica se desvanece, toda continuidad teológica con la misma pierde cualquier valor y utilidad. El discurso que se escucha ahora, a tiempo y a destiempo, es aquel de que la enseñanza, la praxis y el espíritu de la iglesia primitiva han sido por fin restablecidos; la aspiración más profunda de la religión americana ha sido por fin cumplida. El verdadero mensaje de Jesús y su misión para este mundo, aquel por tantos siglos ocultado por la fría tradición y el engaño de la religión, y consistente, por supuesto, en que todos podemos ser prósperos, saludables, felices y estar exentos en consecuencia de todo atisbo de dolor y aflicción, ha sido finalmente descubierto. Este, desde luego, no ha sido hallado ni en el arduo trabajo del arqueólogo en Palestina, ni en el despacho del exegeta y sus antiguos manuscritos, ni mucho menos en el esfuerzo del teólogo sistemático por desglosar la historia de este mensaje y sus interpretaciones a través de la historia de la iglesia, sino –¿y acaso alguien podría no haberlo supuesto?– ni más ni menos que en los Estados Unidos, principalmente en el Oeste y en el Sur de aquella nación, y a cuenta y cargo del neopentecostalismo.

En realidad, se trata aquí, a mi modo de ver, de dos polarizaciones dentro del mismo esquema de la *American Religion*, mas con los mismos efectos devastadores para la fe cristiana.

Toda solidaridad con la historia de la iglesia cristiana y con su mismo pensamiento se vuelve aquí claramente irrelevante, en razón de que estos, al no ser bienes de consumo familiares para el neopentecostalismo y, por consiguiente, de utilidad para dar legitimación a su proyecto, no despiertan mayor interés; en el peor de los casos, se desprecian, y en el mejor, simplemente se desconocen. De ahí, entonces, que al ignorar el neopentecostalismo toda tradición eclesiástica, sea propia de las ciencias bíblicas o teológicas, ¡incluso en su acepción de una tradición pentecostal!, aunque esta junto con la del fundamentalismo debiera ser su referencia natural, queda el movimiento desprovisto de cualquier autoridad que lo pueda regular y, en razón de aquello, sujeto o bien a la excentricidad sin límites de su liderazgo o, lo que es prácticamente lo mismo, a los vaivenes de la *American way of life*. En definitiva, en el neopentecostalismo, como bien ha dicho Mansilla: "Solo existe fidelidad con los modelos de ascenso social de hombres y mujeres del Antiguo Testamento"[265]. Todo esto, más el hecho de que el neopentecostalismo tienda a despojar violentamente a sus adherentes de todo relacionamiento social y cultural –aunque aferrado siempre al legado tecnologicista y empresarial de la tardía modernidad–, de modo de instalar en su lugar sus propios universos simbólicos y bienes de consumo que den sentido a la realidad, –su propio lenguaje, su propia música, su propio cine, su propia literatura, etc.–, hace de este movimiento acaso uno de los más antiintelectualistas de los que se tenga memoria, y no solamente dentro de los márgenes de la cristiandad. Así las cosas, procurar que los adherentes del neopentecostalismo puedan estar siquiera relativamente informados sobre el acontecer político y social de sus respectivas sociedades, cuánto más al respecto de los sucesos mundiales, y no resultar absolutamente obnubilados por el exclusivo interés de los signos de los tiempos finales, la guerra espiritual y aquello a la usanza del más puro apocalipticismo usamericano, fielmente representado por el *Left Behind,* parece tarea más que onerosa de lograr. La misma dificultad representa esperar que más allá del consumo de la sola literatura o música producida por este movimiento, pueda alguien aventurarse a descubrir literatura teológica o música eclesiástica de tradiciones con mayor envergadura o edad, y para qué decir géneros literarios o musicales que trasciendan el rubro evangélico, por más que los mismos gocen de fama y reconocimiento mundial. Sencillamente, en lo primero, no hay más que religión, ausencia de "unción", y en lo segundo, sino desconocimiento, el mensaje implícito o explícito de que ocuparse en ello no es más que pérdida de tiempo, futilidad, ausencia de espiritualidad. Y esto, solo por citar algunos ejemplos del modo en que el neopentecostalismo sustrae al individuo de su relacionamiento contribuyente y lúcido de la vida horizontal, para recluirlo en sus puras estructuras ideológicas y en sus productos mercantiles. Finalmente,

---

[265] "El pentecostalismo clásico y el neopentecostalismo en América Latina", *Revista Fe y Pueblo*, N.º 18, marzo 2011, 11.

uno queda con la sensación, si es que honestidad obliga, independientemente de toda la sinceridad que entre los seguidores de este movimiento se pueda hallar, de que al tratar con personas que han estado altamente involucradas con la dinámica del neopentecostalismo, uno habla en realidad con individuos que transitan realmente por un mundo paralelo, conectados únicamente con lo terreno mediante las bifurcaciones que le ofrecen tanto la *American Religion* como la *American way of life*.

3.4 El fundamentalismo. Una observación final

Y, pues bien, frente a todo lo que hemos ya vertido sobre el fundamentalismo evangélico de Usamérica, sus orígenes, los principios sobre los cuales creemos descansa su identidad, ¿no quedaría entonces más que reconocer lo nocivo de su impacto en la realidad religiosa, social y aun cultural de América Latina y, por lo tanto, no medir esfuerzos ni estrategias para impedir que su influjo continúe extendiéndose, o al menos advertir de su peligrosidad, tal como parece ser la propia posición a la que arriba Florencio Galindo, luego de su extensa y documentada investigación sobre este movimiento? ¿No quedaría ver en este nada más que a un sucedáneo religioso de la política exterior de los Estados Unidos, solo que ahora, en vez de *pax usamericana*, le corresponde el turno a la religión americana? ¿No deberíamos apreciar en este tan particular movimiento nada más que una fiel expresión de aquella misma sociedad usamericana que ha hecho de la concurrencia a los *malls* y del consumismo compulsivo prácticamente su mayor "actividad cultural", del antiintelectualismo un orgullo prácticamente nacional, de la defensa de las libertades individuales un valor tan absoluto que ha llegado casi a olvidar la existencia de las responsabilidades comunitarias, y de la entretención superficial y banal, incluido el culto al tecnologicismo y al Prozac, su mayor mecanismo de negación del dolor y de distracción del vacío existencial? O, por el contrario, sin negar por cierto gran parte de la veracidad contenida en la retórica anterior, ¿no deberíamos ver aquí, más bien, la simple confirmación de aquello de que "Dios escribe recto en líneas curvas" –y a veces demasiado curvas–, o la constatación del propio Apóstol de que, sin importar el hecho de que algunos prediquen a Cristo por contienda, envidia o buena voluntad –diríamos aquí: por la pretensión de que Cristo y cultura usamericana son uno y lo mismo–, lo verdaderamente importante es que Cristo a fin de cuentas es anunciado (cf. Flp 1,15 ss.)? Es decir, y siendo más directos todavía, ¿no deberíamos ver frente a la manifiesta decadencia de aquel catolicismo colonial instalado en América Latina –cuya composición resultaba dada en tan alta medida por un clero mal preparado, tanto bíblica como teológicamente, sin mayores aspiraciones morales ni espirituales, incapaz a su vez de conducir al pueblo al encuentro activo con el Cristo revelado en las Escrituras, bajo la absoluta hegemonía de un culto anquilosado a un mero ritualismo externo y pasivo–, el claro acierto del fundamentalismo misionero con su evidente celo escritural –*ad litteram!*–, su iconoclasticismo ritualista y el descubrimiento del creyente como sujeto ético, mediante aquella estricta apelación a la moral individual?[266] ¿No deberíamos observar también, frente a la apatía evangelizadora de una ortodoxia protestante absorta en su nostalgia del pasado y en la sacralización de sus irrepetibles coyunturas históricas, con el riesgo de perder toda relevancia ante la sociedad y reducir su feligresía cada vez más a una población de mayor edad, el verdadero logro del fundamentalismo en su aplicación del evangelio a los aspectos más prácticos de la vida y en la labor evangelizadora, sobre todo en relación con los sectores más jóvenes de la sociedad? ¿No deberíamos reconocer, por último, frente a aquel protestantismo progresista-posmoderno que, en su desbordado afán por resultar aceptado y relevante ante la sociedad actual, no ha encontrado al parecer mejor camino que rendirse ya a las demandas y consignas de la izquierda cultural, con el resultado trágico de reducir la fe a un puro ideologismo horizontal, el mérito indiscutible del fundamentalismo por resguardar aquella insustituible dimensión vertical de la fe y la recuperación del individuo como objeto inalienable de esta, no intercambiable por ninguna tipología de análisis social o estructural?

En efecto, tales dos visiones son absolutamente plausibles, y tendrán a su haber seguidores y detractores, lo que ratifica aquello de que el cariz de la historia nunca se ofrece ante el espectador como algo unificado y hermético, sino antes, bien abierto y variopinto. Precisamente, las impresiones de dos autores –uno católico, el otro evangélico–, Florencio Galindo y Pablo Deiros, a los que por lo demás hemos recurrido ya largamente, podrían dar testimonio concreto de aquella situación. Así, por ejemplo, ante un mismo y único evento, el explosivo expansionismo del evangelicalismo estadounidense, en su forma mayormente neopentecostal, en América Latina y más precisamente en Centro América, podemos apreciar el abierto antagonismo de sus mutuas impresiones. Mientras el primero[267], adherente declarado de la teología de la liberación, advierte en este avance un movimiento que amenaza con la instrumentalización ideológica de su población, el segundo[268], partidario de un evangelicalismo de cuño carismático y no confesional, observa en este fenómeno, sobre todo en países como El Salvador y Guatemala, acaso el mayor signo de avivamiento evangélico de la historia. Otro tanto podría decirse también sobre aquel evidente contraste entre, por una parte,

---

[266] Incluso un autor como Florencio Galindo, cuyo tratamiento altamente crítico sobre el fundamentalismo usamericano nadie podría soslayar, llegado a este momento se ve en la obligación de reconocer que, después de todo, el evangelicalismo misionero procedente de los Estados Unidos ha ofrecido, en el desarrollo histórico, una forma de cristianismo en mayor correspondencia con el mensaje anunciado por Cristo que el heredado del catolicismo colonial (*Op. cit.,* 36).

[267] *Ibíd.,* 24.

[268] *Op. cit.,* 9.

el innegable declive que experimenta aquel protestantismo de línea más histórica y confesional en nuestro continente, particularmente en lo que al decrecimiento de su feligresía respecta, y el vertiginoso crecimiento, por otra parte, de los grupos pentecostales (y últimamente neopentecostales), lo que constituye la expresión evangélica, por lo demás, más multitudinaria de toda América Latina y acaso también del mundo entero. Mientras el mismo Deiros observa en tal tendencia la confirmación del ocaso de aquella era dominada por un protestantismo histórico y denominacional, y el surgimiento de otra, marcada por uno de tipo carismático y posdenominacional, que constituirá a su juicio la norma de una nueva cristiandad, otro reconocido investigador del protestantismo en América Latina, Jean Pierre Bastian, ve lo siguiente en esta pentecostalización del protestantismo y en el auge del neopentecostalismo mismo —y aquí nos parece mejor recoger íntegramente la cita—:

> El ocaso de la verdadera Reforma, crítica, culta, ilustrada y animada por el ideal de fomentar formas más democráticas de la sociedad en nombre del evangelio, y su sustitución por un movimiento que, si bien es ya un poder frente al monopolio tradicional del catolicismo, es una religión sincretista, sectaria, irracional, analfabeta, cuya expansión no es una reforma ni del catolicismo ni del protestantismo. Es simplemente una forma de religión populista que, sobre una base de protestantismo, reúne elementos de chamanismo y autoritarismo, sin contenidos precisos de fe y que además ha asimilado la cultura de la represión política que caracteriza a gran parte del continente.[269]

Pues bien, ante el carácter irreconciliable de estas lecturas, tocante a unos mismos y únicos eventos, cuyo número de ejemplos podríamos fácilmente engrosar si quisiéramos, cuatro constataciones al menos se nos presentan clara y unívocamente sobre el fundamentalismo usamericano, al respecto de las cuales seguidores y detractores bien podrían concordar. En primer lugar, el crecimiento verdaderamente explosivo que ha logrado desde los últimos treinta o cuarenta años, sino a partir de la posguerra, el fundamentalismo evangelicalista usamericano en América Latina, lo que lo sitúa, sin lugar a dudas, como la expresión evangélica más hegemónica de nuestro continente, tanto en relación numérica como en cuanto a modalidad de pensamiento. En segundo lugar, que este mismo fundamentalismo, si bien no podría ser reducido únicamente a sus corrientes pentecostales o neopentecostales, ya que resulta en cierto modo en distintivo característico de gran parte de aquella expresión de la *American Religion* que hemos definido como radicalizada en torno a la dimensión de la identidad, se ha encarnado primordialmente

---

[269] Citado en, F. Galindo, *Op. cit.*, 314.

en aquellas modalidades ya mentadas. En tercer lugar, el innegable impacto que este fundamentalismo usamericano ha causado no solo en la dimensión religiosa del pueblo evangélico de América Latina, sino también en su dimensión política, social e incluso cultural. En cuarto y último lugar, el enorme desafío que este mismo fundamentalismo usamericano representa no solo para aquel protestantismo de línea más histórica y confesional, sino del mismo modo, visto su desarrollo espectacular, para la propia iglesia católica. Por cierto, bajo cada una de estas conclusiones enunciadas aquí nada más que en perspectiva general, subyacen evidentes logros alcanzados por el fundamentalismo que ni la lectura más crítica de este podría llegar a soslayar, y que nosotros mismos hemos confirmado al confrontarle con otras expresiones del cristianismo presentes en América Latina, tales como el catolicismo colonial, la ortodoxia protestante o aquel incipiente protestantismo progresista. No obstante, es evidente que paralelamente a estos méritos ya advertidos, se presentan para el fundamentalismo sensibles tareas todavía por realizar que, debido indudablemente a su condición de impostergables, podrían llegar a eclipsar la verdadera contribución de todo aquello que ya se le ha reconocido. Tales tareas que el fundamentalismo aún no ha sido capaz de acometer o que incluso ha desestimado simplemente como irrelevantes para su comprensión de la fe han sido ampliamente abordadas en el curso de nuestro análisis, y constituyen indudablemente la mayor deuda histórica de este movimiento, primero, como proyecto religioso en sí, y luego, como proyecto que se presenta hegemónico y de tan cruciales consecuencias para América Latina.

No vamos a volver sobre el detalle de estas tareas en este momento, pero es obvio que —en la medida en que todas ellas apuntan a la liberación de la fe de la pura experiencia interiorizante y privada, y a la recuperación de la historia como escenario primario de esta fe, en la que las dimensiones social, cultural, económica, intelectual y aún medioambiental de esta historia no le son ajenas a aquella fe, sino su don y faena— tratamos aquí, en definitiva, de la gran tarea que le cabe al fundamentalismo de superar los propios límites y vacíos de la religión americana, en cuanto ella misma no es más que su expresión aventajada. Somos, sin embargo, de la opinión —que adquiere cada vez más el rango de convicción— de que los sectores evangélicos en América Latina ligados directa o indirectamente al fundamentalismo estadounidense, que por cierto constituyen la más absoluta mayoría, podrán ser capaces de despertar a estas labores solo y cuando los mismos puedan asentarse primeramente como movimientos nacionales y, desde esa condición de pertinencia regional, tomar distancia o al menos ofrecer lecturas críticas del origen del cual proceden y del que, de un modo tan simbiótico, dependen. Obviamente este esfuerzo de distanciamiento y criticidad por el que aquí nos hallamos abogando —que comporta un alto grado de tensión y complejidad, sino de vía dolorosa para aquellos que al interior de estos sectores estén dispuestos a asumirlo, por cuanto implica ni más ni menos que el rompimiento del encantamiento aquel de que religión americana y fe cristiana sin ninguna tensión se requieren– no se puede alcanzar sin la mediación de una alta inversión en cuanto a lo que educación teológica respecta. Una inversión teológica que, para llegar a ser de verdadera contribución entre estos sectores, debe evitar el riesgo del resultadismo inmediatista, como a su vez la tentación de servir únicamente al marketing institucional o eclesiástico, y ser planteada más bien como programa formativo y sostenido a largo plazo. Una inversión teológica que, por lo demás, si realmente desea constituirse en facilitadora de estas tareas y no ser más que un mero juego de palabras para encubrir en ello un activismo parafernálico, pero sin mayor utilidad, debe ser capaz de buscar nuevos derroteros de inspiración y formación que los dados por la religión y la cultura de Usamérica. Valga aquello, por supuesto, en cuanto a sus modalidades más extremas se refiere, ya que la posibilidad para América Latina de desprenderse completamente de este envolvente influjo no es más, en rigor de verdad, que una proposición quijotesca. Pues, como bien ha advertido E. Dussel, tal dependencia "no es solo económica, sino que es política, religiosa, cultural, antropológica; dependencia en todos los niveles de nuestro ser"[270]. En otras palabras, y volviendo con nuestra idea, las condiciones que se han de exigir de esta inversión teológica en aras de constituirse en facilitadora de dichas obligaciones pendientes han de ser, en primer lugar, el que pueda tomarse suficientemente en serio su lugar contextual, en este caso, como quehacer teológico elaborado desde América Latina, como, no menos en serio también, la historia del pensamiento cristiano y filosófico, ambas condiciones claramente esenciales para cualquier quehacer teológico responsable y serio, y que solo la estrechez ideológica o simplemente la ignorancia agresiva se han afanado en presentar una y otra vez como contrapuestas. Indiscutiblemente, desde el momento en que la religión americana ha dado muestras en el curso de su historia de no ser capaz de fomentar esta primera condición para sus satélites en América Latina, como tampoco valorar para ella misma la segunda de estas, mucho menos lograr la articulación conjunta de cada una de ellas, no es conclusión apresurada afirmar que esta no puede ser aquí de demasiada utilidad, sino al contrario, ser más bien cortapisa y estorbo. Se deberá reconocer, en consecuencia, con arreglo a lo anterior, que la apertura al diálogo ecuménico y al sentido de la mutua cooperación entre las iglesias es el desafío que se presenta prioritario para estos sectores, y que sin duda está en la base de cualquier avance o retroceso en relación con la consecución de estos objetivos.

Es cierto que cuando se repara *grosso modo* en el escenario que hoy por hoy ofrece el fundamentalismo evangélico de América Latina, muy pocos elementos parecieran sugerir que se avanza hacia aquella dirección de apertura y solidaridad sugerida. Es decir, hacia aquel esfuerzo por depurar el contenido de aquellos logros

---

[270] *Introducción a una filosofía de la liberación Latinoamericana*, Editorial Extemporánea, México, 1979, 59.

ya obtenidos, de modo de impedir que su planteamiento unilateral y carente de criticidad les transforme más en riesgos que en contribuciones, y por abordar aquello que hemos designado como sensiblemente pendiente, en el marco de una seria inversión educativa y de un sano fondo de cooperación ecuménica. Y, sin embargo, en medio de lo crepuscular que se presenta este horizonte para el fundamentalismo de América Latina, existen ciertos indicios que nos llevan a presagiar caminos más esperanzadores por trazar y que incluso ya comienzan a ser recorridos. Algunos ejemplos a considerar, dentro de una diversidad de indicios no masivos, pero sí considerablemente significativos, nos permiten aquilatar dicha esperanza no como simple utopía, sino como una realidad que ya comienza a ser efectiva. En primer lugar, permítaseme mencionar una muy incipiente línea dentro del pentecostalismo chileno que desde un largo tiempo ya viene abriendo surcos nuevos en esta dirección. Una línea que, desligándose de los modelos clásicos del fundamentalismo pentecostal estadounidense, procura asentarse en los distintivos propios del pentecostalismo chileno, su particular historia, teología y espiritualidad. A esta línea debe serle reconocido, también, sin lugar a dudas, el mayor esfuerzo dentro del fundamentalismo y el propio pentecostalismo chilenos, en lo que respecta a posibilitar espacios de educación teológica académica y ecuménica, pero que, al mismo tiempo, puedan salvaguardar los lineamientos esenciales de la fe pentecostal. Nos referimos aquí, específicamente, a los esfuerzos educacionales del Centro de Estudios Evangélicos Pentecostales, CEEP, de cuyo programa de educación teológica no solo se ha visto beneficiado el propio espectro pentecostal, sino también otras muchas iglesias evangélicas del país. Habrá que estar atentos, sin embargo, al curso que habrá de proseguir esta nueva línea, y observar además si la misma será lo suficientemente capaz de consolidarse en el tiempo, no solo como un importante proyecto educacional para el mundo pentecostal chileno, sino también como un esfuerzo de contribución crítica a los vacíos históricos de su propio movimiento, como a su vez de enriquecimiento al diálogo teológico chileno y a la misma cultura nacional.

Otro importante indicio al cual también quisiéramos apelar es el que en su momento representó –y aún continúa representando en algunos círculos–, el programa de *Misión integral*, encabezado principalmente por René Padilla[271], y cuya propuesta de mediación entre la evangelización y la responsabilidad social sirvió de pauta para que muchos grupos evangélicos provenientes del radicalismo de la identidad, incluso en sus formas abiertamente fundamentalistas, pudiesen llegar a ampliar su comprensión de la iglesia y de su misión esencial. Como se señala en la tercera parte de la *Declaración de Quito*, un documento verdaderamente

---

[271] Su propuesta programática puede verse en su texto, *Misión integral. Ensayos sobre el Reino y la iglesia*, Nueva Creación, Buenos Aires, 1986.

programático para el movimiento, firmado por más de mil representantes eclesiásticos de la región:

> Misión integral: La visión, la acción, y la reflexión misionera de la iglesia deben fundamentarse en el Evangelio que, cuando es comprendido en su integridad, se proclama en palabra y obra y se dirige a todo el ser humano. Nuestra misiología debe hacerse a partir de la Palabra, desde nuestra realidad latinoamericana y en diálogo con otras misiologías, buscando superar las deformaciones o dicotomías que pueden haber afectado el evangelio que recibimos. Esto demanda también una comprensión de los nuevos desafíos que el mundo actual presenta, tales como la globalización, la posmodernidad, el resurgimiento del racismo, los esoterismos y el creciente deterioro ecológico.[272]

Ahora bien, aun cuando en dicha línea sea posible todavía reconocer significativos aportes para el quehacer teológico de América Latina, cuánto más si se atiende al modo corrector en que a partir de tal programa se lograba rectificar gran parte de los antiguos modelos fundamentalistas usamericanos de evangelización y su comprensión dualística de la misión cristiana[273], habría, empero, que presentar algunas importantes inquietudes al proyecto, que en modo alguno podrían restar todo lo apreciable que en su momento significó su contribución. En primer lugar, habría que preguntar si no se llevó casi *ad infinitum* aquel modelo de *misión integral*, prácticamente como única dimensión posible del quehacer teológico latinoamericano. Adjunto a ello, habría también que reflexionar si este mismo programa no quedó de algún modo demasiado cautivo, a pesar de su original intención, del solo *intra nos* de la misión, o si fueron tomados suficientemente en cuenta los aportes bíblico-teológicos de aquella investigación académica que trascendía el espectro de autores estrictamente anglos y usamericanos, representativos, por supuesto, de la escuela, al punto de abrirse por lo mismo a un sentido más amplio del testimonio y el pensamiento cristianos. Y, asimismo, si tal programa de *misión*

---

[272] CLADE III, *Tercer congreso latinoamericano de evangelización,* Fraternidad Teológica Latinoamericana, Quito, 1992, 861.

[273] Es decir, modelos, tal como lo hemos visto a lo largo de las páginas precedentes, y bien lo precisa S. Rooy (*Las agencias misioneras en América Latina frente al paradigma ecuménico emergente,* en, A. Piedra; S. Rooy; H. F. Bullón, *Op. cit.,* 84), que han concebido la comunicación verbal del evangelio como el elemento más importante de la misión, y por lo mismo, han relegado la responsabilidad social y horizontal a un sitial de importancia secundaria cuando no prescindible. Modelos misionales básicamente voluntaristas e individualistas, de raíz ciertamente fundamentalista e imbuidos en la idea aquella del "iglecrecimiento", tan propia, por lo demás, del evangelicalismo estadounidense, entre los cuales habría que mencionar *Pueblos no alcanzados, Ventana 10/40, Adopta a un pueblo, AD 2000,* entre otros.

integral supo realmente recoger los interrogantes y cuestionamientos con que el pensamiento (pos)moderno y la incipiente sociedad globalizada desafiaban en su momento, y lo continúan haciendo en nuestro tiempo, la propia comprensión de la misión de la iglesia y el modo de relacionarse de esta con la sociedad contemporánea. Al respecto de tales emplazamientos, y quizás en lo siguiente venga contenida la respuesta indirecta a todo aquello, debemos señalar que no deja de ser significativo el nuevo giro emprendido por Padilla y su reciente alianza con el movimiento emergente, principalmente aquel representado por Brian McLaren[274], en lo que bien podríamos definir como su remozado intento por desarrollar un quehacer teológico latinoamericano más acorde con el espíritu y los tiempos posmodernos. Un renovado esfuerzo que, no obstante, delata una todavía mayor carga de dependencia para la prosecución de tal ajuste, entre misión de la iglesia y cultura posmoderna, de referentes marcadamente usamericanos, dentro del horizonte cultural y teológico que ofrece la religión americana.

---

[274] Piénsese en la serie de giras realizadas por B. McLaren y René Padilla en América Latina, bajo la fusión temática de *Misión integral y tiempos posmodernos*.

4

Las reortodoxias

4.1 Aclaraciones previas

Hemos dedicado un amplio espacio en este primer capítulo al análisis del fundamentalismo evangélico usamericano y a su impacto en la realidad evangélica de América Latina, en tanto tal movimiento, nos parece, resulta en expresión señera de aquella tendencia a radicalizar el principio de la identidad de la fe cristiana a expensas de su contraparte, el de la relevancia. Debemos ocuparnos ahora de aquel otro gran movimiento evangélico que ha tenido notoria presencia en América Latina, siempre bajo el concurso del misionerismo de los Estados Unidos. Nos referimos aquí, específicamente, claro está, a las ortodoxias en su modalidad calvinista, primeramente, y con una cobertura mucho menor, la luterana. Sin embargo, sea necesario primeramente aclarar que, entre la ortodoxia protestante y el fundamentalismo bíblico-teológico, amén de que ambos movimientos recalen finalmente en un similar reduccionismo del criterio de verdad de la fe cristiana en detrimento de su contextualidad, existen, no obstante, sustanciales diferencias históricas tanto de forma como de contenido que no podemos ignorar. En esta línea de aclaración permítasenos, por tanto, señalar que con aquello de la ortodoxia evangélica hacemos alusión a aquella corriente que siguió directamente al período de la Reforma, y que constituye en la historia del pensamiento cristiano un enorme esfuerzo de sistematización teológica y de afirmación en la tradición clásica, no siempre del todo feliz, es verdad, mas de amplia envergadura metodológica y conceptual, tanto así que muchas veces se le ha convenido en estimar como la forma propia del escolasticismo evangélico. Permítasenos, por otra parte, también mencionar algunas advertencias previas que en nuestra opinión podrían resultar altamente instructivas a la hora de intentar precisar la participación y el perfil de esta ortodoxia evangélica en América Latina. La primera guarda relación con el carácter esencialmente secundario que han tenido las ortodoxias como movimiento formador de los sectores evangélicos del continente, sobre todo si se les contrasta con el influjo tan representativo como arrollador que han alcanzado los movimientos ligados al Segundo Despertar, y cuánto más los ligados al fundamentalismo. La segunda es recordar que muchas de las expresiones de la ortodoxia evangélica que se han dado cita en América Latina no han resultado *generalmente* demasiado fáciles de distinguir, y aquello *básicamente* en relación con su comportamiento práctico, del fundamentalismo tradicional, a no ser por la cuestión carismática y ahora último "electrónica". Pero ni siquiera esto en forma demasiado definitiva, pues muchas de estas reortodoxias presentes en América Latina, sobre todo aquellas más afines con la línea calvinista –presbiterianas y anglicanas, principalmente–, tienden a desarrollar en muchos casos una forma de culto que no solo se resiente de una notoria carencia de sensibilidad y tradición litúrgicas, sino de una dinámica absolutamente subsumida ya por el iconoclasticismo cúltico del protestantismo de los Estados Unidos.[275]

Precisamente en relación con esto último que acabamos de decir, permítanos el lector establecer una necesaria digresión, toda vez que nos parece que ha sido la disciplina litúrgica, su comprensión, su sensibilidad, su continuidad histórica, acaso el aspecto que ha mostrado históricamente más precariedad y abandono entre el mundo evangélico de América Latina, lo que incluye, desde luego, a estos mismos sectores reortodoxos. Desde luego, no seríamos del todo justos si no reconociéramos algunas recientes iniciativas entre ciertas expresiones de estas reortodoxias, que tienden a recuperar ciertos elementos que resultan consustanciales al culto cristiano y a la propia tradición cúltica de la Reforma, y que en virtud de aquella manifiesta despreocupación, descuido o simplemente flagrante desconocimiento por parte de su herencia misionera en materia litúrgica y el posterior reforzamiento de las propias iglesias nacionales, habida cuenta de este determinante influjo, en esta tan lamentable tendencia, habían quedado en muchos casos completamente relegados al olvido. Hablamos, aquí, en efecto, tanto de una herencia como de una tendencia que había sumido a gran parte de los servicios cultos de las así llamadas reortodoxias, cuánto más si su ligazón con la religión americana resultaba más estrecha, en un ritual generalmente sin mayor orden ni inteligencia litúrgicos, cuya dirección en cuanto a los contenidos y duración en cuanto al

---

[275] Resulta muy interesante, a propósito de este iconoclasticismo litúrgico que caracteriza en tan alta medida a la *American Religion*, dar a la cita aquí la impresión que, según J. M. Marco (*Op. cit.,* 258), provocaría en un visitante europeo de nuestros días la visita a un culto tradicional evangélico de los Estados Unidos, a saber:

> No hay liturgia ni ritual, y sí un gran espectáculo, con música, canciones, bailes incluso, proyecciones y sermones en los que el predicador, muchas veces un auténtico líder espiritual, glosa apasionadamente la palabra de Dios traduciéndola a las necesidades afectivas y comunicativas de sus feligreses.

El interés radica aquí, en efecto, en que se trata precisamente de una observación que, *mutatis mutandis* y más allá de la presencia de algún fenómeno extático circunstancial o de los recursos dados en la actualidad por la tecnología moderna, bien podría y en relación con sus elementos sustanciales –ausencia de ordenamiento y sensibilidad litúrgicos, carencia de símbolos, centralidad del aspecto emocional, etc.– describir perfectamente un tipo de culto característico del Segundo Despertar, el de algún servicio evangélico casual celebrado hoy mismo en gran parte de los Estados Unidos –como es el caso en la descripción de nuestro observador ocasional– o la forma de expresión cúltica arribada a América Latina con el influjo misional de aquel país, y que sigue siendo prácticamente la norma en nuestros días en la forma de llevarse a cabo los servicios celebrados entre el mundo evangélico de América Latina, precisamente como resultado de esa herencia misional.

tiempo del servicio mismo quedaban prácticamente subordinados a los criterios, estados de ánimo o la improvisación del liturgo de turno, más conocido entre estos círculos, como coordinador. Un coordinador, obligación moral es decirlo, que más que liturgo, pretendía oficiar como animador de algún bingo o de un programa de farándula televisiva, al creer por consiguiente que su función prioritaria era más bien la de amenizar o entretener a su audiencia que la de guiar el servicio divino, y no escatimando para tal efecto, en caso de que la feligresía no respondiese de inmediato a sus estímulos conductivos, ni al empleo de chistes –claro está, en su modalidad evangélica– ni a su acervo personal de experiencias y anécdotas –tal como si estuviese ya no en el púlpito o ante el altar del templo, sino en el living de su casa y con sus compinches–. Servicios cúlticos, por lo demás, que consistían en maratónicas jornadas de canciones propias de la industria musical evangélica, que rezagaban entretanto casi por completo la inclusión de la himnología protestante o los cánticos cristianos provenientes de la diversidad de los pueblos. Canciones, la mayoría de las veces, no solo carentes de mayor profundidad teológica, sino a su vez, sin ninguna conexión ni relación con los momentos litúrgicos del culto, el tema de la homilía, mucho menos el año eclesiástico, además de oraciones que lejos de ceñirse estrictamente a los motivos supuestamente indicados por el coordinador para que algún feligrés concurrente elevara (en el caso, desde luego, de que tales motivos fuesen indicados), venían a dar en la intervención de este en una interminable recapitulación de todos los motivos de plegarias habidos y por haber, sino en otro nuevo sermón directamente.

Pero, para retornar a nuestro reconocimiento de estas tales reortodoxias, nos referimos con aquello de la recuperación de ciertos elementos litúrgicos a la incorporación de aspectos tan vitales para la esencia misma del culto cristiano tales como, verbigracia, los momentos de confesión y absolución (o liturgia de la confesión y absolución, o liturgia de la penitencia y satisfacción), la declaración de credos e incluso en ciertas oportunidades, si la recuperación en cuestión resultaba ser más profunda, la fijación del tema del sermón y los colores de los paramentos (en caso de que estos últimos sean conocidos y utilizados, por supuesto) en consonancia con la estación del año eclesiástico. Elementos todos estos, naturalmente, cuya sola mención en relación con el culto cristiano constituye algo absolutamente perogrullesco, pero que a la luz de aquella herencia y tendencia a la que ya hemos aludido, y que ha resultado de suyo en un tan pesado lastre para una comprensión más profunda del sentido litúrgico entre estos sectores, deben ser celebrados como evidentes logros tanto para la iglesia como para su culto. No obstante, y aun con todo lo valioso e indispensables que dichas iniciativas de recuperación resultan ser, es evidente que resta aún mucho camino por recorrer en aras de una internalización más profunda y duradera, que no sujeta simplemente a las convicciones de unos pocos individuos, del sentido histórico del culto y su respectiva sensibilidad litúrgica entre estos círculos. En tal sentido, las tensiones y desajustes acaso propios de este periodo de transición saltan de inmediato a la vista del observador familiarizado en materia litúrgica.

Así, por ejemplo, y refiriéndonos ahora específicamente a la situación de las reortodoxias en el contexto de Chile, a uno le queda la sensación de que este tipo de iniciativas al respecto de la mejora de los servicios cúlticos ha sido elaborada, por así decirlo, en las oficinas o casas centrales de estos grupos, por sus agentes supuestamente más calificados en lo que a la historia y comprensión del culto cristiano se refiere, y transformado todo aquello luego en la forma concreta de instructivos, boletines o modelos de culto ya estereotipados para el uso de las comunidades locales. Sin embargo, el evidente impase o desajuste comienza a surgir generalmente aquí, y en relación específica con estas comunidades, en términos de habérnoslas y en un tan altísimo porcentaje, con agentes pastorales, responsables en última instancia de implementar estas recuperaciones, con escasa formación teológica y por supuesto mucho menos litúrgica, que aun cuando estén de buena gana dispuestos a poner en marcha todo lo que aparece consignado en dichos materiales –e incluso, dada la ocasión, utilizar ciertas ropas eclesiásticas, estolas, talar, cuello clerical, etc., más allá, desde luego, del real conocimiento que los mismos puedan llegar a tener de la historia o de la función que les cabe a las mismas en el servicio cúltico–, lo llevan a cabo sobre la base de una flagrante falta de familiarización, convicción y sensibilidad al respecto de la disciplina litúrgica, muchas veces incluso en medio de la propia resistencia de sus congregaciones, las que en su vulnerabilidad y precariedad evangélica estiman cualquier regulación y ordenamiento de sus servicios, de acuerdo al sentido histórico del culto cristiano y sus respectivos elementos litúrgicos, como inaceptables componendas con el catolicismo romano. Súmese, a todo esto, además, el hecho de que hablamos aquí de espacios cúlticos, templos, directamente, carentes prácticamente de todo tipo de símbolos litúrgicos, inmersos asimismo en una iconoclasia más bien propia de la Reforma radical o de los sectores más refundacionales de la religión americana, que de la misma Reforma protestante de la que tanto se insiste aquí como expresión genuina y continuidad. Templos que a partir ya de su sola disposición de los ornamentos –púlpito, altar, entre otros– desvelan de inmediato su profunda carencia de sentido estético, y en los que, a propósito de dicha ausencia de esteticidad, una banda de música, casi siempre compuesta por instrumentos electrónicos –batería incluida, no faltaba más–, se encarga de no dejar ningún recoveco sin su retumbar[276], avasallando por consiguiente todos los momentos de silencio

---

[276] Naturalmente, no estamos sugiriendo que los servicios cúlticos de aquellas iglesias evangélicas de nuestro medio, como del resto de América Latina, que se esfuerzan por aparecer en continuidad con el legado histórico y teológico de la Reforma (reortodoxias) debieran supeditarse únicamente a los esquemas ya fijados en aquella época pretérita y no disponer de más acompañamiento musical –y perdóneseme aquí la hipérbole tan peculiar– que el tradicional órgano de tubos.

e introspección que resultan de suyo tan indispensables para cualquier rescate del ordenamiento litúrgico, y posicionándose muchas veces esta misma banda en la centralidad del altar, para desplazar así al púlpito, a la cruz o a ese mismo altar. ¡Y eso que hablamos aquí, no lo olvide el lector, de aquellos sectores que hemos convenido en denominar como reortodoxias, cuya apelación rimbombante y permanente es la de constituir un protestantismo de cariz histórico, ser herederos de la Reforma y ufanarse por lo mismo de una evidente superioridad histórica e intelectual al respecto de otras tradiciones que se dan cita en este particular mundillo evangélico de América Latina, con la irrupción dentro de estas, por supuesto, de la corriente pentecostal y últimamente neopentecostal, emblemas del comportamiento antilitúrgico por excelencia!

Aquello, ciertamente, no solo conduciría a la fosilización de la tradición histórica, sino además a su indebida sacralización, lo que olvida que tal acervo a despecho de todo su valor y utilidad solo puede servirnos a la luz de nuestros desafíos del presente nada más que como guía o referente, mas no como palabra final. Precisamente, el caso es, como se sabrá, que muchas iglesias, desde luego, de otras latitudes, sin renunciar a esa inteligencia histórica y teologal, reformada, si se quiere, disponen en la actualidad, junto con un servicio general, de alternativas de culto contemporáneos, más afines con las nuevas generaciones, y en los que preservándose aquellos elementos fundamentales del culto cristiano, se incorporan formas litúrgicas más festivas y flexibles, incluido el acompañamiento de ciertos instrumentos electrónicos. Incluso más, no pocas veces esos mismos instrumentos electrónicos, incluidos algunos de percusión, hallan presencia también en los servicios generales, pero lo cierto es que su incorporación se lleva a cabo en un evidente marco de sobriedad, sensibilidad musical y subordinación a los demás momentos litúrgicos del culto, siempre bajo la dirección además de algún director musical con la debida formación en materia litúrgica. Nada parecido, hay que decirlo, al respecto de lo que solemos por doquier observar en los servicios ofrecidos por gran parte de estas corrientes reortodoxas en nuestro medio, en los que el uso de instrumentos electrónicos estridentes, muchas veces en espacios cúlticos notoriamente reducidos, no solo tiende al evidente deterioro musical de la escasa himnología allí concebida, a cercenar —como ya se ha dicho— en virtud de su amplificación casi por completo los espacios de silencio tan esenciales a ciertos momentos del culto —como si este, el silencio, fuera el adversario *per se* al cual hay que doblegar por medio de un bullicio ininterrumpido—, sino además a sacrificar al contingente de adultos medios y mayores que no siempre es capaz de disfrutar con estos tormentos acústicos. Súmese, a la par de todo esto, como un antecedente no menos gravitante a la hora de intentar comprender la sensible degradación que experimentan estos modelos de culto, el hecho de que la responsabilidad en cuanto a la dirección musical de estos servicios reposa prácticamente sin excepción aquí en aquellas personas que simplemente suelen manifestar algunas aptitudes o intereses en lo concerniente a la música, ya sea en su forma autodidacta, como es lo usual, o profesional, la menor de las veces, descontando además que tanto en uno como en otro caso, las mismas carecen casi por completo de los conocimientos más básicos y elementales al respecto de la disciplina litúrgica. Con todo, se debe estar dispuesto a reconocer que el asunto tocante a ofrecer un servicio con cierta sensibilidad, sobriedad y, por qué no decirlo, elegancia litúrgica, de modo de no sucumbir irremediablemente a la estridencia, la chabacanería y lo de mal gusto, como desafortunadamente suele ser ya la costumbre en estas expresiones, no es simplemente asunto de conocimientos litúrgicos —aunque, por supuesto, tal formación litúrgica constituya un elemento del que no se pueda prescindir jamás—, sino por duro que resulte decirlo, también de lucidez y sentido común.

Así las cosas, el resultado final, a decir verdad, es hallarnos con un tipo de servicio que incorpora nada más que por mandato institucional aquellos elementos sustanciales del culto cristiano ya advertidos, pero que al hacerlo sin una mayor comprensión de su historia, su importancia, sus contenidos, su lugar dentro del orden mismo del culto por parte de los agentes pastorales, en aquella misma y consabida estructura cúltica evangelical[277] –pastores con escasa formación tanto teológica como litúrgica, que trasuntan al igual que los coordinadores, cuánto más a nivel poblacional, con ocasión de sus sermones como en otras intervenciones, una evidente falta de solemnidad, cuando no abierta vulgaridad, que es realmente para lamentar; coordinadores convertidos en animadores; oraciones convertidas en sermones; música industrializada; iconoclasia de símbolos, de estética y de momentos de silencio; etc.–, deviene nada más que en un servicio amorfo, híbrido, compuesto por una serie de elementos inconexos y superpuestos entre sí, incapaces por lo tanto de expresar un sentido orgánico y de continuidad del culto cristiano y su liturgia.[278] Todo lo anterior nos lleva inevitablemente a la conclusión de que la tarea tocante a la mejora de los servicios cúlticos entre tales sectores relativos a las reortodoxias no puede suponer que su labor ya ha sido suficientemente lograda por la sola distribución de boletines o modelos litúrgicos para el uso de las congregaciones locales, sin establecer al mismo tiempo un programa a largo plazo de capacitación profunda de sus agentes pastorales al respecto de la materia litúrgica. De faltar aquello, se comprenderá, el servicio de tales sectores reortodoxos, tal como resulta ser actualmente la tendencia, salvo contadas excepciones, continuará siendo un híbrido de tradiciones informes más que una celebración con sensibilidad, unidad e inteligencia litúrgicas.

Por último, y con arreglo a la anterior afirmación, no sería posible dejar de acusar, a despecho incluso de aquellos celebrados esfuerzos de recuperación litúrgica que entre algunas expresiones de estas reortodoxias ya hemos indicado, la enorme responsabilidad que le cabe a estas corrientes en lo que respecta específicamente a

---

[277] Diríamos, en Chile, sobre la estructura de un servicio cúltico completamente anquilosado por la idiosincrasia y la mentalidad "canuta".

[278] Continuando con el contexto evangélico chileno, habría que reconocer holgadamente la diferencia fundamental que establecen, al respecto de la situación del culto cristiano y su liturgia, las iglesias luteranas tanto confesionales o reortodoxas como las no confesionales o ligadas a la Federación Luterana Mundial –siempre y cuando estas últimas no incurran, como actualmente resulta ser la tendencia, en las extravagancias ideológicas de la religiosidad posmoderna–, al conservar en su inmensa mayoría un servicio cúltico con pertenencia histórica y sensibilidad litúrgica. Aunque, y esto es algo que no se puede soslayar, mucho menos dejar de advertir, más allá de la riqueza litúrgica ya reconocida, al menos en lo que a sus elementos formales y externos respecta, nos hallemos en muchos casos, y específicamente en lo tocante a esta segunda modalidad de luteranismo –¡y esto es también parte integral y fundamental del culto cristiano!–, con discursos y su subyacente teología completamente ya subordinados al radicalismo de la relevancia y al reduccionismo de la fe cristiana en cuanto puro movimiento horizontal.

sus espacios destinados a la educación teológica –institutos, seminarios, etc.– para la formación de su liderazgo y agentes pastorales, precisamente al respecto de este tan lamentable abandono y deterioro del culto cristiano y su liturgia. Espacios educacionales dominados casi en su totalidad –si es que honestidad obliga a llamar al pan, pan, y al vino, vino– por un espíritu mezquino y suspicaz, como asimismo receloso de todo aquello que pudiese desvelar el precario nivel académico de sus programas y de su propio cuerpo docente[279] –aunque la propaganda sea presumir aquí a rajatablas de una erudita profundidad "histórica", "reformada" e incluso hasta "universitaria", ante un medio evangélico que, indudablemente, no cuenta con los recursos siquiera más elementales como para evaluar la veracidad o la consistencia de dichas ampulosas alocuciones–, y por "autoridades" –directores, decanos, o como se les quiera llamar– que más que propender a la excelencia académica de estos mismos espacios educacionales, para el beneficio de sus alumnos y sus respectivos trabajos congregacionales, y en un sentido más amplio, del propio contexto evangélico nacional, propenden únicamente y con una vehemencia que resulta extemporánea a un supuesto medio académico, y cuánto más cristiano, al aferramiento y perpetuación de sus respectivas posiciones, y a los consiguientes beneficios económicos y pequeños espacios de poder y control que dimanan de estos.

Cerrando, de este modo, nuestra digresión, destacábamos aquello de lo *general* y *básicamente*, porque incluso, en un asunto tan de fondo teológico como es la comprensión y aplicación de los sacramentos del bautismo y de la cena del Señor, muchas de estas expresiones reortodoxas en América Latina, ligadas al menos en nombre con sus homólogas propias del movimiento histórico de la Reforma, al aplicar una práctica rebautizante del primero, como radicalmente memorial, y una celebración tan esporádica del segundo, dan muestra de una extrema similitud con la práctica sacramental anabaptista y no con la propia de la teología de la Reforma. La tercera, sin duda más fundamental y sobre la cual podría apoyarse toda la explicación de la advertencia anterior, tiene que ver con que tales expresiones de la ortodoxia evangélica presentes en América Latina –repetimos: en primer lugar, las de tendencia calvinista y en un grado más exiguo, las luteranas[280]– han

---

[279] Compuesto casi en su totalidad por pastores formados en estos mismos establecimientos que, como es sabido, en su inmensa mayoría, a falta de no cumplir con los índices académicos requeridos, no cuentan con el reconocimiento de los ministerios de educación de los respectivos gobiernos de sus países, o bien, en "universidades evangélicas" tanto latinoamericanas como de otras latitudes, sin mayor acreditación académica en el marco de la educación superior internacional, y bajo el influjo casi absoluto de la cosmovisión del fundamentalismo evangélico tanto en lo relativo a la teología, desde luego, como asimismo en relación con otras disciplinas, como la ciencias naturales, por ejemplo, y cuyo reconocimiento, a decir verdad, solo tiene validez para la dinámica interna de las iglesias.

[280] Obviamos referirnos aquí, por lo menos en lo que a las iglesias luteranas respecta, a las comunidades alemanas propias del modelo de trasplante, tanto porque su existencia ha discurrido

resultado más en formas de una ortodoxia tardía que primigenia, más usamericana que europea. Tal última afirmación exige, desde luego, reflexionar en el alto
influjo que han tenido la cultura y la religión usamericanas en la configuración
de estas formas de ortodoxia, algo que por lo general ni siquiera ha encontrado
un breve margen de atención entre sus filas, ya que la aspiración es aquí ser la
continuidad prácticamente sin variación ni deformidad alguna de la obra y el pensamiento de los reformadores mismos, sea Calvino, sea Lutero. Pero además significa reconocer el talante abiertamente beligerante que han traído consigo tales
formas de ortodoxias a su arribo a América Latina, como consecuencia de hallarse
envueltas ya en este mismo arribo en la lucha contra todo aquello que hubiera
podido constituir una amenaza contra la pureza de sus proposiciones doctrinales:
el liberalismo teológico, la teología de la crisis, el humanismo, el pentecostalismo
y, cuánto más, posibles infiltraciones de tales doctrinas "heterodoxas" entre sus
propias filas.

En virtud de aquello, pues, y tomando en cuenta el nada despreciable antecedente de que fue precisamente en los Estados Unidos donde se comenzó a
designar por primera vez a la *teología de la crisis* con el nombre de *neoortodoxia*
–designación que por lo demás ha llegado a imponerse en todo el mundo teológico, con la sola excepción de Europa–, nosotros también quisiéramos ahora
rebautizar a estas actuales expresiones de la ortodoxia clásica, a las que algunos
designan sin más con el nombre de *teología de la repristinación*[281], simplemente
como *reortodoxias*. Se trata, en realidad, con estas reortodoxias, sobre todo en
un primer momento, de un nostálgico anhelo por retornar al espíritu y a la letra

---

en un primer momento, como ha sido por ejemplo el caso de Chile, prácticamente dentro de los
exclusivos márgenes de la inmigración alemana y sus característicos distintivos culturales, como,
también en la actualidad, dentro del espectro de aquella población de ascendencia alemana ya residente. Pero, además, prescindimos de aquello por cuanto –en esta preservación y continuidad cultural de lo "germánico"–, lo luterano, en el estricto sentido teológico que implica el término, muchas
veces ha quedado absolutamente rezagado en privilegio de aquella distintividad cultural. Son de
utilidad, a este respecto, los capítulos de E. Araya, *La colonización alemana; Intentos de unificación de
los alemanes*, en, *La posible imposibilidad. Crónicas históricas de las iglesias evangélicas en Chile*, 19-27,
90-106, respectivamente; y de J. Sepúlveda, *Una iglesia trasplantada: las comunidades alemanas*, en,
De peregrinos a ciudadanos. Breve historia del cristianismo evangélico en Chile, Fundación Konrad
Adenauer, Santiago, 1999, 55-62.

[281] Así, por ejemplo, Paul Tillich –*Pensamiento cristiano y cultura en Occidente. Segunda parte:
De la Ilustración a nuestros días* (citado desde ahora como, *Pensamiento cristiano II*), La Aurora,
Buenos Aires, 1977, 476 ss.–, quien cree ver los orígenes de este movimiento en la respuesta conservadora y confesional a la teología de la mediación desarrollada por los discípulos de Schleiermacher,
Hegel y Schelling. Tal *teología de la repristinación* consistiría, a juicio de Tillich, en un regreso radical
y destemplado a la ortodoxia evangélica, como forma de contrarrestar los avances del movimiento
anterior, teniendo, sin embargo, como mérito indiscutible hasta el día de hoy, el hecho de haber
abierto los tesoros de la clásica ortodoxia evangélica.

de la primigenia ortodoxia evangélica, en un intento de extrapolar hacia el concreto presente las soluciones que esta ofreció ante sus respectivos desafíos, mas sin reparar demasiado en que en dichas soluciones ya se hallaban comprometidas ciertas visiones culturales e ideológicas propias de un específico entrevero histórico, marcadas, primero, por las sutilezas teológicas proposicionales y, segundo, por la lucha contra la Ilustración y el Pietismo, situaciones que, a decir verdad, resultan desde el punto de vista histórico absolutamente irrepetibles. Ahora bien, tres resultan, a mi juicio, los lineamientos más reconocibles de estas actuales versiones de la clásica ortodoxia protestante, cuyo influjo se ha hecho de algún modo presente en América Latina a través de los esfuerzos misionales provenientes de los Estados Unidos. En primer lugar, una producción teológica que intenta emular a la de antaño, pero cuya profundidad es de una evidentemente menor cuantía, por cuanto no posee ya la misma envergadura conceptual ni intelectual que aquella. En este punto podríamos decir de estas reortodoxias, en relación con la ortodoxia primigenia, lo mismo que en su momento dijo José Luis Orozco de la Revolución usamericana en relación con la francesa, aunque en este caso haya sido aquella la precursora de esta: "Carece, se dice, del intelectualismo, la 'expresión clásica' y el dramatismo de aquella"[282]. En segundo lugar, y tal como lo habíamos enunciado previamente, la notoria tendencia a intentar emplazar, por medio de las mismas formulaciones y visiones culturales de la clásica ortodoxia evangélica, los desafíos y problemáticas que emergen del presente, lo que lleva a perder tanto la capacidad de afrontar creativamente la situación contextual, como, a su vez, a forzar más allá de sus propias posibilidades históricas al propio evento pasado, al que, paradójicamente, tanto se desea encomiar. Pero, acaso, ¿debiera sorprendernos que dicha destemplada extrapolación del evento pasado a nuestro presente horizonte conduzca a la fuga de la dimensión relevante y rigidice a tal punto la dimensión de la identidad que haga de esta no ya un sano referente sino más bien una especie de cerco y punto final? No, de ninguna manera, sino más bien habría que concluir aquí, y esto a modo de paradigma general, aquello que ya observara Ortega al respecto de la accidentada actualización que el neokantismo de Noel, Riehl y Windelband, hiciera de Kant: "Este es el inconveniente de que un sistema pretérito se convierta en una doctrina actual. La necesidad presente enturbia la pureza del hecho histórico y la letra histórica traba la ideación libre"[283].

En tercer lugar, y tal como ya lo había hecho la antigua ortodoxia protestante en su pugna contra los avances de la Ilustración, observamos en estas reortodoxias la tendencia hacia una actitud de abierto antagonismo ante todo criticismo bíblico, el diálogo con otras disciplinas del pensamiento humano, incluso otras

---

[282] *De teólogos, pragmáticos y geopolíticos. Aproximación al globalismo norteamericano*, Gedisa, Barcelona, 2001, 34.

[283] José Ortega y Gasset, *Kant, Hegel, Dilthey*, Revista de Occidente, Madrid, 1958, 44.

confesiones cristianas –¡qué decir del diálogo con las religiones del mundo!–, todo lo que resulta, finalmente, en una suerte de ostracismo teológico y en un hablar prácticamente a espaldas al mundo. El juicio profético de Hegel al respecto de las consecuencias de un pietismo que retiraba a la fe del mundo para protegerla en la interioridad del corazón vale también, *mutatis mutandis*, para estas remozadas versiones de la clásica ortodoxia: "El mundo pierde a Dios y Dios pierde al mundo"[284]. En consecuencia y desde este particular paradigma religioso, el horizonte de la actividad y del pensar teológico estará delimitado por los estrictos márgenes de la formulación proposicional, su reforzamiento y continuidad, ¡la uniformidad!, y por el celo apologético contra cualquier intérprete o escuela que desafíe, altere o simplemente ose reinterpretar los términos de dicha declaración oficial. Pero tal ejercicio apologético contra todo autor, escuela o diferente paradigma que parezca poner en situación de riesgo la inalterabilidad de la formulación proposicional no ha hecho más que revelar la muy escasa comprensión que estas reeditadas ortodoxias poseen de las categorías de pensamiento propias de los autores que tan denodadamente se empeñan en censurar. De este modo, y bajo el particular condicionamiento de este marco conceptual y de la evidente aporía con que acometen el acercamiento a tales obras, las conclusiones de sus lecturas quedan para estas reortodoxias prácticamente determinadas ya *a priori,* incluso antes de iniciar cualquier básico y elemental ejercicio de investigación de las mismas. Ha sido esta la manera de proceder inicialmente con la mayoría de los teólogos europeos de la teología de la crisis, para seguir luego con los latinoamericanos de la liberación y, ahora último, con las así llamadas teologías contextuales o del genitivo –bajo la consideración de que estas últimas, con sus nuevos paradigmas conceptuales, sin perjuicio de sus elementos clausurantes o del radicalismo mismo de sus planteamientos, implican un verdadero desafío para toda teología y en especial para el quehacer teológico de estas tales reortodoxias, toda vez que sus enfatizaciones emplazan la vigencia misma de sus formulismos o la eventualidad de que los tales por sí solos puedan dar satisfactoria respuesta a sus requerimientos–.

Así, por ejemplo, y para mencionar solo algunos de estos nuevos paradigmas presentes en estas teologías contextuales o del genitivo, y seguimos aquí la breve explicitación que nos ofrece Juan José Tamayo-Acosta[285]: la *teología intercultural,* que al procurar ir más allá de la consabida teoría de la inculturación o multiculturalidad, busca un diálogo entre culturas como base para una teología ecuménica de las religiones; la *teología hermenéutica,* que intenta liberar al discurso religioso de todo influjo de fundamentalismo, en la medida en que esto resulte posible; la *teología feminista,* que cuestiona el carácter patriarcal de las creencias y teorías

---

[284] Citado en Walter Kasper, *El Dios de Jesucristo*, Sígueme, Salamanca, 1998, 33.
[285] *Nuevo paradigma teológico*, Trotta, Madrid, 2004, 13 ss.

religiosas; la *teología ecológica* o *ecoteología*, que se esfuerza por superar el antropocentrismo y escuchar el grito de los seres vivos y de la tierra; la *teología práxico-ética*, que considera a la ética como teología primera, y no como aplicación de principios generales superpuestos, y a la praxis de esta ética como acto primero también de toda reflexión; la *teología utópica*, que a partir del principio esperanza, reformula la teología como *spes quarens intellectum*; la *teología anamnética*, que se centra en el recuerdo subversivo de las víctimas en vistas de propender a su rehabilitación; la *teología simbólica*, que cuestiona el lenguaje dogmático en el que suelen desembocar los discursos teológicos y recupera el símbolo como el lenguaje propio de las religiones y de la teología misma. Y así otros tantos paradigmas contenidos en estas teologías contextuales o del genitivo que, independientemente de que su discurso sea ponderado abiertamente entre sus filas como fundante o definitivo, no resultan ser susceptibles de un emplazamiento dependiente únicamente del autoritarismo proposicional de la tradición.

4.2 Los riesgos

Más allá de este fenómeno, existe también otro factor que contribuye aún más a la polarización y beligerancia que tienden a exhibir estas reortodoxias, y que no siempre ha sido suficientemente advertido, acaso porque trasunta el expertaje meramente teológico para suscribirse más bien en temáticas propias de la sociología de la religión o de la psicología social. En efecto, si se repara en el influjo casi hegemónico que ha ejercido el fundamentalismo misionero en el concierto evangélico de América Latina, principalmente asociado, aunque no exclusivamente, a las formas de un pentecostalismo –su baja estratificación sociocultural, su precaria educación formal, sus elementales instrumentos para llevar a cabo el quehacer teológico y sumado a ello su no menor estigmatización social–, resulta evidente luego observar cómo quienes han emigrado de esta presencia envolvente hacia otras formas de religiosidad evangélica, supuestamente más refinadas e históricas, se esfuerzan desmedidamente en demostrar tanto que aquel influjo ha quedado definitivamente atrás como que han logrado insertarse plenamente en estas nuevas posibilidades eclesiásticas. Por supuesto, ya que las mediaciones culturales que enmarcan a una y otra de estas posibilidades eclesiásticas en el concierto de América Latina, vale decir, al fundamentalismo y a las reortodoxias, y por mediaciones culturales nos referimos aquí a las propias de la *American Religion*, resultan paradojalmente altamente desconocidas, la forma de afirmar entonces aquella separación con lo primero se expresa recurrentemente por medio del comportamiento de la abierta negación o aversión con aquella primigenia referencialidad, como, de manera análoga, la manera de adherir a lo segundo se manifiesta a través de una idealización y apología que supera los límites de lo estrictamente teologal. Empero, sería muy errado afirmar que tal posicionamiento se encontrará únicamente en el salto del fundamentalismo hacia las reortodoxias, pues semejantes factores y comportamientos se vuelven del mismo modo a avistar, y acaso con un margen de mayor idealismo y radicalidad, en aquellos que procediendo de aquel mismo contexto evangélico-fundamental han llegado a emigrar ya no hacia las ortodoxias, sino hacia las posibilidades que les ofrece el progresismo posmoderno, tanto eclesiástico como teologal. Aquí, tanto la negación y la aversión por lo primero, como la idealización y seguimiento por el nuevo paradigma que se ha llegado a adoptar, pueden llegar a ser incluso mucho más destemplados y radicales. Es por ello que decíamos previamente que la explicación de todo esto pertenece más bien al expertaje de otras disciplinas que al ejercicio propiamente teologal.

Por otra parte, si en el fundamentalismo observamos un violento rechazo de la historia del pensamiento cristiano y filosófico, que no intenta en modo alguno ser atenuado o disimulado, observamos, en cambio, en estas reortodoxias, la presunción de tener una amplia familiaridad con esta. No obstante, si tal ostentación se analiza con mayor detenimiento, se descubrirá que no responde a un conocimiento mucho más avanzado que el que el propio fundamentalismo alberga, ya que, o bien no incorpora o desconoce el testimonio de muchos de sus más importantes actores o, simplemente, tiende a caricaturizar a otros, como es el caso del tratamiento que la reortodoxia luterana le da al calvinismo. Antes bien y, a decir verdad, tal presunción y ostentación se reduce, generalmente, no más que al período específico que cubre la ortodoxia protestante, sea luterana, sea reformada, y a la comprensión de los reformadores, no tanto según sus propios testimonios internos, sino según el perfil trazado por esa misma ortodoxia. Pero, incluso, podríamos decir que muchas veces ni siquiera se reduce al conocimiento de esa primigenia ortodoxia, sino a la reconversión de esta de acuerdo a las categorías propias de la religión americana. Esto se extiende, sobre todo, para el espectro de participación latinoamericana de estas reortodoxias, allí donde la reducción de la historia del pensamiento cristiano y filosófico a esta tal reconversión ha llegado a adquirir, acaso por efecto misionero, un carácter mucho más definitivo y proselitista.[286]

---

[286] Un claro ejemplo de todo lo que aquí describimos lo constituyeron por mucho tiempo los manuales de dogmática de L. Berkhof (*Teología sistemática*, TELL, Michigan, 1988; original en inglés de 1949) y de J. T. Mueller (*Doctrina cristiana*, Concordia, Missouri, 1973; original en inglés de 1948), que por largo tiempo fueron claramente representativos y a la vez dominadores de las reortodoxias calvinista y luterana respectivamente en nuestro continente, sobre todo en lo que guardaba relación con los insumos destinados a la formación de pastores y otros cargos dirigenciales para las comunidades. En ambos manuales se echaba de ver una ausencia casi absoluta del testimonio de la historia del pensamiento cristiano –qué decir del filosófico– en la elaboración y el desarrollo de sus tópicos, en otras palabras, solidaridad con el tan caro principio de catolicidad teológica o, si se quiere, de una tradición mayor, sin perjuicio, desde luego, de las enfatizaciones confesionales que estas mismas producciones al uso exigiesen. En ambos manuales, por lo demás,

Particularmente esta ha sido la línea que han asumido regularmente los proyectos de educación teológica de los grupos reortodoxos en América Latina para la formación de sus líderes y pastores. Si se descuenta el hecho de que la mayoría de estos seminarios o institutos teológicos de esta corriente reortodoxa con presencia en nuestro continente han sido creados por sus mismos agentes misioneros, la inmensa mayoría de ellos sin más adiestramiento teológico que el relativo a la temática de la evangelización, es decir, no por agentes provenientes del quehacer teológico universitario, y luego mantenidos por esta misma corriente misionera

---

la comprensión de la teología sistemática se reducía prácticamente al rango único de la solución proposicional y del adoctrinamiento confesional. Aunque, a decir verdad, esto se hacía mucho más patente en el tratado de Mueller y a un nivel que rayaba incluso ya en lo bizarro, al echar mano de un lenguaje marcadamente beligerante, especialmente contra el calvinismo, al cual, ciertamente, lejos de intentar comprender, caricaturizaba de pleno, al mejor estilo de las antiguas pugnas confesionales que marcaron la antigua y clásica ortodoxia evangélica. Ahora bien, uno pensaría que visiones tan jibarizadas del quehacer de la teología, en el marco asimismo de apologías tan destempladas como gratuitamente belicosas, ¡directamente *ad hominem*! –esto último, deba ser dicho, para el caso específico del tratado de Mueller–, formarían nada más que parte de un lamentable pasado reciente, a partir del cual el mundo evangélico de América Latina, a la luz de los años ya transcurridos, y con ello un mayor acceso a obras teológicas de mayor calidad y envergadura, ya habría aprendido lo suficiente. Sin embargo, basta simplemente con observar los tan lamentables espectáculos que se suelen generar, particularmente en las redes sociales, y en plataformas, naturalmente, de carácter popular y divulgativo que no en revistas especializadas ni espacios propios de la academia seria, entre individuos o incluso grupos enteros que, mediante el uso de una retórica rimbombante e incluso intimidatoria, y la exageración de unos conocimientos teológicos realmente irrisorios –en la medida en que solo reproducen el minúsculo acervo de las reortodoxias y una comprensión de la teología y la tradición de la propia Reforma determinada casi en su totalidad por las categorías de pensamiento exclusivas de la *American Religion*, pretenden ser la encarnación exacta, literal y actual de movimientos que con mucho ya tuvieron su momento histórico, y con ello creerse en el derecho de anatemizar, condenar, incluso amenazar matonescamente a quienes no están dispuestos a sumarse a su peculiar cruzada– para advertir que los elementos disonantes y de evidente riesgo presentes en el origen mismo de estas tales corrientes reortodoxas, lejos de estar completamente superados o a lo menos corregidos, están siempre a un paso de devenir en simple y llano fundamentalismo. Y este, debe ser dicho, en una modalidad que resulta alta y especialmente ruinosa para los destinos del mundo evangélico de América Latina, cuánto más de su pensamiento, en la medida en que encarna a la perfección aquella advertencia que hiciera ya Richard Hofstadter, al decir que el individuo –en este caso tanto individuo como corriente– más peligroso no era aquel que carecía de toda educación, sino aquel que tenía una a medias e incompleta, pero que a aquello medio e incompleto –diríamos nosotros, en el caso de las reortodoxias, propia de una tradición minúscula, menor y mediada nada más que por los márgenes de pensamiento de la religión americana– lo proclamaba como la palabra más autorizada y definitiva ante cualquier materia. Esta última pretensión se agrava mucho más, se entenderá, si se toma en cuenta que se lleva a cabo ante un auditorio, como el amplio espectro evangélico de América Latina, que por su misma precariedad intelectual y ausencia de una tradición mayor sobre la cual sostenerse, además de ser siempre muy fácil de impresionar por una verborrea lo suficientemente enérgica, carece prácticamente de los recursos más elementales para dirimir la veracidad o falacia de todo aquello.

no académica o, en su defecto, por pastores nacionales formados a la luz de esta misma línea educacional, se podrá observar la enfatización de aquellos mismos elementos educacionales mencionados en el párrafo anterior: repetición estereotipada de una ortodoxia no original, para no decir ya una profundamente reelaborada por la religión americana en su modalidad de reortodoxia; desconocimiento sensible de la historia del pensamiento cristiano y filosófico más allá de la estricta época de la Reforma y la ortodoxia en particular, y estas bajo la profunda reelaboración de los énfasis de aquella misma religión americana a la que ya hemos hecho alusión; abierta hostilidad hacia toda corriente teológica que pudiera confrontar los postulados de aquella misma reortodoxia; reticencia hacia la crítica bíblica; sospecha de una eclesiología con sensibilidad hacia lo político y social; etc. No es de sorprender, en consecuencia, que esta política de educación haya dado a luz en América Latina a una línea pastoral y eclesial –a pesar de que entre estos círculos se proclame con orgullo todo lo contrario– con escasos elementos teóricos y metodológicos para ofrecer una mirada crítica tanto de su propia tradición teológica como de su propia realidad social, política y cultural circundante, toda vez que la premisa educativa ha sido aquí no evidentemente el desarrollo de un quehacer teológico que contribuya al pensamiento cristiano y a la sociedad, sino más bien el reforzamiento de esa misma herencia misionera y su utilidad para las iglesias únicamente *intra muros*.

Nuevamente lo repetimos, en esta dimensión del comportamiento práctico, tales reortodoxias han llegado a desarrollar conductas que podrían resultar absolutamente compartidas con el clásico fundamentalismo evangelicalista. En ello se debe incluir también un similar absentismo social y político al mostrado tradicionalmente por el fundamentalismo, pero que, a diferencia de este, no ha sido compensado con su misma pasión proselitista y misionera. Como bien lo ha señalado José Míguez Bonino[287], la determinación sociológica de este tipo de protestantismo parece haber quedado fijada en un pasado histórico y relegada a ser una forma de conciencia religiosa nada más que para la pequeña burguesía conservadora, sino, en no pocos casos, legitimadora, al igual que el fundamentalismo, del mismo opresivo orden social establecido.[288]

---

[287] *Historia y misión. Los estudios históricos del cristianismo en América Latina con referencia a la búsqueda de liberación*, en, *Op. cit.*, 35.

[288] Véanse los casos, entre muchos, de la Iglesia luterana de Brasil, asociada al Sínodo de Missouri, cuya evidente identificación con la ideología de derecha y su actitud de sospecha ante todo involucramiento social, por juzgarlo atentatorio contra la sana proposición doctrinal, ha llevado a que el historiador H. J. Prien (*Historia del cristianismo en América Latina*, Sígueme, Salamanca, 1985, 806), cuya seriedad en el trabajo historiográfico nadie podría poner en duda, emita sobre esta el nada halagüeño comentario de que "como conjunto se ha convertido en apoyo al status quo y, al perder de vista la ética social, se acantona en una ética individual". O, también, la misma información proporcionada por Prien (*Op. cit.*, 769), esta vez sobre la iglesia presbiteriana de Brasil, la cual

4.3 Conclusión

No podríamos finalizar con plena justeza nuestras observaciones de estas reeditadas expresiones de la ortodoxia evangélica, y estas en lo relativo a su participación en el concierto evangélico de América Latina, si no le concediéramos con plena holgura su esfuerzo por poner en contacto a este mismo espectro evangélico con aquel período tan importante de la teología protestante, cual fue la clásica ortodoxia evangélica, al menos, como punto de partida y obligado referente. Bajo tal consideración, nos parece en cierto modo obligación traer a la cita las precisas palabras de Paul Tillich al respecto de la plena validez del conocimiento de la teología de la ortodoxia, especialmente cuando, a la sazón, gran parte del mundo evangélico experimenta un gradual, pero sostenible proceso de erosión de su identidad histórica. Sobre todo, además, cuando se ha convertido ya en un recurso demasiado ligero su repulsa y denostación, sin un elemental conocimiento de su historia, sus contenidos y sus efectos para los movimientos teológicos posteriores. Cuánto más, también, gran parte de las actuales expresiones del luteranismo y calvinismo rendidas ya al progresismo, al romper tan abruptamente con aquel tan importante referente teológico, bajo las presiones de un mundo teológico cada vez más marcado por el radicalismo del antiintelectualismo y su vástago, el posmodernismo, se diluyen, simplemente, en propuestas acomodaticias, indefinidas o simplemente oportunistas de la teología protestante. En las palabras ya prometidas de Paul Tillich:

> La teología de la ortodoxia fue y aún es la base de todos los desarrollos posteriores. Puede suceder, y era lo más frecuente, que dichos desarrollos se dirigieran contra la misma ortodoxia o que fueran intentos de restaurarla. Hasta la hora actual, la teología liberal depende de la ortodoxia contra la cual ha luchado. El pietismo dependía de la ortodoxia, a la cual quería convertir en subjetivismo. Los movimientos de restauración del pasado y el presente pretenden recuperar lo que en algún momento estuvo vivo durante el período de la ortodoxia. Por lo tanto, debemos ocuparnos de dicha época de manera mucho más seria de lo que se suele hacer en los Estados Unidos. [...] Es algo muy increíble que las iglesias protestantes actuales ni siquiera conozcan la expresión clásica de sus propios fundamentos en la dogmática de la ortodoxia. Ello significa que ni siquiera se puede comprender a personas como Schleiermacher o Ritschl, el liberalismo estadounidense o la teología del evangelio social, pues se desconoce aquello que atacaban o el fundamento sobre el cual se basaban.

---

da cuenta de que entre los años 1962 y 1964, esta habría llevado a cabo una limpieza general de pastores acusados de izquierda, comunismo, evangelio social, entre otras cosas.

> Toda la teología actual depende de alguna manera de los sistemas clásicos de la ortodoxia.[289]

Frente a tal incontestable testimonio, no sería, desde luego, más que producto del prejuicio hacia todo acervo histórico tan arraigado en los actuales tiempos de posmodernidad, o lisa y llanamente ignorancia inveterada disfrazada de progresismo intelectual, sostener que el conocimiento de la teología de la ortodoxia, ¡incluso en su modalidad de reortodoxias!, no reporte para el quehacer teológico evangélico de América Latina ningún valor o utilidad. Cuánto más, como ya lo hemos advertido previamente, si gran parte de aquellas familias denominacionales en nuestro continente ligadas, por lo menos nominalmente, al protestantismo histórico y a la teología de la Reforma, ¡supuestamente las corrientes eclesiásticas llamadas a preservar dicho fondo de identidad!, se perfilan con cada vez más creciente peligro hacia una clara pérdida de referencialidad confesional, como hacia una presentación también cada vez más difusa de su teología, reducida finalmente en muchos casos a nada más que activismo político o análisis social, cuando no a una posmoderna religiosidad popular. Es asunto suficientemente ya sabido, y para el caso de América Latina no resulta necesario explicitar más, que cuando las iglesias procedentes del protestantismo histórico, al verse enfrentadas a una sensible reducción de su contingente ministerial, intentan suplir aquella necesidad mediante la renuncia a incorporar como parte del programa de formación para los pocos candidatos que pudiesen avistar el contacto con su herencia confesional y las teologías de sus respectivas ortodoxias, a objeto de facilitarle el proceso de ordenación a los mismos, sobre todo a aquellos que proceden de otras tradiciones evangélicas, hipotecan y a un no muy largo plazo gran parte de la posibilidad de llevar a cabo un quehacer teológico que conserve un cierto margen de identidad y no se reduzca simplemente a un balbucear indefinido, un abuso de lugares comunes pero sin mayor profundidad, o al quedar sujeto al puro eslogan del discurso horizontal. Por supuesto, más allá de que tal decisión se encuentre motivada ora por la consideración de que tal acervo teologal resulta para los actuales tiempos de "poscristianismo" y "posmodernidad" insumo irrelevante, ora y quizás con mayor probabilidad porque de tanto insistir en tal discurso ya no quede prácticamente nadie en las propias filas con la debida formación teológica para introducir en tales materias a estos mismos candidatos, el resultado siempre es indefectiblemente un deterioro enorme de la identidad y la profundidad teologal.[290]

---

[289] *Pensamiento cristiano I*, 290.

[290] Habría también que señalar, como práctica ciertamente ruinosa, el caso de aquellas iglesias luteranas, y esto más bien al nivel de la comunidad local, que intentan calvinizar su teología o, en su defecto, aquellas reformadas que intentan luteranizarlas –aunque lo primero, fuerza es decirlo, ocurra, tanto por presencia numérica como por origen misional, de manera mucho más habitual en

Reconocido entonces el valor de este acervo de tradición teológica e histórica, la ortodoxia, la tarea se presenta ahora, para aquellas corrientes eclesiásticas que en América Latina siguen resguardando aquel fondo de identidad, en el hecho de ser capaces de tomar clara conciencia de que el gran grueso de aquello que identifican sin más como ortodoxia pura, y que de paso muchas veces promueven como el legado más fiel de la Reforma y del protestantismo en general, se halla en realidad profundamente mediado ya por el traspaso y el condicionamiento teológico y cultural propio de los Estados Unidos, la religión americana, y solo secundariamente por la ortodoxia clásica y el pensamiento propio de los reformadores. Naturalmente, dicho cometido no implica ni mucho menos una renuncia o una negación de aquel marco de mediación propio de la religión americana, pero sí el esfuerzo de ofrecer una lectura con al menos cierta criticidad de esta, como así también el intento de remontarse al movimiento fundante de la clásica ortodoxia, el pensamiento de los propios reformadores y en general al testimonio más amplio de la tradición cristiana, de modo tal que desde ese fondo originario y mayor sea posible percibir cuánto ha sido el mérito que le cabe a este marco modelador en la continuidad y agilidad de este legado, y cuánta su responsabilidad también en el entorpecimiento y oscurecimiento de una más profunda comprensión de ese acervo teológico histórico. Efectivamente en aquel esfuerzo consistente en ofrecer una lectura serena pero finalmente evaluativa de la función mediadora que le ha cabido a la religión americana en la construcción de estas tales teologías reortodoxas, como en lo relativo a abrirse una comprensión más amplia de la tradición cristiana, de modo de no caer en el error de creer que en estas se agota toda la riqueza del pensamiento cristiano, radica, a nuestro juicio, el único camino que les resta recorrer a estos sectores eclesiásticos, especialmente en lo relativo a su tarea teológico-formadora, si es que en realidad desean sobrepujar aquel discurso circular que les ha tendido a caracterizar, y abrirse a uno más contribuyente y creativo.

---

el concierto eclesiástico de América Latina–. Naturalmente, se podrá apreciar que aparece siempre aquí como denominador común el hecho de un liderazgo que da cuenta de conocer muy poco su propia teología y, por lo tanto, más allá de las generalidades obvias que destacan a una teología y a otra, no saber reconocer las afirmaciones y distinciones fundamentales de cada una de ellas, de modo de poder determinar el grado de dominio teologal de sus respectivos agentes pastorales y candidatos a ese tal ministerio. Ahora bien, en lo que concierne específicamente a la situación del luteranismo en América Latina, y en la medida en que gran parte de este halla sus orígenes como asimismo su identidad en el modelo de la iglesia de trasplante –y en consecuencia, lo que mayormente se ha privilegiado aquí ha sido, básicamente y en un primer momento (aunque sin renunciar tampoco en la actualidad completamente a esa particularidad), la continuidad con el legado cultural alemán, y últimamente la fusión con la agenda de la izquierda cultural y el discurso horizontal, más que con la pertenencia teológica luterana, su acervo confesional o algún conocimiento siquiera elemental del legado de su ortodoxia–, tal confusión apenas si parece ser identificada o incluso llegar a importar. Claro está, en este tal estado de cosas, y frente a lo que uno diariamente tiene que observar, la calvinización de su teología sería, a decir verdad, el menor problema a enfrentar.

Por supuesto, no se puede negar que este camino podría resultar en alto grado perturbador e incómodo, inclusive peligroso, especialmente para aquellos que han hecho del discurso de las reortodoxias una palabra definitiva y en consecuencia una fuente inalterable de comodidad intelectual. Pero, a pesar de tales riesgos y en la medida en que se persista en ello con denodada firmeza, incluso acentuando ampliamente el marco de referencia confesional respectivo, los resultados a la postre podrían ser altamente significativos. Con arreglo a todo esto, y guardando por supuesto las respectivas distancias de tiempo y de escenarios teológicos, uno no puede dejar aquí de pensar en las palabras de Carl E. Braaten[291], cuando comentaba que quienes tuvieron el privilegio de participar en cursos de Paul Tillich, tales como *Historia del pensamiento cristiano*, *Los presocráticos*, *El idealismo alemán*, entre otros, en los diversos lugares en que este los dictó en los Estados Unidos, que incluían asimismo a estudiantes que provenían de tradiciones muy opuestas a las del teólogo alemán –¡reortodoxias! –, no dejaron nunca de aprender y de beneficiarse de su gran capacidad de intérprete de la tradición cristiana, con el resultado no solo de que lograron soltar las amarras con los elementos obstructivos de su mediación religioso-cultural –entiéndase, la *American Religion*–, sino que consiguieron además abrirse a la riqueza de la herencia cristiana universal.

Existe un enorme peligro cuando al estudiante de teología evangélico latinoamericano, inserto en esta modalidad de pensamiento, se le pretende convencer de que todo aquel acervo teológico y aquella cosmovisión de la vida que bien podríamos denominar como luteranismo o calvinismo se concentra y se reduce prácticamente a las solas lecturas de la reortodoxia, sus autores, sus modalidades de pensamiento. En efecto, el problema radica en que cuando se presiona esta equivalencia hasta sus últimas consecuencias y sin mayor margen de criticidad, no solo que se produce a un estudiante con extrema rigidez teológica y mental, o se le priva al mismo de los recursos necesarios para poder comprobar de qué manera aquella particular mediación cultural, la *American Religion*, ha sido responsable en buena parte de ofrecer una versión parcializada de aquellas señeras expresiones de la teología evangélica, sino del enorme privilegio de gustar de un verdadero sentido teológico de catolicidad, no solo en el sentido más amplio de la tradición cristiana, sino incluso en el marco específico de sus particulares tradiciones eclesiales. De esta forma, y solo para citar ejemplos demasiado escogidos y de una recurrencia que es de veras para lamentar, no serán pocos los estudiantes que confesándose como reformados o calvinistas pasarán todos sus años de actividad formativa desconociendo el legado de un Karl Barth o de un Schleiermacher, o aquellos que definiéndose como luteranos vivirán la misma situación con un Tillich, un Jüngel o un Pannenberg. Y no solo que les desconocerán, sino que habida cuenta de la particular cosmovisión teológica de la que han

---

[291] P. Tillich, *Pensamiento cristiano I*, 10.

bebido, lo más probable es que les llegarán a anatematizar, ¡sin jamás haberles leído o haberlo hecho con un cierto margen de información y responsabilidad! Si esto no es pobreza teológica y reduccionismo del pensamiento, entonces ¿qué podría serlo?

Más allá de esto, resulta indiscutible que el conocimiento de la teología de la ortodoxia trae consigo una necesidad vital para la preservación de la identidad evangélica de América Latina, al menos para aquellas corrientes eclesiásticas que por origen y ligazón histórica quisieran todavía mantener viva la continuidad con el movimiento teológico y espiritual de la Reforma, y de aquel protestantismo que le conferiría a esta su organización sistemática y conceptual. Es un hecho demasiado notorio como para dar ejemplos de ello, que cuando aquellos sectores eclesiásticos ligados al menos nominalmente con aquella histórica identidad renuncian precipitadamente a esta, ora por asimilación al influjo deshistorizante de la cultura posmoderna, ora por compromisos adquiridos con el circuito ecuménico internacional, comienzan muy pronto a desarrollar una forma de existencia institucional que más que resaltar las *Ecclesia Christiana notae*, resaltan más bien los componentes propios de una agencia de servicio político o social, en el que las notas anteriores pareciera que en cualquier momento se podrían obviar. Sin embargo, para que el valor de aquel legado contenido en la teología de la ortodoxia no se estrelle contra la constante censura de ser "tradición estéril" o, como es costumbre ahora afirmar, "ciencia de dominación europea u occidental", se hace imprescindible el llamado a no quedar estacionados en sus pasadas formulaciones, problemáticas y visiones, no solamente para evitar el riesgo de sacralizarlas, sino además para evitar el exabrupto de solamente desde allí intentar dar respuesta a los desafíos teológicos, sociales o culturales de la actualidad. Solamente al tomar el debido recaudo de estas advertencias, se podrá preservar este acervo como aporte y no como lastre, como fondo de pertenencia histórica y de identidad, y no como determinismo ideológico, como punto de partida y marco de referencialidad, y no como camisa de fuerza ni mucho menos atolladero final.

Naturalmente, en la medida en que toda teología está llamada a reconocer que ella no es en sí misma la fe, sino solo su discurso racional y su ordenamiento metodológico, se estará dispuesto también a aceptar que tal fondo de tradición teológica histórica, la ortodoxia, es también un ejercicio irremediablemente ligado al mundo social, político, cultural, es decir, histórico de sus actores y, en consecuencia, perfectible de confrontar a la luz del testimonio escritural, el desarrollo histórico del pensamiento cristiano y filosófico, pero también a la luz del nuevo escenario social y cultural de la actualidad. Esto es algo que ningún quehacer teológico podría darse el lujo de minusvalorar, bien sea por ideologismo interesado o por sesgado idealismo, si es que no pretende incurrir en la fatal presunción de no creer necesitar del aporte de otros quehaceres para profundizar en la Verdad o, lo que es peor aún, la jactancia de estimar que su voz coincide directamente con aquella Verdad. Cuando ello ocurre es cuando la teología, cualquiera esta sea, deja de ser meditación humana en torno a la Palabra, en torno a sus sistematizaciones a través de la historia, y en torno a la realidad concreta de la vida para transformarse simplemente en ideología. Por ello, y sin desistir de nuestro claro reclamo por la referencialidad teológica que estas actuales reediciones de la ortodoxia –presentes en América Latina de un muy peculiar modo– han procurado recoger, habría que recordarles ahora a ellas mismas, por una parte, que el principio fundamental del protestantismo no se afirma ni en la ideologización de la tradición ni en la fosilización del comportamiento, sino precisamente en la *Ecclesia reformata semper reformanda,* como principio rector no solo de la teología, sino asimismo de la vida toda, pero, por otra parte, los límites indiscutibles de su propia comprensión de la ortodoxia. Límites estos, a decir verdad, no solo consistentes en el hecho de haber erguido a estas reortodoxias, como se ha dicho, poco menos que en meta última y palabra final, sino también en el hecho de ignorar el peso de sus particulares mediaciones y en consecuencia su carácter secundario.

5

El movimiento de las iglesias emergentes

5.1 Aclaraciones previas

No podríamos finalizar esta primera sección, en la que nos hemos ocupado del influjo de la religión americana en América Latina, y este en su modalidad que radicaliza la dimensión de la identidad a expensas de su relevancia, sin ofrecer siquiera una breve referencia sobre el movimiento de las iglesias emergentes. Un fenómeno, como se sabrá, igualmente originado en el contexto del evangelicalismo estadounidense, y que se ha llegado a plantear como una crítica abierta a las expresiones de la *American Religion* mayormente ligadas al bloque *evangelical.* Aunque es posible advertir una serie de corrientes y ministerios precursores de este movimiento, se debe reconocer, empero, en la *Leadership Network* la organización que ha resultado finalmente catalizadora de todos estos previos esfuerzos. En efecto, fue en el marco de esta organización, fundada en 1984 por Bob Buford, un hombre realmente multifacético, pionero en aquella época del servicio de televisión por cable en el estado de Texas y filántropo social, que el movimiento de las iglesias emergentes dio sus primeros signos de existencia, contando para aquella ocasión con el apoyo y la promoción de importantes figuras del evangelicalismo estadounidense, tales como Rick Warren y Leonard Sweet, entre otros. Posterior a aquello, y ya a fines de la década de los noventas, la *Leadership Network* contrataría los servicios de Doug Pagitt –un escritor, conferencista y pastor de la iglesia *Salomon's Porch* en South Minneapolis–, con la específica misión de identificar a los líderes evangélicos con mayor ascendencia entre las más jóvenes generaciones de las iglesias de los Estados Unidos, que al mismo tiempo expresaran una cierta disconformidad con la propuesta del evangelicalismo convencional, para así convocarlos a lo que daría lugar a una serie de encuentros bajo el nombre de *GenX 1.0.*

Precisamente los encuentros denominados como *GenX 1.0,* o *Generación perdida,* en alusión a aquella generación nacida en los Estados Unidos entre 1964 y 1983, caracterizada por su profunda desidia frente a todo tipo de institucionalidad, serían la ocasión propicia para que los líderes seleccionados –entre los que habría que mencionar a figuras tan reconocidas del movimiento aún en la actualidad como Marc Driscoll, Dan Kimball, Brian McLaren, etc.– pudiesen reflexionar al respecto de cómo poder alcanzar a esta misma generación, al parecer tan renuente al discurso evangélico tradicional y al aparato eclesiástico institucional. Así las cosas, la primera conclusión a la que arribaría el equipo de trabajo sería aquella de que el objetivo de alcanzar a la nueva generación precisaba no solamente de un nuevo cambio de estrategia evangelística o misional, sino una nueva comprensión del ser mismo de la iglesia, es decir, un cambio de paradigma de esta, tanto en lo teológico como en lo organizacional, toda vez que la propia sociedad daba muestras de experimentar ya un profundo cambio de escenario y de cosmovisión desde el discurso racional de la modernidad al horizonte fragmentado de la posmodernidad. Breve, sin embargo, sería la existencia de *GenX 1.0,* que pondría fin a su actividad al poco tiempo de sesionar. Diferencias de visión al respecto del organismo sostenedor, la *Leadership Network,* llevarían a los líderes del equipo a la decisión de desvincularse del mismo.[292] No obstante, y a pesar de que a partir de este evento equipos muy similares se formarían por la iniciativa de los mismos o nuevos líderes, como la *Emergent Village,* dirigida por Tony Jones y Brian McLaren mismo, o *GenX 2.0,* un proyecto retomado por el mismo Pagitt, ya habían sido sentadas las bases al respecto de la necesidad de un cambio de paradigma eclesiástico y misional para las nuevas generaciones; a este nuevo cambio cosmovisional emprendido por este grupo de líderes evangélicos se le identificaría hasta el día de hoy con el nombre *Emerging Church, Emerging Leaders* o simplemente *Emergent.*

Tal como ya lo hicimos al tratar sobre el fundamentalismo y las reortodoxias, nos parece menester también ahora ofrecer algunas aclaraciones previas antes de introducirnos directamente en la materia. Y quizás, la primera de ellas, debido a que pudiese despertar el mayor grado de confusión y contrariedad, sea justificar nuestra decisión de incorporar tal movimiento en esta sección relacionada con el radicalismo de la identidad, y esto a pesar de que el movimiento mismo quisiera presentarse de suyo como una propuesta absolutamente relevante para tiempos —como se suele desde aquí precisar— de poscristianismo, posmodernidad y ocaso del evangelicalismo convencional. Desde luego, el descargo para tal determinación —adelantándonos a lo que expondremos en las próximas líneas y complementaremos de algún modo en el capítulo siguiente— es que tal movimiento emergente, a pesar de ofrecer un enorme, válido y en muchos aspectos encomiable esfuerzo por hacer relevante la fe cristiana en nuestra particular contingencia histórica, y de brindar asimismo una lectura expresamente crítica de la *American Religion* en su modalidad más convencional, termina en gran medida, al igual que toda dinámica contracultural, por afianzar indirectamente aquello mismo que se ha propuesto confrontar, toda vez que su mayor atención se destina a los fenómenos visibles de una determinada realidad a superar y no a los condicionamientos de fondo que le han dado origen y perpetuidad. La segunda aclaración

---

[292] Sin embargo, la *Leadership Network* continuaría apoyando otras iniciativas en esta misma línea. Incluso hoy se presenta como la actual sostenedora del proyecto de Marc Driscoll, Mars Hills, y como patrocinadora también de muchas de las conferencias a nivel nacional en los Estados Unidos del movimiento emergente.

es reconocer la evidente dificultad a la hora de definir satisfactoriamente qué es aquello que quisiéramos especificar como el "movimiento de las iglesias emergentes", tanto por la multiformidad que el mismo fenómeno ofrece como por la falta de sistematización de las propuestas.

Es cierto que el movimiento de las iglesias emergentes exhibe una multiformidad de tendencias y expresiones, diversos niveles de criticidad al respecto del escenario convencional que ofrece la religión americana, distintas propuestas sobre cómo abordar la interacción entre fe cristiana y sociedad; incluso el término "emergente" resulta resistido por algunos de sus máximos exponentes. Y, sin embargo, reconocidas todas estas disonancias y matizaciones, se decantan también ciertos elementos de evidente continuidad que resultan factibles de identificar, y sobre los cuales nos quisiéramos en lo siguiente pronunciar. Podríamos señalar, en primer lugar, que el motor fundamental que mueve al movimiento de las iglesias emergentes es el de cómo ser un seguidor de Jesús y comunicar la esperanza que dimana de su mensaje a las actuales generaciones –las "generaciones emergentes", como el movimiento las suele designar–, en una época, según la insistencia de la mayoría de sus expositores, marcada por el poscristianismo y la posmodernidad. Es decir, una época, independientemente de lo que podamos llegar a comprender por poscristianismo y posmodernidad, en que las actuales generaciones ya no recurren como primera referencia al cristianismo y a sus instituciones para encontrar un horizonte de sentido y organizar su proyecto de vida. Una época, además, en la que los absolutos éticos y religiosos se han diseminado en una diversidad de relativos, y en la que el cristianismo convencional ha perdido gran parte de su credibilidad y su impacto en la sociedad.

5.2 Lectura crítica de la religiosidad convencional

Si tuviésemos que precisar cuál sería la característica más notoria que exhibiría la religiosidad convencional en los Estados Unidos, el diagnóstico del movimiento de las iglesias emergentes incluiría algunos elementos clave. Por una parte, el excesivo institucionalismo de las iglesias, que ha llevado a que la adscripción y sujeción al aparato organizado, sus políticas, sus productos, sus alianzas internacionales, se transforme en una especie de superestructura que llega a exigir prácticamente el último reconocimiento y fidelidad. Un institucionalismo que, en la medida en que su constante ha mostrado ser la promoción de su propia agenda e intereses, ha resultado incapaz de salvaguardar el libre flujo del carisma evangélico y ha llegado antes bien a manipularlo o entorpecerlo. Todo esto ha conducido generalmente a olvidar que el primer deber de la comunidad cristiana, incluso bajo la forma de su estructura eclesial, es anunciar a Jesús, el Cristo, su persona, su mensaje, como única fuente de seguridad de salvación y criterio único de lo cristiano, y no la promoción de la institución y su adscripción a su aparato organizado como el equivalente de lo anterior. Por otra parte, la reducción del mensaje evangélico y la dinámica eclesial a una mera subcultura evangélica, sus productos, sus códigos, su lenguaje, sus bienes de consumo, lo que ha conducido a las iglesias a perder toda capacidad de ofrecer una propuesta de sentido relevante para la sociedad, fuera, desde luego, de sus propios muros.

En lo primero, y sobre todo en relación con las reortodoxias, cuyo acervo de tradición ha llegado a convertirse en un bien absoluto que no admite prácticamente la disensión o la apertura, las iglesias han sufrido una disminución monumental de su feligresía, reducida esta en el mejor de los casos a una población cada vez más propia del adulto mayor, pero con alarmante exclusión de niños, adolescentes y aún más jóvenes adultos y, en el peor de los casos, a convertir sus templos, en vista a que sencillamente ya no hay feligresía, en lugares únicamente destinados a ofrecer conciertos de órganos y otras actividades por el estilo. Desde luego, no distinto estado de desolación congregacional, debemos decirlo, y aunque por muy distintas razones que las reortodoxias, ha vivido también el progresismo, pero en la medida en que este ha decidido asociar cada vez más su dinámica eclesial al atractivo de una agencia de servicio recreacional o social, o a una rama religiosa de la izquierda cultural, ha logrado revertir en cierto modo aquella tara numeral. En lo segundo, y sobre todo en relación con el neopentecostalismo, y a despecho de que en este no se oculte la jactancia de no tener que lidiar siquiera tangencialmente con la problemática anterior, sino de contar con un extraordinario contingente de feligreses en las así llamadas *megachurches,* baste simplemente decir que las iglesias ligadas a este movimiento han llegado a ser más conocidas por los escándalos financieros y sexuales de su liderazgo que por el escándalo mismo de la cruz. Lo cual, sumado a su evidente ausencia de conciencia social, enajenación intelectual y promoción abierta de la agenda de la derecha más reaccionaria de los Estados Unidos, han llegado a despertar un enorme rechazo y desconfianza entre una buena parte de la sociedad estadounidense, por lo menos entre aquella de mayor nivel social y cultural. La consecuencia, por lo tanto, de todo esto –y muchos otros aspectos que aquí apenas hemos podido esbozar– es la profunda apatía y desconfianza de las actuales generaciones emergentes de los Estados Unidos por el cristianismo organizado, las que en muchos casos, incluso si conservan una buena impresión sobre la figura de Jesús –según esta aparece instalada en el ideario de la conciencia colectiva– y son receptivas a su vez a alguna apertura espiritual, han decidido abandonar en una enorme proporción su militancia en alguna iglesia organizada.

Pues bien, ¿qué hacer entonces frente a esta desolada situación en la que, según parece, ha venido a dar el cristianismo de los Estados Unidos, sino de todo el mundo, y que las actuales generaciones, las generaciones emergentes, tienden a identificar casi consustancialmente con la estructura organizada de las iglesias, su agenda, su discurso, su visión de la vida, la cultura y la sociedad? ¿Cómo lograr que la persona de Jesús y su llamado al seguimiento pueda tener todavía algo que decir para esta actual generación emergente que, como decíamos, ya no encuentra en el cristianismo ni en sus absolutos la primera referencia para informar sus valores, su proyecto de vida? En primer lugar, responde el movimiento de las iglesias emergentes, al prescindir de la ilusión de creer que se ha llegado a conocer la más profunda necesidad, los intereses y el proyecto vital de las actuales generaciones, cuando en realidad tal supuesto relacionamiento y conocimiento de estas se ha llevado a cabo únicamente a través del institucionalismo o de la dinámica subcultural y, por lo tanto, aquello no ha resultado más que en un preguntarse y un responderse a sí mismo. En segundo lugar, y como correlativo de lo anterior, al ser capaces de ejercitar el don de la escucha humilde: oír los latidos de esta actual generación emergente, sin la arrogancia de llegar a ella con discursos punitivos o preestablecidos, que proporcionen de antemano soluciones y respuestas a preguntas que, o bien tal generación jamás ha hecho o que, de haberlas hecho, las mismas no han sido acogidas con suficiente respeto y atención. Y, por último, al someter a una profunda revisión y restructuración las formas más convencionales y notorias de la *American Religion,* en lo que muchos han consentido en llamar, aunque no sin cierta problematicidad, la versión propia del "deconstructivismo evangélico" usamericano.

5.3 Reestructuración organizacional y teológica de las iglesias. Dan Kimball y Brian D. McLaren, dos propuestas

Dan Kimball es pastor de la Iglesia *Vintage Faith* en Santa Cruz, California, y es además un reconocido líder y escritor del movimiento evangélico emergente de los Estados Unidos. Entre sus libros más celebrados en esta línea figura *La iglesia emergente. Cristianismo añejado para nuevas generaciones en Cristo*[293], libro prologado ni más ni menos que por Rick Warren y Brian McLaren, y que no solo entrega claves importantes al respecto de la propuesta programática del movimiento, sino que, en virtud de su mismo título, ha servido para reforzar mucho más la asociación de este movimiento con el término *emergente*. También cabe destacar su posterior obra *—Jesús los convence, pero la iglesia no. Perspectivas para una generación emergente*[294]*—,* un libro de mucha utilidad para comprender lo que entiende gran parte del movimiento sobre conceptos tan cruciales como *poscristianismo* o *generación emergente*, además de la visión que según el propio Kimball sostendrían estas mismas generaciones al respecto del cristianismo en su modalidad más institucional. Precisamente en este libro[295], Kimball narra cómo en

---

[293] Original en inglés de 2003.
[294] Vida, Miami, 2009.
[295] *Op. cit.,* 12.

su propósito de tomar contacto más directo con la actual generación emergente decidió destinar uno de sus días de la semana de trabajo en la oficina de la iglesia para acudir a un café cercano a esta, y preparar allí sus sermones, en medio de todo el trajín del local. Según él mismo relata, allí pudo establecer relaciones con algunos empleados y clientes, y llegar a descubrir por medio de sus propios testimonios cómo la actual generación emergente percibe a la iglesia y qué sensaciones y reacciones manifiestan al oír mencionar el nombre de Jesús. Sus resultados bien parecen quedar plasmados en el nombre que da título a su libro ya aludido, *Jesús los convence pero la iglesia no*. Efectivamente, aunque la mayoría de estas personas, representantes de la actual generación emergente, no afiliadas a ninguna organización o denominación cristiana, con las que Kimball se relacionó –desde luego, más allá de la experiencia del café–, no repararon en sinceridad alguna al momento de expresar su profunda reticencia y distancia hacia las iglesias cristianas y sus organizadas estructuras, pudieron al mismo tiempo ofrecer favorables sino cándidos comentarios sobre el Jesús presente en el ideario colectivo, con el que asociaban conceptos tales como amigo, confiable, líder, inconformista, tolerante, rebelde, comprometido con los pobres y denunciante de los poderosos, etc.

Por supuesto, bien sabe Kimball, muchas de estas expresiones proceden de personas que, o bien jamás han asistido a una iglesia cristiana, o que si lo han hecho hace tiempo, ya se han desligado de la misma; sabe también que las opiniones vertidas sobre la figura de Jesús, por más benévolas que estas hayan sido, encuentran en la mayoría de los casos escasa correlación con los datos ofrecidos por los evangelios, y responden más bien al influjo cinematográfico o al peso del sincretismo religioso tan presente en la cultura posmoderna. No obstante, y sin desconocer que todo aquello constituye un antecedente que jamás se debiera desatender, lo que aquí verdaderamente importa, para Kimball, no es tanto el prurito de aquellas visiones, cuanto que las mismas, y en el caso específico de la percepción que la iglesia despierta en las generaciones emergentes, no han sido enarboladas sin hallar al menos un punto de partida en lo que esta misma hace y comunica hacia afuera de sus fronteras. En tal sentido, apreciaciones de la iglesia tales como una religión organizada con una agenda política y de interés solo para adultos, o como una institución con un discurso condenatorio y negativo, homofóbico y machista, que pregona a su vez la superioridad del cristianismo sobre todas las demás religiones y declara la futilidad sin remedio de cada una de estas, que establece asimismo una lectura literalista de la Biblia para legitimar sus reglas y estipulaciones, pero es metafórica cuando se trata de suavizar o no cumplir con sus deberes, argumenta Kimball, pueden resultar en la mayoría de los casos exageraciones distorsionadas de la vida en comunidad, apreciaciones caricaturescas de la realidad eclesial, pero que, sin embargo, no deben ser del todo desechadas pues aun con todo su radicalismo, siguen siendo la percepción que gran parte de las actuales generaciones emergentes sostiene sobre la iglesia y su institucionalidad, basadas al menos, en cierto punto, en lo que esta se ha encargado de proyectar.[296] En última instancia, lo que queda aquí desgarradoramente de manifiesto, para nuestro autor, es el brutal contraste entre la percepción que la actual generación emergente alberga sobre Jesús, por una parte, y el cristianismo en cuanto religión organizada que adquiere forma visible a través de la iglesia, por otra. O, si se quiere, la contundente falta de continuidad entre esta última, su agenda, su discurso y sus intereses, y la vida y el mensaje del primero.

Es aquí, entonces, donde el movimiento de las iglesias emergentes quisiera presentarse como una verdadera contribución para la fe cristiana en los actuales tiempos, según su decir, de "poscristianismo" y "posmodernidad", de modo que las presentes generaciones, marcadas por su evidente apatía y desconfianza hacia el cristianismo organizado e institucional, pero siempre receptivas a alguna apertura espiritual, e incluso más, a Jesús como un referente sin igual, puedan aún seguir hallando por medio de la proclamación de la iglesia el mensaje genuino y amoroso de Cristo. Pues bien, según nuestro autor ya citado, se hace extremadamente necesario, entonces, y a objeto de avanzar en esta dirección, que la iglesia abandone cuanto antes aquel exacerbado institucionalismo, como al mismo tiempo aquel comportamiento de subcultura con el que por tanto tiempo se le ha identificado. En otras palabras, que sea capaz de comprender, por un lado, que aun cuando siempre se hará necesario un cierto ordenamiento interno, una distribución de funciones, una jerarquización de deberes, como en toda asociación compuesta por personas, por lo demás, de lo que realmente se trata en la comunidad cristiana es de relaciones humanas orgánicas, vinculadas en torno al amor y a la esperanza que dimana del mensaje de Jesús. Como, por otro lado, que la misión de la iglesia –la *missio Dei*– no es el trabajo especializado de un grupo de profesionales altamente calificados, comisionados para cristianizar a los habitantes de lejanas tierras, sino el compromiso connatural de todo creyente de comunicar la gracia que ya ha podido experimentar en el marco de su propio hábitat natural, su mundo de relaciones, su contexto habitual. Sin embargo, para dar curso a tal comprensión de la iglesia y su misión, se hace necesario una profunda reestructuración de la dinámica cúltica, organizacional e incluso teológica de las iglesias. En cuanto a lo primero, implica un desistir de aquellos modelos que han llegado a convertir a los servicios de las iglesias cristianas más bien en una gran representación teatral o un show de Broadway, pero al mismo tiempo, en algo absolutamente impersonal, casi rayano en lo enajenante, y en el que además los músicos, el coro o el mismo predicador, más que el mismo Dios, se han transformado en el verdadero centro de atención. Pero, del mismo modo, compromete un revisar e incluso abandonar, según sea el caso, aquellos otros en los que el peso de una tradición valiosa, pero en muchos casos ya extemporánea o incomprensible, se ha convertido en un costumbrismo

---

[296] *Op. cit.,* 69 ss.

inamovible que no ha hecho más que dejar vacías las iglesias y llevar a una espiritualidad meramente ritualista y vaciada de vitalidad. En relación con lo segundo, impedir a su vez que jerarquizaciones más bien tomadas del mundo de los negocios, no de la propia pastoral y diaconía bíblicas, y con el expreso fin de proyectar una imagen de eficacia y exitismo hacia el exterior, no haga más que reforzar el estereotipo ya suficientemente internalizado en la sociedad estadounidense, para no hablar del resto del planeta, tocante a que de lo que realmente se trata con esto de la iglesia cristiana es simplemente de un muy conveniente negocio. Dicho de otro modo, evitar reforzar aún más el cumplimiento de aquella cita que el propio Kimball recoge de quien fuera en su momento capellán del Senado de los Estados Unidos, Richard Halverson, a saber:

> Los historiadores de la religión suelen decir que el cristianismo nació en el Medio Oriente como una religión, entró en Grecia y se convirtió en una filosofía, penetró en el Imperio Romano y se convirtió en un sistema legal, se extendió por toda Europa como una cultura, y cuando se trasladó a América, el cristianismo se transformó en un gran negocio.[297]

No obstante, con lo anterior no queda completamente agotado el programa de reestructuración organizacional de la iglesia. Aquí también se vuelve indispensable resguardarse de la excesiva burocratización en la que generalmente se ve sometida esta, no solamente a nivel institucional, sino también y cuánto más en cuanto a la estructura de la comunidad local. Una burocratización que, empantanada tantas veces en la jerarquización de títulos, cargos y comités hasta el hartazgo, ha olvidado que la iglesia trata fundamentalmente de relaciones humanas, las necesidades de las personas y el deber de abrazarlas a estas con la gracia de Cristo, ciertamente no de una academia, una empresa, menos, y en relación con la atención pastoral, de una cita ante un bufete de abogados. Asimismo, se debe tener cuidado de no hacer de la iglesia un enorme organigrama, en el que una infinita lista de comités y departamentos deban decidir por las cosas más mínimas y obvias, con la única explicación de que así siempre se ha hecho y con el único resultado de que decisiones vitales y que no pueden esperar resulten objeto de interminables discusiones, lo que conlleva perder la oportunidad de actuar precisamente como una comunidad. Es por ello que el movimiento de las iglesias emergentes propone una dinámica de comunidad abiertamente descentralizada, en la que, sin renunciar a un equipo ministerial ordenado y a un lugar de reunión central, el liderazgo de la iglesia no solo descanse en un grupo de profesionales sino en diversos equipos de trabajo. Equipos de trabajo que, debidamente ya discipulados, que incluyen y con el mayor entusiasmo la voz y la contribución de los más jóvenes y de las mujeres,

---

[297] *Op. cit.*, 82-83.

puedan formar a su vez sus propias micro comunidades, preferentemente en los hogares y en el barrio o sector en que las familias residan, para que luego todas estas "iglesias de casas" se puedan reunir para adorar y compartir en el lugar de culto o templo mayor.

En el campo de la reestructuración teológica o deconstruccionismo, como algunos le quisieran denominar, habría que mencionar la evidente apertura que el movimiento de las iglesias emergentes ha mostrado evidenciar al respecto de las implicaciones políticas y sociales del mensaje de Jesús, y, en consecuencia, su creciente énfasis también en el discurso de la justicia social. Empero, y a diferencia de otros movimientos que, como luego ya veremos, han hecho de estos discursos prácticamente su identidad teologal, aquí la justicia social y las implicaciones políticas del mensaje de Jesús avanzan de un modo más reposado y sin el peso de una mayor teorización política y social, mas con el resguardo de no obviar en aquella apertura horizontal las necesidades concretas de la comunidad local y al individuo también concreto que en la misma se cobija. Es consenso para muchos apuntar a la figura de Brian D. McLaren como aquel representante de este movimiento que ha llevado la reestructuración teológica hasta su máxima radicalidad y, por ese motivo, se lo reconoce como alguien con autorización para hablar con propiedad de un programa deconstruccionista de la teología de la iglesia, al menos, de la media eclesiástica de los Estados Unidos. De este modo, en dos de sus libros, acaso los que han tenido mayor repercusión en los círculos evangélicos de los Estados Unidos y que nos parecen ser auténtico reflejo de su pensamiento, *A Generous Orthodoxy*[298] y *El mensaje secreto de Jesús*[299], McLaren somete a juicio, en el primero, las visiones teológicas convencionales del fundamentalismo y del reortodoxismo estadounidenses, tales como pecado, gracia, salvación, cielo, infierno, etc., entre tanto que, en el segundo, la persona histórica y el mensaje de Jesús transmitido también por estos mismos sectores. De esta forma, en su *A Generous Orthodoxy*, acusa el modo en que tales corrientes han disecado la verdad de la fe a través de un formulismo fosilizado e irrelevante, que olvida en ello que el recto creer no es solo una aprehensión intelectual de doctrinas estimadas como infalibles, sino una búsqueda constante de la verdad que incluye vivir, desaprender, convertirse, amar, jugar, creer.[300] En consecuencia, McLaren puede dar un paso más y referirse a la teología sistemática como la apoteosis de tal mecanización de la

---

[298] Con el singular subtítulo de, *Why I am a missional, evangelical, post/protestant, liberal/conservative, mystical/poetic, biblical, charismatic/contemplative, fundamentalist/calvinist, anabaptist/anglican, methodist, catholic, green, incarnational, depressed-yet-hopeful, emergent, unfinished Christian* (Zondervan, Grand Rapids, 2004).

[299] Con el no menos singular subtítulo también de, *Descubra la verdad que podría cambiarlo todo* (Betania, Nashville, 2006).

[300] *Op. cit.*, 293.

fe, como un ejercicio arrogante del espíritu humano, propio de la tendencia abso-lutista y colonialista, según él, de la cosmovisión moderna. Un ejercicio orgulloso de la razón humana, empecinado en construir catedrales, mas ya no de piedra o mármol, sino discursivas y conceptuales, en donde aprisionar otra vez el mensaje vivificante de Jesús.[301]

De ahí la necesidad que observa McLaren de deconstruir el legado del cristia-nismo convencional, de modo de llegar a convertir al mensaje cristiano en algo realmente pertinente y relevante a las necesidades de la cultura posmoderna. En otras palabras, construir un nuevo discurso de la fe cristiana, más bondadoso, menos celestial, pero más solidario con las necesidades cotidianas de los hombres y mujeres de esta sociedad poscristiana y posmoderna. Hombres y mujeres de esta sociedad actual que, según McLaren, que recoge aquí aquella similar apreciación que ya apuntáramos de Kimball, siguen evidenciando una incipiente apertura hacia algún surco espiritual, pero que el cristianismo en su modalidad convencio-nal, con su religiosidad ritualista y proposicional, no ha logrado cautivar. Bajo esta misma premisa, McLaren puede dar todavía otro paso más y hablar también de grandes líderes religiosos, tales como Buda o Gandhi, entre otros, los cuales han previamente confirmado o continuado el camino despuntado ya por Cristo, sin haberle confesado expresamente ni haber conocido los formulismos que el cris-tianismo convencional presenta como indispensables para acceder a una correcta comprensión de la fe.[302] Todo lo cual nos hace recordar, guardando las debidas proporciones, la propuesta de los cristianos anónimos de Karl Rahner o la del propio Kierkegaard cuando habla del pagano que se encuentra con Dios en la oración, aun cuando haya elevado su plegaria a un ídolo, si es que en ello están comprometidas la fe y la justicia. Incluso más, un cristianismo como el de hoy, demasiado limitado por la cosmovisión de la modernidad y su discurso racional, bien podría, según McLaren, aprender de las técnicas de meditación y expansión de la conciencia del Budismo Zen, y apreciar que mucho de lo que se encuentra allí no necesariamente ha de resultar contraproducente para la fe cristiana, sino hasta un cierto punto complementario.[303]

Similares conceptos vuelven a estar presentes en *El mensaje secreto de Jesús.* Aquí McLaren quisiera poder desenterrar el mensaje más auténtico de Jesús, que ha estado oculto para el tradicionalismo religioso o que este, debido a su fijación por el formulismo proposicional, no ha creído necesario explorar. Un mensaje que, a juicio de nuestro autor, podría llegar a revolucionar a todo el mundo, como bien se señala en el peculiar subtítulo de su obra: *Descubra la verdad que podría cambiarlo todo.* Pues bien, a este Jesús, según McLaren, hay que comprenderlo

---

[301] *Ibíd.,* 286.

[302] *Ibíd.,* 170.

[303] *Ibíd.,* 70.

primeramente como a un judío del siglo I, y a la luz del contexto religioso y cultural de la época, para evitar así la tentación de cristianizarlo antes de esta previa comprensión contextual y de este modo oscurecer dogmática y occidentalmente su persona y su mensaje.[304] Destacan también con luces propias, en este descubrimiento "McLareniano", las implicaciones políticas y sociales del mensaje de Jesús, lo que lleva a nuestro autor a enfatizar la idea de que el mensaje de Jesús tiene que ver con las esferas todas de la vida humana y no solo con la dimensión espiritual de los individuos, y aquello únicamente como antesala de su salvación. Pero el mensaje de Jesús, tal como queda de manifiesto en sus parábolas, no es un discurso que quede agotado con la mera aprehensión racional, sino que son palabras que invitan a ir más allá de las palabras, a echar a volar la curiosidad y la imaginación y, por lo tanto, que provocan el deseo de preguntar más y más, de forma de saber cuál es en definitiva la verdad que se desea comunicar. En el centro del mensaje de Jesús se encuentra su predicación del reino de Dios, que McLaren cree menester reemplazar por la expresión "los sueños de Dios" para la humanidad, con el fin de evitar la carga de autoritarismo y opresión que connota la idea de reino en la actualidad. Así, por ejemplo, en la afirmación del Padre Nuestro: "Venga tu reino, hágase tu voluntad en la tierra como en el cielo", McLaren propone traducir: "Que todos los sueños que tienes acerca de tu creación se hagan realidad"[305], lenguaje metafórico que, según él, denotaría una relación más personal y menos mecánica entre Dios y el mundo. De este modo, el mensaje del reino en la predicación de Jesús, o mejor dicho de sus sueños, se compondría de cinco movimientos que incluirían básicamente: el *arrepentimiento* –o el llamado a repensar nuestros sueños y reconocer que estos no solo son incompletos, sino muchas veces destructivos–, la *fe* –que es el llamado a confiar lo suficientemente en Dios y en sus sueños como para realinear los nuestros con los suyos y poner nuestros pequeños sueños al servicio del gran sueño de Dios–, la *receptividad* –que es el llamado a recibir continuamente los sueños de Dios–, el *bautismo* –que es el llamado a identificarnos públicamente con los sueños de Dios y disociarnos de todas las ideologías utópicas, tales como los nacionalismos, el consumismo, el hedonismo, el conservadurismo, el liberalismo, etc.–, y, por último, la *práctica* –que es el llamado a aprender a vivir como Dios sueña que vivamos–.

5.4 Un intento de evaluación

Sería iluso pretender que hemos hecho plena justicia a la totalidad de las contribuciones ofrecidas por el movimiento de las iglesias emergentes en estas tan breves páginas asignadas, o que en la sola y exigua revisión de los anteriores autores hemos agotado todas las visiones que la misma corriente nos depara. Sin embargo,

---

[304] *Op. cit.,* 7.
[305] *Ibíd.,* 126.

y a despecho de esta deficiencia ya acotada, creemos al menos haber podido entrever los lineamientos esenciales que entrecruzan y dan vida a este tal movimiento. Ciertamente, y antes de cualquier consideración que podamos esgrimir al respecto, se debe reconocer en el movimiento de las iglesias emergentes un esfuerzo encomiable de parte de ciertos sectores evangélicos estadounidenses, provenientes del radicalismo de la identidad, sino abiertamente ligados al fundamentalismo, por lograr superar aquellos estrechos límites cosmovisionales y subculturales característicos de esta tendencia, y por dirigir también un genuino llamado al seguimiento de Jesús a las actuales generaciones emergentes, cada vez más indiferentes y desconfiadas del cristianismo en su modalidad institucionalizada. Se trata, además, de un decidido empeño por replantearse la comprensión misma de lo que significa ser iglesia, su organización, su estructura, el mensaje que esta transmite hacia fuera y hacia dentro de sus fronteras, como asimismo la misión a la que esta ha sido llamada, por medio, como ya se ha dicho, de lecturas más integrales de la Biblia, de un diálogo más fecundo con la sociedad contemporánea y una apertura inusitada, hasta el momento entre estos grupos, por las problemáticas políticas y sociales del acontecer actual. No cabe duda de que nos hallamos aquí, hasta donde nos ha sido posible comprenderlo y reafirmarlo a través de nuestro propio contacto con comunidades y líderes ligados a este movimiento en los Estados Unidos y Canadá, de una corriente evangélica verdaderamente comprometida por hacer que el mensaje cristiano halle plena soberanía y actualidad en las dimensiones todas del ser humano, al tiempo que continúe siendo una voz de restauración y esperanza para un mundo y una sociedad cada vez más vaciados de aquello. Es más, podríamos decir que el movimiento de las iglesias emergentes se asoma posiblemente como la más importante contribución para una verdadera renovación del evangelicalismo de los Estados Unidos, y quizás pueda llegar a ser el dique que permita refrenar en aquel contexto, o bien el éxodo masivo de los feligreses de las iglesias, saturados por el excesivo ritualismo y un formulismo que ha llegado a erguirse como realmente inamovible, o bien que, en la búsqueda frenética por el efecto cuantitativo, se venga a dar en el ya consabido comportamiento impersonal y enajenante que tanto descrédito ha causado al cristianismo evangélico en gran parte de aquella sociedad. Así las cosas, no es de extrañar incluso el que algunos grupos al interior de sectores eclesiásticos abiertamente ligados a lo que más adelante convendremos en llamar como *progresismo posmoderno,* es decir, posicionados en torno al radicalismo de la relevancia y el discurso horizontal, y en vistas del evidente peligro de difuminación en estas filas de lo que resulta insustituiblemente distintivo del mensaje cristiano en pro de la centralidad de otras agendas, comiencen a ver en el espíritu y en el modelo de las iglesias emergentes el recurso más propicio para salvaguardar aquella insoslayable distintividad y el valor de esta tanto dentro como fuera de sus fronteras eclesiales, tan en riesgo en sus propias realidades eclesiales.

Habiendo dicho todo esto, permítasenos entonces y en las líneas que vendrán, ofrecer algunas observaciones más puntuales sobre el movimiento de las iglesias emergentes, en el que pondremos nuestro mayor esfuerzo de análisis no tanto en su concurrencia de origen sino en relación con el influjo que puede proyectar en nuestro continente. Ya hemos hecho alusión al trasfondo eclesiástico más próximo a este movimiento, al cual conectábamos con el marco ofrecido por el radicalismo de la identidad, e incluso en su modalidad de explícito fundamentalismo. Desde luego, la insistencia en tal ponderación no solo aparece sugerida por los particulares comportamientos eclesiales y focos teológicos contra los cuales se levanta la reflexión y el actuar correctivo de este movimiento, o el material bibliográfico y el fondo de argumentación con el cual se emprende dicha tarea o, incluso más, el perfil de las mismas casas editoriales que tanto en aquel país como en América Latina dan publicación a sus escritos, sino en virtud de la confesión directa de sus más emblemáticos exponentes, que declaran abiertamente tal procedencia, sin perjuicio de que la misma, según sea el caso, sea luego revisada o sencillamente resistida. Así, por ejemplo, y para volver a nuestros autores ya citados, D. Kimball no solo puede comentar que inició sus primeros pasos pastorales bajo el cobijo de una *megachurch*, sino reconocer también que a pesar de su consciente esfuerzo por superar mucho de lo que resulta en su opinión insostenible del fundamentalismo, sigue siendo capaz de retener lo que aún considera valioso de esta cosmovisión. Similar situación podríamos corroborar a su vez en B. McLaren, aunque este se muestre mucho más contundente y radical en la lectura crítica de estos orígenes. Ahora bien, como esperamos pueda entender el lector, la precisión de este trasfondo no solo persigue la clasificación del movimiento para efectos de su ubicación en el contexto general del evangelicalismo de los Estados Unidos, sino más bien sentar la plataforma para poder explicitar muchos de sus énfasis y afirmaciones eclesiásticos y teológicos, y aquello, todavía más, en relación con el influjo que creemos que este podría llegar a ejercer en el espectro evangélico de América Latina.

Uno de los primeros aspectos que nos parece conveniente destacar, para entrar ya en un análisis un poco más pormenorizado del movimiento de las iglesias emergentes, es su evidente deuda de dependencia con las categorías de pensamiento de la *American Religion*, en particular, y de la *American way of life*, en general, aunque, claro está, mucho de este estado de dependencia pase para gran parte de sus exponentes abiertamente inadvertido o, por lo menos, no identificado bajo tal nomenclatura. En efecto, quien se adentre un poco en la literatura provista por este movimiento y en sus principales acentuaciones eclesiales y teológicas, verá que mucho de lo que aquí aparece contenido es aquello que ya resulta patrimonial de la religión americana, y que entrecruza por igual tanto aquella modalidad que radicaliza la dimensión de la identidad como la de la relevancia de la fe cristiana. En tal sentido, elementos tan reconocibles de este movimiento como el convencimiento de poder reconstituir el modelo casi perfecto de la comunidad primitiva, casi sin participación de mediaciones teológicas o culturales que le lleven a discontinuidad, o el hacerse con el mensaje más genuino de Jesús, bajo el presupuesto de que el tal habría permanecido oculto y que solo entre sus filas parece posible de momento desentrañar, prácticamente sin echar mano de estado de la cuestión alguno o bien desconociéndolo por completo –más allá, por supuesto, del empleo de autores estadounidenses de carácter divulgativo–, o el valor casi desbordado por aquello que se asome como práctico y entretenido, en detrimento de lo metodológico o de cualquier marco teórico, o aquella tendencia a romper tan abruptamente con la historia del pensamiento cristiano y filosófico, que redunda siempre en un inveterado antiintelectualismo, o el apreciar en la tradición litúrgica y en sus símbolos un acervo que indefectiblemente ha de confabular siempre contra la vivacidad de la fe, o el procurar en las mismas publicaciones que el factor de humor y divertimento nunca quede ausente, bien podría decirse que resultan transversales a todo el espíritu de la *American Religion,* para no mencionar a la misma *American way of life.*

En el libro ya mencionado de B. McLaren, *El mensaje secreto de Jesús,* la sensación de que nos hallamos en presencia de un hallazgo verdaderamente único, cuya información, velada o no suficientemente explorada por la tradición posterior, podría trastornarlo todo y de paso devolvernos al verdadero Jesús, parece no solamente una estrategia de *marketing* tan frecuente en el tipo de literatura producida por la religión americana, sino una verdadera convicción albergada por el propio autor. Es cierto que la gran mayoría de afirmaciones –¡hallazgos!– realizadas por McLaren en su libro resultan bastante equilibradas, sino conservadoras[306], y se

---

[306] En efecto, antes de iniciar mis lecturas sobre McLaren, la impresión que yo había recogido de este autor era la de estar en presencia de una figura realmente radical del evangelicalismo estadounidense, en la línea dura, digámoslo así, del poscristianismo o del posmodernismo teológico académico. Desde luego, tal impresión no me parecía estar refrendada ni por el perfil editorial de las casas publicadoras que editaban sus trabajos ni por el contexto eclesial de sus mayores críticos, incluido el del propio McLaren. En realidad, tal designación de radicalidad, me parece a mí, solo puede ser entendida a la luz del trasfondo eclesial hacia el cual McLaren mayormente se dirige y que, por lo mismo, ha reaccionado con mayor sensibilidad, sino escozor, a su discurso, esto es, aquel posicionado en torno al radicalismo de la identidad o, si se quiere, el gran sector *evangelical.* Por otra parte, se debe reconocer además el carácter básicamente divulgativo del trabajo de McLaren, sin perjuicio de que en este se hallen elementos de significativo valor, especialmente si se toma en cuenta que en razón de ese mismo carácter masivo ha podido llegar a sectores que generalmente desconocen o bien desconfían de materiales con explícito fin académico, y que pueden ahora acceder en gran parte a los avances más generales de los mismos, por medio de la popularización o simplificación a las que los somete el trabajo de nuestro autor. En otras palabras, no nos hallamos aquí, debemos decirlo, con aquel poscristianismo o posmodernismo académico –representado por figuras tales como G. Vattimo, J. D. Caputo, M. Taylor, entre otros– que, desde el punto de vista del cristianismo ortodoxo, sí podría ser sindicado como una corriente verdaderamente radical.

engarzan en buena parte dentro del acervo de avances más tradicionales conseguidos por las ciencias bíblicas desde hace ya bastantes años, y que son prácticamente de conocimiento básico para cualquier estudiante de una facultad de teología –no reducida, por supuesto, a los estrechos márgenes del fundamentalismo–.[307] Sin embargo, tal información pareciera ser que se le desvela por primera vez a McLaren y que por lo mismo llega a encandilarlo casi por completo. De esta forma, se manifiesta extasiado por el descubrimiento de la dimensión política y social del mensaje de Jesús –¡y enhorabuena!–, y para dar más viveza a aquello, consiente en narrar la anécdota de un cierto pastor estadounidense que, de visita en Inglaterra en medio de la guerra de los Estados Unidos contra Irak, fue entrevistado por la televisión británica a fin de responder a la pregunta sobre por qué tantos cristianos estadounidenses daban apoyo a aquella invasión sin mayor cuestionamiento cuando todo aquello iba abiertamente en contra de la enseñanza de Jesús, tocante a aspectos tan claros de su mensaje como su llamado a la paz, el ofrecer la otra mejilla, el recorrer el segundo kilómetro, etc. Ante lo cual, el pastor con vacilación atina solamente a responder: "Bueno, las enseñanzas de Jesús son de aplicación personal. No tienen nada que ver con cuestiones de política y relaciones internacionales"[308]. Finalmente, tal registro anecdotario le sirve a McLaren para concluir lo siguiente:

> Cuando me contaron aquello, me corrió un sudor frío por la espalda al recordar que yo mismo había hecho afirmaciones similares en el pasado. Independientemente de lo que Ud. piense acerca de la guerra en general y la guerra en Irak en particular, las preguntas acerca de las dimensiones públicas de las enseñanzas de Jesús son válidas.[309]

Lejos aquí, por supuesto, de restarle algún valor a estas tales enfatizaciones, o de llegar a sugerir que quien haya visto sus raíces de fe en un contexto más bien posicionado en el radicalismo de la identidad, sino directamente en el fundamentalismo, donde tal dimensión política y social del mensaje de Jesús haya resultado completamente ausente, no tenga luego la oportunidad de expandir sus horizontes teologales. Muy por el contrario, cuanto más se torne recurrente esta expansión, los beneficios para el ser mismo de la iglesia y su quehacer teológico se harán ciertamente evidentes. No obstante, lo que aquí llama la atención, además de aquel cariz absolutamente novedoso que McLaren atribuye a estas afirmaciones,

---

[307] Nos referimos aquí a insumos tan obligados de las ciencias bíblicas como el asunto del Jesús histórico, el problema sinóptico, los géneros literarios, el contexto sociocultural de la comunidad primitiva, etc.

[308] *Op. cit.*, 7-8.

[309] *Ibíd.*, 8.

es la bibliografía absolutamente secundaria por medio de la cual este ha llegado a tomar contacto con esta información. En efecto, salvo contadísimas excepciones, McLaren da muestra, por una parte, de desconocer absolutamente los autores y las investigaciones que han resultado fundamentales en las temáticas que ahora él mismo con tanta emoción promociona, como, por otra, de adjudicar a aquellas lecturas secundarias, generalmente de autores estadounidenses de carácter divulgativo, todo el peso de su argumentación. Bajo tal estado de cosas, no resulta demasiado sorprendente entonces ni su desbordada promoción de un Jesús y su mensaje que recién ahora mismo parecieran a su juicio ser descubiertos, aunque tales "hallazgos" hayan sido expuestos y reexpuestos muchísimos años atrás por las ciencias bíblicas, sobre todo de Europa, ni tampoco aquella notoria ingenuidad con que aborda estas materias, diríamos, usando un chilenismo popular, "como niño con juguete nuevo".

Del mismo modo, uno se pregunta si al respecto de aquel otro libro, *A Generous Orthodoxy,* que ha llegado a ser verdadero éxito de ventas y que tanto acalorado debate ha causado en el evangelicalismo de los Estados Unidos, es en realidad contra la ortodoxia protestante contra la cual McLaren se levanta y no en contra de aquel conjunto de cosmovisiones teológicas y antropológicas propias del fundamentalismo usamericano, que él, sin más, designa como "ortodoxia". Dicho de otro modo, uno se pregunta aquí, luego de revisar detenidamente su libro, cuál es en realidad el verdadero conocimiento y comprensión que McLaren efectivamente posee de la ortodoxia luterana y reformada, de la teología liberal o la teología de la crisis, o incluso más, de la propia historia del pensamiento cristiano y filosófico. Desde luego, la respuesta a aquello no puede resultar más que negativa, y reafirma aún más nuestra idea de que nuestro autor no entiende por ortodoxia más que el formulismo proposicional del fundamentalismo o, en el mejor de los casos, el del reortodoxismo también estadounidense. Por supuesto, tal precaria fundamentación o confusión, según le juzguemos, podría fácilmente ser explicada en razón de que nuestro autor no es un teólogo de oficio, siendo más bien su formación la de la literatura y las artes.[310] Y, sin embargo, huelga también preguntarnos por qué una obra con estas tales características ha llegado a causar tanta expectación y discusión entre, como ya se ha dicho, gran parte del evangelicalismo de los Estados Unidos. O, por el contrario, por qué movimientos teológicos igualmente característicos del genio cultural y religioso estadounidense, pero con un marco explícitamente académico, aunque radicales, tales como la teología de la secularización o la misma teología de la muerte de Dios, no lograron jamás tener alguna

---

[310] Efectivamente, McLaren es un graduado del *College Park* de la Universidad de Maryland, donde recibió tanto su Bachillerato (1978) como su Maestría (1981) en inglés, con mención en literatura. Posteriormente, recibió un Doctorado en Divinidades (2004), *Honoris causa,* por el Seminario Teológico Carey de Vancouver, que, como se sabrá, no es un título con finalidad académica.

ascendencia real en la vida concreta de las iglesias, no alcanzando, a diferencia del movimiento de las iglesias emergentes, más que una mera disquisición de académicos estadounidenses que ni siquiera lograría imponerse fuera de aquellos particulares contornos académicos del país del Norte. Consideramos que subyacen, en la misma respuesta a estos emplazamientos, tanto las virtudes como los vacíos de la propuesta de McLaren, y con esta, de gran parte también del propio movimiento de las iglesias emergentes. Ciertamente, McLaren ha podido entrever, sin perjuicio de no echar mano de una más elaborada metodología ni de una mayor profundización de las materias, incluso sin perjuicio tampoco de lo problemáticas que puedan resultar sus mismas soluciones, tanto los riesgos que la cosmovisión y el formulismo del fundamentalismo –"ortodoxia" para él– entraña para el ser mismo de la iglesia y su accionar en la sociedad emergente, como, por otra parte, el gran vacío existente entre la disquisición académica propiamente tal y las reales necesidades de las iglesias, llamadas a ser luz en una sociedad "poscristiana" y "posmoderna". A diferencia del fundamentalismo y de gran parte también del reortodoxismo, es posible reconocer aquí un verdadero esfuerzo por comprender la dinámica de las actuales generaciones emergentes y ofrecer un diálogo abierto y no preconcebido con ellas. En contraposición, a su vez, con gran parte de las corrientes teológicas con un cariz más académico que se ofrecen en aquel país, y dentro de estas, la teología de la secularización y la de la muerte de Dios, acaso como los ejemplos más señeros, también es posible advertir en la propuesta de McLaren –y del mismo movimiento de las iglesias emergentes– un real esfuerzo por contribuir a la dinámica concreta de las iglesias y el impacto que estas puedan alcanzar en la sociedad moderna o posmoderna.

De igual manera, no es posible tampoco ocultar, precisamente en estos mismos aciertos, los elementos de tensión o debilidad que entraña la propuesta McLareniana, y con esta, repetimos, la de gran parte del propio movimiento emergente. En tal sentido, resulta imposible no dejar de preguntar, en primer lugar, si en aquel denodado esfuerzo por sintonizar con las sensibilidades e inquietudes de las actuales generaciones emergentes, y a falta de un mayor fondo metodológico de –para usar aquel clásico término de Th. Luckmann y P. Berger– "construcción social de la realidad", no se viene a dar muy ligeramente en una especie de legitimación altamente acrítica de la *American way of life,* no en su acepción subcultural, claro está, sino contracultural, aunque en el fondo ambas terminen por reforzar aquel mismo modelo de sociedad, una explícitamente y la otra por activismo superficial. Pero, todavía más, si nos detenemos exclusivamente en el perfil de las publicaciones dadas a luz por el movimiento, y más allá de lo producido por las figuras de Kimball o McLaren, por supuesto, se podría advertir que características tan propias del tipo de literatura que actualmente marca la tendencia del mercado estadounidense, bajo el dominio de aquel mismo modelo cultural, y ya ampliamente reseñadas por autores como Morris Berman, Sven Birkerts, entre otros

–tales como la ausencia de cualquier estado de la cuestión, insistir en frases cortas, prácticamente telegráficas, gramaticalmente bastante rudimentarias y, sobre todo, el compromiso a proporcionar siempre un espacio de humor usamericano bajo el convencimiento de que es aquello lo que mantiene cautivo al lector–, aparecen claramente representadas aquí. En segundo lugar, y a modo de extensión de lo anterior, si resulta realmente posible aquí por tanto la existencia de un elemental distanciamiento hermenéutico con aquel hegemónico modelo cultural, toda vez que se está tan sumido en el mismo, al punto que bien podría decirse que este aparece para el movimiento como su medio natural, casi como lo es el agua para el pez. En tercer lugar, si no se cae también en una especie de deconstructivismo eclesiástico innecesario, que en muchos casos resulta claramente contraproducente, con el objeto de ofrecer una textura de la fe cristiana que resulte más atractiva precisamente a esas mismas generaciones emergentes. Un deconstructivismo, si es que en realidad corresponde utilizar aquella figura filosofal, que más se ajusta como hemos dicho a la típica dinámica contracultural, tan propia por lo demás del genio cultural estadounidense, en la medida en que dirige el gran peso de su actividad "deconstructora" hacia los fenómenos visibles del evangelicalismo en su modalidad que exacerba la dimensión de la identidad, pero deja los elementos distorsionantes, tanto de la *American Religion* como de la *American way of life*, prácticamente inmunes, o incluso, en muchos sentidos, reforzados. Ejemplo de ello lo constituye claramente, a nuestro juicio, el discurso de D. Kimball, un autor no menos resistido que McLaren entre las filas más duras del radicalismo de la identidad evangelical. Desde luego, sería injusto, por exceso de criticidad, no reconocer las evidentes contribuciones contenidas en la propuesta de nuestro autor, cuánto más si se toma en cuenta la procedencia religiosa que le enmarca, como asimismo el contexto a la cual esta va dirigida. Y, no obstante, uno puede constatar, conforme avanza en la lectura de sus más reconocidos libros, cómo declaraciones iniciales que bien podrían resultar dignas del mejor programa eclesiástico-deconstruccional, al menos al estilo de la *American way of life*, terminan luego por afianzar posicionamientos bíblicos y teológicos que, independientemente del meritorio tratamiento de gracia con el que se les aborda y que siempre se debe resaltar, apenas si podrían ser distanciadas del consabido radicalismo de la identidad, incluido el propio fundamentalismo como tal.[311] En otras palabras, si se debe hablar de un programa deconstruccional –término que el mismo Kimball emplea para definir gran parte de su proyecto[312]–, se trataría más bien de un

---

[311] Pensamos aquí en tópicos como su cristología, su esfuerzo por demostrar la superioridad del cristianismo en el marco de las religiones del mundo, su explicación de la resurrección, etc. (*Op. cit.*, 56, 181, 183).

[312] Así, por ejemplo, en su libro ya citado, *La iglesia emergente. Cristianismo añejado para nuevas generaciones en Cristo*, cuya primera parte lleva el título de: *Deconstrucción. Ministerio posmoderno,*

deconstruccionismo de las formas y no de los contenidos. En cuyo caso, una vez más volvemos a insistir: estaríamos en presencia del consabido comportamiento contracultural usamericano, tan propio de su genio nacional, pero esta vez aplicado a las formas tradicionales de la religión americana en aquella modalidad que exacerba la dimensión de la identidad, y que, por lo mismo de no tratar con sus elementos constituyentes, termina al fin y al cabo por reafirmarlos aún más.

Tal es nuestra justificación, por consiguiente y tal como advertíamos al principio de nuestro apartado destinado a este movimiento, para situar al mismo en esta primera sección de nuestro libro. Se trata, según nuestra opinión, de una solución dada por la misma *American Religion* en su modalidad que refuerza la dimensión de la identidad de la fe cristiana, incluida la de esa misma religión y su marco cultural mayor, para enfrentar los desafíos de una fe de cara a las constantes fluctuaciones de la sociedad posmoderna. Una apuesta, sin perjuicio de haberse ya advertido plenamente sus múltiples contribuciones y aciertos, absolutamente característica del genio religioso y cultural estadounidense, y que, por lo mismo, necesita ser examinada no solamente como un fenómeno aislado o reciente, sino a la luz de este marco cultural más amplio que le contiene. Indudablemente, y con arreglo a aquello, sería absurdo pretender que un movimiento evangélico forjado en los Estados Unidos, habida cuenta del poderoso influjo religioso que aquel país siempre ha ejercido sobre el espectro evangélico de América Latina, sus conexiones histórico-misionales con este o, simplemente, la misma fascinación que sus modelos culturales generalmente han despertado en nuestro continente, no vaya a ofrecer alguna considerable ascendencia precisamente sobre este mismo colectivo religioso. Cuánto más al tratarse, en relación con el movimiento de las iglesias emergentes, de una corriente que ha dado muestras de saber leer con no poca eficacia los códigos de la cultura popular estadounidense o, si se quiere, de la *American way of life* y, dentro de esta, la de sus presentes generaciones, tan influyentes ciertamente en la definición de las modas culturales que habrán de ser observadas luego en nuestro continente. Tocante a lo primero, bastaría simplemente con atender a la creciente multiplicación de ministerios emergentes que se ha comenzado a observar en diversas iglesias evangélicas de América Latina en estos últimos años, desde sectores de tradición pentecostal hasta incluso otros más afines con el protestantismo histórico. En lo segundo, el contacto, por decir lo menos, razonablemente halagüeño, si se compara aquello con el cometido de otros modelos eclesiásticos, que tales ministerios han logrado establecer precisamente con sus actuales generaciones, es decir, las emergentes.

Queda finalmente por dilucidar qué es aquello de la propuesta de este movimiento, y pensamos aquí específicamente en su desarrollo en el contexto evangélico de nuestro continente, con lo que podemos sin resquemor alguno solidarizar

---

velas y café (21-109).

y qué aquello, por otra parte, con lo cual nos vemos en la obligación de tomar distancia, si es que no incluso refutar. Ya hemos destinado amplios pasajes en este apartado a la valoración de gran parte de sus contenidos, entre los que sobresale su esfuerzo por comunicar el mensaje cristiano en categorías y modalidades de expresión culturales que resulten sensibles y atractivas para las actuales generaciones emergentes, la mayoría de ellas empapadas con el espíritu de la *American way of life,* y al mismo tiempo indiferentes, sino renuentes, hacia el cristianismo en su forma más institucionalizada y su discurso proposicional. Y, junto con ello, hemos reconocido también el mérito, en ningún caso menor, de ofrecer tanto una hermenéutica de las Escrituras que se ha esforzado por desbordar los obtusos límites del fundamentalismo, en un intento por recuperar el horizonte político y social del mensaje bíblico, como un discurso teologal que ha logrado en buena parte sobrepujar el formulismo proposicional y en muchos casos extemporáneo de esta misma escuela. Así las cosas, no resulta sorprendente, entonces, incluso si nos remitimos específicamente ya al contexto de América Latina, tal como admitíamos más arriba, corroborar los incipientes logros de los ministerios emergentes entre sus actuales generaciones homólogas. Todavía más, si como bien lo ha enfatizado D. Nájar[313], la mayoría de los ministerios evangélicos que han procurado responder a estas mismas generaciones han sido diseñados, a decir verdad, bajo el perfil de hace una década o más. Y, en consecuencia, la forma de organizar sus actividades, su música, su discurso, etc., ha mostrado ser escasamente solidaria con la sensibilidad cultural y las categorías cognitivas particulares de las actuales generaciones, lo que resulta en realidad en ministerios básicamente destinados a aquellos que ya se confiesan cristianos o que están, por trasfondo familiar, relativamente informados del cristianismo en su modalidad evangélica. De este modo, y para procurar la ampliación de los anteriores modelos, el ministerio de las iglesias emergentes en América Latina, y en palabras del propio Nájar, se quisiera plantear como un ambicioso esfuerzo por "alcanzar a las nuevas generaciones de la era posmoderna con el objetivo de formar discípulos doctrinalmente sanos, eclesiásticamente fuertes y culturalmente relevantes"[314].

Pero, entonces, ¿qué decir de aquello con lo cual advertíamos ya la necesidad de tomar distancia? O, dicho más abiertamente, ¿qué es aquello con lo cual no podemos solidarizar, en vistas desde luego a nuestro particular contexto evangélico de América Latina? En primer lugar, debemos señalar que no existe ninguna expresión del evangelicalismo usamericano, tanto desde su posicionamiento de la identidad como del de la relevancia, que no esté sujeto, dentro de un marco general, a los mismos componentes afirmativos y correctivos ya presentes en el

---

[313] *El ministerio emergente en la cultura posmoderna,* en, B. Pinto; J. G. Sack; D. Nájar; J. Figueroa; H. Miranda, *Los desafíos de ser cristianos en América Latina hoy,* Puma, Lima, 2010, 105.

[314] *Op. cit.,* 95.

espíritu mismo de la *American Religion,* sin perjuicio de las matizaciones de cada modalidad. Esto, desde luego, facilita enormemente la tarea de análisis, en la medida, por supuesto, en que los elementos fundamentales de aquella religión, y no los accesorios, puedan ser claramente identificados y definidos. En el caso del movimiento de las iglesias emergentes, no cabe duda de que esta se ofrece como una corriente significativamente atrayente para una buena parte de las actuales generaciones evangélicas de nuestro continente, las que a la luz de las transformaciones alcanzadas por la globalización, entendida esta como creciente fenómeno de usamericanización, han sido en una muy alta medida formadas bajo los contenidos de este particular modelo cultural, que tiende siempre a privilegiar lo práctico sobre lo metodológico, lo moderno sobre lo tradicional, lo inmediato sobre lo gradual, la ruptura sobre la continuidad, la imagen sobre el pensamiento. No es sorprendente, en consecuencia, bajo los énfasis de este mismo modelo cultural y una herencia evangélica que, proveniente de aquella misma matriz, ha insistido ya con bastante anterioridad en parecidos comportamientos y en otros muchos más igualmente característicos de aquel genio religioso-cultural, que el programa deconstruccional que ofrece el movimiento emergente resulte de enorme fascinación para una buena parte de las actuales generaciones evangélicas. Hablamos aquí preferencialmente de jóvenes evangélicos insertos en la educación universitaria o superior, o ya en la propia actividad profesional, para quienes el ofrecimiento emergente tocante a seguir a Jesús y no a una "religión", reanudar el espíritu de la iglesia primitiva y no el de una tradición eclesiástica en particular, ser cristianos pero no quedar subyugados al clásico comportamiento evangélico subcultural, ser parte de la iglesia —en tanto comunidad viva con una dimensión sobrenatural— pero resistir la idea de que la misma incluye también una dimensión institucional, o el mismo convencimiento de que es menester deconstruir los elementos litúrgicos, teológicos o eclesiásticos que se asomen con un mayor cariz tradicional a fin de lograr una mayor conexión y solidaridad con la actual generación "poscristiana", se presenta como una aspiración casi imposible de rechazar.

Por supuesto, es necesario preguntar, más allá de las enfatizaciones propias de la época actual, primero: ¿Cuántas de estas aspiraciones no han formado parte del patrimonio constituyente de la religión americana ya desde sus más tiernos orígenes? Segundo: si este mismo espectro evangélico latinoamericano, bajo aquella misma ascendencia de su herencia misionera y su ininterrumpida presencia hasta nuestros días, tan desprovisto, a decir verdad, de un sano y profundo sentido de catolicidad teologal, y por lo mismo de un mayor acervo teológico y más amplio marco metodológico desde los cuales interpelar críticamente la realidad, tan descuidado —sino maltratado, por lo demás— en lo que respecta a la educación y la comprensión del culto cristiano, sus símbolos, su conexión con la historia de la salvación, necesita en realidad ser sometido a un tal aparatoso ejercicio deconstruccional. Un ejercicio deconstruccional, sea dicho con total honestidad, independientemente de lo que ya hemos señalado sobre esta misma figura filoso-fal, que en muchos casos sirve simplemente para instalar elementos propios de la cultura pop en la dinámica eclesial, bajo el influjo innegable de la *American way of life*, y la preferencia particular de un liderazgo ya abiertamente predispuesto a ella y desprovisto por lo mismo de un mayor acervo teologal. Un esfuerzo por redimir, si se quiere, lo que aparece ya suficientemente secularizado, sino irredimible en la cultura popular, bajo la insistencia de ejercitar una nueva comprensión del cristianismo misionero y contextual, liberado ya de las fronteras entre lo sagrado y lo secular, pero que, en vistas de ese pobre fondo metodológico y teologal, termina siendo nada más que fascinación por la cultura popular. Y esta, desde luego, no en el sentido folklórico o nacional, sino básicamente en el de la *American way of life*. Habría que estar demasiado distraído como para no advertir aquí el influjo directo del genio cultural usamericano y aquella fijación suya por todo aquello que se ofrezca nuevo, entretenido, destradicional, y que ofrezca al mismo tiempo una experiencia de vivir en una constante avalancha de exoticidad y de emociones, aunque sea necesario para ello crear las condiciones.

Con arreglo a nuestra anterior afirmación, resultan altamente ilustrativos los comentarios que ofrece el propio D. Kimball[315], con ocasión de una conferencia nacional de iglesias emergentes en los Estados Unidos, y cuyo objetivo era debatir acerca de los nuevos diseños de adoración para atraer a las actuales generaciones emergentes. De este modo, comenta Kimball, un pastor allí presente comenzó a narrar cómo, con el fin de crear una atmósfera de desierto en su iglesia y de esta forma emular los parajes donde Jesús oró y se fortaleció, construyó ni más ni menos que un verdadero desierto en las dependencias de la iglesia, lo que implicó incluso llevar toneladas de arena y rocas para recrear tal árido paisaje. Otro, entre-tanto, continúa Kimball, mencionaba cómo, a la par que transcurría el sermón, se presentaban danzas y otras piezas artísticas en el servicio de su iglesia para ilustrar al mismo tiempo los contenidos de la predicación. Y finalmente otro, prosigue nuestro autor, relataba cómo se había decorado el templo con paramentos litúrgi-cos, velas y un ambiente de tenuidad para darle un cariz de antigüedad al servicio, aunque todo aquello no formara parte de su tradición ni fuera por él mismo insumo demasiado conocido, todo esto con el único fin de captar la atención de estas actuales generaciones emergentes, las que, según su opinión, se muestran cada vez más atraídas por el aspecto "místico" de las religiones y sus cultos. Cabe destacar la oportuna advertencia de Kimball[316], aunque él mismo participe de esta misma encandilación por la experimentación de modelos: si toda esta bús-queda casi frenética por nuevos diseños de adoración que resulten atractivos para el actual ciudadano emergente no terminará por reafirmar precisamente aquello

---

[315] *La iglesia emergente. Cristianismo añejado para nuevas generaciones en Cristo*, 153.
[316] *Op. cit.*, 136.

que se desea evitar, esto es, el consabido consumismo de la subcultura evangélica estadounidense. Y, no obstante, subrayada esta valiosa exhortación, no es posible soslayar, como ya decíamos anteriormente, el hecho de que nos hallamos aquí con elementos inconfundibles del genio cultural usamericano al servicio de estos nuevos modelos de adoración y del movimiento mismo de las iglesias emergentes: la obsesión por lo que ofrece un cariz novedoso, exótico, siempre en constante remodelación, a fin de que no se agote nunca aquella sensación de estar en el centro mismo de la vanguardia. Incluso, el recrear –como dirá Jean Baudrillard, a quien volveremos más adelante– atmosferas o tradiciones históricas muchas veces ni siquiera propias ni demasiado asequibles para el genio cultural usamericano, si con ello es posible conseguir también aquella experiencia de novedad y emocionalidad que tanto cautiva al consumidor. Advertido, en consecuencia, el ciertísimo riesgo que subyace en todo esto, a la par de otros que ya hemos enunciado, nos parece muy importante entonces precaverse aquí de aquel vicio de extrapolar, sin un previo esfuerzo de contextualización y análisis, los modelos emergentes producidos en los Estados Unidos o, en su defecto, como el propio D. Nájar lo ha advertido, ponderar al rango de exclusivo y normativo uno solo de entre ellos, lo que implica tomar con bastante precipitación la parte por el todo.[317]

Es menester asimismo inquirir aquí cuánto de aquel intempestivo y desbordante interés por aspectos tales como la oración contemplativa, el empleo de paramentos litúrgicos, el uso de la *lectio divina*, el año litúrgico, la iconografía y otros tantos elementos todavía resguardados por las tres tradiciones mayores del cristianismo histórico –entiéndase, la tradición católico romana, la ortodoxa y la propia del protestantismo de la Reforma, básicamente en su modalidad luterana, y en un grado menor también la reformada–, responden en realidad a una comprensión lúcida y cabal, teológica e históricamente hablando de aquello mismo, y no simplemente a un recurso de ocasión para captar el interés de las actuales generaciones, proclives, como se insiste, hacia el "misticismo" y la experiencia religiosa "multisensorial" –aunque, a decir verdad, tal comprensión de lo "místico" y lo "multisensorial" esté profundamente mediado y condicionado ya por la oferta y los énfasis de la *American way of life*–. O, incluso más, si no responde simplemente a aquella constante tendencia a la fascinación por todo aquello que ofrezca un cariz novedoso, o a descubrir misterios que supone nadie antes había desvelado –tan propio del genio cultural usamericano, por lo demás–, sin perjuicio de que en este caso tales propiedades novedosas o misterios revelados deban ser buscados no en el presente ni en el futuro sino en el pasado. Precisamente, toda una serie de publicaciones y artículos de autores emergentes, que sería muy largo aquí de recoger, pero en los que se repite incansablemente la idea aquella de descubrir los "secretos perdidos de la iglesia antigua" o "lo místico del cristianismo antiguo

---

[317] *Op. cit.,* 107.

está atrayendo a las nuevas generaciones emergentes", o "en pos de un nivel de adoración multisensorial", etc., bien parece confirmar nuestra sospecha. Todavía más cuando nos referimos aquí a autores y a un movimiento que en general no se engarza ni con mucho con esta larga tradición eclesial, y gran parte de estas incorporaciones litúrgicas *vintage*, por lo mismo que resultan desbordadas por esta encandilación inicial, aparecen al ojo del espectador avezado en estas materias como resintiéndose tanto de una evidente sobreproducción escénica como de una enorme carencia de criticidad.[318]

Por último, debemos también precavernos de aquel evidente riesgo, siempre tan connatural a la religión americana y transversal a todas sus modalidades, que es su inveterado antiintelectualismo. Un antiintelectualismo que, las más de las veces, ha tendido a asumir la forma de un posicionamiento agresivo y manifiesto, pero en ciertas ocasiones, formas más sutiles de expresión, presentes en aquella predilección por el tratamiento divulgativo y popular de las materias, y prácticamente bajo la sola visión de intérpretes y recursos usamericanos. Precisamente, este último es el sesgo que podemos entrever en el movimiento de las iglesias emergentes. Existe, por otra parte, el ciertísimo riesgo, dado el gran atractivo que

---

[318] El propio D. Kimball (*La iglesia emergente. Cristianismo añejado para nuevas generaciones en Cristo,* 191 ss.) relata cómo en su empeño por incorporar en su comunidad elementos de una tradición de mayor edad, que a su juicio son los que le confieren un cierto aire de "misticidad" a los servicios, de tanta predilección entre las generaciones emergentes, ha introducido una serie de ritos provenientes de acervos eclesiásticos con una más antigua tradición litúrgica. Desde luego, independientemente de aquel evidente eclecticismo que aquí uno pueda observar –tan propio, por lo demás, del espíritu de la *American Religion*–, uno se pregunta cuánto de discernimiento teológico y litúrgico se da cita en este ejercicio de recopilación en aras de aquel efecto "místico" que tanto se desea alcanzar. Lo mismo se podría afirmar en relación con esta verdadera fijación que existe en gran parte del movimiento de las iglesias emergentes por los místicos españoles, en particular en sus ejercicios espirituales. Ahora bien, si reparamos en aquella evidente dificultad de comprensión de la fe como misterio y don sacramental, que siempre ha sido característica esencial de la religión americana, en contraste con el rol fundamental que desempeña en esta el comportamiento moralista y el activismo eclesial, uno bien podría sentirse tentado a concluir que nos hallamos aquí con un giro decisivo en relación con la ontología misma de la *American Religion*. Sin embargo, vistas las particularidades de este supuesto giro a la luz de lo que ya hemos advertido, lo que nos parece avizorar aquí no es tanto una apertura al misterio de la fe ni un ensanchamiento en cuanto a lo sacramental propiamente dicho, menos una comprensión realmente cabal de los grandes místicos cristianos, en este caso españoles; más bien, se observa aquella tendencia connatural de la religión americana de posicionarse casi sin mediación ni sedimentación alguna en un extremo u otro de las dimensiones de la fe cristiana –ora la relevancia, ora la identidad–, a la par, desde luego, de aquella infatigable seducción por lo experimental. Así las cosas, y aun reconociendo todo lo noble que pueda haber en este repentino interés por los elementos tradicionales de la liturgia cristiana y por ciertos místicos cristianos y sus ejercicios espirituales, no sería sorprendente observar en algún breve tiempo más cómo tal interés cede su lugar a otros elementos en principio novedosos para esta particular expresión de la religión americana, aunque los mismos sean patrimonio antiguo de la cristiandad.

despierta aquel programa deconstruccional entre una buena parte de las actuales generaciones evangélicas de América Latina, de que la ruptura ya de suyo característica de esta herencia misional con la historia del pensamiento cristiano y, adjunta a esta, con aquel tan caro sentido de catolicidad teologal, se torne todavía aún más radical y profunda, y que, sin embargo, la misma se lleve a cabo de una manera solapada, no siempre fácil de determinar, aun de un modo no menos consistente y gradual toda vez que se continúa hablando aquí, y a veces con no poca estruendosidad, de comunidad primitiva, de historia de la iglesia, de quehacer teológico y filosofal, de lo reformado, mas en el marco de aquel tratamiento divulgativo, secundario y absolutamente regional al que ya nos hemos referido. Pero, con el agravante, por lo demás, de que este mismo tratamiento llega a adquirir –para los seguidores del movimiento, que en cierto modo han llegado a mesianizarlo a falta de un acervo mayor desde el cual poder aquilatarlo– un carácter definitivo y tutorial, sobre el cual pareciera no haber nada más que agregar. En tal sentido, no podemos dejar de preguntarnos si en esta suerte de mesianización en la que ha venido a dar el movimiento para ciertos círculos evangélicos latinoamericanos, no se cae en el error no solamente anteriormente avistado, tocante al reduccionismo y la simplificación del quehacer teológico dentro de los solos márgenes de la religión americana, sino también de perder la valiosa oportunidad de descubrir y aprovechar el trabajo de muchos teólogos evangélicos latinoamericanos, con un horizonte teologal de mayor envergadura y una mejor comprensión de la textura evangélica y social de América Latina, simplemente en razón de aquella fijación tan idealizante como obcecada por lo usamericano.

PARTE II

CONTEXTUALIDAD QUE CONDICIONA ELLA MISMA *A PRIORI* EL CRITERIO DE VERDAD. LA RELEVANCIA COMO IMPERATIVO

1

Planteamiento del problema

El teólogo dominico francés, Charles Duquoc, describía en el título de uno de sus últimos libros, *La théologie en el exil. Le défi de sa survie dans la culture contemporaine*[319], la condición en que según su opinión se encontraría actualmente la teología cristiana en el marco de la sociedad contemporánea, a saber, como en el destierro o en el exilio, y a partir de tal sombrío escenario esforzándose por sobrevivir. Las razones para ello, se entenderá, resultan bastante complejas y diversas para ser tratadas de momento aquí, pero, a juicio de Duquoc, gran parte de dicho lamentable estado se explicaría por la falta de adaptación de esta disciplina, al menos en su acepción tradicional, a los retos de la sociedad moderna[320] –o posmoderna, podríamos de paso precisar–. Se trata, con aquello de situar a la teología cristiana en un estado de confinamiento y sin mayor capacidad de interpelar o conectar con los latidos de la sociedad actual, de un juicio bastante categórico que bien podríamos matizar, pero que, en líneas generales, creemos, se condice en gran medida con la realidad. Dicho de otro modo, la actual crisis que afectaría a la teología cristiana en nuestros días sería una crisis relacionada específicamente con la dimensión de la relevancia de su mensaje, es decir, con su dificultad para articular un discurso que logre captar la atención de la sociedad contemporánea, en la medida en que primero resulte capaz de contribuir o iluminar sus inquietudes o necesidades más profundas. El precio a pagar por la falta de relevancia en cualquier actividad, se dirá, es la no vigencia, el olvido, la intrascendencia o, en las palabras de Duquoc y en relación específica con la teología, el desarrollar un tipo de existencia nada más que en el destierro o en el exilio.

Y, sin embargo, de aceptar este diagnóstico, se deberá admitir que el quehacer teológico no es más que una función entre muchas que le cabe a la fe cristiana, de modo que la crisis de relevancia de la teología es, fundamental y primeramente, la crisis de la relevancia de esta fe, la que con antelación a esta disciplina –si seguimos aquí el juicio de Duquoc–, se hallaría ya en tal condición de marginación y exclusión. Bien se trate de un exilio autoimpuesto o de un destierro forzado, el caso es que la fe cristiana y todo lo que ella implica y afirma, ya sea en su forma de tradición, comunidad o pensamiento, tiempo ha que ha dejado de ser aquella voz relevante, estimulante y rectora que acaso lo fue otrora, en un no

---

[319] Bayard, Paris, 2002. La edición en español, la cual seguiremos aquí, corresponde a, *El destierro de la teología. El reto de su supervivencia en la cultura contemporánea*, Mensajero, Bilbao, 2006.

[320] "La marginación de la teología tradicional es, en parte, debida a su inadaptación a los retos contemporáneos" (*Op. cit.*, 47).

muy lejano pasado, y esto al menos en el marco de la civilización de Occidente, cuando su mensaje todavía constituía referente autorizado para una buena parte de la sociedad, informaba la cultura, daba contenido a la ética, hallaba un espacio asegurado en la actividad académica y en la vida pública, en la que, por lo demás, sus portavoces –pastores, sacerdotes y teólogos– eran oídos y respetados. Hoy, empero, tal sitial preferencial del que gozaba antaño el cristianismo en la sociedad contemporánea se debate en clara retirada. No solo que se le niega virtualmente toda contribución en la formación de la civilización y la cultura de Occidente, sino que se le atribuyen nada más que los resabios coercitivos y oscurantistas que aún se arguye que esta ostenta. No solo que se pone en entredicho su lugar en la actividad académica, y en la modalidad ya de teología, por el hecho de fundamentar su conocimiento en una verdad que, ella insiste, ha sido ya revelada, no ajustándose en consecuencia a los estándares de veracidad requeridos para toda disciplina universitaria, sino que se le acusa por lo mismo de llevar lo que descansa en el terreno de creencias privadas y subjetivas al terreno de la educación superior –peor aún: laica y pública–, lo que viola el principio de neutralidad religiosa que debe regir al Estado democrático y moderno. No solo que se juzga su decir como extemporáneo y contraproducente en la vida pública de las sociedades y en sus instituciones fundamentales, sino que se intenta por todos los medios expulsarle de ambas, al aducir que, en razón de sus fundamentos –Escritura, primeramente, y tradición, como un fondo segundo–, no puede tal hablar más que reforzar el pensamiento único e intransigente, y todo aquello se opone al ideario del progreso y lo libertario. No solo que a sus portavoces eclesiásticos, pastores y sacerdotes, se les ha dejado prácticamente ya de oír y de estimar, en la medida en que a su mensaje se le sentencia de irrelevante e improcedente con los intereses y la dinámica de la sociedad posmoderna, sino que a partir de unos hechos ciertamente condenables y deleznables en que han incidido algunos de ellos, específicamente en cuanto a la corrupción financiera y al abuso sexual, se concluye virtualmente el descrédito *per se* del ministerio pastoral y sacerdotal como tal. No solo, por otra parte, que al teólogo se le reprocha el hecho de basar su estructura de pensamiento en métodos completamente subjetivos e inverificables –más rayanos con la metafísica o la alquimia que con la realidad experimental–, y en fuentes que, por lo demás, solo pueden hallar sentido para aquel que ya se halla previamente comprometido con los contenidos del cristianismo, sino que la misma disciplina de la teología en el concepto de universidad actual, rendida ya a los poderes del mercado y del cientificismo, con cada vez menos espacio para las humanidades –o, de haberlas estas, generalmente se hallan completamente secuestradas ya por el ideologismo de la izquierda cultural–, pareciera no tener ya ningún lugar o en su defecto quedar simplemente recluida y transformada, de acuerdo al sociologismo que hoy es moda, por la idea aquella de "escuela de las religiones".

Bajo tal descripción, por lo tanto, que a la luz de lo que transcurre cada día en gran parte de las sociedades de Occidente no podría ser tildada en modo alguno de desmedida o estridente, es evidente que la fe cristiana no puede –menos que nunca– darse el lujo de renunciar, ora por comodidad, ora por temor, ora por conveniencia, al carácter plenamente relevante de su mensaje que indiscutiblemente siempre le ha asistido, y permitir que sean otros discursos y otras voces en medio de este mundo cada vez más escindido y fragmentado, al tiempo que amenazado por ideologías que atentan contra el orden natural del ser humano y su estructura básica, la familia, los que ofrezcan la palabra definitiva en cuanto al reordenamiento de la existencia de las personas y el destino de las sociedades mismas. Ciertamente, en medio de la vorágine de este mundo y sus profundas transformaciones –no solo supeditadas como hasta hace poco a las temáticas convencionales de lo político y económico, sino a cuestiones como nunca antes vistas de tan enorme trascendencia moral, de definición en cuanto al valor de la vida del ser humano (discusión en torno a la eutanasia y al aborto), de definición en cuanto a los límites de la experimentación con esta (discusión en torno a los límites de la bioética), de definición en cuanto la naturaleza del ser humano (discusión en torno a la ley natural y a la ideología de género), de definición en cuanto al modo de relacionarse con la tierra y sus recursos naturales (discusión en torno al tema ecológico), etc.–, la fe cristiana no puede contentarse con ser simplemente un espectador mudo e inerme de la historia, y renunciar en consecuencia a decir su palabra y a actuar en conformidad con ella. No puede resignarse a una modalidad de existencia nada más que de destierro o de exilio, a la que una sociedad cristofóbica le ha recluido y a la que al parecer ella misma dócilmente se ha sometido, y consentir sin más en su expulsión del escenario público. No puede desistir, en definitiva, de su dimensión de relevancia, por cuanto del mismo modo que la dimensión de identidad, resulta constitutiva a su propia esencia e inteligencia, ya que forma junto a esta su inextricable e inseparable dialéctica. Mas por lo mismo que esta imperiosa necesidad por activar aquella dimensión de relevancia de la fe cristiana podría llevar, en virtud precisamente de la urgencia y convulsión de los tiempos, a riesgosos exabruptos y apresuramientos, con el resultado de la lamentable desvirtuación y distorsión de esta fundamental dimensión de la fe cristiana y la consiguiente desestructuración de este indisoluble movimiento dialéctico –identidad y relevancia–, es menester ofrecer algunas advertencias y aclaraciones previas al respecto de ello.

En términos generales, podríamos afirmar que el riesgo de radicalización de la dimensión de la relevancia y en consecuencia del discurso horizontal, en detrimento desde luego de su indispensable contraparte de la identidad, viene dado principalmente por todas aquellas teologías que no siempre resultan capaces de precisar y preservar la especificidad del mensaje cristiano en su esfuerzo por intentar ofrecer inmediata reacción ante la problemática y contingencia actual.

El peligro aquí, a diferencia de lo ya observado en el capítulo anterior en relación con el radicalismo de la dimensión de la identidad, es la difuminación de la distintividad de tal mensaje en el afán de resultar absolutamente atingente a las problemáticas presentes, lo que implica permitir muchas veces que sea la fluidez de estas contingencias y sus instrumentos fluctuantes de mediación los que determinen los criterios de veracidad del mensaje cristiano. También aquí, al exacerbar el estandarte de la relevancia y la contextualidad prácticamente como únicos criterios posibles de la actividad teológica, se conduce a esta a la coacción de su pensamiento y al reduccionismo de sus funciones –los mismos vicios, paradójicamente, que se le enrostran desde estos sectores a aquel sistema polarizado en torno a la dimensión de la identidad–, y todo aquello a pesar de que la insistencia sea ahora hacer del quehacer teológico un discurso diversificante y liberador. En contraposición con el cuadro anterior, podríamos decir, por lo tanto, que lo que se ha ganado aquí en relevancia se ha perdido en identidad.

Hemos dicho también que, a tal tendencia hacia la exacerbación de la dimensión de la relevancia, la hemos querido situar dentro de las posibilidades que ofrece la *American Religion* entre aquellos sectores eclesiásticos agrupados en aquella figura de las *mainline churches.* Asimismo, hemos precisado, siempre dentro de esta misma religiosidad, que se trata de sectores que por su escasa presencia misional han ejercido un muy menor influjo en la configuración y el posterior desarrollo del mundo evangélico latinoamericano, cuánto más si le comparamos con la arrolladora influencia del sector *evangelical.* No obstante aquello, y en vista de su cada vez más incipiente participación en estas últimas décadas en ciertos medios académicos y aun en ciertos espacios eclesiásticos de América Latina, dependientes de algún modo de ellos, nos parece necesario brindarle una detenida atención, cuánto más al considera que su influencia, a la luz de determinados condicionamientos actuales, tales como el avance del ideologismo de la izquierda cultural o la misma filosofía relativista del progresismo y la posmodernidad, podría continuar en aumento. Dicho esto, mas en el entendido de que el riesgo de radicalizar una de las dimensiones de la fe cristiana, en este caso la de la relevancia, no es patrimonio exclusivo de la religión americana, si bien aquí tal tendencia ha adquirido connotaciones casi connaturales, quisiéramos comenzar entonces por revisar ciertos quehaceres eclesiásticos y teologales descriptivos de este movimiento, procedentes de nuestro propio contexto continental, aunque no sin alguna comunicación, a pesar de lo que se pueda llegar a pensar, con el mundo religioso usamericano.

2

Tendencias en América Latina

Nos referimos aquí, por supuesto, a aquellos sectores evangélicos de nuestro continente cuya articulación teológica procura sobrepujar, por una parte, el tradicional esquema del fundamentalismo evangélico usamericano, pero también, por la otra, los límites impuestos por sus respectivas (re)ortodoxias –en el caso de proceder de estas–, e incluso el modelo tradicional de iglesias de trasplante que subyace en el origen de no pocas de estas comunidades y que encuentran por lo general representación visible –aunque no exclusivamente– en el Consejo Latinoamericano de Iglesias (CLAI) y otras organizaciones semejantes. Tales sectores, como ya se ha dicho, comprometidos con la enfatización de la dimensión relevante de la fe cristiana, constituyen a nuestro juicio la segunda fuerza evangélica en el continente, luego, por supuesto, del bloque *evangelical*. Una segunda fuerza que, si la comparamos con la hegemónica presencia de aquel otro sector, aparece ocupando un sitial ostensiblemente rezagado, tanto en proporción numérica como en cuanto a influencia real de acción y pensamiento en el contexto evangélico de América Latina, pero que debido a su inserción en el concierto ecuménico internacional[321], o incluso a través de su misma asociación con la teología de la liberación y otras teologías del genitivo, ha sido capaz de despertar un enorme interés y seguimiento entre aquellos grupos protestantes del primer mundo, ocupados del mismo modo que ella en el desarrollo de la dimensión relevante de la fe cristiana. Es el hecho de concitar esta segunda fuerza tan alta expectativa entre aquellos grupos protestantes ya mentados, al punto de que la tendencia es allí a considerarla, sin dubitación alguna, como la expresión más auténtica del quehacer teológico de América Latina o, más precisamente, el hecho de que la misma sea portadora de un tan importante influjo por parte de aquellos grupos, en especial de los Estados Unidos, y no tanto su trascendencia real en la realidad evangélica y social de América Latina, lo que nos lleva a desmenuzar en este presente capítulo algunos de sus más importantes insumos.

2.1 La relevancia como imperativo

Plantear la dimensión relevante de la fe cristiana como agenda central del quehacer teológico ofrecerá, no hay duda de ello, la posibilidad de abrirse a oportunidades

---

[321] Ya sea a través de la Federación Luterana Mundial, para el caso de cierta representación luterana, o de la Alianza Reformada Mundial, para el caso de cierta representación reformada, o del mismo Consejo Mundial de Iglesias, entre otras tantas instancias de colaboración ecuménica internacionales.

no previstas en relación con aquel sistema, cuyo único modo de afirmación de esta lo constituía prácticamente el solo resguardo por su identidad, pero, a su vez, no menos justificadas inquietudes, toda vez que se haga de tal dimensión relevante la preocupación última, sino única, de la teología. Enunciemos aquí tan solo algunas de estas dificultades: ¿Quién y bajo qué criterios habrá de determinar, en última instancia, qué resulta relevante y qué periférico para el quehacer teológico de la iglesia? ¿No se corre el evidente riesgo, en virtud de aquel mismo afán por resultar a toda costa relevante –¡ahora, aquí, en este preciso momento!–, de ofrecer respuestas y soluciones de precario valor metodológico, de escasa profundidad en el análisis teológico que, por lo mismo, contribuyan efímeramente –más allá de las alegres consignas– a la resolución de esas mismas problemáticas que se procura emplazar? ¿No se halla siempre presente el peligro, bajo tal proceder, de excluir el valor e incluso la legitimidad de los intereses de otros sectores teológicos, particularmente de aquellos que no se rigen por la agenda de la relevancia, sino que, por el contrario, se muestran más atentos a la dimensión de la identidad de la fe? ¿No es cierto, si se es lo suficientemente honesto como para reconocerlo, que cuando se exacerba el estandarte de la relevancia como excluyente criterio del quehacer teológico, lo que en principio podría aparecer como una legítima preocupación teológica consecuente e interpelante, muy pronto corre el riesgo de transformarse simplemente en un eslogan, en un seguro éxito de ventas, en una llave casi mágica para abrir puertas al reconocimiento y a las invitaciones sociales, aunque muchas veces el intérprete de este o aquel discurso relevante se encuentre, existencial y moralmente hablando, casi completamente descomprometido y distante de su declaración relevante oficial?

Y, por lo mismo, ¿no se produce, muchas veces también una especie de sacralización en torno a ciertos expositores y sus discursos relevantes, al punto de que prácticamente no se permite ningún cuestionamiento o confrontación de estos, y a aquel que osadamente desconozca tal advertencia, se le amenaza con retirarle tanto el báculo de la protección, como el sello del reconocimiento que aquella cofradía edificada en torno a aquel expositor y su discurso confieren, aunque aquello redunde, finalmente, en un empobrecimiento claramente insano del mismo expositor y su alocución contingente? ¿No ocurre en ciertas oportunidades que discursos que se promocionaban tan pomposamente relevantes, y que alertaban sobre el gran impacto que habría de producir su seguimiento y aplicación en el área social y eclesiástica, resultaron finalmente incapaces de cubrir las propias expectativas que ellos mismos se habían forjado, viniendo a dar en nada más que mera extravagancia académica o en simple activismo de grupos progresistas laicos, no solamente sin el publicitado impacto antes proclamado, sino evidenciando además ser meras modas pasajeras? Y, además de todo esto, ¿quién podría afirmar o demostrar que lo que se piensa y se produce, no precisamente desde la urgencia contextual o la coyuntura relevante, carece de toda validez e importancia solo porque no se circunscribe a la agenda contingente más mediática o al interés más candente de turno? Y, sin duda, lo más importante todavía, ¿no existe también el enorme peligro de que al plantear la agenda de la relevancia prácticamente como la única finalidad del quehacer teológico, cuánto más en flagrante soslayamiento de la dimensión de identidad, tal agenda en realidad no sea más que un juego de palabras teológicas, pero ya bastante vaciadas de contenido, para la consecución de un programa más bien de preferencia cultural o político que, por lo mismo, ya no sea capaz tampoco de preservar aquello que resulta distintivo e insustituible del mensaje cristiano, a pesar de todo su imprimátur eclesiástico e institucional, por supuesto, por parte del progresismo? Pues bien, ninguna genuina preocupación por la temática de la relevancia del quehacer teológico podría desestimar, solo por su condición de "embarazosas", tales inquietudes. Antes bien, su continuidad como discurso realmente contribuyente e interpelante a la situación contextual exige hacerse cargo responsablemente de cada una de ellas. La tarea que a continuación sigue, entonces, no es determinar si el quehacer teológico, en general, y el latinoamericano, en particular, debieran abdicar o no de su función relevante –de ser este el caso, quedaría su misión absolutamente a medio andar y trunca–, sino el poder identificar qué es aquello que en definitiva se procurará hacer relevante y sobre qué marco de fondo se sostendrá dicha intencionalidad.

2.2 Modelos crítico-teóricos y distanciamiento hermenéutico

Constituye un dato ciertamente incontestable aquello de que todo discurso que persiga alcanzar un impacto relevante sobre cualquier contingencia en particular, conforme transcurra el tiempo del evento y el fondo de la problemática inicial se modifique y complejice, estará siempre expuesto tanto al peligro tanto del agotamiento y el anacronismo como a la difuminación de sentidos, a menos que aquel mismo discurso pueda estar constantemente regulado en su proceso de desarrollo por la elaboración de modelos crítico-teóricos –llámense estos crítica literaria, ideológica, histórica e incluso teológica–. De no mediar aquello, el vacío de comprensión de la realidad será ocupado ineludiblemente por discursos o metarrelatos que, o bien forzarán la imposición de un pensamiento único para explicar la realidad, o bien fragmentarán a esta misma realidad en una multiplicidad de experiencias inconexas de sentido. Lo primero tiene que ver con los totalitarismos ideológicos, propios de la imposición de un pensamiento único; lo segundo, con la dinámica escisionista de la posmodernidad. Del mismo modo, en lo que respecta al asunto de la relevancia en el quehacer teológico, se torna indispensable, junto con el ya mentado interés por el abordaje de lo contingente, la elaboración de un marco de fondo teórico como plataforma desde la cual aproximarse a dicha realidad contextual. Tal marco de fondo –en este caso, el desarrollo de modelos crítico-teóricos a partir, primeramente, del testimonio escritural, la historia del pensamiento cristiano y la gran tradición eclesial– lograría la sedimentación de un *modus operandi* que permitiría, por una parte, el ejercicio de un *distanciamiento hermenéutico*[322], y por otra, la capacidad de no sucumbir a la tentación de responder o actuar bajo la determinación del inmediatismo de lo estrictamente coyuntural.

Este llamado al distanciamiento hermenéutico, que no es escisión determinante entre sujeto y objeto, ni indolencia existencial con lo contingente, sino un ir y venir entre lo uno y lo otro en sana relación dialéctica, podría posibilitar las condiciones adecuadas que permitan evaluar y corregir, así como también ampliar la perspectiva de un discurso relevante y su verdadera contribución a las diversas temáticas de la vida. En efecto, tal como no se puede ofrecer un diálogo significativo con la contingencia actual desde el vacío atemporal o el formulismo proposicional, sin que aquello no redunde simplemente en discurso extramundano o escolasticismo en su acepción inocua, tampoco se puede contribuir con algún margen de profundidad o creatividad a la dimensión contextual de la vida, toda vez que la primera palabra que se lanza persigue únicamente alcanzar un efecto relevante. De ser este el caso, en vez de integrismo o escolasticismo, tendríamos ahora nada más que activismo aparatoso pero superfluo o incluso mera opinología coyuntural. Antes bien, tal contribución a la dimensión contextual no podría dejar nunca de comenzar, primeramente, por el reconocimiento honesto y no pretencioso de la complejidad siempre existente entre aquella y su respectivo abordaje teologal, su discernimiento, su ligazón, su continuidad y, en virtud del reconocimiento de tal complejidad, la necesidad por parte del quehacer teológico de proveerse de un marco de fondo crítico-teórico para su tratamiento como disciplina en particular —en este caso, teológica—. Tal marco de fondo crítico-teórico, que quedará comprendido cabalmente bajo la figura del método, hallará una aplicación en el quehacer teológico sin atentar o disminuir en nada en este su atención por la dimensión relevante y contextual, tal como es la objeción de aquellos sectores que argumentan que la actividad teológica en América Latina solo podría ofrecer una contribución significativa en orden a su realidad continental, en la medida en que, sin estacionarse en alguna mayor cavilación

---

[322] Utilizo el concepto de *distancia hermenéutica*, directamente de la hermenéutica de P. Ricoeur, quien le atribuye precisamente a este acto de suspensión o distanciamiento, tanto temporal como existencial del lector al respecto del texto, la capacidad de generar un espacio fértil y creativo para la producción de sentido. Por otra parte, un claro ejemplo de una hermenéutica que prescinde de este distanciamiento hermenéutico estaría dada por la idea de comprensión (*Verständnis*) de H-G. Gadamer, para quien esta es el acto por medio del cual el horizonte del texto se funde con el del intérprete, lo que permite el encuentro creativo entre pasado y presente, y soslaya al mismo tiempo su discontinuidad. Cf. especialmente, Paul Ricoeur, *Hermenéutica y estructuralismo,* en, *El conflicto de las interpretaciones. Ensayos de hermenéutica,* FCE, Buenos Aires, 2003, 31-91; H-G. Gadamer, *Fundamentos para una teoría de la experiencia hermenéutica,* en, *Verdad y método I,* Sígueme Salamanca, 2005, 331-458.

teórica o metodológica, se vuelque exclusivamente sobre la praxis y la inmediata contingencia actual. Es decir, y dicho más directamente, que pueda plantearse a sí misma, fundamentalmente, como acto segundo, análisis y compromiso social, y solo derivadamente como construcción teórica y acervo tradicional. Por ello, y haciéndonos cargo de su acusación más reiterativa, no opondremos nosotros aquí, a nuestra comprensión de método, para abordar la problemática contextual, su dimensión existencial o de verdad.[323]

Sabido es que todo método presupone un cierto fondo acumulativo de conocimientos y experiencias que, al mismo tiempo, constituye un marco de referencia normativo desde el cual interpelar y abordar la problemática a tratar. Esto significa entonces que, a partir del método establecido y su respectivo fondo de conocimiento adquirido, el abordaje de una materia cualquiera no se lleva a cabo ni desde el vacío referencial ni desde la improvisación de esquemas, sino precisamente desde aquel marco de referencia, que, a su vez, genera un conjunto de operaciones y procedimientos que se enriquecen, corrigen y amplían en el proceso mismo de la investigación. De este modo, una correcta elaboración metodológica no consiste, cuanto menos en teología, en un conjunto rígido y extemporáneo de reglas que haya que seguir mecánicamente, sino en la instalación de una estructura dinámica de referencia que permita la comprensión y la creatividad, mas siempre en el marco de aquella continuidad referencial. En palabras de Bernard Lonergan:

> Un método es un esquema normativo de operaciones recurrentes y relacionadas entre sí que producen resultados acumulativos y progresivos. Hay, pues, un método cuando hay operaciones distintas, cuando cada una de las operaciones se relaciona con las otras, cuando el conjunto de operaciones constituye un esquema, cuando el esquema se concibe como el camino correcto para realizar una tarea, cuando las operaciones se pueden repetir indefinidamente, de acuerdo con el esquema, y cuando los frutos de dicha repetición no son repetitivos, sino acumulativos y progresivos.[324]

---

[323] Precisamente, este es uno de los mayores aportes, a nuestro juicio, del trabajo de Ricoeur, cuyo principio hermenéutico puede ser de gran contribución para el quehacer teológico latinoamericano, a saber: la plena validez y correlacionalidad de *verdad* y *método*, y no ya la opción de lo uno o lo otro, como pareciera quedar implícito en la obra de Gadamer. Así como para Ricoeur la correcta descripción del acto de comprender (verdad existencial) se inicia en el análisis del lenguaje (método: lingüística, semiótica, etc.), así también podríamos nosotros afirmar que la legitimidad de un discurso teológico no solo se decide en su ansia de resultar a toda costa relevante, sino en aquello que le permite identificar con mayor precisión lo distintivo de su aporte en tanto discurso cristiano para aquella realidad contextual.

[324] *Op. cit.,* 12. Precisamente la construcción metodológica de Lonergan, muy útil por lo demás para el quehacer teológico, y que él define como trascendental, por cuanto los resultados de ella obtenidos no se limitan a las categorías de un sujeto o campo en particular, sino a realidades de

Por otra parte, la carencia de elaboración metodológica en una disciplina cualquiera al respecto de su materia a analizar llevará a que sean las variables externas a aquella disciplina las que condicionen en cada intento de aproximación a tal materia un nuevo *modus operandi*. La consecuencia de tal proceder será, qué duda cabe de ello, no solo el perder en aquella ausencia de metodología el conocimiento acumulado, en tanto *modus cognoscendi*, sino el marco de referencia distintivo y propio con que dicha disciplina se distingue de otras tantas en el tratamiento específico de aquella materia a abordar. En el caso de la teología cristiana, la construcción metodológica, debemos decirlo, no surge inmediata de la preocupación contextual, como a veces tan ingenuamente se ha llegado a plantear, sino que resulta derivada de los procesos de la tradición –bíblica, en primer lugar, en el marco de la exégesis y la teología bíblica, y luego del acervo propio de la historia del pensamiento cristiano y filosófico, y la gran tradición teológica eclesial, en el marco de una teología dogmática o sistemática–[325]. Es a partir de su método, entonces, que el quehacer teológico adquiere una gramática, un léxico y un modo de aprehender la realidad específicos y particulares, que le hacen distinguible de cualquier otra ciencia y especialidad, y que le permiten, al mismo tiempo, resistir el riesgo de quedar sublimado en la sintaxis y los procederes de aquellos otros saberes, aunque él mismo pueda en ciertas oportunidades servirse plenamente de ellos. Por lo demás, y tal como ya ha sido advertido previamente, la construcción metodológica en cuanto fondo referencial no debe ser jamás estatuida como un conjunto de disposiciones definitivas e inalterables que discurran apriorísticamente al margen de toda problemática contextual, sino, antes bien, debe ser planteada en relación dialéctica con ella. Olvidado aquello, y como bien lo advierte Lonergan, el conocimiento acumulado no sería progresivo sino simplemente clausurante y repetitivo.

Tal dialéctica relación entre método y verdad –y en un sentido aún más amplio, entre la dimensión de identidad y de relevancia de la fe cristiana– le ofrece al quehacer teológico la oportunidad de una producción sostenible en el tiempo, es

---

sentido abiertas y universales, consiste en sí, en una operación que intenta dar respuesta a estas tres siguientes preguntas:

1) ¿Qué hago cuando conozco? (teoría del conocimiento).

2) ¿Por qué esta actividad es conocimiento? (epistemología).

3) ¿Qué conozco cuando realizo aquella actividad? (metafísica trascendental).

[325] En otras palabras, y como ya lo explicitábamos en nuestra presentación, las fuentes de la teología protestante y en consecuencia de su propia construcción metodológica han de ser Escritura y tradición. Pero Escritura como testimonio vivo de la revelación, y no ya, como en el fundamentalismo, mera bibliolatría o biblicismo; y tradición no como fuente primaria, sino derivada, esto es, no como tradicionalismo anquilosado y venerado, como ocurre todavía con gran parte de la teología ortodoxa, al menos, en cuanto a los primeros concilios ecuménicos se refiere, sino como pensamiento siempre vivo y, por lo tanto, en construcción.

decir, no determinada por componentes ajenos a su identidad, al tiempo que creativa en aras de la situación contextual, precisamente desde aquel fondo referencial que define lo propio y distintivo de la teología cristiana, y que aparece contenido y sedimentado ya en su método. Sin embargo, se deberá admitir que tal imprescindible relación dialéctica entre método y verdad, marco de referencia y atención contextual, no siempre ha encontrado en aquel quehacer teológico latinoamericano –dominado por la dimensión relevante de la fe– un fluir natural, cuánto más si tal quehacer, en su afán por la articulación de un programa contextual, ha insistido en una ruptura rayana casi en la radicalidad con aquel fondo referencial, propio del acervo teológico. De este modo, entre estos sectores, la pregunta por el marco referencial y la elaboración metodológica se ha querido despachar generalmente como irrelevante e inadecuada, bajo el cargo de constituir algo así como un lujo burgués, que revelaría en última instancia su evidente condición foránea y no militante, es decir, gatillada por intereses dominantes.

2.3 El quehacer teológico como ejercicio de mediación

Lo que hemos dicho hasta ahora al respecto del método en teología ha guardado más bien relación con su aspecto propedéutico o formal; sin embargo, una comprensión más cabal de este, debe reconocerle como el instrumento por medio del cual el quehacer teológico lleva a cabo precisamente aquel ejercicio dialéctico entre la identidad y la relevancia del mensaje cristiano. En otras palabras, es en su método que el quehacer teológico se comprende a sí mismo esencialmente como un ejercicio de mediación, entre, por una parte, un fondo que se estima fundante y rector –en este caso la revelación de Dios, Cristo y su Palabra– y, por otra, la clarificación de aquel acontecimiento revelador en la contingencia finita y oscilante de la historia y cultura humanas.[326] Es por ello que el término "mediación", para mentar una función elemental de la teología cristiana, no debe ser entendido en su acepción peyorativa, a saber, al modo de una sosa componenda o una solución meramente acomodaticia, sino, más bien, como un ejercicio que le es propio a toda teología, al punto de que la caracterización de la teología como "mediación" resulta en un hablar casi tautológico. En efecto, toda teología resulta en mediación, en la medida en que esta, y a través concretamente de su método, se halla abocada en la clarificación e interpretación de los diversos procesos de

---

[326] La afirmación de B. Lonergan (*Op. cit.,* 9) tocante a que la teología "es una mediación entre una determinada matriz cultural y el significado y función de una religión dentro de dicha matriz" no puede resultar completamente satisfactoria para la comprensión mediadora de la teología cristiana, toda vez que ello implica que su hecho fundante resultaría ya de una previa mediación cultural. Es preferible seguir aquí el alcance de mediación para la teología cristiana propuesto ya por Tillich, para quien esta estaría dada "entre el eterno criterio de verdad tal como se manifiesta en la figura de Jesús como el Cristo y las cambiantes experiencias de individuos y grupos, sus problemas variables y sus categorías de percepción de la realidad" (*La era protestante,* 14).

la tradición, tanto bíblica como eclesiástica, para la contingencia presente. Una teología, por tanto, que olvide o desconozca que todo quehacer teológico constituye ya de suyo un ejercicio de mediación no haría más que darse por satisfecha con la mera repetición estereotipada de la tradición heredada, al rehuir al mismo tiempo a la exigencia de su interpretación en el marco de su matriz cultural del presente (reortodoxia), o incluso, más ingenuamente, al llegar a suponer que su comprensión de la fe cristiana, al modo del salto kierkegaardiano, no requiere de ninguna mediación de la tradición, ya que coincide materialmente con la "fe de los apóstoles" (fundamentalismo).

No cabe duda de que toda mediación teológica se verá siempre expuesta o al riesgo del *sinteticismo* o al del *autoctonismo*. Ejemplos señeros del primer riesgo pueden ser considerados tanto el esfuerzo de aquella teología que, luego de la caída de la gran síntesis universal, tanto filosófica como teológica, llevada a cabo por Hegel y Schleiermacher[327], respectivamente, procuró restablecer aquel desgarramiento entre ciencia-fe, iglesia-sociedad, mediante una recuperación sintética de los aportes de ambos pensadores a la situación religiosa de la época, como, también, el movimiento de retorno a Kant, por parte de Ritschl y su escuela. Por otra parte, el peligro del autoctonismo se presenta mayor, a nuestro modo de ver, aunque no exclusivamente, en aquellos sectores en los que las problemáticas políticas y sociales demandan una urgente atención contextual, pero que al carecer los mismos de una tradición teológica de mayor perspectiva histórica, que permita legitimar metodológicamente su ejercicio de mediación, caen fácilmente en una ruptura no simplemente epistemológica, sino aún más teológica y, por lo tanto, convierten su ejercicio de mediación en un exclusivismo partidista, ya sea ideológico, social o incluso de género y racial. Precisamente, este ha sido en nuestra opinión el vacío mayor del que se ha resentido aquel quehacer teológico de América Latina, dominado casi en exclusiva por la dimensión relevante de la fe, en su esfuerzo de mediación con la situación contextual, mas en evidente soslayamiento de su contraparte de la identidad. Tal vacío, como lo hemos suficientemente ya advertido, no ha consistido en el ejercicio mismo de mediación, toda vez que este resulta consustancial al quehacer teológico mismo, sino en la ausencia de una más lúcida definición y distinción de aquello que, por una parte, constituye el fondo fundante y rector, objeto de mediación, como, por otra, de los instrumentos para llevar a cabo dicha función mediadora. El resultado ha sido entonces la arrogancia o candidez –júzguese de acuerdo a cada caso– de un quehacer teológico que ha insistido en presentarse a sí mismo como una hermenéutica liberadora, y un comprender a la actividad teológica como acto segundo, pero que, en aquella evidente

---

[327] Sobre este esfuerzo de mediación, véase, especialmente, el capítulo de Tillich, *La caída de la síntesis universal,* en, *Pensamiento cristiano II,* 455-526.

postergación de la dimensión de la identidad, no ha sido capaz de superar el riesgo de la improvisación metodológica ni su vacío de tradición teológica.

2.4 Teología de la liberación y teologías del genitivo
2.4.1 Aspectos preliminares

Rosino Gibellini, en su libro, *La teología del siglo XX*[328], cree identificar cuatro movimientos teológicos directrices en el curso del ya pasado siglo. El primer movimiento estaría dado, a su juicio, por la teología dialéctica o de la crisis, ligada principalmente a la figura de Karl Barth. El segundo movimiento podría ser caracterizado como el giro antropológico, expresado fundamentalmente por la teología existencial de Bultmann, y la nueva hermenéutica de sus discípulos Fuchs y Ebeling, como, así también, por la teología de la cultura de Tillich y la teología trascendental de Karl Rahner. El tercer movimiento encontraría como ejes fundamentales el debate sobre modernidad y secularización, iniciado ya por Gogarten y Bonhoeffer, la teología de la historia de Cullmann y Pannenberg, y la teología de la esperanza y de la política, de Moltmann y Metz, respectivamente. Finalmente, como un cuarto movimiento, despuntando ya el siglo XXI, Gibellini hace mención de las teologías del tercer mundo o teologías del genitivo[329], entre las que ocupa un sitio preferencial la teología de la liberación. Pues bien, si esto es así, no es entonces injustificado prestar razonable atención al modo en que este cuarto movimiento ha tomado forma en nuestro continente, cuánto más tratándose de ejemplos ciertamente señeros de quehaceres teológicos cuya tendencia pone en evidencia una clara polarización en torno a la dimensión de la relevancia y el discurso horizontal.

No vamos a descubrir recién ahora la importancia que en su momento reportó –y aún sigue reportando para muchos de sus nostálgicos seguidores– el programa de la teología de la liberación para una buena parte del quehacer teológico y eclesiástico de América Latina. Ya el mismo hecho de que su sola mención ocasione tan encontradas disposiciones, desde la adscripción más apostólica hasta la manifiesta censura[330], es prueba más que suficiente de que su presencia no ha pasado para nadie inadvertida. Es cierto, y así nosotros mismos lo hemos podido

---

[328] Sal Terrae, Santander, 1998, 553-554.

[329] Se trata, con aquello de las teologías del genitivo, si así podemos definir al conjunto de estos nuevos paradigmas teológicos, según la clasificación afortunada, a nuestro parecer, de H. de Wit –véase nota 3–, de un conjunto de movimientos teológicos que, a despecho de la multiformidad de sus tendencias, poseen como elemento conductor y aglutinante una manifiesta propensión a la enfatización de la dimensión relevante de la fe, y no siempre logran conservar, en una sana relación dialéctica, su insoslayable contraparte de identidad.

[330] Podemos recordar aquí las dos advertencias realizadas, durante el pontificado de Juan Pablo II, por la Congregación para la Doctrina de la Fe, a saber: *Instrucción sobre algunos aspectos de la teología de la liberación* (6 de agosto de 1984) e *Instrucción sobre libertad cristiana y liberación* (22 de

comprobar, que muchas de las entusiastas simpatías que este movimiento ha conseguido despertar entre gran parte de los sectores eclesiásticos y académicos del primer mundo no siempre parecieran sustentarse en un conocimiento profundo y sereno de sus contenidos, de sus publicaciones, menos aún de las observaciones críticas pero necesarias que sobre esta teología se han podido esbozar, sino más bien en la asociación directa que se hace de la misma, amén de una no menor publicidad, con una actividad teológica que se supone comprometida y militante, y no solamente discursiva y racional, con la lucha por salvaguardar el derecho de los más desposeídos y vulnerables de la sociedad de América Latina de todas aquellas estructuras de poder políticas, económicas, ¡extranjeras!, que amenazan con arrebatarles su humanidad y dignidad.

Así las cosas, se comprenderá que la tarea para un estudiante de teología latinoamericano inserto entre estos círculos –que consiste básicamente en intentar explicar que no todo aquel que proviene de América Latina y no se siente interpretado por el fundamentalismo evangelical es, por ello y casi por determinismo, un suscriptor de la teología de la liberación o, lo que es lo mismo, que la mirada tan idealizante y cándida que desde allí se yergue sobre este movimiento merece por lo menos importantes matizaciones– no parece ser asunto demasiado fácil de lograr. Empero, más allá de esta aclaración –que solo en razón de marcar ya una verdadera y no menos gravosa tendencia nos ha parecido necesario mencionar–, queda sin embargo por precisar la cuestión realmente de fondo, tocante a poder determinar si al tratar sobre la teología de la liberación nos ocupamos de un movimiento teológico que ha sabido desde su inicial formulación hasta nuestros días reinventarse constantemente a sí mismo y, en consecuencia, mantener vigente todo su vigor y actualidad, o si en realidad pasamos simplemente revista a una teología que ya ha tenido su tiempo de atención y utilidad, pero que a la sazón no forma más que parte de los anaqueles de la teología de nuestro continente, aunque, desde luego, le esté para muchos reservado un lugar muy destacado dentro de estos y no pocos se resistan a aceptar que su tiempo ha tocado ya a su fin. Al respecto de lo primero, fuerza es reconocerlo, difícilmente podríamos identificar a la teología de la liberación como un movimiento caracterizado por la continua superación o a lo menos actualización de sus paradigmas, y en este caso bien se podría afirmar que la misma monotematicidad de criterios de la que daría cuenta el marxismo histórico, en relación con el factor economicista en tanto clave de comprensión para toda la realidad social, lo observamos asimismo en esta teología al respecto del análisis sociocultural.[331] Algo, ciertamente, que en

---

marzo de 1986), publicadas al español por BAC, Madrid, 1986, bajo el título, *Instrucciones sobre la teología de la liberación*.

[331] En tal sentido, el giro ecologicista emprendido por el último L. Boff vendría ser aquí la excepción, como bien lo atestiguan algunas de sus obras como: *La dignidad de la tierra. Ecología,*

nada nos podría extrañar si se toma suficientemente en cuenta la evidente deuda de dependencia de este quehacer teológico con respecto al análisis sociológico del marxismo clásico o precultural.[332] En efecto, no ha sido el impulso de constante reinvención lo que podría definir con mayor precisión la lógica interna de la teología de la liberación, sino más bien su posicionamiento de profundo conservadurismo al respecto de la sociología economicista del marxismo, amén de su propia profundización a partir de dicho paradigma de las estructuras asimétricas posibles de advertir en la realidad social y cultural de América Latina. Tal constatación se torna mucho más evidente, verbigracia, si se advierte el giro emprendido por aquel socialismo latinoamericano, contemporáneo a la misma teología de la liberación, portador en buena parte de esa misma monotematicidad de criterios, signo indiscutible, por lo demás, de la ortodoxia marxista, hacia la creación del así llamado *Socialismo del siglo XXI*[333], y su incorporación de nuevos agentes de

---

mundialización, espiritualidad. La emergencia de un nuevo paradigma, Trotta, Madrid, 2000; *El despertar del águila*, Trotta, Madrid, 2000; *Ecología: grito de la tierra, grito de los pobres*, Trotta, Madrid, 2002; *Una ética de la madre tierra. Cómo cuidar la casa común*, Trotta, Madrid, 2017.

[332] Así, por ejemplo, G. Gutiérrez, haciendo suyas las palabras de Sartre, podía afirmar casi al comienzo del programa liberacionista, en aquel su texto prácticamente fundante, aquello de que: "El marxismo, como marco formal de todo pensamiento filosófico hoy, no es superable" (*Teología de la liberación*, CEP, Lima, 1971, 25-26). Desde luego, similar posicionamiento adoptará asimismo todo el movimiento de la teología de la liberación, al punto que se podría afirmar, sin riesgo de exageración, que análisis marxista de la realidad estructural y teología de la liberación han llegado a ser conceptos prácticamente equivalentes, cuando no, simple tautología.

[333] Término espetado por el mismísimo Chávez, allá por el año 2005, en medio de uno de sus habituales y no menos bizarros programas televisivos, *Aló presidente*, y que luego sería acuñado formalmente por el sociólogo alemán Heinz Dieterich, y que serviría para designar aquel movimiento conformado por pensadores y activistas de la izquierda latinoamericana comisionados a la labor de someter a un profundo revisionismo al marxismo clásico, a la sazón absolutamente inoperable en virtud de su fracaso como proyecto económico y social a nivel mundial, con el objeto de intentar transformarlo en una fuerza vigente para el continente. En otras palabras, y como tan certeramente lo han descrito N. Márquez y A. Laje en su tan importante obra, *El libro negro de la nueva izquierda. Ideología de género o subversión cultural* (Grupo Unión, Buenos Aires, 2016, 16), se trataría con esto del *Socialismo del siglo XXI* de:

> La reconversión y reinvención de una ideología –el marxismo clásico– que ya no podía exhibir "la Hoz y el Martillo", ni ofrecer expropiación de latifundios, ni reformas agrarias, ni divagar con la plusvalía, ni tampoco seducir a potenciales clientes con la trillada lucha de clases, puesto que ya nada de todo este discurso resultaba atractivo a la opinión pública occidental y, además, sabía a naftalina.

De todos modos, y a contracorriente de las certeras impresiones contenidas en esta cita, lo cierto es que las sucesivas administraciones de una izquierda popular que han venido emergiendo en América Latina seguirán apelando en una importante medida y aun con todo a la misma lógica del marxismo precultural y a sus respectivas consignas. El caso de los gobiernos de Hugo Chávez y de la dictadura de su sucesor, Maduro, en Venezuela es el mejor ejemplo de aquello. Y esto a pesar

revolución[334], más allá del consabido proletariado y la respectiva lucha de clases, emergidos principalmente desde el campo del conflicto cultural y valórico, a saber, movimientos sindicales, indigenistas, ecologistas, feministas, LGTB, solo por nombrar acaso algunos de los agentes revolucionarios más reconocidos y de plena vigencia hasta el día de hoy.

Fiel, en cambio, a ese ortodoxismo sociológico, y por lo mismo no creyéndose bajo la urgencia de una continua revisión o reinvención de sus paradigmas y contenidos, serán más bien los movimientos teológicos epígonos de la teología de la liberación los que emprenderán aquel giro tocante a expandir los destinatarios posibles de la ocupación teológica, lo que emula así, en consecuencia, aquel mismo salto cualitativo dado por la izquierda cultural a un nivel ya internacional –con una análoga acepción regional– hacia aquel mentado *Socialismo del siglo XXI*. ¿Quiere decir esto, entonces, y respondiendo de este modo a la segunda alternativa que planteábamos más arriba, que a la luz de este giro acometido por las teologías del genitivo en respuesta a las inquietudes y demandas más relevantes de la sociedad actual, el discurso de la teología de la liberación debería aparecer sentenciado sin más como ya agotado y desfasado, cuánto más si se considera que el escenario económico, social y cultural de América Latina ha sufrido a su vez no menores transformaciones desde el tiempo en que esta teología comenzara a operar, no en el sentido, claro está, de la superación completa y definitiva de los focos de exclusión y marginalidad, pero sí en términos de experimentar mejores condiciones de vida y por consiguiente una indiscutible mayor movilidad social, incluso en relación con

---

tanto de la ligazón que los ha unido con el movimiento del *Socialismo siglo XXI,* como del enorme esfuerzo de blanqueamiento de este último grupo para con los primeros. Para el movimiento del *Socialismo del siglo XXI*, véase, especialmente, A. Borón, *Socialismo Siglo XXI: ¿Hay vida después del neoliberalismo?* Luxemburg, Buenos Aires, 2008; H. Dieterich, *Hugo Chávez y el socialismo del siglo XXI,* Instituto Municipal de Publicaciones de la Alcaldía de Caracas, 2005; H. Dieterich, *El socialismo del siglo XXI,* Ediciones de Paradigma y Utopías, México, 2002.

[334] Al respecto de la necesidad de este nuevo giro, ya se había manifestado con total propiedad el filósofo y politólogo argentino Ernesto Laclau, considerado acaso como el teórico más importante en la construcción del neomarxismo, en una obra que para esta escuela constituye recurso referencial, a saber: E. Laclau; Ch. Mouffe, *Hegemonía y estrategia socialista. Hacia una radicalización de la democracia,* FCE, Buenos Aires, 2011. La importancia para Laclau de movilizar nuevos agentes de revolución, que sobrepujen así los criterios a la sazón ya extemporáneos y poco rentables del economicismo y la consiguiente lucha de clases tan caros a la ortodoxia marxista, se torna tarea fundamental a la hora de poder activar aquel proyecto socialista que tras el derrumbamiento del bloque soviético había quedado absolutamente trunco. Tales nuevos agentes de revolución no serían más que los diversos movimientos sociales que ya se dan cita en la sociedad contemporánea, que enarbolan luchas y demandas de muy diverso origen, sino hasta disímiles (grupos étnicos, ecológicos, feministas, minorías sexuales, etc.), pero que resultan, no obstante, susceptibles de incorporar, a juicio de los autores, bajo el impulso hegemónico del proyecto socialista como fuerza desmanteladora de la lógica capitalista (*Op. cit.*, 203).

ese mismo sector poblacional sindicado por esta teología como bajo el umbral de la pobreza y objeto por lo tanto de su mayor preocupación teologal; cuánto más si se repara también en que consignas de tanta importancia y predilección para esta misma teología –como *pobre*, *pobreza*, *justicia social*, entre otras, aunque conservando desde luego todo su valor y prioridad en cuanto tarea a abordar por parte de los gobiernos y de las sociedades todas, y desde luego para el propio quehacer de la teología– han quedado en gran medida en nuestro continente vaciadas de contenido, desdibujadas, secuestradas por ampulosos ideologismos, a la vez que demasiado manoseadas en función de fines nada más que electorales y partidistas, precisamente por parte de aquellas administraciones que más tienden a apelar a este tipo de sensibilidades, que presumen ser además la conciencia moral y social del mundo, vale decir, aquellas coaliciones de una izquierda de tendencia popular cuyo programa, alocuciones, comprensiones y afirmaciones de la dinámica política, social y cultural resultan en muchos ápices muy difíciles de diferenciar del propio proyecto de esta teología[335], a no ser por la nomenclatura teológica y bíblica?

La respuesta, aunque indudablemente no puede ser más que afirmativa, al menos en cuanto a su facticidad, toda vez que la desconexión entre el análisis, sus instrumentos y la realidad contextual, como asimismo la fatiga en cuanto a las temáticas para describir esa realidad[336], no sea asunto que se pueda simplemente soslayar, deja abierto, aun con todo, un reciente esfuerzo de actualización, para no decir idealización, de la teología de la liberación. Un renovado interés y valorización, me parece a mí, que se ha ido articulando y efectivizando a la par y en conformidad con los sucesivos ascensos en América Latina de gobiernos

---

[335] He abordado con mayor detención este problema en mi artículo, "A propósito del discurso profético de la teología de la liberación", *Estudios evangélicos,* marzo, 2013.

[336] A este respecto, podemos mencionar la ocasión en que tuvimos la oportunidad de escuchar al teólogo argentino de la liberación, considerado como uno de los más reconocidos exponentes actuales de este movimiento, Iván Petrella, cuando ofreció una conferencia en una de las facultades católicas de teología de la Universidad de Toronto, y en la que gran parte de su exposición, para sorpresa nuestra, volvía a reeditar los estandartes clásicos de esta teología, con alguna que otra variación, ante un auditorio, por lo demás, compuesto en su mayoría por ciudadanos canadienses y estadounidenses, que parecía tomar contacto con ellos por vez primera. Como es sabido, Petrella ha cursado la totalidad de sus estudios en los Estados Unidos, y ofrece una perspectiva de la teología de la liberación con aspiraciones, en cuanto al análisis sociológico de la realidad social, mucho más científica que la primera etapa de este movimiento, y en la que, a diferencia también del movimiento fundante, la afiliación eclesiástica o el compromiso de fe no es asunto que resulte determinante para la práctica teológica. El mismo Petrella, consultado por mí en esta misma conferencia al respecto de su afiliación eclesiástica, reconocía no ser ni católico ni evangélico, sino un agnóstico con una sensibilidad social no excluyente de lo trascendental, una respuesta que –si bien para mí y algún que otro compañero conocedor de esta teología pudiese resultar sorprendente, sino un oxímoron– era celebrada, sin embargo, por el resto de los asistentes, todos ellos de abierta adscripción progresista, como apoteósica.

de una izquierda de línea más bien popular, los cuales han vuelto a reeditar y a poner nuevamente en el discurso oficial gran parte de las antiguas consignas de un marxismo precultural, compartidas bajo sus respectivas matizaciones y adecuaciones por esta misma teología liberacional. A lo que, desde luego, se debe también agregar, como un elemento de una preponderancia no menos capital a la hora de intentar explicar la presente redención de esta teología de su estado de aporía, casi de olvido, el hecho de que el actual papa, Francisco, y a diferencia de sus dos predecesores, Juan Pablo II y Benedicto XVI, evidencie una no menor propensión hacia este discurso teológico. Todo lo cual, y habida cuenta de la indudable simpatía que su pontificado despierta entre gran parte del progresismo, tanto intelectual como cristiano, proveniente del primer mundo, sumado además a los mismos sentimientos de benevolencia que entre estos mismos grupos aquellos gobiernos latinoamericanos de izquierda popular generan, en la medida, claro está, en que se les asocia tan ligeramente y sin mayor margen de criticidad con la lucha contra la pobreza, la injusticia, las estructuras de opresión política y social, y desde luego, no faltaba más, la liberación del yugo del imperialismo, no hace más que volver a actualizar, esta vez, paradójicamente desde el primer mundo para América Latina, el discurso y el programa de esta teología. Precisamente en torno a algunas de estas principales temáticas que hoy vuelven a ser actualizadas quisiéramos destinar las siguientes observaciones. Estas son, por supuesto: *compromiso-militancia, pobre-pobreza* y *popular-contextual,* y en un sentido ya no tan programático, sino más bien general, la ruptura con la historia del pensamiento cristiano, filosófico y la referencialidad confesional prácticamente como requisitos para un verdadero quehacer teológico continental.

2.4.2 Ejes conductores

2.4.2.1 Compromiso

En una época como la nuestra en tan enorme medida determinada por la desidia, la ausencia de convicciones, el hedonismo, la frivolidad, la defensa a ultranza de la propia zona de confort, al tiempo que el no arriesgarse prácticamente por nada más que por esas meras comodidades individuales, en otras palabras, una era caracterizada por "el vacío existencial y el imperio de lo efímero", como dirá Gilles Lipovetsky[337], la actitud comprometida adquiere un renovado valor y significación. Por cierto, antes de la beatificación demasiado apresurada de los términos, conviene recordar, nunca está de más, que existen actitudes comprometidas y unos ciertos compromisos que en virtud de estarlos en relación directa con causas e ideologías perversas y perniciosas para la vida y la dignidad de las personas y las sociedades, deben ser vistos simplemente como alianzas funestas

---

[337] *La era del vacío: Ensayos sobre el individualismo contemporáneo,* Anagrama, Barcelona 2000; *El imperio de lo efímero: La moda y su destino en las sociedades modernas,* Anagrama, Barcelona 2013.

y siniestras, que debieran despertar sin tardanza alguna nuestro más profundo rechazo y contrariedad, como asimismo nuestros más denodados esfuerzos por impedir que sigan extendiendo su programa deshumanizante en el tiempo. Y, en tal sentido, el fundamentalismo islámico se nos avienta hoy como un ejemplo demasiado espantoso y abominable de la concretud de todo aquello, tal como lo han sido en otros tiempos las consabidas ideologías del mal por excelencia, el nazismo y el comunismo. Lejos, desde luego, del alcance execrable de los conceptos, hacemos referencia aquí, por supuesto, a su connotación más edificante y ennoblecida, en el sentido de hablar de la inextricable conexión entre el pensar y actuar en relación con aquello que juzgamos justo y verdadero, y cuya legitimación siempre se decide en los términos de afectar positiva y constructivamente al otro en su plena humanidad.[338]

En cuanto al asunto del compromiso o la actitud comprometida al respecto de la teología, aquello, a decir verdad, resulta susceptible, tal como lo reconociera G. Gutiérrez al hablar de la asociación de los términos "teología" y "liberación"[339], de interpretaciones muy diversas y complejas, en las que no existe una sola y definitiva comprensión del modo en que se articularían efectivamente dichos atributos en esta disciplina. Aquí uno podría preguntarse y con justificada razón: ¿Cuáles serían los criterios de legitimidad de un certero compromiso teológico: hablar a partir de la militancia política y el análisis crítico-estructural; involucrarse en la praxis revolucionaria y la lucha por la transformación social; robustecer la fe de cada creyente y la vida de la comunidad, de modo que tanto uno como otra puedan dar razón de la esperanza que reside en Cristo a quien la quisiera demandar; desarrollar fidelidad exclusiva con la metodología teológica y no sucumbir a la tentación de subordinar esta a sus instrumentos de mediación; o, simplemente, la íntima consistencia existencial y de vida entre el teólogo, su discurso, su producción, su actividad? No cabe duda de que los dos primeros criterios han llegado a ser reguladores para el programa de la teología de la liberación, al punto de que, para su efectiva comprensión, no se podrían desligar el uno del otro, toda vez que se trata de una compacta unidad. Así, por ejemplo, ya desde sus inicios, la declaración de principios de este movimiento, —a diferencia del programa microético del fundamentalismo o de la enfatización en la correcta declaración doctrinal por parte de las reortodoxias— aspiraba a una visión holística del ser humano en

---

[338] En efecto, en consonancia con Paul Ricoeur (*El mal: un desafío a la filosofía y a la teología*, Amorrortu, Buenos Aires, 2006, 26), podemos decir y con plena razón, que "obrar mal es siempre dañar a otro directa o indirectamente. [...] El mal cometido por uno halla su réplica en el mal padecido por el otro"; de manera análoga podemos afirmar, mas en su inversa modalidad, que el compromiso, la actitud comprometida en aquel sentido ya descrito más arriba, redunda siempre en el beneficio indirecta o directamente del otro, en la medida en que el compromiso da cuenta siempre de una dimensión relacional.

[339] *Op. cit.*, 13.

sociedad que, mediante la superación del mero discurso metafísico o racional, no se contentase con la mera descripción de sus agentes opresivos y alienantes, sino con el compromiso de su propia transformación política y social mediante la praxis de la liberación. Así lo afirmaba ya el propio G. Gutiérrez:

> Denuncia y anuncio solo se pueden realizar en la praxis. Eso es lo que queremos decir cuando hablamos de la utopía como movilizadora de la historia y subversiva del orden existente. Si la utopía no lleva a una acción en el presente, es una evasión de la realidad. [...] La utopía debe necesariamente conducir a un compromiso en pro del surgimiento de una nueva conciencia social, de nuevas relaciones entre los hombres. De otro modo, la denuncia no superará un nivel puramente verbal, y el anuncio no será sino una ilusión.[340]

En otras palabras, a la conocida tesis número 11 de Marx de su *Tesis sobre Feuerbach* —a saber: "Los filósofos no han hecho más que interpretar de diversos modos el mundo, pero de lo que se trata es de transformarlo"[341]— se la pretendía trasladar ahora al terreno de la teología y constituirla así en declaración programática de la nueva teología liberacional. Transformación, no mera articulación racional, ni siquiera en su modalidad de una correcta y necesaria ortodoxia, pero tampoco la sola descripción de la realidad —la que, al permanecer en ese puro nivel explicativo, no conduce más que a su mistificación—, podía constituir el único compromiso posible de la teología. "La teología viene *después*, es acto segundo",[342] dirá Gutiérrez, lo que da a entender que el compromiso siempre va primero, y solo en una segunda instancia la cavilación teologal. Un compromiso de transformación estructural, por lo demás, en el que el creyente mismo ha sido llamado a participar en tanto sujeto activo de su propio proyecto revolucionario histórico. ¿Quedaba así, entonces, suficientemente resuelto mediante la explícita afirmación de estas declaraciones, todo cuanto se podría decir del compromiso y de la actitud comprometida en lo que a la teología se refiere, al punto de concluir sin más que esta solo podía tomar conciencia de aquellos atributos o virtudes en la medida en que se abría y asumía íntegramente el programa propuesto por la teología de la liberación? De que se ha tratado de un convencimiento real para la teología de la liberación, o al menos para sus primeros y más representativos momentos, lo corrobora el propio Clodovis Boff, de cuyo conocimiento de primera fuente de este movimiento, amén de su posterior distanciamiento del mismo, nadie podría

---

[340] *Op. cit.,* 299.

[341] K. Marx; F. Engels, *Tesis sobre Feuerbach y otros escritos filosóficos,* Fundación editorial el perro y la rana, Caracas, 2010, 27.

[342] *Op. cit.,* 28. La cursiva es del propio Gutiérrez.

dudar, al decir –en un sugestivo escrito, *Cómo veo la teología latinoamericana 30 años después* y en mirada retrospectiva– aquello de que: "Era necesario garantizar la dimensión *liberadora* de la teología", si con aquello de la dimensión *liberadora* comprendemos todo lo dicho al respecto del compromiso y demás. Y, sin embargo, el mismo Boff, con la serenidad que solo es posible aquilatar en virtud del peso de los días y la constante apertura a la verdad que se impone mediante los hechos que estos comunican, puede asimismo complementar y a reglón seguido: "También hacía falta garantizar la dimensión *teológica* de la liberación"[343].

Lo anterior nos lleva, una vez más, a reconocer la importancia fundamental que reporta para cualquier discurso teológico el saber identificar, de acuerdo a lo consignado ya en su método, cuál ha de ser el distintivo propio de su aporte a la dimensión contingente de la vida, como así también cuáles han de ser sus naturales límites en cuanto al tratamiento de dicha situación o eventualidad. En efecto, el peligro estriba aquí en que, en ausencia de un fondo metodológico definido y consistente, cuyo olvido o negligencia conduce siempre a la confusión de roles y de límites, sumado tantas veces a un afán descomedido por resultar relevante a toda costa, tal discurso podría resultar fácilmente desvinculado de sus propios referentes que lo describen como discurso cristiano, como, al mismo tiempo, portador de un caudal de expectativas desvinculadas de lo que él mismo puede cubrir y proporcionar –en este caso, la transformación política y social–. Y, sin embargo, y a pesar de aquella evidente y tan ingenua anomalía, situarse en una especie de superioridad moral, que llega incluso a emplazar a otras teologías también abocadas a la tarea de liberar la fe de su mero exclusivismo subjetivo e individual, en virtud de su supuesta desconexión con la realidad padecida y marginal y su reclusión en el discurso metafísico de esta disciplina, tal como lo hizo precisamente la teología de la liberación en su momento, particularmente con las teologías europeas políticas (Metz) y de la esperanza (Moltmann), respectivamente. Con toda razón planteaba el teólogo español José Grau, que si en la medida en que saltaba ya a la vista que la inserción política y social, ¡el compromiso!, no era el resultado primeramente para esta teología de una conciencia que asumía su plena novedad de vida en Cristo, para luego abrirse hacia aquellas indispensables tareas, sino virtualmente el camino y el medio escogido para arribar a aquella realidad, no se seguía en consecuencia que el simple compromiso social resultaba ya en el equivalente de la salvación.[344] Una comprensión de salvación, fuerza es aclararlo, que más deudora de la inteligencia bíblica y de la buena tradición teológica, es decir, posibilitada únicamente por Cristo, su obra y su dependencia de esta, pare-

---

[343] En, J. Bosch Navarro; J. J. Tamayo-Acosta (Eds.), *Panorama de la teología latinoamericana* (citado desde ahora como, *Panorama*), Verbo Divino, Estella, 2001, 158.

[344] *Catolicismo romano: Orígenes y desarrollo II,* Ediciones Evangélicas Europeas, Barcelona, 1990, 1204.

cía hallarse más "comprometida" con la idea aquella del *hombre nuevo* que habría de emerger una vez fuesen eliminadas todas aquellas estructuras económicas y políticas de opresión, que mantenían a las clases más desposeídas, representadas por antonomasia bajo la figura del "pobre"[345], en relación de permanente explotación y dependencia al respecto de los ricos y poderosos, lo que emulaba con ello la mejor arenga de la revolución, la expropiación y la lucha de clases de la ortodoxia marxista. A este respecto, las palabras de Gutiérrez hablan por sí solas:

> Únicamente una quiebra radical del presente estado de cosas, una transformación profunda del sistema de propiedad, el acceso al poder de la clase explotada, una revolución social que rompa con esa dependencia puede permitir el paso a una sociedad distinta.[346]

La *missio Dei* se confundía así con el propio programa de liberación estructural, el llamado al seguimiento con la concientización política de una izquierda ideológicamente dura, y la iglesia, comunidad de los llamados por Cristo para comunicar las virtudes de su gracia inefable, llegaba finalmente a ser comprendida como aquel colectivo que asumía ese compromiso revolucionario y se esforzaba por concretizarlo. Por ello, el procedimiento inductivo con el que se suele representar a esta teología, y en general a las del genitivo, a diferencia, según se dice, del carácter deductivo de la teología europea —lo que da a entender que la validez de un quehacer teológico estaría dada por su compromiso con la praxis, al tiempo que sería aquella misma praxis, por sí sola, y como de efecto a causa, casi por un acto de fantasmagoría, la que produciría la consiguiente metodología a utilizar—, no es garantía absoluta, se comprenderá, ni de una praxis distintivamente cristiana, ni de un discurso verdaderamente comprometido, al menos, con su fondo referencial teológico. Con toda razón advierte Moltmann:

> Cuando una comunidad cristiana se sabe empujada a despojarse de sí en determinadas acciones sociales y políticas, tendrá que tener cuidado con no cambiar su identidad tradicional religioso-política por otra nueva del mismo cuño, sino que debe procurar conservar su no identidad. De no hacerlo, una iglesia que se entrega a un movimiento socio-político por

---

[345] Que se trataba, por lo demás, en una tan alta medida con aquella ininterrumpida apelación a la figura del "pobre", de una construcción de prestación más bien ideológica que empírica, lo ponía de manifiesto no solo la particular caracterización cultural y sociológica que debía pesar sobre este para llegar a ser efectivo, sino mucho más aún aquel declarado dualismo antinómico que oponía a ese "pobre", de suyo ya virtualmente iglesia y redimido prácticamente por el solo hecho de serlo, con aquel otro sector opresor e irredimible, dado no solamente por los poderosos y ricos, sino incluso por la misma clase media, cuánto más si esta última no adhería a esa particular concientización política.

[346] *Op. cit.,* 43.

ansia de identificación y de modo indiferenciado vuelve a convertirse en "religión de la sociedad". Es cierto que entonces ya no es una religión conservadora, sino progresiva dentro de una sociedad quizás mejor y futura, siguiendo a quienes critican políticamente a la antigua religión, para convertir en religión a su nueva política.[347]

Se debe advertir, por otra parte, y como bien ha enfatizado A. Gesché[348] en su prólogo al libro de Clodovis Boff, *Teología de lo político*, que la praxis no es tampoco por sí sola, ni mucho menos, criterio inequívoco y absoluto ni de transformación liberadora ni de acceso a la verdad. Y no lo es, no solamente en el campo de la teología, claro está, pues muchas praxis que han presumido hasta la saciedad de su irrestricto compromiso con la transformación política y social han mostrado a través de la historia llevar más bien a confusión e incluso negar todo principio de liberación y de verdad, al someter a los individuos y a las sociedades a aquel tipo de revolución que, como dijera Robespierre, termina finalmente devorando a sus propios hijos, y más allá de las consignas y la publicidad, lo que revela que, al cercenarse y manipularse la verdad, no resulta tampoco posible alcanzar la liberación ni a nivel personal ni a nivel estructural. Y de aquello, indudablemente, el marxismo, cuánto más sus experimentaciones en América Latina, tiene mucho que contar. En tal sentido, no es por la apelación a un supuesto compromiso con la praxis que el teólogo ofrece indefectiblemente una mejor contribución a la actividad teológica como tal. En otras palabras, no por incorporar en el discurso teologal ciertas realidades de clara sensibilidad y tarea social —pobre, lucha, liberación, transformación, etc.—, se debe implicar ya con ello que ha quedado definitivamente resuelta la participación de lo que resulta distintivamente cristiano, ni menos aún que la sola mención de dichas temáticas llevaría implícita, algo así por el poder del *solo verbo*, el efecto transformador de las tales. Tal presunción, a decir verdad, no solo conduce a un tipo de discurso insanamente idealista y desconectado al mismo tiempo de la concreta realidad social y aún del propio testimonio de la historia que le grita a voz en cuello al respecto de aquella imposibilidad, en otras palabras, viciado de utopía falaz, sino que, en virtud de aquel sesgado vicio que lleva a cuestas, lleva a un tipo de discurso cada vez menos interesado por trabajar en la provisión de un marco metodológico —más allá de la apelación a eslóganes y consignas de clara sensibilidad popular— desde donde legitimar su articulación teologal. Ha descrito magistralmente esta anómala utopía que embargaba a la teología de la liberación, ya desde sus inicios, el teólogo español José Grau:

---

[347] *El Dios crucificado. La cruz de Cristo como base y crítica de toda teología cristiana* (citado desde ahora como, *El Dios crucificado*), Sígueme, Salamanca, 1975, 31-32.

[348] *Op. cit.,* 12.

Otra dimensión utópica de la teología de la liberación es su tendencia a confundir su análisis con las soluciones. El hecho de que el análisis marxista ponga al descubierto cierto número de causas reales de los problemas de la sociedad no significa que este análisis esté desprovisto de contradicciones internas. Y mucho menos que la crítica de los males comporte su automática solución. Y, sin embargo, la mayoría de teólogos liberacionistas piensan que el análisis marxista brinda al mismo tiempo consigo las soluciones óptimas, matemáticas y casi mágicamente.[349]

No cabe duda de que un quehacer teológico, en la medida en que se sienta únicamente comprometido con la acción-protesta o la retórica contestataria, se sentirá, a su vez, claramente desligado de legitimar metodológicamente, ¡teológicamente!, su distintiva contribución cristiana sobre aquella realidad social o contextual de la vida que desea interpelar. En otras palabras, caerá en la trampa de suponer ya como método lo que en realidad no es más que el propio eco de su praxis, y la fusión de horizontes entre la contingencia actual y su apresuramiento a actuar u opinar en relación con tal situación contextual. Traigamos, en relación a esto, la pintoresca pero no menos certera cita que nos ofrece Clodovis Boff:

> Ahí tienes a un alumno metido hasta el cuello en la lucha de los pobres; podría tener dos grandes orejas, pero debía estar considerado como un "verdadero" teólogo, porque estaba "haciendo teología en la práctica". ¿Para qué había que estudiar tanto, si lo decisivo se resuelve "en la lucha"? Por otro lado, se hablaba continuamente de la urgencia de producir un discurso que fuera "liberador", "eficaz", hecho para transformar la realidad. La impresión que quedaba es que había un discurso que podía realmente liberar. Era necesario encontrarlo. ¿Quién iba a producir esa teoría mágica? Era como si la teología de la liberación trajera para sí misma la liberación que hacía vibrar en el título. Ahí tienes al estudiante que escribe en el papel media docena de ideas libertarias mal digeridas, más en forma de estribillo repetido que de pensamiento. ¡Y ese es un verdadero militante, un profeta, un libertador![350]

Es necesario advertir, por consiguiente, que ninguna teología podría atribuirse el mérito de resultar "liberadora", "comprometida", "transformadora" por su sola articulación de un discurso en supuesta sintonía con las urgencias contextuales

---

[349] *Catolicismo romano: Orígenes y desarrollo II,* Ediciones Evangélicas Europeas, Barcelona, 1990, 1212.

[350] *Cómo veo la teología latinoamericana 30 años después,* en, J. Bosch Navarro; J. J. Tamayo-Acosta (Eds.), *Op. cit.,* 161.

o contingentes. Otra cosa muy distinta es, naturalmente, que sus énfasis y acentuaciones generen una cierta sensibilidad que redunde en una respuesta comunitaria en torno aquellas problemáticas concretas. En otras palabras, y volviendo a retomar la clarificación ya vertida por Clodovis Boff, debemos recordar que el compromiso pertenece a la categoría de la praxis, no a la del análisis, y el compromiso cristiano –a menos que este se sienta satisfecho con un modo de existencia meramente literaria, como ha sido al parecer el tipo de compromiso adquirido por la teología de la liberación– encuentra, al igual que la experiencia de la conversión, su contexto no en la diatriba teológica sino en la experiencia nunca acabada de hacerse creyente y oidor de la Palabra. Dicho de una manera más sencilla: una gramática de hebreo no estaría menos "comprometida", entonces, teológicamente hablando, que el más encendido texto de una teología contextual, ni un estudio sobre Tertuliano, Chemnitz, Buenaventura o Pannenberg tampoco lo estaría menos que el más acalorado manifiesto de una teología del genitivo. Por lo tanto, y para volver con nuestro tópico del compromiso, no sería más que arrogancia o tamaña ingenuidad generar la expectativa de una línea tan directa y causativa entre un discurso teológico "comprometido" con la dimensión social y su consiguiente impacto-transformación en aquella misma dimensión de la vida en sociedad. Enhorabuena valdría aquí recordar el sabio consejo de Kant, en términos de que una ciencia no se enriquece cuando traspasa abruptamente los terrenos de otra, sino que más bien se desfigura. Precisamente, este apresuramiento ha sido una de las mayores irregularidades que acusan todos aquellos quehaceres teológicos dominados por el imperativo de la relevancia y, entre estos, por supuesto, la teología de la liberación. Pues bien, el teólogo y así también el exegeta latinoamericano deberían ser capaces de admitir abiertamente que, no por articular un discurso en virtual sensibilidad con la contingencia social, aquello le convierte *ipso facto* en un experto en economía, sociología, o ciencias políticas. Incluso, debería ser capaz asimismo de entender que, al entrar en el campo de acción de estas ciencias, sin una evidente familiaridad, primeramente, con su propia metodología teológica, como luego, con la de aquellas disciplinas, no haría más que, para seguir aquí la advertencia kantiana, producir un discurso que no es ni teológicamente bien definido, ni suficientemente bien configurado de acuerdo con las exigencias metodológicas de aquellas mismas materias en las que ha decidido incursionar. Cuando el quehacer teológico renuncia precipitadamente a lo distintivo y propio de su metodología, su gramática, sus temáticas, su particular modo de aprehender e interpelar la realidad, para subyugarse irresolutamente a las reglas sintácticas y metodológicas de otras especialidades –generalmente ciencias políticas o sociológicas–, ya fuere por un sentimiento de inferioridad al respecto de estas, ya fuere para adquirir un supuesto talante más relevante de cara a la sociedad, o simplemente porque desconoce su acervo propio, no puede experimentar a la larga nada más que una lamentable confusión epistemológica y quedar reducido, además, a un derivado religioso general de aquellas tales disciplinas. Entonces, una vez que ha ocurrido esto, la política, la sociología o cualquier otra especialidad no puede concederle mucho margen de seriedad a esta teología, que, ruborizada ya de sí misma o ignorante de su particular identidad, juega a ser política o sociología "teológica". Y es que, como ha dicho Clodovis Boff:

> Una teología (y una fe) que se deja enredar por este juego y que se disfraza de sociología o de política por vergüenza de sí misma, con la intención de recuperarse y de hacerse digna de crédito, no hace más que sacar a plena luz del sol los síntomas de su situación morbosa y, por tanto, de su fin próximo.[351]

Este no infrecuente desencuentro que es posible advertir en el quehacer teológico latinoamericano dominado por el imperativo de la relevancia, entre, por una parte, el uso abundante de ciertos tópicos propios del análisis de otras disciplinas, como, por otra, su exigua fundamentación metodológica de acuerdo con aquellos mismos paradigmas, ha sido definido por el teólogo brasileño Jung Mo Sung[352], en alusión directa a la teología de la liberación, como una *anomalía de paradigmas*. Tal anomalía, según Jung Mo Sung, que se expresaría en una clara incongruencia entre la práctica teórica y los paradigmas aceptados, estaría específicamente presente en la teología de la liberación en aquella evidente ausencia y ulterior fundamentación del tema "economía", cuyo abordaje debería resultar constitutivo de su análisis, toda vez que sobresale su enorme dependencia del criterio economicista marxista. Volveremos en las páginas siguientes sobre este tan importante tópico. Por ahora, bástenos simplemente con señalar que todo esto en lo que hemos venido insistiendo no pretende más que invitar a la mesura de los discursos, a la serenidad de los planteamientos, a la definición primeramente de aquello que resulta distintivo del discurso teológico cristiano, y a partir de la identificación de aquello que le es constitutivo a este, establecer un diálogo constructivo y veraz con otras disciplinas que también están involucradas en la dignidad de la vida humana y en la superación de todo aquello que le explota y enajena, sin que aquel tal involucramiento resulte en un vaciamiento de sus particulares

---

[351] *Teología de lo político,* 169.

[352] Jung Mo Sung, *Economía: tema ausente en la teología de la liberación,* DEI, San José, 1994. Véase, especialmente, el capítulo, *La anomalía en el paradigma de la teología de la liberación,* 81-118. Precisamente en torno a la identificación de esta misma anomalía en la teología de la liberación, queda abierta todavía, me parece a mí, la pregunta hecha a esta misma teología por H. de Wit, a saber: "¿Por qué hay tan poco análisis empírico en una teología que quiere tener tanto que ver con la realidad empírica?" (*En la dispersión,* 264).

contenidos ni de fe ni epistemológicos.[353] Por lo mismo, es también una invitación a la construcción de mecanismos metodológicos de mayor consistencia analítica y referencial, precisamente para que el discurso relevante haga relevante lo cristiano, y no haga simplemente cristiano lo que se nos antoje como relevante.

Ha corrido ya bastante agua bajo el puente, no pocos lustros han transcurrido desde que aquella teología irrumpiera y sentara las bases de su programa crítico-revolucionario y de su sentido de liberación y transformación. Incluso, a esta propia teología liberacionista la ha reemplazado en buena parte hoy una nueva línea de teologías contextuales o del genitivo que, aunque epígonas e imposibles de comprender sin su esfuerzo pionero, no se han afirmado y extendido sin acusar al mismo tiempo las omisiones y los vacíos del movimiento precursor. Podríamos inclinarnos del mismo modo a concluir, resulta lo más lógico, que el escenario político y social de América Latina no es tampoco el de aquellas décadas, marcadas por la efervescencia social de las revoluciones y los experimentos socialistas, en las que esta teología hacía precisamente su aparición. Y aun cuando efectivamente todo esto *grosso modo* sea así, quién podría desconocerlo, nunca es buen consejo nivelar con total rigidez en nuestro continente el tiempo cronológico con el tiempo de aprendizaje histórico, toda vez que gran parte de la historia política y social de América Latina ha mostrado ya con creces aquello de obstinarse en ir a contracorriente de su propio beneficio. Dicho en términos más explícitos: empecinarse en imponer como destino único y suficiente a nuestros pueblos aquello que se ha revelado sobradamente ya y en todo el orbe como fracasado y ruinoso, publicitándolo, no obstante, y como en mundo paralelo, como proyecto aborigen, endémico, autóctono. Aunque, desde luego, no se trate en realidad más que de aquellas mismas rancias y trasnochadas ideologías populistas de siempre, que se intentan entretanto, y a modo casi de contrabando, hacer pasar

---

[353] Es necesario recordar, con W. Pannenberg (*Epistemología y teología*, en, *Teoría de la ciencia y teología* –citado desde ahora como, *Teoría*–, Cristiandad, Madrid, 1981, 11-29), quien sigue aquí la teoría de la unidad metodológica de las ciencias ya planteada por K. Popper, que toda reflexión epistemológica sobre una disciplina en particular –esto incluye, por cierto, la teología– ha de estructurarse tanto sobre la relación externa con otras disciplinas, y aquello en el marco común de la teoría de la ciencia, como sobre el principio fundamental de la organización interna de dicha disciplina. Una disciplina que no integre, al menos en su reflexión epistemológica, los resultados o cuestionamientos de otros campos del saber no puede constituirse más que como un discurso hermético y estereotipado, del mismo modo que, si no es capaz de una definición previa de su organización interna, dicha reflexión no resultará en nada más que en una ruptura epistemológica. Ciertamente, dicho quiebre –la "ruptura epistemológica"–, al contrario de lo que se promociona particularmente desde la teología de la liberación, no siempre guarda relación con el paso a una dimensión más dinámica y productiva, epistemológicamente hablando, sino más bien y generalmente, con una evidente pobreza de aquella misma disciplina, y aquello con arreglo a su propia constitución metodológica, como también en relación a lo que resulta distintivamente referencial de esta misma disciplina al respecto de otras.

como proyecto continental, latinoamericanista, propio, histórico, sin que importe demasiado el hecho de que se obtengan los mismos estrepitosos resultados también de siempre[354], esto es: la promesa de inaugurar, tras la abolición de lo pasado y lo presente, un orden completamente nuevo[355] de justicia, libertad, prosperidad

---

[354] Para seguir nada más la lista que menciona de paso Carlos Rodríguez Braun, en su prólogo a la obra de Axel Kaiser y Gloria Álvarez (*El engaño populista. Por qué se arruinan nuestros países y cómo rescatarlos*, Planeta, México, 2018, 13), y que bien podríamos aumentar: "pobreza, paro, desabastecimiento, inflación, corrupción, privilegios políticos y recortes de derechos y libertades del pueblo", a lo que sin duda debemos también agregar y acaso como eslabón final de toda esta cadena de desaciertos, la instalación finalmente de un régimen opresivo y dictatorial.

[355] Precisamente aquel afán de querer construir todo desde cero, de dar a luz algo completamente nuevo, cuyo resultado es siempre socavar la institucionalidad, la respectiva ingobernabilidad y, finalmente, el alzamiento de toda suerte de "tiranuelos", como el mismo Simón Bolívar los definiera, será el destino que el Libertador –en carta al general Juan José Flores, con ocasión de la muerte de Sucre (9 de noviembre de 1830), y ya en sus últimos días– preverá resignado para América Latina. En última instancia, como bien lo han advertido A. Kaiser y G. Álvarez (*Op. cit.*, 147 ss.), tras esta condición de caudillismo revolucionario y refundacionalismo radical, descrito tan certeramente por Bolívar, y posible de observar sin variación alguna hasta nuestros días en América Latina, subyace el influjo indiscutible de la Revolución Francesa, y aquel afán por instaurar un orden completamente nuevo mediante la eliminación de toda la institucionalidad y la tradición precedente. Muy distinto, como se sabrá, y aquello a pesar de su cercanía en el tiempo, se presentará el caso de la Revolución Americana, la cual nunca cederá a la fiebre revolucionaria de los jacobinos franceses ni mucho menos a la tentación de extirpar todo vestigio de las tradiciones ancestrales, cuánto más estas, como, verbigracia, la tradición parlamentaria, contribuían enormemente al propósito de limitar el poder y los abusos de la Corona británica. No cabe duda de que la particularidad de ambas visiones ha tenido una incidencia fundamental en el modo en que se han forjado las dos Américas y en sus respectivos derroteros. Mientras en los Estados Unidos, por una parte, la confianza en la libertad individual, el libre flujo de la economía, el respeto por las instituciones y un Estado al que nunca se le ha permitido concentrar todos los poderes ha llegado a ser parte de su identidad, en América Latina, entre tanto, ya se ha dicho, el caudillismo, el populismo, el utopismo refundacional, el escaso respeto por la institucionalidad, por el valor de la palabra empeñada y por el compromiso individual, y un Estado que siempre amenaza con apoderarse de todo, corromperlo todo y llevar la economía de las naciones a la debacle, han llegado a ser la práctica natural. En el marco de este mismo razonamiento, nos parece de gran valor reproducir aquí un extracto citado por A. Kaiser y G. Álvarez (*Op. cit.*, 148) de la entrevista que el diario *El Mercurio* de Chile le hiciera en 1981 al filósofo y Premio Nobel de economía Friedrich Hayek, al consultarle acerca de cuál sería a su juicio la diferencia fundamental entre los gobiernos de América Latina y los Estados Unidos, de modo que los primeros, en contraste con este último, tuviesen tantos inconvenientes a la hora de producir prosperidad para sus propias naciones. En respuesta, Hayek diría:

> La diferencia radica en su tradición. Los Estados Unidos tomaron su tradición de Inglaterra. En los siglos XVIII y XIX, sobre todo, se trataba de una tradición de libertad. Por otro lado, la tradición en América del Sur, por ejemplo, se basa fundamentalmente en la Revolución Francesa. Esta tradición no se encuentra en la línea clásica de la libertad, sino en el poder máximo del gobierno. Creo que América del Sur ha sido influenciada por un tipo totalitario de ideologías. [...] Así que la respuesta es que Estados Unidos

y ejercicio del poder, como se diría en lenguaje *lincolniano* –perdón aquí, por el préstamo usamericano– "del pueblo, por el pueblo y para el pueblo", cuando, a decir verdad, de dichos beneficios siempre terminan disfrutando únicamente –al mejor estilo de *Napoleón,* el cerdo mayor de la granja revolucionaria de George Orwell[356]– el dictador de turno y su respectiva cofradía sirviente o, en su defecto,

---

se mantuvo fiel a la vieja tradición inglesa, incluso cuando Inglaterra la abandonó en parte. En América del Sur, por otro lado, las personas trataron de imitar a la tradición democrática francesa, la de la Revolución Francesa, lo que significaba dar poder máximo al gobierno.

[356] *Rebelión en la granja (o la granja de los animales)*, Zig-Zag, Santiago, 2018. Es imposible no pensar aquí en las conmovedoras consignas a las que constantemente suele recurrir aquel tipo de populismo, más bien ligado al culto del estatismo, cuánto más si se halla este en relación con una nación en su estado incipiente y por lo tanto efervescente –aunque, lo cierto es que tampoco las deja de repetir, así lo requiere su pervivencia, por más que con el tiempo se transformen estas en un mero balbuceo estereotipado y mecanizado, como el de las ovejas en la *granja de los animales* al repetir como autómatas y a toda hora aquello de: "¡Cuatro patas, bueno; dos patas, malo!"–, de modo de internalizar la idea de que comprometiéndose con su agenda, sus doctrinas, sus programas, sus postulados se trabaja sin el menor hálito de duda por la construcción de un orden político, social y humano absolutamente pleno, justo, libertario. Un orden tal, a decir verdad, jamás experimentado –tal como lo veíamos en la nota antecedente–, y que vendrá de una vez por todas a poner fin a todos los abusos e injusticias históricos perpetrados por las oligarquías anteriores. Consignas todas, a decir verdad, que en lo que respecta a su núcleo más íntimo, bien podrían ser condensadas en aquel ya consabido y no menos insufrible: "Crear un mundo en el que todos seamos iguales", o bien aquella otra: "No habrá pobres cuando no haya diferencias de ninguna especie", aun cuando resulte suficientemente ya comprobado que el precio a pagar por tan apetecido ingreso a aquel mundo de igualdad casi de clones, sin clases, sin mayores estratificaciones, estriba siempre indefectiblemente en un altísimo costo político, económico, social, de las libertades, del pensamiento, en definitiva, del ser humano mismo. No obstante, superado ya aquel *estado naciente,* aquella fugaz etapa de frenesí y de unidad e igualdad prácticamente edénica que caracteriza el nacimiento de los movimientos colectivos (sociales, políticos, religiosos, etc.), del que hablara Durkheim, o de la misma institucionalización del carisma advertida ya por Weber, lo que en realidad finalmente queda en torno a tales emblemáticos eslóganes, así como el oleaje de la playa al dejar desnuda la arena de su orilla, es simplemente su reducción a un único y gran mandamiento, que, según la colosal reducción de los siete mandamientos a solo uno llevada a cabo por el liderazgo cerdil de la *granja animal* de Orwell, podría ser consignado en los siguientes términos: "TODOS LOS ANIMALES SON IGUALES PERO ALGUNOS SON MÁS IGUALES QUE OTROS" (*Op. cit.,* 147). Y, sin embargo, es esta paradisiaca igualdad y eliminación de todas las diferencias que no es más que mero retorismo, recurso por lo demás efectivo a la hora de reclutar votantes en épocas electorales –por cierto, un lujo este, el de las elecciones, no garantizado aquí por siempre–, y de paso impresionar a la *intelligentsia* biempensante del primer mundo, que solo se lleva a la práctica y con absoluta efectividad entre la población, nunca entre la casta de dirigentes, lo que se pretende utilizar en América Latina como expedito y seguro camino para derrotar la pobreza. Se trata, esto de armonizar el igualismo y la indiferencialidad con la superación de la pobreza, de un ejercicio aritmético que –pese a todos los esfuerzos, presiones e infinidad de ensayos de algo que sencillamente no cuadra, sino antes bien, termina invariablemente viniendo a dar en la purísima debacle, y así lo podría corroborar hasta la saciedad la experiencia histórica de Latinoamérica– es algo que debiera llevarnos muy seriamente a

la interminable burocracia de un Estado –y sus mafias de presión, principalmente sindicales y partidistas–, completamente fusionado ya con esa misma populista ideología y sus respectivos intereses.

El hecho de que se trata de una ensoñación que, cual fuego en un pajar, ha mostrado desde sus más tiernos albores encender, cautivar y embriagar con febril apasionamiento la conciencia política y social de América Latina, no es algo muy difícil de esconder, como tampoco el hecho de que es una hoguera con la que, con

---

reflexionar sobre para quién, entonces y en resumidas cuentas, resulta dicha aventura del populismo provechosa. Pregunta esta, se entenderá, nada más que retórica, pues bien está a la vista ya, y así lo hemos expresado anteriormente en lenguaje orwelliano, que la respuesta es: para aquellos que *son más iguales e indiferenciables que otros*. O, si se quiere, y para usar las clarificadoras palabras de los autores Plinio Apuleyo Mendoza, Carlos Alberto Montaner y Álvaro Vargas Llosa, recogidas en su ya clásico, *Manual del perfecto idiota latinoamericano* (Plaza & Janés, Barcelona, 1998, 105), podemos formular premisa, pregunta y respuesta de la siguiente manera:

> No habrá pobreza cuando no haya diferencias. […] ¿Significa esto que cuando todos sean pobres no habrá pobreza? Porque todos los gobiernos que se han propuesto eliminar la pobreza a través del método de eliminar las diferencias han conseguido, efectivamente, reducir mucho las diferencias, pero no porque todos se hayan vuelto ricos sino porque casi todos se han vuelto pobres. No se han vuelto pobres *todos,* por supuesto, porque la casta de poder que dirige estas políticas socialistas siempre se vuelve rica ella misma. En América Latina podemos dar cátedra respecto de esto.

Indudablemente no se intenta sugerir a partir de lo anterior que se deba renunciar a aspirar y a trabajar por establecer condiciones sociales, políticas, económicas, en fin, estructurales que redunden en relaciones de mayor dignidad y solidaridad entre los seres humanos. Tal postura, en efecto, no solo aparecería abiertamente reñida con el espíritu más caro a la fe cristiana, sino que además se retrotraería, y hablando aquí nada más que en clave evangélica, a las etapas de mayor ausentismo estructural del fundamentalismo evangélico. Pero sí quiere implicar, desde luego, y apelando a esa misma inteligencia cristiana, considerar para todos sus efectos la naturaleza caída y escindida del ser humano, de modo de no convertir sus creaciones finitas y temporales –sea el mercado; sea, en este caso, el Estado– en objeto de nuestra última esperanza y devoción. Sí quiere explicitar, rotundamente, y para seguir con el culto aquel que el populismo ha erguido en torno a la figura del Estado, al que ha elevado virtualmente al sitial de un redentor, no equiparar sin más sus programas, sus proyectos, su agenda –nunca exenta esta de una determinada ideología–, con las notas del reinado de Dios, por más que en algunas aristas y en determinados momentos los mismos parecieran rozar o incluso reforzar los contenidos del anuncio de este reino, ni mucho menos, por supuesto, legitimarlos, ¡aunque incluso resulten en la negación misma y abierta de esas notas del reino!, simplemente porque interpretan nuestras preferencias político-partidarias, ante las cuales y en última instancia reposa nuestra última lealtad. Con arreglo a aquello, y especialmente frente a este tipo de particulares desafíos, coyunturas a las que nos emplaza reiteradamente la realidad social y política de América Latina, conviene tener más que nunca presente aquel principio protestante que ya mencionáramos en el primer capítulo, y que consiste, de acuerdo con Tillich, en la crítica profética y creativa basada en la soberanía de Dios y su autorrevelación en Cristo Jesús, que se levanta contra toda realidad humana que pretenda alzar lo perenne y contingente como absoluto y definitivo, lo que incluye, por cierto, a un estatismo presentado con caracteres casi divinos.

bastante leña y combustible, siempre ha estado presta a cooperar la *intelligentsia* del progresismo y de la izquierda del primer mundo.[357] Y, sin embargo, despojado el experimento de aquel manto de romanticismo e idealismo por parte de esta

---

[357] En la medida, naturalmente, en que tal pléyade de intelectuales, activistas, artistas, periodistas y no menos teólogos y eclesiásticos provenientes de la izquierda y del progresismo del primer mundo parte del supuesto elemental de que el empuje por poner en marcha tales experimentos populistas y revolucionarios, o simplemente respaldar a los que ya se hallan instalados, para no decir enquistados, no implica desde luego la reproducción de los mismos en sus propios y desarrollados suelos, sino siempre en los utopizantes, aventurescos y subdesarrollados nuestros. Y, en consecuencia, el riesgo o costo personal por agitar la llama de dicha hoguera –más allá, por supuesto, del lirismo y las gesticulaciones de rebeldía que siempre acompañan a este tipo de posicionamientos, y que lejos de venir a dar en desinteresado altruismo, siempre les reporta generosos estipendios– resulta, digámoslo, inexistente. Así, por ejemplo, a la fecha que escribo esta nota al pie, tengo en mi memoria las recientes declaraciones del exintegrante de Pink Floyd, Roger Waters, quien, sin duda instalado hace largo tiempo ya en el "lado más oscuro y tozudo de la luna", funde tanto en su cabeza el mito perverso del irredimible imperialismo estadounidense con el de la "noble y siempre romántica revolución" tercermundista para dar lugar así a su propia teoría de conspiración en relación con la situación de Venezuela, a saber: la dictadura de Maduro se transforma ante su mirada paralela en una democracia ejemplar, modelo para el resto del continente; el dictador, en un caudillo sinigual, que continúa en la misma senda gloriosa que se puede retrotraer desde Castro, pasando por Chávez, hasta llegar al mismísimo Bolívar; la población azotada por la hambruna, la falta de servicios básicos, la carencia de atención médica y la opresión por parte de un aparato estatal represivo, en una población que en su inmensa mayoría disfruta de las bondades de la administración madurista; los disidentes, en un pequeño grupúsculo de agitadores y malagradecidos, financiados por el imperio asesino, el gran satán, los Estados Unidos, que solo busca hacerse entretanto de las reservas de petróleo y oro del país. Por supuesto, se le escapa a nuestro robinhoodinesco Waters el muy insignificante dato, al menos para él, de que no es el siniestro imperialismo estadounidense el que tiene los mayores intereses económicos comprometidos en Venezuela, sino más bien Rusia, China y Turquía, naciones que posiblemente no pasarán a la historia ni por su altruismo con las demás naciones ni por su defensa apoteósica de los Derechos Humanos, aun en su propia tierra, ni que no es desde Washington donde se mueven los hilos de Caracas sino desde la mismísima La Habana, como así también que ese pequeño grupúsculo de renegados y consentidos es, en realidad y muy a pesar suyo, la mayoría de las personas de la nación, cuyo estado de desesperación es tal que está dispuesta incluso a exponer su propia integridad física cada día para resistir la tiranía y la opresión del dictador, o a veces verse en la angustiosa decisión, que es morir un poco ya en vida, de tener que abandonar el país, la familia, el mundo conocido y emigrar a otras latitudes en busca de un futuro para ellos y para los suyos, del que el paraíso socialista violentamente les priva. Posiblemente, el asunto más preocupante en esta particular visión de los hechos ofrecida por Waters al respecto de la situación de Venezuela, como así en tantos otros en los que el socialismo se ha llegado a enquistar, no sea simplemente la falsificación tan grosera de la realidad histórica en función de una ideología que *a priori* lo condiciona todo, y que en la persona de Waters quisiera presentarse además con una evidente pose de rebeldía, de antisistema, de antiimperialismo, de *rockstar*, sino precisamente el que no se trate de una acción aislada, emprendida simplemente por un sujeto errático y poco lúcido, sino antes bien de una tendencia que resulta ser la constante sempiterna de esta tal *intelligentsia* de izquierda. Una tendencia que, en relación con el caso particular de Venezuela, debe incluir a figuras tan renombradas y a la vez tan profundamente identificadas con esta ideología –al punto de

intelligentsia, tanto foránea como nuestra, que no repara oportunidad para elevarla al rango de mito de la "buena revolución", camino único que le resta según esta a América Latina para ver finalmente la luz y hallar respuesta a todas sus

---

no permitir siquiera que la dura positividad de los hechos y los rostros humanos concretos que la sufren les haga concebir por lo menos una cierta revisión de su real aplicabilidad en la historia de los pueblos–, tales como I. Ramonet, A. Woods, I. Mészáros, entre otros. Resulta fácil predicar las bondades de una ideología cuando se lo hace desde la comodidad y la seguridad de una realidad tan distinta de aquella y de su propia gente que la lamenta y la padece, sin verdaderamente nada propio que perder o arriesgar, y con la creencia, además, con una arrogancia y soberbia tal que llega a ser verdaderamente pasmosa, o mejor dicho, obscena, que el simple hecho de haber consultado ciertos manuales representativos de aquella *intelligentsia* –o peor aún, ser parte de esta– les convierte *ipso facto* en especialistas capaces de poder determinar, incluso mejor que la propia población que sobrelleva tales regímenes, lo que esta realmente piensa, siente y, por último, necesita hacer para salir de dicha crisis, lo que, desde luego, se reduce siempre aquí, diríamos para no perder la sana costumbre, a más estatismo y socialismo. Y es que como ya lo advirtiera Revel en su, *El conocimiento inútil* (Planeta, Barcelona, 1989): el conocimiento en tanto verdad aparece como absolutamente inútil cuando se trata de describir la realidad, ya que son otros factores como el ideológico y el emocional –y las ideologías contienen siempre un mayor componente de emocionalidad que de racionalidad–, principalmente, los que finalmente se imponen. Y, en tal sentido, se entenderá, el intelectual estará siempre expuesto al riesgo de intentar imponer su visión de mundo sobre esta realidad, incluso despreciarla con un fanatismo dogmatizante, si es que esta se atreve a poner su ideología bajo contrariedad, sin importar con ello que pueblos enteros paguen finalmente el costo de su orgullo o tozudez intelectual. Por lo mismo, no podemos dejar de preguntarnos cuánto le debe a este tal empecinamiento por intentar a toda costa ajustar, subvertir y en última instancia transformar la realidad de acuerdo al particular *a priori* ideológico y doctrinal el agotamiento de las utopías en el primer mundo y el traslado de las mismas hacia los aventurescos e idílicos suelos del tercer mundo, especialmente hacia América Latina, terreno siempre fértil para dar con estas. Posiblemente no se ha descrito de forma más certera y lúcida tal tipo de mentalidad y su funcionamiento como la que aparece contenida en el *Manual del perfecto idiota latinoamericano* (300), y cuya cita, aunque extensa, nos parece obligación reproducir aquí:

> Hechizados por el mito del "buen revolucionario", como sus compatriotas lo fueron, siglos atrás, por el mito del "buen salvaje", los viajes al continente de muy poco les sirven, pues solo ven allí lo que les permita confirmar sus creencias. Y quieren, de paso, que aceptemos para nuestros países lo que ellos no aceptarían para el suyo. Es seguro, por ejemplo, que un Régis Debray, un Günther Grass o un Harold Printer no admitirían que, en Francia, en Alemania o en Inglaterra solo tuviese existencia legal el Partido Comunista, que en los periódicos solo escribieran los que hiciesen profesión de fe marxista-leninista, que las huelgas estuviesen prohibidas y que se configurara el delito de opinión asimilando cualquier crítica al gobierno a "actividades contrarrevolucionarias", penalizándolas con la detención y la cárcel. Pero cosa curiosa: demócratas y, más exactamente, socialdemócratas en casa, apenas cruzan el Atlántico y los pica el primer mosquito del trópico, descubren que en nuestras tierras sus propios valores y principios democráticos son puramente formales y que vale la pena renunciar a ellos con tal de que los niños coman y se eduquen y los enfermos tengan atención médica. Para ellos la democracia es, pues, un lujo de países ricos. Curiosa forma de colonialismo ideológico".

tragedias, no queda más, en realidad, y al decir veraz de Axel Kaiser y Gloria Álvarez, que el consabido "engaño populista"[358] y de carácter ya consuetudinario, digámoslo, abiertamente, entre nosotros. Aquel fatal embuste que solo puede seducir a aquel tipo de continente y de pueblo —al punto tal de tomarlo y volver vez tras vez a retomarlo, no importa repetir los mismos trágicos y funestos resultados de siempre— que, como lo advirtiera ya Leopoldo Zea, ha sido preparado únicamente para la revolución política, pero no para la revolución social ni menos para la del

---

[358] Lo primero, naturalmente, que habría que agregar al respecto de la mentalidad populista es que, debido a su composición altamente corrosiva, desestabilizante y expansiva, constituye acaso actualmente la amenaza más importante contra las instituciones democráticas de las naciones, no viéndose ni siquiera las sociedades más desarrolladas libres del todo de sus aspiraciones. Lo segundo, entretanto, es que tampoco la misma podría resultar en patrimonio exclusivo de una determinada corriente ideológica o política, por más que Hayek haya podido señalar aquello de que el populismo no sería más que aquella variedad del socialismo que padecen todos los partidos. De este modo, y en corroboración con esta aclaración segunda, valga decir que tal mentalidad en América Latina ha tenido representación, como es sabido, tanto desde los bloques de izquierda como de derecha, siendo a este respecto los gobiernos de Menem en Argentina o de Fujimori en Perú ejemplos relativamente recientes de esta última tendencia, sin descontar, ni mucho menos, el caso de Trump en lo que guarda relación ahora mismo con los Estados Unidos. Al respecto de la amenaza populista en los Estados Unidos, véase, especialmente, Álvaro Vargas Llosa, *El caso Trump*, en, Mario Vargas Llosa (coord.), *El estallido del populismo*, Planeta, Santiago, 2017, 25-50. Y, sin embargo, no podemos menos que concordar plenamente con el juicio de Kaiser y Álvarez (*Op. cit.,* 66), al decir que al plantearse el populismo particularmente de izquierda como la reserva de conciencia social de la humanidad, y al hacer de la cruzada por la igualdad, los pobres, la justicia social su gran bandera, mas al tiempo en que gran parte de sus más emblemáticos portavoces como Fidel, ejemplo de ejemplos, no paran de llenarse los bolsillos, hace que este sea, y cuánto más en América Latina, la expresión más insuperable y proverbial de esta mentalidad. Así las cosas, por lo demás, y a juicio de los autores, tal tipo de populismo daría cuenta de cinco respectivas desviaciones. Nos parece de utilidad mencionarlas, por cuanto caracterizan en gran medida, cuando no en forma íntegra, gran parte de los movimientos advenidos al poder estas últimas décadas en América Latina, a saber:

1) Un abierto desprecio por las libertades individuales y la consiguiente idolatría hacia el Estado, lo cual haría perfectamente coincidir a regímenes en apariencia tan opuestos como, por ejemplo, el comunismo y el fascismo y nazismo.

2) Un manifiesto complejo de víctima, que lleva a endosarle siempre a un tercero la propia incapacidad para desarrollar políticas de Estado e instituciones apropiadas que tiendan al desarrollo y al progreso.

3) La paranoia a toda hora, colegida del punto anterior, anti "neoliberal", según la cual el "neoliberalismo" o cualquier cosa relacionada con el libre mercado es el origen último de todas nuestras miserias.

4) La pretensión democrática, utilizada en un primer momento para aspirar a la legitimidad, pero esta, una vez alcanzada, disuelta en la concentración del poder total.

5) La obsesión igualitarista, como pretexto para enriquecer el poder del Estado y así enriquecer al grupo político en el poder a expensas de la población (*Op. cit.,* 21).

intelecto.[359] Es decir, que en razón de aquella evidente carencia de aprendizaje histórico –o, lo que es lo mismo, de una pasión de revolución que, en tanto impulso, entusiasmo, candor, no ha discurrido en movimiento simétrico con la reserva del pensamiento y los resguardos que únicamente de allí se generan–, termina estrellándose indefectible y sistemáticamente con la ineficacia de sus mismos programas, visiones y métodos, aun a costo humano, institucional o de país que hipoteca cada vez más su estabilidad y futuro. Pero que encuentra, al mismo tiempo y con una tenacidad no inferior a la que puso en marcha la inicial aventura revolucionaria –lo que revela simplemente la condición de continente joven, adolescente, dependiente–, el subterfugio siempre oportuno para nunca hacerse cargo de su propia participación en este fatal desenlace histórico, para arreglárselas de alguna manera, de modo de siempre quedar impune, y endosarle a otros –vale decir, y para ser más directos, al imperialismo intervencionista y depredador de los Estados Unidos[360]–, las culpas y responsabilidades de su terco y funesto intento.

---

[359] "La emancipación política americana había fracasado porque no había sido antecedida por una emancipación de tipo mental. El movimiento de independencia había tomado a los hispanoamericanos de sorpresa impidiéndoles llegar a ella con la preparación necesaria. Esta falta de preparación había hecho que un pueblo no acostumbrado a la libertad hiciese mal uso de ella provocando la anarquía y, con la anarquía, los nuevos despotismos" (*América como conciencia*, 89).

[360] Se trata de una culpabilización que, al mismo tiempo que estalla en una vociferante animadversión a tiempo y a destiempo contra el coloso del Norte, encuba a su vez una indesmentible admiración –que aunque se esfuerza por no ser admitida, siempre se acaba por delatar– por sus avances y logros, posible de retrotraer incluso a la misma formación de nuestras repúblicas, cuando el abierto reconocimiento por esta emergente nación entre sus homólogas del Sur, al punto de constituir el paradigma a imitar en las esferas económica, política y social, comienza prontamente a trocarse en un ascendente sentimiento de desconfianza y temor, conforme despiertan las dudas al respecto de las reales aspiraciones geopolíticas de aquel país –tal como hemos tenido oportunidad de revisar en el primer capítulo de esta obra–, con el consiguiente resultado, y hasta nuestros días, de que las relaciones de América Latina con los Estados Unidos deban ser definidas como una ininterrumpida dialéctica entre la fascinación y el desprecio, la confianza y el temor, el amor y el odio. En última instancia, a esa misma nación a la cual se responsabiliza en tan grande medida por todas nuestras desgracias y frustraciones del pasado, del presente y sin duda del porvenir –y que incluso ha llevado a los autores de aquella fantástica obra, *Manual del perfecto idiota latinoamericano,* a dedicarle todo un capítulo intitulado, *Somos pobres: la culpa es de ellos,* a esta peculiar mentalidad– es a la que en tantos aspectos quisiéramos emular y cuyos modelos culturales, su *American way of life,* tanto nos afanamos en observar, lo que confirma con ello que el concepto de *nordomanía*, que acuñara en su momento el ensayista uruguayo Enrique Rodó, sigue conservando plena actualidad. Naturalmente, se dan cita en aquella mentalidad "antiyanqui" o "antiimperialista", como bien lo han apuntado los autores Plinio Apuleyo Mendoza, Carlos Alberto Montaner y Álvaro Vargas Llosa, en el segundo volumen de su *Idiota, El regreso del idiota* (Debate, México D. F., 2007, 31), factores tan diversos como el cultural, propio de una tradición hispanocatólica; el económico, con su dogma de una América Latina ultrajada por el inicuo imperio y remitida a un estado de permanente dependencia al respecto de **este** –recurso, como se sabrá, utilizado *ad nauseam* por Galeano en su *Las venas abiertas de América Latina,* con la irónica salvedad de que, aunque él mismo posteriormente haya reconocido no haber

Es precisamente en el marco de estas observaciones donde nos parece que viene claramente exigida la pregunta tocante a cuál ha sido la participación que le ha podido caber a la teología de la liberación –con aquella su idea del compromiso, entendido este como praxis revolucionaria, según el análisis marxista y todo lo que aquello pudiese contener– en el reforzamiento de este siniestrado derrotero impuesto para América Latina, y qué lecciones podríamos aprender para hoy de aquella tal contribución, cuánto más si el escenario actual de nuestro continente vuelve a ser testigo, en virtud de unos similares condicionamientos con la época en que dicha teología emergiera –vacío democrático, fragilidad institucional, clientelismo, altos niveles de corrupción, etc.–, del advenimiento de una nueva escalada de populismos socialistas al poder.[361] Se ha dicho que en los inicios de la

---

tenido los conocimientos adecuados sobre economía al momento de escribir este libro y, por lo tanto, haya dudado sobre la posibilidad de escribirlo nuevamente si se diera la oportunidad, con todo, él mismo lleno de inexactitudes económicas y de lugares comunes, ha llegado a convertirse en la verdadera Vulgata de esta tendencia, y cuánto más entre la *intelligentsia* izquierdista y progresista del Primer Mundo–; el histórico, derivado y con justísima razón de las ruinosas experiencias de las intervenciones estadounidenses en América Latina, ora desestabilizando gobiernos, ora apoyando a dictadorzuelos en conformidad con sus respectivos intereses; y, finalmente, un factor no menos incidente, el psicológico, gatillado por la innegable envidia que despierta el éxito alcanzado en muchos aspectos por este país, contrastado con nuestros fallidos esfuerzos acaso en propender a lo mismo. En última instancia, y al decir veraz de A. Kaiser y G. Álvarez (*Op. cit.,* 146), "el antiyanquismo ha sido la estratagema perfecta de los líderes populistas para justificar la incompetencia y la devastación institucional y para distraer la atención de la corrupción" que ellos mismos mediante sus intervenciones nefastas y aplicación de políticas mediocres han ocasionado, con el subterfugio luego de esta debacle del recurso de las consabidas teorías de conspiración de unos Estados Unidos siempre a un paso de desestabilizarlos, invadirlos, destruirlos.

[361] Pero a diferencia de aquel socialismo del siglo XX –cuyo ascenso al poder estuvo marcado por el uso de la violencia revolucionaria como medio para poner fin a aquel Estado burgués, siempre aliado y servil al imperialismo–, el del siglo XXI, entre tanto, busca hacerse con ese mismo poder aceptando en primera instancia las reglas dadas por el juego democrático y sus respectivos mecanismos electorales. Empero, una vez ya alcanzada aquella primera fase y alzándose virtualmente con ese tal poder, el socialismo del siglo XXI ejercerá el mismo fatal impacto que el de su antecesor del siglo pasado sobre la institucionalidad democrática de las naciones, aunque, esta vez, el socavamiento de dicha democracia y sus instituciones sea llevado a cabo desde adentro, esto es, desde su particular comprensión del modo en que opera dicha "democracia" y, por lo mismo, bajo la sutil coartada de servir y representar con todo aquello los intereses del "pueblo". Término este, "pueblo", como se sabrá, santo y seña en la nomenclatura populista, pero que, a decir verdad, no es más que aquella gran mascarada para encubrir las aspiraciones totalitarias del Estado o, si se quiere, de un soberano que quisiera aparecer como la encarnación o la extensión hipostasiada de ese mismo pueblo. Un Estado y sus consiguientes grupos de presión –mafias, directamente–, que se afana por concentrar cada vez más sobre sí las distintas esferas del poder, lo que implica difuminar la división y la independencia de los respectivos órganos que le otorgan sustentabilidad al mismo –ejecutivo, legislativo, judicial–, de modo de poder servirse de ellos a su pleno antojo y arbitrio; que utiliza, por otra parte, el sistema educacional y todos los medios de comunicación como vehículos para imponerle a toda hora su ideología a la población, sin escatimar para ello el empleo de todos los recursos públicos

teología de la liberación no aparecía en el horizonte de recursos heurísticos más inmediato otro instrumento de análisis para aproximarse a la realidad social –en este caso, la de América Latina– y al mismo tiempo transformarla que el suministrado por el marxismo, y también que el uso de tal instrumento variaría en intensidad y fidelidad de acuerdo a los diversos intérpretes de esta teología. En lo que se refiere a lo primero, ya Ch. Duquoc[362] llegaría incluso a afirmar que habría sido imposible para los teólogos de la liberación rechazar *a priori* el análisis sociológico del marxismo, toda vez que este parecía ofrecer tanto una metodología capaz de explicar los efectos perversos del desarrollo en las sociedades como, a su vez, la

---

para internalizar esta propaganda, ya que estima a las reservas nacionales como bienes propios, del partido o, en términos más concretos, del caudillo. Y que, en virtud de lo anterior, no repara costos al momento de repartir prebendas, bonos, subsidios –aunque todo aquello no signifique más que pan para hoy y hambre para mañana, es decir, la dilapidación a corto plazo de los fondos públicos–, a ciertos grupos de interés o bien a los segmentos bajos de la población, con el resultado no solo de hacer a estos absolutamente dependientes de ese mismo Estado, que goza por lo demás de su rol paternalista, ni de negarles al fin y al cabo la posibilidad de que puedan decidir por sí mismos y llegar a pararse sobre sus propios pies, sino de convertirles, real objetivo de todas estas políticas asistencialistas, en verdaderos soldados de estas políticas populistas y de ese Estado que las promueve, al que estarán dispuestos a defender incluso como escudo humano si lo que está en juego es no perder dichos beneficios. Un Estado que, al tiempo que lo expropia todo, asimismo lo estatiza todo, que monopoliza en consecuencia el comercio y fija, paso seguido, precios a placer, con la consecuencia no solo de ahuyentar en razón de lo mismo toda la inversión privada, sino peor aún, de disparar la inflación y el desempleo, ofrecer servicios estatales de deplorable calidad y transformar a aquellas empresas otrora privadas y ahora nacionalizadas nada más que en una cofradía de los amigos y protegidos de ese mismo Estado. Un Estado, no faltaba más, como requisito indispensable para sostener toda la estructura anterior, para quien las Fuerzas Armadas y de Orden ya no están llamadas primeramente a constituirse en las garantes del Estado de derecho, sino que son convertidas por este en las guardaespaldas del soberano y en las barras bravas del partido, que aprovechándose de esta nueva condición, acosa y elimina todo pensamiento crítico, toda acción disidente, con censura, clausuras, represión, cárcel, exilio, incluso muerte. Y, finalmente, ya sin ninguna fuerza importante de resistencia u oposición, que modifica a diestra y siniestra la Constitución, con el propósito de transformarla a su perfecta forma y medida, y de este modo conferirle un cierto marco de legalidad a su insaciable anhelo de perpetuación en el poder. En última instancia, digámoslo, la institucionalidad democrática no aparece aquí como aquel marco regulatorio cuya transparencia y solidez se debe garantizar y proteger, que establece finalmente los límites y divisiones del poder, sino como el instrumento por medio del cual se accede precisamente a este, y que luego se intercambia o se hace equivalente para toda acción y decisión, no importa lo arbitraria, autoritaria o ruinosa que esta sea, con ese mismo poder. Y es que, como bien lo han expresado A. Kaiser y G. Álvarez, con una última información que por sí misma habla por todo lo anterior:

> En la mentalidad populista, la democracia es un vehículo para extender y no para limitar el poder del gobernante que dice representar al "pueblo". Tanto así que Nicolás Maduro diría que Venezuela era el país más democrático de América Latina y que solo se apresaba a quienes violaran la Constitución o la ley (*Op. cit.,* 56).

[362] *Op. cit.,* 53

forma de llegar a transformarlas. Lo segundo, entre tanto, es algo que ya había sido reconocido por la Congregación para la doctrina de la fe en aquel documento *Instrucción sobre algunos aspectos de la teología de la liberación*, que hacía referencia a propuestas en algún sentido plausibles para la fe y a otras directamente ruinosas para esta.[363] No obstante, aun cuando podamos reconocer de buena gana la veracidad de todo aquello –y ciertamente mucho más lo segundo que lo primero–, esto es, la indiscutible fascinación que el análisis sociológico marxista ha podido despertar, habida cuenta su aspiración de una supuesta cientificidad y la efervescencia social de la época, entre los teólogos liberacionistas, como así también la diversidad de grados en cuanto a la fidelidad y dependencia de cada teólogo al respecto de este instrumento y su respectiva ideología subyacente[364] –al punto de poder llegar a hablar, tal como lo hiciera la Congregación para la doctrina de la fe en aquella comunicación ya citada, de *teologías de la liberación latinoamericanas*–, queda en pie todavía el interrogante al respecto de qué ha llevado a la teología de la liberación incluso en lo que va de nuestros días a seguir extendiendo aquel lazo de conexión con este mismo análisis marxista, cuánto más si se toma en consideración la imposición de hechos históricos tan dramáticos y contundentes como, verbigracia, el estrepitoso fracaso del comunismo a nivel mundial y a un costo humano sin precedentes, la caída del muro de Berlín como símbolo de aquel sistema, o incluso los intentos siempre funestos de querer imponer esta misma cosmovisión en nuestro continente. ¿Ingenuidad, convicción, interés, aquella misma tozudez intelectual mencionada en una nota anterior, que arrastra al pensador a querer imponer a como dé lugar su visión de mundo sin importar que esta sea desmentida y confrontada por la misma realidad de los hechos históricos?

Existe una tendencia entre cierto quehacer actual de la teología, aquel desde luego que exacerba la dimensión relevante de la fe, en detrimento de su contraparte identitaria, que resulta a mi parecer altamente ruinosa para la teología en tanto disciplina, puesto que confabula contra su independencia de acción y pensamiento, su credibilidad o, si se quiere, contra aquella fidelidad que el quehacer teológico en última instancia le debe únicamente a la revelación divina. Una tendencia que puede ser en alguna manera comprendida únicamente a partir de

---

[363] *Op. cit.*, 15.

[364] Así, por ejemplo, y solo para aportar dos casos señeros, adviértase la diferencia entre un Clodovis Boff –que dio a la luz un material de tan alto nivel metodológico como su *Teología de lo político* y así otros tantos escritos posteriores, en línea contribuyente pero crítica al respecto de la teología de la liberación y su dependencia del análisis marxista– y un Frei Betto –con toda una propaganda obnubilada al respecto de las virtudes del marxismo, en particular de la dictadura cubana, sin escatimar visitas frecuentes a Cuba para gozar de los agasajos de Castro, de esos que el pueblo cubano nunca ha conocido, lo que lo sitúa, en consecuencia, y a pesar de su perorata marxista-justiciera (diría el *Manual del perfecto idiota latinoamericano*, 309), "en el área de los privilegiados del sistema y no del cubano común y corriente".

la indiscutible hegemonía cultural que ejerce el pensamiento de izquierda y sus respectivos intereses en el mundo de la academia –disciplina teológica, por cierto, incluida–.[365] No solo en el primer mundo, sino también en América Latina, que en virtud de un evidente compromiso con esta doctrina, ora por convicción, ora por interés, conduce a una muy pronta exoneración de esta, sus fallos y vacíos en

---

[365] Un caso notorio de lo que aquí advertimos, y que tendremos oportunidad de detallar un poco más en páginas siguientes, lo constituye el mundo académico de los Estados Unidos, dominado casi completamente por el ideologismo de la izquierda cultural. En palabras de quien fuera hasta no hace mucho profesor del departamento de historia de la universidad de Harvard, Niall Ferguson, para una entrevista con John Anderson:

> La izquierda ha sido muy exitosa con su propio imperialismo. [...] Lo que la izquierda ha hecho es colonizar universidades y escuelas, departamentos de educación, crear sus colonias ahí para luego enviar a sus misioneros a enseñar a la gente joven una versión de los hechos que puede hacer sentido en el contexto del marxismo-leninismo, pero que es una grotesca distorsión del pasado. Como resultado, las nuevas generaciones son completamente ignorantes respecto a lo que es el socialismo y, por tanto, no es sorprendente que lo vean con buenos ojos (citado en A. Kaiser, "Trostsky, Maduro y socialismo millenial", *Fundación para el progreso,* y disponible en http://fppchile.org/es/trotsky-maduro-y-socialismo-millennial/).

Se trata, en relación con las aseveraciones de Ferguson, como bien lo documenta Kaiser en su mismo artículo aludido, de un dato que coincide plenamente con la realidad académica de los Estados Unidos, pero que asimismo en cuanto tendencia podemos hacer extensiva a todo el resto del mundo, América Latina, por supuesto, incluida, y con devastadoras consecuencias tanto para el concepto de educación como para la universidad, tal como aquí nos hemos esforzado de algún modo en evidenciar. En efecto, y para citar nuevamente la información proporcionada por el abogado y filósofo chileno:

> Según datos de la Heterodox Academy, hoy más del 60% del profesorado en Estados Unidos es de izquierda, lo que representa un alza de 50% desde 1990. En esa época, los profesores moderados y conservadores en conjunto llegaban a 60% del universo académico y los de izquierda a un 40%. Hoy los profesores de derecha o 'conservatives' representan apenas un 10% del total según el New York Times (15.11.2017). Como ha dicho Jonathan Haidt, la única diversidad que realmente importa, que es la intelectual, se ha desvanecido en las universidades americanas.

Otro estudio reciente es el que menciona J. M. Marco (*Op. cit.,* 231), de acuerdo a la investigación de Stanley Rothman, S. Robert Lichter y Neil Nevitte –"Politics and Professional Advancement Among College Faculty"–, y el cual daría cuenta del desproporcionado porcentaje en favor de profesores que se declaran abiertamente de izquierda o progresistas en relación con aquellos que confiesan ser conservadores o de derecha en las universidades de los Estados Unidos, lo cual, por supuesto, también debería incluir a la mayoría de las universidades del primer mundo, e incluso, por este mismo influjo, de América Latina. Así, por ejemplo, en Literatura inglesa, el porcentaje sería de un 88 por ciento a un 3 por ciento; Historia, 77 a 10; Ciencias Políticas, 81 a 12; Matemáticas, 69 a 17; Informática, 74 a 26; y Biología, 75 a 17. No se menciona la Teología, pero no sería para nada una sorpresa que la diferencia fuera aún más abismal.

sus participaciones tanto históricas como periódicas, como, así también, a la presunción, sin mayor fundamento, naturalmente, de que solo un atrincheramiento en esta particular cosmovisión ideológica puede resultar compatible con la seriedad académica, o incluso más, con la misma práctica de la fe. En consecuencia, se denuncia con total vehemencia al capitalismo[366], aunque, a decir verdad, se le anatematiza simplemente por el hecho de ser ni más ni menos que eso, capitalismo,

---

[366] Es cierto que un capitalismo en un estado desbordado, si por ello queremos sindicar políticas de privatización y libre mercado sin regulación alguna en el marco de un Estado de derecho y de instituciones solventes e independientes que le contengan y direccionen, puede dar lugar a situaciones viciadas e irregulares, tal como de hecho lo hemos experimentado no pocas veces en nuestro continente, siendo tal vez el caso de Argentina el mejor ejemplo de todo aquel deficiente estado. Empero, la cuestión fundamental a resolver es si efectivamente el capitalismo, al menos en su estado simple, y tal como lo entendiera Juan Pablo II en su encíclica *Centesimus annus* (1991, 42), esto es, en términos de un sistema económico "que reconoce el papel fundamental y positivo de la empresa, del mercado, de la propiedad privada y de la consiguiente responsabilidad para con los medios de producción, de la libre creatividad humana en el sector de la economía", constituye irremediablemente y *per se* un factor determinante en el desencadenamiento de la pobreza de los pueblos, tal como el dogma del populismo así lo profesa. Más allá, en efecto, de toda apelación a la retórica, lo cierto es que la evidencia empírica pareciera indicar más bien todo lo contrario, tal como la experiencia histórica de Chile –para utilizar un ejemplo relativo a nuestro propio continente– así lo demuestra, entre muchos otros ejemplos de países que, al adoptar el mismo modelo, recogieron similares beneficios, y entre los cuales cabe mencionar a los asiáticos de Corea del Sur, Taiwán, Singapur, principalmente. Es decir, y para continuar con el caso específico de Chile, haber logrado precisamente mediante la impulsión de reformas liberales y políticas de libre mercado aplicadas durante el régimen militar –sin perjuicio, lo enfatizamos, para tranquilizar aquellas conciencias suspicaces, de la condena categórica a todos los atropellos contra los Derechos Humanos ocurridos durante aquel Estado de excepción–, superar la profunda debacle económica y social en que le había sumido el estatismo socialista de la Unidad Popular, al punto de transformarse de un país destruido casi en todo orden en virtud de las políticas estatistas y populistas instaladas por Allende, en el país más emergente de América Latina, con la menor tasa de inflación y desempleo y la más prospera economía. Modelo de mercado libre, por lo demás, como se sabrá, que dado su innegable éxito continuarían los gobiernos de centro izquierda, luego de que Pinochet, en un acto absolutamente inusual para lo que habría de esperarse de un régimen dictatorial, convocara a elecciones libres, lo que dio así lugar al ansiado retorno de la democracia. Cabe, por último, en torno a toda esta discusión y particularmente en orden a aquella acusación de ser el capitalismo el principal responsable de la pobreza de las naciones, repensar seriamente la afirmación que hiciera el profesor venezolano de Harvard y director del Centro para el Desarrollo de dicha universidad, Ricardo Hausmann, traído a la cita por A. Kaiser y G. Álvarez (*Op. cit.,* 136), en su artículo ¿Es el capitalismo la causa de la pobreza?, al respecto de que "los países más pobres del mundo no se caracterizan por tener una confianza ingenua en el capitalismo, sino una completa desconfianza", y mucho más atender a la conclusión a la que finalmente arriba, toda vez que nos parece empíricamente más lúcida que la mera demonización que el populismo de izquierda dirige sin tregua alguna contra el capitalismo, esto es: que la pobreza "no es consecuencia de un capitalismo desenfrenado, sino de un capitalismo que ha sido frenado de manera equivocada", cuando no, principalmente, de la aplicación de políticas estatistas y populistas, en el marco de un Estado endiosado y, por lo tanto, desbordado de burocracia y de grupos corruptos de interés.

al tiempo que se le sindica como fuente de todos los males y tragedias del mundo[367], al endosarle, por lo demás, el epíteto que de suyo ya parece irredimible de "neoliberalismo"[368], pero se guarda a la par de aquello completo silencio al

---

[367] Más allá, naturalmente, de constituir dicha conclusión el discurso *ad nauseam* de los bloques de izquierda, o incluso de la misma teología de la liberación, ha sido también, como se sabrá, una de las banderas principales que ha abrazado el pontificado de Bergoglio, ya desde sus inicios, y aquello en evidente tensión con la doctrina de sus dos últimos antecesores. Así, por ejemplo, Benedicto XVI, en su tercera encíclica *Caritas in veritates,* de 2009, ofrecía una visión bastante equilibrada y sensata del libre mercado, bastante acorde con el espíritu del liberalismo clásico. Del mismo modo, Juan Pablo II, conocedor profundo de las estrepitosas políticas estatistas aplicadas por el comunismo, ya en su *Centesimus annus,* de 1991, podía referirse a la economía del libre mercado, tal como veíamos en la nota anterior, como el camino a seguir por los países más vulnerables para superar la pobreza. Por ello, tras aquella acalorada y no menos continua condenación que el actual papa suele espetar contra el libre mercado y el capitalismo, presente sobre todo en encíclicas como *Evangelii gaudium,* de 2013, o *Laudato si',* de 2015, pero que a su vez contrasta tan abiertamente con su impávido silencio frente a los yerros del socialismo y sus nefastas políticas estatistas, especialmente para aquellas naciones no provenientes del primer mundo, surge la pregunta –y nada más que en recurso retórico, toda vez que la obviedad de las respuestas saltan a la vista– que ya formulara el sacerdote argentino y Doctor en teología moral, Gustavo Irrazábal, en el prólogo a ese útil libro de A. Kaiser –*El papa y el capitalismo. Un diálogo necesario,* El Mercurio, Santiago, 2017, 12-13–, a saber:

> ¿Hasta qué punto las afirmaciones del actual pontífice en el campo económico pueden ser corroboradas por los datos empíricos? ¿Cuál es la solidez de sus presupuestos teóricos? ¿Qué continuidades y discontinuidades presenta con respecto al magisterio precedente? ¿Qué presupuestos ideológicos pueden incidir en sus tomas de posición?

Por lo pronto, y como el propio Kaiser apunta, acaso lo más novedoso –por no decir abiertamente inconsistente– en el discurso de Bergoglio, no sea su recalcitrante repulsa contra el liberalismo y el mercado –ya León XIII y sobre todo Pío XI se habían manifestado recelosos a los mismos, aunque no por ello rehusándose a defender la propiedad privada y a condenar al marxismo–, sino precisamente su sensible carencia al respecto de esto último. Es decir, la ausencia de una voz clara y crítica frente a los estragos de las políticas populistas y estatistas llevadas a cabo por regímenes socialistas, su complaciente mirada, a resultas de aquello, de las dictaduras de Cuba y Venezuela, como así también su ambigua posición ante los avances de la izquierda cultural y su agenda, lo que lo posiciona de este modo, más que en la línea de la doctrina social de la iglesia, como algunos ansían creer, en la consabida retórica populista izquierdista. En realidad, si honestidad aquí completamente obliga, a uno le queda la impresión, luego de leer algunas de las encíclicas de Francisco o de atender a sus reiteradas intervenciones en los medios, que de lo que se trata en una buena parte aquí es de la reproducción ni más ni menos que de los consabidos eslóganes del populismo socialista, sin mayor voluntad por una confrontación empírica de los mismos. Con arreglo a todo aquello, no creo que A. Kaiser (*Op. cit.,* 21) yerre demasiado al sugerir que la visión económica y social que manifiesta Bergoglio parece beber profundamente de los pozos ideológicos del peronismo, lo cual también se corroboraría si se atiende además al hecho de que este proviene de una familia reconocida por su abierta adscripción al general Juan Domingo Perón, acaso el máximo representante del populismo latinoamericano de la primera ola.

[368] Como podrá apreciar el lector, hemos intentado utilizar los términos *neoliberal-neoliberalismo* únicamente cuando estos vienen dados por el uso expreso de algún autor, ya que nos negamos

respecto de políticas estatistas y populistas que convierten al Estado en un ser casi divino, en una estructura burocrática gigantesca, rebosante de mafias y de grupos de interés, que concentra para sí todos los poderes, que en todo interviene, que todo lo controla, y que sin duda, en nuestro continente, incluso más que aquel propio capitalismo tan denostado por esta corriente, han sido factor determinante no solo en lo que respecta a agudizar aún más, sino de suyo generar, los focos de pobreza y subdesarrollo de las naciones, sino de socavar en una tan alta medida sus instituciones democráticas y sus Estados de derecho.

Se condena con absoluta vigorosidad, y no podría serlo de otro modo, a todos aquellos regímenes autoritarios de derecha que se han instalado gravosa y pesadamente en ciertas coyunturas históricas de América Latina. Pero, incluso más, si apenas llega a acceder al gobierno de nuestros países alguna administración que no suscriba a un tipo de izquierdismo militante y populista, aquel que según el *Socialismo del siglo XXI* sería el único capaz de librar a América Latina de toda sus miserias, se comienzan a levantar inmediatas sospechas al respecto de su real condición democrática, o de su confabulación con el "imperio" y del peligro que esta perversa alianza podría significar para toda la región, sin importar demasiado si la misma ha sido elegida democráticamente por la gente, cansada ya de la enorme corrupción ocasionada por la aplicación de políticas estatistas y populistas, de la

---

nosotros mismos al empleo de aquella nomenclatura. La razón tiene que ver principalmente con la misma ambigüedad del término y con el uso propagandístico en que ha venido a dar el mismo por parte del ideologismo izquierdista. Así, por ejemplo, y en relación con lo primero, A. Kaiser y G. Álvarez advierten (*Op. cit.,* 46) que el concepto *Neoliberalismus* se refiere originalmente a la "economía social de mercado", concebida por el liberal clásico Ludwig Erhard, en Alemania, para luego pasar a designar en América Latina a las reformas económicas inspiradas en el liberalismo clásico instaladas por el régimen militar en Chile, y que, como ya hemos dicho, resultaron altamente efectivas, al punto de rescatar al país del profundo fracaso al que le había arrastrado el populismo socialista. Evidentemente, estas reformas impulsadas en Chile, y asimismo en otras partes del mundo con similares beneficios para aquellos países en que políticas estatistas habían conducido a la ruina a sus economías, nunca fueron denominadas por sus gestores con el término *neoliberalismo*, siendo más bien este un neologismo acuñado por los bloques de izquierda como parte de su lucha por adueñarse de los campos semánticos, en el sentido ya expresado por Althusser, en orden a que son las palabras y los conceptos, y sus respectivos contenidos, sean estos los propios o mejor aún los redefinidos o preñados expresamente de un nuevo sentido, los que conquistan las voluntades populares y los espacios políticos. Dicho en otros términos, y para utilizar las lúcidas palabras de A. Kaiser y G. Álvarez, que responden al mismo tiempo a nuestra segunda aprehensión del término *neoliberalismo*:

> Las realidades que Ud. y yo representamos en nuestra mente, las representamos a través del lenguaje, y este no es neutro: tiene cargas valorativas y emotivas que llevan a las personas a rechazar o aceptar determinadas ideas, instituciones e incluso sistemas económicos y sociales completos. Como hemos visto, cualquier cosa etiquetada como "neoliberal", aunque produzca resultados extraordinarios, será rechazada, pues el rechazo al concepto es visceral y no racional (*Ibíd.,* 74 ss.).

inseguridad y corrupción social que estas acarrean o de la enorme debacle económica que estas mismas generan. En cuyo caso, el ejercicio no es nunca el análisis serio y honesto de la propia responsabilidad que le puede caber a las anteriores políticas asistencialistas, sino simplemente dudar de la real inteligencia de la población o del grado de manipulación de la que esta ha sido objeto para elegir dicha administración, cuánto más, en efecto, si se trata de una administración que no consiente someterse sin más a la tiranía del discurso políticamente correcto instalado por la izquierda y su respectiva agenda ideológica, se muestra renuente además a internalizar las políticas migratorias de la ONU, o simplemente se niega a considerar a la propiedad privada y al libre mercado como la fuente de todos los males, sino, más bien, todo lo opuesto. Y, sin embargo, se omite impresentablemente emplazar a aquellos otros regímenes que, reproduciendo al fin de cuentas los mismos laberintos ruinosos de opresión, crimen, corrupción y censura, se encuentran posicionados, no obstante, en torno al ideologismo de izquierda, y se llega a mostrar incluso hasta una no poca simpatía por algunos de estos, como es el caso de la dictadura cubana, por ejemplo. O bien, se echa mano de toda una acrobacia semántica –de la que, por lo demás, la izquierda se ha mostrado siempre tan eximia y experta, como lo refleja magistralmente *1984* de Orwell[369]– para soslayar su real condición dictatorial, al hacerlos incluso aparecer como nobles proyectos de la libre autodeterminación de los pueblos, o como "regímenes nacional-populares"[370], como es el caso actual, verbigracia, del madurismo en Venezuela.

Ya lo hemos señalado anteriormente, pero nos parece necesario volver a recordarlo: el marco de fondo que sostiene a todas estas visiones y declaraciones –y que, al simple lector u observador desinteresado, pero no falto de lucidez y honestidad,

---

[369] Austral, Barcelona, 2001; original en inglés de 1949.

[370] Así, por ejemplo, J. J. Tamayo-Acosta (*Op. cit.,* 192), quien junto con representar acaso el mejor ejemplo de todo lo que hemos venido advirtiendo, ofrece además una muestra magistral del mejor repertorio de consignas y lugares comunes de los que suele proveerse aquella *intelligentsia* del primer mundo al referirse a América Latina, su situación y su futuro. Y es que, como ya lo advirtieran Plinio Apuleyo Mendoza, Carlos Alberto Montaner y Álvaro Vargas Llosa, en su *El regreso del idiota* (250), el representante de la *intelligentsia* de la izquierda primermundista, da lo mismo si viene del área de las artes, de la política o del mundillo teológico y eclesiástico, como en el caso en cuestión:

> Comparte con el latinoamericano –e incluso con más religiosa devoción que este– sus diatribas contra la globalización, el antiamericanismo, el neoliberalismo y participa alegremente en los Foros de Porto Alegre y de Caracas, para oír a Fray Betto, a Noam Chomsky o a Ignacio Ramonet dar por sentado que la guerrilla colombiana es un movimiento de rebeldes con causa, opuestas como él a las desigualdades y a la pobreza, y que el socialismo del siglo XXI promovido por un Chávez o un Evo Morales es el camino redentor para América Latina. Quizás esta sea una manera de defender las ideas y mitos de su adolescencia. La ideología de la idiotez, ya lo hemos dicho, es testaruda. Sobrevive a sus fracasos dándole la espalda a la realidad, incluso en un mundo, como el de Europa, donde el pensamiento crítico es –diríamos mejor, era–, un elemento clave de su cultura.

podrían parecerle por decir lo menos abiertamente destempladas y contradic-
torias– está dado por la indiscutible hegemonía del pensamiento de izquierda
entre gran parte de los medios académicos –disciplina teológica, por supuesto,
incluida–. Difícilmente, y nos referimos ahora específicamente al quehacer de la
teología, un teólogo podría aparecer abiertamente en estos círculos oponiéndose a
estas afirmaciones, denunciándolas como lo que verdaderamente son –construcciones ideológicas de interés– y pretender al mismo tiempo no sufrir algún tipo de
presión, hostigamiento, censura de parte del correctismo teológico de izquierda.
Es más, con no tímida seguridad, quien de tal modo procediese, no solo pondría en evidente riesgo la publicación de sus materiales, a falta de interés o de
la directa censura de casas editoriales, sino que vería menguada ostensiblemente
su invitación a foros, conferencias, coloquios, o incluso su misma continuidad
en la academia y su consiguiente vida laboral; para peores, se le endilgaría la de
suyo inhabilitante acusación de traicionar la causa de los pobres y marginados,
de ponerse al servicio de los ricos y poderosos, de transformarse en un agente del
imperio y sus respectivos intereses geopolíticos y transnacionales, de hallarse alie-
nado por el fundamentalismo evangélico, en otras palabras: se pondría en tela de
juicio su vocación y rol como teólogo, ¡cuánto más latinoamericano!, y acaso su
misma condición de cristiano. Cuánto haya, no obstante, en todo este militante
retorismo, de convencimiento sincero y genuino creer, y cuánto de discurso que
se torna necesario reproducir y defender si es que se desea seguir manteniendo los
privilegios y el estatus que él mismo genera, es algo que solamente cada cual puede
responder. Con todo, sería ingenuo desconocer que, en muchas de estas consignas
y visiones –más dependientes, sin el menor hálito de duda, de una determinada
adscripción ideológica que de la propia inteligencia evangélica y la respectiva veracidad de los hechos históricos– se dan cita a su vez no pocos casos con una profunda convicción en todo aquello, que, en virtud de su tan profunda devoción y
seguimiento, nada tienen que envidiarle a ninguna militancia de carácter religioso.
Una convicción, ciertamente, que en tanto heredera e informada por categorías
marxistas de pensamiento, toma forma concreta en afirmaciones y concretizacio-
nes inmanentistas y deterministas de la historia[371], con el resultado, finalmente,

---

[371] Se trata de aquel determinismo histórico propio del materialismo dialéctico-marxista, según
el cual el curso de la historia se movería en ciertas direcciones con arreglo a leyes naturales, susceptibles únicamente de ser descubiertas y por lo tanto intervenidas por parte de los ideólogos, y que,
como pudo observar Karl Popper en su *La sociedad abierta y sus enemigos,* estaría en el origen mismo
de todo Estado totalitario, por cuanto supone, sobre la base de tales conocimientos extraordinarios
–que para el materialista dialéctico propenden al rango de postulados científicos, aunque en realidad
no superen el residuo irracional y mitológico subyacente a toda ideología–, la construcción de una
sociedad igualitaria, equitativa, perfecta, en otras palabras, la creación de una utopía. Una sociedad
idílica que, más allá de la efervescencia y la emoción sin límites que pueda generar, sobre todo
para los miembros de aquella *intelligentsia* ya largamente aludida, en tanto concreción de su más

de que es a tales afirmaciones de la historia y a las consiguientes adscripciones ideológicas y políticas que se derivan de esta, a las que se les confiere, a decir verdad, la condición de lo concreto, de lo real, de lo de aquí y lo de ahora, de lo que resulta capaz de la transformación estructural, frente a lo cual, la palabra de la fe, el evangelio, entretanto, aparece como lo etéreo, lo metafísico, lo del más allá, lo susceptible de acomodaciones. No resulta azaroso, por tanto, y en modo alguno, que sea a lo primero y no a lo segundo a lo que se le tribute en estos círculos la última lealtad, y que sea también a lo primero a lo que lo segundo se deba siempre a su vez adecuar, cuánto más la tensión entre ambas perspectivas —lealtades, si se quiere— no permita soluciones de compromiso, es decir, toda vez que lo segundo pone en entredicho abiertamente lo primero.

En cuanto a la teología de la liberación, la consistencia de aquel discurso denunciante y liberador al respecto de todas aquellas estructuras de opresión y alienación que se alzan contra la dignidad y la humanización de las sociedades y particularmente de sus sectores más vulnerables, y que ha tomado forma, ya lo hemos señalado, a través del compromiso, entendido este como praxis revolucionaria de transformación, ha evidenciado del mismo modo que en los casos anteriormente citados sensibles contradicciones y esto, podríamos añadir, desde sus orígenes a lo que va de nuestros días. Por lo pronto, y más allá del desglosamiento analítico —sociológico, filosófico, histórico— de esta disfunción[372], que desde luego resulta claramente exigido, se ha tratado de una voz que se ha alzado valiente y comprometida allí donde la continuidad y solidaridad con los adversarios ideológicos del marxismo se ha mostrado manifiesta, pero que ha trasuntado, nuevamente, y como ya es desdeñosa costumbre entre estos círculos, una condescendencia cómplice, que llega en realidad a lo inaudible, cuando la opresión, la alienación, la censura, tanto a nivel de las estructuras como contra los individuos, ha corrido a cuenta y cargo de esa misma ideología que esta teología, entre tanto, ha asumido como rectora y guía para la configuración de su idea de liberación y compromiso. Así, pues, el silencio incomprensible al respecto de las atrocidades que se llevaban a cabo en los países de Europa del Este bajo regímenes comunistas,

---

entrañable utopía, no tarda nunca demasiado tiempo en desvelar el rostro verdaderamente siniestro y de tan gran costo humano sobre la que resulta siempre construida, y que descubierta en su condición de pesadilla infernal más que de paraíso terrenal, de sociedad cerrada más que abierta —para utilizar las palabras de Popper, ¡y esto en todos los sentidos!–, de instrumentalización ideológica del ser humano más que de construcción de un "hombre nuevo", como reza el estribillo, se ve indefectiblemente en la necesidad de sostener lo insostenible y legitimar lo ilegitimable, perpetuarse, a falta de un fondo humano, ético, veraz, por medio de la coacción y la violencia como sus únicos recursos.

[372] Sobre lo cual inexplicablemente se ha escrito tan poco, aunque lo exiguo que se ha escrito, sin duda por los temores, las presiones y los costos anteriormente ya advertidos, ha servido para dejar constancia suficiente de esta erosión tan grosera, entre lo que habría que mencionar, desde luego, los dos documentos ya citados de la Congregación para la doctrina de la fe.

incluida la persecución brutal y sistemática contra las propias comunidades cristianas, se cierne evidentemente como una mancha indeleble contra esta teología, al punto incluso de hacer trastabillar toda la consistencia de su discurso liberador y comprometido. Un mismo silencio, que coquetea de a ratos con la simpatía, es el que volveremos a encontrar con la Cuba de Castro, su estado dictatorial y sus centenares de presos políticos, o con la Nicaragua sandinista y su asesinato en masa, verdadero genocidio, de los indígenas miskitos, y más recientemente, con la Venezuela de Chávez y Maduro, cuyo régimen de corrupción, autoritarismo y un costo humano tan enorme para la población, que incluye hambruna, represión, muertes y exilio, son por todos conocidos.[373] Ciertamente, y de acuerdo con tal

---

[373] En tal sentido, la actitud tibia, sino timorata, del actual papa en relación con la dictadura de Maduro en Venezuela, cuando todo haría esperar, a la luz de lo realmente insostenible de la situación humana en aquel país, una respuesta clara y contundente de repudio contra esta dictadura, se engarza plenamente en esta línea liberacionista que, además, en su caso, se funde con su consabido populismo peronista. Ciertamente, Francisco puede abstenerse de calificar a la situación de Venezuela como una dictadura, y a Maduro como un dictador, y rogar más bien en su lugar que se eleven plegarias sobre la difícil situación de aquel país, de modo que se pueda reanudar prontamente allí el diálogo y la estabilidad social, tal como lo hizo durante su vuelo hacia Colombia, lo que fue registrado por varios periodistas que le acompañaban expresamente durante aquel viaje (la información corresponde a José Alberto Mojica, "Este es el mensaje del papa Francisco al presidente Nicolás Maduro", *El Tiempo*, 6 de septiembre de 2017, y es proporcionada por A. Kaiser, *Op. cit.*, 113-114). Y, no obstante, no tener empacho alguno en referirse a la economía de libre mercado o capitalismo, echando mano de la mejor retórica populista, como "la economía asesina" (*Evangelii gaudium*, 53), "la tiranía invisible" *(Evangelii gaudium, 56)*, "el estiércol del diablo" (Francisco, Discurso en el Segundo Encuentro Mundial de Movimientos Populares, Santa Cruz de la Sierra, Bolivia, 9 de Julio de 2015; información proporcionada por A. Kaiser, *Op. cit.*, 65). También Francisco puede visitar Cuba y no pronunciar ni una sola palabra en relación con los atropellos a los Derechos Humanos, la censura institucionalizada y la corrupción por décadas allí acontecida, en contraposición evidente, entre tanto, con Benedicto XVI –y anteriormente, el mismo Juan Pablo II–, quien al visitar ese mismo país en 2012, se expresó abiertamente contra los riesgos del dogmatismo ideológico, y afirmó a su vez el anhelo connatural a todo ser humano por la búsqueda de la verdad y la libertad individual como fuentes inalienables de la dignidad humana (más información en A. Kaiser, *Op. cit.*, 115). Algo, ciertamente, que no debería extrañarnos demasiado, sino más bien ser ponderado en consonancia con aquella línea ideológica que hemos venido dilucidando acerca del papa latinoamericano, cuánto más si se repara en que el propio Francisco, al ser consultado poco antes de la elección de Trump por un periodista italiano, al respecto de si él apoyaba una sociedad de tipo marxista, podía responder de este tan peculiar modo: "Son los comunistas los que piensan como los cristianos. Cristo ha hablado de una sociedad donde los pobres, los débiles y los excluidos sean quienes decidan" (Eugenio Scalfari, "Il Papa a Repubblica: 'Trump? Non giudico. Mi interessa soltanto se fa soffrire i poveri?", *LaRepubblica.it,* 11 de noviembre de 2016; citado en A. Kaiser, *Op. cit.,* 86). Por supuesto, descartamos aquí que el papa haya pretendido hacer una apología expresa del marxismo, pero a la luz de los más de cien millones de muertos causados por el comunismo, su ideología de odio y resentimiento, su persecución abierta del cristianismo, sus desastrosas consecuencias para la economía de los países y la libertad y dignidad de los individuos, nos parece, por decir lo menos, una aseveración irresponsable. Desde luego, lo ocurrido con la situación de

proceder, lo que se deja en definitiva traslucir aquí es que existirían dos categorías tanto de víctima como de opresor, y estas con distintos grados de comprensión y valoración, a saber: una que se daría dentro del marco ideológico preferencial de la escuela, sus respectivos contenidos, intereses, esquema, y otra que tomaría forma precisamente en confrontación abierta con el credo anterior, siendo, a decir verdad, únicamente la primera, y en fidelidad consecuente con aquella ideológica adscripción, la que merecería aquel grito que clama la liberación del oprimido y la respectiva denuncia del opresor.[374]

Venezuela o Cuba no serían los únicos casos en los que el actual papa se encargaría de ratificar en su persona esa digresión de principios a la que hemos venido aludiendo. Así, por ejemplo, el periodista argentino Andrés Oppenheimer ("La frialdad del Papa hacia Macri", *BBC Mundo*, 16 de noviembre de 2013; citado en A. Kaiser, *Op. cit.,* 109-110) puede recordar que, apenas inaugurado el pontificado de Francisco, este manifestaría de inmediato una muy buena disposición hacia Cristina Kirchner –sobre quien, no olvidemos, hasta el momento pesan ni más ni menos que once causas por parte de la justicia argentina, tales como corrupción económica, lavado de dinero, fraude al Estado, etc., y junto a ella, además, varios personeros de su gobierno–, a la que recibió calurosamente en varias oportunidades en el Vaticano. Incluso más, en las últimas elecciones argentinas, que darían como ganador a Macri, Oppenheimer vuelve a advertir el apoyo manifiesto que daría Bergoglio a Daniel Scioli, el candidato de Cristina, y su ignorancia casi completa de quien sería luego presidente de la República, que incluyó la no participación en las felicitaciones de los jefes de Estado de todo el mundo por la elección del nuevo mandatario argentino, y luego, ya en su condición de presidente, el hecho de recibirle por apenas veintidós minutos, y solamente en la biblioteca del Vaticano, en contraste abierto con los largos almuerzos prodigados a la señora Kirchner en la misma residencia papal, o las extensas reuniones con Correa, Evo Morales y Castro. Otra actitud, y no menos ejemplificadora, que refuerza esta tendencia por parte de Bergoglio, nos la recuerda A. Kaiser (*Op. cit.,* 110-111), con ocasión de su rechazo a recibir a la líder social y madre de los comederos populares "Piletones", además de partidaria de Macri, Margarita Barrientos, quien habría viajado especialmente desde Argentina a Roma con la esperanza de entrevistarse con el papa argentino y, sin embargo, en contraste absoluto con aquello, no tener el más mínimo inconveniente de reunirse con Hebe de Bonafini, líder de las madres de Plaza de Mayo, una declarada ultrakirchnerista de extrema izquierda, reconocida también por celebrar públicamente los atentados a las Torres Gemelas en el 2011. Por ello, cuando el semanario británico *The Economist*, al referirse a las extemporáneas y poco afortunadas declaraciones de Bergoglio en torno a la economía de mercado, concluye aquello de que –y casi como en una suerte de exculpación del Pontífice, lo que parece un claro eufemismo–, "el Papa no es una persona cerebral o académica, sino más bien intuitiva e impulsiva" ("Francis, Capitalism and War: The Pope's Divisions", *The Economist*, 20 de junio de 2014; citado en A. Kaiser, *Op. cit.,* 89), podemos a su vez agregar, y en consonancia con todo lo ya visto sobre el Sumo Pontífice, que sí, nadie podría negarlo, se ubica dentro de los márgenes de aquella determinada ideología en la que se funden populismo, teología del pueblo e importantes dosis de la teología de la liberación.

[374] No resulta posible suponer que los así llamados padres de la teología de la liberación no hubiesen tenido siquiera alguna somera información al respecto de la terrible opresión que se llevaba a cabo por parte de aquellos regímenes comunistas en los países de la Europa del Este, que incluía, por cierto, la persecución abierta contra las mismas comunidades cristianas tras la así llamada *Cortina de hierro,* habida cuenta, naturalmente, de que gran parte de estos mismos teólogos habían cursado o estaban cursando estudios teológicos en el Viejo Continente (así, por ejemplo, y solo para

Hemos hecho referencia ya a esa suerte de fascinación que ejercería el análisis sociológico del marxismo, con aquella su pretensión de constituir un instrumento de carácter irrefutablemente científico, en los inicios de la teología de la liberación; si bien dicha presunción llegaría a adquirir, al interior de esta teología y con el transcurrir de los años, ciertos matices, la misma nunca sería abandonada del todo. Se trataba, a decir verdad, de un recurso del que se pensaba contenía los elementos virtualmente definitivos para dar respuesta a toda problemática social y estructural de la vida. Aunque, en ello, desde luego, no se procedía al ejercicio siquiera más elemental de distinguir previamente y como paso primero las distintas tradiciones del marxismo, ora ortodoxa, ora revisionista, que se habrían de

---

mencionar acaso algunos de los nombres más emblemáticos, Gutiérrez en Bélgica, los hermanos Boff y Hugo Asmann en Alemania, Segundo en Francia, etc.), desde donde la información al respecto de este estado de represión resultaba más expedita y actualizada en relación con lo disponible para América Latina. Por duro o políticamente incorrecto que resulte decirlo, nos parece que ha primado aquí una lealtad mayor a la adscripción ideológica que al propio mensaje evangélico, y desde luego al propio sufrimiento de las víctimas, incluso tratándose de los propios hermanos en la fe, precisamente cuando estas, con sus experiencias de opresión y dolor, han resultado confrontar los contenidos de aquel ideologismo y, por lo tanto, sus categorías ya anteriormente señaladas de oprimido y opresor. Pero, incluso, más allá de lo tocante a la teología de la liberación, uno recuerda entre aquellos círculos evangélicos de América Latina de fines de la década de los setenta, también de los ochenta y aun de los noventa, ligados por supuesto al pensamiento de izquierda, el notorio desprecio y denostación por los materiales que daba a la publicación, a la sazón, un ministerio precisamente ocupado en denunciar la persecución de las comunidades cristianas, la iglesia subterránea, bajo los regímenes comunistas de la Europa del Este, como *La voz de los mártires,* poniendo en clara duda la veracidad de los terribles testimonios allí consignados o simplemente aduciendo a que los mismos darían cuenta nada más que de propaganda estadounidense, a fin de distraer la atención de los estados de autoritarismo y opresión que ocurrían al interior del continente, y por parte, ciertamente, de dictaduras militares de derecha. Es cierto que uno puede de algún modo comprender esta contradictoria reacción, a la luz de la situación anterior, de suyo represiva y deleznable como toda dictadura. Sin embargo, el riesgo estribaba aquí, un riesgo que finalmente se concretizó y ya sabemos que con creces, en los términos de desarrollar una insana idealización por todo aquello que procediera del ideologismo de izquierda, al tiempo que una enconada animadversión, en cambio, por todo aquello que pareciera contradecirlo o directamente denunciar sus elementos corrosivos, al punto, como ya se ha dicho, de negar o minusvalorar la opresión y persecución incluso de las propias comunidades cristianas bajo tales regímenes. En tal sentido, el sensible reclamo del pastor Richard Wurmbrand (1909-2001), sobreviviente de los campos de concentración comunistas en Rumania, y fundador del ministerio *La voz de los mártires*, todavía plenamente vigente hoy, al respecto de que la Europa del Norte cristiana había abandonado a sus hermanos perseguidos y sufrientes tras la *cortina de hierro* –una Europa del Norte, naturalmente, encandilada por la sofisticación de los filósofos y pensadores de izquierda, y el estatus que conferían sus lecturas, marcadas, por lo demás, por un profundo antiamericanismo, y en donde, indudablemente, manifestarse en oposición al comunismo no constituía la mejor idea, si lo que se buscaba era aparecer como siendo parte de la élite de la sociedad y del pensamiento europeos–, cuenta también y en buena parte para lo ocurrido con la América Latina cristiana, tanto católica como evangélica.

utilizar[375], qué resultaba factible de rescatar de cada una de ellas y qué, entre tanto, merecía un inmediato distanciamiento debido a su insalvable antagonismo con el cristianismo. Ya Jürgen Moltmann, en su *Carta abierta a José Míguez Bonino*[376], llamaba la atención sobre esta particular anomalía presente en la teología de la liberación, a saber, emplazar a los teólogos de todo el mundo a abrazar el análisis marxista como criterio *sine qua non* si de verdad pretendían pisar el suelo concreto de la historia de sus pueblos –de no hacerlo, venía implícito, estarían condenados a una suerte de quehacer teológico escolástico y burgués, desligado de las verdaderas luchas de la historia y de los hombres– pero, por otra parte, no realizar este análisis consecuentemente en la historia de sus propias naciones, al tiempo que utilizar ciertos conceptos fundamentales de la obra Marx, pero hacerlo de un modo tan general que los mismos resultaban en una mera extrapolación, sin un mayor y ulterior esfuerzo de depuración y contextualización, a la situación de América Latina. ¿El resultado? Ya lo hemos venido enunciando largamente: un lenguaje cargado de emotividad, a la vez que pletórico de eslóganes en torno a la teoría de la dependencia y la retórica antiimperialista y victimizante, y la utilización de analogías abiertamente forzadas y extemporáneas al respecto de la verdadera aplicabilidad del recetario marxista a la realidad social, económica y cultural de América Latina, conducente finalmente a nada más que análisis sesgados y simplistas al respecto de las verdaderas causas que originarían la condición de atraso y precariedad de nuestro continente, y a las urgentes medidas que se deberían iniciar con el objeto de sobrepujar dicho estado de pobreza y vulnerabilidad, que resulta más ligado, en rigor de verdad, a la indigencia mental que a la carencia de recursos naturales o materiales.

---

[375] Aunque se debe reconocer que la tradición revisionista del marxismo –si bien a la luz de los años ya transcurridos, uno se puede con total propiedad preguntar si aquello del revisionismo en el marxismo no ha quedado reducido simplemente a este nuevo giro cultural que hoy se intenta imponer por doquier en la sociedad– ha jugado un rol prácticamente inexistente en los inicios del movimiento liberacionista, sino acaso también en su historia subsiguiente, ya que cayó, en realidad, todo el peso de esta adscripción, como ya lo hemos advertido, en la estructura y en la retórica ortodoxa del marxismo. Así, por ejemplo, la indicación de un marxista revisionista, como el venezolano Otto Maduro (*Marxismo y religión*, Monte Ávila Editores, Caracas, 1981, 25), con su llamado a criticar a Marx para descubrir si él mismo es criticable, separar del marxismo aquel ateísmo dogmático, que en ciertas líneas le resulta tan inseparable, de modo de poder utilizarlo luego de forma productiva y contribuyente, en la teología de la liberación ha quedado tanto ayer como incluso hoy sencillamente sin respuesta. En otras palabras, la sospecha ideológica, recurso tan publicitado por esta teología, ha fallado al respecto del primer uso que habría que esperar de ella, esto es, su aplicación en orden a su propia ideología.

[376] "Teología de la liberación. Carta abierta a José Míguez Bonino", *IGLESIA VIVA*, Valencia, 1975, n.° 60, 559-570.

2.4.2.2 Pobre y pobreza

Ha sido en torno a la temática de "los pobres" donde se ha cristalizado con mayor definición la comprensión del "compromiso" en la teología de la liberación. Es más, debido al lugar central y preferencial que tal figura ocuparía en el discurso de esta teología, no son pocos los que han llegado a sugerir que la misma ha venido a reemplazar o en su defecto a complementar el tradicional concepto del proletariado en el marxismo clásico[377], que, por lo demás y como es sabido, aparece en este inextricablemente asociado a la dinámica violenta de la lucha de clases: trabajadores contra burgueses, clase explotada contra clase explotadora, etc. Así, por ejemplo, Jon Sobrino puede hablar de los pobres como de "la instancia que da la dirección más fundamental de la fe y donde esta encuentra su lugar más decisivo"[378]. Y toda una serie de militantes publicaciones, sobre todo de biblistas latinoamericanos, pareciera llevar aquello hacia conclusiones todavía más extremas.[379] No es tema de prioritaria atención referirnos en este momento a la discutible tesis, empero de amplia difusión y consenso entre los biblistas latinoamericanos[380], tocante a que la producción de los textos bíblicos habría sido llevada a cabo por las castas pobres de Israel –como se sabrá, en gran medida analfabetas–. Pero, incluso aquí, más allá de una ulterior discusión historiográfica o literaria sobre tal hipótesis, el resultado es que se viene a dar en un evidente reduccionismo de principios, toda vez que prácticamente se sugiere que el valor de una interpretación bíblica estaría dado únicamente por la condición social del intérprete, o que más allá de la temática "pobre", "pobreza" y los textos que así le respaldan, no habría otras alternativas legítimas de investigación bíblica.

---

[377] En esta dirección se manifiesta, verbigracia, el documento *Instrucción sobre algunos aspectos de la teología de la liberación* (en, *Op. cit.,* 41), al hablar incluso de un secuestro del concepto bíblico del "pobre" a manos del proletariado del marxismo, con el resultado de reducirle a este a mero recurso ideológico para la lucha de clases. En consecuencia, el "pobre" ya no aparece aquí como el vaciado de espíritu, como aquel que reconoce su bancarrota espiritual ante Dios y, por lo tanto, la necesidad absoluta de su gracia, ni tampoco como el que procede de una evidente condición socioeconómica de escasez y precariedad, sino como aquel que toma plena conciencia de la necesidad y la urgencia de la lucha revolucionaria, incluso si carece por completo de todo lo anterior.

[378] Citado en Clodovis Boff, "Teología de la liberación y vuelta al fundamento", Adital, Curitiba, 2007, 1.

[379] Un ejemplo de estas publicaciones puede verse en la *Revista de interpretación b*íblica latinoamericana *(RIBLA),* San José, Costa Rica.

[380] Lugar preferencial ocupan los nombres de José Comblin, Milton Schwantes, Jorge Pixley, entre otros, pero, principalmente el del teólogo católico chileno, residente en Costa Rica, Pablo Richard. Una ponderación bastante certera y equilibrada al respecto de la radicalidad de esta hipótesis, no en el sentido de no hacer legítima la opción teológica y bíblica por los pobres, sino de que aquella opción lleve directamente a la conclusión de que la Biblia sería la producción literaria de los pobres, puede verse en, H. de Wit, *Hermenéutica latinoamericana*, en, *Op. cit.,* 247 ss.

¿No se daría aquí, en esta especie de exclusivismo de temáticas e intereses, una de las características básicas del fundamentalismo de la que nos hablara el primer Rubem Alves, ya al principio del programa liberacionista, la cual no era otra, según su propio parecer, que la de una profunda "intolerancia respecto a cualquier revisionismo"[381] de lo que en las filas propias se considera un postulado intocable e indiscutible? ¿No estaríamos en presencia aquí de aquello que el mismo Alves denominaba en otro lugar como "el fanatismo de la consistencia"[382]? ¿No es posible admitir, por lo demás, aun cuando se reconozca la plena solidaridad bíblica con los pobres de la tierra, que incluso aquellos libros o secciones bíblicas a los que se le suele atribuir un tratamiento preferencial sobre esta materia, ellos mismos ofrecen una cierta posibilidad de matices, que muestran la plena legitimidad de cubrir e iluminar otras materias? ¿Resulta éticamente factible suponer que la validez de una correcta interpretación bíblica estaría únicamente ligada al factor social, cultural e incluso político del intérprete? Nadie podría discutir que la opción por los pobres constituye un legado fundamental de los textos bíblicos y del propio *pathos* cristiano. Nadie podría negar, tampoco, como bien lo ha enfatizado P. Richard[383], que las clases dominantes a lo largo de la historia se han mostrado generalmente proclives a ocultar las Escrituras a los más desposeídos, y esto cuenta también para gran parte del itinerario del catolicismo en América Latina, por supuesto. Por ello, para solidarizarnos con la misma preocupación de Richard, en cuanto a que la interpretación bíblica no derive en una actitud de apropiación de unos pocos, en desmedro de unos muchos, vale la pena entonces recoger la cita de Hans de Wit, en respuesta a la válida preocupación que presenta el biblista:

> Podemos decir que también la iglesia cristiana ha tenido un papel activo en el distanciamiento entre la Biblia y el pueblo. Sabemos que desde el siglo 13, en España, la iglesia le prohibió al pueblo iletrado leer la Biblia. El presupuesto era que, para comprender realmente el difícil texto, el lector o la lectora debía disponer de cierto status social y cultural. Si no lo tenía, podían ocurrir desastres. Ahora bien, cabe la pregunta de si los y las exegetas de la liberación no están pecando del mismo error que reprochan haber cometido la iglesia y las "capas dominantes" de la sociedad occidental. En la hermenéutica de la liberación ocurre lo que pasa en otras hermenéuticas del genitivo; sexo, color de la piel, condición social, adherencia política llegan a ser *conditio sine qua non* de la *auténtica* comprensión de la Biblia. Nos preguntamos, ¿no es lo mismo que la

---

[381] *El enigma de la religión,* La Aurora, Buenos Aires, 1979, 182, dentro de su inclusión autobiográfica, *Del paraíso al desierto: Reflexiones autobiográficas,* 179-214.

[382] *La teología como juego,* 97.

[383] "Bíblia. Memória histórica dos pobres", *Estudios Bíblicos* 1, 1984.

iglesia cristiana del occidente ha estado afirmando y practicando durante siglos? Creemos que, desde el punto de vista hermenéutico, no corresponde definir como competencia hermenéutica lo que está determinado por los genes, la economía, la política. No es pobreza lo que produce conocimiento del hebreo bíblico o griego.[384]

Pues bien, si el discurso de la opción por los pobres en la teología de la liberación ha evidenciado, según hemos visto ya en la observación de Jung Mo Sung, una evidente anomalía entre la práctica teórica y los paradigmas convencionalmente aceptados, producto de aquella sensible ausencia de una temática que resultaría ser constitutiva de su análisis, como es la economía, tal anomalía, en el área de las ciencias bíblicas, cree hallarla H. de Wit en lo que él define como *la falacia sociológica*[385]. En efecto, si desde las ciencias de la literatura se ha denominado como *falacia de los orígenes* a aquella errónea pretensión de los métodos exegéticos que se resienten de un marcado historicismo, en el orden de suponer que el verdadero significado de un texto coincidiría con su origen, la teología de la liberación caería, entonces, en *la falacia sociológica,* al pretender que el valor de un texto estaría dado únicamente por el trasfondo social del autor. Por último, quisiéramos incluir un tercer tipo de anomalía en este publicitado compromiso de la teología de la liberación por la opción por los pobres, la cual sería, a nuestro entender, la evidente desconexión existente entre su discurso teológico como tal, y la articulación de dicho discurso en la concreta realidad social, esto es, *la falacia de la consistencia.* En primer lugar, creemos que en la teología de la liberación se ha incurrido, con respecto a la temática del pobre, en una indudable idealización de la pobreza, producto de una evidente desconexión concreta con aquella realidad social —más allá, claro está, de lo que se pueda publicar, publicitar e incluso llegar a suponer desde el primer mundo—, y también de una visión antropológica demasiado positiva, acaso cándida, que no se condice ni con la experiencia histórica ni con la propia inteligencia bíblica al respecto de este y su condición caída. Pero, aquí debemos preguntar: ¿De qué ser humano? ¿Cuál es el ser humano cuya esencia es ontológicamente plena y veraz o, incluso más, "la instancia que da la dirección más fundamental de la fe y donde esta encuentra su lugar más decisivo"? La respuesta no se hace demasiado esperar para la teología de la liberación: "El pobre".

No es sorprendente entonces que sean precisamente las teologías del genitivo, ¡epígonas de la liberación!, las que presenten los reparos más asiduos contra tal arbitraria ponderación. En efecto, ¿por qué no ha de ser el indígena, el negro, la mujer o incluso la misma Madre Tierra la instancia donde la fe encuentra su

---

[384] *Op. cit.,* 261-262.
[385] *Ibíd.,* 262-263.

dirección más fundamental y su lugar más decisivo? En tal sentido, han sido las teologías feministas[386], principalmente, las que le han enrostrado con mayor vigor a la teología de la liberación –además del hecho de ser una teología dominada por varones–, su tendencia a entender la injusticia y la opresión solo a un nivel estructural, y a atribuirle, en consecuencia, la condición de víctimas de esa estructura de enajenación únicamente a los pobres. Pero los reparos de las teologías del genitivo contra aquel exclusivismo de la teología de la liberación –para usar aquí a la teología feminista como portavoz– no se detienen únicamente en lo anterior. Así, por ejemplo, la teóloga argentina Marcella Althaus Reid, en su libro, *La teología indecente. Perversiones teológicas en sexo, género y política*[387], puede enrostrarle a la teología de la liberación el yerro de romantizar al pobre prácticamente como objeto único de la victimización social, lo que lleva a olvidar y postergar a otros muchos sujetos que también sufren la violencia y opresión del sistema, y a soslayar también el hecho de que es la propia falta de autoafirmación y de toma de responsabilidades individuales, y no siempre el asunto estructural, el primer reforzamiento de aquel *statu quo* de injusticia y coacción social. Recogemos, desde luego, la plena validez de estas observaciones. Sin embargo, habría nuevamente que recordar aquello que advertíamos ya en una nota precedente, a saber, que no se trata necesariamente para la teología de la liberación, en relación con la temática del pobre, de aquel que según la enseñanza bíblica reconoce su completa indigencia ante Dios y en consecuencia se abandona todo a su voluntad y espera solo de él salvación y gratuidad, sino del pobre como aquel que se halla comprometido con la praxis de transformación estructural, figura, por lo demás, equivalente a la del proletariado en el marxismo ortodoxo o tradicional.

Pero, además de todo aquello, cualquier persona desde la sospecha más cotidiana y elemental se podría con toda razón preguntar: ¿Es que, entonces, el pobre nunca hace el mal, nunca violenta a su hermano, nunca oprime a sus semejantes, jamás manipula al sistema ni parasita del Estado, o es que en realidad no hace aquí las veces más de mero recurso y oportunidad para la concretización de una visión antropológica más ligada a una determinada e inveterada utopía –una utopía-ideología que comenzando desde el buen salvaje, el buen revolucionario, el buen proletario, ha derivado finalmente en el buen pobre– que a la realidad concreta de los hechos, y a ese mismo pobre concreto, de carne y hueso? Tales cuestionamientos, con excepción, naturalmente, de este último requerimiento, no han sido considerados suficientemente en serio por este tipo de teología. Primero, porque el ser humano –como en toda cosmovisión de izquierda, por lo demás–,

---

[386] Véase, por ejemplo, Judith Plaskow, *Sex, Sin and Grace: Women's Experience and the Theologies of Reinhold Niebuhr and Paul Tillich*, University Press of America, Lanham, 1980; Valerie Saiving Goldstein, "The Human Situation: A Feminine View", *Journal of Religion*, 1960, 40.

[387] Ediciones Bellatera, Barcelona, 2005.

en tanto individuo, en tanto ente personal, en tanto hombre y mujer, ya hemos dicho, de carne y hueso, se diluye en la mera comprensión colectivista y social, lo que da paso a una representación simplemente estructural de todo aquello, casi al modo de los tipos ideales de Max Weber. Es decir, la tendencia pareciera indicar que para este tipo de teología no existiría con absoluta definición, digámoslo así, "Pepe, el muchacho marginal", sino, simplemente, "la marginalidad"; no existirían "los derechos del individuo concreto", sino, meramente, la "justicia social". Y es que del mismo modo en que un quehacer teológico que se halle intransigentemente determinado por la formulación proposicional o el discurso interioricista se verá siempre expuesto al riesgo del escolasticismo o al reduccionismo de la fe a un asunto meramente privado e individual, un quehacer teológico que se encuentre del igual forma tan subordinado al análisis social correrá también el muy cierto peligro de reducir su actividad a mero sociologismo, y al individuo humano a mera abstracción estructural.

Una visión teológica que reduzca la comprensión del ser humano únicamente a categorías colectivistas o estructurales puede muy fácilmente olvidar que la injusticia y la opresión operan a su vez a una escala mucho más reducida y sutil, pero no menos concreta, en realidad, esto es, al nivel grupal, al nivel incluso del "yo-tú", y que solo a partir de aquella dinámica individual van adquiriendo un cierto patrón cultural que, al perpetuarse en el tiempo, se termina por enquistar en la sociedad. Dicho en otros términos: las superestructuras de opresión, injusticia y coacción social se asientan, inicialmente, en las infraestructuras de seres humanos de carne y hueso, cuyos corazones se encuentran ya comprometidos con los gérmenes de aquel mismo egoísmo, injusticia y opresión. Ciertamente, a menos que la denuncia de los elementos opresivos y alienantes presentes en las superestructuras de la sociedad no pueda afirmarse primeramente en la consistencia de aquel fondo infraestructural concreto de cada ser humano, de modo que desde allí reciba su constante empuje y referencialidad, dicho discurso denunciante, contra todo lo éticamente prioritario que él mismo pueda reportar, no podrá adelantar más que una perorata públicamente encomiable, pero no el paradigma humano cuya acción vuelva aquel discurso oficial en exigencia concreta para el actuar. Con toda razón ha dicho aquel buen conocedor del protestantismo latinoamericano, el profesor Arturo Piedra, aquello de que la teología de la liberación no solo alimentó un sociologismo que subestimó la dimensión "espiritual" o "existencial" inalienable en todo ser humano, sino que desconoció muy rápidamente además "que las transformaciones sociales tienen recorridos cortos sin hombres y mujeres nuevos que las administren"[388].

---

[388] *Lo nuevo en la realidad del protestantismo latinoamericano*, en, A. Piedra; S. Rooy; H. F. Bullón, *Op. cit.*, 24.

Es por ello que la insistencia de esta teología de operar con un solo paradigma de interpretación social, establecido luego –aunque aquello jamás se esté dispuesto a aceptar– como pensamiento dominante y único, en este caso, la teoría sociológica suministrada por el marxismo y su indefectible orientación hacia la lucha de clases y aun la violencia revolucionaria, no puede más que ofrecer a la larga una visión no solamente simplista de la realidad social, sino también profundamente polarizada y dicotómica de esta misma realidad estructural: "rico-pobre", "derecha-izquierda", "burguesía-proletariado", "ciencia dominante-pensamiento regional", "identidad-relevancia", etc. Una visión, debe ser dicho, partidista y fragmentada, que supone prácticamente *a priori* la condición de irredencionalidad de la primera figura binominal, al mismo tiempo que la idealización y sacralización automática de la segunda, y que, debido a ese mismo sesgo ideológico, resulta ya incapaz de entregar soluciones útiles y profundas al problema de la opresión y la marginación social.[389] Después de todo, ese mismo "proletario", ese mismo "pobre" sometido a insatisfactorias condiciones de trabajo por un gerente o una empresa con una política laboral explotadora, vuelve a casa y explota él ahora a su esposa, a sus hijos o a sus vecinos; ese mismo pensamiento que se ufana de ser autónomo y regional se atrinchera en el poder y con violencia excluye todo pensamiento crítico y disidente, al que curiosamente acusa luego de "totalitario" y "dominante"; esa misma izquierda que denuncia la desidia social de la derecha, se aburguesa en condiciones de poder, y en vez de militante y valórica, se vuelve nada más que de suscripción beneficiosa, cuando no de moda –es decir, cultural–; y así la lista podría seguir *ad infinitum*. No sería, por tanto, más que otra utopía suponer que la transformación social desembocaría directamente en la liberación del poder, ya que este es siempre coexistente con la estructura social, al punto de que el uso opresivo de aquel instrumento, el poder, no solamente debería buscarse

---

[389] Pero, incluso, más allá de la polarización de estas figuras, como ha visto Moltmann, se trata además de una liberación incompleta, por cuanto apunta solo a la liberación del oprimido y no del opresor, ambos desgarrados igualmente de su humanidad y, por lo tanto, necesitados de liberación. El primero, en tanto, deshumanizado por su opresor; el segundo, inhumano, mediante el trato que extiende al oprimido. A diferencia de aquella liberación reducida únicamente a la dimensión partidista y política, la liberación entendida a la luz de la teología de la cruz y el resurgimiento del Crucificado anuncia que los verdugos no triunfarán definitivamente sobre sus víctimas, ni las víctimas sobre sus verdugos. Como escribe Moltmann:

> El que triunfará será el que murió primeramente por las víctimas y luego también por los verdugos, revelando con ello una nueva justicia que rompe el laberinto de odio y venganza, haciendo de las víctimas y verdugos perdidos una nueva hombría. Solo donde la justicia se hace creadora, obrando el derecho para los privados de él y para los injustos, solo donde un amor creador cambia lo despreciable y odioso, solo donde es dado a luz el hombre nuevo, que ni es oprimido ni oprime, allí es donde se puede hablar de la verdadera revolución de la justicia y de la justicia de Dios (*El Dios crucificado*, 248).

en la dimensión política o gubernamental de la vida en sociedad, sino, inicial y principalmente, en la dimensión de lo cotidiano e infraestructural: la cárcel, el hospital, el hogar, el dormitorio, la iglesia, la oficina, la universidad.[390]

Pero, aún más, un sistema teológico que intente explicar lo enajenante y escindido del ser humano únicamente a partir de criterios de "dependencia" y "victimización social"; un sistema teológico en el que el individuo y sus pesares se diluyan en meros "tipos ideales"; un sistema teológico que soslaye la responsabilidad individual que le compete a una sociedad en la existencia de sus propias redes de opresión y desintegración será, finalmente, contra todo aparentemente buen propósito, un sistema teológico que no podrá jamás contribuir, al menos seriamente, a la construcción de vías concretas de superación de todas aquellas problemáticas estructurales. Precisamente, su mismo paternalismo y esencialismo teológico será el principal obstáculo para impedir dicha contribución eficaz. En efecto, si todos los males de la vida en sociedad —delincuencia, desempleo, suciedad en los barrios, incumplimiento con las obligaciones del trabajo, corrupción política, inestabilidad institucional, etc.— han de ser explicados exclusivamente echando mano del teorismo de la dependencia o de la victimización social, o a partir de las figuras ya tan comunes como agotadas de "colonialismo español", "neocolonialismo noratlántico" o "imperialismo neoliberal", la pregunta, otra vez, no se hace demasiado esperar: ¿Es que entonces a nadie "desde adentro" le cabe siquiera algo de responsabilidad? ¿Es que todos los vicios y desgracias de nuestras sociedades deben serle endosados a la figura aquella del imperialismo usamericano, encarnación irredenta y abyecta de todos los males creados por la humanidad? O, incluso, yendo más atrás: ¿Es que la América precolombina era en realidad aquel paraíso de paz y armonía sinigual, que pregonara Rousseau en su *Discurso sobre el origen de la desigualdad entre los hombres*[391] —fuente e inspiración, como se sabrá, de todas las visiones romanticistas, aunque no menos dominadas por ideologías de interés, acerca del supuesto estado edénico de los pueblos americanos originarios, que pululan en la actualidad—, donde residía el buen salvaje en un estado de incomparable inocencia y virilidad, un paraíso perdido solo alterado por el arribo de Colón y los demás colonizadores europeos?[392] ¿No era asimismo aquella "Amé-

---

[390] Precisamente en torno al desvelamiento del uso opresivo del poder como subyacente a la dimensión estructural, sigue siendo pionera y de utilidad la obra de M. Foucault, *Microfísica del poder*, Planeta-De Agostini, Barcelona, 1994.

[391] Alianza Editorial, Madrid, 2012; original francés de 1755.

[392] Es imposible, a propósito de lo que apuntamos aquí, no recordar el destemplado emplazamiento que hiciera el presidente mexicano Andrés Manuel López Obrador al rey de España, Felipe VI, conminándole a que España asumiera su responsabilidad histórica por los agravios cometidos contra los indígenas de aquel país durante la conquista, cuánto más si se atiende a que la inmensa mayoría de las comunidades indígenas en México se hallan inmersas en una penosa realidad de marginalidad y pobreza, a la que los propios gobiernos de ese país no han podido o no han querido

rica rousseana" el lugar donde se llevaban a cabo también eventos tales como el sacrificio de miles de seres humanos, a los que los sacerdotes de Tenochtitlán les arrancaban el corazón a fin de que saliera el sol cada mañana; o la teocracia y la separación por castas construidas en torno a la pirámide del Sol en Teotihuacán; o simplemente el hecho irrefutable de que los pueblos más poderosos esclavizaban y hacían tributarios a los más débiles; o el intercambio y la exhibición frecuentes de mujeres y niños como objetos de intercambio o meros trofeos de guerra? O como ha preguntado A. Roig, un filósofo latinoamericano a quien no se le podría considerar precisamente refractario a la teología de la liberación:

> ¿Es que no existe en América Latina una propia burguesía negra, incorporada ya como sector de una propia burguesía blanca? ¿No hay acaso minorías indígenas capitalistas que se mueven con las mismas categorías que las oligarquías "blancas" y con las que están en competencia, incluso utilizando sus mismos mecanismos de violencia y extorsión?[393]

O, por último, ¿no se encuentran gran parte de las demandas y de las causas de las comunidades indígenas hoy en día en América Latina secuestradas abiertamente por grupos violentistas de ultraizquierda que, más que servir a estas propias comunidades y sus intereses, solo las usan como excusa para instalar y por la fuerza su propia visión política y agenda?

¿Es que —una vez más lo repetimos— el opresor siempre está en el Norte, siempre es un extranjero? ¿No resulta muchas veces, en realidad, que el que más oprime a los menesterosos, el que más pospone el bienestar de los marginados, el que más manipula al sistema buscando su propio beneficio personal, el que mayormente compromete el futuro de nuestras naciones es precisamente uno de los nuestros? Incluso más, ¿no es a veces este uno de los que más alardea en su discurso público de su irrestricta sensibilidad social y su compromiso sin límites con los pobres y excluidos? ¿No consiste en esto, precisamente, la "ideología" más que la "condición" del "tercermundismo", como especificara Carlos Rangel, y cuyo objetivo es, como ha complementado Jean François Revel, "acusar y si fuera posible destruir las sociedades desarrolladas, no desarrollar las atrasadas", y cuya explicación más llana, si se quiere, como reza el capítulo cuarto del *Manual del perfecto idiota latinoamericano,* sería aquella de que "Somos pobres: la culpa es de

---

jamás dar respuesta definitiva. Con toda razón ha dicho M. Vargas Llosa, en su reacción a tan bizarra epístola del mandatario mexicano, publicada en el diario *El País* con fecha del 27 de marzo de 2019, que esa furibunda carta hubiese tenido más sentido en realidad si López Obrador se la hubiese enviado a sí mismo.

[393] *Sobre la interculturalidad y la filosofía latinoamericana,* en, *Crítica intercultural,* 172.

ellos"?[394] Finalmente, y como preguntara ya con absoluta razón José Grau[395], si seguimos aquí el razonamiento propuesto por la teología de la liberación y aceptáramos la peregrina idea de que los pobres participan automáticamente de la salvación en virtud de su tal condición, ¿qué sentido tendría entonces luchar por la superación de la pobreza si tal lucha, en definitiva, significaría remover la base real de su salvación? Pero, también, ¿no se haría superfluo a su vez el único medio a través del cual el ser humano se hace acepto ante Dios y alcanza así su salvación –sea rico, sea pobre, sea de izquierda o de derecha–, esto es: mediante la confesión y el seguimiento de Jesús, el Cristo? ¿No se reduce así la redención bíblica, inalienable de la confesión de que Jesús es el Señor, a mero ideologismo partidista, y la eclesiología, bíblica también, fundada en Cristo y en la fe de los apóstoles, nada más que en el colectivo universal de aquellos que participan en la lucha política de la liberación? Es obvio que como cristianos evangélicos no podemos sino ver aquí, como ya decía Lutero, la presencia de "un espíritu muy distinto al nuestro".

Ciertamente, todos los esfuerzos que la iglesia pueda realizar en la confrontación de aquellos sistemas políticos, económicos, sociales que conducen finalmente a la ruina de nuestros pueblos, ¡sin distinción, desde luego, de si los mismos resultan ser afines o no a nuestro paladar partidista!, deben ser celebrados como signos concretos de una iglesia que cumple con su función profética, esto es, que denuncia y que consuela. Sin embargo, aun asumiendo esta legítima tarea, e incluso propiciando las más favorables condiciones para la superación de todas estas redes de desintegración social, ¿quedaría así resuelto el problema de la propia escisión del ser humano consigo mismo, con su prójimo y con Dios? ¿Es la reconciliación con el ser humano inmediata reconciliación con Dios, y la consecuente "liberación política" plena consumación de salvación? ¿Conduciría tal transformación social a la consecuente liberación del poder, no solamente tocante al aparato gubernamental o a las esferas políticas, como ya hemos dicho, sino al respecto de las pequeñas unidades de interrelación social: la escuela, la iglesia, el hogar, la universidad, etc.? ¿Provocaría el establecimiento de las más óptimas

---

[394] *Op. cit.*, 81-128.

[395] *Op. cit.*, II, 1182. De que se trata entre estos sectores de una comprensión del "pobre" –figura, ya hemos dicho, más estereotipada que real–, abiertamente ya contaminada de un populismo que resulta ser casi incorregible como inveterado, lo ponen de manifiesto, como ya hemos visto, las reiteradas y destempladas declaraciones del papa Francisco en relación con la economía de libre mercado como fuente directa, a su juicio, de la pobreza y la miseria de nuestros pueblos, por una parte, y su silencio, sino guiño de ojos, hacia aquellas políticas estatistas y populistas que han resultado en la indiscutible tragedia para los mismos, por la otra. Así, por ejemplo, el sacerdote estadounidense Robert Sirico, fundador del Acton Institute for the Study of Religion and Liberty en Indiana, emplazando abiertamente las declaraciones del Sumo Pontífice, puede señalar, en abierta sintonía con lo expresado ya por Grau unos cuantos lustros atrás, aquello de que hay "gente que adora tanto a los pobres que promueve políticas que producirán más pobreza" (citado en A. Kaiser, *Op. cit.*, 72).

condiciones sociales la superación de la propia apatía espiritual de los marginados y su imposición ante el sinsentido de la vida? Por último, ¿quedaría ya absolutamente resuelto, sino agotado, lo plenamente distintivo del mensaje cristiano en la sola denunciación, fundamental, por lo demás, de estas redes de opresión social, y en la plena identificación de su discurso y misión con los más desposeídos? Antes de responder con un "sí" o un "no" definitivo, valdría la pena recordar con Moltmann que lo distintivo del compromiso cristiano:

> No es la crítica, que también es viva en otros. Tampoco el compromiso social por los miserables, cosa que felizmente también se encuentra en otros. No lo constituye la rebelión, pues también otros se rebelan, protestando con frecuencia contra la injusticia y la discriminación mucho más decididamente que los cristianos.[396]

Le asiste plena razón a Clodovis Boff[397] al afirmar que la experiencia de Dios es primero una experiencia de su absolutidad –la experiencia de aquel *mysterium fascinans et tremendun* del que nos hablara R. Otto[398]–, pero, a la que le sigue irremisiblemente luego su dimensión liberadora, en tanto que aquel Dios *Absolutamente otro* e indisponible se ha hecho *Absolutamente nuestro* en su indisponibilidad, esto es, en Jesús, el Cristo. De modo que la dialéctica del doble mandamiento del amor no puede ser resuelta en la solución, sin más, de su igualdad. Incluso, Clodovis Boff ha llegado a plantear, con total justeza, en nuestra opinión, que, desde el punto de vista de la fe cristiana, la experiencia del pobre es derivada y no original, aun cuando el Dios revelado (experiencia fundante) sí se comprometa con los pobres y marginados (experiencia derivada). Pues bien, en sintonía con aquello, quisiéramos también nosotros agregar que, en la exigencia del doble mandamiento del amor, la experiencia del prójimo no ha sido trasladada al sitial de exclusivo y absoluto mediador entre Dios y los seres humanos, de modo que la revelación del amor de Dios y su graciosa voluntad solo halle en este su vaso comunicante. De ser este el caso, la preocupación de W. Schrage[399] –al respecto de si la equiparación de ambos mandamientos llevada hasta su extremo no convertiría a Dios en una estructura ideológica de la que en cualquier momento se podría prescindir para expresar o querer decir simplemente lo mismo, "solidaridad humana", y, en este caso, "pobre" y "pobreza"– resulta completamente justificada, desligado el doble

---

[396] *El Dios crucificado*, 26.

[397] *Cómo veo la teología latinoamericana 30 años después,* en, *Panorama,* 165.

[398] *Lo Santo. Lo racional y lo irracional en la idea de Dios,* Revista de Occidente, Madrid, 1965. Véase, especialmente, el capítulo *Mysterium tremendun,* 24-39.

[399] W. Schrage, *El doble mandamiento del amor,* en, Ética del nuevo testamento, Sígueme, Salamanca, 1987, 108.

mandamiento del amor de su fondo referencial: "El hecho fundante de la experiencia reveladora de Dios, en Jesucristo y su Palabra"[400]. Es indispensable afirmar, por tanto, cuánto más al considerar que gran parte del quehacer teológico latinoamericano posicionado en esta línea reconoce en el análisis social su primer referente de validación teologal, que la experiencia de Dios y el reflexionar de la fe no pueden quedar reducidos a aquella sola dimensión horizontal que, con exclusión o postergación de su dimensión vertical, quisiera agotar toda aquella experiencia de Dios y su meditar en las sentencias "pobre" y "pobreza" o en cualquier otro particularismo esgrimido por las teologías del genitivo.

Es posible, de ser este el caso, que no se abandone todavía el discurso de buena crianza teológica de que Dios y su Palabra constituyen el fundamento insustituible de la revelación cristiana, pero el color que da vida a dicha declaración, como ha dicho Clodovis Boff en relación específica con la teología de la liberación, se hallará ya "completamente desvanecido"[401], o será nada más que "el perfume de una botella vacía"[402], como lo ha denunciado Carl Braaten, en relación con el luteranismo progresista de los Estados Unidos. Por supuesto, no se trata de impugnar la preocupación por el asunto humano y la realidad toda que le circunda, como tema no excluyente sino constituyente del quehacer teológico, cuánto más si nos la habemos aquí con una realidad humana tan hiriente y escandalosa como la pobreza. Testimonio de que la temática antropológica ha sido tomada suficientemente en serio la mayor de las veces por la teología, aunque no siempre arribando al más feliz de los puertos, lo representan tanto el sentimiento de dependencia de

---

[400] En efecto, este ha de ser el riesgo siempre inminente de toda teología que, en su afán de enfatizar el carácter horizontal de la fe cristiana, en tanto compromiso ético con el mundo, soslaya el carácter vertical de la revelación de Dios, sobre el que tal movimiento horizontal en última instancia descansa. Desde el punto de vista de la historia de la teología, es acaso la teología liberal la encarnación *per se* de tal peligro, la que en su afán de hacer del amor de Dios una comunicación general sin la mediación exclusiva de Cristo, quedaba sin comprender la novedad exclusiva del acontecimiento Jesús y, por tanto, resultaba claramente incapaz de advertir la radical entrega de la gracia cara de Dios en Jesús y su camino de cruz. Así, A. Harnack podía interpretar la cruz de Jesús como el magnánimo favor de Dios traducido en una ética general del amor, como comunicación natural e inmediata de Dios que hace de este su más dulce cantor y poeta (cf. A. von Harnack, *Das Wesen des Christentums*, J. C. Hinrichs, Leipzig, 1901).

Ha sido E. Lévinas quien en la actualidad ha vuelto con mayor vigor a comprender el cristianismo, y toda religión en general, exclusivamente como ética de solidaridad, fuera de lo cual, y en similar línea que Kant, no habría más que violencia y superstición. Volverse a Dios es volverse en solidaridad al ser humano, y esto es todo cuanto podemos decir o saber de Dios, nada más (cf. *De otro modo que ser, o más allá de la esencia*, Sígueme, Salamanca, 2003).

[401] "Teología de la liberación y vuelta al fundamento", 3.

[402] Precisamente así titula su carta abierta en respuesta a la Asamblea General de la ELCA en 2009, *The Aroma of an Empty Bottle*. Disponible en https://lutheranspersisting.wordpress.com/carl-braaten-the-aroma-of-an-empty-bottle/

Schleiermacher como la comprensión del cristianismo como ética más avanzada de la teología liberal, el giro existencial de Bultmann y la nueva hermenéutica de Fuchs, Ebeling y, por supuesto, en época ya más reciente, todas las teologías contextuales, ya sea la de la misma liberación o del genitivo. Por lo mismo, la tarea ya no puede consistir en un volver atrás al respecto de este giro antropológico y contextual que la teología ha iniciado, sino más bien, en el poder determinar cómo los aspectos presentes en este giro pueden ser articulados de una forma tal que al mismo tiempo que rescaten dicha dimensión relacional de la vida humana y social, puedan permanecer a su vez ligados y subordinados a su distintiva referencialidad como teología cristiana, esto es, y aquí concordamos plenamente con Karl Barth, Dios y su revelación. Desconocida o conscientemente ignorada aquella última y fundamental referencialidad, aquel *Omnia ad maiorem Dei gloriam,* se trastoca simplemente en un *Omnia ad maiorem hominis gloriam*: el ser humano se convierte en sol y Dios nada más que en su satélite, como nos recuerda Clodovis Boff[403], con la salvedad de que aquí, en la teología de la liberación, como vuelve a precisarnos nuestro autor, no es el ser humano *per se* al que se ha erguido ahora en sol, sino el "pobre", y este bajo a aquella particular asignación política y social a la que ya hemos aludido.

Frente a aquello debemos recordar que, en el doble mandamiento del amor, el mandamiento de amar a Dios no ha experimentado una transfusión tal, al punto de que ya todas sus propiedades y exigencias hayan sido transmutadas al mandamiento de amar al prójimo, de suerte que el amor a Dios quede completamente agotado y reducido en el del ser humano. Siendo este el caso, y como efectivamente ha ocurrido en la teología de la liberación –al menos en forma literaria–, se sustituiría a Jesús por el pobre, tal como antes –y acaso todavía–, este había sido sustituido en el catolicismo popular por María y los santos. ¡De ningún modo esto es justificable! El amor debido a Dios es exclusivo y no admite sustitutos de ningún tipo ni categoría. Incluso los lazos más íntimos del ser humano, que constituyen la base y fundamento de toda vida en sociedad, deben ser inmediatamente cortados cuando estos se levantan como competidores y rivales del amor que se le ha de tributar a Dios únicamente, ya que impiden que el discípulo siga incondicionalmente en pos de su Maestro (cf. Mt 10,34-38; Lc 14,25-26). Y es que, como tan claramente lo ha expresado Bonhoeffer: "La llamada de Jesús no admite que se interponga cualquier cosa, bajo ningún pretexto, entre Jesús y el que ha sido llamado, ni siquiera lo más grande y santo, ni siquiera la ley"[404].

Mas, aun con todo aquello, el Dios que se ha vuelto, ha amado y se ha entregado hasta la propia muerte por el ser humano, mediante aquel que siendo

---

[403] "Teología de la liberación y vuelta al fundamento", 7.

[404] Dietrich Bonhoeffer, *El precio de la gracia. El seguimiento* (citado desde ahora como, *El precio de la* gracia), Sígueme, Salamanca, 1986, 29.

verdaderamente Dios se ha hecho verdaderamente humano, Jesús, el Cristo, desea que el ser humano, al volverse a Dios, se vuelva también a los demás humanos, al amar a Dios, ame también al ser humano, al entregarse a Dios, se entregue también al ser humano, al haber sido justificado por Dios, haga también misericordia y justicia a sus hermanos. Por tanto, quien diga amar verdaderamente a Dios, debe amar también al ser humano, y quien diga servir verdaderamente a Dios, debe servir también al ser humano. Amar y servir solo a Dios con exclusión del ser humano concreto, de carne y hueso, y con exclusión también de aquella dimensión horizontal de la vida, a la que siempre compromete aquella experiencia reveladora de Dios, es solo una funesta desfiguración de la fe, ¡la deshumanización de Dios![405] En definitiva, un modo de religión privada y burguesa que no es más que un espejismo del verdadero seguimiento cristiano. Amar y servir solo al ser humano, como si en este quedase ya completamente contenido y resuelto todo cuanto podamos experimentar y decir de Dios, es simplemente un desvirtuado humanismo, ¡la autodivinización del ser humano! Hacer de la experiencia reveladora de Dios, que acontece en Cristo y su Palabra, no más que un simple movimiento horizontal de acción humana, sustituible en cualquier momento por las consignas "pobre", "pobreza", "solidaridad humana", "justicia social", "indígena", "negro", "género", "orientación sexual", "tierra", reduce aquella experiencia y su reflexionar a algo en el mismo nivel que un proyecto de servicio político, social o propio de los reclamos de la cultura posmoderna, al que solo se ha bautizado luego, y por compromiso eclesial, como "cristiano". No sin cierta razón, don Miguel de Unamuno, y aquello a pesar de la innegable simpatía que le despertaba el protestantismo, veía en esta modalidad, que reducía el misterio de Cristo a una cuestión simplemente colectiva y social, una herejía tan peligrosa como la del mismo arrianismo, la cual había ya privado a Cristo del misterio de su divinidad. En lo que respecta al pobre, en tanto tarea incluyente y fundamental de la fe cristiana, habría que señalar que en este caso el orden de los factores sí puede afectar, y con consecuencias realmente fatales, la comprensión final del producto: cuál es la fe cristiana y el fundamento insustituible de su revelación. En otras palabras y como ha dicho Clodovis Boff, en ordenamiento claramente correcto: "Para ser cristiano es absolutamente preciso comprometerse con el pobre pero, para comprometerse con el pobre, no es necesario, en absoluto, ser siempre cristiano"[406]. En consecuencia, aún debemos seguir afirmando, cuánto más en tiempos como los actuales, de fatal subversión de órdenes, aquello que se enfatizaba con completa

---

[405] Como lo ha expresado E. Jüngel: "La humanidad de Dios es la singular expresión de la Divinidad de Dios, y no la contradicción de la misma". *El evangelio de la justificación del impío como centro de la fe cristiana. Estudio teológico en perspectiva ecuménica*, Sígueme, Salamanca, 2004, 103.

[406] "Teología de la liberación y vuelta al fundamento", 9.

lucidez en el pacto de Lausana[407], en términos de que la reconciliación con el hombre –y desde allí, todos los esfuerzos de reconciliación horizontales–, no es todavía reconciliación con Dios, y la liberación política –y desde allí, también, todos los esfuerzos de emancipación de las opresivas estructuras socio-culturales–, no es tampoco la salvación de Dios, pero tal reconciliación y salvación divinas no excluyen sino que vuelven tarea urgente esos tales esfuerzos horizontales de reconciliación y liberación.

El *ethos* fundamental de la teología cristiana debe seguir siendo la doctrina sobre Dios y su revelación, como aquella realidad distinta del mundo y del ser humano, pero que, no obstante, los integra y determina, si es que la misma teología no desea quedar a su vez determinada por instrumentos accesorios de mediación, sean estos tomados de las ciencias sociales, políticas o incluso de las preferencias culturales. A partir de esta realidad que todo lo colma y determina –Dios y su revelación, como postulado fundamental de la teología cristiana y no otro–, las realidades todas de la vida en el planeta han de ser, sin lugar a dudas, objeto también de la pertinencia teológica[408], en tanto ha querido Dios reunir en Cristo todas las cosas (Ef 1,10), pero con la capital salvaguarda de que a partir de aquella realidad determinante con que las aborda, ella misma, la teología, no queda transmutada meramente en ecología, sociología, activismo político, religiosidad posmoderna o filosofía de la religión, por decir simplemente algo. Pero incluso, también a nivel de la vida en comunidad, tal claridad en cuanto al ordenamiento correcto de la teología impedirá que esta aparezca proyectada nada más que como sucedáneo "cristiano" de

---

[407] Puede verse el comentario y la explicación de tal afirmación de Lausana en, J. Stott, *The Lausanne covenant: An Exposition and Commentary*, World Wide Publications, Minneapolis, 1975, 19 ss.

[408] Obviamente, se debe reconocer que tal interés y respectiva ocupación por los asuntos derivados del discurso teológico, más allá de lo que resulta estrictamente original a este, es decir, aquellos asuntos propios de la vida tanto humana y social como ambiental del planeta, sobre los cuales la teología no podría permanecer ausente, no ha visto un desarrollo diferenciado en el quehacer teológico sino a partir de los años treinta del siglo XX. Como ha visto el propio Clodovis Boff (*Teología de lo político*, 27, nota 13), aquello ha empezado, primeramente, en el mundo protestante de habla alemana con los nombres de F. Gogarten y D. Bonhoeffer, respectivamente, para pasar luego a sus homólogos estadounidenses con el así llamado movimiento de *la muerte de Dios*, y los nombres de Th. Altizer, W. Hamilton, P. van Buren y H. Cox, entre otros. En lo que respecta al desarrollo de estas temáticas en el campo de la teología católica, este habría visto su comienzo, según C. Boff, principalmente con las figuras de T. Chardin y G. Thils, y el posterior Concilio Vaticano II. Ahora bien, en lo que respecta al desarrollo de estas materias en el contexto teológico de América Latina habría que reconocer, primeramente, y aquello sin perjuicio de todos los reparos que ya hemos realizado al respecto, que han sido la teología de la liberación, en primer lugar, y luego las teologías del genitivo, aquellos quehaceres teológicos que han prestado mayor atención al desarrollo de estas temáticas, al tiempo que se debe reconocer también el abismante vacío al respecto de lo mismo tanto entre el fundamentalismo como entre las reortodoxias.

un club social o incluso una ONG internacional. Después de todo, y hablando con absoluta honestidad, ¿quien quisiera, pobres o no, afiliarse a un movimiento eclesiástico que ha despojado a la fe de su contenido trascendente, para reducirla prácticamente a un inmanentismo historicista, en el que la hondura de la doctrina de la salvación y redención ha sido reemplazada por el eslogan de la liberación y el discipulado cristiano simplemente por la concientización política? ¿No observa acaso desde afuera el ciudadano común que todo aquello bien lo podría encontrar, e incluso más, sin tener que hacer concesiones con la religión, participando simplemente en una cierta militancia política o inscribiéndose en una determinada ONG? ¿No se debe precisamente a esto, efectivamente, el evidente fracaso que la teología de la liberación ha experimentado en la realidad concreta de la vida en comunidad? ¿No es este un fracaso producido por la fatal confusión e inversión de factores entre la dimensión vertical y la horizontal de la fe, identidad y relevancia, o, más específicamente aún, el hacer del pobre la experiencia fundante de la fe y no ya Dios y su revelación? ¿No es acaso esta fatal subversión de órdenes el vicio que siempre acecha a todas aquellas teologías que llevan la dimensión relevante de la fe a sus consecuencias más extremas, y que hacen de las exigencias de su agenda el contenido último de su quehacer, con el resultado, claro está, de que Dios y su revelación aparecen simplemente en su programa como "un color desvanecido" o como "el aroma de una botella vacía", es decir, nada más que como un subterfugio retórico para la consecución de intereses muy ajenos a la propia inteligencia de la fe? Ciertamente, preguntas todas estas acaso incómodas y quizás ecuménicamente no correctas, pero que, a la luz de los extraños vientos eclesiásticos y teológicos de nuestros tiempos, merecen ser planteadas con total claridad y urgencia.

Al respecto de la teología de la liberación y su discurso de opción por los pobres, no cabe duda de que, en la medida en que este ha sido presentado como "la instancia que da la dirección más fundamental de la fe y donde esta encuentra su lugar más decisivo", él mismo se ha constituido en discurso no derivado sino originario, es decir, en *primum* epistemológico. El resultado ha sido entonces, ni más ni menos, el que él mismo haya venido a dar en una flagrante instrumentalización de la fe para fines partidistas e ideológicos, y en un funcionalismo utilitarista del discurso de Dios y de su revelación. En efecto, la función de la teología ya no ha sido aquí el reflexionar primeramente sobre Dios y su revelación –y, desde ese marco referencial e insustituible, sobre las realidades todas de la vida–, sino, antes bien, como insistirá Gutiérrez y con él todos los padres y epígonos de la teología de la liberación, sobre "la praxis histórica", entendida esta como la lucha de los pobres y oprimidos por su liberación. Frente a esto, se torna menester una vez más repetir lo siguiente, y es que –*verba volant, scripta manent*–, cuando el quehacer teológico invierte el orden de sus factores, haciendo del discurso derivado su experiencia fundante y elevando lo horizontal al sitial de lo vertical, no solo pierde con tal inversión aquello que resulta propio y distintivo de la fe cristiana –Dios y su revelación–, sino que además fracasa en su cometido de hacer relevante, al menos cristianamente relevante, aquello que ha erguido en el pedestal supremo de su atención –sea el pobre o cualquier otro particularismo propio de las teologías del genitivo–. Sobre el peligro de que tal confusión de principios y ausencia de claridad epistemológica no solo resulte en la verdadera debacle del movimiento, en este caso la teología de la liberación, sino, y en razón de lo mismo, en una lamentable pérdida de su discurso relevante, se refiere con absoluta nitidez nuevamente Clodovis Boff:

> De modo que, por falta de rigor, claridad y vigilancia epistemológica, la teología de la liberación se coloca en un plano inclinado, resbalando cada vez más y cayendo en el fallo mortal señalado: el sesgo de la inversión de principios y la consiguiente instrumentalización social, política e ideológica de los contenidos de la fe. Decimos fallo "mortal" porque llevado a término, acaba con la muerte de la teología de la liberación, lo que sería una pérdida inmensa para los pobres y para la iglesia.[409]

Por último, quisiéramos advertir también, en relación con el discurso de opción por los pobres como estandarte de la teología de la liberación, lo siguiente: si tal discurso no se integra en el programa misional de la iglesia y desde ese mismo programa, entendido primeramente como tarea de la comunidad local, obtiene la primera fuente para su consistencia y continua evaluación, sino que, muy por el contrario, se contenta simplemente con satisfacer las exigencias de un mercado literario, sobre todo de un primer mundo que espera siempre ávidamente el consumo de este tipo de producción "latinoamericana", aquel tal discurso, entonces, no sería en el mejor de los casos más que una simple disquisición pertinente a la sociología de la religión y, en el peor de ellos, nada más que un buen producto de exportación literaria. En consecuencia, tendríamos luego aquí, en uno y otro caso, aquello que hemos convenido en definir como la tercera anomalía tocante al discurso de la opción por los pobres en la teología de la liberación: *la falacia de la consistencia*. Ha sido quizás el mismo Clodovis Boff, aunque sin participar de nuestra nomenclatura, el primero que a nuestro juicio logró avizorar las consecuencias por venir en caso de persistir en la línea de esta tercera anomalía. Traigamos sus palabras a la cita:

> La "experiencia del pobre", si dejaba de ser una experiencia continua y se reducía a un momento, el inicial, ponía en peligro el lado más original y radical de la nueva corriente teológica que se estaba consolidando. Si continuaba por este camino, la teología de la liberación llegaría al destino

---

[409] *Op. cit.,* 4.

que llegó el marxismo histórico: convertirse en "cosa de universitarios", y no en "cosa de obreros".[410]

Existe un vacío casi abismal entre aquellos sectores que se han posicionado unilateralmente en torno a la dimensión relevante de la fe, y particularmente en su modalidad liberacionista, al respecto de hacerse cargo de la realidad concreta de esta *falacia de la consistencia*, incluso con mayor cerrazón que con respecto a la *falacia sociológica*. Tal evasión resulta tanto más sorprendente en un quehacer teológico cuyo resorte lo constituye tanto el discurso de la transformación social como la supuesta praxis concreta en dicha tarea. Y, sin embargo, en consideración de la constatación precisa, se debe reconocer que quien se aventure en un recorrido por las villas miserias o poblaciones marginales de América Latina, donde la pobreza y la marginalidad no tienen nada de idealizante, menos de literario, naturalmente, no hallará precisamente comunidades comprometidas con el programa antropológico y sociológico de la teología de la liberación –de la que muchos de sus intelectuales, en honor a la verdad, hay que decirlo, realizan su actividad "comprometida" en la plácida seguridad de sus universidades o en sus barrios bien a resguardo de la periferia–, sino que encontrará posiblemente iglesias y comunidades más bien ligadas a las corrientes pentecostales, y estas en sus expresiones más bien autóctonas que directamente estadounidenses. Y es que resulta un fenómeno sociológico casi indiscutible aquello de que la reorganización del sentido de la vida y su apertura hacia un cauce trascendental, frente al profundo desgarramiento ocasionado por un mundo cada vez más fragmentado y escindido, tal como lo experimentamos en la actualidad, encuentre entre los sectores más vulnerables y desposeídos una evidente predisposición hacia los radicalismos de la identidad, al tiempo que, entre los sectores más pudientes, una clara inclinación hacia los de la relevancia, lo que incluye desde luego la modalidad cristiana que estos puedan manifestar.

El pronóstico de Clodovis Boff al respecto de que el discurso de la opción por los pobres desligado de su experiencia continua llegaría solamente a "convertirse en cosa de universitarios" se ha instalado en nuestra opinión como realidad actual y concreta hace tiempo entre estos círculos, toda vez que, además de *la falacia sociológica*, tal opción por los pobres en la teología de la liberación se ha resentido mucho más todavía de *la falacia de la consistencia*. Frente a tal estado de cosas, el lugar real y concreto del pobre pareciera quedar, en buena parte de estos casos, simplemente confinado o bien a servir de argumento literario, de ornamentación para capillas e iglesias con sus siluetas, mosaicos o grabados, o de transformarse únicamente en temática para la disquisición de sociólogos, teólogos y otros intelectuales afines a las ciencias sociales, quienes, por lo demás, no dudarán al

---

[410] *Cómo veo la teología latinoamericana 30 años después,* en, *Panorama,* 164.

momento de dictar sus conferencias, precisamente sobre este tópico, ni de utilizar un lenguaje de abierta complejidad de escuela, de modo de generar naturalmente aquel impacto de cientificidad en relación con dicha materia, ni de aparecer, si así la ocasión lo requiere, vistiendo ropas originarias y artesanales, especialmente si se encuentran en el auditorio visitantes internacionales, siempre proclives a dejarse impresionar por este tipo de espectáculos, sin perjuicio de que el resto del tiempo, no faltaba más, prescindan de dichos atuendos. Pero el peligro aquí, por supuesto, no es solamente, como bien lo ha advertido A. Piedra[411], elaborar un discurso tan complejo desde el punto de vista del teorismo sociológico que, a decir verdad, solo unos pocos sean capaces de llegar a comprender, generalmente aquellos mismos que ya están insertos en aquel intrincado tecnicismo sociologicista, sino además designar como "voces proféticas", –y así llegar a ser reconocidas y sacralizadas internacionalmente–, a quienes en realidad carecen de pueblo[412] y que, por lo mismo, no son ni siquiera conscientes de las reales necesidades, vacíos o tentaciones de ese mismo pueblo. Y es que, como ha escrito Jürgen Moltmann en su carta abierta a J. Míguez Bonino, en un recordatorio que no puede pasar inadvertido:

> Una cosa es el análisis acertado de la situación histórica del pueblo y otra bien distinta son las declaraciones del marxismo de seminario como cosmovisión. Marxismo y sociología no llevan por sí mismos a un teólogo a un pueblo, tan solo a la colaboración con marxistas y sociólogos.[413]

Y, no obstante, es esta idea de un quehacer teológico autónomo, militante y comprometido tanto con la vida eclesiástica como social de América Latina, que la teología de la liberación transmite de un modo tan convincente hacia el primer mundo, ya sea a través de sus publicaciones o por medio de sus portavoces en encuentros teológicos internacionales, el que hace que este movimiento sea tan atractivo, sino sacralizado, entre gran parte de los sectores teológicos pertenecientes a este enclave. Incluso más, se llega a tal nivel de idealización entre estos sectores eclesiásticos y teológicos del primer mundo, que no es infrecuente descubrir su opinión de que la teología de la liberación, y más recientemente las del genitivo, constituyen el quehacer teológico más valioso y representativo de América Latina, fuera de los cuales no habría más que extranjerismo, fundamentalismo y

---

[411] *Lo nuevo en la realidad del protestantismo latinoamericano*, en, *¿Hacia dónde va el protestantismo?*, 25.

[412] Es imposible no establecer una suerte de comparación aquí con el título del libro de André Thirion, *Révolutionnaires sans révolution* ("Revolucionarios sin revolución"), Robert Laffont, Paris, 1972.

[413] "Teología de la liberación. Carta abierta a José Míguez Bonino", *IGLESIA VIVA*, Valencia, 1975, n.° 60, 559-570.

banal repetición.[414] En relación con esto último que acabamos de afirmar, nosotros mismos hemos podido comprobar dos tendencias recurrentes y largamente extensivas entre uno y otro bando que, sin embargo, no son jamás objeto de análisis ni de evaluación. A la primera de ellas la hemos podido corroborar en nuestra calidad de estudiante en América Latina, precisamente en instituciones teológicas suscritas a este discurso del genitivo y de la liberación; la segunda, entre tanto, en nuestro trabajo pastoral y luego también como estudiante en sectores eclesiásticos y educacionales situados en el primer mundo y abiertamente receptivos a aquel discurso latinoamericano anterior. En lo referido a la primera tendencia, la tal consiste en las enormes dificultades con que tropieza constantemente un estudiante de teología en América Latina que se plantea, entre estos círculos, un cierto margen de criticidad ante el absolutismo de este discurso liberacionista y del genitivo en general, como, así también, las constantes presiones por asimilarlo. Por cierto, pensamos aquí en aquel tipo de estudiante que no ha llegado simplemente como una tabula rasa a estos centros de educación teológica, sino que, por tradición eclesiástica, formación familiar o simplemente propia inquietud intelectual, resulta capaz de ofrecer lecturas críticas al adoctrinamiento ideológico de la escuela. Desde luego, la parte más lúgubre de esta tendencia incluye las facilidades en cuanto a becas y subvenciones para estudios superiores, incluso en prestigiosas universidades del extranjero, para aquellos estudiantes que se mantienen fieles y dóciles a la línea programática establecida por la escuela, aunque los mismos carezcan, muchas veces, de la profundidad y honestidad intelectual que demanda siempre la auténtica vocación teologal, como, en contraparte, la carencia de respaldo y promoción para aquellos otros que, aun dando pruebas de acuciosidad y dedicación, no resultan un producto capaz de adoctrinar y perpetuar mansamente en esos mismos intereses ideológicos institucionales. Respecto de la segunda ten-

---

[414] Pero se trata de una pretensión fomentada indudablemente por la misma teología de la liberación. Así, por ejemplo, y nada más que como un pequeño botón de muestra, dentro de un mar inabarcable en este tipo de reivindicaciones, al respecto de la exigencia de la teología de la liberación de hallarse profundamente arraigada en la historia de América Latina, junto a su carácter eminentemente original y endémico, lo podemos observar, verbigracia, en las palabras de P. Richard al señalar aquello de que "la *teología de la liberación* (TL) tiene sus raíces profundas en la historia de América Latina, es una teología indo-afro-latino-americana. Por primera vez nace desde el tercer mundo una corriente teológica que es original y propia" (*Teología alemana y teología latinoamericana de la liberación*, en, Franz J. Hinkelammert [et al.], *Teología alemana y teología latinoamericana de la liberación. Un esfuerzo de diálogo*, DEI, San José, 1990, 117-121). Una aspiración, como hemos visto, puesta en clara duda por Moltmann. Precisamente esta será la anomalía observada por el teólogo alemán en la carta ya mencionada, acerca de los así llamados padres de la teología de la liberación (Gutiérrez, Alves, Segundo, Bonino), esto es: situarse en una perspectiva abiertamente beligerante y antagonista al respecto de la teología europea, reclamando al mismo tiempo una innegable originalidad en su discurso teológico, para terminar, finalmente y después de todo aquel malabarismo lingüístico, afirmando exactamente lo mismo.

dencia, sea necesario reafirmar aquello que ya anteriormente hemos dicho al respecto de la evidente idealización con que estos sectores eclesiásticos y teológicos del primer mundo se relacionan con estos discursos latinoamericanos del genitivo y la liberación, y la ausencia casi completa además de un tratamiento crítico sobre estos que les caracteriza, como así también la ligera popularidad con que se promueve a sus representantes y portavoces, bajo el alegato, sin sustento real alguno, de que se trata de un quehacer teológico absolutamente "comprometido" con la causa teológica, eclesiástica y aun social de América Latina. En relación todavía con esta segunda tendencia, y para terminar ya esta sección, resulta ciertamente de enorme valor recoger la impresión del reconocido líder evangélico latinoamericano Emilio A. Núñez, cuando se refiere al modo en que es receptada entre estos sectores teológicos del primer mundo precisamente la teología de la liberación:

> Hay una corriente de simpatía hacia la teología de la liberación en los círculos del protestantismo ecuménico y hasta fuera de dichos círculos, con una inclinación a ver solamente las características positivas de la teología de la liberación y silenciar los aspectos negativos. En algunos ambientes es fácil adquirir popularidad y obtener prestigio académico solamente con hablar en términos elogiosos de la teología de la liberación. Adoptar una actitud crítica –aunque sea la más objetiva posible– es correr el riesgo de ser tildado de alguien que vive "fuera de contacto con la realidad social", o de quien "no se ha liberado todavía del fundamentalismo protestante norteamericano". El temor de verse clasificado de esta manera y ser excluido de la comunidad teológica internacional puede intimidar a los evangélicos latinoamericanos y forzarles a mantener posturas nada críticas –lo que por otra parte es bien poco académico– o guardar un silencio culpable.[415]

2.4.2.3 Lo popular y contextual

Estrictamente ligado al punto anterior, y como tercer eje conductor o estandarte del programa de la teología de la liberación y, en cierto modo, también de las teologías del genitivo, se encuentran, a nuestro juicio, los conceptos de "popular" y "contextual", especialmente ligados a los proyectos teológicos de educación. Permítasenos y ya de inicio preguntar: ¿A qué hacemos referencia cuando definimos a algo como "popular" o "contextual"? ¿A aquello que resiste ser del dominio de una élite, de especialistas y, en consecuencia, se considera tanto patrimonio del amplio público en general como, en especial, de los sectores menos familiarizados con la educación académica y formal? ¿A aquello que posee una determinada carga de experiencias históricas compartidas, y desde la cual se interpreta y configura

---

[415] Citado en J. Grau, *Catolicismo romano. Origen y desarrollo II,* 1198.

la realidad, en complementariedad, a veces, pero mayormente en oposición con otras visiones de mundo no reconocidas o resistidas por esa misma experiencia común de historicidad? Refirámonos, entonces, a los elementos centrales que, en nuestra opinión, subyacen a la apuesta de una educación y producción teológicas bajo el paradigma de lo popular y lo contextual en la perspectiva de la teología de la liberación, principalmente, pero en relación también con el imperativo de la relevancia en general. Estos son, en primer lugar, el supuesto de que la educación y la producción teológicas solo se legitiman en la medida en que puedan partir desde un compromiso radical con aquellas experiencias históricas compartidas, sus intereses, visiones y configuraciones de la realidad, las que se entienden, por lo general, en el marco exclusivo de una determinada estratificación política y social.

Hans de Wit[416] ha mostrado, verbigracia, que en el uso de gran parte de los biblistas latinoamericanos, el término *lectura popular* posee tanto una connotación descriptiva como normativa. Descriptiva, por cuanto define sociológicamente a un determinado tipo de lector, "los pobres"; normativa, en la medida en que identifica a un cierto tipo de lectura como la lectura, teológicamente hablando, ideal, esto es: la "lectura popular". Que la lectura popular de la Biblia, en especial en el proyecto de algunos expositores identificados con el programa de la teología de la liberación, se resiente de una clara idealización antropológica y sociocultural, muchas veces desconectada de las propias experiencias reales de aquellos mismos estratos sociales, queda, a nuestro juicio, suficientemente demostrado en el análisis de H. de Wit, al respecto del proyecto de lectura bíblica popular, por ejemplo, de C. Mester. Como ha visto H. de Wit, según Mester, tal lectura, para ser ideal, debería concitar los siguientes factores: ser practicada en las comunidades eclesiales de base; ser entendidas estas últimas mayormente en los márgenes de un contexto rural; y exigir del lector un compromiso activo en la comunidad de fe, a la vez que una capacidad analítica de la condición sociocultural en que él mismo se encuentra. Sin embargo, como advierte el propio H. de Wit, resulta evidente que muy pocos marginados y pobres de hecho son capaces de satisfacer tales exigencias del lector ideal. Siendo ciertamente este el caso, tendríamos que vernos obligados a reconocer entonces que grandes sectores de la población latinoamericana quedarían excluidos de este tipo ideal de lectura popular, ya que su acercamiento al texto bíblico comporta, más bien, una lectura literalista y fundamentalista de la Biblia, más que una comprometidamente analítica de la situación sociocultural. Otra vez, podemos ver aquí cómo la idealización no confrontada con la realidad se transforma en sesgo y este, en el reforzamiento de los años, en vicio que no conduce finalmente más que al reduccionismo teologal.

Sírvanos a modo de escogido botón de muestra, para intentar ilustrar lo que se intentaría precisar con aquello de educación y producción teológicas popular

---

[416] *Op. cit.,* 239 ss.

y contextual en el marco de este quehacer teológico, el programa de la *lectura popular de la Biblia*. Dicho sea, primeramente, que nadie podría dejar de conceder generoso reconocimiento a todos aquellos programas de educación teológica y sus producciones dirigidos hacia aquellos sectores desprovistos de un mayor fondo de educación formal, mayormente aquellos situados en las zonas marginales y rurales. Su tarea, además de indispensable, se presenta para el quehacer teológico de América Latina como éticamente urgente, y nadie podría desconocer el tesón con que muchas instituciones teológicas en nuestro continente emprenden dicha actividad. Aunque, y más allá de lo que se piense, a muchas de estas iniciativas las sostengan no precisamente las corrientes suscritas al programa liberacionista, sino las de la amplia tendencia *evangelical,* mas sin aquella carga publicitaria y de adscripción político-social que caracteriza a las primeras. Sin embargo, de dicho reconocimiento no se podría colegir en modo alguno que la educación teológica y su producción en América Latina ha de ver como su único foco de legitimidad la atención exclusiva a un programa de educación popular o rural, como único medio de resultar contextual. La impugnación de esta premisa no debe estacionarse en una disquisición simplemente valórica entre "campo-ciudad", "educación formal-no formal"; ella, más bien se asienta, además del reproche a su unilateralidad, en el dato indiscutible de que el fenómeno migratorio en América Latina evidencia desde varias décadas ya un innegable movimiento desde las zonas rurales hacia las grandes ciudades[417], como resultado de la concentración en los centros urbanos de la industria, el comercio y la educación superior.

Frente, entonces, a esta innegable realidad, no parece razonable en modo alguno seguir promoviendo aquella disparatada idea de que la educación y producción teológicas en América Latina, a fin de lograr un nivel de mayor contextualización y solidaridad con lo latinoamericano, debieran hallar como su único referente de operatividad el horizonte de la educación rural y popular, y este en el marco de una determinada opción sociopolítica, además. Aquello reporta una estrategia no solamente sesgada sino también equivocada, si lo que se pretende conseguir es que el discurso cristiano y la esperanza que de allí dimana irrumpa en

---

[417] P. Deiros (*Op. cit.,* 37, nota 3; de acuerdo a datos proporcionados por United Nations. Department of International Economic and Social Affairs. *Demographic Yearbook,* entre los años 1979-1983), comenta:

> Como es sabido, la tasa de crecimiento urbano en América Latina, especialmente en los últimos cincuenta años, ha alcanzado niveles astronómicos. La tasa anual de crecimiento demográfico ha sido del 3 por ciento. En 1950, por ejemplo, tres cuartas partes de la población vivía en ciudades de menos de 20.000 habitantes; pero para 1975, ya la mitad del total de habitantes en América Latina eran urbanos. En 1960, solo seis ciudades alcanzaban una población de más de 500.000 habitantes; una década más tarde, y debido a la migración de campo a la ciudad, 36 ciudades habían alcanzado ese tamaño.

la dimensión toda de la vida humana, y esta en su compleja diversificación social y cultural, que, se entiende, no solo queda circunscrita a una construcción nada más que ideológica de lo popular y contextual. Y, pues bien, en relación con la toma de conciencia racional de aquella diversificación estructural, no cabe duda de la importancia capital que le asiste aquí a la institución de la "universidad", en tanto esta, como ha dicho Alvin Kernan:

> No solo objetiva en general la inteligencia humana –asunto que siempre necesita refuerzo–, también, con las divisiones de los estudios y los departamentos, certifica la autenticidad de ciertas modalidades del conocimiento –la astronomía, no la astrología– y las ordena en relación unas con otras.[418]

Precisamente ella, la universidad –en tanto lugar en el que, como diría Ortega y Gasset, ocurre "la enseñanza de la cultura o sistemas de las ideas vivas que el tiempo posee"[419]–, actúa como fuente catalizadora y receptiva de los aspectos más gravitantes de la vida en sociedad: el debate de los temas valóricos, la discusión en torno al porvenir del ser humano en aquella misma red social, la sedimentación de un determinado conocimiento adquirido, la articulación de metodologías que den cuenta de aquel saber, etc. En consecuencia, no es la metáfora del cofre cerrado del saber la que mejor ilustraría a la universidad y su tarea, sino antes bien, la del árbol del conocimiento vivo. Como insiste Alvin Kernan:

> La universidad no es simplemente una institución de enseñanza sino un árbol de conocimiento vivo, una manera práctica y activa no solo de registrar el ordenamiento oficial del conocimiento sino también de examinar aspiraciones nuevas a la autoridad epistemológica y de ajustar el paradigma del conocimiento a conceptos en desarrollo.[420]

Es por esto que resulta tan preocupante, a la vez que contradictorio, observar la ausencia casi total en América Latina de facultades de teología evangélicas dentro del conjunto de unas facultades que se supone han de conformar el espíritu y la vida de una universidad.[421] Por supuesto, no negamos la existencia de un conjunto

---

[418] *La muerte de la literatura*, Monteavila Editores Latinoamericana, Caracas, 1993, 193.

[419] *Misión de la universidad*, Revista de Occidente, Madrid, 1968, 31-32.

[420] *Op. cit.*, 194.

[421] Incluso la toma de conciencia de tan sensible vacío fue tema presente en época tan pretérita como la del Congreso de la CCLA (*Committe on Cooperation in Latin America*), efectuado en el año 1925, en la ciudad de Montevideo. Precisamente allí se sindicó esta ausencia de educación teológica evangélica en el marco de la actividad universitaria como uno de los factores importantes a la hora de explicar los escasos avances del protestantismo entre las clases media y alta de la sociedad,

de condicionamientos de origen histórico y aun contractuales que podrían dar explicación de esta situación tan ruinosa para los intereses del mundo evangélico de nuestro continente, comenzando, desde luego, por la casi nula preocupación por la inversión en la educación superior por parte de su contingente misional, prácticamente absorbido por la mentalidad del fundamentalismo evangelical, tal como hemos tenido oportunidad ya de revisar. Por lo mismo, no podríamos jamás dejar de insistir lo suficiente al respecto de la importancia capital que reporta para la educación teológica evangélica en América Latina el hecho de lograr insertarse en el espacio de la universidad, y esta preferentemente pública o estatal, en su modalidad de facultad evangélica de teología, y en la que se den cita a su vez diversas facultades, tanto de las humanidades como de las ciencias.[422] No solo que tal inserción le conminaría a sobrepujar aquel estado de gueto que le ha sido ya por tan largo tiempo connatural, y de paso acarrearía la exigencia de mejorar su discurso y producción teologal, sino que el intercambio y confrontación con las demás facultades que en dicha universidad cohabiten le emplazaría, como bien ha dicho Wolfhart Pannenberg, a hacerse cargo de aquella acusación que constantemente y que con toda justificación se le dirige desde afuera a la teología, esto es, que su criterio de verdad no responde más que a intereses ideológicos y eclesiásticos, al margen de toda discusión y diálogo con otras disciplinas y especialidades propias del saber racional.[423] Y, no obstante, aun con todo lo veraz que dicha observación pudiera resultar, se hace necesario a su vez complementarla agregando que si el *ethos* de la teología en tanto ciencia histórico-hermenéutica, desarrollada en el marco de la universidad, apunta indefectiblemente al compromiso por la elucidación de la verdad, tal compromiso solo podría ser llevado correctamente a cabo en la medida en que él mismo pueda tomar plena conciencia de que lo suyo se decide en el relacionamiento previo y existencial, y a partir de allí no menos horizontal, con aquel que ha dicho ya: "Yo soy la Verdad" (Jn 14,6). Decimos aquí, por tanto, con Anselmo, *Credo ut intelligam*, pero luego, como él mismo nos lo recuerda, agregamos también: *Studeo quod credo, intelligere*.

---

y cuánto más entre sus círculos más cultos e intelectuales (cf. Arturo Piedra, *Evangelización protestante II*, 111-112).

[422] Sobre el carácter científico de las disciplinas teológicas y la pretensión de la teología como tal de justificar su lugar en el marco de las demás ciencias de una universidad, véase, especialmente, W. Pannenberg, *Origen de la pretensión científica de la teología*, en, *Teoría*, 14-22. Aquí, la teología en cuanto ciencia no podría ser clasificada, claro está, en el marco de las ciencias analítico-empíricas, sino en el tipo de ciencias histórico-hermenéuticas, aun cuando ella misma deba ser vista para sí, esto es, en relación a su tema, como "ciencia de Dios", no en tanto a la positividad de su materia, sino en cuanto a Dios como problema. Sobre esta última afirmación, más información todavía en Pannenberg (*Positividad e historia,* en, *Op. cit.,* 284-304).

[423] *Teoría*, 262.

Por tanto, no sería posible para la educación y el quehacer teológicos en general, y latinoamericanos en particular, seguir el derrotero sugerido ya por Max Weber en su casi aséptica distinción entre "hechos" (el conocimiento puro y simplemente dado de una ciencia en particular) y "valores" (el mundo subjetivo y experiencial del científico o expositor que explicita aquella disciplina), ya que aquí, en la teología cristiana, los "valores" no pueden aparecer como aditamento ajeno, inconexo, mucho menos del mundo privado del teólogo o educador en relación al hecho fundante de la teología (Dios y su revelación), sino como su natural explicitación, en el marco de un involucramiento existencial y comunitario con estos. En otras palabras, en el quehacer teológico, la fe como acto *(fides qua creditur)* y como comprensión *(fides quae creditur)* no se excluyen, sino que se requieren entre sí. En consecuencia, ni la tesis de Fichte, según la cual solo una teología que renuncie a la idea de una revelación positiva tendría cabida en el marco de la universidad, ni la contraparte que propone el atrincheramiento de la fe en el seguro recoveco interioricista y su formulación proposicional, según la práctica del fundamentalismo y las reortodoxias respectivamente, harían justicia a este doble *ethos* del quehacer teológico. Pero tampoco, como hemos intentado aquí demostrar, la dinámica de las teologías posicionadas en torno al radicalismo de la relevancia y su tendencia a desgarrar al quehacer teológico de sus fuentes históricas y reducirlo únicamente a análisis social o someterlo a una determinación ideológica de lo popular-contextual podría hacer justicia a la función educativa del quehacer teologal. Por consiguiente, ante la disquisición, a modo de disyuntiva opcional, de si la educación teológica debe estar al servicio de la eficiencia académica, en el exclusivo marco de la enseñanza universitaria, o bien apuntar a fines prácticos, al servicio de la actividad eclesial, se debe afirmar que no se puede proyectar una comprensión escindida de la propia teología al respecto de su aporte para la vida comunitaria y social.

No cabe duda de que, en este evidente empirismo sociológico que domina la educación teológica bajo la idea aquella de lo popular y contextual, la misma tenderá a adquirir, indefectiblemente, un carácter eminentemente utilitarista (el para *qué* sirven las cosas), más que de formación integral (el *qué* son las cosas), prevaleciendo así la razón instrumental sobre la razón teórica, o como dirá J. M. Barrio, "el valor de la utilidad al de la verdad"[424]. Se incorpora únicamente aquello que se considera útil para el objetivo trazado, para los intereses previamente ya creados, entretanto que se ignora o excluye aquello otro que, aun cuando manifieste toda su verdad, contradice o simplemente no refuerza lo anteriormente cifrado. Así, por ejemplo, la teología de la liberación mostrará exclusivo interés por el relato del Éxodo o la denuncia de los profetas contra la injusticia social, pero pasará completamente de soslayo aquellos otros textos bíblicos en los que la liberación

---

[424] *La gran dictadura. Anatomía del relativismo*, Rialp, Madrid, 2011, 138.

del ser humano ofrece un cariz mucho más profundo e integral, comenzando por la liberación del pecado, origen de toda alienación del ser humano con Dios, consigo mismo, con su prójimo y con el orden creacional, o donde el juicio profético también se dirige contra un pueblo que, del mismo modo que los nobles y los ricos, ha abandonado la fe en Yahveh para seguir tras los ídolos de este mundo, recayendo en un tipo de religiosidad nada más que paganizada y sincretista. Por lo demás, ya que lo importante aquí es perpetuar una cierta línea de pensamiento, además de preservar los intereses ideológicos de la escuela, la articulación metodológica y la consistencia de la argumentación habrán de quedar reducidas a su expresión más elemental. Esto implica, generalmente, para el caso de las ciencias bíblicas, disminuir significativamente, sino de inmediato eliminar, el empleo de idiomas bíblicos en el programa de educación, tanto como eludir un contacto más profundo con las disciplinas lingüísticas, de modo de arribar a lecturas de inmediato interés sociológico o del genitivo.[425] En lo que guarda relación con las ciencias teológicas, como ya hemos advertido, la prácticamente desintegración de todo lazo de unión con la historia del pensamiento tanto cristiano como filosófico, a la vez que un evidente desinterés por la referencialidad confesional. Con esta última afirmación en ciernes, pasemos entonces al último tópico que en esta sección quisiéramos tratar.

2.4.2.4 *Ruptura con la historia del pensamiento cristiano y filosófico, y la referencialidad confesional*

Ya nos hemos referido en algún otro lugar a aquel sistemático ejercicio de sustracción del lazo de dependencia y continuidad con la historia del pensamiento cristiano y la gran tradición eclesial que estos sectores radicalizados en torno a la dimensión relevante de la fe y el discurso horizontal tienden a realizar sobre el quehacer teológico. Asimismo, ha constituido también un vacío primordial para estos sectores aquella sensible carencia en su articulación teologal de un conocimiento y diálogo más fecundo y sostenido con las ciencias filosóficas. Aunque lo cierto es que debe ser reconocido que tal vacío en relación con las disciplinas filosóficas

---

[425] Tal como ha visto H. de Wit (*Op. cit.*, 256 ss.), en la mayoría de los biblistas de la teología de la liberación se observa una clara exclusión de lo que constituye razonablemente el primer paso de toda exégesis, esto es, la exploración de sentido que reporta un texto (semiótica, estructuralismo, análisis literario, peculiaridades sintácticas, etc.). Esta evidente desatención por los aspectos del así llamado *dentro del texto* se reemplaza, sin embargo, por un vivo interés por las conclusiones sociológicas que se podrían extraer de él. Un tratamiento, no obstante, claramente distintivo en el trabajo con los textos, que deja traslucir el influjo de la hermenéutica de Gadamer, pero sobre todo de Ricoeur, es el que encontramos en Severino Croatto, para quien el análisis hermenéutico de los textos, antes de propender a su último nivel, el de la relectura o actualización, debiera ocuparse previamente tanto del nivel de exploración de sentido como de su referencia histórica (véase, especialmente, J. S. Croatto, *Hermenéutica bíblica,* La Aurora, 1984).

ha sido una constante en el quehacer teológico latinoamericano en general, y no solo en relación con los radicalismos de la relevancia, llegando tal falencia, a decir verdad, a hacerse mucho más patente, al punto incluso de la abierta virulencia, entre aquellos sectores que exacerban la dimensión de identidad, tanto en su modalidad de fundamentalismo como de reortodoxias por igual. Por ello, y aunque resulte en recordatorio tal vez elemental, es necesario insistir una vez más en aquello de que ninguna elaboración teológica que pretenda insertarse en el surco propio de la historia del pensamiento cristiano, al igual que contribuir a su vez a un mejor desarrollo del método en teología, podría, en propiedad, desligarse de los emplazamientos con los que las especialidades filosóficas han desafiado al cristianismo, a través de toda su historia, a repensar de un modo más profundo su propia fe y su ejercicio de mediación con el mundo. En tal sentido, y como ya lo había enfatizado Paul Tillich[426], tales emplazamientos desde la filosofía han resultado incluso mucho más significativos para la historia del pensamiento cristiano y su metodología que mucha de la repetición proposicional –diríamos, aquí "sociológica"– del propio discurso eclesial. No obstante, ha sido, a nuestro juicio, Wolfhart Pannenberg quien ha precisado con mayor claridad la importancia del discurso filosófico para el propio quehacer teológico:

> Sin un verdadero conocimiento de la filosofía no es posible entender la figura histórica que ha cobrado la doctrina cristiana ni formarse un juicio propio y bien fundamentado de sus pretensiones de verdad en el tiempo presente. Una conciencia que no haya recibido una suficiente formación filosófica no puede realizar adecuadamente el tránsito –es decir, llegar a tener un juicio independiente– que va desde la exégesis histórico-crítica de la Biblia hasta la teología sistemática. En este proceso, lo que menos importa es tomar partido por una u otra filosofía. Lo decisivo es tomar conciencia de los problemas que surgen a medida que se profundiza en la historia a lo largo de cuyo transcurso han ido tomando forma los principales conceptos filosóficos y teológicos.[427]

Desde luego, no negamos el riesgo, recogido por Clodovis Boff[428] y enunciado clásicamente ya por Marx[429], de que una mediación estrictamente filosófica de la

---

[426] *Pensamiento cristiano II*, 318.

[427] *Una historia de la filosofía desde la idea de Dios*, Sígueme, Salamanca, 2002, 13.

[428] *Teología de lo político*, 42-43.

[429] La crítica de Marx a la teología como responsable de sublimar en un idealismo especulativo las problemáticas reales y materiales de la vida se dirige sobre todo a la teología hegeliana de su época, representada principalmente por los jóvenes teólogos B. Bauer y D. F. Strauss. Véase la crítica de Marx y Engels a Bauer y Strauss en, *La sagrada familia o crítica de la crítica crítica contra Bruno Bauer y consortes*, Akal, Madrid, 1981. En esta misma línea crítica de Marx tocante al efecto

teología termine fatalmente por mistificar las realidades más urgentes de la vida, y pensamos aquí en el marco concreto de la realidad social, política y aun cultural de América Latina. Empero, se debe a esto responder, en primer lugar, que la filosofía en cuanto instrumento de mediación no reporta más que un ejercicio tendiente a la articulación de aquel mensaje fundante de la fe cristiana, Dios y su revelación, a las categorías propias de comprensión humanas. Por cierto, no decimos esto en el sentido, claro está, de que ella misma sea la que cree este mensaje o someta a juicio su veracidad, sino en el sentido de entregarle un marco lingüístico, analítico y sistemático que le haga metodológicamente más traducible a aquellas categorías de comprensión, pero siendo siempre aquel mensaje distintivo e insustituible –Dios y revelación, y no otro– el que interpele finalmente al mundo y al ser humano. Después de todo, si el argumento es aquí que las ciencias sociales le permitirían al creyente desarrollar una mayor sensibilidad al respecto de la realidad contextual, lo cual es cierto únicamente en la medida en que este mismo creyente participe no solamente de la sensibilidad literaria o estadística de esas ciencias sociales –como suele ser la costumbre–, sino en la realidad concreta de esa vida contextual, y con ello superar lo que hemos definido como *falacia de la consistencia,* lo mismo contaría también al respecto de la filosofía y su sensibilidad con el discurso humano. En relación a esto, no podemos dejar de traer a la mención la ocasión aquella cuando Martin Heidegger, consultado por su antiguo alumno y posterior traductor al español de su ya emblemático *Sein und Zeit,* Jorge Eduardo Rivera[430], acerca de qué finalidad podría reportar después de todo la fatigosa cavilación filosófica para los fines prácticos de la vida cristiana, recibió la estremecedora respuesta de que así como la filosofía nos hace más sensibles para escuchar la palabra de los hombres, podría también hacernos más sensibles para escuchar la *Palabra* por excelencia. En efecto, valga también la veracidad de aquella sensibilidad filosófica cuando el filósofo en cuanto creyente medita no en una palabra de trascendentalidad indefinida, sino en aquella Palabra única y veraz que ha sido hecha carne.

Una segunda respuesta frente a esta objeción de mediación filosófica para el quehacer teológico evangélico de América Latina es que, a diferencia del catolicismo, para el cual la mediación filosófica ha venido dada tradicionalmente por la vía del tomismo y la escolástica medieval en general, el protestantismo avecindado en nuestro continente como resultado de las gestiones misioneras de los Estados Unidos, ya sea en su modalidad de la gran corriente *evangelical* y últimamente aquel suscrito al radicalismo de la dimensión de la relevancia y el discurso

---

mistificador de la teología, véase también su *Crítica de la filosofía del derecho de Hegel,* Ediciones Nuevas, Buenos Aires, 1965.

[430] Martin Heidegger, *Ser y tiempo.* Traducción, prólogo y notas de Jorge Eduardo Rivera, Trotta, Madrid, 2009.

horizontal (*mainline churches*), ha adolecido siempre de una mediación filosófica escolar. En última instancia, si ha llegado a poseerla, esta no debe ser entendida en el sentido de haber asumido una determinada perspectiva de la historia de la filosofía, sea esta propia del agustinismo, el idealismo, el existencialismo o la que fuera, sino más bien en el de incorporar una filosofía práctica de la vida, en este caso el pragmatismo, el utilitarismo y aun la propia dinámica contracultural tan característicos del genio cultural de los Estados Unidos. Así las cosas, lejos estaría la mediación filosófica de constituir algún peligro de mistificación social para el protestantismo de América Latina, cuánto más si se toma en cuenta el peso de su herencia misional. Desde luego, no porque ciertas escuelas filosóficas no podrían conducir, al radicalizar sus posturas, a tales exabruptos, sino por el hecho todavía más simple y llano de que nunca ha existido en el quehacer teológico evangélico de América Latina la utilización de una mediación filosófica de escuela como tal. Ahora bien, si a pesar de todo aquello ha ocurrido igualmente en este tal protestantismo no solo el riesgo sino la concretización misma de la mistificación de la realidad, tal estado de cosas debe serle adjudicado no de suyo a la mediación filosófica, sino a los particulares contenidos religioso-culturales de su herencia misionera, a saber, la *American Religion* y la *American way of life*.

Como efecto natural de aquella política tendiente a despojar al quehacer teológico de su acervo histórico de tradiciones –bíblicas y teológicas, primeramente, pero también filosóficas–, se da también entre estos círculos evangélicos posicionados en torno al radicalismo de la relevancia, tanto en su modalidad liberacionista como en la del genitivo por igual, la tendencia a suprimir en gran parte de sus centros de educación teológica formal toda referencia y pertenencia confesional. La finalidad subyacente a esta política de desconfesionalidad no es otra sino la de poder arribar por medio del soslayamiento de aquel marco histórico-referencial a un rápido consenso de acción y de ideas en torno a una meta que se estima decisiva, a saber, el compromiso práctico de acción política y social, y la unidad en virtud de aquel mutuo accionar de todo el espectro eclesial. Por supuesto, nadie podría poner en duda la necesidad del trabajo mancomunado de todas las iglesias en lo que respecta a atender las urgentes necesidades de nuestra sociedad, como tampoco el valor de la cita agustiniana en pro de aquella unidad intereclesial: "En lo esencial, unidad; en lo no esencial, libertad; en todas las cosas, caridad". Sin embargo, para lograr pasos concretos en pos de aquella voluntad de servicio y de unidad, es indispensable, primero, poder reconocer la identidad de cada uno de los agentes que habrán de comprometer sus esfuerzos en dichas actividades y tareas. En efecto, habrá de ser necesariamente esa identidad que se cree y se confiesa, pero que a su vez constantemente se confronta y vigoriza a la luz primariamente del testimonio de las Escrituras y luego de la gran tradición eclesial, la mejor contribución que desde cada particular tradición cristiana se podría realizar en aras de la construcción de una honesta acción de servicio y de unidad entre las iglesias. Por lo mismo, tal loable finalidad no podría jamás consistir, ni mucho menos, en el vaciamiento total de lo que distingue y caracteriza a cada particular tradición y confesión cristianas: tener siempre a Jesús, el Cristo, como base insustituible de aquella identidad. Soslayado aquello, se situaría el trabajo comunitario de las iglesias al mismo nivel que el de una ONG o una agencia de servicio político o social, y el quehacer teológico de estas, en su modalidad de educación formal, vendría a dar nada más que en una mera hibridez de ideas y propuestas, vaciadas de antemano de toda responsabilidad por la elucidación de la verdad. Esto es algo que, cuánto más hoy, la fe protestante en América Latina no puede darse el lujo de olvidar, a saber, que ningún esfuerzo de acercamiento ecuménico que se precie de ser verdaderamente responsable y serio, y no redunde solamente en un afán a toda costa de unidad, y este a despecho del criterio de verdad, podría prescindir tanto de la honradez intelectual como de la referencialidad confesional. Y, sin embargo, resulta penosamente cierto que es precisamente aquel desbordante afán de unidad, ¡a toda costa!, llevado a cabo por aquellos sectores que han desgarrado al protestantismo de su acervo histórico y confesional, lo que les lleva actualmente a olvidar que ninguna contribución honesta y significativa en favor de la unidad entre las iglesias podría avanzar en postergamiento de aquel marco referencial que resulta indivisible e insustituible para la fe evangélica, y que bien podríamos consignar bajo las fórmulas *sola fide, sola gratia, sola Scriptura* y *solus Christus* —e incluso más, en no pocos casos, no solamente olvidar, sino directamente extirpar, por juzgarle más bien un inoportuno impase, acaso un estorbo, para la consecución de dicha tan ansiada unidad—.

Por supuesto, no nos referimos aquí, como ya lo ha denunciado suficientemente Carl Braaten en su carta abierta ya citada, a una comprensión nada más que interioricista y neognóstica de las fórmulas bajo la supuesta guía de aquella "luz interior" que, se insiste entre estos círculos, habitaría en cada persona y que por sí sola le posibilitaría, al margen de toda tradición teológica y confesional, acceder a su contenido más profundo. Y no nos referimos a esta tal comprensión de las fórmulas no solo porque, a pesar de su enorme popularidad eclesial dentro del progresismo, la misma tenga más relación con la dinámica de la *Nueva Era* que con la teología evangélica, sino porque en realidad ha mostrado ya con creces ser el mejor mecanismo para la completa corrupción de su correcto sentido y, subterfugio, además, para la consecución de dudosas agendas eclesiásticas. Antes bien, nos referimos a una asignación de las fórmulas basadas primeramente en una sana y correcta exégesis de las Escrituras, pero también de acuerdo a lo consignado ya en los antiguos credos eclesiásticos y nuestras propias confesiones evangélicas. Por lo mismo, aquella tan penosa postergación, sino directamente supresión, en su correcto sentido y aplicación, que experimentan a la sazón aquellos *sola fide, sola gratia, sola Scriptura* y *solus Christus* en gran parte del espectro evangélico de América Latina a la luz de esta dirección, no podría ser explicado sin más como el resultado de hallarnos en una feliz etapa de desconfesionalidad cristiana que caracterizaría a nuestro tiempo, como lo planteara P. Deiros, y que alborea, según este también, una era de definitiva unidad entre todas las iglesias. Muy por el contrario, aquello debe ser entendido, al menos en este particular entrevero, como el resultado de aquel sistemático ejercicio de desreferencialidad confesional y rompimiento con la historia del pensamiento cristiano y filosófico, y la gran tradición eclesial, que ha venido apoderándose por largo tiempo en América Latina de aquellos sectores radicalizados en torno al discurso relevante de la fe. No es endosable a la cándida casualidad, ciertamente, constatar cómo toda una generación evangélica en nuestro continente, formada bajo el espíritu teológico y educacional de este imperativo de la relevancia, y por supuesto no nos referimos a aquellos sectores ligados al pentecostalismo o al fundamentalismo tradicional, sino precisamente a aquellos que continúan amparándose bajo la denominación de una familia confesional, sea esta luterana o reformada, resulta prácticamente incapaz —más allá de las consignas militantes y del activismo social— de explicitar con un cierto margen de lucidez histórica y confesional lo que define y caracteriza la teología de sus respectivas iglesias. Mucho más incapaz todavía de legitimar el giro progresista y posmoderno al que arrastran a sus iglesias y a su teología, desde un fondo argumentativo siquiera un poco más respetable que aquella célebre declaración: "No hay teología mayor que el principio esencial de la tolerancia, el inclusivismo y el amor universal", o aquella más célebre aún afirmación: "Es que es así como piensa la mayoría y, en consecuencia, es así como debe proceder la iglesia". Ciertamente, no es trabajo muy arduo descubrir por qué no hace al caso aquí apelar a una tradición teológica mayor y, en razón de aquello, descubrir también cómo es que tal posicionamiento ha llegado a constituirse a su vez en mayoría.

Naturalmente, nadie está afirmando aquí que el quehacer teológico deba abstraerse de las problemáticas urgentes y cotidianas de la vida, y estas bajo todo el abanico de inquietudes sociales, políticas, culturales, valóricas y aun medioambientales que se pudiesen llegar a presentar. Todo quehacer teológico, a menos que recale, como hemos dicho, en una flagrante mistificación de la realidad, al sublimarla por medio del reduccionismo proposicional —reortodoxias— o la religión del creyente y su corazón a solas con Dios —fundamentalismo—, opera con unos determinados agentes sociohistóricos, propios e insustituibles de su particular realidad contextual, sin lo cual su labor se haría nada más que atemporal y, a fin de cuentas, inocua. No obstante aquello, debemos también advertir que cuando el quehacer teológico decide, bajo el *leitmotiv* de alcanzar una mayor conexión con la realidad contextual y de paso procurar que su voz adquiera un cariz más relevante, despojarse de su fondo de acervo histórico y espiritual para quedar transmutado prácticamente y en el mejor de los casos en mero análisis social o, en el peor de ellos, en puro activismo ideológico cultural, no solo que su voz en vez de diáfana y vigorosa se vuelve confusa y complaciente, sino que da muestras también de no aprender de las lecciones de su propio itinerario histórico. Hacer, por ejemplo, de la célebre declaración de José Carlos Mariátegui –condicionada sin duda por las particulares eventualidades históricas del protestantismo misionero de fines del siglo XIX–, tocante a que "el protestantismo no consigue penetrar en América Latina por obra de su poder espiritual y religioso, sino de sus servicios sociales"[431], una norma definitiva que determine los límites del accionar de este en América Latina resulta tan disparatado como aquella otra tendencia que, situándose en el extremo opuesto, sostiene que el protestantismo solo ha de cumplir su misión en la medida en que, desligándose de las distracciones político-sociales de este mundo, se plantee a sí mismo únicamente como reforzamiento doctrinal o llamado a la religión individual y a la propaganda del *Left Behind*.

Por cierto, el riesgo del primer reduccionismo, y que es el que tratamos ahora, es decir, aquel de pretender que el porvenir del protestantismo en América Latina se sostiene únicamente toda vez que, adoleciendo de toda carga histórico-confesional, se promocione básicamente como agencia de servicio social, no solo ha seducido a esta actual modalidad de un protestantismo liberacionista y *últimamente* posmoderno y progresista, sino que ha estado prácticamente presente ya en los orígenes de la actividad misionera, aunque, en contraste con el segundo reduccionismo, con una presencia evidente menor. En efecto, ya es posible advertir la idea aquella, sostenida por ciertos agentes del CCLA, de que el éxito del protestantismo en nuestro continente solo sería posible toda vez que, renunciando al carácter sistemático y disquisitivo de la teología, incluida una mayor elaboración litúrgica, centrara este su actividad toda en la idea de una religión práctica, de un Cristo amigo y preocupado por la "vida real" de las personas, es decir, interesado únicamente por el mejoramiento social de los latinoamericanos. Sin duda, tal política de misión se explicaba, por una parte, en virtud del enorme agotamiento que había originado en las iglesias estadounidenses, sostenedoras de estos programas de misión, las controversias teológicas entre el liberalismo y el fundamentalismo, como, por otra, en razón del evidente aprecio e inspiración que despertaba, entre estos agentes que buscaban tomar distancia del fundamentalismo tradicional, el evangelio social de Walter Rauschenbusch. Por otro lado, la confirmación de que tal política de misión era la correcta quedaba verificada en la opinión de

---

[431] *Siete ensayos de interpretaciones de la realidad peruana*, Amauta, Lima, 1973, 192. Ciertamente, lo que Mariátegui no alcanzó a comprender fue que esa única forma de penetración que preveía posible para el protestantismo ni siquiera lograría ser una fuerza de internación lo suficientemente sugestiva, ya que la misma quedaría circunscrita, ya fuese a través de colegios, hospitales, etc., casi exclusivamente a la pequeña burguesía pudiente de América Latina. Véase, para esto, el importante análisis de Arturo Piedra en su capítulo, *Protestantismo y grupos sociales*, en, *Evangelización protestante I*, 89-166.

estos personeros por medio de las declaraciones que los propios intelectuales latinoamericanos vertían sobre la situación religiosa en el continente. Y, desde luego, tal apelación al mundo intelectual continental de la época no quedaba totalmente desprovista de una cierta validación. Baste para ello simplemente revisar las impresiones de un Julio Navarro Monzó[432], para quien todo aquel que viniera a América Latina con la idea de propagar los intereses del dogmatismo religioso o las controversias teológicas y no al Cristo real y la religión práctica fracasaría, o la ya comentada aseveración de Mariátegui tocante a que el protestantismo solo podría penetrar en América Latina por medio de su labor social y no en virtud de su poder espiritual y proposicional. Repárese, además, en la evidente desconfianza que despertaba para esta élite intelectual latinoamericana el escisionismo denominacional tan característico del protestantismo de la época, como producto de sus propias controversias internas.

Indubitablemente, lo que estos agentes misioneros no llegaban a comprender era que las enconadas reservas de estos intelectuales latinoamericanos al dogmatismo de la religión y las controversias teológicas se dirigían específicamente contra el catolicismo romano y su dogmatizante influjo en la región, a quien responsabilizaban directamente del retraso social y cultural del continente, y no, claro está, contra la herencia espiritual y religiosa del protestantismo, la cual a decir verdad solo en líneas muy generales conocían.[433] Es más, su interés por el protestantismo radicaba, según hemos visto ya en el anterior capítulo, no en el valor ni la comprensión de sus doctrinas, sino en el sentido de considerarle un importante referente en cuanto a la consecución de las libertades políticas, el progreso social y la lucha contra el oscurantismo clerical. Pues bien, si se suma a todo esto aquella evidente falta de conocimiento de la historia de Hispanoamérica, como así también del genio religioso de la cultura latina, la propaganda que finalmente se impondría entre parte de estos sectores misioneros que intentaban distanciarse del fundamentalismo sería aquella de que a la gente de este lugar de América no les interesarían la doctrina, la cavilación teológica, y menos aún una forma de liturgia de cuño más tradicional, sino

---

[432] Sobre los pronunciamientos de Navarro Monzó, véase, Arturo Piedra, *Evangelización protestante I,* 176 ss. También del propio Navarro Monzó, *El problema religioso de la cultura latinoamericana,* Federación Sudamericana de Asociaciones Cristianas de Jóvenes, Montevideo, 1925.

[433] En realidad, el marco de pensamiento formativo de tales intelectuales latinoamericanos se distribuía, básicamente, entre un deísmo moderado, a la usanza del deísmo inglés, y, en un grado mucho más determinante, entre el pensamiento agnóstico y antirreligioso francés. De allí, entonces, la necesidad para estos agentes del CCLA de convencerles, en la medida de que su objetivo era alcanzar a la clase media e intelectual latinoamericana, de que esta modalidad del protestantismo que ellos mismos representaban no era ni contraria a los avances científicos ni al debate filosófico ni mucho menos al progreso social.

únicamente el Cristo amigo, activista social, preocupado por la "vida real" de las personas.[434] Es necesario, no obstante, nuevamente recordar que esta línea social

---

[434] Precisamente será en afirmaciones de esta índole donde quedará plenamente al descubierto la evidente falta de comprensión de las misiones estadounidenses al respecto del particular genio religioso de la cultura latina, si por lo latino no entendemos aquí, como muy erradamente es por doquier la costumbre, la alusión a una particular etnia sino a una determinada raíz idiomática y cultural, cuya presencia se extendería en las naciones de España, Francia, Italia, Portugal y aun Rumania, y tan solo derivadamente hacia América Latina. Así, de este modo, en tales empresas misioneras se pasará por alto el carácter místico y contemplativo de este genio religioso latino, en contraposición con el pragmático y activista de la religión americana. Se desconocerá a su vez la enorme valoración de este genio por el aspecto estético de los templos, como así también de la liturgia y sus símbolos, en contraste con la tendencia casi iconoclasta y árida de los espacios cúlticos y litúrgicos que abrigaban los misioneros. Al respecto de esta sensible falta de comprensión, baste simplemente considerar la constante crítica de estas agencias misioneras al Cristo crucificado de tanta predilección entre los hispanoamericanos, inmortalizado en el Cristo de Velázquez y, antes que él, por el cretense avecindado en Toledo, El Greco, al cual juzgaban como la representación de un Cristo débil, casi afeminado, en contraposición con el Cristo viril e imponente, de rasgos prácticamente anglosajones, que los misioneros procuraban instalar en su lugar. Quizás en este punto no ha errado demasiado el juicio de J. Baudrillard, que no oculta su abierto dejo de ironía, cuando afirmaba que en los Estados Unidos todos los Cristos se parecían a Björn Borg (*América*, 10). Pero, incluso, el mismo hecho de que esta política misionera apostara en reiteradas oportunidades por la adquisición de galpones para la celebración de los servicios y no en la inversión de templos propiamente dichos y sus accesorios –¡tal como sigue siendo la costumbre aún en la actualidad!–, será juzgada posteriormente por el mismo CCLA como una de las razones fundamentales de la falta de un mayor impacto entre las clases medias e intelectuales de América Latina, evidentemente proclives al gusto estético ornamental. De más está decir que este genio religioso latino, incluso en su modalidad iberoamericana, no resulta en modo alguno incompatible con el carácter propio del protestantismo, si por el tal comprendemos algo mucho más profundo que la religión americana, por supuesto. Es por eso que cuando E. Fediakova, en su ensayo sobre las corrientes misioneras estadounidenses, en muchos aspectos de gran utilidad (*Op. cit*, 9), señala que "el protestantismo norteamericano se vio en la necesidad de adaptarse a la singular religiosidad latinoamericana y modificar sus estilos litúrgicos" para hacerse de este modo más "cercano" y "emotivo", con el fin de satisfacer mejor a este contexto –si con esa necesidad de adaptación se refiere a aquella evidente carencia de orden y de símbolos litúrgicos, como así también a aquella manifiesta falta de continuidad con el culto cristiano histórico que ha resultado tan característica de esta herencia evangélica misionera usamericana, inclusive bajo aquella "expresa finalidad" de lograr una mayor cercanía con nuestro medio a través del empleo de la "emotividad" cultual–, parece no comprender demasiado la situación de fondo. Lo cierto es que, más allá de una estrategia de evangelización, se trataba nada más que de la continuidad de aquella evidente carga de iconoclasticismo litúrgico y especialmente simbólico tan presente en estas corrientes misioneras, incluso, y como ya hemos visto, en sus modalidades de un protestantismo de cuño más histórico, toda vez que los límites referenciales de estas tales corrientes resultaban ser los mismos que los de la religión americana, nada menos y nada más. Pero también Fediakova parece desconocer todo aquello que hemos ya señalado al respecto del particular genio latino, el cual no resulta demasiado representado por aquel ideario usamericano y misionero reiteradamente sobre este proyectado. No cabe duda de que más allá de los vacíos teológicos heredados por esta herencia misionera, de los cuales ya hemos acusado evidente recibo, ha sido sobre todo

de política misionera, que bien podríamos considerar, guardando las respectivas diferencias tanto ideológicas como de tiempo, como la precursora de esta actual línea teológica evangélica en América Latina que radicaliza el discurso de la relevancia y soslaya su contraparte de la identidad, no sería para aquel tiempo ni menos para la posterioridad la fuerza misionera que finalmente prevalecería y haría escuela en nuestro continente. Su evidente inclinación hacia el liberalismo teológico por sobre el fundamentalismo tradicional –un liberalismo teológico, claro está, a la usanza de la religión americana–, su marcado énfasis en la presentación de un evangelio de acción social –que soslayaba su aspecto estatutario o doctrinal–, despertaría severas críticas en el resto de las empresas misioneras, para las que el resguardo de lo segundo resultaba a todas luces capital. Así, por ejemplo, personajes de la época como el distinguido colaborador del Seminario de Princeton, el presbiteriano John Fox[435], criticarán abiertamente esta política misional social del CCLA por su carencia de doctrinas y credos, por cuanto no haría más que confabular contra un verdadero "despertar espiritual" en América Latina. Empero, lo que Fox entendía por enfatización de "doctrinas y credos", y con él las corrientes misioneras que finalmente prevalecerían, no era la recuperación de la historia del pensamiento cristiano y filosófico, con interés principal en la herencia religiosa y espiritual del protestantismo histórico, como marco de fondo que junto al particular genio histórico y cultural hispanoamericano sentarían las bases para el protestantismo de América Latina, sino la preservación de aquella forma de ortodoxia protestante profundamente reelaborada por el influjo de la cultura y la religión de los Estados Unidos, a la que nosotros hemos convenido en designar como *reortodoxia*. Una reortodoxia, como ya hemos visto, que lejos de ser propositiva e integradora de la historia del pensamiento cristiano y filosófico y la gran tradición eclesial, resultaba ser reaccionaria a toda crítica bíblica y a la ciencia en general, siendo nada más, como ha dicho Arturo Piedra, "que la defensa de doctrinas y dogmas y la salvaguarda del cristianismo –bajo la reconversión ya de la religión americana– ante las influencias de los nuevos tiempos y los insumos de otras culturas –entiéndase, en este caso, la cultura de Hispanoamérica–"[436].

---

en lo relacionado con el culto cristiano, su orden litúrgico y sus símbolos donde el influjo de estos movimientos misioneros usamericanos se ha mostrado más precario y a la vez menos contribuyente y visionario en su relacionamiento con el mundo evangélico latinoamericano. Por supuesto, huelga también aclarar que la cercanía y emotividad que se pueda llegar a forjar en la comunidad evangélica en general, en este caso específicamente latinoamericana, algo siempre digno de estimular, no pasa, desde luego, indefectiblemente, por el vaciamiento simbólico y litúrgico del culto cristiano, como generalmente lo han creído y practicado los agentes misioneros.

[435] Sobre los reparos de J. Fox al programa misional del CCLA, véanse los importantes apuntes de A. Piedra, *Evangelización protestante I*, 173 ss.

[436] *Ibíd.*, 175; los guiones explicativos son nuestros.

Sírvanos este breve paréntesis histórico a objeto únicamente de demostrar cómo ya desde los inicios de la mayor empresa misionera evangélica hacia América Latina, la proveniente de los Estados Unidos, es posible observar aquel profundo desgarramiento entre la dimensión de la identidad y la de la relevancia de la fe cristiana, que llegará a ser luego, por la vía de este influjo, tan fundamental distintivo del quehacer teológico y eclesiástico de los movimientos evangélicos de nuestro continente. Pero enfoquemos nuevamente nuestro análisis en esta actual política de un protestantismo latinoamericano que, polarizado en torno a la dimensión de la relevancia, ha ido despojándose cada vez más de su acervo histórico y confesional. Resulta claramente sintomática de esta lamentable situación, incluso más allá de los contornos del protestantismo de América Latina, la observación sin reserva de ironía del aquel entonces prefecto para la Congregación para la doctrina de la fe, cardenal Josef Ratzinger, cuando, *ad portas* de un documento tan celebrado como la *Declaración conjunta sobre la doctrina de la justificación entre luteranos y católicos,* se despachaba en una entrevista con la célebre afirmación de que "cuando a los luteranos de hoy día se les pregunta 'qué es lo que entienden por justificación', se reciben siempre respuestas muy deficientes"[437]. Ante tan audaz como tristemente irrebatible aseveración, solo queda responder con Eberhard Jüngel, en relación a la afirmación puntual de quien fuera luego Benedicto XVI, "¿con qué luteranos trata el cardenal?"[438], pero afirmar también, en relación con la condición protestante en general, incluida desde luego la de América Latina, ¿de qué tipo de protestantismo en realidad estamos tratando aquí? Desde luego, la respuesta es obvia. Por lo demás, y siguiendo con el caso específico de nuestra tradición luterana, incluso para América Latina, habría que preguntarse también si en aquella misma línea tan abiertamente volcada hacia la dimensión relevante de la fe cristiana, casi al punto de la total exclusión de su contraparte de identidad, principios tan caros al ser de nuestra iglesia –tales como "ley y evangelio", "palabra y sacramento", "teología de la cruz", etc.– resultan en distintivos a los cuales se comprende e interpreta a la luz primeramente de su acervo teológico histórico para luego y desde allí conectarlos con la contingencia actual o si, en realidad, son simplemente eslóganes en gran parte ya vaciados de su verdadero contenido, que no sirven más que al propósito de ofrecer –como apuntará acertadamente C. E. Braaten, en sus reiteradas cartas a los obispos de la ELCA–, "inmunidad teológica" para conseguir objetivos desde el aparato organizado institucional, en vistas a un mayor sometimiento de la iglesia y su teología a las exigencias de la cultura posmoderna y los beneficios obtenidos, principalmente de marketing y políticos, de dicha subordinación cultural.

---

[437] Citado en E. Jungel, *Op. cit.,* 16.

[438] *Ibíd.,* 18.

En contraste abierto con lo anterior, no es irrelevante y sin duda digno de emular el hecho de que, desde las iniciativas católicas de acercamiento ecuménico con las iglesias evangélicas, aquello se lleve siempre a cabo desde la plena conciencia de la referencialidad doctrinal propia del catolicismo y, por tanto, también, desde la lúcida comprensión de aquello que incluso en pro de aquella unidad no resulta posible ni de conceder ni de renunciar. Esto puede constatarse ya en la firme defensa del decreto tridentino en torno al artículo de la justificación que ofrece un autor católico tan proclive al diálogo ecuménico católico-protestante como ha sido Hans Küng, precisamente en un libro que marcó un hito significativo en aras de un mejor entendimiento entre ambas tradiciones, al menos en lo que a la doctrina de la justificación se refiere, esto es: *La justificación. Doctrina de Karl Barth y una interpretación católica*[439]. En respuesta a ello, resulta otra vez de gran valor la exposición valiente y certera de E. Jüngel[440] al respecto de la imposibilidad de parte evangélica de renunciar a las fórmulas *sola fide, sola gratia, sola Scriptura y solus Christus,* no solo en tanto marco de fondo que posibilite las condiciones adecuadas para el correcto desarrollo de la actividad ecuménica con el catolicismo, sino como referencia inabdicable para el protestantismo, al punto de que en ello reside para este el *articulus stantis et cadentis eclesiae.* Valga aquello, en especial, cuando en un documento tan sobredimensionado, sobre todo por las corrientes luteranas radicalizadas en torno al discurso relevante y tan proclives a la unidad entre protestantes y católicos, ¡a toda costa!, como ha sido la mentada *Declaración conjunta sobre la doctrina de la justificación,* la representación luterana, a sugerencia de su contraparte católica y accediendo en ello en pro de aquella tan ansiada unidad, ha renunciado, ¡increíblemente!, a la partícula *sola fide* como nota principal de la doctrina de la justificación.

Resulta incontestable que cuando un quehacer teológico se conduce únicamente por criterios de autonomía, relevancia, practicidad y ausencia de pertenencia confesional, corre el ciertísimo riesgo de venir a dar en un no muy largo plazo en la mera repetición abusiva y fatigada de consignas y eslóganes, en el agotamiento de sus ideas, como así también en un muy precario marco metodológico. En el

---

[439] Estella, Barcelona, 1965.

[440] Especialmente el capítulo, *El pecador justificado. Sobre la importancia de las partículas exclusivas (recalcadas por los reformadores),* en, *Op. cit.,* 181-298. Más allá de esta penosa situación a la que Jüngel emplaza con total vigor, en mi opinión el trabajo de Jüngel resulta a su vez en lectura recomendable para todo aquel lector evangélico que procure una clarificación y ponderación más acuciosa de las fórmulas –más allá del tratamiento abiertamente simplista y repetitivo que se le suele dar a las mismas, sobre todo al nivel del discurso pastoral–, entretanto que lectura obligada para el lector luterano, cuánto más en tiempos en que gran parte del luteranismo actual zozobra prácticamente a la deriva, o bien de corrientes movidas por las rígidas y extemporáneas reortodoxias, o bien por versiones teológicamente desconfesionalizadas y acomodaticias desde el radicalismo de la relevancia y la horizontalidad.

caso de este quehacer teológico latinoamericano radicalizado en torno a la dimensión relevante de la fe, tal exclusividad de criterios, ya sea en el nombre de la tríada binominal "compromiso-militancia", "pobre-pobreza", "popular-contextual", en lo que respecta a la teología de la liberación, o de cualquier otro particularismo teológico como estandarte de las teologías del genitivo, ha llevado incluso a que en muchos de estos centros de educación les esté prácticamente prohibida a los estudiantes la posibilidad de presentar como objeto y tema de sus investigaciones cualquier autor o línea de pensamiento que no refuerce la directriz ideológica preestablecida por la escuela. Frente a tal reduccionista comprensión del quehacer teológico y su función, el intento de abarcar aquí temáticas que no se hallen comprendidas dentro de la Torá sagrada de la escuela –vale decir, aquellas que procurando sobrepujar los estrechos límites del discurso relevante, se deseen insertar en la amplia historia del pensamiento cristiano y filosófico y la gran tradición eclesial–, se sentenciará de inmediato como un acto atentatorio contra los intereses autóctonos de América Latina, al tiempo que se le acusará de promocionar la sucia garra del constantinismo, el agustinismo o el colonialismo intelectual. "Imperialismo intelectual", este, que los espíritus más serenos en estas líneas y con aires supuestamente más académicos preferirán designar con el delicado eufemismo de "ciencias dominantes", aunque, en realidad, estén mentando simplemente lo mismo. Desde luego, aquí se echará mano, a fin de despejar toda sospecha de resentimiento y odiosidad ante tal tradición intelectual mayor, sindicada simplemente aquí como "ciencias de dominación", y de paso aparecer ante los sostenedores extranjeros –que en la mayoría de los casos, se hallan atrincherados también en esa misma tendencia posmoderna antiintelectual– como motivados nada más que por una abnegada defensa de la "contextualidad", de una retórica pletórica de sensibilidad pastoral y aun social, en último término, "latinoamericanista": "Y eso, de la historia del pensamiento cristiano y filosófico, y la gran tradición eclesial, ¿para qué te sirve?", "¿cuál será su importancia real para el trabajo militante en tu comunidad?", "¿constituye aquello un discurso lo suficientemente atrayente, accesible y práctico para el amplio público, el laico, los pobres, los excluidos?", "¿representa verdaderamente aquello los intereses culturales de nuestros pueblos latinoamericanos?", lo cual vale decir, como rezaba ya el ilustre reproche de Garve a la filosofía crítica de Kant: "¡Esto solo tiene utilidad en lo teórico, pero no en lo práctico!"[441].

---

[441] Nos referimos aquí al sabroso opúsculo con que Kant ha debido salir al paso de la acusación de Christian Garve, quien, por un evidente acto de comodidad metodológica e intelectual, le conminaba a este a separar en su filosofía crítica lo teórico –a su juicio, elemento "inocuo" – de lo práctico –a su juicio, elemento de "utilidad"–, esto es, *Sobre el dicho vulgar: eso puede ser cierto en teoría, pero no sirve para la práctica*, en, ¿Qué es la Ilustración?, Alianza Editorial, Madrid, 2004, 179-186. Aquí Kant responderá, como era de esperar, que no existe separación entre métodos y resultados, entre teoría crítica y proyecciones prácticas. Puede seguirse el detalle de la discusión en E. Cassirer, *La polémica con Eberhard y Garve*, en, *Kant, vida y doctrina*, FCE, México, 1968, 427-438.

En efecto, y digámoslo con absoluta honestidad, si lo que realmente se persigue con esto del quehacer teológico no es más que el reforzamiento político e ideológico, el hiperactivismo eclesiástico o social, la promoción de una teología latinoamericana construida según el estereotipo de lo militante, lo contextual, y por sobre todo lo multicultural, de tan buena demanda, por lo demás, entre los sectores teológicos del primer mundo, no habrá en ello el valor alguno. Por ello, y frente a todas estas incomprensiones y resistencias, valga la pena una vez más recordar: la importancia del contacto con aquel gran acervo de la tradición, tanto cristiana como filosófica, no estriba, desde luego, en que la mera exposición a dicha información, al modo casi de ósmosis, habrá de proveer todas las respuestas y soluciones a los desafíos teológicos del presente. Quien así piense, se halla atrapado simplemente en un ingenuo y sesgado idealismo. Muy por el contrario, tal importancia consiste en que la familiaridad con aquellos momentos y etapas más significativos del pensamiento cristiano y la gran tradición eclesial nos proporciona una incuestionable sensibilidad al respecto del caminar de la iglesia cristiana y su teología a través del escenario de la historia. En atención a las inclinaciones, formulaciones, soluciones, incluso retrocesos y desvíos de esta iglesia y su teología a través de la historia, podemos obtener nosotros hoy valiosas lecciones al respecto del modo en que ella misma y su pensamiento han sido emplazados para preservar y dar respuesta de su fe. Es cierto, no es necesario insistir en la obviedad de que muchos de los desafíos que enfrentamos en la actualidad ni siquiera podrían haber sido previstos por aquel acervo histórico-tradicional. Sin embargo, nadie podría negar, a menos de transitar por la vereda de la ignorancia o la arrogancia, o ambas por igual, que el desafío *per se* de la iglesia y su teología a través de la historia no ha sido ni será otro, en resumidas cuentas, que preservar la verdad irreductible del mensaje cristiano, que Dios ha consignado en Jesús, el Cristo, y hacer que ese mensaje y no otro sea escuchado y comprendido por los hombres y mujeres de cada nueva generación. La importancia de tal familiaridad, además, nos confiere un profundo sentido de catolicidad, como *Una, sancta, catolica et apostolica ecclesia*, como afirmara ya el Credo Niceno, concepto y sentido este tan ausente entre las iglesias evangélicas de nuestro continente. Nos precave, a su vez, de la mesianización ligera y acrítica de cualquier propuesta o movimiento, al exigir de estos una legitimación no solo política o sociológica, no solo ecuménica o contextual, no solo militante o genitival, no solo progresista o posmoderna, sino ante todo una legitimación teológica, a la luz primeramente del acervo de la tradición bíblica, y luego histórica y confesional.

Cierta vez le escuché a un biblista de Centroamérica afirmar que la diferencia entre un teólogo del primer mundo y uno latinoamericano residía en que detras del primero se hallaba únicamente una "biblioteca", en cambio, detras del segundo, "todo un pueblo", dando a entender con ello que el primero trabajaba en el mundo de las ideas y los conceptos, entre tanto que el segundo lo hacía comprometido con rostros humanos concretos. No vamos a discutir aquí la veracidad de dicha consigna, pues ya hemos abordado suficientemente aquello al tratar el tema de la praxis-compromiso y la *anomalía de la inconsistencia*. No obstante, lo que sí quisiéramos afirmar y con todo énfasis, es que lo que más se requiere en esta actual coyuntura de la teología latinoamericana no es precisamente insistir en más consignas militantes, sino más bien dirigir todos los esfuerzos a posibilitar un mayor sentido de pertenencia con la historia del pensamiento cristiano y filosófico, y la gran tradición eclesial y, a partir de allí, construir un marco de fondo metodológico que permita sobrepujar la dinámica de un quehacer teológico y su producción exclusivamente gatillados por criterios de relevancia o de referencia estrictamente regional. Con arreglo a lo anterior, no posee a nuestro juicio más explicación que el mero capricho ideológico, alimentado por un etnocentrismo que se torna cada vez más radical entre estos sectores, la casi invalidación teologal y hasta moral que se le endosa desde allí a todo empleo de autores o de literatura que no reporte una inmediata relación o compromiso con lo "latinoamericano" y aquello, desde luego, según la construcción de un determinado estereotipo político y cultural de lo relativo a Hispanoamérica. Es como si, de pronto, digámoslo de este modo, un determinado sector se hubiese arrogado el derecho a establecer, cual Dezinger, su propio *Enchiridion* de los temas, autores, vocabulario e intereses únicos y exclusivos del quehacer teológico de América Latina. Sea dicho, entonces, sin rodeo alguno: tal pretensión de absoluta autonomía y originalidad que estos sectores posicionados en torno al imperativo de la relevancia se pretenden arrogar no solo se resiente de ridícula, sino además de absolutamente arbitraria e inconsistente, para no decir que funciona casi como estrategia de marketing. Ninguna teología, incluso aquella que se juzgue llamada al abordaje de un muy determinado contexto y objetivo regional, podría negar su inserción, continuidad, como también desafío de revisión con aquella gran *ecoumene* del pensamiento cristiano, en la medida en que ella misma pretenda presentarse no solo como una exótica propuesta provincial, sino, ¡cuánto más!, como "teología cristiana". Ninguna teología, por lo demás, podría suponer que, para garantizar los intereses y la originalidad de su contexto más próximo, debiera prescindir de la utilización de cualquier forma de pensamiento o de producción que no se circunscriba a esas mismas fronteras regionales. Con ello, tal comportamiento, no solo da muestras de enfilarse directamente por el carril del insano posicionamiento ideológico, sino que al paso que lo transita y lo refuerza, de ir negando y socavando aquel principio tan caro al cristianismo como lo es el de la *catolicidad*.

Debemos insistir contra el primer Rubem Alves[442] y gran parte del posterior discurso de la teología de la liberación, incluidas las actuales teologías del genitivo,

---

[442] Nos referimos aquí, particularmente, a su artículo intitulado, "Christian Realism: Ideology of the Establishment", para la revista, *Christianity and Crisis* (Vol. 33, 15, 1973), en el que llama

por supuesto, que no solamente las formas tradicionales de hacer teología son susceptibles de incorporar elementos ideológicos en su estructura de pensamiento. Tales componentes ideológicos ocurren, indudablemente, cuando el conocimiento que sustenta el quehacer teológico, en vez de referencial y acumulativo, se torna ahistórico y repetitivo, cuando lo ahistórico y repetitivo se ideologiza y se hace escuela, cuando lo ideologizado y escolar se transforma luego en un producto clausurado e incuestionable, y cuando, finalmente, aquel producto clausurado e incuestionable aparece desarraigado tanto del conocimiento acumulativo (identidad) como de las urgencias reales y no solo de interés partidista de la vida (relevancia). Dichos componentes ideológicos pueden darse cita, en efecto, tanto en una teología que se arraigue en las estructuras propias de un idealismo conceptual, como, desde el extremo opuesto, en una teología que se afirme sobre la base de un evidente empirismo sociológico, o un realismo histórico. En consecuencia, no sería serio sostener bajo ninguna eventualidad que una teología de la liberación, del genitivo o simplemente del tercer mundo no sea susceptible también de contener altas dosis de componentes ideológicos en su sistema, tanto, igual o incluso más que cualquiera articulación teológica clásica o del primer mundo.[443] Ciertamente, ello es posible en la medida en que estas olviden –y tal olvido es un peligro aquí siempre latente– que ningún discurso teológico, ¡ni siquiera el suyo!, es un catastro acabado de toda la realidad de la vida, ni social ni mucho menos teologal, y que en virtud de su precariedad, propia de la finitud humana, por lo demás, requiere de las soluciones que otras articulaciones han resuelto, de las desvelaciones que sus propias omisiones no han revelado y del esfuerzo constante de que su apuesta no se transforme en una estructura ni absolutista ni clausurante, que tienda a la sacralización e idealización de *lo propio* entre tanto que a la profanación y denostación de *lo otro*. ¡A esto llamamos, sin duda alguna, el reduccionismo ideologicista de la teología! Por tanto, y como ha dicho Clodovis Boff:

---

a las formas tradicionales de hacer teología, sobre todo a las de origen europeo, al abierto reconocimiento de sus prejuicios, sin reparar demasiado en que las formas no convencionales también pueden contener –¡y de hecho contienen!– altas cuotas de componentes ideológicos, quizás con el agravante de que tales elementos anómalos tardan más tiempo en ser advertidos y cuánto más admitidos.

[443] Por ejemplo, y en esta línea me parece que renuncia a todo margen de sentido y seriedad la crítica de la teología de la liberación a la teología política europea, principalmente representada por J. Moltmann y J. B. Metz, entre otros, a la que enrostra el ideologismo de una teoría social abstracta y especulativa, es decir, y dicho abiertamente, que no toma partido por el análisis sociológico marxista de la realidad. Y, sin embargo, ella misma, cuando abraza tal teoría sin mayor margen de criticidad y con un fervor, como diría H. Desroche, "casi de prosélito convertido", no ve en tal accionar más que el mérito de una fe "comprometida". Por supuesto, la pregunta aquí no se hace demasiado esperar: ¿Comprometida con qué? La respuesta es obvia.

> Una teología sería reductora de la fe, y por eso mismo ideológica, si se situara como si fuera ella *la* teología, esto es, la única legítima y válida para todos y para siempre, con exclusión de cualquier otra, cuando no pasa de ser una teología particular de una situación socio-histórica igualmente particular.[444]

¿Quién no podría descubrir, mediante una revisión de aquellos términos que conforman la nomenclatura básica de la hermenéutica de la teología de la liberación y de algunas teologías del genitivo (relectura, producción de sentido, reserva de sentido, el dentro del texto, el adelante del texto, horizonte hermenéutico, etc.) su evidente deuda de dependencia con el trabajo de Gadamer y Ricoeur, dos filósofos europeos? ¿Quién no podría avizorar tras la osada formulación de que la producción de la literatura bíblica le debe ser atribuida a los pobres de Israel o, al revés, que el canon es el producto de las clases dominantes, trazos muy concretos de la lectura sociológica y materialista de M. Clevenot y F. Belo, e incluso del propio Ernst Bloch, otros autores también europeos? ¿Quién no podría reconocer tras el rechazo a toda idea de unificación del pensamiento o de un criterio último de verdad, que promueven gran parte de las actuales teologías del genitivo, antecedentes propios de aquel movimiento filosófico surgido en Francia, a cargo de filósofos como M. Foucault, J. Derrida, J. F. Lyotard, también europeos, y que se considera como el inicio de la filosofía posmoderna? ¿No encontramos en aquella profunda demanda de la teología de la liberación, tocante a borrar los límites entre iglesia y mundo, *gratia creatoris* y *gratia redemptoris*, la insistencia previamente ya acotada por los teólogos estadounidenses de la secularización, Th. Altizer y H. Cox principalmente, y en aquella otra de que solo el fin justifica los medios para la realidad política, huellas inconfundibles de la ética situacional de J. Fletcher y de J. A. T. Robinson, el primero estadounidense y el segundo inglés? ¿No ha sido punto de apoyo fundamental la teología política de J. Moltmann y de J. B. Metz para el giro político emprendido por la teología de la liberación, incluso cuando esta le reproche a aquella el hacer del ser humano un espectador casi inactivo en el proceso de liberación político —claro está, sin reparar tampoco que ella misma corre el riesgo opuesto, es decir, hacer de Dios un mero espectador en la concretización del presente—? ¿No ha sido suficientemente claro ya J. Moltmann, en su carta abierta a J. M. Bonino, en demostrar que las asiduas críticas de la teología de la liberación a la teología europea son en realidad gran parte de los contenidos críticos presentes ya en la obra de Engels y Marx, promovidas luego, y con total ingenuidad, como auténtico descubrimiento latinoamericanista? ¿No le asiste la razón al mismo teólogo europeo cuando advierte que el proceso de liberación que desde la teología de la liberación se postula, especialmente en el primer Gutiérrez,

---

[444] *Teología de lo político,* 98.

parece estar planteado prácticamente al calco del de la historia europea, reforzado una y otra vez por el uso abundante de nombres como Hegel, Feuerbach, Marx, Freud, etc., pero con sorprendente ausencia de la propia historia republicana e independista de América Latina, incluidos sus más relevantes actores, asunto que desde un quehacer que pretende ser tan regional no sería en absoluto de esperar? Y, en definitiva, ¿no ha sido acaso aquella revitalización tan entusiasta de la teoría marxista en la teología de la liberación, aun a contratiempo de sus resultados históricos, una afirmación inobjetable de aquel eurocentrismo y de sus instrumentos de medición, los que, paradojalmente, tanto se desdeñan? Ciertamente, la lista podría ser más abundante todavía, pero basten al menos estas breves pinceladas para dejar de manifiesto cuán enorme resulta aquí la contradicción.

Sin duda alguna, podemos aplicar aquí aquello que con toda lucidez señalaba Robert Hughes, a saber, que la idea de que el excolonizado debe rechazar el arte del excolonizador, para el bien de la transformación política, es de una limitación realmente llevada *ad absurdum*. Y el absurdo, como el mismo Hughes continuaba exponiendo, es válido en todas las manifestaciones de "colonización" que le quepan, sea esta económica, sexual, racial y, por cierto, y el añadido aquí es nuestro, "teologal". En otras palabras, y como bien concluía el mismo autor: "Se puede aprender de Picasso sin ser falócrata, de Rubens sin convertirse en cortesano de los Habsburgos, de Kipling sin volverse imperialista"[445]. A lo cual también debemos agregar, para continuar con aquello del asunto teologal: "Se puede –es más, ¡se debe!– aprender de la historia del pensamiento cristiano, filosófico y la gran tradición eclesial, sin por ello descuidar los avatares propiamente latinoamericanos o venir a dar en un ejercicio políticamente sublimado o descontextualizado de la realidad regional". Por cierto, tanto en lo que respecta a la teología de la liberación como asimismo a sus epígonas del genitivo, el rechazo de aquel *arte theologicus* que responda a algún acervo mayor es, como hemos visto, un recurso más discursivo que real, más próximo a la consigna militante que a la hermenéutica real. Y, por lo mismo, un emplazamiento que se revela claramente inconsistente y contradictorio, por cuanto se sirve veladamente de aquello contra lo cual en el discurso público arremete, sindicándole luego de ejercicio abstracto, ciencia de dominación e insumo que más bien entorpece aquella aspiración de transformación, aunque, todo aquello sea dicho, más por compromiso ideológico y sus beneficios que por real convicción. En tal sentido, el absurdo al cual se refiere Hughes resultaría ser más bien en este tipo de teologías un riesgo claramente asumido, reforzado en la retórica, pero abandonado en lo privado de la investigación, en la medida en que aquel *arte theologicus* del antiguo o del presente "colonizador" sirva al propósito de prestar alguna contribución, la que por cierto difícilmente habrá de ser reconocida.

---

[445] *La cultura de la queja. Trifulcas norteamericanas*, Anagrama, Barcelona, 1994, 106.

Una vez más, digámoslo, ninguna teología o estructura de pensamiento podría pender en el aire u operar sin unos determinados presupuestos, tal como lo había demostrado ya Martin Heidegger –otro autor europeo– en la figura de su "círculo hermenéutico" –tan ampliamente utilizado, por lo demás, por la propia teología de la liberación–. De allí, entonces, que nos veamos impelidos a señalar que la tarea para este quehacer teológico latinoamericano abiertamente volcado hacia el imperativo de la relevancia no consiste ni mucho menos en negar u ocultar la existencia de aquellos presupuestos que en definitiva dan forma a su articulación teologal –teoría sociológica marxista, filosofía práctica de la posmodernidad, izquierda cultural, multiculturalismo– solo para presumir de autonomía y mucho menos de originalidad regional. Por el contrario, dicha tarea estriba en declarar abiertamente el empleo y dependencia de estos presupuestos, de modo que en aquella declaración abierta de los tales, se pueda estar plenamente consciente de sus oportunidades y riquezas, en tanto instrumentos de mediación, pero también de sus riesgos y vacíos, sobre todo cuando los mismos, como es el caso ya, en vez de servir como medios de articulación, se erigen como discurso primario y regla normativa para la fe. Así las cosas, la pregonada circularidad hermenéutica se convierte finalmente en nada más que en una circulación viciosa y hermética. En otras palabras, lo que se pretende evitar con esta aclaración es que el quehacer teológico de América Latina, más allá de la insistencia en la producción militante, autónoma y comprometida, venga a dar en un mero fundamentalismo de la relevancia y la contextualidad, para no hablar de una escuela del resentimiento, que no haga finalmente más que desembocar en una enorme pobreza metodológica y referencial de la propia teología, incluso si esta se quisiera ofrecer con matices y énfasis propiamente latinoamericanos.

Finalmente, ¿significa esto entonces que la propuesta de una teología evangélica latinoamericana no debiera tomar suficientemente en serio aquellos énfasis y matices que bien podrían hacerla distinguible de cualquier otra articulación teológica en el mundo y, en tal sentido, contentarse con servir nada más y en el mejor de los casos que de eco de la historia del pensamiento cristiano, sino de los fundamentalismos de la identidad y la relevancia usamericanos, en el peor de ellos? ¡No, de ninguna manera!, pues es precisamente aquella multiformidad de contornos y matices la que contribuye a la riqueza del cuadro final y a la polifonía de las voces en el discurso teológico. No obstante, sí nos advierte, y con total claridad, que nuestra referencia regional y cultural latinoamericana no es lugar exclusivo ni preferencial para el estacionamiento absoluto y definitivo de la verdad, sino únicamente punto de partida y pauta referencial en la búsqueda que, junto con otros quehaceres teológicos de distinta procedencia y regionalidad, entablamos todos juntos en la consecución de la única Verdad. Nos alerta también contra el vicio siempre implícito en cualquier absolutismo ideológico de reemplazar simplemente un centro de dominación por otro, en este caso el de una teología de "mayor edad" por el de un "etnocentrismo radical", un "liberacionismo radical", un "contextualismo radical", un "genitivismo radical", un "latinoamericanismo radical" o cualquier otro centro de pensamiento predominante que se arrogue el derecho a establecerse como único paradigma interpretativo desde el cual construir el quehacer teológico evangélico de América Latina.

3

El progresismo posmoderno

3.1 Aspectos preliminares

Hemos centrado hasta el momento nuestro análisis en esta segunda parte de nuestra investigación, en la que tratamos del influjo de la religión americana en aquella su acepción que exacerba la dimensión de la relevancia a expensas de la dimensión de identidad de la fe cristiana, principalmente en la teología de la liberación y derivadamente también en las teologías del genitivo. Por supuesto, tal como ya lo habíamos explicitado al inicio de este capítulo, lo volvemos a repetir aquí: hemos procedido de este modo no porque ambos movimientos resulten un producto directo de la *American Religion*, desde luego, sino más bien porque ambos representan con total nitidez un tipo de quehacer teológico polarizado ya en torno aquella dimensión relevante de la fe. Pero, además, y conviene de la misma forma repetirlo, por cuanto ambos movimientos a despecho de su declarada adscripción contextual, latinoamericanista y gremial o, incluso más, como en el caso de la teología de la liberación, su expresa condenación de casi todo aquello que representan ideológicamente los Estados Unidos, terminan básicamente por reafirmar no solo los elementos fundamentales de aquella *American Religion*, claro está, en aquella su modalidad que enfatiza la dimensión de relevancia, sino no pocos elementos esenciales del genio cultural de aquella nación, y de paso también, no es posible negarlo, se sirven de aquel contexto usamericano como un mercado más amplio y rentable para la difusión de sus publicaciones y trabajos. Con toda razón ha observado Jesús G. Maestro, en aquella gran investigación en que junto a Inger Enkvist oficia de editor, a saber, *Contra los mitos y sofismas de las "teorías literarias" posmodernas (Identidad, género, ideología, relativismo, americocentrismo, minoría, otredad)*[446], que si en realidad es posible hablar de un cierto "imperialismo" usamericano –terminología tan de cabecera tanto entre los círculos latinoamericanos suscritos al izquierdismo cultural, como al progresismo en general–, este estaría dado primero que todo en la forma de su particular modelo académico. Un tipo de "imperialismo" que, paradójicamente –y sírvanos aquí el ejemplo ya citado de las teologías del genitivo y la de la liberación–, termina por internalizarse con más vigor precisamente entre aquellos que política e ideológicamente se muestran más refractarios supuestamente al mismo. Traigamos a la cita, y en relación con lo anterior, las clarificadoras palabras de Maestro, las cuales además nos servirán de panorámica introducción a la temática esta del progresismo posmoderno como

---

[446] Editorial Academia del Hispanismo, Vigo, 2010.

tendencia básicamente del academicismo izquierdo-cultural usamericano, en relación también con su influjo en el mundo eclesiástico y teológico evangélico de nuestro continente a través de las *mainline churches*:

El Imperialismo académico de Estados Unidos tiende a imponerse, aunque de forma paradójica. Se impone precisamente más en las mentes de quienes políticamente dicen oponerse a él. Porque el discurso de las minorías autistas, la retórica de grupos y gremios que reclaman para sí una identidad ajena a los demás seres humanos, la ideología de *lobbies* y colectivos beligerantes, como nacionalismos, feminismos y culturalismos varios, no son más que desarrollos y articulaciones de un imperialismo político cuyo principal fundamento se objetiva, se apoya y se articula en los medios y recursos de que dispone el imperio norteamericano, a través de sus universidades, editoriales e instituciones académicas, organizadas sobre el inmenso arsenal presupuestario de cientos de miles de millones de dólares. Sin las infraestructuras del Imperio Romano, sin sus calzadas, sin su economía, sin su organización política y social, las sectas cristianas originarias nunca podrían haber llegado a la capital del Imperio, a Roma, ni podrían haberse hecho nunca con el poder de ser una religión de Estado. Del mismo modo, sin las infraestructuras del imperio que tanto denuestan, sin el poder del Imperio Estadounidense, del que forman parte efectiva, y al que deben su nacimiento, existencia y sostenimiento, los grupos minoritarios actualmente operativos, sectas feministas, nacionalistas, culturalistas, neohistoricistas, indigenistas, *et altera* […] no tendrían la más mínima posibilidad de sobrevivir. De hecho, estos grupos solo existen en el mundo capitalista y occidental, al amparo del Imperio Estadounidense que dicen criticar, y protegidos por el sistema político universitario que los reconoce como gremios ideológicos y académicos *políticamente correctos*. Estos grupos no se desarrollan en el denominado "tercer mundo" con la misma soltura que en el "primero" o en el "segundo", porque en aquel carecen de la infraestructura política que el Imperio ha desarrollado en estos. Pero, con todo, operan en el tercermundismo bajo la forma de ONG u organizaciones equivalentes, sin darse cuenta de que lo que están haciendo, en nombre de la solidaridad y la justicia es, por más que se lo nieguen a sí mismos y a los demás, imponer una nueva forma de colonización y una nueva forma de explotación: la colonización posmoderna ejecutada por el primer mundo y la explotación de la miseria que proporciona el tercer mundo.[447]

---

[447] *Op. cit.*, 41.

Teniendo siempre en cuenta entonces esta importante información, que nos será de gran utilidad a la hora de intentar comprender los puntos de conexión entre uno y otro movimiento, y esto a pesar de su aparente distanciamiento, pasemos a analizar aquella expresión de la religión americana posicionada en torno al radicalismo de la relevancia y el discurso horizontal, y que hemos consentido en agrupar bajo aquella figura de las *mainline churches*, y cuyas enfatizaciones teológico-eclesiales quisiéramos designar simplemente como progresismo posmoderno. No obstante, permítasenos ofrecer, antes de introducirnos específicamente en la materia, algunas breves observaciones previas que nos ayudarán a obtener una comprensión más integral de nuestro tema. Ya hemos aludido en páginas anteriores a aquel nuevo giro emprendido por la izquierda, luego de constatado el estrepitoso fracaso de sus proyectos utópicos históricos, ligados, principalmente, a una comprensión economicista de la vida (estatismo, igualitarismo, fin de la propiedad privada, etc.), como asimismo inmanentista de la historia (comprensión de toda apertura hacia alguna trascendentalidad como alienación, determinismo histórico, lucha de clases, etc.), hacia aquel nuevo campo de batalla cultural. Viéndose, por tanto, y acaso por vez primera, tal ideologismo huérfano de revolución –concepto como dinámica, este, "revolución", tan caro al izquierdismo como al liberalismo aquel del libre mercado, sin el cual aparecería como trunca su propia esencia y definición–, vería en el marco de las demandas valóricas y culturales un nuevo escenario desde donde volver a posicionar su dialéctica de lucha y confrontación. Ideología de género, los movimientos LGTB, aborto libre, matrimonio y adopción homosexual, feminismo radical, indigenismo, ecologismo, multiculturalismo, palestinofilia, judeofobia, antiamericanismo, etc., son acaso las reivindicaciones más notorias, aunque, desde luego, no las únicas contenidas en esta nueva agenda de la izquierda cultural. Y aunque la lista, indudablemente, bien se pudiera engrosar, lo cierto es que lo que esencialmente subyace a esta dinámica neomarxista-posmoderna-progresista es, en resumidas cuentas, una batalla declarada en contra de aquella afirmación y comprensión tradicional y conservadora de naturaleza, ser humano[448],

---

[448] Con toda razón señala Jaime Mayor Oreja, en el Prólogo de aquella fantástica obra de F. J. Contreras y D. Poole (*Op. cit.*, 10 ss.), a propósito de esta obsesión de la nueva izquierda por desgarrar al ser humano de su fondo natural-referencial, aquello de:

> Ya no se trata de buscar viejos y fallidos postulados de la izquierda que buscaban "liberar al hombre de las ataduras de unas estructuras económicas opresoras". Ahora se adopta como objetivo el liberar al hombre de ataduras más profundas, ligadas a la misma esencia de la naturaleza humana.

Y a este respecto, en efecto, la ideología de género se nos ofrece como la medida más concreta de aquella supuesta liberación del orden natural.

familia-sociedad[449] que, de acuerdo a tal ideologismo, resulta en construcción y perpetuación de dos sistemas o instituciones a los que resulta menester primeramente socavar, si es que en realidad la misma se pretende ganar. A saber, primeramente, el cristianismo, como aquella fuerza directamente responsable de la creación de aquella cosmovisión de la vida y, en segundo lugar, el capitalismo, como aquella fuerza económica que la sustenta y prolonga. No resulta en modo alguno un hecho intrascendente o aleatorio, en consecuencia, constatar la creciente cristofobia[450] que manifiestan los sectores de la nueva izquierda, principalmente del primer mundo, aunque ya extensible a todos los lugares en donde tal ideologismo encuentra presencia, como el hecho también de que la misma no se exprese nunca sin una renovada repulsa contra el capitalismo, el liberalismo, condensado todo aquello, en el antiamericanismo como el rostro más visible y despreciable de lo anterior.

---

[449] Entre otros motivos, en la medida, principalmente, en que la familia representa el último y acaso más importante foco de resistencia de conciencia individual ante la pretensión de un Estado, rendido ya a ese ideologismo izquierdo-cultural, que todo lo pretende abarcar y tutelar. De ahí, entonces, la imperiosa necesidad por socavar su unidad, de privarle de su derecho natural de decidir, educar y formar, de hostilizarle y degradarle a como dé lugar, de ofrecer modelos alternativos que aparezcan como de un valor incluso superior a la misma, toda vez que enarbolan como principios fundamentales el estandarte de la tolerancia y la inclusividad, en concordancia plena con estos tiempos de posmodernidad. De ahí, también, el afán de presentarla como la institución social por antonomasia, que en tanto creación de la ensoñación del cristianismo y el sustento permanente del capitalismo, reproduce como ninguna otra la estructura opresiva y heteronormativa patriarcal, tal como lo predica *ad nauseam* el feminismo radical, fenómeno tan propio de este nuevo giro de la izquierda cultural, cuyo origen, contenidos, dinámica, como asimismo el peligro que reporta para la vida humana en sociedad han sido abordados magistralmente por N. Márquez y A. Laje, en su obra ya citada, *El libro negro de la nueva izquierda. Ideología de género o subversión cultural.*

[450] Tal comportamiento cristofóbico, aunque se canalice en diversas expresiones y formas, encuentra, sin embargo, como elemento claramente conductor, aquel enconado esfuerzo por negarle al cristianismo prácticamente el más mínimo aporte y contribución en la formación de la civilización y de la cultura de Occidente, borrar su memoria si esto fuera posible de este continente, asignándole entre tanto como única participación los aspectos coercitivos y oscurantistas que aún permanecen en esta, como, a su vez, y a consecuencia de la ponderación anterior, la decisión de privarle de cualquier participación en la vida tanto de las instituciones como pública. Se trata, en definitiva, como es de observar, de un precio demasiado alto a pagar por esta cada vez más creciente cristofobia, al menos en el contexto de Europa, aunque sería demasiado miope no observar que la tendencia de tal ideologismo se expande ya por todo el orbe. En lo que dice relación con este oneroso precio en la realidad de Europa, se expresa con total realismo Marcello Pera en su introducción a la lúcida obra de J. Ratzinger, *El cristianismo en la crisis de Europa* (13):

> En la cultura europea, el precio es la exclusión del cristianismo no solo de la vida de los diferentes Estados, sino también de la sociedad civil. En la Constitución Europea, el precio es el rechazo hasta del recuerdo de que nuestro continente ha sido el continente cristiano. En la vida europea, el precio es el descarrío de las conciencias.

Por supuesto, desestabilizar un orden natural –o al menos planteárselo como meta– tal como el que acabamos de mencionar, requiere para ello no solamente de un instrumental coercitivo, como el Estado y su aparato legal, sino de uno que pueda operar gradual y silenciosamente, pero que resulte a la postre capaz de difuminar y desvirtuar la semántica propia de los vocablos y los términos convencionalmente establecidos, de modo tal que lo que la historia humana y su lenguaje –en concomitancia, naturalmente, con el uso apropiado de la razón y el antecedente biológico–, ha definido precisamente como lo relativo al orden de lo natural resulte desgarrado de ese fondo referencial. Así, por lo tanto, desde la desnaturalización –sino directamente perversión– de la semántica –que conduce, verbigracia, a denominar a la eutanasia como "el morir con dignidad", a clasificar el adoctrinamiento ideológico como "educación laica o estatal", a redefinir el aborto como "interrupción del embarazo"–, hasta negar la existencia de un fondo biológico referencial que determine en los seres humanos su sexualidad, de modo que esta solo sea una construcción cultural, el paso es simplemente minúsculo, por no decir lógico y exigido.[451] Ciertamente, esta verdadera "revolución" del orden natural, esta transmutación de los valores, imposible de imaginar siquiera hasta hace unas pocas décadas atrás, no es el resultado inevitable, como suelen pensar las generaciones más jóvenes, expuestas desde su nacimiento a este

---

[451] Incluso más, como lo advierte D. Poole (*Relativismo y tolerancia*, en, *Op. cit.*, 138), la manipulación del lenguaje con fines nada más que de interés puede llegar a un nivel de perversión sorprendente, como lo demuestra la reciente creación del *día internacional del amor al niño*, promovido por la NAMBLA (North American Man/Boy Love Association), para difundir la pedofilia. Pero recordemos nada más lo que el propio Orwell afirmaba ya en su breve ensayo, *Politics and the English Language*, en relación al lenguaje, esto es: que basta simplemente con modificar las palabras, privarles de su carga natural de contrariedad, para hacer aparecer horrendos crímenes como plausibles o, por lo menos, sin ese dejo de natural rechazo. De este modo, a la expropiación de las tierras de los campesinos se le designará con el nuevo rótulo de "traslado de la población"; el genocidio de pueblos enteros se denominará "pacificación"; el encarcelamiento y fusilamiento de personas sin mediar ningún juicio se sindicará como "eliminación de elementos indignos de confianza":

> Defenceless villages are bombarded from the air, the inhabitants driven out into the countryside, the cattle machine-gunned, the huts set on fire with incendiary bullets: this is called *pacification*. Millions of peasants are robbed of their farms and sent trudging along the roads with no more than they can carry: this is called *transfer of population* or *rectification of frontiers*. People are imprisoned for years without trial, or shot in the back of the neck or sent to die of scurvy in Arctic lumber camps: this is called *elimination of unreliable elements*.

Ciertamente, existen diferencias indudables entre el trasvasije semántico observado por Orwell y aquel que experimentamos hoy; no obstante, se trata de una misma degradación lingüística, cuyo objetivo no es más que la eufemización y blanqueamiento de actos que a todas luces y en condiciones de sanidad individual y social normales deberían repugnar tanto al espíritu como a la razón. El ensayo de Orwell puede verse en: http://www.orwell.ru/library/essays/politics/english/e_polit

adoctrinamiento izquierdo-cultural, del avance y el progreso de una humanidad que por fin se ha logrado liberar de las amarras represivas y supersticiosas de un moralismo religioso, siempre en pugna con los avances de la ciencia y las libertades de los hombres. Muy por el contrario, todo aquello ha sido cimentado por la inoculación de un lento, largo, pero no menos efectivo estado de relativismo, cuyo alcance lo observamos hoy irrumpiendo en toda la transversalidad de la vida, cubriendo así desde el ámbito de lo religioso hasta lo cultural, desde las visiones de la ciencia hasta la moral, lo que responde evidentemente a unos objetivos claramente determinados y preestablecidos. Aquí, desde luego, ni el azar, menos la búsqueda del progreso de la humanidad, encuentran el más mínimo lugar.[452] Con toda razón, F. J. Contreras y Diego Poole han señalado en aquel importante estudio acerca de la nueva izquierda y el cristianismo que si se tuviera que escoger un solo concepto que definiera meridianamente la filosofía de vida propugnada, para no decir impuesta, por el neomarxismo, este sería, sin lugar a dudas, el del "relativismo"[453]. Un relativismo que, como lúcidamente lo definió Benedicto XVI, constituye la verdadera tiranía de nuestros días[454], acaso en sustitución del fallido intento de este mismo ideologismo por establecer una dictadura del proletariado, aunque, paradójicamente, el mismo se presente como el defensor excelso de la libertad, el respeto por los demás y sus respectivas convicciones. Empero, como nuevamente los autores F. J. Contreras y Diego Poole acertadamente sentencian, se trata de un relativismo —y asimismo, de una tolerancia— engañoso y cínico, por

---

[452] En la pregunta y respectiva respuesta de D. Poole:

¿Y por qué hoy más que nunca se apela al relativismo?, ¿por qué tanto interés en evitar cualquier referencia a un ser absoluto?, ¿por qué esta renuncia a la propia tradición? Digámoslo claramente: este laicismo relativista, identificado con el progresismo, además de un componente de degeneración moral, responde también a un plan de gobierno; como la izquierda europea en muchos casos se ha quedado sin un proyecto político y social propio, necesita que el proyecto de los demás entre también en crisis. Necesitan la crisis de los valores y principios tradicionales, porque esa crisis es un elemento esencial para la reafirmación de su identidad (D. Poole, *Relativismo y tolerancia*, en, *Op. cit.,* 164).

[453] *Presentación*, en, *Op. cit.,* 18.

[454] Conceptos vertidos durante la misa "Pro Eligendo Pontifice", con fecha lunes 18 de abril de 2005, en donde afirma*:*

A quien tiene una fe clara, según el Credo de la Iglesia, a menudo se le aplica la etiqueta de fundamentalismo. Mientras que el relativismo, es decir, dejarse "llevar a la deriva por cualquier viento de doctrina", parece ser la única actitud adecuada en los tiempos actuales. Se va constituyendo una dictadura del relativismo que no reconoce nada como definitivo y que deja como última medida solo el propio yo y sus antojos.

La homilía completa puede verse en http://www.vatican.va/gpII/documents/homily-pro-eligendo-pontifice_20050418_sp.html

cuanto se le aplica en cuanto tal, y sin posibilidad de matices, únicamente a las creencias de los demás, en tanto que se reserva para sí mismo un dogmatismo a ultranza que no admite concesiones. Y no podría serlo de otro modo, pues tal relativismo que no solo se desvela interesado e inconsecuente –se le aplica a los demás, pero se reserva la eficacia del mismo para sus propios intereses– contiene ya de suyo una cosmovisión completamente absolutizada de naturaleza, ser humano y sociedad, oculta, desde luego tras la mascarada de esta suerte de palabra-talismán.

Estaría demasiado obnubilado o distraído de la realidad quien no advirtiera que este nuevo giro dialectal emprendido por la izquierda cultural se ha transformado en la tendencia hegemonizante de la actualidad, frente a la cual, las posturas conservadoras y las dinámicas de resistencia resultan ser hoy la verdadera contracultura, lo heterodoxo, lo subversivo, lo marginal. No se yerra en modo alguno cuando se afirma que la polarización más concluyente y trascendente de nuestros días, y con mucho la que continuará en los años que seguirán, está dada por esa profunda escisión y contrariedad entre las cosmovisiones progresistas y conservadoras de la existencia.[455] Aunque la primera, desde luego, no lo podemos soslayar, se posicione hoy como la cultura dominante y global, provista de un enorme arsenal de recursos que le permiten acceder a este sitial y al mismo tiempo garantizar su continuidad, y que van desde el aparataje de las instituciones hasta el propio imaginario social, frente a la cual, se entiende, las posturas conservadoras no son más que la cultura disidente, un David contra Goliat. En las palabras de Gertrude Himmelfarb:

> Las fuerzas de estos dos bandos ideológicos no están equilibradas: la perspectiva progresista ejerce una evidente hegemonía en los medios de comunicación, en las universidades, en el cine y la literatura, hasta el punto de merecer la calificación de "cultura dominante". La contracultura liberacionista de los 60 ha pasado a convertirse en la ortodoxia, en la doctrina oficial del *establishment* biempensante y políticamente correcto.[456]

---

[455] Así, por ejemplo, F. J. Contreras: "Mi tesis, pues, es que la divisoria *conservadores vs. progresistas* va a convertirse en el eje de referencia más significativo, la polaridad social más trascendente de las décadas que vienen" (*Por qué la izquierda ataca a la iglesia*, en, *Op. cit.*, 27).

[456] Citado en F. J. Contreras, *Por qué la izquierda ataca a la iglesia*, en, *Op. cit.*, 30. Se cumpliría aquí, y en resumidas cuentas, casi a la perfección, el camino a la construcción de un orden socialista según la propuesta de Gramsci y su hegemonía cultural, según consta en sus *Cuadernos de la cárcel* (1932-1933), más que el de la violencia declarada y abierta propugnado por Lenin, con todas las terribles consecuencias humanas conocidas ya por todos, aunque, a decir verdad, y para no perder esa inveterada costumbre revolucionaria, el mismo sea de vez en cuando reeditado y vuelto a transitar.

Vistas así las cosas, no sería plausible por lo tanto pretender que el influjo de esta corriente hegemónica no embistiese en algún momento de lleno al propio cristianismo. De hecho, como ya hemos tenido ocasión de ver, la teología de la liberación se presenta como un claro precursor de esta tendencia, y cuánto más, desde luego, las del genitivo, aunque, ciertamente, con la salvedad de que hablamos en uno y otro caso de movimientos teológicos y no de comunidades cristianas propiamente dichas. Sin embargo, el hecho es que el impacto de esta cultura dominante y su respectiva cosmovisión de la existencia ha tenido consecuencias determinantes en la vida de las iglesias, arrastrando, incluso, y en el caso de las facciones protestantes, al desgarramiento virtualmente irreconciliable de una misma familia denominacional. Así, por ejemplo, no existe, en el caso específico del contexto evangélico de los Estados Unidos, aunque por cierto, tal tendencia comience a expandirse ya por todo el orbe protestante, prácticamente una sola denominación que no haya experimentado los estragos de tal escisión, dada a partir de la presión y finalmente imposición de un cierto sector por internalizar los contenidos de aquella agenda izquierdo-cultural a su estructura teológica y eclesial, y la resistencia de otro grupo a incorporarla.[457]

---

[457] Como bien es sabido, el caso más emblemático de esta total capitulación al ideologismo del progresismo lo constituyen en los Estados Unidos tanto la Iglesia Episcopal como la Iglesia Unida de Cristo. En los casos del luteranismo y el presbiterianismo de línea no confesional, entre tanto, también de ese país, expuestos por razones obvias mucho más que su contraparte conservadora a tal influjo de la izquierda cultural, la consecuencia más inmediata de esta tal subordinación ha sido el importante éxodo de sus filas de una buena parte de su contingente congregacional, el que, sintiéndose desde luego violentado en su conciencia tanto humana como cristiana por este giro tan radical hacia la izquierda, ha buscado en otras expresiones del protestantismo un nuevo cobijo espiritual. Pero, asimismo, un éxodo en relación, y me refiero aquí específicamente a la situación ocurrida en el luteranismo con la ELCA (Evangelical Lutheran Church in America), con un significativo grupo de teólogos, particularmente de aquellos que eran portadores de una tradición eclesiástica de mayor envergadura teológica y sentido de catolicidad, tales como Jaroslav Pelikan, Carl Braaten, Robert Wilken, Leonard Klein, David Fagerberg, Robert Jenson, entre muchos otros. El resultado aquí de este significativo éxodo de aquel contingente teologal, además de provocar con su salida el que ya no haya prácticamente fuerzas de equilibrio, tanto a nivel teológico como pastoral, que permitan evitar la caída libre y acaso sin retorno de esta expresión del luteranismo hacia su completa asimilación de la agenda de la izquierda cultural, ha sido la formación de diversas revistas y agrupaciones teológicas de reconocido valor al pensamiento cristiano, como *Pro Ecclesia*, *Solid Ground*, *Word Alone*, entre otras, y el destacado aporte docente de algunos de sus representantes en facultades de teología en las que todavía el discurso y la reflexión teológicos, no secuestrados por las aberraciones del progresismo, sigue siendo apreciado y estimulado. Pero, incluso, ni siquiera aquellas expresiones del protestantismo estadounidense tradicionalmente asociadas a lo *evangelical,* o abiertamente al fundamentalismo, se han visto libres de tener que enfrentar las presiones y seducciones de esta cultura hegemónica, tal como las enconadas divergencias entre bautistas del Norte y del Sur así lo manifiestan. Todo lo cual, en consecuencia, no hace más que llevarnos seriamente a considerar si no nos hallamos, en relación con los avances de la izquierda cultural –¡el cumplimiento de *aquella hegemonía* cultural pregonada por Gramsci!–, ante uno de los desafíos más importantes de los

3.2 El progresismo en su modalidad eclesiástico-teológica

El progresismo como estructura de pensamiento, como movimiento masivo y transversal propio de la izquierda cultural, encuentra asimismo una dimensión teológica y eclesial dentro de la *American Religion,* preferentemente en aquel conjunto de comunidades generalmente provenientes del protestantismo histórico y amparadas como ya se ha dicho bajo la figura ya mentada de las *mainline churches.* Es cierto que el progresismo eclesiástico y teológico resulta actualmente un fenómeno prácticamente constituyente a una buena parte del protestantismo del primer mundo. No obstante, se debe reconocer que tal progresismo teológico en su versión usamericana, y en la medida en que el mismo tampoco puede sustraerse a la herencia de su genio cultural, aunque tal impacto lo reciba en aquella modalidad que exacerba la dimensión de la relevancia en detrimento de su contraparte de la identidad, ofrece características que le hacen claramente distinguible frente a todos los demás. Tales características resultan ser, en resumidas cuentas, las mismas que *mutatis mutandis* diferencian al cristianismo de los Estados Unidos frente a otras expresiones cristianas en general, y protestantes en particular, de entre todo el mundo, y que forman parte, para volver a usar la terminología ya propuesta por S. M. Lipset, del "excepcionalismo norteamericano". Dicho de un modo más preciso, se trata aquí de las características distintivas de la religión americana, solo que esta vez no bajo la exacerbación de la dimensión de la identidad, ya sea en su modalidad de reortodoxias, fundamentalismo, neopentecostalismo, emergismo, o las que fueren, sino en términos de la exacerbación de la dimensión de la relevancia, bajo el marco ideológico de la izquierda cultural.

Sea necesario, por lo demás, recordar que nuestro objetivo en este apartado no ha de ser tanto la descripción pormenorizada del progresismo eclesiástico y teológico usamericano propiamente dicho, aunque tal tarea no se pueda del todo soslayar, sino más bien las relaciones con ciertos quehaceres teológicos y eclesiásticos afines o dependientes de este entre algunos sectores evangélicos de nuestro continente. Por lo mismo, debemos también precisar que la presencia de esta tal corriente progresista comienza en América Latina poco a poco a germinar, en lo que respecta particularmente al espectro eclesial, en los márgenes de iglesias propias del protestantismo histórico, generalmente urbanas y conectadas económica, misionera o ideológicamente con sus homólogas estadounidenses o europeas, de suyo gestoras y promotoras de esta modalidad religiosa de la izquierda cultural. Es decir, en el marco de comunidades en principio derivadas de aquel protestantismo

---

últimos siglos para el protestantismo evangélico, sino para el cristianismo en cuanto tal, pues en esta capitulación o resistencia a la misma no se halla comprometida nada más que una preferencia cultural, la cual se pueda afirmar o rechazar sin daño y perjuicio para la comprensión misma del ser y la misión de la iglesia, sino aquello que en definitiva afecta su más profunda esencia como *Una, sancta, catolica et apostolica ecclesia.*

reformacional, pero a la sazón ya abiertamente polarizadas en torno al discurso de la relevancia en postergación de la dimensión de la identidad. Sin embargo, no es menos cierto que el progresismo, bajo esta modalidad eclesiástica y teologal, ha logrado captar a su vez no pocos adherentes, incluso desde aquellos sectores del evangelicalismo latinoamericano ligados en principio al radicalismo de la identidad. Suscriptores estos, a decir verdad, los que, ora por cuestión de idealización precipitada de este movimiento, a la luz de los comportamientos coercitivos que han experimentado en su propia tradición eclesial, generalmente de parte de un fundamentalismo groseramente rudo y marginal y el desconocimiento del impacto causado por este en su contexto original –Estados Unidos, Canadá, Europa–, ora por una identificación ya previa con la agenda de la izquierda en general, llegan a transformarse muchas veces en los defensores más dogmáticos y celosos, al tiempo que con menos capacidad de criticidad, de este proyecto teológico y eclesial.[458]

---

[458] Si de acuerdo con F. J. Contreras (*Por qué la izquierda ataca a la iglesia*, en, *Op. cit.,* 69), las concesiones de la iglesia católica de los Estados Unidos a las demandas de la izquierda de aquel país hallarían como trasfondo la firme postura de su episcopado a la sentencia de Roe vs. Wade de 1973 y el deseo de esta por aparecer luego de aquel acontecimiento ante la sociedad estadounidense, y más allá de lo concerniente al asunto del aborto, como exhibiendo una política pública más abierta y flexible –cuánto más si la propaganda constante de las agrupaciones de izquierda, que no perdonaban aquella toma de posición, consistía en exacerbar la figura del catolicismo como una institución oscurantista, totalitaria, retrógrada–, las concesiones hechas, entre tanto, por aquel pequeño sector evangélico de nuestro continente a la agenda del neomarxismo se perfilan, nos parece, por carriles completamente distintos. Más allá, desde luego, como lo advertíamos en el texto superior, de la ya previa adscripción de algunos individuos a la cosmovisión en bloque de la izquierda, lo cual les empuja *a priori* a una inmediata legitimación de todo cuanto provenga de este ideologismo, sin más argumentación de que en ello descansan sus lealtades últimas, lo que subyace a mi modo de ver a esta concesión evangélica, y que a decir verdad, se troca no pocas veces en una suerte de propaganda no menor en cuanto a celo y vigor que la del mismo converso religioso, es el sentimiento de profundo menoscabo social, cultural y aun intelectual con el que carga el pueblo evangélico de América Latina, confinado tradicionalmente en el juicio de la sociedad secular a la periferia y la marginalidad de la vida. Así las cosas, se entenderá, el acto simbólico –y a veces más que simbólico: completamente real– de abrazar postulados, consignas, estilos de vida propios del ideologismo de la izquierda cultural, que aparecen naturalmente en las antípodas de aquel evangelicalismo tradicional, constituye a juicio de estos grupos la oportunidad inmejorable de resarcirse de esa pesada herencia y todo lo que esta representa, de resguardarse de aparecer ante un medio académico –en el caso, claro está, de que se trate de individuos relacionados con estos círculos, rendidos casi por completo ya a este hegemonismo cultural– como sujetos alienados por el oscurantismo y el fanatismo evangelical, y, de paso, en relación con su trasfondo, sentir que han dado un importante paso en el progreso del escalafón social. Si se repara, además, de que se trata casi en su totalidad de grupos cuyo único relacionamiento con la fe evangélica ha sido o bien directamente aquel fundamentalismo a secas y sin más, incluso en sus modalidades más vulgares y grotescas, o bien aquellas expresiones del reortodoxismo que no siempre en nuestro medio se distinguen con total nitidez del fundamentalismo tradicional, incluyendo asimismo experiencias muchas veces traumáticas con estos mismos movimientos, y no con la gran tradición teológica eclesial, puede llegarse a entender el porqué gran parte

Al respecto del influjo del progresismo en el campo de la actividad teológica académica, debemos constatar su presencia, del mismo modo que en el espectro eclesial, en el marco de aquellas instituciones de educación teológica que han abdicado prácticamente ya de toda referencia confesional o de alguna valoración mayor de la historia del pensamiento cristiano, pero que radicalizadas en cambio en torno al discurso de la relevancia y la contextualidad, han llegado erigir a la teología de la liberación, y más recientemente a las del genitivo, como su verdadero estandarte teologal. Instituciones, por lo demás, en conexión con o dependientes de sus homólogas estadounidenses o europeas, creadoras y promotoras de este modelo de educación progresista propio de la izquierda cultural. Recordemos aquí lo que ya nos advertía J. G. Maestro al respecto de la íntima conexión entre un movimiento y otro, a pesar de su aparente antagonismo. Es cierto que el progresismo teológico no había encontrado previamente en aquel quehacer teológico de América Latina dominado por el discurso de la relevancia –para no hablar del dominado por el discurso de la identidad– una mayor acogida y receptividad, sobre todo si se toma en cuenta que tal quehacer se hallaba casi exclusivamente supeditado a la teología de la liberación y su repulsa hacia todo discurso que no se identificara con su paradigma marxista de análisis social. Sin embargo, en la medida en que tal quehacer se ha ido fragmentando a través del tiempo en diversas corrientes, muchas de ellas aunque vástagos de la teología de la liberación, críticas al mismo tiempo de esta, como es el caso de las teologías del genitivo, y entre estas principalmente las de línea feminista y *queer*, y en la medida también en que tal progresismo teologal se ha sabido conectar óptimamente con esas mismas teologías post-liberacionistas, marcadamente posmodernas, no cabe duda de que su injerencia irá cada vez más en aumento. Todo lo anterior nos conduce a pensar que el progresismo en su modalidad tanto teológica como eclesial podría ser capaz y en un no muy largo plazo de experimentar una presencia mucho más notoria y transversal en el espectro evangélico de América Latina que lo que ha evidenciado hasta el momento. Ciertamente, esto es posible de aguardar, por lo demás, toda vez que se repara en la deuda de dependencia histórica que los movimientos evangélicos de América Latina han establecido *per se* con sus homólogos de los Estados Unidos, el influjo preponderante de estos últimos sobre los primeros[459],

---

del seguimiento, sino idealismo, de estos grupos hacia la agenda progresista de la izquierda cultural guarda más relación con lo emocional que con lo propiamente racional.

[459] Piénsese, por ejemplo, en la cada vez más creciente publicidad educacional que el progresismo teológico está llevando a cabo de un tiempo a esta parte en nuestro continente. Y aquello, particularmente, a través de la visita de profesores invitados principalmente desde los Estados Unidos –pero asimismo de Europa– y promotores entusiastas de esta línea de pensamiento, la importación de programas teológicos confeccionados por instituciones eclesiásticas también estadounidenses y engarzados en este mismo planteamiento o, simplemente, por medio de la gestión de alumnos y profesores hispanoamericanos asimismo formados en aquel país y bajo aquel mismo modelo teológico, los cuales, a

pero sobre la base desde luego de una forma de sociedad actual cada vez más familiarizada y predispuesta hacia la agenda del progresismo en general.

3.3 Progresismo teológico, que no liberalismo teológico. Inicios del movimiento

Hablar aquí de progresismo o, mejor aún, de "progresismo teológico", y no simplemente de un "nuevo liberalismo teológico", como algunos han llegado a proponer[460], para hacer referencia a aquel movimiento dentro del protestantismo histórico de los Estados Unidos, cuya dinámica actual tanto teológica como eclesial se caracteriza por desarraigar la fe cristiana en general y al protestantismo en particular de su acervo de tradiciones históricas, de modo de someterlas en su lugar a las fuerzas culturales posmodernas y a la agenda de la izquierda cultural, no resulta simplemente en un puro pasatiempo semántico. Ciertamente, lejos de venir a dar tal designación en asunto meramente adiáforon, nos parece que encuentra plena justificación toda vez que, de lo que realmente se trata con esta modalidad de la religión americana que exacerba la dimensión de la relevancia en suspensión de su identidad, no es por supuesto de aquella teología liberal ilustrada enciclopédica, presente sobre todo en las figuras de Ritschl hasta von Harnack, y contra la cual levantaría la voz en su momento la teología de la crisis, especialmente en la persona de Karl Barth. Antes bien, se trata de aquella consabida actitud antiintelectual y antagonista de todo acervo de pensamiento histórico y lineal, aparejada de aquella desbordada fascinación por lo que se ofrezca novedoso, destradicional y con aires desde luego de contraculturalidad, tan propia del genio cultural usamericano y de la religión americana por igual, aunque la misma, bajo esta modalidad teológica progresista, se esfuerce por aparecer como un ejercicio sofisticado, liberador, académico, la antítesis del obtuso fundamentalismo evangelical y, en última instancia, de línea izquierdo-cultural. Pero además, nos parece preferible designar a esta teología como progresismo teológico y no como liberalismo teológico, sin más, precisamente a fin de evitar aquella lamentable confusión que el mundo evangélico de América Latina ha albergado sempiternamente en relación a este gran movimiento teológico, evidentemente bajo el influjo del fundamentalismo y el reortodoxismo misioneros, cuya política, como se sabrá, siempre ha sido tildar como "liberal" a cualquier línea de conducta o de pensamiento que no se ajuste a sus respectivos universos proposicionales y

---

su regreso a América Latina, pero siempre dependientes salarialmente de estas instituciones, resultan ser, al menos en el espectro académico, los agentes más decididos a la hora de promover las virtudes incomparables del progresismo teológico. ¡No faltaba más!

[460] Sorprendentemente, esta es la designación que utiliza Carl E. Braaten en sus reiteradas cartas a los obispos de la ELCA (Evangelical Lutheran Church in America), para referirse a aquel movimiento dominante y representativo del aparato organizado de esta iglesia, y cuya tendencia es desligar la fe luterana no solo de su fondo confesional, sino también de la gran tradición eclesial cristiana.

simbólicos.[461] El resultado de todo esto, en resumidas cuentas, no solo ha sido la construcción caricaturesca de aquel liberalismo teológico propio del siglo XIX, en modo alguno solidaria con la realidad histórica, o el hacer de este el enemigo *per se* de la fe y del destino mismo del cristianismo en América Latina, sino también la tragedia de despreciar, en virtud de este infundado prejuicio, valiosas contribuciones teológicas a la historia del pensamiento cristiano e importantes recursos histórico-críticos utilísimos para las ciencias bíblicas simplemente por caer bajo el supuesto calificativo de "liberalismo".

Pero ahondemos un poco más ahora en los lineamientos teológicos que se ofrecen como más característicos en esta modalidad de la religión americana que exacerba la dimensión de la relevancia, y que hemos consentido en denominar *progresismo posmoderno*, sin perder de vista, desde luego, su incidencia cada vez mayor entre ciertos sectores evangélicos de nuestro continente. Sea quizás un buen punto de partida para ahondar en esta descripción, y acaso también en los orígenes mismos del progresismo teológico en los Estados Unidos, rememorar el peculiar incidente biográfico que narrara Paul Tillich[462] con ocasión de su arribo a aquel país. Cuenta Tillich que en aquella ocasión tuvo la oportunidad de escuchar a Reinhold Niebuhr en el Union Theological Seminary refiriéndose al Romanticismo con términos que en Europa se usarían para hablar de cualquier corriente utópica y ciertamente no del Romanticismo, entendido como aquel movimiento clásico en reacción a la Ilustración. Todo aquello le llevaría a concluir al teólogo alemán, no solo en virtud de aquel pintoresco incidente, sino luego de realizar gran parte de su vida académica en los Estados Unidos, que aquel país nunca conoció, en propiedad, un verdadero período romántico como contraparte necesaria al proyecto positivista de la Ilustración, de modo que su referente cultural e intelectual quedaría fijado en torno a aquel programa ilustracionista del "orden y progreso"[463]. La consecuencia más inmediata de todo aquello sería, por lo tanto, según Tillich, para aquel país, la evidente tendencia a minusvalorar todo acervo

---

[461] Pero la confusión que entrañan los términos "liberalismo" y "liberal" supera con mucho su mera referencia teologal, y se expande incluso al campo de la política y a la economía por igual. Así, por ejemplo, y en relación con esto último, bien se podría tildar en Europa de "liberal" a aquel que propugna por una menor intervención del Estado en la vida pública, tanto económica como social, entre tanto que el mismo concepto, en el contexto usamericano, se entendería, muy por el contrario, en los términos de quien exige una mayor participación estatal en toda la vida social, en la línea de las políticas keynesianas, además de asumir las reivindicaciones fundamentales de la izquierda cultural –precisamente, las creencias y comportamientos que nosotros insistimos en denominar aquí como "progresismo-posmoderno"–.

[462] *Pensamiento cristiano II*, 394.

[463] Por su parte, resulta bastante interesante reparar en la fuerte influencia que el romanticismo tendría en una serie de corrientes literarias y filosóficas de América Latina ya a mediados del siglo XIX, en la búsqueda primero de una identidad nacional, y desde allí de una cultura hispanoamericana que pudiese, por un lado, tomar distancia del escolasticismo colonial, pero también alternativa

de tradición histórica, junto con la singular idea de que "a partir de su gestión se da inicio siempre a un orden completamente nuevo"[464] o, como diría Jean Baudrillard[465], el convencimiento de que todo debe ser sometido a un segundo nacimiento, y que es solo a la luz de aquel "rebautismo americano" que las cosas, la historia, las ideas cobran su especial valor.[466] En consecuencia, se podría concluir que el grito de Ezra Pound, "¡Renovadlo todo!", como bien lo ha advertido Robert Hughes, pende hasta el día de hoy como sello cultural de toda aquella nación.[467] Un sello cultural que, cual constante dialéctica entre el llamado a la renovación

---

a aquel positivismo que entre muchos intelectuales gozaba de gran popularidad (cf. L. Zea, *La filosofía americana como filosofía sin más,* Siglo XXI, México, D. F., 2005, 18 ss.).

[464] *Ibíd.,* 398 ss. Pero, incluso, más allá del consabido teologúmeno del destino manifiesto sostenido mayormente –aunque no exclusivamente– por la derecha religiosa, Richard Rorty (*Forjar nuestro país,* 48, nota 2), cree posible también hallar una versión secularizada, y por parte de una incipiente izquierda no marxista ni metafísica, de la creencia en una misión que le ha sido asignada a los Estados Unidos en la historia universal, y entre nombres tan insignes como Walt Whitman, John Dewey en incluso el propio Franklin Delano Roosevelt. Así, por ejemplo, y en el caso preciso de W. Whitman, Rorty alude a la influencia que habría tenido sobre este la filosofía de la historia de Hegel, tocante a su esperanza de que los Estados Unidos, en tanto Nación-Estado, pudiese reemplazar la idea religiosa del reino de Dios (*Op. cit.,* 33). Al respecto de Whitman mismo y de gran parte de los pensadores estadounidenses de la época, escribe Rorty:

Al igual que la mayoría de los pensadores estadounidenses del siglo XIX, Whitman creía que el Gólgota del espíritu estaba en el pasado, y que la declaración de independencia de los Estados Unidos había sido la aurora de la Pascua. Como Estados Unidos era el primer país fundado con la esperanza de un nuevo tipo de fraternidad humana, sería el lugar donde la promesa de los tiempos se cumpliría por primera vez. Los estadounidenses formarían la vanguardia de la historia humana, porque, como dijo Whitman, "los estadounidenses venidos de todas las naciones que ha habido sobre la tierra a lo largo de los tiempos, probablemente poseen la naturaleza poética más plena. Los Estados Unidos mismos son, en esencia, el más grandioso de los poemas". También son la realización del pasado humano. "Las flores que adornan nuestros sombreros", dijo Whitman, "son obras de dos mil años" (*Op. cit.,* 33-34).

[465] *Op. cit.,* 61.

[466] Se echa de ver aquí, en este afán de querer comenzar siempre desde cero, al menos en lo que respecta a la tradición intelectual –aunque por cierto no con las mismas trágicas consecuencias de aquel refundacionalismo radical tan propio de la historia de América Latina, y cuyo alcance ha superado con mucho la mera tradición intelectual– el carácter claramente joven y activista del genio cultural usamericano, expresado particularmente en ese afán desbordante y a toda costa por la originalidad, en evidente desmedro de la continuidad. En tal sentido, se puede aplicar a tal tendencia de su genio cultural lo expresado certeramente por A. Millán-Puelles:

Lo que hace que quien indaga sea verdaderamente un activista es el hábito de preferir las verdades que son objeto de descubrimiento a las que son objeto de revelación. El activista intelectual es más amante de descubrir la verdad que de la verdad descubierta (citado en D. Poole, *Relativismo y tolerancia,* en, *Op. cit.,* 138).

[467] *Op. cit.,* 124.

y el convencimiento de que solo aquello que ha sido previamente transformado, es decir, usamericanizado, llega a adquirir su verdadera realización, se constituye como un elemento inconfundible y esencial de aquel excepcionalismo usamericano. Reconocido entonces el rol fundamental que desempeña tal dialéctica en el genio cultural de aquel país, cobra luego especial luz la siguiente observación de Jean Baudrillard:

> La convicción idílica de los americanos de sentirse centro del mundo, suprema potencia y modelo absoluto no es falsa. Y no se basa tanto en los recursos, técnicas y armas, como en el presupuesto milagroso de una utopía encarnada, de una sociedad que, con un candor que puede estimarse insoportable, se instituye sobre la idea de que ella es la realización de todo lo que los demás han soñado –justicia, abundancia, rectitud, riqueza, libertad: lo sabe, cree en ello, y, finalmente, los demás acaban también creyéndolo–.[468]

Como la religión –lo mismo que las artes, el cine, la música, la política, la economía, en fin, el ritmo todo de la vida– no puede quedar desligada de los referentes culturales que conforman al fin de cuentas el espíritu de una nación, al punto de que se podría afirmar con el mismo Tillich aquello de que "la religión en cuanto interés último es la sustancia que da sentido a la cultura, y la cultura es la totalidad de las formas a través de las cuales se expresa el interés básico de la religión"[469], resulta evidente, entonces, que más allá de sus matices y las modalidades que ofrezca la religión americana, ora en su acepción de la identidad, ora en su acepción de la relevancia, el quehacer teológico y la dinámica eclesial de los Estados Unidos son, por tanto, una fiel expresión del carácter de su cultura. Unas fuerzas culturales que, como observara Alexis de Tocqueville, siguiendo las categorías kantianas, "favorecerán las artes 'agradables' sobre las 'bellas', el naturalismo ante el idealismo, y en la pintura, la *copia* sobre el *modelo*"[470], o como bien nos recuerda quien fuera antiguo profesor de Harvard y Stanford, S. M. Lipset, y nosotros mismos hemos insistido en nuestro capítulo anterior, se hallan determinadas básicamente "en función de las estructuras económicas y tecnológicas"[471], ¡"la prepotencia de lo existente"!, según la descripción de Adorno, y no precisamente por las fuerzas creadoras del espíritu diltheyanas. Como ha dicho el mismo Jean Baudrillard, contrastando en mirada enconadamente irónica las fuerzas culturales del viejo mundo con las que él mismo halló en Usamérica:

---

[468] *Op. cit.,* 106.

[469] *Teología de la cultura,* 45.

[470] Citado en C. Offe, *Op. cit.,* 42-43.

[471] *El excepcionalismo,* 103.

La cultura no es aquí –en los Estados Unidos– la deliciosa panacea que nosotros –los europeos– consumimos en un espacio mental sacramental, y que dispone de una sección especial en la prensa y las ideas. La cultura es el espacio, la velocidad, el cine y la tecnología. Es auténtica, si esta palabra todavía significa algo. No el cine, la velocidad y la técnica como adiciones a la modernidad (entre nosotros sí se percibe esa clase de modernidad sobreañadida, heterogénea y anacrónica). En América, el cine es de verdad, porque el espacio y el modo de vida –la *American way of life*– son cinematográficos. Por eso la búsqueda –en los Estados Unidos– de obras de arte o espectáculos cultos siempre me parece fastidiosa y fuera de lugar, una señal de etnocentrismo cultural. Si la incultura –en los Estados Unidos– es lo original, hemos de quedarnos con ella. Si el término gusto tiene algún sentido, nos impone no exportar nuestras exigencias estéticas allí donde no pintan. Cuando los americanos trasladan los claustros románticos a los Cloysters de New York, no les perdonamos el contrasentido. No hagamos lo mismo transfiriéndoles nuestros valores culturales. No tenemos derecho a la confusión. Ellos, en cierto modo, sí, porque poseen un espacio, refractario de todos los demás. Cuando Paul Getty reúne en una villa pompeyana de Malibú, a orillas del Pacífico, a Rembrandt, los impresionistas y la cultura griega, actúa dentro de la lógica americana, es original y su actitud manifiesta un magnífico gesto de cinismo, ingenuidad, kitsch y humor involuntario –algo sorprendente por su no-sentido–. Ahora bien, la desaparición de la estética y los valores nobles en el kitsch y el hiperrealismo es fascinante, de la misma manera que la desaparición de la historia y lo real en lo televisivo. Si solo retenéis en la cabeza vuestro museo imaginario, pasáis de lado lo esencial (que precisamente es lo inesencial).[472]

Pues bien, si se piensa que el protestantismo de los Estados Unidos ha sido configurado en un tal alto grado a partir del influjo de movimientos no conformistas y reaccionarios, es posible comprender a su vez el porqué su quehacer teológico, incluso en sus formas protestantes históricas, resulte a menudo establecido en contraposición al pensamiento clásico, tanto teológico como filosófico, y se muestre además, por lo mismo, siempre muy renuente a tomar demasiado en serio "el estado de la cuestión" de la teología. En consecuencia, uno puede advertir también que el espectro eclesiástico y teológico estadounidense más ligado al radicalismo de la relevancia se muestra, al igual que una gran parte de su sociedad, muy proclivemente fascinado por la idea de lo nuevo, del progreso, de lo práctico, de decir o descubrir algo que se supone jamás en ninguna otra parte del mundo

---

[472] *Op. cit.,* 137-138.

se ha descubierto o dicho y, como contraparte de aquello, evidencia, como ya se ha dicho, una clara actitud de minusvaloración hacia todo aquello que aparece como "prolegomenólogico", "viejo", "clásico", "tradicional", "teórico"[473]. En otras palabras, aquella desestimación del valor de la teoría, que ya había advertido Tocqueville[474], como naturaleza inherente a las costumbres estadounidenses, pero que en su lugar privilegia siempre desbordantemente el "elemento práctico" y el "cálculo positivo", de acuerdo al "buen sentido" de la vida. En su estudio sobre Dietrich Bonhoeffer, M. Svensson[475] nos ofrece la impresión que le dejara a este su estadía por un año en los Estados Unidos como parte de su última etapa formativa, precisamente como estudiante libre del *Union Theological Seminary*. Tales observaciones, contenidas en un informe redactado expresamente con ocasión de aquel periplo, y que Svensson comparte en su trabajo, nos resultan de gran utilidad por lo que dicen de la experiencia de Bonhoeffer en torno a una institución de educación teológica que en modo alguno podríamos calificar, ni siquiera durante el tiempo de su estancia, como dominada por el radicalismo de la identidad o por sectores duros de la reortodoxia, mucho menos del fundamentalismo, constituyendo inclusive en la actualidad un importante foco del progresismo teológico de los Estados Unidos. Es decir, nos ofrecen la utilidad de mostrarnos una buena parte del perfil de aquella modalidad eclesiástica y teologal con tendencia a enfatizar la dimensión de la relevancia y lo horizontal, que generalmente ha pasado inadvertida en los estudios de la *American Religion,* toda vez que erróneamente se le ha asignado a esta un campo de acción exclusivamente dentro de los márgenes del radicalismo de la identidad. Ciertamente, el informe de Bonhoeffer, según lo relata Svensson, resulta lapidario en cuanto al estado de la educación teológica de los Estados Unidos: sencillamente, hay flagrante ausencia de trabajo teológico, y tan solo un amistoso intercambio de opiniones –y seguimos hablando aquí, una vez más lo repetimos, de aquellos centros de educación teológica en aquel país no precisamente abanderizados bajo el discurso de las reortodoxias y el fundamentalismo–, displicencia en cuanto a la profundización del conocimiento, etc. Pero Bonhoeffer, nos comenta Svensson, da un paso más allá, y cree hallar el origen de esta tendencia antiintelectualista en el pragmatismo filosófico y su tradición representada especialmente en la línea que conduce desde William James hasta John Dewey, al cual califica como "destrucción de la filosofía como pregunta por la

---

[473] A esta misma conclusión llegaba también la filósofa alemana de origen judío, Hannah Arendt, refugiada en los Estados Unidos, quien observaba como rasgo típico de aquel país una obsesión desbordante por todo lo que se ofreciera nuevo y con ribetes de progreso, no social ni cultural, sino tecnológico. Véase su libro, *Entre el pasado y el futuro. Ocho ejercicios sobre la reflexión política,* Plaza Edición, Barcelona, 2003.

[474] *Op. cit.,* 285.

[475] *Resistencia y gracia cara. El pensamiento de Dietrich Bonhoeffer,* CLIE, Barcelona, 2011, 25 ss.

verdad", puesto que no confiere valor a lo que es verdadero, sino a lo que se ofrece nada más que práctico y de utilidad. De este modo, puede constatar también la escasa importancia que los alumnos de este tipo de instituciones les confieren a los contenidos teológicos más elaborados, al tiempo que reconoce la desbordante pasión que despiertan en los mismos las temáticas prácticas, engarzadas particularmente en la línea del evangelio social. Sobre sus quehaceres prácticos, continúa Svensson, Bonhoeffer no tiene nada que objetar, pero no puede dejar de mencionar su deficiente formación teológica, a la que califica igual a cero, como tampoco dejar de reprochar además aquella autosuficiencia con la que en silencio se ríen cuando se los enfrenta a una objeción específicamente teológica, todo lo cual le lleva a concluir que aquí la teología se ha reducido simplemente a activismo y a ética social. Así las cosas, y comentando en otro momento sobre la discusión en torno a la secularización, prosigue Svensson, Bonhoeffer llegará a decir que incluso entre los propios fundamentalistas pareciera haber algo más cercano al protestantismo *reformado*, pero, claro está, burdamente *deformado*.

Bástenos los breves comentarios de estos dos grandes pensadores cristianos, Paul Tillich y Dietrich Bonhoeffer, al respecto de sus primeras impresiones en el campo de la educación teológica de los Estados Unidos, para comenzar a avizorar entonces el modo en que se comenzaba a desarrollar el quehacer teológico estadounidense más allá de las fronteras de las reortodoxias y el fundamentalismo. Se trata, en efecto, sin ningún margen de dudas, y en contra de lo que muy pocas veces se ha reconocido, de un quehacer determinado por los mismos contenidos de la *American Religion* y el genio cultural de aquel país que subyace y colorea a esta, aunque, y así lo hemos enfatizado y repetido ya, bajo aquella modalidad cuya tendencia es exacerbar la dimensión de la relevancia de la fe cristiana, a expensas de su identidad. No resulta irrelevante, por lo tanto, constatar que tal tipo de quehacer eclesiástico y teologal –que, en la medida en que, en el transcurso del tiempo, se ha llegado claramente a fusionar con la agenda de la izquierda cultural, nos ha llevado a denominarle como *progresismo posmoderno*–, haya adquirido su forma y desarrollo precisamente en tiempos en que una buena parte de la sociedad estadounidense se convertía en epicentro del pensamiento y de la actividad contracultural.[476] Y acaso sea aquella misma influencia contracultural, junto con aquel inveterado activismo y pasión por el comportamiento refundacional señalados previamente, lo que impida generalmente a este quehacer reparar con suficiente serenidad que aquello que tiende a promover sin más como lo novísimo en la producción teológica ha sido material de discusión, revisión e incluso de superación hace muchos años ya, en lo que desde los Estados Unidos se suele llamar muchas veces y con no poco dejo de desprecio, de diestra a siniestra por igual, como "la vieja Europa". Pero aun cuando se tenga plena conciencia de la imposibilidad que

---

[476] Cf. J. Heath; A. Potter, *Op. cit.,* 85.

reviste no hacer referencia a un cierto acervo de tradiciones históricas o incluso a aquella propia teología europea que con tanta ligereza se tiende a desdeñar, para darle un marco de fundamentación mayor a la producción interna, la misma lectura de estos referentes se resiente a decir verdad de una tal usamericanización que difícilmente guarda luego relación con el pensamiento original de los autores o de las corrientes que se ha decidido consultar.[477]

Piénsese, por ejemplo, en la rectificación hecha por H. Küng[478] al tratamiento poco afortunado de los teólogos de la muerte de Dios al respecto del aforismo "Dios ha muerto" de Hegel, Nietzsche, e incluso del propio Lutero. Repárese, también, en la línea de esta misma escuela teológica, en la insistencia de H. Cox en la comprensión de una revelación en clave radicalmente "lúdica", incluido Cristo en un rol de "bufón", cuya formulación –con aprobación reducida casi exclusivamente al entorno anglo norteamericano, Estados Unidos y Canadá–, llevó a W. Pannenberg[479] a esbozar el comentario ciertamente nada "bufonesco" de estar en presencia de –utilizando el propio lenguaje de Cox– un "espectáculo teológico", cuya "frivolidad reflexiva" ha alcanzado también niveles de "extrema radicalidad". Atiéndase, por lo demás, a la divulgación ampliamente masiva de los textos del *Jesus Seminar,* cuya imagen de un Jesús "cínico" y aescatológico, ofrecida casi al margen de todo el estado de la cuestión, no obstante de gran consumo entre el público no especializado estadounidense, parece según Gerd Theissen[480] "tener más colorido californiano que galileo", y que de paso nos hace recordar la sentencia del destacado crítico de la religión estadounidense, Harold Bloom, cuando, al referirse a la idea de Cristo en los Estados Unidos, ha concluido muy pintorescamente que "el Cristo Americano es más Americano que Cristo"[481]. Y es que, como advirtiera ya Alexis de Tocqueville al respecto de la literatura estadounidense, y aquí no podemos dejar de hacer extensivo el comentario, según se ha visto, a una buena parte de la industria literario-teológica de este país, "los autores estadounidenses funcionan más como periodistas y vendedores de ideas que como escritores e investigadores"[482], y buscan en ello "siempre bellezas o hallazgos que se demuestren por sí mismos y que se puedan gozar al instante, y que destaquen por sobre todo la idea de lo nuevo e inesperado"[483].

Por lo demás, si uno repara en que la propensión de la vida en aquel país está planteada claramente en términos más bien utilitaristas que existencialistas

---

[477] Acerca de esta llamativa readaptación, ya había llamado la atención Tocqueville, *Op. cit.,* 431.

[478] *La encarnación de Dios. Introducción al pensamiento de Hegel como prolegómenos para una cristología futura,* Herder, Barcelona, 1974, 237 ss.

[479] *Teología sistemática I,* 52.

[480] *El Jesús histórico. Manual,* Sígueme, Salamanca, 2004, 28.

[481] *La religión americana,* 21.

[482] *Op. cit.,* 432.

[483] *Op. cit.,* 434.

–¡Kierkegaard era prácticamente un perfecto desconocido hasta bien entrados los años treinta!, advierte con claro asombro J. Collins[484]–, es decir, no en términos del preguntarse *qué* son las cosas, sino *para qué* ellas sirven, uno puede comprender la fuerte carga de pragmatismo y eclecticismo que le es tan propia a aquella teología dominada por el imperativo de la relevancia, aunque, por cierto, de toda la religión americana por igual. Pero, incluso, y más allá del movimiento de la muerte de Dios y del Cristo usamericano aescatológico, esta misma tendencia de fascinación por lo novedoso, de encantamiento por lo que parece contraponerse siempre a lo convencional y de profunda desvalorización por el acervo histórico, tan característica del genio religioso estadounidense, vuelve a nuestro entender a hacerse patentemente presente en la actualidad en la obra de los actuales teólogos poscristianos y posmodernos, principalmente en figuras como M. C. Taylor, y su proyecto de una *A-teología*[485], y J. D. Caputo, y su *Teología del acontecimiento*[486]. El primero, por medio de una teología que, en sintonía con la actual filosofía posmoderna e inspirada en el programa deconstructivista de Jacques Derrida, procura difuminar las estrictas distinciones entre teología y ateísmo, y avistar el fenómeno de la religión precisamente allí donde tradicionalmente le ha sido a esta negada su presencia. El segundo, entre tanto, siguiendo en la huella de G. Vattimo y su *pensamiento débil*, busca la presencia de lo divino por medio de un ejercicio de deconstrucción de los tradicionales eventos cristianos y sus respectivas significaciones metafísicas.

3.4 Modernidad, secularización y el recurso práctico de la posmodernidad

Sin embargo, además de definir esta expresión de la *American Religion* que exacerba la dimensión de la relevancia, en la medida en que la misma se alinea claramente con la agenda de la izquierda cultural como *progresismo*, le hemos agregado también el epíteto *posmoderno*, toda vez que recoge sustancialmente la cosmovisión de aquella tendencia cultural, al menos en su acepción más popular. Permítasenos tal como hemos hecho ya al ofrecer algunos lineamientos básicos sobre la idea del progresismo como tal, y este en su relación con esta corriente, ofrecer ahora algunas observaciones elementales al respecto del recurso práctico de la posmodernidad en este tipo de progresismo teológico y eclesial.

---

[484] *El pensamiento de Kierkegaard,* FCE, México, 1958, 9. El propio Collins (*Op. cit.,* 83 ss.) cree que la mayor dificultad para la comprensión kierkegaardiana de la existencia en los Estados Unidos reside en aquel empirismo naturalista que impregna incluso hasta la ética de aquella nación.

[485] *Erring: A Postmodern A/Theology,* University of Chicago Press, Chicago, 1984.

[486] *Hermenéutica espectral: Sobre la debilidad de Dios y la teología del acontecimiento,* en, G. Vattimo; J. D. Caputo, *Después de la muerte de Dios. Conversaciones, política y cultura* (citado desde ahora como, *Después de la muerte de Dios),* Paidós, Buenos Aires, 2010, 75.

En primer lugar, quisiéramos indicar, como es sabido ya, que esta, la posmodernidad[487], guarda originalmente ligazón con una corriente teórica de pensamiento, que tan solo en su desarrollo posterior ha llegado a adquirir un nivel de radical internalización en gran parte de las sociedades actuales, esto es, y para denominarlo de algún modo, como filosofía cotidiana de la vida. Y es que, como insistiría Hegel, la filosofía muchas veces no es más que la forma refinada del pensamiento que ya subyace, y en sus formas populares, en una determinada época y cultura. En lo que dice relación con su fondo teórico original, debemos volvernos hacia aquel movimiento filosófico surgido en Francia (M. Foucault, J. Derrida, J. F. Lyotard) entre los años 1960-1970, y cuyo programa se dirigía hacia la invalidación de toda ideología con pretensión totalitaria. Del postulado de la finitud de la razón humana (Hume), se seguía ahora que cualquier proyecto de unificación total de la realidad, que apelara en ello a un *a priori trascendental* (Kant), no era más que un soterrado afán absolutista (Sartre), fuese en nombre de la política, la ciencia o la misma religión. Ciertamente, el universo de ideas que confluían en esta entramada teorización filosófica, la *posmodernidad*, y que en última instancia se afirmaba en la resistencia a toda pretensión de acceder a verdades y conocimientos absolutos, proponiendo en su lugar una multiformidad de veracidades como de horizontes de sentido (Habermas), le debía también un no menor influjo a la crítica que ya hiciera Nietzsche a la metafísica occidental y a los valores del cristianismo tradicional, como también a la filosofía del lenguaje del primer Wittgenstein, especialmente a su *Tractatus logico-philosophicus*. A las tres preguntas fundamentales que, según Kant, se ha de plantear el ser humano –a saber: "¿Qué puedo saber?", "¿qué debo hacer?", "¿qué debo esperar?"–, y que él mismo creía poder responder –con su *Crítica de la razón pura*, a la primera; con su *Crítica de la razón práctica*, a la segunda; con *La Religión dentro de los límites de la mera razón*, a la tercera–, la posmodernidad sencillamente no podía dar respuesta unívoca, toda vez que la fe en la razón natural y autónoma había sido reemplazada ya en esta por la nulidad esencial de la razón; la ética, por la estética del placer (Vatimmo); los acuerdos generales, por consensos temporales y locales (Lyotard), o, simplemente, como ya lo avizoraba Max Weber, por el politeísmo de valores; y la religión, por la experiencia subjetiva de la autoafirmación inmanente. Se avistaban de este modo los vastos campos del nihilismo de la fe y de la razón,

---

[487] Recogemos aquí la observación hecha por algunos teóricos, y no de poca utilidad, para quienes habría que distinguir entre la *posmodernidad* como una determinada época histórica de la humanidad, como así también lo fue la Edad Media o la Modernidad, y el *posmodernismo* como una actitud particular frente a este supuesto nuevo período de la historia. Así las cosas, se podría rechazar abiertamente el posmodernismo como cosmovisión cultural y filosofía personal, pero seguir viviendo, no obstante, en el centro mismo de la posmodernidad. Nosotros, sin embargo, y a pesar de que la diferenciación nos parece oportuna, seguiremos utilizando indistintamente ambos conceptos, mas bajo el entendido de que se presupone aquello.

profetizados ya por Nietzsche, y que en manos de los así llamados hermeneutas del nihilismo absurdo –Barthes, Derrida, de Mann, Foucault, etc.– convertirán, como ha señalado Jesús G. Maestro[488], a la Razón en sofística, a la Dialéctica en relativismo y a la *Symploké* platónica en ejercicio de deconstrucción.

No se viene a dar en un recurso demasiado ya agotado o mejor aún sobredimensionado cuando se afirma, en consecuencia, que el gran impulso que mueve al discurso de la posmodernidad es su profunda animosidad hacia la razón y la forma en que esta ha informado el conocimiento, los valores y la cultura occidental. Tal recelo se articula desde medios que apelan a una cierta plataforma académica, en el marco de un progresismo izquierdo-cultural, hasta, desde una perspectiva mucho más extensiva, el simple malestar de la cultura, en la línea de un activismo contracultural. La razón es vista aquí, por lo tanto, como tutelante y opresora, en la medida en que, al apelar a un cierto canon de saberes, exige a partir de allí justificación en el decir y en el actuar. Algo que, desde luego, ni el posmodernismo académico, presente este en la diversidad de sus gremios y en sus cánones legitimantes respectivos, ni el posmodernismo como mera pulsión cotidiana de la vida, en su forma de un malestar cultural o de un mero activismo contracultural, podría ciertamente llegar a tolerar. Si en la modernidad se comenzaba ya a gestar la emancipación de las instituciones políticas, sociales y científicas de su arraigo religioso-institucional, en lo que algunos han convenido en denominar como la *primera secularización*[489], que conduciría finalmente a una organización autónoma y racional de la sociedad, y por consiguiente a una explicación de mundo y ser

---

[488] *Op. cit.*, 43.

[489] No podemos ahondar ahora aquí en todos los desafíos que esa primera secularización llevada a cabo por la modernidad representó y sigue representando aún para la fe cristiana, en tanto proyecto todavía incompleto y para muchos no acabado de configuración de la realidad, ni mucho menos en la diversidad de reacciones del cristianismo frente a ella. Baste simplemente con señalar que el nuevo escenario de emancipación en que nos sitúa ahora la posmodernidad en relación con la vida social e institucional del ser humano, y el lugar que le toca en esta a la fe cristiana tiene menos de continuidad que de ruptura radical. Al respecto del debate en torno a la secularización, permítasenos al menos ofrecer algunas líneas generales. Como es sabido, F. Gogarten (*Verhängnis und Hoffnung der Neuzeit. Die Säkularisierung als theologisches Problem*, Sibenstern Taschenbuch Verlag, Stuttgart, 1953) ya había distinguido tres soluciones en torno a la secularización como consecuencia de la posmodernidad, a la que había entendido como aquel "proceso en la historia del espíritu que implica la transformación de ideas, conocimientos y experiencias originariamente cristianos en ideas, conocimientos y experiencias de la razón humana universal", a saber:

a) La postura que ve en el proceso de secularización un fenómeno completamente extraño a la fe y que amenaza con desvirtuarla desde afuera. Tal es la posición que, según Gogarten, encarnaría Kierkegaard en su crítica al mundo moderno.

b) La postura que descarta toda mediación cristiana del mundo, por juzgarle incapaz de soportar el peso de la autonomía del ser humano. En esta toma de posición, Gogarten sitúa a Nietzsche y su radical crítica al cristianismo.

humano a partir de esta misma razón instrumental[490], ahora, en la posmodernidad, y a juicio de sus más conspicuos representantes, se estaría llevando a cabo una más profunda emancipación, en lo que también algunos han consentido en llamar como *segunda secularización*. Una segunda secularización cuyas consecuencias más profundas para la fe cristiana todavía quedan por precisar.

---

c) La presentación de una interpretación diferenciada del nexo entre fe cristiana y secularización, mas asumiendo que la última halla su fundamento en la primera, de modo que esta representa una consecuencia inevitable de aquella. Este será, finalmente, el derrotero asumido por el propio Gogarten.

El curso posterior que habría de tomar el debate en torno al asunto de la secularización y su toma de posición respecto a juzgarle como una alternativa lo suficientemente válida o no como mediación entre fe cristiana y mundo moderno, cuenta ya en su haber con un intrincado estado de la cuestión. Baste siquiera aquí mencionar las reacciones inmediatas a la tesis de Gogarten, verbigracia, del teólogo católico R. Guardini y del filósofo H. Blumenberg, ambos, aun cuando lo hacían desde diferentes perspectivas e intereses, juzgando negativamente la vía emprendida por Gogarten; o la radicalización que asumiría esta en la década de los 60 en la teología estadounidense (H. Cox, P. Van Vuren, T. Altizer). Actualmente, ha sido sobre todo el teólogo católico J. B. Metz el que, retomando la diferenciación gogartiana entre *secularización* –entendida como aquel proceso poscristiano que, sin embargo, encuentra en este su justificación– y *secularismo* –como aquel fenómeno de autonomía humana desvinculado de su referencia cristiana–, se ha esforzado por encontrar nuevos derroteros metodológicos para la superación de esta aporía. Así, Metz ofrece en su teología política, y a diferencia de la propuesta estadounidense, una articulación metodológica mucho más elaborada y consistente para describir y analizar la dialéctica entre fe cristiana y mundo, que utiliza como mediación ya no el concepto de secularización gogartiano, sino el de "mundanización". Metz ha desarrollado principalmente su programa de "mundanización" en sus obras *Teología del mundo* (Sígueme, Salamanca, 1970), *La fe en la historia y en la sociedad* (Cristiandad, Madrid, 1979; cf. también el análisis de J. Moltmann en, *Argumentos para una teología escatológica*, en, *Conversión al futuro*, Morova, Madrid, 1974, quien ve en la teología política el nivel inevitable de superación teológica tanto de la metáfora cosmológica, como del giro exclusivamente antropológico). El propio proyecto de una teología política en Moltmann puede verse en su, *Teología política-Ética política* (Sígueme, Salamanca, 1987); véase también, *La teología política y la modernidad incompleta* (en, ¿Qué es teología hoy?, Sígueme, Salamanca, 1992, 129-139).

[490] Por cierto, no sería correcto afirmar que el supuesto ocaso de la religión institucionalizada en la modernidad, en tanto marco de sentido referencial desde el cual organizar la vida privada y social, y pensamos aquí básicamente en la modalidad de un cristianismo occidental, haya implicado al mismo tiempo en esta la capitulación de alguna metahistoria final, incluso, con caracteres indiscutiblemente religiosos, si se quiere. ¿No ha sido acaso el discurso de emancipación de la modernidad, con su promesa de alcanzar la meta final de la historia, y entendida esta como plena garantía de desarrollo y libertad, el equivalente cristiano de la liberación escatológica? Por ello, y como muchas veces se ha remarcado, el vacío ocasionado por la expulsión de la religión institucionalizada y específicamente en su modalidad cristiana llevado a cabo por la modernidad o primera secularización no ha quedado a decir verdad completamente vacante, ha sido ocupado por su propio mito de una salvación efectuada por medio de la ciencia y la razón instrumental. "¿No será que toda ciencia, al final, se reduce a un tipo de mitología?", preguntaba Freud a Einstein en una carta que le dirigía en 1932, dando de lleno con aquella realidad. Citado en R. Alves, *El enigma de la religión*, 215.

Es cierto que en esta segunda secularización o posmodernidad el fenómeno de la religión, lejos de desaparecer del escenario de la vida social e individual, según el augurio de la modernidad, o quedar subsumido en su mito de salvación científico-racional, florece generalmente a la par de la religión cristiana organizada, y muchas veces aparentemente sin ninguna regulación de su aparato institucional, como así también en formas cada vez más pluralistas, eclécticas y de profunda tendencia neognóstica. Sin embargo, no es menos cierto, a su vez, y aquí la aclaración nos parece ciertamente urgente, puesto que la misma ha pasado tradicionalmente desapercibida e incluso se la ha pretendido negar, que aquella misma religiosidad de tendencia posmoderna, con todos sus atributos como tal, se desarrolla no pocas veces también en las formas de un cristianismo organizado y promovido ni más ni menos que por su mismo aparato institucional, y no siempre en las modalidades más extremas del radicalismo de la identidad. Esto es, entre aquellas que se sitúan de lleno en torno a la dimensión de relevancia y el discurso horizontal. Por supuesto, bajo esta modalidad, el influjo de la religiosidad posmoderna se presenta bajo formas mucho más sutiles y sofisticadas que aquellas bajo su contraparte de la identidad, y con la pretensión, claro está, de estar todas ellas avaladas por la anuencia de la academia teologal, desde luego, bajo el marco de la izquierda cultural. Ahora bien, nuestro objetivo en esta sección no será cubrir el detalle de esa posmoderna religiosidad en general, sino más bien el modo en que sus consecuencias más prácticas, desde su ética cotidiana hasta esa misma religiosidad plural, han llegado a constituirse en factor decisivo de la dinámica y de la identidad de este tipo de protestantismo usamericano que hemos definido sin más como *progresismo posmoderno*. No obstante, y antes de pasar a aquello, es necesario apuntar algunos de los emplazamientos más evidentes, y no necesariamente desechables o contraproducentes, con los que la posmodernidad desafía hoy a la fe cristiana en general, y esto desde el posicionamiento de la relevancia hasta el de la identidad.

En primer lugar, el discurso de la posmodernidad, en sus formas más reticentes a los metarrelatos totalizantes, constituye una radical desideologización de cualquier objetivación de la realidad que, como bien ha visto J. M. Mardones[491], se asemeja mucho a la crítica profética y su lucha contra los baales. Es verdad que, en el caso de la posmodernidad, los ídolos que se ha empecinado esta en derribar, todos ellos fabricados y venerados por la modernidad –desarrollo, expansionismo, cientificismo, razón instrumental, etc.– son reemplazados ahora por los que ella misma se ha creado, entre otros, la idealización del fragmento, el politeísmo de valores, el nihilismo metafísico, el culto a una autonomía del sujeto no basada ya en la razón instrumental sino en el subjetivismo de la emotividad,

---

[491] *Postmodernidad y cristianismo. El desafío del fragmento* (citado desde ahora como, *Postmodernidad y cristianismo),* Sal Terrae, Santander, 1988, 81.

etc. Prácticamente, y entre paréntesis, los mismos ya contenidos en la agenda del progresismo, y de ahí en consecuencia la fusión tan natural. Sin embargo, y aun con todo este impase, no deja todavía de ser absolutamente veraz que este llamado a desideologizar toda objetivación de la realidad, roza de lleno la recurrente tentación del cristianismo a objetivar la revelación de Dios, más allá de Cristo y su Palabra, en modalidades que van desde la estructura institucional, el formulismo proposicional hasta el propio subjetivismo de la experiencia personal. Habría que decir, por tanto, que no solamente "el corazón del hombre es un constante taller para forjar ídolos"[492], como bien lo recordaba Calvino, sino también su mente y, desde allí, su construcción de la realidad. En este sentido apunta también la advertencia de J. F. Lyotard al respecto de que el cristianismo, planteado como gran relato de la salvación, al recurrir preferentemente a un tipo de objetivación dogmática de esa historia "supuestamente salvífica", fijada de una vez y para siempre, y sin mayor admisión de reflexión y traducción, ha terminado convirtiéndose en el gran metarrelato totalizante *per se*.[493]

Ciertamente, podríamos esquivar esta acusación como destemplada, y en gran parte lo es. Pero, acaso, ¿no ha sido este el pecado original que siempre ha rondado a aquellas modalidades de un cristianismo evangélico radicalizado en torno a la dimensión de la identidad, con prácticamente exclusión de su contraparte de relevancia, el fundamentalismo, primeramente, pero también las reortodoxias? ¿No se ha expresado tal pecado de objetivación de la revelación y de su historia de salvación en el fundamentalismo, por ejemplo, en aquel positivismo bíblico que le ha llevado a hacer del cristianismo prácticamente la religión de un libro, y este ni siquiera como texto a la luz de su inteligencia orgánica, sino simplemente *ad pedem litterae*, aunque, claro está, sostenido o acomodado aquello en la medida en que refuerce o desdiga sus planteamientos previamente elaborados? ¿No se ha decantado tal objetivación también, y siempre dentro del fundamentalismo, en aquella completa asimilación de la fe cristiana a un determinado modelo político y cultural, la derecha religiosa, la *American way of life* y, a partir de allí, en la desquiciada presunción de que tal sistema político y cultural encarnaría como

---

[492] *Institución de la religión cristiana*, I, XI, 8.

[493] En efecto, para J. F. Lyotard los metarrelatos son los mecanismos por medio de los cuales se procura la totalización de las diversas narraciones de una comunidad, con el expreso fin de legitimar las instituciones y las prácticas sociales de control y poder establecidas. En tal sentido, la actitud posmoderna debe ser de continua sospecha y resistencia ante tales metanarraciones con pretensiones totalizantes. Por lo mismo, no cabe duda, según Lyotard, de que el cristianismo con su apelación a una Divina Providencia que todo lo controla y lo dirige en virtud de su omnisciencia y omnipresencia hacia el bien de todas las cosas constituye no solo el metarrelato más antiguo por excelencia, sino en virtud de su falacia histórica, el más imposible de aceptar. Cf. *La posmodernidad (explicada a los niños)*, Gedisa, Barcelona, 1986, 38 ss.; 52 ss.; *La condición postmoderna*, Cátedra, Madrid, 1984, 17 ss.

ningún otro en el mundo el conjunto de valores y comportamientos requeridos por Dios y, en consecuencia, la meta a la que todo creyente debería propender, aspirar, anhelar? Y, por otra parte, y en relación ahora con las reortodoxias, ¿no se ha manifestado tal objetivación en estas mediante su intocabilidad casi fetichista del formulismo proposicional y su pretensión de hablar de Dios a partir de allí en categorías prácticamente científicas y universales[494], como quien puede desglosar y explicitar todos sus decretos y atributos cual objeto más de este mundo[495], sin caer, empero, demasiado en la cuenta de que tal idea de Dios y su hablar resulta más deudora en realidad del Dios *apathico* e inmóvil de la filosofía y la metafísica griegas[496] que del Dios cristiano que en Cristo se ha hecho hombre y se ha encarnado en la historia?

Pero, incluso, ese mismo peligro de objetivización de la fe cristiana y de su misterio de salvación, más allá del institucionalismo, la asimilación cultural o del dogmatismo proposicional, ¿no ocurre también en la uniformidad de la experiencia extática, convertida luego en criterio casi único de acceso al misterio de la fe, tan recurrente entre los movimientos pentecostales y neopentecostales? ¿No se revela también en el neognosticismo de este mismo protestantismo progresista que ha asimilado ya en forma casi íntegra los efectos prácticos de la posmodernidad, y mucho más aún su religiosidad popular, con su insistencia en aquella luz interior como clave sin mediación teológica ni histórica, con exclusión incluso de la misma razón, para la comprensión cabal de aquel misterio? Y, mucho más, ¿no le ha sido de recordatorio potente al cristianismo esa misma posmodernidad, con su construcción de una sociedad compulsiva en la búsqueda del placer y evasiva en cuanto a la conciencia de su responsabilidad, de que vivimos, como ha dicho T. Muro, "en un momento antropológico actual en el que los hombres

---

[494] Sobre la recurrente tentación de hablar de Dios en categorías universales y científicas, sigue siendo de gran inspiración la conferencia de R. Bultmann, ¿Qué sentido tiene hablar de Dios?, en, *Creer y comprender* I, Studium, Madrid, 1974, 35 ss.

[495] Una reacción crítica a este definir a Dios en términos de atributos en la temprana reortodoxia estadounidense puede verse ya en William James (cf. I. Freire, *Pensadores norteamericanos del siglo XIX: Una antología general*, Siglo XXI, Buenos Aires, 2004, 298 ss.). La defensa abierta de un hablar racional de Dios ha sido planteada en la actualidad por W. Pannenberg, siguiendo en la línea, como él mismo parece señalarlo, de lo insinuado ya por Hegel en su *El concepto de religión* (FCE, Madrid, 1981). Véase, especialmente su capítulo, *La unidad de la esencia divina y sus atributos,* en, *Teología sistemática I,* 365-485.

[496] Sobre la dependencia de la metafísica griega para referirse a los atributos de Dios, presente ya desde los Padres hasta la ortodoxia, véase el muy buen análisis de H. Küng, *La historicidad de Dios,* en, *La encarnación de Dios. Introducción al pensamiento teológico de Hegel como prolegómenos para una cristología futura,* 568-604. Una posición más matizada puede verse en, W. Kasper, *Jesús el Cristo,* Sígueme, Salamanca, 1994, 216 ss.

son más tocados por el absurdo y el sinsentido que por el pecado y la culpa"[497], y, en consecuencia, en el fracaso de responder a aquel vacío existencial únicamente desde la asimilación cultural y el consumismo religioso –fundamentalismo–, o desde la sola formulación proposicional –reortodoxias–, pero también desde la fe reducida a una pura actividad horizontal, –teologías de la liberación, del genitivo, progresismo–?

Hemos insistido en aquello de que la posmodernidad constituye básicamente una corriente teórica de pensamiento o, si se quiere, y en su aspecto elitista e intelectual, utilizando las palabras de J. M. Mardones, "una moda de la industria cultural de Occidente"[498]. Sin embargo, debemos admitir que es también, como el propio Mardones lo afirmará en otro momento, y ya lo observaba Hegel al respecto de todo programa filosofal, "un indicador de una sensibilidad cultural más amplia que la de un grupo de intelectuales"[499], al punto de que podríamos concluir que esta, la posmodernidad, y en sus formas más globales y trivializadas, ha llegado a posicionarse como la filosofía práctica y cotidiana de nuestra sociedad actual. A diferencia del fenómeno de la secularización como supuesto impacto de la modernidad, cuyo real contingente de población en el que esta adquirió verdadera preponderancia fue el de la academia y no el de la población entusiasta de la religión[500] –si descontamos, desde luego, la suscrita a la religión institucionalizada–, la religiosidad a la que hoy nos parece enfrentar la posmodernidad cubre una extensa gama de escenarios y de actores, no precisamente especializados. Por supuesto, no se quiere afirmar con lo anterior que el impacto de la secularización nunca afectó siquiera derivadamente al fenómeno de la religión, toda vez que una razón autónoma y emancipada no creía precisar de sus fuentes para explicar la organización social del mundo y sus medios de producción. Pero tal impacto, a decir verdad, solo constituyó una real preocupación para aquella forma de religión, ya hemos dicho, institucionalizada, y esta en su forma de un cristianismo más bien occidental. Mientras tanto, el fenómeno de la religión, y este no solo en sus modalidades mistéricas u orientales, sino incluso más en aquellas de un cristianismo no estrictamente tradicional e institucionalizado seguía gozando de plena salud y vitalidad. Naturalmente, aquello no solo encuentra validez, desde luego, para el caso que le cabe a la religión en el contexto de los Estados Unidos, donde el peligro de la secularización no ha sido mucho más real que el otrora

---

[497] En su excelente artículo, *Momento cultural nitzscheano y positivismo de la teología fundamental*, en, F. Conesa (Ed.), *El cristianismo, una propuesta con sentido*, BAC, Madrid, 2005, 51.

[498] *Postmodernidad y cristianismo*, 134.

[499] *Op. cit.*, 134.

[500] Así lo enfatiza, y a mi juicio con justa razón, J. D. Caputo, *El poder de los débiles*, en, G. Vattimo; J. D. Caputo, en, *Después de la muerte de Dios*, 220.

peligro de la invasión comunista[501], sino también para el caso de sociedades históricamente más mesuradas en cuanto a la práctica de la religión, como la misma Canadá.[502] No obstante, la prueba más contundente de los límites de la teoría de

---

[501] En efecto, nadie que haya vivido por algún tiempo en los Estados Unidos podría negar que aquel país, por decirlo de algún modo, respira religión, más allá de que, como afirmaba Alexis de Tocqueville, tal religión sea principalmente el americanismo. En tal sentido, los presagios de los teólogos de la muerte de Dios y de la secularización estadounidenses de la década de los sesenta y setenta dieron muestras claras de adolecer de una sensible falla de perspectiva, sino, como apuntaba ya J. D. Caputo en la nota anterior, no sobrepujar más que la mera disquisición académica, y siempre esta dentro de los exclusivos márgenes de la religión americana. El propio Caputo escribe, y con un evidente dejo de humor:

> La sugerencia de que la fe ortodoxa –ortodoxa, claro está, según el criterio del autor–, en Dios está de algún modo menguando en Estados Unidos, una tesis tanto sociológica como teológica en la década de 1960, solo podría defenderla hoy alguien que hubiera estado sumido en un estado de coma profundo durante el último cuarto de siglo. Lamento decir que la fe en lo sobrenatural, en los ángeles, en un mundo con seis mil años de edad hecho en seis días, y en una raza humana cuyos padres vivían desnudos en un jardín de algún rincón de la antigua Mesopotamia y que dejaron que una serpiente los engatusara para que se comieran una pieza de fruta prohibida, nunca ha estado tan viva como hoy (*Hermenéutica espectral: Sobre la debilidad de Dios y la teología del acontecimiento,* en, G. Vattimo; J. D. Caputo, en, *Op. cit.,* 131; las entrelíneas son mías).

Tal reconocimiento, por lo demás, en cuanto al yerro de aquella perspectiva, evidente a luz de la constatación histórica, ha sido advertido incluso por uno de los originales simpatizantes de este movimiento, como es el caso de Peter Berger (cf. *The Desecularization of the World: Essays on the Resurgence of Religion in World Politics,* Eerdmans, Michigan, 1999). Pero el interés por el asunto de la religión, específicamente en su modalidad cristiana, no solo evidente, como ya se ha dicho, en tanto fenómeno extensivo de la sociedad actual, también ha encontrado un alto grado de preocupación entre aquellos intelectuales a los que no siempre se les ha identificado con un discurso explícitamente teológico. Así, por ejemplo, puede verse la atención dedicada por Lyotard o por el mismo Derrida a las *Confesiones* de San Agustín, o a la figura del apóstol Pablo por parte de Žižek y Badiou. En virtud, entonces, de todo lo que ya se ha dicho, bien podemos concluir, con el propio J. D. Caputo (*El poder de los débiles,* en, G. Vattimo; J. D. Caputo, en, *Op. cit.,* 209), que, aunque lo profetizado fue la "muerte de Dios", lo que realmente ocurrió fue un enorme "deseo de Dios".

[502] De este modo, el estudio de D. Lyon (*Jesús en Disneylandia. La religión en la posmodernidad,* Cátedra, Madrid, 2002, 47), muestra que, en una sociedad como la canadiense, generalmente identificada con el impacto de la secularización, más del 80 por ciento de su población afirma creer en Dios, y más del 30 por ciento, derivar esa creencia en "Jesús" como su "Salvador personal" en el marco de una comunidad conservadoramente cristiana. Otro tanto se podría decir de los informes que proporciona P. Deiros, *Op. cit.,* al respecto del vertiginoso crecimiento del pentecostalismo, el auge del cristianismo carismático y el estallido de iglesias libres en casi todas las zonas de Europa luego de la Segunda Guerra. Ciertamente, la dificultad que ofrecen obras con una finalidad tan seria como las de Anthony Giddens (*The Consequences of Modernity,* Polity Press, Cambridge, 1990), en su intento de demostrar el decisivo impacto de la modernidad en el cristianismo occidental, y este en términos de secularización, no es tanto la negación de este impacto, sino solo considerarlo en el marco de un cristianismo tradicional e institucionalizado.

la secularización como impacto fulminante de la modernidad sobre el fenómeno de la religión, lo representa sin lugar a dudas el enorme fervor religioso que experimentan las sociedades del tercer mundo, y las de América Latina despuntando sobre estas, con el crecimiento vertiginoso del movimiento neopentecostal y el mismo neognosticismo.

Si con J. M. Mardones profundizamos en la tesis de S. P. Huntington, y observamos en la religión conservadora –entiéndase, por supuesto, el fundamentalismo, pero también la *Nueva Era*– el mecanismo sublimante por medio del cual un capitalismo tardío ofrecería a los individuos una forma de amortiguar el impacto de la modernidad tardía y al mismo tiempo la oportunidad de aprovecharse de sus beneficios, habría que ver en cambio en esta religiosidad progresista posmoderna el modo en que una izquierda cultural ofrecería su propia alternativa de mitigación y de optimización de aquella misma modernidad. Y, aquello, ciertamente, desde modalidades que van desde los reducidos espacios de discusión académica y la contribución de sus teóricos, hasta sus formas más populares y extendidas por toda la sociedad. Pues bien, son precisamente estas formas ya masificadas y trivializadas de la religiosidad posmoderna, presentes incluso al modo de meras tendencias culturales, y no prioritariamente sus contenidos teórico-académicos, los elementos que a nuestro juicio han sido integrados en la dinámica eclesiástica y teológica de este tipo de protestantismo –primermundista en general y estadounidense en particular–, que hemos convenido aquí en denominar simplemente como *progresista posmoderno*.

3.5 Aclaraciones sobre el término

Y, sin embargo, y a despecho de la real conveniencia que la calificación de *progresismo posmoderno* pudiese entrañar para designar esta tal modalidad del protestantismo usamericano posicionado en torno al radicalismo de la relevancia y el discurso horizontal, la misma no puede eliminar ciertamente todas las confusiones y acaso contradicciones que al mismo tiempo evoca. Una de ellas, claro está, es el hecho de que en esta línea se apele a una fuerte política institucionalista, resultante más bien de la herencia de la modernidad, aunque velada tras el discurso del laicismo, y que resultaría *prima facie* inadmisible con la carta elemental del posmodernismo. O el hecho de que se insista en el uso, y solo para ciertas ocasiones, principalmente cuando se intenta mostrar continuidad con la Reforma y una cierta superioridad histórica –solapada, naturalmente– respecto de otras tradiciones evangélicas, del lenguaje fundamental de la ortodoxia, ¡un oxímoron para el programa teológico del progresismo! No obstante, y a pesar de que las ambigüedades anteriores deben ser plenamente reconocidas, nos sigue pareciendo que la designación de este tipo de protestantismo en términos de progresista posmoderno es, en la medida en que la misma hace relación tanto a una dinámica teológica como a una sensibilidad cultural, una calificación después de todo mucho más feliz e integral que la utilizada, verbigracia, por Carl Braaten, cuando se refiere a este mismo tipo de protestantismo, sin más, como un "nuevo liberalismo". Y, quizás, fundamentalmente, así lo quisiéramos entender, porque tanto el liberalismo en el pasado como el progresismo en la actualidad terminan del mismo modo e indefectiblemente desvirtuando la misión que le ha sido asignada a la iglesia y socavando la esencia misma de la fe.

Cabe asimismo recordar que la modernidad y la posmodernidad no son construcciones rígidas de una historia universal que se sucedan linealmente, sino universos simbólicos de tendencia ideológica y cultural que bien pueden interactuar sincronizadamente, aun cuando el círculo de intersección de la una pueda prevalecer claramente sobre la otra, y esto bajo los determinados condicionamientos sociales, culturales e históricos de cada lugar. Esta última aclaración se torna mucho más evidente, por supuesto, cuando observamos la relación modernidad-posmodernidad en aquellas sociedades no insertas directamente en las condiciones ofrecidas por el primer mundo. Así, por ejemplo, cuando el autor colombiano Fernando Cruz Kronfly[503] afirma que en Colombia se experimenta la modernidad y la posmodernidad en medio de instituciones sociales y políticas relativamente premodernas, no hace más que describir la gran realidad existente en América Latina y el tercer mundo en general. En otras palabras, y en el hablar de Justo González, se estaría haciendo referencia con ello a aquel gran conjunto de voces y perspectivas ignoradas y no patrocinadas ni por la modernidad ni por una eventual posmodernidad, aun en medio de nuestras propias sociedades tan tecnologizadas, y que bien podrían caer en el rango de una *extramodernidad*.[504] Ciertamente, tal vital antecedente no puede ser desestimado a la ligera, cuánto más si nuestro empeño es aquí determinar el impacto y el futuro que le corresponde a esta modalidad de un protestantismo progresista y posmoderno en el concierto evangélico de América Latina.

Con arreglo a lo anterior, no se puede dejar de considerar que, aunque muchos elementos característicos de la posmodernidad se hallen plenamente operativos en el concierto social y cultural de América Latina, tal como nos hemos encargado ya de revisar, de suyo el discurso de la posmodernidad se resiente de un claro arraigo noratlántico, europeo, principalmente, como usamericano luego, y este último en su modalidad más masiva y popular. Es decir, y como bien ha visto A. Piedra, esta, la posmodernidad, presupone "una realidad cuya semántica y caracterización nos llega desde un contexto muy diferente al nuestro"[505]. Un contexto, como bien ha enfatizado E. Dussel, por lo demás, particularmente usamericano y

---

[503] *La sombrilla planetaria*, Planeta, Bogotá, 1994, 12.

[504] *The Changing Shape of Church History*, Chalice Press, St. Louis, 2002, 59.

[505] *El rostro posmoderno del protestantismo latinoamericano*, en, A. Piedra; S. Rooy; H. F. Bullón, ¿Hacia dónde va el protestantismo?, 43.

europeo[506], e individualizado por un agotamiento de la modernidad y las respectivas reacciones críticas frente a esta, y que en el caso del segundo más que en el primero, ha tomado la forma de una sociedad cada vez más poscristiana y secularizada, al menos en relación con aquel tipo de cristianismo de tendencia más organizada e institucional. Ambas situaciones, el agotamiento de la modernidad y el decrecimiento de la religiosidad que, a decir verdad, no se condicen a cabalidad ni con la condición sociocultural ni religiosa de América Latina. La primera se estrella contra la indiscutible realidad de que grandes sectores poblacionales de América Latina ni siquiera han sido alcanzados por los beneficios relativamente básicos de la modernidad, de modo que más que mostrarse animados por superar a esta misma modernidad, tal como el programa de la posmodernidad lo requiere, lo que procuran es más bien esforzarse por instalarse plenamente en ella, a la que se ve como instrumento para alcanzar una mejor calidad de vida y progreso social. La segunda va al choque por igual con fenómenos tan contundentes en nuestro medio como el crecimiento explosivo del neopentecostalismo, el fundamentalismo en general o las mismas expresiones de la religiosidad popular y el neognosticismo, que evidencian con meridiana claridad que tal condición de secularización o de poscristianismo se halla muy lejos de ser en este medio una fáctica realidad.

Esto es algo que tal progresismo posmoderno no puede darse el lujo de ignorar, ni de presionar de tal modo su programa sin siquiera reparar en esta evidente asimetría de escenarios, en lo religioso, por supuesto, pero también en lo sociológico y cultural, tal como lo hizo en su momento el fundamentalismo misionero, que extrapoló en nuestra realidad continental disputas, visiones culturales y adversarios que no formaban parte ni con mucho de nuestra más mediata historia y circunstancialidad. Dicho de un modo todavía más sencillo, tal progresismo posmoderno, eclesiástico y teológico, no puede simplemente obviar el hecho, e incluso más allá de lo que guarde relación estricta con aquellas asimetrías en las áreas de lo sociológico y cultural, de que el enorme contingente evangélico de América Latina ha sido informado desde sus inicios y aún lo sigue siendo en la actualidad por el influjo del fundamentalismo misional, sus visiones y precomprensiones de teología, ser humano, mundo y sociedad, sin haber dado ni siquiera plenamente el paso todavía hacia una afirmación de la fe y del discurso teológico y relacional en el marco de los

---

[506] E. Dussel se refiere a la posmodernidad como a "una etapa final de la cultura moderna europea-norteamericana, el 'centro' de la Modernidad". *Transmodernidad e interculturalidad (Interpretación desde la filosofía de la liberación)*, en, *Crítica intercultural*, 146. Pero, en razón de lo mismo, habría que poner en seria duda la afirmación tocante a que la posmodernidad sería el fin de todo metarrelato universal y preguntarse si no es ella misma y su pretensión de que sus giros culturales e intelectuales surgidos en tal contexto original –Europa y Usamérica– serían luego extensivos al resto del mundo por igual, el gran metarrelato actual.

horizontes dados por la ortodoxia, mucho menos por los de la teología de la crisis, y cuánto menos aún por los de la teología liberal. Por consiguiente, aun reconociendo el dato en modo alguno menor de que su propuesta igualmente constituye una expresión de aquella misma religión americana, aunque por cierto bajo aquella modalidad radicalizada en torno al discurso de la relevancia y la contextualidad, se debe asimismo advertir que la tal es portadora de un conjunto de visiones y de reivindicaciones que, a la luz de aquella particular historia evangélica latinoamericana ya mentada, no puede sino aparecer superpuesta, y aun con un claro grado de violencia frente a esta, a su conciencia y su sensibilidad. En consecuencia, no solo corre tal progresismo posmoderno el ciertísimo riesgo de extrapolar al escenario evangélico latinoamericano una agenda tan extemporánea a este como la que en su momento, como ya hemos dicho, extrapoló el fundamentalismo misional, sino además y en virtud de aquella innegable desconexión social, cultural y existencial con esta colectividad, ser castigado con la misma apatía congregacional que experimentó la teología de la liberación en su oportunidad, y seguir adelante con un programa que aunque vaciado de impacto y de comunidad se mantenga en pie únicamente en virtud del apoyo económico dispensado por aquellos grupos eclesiásticos homólogos del extranjero, aunque su existencia, al igual que estos, no sobrepuje la de una modalidad religiosa de la izquierda cultural.

Ahora bien, si tuviéramos *grosso modo* que particulizar las formas elementales en que se tiende a manifestar en este tipo de protestantismo el influjo de la posmodernidad, habría en primer lugar que afirmar que a partir de su ascendencia se desarrollará una evidente política de supresión al respecto de cualquier elemento que pudiera asociarse con la exacerbación de la dimensión de la identidad: el fundamentalismo, primeramente, pero también las reortodoxias, o simplemente el cristianismo de cuño más tradicional, toda vez que estos pretenden apelar, a su juicio, a la existencia de metarrelatos teológicos totalizantes y de validez ético y religioso universal. Como contraparte de aquello, criterios tales como "inclusivismo", "integración", "tolerancia", "suspensión del criterio de verdad", "desconfesionalidad", ¡y estos en su grado extremo!, llegarán a ser sus baluartes distintivos. Lo prioritario será aquí, desde luego, el resguardo por no ofender la sensibilidad del ciudadano libre y autónomo de la sociedad posmoderna, por medio de la apelación a valores absolutos y obligatorios de parte de un cristianismo convencional, y sus arcaicas imágenes bíblicas para legitimar dicha restrictiva moralidad, como asimismo su énfasis en el aspecto estatutario de una fe afirmada primeramente en la dimensión de la identidad, cuánto más si hablamos de un sujeto social liberado ya de la tutela de la religión institucional e inserto en los nuevos paradigmas de vida que le ofrece la agenda de la izquierda cultural.

De este modo, en este empeño por no violentar la conciencia de este nuevo ser humano posmoderno, o mejor dicho, su propia conciencia, toda vez que tal quehacer teológico y eclesiástico, hemos dicho, progresista posmoderno, se halla ya completamente fusionado con la tendencia de aquella cultura dominante y ha abrazado como propia la agenda que le insufla a esta sus contenidos, esto es, la de la izquierda cultural, la antigua ética del cristianismo convencional será reemplazada por la ética situacional y los acuerdos contextuales y temporales. El criterio fundante de verdad será sustituido por el derecho de cada cual a fijar su propio sentido de esta, en la medida en que él mismo esté precavido, claro está, cual regla de oro fundamental, de no imponer el suyo a los demás, máxima que, como hemos visto, opera de un modo cínico e interesado, pues al tiempo que pregona un relativismo radical como aquello que supuestamente garantizaría las actitudes de tolerancia en la sociedad, en la práctica se le endosa únicamente a las creencias de los demás, entre tanto que para sí se reserva el derecho a posicionamientos absolutos e incuestionables. Las imágenes bíblicas y su aledaña terminología, propias de un mundo prefilosófico, se insistirá, serán superadas por todo un nuevo contingente de representaciones y de un vocabulario que no dramatice demasiado ni en la radicalidad del pecado ni en la urgencia absoluta de la gracia y, que pueda ser, al mismo tiempo, suficientemente razonable de creer y asimilar por este mismo ciudadano que juzga ya el valor de sus enunciados, en tanto no contrapuestos a su imagen posmoderna de mundo y libertad. Consecuencia, además, de dicha postergación del criterio de verdad, bajo una política cada vez más antagonista hacia todo acervo de tradición histórica y de identidad confesional, será la reducción del escándalo de la cruz a un puro cántico insípido e inocuo al amor universal, más cercano al *Imagine* de Lennon que a las cartas paulinas o a la misma *theologia crucis* de Lutero; la reconversión de la escatología bíblica por la integración de una espiritualidad a ratos gnóstica, a ratos inmanentista, que prescinda cada vez más del *ésjaton* final; y, finalmente, la relativización cada vez más creciente de la cristología, que con ello no hará más que sacrificar lo propio y distintivo de la fe cristiana –Jesús, el Cristo, su mensaje, su actuación, su muerte y resurrección– por lo universal y general de un (pos)cristianismo afirmado únicamente en la exacerbación de la dimensión relevante de la fe, bajo una comprensión de esta en perspectiva meramente horizontal. Pues bien, al amparo entonces de esta previa aclaración general, intentaremos desarrollar ahora un poco más *in extenso* algunos de los elementos que se nos antojan más característicos de esta modalidad de un protestantismo progresista y posmoderno en lo que respecta básicamente a su dinámica teológico-eclesial.

3.6 Elementos esenciales del progresismo posmoderno
3.6.1 *El institucionalismo como identidad*

Sea acaso uno de los elementos que sobresalen con mayor nitidez, en este protestantismo en línea de un progresismo posmoderno, su abierta lealtad hacia el aparato organizado de su institución, junto con una completa subordinación a la dirección que este impone a la iglesia, al tiempo que una cada vez menor continuidad, sino directamente ruptura radical, con la tradición teológica a la que dicha denominación debe en principio o en rigor su nombre. En última instancia, si podemos hablar aquí de una cierta dimensión de identidad, esta no estaría dada por la adscripción a un cierto acervo de tradición histórica, ni bíblica ni teológica, sino más bien por la fidelidad a ciertos estandartes elementales de la cultura posmoderna que el aparato organizado de estas instituciones se encarga de internalizar y promover de manera muy eficaz, y que luego la feligresía, sin mayor formación ni bíblica ni teológica al interior de este sistema, estima que constituyen algo así como la "carta magna del cristianismo". Entre alguno de estos, volvemos a repetir, y en su más extrema modalidad: el inclusivismo, la integración, la tolerancia, la suspensión del criterio de verdad, la desconfesionalidad, etc. Bajo tal alcance asignado aquí a la dimensión de la identidad, no resulta entonces sorprendente constatar la tendencia general entre estas filas a dar por hecho y sin mayor margen de problematicidad de que, en todo aquello que aparece avalado y promocionado por el aparato organizado de su institución –programas, actividades, publicaciones, marketing, convenios internacionales–, aparece del mismo modo contenido, para no decir agotado, todo cuanto se pueda llegar a decir de la iglesia, la fe, incluso del mismo Cristo y su proclamación.

Desde luego, no estamos sugiriendo aquí la ilusoria idea de que el protestantismo, cuánto más de raíz histórica, deba adolecer de todo aparato institucional y organizado, y existir únicamente en el modo de un "carisma puro", y esto no solamente porque resulta ya un axioma sociológico constatar, tal como lo señalara en su momento Max Weber, aquello de que todo carisma inicial tiende indefectiblemente en el tiempo hacia su institucionalidad, sino porque ha sido fundamentalmente aquel marco de organización e institucionalidad el que le ha posibilitado a la iglesia cristiana tanto la sistematización de su pensamiento como la organización de su defensa contra toda posible amenaza, sea esta interna o externa. Muy por el contrario, juzgamos como absolutamente necesario que el anuncio de Jesús, el Cristo, y su mensaje de gracia pueda darse a partir de un marco institucional y organizado, y desde los énfasis teológicos propios y distintivos de las iglesias, precisamente en la medida en que aquella estructura de formalidad sirva al propósito de preservar la integridad de ese anuncio, y evite así que la multiformidad de voces y tendencias lleve más bien a la disgregación que a la unidad. Sin embargo, juzgamos más imperioso aún defender, y esto en relación directa con esta modalidad de un protestantismo progresista y posmoderno, la necesidad de que el aparato eclesiástico institucional, si es que en verdad desea cumplir con su función a cabalidad, la cual no es otra que la de garantizar el correcto fluir de ese carisma evangélico, en un marco de orden y fidelidad a la revelación de Dios, Cristo y su Palabra, no se transforme él mismo en una superestructura a la que se le deba en definitiva la última promoción y fidelidad. De ser este el caso, tal forma de organización eclesial, el "institucionalismo", más que salvaguardar aquel carisma evangélico, no haría más que domesticarlo, sino asfixiarlo, promoviendo más bien en su lugar el seguimiento de sus propios objetivos e intereses eclesiásticos.

Llegados, por lo tanto, hasta esta coyuntura, no nos es posible dejar de preguntar, con la más abierta honestidad, si al fin de cuentas al Dios al que esta modalidad de un protestantismo progresista y posmoderno realmente adora y sirve es al Dios de las Escrituras o simplemente al ídolo del institucionalismo. Un ídolo, claro está, que bien sabe conferir inapreciables beneficios a quienes le tributan seguimiento y culto, aun cuando eso implica un costo demasiado alto desde el punto de vista del seguimiento cristiano y la propia tradición teológica de las iglesias. Por cierto, cuando nos referimos a aquel "ídolo del institucionalismo", no hacemos alusión a la estructura organizada de las iglesias como tal, ni menos aún a su buena herencia teológica, la cual constituye a nuestro juicio el patrimonio de toda tradición cristiana, sea esta luterana, reformada o la que fuere. Es más, y en relación a esta última acotación, es nuestra opinión que una comunidad cristiana que reniega de su herencia histórica y de su respectiva ortodoxia o simplemente las desconoce está condenada indefectiblemente a quedar presa de las caprichosas preferencias culturales de cada época y de la dirección de su aparato organizado que siempre guiña el ojo por asunto de marketing o estrategia a estas. En consecuencia, cuando nos referimos al ídolo del institucionalismo hacemos alusión más bien a esa fidelidad casi desquiciada hacia el aparato organizado de una institución eclesiástica, prácticamente como última fidelidad de la fe y la vida de una iglesia; a aquella tendencia tocante a hacer del marketing eclesiástico una prioridad que compromete más esfuerzo y devoción que la proclamación del mismo Jesús y su evangelio; a esa sed de procurar los beneficios y gratificaciones que dicho aparato organizado confiere, sean estos puestos de liderazgo, nombramientos internacionales, estatus, o lo que fuere; a esa actitud acomodaticia que llega a convertir en definitiva al institucionalismo en algo incluso más rector y normativo que los propios conceptos de Escritura y tradición.

Cuando Gianni Vattimo[507] pregunta retórica y sagazmente si los "científicos" lo son por amor a la verdad o más bien por amor a formar parte de la comunidad científica, en tanto fuente esta de validación de sus discursos, estatus e inmunidad, arroja una pregunta que resulta transversal a toda actividad de organización humana –incluida, por cierto, la propia iglesia–, y que cada una de estas de acuerdo a sus textos fundantes ha de responder. Por supuesto, aquí el asunto no consiste en discutir si ese "amor por la verdad" ha de darse en un cierto marco de referencia hermenéutica, histórica o institucional, sino más bien si ese marco de referencia ha llegado a adquirir tal grado de preeminencia que resulte no solamente ya hipostasiado sino además contrapuesto a ese amor mismo por la verdad.

---

[507] *Hacia un cristianismo no religioso*, en, G. Vattimo, J. D. Caputo, *Después de la muerte de Dios,* 70.

Siendo así las cosas, la declaración que se le atribuye a Aristóteles en relación con su maestro Platón, principio sempiterno de la fidelidad última hacia la verdad –*Amicus Plato sed magis amica veritas* ("Platón es un amigo, pero más amiga es la verdad")–, ha sido puesta bajo este contexto y, como se dice vulgarmente, verdaderamente "patas para arriba". No es azaroso, por consiguiente, como ya lo advirtiera H. Küng[508] al meditar sobre la situación luterana de Alemania, que los cargos principales en este tipo de protestantismo estén dados generalmente no en función del eximio dominio de la tradición teológica y la visión crítica de iglesia y mundo a partir de esa misma tradición fundante, sino por la seguridad de saber que se está en presencia de un funcionario que bien sabrá velar por los intereses del institucionalismo y que no objetará jamás las políticas de su aparato organizado. Valgan aquí los conceptos que Hermann Hesse vertiera en su definición del burgués para nuestro fiel funcionario del institucionalismo:

> A costa de la intensidad alcanza seguridad y conservación; en vez de posesión de Dios, no cosecha sino tranquilidad de conciencia; en lugar de placer, bienestar; en vez de libertad, comodidad; en vez de fuego abrasador, una temperatura agradable.[509]

Por ello, en esta forma de liderazgo dado a luz por el institucionalismo, el cargo ya no es tanto asunto de tarea y vocación cuanto de carrera y aspiración, y el "ecumenismo", a decir verdad, la actividad que mejor se remunera, y que vaciada ya de esa crítica y de esa tradición, de esa tarea y de esa vocación, como el propio Küng[510] vuelve a advertirlo, no ve conflicto alguno en posar para la foto con el

---

[508] *Teología para la posmodernidad. Fundamentación ecuménica*, Alianza Editorial, Madrid, 1989, 49.

[509] *El lobo estepario. Solo para locos,* Centro Gráfico, Santiago, sin fecha de publicación, 51.

[510] Y aún más, escribe:

> Los dirigentes protestantes parecen haber dejado toda protesta en manos de los católicos críticos: un protestantismo sin protesta posa fácilmente con el *Pontifex* para la foto. Siempre de acuerdo con el poder católico romano, bajo una misma bandera pseudoecuménica, cuando se trata de intereses comunes (impuesto eclesiástico) o de exigencias frente al Estado y la sociedad (dinero y moral) (*Op. cit.,* 49).

Dicho sea de paso, la primera vez que tuve la oportunidad de entrevistarme con un obispo luterano en los Estados Unidos, este me enseñó con mucho orgullo una foto en la que aparecía junto al Cardenal Walter Kasper y otras autoridades luteranas y católicas de Alemania. Cuando me preguntó si yo conocía personalmente al Cardenal, mi respuesta fue desde luego que no. Sin embargo, cuando yo le devolví la pregunta, consultándole ahora a él si había leído alguna de sus obras, ya que curiosamente en aquella ocasión yo traía conmigo, mientras esperaba por la cita, uno de los más importantes trabajos del Cardenal, *El Dios de Jesucristo,* su respuesta fue del mismo modo negativa. Quedaba implícito para mí, luego de aquel tan singular incidente y otros más que habría

Romanum Pontifex o alguna otra autoridad religiosa, si de alcanzar objetivos económicos, políticos o aun de estatus se refiere –es más, lo anhela–. Ciertamente, y es lo que pretendemos aquí advertir, no sería realista suponer que tal política del institucionalismo, sus objetivos, sus programas y asimismo el ecumenismo como su actividad más rentada, ocurra solo entre las filas de este tipo de protestantismo progresista y posmoderno del primer mundo. Muy por el contrario, y en lo que respecta a América Latina, la modalidad criolla de este tipo de protestantismo desarrollará una muy similar política institucional, y verá precisamente en el concierto de organismos ecuménicos mundiales la oportunidad de acceder también a puestos internacionales o procurar, del mismo modo, y echando mano del siempre efectivo ejercicio del *lobby*, recursos económicos para sus respectivas instituciones y proyectos. Por cierto, el costo aquí, que pareciera ser para este progresismo posmoderno criollo un sacrificio nunca demasiado oneroso, sino abiertamente placentero, implica, desde luego, la implementación en su contexto latinoamericano de esas mismas políticas eclesiástico-teológicas elaboradas por su referente primermundista, aunque, por supuesto, con una cierta readaptación continental, preferentemente en el marco de las arengas propias de la teología de la liberación y del genitivo. Por otra parte, desde aquel otro sector, aquel radicalizado en torno a la dimensión de la identidad, y aquí nos referimos mayormente a los grupos de línea fundamentalista y a los propios de la reortodoxia, el asunto no pareciera ser demasiado diferente, aunque la aspiración a acceder a instancias de ascendencia y poder no esté dada ya por la figura del institucionalismo, sino a través del tipo de liderazgo carismático-individual, en lo primero, como mediante la trayectoria y el resguardo de la formulación proposicional, en lo segundo.

Por lo demás, el institucionalismo en este tipo de protestantismo progresista posmoderno bien podría ser comparado con una especie de huerto del Edén, que gratifica a sus *Adanes* y *Evas* con los suculentos frutos de la industria de la religión organizada: la pertenencia grupal, la seguridad laboral y la promoción de cargos, como así también las amplias libertades proporcionadas por la cultura posmoderna, a razón, claro está, de no poner jamás en duda la condición de autoridad de su aparato organizado y su sapiencia en la dirección que ha decidido imponerle a la iglesia. Tal insinuación a la sospecha, ¡mucho más, por cierto, la abierta confrontación!, sería el equivalente a dar la gran mordida al fruto prohibido, morder la mano que alimenta y, en consecuencia, la exposición al temible castigo edénico, ¡la expulsión del paraíso institucional!, que aquí consistiría en la pérdida de todas sus mercedes o, incluso, en el castigo más agónico pero no menos efectivo todavía

---

todavía por venir, que la actividad ecuménica al interior de esta modalidad de un protestantismo progresista y posmoderno era más bien una cuestión de marketing, estatus y compromiso social que de comprensión responsable y profunda tanto del pensamiento teológico propio como de la contraparte ecuménica con la que, supuestamente, se establecería una alianza eclesiástica y teológica.

del sistemático vacío al afrentador, al punto de que, azotado este por tanta exclusión y relegamiento al olvido, él mismo llegue a implorar su propio autoexilio. Y es que el institucionalismo en esta forma de protestantismo no admite conflicto de interés, no consiente en propiciar otra dinámica de iglesia, sino aquella que refuerce su programa horizontal de la fe y su discurso de la relevancia a ultranza, ni otro tipo de funcionario eclesiástico que aquel que alegremente lo avale y cierre filas irrestrictamente con este. Se daría aquí, como se podrá ver, la doble dialéctica que Karl Popper observara ya en la raíz de toda forma de autoritarismo –y esta forma de institucionalismo sin duda alguna lo es, aunque utilice como coartada el recurso de la inclusión y la tolerancia que el discurso de la posmodernidad le proporciona–, cuando, al escribir *La sociedad abierta y sus enemigos*[511] durante su exilio neozelandés, nos recordara que este solo puede pervivir mediante el recurso a la gratificación o la extirpación, de acuerdo al modo en que cada cual se relacione frente a su pretensión de construir un mundo o una sociedad perfecta.

Pero, entonces, surge la pregunta inmediatamente: ¿A cuál fuente última de autoridad debe apelar el institucionalismo para legitimar el curso que impone a la iglesia, no pocas veces de consecuencias definitivas para esta, como a su vez su derecho para excluir a aquellos que, para utilizar el lenguaje del mismo Popper, ponen en duda y aún más confrontan su pretensión de estar construyendo la sociedad –en este caso la iglesia– perfecta? Desde luego, como ya hemos advertido, no a la autoridad dimanada del acervo histórico de tradiciones, sea este bíblico o teológico, pues tal acervo, propio del ser mismo de la teología, no haría más que confabular contra su propia pretensión utópica, sino a la autoridad que él mismo autónomamente ha erigido, cual nuevo principio de Escritura y tradición: en primer lugar, las pautas elementales de la cultura posmoderna y la agenda de la izquierda cultural. Vale decir, en lo epistemológico, aquellas que se levantan contra todo conocimiento lineal e histórico, entre tanto que, en lo valórico, aquellas que rechazan toda pretensión de absolutez moral, ética y aun estética. En segundo lugar, el derecho que le asistiría a cada cual a fijar su propio sentido de las doctrinas cristianas, de acuerdo a la presencia de aquella luz interior que –esta forma de protestantismo insiste– habitaría en el corazón de cada creyente y que le permitiría sin mediación de credos, confesiones ni historia de la teología alguna acceder a su más plena comprensión, la cual coincidiría siempre, "¡increíblemente!", con esos mismos estandartes de la cultura posmoderna. Naturalmente, se trata de una coincidencia que a nadie podría tomar demasiado por sorpresa, pues tal comprensión de la fe y de sus contenidos doctrinales, bajo el secuestro total de los impulsos emocionales en exclusión violenta de la razón, no difiere sustancialmente, es más deviene su concretización, de aquella modalidad de fe y de Dios determinada por el pensamiento débil, indefinible, sin absolutos, sin dogmas, susceptible a tantas

---

[511] Plaza Edición, Barcelona, 2006.

interpretaciones como divergente sea el mundo emocional de cada actor, sobre la cual insistirá, verbigracia, el filósofo posmoderno Gianni Vattimo, que representa con total fidelidad en ello a todo aquel movimiento. Y es que se trata aquí, en resumidas cuentas, tal como ha visto J. M. Velasco en relación con la posmodernidad, "de la convicción, asumida como una verdadera evidencia, de que lo real se identifica siempre con lo que es objeto de una posible experiencia"[512], de suerte tal que la más mínima apelación a la razón para allanar o traducir en categorías de pensamiento humano aquella relación con lo divino no puede ser vista más que como ciencia dominante, horror, una inaceptable intervención.[513] En tercer lugar, y como corolario de todo lo precedente, la pretensión de que en esa voz inspirada de la mayoría, cuyo mayor orgullo para el institucionalismo es que se trataría de una colectividad de laicos más que del clero y de la facultad de teología, fluiría siempre unívocamente la voz divina, aunque tal iluminada voz seglar carente, a decir verdad, de formación bíblica y teológica, no haga más que seguir las instrucciones del aparato organizado de su institución, ser su voz amplificada, tal cual si esta fuese un *Christus prolongatus*.[514]

3.6.2 *Régimen laicista y liderazgo eclesial*
Precisamente a partir de este tercer elemento de apelación podemos observar cómo las libertades que la modernidad reclamaba en el área de lo instrumental-racional –entiéndase, fundamentalmente, para el campo de lo científico, lo político y lo económico–, sin ningún otro tutelaje que el de una razón autónoma liberada ya de su minoría de edad, son reclamadas ahora en la posmodernidad en el área básicamente de las libertades individuales, para ser experimentadas no ya en el marco reducido de interlocutores especializados –filósofos, teólogos, científicos, sociólogos, economistas, etc.– sino desde la misma cotidianidad y sin ninguna

---

[512] *Ser cristiano en una cultura posmoderna,* PPC, Madrid, 1997, 42.

[513] En las clarificadoras palabras de D. Poole, que se refiere a este mismo gnosticismo religioso que domina en esta religiosidad posmoderna:

> En el ámbito religioso hay una manifestación sutil de relativismo, una suerte de gnosticismo, que defiende el acceso a lo divino, no mediante el uso de la razón, sino a través del sentimiento, de la experiencia mística. Desde esta perspectiva, todo intento por parte de la razón filosófica de decir algo acerca de Dios se considera abusivo, incluso blasfemo (*Relativismo y tolerancia,* en, *Op. cit.,* 158).

[514] En tal sentido, lo que escribiera Hans Küng sobre el *Christus prolongatus,* en relación con la posición preferencial que reclama la Iglesia Católica Romana al respecto de la persona de Cristo, valdría también, *mutatis mutandis,* para la pretensión institucionalista de este tipo de protestantismo arraigado en el progresismo y la posmodernidad y en la agenda de la izquierda cultural: aquí –esto es, con la idea aquella del *Christus prolongatus*– "se identifica la iglesia de tal manera con Cristo que este, siendo su Señor y su cabeza, queda relegado a un lugar secundario, detrás de la iglesia, que se proclama ahora, a sí misma, como el Cristo presente" (*La Iglesia,* Herder, Barcelona, 1975, 284).

tutoría racional. Pero tal instalación de un régimen ascendentemente laicista, que promueve esta forma de protestantismo progresista y posmoderno, y que presenta luego como signo irrefutable de la iglesia de los nuevos tiempos –en exclusión incluso de su contingente pastoral más mesurado, mucho más de sus agentes teológicos más lúcidos e ilustrados, ya que frente a cualquier corrección u objeción de parte de estos acusa el inmediato menoscabo de sus derechos–, no puede resultar en nada más que una flagrante corrupción del concepto paulino de la libertad cristiana y del luterano sacerdocio universal de todos los creyentes. En realidad, tal régimen no solo se resiente de la abierta irrupción del posmodernismo en la iglesia y su reclamación por las libertades individuales sin ninguna coerción totalizante, principalmente aquellas de cuño histórico-tradicional, sino también de aquella afirmación connatural del genio estadounidense, como diría S. M. Lipset, "por los valores igualitarios, individualistas, populistas y ante todo antielitistas" que, según este autor, "predominan mayormente en el campo de la política y mucho más en el de la religión"[515]. Sin embargo, no se puede negar que las libertades individuales celebradas por este tipo de protestantismo, y cristalizadas según este en aquella supuesta autonomía de un régimen laical, su derecho a fijar su propio sentido de las doctrinas cristianas, incidir en las determinaciones capitales de la iglesia, todo aquello sin ningún tutelaje ni de élites teológicas ni de acervo alguno histórico-tradicional[516], terminan siempre siendo las libertades reivindicadas por

---

[515] S. M. Lipset, *El excepcionalismo,* 77. Tal fusión de ideas y alianzas entre el genio cultural estadounidense y la filosofía posmoderna no solo se da en términos del reclamo por las libertades individuales, sin el tutelaje ya de las élites en aquel o los metarrelatos institucionales en esta, sino al nivel también del pragmatismo contextual del primero y los acuerdos temporales de la segunda y aquello, curiosamente, en el marco del debate en torno al "futuro de la religión". Véase, por ejemplo, para esto último, las ponencias de R. Rorty y G. Vattimo en, *El futuro de la religión,* Paidós, Barcelona, 2005.

[516] Piénsese, por ejemplo, y solamente en el marco de la iglesia luterana de los Estados Unidos, en la decisiva participación que ha tenido este régimen laical en las últimas asambleas celebradas por la ELCA, en las que su voto ha resultado prácticamente fundamental a la hora de fallar en torno a asuntos tales como la ordenación al ministerio pastoral de personas con orientación sexual homosexual, la celebración de matrimonios de la misma tendencia, la comunión de altar y púlpito con otras ramas del cristianismo evangélico, o el alcance mismo de las partículas exclusivas recalcadas por los reformadores (*solus Christus, sola gratia, sola Scriptura, sola fide*), solo por mencionar algunas temáticas de crucial importancia no solo para el ser y el futuro de la fe luterana en particular, sino de la iglesia evangélica en general. Por supuesto, el problema que se plantea aquí no guarda relación alguna con el reconocimiento pleno de la doctrina del sacerdocio universal de todos los creyentes, el pleno uso también de sus dones y ministerios a nivel de la comunidad local y el aparato institucional, como así tampoco su absoluto derecho a sufragar en las asambleas. Negar aquello no sería más que socavar los principios fundamentales del protestantismo. Así, por ejemplo, Lutero podrá decir en su *Cautividad babilónica de la iglesia* (en, *Lutero. Obras,* Sígueme, Salamanca, 2001, 146), que "todo creyente ha sido constituido sacerdote desde el momento mismo de su bautismo", y en su *La libertad del cristiano* (*Op. cit,* 163), "que no hay distinción tampoco, según la Escritura, entre

el programa práctico de la posmodernidad y la izquierda cultural, en el marco, claro está, de lo que tienda a reforzar los intereses y la agenda del aparato eclesiástico-institucional. Aunque, la realidad indesmentible de tal agenda e intereses aparezca siempre tras bambalinas o, en sus efectos, bajo la sagaz coartada de ser una "cruzada a cuenta y cargo de ese mismo régimen laical".

Dicho en otros términos: así como las libertades individuales reclamadas por la posmodernidad, y alcanzadas según esta mediante la exclusión de metarrelatos y el establecimiento de acuerdos autónomos y contextuales, no resultan nunca en vista de aquella exclusión metanarrativa, claro está, ni desprovistas de alguna

---

sacerdotes y laicos, en cuanto a dignidad, ya que ambos están del mismo modo comprometidos con predicar a Cristo, la fe y la libertad cristiana a los demás". Pero, al mismo tiempo, la *Confesión de Augsburgo,* XIV, también insistirá en la necesidad de que "nadie enseñe, predique o administre los sacramentos sin un previo llamamiento legítimo", aclaración que según Eberhard Jüngel (*Op. cit.,* 292) constituirá garantía "para que la oferta y testimonio de la salvación obrada por Jesucristo, para la cual por principio todos los creyentes están capacitados, se realice de manera ordenada", evitando así "la inmediatez individualista" de un sacerdocio universal mal comprendido. Pues bien, aclarado aquello, permítasenos entonces indicar que la dificultad a nuestro juicio con este régimen laical comienza más bien cuando el mismo se constituye en una cofradía prácticamente intocable e imposible de confrontar, ya que su misma condición de ser "la iglesia de los nuevos tiempos", según la insistencia del aparato organizado institucional, le confiere plena inmunidad, aunque, como bien sabemos, no sea más que la voz amplificada de aquel mismo aparato institucional. Tal dificultad continúa, y aún más se profundiza, cuando tal representación de laicos, que constituye por lo demás el porcentaje mayor en estas tales asambleas, considera que el pronunciamiento sobre materias tan capitales para el ser mismo de la iglesia como las ya advertidas y otras muchas más no requiere de ninguna formación de acervo histórico tradicional, sea bíblica o teológica, sino solo el permitir que aquella luz interior que habita en el corazón de cada ser humano fluya libremente a la hora de votar, luz interior esta que, como hemos señalado ya, termina siempre siendo el equivalente material del programa práctico de la posmodernidad, la agenda de la izquierda cultural, y el mero reforzamiento de los intereses del aparato organizado institucional. O, en su defecto, y acaso con mayor gravedad, cuando este mismo contingente de laicos considera que su formación es tan sofisticada –así el aparato organizado le ha hecho creer– que no requiere de ningún acervo tradicional, aunque tal sofisticada formación se reduzca en realidad a nada más que un poco de deconstructivismo sensacionalista, lecturas casi al punto de la canonización de autores tales como M. Borg, J. S. Spong y J. D. Crossan, eslóganes seleccionados de las teologías de la liberación y las del genitivo y, en general, adhesión por todo aquel tipo de literatura que promueve el luteranismo *light* y en especial su izquierda teológica cultural. Pero, incluso, y más allá de la propia situación luterana, la influencia de este régimen laical en esta forma de protestantismo progresista y posmoderno en el contexto usamericano se deja ver también en su decisiva contribución en la elaboración de nuevos credos y confesiones, altamente celebrados por el aparato institucional, en los que el compromiso teológico de estos tales documentos, sobre todo en lo concerniente a sus artículos cristológicos, deja claramente lugar al indefinismo teológico y a un tipo de afirmación religiosa de clara línea pluralista y emocional. Baste, para ello, simplemente repasar los últimos credos elaborados por la Iglesia Unida de Canadá, ejemplos señeros de aquella decisiva incidencia laical, para comprender qué queremos decir cuando hacemos referencia a cómo el aparato institucional de una iglesia puede terminar sometiendo a esta completamente a la cultura dominante.

referencia global, ni por lo mismo ni tan autónomas ni contextuales, sino creadas y teledirigidas bien por el consumismo cultural de moda (J. M. Mardones[517]), bien por la lógica del sistema tecnocrático-burocrático (Habermas), así también las libertades individuales promocionadas por este tipo de protestantismo en la forma de un laicismo autónomo y direccional no resultan nunca tampoco, en vistas de aquel vacío de tradición histórica que evidentemente les subyace, desligadas de los propios objetivos e intereses del aparato institucional. En este caso, el ejercicio de tales derechos y libertades laicales, por medio de los cuales, se argumenta, fluye el *consensus ecclesiae* y la *Voluntas Dei*, resultan ser la coartada más propicia del aparato organizado para la consecución de su propia agenda institucional que, al tiempo que le permite aparecer como agenda de los legos, le garantiza por lo mismo completa inmunidad: *Vox populi, vox Dei,* se insistirá. Otra vez se nos vuelve a revelar aquí, en este soterrado programa totalizante, el carácter esencialmente pragmatista y eclecticista de esta forma de protestantismo, el mismo que no halla demasiada contrariedad en echar mano del lenguaje de las confesiones y de la ortodoxia cuando este le ofrece cierta utilidad, aunque, a decir verdad, como Carl Braaten dirá, nada más que como el perfume de una botella vacía. Asimismo, podrá soslayar sin mayor dificultad el horror que entraña de suyo para la posmodernidad la objetivación de la realidad, ya sea en la forma de metarrelatos o de instituciones, precisamente en la medida en que tal espanto podría resultar contraproducente para su agenda institucional. De modo que lo que pareciera ser una burda contradicción en esta política del institucionalismo por parte de esta especie de protestantismo resulta ser en realidad un sagaz subterfugio para conciliarse con la posmodernidad: no renuncia al principio normativo de dirección institucional, propio de la modernidad, pero a fin de no ser acusado de objetivar la realidad mediante un tutelaje totalizante, lo mantiene de contrabando, al promover en cambio la plena autonomía del sujeto y su plena capacidad de dirección

---

[517] Es por eso que la sospecha que J. M. Mardones esboza al respecto de que el vivo entusiasmo de G. Vattimo por una sociedad posmoderna liberada de metarrelatos y tutelajes desemboque nada más que en un mero consumismo *mass media* cultural parece quedar plenamente confirmada en virtud de la misma realidad actual. Así, con toda justeza escribe:

> A menudo tengo la sensación de que G. Vattimo y su alabanza de la sociedad postmoderna de los "media" y el consumo desemboca en este pluralismo pagano consumista y superficial. A mi juicio, el pensamiento fruitivo e inaugural desciende a la frivolidad de un esteticismo presentista (*Postmodernidad y cristianismo,* 115, nota 44).

En este sentido, podemos concluir, y a la luz de lo que observamos cada día, que los presagios de T. Adorno y M. Horkheimer en su *Dialéctica de la Ilustración* (Akal, Madrid, 2007), al respecto de unos medios de comunicación modernos que homogeneizan a la población, han resultado mucho más certeros que los de un Vattimo que ve en estos "una feliz explosión y proliferaciones de concepciones del mundo".

eclesial, mediante aquel supuesto régimen laical. En otras palabras, el discurso de la posmodernidad en este tipo de protestantismo tiende a ser un recurso más bien funcional que propio de un verdadero vértigo filosófico. Es decir, digno de promocionar y celebrar cuando sirve a la utilidad de socavar el tutelaje de la tradición histórica, en su modalidad específicamente bíblica y teológica, pero también perfectible de suavizar o abandonar –tal como hiciera ya el fundamentalismo con su doctrina de la inspiración literal– en el momento mismo en que su misma radicalidad ponga en riesgo el bien supremo del institucionalismo, al cual se le debe, sin dubitación alguna entre estos círculos, la última lealtad.

No se podría tampoco negar que el conjunto de todos los objetivos e intereses subyacentes al apoteósico discurso de una iglesia comprometida con el orden laical, en esta modalidad de un protestantismo progresista posmoderno, entraña consecuencias determinantes sin duda también al nivel del liderazgo local de las congregaciones y lo que estas pudiesen llegar a afirmar como *missio ecclesiae*. En efecto, una vez que se ha excluido el tutelaje de la tradición histórica, tanto bíblica como teológica, como asimismo a los agentes pastorales y teológicos que engarzados en aquella tradición han sido comisionados para el cuidado y la formación permanente de la iglesia, los criterios de selección para el liderazgo local y regional de las comunidades encontrarán vías alternativas de afirmación. Nos referimos, por supuesto, con aquello del liderazgo local de las iglesias, a aquel cuerpo organizado de laicos que junto con los ministros ordenados han sido llamados a ejercer el liderazgo espiritual y la toma de decisiones fundamentales de una congregación, y que de acuerdo a cada tradición eclesiástica recibirá el nombre de presbiterio, consistorio, concilio, según corresponda. Ciertamente, en exclusión de los criterios tradicionales para elección de un liderazgo congregacional –como la formación bíblica y teológica, desde luego, y estos no secuestrados, por supuesto, por lecturas de estas disciplinas rendidas ya al ideologismo de la cultura dominante y su reduccionismo a una pura comprensión horizontal–, criterios alternativos, "posmodernos", llegarán a ocupar esta función formativa y electoral. Entre alguno de estos, y acaso solo para mencionar los que confluyen de un modo más frecuente en esta modalidad: los años de membresía de los candidatos; el que estos sean profesionales, ostenten ascendencia social y su aporte económico a la comunidad local sea asunto nada irrelevante; el que pertenezcan a distintas razas o culturas, como forma mediante la cual afirmar aquella política tan preciada de inclusivismo y multiculturalidad; y, por supuesto, como *conditio sine qua non*, no faltaba más, el que puedan, en tanto candidatos, dar muestras de estar absolutamente comprometidos con la agenda ideológica impulsada por el aparato institucional, entendiendo, naturalmente, que cualquier actitud crítica o disidente frente a esta le descalificaría de inmediato para el cargo. Desde luego, tales singulares criterios de elección para el liderazgo local y regional de las iglesias, y desde allí para el liderazgo de mayor representatividad institucional, no son más que el reflejo, a decir verdad, de un más profundo estado de confusión a nivel estructural de estas instituciones, y que, comenzando desde su aparato organizado, pasando por los espacios de educación teológica formal, y hasta llegar a la dinámica de la congregación local, solo dan cuenta de aquel sistemático proceso de sustracción de la fe cristiana en general y protestante en particular de su acervo de tradiciones históricas, y del reduccionismo de esta misma fe a su sola expresión relevante y horizontal.

Así las cosas, la consecuencia lógica y natural que sigue a este estado de sustracción de fuerzas históricas es una comprensión de la misión de la iglesia configurada nada más que a partir de los afectos particulares de cada miembro del liderazgo, sus experiencias de vida, sus inclinaciones políticas y preferencias culturales, en el marco, naturalmente, del modelo cultural dominante. No ha de extrañar, entonces, y aquello de acuerdo a las particulares apetencias que predominen en el liderazgo de turno, que tal comprensión de la misión cristiana adquiera eventualmente la forma de una agencia de servicios sociales, un programa de actividades recreativas, o simplemente, asuma las reivindicaciones ideológicas del neomarxismo. Y, sin embargo, no podemos dejar de advertir que una comprensión de la *missio ecclesiae* basada únicamente en los afectos y preferencias personales o en los criterios de la cultura dominante, y no en principios derivados de la tradición bíblica y teológica, no puede resultar en nada más que una flagrante corrupción del concepto de la misión evangélica y, de suyo, del propio ser de la iglesia. Un pseudomodelo de iglesia y misión que, a despecho de su evidente insanidad y descomposición, se alza, empero, entre estos sectores, como una estructura inamovible y suprema, reforzada en el tiempo por el tipo de liderazgo ya descrito de cada nueva generación, y al que además una grey abandonada como ovejas sin pastor, sin recursos, sin dirección, sin formación, provista simplemente, hay que decirlo, de puro ideologismo y concientización, no tiene en consecuencia cómo poder determinar o discernir si todo aquello que se le ha transmitido como la iglesia y su misión resulta en realidad más bien la negación de todo aquello, su aberrante capitulación.

Cuando se examina la constitución del liderazgo en la iglesia primitiva, tal como lo encontramos principalmente en las cartas paulinas (Tt 1,5 ss.; 1 Tm 3,1 ss.), se podrá observar que, junto con un estilo de vida caracterizado por el seguimiento del Crucificado, la comprensión es también que sus integrantes han sido llamados a ejercer, junto a los pastores del rebaño, una función básicamente *poiménica* y docente.[518] Es por ello que, en relación con los criterios de elección que subyacen al liderazgo de las congregaciones en este tipo de protestantismo

---

[518] No podemos extendernos aquí ni en la argumentación ni en la presentación de los abundantes ejemplos tanto bíblicos como propios de la tradición de la iglesia primitiva y de la Reforma que darían plena cuenta de aquello. El lector interesado puede seguir el breve, pero excelente análisis de

progresista y posmoderno, las preguntas no se hacen demasiado esperar: ¿Cuántos de sus integrantes podrían estar realmente capacitados para asumir las responsabilidades de la catequesis, la liturgia o la homilía dominical o, en su defecto, explicitar con cierta familiaridad lo que resulta propio y característico al acervo teológico de su iglesia, y no repetir simplemente como un discurso estereotipado los eslóganes de la izquierda cultural? ¿Cuántos de sus integrantes podrían asumir como su responsabilidad la cura de almas, no solamente echando mano de recursos y programas elaborados por su institución y sobre qué decir o qué enseñar según las pautas del manual, sino afirmándose principalmente en el testimonio de su propio caminar con Dios, en su constante reflexión del mensaje bíblico y en el fondo de su particular tradición teológica? ¿Cuántos podrían reconocer en dicha función el llamado de Dios al servicio docente y pastoral, y no solo la promoción a una ocupación administrativa circunstancial? Pues bien, a nadie podría sorprender, entonces, que cuando en la constitución de un liderazgo de tal naturaleza se excluyen o relativizan los criterios propios del acervo histórico de la fe cristiana, en tanto criterios únicos y distintivos del liderazgo de la iglesia, y se promueven en su lugar criterios propios de la cultura y la sociedad posmoderna, la dirección a la que tal liderazgo conduzca a la iglesia tenga más que ver con la dinámica de una empresa, un agencia de servicios sociales o una ONG, y no con la dinámica propia de una iglesia que cumple fielmente con la misión que le ha sido encomendada: llamar al seguimiento de Jesús y hacer de cada creyente su discípulo. El juicio profético que hace tiempo ya Dietrich Bonhoeffer dirigiera contra su iglesia sigue conservando a la luz de la política actual de esta modalidad de un protestantismo progresista y posmoderno todo su imperecedero valor:

> La auténtica herencia de Lutero había que reconocerla allí donde se ofreciese la gracia al precio más barato posible. La característica del luteranismo consistía en dejar el seguimiento de Jesús a los legalistas, a los reformados, a los iluminados, y esto por amor a la gracia; en justificar al mundo y convertir en herejes a los cristianos que seguían a Cristo. Un pueblo se hizo cristiano, luterano, pero a costa del seguimiento, a un precio demasiado bajo. La gracia barata ha triunfado. Pero, ¿sabemos también que esta gracia barata se ha mostrado tremendamente inmisericorde con nosotros? El precio que hemos de pagar hoy día, con el hundimiento de las iglesias organizadas, ¿significa otra cosa que la inevitable consecuencia de la gracia conseguida a bajo precio? Se ha predicado, se han administrado los sacramentos a bajo precio, se ha bautizado, confirmado, absuelto a todo un pueblo, sin hacer preguntas ni poner condiciones; por

---

H. Casanova que cubre el período tanto vetero como neotestamentario, como así también el de la iglesia primitiva, *Los ancianos de la iglesia*, IECH, Santiago, 1992.

caridad humana se han dado las cosas santas a los que se burlaban y a los incrédulos; se han derramado sin fin torrentes de gracia, pero el llamado al seguimiento se escuchó cada vez menos.[519]

No cabe duda de que cuando el modo de ser de una iglesia aparece definido por la política del institucionalismo, el criterio de lo cristiano estará preferentemente dado por la adscripción de todo aquello que el aparato organizado se esfuerce en promover como, al mismo tiempo, por el rechazo a lo que este tienda a censurar, olvidando de este modo que, en el seguimiento y confesión de Jesús, el Cristo, estriba el criterio único del ser cristiano y la seguridad de ser preservado en dicha condición. De esta forma, y a pesar de su abierta promoción del activismo político y social, como praxis distintiva del compromiso cristiano, tal protestantismo progresista y posmoderno no puede escapar sin embargo a su fuerte carga de idealismo eclesial que, como vicio consabido de todo idealismo en general, le lleva a tomar la condición del saber por el conocimiento del ser, y hacer por consiguiente que sus servicios eclesiásticos e incluso su propio activismo horizontal funcionen para su grey casi al modo del *ex opere operato*: se es cristiano, en consecuencia, por cuanto se ha nacido en un hogar afiliado a dicha institución eclesiástica, porque allí se ha recibido el bautismo y luego la confirmación, porque allí se establecen las redes de contacto social, porque tal institución dice poseer una comprensión más "humana" y "razonable" de la fe cristiana, a la que ni el fundamentalismo ni las reortodoxias han podido acceder, porque en su programa de servicio político y social ha quedado ya completamente definida la cuestión de la participación de la iglesia en la cultura y en la sociedad. Indagar, por lo tanto, si al margen de todo este arsenal de insumos y antecedentes pudiese haber quizás algo más como criterio y seguridad de lo cristiano es pregunta propia, se dirá, del fanatismo religioso, del fundamentalismo, de una anquilosada ortodoxia que nada sabe del involucramiento político y social, en su farisaico afán por fijar la correcta formulación doctrinal, de aquella forma de legalismo religioso que no ha descubierto aún el tesoro inagotable de la gracia que el aparato institucional distribuye aquí sin demora ni mezquindad. Por lo tanto, a quien pregunte desde el interior de esta política eclesial institucional si más allá de la iniciación bautismal, la confirmación, la membresía o las oportunidades de activismo político y social que suministra su comunidad, siempre en el marco del programa de la izquierda cultural, pudiese haber algo más existencial que definiera el criterio de lo cristiano, se le trataría de curar de tan contagiosa enfermedad convenciéndole de que por tales asuntos solo preguntan los pentecostales, los iluminados, los fundamentalistas, los *Jesus Freaks*. Se le convencería, además, de que de nada se debiera preocupar, pues su criterio y condición de ser cristiano se hallan para él plenamente garantizados, toda vez

---

[519] *El precio de la gracia*, 23-24.

que se encuentra al amparo de una institución que, además de poseer el tesoro inapreciable de la teología de la Reforma, ha sabido abrir este cofre, contextualizarlo, humanizarlo en conformidad con los nuevos tiempos de inclusivismo, tolerancia y posmodernidad. Y, si después de todo siguiese requiriendo de algo más existencial para profundizar en su criterio del ser cristiano, se le aconsejará que aquello debiera procurarlo, a modo de recurso ya final, explorando vías de religiosidad aledañas al cristianismo tradicional que le permitan desentrañar toda aquella fuerza interior espiritual que una liturgia convencional ha mantenido aprisionada: yoga, budismo zen, meditación trascendental.

Cuán peligroso y a la vez cuán fatídicamente recurrente resulta entre estos sectores la promoción de aquella idea de que el criterio de lo cristiano se define básicamente a partir de la adscripción institucional y la fidelidad última a su aparato organizado como garantía de dicho estado. Bajo tal razonamiento, no pocas personas entre estos círculos podrían llegar incluso a estimar que su condición de creyentes ha quedado completamente definida y garantizada, casi al modo de un *character indelebelis*, toda vez que pueden exhibir un certificado de bautismo, una fotografía de confirmación, su nombre en la lista de membresía, ofrendar generosamente, participar de la liturgia dominical o de cuanto programa recreacional o de activismo político y social le provea su comunidad. Y, no obstante, no haber llegado jamás a comprender en realidad la significación más profunda del seguimiento cristiano: quedar bajo la completa guía y señorío de Jesús, el Cristo. Cuán lamentable resulta observar, por lo demás, cómo gran parte del liderazgo de este tipo de protestantismo no escatima recursos a la hora de promover los ideologismos de la cultura dominante, ni energías al momento de "comprometer" y "sensibilizar" a sus congregaciones al respecto de sus programas y agendas. Y, sin embargo, mostrarse completamente pusilánimes e indolentes en cuanto al discipulado de sus feligreses, o simplemente no entender más por este concepto que aquella misma concientización ideológica que con tanto fervor promueven. Así las cosas, el resultado de esta fatal política institucional, no faltaba más, tal como lo podemos por doquier observar, tanto desde el contexto del primer mundo como de sus expresiones en América Latina, es habérnosla con un tipo de comunidad que confunde no pocas veces fe cristiana con *Nueva Era*, que se halla persuadida de que el criterio de lo cristiano se define por su fidelidad irrestricta al aparato institucional, que asume, y porque así se le ha concientizado, que el seguimiento del Crucificado equivale prácticamente a asumir en su totalidad la agenda de la izquierda cultural o, simplemente, que se halla convencida de que la gracia de Dios es la justificación no solo del pecador, sino mucho más del pecado. Con cuánta veracidad y plena actualidad advertía Bonhoeffer:

> ¿Qué se ha hecho de las ideas de la Iglesia primitiva que, durante el catecumenado para el bautismo, vigilaba tan atentamente la frontera entre

la Iglesia y el mundo y se preocupaba tanto por la gracia cara? ¿Qué se ha hecho de las advertencias de Lutero concernientes a una predicación del evangelio que asegurase a los hombres en su vida sin Dios? ¿Dónde ha sido cristianizado el mundo de manera más horrible y menos salvífica que aquí? ¿Qué significan los tres mil sajones asesinados por Carlomagno al lado de los millones de almas matadas hoy? En nosotros se ha verificado que el pecado de los padres se castiga en los hijos hasta la tercera y cuarta generación. La gracia barata no ha tenido compasión con nuestra iglesia evangélica.[520]

Por supuesto, no habrá que esperar demasiado tiempo para que algún representante de este sistema eclesial se queje de que se está poniendo con aquello del discipulado cristiano y el llamado al seguimiento incondicional, en el marco de un acervo histórico tradicional, una carga demasiada pesada sobre los creyentes. Una exigencia que no haga al fin de cuentas más que disminuir la gracia y aumentar el legalismo, casi el fanatismo evangelical. Una pretensión que no haga más que comprometer las libertades conquistadas por tal protestantismo progresista y posmoderno de cara a la iglesia y a la sociedad, y que en contraste con la política de aquellos sectores polarizados en torno a la dimensión de la identidad, ha logrado posicionar como eje central los principios de inclusivismo, tolerancia y diversidad, como así también el derecho a que cada cual pueda vivir y expresar su fe, no ya según un relato suprateológico rector y totalizante, sino según su propio contrato contextual de la verdad y su propio fondo interior de espiritualidad. Pues bien, respondemos a esto con la única respuesta que creemos admisible: no hay peor ni más pesada carga, no existe una forma de legalismo más esclavizante y ruinoso, no se comprometen de un modo más lamentable las libertades conquistadas por la fe cristiana de cara a la propia iglesia y a la sociedad que cuando se ofrece un sustituto desechable y nada más que institucional o cultural de la gracia cara de Dios, cuando se conduce a las personas, por amor a ese mismo sucedáneo de la gracia cara de Dios, a poner su confianza y seguridad de fe y salvación nada más que en falaces seguridades humanas, por más que las mismas se promuevan luego como cristianas, cuando por amor a ese mundo, al cual no se desea ofender ni importunar, porque a él en realidad se debe la última lealtad y de él se esperan los beneficios, en tanto cultura dominante, se esconde el escándalo de la cruz, no solo para no incomodar a ese mundo sino, mucho más, para no incomodarse a sí mismo.

3.6.3 *Justicia social y discurso horizontal*
Es por medio de aquel inherente carácter vertical de la revelación que la iglesia cristiana puede mantener viva y sonora su insobornable conciencia profética, no

---

[520] *Op. cit.*, 24.

solo hacia el mundo y la sociedad, sino mucho más aún hacia su propia estructura interna. Ahora bien, ¿qué intentamos precisar con aquello del carácter vertical de la revelación como principio constituyente y no soslayable de la fe cristiana? Sencillamente, la afirmación de aquel Dios que irrumpe, en Cristo y en la proclamación de su Palabra, en la historia existencial y social del ser humano escindido de sí mismo, de su prójimo, de su entorno, como asimismo de su propio Creador. La afirmación, por derivación, de ese mismo ser humano como situado bajo el juicio del pecado, hondura más profunda de su escisión y, por lo tanto, bajo aquella inhabilitante condición, necesitado enteramente de la gracia justificante de Dios como único medio de restablecimiento de la comunión con este y acceso a la plenitud de sus relaciones horizontales. La afirmación, además, de aquel principio elemental que señala que la fe cristiana no puede ser reducida simplemente a la expresión de todo lo bueno y noble que se da cita en la cultura, ni aparecer caracterizada como el equivalente sin más de todo tipo de compromiso o activismo en la esfera horizontal de la vida, sea este político, social, ambiental o el que fuere. La afirmación, también, de que no es posible evaporar, sin riesgo a secuestrar la correcta comprensión de esta fe y su revelación, los límites entre creación y redención, *gratia creatoris* y *gratia redemptoris*, de modo de llegar a concluir que la propia naturaleza –cultura, sociedad, compromiso–, contenga ya en sí misma sus propios gérmenes de autorredención. La afirmación, finalmente, de que esta reivindicación del carácter vertical de la revelación no excluye ni desestima la dimensión horizontal de la fe cristiana, pero hace a esta derivar de aquella y no al revés.

Obviamente, en esta forma de protestantismo progresista y posmoderno tales afirmaciones no forman más que parte de aquel anaquel de antiguos credos y confesiones que, no obstante, desempolvado para el uso de ciertas celebraciones, particularmente para los servicios de ordenación pastoral y en el marco de preguntas estereotipadas a las que el candidato debe de perogrullo afirmativamente responder, contribuyen únicamente con la cuota de buena crianza teológica que la ocasión exige y, de paso también, para impugnar la acusación de que en tales filas lo "protestante" se halla completamente ya vaciado de su acervo histórico confesional. Empero, nadie podría ocultar la incontestable realidad de que una vez finalizada su utilidad *ad hoc* ceremonial, estas mismas afirmaciones y sus respectivas aplicaciones no tendrán ningún mayor rol referencial en la dimensión institucional de estas iglesias, ni en su aparato organizado, ni en sus espacios de educación teológica formal y, *a fortiori*, menos aún en la vida práctica de las congregaciones. Cuánta verdad hay en aquello de que, cuando la fe cristiana y su meditar aparecen ya vaciadas de su afirmación vertical, quedan siempre indefectiblemente reconvertidas a su expresión exclusivamente horizontal: *salvación* como aquella acción humano-liberadora tanto en la esfera política como social; *cristología* como presupuesto y punto de partida para una religión universal; *escatología* como utopía presentista que se consume en el aquí y en el ahora del activismo izquierdo-cultural; *pecado* como aquel actuar no responsable ni comprometido en toda la esfera horizontal; *gracia* como aquella acción de solidaridad humana que se trasunta más concretamente en la adscripción a la consigna "justicia social".

Ya lo hemos destacado suficientemente: nadie podría negar la importancia capital que contienen tanto la conciencia como la práctica de la justicia social para la iglesia cristiana, incluso para su propia actividad teologal. Y, aquello, no solamente en el marco de solidaridad con el mensaje de los profetas y el doble mandamiento del amor de los evangelios, sino también como superación del peligro que entraña el subjetivismo de una fe privada que no conduce finalmente más que a una forma de religiosidad escapista e indolente al respecto de las urgentes responsabilidades políticas, sociales, ambientales, humanas que atañen a la vida toda. En tal sentido, no sería posible no reconocer y en su propio contexto usamericano, los sensibles avances conseguidos por estos sectores protestantes en orden no solamente a la toma de conciencia, sino además en cuanto a la necesidad de participación que le cabe a la iglesia cristiana en temas tan cruciales como el resguardo de los derechos civiles de las minorías sexuales y raciales, la situación tantas veces de explotación de los inmigrantes indocumentados, las desigualdades laborales para la mujer, el cuidado por la ecología, solo por mencionar acaso algunos de los ejemplos más emblemáticos. Incluso, más allá de sus problemáticas nacionales, el despertar la sensibilidad de su propia población y gestionar a partir de allí políticas concretas de cooperación al respecto de situaciones tan sensibles como la dura realidad de la pobreza, la opresión política y la exclusión social que experimentan grandes sectores poblacionales en los países del tercer mundo. Ciertamente, no es posible dejar de admitir el valioso aporte contenido en este programa, sin riesgo de abandonar al mismo tiempo toda afirmación de la ética cristiana y el compromiso que le cabe al creyente por trabajar por la justicia y la caridad en este mundo caído y sufriente.

Lejos de negar la importancia capital de todo aquello, en efecto, la dificultad a nuestro juicio con dicho programa o discurso de justicia social surge, sin embargo, cuando este no discurre como el resultado natural, primeramente, de una comprensión lúcida y profunda del carácter vertical de la revelación cristiana, que a partir de allí se abre al conjunto de sus tareas y responsabilidades en el marco de la vida horizontal. El reparo ocurre, naturalmente, cuando el mismo no va ligado inicialmente al llamado al seguimiento del ser humano individual y la inserción de este en la vida en comunidad, y desde allí a la vida toda en sociedad, sino que, por el contrario, se ofrece ya *a priori* como un programa con su propia y autónoma finalidad, de acuerdo a un particular sesgo ideológico y cultural, que con antelación ya ha definido y determinado qué es aquello que aplica o queda excluido de tal programa de justicia social. La dificultad, acontece, por lo demás, cuando dicho programa da muestras de no ser en realidad más que un medio o instrumento de marketing al servicio únicamente del aparato eclesiástico-institucional.

La confrontación se da, inevitablemente, claro está, cuando la conclusión final a la que con todo lo anterior se pretende arribar es que en la consigna "justicia social" se hallaría contenido y expresado, sino agotado, todo cuanto podamos decir o experimentar de Dios, su revelación, el seguimiento cristiano y el ser mismo de la iglesia. El conflicto se suscita, a decir verdad, y siempre en el marco de esta modalidad de un protestantismo progresista posmoderno, primeramente usamericano, pero asimismo del primer mundo, cuando, más que derivar como consecuencia natural de su posicionamiento en Cristo, su llamado a ser sal de la tierra y luz del mundo, y la plena comprensión de qué es aquello que a partir de lo anterior resulta distintivo y no transable de su identidad cristiana ante otras iniciativas humanas abocadas a esta misma actividad, tal programa de "justicia social" se transforma nada más que en la aplicación de las reivindicaciones ideológicas de la izquierda cultural o, simplemente, en activismo de moda contracultural. Una dinámica que sobre todo en relación con el activismo contracultural ha sido descrita desde el análisis social por los autores J. Heath y A. Potter, de la siguiente y muy acertada manera:

> En el mejor de los casos es una pseudorrebeldía, es decir, una serie de gestos teatrales que no producen ningún avance político o económico tangible y que desacreditan la urgente tarea de crear una sociedad más justa. Es una rebeldía entretenida para los rebeldes que la protagonizan y poco más. En el peor de los casos, contribuye a la infelicidad general de la población al minar o desprestigiar determinadas normas sociales e instituciones que de hecho cumplen una función. Más concretamente, la teoría contracultural ha minado tanto el buen nombre de la política democrática, que la mayor parte de la izquierda progresista lleva más de tres décadas hundida en el marasmo.[521]

El resquemor, se manifiesta, por último, y ya en el accionar concreto de estos sectores en el contexto de América Latina, cuando su programa de justicia social sirve únicamente de oportunidad para abrazar ciertas ensoñaciones utópicas que en su propia realidad de país resultarían difíciles de echar a andar, o que de haberlas podrían resultar mucho menos excitantes de experimentar que en los aventurescos suelos de África o América Latina. Podemos ver aquí, en efecto, aquello que J. Heath y A. Potter[522] han descrito como la inagotable capacidad de la contracultura por idealizar todo aquello que se ofrezca con rasgos de exoticidad. Incombustible capacidad esta, por lo demás, que lleva en este afán de satisfacer tales experiencias de otredad, incluso a la decisión de viajar a lugares del

---

[521] *Op. cit.,* 81.
[522] *Op. cit.,* 290 ss.

tercer mundo –India, Centroamérica, África–, vestir de forma artesanal, incorporar elementos de la religiosidad popular, apoyar programas terroristas y revolucionarios, etc., sin importar demasiado la real comprensión de eso mismo en lo que se está involucrando, ya que todo queda únicamente al nivel de la sola experiencia emocional, no más que un impulso inconsciente y no demasiado procesado por escapar de las amarras de la modernidad. Se trataría, como acertadamente Heath y Potter lo vuelven a precisar, en esta búsqueda nunca agotada de la experiencia exótico-emocional, de la proyección de los propios deseos y ansiedades reprimidos sobre otras culturas, pero que a fin de cuentas, digámoslo, no presta para estas mismas culturas ninguna utilidad, más allá del consabido estereotipo multiculturalista y contracultural, a saber: América Latina, la tierra del buen salvaje y el buen revolucionario juntos, donde el socialismo florece en su estado más puro y aguerrido, resistiendo cada día tenazmente al perverso imperio del neoliberalismo, lugar que ha dado a luz además a una teología nunca antes vista por su autenticidad y originalidad, ejemplo para la academia teológica de todo el orbe, especialmente para aquella afincada en el primer mundo, de lo que es un quehacer teológico piadoso y comprometido, que saliendo de su torre de marfil aburguesada e indolente, ha sabido encarnarse en la historia concreta de un continente, ha tomado sobre sí la causa de sus más marginados y pobres, y ha denunciado al mismo tiempo el abuso de cualquier poderoso contra estos menesterosos, comenzando, por supuesto, por los Estados Unidos, paradigma por excelencia del poder maléfico y abusivo, esto es, desde luego, *Liberation Theology!*

Con arreglo a lo anterior, bien podemos afirmar que precisamente la mayor dificultad que podemos avizorar en los así llamados programas de justicia social de este tipo de protestantismo progresista posmoderno, usamericano principalmente, pero del primer mundo en general, para América Latina, es su comprensión de este continente, de su historia, de sus problemáticas, de sus desafíos, de su variopinto arraigo intercultural, determinada, casi absolutamente, bien por el mito de la izquierda internacional, bien por el reforzamiento de autores latinoamericanos que, desde la teología pero pasando por la economía y hasta llegar a la literatura en general, se hallan posicionados sin mayor margen de matices ni criticidad –sabemos ya que en ello existen sus atractivos dividendos– en torno a aquella misma exclusiva perspectiva de la realidad humana y social. En tal sentido, habría que decir de tal modalidad protestante que actúa en América Latina con su programa de justicia social lo mismo que los autores del *Manual del perfecto idiota latinoamericano* han dicho sobre este, a saber:

No lee de izquierda a derecha, como los occidentales, ni de derecha a izquierda, como los orientales. Se las ha arreglado para leer de izquierda a izquierda. Practica la endogamia y el incesto ideológico. Y, con frecuencia, no es extraño que estas lecturas lo doten de cierto aire de superioridad intelectual. Quienes no piensan como ellos es porque son víctimas de una especie de estupidez congénita. Soberbia que proviene de la visión dogmática que inevitablemente se va forjando en las mentes de quienes solo utilizan un lóbulo moral en la formulación de sus juicios críticos. La literatura liberal, conservadora, burguesa, o simplemente contraria a los postulados *revolucionarios,* les parece una pérdida de tiempo, una muestra de irracionalidad o una simple sarta de mentiras. No vale la pena asomarse a ella.[523]

Es precisamente esta suerte de reduccionismo antropológico con el que estos sectores tienden a abordar a América Latina y su intrincada realidad, al llevar a cabo sus programas de justicia social, tan solo comparable con su aquel otro reduccionismo del constructo multicultural, lo que les empuja, por una parte, a idealizar precipitadamente todo aquello que se presente en nuestro continente con un cierto hálito de izquierdismo popular, de rebeldía, de indigenismo, de liberacionismo, incluso de actitud antiestadounidense, no en cuanto religión americana, claro está, sino en el sentido propuesto por la izquierda cultural –anticapitalismo, antimercado, antiliberalismo, antiyanquismo, etc.– como, por otra parte, a comprometer sus energías y presupuestos con causas y proyectos que muchas veces ni siquiera apuntan al real bienestar humano, comunitario y social que aquellos grupos de interés le han planteado como finalidad, sino al interés y beneficio de sus propias organizaciones y agendas, y no pocas veces con graves resultados para la estabilización institucional de las naciones. Todo esto y mucho más nos lleva, por tanto, a preguntar y con total seriedad, si entre tal modalidad de un protestantismo progresista y posmoderno no se ha venido a dar en una especie de fundamentalismo todavía más radical que aquel de tipo evangelicalista, del cual, sin embargo, con tanto afán y espíritu de superioridad, se pretende este desmarcar. Una forma de fundamentalismo que ni siquiera es del tipo expresamente bíblico o teológico, como ya en el tradicional fundamentalismo evangelical, sino uno que no admite otra forma de existencia para la fe y la teología de la iglesia que el dado por la religiosidad posmoderna, el progresismo teológico y el activismo de la izquierda cultural. Y, sin embargo, un fundamentalismo que no dudará ni un solo momento en llamar "fundamentalista" a todo aquel que no adhiera su programa de exacerbación de la dimensión de la relevancia y radicalización de la horizontalidad.

Ante el evidente estado de fragmentación que experimentan nuestras sociedades hoy, el desmoronamiento de los otrora grandes proyectos políticos, sociales y aun eclesiásticos capaces de convocar amplias voluntades colectivas y unificar bajo un cuerpo organizado de sentido la visión toda de la realidad, es necesario

---

[523] *Op. cit.,* 333.

retornar sin duda alguna al valor de la integridad individual, a la importancia de la palabra empeñada, a la fidelidad entre el discurso y el accionar, a la confianza en el ser humano, pero no como humanidad indefinida y general, sino, como diría Unamuno[524], en el ser humano en cuanto sujeto concreto, aquel de "carne y hueso". Los proyectos y sistemas no son entidades abstractas, "universales", cuyo único modo de existencia sea el mundo de las ideas o el de las alocuciones rimbombantes, incluido aquel mismo de la justicia social, sino que los mismos descansan, se sustentan y toman forma a partir de la participación y gestión de individuos concretos. Todo desmoronamiento de los proyectos, todo deterioro de las instituciones, toda inconsistencia de los discursos que podría caracterizar a una cierta época y cultura no ha sido más que el desmoronamiento, el deterioro y la inconsistencia, primero, de sus agentes individuales, pero mucho más de quienes han sido sus líderes y portavoces oficiales. Ocurre aquí, sin duda alguna, aquello que el economista y sociólogo sueco Gunnar Myrdal[525] solía denominar como la pugna entre los juicios de valor altos y bajos en la sociedad. Los primeros como valores públicos, reservados para ocasiones especiales, discursos, publicaciones, la institucionalidad; los segundos como aquellos que habitan en la dimensión práctica y privada de la vida, y que la mayoría de las veces no guardan relación alguna con los primeros. No obstante, nos recuerda Myrdal, aunque sean estos últimos y no los primeros los que determinen el curso de una sociedad y la consistencia en el tiempo de todo discurso oficial, han de ser los primeros los que públicamente siempre se habrán de promocionar.

Hay quien, por ejemplo, desde el espacio de la institucionalidad política, académica, eclesial, pudiese articular un sensible discurso contra la injusticia social y aquellas estructuras de alineación y coacción que la generan. Y, sin embargo, al mismo tiempo, desde la unidad más pequeña de la red social, no mostrar demasiada consideración para con sus subalternos –aunque sí, desde luego, para aquellos que ostentan su mismo rango social, que promueven su misma agenda o, simplemente, que puedan reportarle algún tipo de utilidad–, utilizar su puesto de

---

[524] En palabras del propio autor:

> *Homo sum; nihil humani a me alienum puto*, dijo el cómico latino. Y yo diría más bien: *Nullum hominem a me alienum puto;* soy hombre, a ningún otro hombre estimo extraño. Porque el adjetivo *humanus* me es tan sospechoso como su sustantivo abstracto *humanitas*, la humanidad. Ni lo humano ni la humanidad, ni el adjetivo simple, ni el adjetivo sustantivo, sino el sustantivo concreto: el hombre. El hombre de carne y hueso, el que nace, sufre y muere, –sobre todo muere–, el que come, y bebe, y juega, y duerme, y piensa, y quiere: el hombre que se ve y a quien se oye, el hermano, el verdadero hermano (*El sentimiento trágico de la vida. En los hombres y en los pueblos*, Alianza Editorial, Madrid, 1986, 20).

[525] *Objetividad de la investigación social*, FCE, México, 1970.

privilegio para entorpecer el camino de aquellos que disienten de su discurso o, directamente, invalidar su derecho al desacuerdo, aun cuando todo aquello no se desarrolle nada más que a las sombras de su alocución oficial. En tal caso, dicho desencuentro entre, por una parte, aquel metarrelato altisonante, y su afirmación en aquel fondo humano y existencial, por otra, mostraría que todo discurso de denunciación de las superestructuras enajenantes de la sociedad que se desconecta, empero, de su consistencia infraestructural, no solo no adelanta más que el mero argumento literario o la perorata ocasional, sin invitar ni al ejemplo ni a la exigencia del actuar, sino que, a su vez, deja intacto, al nivel de la más mínima unidad social, aquel mismo germen de opresión y alineación social que supuestamente se había propuesto combatir y denunciar. En consecuencia, el discurso tocante a la justicia social debe asentarse primero en la práctica concreta de justicia, respeto e integridad hacia nuestro prójimo concreto de carne y hueso; el respeto hacia los "desposeídos" debe empezar primero por el respeto hacia nuestro compañero de trabajo, de escuela, vecino del barrio, jefe o subalterno; el derecho a que las voces de los que no tienen voz en nuestra sociedad puedan ser oídas debe primero comenzar por el pleno derecho que le concedamos a las voces de los más pequeños en nuestro hogar, a los empleados en el trabajo, al alumno en la universidad, al miembro de la comunidad, incluso cuando dicha voz nos resulte discrepante y molesta.

Se puede utilizar, naturalmente, esta ausencia de reciprocidad entre valores primarios y secundarios que describe Myrdal para denunciar el evidente vacío de consistencia valórica del que tiende a resentirse muchas veces el programa moralizante del fundamentalismo, tal como lo hace correctamente, a nuestro juicio, F. Galindo[526], en su importante libro sobre el fundamentalismo evangélico: por una parte —nos recuerda este—, un discurso público pletórico de exigencias moralizantes y de condenación de las tentaciones de este mundo, y envuelto todo ello en un impetuoso retorismo apocalíptico, por otra, toda una serie de lamentables escándalos sexuales y financieros en la vida privada de muchos de sus portavoces oficiales, los teleevangelistas. No obstante, no sería serio suponer que esta escisión entre valores públicos y privados se dé solo entre aquellos sectores eclesiásticos que se posicionan en torno a una radical exacerbación de la dimensión de la identidad, y no también entre aquellos otros que han hecho de la propuesta relevante su bandera de lucha, como es el caso de esta modalidad de un protestantismo progresista y posmoderno. Tal escisión de valores se presenta aquí, según hemos visto ya, en un discurso eclesiástico institucional que no repara esfuerzos a la hora de presumir ante la sociedad de su compromiso sin reservas con los principios de la cultura dominante: inclusivismo, tolerancia, diversidad, ¡justicia social!, etc., como sello inconfundible de una iglesia que se ha desembarazado ya de las amarras del

---

[526] *Op. cit.*, 272 ss.

fundamentalismo evangelical y se halla por tanto abierta a los nuevos tiempos de posmodernidad, pero que, sin embargo, a decir verdad, el mismo se trastoca rápidamente en declaración impositiva, intolerante, uniformizante y carente de toda justicia individual, contra aquellos que habitando al interior de su propia estructura eclesial, se atreven a ofrecer reparos precisamente sobre la consistencia interna y pública de aquella afirmación oficial, o respecto del fondo teológico sobre el cual se intenta legitimar.

Por lo demás, otro peligro a considerar cuando el aspecto horizontal de la fe se tiende a radicalizar es que tal radicalización, que siempre va pareja con la minusvaloración de la dimensión vertical de la revelación y su respectiva dimensión de identidad, conduce a que la vinculación de la comunidad cristiana se tienda a establecer, y aquello según la advertencia ya realizada por Bonhoeffer, a partir del orden psíquico y no del orden espiritual. Es decir, no vinculada por Jesucristo y su Palabra, y el llamado a que este sea la realidad que determina todas las dimensiones de la existencia del creyente, sino organizada más bien como una "idílica fraternidad", embriagada por un piadoso autosueño de realización terrenal. Pero que, en realidad, en ausencia de aquel fondo de verticalidad e identidad, no resulta más, y en palabras del mismo Bonhoeffer, "que la expresión de nuestros deseos, de nuestras fuerzas y de nuestras posibilidades naturales en nuestra alma"[527], aunque estas mismas humanas posibilidades de autorrealización terrenal vuelvan a presentarse ahora bajo el noble auspicio de un programa de "justicia social" o de "celebración del inclusivismo y la diversidad". La atinada observación que en su momento hiciera R. N. Bellah, al respecto de que, en ausencia de aquel fondo de claridad, "los vínculos de la comunidad no aparecen ya derivados de las demandas de una tradición –teológica, escritural–, sino de los sentimientos compartidos de forma comprensiva por seres terapéuticamente armonizados"[528], merece, amén del tiempo transcurrido, una importante actualización. No en el sentido de negar la armonización terapéutica a que siempre aspira dicha vinculación, ni de olvidar tampoco que ella puede ser capaz de conferir una evidente ligazón de sentido colectivo e individual, sino más bien en términos de que aquella vinculación tiende a darse, conforme la claridad de aquel fondo –verticalidad-identidad– se vuelve más difusa, a un nivel mucho más pragmático y elemental, esto es, al nivel simplemente del acuerdo ideológico, de la pertenencia social, de la familiaridad étnica, incluso al nivel del acuerdo dado por los modelos o contratos culturales de una determinada sociedad. El efecto no sería ya entonces, en esta modalidad de un protestantismo progresista y posmoderno, si seguimos en la línea del análisis de R. N. Bellah, un reduccionismo del lenguaje bíblico de pecado y redención a la idea de un Jesús amigo, fuente de toda felicidad y gestor de los deseos más íntimos

---

[527] *Vida en comunidad*, Sígueme, Salamanca, 1995, 27.
[528] *Hábitos del corazón*, Alianza Editorial, 1989, 296.

del creyente, como en el fundamentalismo y en parte también en las reortodoxias, sino a la idea más bien de un Jesús dibujado según las pautas elementales de la cultura dominante, en su acepción más masificada y con matices que van desde lo político hasta lo social: el Jesús anticapitalista, antiliberal, el Jesús inclusivista, tolerante, amante de la diversidad, el Jesús antifundamentalista, en el sentido evangelical, claro está.

Y, sin embargo, un peligro a avizorar todavía mayor en aquella unilateral fijación por el aspecto horizontal de la fe, en soslayamiento de la dimensión vertical de la revelación y su respectiva dimensión de identidad, es que finalmente no puede más que ofrecer un sucedáneo desechable de la gracia cara de Dios, y en consecuencia tratar con la realidad más honda del ser humano al nivel únicamente de lo institucional, de lo activista, de lo estructural, de la adscripción al grupo social, dejando, en cambio, su realidad más profunda, aquella que da cuenta de su escisión ante sí mismo, ante su prójimo y ante Dios, prácticamente sin tocar. Se ha dado a luz a un modo de ser iglesia entre esta modalidad de un protestantismo progresista y posmoderno, una vez más lo repetimos, en la que el criterio casi absoluto para determinar si esta cumple o no con fidelidad su misión evangélica se establece únicamente en función del número de sus actividades, de sus programas, de lo eficaz de su marketing, de su activismo político y social, en otras palabras, a partir de lo visible y cuantificable. Y, no obstante, si se indaga bajo la superficie de aquel reduccionismo de la fe a lo meramente horizontal, al que se promueve a toda hora como torrente de gracia y equivalente indistinguible del seguimiento cristiano, se verá que tal parafernalia eclesial no sirve a decir verdad más que para distraer o directamente soslayar los profundos vacíos existenciales que experimentan las personas en las comunidades –problemas de adicción sexual, alcoholismo, drogas, violencia intrafamiliar, divorcio, soledad, tendencia al suicidio, sinsentido ante la vida, etc.– y ante lo cual lo visible y cuantificable, lo "horizontal", sencillamente resulta incapaz de abordar.

Es cierto que en el orden práctico de la vida en comunidad, la afirmación de la dimensión de identidad de la fe cristiana en minimización, cuánto más en abierta postergación, de su contraparte de relevancia y horizontalidad conducirá a que la misión de la iglesia sea entendida como un movimiento básicamente unidireccional, su *intra nos*: "la misión hacia dentro", "la edificación de los santos", pero en sensible omisión de aquel otro movimiento que le es también consustancial a la tarea de la iglesia, su *extra nos*: "la misión hacia afuera", "el diálogo con la cultura y el pensamiento contemporáneo", "la denuncia de las estructuras de injusticia y opresión social". Es cierto también que, en esta comprensión unidireccional de la misión de la iglesia, la afirmación de la dimensión de identidad de la fe cristiana se verá tentada a establecerse como proceso de homogenización del pensamiento de acuerdo a una tradición estimada fundante –la (re)ortodoxia para el conservadurismo, el literalismo bíblico para el fundamentalismo–. Empero, y sin minimizar en nada el peligro contenido en todo aquello, no sería justo no reconocer que, incluso así las cosas, entre estos sectores que han sabido resguardar la dimensión de la identidad de la fe cristiana y acometer con premura el *intra nos* de su misión, más allá, por supuesto, de las distorsiones a las que siempre conduce la radicalización exclusivista de esta afirmación, se encuentran, no obstante, elementos de innegable valor para la propia comunidad de fe y, en última instancia, para la propia estructura social. En primer lugar, debemos admitir que en tiempos en que, desde aquel otro sector, el del exclusivismo de la relevancia y el radicalismo de la horizontalidad de la fe, la tendencia se decanta hacia una dinámica eclesiástica que pareciera solo guardar relación con la atención de las problemáticas estructurales y el *extra nos* de la misión, ¡justicia social!, han sido precisamente aquellos los que han sabido responder a las demandas de una misión hacia dentro y a la atención del individuo concreto como sujeto principal de la fe. Aquello, no cabe duda, le ha permitido a los hombres y mujeres de carne y hueso reconocer que todavía el mensaje cristiano puede interpelar su existencia desde la cotidianidad más elemental de sus vidas, y proporcionarles de este modo un sentido de apropiación y de identidad cristianas en medio del politeísmo de valores y la desintegración social de nuestra cultura. Es precisamente en torno a esta recuperación de la dimensión concreta del sujeto humano como objeto inalienable de la fe, no sustituible por ninguna superestructura de análisis social o de referencia tipológica ideal, donde podemos reconocer sin duda alguna el gran acierto de todos aquellos sectores cristianos de línea más conservadora, como, a su vez, en esta sensible carencia, la razón también del por qué los sectores que insisten en una relevancia y horizontalidad a ultranza sufren actualmente un tan grande éxodo de su feligresía, precisamente hacia el cobijo de los grupos anteriores.

En tal sentido, habría que concederles todo el mérito que le cabe a los actuales teólogos estadounidenses progresistas y posmodernos cuando acusan el evidente fallo de perspectiva de sus predecesores de la secularización y de la muerte de Dios tocante a dar por fenecido precipitadamente el entusiasmo por la religión. Aunque tal mérito, a decir verdad, no haya resultado más que a costa de un *vaticinium ex eventu,* y no se necesite ni mucho menos ser progresista ni posmoderno para darse cuenta mucho tiempo ha del error que entrañaba tan "académica" apreciación. Sin embargo, habría que recordar lo mismo que advertíamos al comienzo de este capítulo, cuando tratábamos acerca de la confusión de paradigmas del que se resentían las teologías del genitivo y de suyo la de la liberación, que cuando el discurso derivado de la fe se erige en su discurso fundante, y el carácter vertical de la revelación se subsume en un puro movimiento horizontal –para no decir simplemente bajo un aparataje eclesiástico o supuestamente académico-teologal: nada más que inclusivismo, tolerancia, justicia social, progresismo, activismo izquierdo-cultural, pensamiento débil, religiosidad posmoderna, etc.–, la percepción de esta tal forma de nuevo cristianismo que recibe el ciudadano común generalmente no es más que la siguiente: por una parte, el convencimiento de que aquello mismo y sin el maridaje ampuloso de la religión puede encontrarlo en las diversas agencias de servicios políticos o sociales que se ofrecen ya en la sociedad, incluida la misma experiencia de religiosidad posmoderna, en sus modalidades estandarizadas y populares. Por otra parte, la sospecha de que aquella nueva forma de comprensión de lo cristiano puede despertar de suyo el compromiso político, la adscripción grupal, incluso la experiencia religiosa posmoderna, pero nunca el llamado a que Jesús, el Cristo, llegue a ser el Señor en cada una de las esferas de la vida humana.

Por supuesto, no se podría negar que en una comprensión de la misión de la iglesia en la que se privilegie exclusivamente su *intra nos*, el asunto tocante a las urgentes tareas sociales y al debate en torno a los candentes conflictos éticos mundiales podría quedar en un sitial muy rezagado o sencillamente sin tratar. No obstante, la experiencia bien parece demostrar que lo que aquí se pierde en relevancia política y social, se gana muchas veces en torno al fortalecimiento del más pequeño, pero asimismo esencial núcleo social, la familia, como también en el desarrollo de una ética intracomunitaria que, a fin de cuentas, es la que provisiona al creyente individual para su correcta inserción en la dimensión estructural. Por ello, a nadie podría sorprender, en realidad, el hecho de que sean aquellos sectores que han sabido resguardar la dimensión de identidad de la fe cristiana —sin exclusión, por supuesto, de su contraparte de relevancia— y una comprensión de la *missio ecclesiae* primeramente entendida como discipulado de los santos —sin supresión, desde luego, de su inserción a partir de allí en toda la vida social, estructural— prácticamente los únicos capaces de ofrecer recursos a los adolescentes y jóvenes, a los adultos y a la familia, ¡al creyente como tal!, en la actualidad, para resistir y no asimilarse a las demandas de la cultura dominante. Así, por ejemplo, no podríamos dejar de destacar el importante esfuerzo de organizaciones tales como *Focus on the Family* o *Herritage Foundation*, en su abnegada labor provida y asimismo en defensa de la familia, y del mismo modo de una variedad de comunidades, grupos y organizaciones en esta línea, cuyo objetivo es resistir a la enorme maquinaria de propaganda y de presión ideológica de la izquierda cultural. Citemos aquí las acertadas palabras de F. J. Contreras, que profundizan las punzantes impresiones de Gertrude Himmelfarb:

> Los conservadores tienen una conciencia clara de ser la resistencia cultural, de no constituir ya la mayoría social; esta sensación de disidencia o "persecución" ha obligado al conservadurismo americano a dotarse de un cuerpo teórico consistente. El aborto, la permisividad sexual, la eutanasia, la defensa de la libertad de las escuelas, la enseñanza de la religión, el derecho de los cristianos y judíos a defender opiniones políticas condicionadas por sus creencias, son algunos de los temas clásicos en lo que la

"contra-contracultura" conservadora entra en conflicto con el paradigma progresista dominante. Cada uno de estos temas ha generado en EE. UU. una subrama específica: así, un movimiento provida muy potente; multitud de asociaciones y movimientos defensores de la familia y los *family values*; un resurgir pujante de las escuelas católicas, protestantes y judías; un retorno a la práctica religiosa tradicional en parte de la juventud; un rechazo consciente a los medios de comunicación dominante, considerados portavoces de la cultura progresista; incluso un movimiento de objeción de conciencia global al sistema educativo público, inculcador de valores progresistas.[529]

Desde luego, existe el riesgo, no lo podríamos soslayar, cuánto más en nuestro contexto evangélico latinoamericano, en el que el influjo de un fundamentalismo tosco y vulgar ha sido y sigue siendo a todas luces rector y capital, que en movimientos de resistencia de este tipo ante el ideologismo de la cultura dominante se den cobijo a su vez grupos y tendencias de enorme resentimiento intelectual y comportamiento altamente degradantes, que no duden en su pereza mental en calificar de modo altamente simplista y chocante a cualquier postura o pensamiento que sobrepuje ese fundamentalismo elemental, sin más de "progresismo" –incluso más de "liberalismo"–, incluidos, por supuesto, importantes tradiciones teológicas y aportes académicos que, más allá del balbuceo de sus nombres, les resulten por lo cierto altamente desconocidos e impenetrables. Se trata, en realidad, de un peligro con el que nuestro mundo evangélico continental siempre ha tenido que lidiar y del que difícilmente se podrá alguna vez desembarazar, en la medida en que las fuerzas que le insuflan han sido en el pasado y lo son también ahora aquellas que responden también a los movimientos más antiintelectualistas y deshistorizantes a los que ha dado a la luz la *American Religion.* Con todo, aquel riesgo, peligro e incomodidad nada puede minusvalorar el importante aporte de aquellos grupos de disidencia hegemónico-cultural, que también comienzan a hacerse presentes en el concierto evangélico de nuestro continente.

3.6.4 *Diálogo con las religiones del mundo, cultura y sociedad*

Se revela también en este progresismo posmoderno teológico y eclesial un denodado afán por desmarcarse de la política de cerrazón a cualquier diálogo con las religiones del mundo y de negación del valor de su espiritualidad, cuestiones que resultaban prácticamente directrices en aquellas corrientes eclesiásticas afirmadas en el imperativo de la identidad, mas con evidente exclusión de la dimensión horizontal. Aunque gran parte de la integración que aquí se establece de las religiones universales y de su aledaña espiritualidad no esté dada ni con mucho ni

---

[529] *Por qué la izquierda ataca a la iglesia,* en, F. J. Contreras y D. Poole, *Op. cit.,* 32.

a partir de sus fuentes originales, ni desde una mayor compresión de su entorno histórico y social, sino más bien bajo ya una profunda subsunción de las mismas a las categorías propias de la religión americana, o bien, al propio eclecticismo religioso de la posmodernidad. De este modo, la política de fortaleza al respecto de cristianismo y religiones del mundo sostenida por el fundamentalismo y gran parte de las reortodoxias será reemplazada aquí por la política de la libre frontera, en la que el postulado elemental lo constituirá el reconocimiento de que cada religión resulta en alguna medida depositaria de la verdad y llamada en su conjunto a constituir una gran religión y espiritualidad universal.[530] Si el camino recorrido por el cristianismo en su observación de las religiones del mundo ha transitado desde aquel: "Quien conoce el cristianismo conoce todas las religiones", según el juicio de Harnack, hasta aquel: "Quien no conoce más que una religión, no conoce ninguna", de acuerdo a la tesis de Max Müller, podríamos afirmar que en esta actual línea de un protestantismo progresista y posmoderno, la consigna pareciera ser: "Quien no integra las diversas espiritualidades de las religiones del mundo, aunque sea a la usanza usamericana, no puede resultar religiosamente relevante para estos tiempos de posmodernidad". Efectivamente, dicha política de la libre frontera incluirá, desde luego, no solo la valoración del diálogo con las religiones del mundo, sino, en no pocas oportunidades, la incorporación concreta de elementos de la espiritualidad, verbigracia, indígena y ancestral en la práctica de la liturgia y en la articulación del discurso teologal. Aunque, como era de esperar, en sus formas ya básicamente usamericanizadas, no tanto bajo una comprensión serena y acuciosa de las mismas, sino apelando más que todo a su efecto emocional.

Cabe sin embargo recabar si dicha actitud de restablecimiento del diálogo con las religiones del mundo y de integración de algunos de los elementos fundantes de su espiritualidad, se lleva a cabo primeramente desde la afirmación concreta de la distintividad de la fe cristiana y luego desde el conocimiento no mediático ni sujeto a intereses de moda –teológica y cultural– del mundo referencial y espiritual de aquellas otras religiones, o si, simplemente, esta se condiciona a partir del afán de exhibir ante la sociedad posmoderna una política eclesial que aparezca completamente desligada de aquellas prácticas eclesiásticas exacerbadas por la dimensión de la identidad, para resultar de este modo más atrayente a la ecléctica sensibilidad religioso-cultural actual. Por cierto, no se trata aquí de reeditar la

---

[530] Como puede verse, se dejan traslucir resabios tanto de la teología liberal, principalmente de Troeltsch, como del historicismo de Toynbee, aunque, por cierto, no con el mismo peso enciclopédico ni metodológico de ambos planteamientos. En otras palabras, dicha tendencia a una religiosidad y espiritualidad universal se resiente más bien de un liberalismo práctico y popular que no teórico ni académico, que, con justa razón, nos parece, hemos consentido en designar como *progresista-posmoderno*.

antigua afirmación barthiana, según la cual con el advenimiento del cristianismo tocan a su fin todas las religiones del mundo, mostrándose todas ellas falaces y sin valor; menos aún, suponer un exclusivismo eclesiológico al modo del *extra Ecclesiam nulla salus* de Cipriano, sino de analizar reposadamente si esta política de la libre frontera, que supera incluso en su radicalidad la propuesta del cristianismo anónimo de Karl Rahner, constituye una vía lo suficientemente responsable y válida para acometer la no descartable tarea de diálogo cristiano con las religiones del mundo y su respectiva espiritualidad. Sea de esto lo que fuere, resulta evidente que en la absolutez del principio de pluralidad, tal como se lleva a cabo en el programa teológico y eclesiástico de este tipo de protestantismo, el asunto tocante a la afirmación del criterio distintivo de la fe cristiana y la definición coherente de la verdad teologal quedará relegado inevitablemente a un estado de perpetua postergación en aras de la importancia capital que ejercerán en su sistema criterios tales como el inclusivismo, la integración, la tolerancia, la suspensión del criterio de verdad, la desconfesionalidad, entre otros. Es precisamente a partir de este contexto —ausencia casi completa de referencialidad teológica y de afirmación de lo distintivamente propio de la fe cristiana con que se acomete el diálogo y contacto con las religiones del mundo— que se puede explicar, a nuestro parecer, aquella desbordante fascinación actual de este sector por todo lo ancestral, por lo exótico, por la religiosidad popular, por aquello que simplemente pareciera exhibir una faceta de gnosticismo y destradicionalidad, y, al mismo tiempo, ofrecer una válvula de escape a la espiritualidad del cristianismo convencional, pero que en aquel mismo alegre desbordamiento se ha vaciado ya del criterio crítico de verdad y de lo específicamente propio de la fe cristiana.[531]

---

[531] Es a Hans Küng a quien debemos actualmente, en nuestra opinión, el esfuerzo más serio y consistente tocante a desarrollar un programa de diálogo ético y ecuménico con las diversas religiones del mundo, precisamente en lo que él ha denominado, *Proyecto de una ética mundial*. Según su propuesta, tal diálogo, que no puede renunciar al asunto criteriológico de la verdad, debe considerar los tres siguientes elementos:

1) *Criterio ético general*: la veracidad de una religión en particular está dada por su contribución a la dignidad humana y el rechazo a toda forma de represión a esa misma humanidad.

2) *Criterio religioso general*: la veracidad de una religión consiste en su fidelidad y continua referencia a su escritura normativa, su canon.

3) *Criterio específicamente cristiano*: la veracidad de una religión en particular se revela en la medida en que, tanto en su teoría como en su praxis, trasunta el espíritu de Jesucristo.

Pues bien, de acuerdo a los criterios ético y religioso sería posible hablar entonces, según Küng, de la veracidad de muchas religiones del mundo, entre tanto que, en lo tocante al último criterio, tendría la palabra exclusivamente el cristiano, por cuanto participa existencialmente de aquella fe, para juzgar al cristianismo como la única religión verdadera. *Teología para la posmodernidad*, 192 ss. Cf. también, *Proyecto de una ética mundial*, Trotta, Madrid, 1992; *Hacia una ética mundial. Declaración del parlamento de las religiones del mundo*, Trotta, Madrid, 1994.

Si, desde el posicionamiento del fundamentalismo y no pocas reortodoxias, la lectura de la cultura moderna está determinada por el *a priori* de su irredencionalidad y una suerte de escisión gnóstica entre creación y redención, en la que las vías de la huida o del avasallamiento se ofrecen prácticamente como únicas alternativas posibles de interacción, desde la línea ahora que aparece como aparentemente opuesta, tal comprensión y posterior relacionamiento con esta se presenta como una propuesta que diluye totalmente los límites entre creación y redención, *gratia creatoris* y *gratia redemptoris*, y que actúa de acuerdo al *a priori* del encantamiento e idealización de la sociedad y la cultura posmodernas. Dicho de un modo más sencillo, como si estas ya estuviesen apercibidas de los gérmenes de su propia autorredención.[532] Por otra parte, si, de acuerdo a la teología liberal, cristianismo no era más, en definitiva, que la expresión de todo lo más bueno y noble que se daba cita en la cultura y en la sociedad, el mismo pareciera ser no más ahora, en este actual sistema, que aquello que simplemente se ofrece en estas como activismo izquierdo-cultural. Ya con total claridad y anticipación, G. Machen pronunciaba un discurso en 1912 –pero con total aplicación a este sector–, en el que definía tal tendencia como un intento falaz de relacionar cristianismo y cultura, ya que aquí la autonomía de la cultura se establece a partir de la subordinación del cristianismo a esta, ni más ni menos, lo que recala, finalmente, en su completa asimilación:

> Es posible subordinar el cristianismo a la cultura. Aunque en parte subconscientemente es una solución favorecida por una sección muy importante e influyente de la iglesia hoy día. Pues la eliminación de lo sobrenatural en el cristianismo –cosa tan tremendamente común hoy día– convierte realmente al cristianismo en una religión natural. Se transforma en un producto humano, una mera parte de la cultura humana. Mas como tal, es algo totalmente distinto del antiguo cristianismo, que estaba basado en una revelación directa de Dios. Despojado así de su trono de autoridad, el evangelio ya no es ningún evangelio; es un cheque por una cantidad enorme de millones, pero un cheque sin firma al pie. Así, al subordinar el cristianismo a la cultura hemos realmente destruido el cristianismo, y lo que sigue llevando su antiguo nombre es una falsificación.[533]

Sea a través, sin embargo, de la dinámica de aquella modalidad de un protestantismo progresista posmoderno y su política de subordinación del cristianismo

---

[532] Incluso, se podría señalar que la formulación escolástica –atribuida generalmente a Tomás de Aquino–, a saber, que la gracia no destruye sino que perfecciona la naturaleza (*Gratia non destruir naturam, sed suponnit et perficit naturam*), quedaría en esta línea bastante rezagada con respecto a aquella, ya que según esta comprensión, la necesidad de la gracia queda prácticamente desestimada, incluso como medio consumatorio, por cuanto se entiende que en la naturaleza (cultura) está presente ya todo cuanto podamos decir y requerir de esa gracia.

[533] *Cristianismo y cultura*, FELIRE, Madrid, 1974, 9.

a la cultura dominante, o bien sea por medio del prejuicio fundamentalista y de no pocas reortodoxias y su *a priori* de irredencionalidad de cultura y sociedad, el cual conduce indefectiblemente a la evasión del mundo o a la cruzada evangelical, lo cierto es que ambos sectores y productos de la *American Religion* evidencian un no muy feliz esfuerzo por establecer mecanismos previos de comprensión para llevar a cabo, de un modo teológicamente referenciado, aquella tan fundamental tarea de diálogo y relacionamiento entre iglesia, cultura y sociedad.

3.6.5 *Políticas educacionales, la glorificación de las minorías*

Don Closson, en su muy recomendable artículo, *What is Multiculturalism?*[534], menciona dentro de las políticas educacionales que podrían ser consideradas emblemáticas dentro de las reivindicaciones de este constructo el caso de una serie de normas diseñadas por el *UCLA's National Center for History in the Schools* con el fin de fomentar el que las minorías étnicas pudiesen, a partir de su propia identidad cultural y racial, relatar la historia de los Estados Unidos. No obstante, de acuerdo a Closson, el resultado a muy corto plazo de la adopción de aquellas medidas fue el que los relatos de los hombres y las mujeres blancos no pertenecientes a esas minorías resultaron ignorados o abiertamente rechazados bajo el argumento implícito de no favorecer aquella política inclusivista propendida por la universidad de California. Otro ejemplo en esta misma directriz aludido por Closson en su artículo es la promoción de un nuevo texto de la historia de los Estados Unidos, *The American Nation,* cuya finalidad habría sido resarcir el anonimato en que la historiografía oficial habría dejado a mujeres y a la población de color en aquel país. De este modo, advierte Closson, dicho texto, en su sección acerca de líderes religiosos, ofrece una cierta biografía sobre los trece líderes que a su juicio serían los más influyentes en la historia de los Estados Unidos, con el peculiar resultado de que solo dos de estos serían hombres blancos anglos, Brigham Young y Ralph Waldo Emerson, entre tanto que todos los demás pertenecen a aquellas mentadas minorías. Otros ejemplos de este estilo traídos a colación por Closson, en aquel mismo texto de historia, son la participación sobredimensionada de una tal senadora Margaret Chase Smith, por su cuestionamiento a la administración del senador Joseph McCarthy, aun cuando la suya haya sido una gestión verdaderamente reducida y en el ocaso político de McCarthy, o la misma alusión al jefe nativo americano George Crum, sindicado como la primera persona en cocinar papas fritas en los Estados Unidos.

Por supuesto, la dificultad que surge en cada uno de estos ejemplos, como muestras nada más que escogidas del proyecto educacional multiculturalista, no estriba desde luego en la necesidad de valorar las contribuciones de las minorías, ni tampoco en el deber de gestionar políticas tendientes a su inclusión social y

---

[534] Publicado en https://probe.org/multiculturalism/

cultural. Antes bien, el conflicto estaría dado, en primer lugar, por la tendencia claramente polarizante que las envuelve y las lleva a deconstruir *a piacere* las fuentes históricas –consideradas siempre políticamente sesgadas y con claros fines de dominación–, de modo que la historia aparezca ahora relatada desde el lente postergado, pero no menos exclusivista, de los grupos minoritarios. Y, en un segundo lugar, por el recurso prácticamente inmunológico utilizado por estos mismos sectores, que consiste en endosarle el nada agradable rótulo de discriminatorio o abusivo a cualquier comentario o política que intente confrontar o rechazar su gestión, pero, al mismo tiempo, acogerse al principio posmoderno de la tolerancia sin cortapisas cuando sean ellas mismas las que embistan descalificativamente a algún opositor. En otras palabras, tal como lo ha advertido I. Enkvist, la problemática radica aquí en que estas mismas minorías aspiran a ser, según la ocasión se presente más propicia, centro y periferia al mismo tiempo. En sus palabras:

> Durante el apogeo del movimiento obrero se luchaba para eliminar las diferencias sociales entre la burguesía y la clase trabajadora, en los siglos XIX y XX el movimiento feminista combatió por la igualdad de derechos entre los sexos. En los comienzos de la década de los sesenta del pasado siglo, la lucha se dirigía hacia dar fin al colonialismo y en Estados Unidos el movimiento por los derechos de todos los ciudadanos fue decisivo. Es notable, por lo tanto, que diferentes grupos hayan luchado para que se les considere iguales al grupo dominante, mientras que ahora, de repente, se quiere tener derecho a la diferencia y, muchas veces, a imponer sus propios criterios a la mayoría. Se quiere ser centro y periferia a la vez.[535]

No cabe duda de que el multiculturalismo, en la medida en que continúe agudizando aquel perfil indiscutiblemente segregacionista, bajo el discurso populista de lo políticamente correcto pero que, en la búsqueda de ese beneficio partidista, desecha ya muy pronto todo esfuerzo ético y razonable de revisión, no podrá venir a dar en nada más que aquel peligro que ya R. Hugues sindicara en la década de los noventa como un "racismo inverso"[536], y que hoy en día constituye por doquier una fáctica realidad. Un racismo no esta vez por vía de deducción, es decir, del todo a las partes, sino más bien por vía de inducción, de las partes al todo. Baste simplemente haber participado alguna vez en un espacio de "diálogo" y "discusión" con sectores que promueven la agenda del multiculturalismo y ofrecer algún análisis de su gestión o manifestar una opinión contraria a sus posturas, para descubrir el fundamentalismo agresivo con que se suele despachar el pensamiento divergente y asimismo a quien lo pronuncia. Desde luego, esta situación no resulta patrimonio solo de la actualidad; ya Alvin Kernan llamaba la atención acerca de una discusión

---

[535] *Op. cit.,* 42.
[536] *Op. cit.,* 214.

que en 1988, en el seno de la Universidad de Stanford, llegó a despertar gran publicidad en los Estados Unidos, cuando tal casa de estudios, bajo ciertas presiones del programa multicultural, declaraba la necesidad de eliminar de su programa de cursos obligatorios gran parte de las obras clásicas de la literatura, a las que aludía como "escrituras de hombres blancos y ya muertos", para así dar lugar a la nueva camada de escritores mujeres, negros y en general del tercer mundo. Tales clásicos de la literatura universal, añadía Kernan, además de lo dicho ya sobre el proceder de hombres blancos y ya fenecidos, y que hasta el momento habían sido considerados como la base de una educación ilustrada y universal, eran denunciados ahora por la universidad como un producto elitista, eurocéntrico e imperialista del que había que liberarse cuánto antes. De esta forma, el valor indiscutible de aquella literatura considerada hasta el momento como clásica y forjadora en buena parte del espíritu literario de la cultura occidental cedía ahora ante la igualdad de razas y de los sexos proclamada por el proyecto multicultural, aun cuando en muchos casos la calidad de este último producto, concluye Kernan, dejara en realidad mucho que desear. En consecuencia, y en relación a la comprensión y al uso del constructo multicultural en la realidad ideológica, política y educacional de los Estados Unidos, promocionado sobre todo en aquel país por la izquierda cultural, bien podemos adherir a la conclusión a la que arriba Inger Enkvist cuando afirma:

> La palabra "multiculturalismo", en Estados Unidos, denota separatismo, estímulo a intereses disyuntivos, sobre lo cual deberíamos reflexionar antes de exigir una implantación similar entre nosotros. Cada grupo reclama respeto y derechos a costa de la mayoría. En Estados Unidos, muchos manifiestan que el verdadero significado subyace tras el término "guetización" de grupos que antes, lentamente, fueron absorbidos por la corriente principal, *the mainstream*; que Estados Unidos está en un proceso de etnización; y que el sistema de cuotas según la raza, la religión, el sexo y la orientación sexual parece reducirse a que cada uno proteja lo propio y sea suspicaz con los demás en lugar de vivir mejor juntos.[537]

Pero, incluso, más allá de las fronteras usamericanas, y en un país como Suecia, donde el constructo multiculturalista, basado en buena parte en la propia experiencia estadounidense, ha llegado a ser prácticamente política oficial, se dan situaciones tan pintorescas –solo por hablar eufemísticamente– como las que describe la propia Enkvist en su obra ya citada.[538] Así, Enkvist señala que, de acuerdo a la doctrina del multiculturalismo, resulta políticamente correcto que un descendiente de suecos en los Estados Unidos estudie la historia sueca en aquel país de Norteamérica. Sin embargo, no sería política ni multiculturalmente

---

[537] *Op. cit.,* 43.
[538] *Op. cit.,* 41.

correcto que los suecos estudien la historia y la cultura de Suecia en su propio país, ya que aquello atentaría, según la política multicultural, contra la dignidad de las minorías, irguiendo a la cultura occidental y europea específicamente en una posición de privilegio y superioridad respecto a todas las demás. De manera que, concluye Enkvist, resulta más probable que un sueco conozca más de su historia y de su cultura emigrando de Suecia que quedándose allí. Pues bien, si esto no es ideologismo llevado prácticamente a la estupidez, ¡¿entonces qué lo es?! Ciertamente, como afirma Slavoj Žižek –y en el multiculturalismo lo podemos corroborar de primera mano–, tanto en las utopías populistas de derecha como en las de izquierda, aunque las mismas aparezcan sugeridas en un cierto marco de academia, ocurre la misma suspensión de ética y verdad en pro de los beneficios que reporta la construcción ideológica de cada una de estas. En lo primero, la suspensión se daría por medio de su afirmación de lo antiuniversal, cuya apelación gira siempre en torno a la identidad particularista de lo religioso, lo patriótico e incluso hasta de lo étnico. En lo segundo, por medio de apelar a esa perfecta universalidad rechazada por la postura anterior, aunque todavía por llegar, y que en el ínterin de su espera requiere muchas veces, para agilizar su advenimiento, de ciertas acomodaciones en torno a esa misma ética y a esa verdad. No sin razón, aunque sin ocultar su evidente dejo de hastío, señala R. Hugues que la nefasta vinculación del multiculturalismo con la doctrina de lo políticamente correcto:

> Ha convertido lo que debía haber sido un reconocimiento generalizado de la diversidad cultural en un programa simbólico inútil, atascado en la jerigonza lumperradical. Su retoño es la retórica del separatismo cultural.[539]

Resulta interesante advertir el desliz en que incide el multiculturalismo toda vez que, proclamando a una voz con los teóricos posmodernos el fin de los metarrelatos totalizantes y sus aledañas ideologías unificantes, vuelve a erigir, sin embargo, aunque con otra nomenclatura, sus propias versiones de aquello mismo. Sucede, a todas luces, con aquellos intelectuales[540] estadounidenses que proclamaban el pronto advenimiento del fin de las ideologías lo mismo que con sus correligionarios que, un poco de tiempo antes, anunciaban el ocaso de la religión a manos de la secularización, es decir: una evidente falta de perspectiva histórica y de comprensión del rol que cumplen los relatos unificantes en la vida como depositarios de sentido. ¿No cubre acaso precisamente el multiculturalismo en la actual coyuntura histórica aquel vacío ideológico que según la posmodernidad había tocado ya a su fin con la modernidad, aunque él mismo requiera, a fin de ofrecer un proyecto de mayor sentido y atractivo, echar mano de un sinfín de

---

[539] *Op. cit.,* 110.
[540] En especial, D. Bell, con su, *El fin de las ideologías,* Tecnos, Madrid, 1964.

recursos y de fuentes, aunque a ratos muchos de ellos divergentes entre sí, unificados empero todos ellos en torno a la fragmentación de la experiencia histórica y social y al rechazo de la razón instrumental? ¿No son precisamente tales discursos fragmentarios y a la vez presentados en su conjunto –tales como el multiculturalismo, el etnicismo, el ecologismo, el feminismo, la homosexualidad–, cuánto más si los mismos asumen el rango de políticas gubernamentales o educativas, esfuerzos por cubrir el vacío provocado por el agotamiento de las utopías socialistas y de los propios metarrelatos de la modernidad? Sin embargo, lo que muchas veces parecen ignorar los defensores del populismo multicultural es que este, lejos de combatir el capitalismo y su programa globalizante, termina a fin de cuentas por reforzarlo aún más toda vez que, deteniéndose en la superficie de la situación, esto es, en los síntomas y no en las causas mismas de la exclusión social, étnica y cultural, deja sencillamente sin tocar el centro gravitante del problema, y no escapa así al sempiterno vicio subyacente a toda dinámica contracultural.

Y entonces, ¿qué podríamos concluir de todo esto, y en relación específica con el cometido del constructo multiculturalista en el contexto social y cultural de los Estados Unidos? ¿Que el mismo ha servido de programa en vistas a generar una cierta sensibilidad social hacia las minorías y posibilitar de este modo un resguardo legal de sus identidades culturales, étnicas o simplemente de estilos de vida por mucho tiempo no respetadas o asimiladas coercitivamente a un proyecto nacional global, como en el tradicional modelo del *melting pot*? En efecto. ¿Que el mismo, bajo la matriz filosófica de un relativismo cultural y el discurso de lo políticamente correcto, se ha deslizado muy frecuentemente por el carril del peligroso separatismo populista y el interés de la política partidista? No cabe duda; la conclusión anteriormente citada de Inger Enkvist da fiel cuenta de ello. Sin embargo, más allá de la diversidad de respuestas que podamos esgrimir frente a cada uno de estos emplazamientos o de sus evidentes limitaciones que el transcurso del tiempo se ha encargado de poner indiscutiblemente de manifiesto, producto tanto de su fragilidad teórica como de su parcialismo ideológico, lo más razonable indicaría concluir, tal como Slavoj Žižek lo presenta, que la implementación del programa multicultural a la vida política, social y educacional de los Estados Unidos ha dejado después de todo como resultado en aquel país el que:

> La "americanez", el hecho de "ser americano", cada vez despierta menos el efecto sublime de sentirse parte de un proyecto ideológico gigantesco, "el sueño americano", de manera que el estado americano se vive cada vez más como un simple marco formal para la coexistencia de una multiplicidad de comunidades étnicas, religiosas o de estilos de vida.[541]

---

[541] *Multiculturalismo o la lógica cultural del capitalismo multinacional,* en, F. Jameson y S. Žižek, *Estudios culturales. Reflexiones sobre el multiculturalismo,* Paidós, Buenos Aires, 2008, 167.

Y, no obstante toda la veracidad que pudiera contener la apreciación del filósofo esloveno al respecto del efecto global que ha desvelado a través del tiempo el programa multiculturalista en la sociedad de los Estados Unidos, nos preguntamos simplemente y como quien ha desarrollado una estadía no pequeña en esa misma sociedad y en trabajo teológico y pastoral con algunas de sus minorías más representativas, si, aun con todo, resulta de algún modo posible sostener la existencia de un carácter nacional estadounidense, tal como podemos hablar de un carácter suficientemente distinguible de su *American Religion*. Ciertamente, no bastaría más, se nos dirá, como resulta ya evidente de la cita de Žižek, con observar el multiforme flujo de identidades que el multiculturalismo ha sabido poner en evidencia, con su diversidad de rostros, trasfondos y particularidades, para dar por desechada aquella chauvinista idea de un carácter unificante y distintivo de la cultura y la sociedad estadounidenses. Empero, nuestra propia experiencia en aquel lugar nos lleva también a repensar, al contrario de lo que plantea Žižek, si precisamente toda aquella carga de sentido subyacente históricamente al ideario aquel del "sueño americano" no solo no resultaría en estereotipo adulterado ni con el paso del tiempo ya gastado del particular carácter estadounidense, sino además en una suerte de universo simbólico capaz de contener y objetivar la diversidad de identidades, sean étnicas, culturales o simplemente de modalidades vivenciales que se han dado cita desde el inicio mismo del país.[542]

Un "sueño", y todo lo que en sí mismo este evoca, que, actuando como una fuerza centrípeta, no solo evitaría la fuga total de identidades y colectividades bajo el peligro de su desbordaje centrífugo, sino que sería aquello que finalmente informaría el carácter de la "multicultural" sociedad de los Estados Unidos. Un "sueño", por lo demás, que no ha sido precisamente aquella pesadilla que el

---

[542] Pero, entonces, ¿es el caso europeo bajo su propia modalidad de un multiculturalismo todavía más secuestrado por un ideologismo de izquierda radicalizado, sino anquilosado, en torno a dogmas como el "correctismo político", la hegemonía de lo "biempensante", la "islamofilia", la "cristianofobia", la canonización por todo aquello que muestre siquiera un hálito de periferia, marginalidad, antioccidentalismo y, todo aquello, desde luego, bajo una afirmación antropológica completamente rousseana –el buen salvaje, el buen revolucionario, el buen musulmán, etc.–, un ejemplo mejor de integración de sus minorías inmigrantes que el tradicional *melting pot* que han ofrecido históricamente los Estados Unidos? Como bien lo ha señalado Jean François Revel (*La obsesión antiamericana*, 145), para la situación específica de Francia –aunque no cuesta demasiado esfuerzo comprender que se trata de una descripción que trasciende con mucho los estrictos límites galos–, si integración significa aquí, sobre todo en relación con la inmigración de magrebíes y africanos de origen islámico, el que estos queden dispensados de aprender el francés, asistir a las escuelas, jurar por la bandera y someterse a las sanciones judiciales de un Estado de derecho cuando cometan actos delictuales, al mismo tiempo que desarrollar un odio casi sin reservas por la cultura francesa y sus ciudadanos, entonces, el ejemplo de integración de los Estados Unidos, contra toda la propaganda de la *gauché divine* francesa e internacional, sigue siendo, a pesar de todas sus limitaciones y vacíos, mucho más apropiado.

izquierdismo siempre se ha encargado de denunciar –excepto, como lo recuerda Morris Berman[543], para los indígenas americanos, e incluso, no para todos ellos–, y que adquiere en la actualidad expresamente la forma y los valores de la *American way of life*. Una *American way of life* a la que las diversas minorías, ya sea por vulnerabilidad social, pretensión económica o simplemente aspiración vital, e independientemente de sus identidades particulares, no solo muy prontamente se parecieran asimilar, sino a la que además voluntariamente quisieran también aspirar. Una *American way of life* que vendría siendo en realidad, ora en su modalidad de un izquierdismo cultural, ora en su faceta de una derecha liberal, acaso la más genuina representación del carácter nacional de los Estados Unidos, del cual ni el propio multiculturalismo, desde luego, con su discurso del relativismo cultural, se ha podido desligar. Porque incluso, como el propio Berman[544] correctamente lo señala y nuestra propia estadía allí lo ha podido corroborar, cualquier grupo o individuo que rechace los valores predominantes de aquel país, sublimados en no poca medida en su *American way of life*, y los exhiba como una evidente patología social, una peligrosa consecuencia del vacío de conciencia histórica, exacerbación por lo medible y cuantificable y fascinación por todo aquello que ofrezca un cariz exótico y antitradicional, habrá de pagar un alto precio por dicha lectura crítica, sin importar su raza, religión, país de origen o trasfondo histórico y social.

He aquí entonces el carácter evidentemente peculiar del programa multiculturalista adoptado por los Estados Unidos, algo más que también cabría consignar dentro de aquel su excepcionalismo proverbial. Un programa multicultural que a pesar de adquirir entre cada vez más amplios sectores de la sociedad estadounidense, sobre todo aquellos más ligados a la izquierda progresista o cultural, el carácter prácticamente de culto, y con ello más que generar espacios lúcidos de interculturalidad, agudizar más bien aquella brecha segregacional que de suyo le resulta a esta misma sociedad tan característica, aparece sin embargo marcadamente contenido bajo el dique unificante de aquella *American way of life*. Una *American way of life* que, en tanto "sueño americano", le sigue confiriendo a la nación, sin importar la pluriformidad de tendencias e identidades que en ella se den lugar, su impronta indiscutiblemente excepcional.

3.6.6 *El trabajo misional con las comunidades hispanas y construcción cultural de América Latina*

En lo que respecta específicamente ahora al constructo multicultural, en tanto eje central de los programas de misión de estas iglesias con las comunidades hispanas residentes en los Estados Unidos, habría que comenzar diciendo lo mismo que se había afirmado anteriormente de ellas en relación a su utilización del programa

---

[543] *Edad oscura*, 320.
[544] *Op. cit.*, 321.

de la posmodernidad, a saber: lo que se incorpora aquí del constructo multicultural no son primordialmente los alcances teóricos o académicos del constructo, mucho menos las lecturas especializadas y críticas del mismo, sino los efectos prácticos y más popularizados de la multiculturalidad. Del mismo modo que los efectos masivos y estandarizados de la posmodernidad han llegado a constituirse entre estos sectores en principios rectores de su identidad eclesial, tales criterios generalizados de la multiculturalidad son asumidos también entre los mismos como paradigma de interpretación prácticamente oficial desde el cual abordar el pluriforme arraigo cultural de América Latina, presagiar sus posibilidades históricas y proyectar su identidad. Entre tales criterios, habría por supuesto que mencionar, debido a que despuntan ostensiblemente frente a todos los demás: la mirada hacia América Latina condicionada por el ideologismo izquierdo-cultural y el infaltable correctismo político-social, que conducen, finalmente, a un reduccionismo de su diversificada matriz cultural, en el estereotipo de "lo exótico-rural", o mejor aún, "del buen salvaje", "del buen revolucionario" y de "lo político y religioso en los márgenes de lo exclusivamente popular". Lo primero se traducirá, desde luego, en una comprensión de América Latina embriagada por el romanticismo de la vida rural y de lo indígena-ancestral, la insistencia en que el surco de su pensamiento más auténtico se conduce siempre por el rechazo abierto a la construcción metodológica y a la abstracción del pensamiento, privilegiando en cambio, como su movimiento connatural, la praxis, la intuición prefilosófica y la cándida espontaneidad. Y, como contraparte de aquello, el esmero a su vez por desligarla de su participación en los beneficios de la modernidad y la urbanidad, junto con impugnar la afirmación de que gran parte de su identidad cultural se encuentra entrelazada con la historia y la filosofía occidental. Lo segundo, ya lo hemos abordado ampliamente con anterioridad, se decantará en la idea tozuda y jamás corregida, pese al mentís de la cotidiana realidad, y avivada y encendida vez tras vez por la *intelligentsia* izquierdista del primer mundo, de que América Latina y socialismo se requieren a sí mismos, y que solo la insistencia en este ideologismo puede a aquel continente hacer avanzar. Lo tercero, por su parte, insistirá en que lo propio a su identidad y lo único que podría por consiguiente propender en su desarrollo y bienestar son los modelos tanto políticos como religiosos de línea popular[545], vale decir, los izquierdismos de corte criollo, sino indigenistas y revo-

---

[545] Por supuesto, ambas singulares recomendaciones han venido sugeridas antes ya por la izquierda académica o cultural estadounidense, tanto en su modalidad político-sociológica como religioso-teológica respectivamente, y luego recogidas en sus formas ya trivializadas por estas instituciones eclesiásticas radicalizadas en torno a la relevancia y la horizontalidad. Se ha tratado, como ha dicho R. Rorty (*Forjar nuestro país,* 92), de una idea de lo popular que ha llegado a adquirir, para esta izquierda cultural, prácticamente las características de una fuerza redentora prenatural. Una fuerza cuya contraparte demoniaca siempre aparece dada por la idea del "poder", el "sistema" o las "élites". En cuanto a lo político, sin embargo, Rorty (*Op. cit.,* 60, nota 19) sitúa a pensadores de la

lucionarios, como las expresiones de un catolicismo popular, un pentecostalismo marginal y, por supuesto, la teología de la liberación acaparando entre estas la mayor cuota de idealidad.

Será entonces la divulgación popularizada del constructo multicultural, sin mayor esfuerzo como se ha dicho de confrontación especializada, a lo que tal modalidad de un protestantismo progresista y posmoderno le atribuirá un carácter evidentemente direccional en la configuración de sus programas de misión tanto con las comunidades hispanas residentes en los Estados Unidos, como a sus avanzadas en América Latina. En consecuencia, entenderán como tarea fundamental de estos programas el reforzamiento de aquellos mismos elementos estereotípicos de lo "latino" presentes ya en el constructo multicultural, en el marco además de una comprensión del evangelio determinada por la dinámica del progresismo y la posmodernidad. Estereotipo este, dicho sea de paso, que en lo que respecta al gran grueso de la comunidad hispana residente en los Estados Unidos no pareciera ser demasiado contradicho ni constituir mayor incomodidad, incluso, por qué no decirlo, aparecer alentado por la mayor parte de los agentes pastorales y académicos hispanos que se desenvuelven entre aquellos círculos eclesiásticos radicalizados en torno al discurso relevante y horizontal, por más que él mismo, al fin de cuentas, se resienta de un evidente determinismo antropológico y cultural.

Ciertamente, cuando tales iglesias de habla inglesa, radicalizadas en torno al discurso relevante y horizontal de la fe, emprenden un proyecto misional con las comunidades hispanas bajo el encabezamiento de "ministerios multiculturales", la gran mayoría de las veces no están en modo alguno conscientes de que con tal designación se están haciendo cargo de un modelo teórico-conceptual, el "multiculturalismo", que ha dado muestras ya de ser completamente sesgado e ineficaz en la comprensión del multiforme arraigo cultural de América Latina, por cuanto, a pesar de su aparente empeño por destacar la diversidad de las tendencias culturales presentes en el continente iberoamericano, no opera más que con un solo paradigma de interpretación cultural. De este modo, entonces, se pretende reconstruir el complejo intrincamiento cultural de Hispanoamérica desde un solo centro de comprensión dominante, tanto hermenéutico como cultural. En consecuencia, bajo tal condicionamiento de precomprensión cultural, la multiculturalidad habrá, por consiguiente, evidente disponibilidad a la reconstrucción

---

izquierda cultural usamericana tan reconocidos como F. Jameson y el mismo N. Chomsky, quienes todavía, pese a toda la realidad de la historia a cuestas, se atreven a sostener que el marxismo —un marxismo de corte criollo y popular— tiene mucho que dar en los países del tercer mundo, a condición de que sea capaz de llevar a cabo importantes reformas internas. Mismas reformas, a decir verdad, de las que nunca se explicita abiertamente en qué consistirán y cómo se podrían lograr. No en vano, y qué duda podría caber de ello, se trata sobre todo en el caso de Chomsky, de un ejercicio de carácter semántico, más ligado a lo lúdico que a lo real, que por lo mismo puede darse el lujo de desarrollar una existencia paralela a la historia y su realidad.

del ideario cultural latinoamericano según el estereotipo de un producto cultural latino que se muestre en esencia colorido, rural, exótico, popular, con una determinada carga sociocultural, pero abierta resistencia, en cambio, a la afirmación de este ideario cuando él mismo reclame para sí su arraigo a su vez en lo urbano, en lo antipopulista, en la tradición histórica y filosófica occidental. En última instancia, cuando tal ideario se comprenda a sí mismo como iberoamericano y no simplemente como "latino"[546] sin más. Con justificada razón sospechaba ya el gran John Mackay, en aquella su obra que a juicio de muchos constituye el más penetrante y fecundo análisis de la espiritualidad iberoamericana, *El otro Cristo español,* si con la designación de lo "latino", para mentar toda aquella fuerza espiritual y cultural de Hispanoamérica, no se hacía uso de una denominación tan ajena a ella misma como artificialmente construida:

> ¿Y qué es un pueblo latino? ¿Quiénes son los miembros de la raza latina? ¿Hasta qué punto puede sostenerse que los españoles y los portugueses son étnicamente latinos? Sobre todo, ¿hasta dónde puede decirse que la mayor parte de la población en la mayoría de los países latinoamericanos es latina por sangre? El hecho es que los habitantes de la península ibérica y de sus antiguas colonias del Nuevo Mundo, aun cuando su cultura sea esencialmente latina, no son latinos en sí más que en un grado muy leve. Hablando étnicamente, la latinidad es en gran parte un mito así en España como en Portugal y en la América llamada Latina. Muchos intelectuales de esas repúblicas se niegan sistemáticamente a emplear el término América Latina al referirse a esta parte del mundo, y prefieren decir Ibero o Hispanoamérica.[547]

---

[546] Como es sabido, los españoles denominaban al nuevo mundo con el término de *Indias Occidentales*. La designación de este como América, según consta por primera vez en la *Cosmographiae introductio* de Martin Waldseemüller (1507), era resistida tenazmente por estos, ya que le atribuía la gloria del descubrimiento a un foráneo, Amerigo Vespucci. Es solo en el transcurso del siglo XIX que aparecerá la designación de América Latina, como un esfuerzo principalmente de intelectuales colombianos por romper definitivamente con aquella idea de Hispanoamérica. Actualmente, sin embargo, son los estudiosos ligados al movimiento intercultural los que ofrecen los más decididos reparos al nombre de América Latina, básicamente por su connotación eurocéntrica y excluyente. Así, por ejemplo, R. Fornet-Betancourt (*Crítica intercultural,* 41), quien destaca además el esfuerzo de José Martí en la búsqueda de una designación para este lugar del mundo más integral e incluyente, y en mayor concordancia con el interculturalismo, capaz al mismo tiempo de integrar los esfuerzos configuradores de cada pueblo y cultura, bajo la figura de su ya famosa "nuestra América".

[547] *Op. cit.,* 269. No nos es posible aquí hacer completa justeza a todo el enorme valor que tanto la persona como el legado teológico de Mackay representan para el protestantismo de América Latina. Bástenos al menos con señalar que nos referimos a un autor –aunque escocés de nacimiento– que llegó a adquirir una profunda comprensión de la cultura y la espiritualidad tanto de España como de América Latina, tan solo como es posible mediante la exposición directa y sensible de sus

Anexo a aquello se expresaría, además, bajo el constructo multicultural y en relación específica con América Latina, como bien lo ha señalado el filósofo argentino Alberto Buela en su artículo *¿Multiculturalismo o interculturalismo?*:

> Una categoría ideológica de dominación nacida desde los antropólogos culturales usamericanos por la cual se exalta a las minorías por el hecho de ser minorías en desmedro de las mayorías populares. Y de dominación porque lo que se busca con su utilización política es quebrar la idea de comunidad nacional en una multitud de minorías o grupos minoritarios, políticamente de más fácil manejo que un poder nacional centralizado.[548]

Por supuesto, no se está implicando con lo anterior la existencia de un móvil siniestro tras el uso del constructo multicultural por parte de este tipo de protestantismo en su relacionamiento misional con las comunidades hispanas tanto dentro como fuera de los Estados Unidos, por más que el mismo recale indefectiblemente en aquel reduccionismo antropológico y cultural al que ya hemos aludido. Es más, a un nivel mucho más elemental, y para el caso específico de la comunidad hispana residente en los Estados Unidos, se podría incluso llegar a afirmar que la presunción de fondo tras el empleo del constructo multicultural por parte de estas iglesias, a falta de mayor discusión teórica y confrontación especializada de sus contenidos, es que el mismo ofrecería las mejores condiciones de relacionamiento con esta comunidad, salvaguardaría de un mejor modo su identidad cultural y posibilitaría además el que la misma pueda ser y expresarse sin coacción alguna como una "comunidad latina". Y, sin embargo, no es posible ocultar que el atractivo real que pudieran generar para este tipo de protestantismo estos espacios de relacionamiento con la comunidad hispana residente se hallará en directa proporción con la capacidad de esta última por encarnar aquel ideario cultural que, desde tal centro de interpretación dominante, el multiculturalismo,

---

fuerzas internas y referenciales portavoces. Esto último se confirma al recordar el fecundo contacto personal que Mackay sostuvo con figuras tan señeras de la filosofía, la literatura, en fin, "del alma española", tales como Miguel de Unamuno y José Ortega y Gasset, durante su estancia en Madrid, como, a su vez, su larga residencia docente y pastoral tanto en Perú como en México, entre otros países de América Latina. Permítaseme, por último, agradecer al Dr. John Sinclair, quien por lo demás ha llevado a cabo el encomiable esfuerzo de publicación de las obras de Mackay, incluida su biografía. No cabe duda de que, *El otro Cristo español* de Mackay constituye lectura obligada para todo aquel que desee acceder a una comprensión más cabal del acervo espiritual y cultural de Hispanoamérica, para evitar las lecturas estereotípicas y periféricas que tanto proliferan en la actualidad. Por lo demás, tan sensible desconocimiento del autor y su obra entre muchos de los círculos evangélicos de América Latina no solo obedece en mi opinión a la tan lamentable tardanza de su publicación, sino además a la evidente confusión actual del protestantismo de nuestro continente, bajo el imperativo de la relevancia y su ineludible efecto: la ausencia de identidad histórica.

[548] Disponible en <u>http://rebelion.org/noticia.php?id=72024</u>

se ha construido de lo latino, pero, a su vez, decreciente interés cuando el mismo sea resistido o simplemente corregido.

No es posible, por tanto, obviar la sospecha de si tal programa de misión bajo el soporte del constructo multicultural no responde en realidad más que a una dinámica eclesiástica que, en su esfuerzo por desmarcarse del cristianismo más convencional –y su énfasis casi excesivo en la dimensión vertical de la revelación–, ha recalado ella misma en el otro extremo, esto es, en el de una revelación en la que pareciera haber lugar únicamente para lo "humano-relacional", lo horizontal. Tal advertencia no nos parece asunto irrelevante, sobre todo en vistas del importante auge que experimentan en la actualidad los ministerios multiculturales en los programas de las diversas iglesias de los Estados Unidos. Así las cosas, nos atrevemos a concluir que la promoción de la multiculturalidad como eje central de los proyectos de misión con las comunidades hispanas no solo se ha mostrado a la sazón claramente ineficaz como constructo teórico-conceptual para la comprensión de todo aquel arraigo cultural de América Latina, incluso en relación con aquella representación existente en los Estados Unidos, sino que además merece, desde los contenidos y objetivos propios de la misión cristiana, una inmediata toma de posición en vistas a su sustitución. Sea necesario, por consiguiente, insistir en el reemplazo del constructo multicultural, ¡incluso teológicamente hablando!, acaso en el nuevo modelo teórico-conceptual de "interculturalidad", por cuanto este no cedería a la tentación tan proclive en el formulismo anterior, de establecer un ideario cultural e intelectual único de América Latina, a partir de la exaltación de un solo trazo escogido, y al que luego se le pretende conferir representatividad total. Tal nuevo constructo intercultural permitiría, por lo demás, la legitimidad de todos aquellos matices que conforman cada uno y en su conjunto el ideario total de lo latinoamericano, e impedirían al mismo tiempo que tan solo uno de estos filones culturales fuese promovido luego como un catastro definitivo y global del complejo arraigo cultural latinoamericano, silenciando, en consecuencia, la legitimidad del resto de los matices solo porque no se condicen con el imaginario de una izquierda cultural y su programa multicultural. Aquello último sería posible precisamente en la medida en que el constructo "interculturalidad", en palabras de quien ha hecho quizás el esfuerzo más serio y sistemático por desarrollar una filosofía latinoamericana intercultural, R. Fornet-Betancourt, "renuncia a toda postura hermenéutica reduccionista. Es decir, que renuncia a operar con un solo modelo teórico-conceptual que sirva de paradigma interpretativo"[549]. Adherimos, en consecuencia, y a modo ya de conclusión de esta breve, pero necesaria explicación metodológica al respecto de la multiculturalidad, a aquello que

---

[549] R. Fornet-Betancourt, *Hacia una filosofía intercultural latinoamericana,* DEI, San José, 1994, 13.

magistralmente ha descrito A. Buela en relación con el multiculturalismo y la interculturalidad:

> Nosotros, los americanos, que somos muchas culturas al mismo tiempo no nos podemos identificar con una sola como pretende el multiculturalismo, sino que vivimos varias culturas al mismo tiempo. De modo tal que nosotros vivimos entre culturas, una interculturalidad raigal. Pretender desgajarnos de estas muchas culturas que somos para exaltar una de entre ellas, como pretende el indigenismo multiculturalista, es extrañarnos de nosotros mismos. Así el interculturalismo encarna y representa al pluralismo cultural genuino porque muestra y respeta los múltiples aspectos que viven en nosotros mismos. A diferencia del multiculturalismo que nace y depende de un centro cultural interpretativo: Usamérica y el pensamiento único.[550]

3.6.7 *Educación teológica en el marco del nuevo giro de la educación superior*

Permítasenos iniciar esta sección, en la que intentaremos ofrecer algunos lineamientos generales al respecto del nuevo giro en la educación superior de los Estados Unidos, iniciado por la izquierda cultural de aquella nación, y con aplicación directa no solo para las facultades teológicas de aquel país identificadas con el progresismo posmoderno, sino de algún modo también para las propias políticas teológico-educacionales en América Latina, en las cuales dichos sectores tienen ascendencia, con el siguiente apunte biográfico. Un apunte que, además de resultar a la sazón cada vez más habitual y recurrente entre los espacios de educación teológica de América Latina radicalizados en torno a la dimensión relevante de la fe, desde la teología de la liberación hasta las teologías del genitivo, nos revela a su vez cómo entre estos mismos espacios educacionales, el protestantismo progresista y posmoderno de Usamérica encuentra no solo un buen lugar de acogida sino aún más de seguimiento a modo de escuela. Pues bien, recuerdo haber vivido hace un tiempo atrás un episodio bastante peculiar, mientras cursaba estudios teológicos en un cierto lugar de América Latina. Había logrado conseguir el ingreso a una conocida casa de estudios teológicos de abierta adscripción y promoción del discurso popular y contextual, como signos de un quehacer teológico, según se afirmaba, "genuinamente latinoamericano". Cierto día tal institución teológica anunciaba con enorme complacencia la visita de una joven profesora estadounidense, reconocida internacionalmente, se nos insistía, como una distinguida exponente del movimiento teológico contextual, la cual ofrecería una serie de charlas para todos los estudiantes de aquel centro de estudios. Bajo tal presentación, el interés de los estudiantes por participar de estas ponencias no podía ser

---

[550] *¿Multiculturalismo o interculturalismo?*

mayor, cuánto más al considerar que la misma internacional teóloga había expresado su deseo anticipado de que todos los alumnos pudiesen reaccionar con toda libertad al contenido de sus pláticas.

Y, entonces, comenzó la catedrática su tan esperada conferencia ante la atenta mirada de todos los allí presentes. No obstante, al poco tiempo de proseguir su exposición, el interés de aquella parte de los estudiantes que habían tenido experiencias previas de educación teológica, más allá del discurso exclusivamente relevante y horizontal, y que por lo tanto contaban en su haber con recursos más elaborados para desarrollar una lectura evaluativa de su presentación, decayó abruptamente, cuando la misma expositora comenzó a dirigirse a su auditorio en los términos de ofrecer un estereotipo multiculturalista del estudiante de teología latinoamericano, al tiempo que suponer que los mismos no podían ni necesitaban reconocer con suficiente claridad tópicos elementales de las ciencias bíblicas y de la historia del pensamiento cristiano y filosófico. Al momento de terminada la charla, tal teóloga que ya mostraba a la sazón un evidente dejo de sorpresa, sino de confusión, al observar el rostro de malestar de aquel grupo de estudiantes más críticos a su disertación, concedió, empero, como lo había prometido, a todos los presentes la palabra. Un buen amigo abrió entonces la sección de comentarios y consultas, y preguntó a la académica si podía fundamentar la tesis de su exposición echando mano de algún teólogo mayor, del testimonio más integral de las Escrituras, e indagó asimismo acerca de las fuentes usadas para su descripción del acervo histórico y cultural de América Latina, al tiempo que él mismo apoyaba su disensión con lo expuesto por ella sobre la base de diversos testimonios del pensamiento cristiano y filosófico, una metodología bíblica no simplemente reducida al recurso de la deconstrucción y una reconstrucción de las fuerzas históricas y culturales de América Latina no construidas sobre la base únicamente del izquierdismo cultural y el multiculturalismo, aspectos que resultaban evidentes en el caso de tal profesora. Por cierto, a esta altura de la situación, resultaba ya indiscutible que más allá del testimonio de teólogos usamericanos recientes –valga decir, progresistas y posmodernos–, más allá también del uso selectivo de ciertas citas bíblicas escogidas, bajo el paradigma exclusivista de la deconstrucción, como de visiones de América Latina articuladas bajo monotemáticas lecturas de "izquierda a izquierda", nuestra teóloga parecía no encontrar o no conocer otras fuentes –fueran teológicas, fueran bíblicas, fueran histórico-culturales–, desde las cuales sustentar su entusiasta alocución. Claramente, ya incomodada la conferencista ante, a su juicio, tan inusuales requerimientos, respondió empero arguyendo con renovado vigor que los estudiantes de teología latinoamericanos no deberían estar preocupados por echar mano de los así llamados autores "clásicos" de la tradición occidental, ni en su modalidad filosófica ni cristiana, puesto que aquello no reportaban ninguna mayor utilidad ni al compromiso contextual ni a la concientización política de lo "latinoamericano", sino que solo constituía pensamiento elitista de hombres blancos y europeos, ciencia de dominación, es decir, alquimia.

En honor a la verdad, debemos confesar que si nuestra insigne teóloga mostraba ya un indudable estado de preocupación ante aquel conjunto de objeciones que se le dirigían, mucho mayor sería su consternación cuando otro buen amigo replicó, ante su respuesta de emergencia, que de sus palabras se desprendía un claro reduccionismo de lo que significaba el quehacer teológico en general, y este en relación específica con su articulación en América Latina, esto es: un determinismo que presupone, para el estudiante de teología latinoamericano, la incapacidad de adentrarse en materias más complejas del pensamiento, tanto histórico como metodológico, ya que como latinoamericanos –hombres y mujeres de ritmo y de calor, como reza el estereotipo multiculturalista–, solo les debiera emplazar la practicidad y elementalidad colorida de la vida, lo "¡popular!", lo "¡contextual!", lo "etnocentrista". Un reduccionismo tanto literario y antropológico como cultural, que, basado en el precario y unilateral canon del progresismo posmoderno pseudointelectual que impera en gran parte de las universidades del primer mundo, pero especialmente en las de los Estados Unidos, se ha llegado a imponer bajo el despliegue de todos sus recursos a casi todo el resto del mundo educacional, y que establece para el campo específico de la teología, y particularmente para aquellos que se encuentran fuera de aquel umbral primer mundial, prácticamente la prohibición de abrirse al testimonio más amplio de la historia del pensamiento, tanto cristiano como filosófico, como, al mismo tiempo, la exigencia de circunscribirse únicamente a lecturas militantes, contextuales, gremiales, febriles de practicidad, como si no fuera posible antes de ser latinoamericano, ser primeramente y ante todo, ser humano, ¡un sujeto universal!, y como si lo latinoamericano no fuera posible de conciliar con un recto concepto de catolicidad, y solo tuviera que ver con una determinada corriente de pensamiento, una determinada tendencia política, un determinado producto cultural.[551]

---

[551] Se trata, en efecto, de un reduccionismo que opera de un modo mucho más frecuente del que se podría llegar a creer, sin perjuicio, desde luego, de que a no pocos no le desagrade en lo más mínimo interpretarlo, es más, les resulte altamente beneficioso. Así, por ejemplo, aseveraciones tales como las de J. J. Tamayo-Acosta –a quien hemos tenido oportunidad de aludir anteriormente, en razón de su abuso de lugares comunes al respecto de la situación política y social de América Latina–, en relación con su comprensión del teólogo del tercer mundo, el latinoamericano incluido, y el campo de acción exclusivo que él mismo está dispuesto a asignarle, que no hacen más que contribuir de un modo lamentable a ese mismo reduccionismo, sin más aporte que reforzar aún más la desinformación y el insano estereotipo:

> ¿Qué cometidos se les asigna a los teólogos y a las teólogas del tercer mundo en la división de temas y tareas previamente fijadas? No necesitan preocuparse de los desafíos que proceden del mundo de la increencia, porque ni afecta a sus sociedades, ni tienen medios para estudiarlos, ni son de su competencia. Deben dar por buenos los resultados y

Con toda razón, escribe Jesús G. Maestro en relación con los estudios literarios y culturales que imperan en la mayoría de las universidades bajo el contexto ya mentado, y en relación también con el canon académico que el mismo progresismo posmoderno ha implantado, cuya primera consecuencia para el quehacer teológico en ese específico medio no solo ha sido la proliferación *ad infinitum* de los estudios teológicos contextuales, sino el convencimiento de que fuera de aquel primer mundo, solo puede desarrollarse un tipo de teología que responda y sea la continuación casi exacta de ese programa, lo siguiente:

> Los estudios culturales son la mejor forma de mantener aislados en un tercer mundo semántico a quienes viven en la subcultura. Es el modo académico de cuidar, custodiar y perpetuar lo marginal. El antropólogo dejaría de existir si no hubiera salvajes que examinar, del mismo modo que el misionero vería invalidada su labor si todas las almas (con sus cuerpos) gozaran de Dios. La explotación de la miseria es, a día de hoy, la principal fuente de riqueza –y de argumentación– del sofista que habita en la Academia[552]. [...] Que la posmodernidad ignore , o quiera ignorar, por irreflexión e irracionalismo, que lo que está haciendo al imponer su modelo de Canon y de Literatura Comparada sobre culturas y literaturas no europeas es una forma de colonización antropológica, académica y metodológica de primer orden, llevada a cabo con los mecanismos más sofisticados de nuestro tiempo, desde la infraestructura analítica y científica hasta la retórica y la sofística destinada moralmente a justificar todos sus actos ante la opinión pública, no solo no exime a los posmodernos de ser causa directa de esta neocolonización, sino que los hace directamente responsables de sus consecuencias. En nombre de la solidaridad no se puede colonizar al otro, aunque sea para ayudarlo. En términos morales, la colonización es de igual de injusta siempre, se haga en nombre de la Fe (cristianismo), en nombre de la Razón (Ilustración), o en nombre de la Solidaridad (posmodernidad). Y si no, espérese a ver el coste de la factura que el colonizado pasará a la crítica posmoderna llegado el momento oportuno.[553]

---

las conclusiones de la reflexión teológica del primer mundo. A ellos les corresponde, más bien, preguntarse cómo ser cristianos y cristianas en un mundo marcado por la exclusión social, étnica, cultural y religiosa, que afecta a las mayorías populares del tercer mundo, y qué función han de jugar las iglesias y los movimientos cristianos proféticos en una situación así (*Op. cit.,* 12).

[552] *Op. cit.,* 22, nota 3.

[553] *Op. cit.,* 42.

Podemos apreciar, por consiguiente, y a partir de nuestra breve anotación biográfica, cómo tendencias procedentes de un tan diverso origen, por una parte, los movimientos progresistas y posmodernos usamericanos, por otra, las teologías del genitivo y de la liberación latinoamericanas, confluyen, sin embargo, en similares visiones de la educación y la producción teológicas, bajo el hilo conductor del exclusivismo de la relevancia y el rechazo enérgico a toda tradición mayor, ya sea en su forma de pensamiento cristiano o filosófico. Ahora bien, desde los paradigmas teológicos y educacionales del progresismo y posmodernismo protestante usamericano, los límites y las funciones que se le tenderán a asignar a la educación y producción teológicas evangélicas de América Latina, y que constituyen desde luego un acto de proyección pero también de reconstrucción a partir de la promoción sin alternativa de matices que los propios teólogos latinoamericanos de la relevancia ofrecen del quehacer teológico de nuestro continente es, básicamente, la siguiente: en primer lugar, el supuesto de que existe una cierta área de investigación, un determinado campo bibliográfico, un particular margen de materias y temáticas, que resultan del patrimonio y del interés exclusivo de la tradición occidental, en su acepción específicamente europea y masculina[554], y mucho más en su acepción de "antigua tradición eclesiástica", y que en relación con el tercer mundo –¡incluso en relación con este mismo progresismo y posmodernismo usamericano!–, no pueden ser vistos más que como discurso anclado en el platonismo metafísico o, en su lugar, como ciencia de dominación al servicio de la razón instrumental. En consecuencia, a todo aquello le debe ser asignado el rótulo nada más que de cavilación extemporánea e inocua de las élites de hombres occidentales y ya mayores, incapaces, en efecto, de poder descifrar los signos de los nuevos tiempos educacionales y teológicos que se han instalado en la era de la posmodernidad. En segundo término, la idea de que el quehacer teológico de América Latina solo puede resultar para sí mismo en un ejercicio de utilidad, en la medida en que pueda abocarse sin demora ni distracción alguna a las temáticas estrictamente relacionadas con su candente contextualidad. Visión esta de la contextualidad, como ya se ha dicho, construida según los intereses de la izquierda cultural, los trazos del constructo multiculturalista, y las teologías latinoamericanas radicalizadas en torno al discurso de la relevancia y la horizontalidad.

Por lo demás, cualquier estudiante de teología latinoamericano en los Estados Unidos, que se desenvuelva dentro de estos sectores eclesiásticos y educacionales ligados al radicalismo de la relevancia y la horizontalidad, podría dar clara cuenta de la evidente incomodidad que despierta entre aquellos círculos el que no se encarne, mucho más el que se llegue a confrontar, el estereotipo que desde el multiculturalismo se le tiende a asignar a lo "latino". Por supuesto, hablamos aquí de una incomodidad, que a veces se traduce en un no pequeño precio que pagar,

---

[554] O, como dirá Alvin Kernan, "hombres blancos muertos", *Op. cit.*, 11.

generada únicamente por aquellos estudiantes que han llegado a aquellos espacios usamericanos con una experiencia previa tanto eclesiástica como educacional, e incluso política y social, no determinada por aquella visión unilateral con la cual el multiculturalismo pretende reconstruir el multiforme acervo cultural de América Latina. Porque lo cierto es que para aquellos que sin mayor margen de problematicidad consienten en encarnar aquel ideario multiculturalista proyectado sobre lo "latino", sea como cosa simplemente dada o por sagacidad, los beneficios conferidos por aquel constructo no se hacen esperar. Ciertamente, la experiencia de no pocos estudiantes latinoamericanos en los Estados Unidos podría atestiguar de las evidentes dificultades existentes en cuanto a la obtención de becas o simplemente en relación a un ambiente más placentero para desarrollar su actividad, en el marco de estos sectores, en la medida en que los mismos se presentan críticos al ideologismo de la izquierda cultural y su constructo multicultural, y esto a despecho de las evidentes condiciones que pudiesen demostrar en el ejercicio teologal. Como, por otro lado, certificar también de los beneficios y promociones concedidos a aquellos otros que, sin ser portadores muchas veces de aquellas mismas aptitudes, cuentan empero con el nada despreciable don o capacidad de saber encarnar y promocionar el rol asignado por aquel mismo ideologismo y su constructo cultural.

Naturalmente, tal celoso rol multicultural asignado a los estudiantes latinoamericanos en tales contextos teológico-educacionales corre muchas veces más bien por parte de aquel grupo de profesores hispanos que de sus homólogos anglos, quienes no solamente se han visto beneficiados en ese mismo contexto académico por aquel discurso multicultural, sino que, en virtud de lo mismo, no faltaba más, lo que menos quisieran es someter a juicio su veracidad. Sin embargo, no es menos cierto también que muchos profesores anglos pertenecientes a estas mismas instituciones al momento de prestar sus servicios docentes en América Latina se habrán de sentir mucho más inclinados a gestionar becas y posibilidades de estudios en el extranjero no tanto para aquellos estudiantes que evidencien mayor mérito académico, pensamiento crítico, mucho menos una comprensión histórica de la teología, cuanto para aquellos que den muestras de responder de mejor modo al ideario de lo latino según el constructo multicultural, aunque, en no pocos casos, la carencia de tales méritos anteriormente mencionados adquiera ribetes realmente sensibles. Y, entonces, como nuestro anglo profesor ha aprendido a leer nada más que de izquierda a izquierda, en clave izquierdo-cultural y únicamente en el lenguaje multicultural, los beneficiados siempre serán aquellos estudiantes que puedan mejor representar aquel ideario previamente establecido. Nos hallamos acaso aquí con la cara más sesgada, sino siniestra, del multiculturalismo y la izquierda cultural, incluso en su modalidad teológica: el cuoteo por ideología y no por capacidad. Aquel mismo cuoteo que, como observa Inger Enkvist[555], hace que

---

[555] *Op. cit.*, 42-43.

los estadounidenses de origen asiático se sientan abiertamente perjudicados por aquella política multiculturalista que proporciona a la comunidad afroamericana mayores beneficios que a ellos para estudios universitarios, sin considerar las calificaciones escolares previas ni mucho menos tomar en cuenta el hecho de que la mayoría de estos estudiantes afroamericanos, objetos de tal beneficio, no rindan óptimamente con las exigencias de tales estudios o simplemente los abandonen al muy poco tiempo de ingresar a la universidad. Indudablemente, no se está diciendo aquí que las desigualdades económicas no sean un antecedente siempre pronto a sopesar a la hora de decidir ir en ayuda de un determinado sector poblacional a efectos de posibilitar su ingreso a la universidad, pero es necesario a su vez que ese factor de vulnerabilidad social no se vea desbordado nunca por el origen racial o cultural que se llegue a proyectar sobre aquel colectivo social. Porque entonces habría claramente que reconocer que la categoría étnica, cultural e, incluso más, la adscripción ideológico-política han llegado a reemplazar ahora la función de privilegio que desarrollaron antes las nociones de clase social y estirpe. Con toda razón, señala Enkvist[556] que la política del cuotaje multiculturalista introduciría en este caso un privilegio por razón de nacimiento, con el mismo efecto que el de antes de la Revolución Francesa, aunque los favorecidos ahora no serían precisamente ni con mucho, claro está, los nobles, sino unos determinados grupos considerados especiales de acuerdo al ideologismo multiculturalista.[557]

Claramente este es el vacío y sesgo que podemos advertir de parte de estos sectores eclesiásticos y teológicos usamericanos posicionados en torno al discurso relevante y horizontal, en la definición de aquellas políticas educacionales que supuestamente irán en contribución y beneficio del espectro evangélico latinoamericano. Un vacío y sesgo –de suyo propio del multiculturalismo y de la izquierda cultural en general, de los que estos sectores no son más que su modalidad teológico-eclesial–, que, comenzando a operar primeramente en el propio contexto de los Estados Unidos y en relación con la comunidad hispana con residencia en aquel lugar, entra ya, en razón de su destacado peso económico y su indiscutible ascendencia ideológica entre los espacios educacionales evangélicos de América Latina igualmente posicionados en torno al discurso relevante y

---

[556] *Ibíd.,* 43.

[557] Una explicación más de fondo y con abundante estadística al respecto del funcionamiento de este otorgamiento de "preferencias especiales" en el contexto estadounidense, suficientemente ya reñido con su tradicional concepto de meritocracia, puede verse en el capítulo de S. M. Lipset, *Dos países, dos sistemas de valores,* en, *El excepcionalismo,* 155-210, 174, quien, a este respecto, escribe:

> Son los blancos bien cultivados de la élite, cuyas posiciones y preparación les dan mucho mayor seguridad económica y de posición que sus compañeros de raza en posiciones inferiores, quienes se han mostrado más dispuestos a favorecer o al menos a aceptar las preferencias especiales para las minorías.

horizontal, a imponer su misma política educacional. De manera que ya podemos comenzar a avizorar los mismos efectos para América Latina que esta política de educación teológico-multicultural ha ocasionado en el contexto de los Estados Unidos, muchos de los cuales ya han comenzado a operar: en primer lugar, un reduccionismo antropológico y cultural de la educación en general, al igual que un empobrecimiento muy profundo de la teología en particular. En segundo lugar, el afianzamiento casi sin espacio de revisión ni lectura crítica de aquella política de educación multicultural, en la que tal política, y no la educación propiamente dicha, resulta para muchos de real utilidad.

Pero cerrando lo dicho más arriba sobre la situación del estudiante de teología latinoamericano en tales contextos teológicos usamericanos y su tendencia a imponerle a este un cierto horizonte de temáticas e intereses de acuerdo al estereotipo multicultural, no nos queda finalmente más que acusar también su evidente falta de consecuencia en cuanto a la practicidad misma de tal política educacional. En efecto, no se le exige a un estudiante de teología o a un teólogo canadiense entre estos círculos que confeccione una articulación teológica estrictamente para "canadienses", con aplicación exclusiva dentro de aquellos específicos límites territoriales y culturales, de modo que más allá de aquellas determinadas fronteras le esté prohibido incursionar. Por otra parte, y siguiendo con esta misma línea de pensamiento, a nadie se le ocurriría tampoco presentar algún reclamo por inconsistencia con la función teologal, si, digamos, un mismo estudiante o incluso profesor de teología inglés o alemán estimara necesario echar mano del recurso de los clásicos como medio para lograr una mayor envergadura de su pensamiento y producción teologal. Aunque, dicho sea de paso, tal recurso entre estos círculos se torne a la sazón cada vez más inusual. Ciertamente, se parte aquí del supuesto elemental de que en ambos casos se está en presencia de un ser humano universal, a quien el mundo del saber le pertenece, y cuyos únicos límites ante sí son los de su propia creatividad y habilidad. Pero, ¿qué sucede con aquel otro, pero a la vez esencialmente mismo ser humano, que no proviene de aquel primer mundo, sino de aquel, como es ya costumbre decir, en "vías de desarrollo", o más directamente, del tercer mundo, y en este caso, latinoamericano? Pues bien, también a este se le habla de una universalidad de pensamiento y de una catolicidad de la teología que de igual manera le pertenecen, pero que, al mismo tiempo, se le niegan, por cuanto se le exige, se le demanda y de él se espera que se recluya únicamente en el solo recoveco de su contextualidad regional, "multicultural". A este se le dice que también él es un ciudadano universal, cuyos únicos límites son igualmente los bordes de su propia creatividad y habilidad, un ser humano para quien nada de lo hecho por el ser humano, como tal, puede serle ajeno, según la más plena aspiración del humanismo.

Y, sin embargo, y a despecho de tan altisonantes declaraciones, a la hora de procurar un tema de investigación que trascienda lo meramente contextual, y que incorpore la amplia tradición histórica del pensamiento cristiano y filosofal, sí se pone en tela de juicio su consistencia teologal y sí se le advierte, implícitamente, que los límites de su quehacer teológico son los límites de su frontera regional y cultural. Pero, incluso, si después de mucho negociar y bregar, le fuera posible, con todo, a este ciudadano latinoamericano traspasar aquel determinismo multiculturalista que le recluye al solo tratamiento de su temática contextual, de modo que se le permitiera incursionar en temáticas y autores que sobrepujen los límites de su "exclusivo interés regional", aquello mismo no podría haberlo conseguido si no hubiese hecho prácticamente una declaración jurada de que todo aquello tendrá una aplicabilidad directa a su determinada "situación contextual". Por cierto, tal empecinamiento de parte de este multiculturalismo teológico y educacional por intentar imponerle a otro las materias a incursionar, los problemas a abordar, los autores a utilizar, más bien propio de la sicología conductual o del paternalismo intelectual que de la esencia de la teología misma, no puede ser sustentado, sin más, tampoco, por aquel trasnochado argumento de que los temas de investigación y los intereses de un estudiante o profesor deben estar estrictamente determinados por su referencia regional, ya sea esta social, racial o la que fuere, como única vía de resultar contribuyente a ese propio espectro contextual. Y no puede convertirse en pauta de determinación porque, como se sabrá, no pocas veces un quehacer teológico de mayor envergadura histórica y conceptual, y que ha hecho uso de temáticas y de autores no exclusivamente reducidos a su sola referencia regional, ha prestado un mayor fondo de análisis y de enriquecimiento metodológico para ese mismo espectro contextual que el de una producción condicionada únicamente por la referencia "social", "política" o "racial" de aquella específica contextualidad.

Huelga, empero, aclarar, retornando a nuestro breve exabrupto biográfico, para con ello evitar también toda denostación *ad hominem*, que lo que nuestra joven académica intentaba comunicar, a despecho de su incuestionable honestidad, no era más que el resultado de su propia formación educacional, la cual, evidentemente, condicionaba tanto su comprensión del quehacer teológico en general como, en este caso, el de América Latina en particular. En razón de aquello, no puede resultar menos que paradójico el que este nuevo giro de la educación albergada por estos sectores progresistas y posmodernos usamericanos, y que ha venido prácticamente a pronunciar el acta de defunción de la educación tradicional universitaria, y que se revela además a todas luces desprovista de todo fondo de raíz histórica y de una tradición de mayor antigüedad desde la cual asentarse y apelar, es decir, profundamente antiintelectualista e instrumental, sea percibida luego, sobre todo al llevar el *imprimátur* de la moderna "universidad estadounidense"[558],

---

[558] Como el propio A. Kernan lo atestigua a través de su magnífico libro *La muerte de la literatura,* universidades de tan reconocido prestigio como Yale o Princeton, entre otras, no han quedado tampoco exentas de ser arrastradas en cierto modo por este nuevo giro educacional, viéndose

como la educación por antonomasia de calidad y verdadero refugio de la sapiencia y la intelectualidad entre muchos círculos evangélicos latinoamericanos. Precisamente, acerca del proceso que ha llevado a este nuevo giro educacional en gran parte de las universidades estadounidenses, y cuyo modelo está adquiriendo cada vez más el rango de oficial entre sus homólogas de América Latina, dependientes como siempre de aquellas, se conducen las siguientes palabras de Morris Berman, en un comentario de un cierto trabajo de Alvin Kernan:

> En unas muy equilibradas y sensibles memorias, *In Plato's Cave,* Alvin Kernan, quien enseñó inglés en Yale y Princeton durante muchos años, describe el "cambio tectónico" que tuvo lugar en la academia a lo largo de su carrera profesional. Su propia *raison d'être* fue algo que la academia ahora ve como un poco anticuado: "Yo era uno de esos", escribe, "que sentían que el fin más satisfactorio en la vida es el conocimiento; no el dinero o el prestigio sino un entendimiento de la gente y del mundo que habitan". La vieja universidad, anterior al posmodernismo y a lo políticamente correcto, abrigaba metas ilustradas que la vigorizaban. La empresa intelectual era emocionante, porque los miembros del profesorado creían que era posible construir un modelo completo de sociedad y de vida humana, y que la libertad se encontraba en esta dirección. Todo esto se ha ido, dice Kernan; el posmodernismo trajo a la mesa no solamente la negación de la verdad sino también la negación del *ideal* de la verdad. Los hechos son ahora vistos como "fetiches", toda metodología es "problemática", y en ocasiones incluso las formas más altas de cultura son despreciadas. Cuando feministas –en este caso Susan McClary– pueden decir que la Novena Sinfonía de Beethoven está llena de "la sofocante y asesina ira de un violador incapaz de alcanzar desahogo", vemos qué tan desnudamente enferma está finalmente la empresa deconstructiva. Esto no es mero fracaso intelectual; es fracaso moral también.[559]

Empero, tal promoción de este nuevo giro educacional al rango prácticamente de lo libertario y sublime, incluida desde luego su modalidad teológica, lejos de confinarse a los exclusivos márgenes del peculiar espectro usamericano, está adquiriendo en la actualidad y a partir de allí un radio de extensión cada vez más

---

asimismo sumergidas en dinámicas tales como el discurso de lo políticamente correcto, el consumismo, el posmodernismo, el antiintelectualismo, etc. Ciertamente, si aquello resulta ya posible observar en universidades que al menos dentro del contexto usamericano poseen una larga trayectoria y reputación, qué se puede esperar entonces de espacios educativos que han nacido precisamente a la luz de este nuevo giro, escuelas de teología incluidas.

[559] *El crepúsculo,* 70-71.

universal, a la luz ciertamente de la enorme capacidad de propaganda y gestión de su fuerza subyacente, esto es, la izquierda cultural. Así, por ejemplo, tal política educacional, en lo que a sus expresiones teológicas respecta, es percibida luego por aquellos círculos teológicos de América Latina, igualmente posicionados en torno al discurso de la relevancia y la horizontalidad, y la resistencia hacia todo acervo de tradición histórica, prácticamente como el modelo más apropiado a la hora de encarar los nuevos desafíos sociales y culturales del presente, y de paso también superar las aporías educacionales en las que han venido a dar tanto el fundamentalismo como las reortodoxias en el continente. Es cierto que la percepción tan idealizante[560] de este modelo educacional en general, y teológico en particular, se explica, en primer lugar, por la evidente situación de dependencia prácticamente en todos los órdenes que ha ligado siempre a los sectores evangélicos latinoamericanos con sus homólogos del Norte. Como, también, y en un segundo pero no menos importante sitial, en razón de que la larga herencia tanto del fundamentalismo como de las reortodoxias en América Latina –no lo olvidemos, también de origen usamericano–, ha resultado a la postre verdaderamente incapaz de proporcionar al espectro evangélico de nuestro continente los recursos teológicos, culturales e incluso intelectuales suficientes como para que este pudiese desarrollar una lectura crítica tanto de su entorno social, como del impacto y las consecuencias de esta misma religión americana que, a decir verdad, ha llegado a ser prácticamente su único influjo y herencia. No es de extrañar, en consecuencia, que tal política de educación teológica, al anunciar de modo tan aparatoso su radical toma de distancia tanto del fundamentalismo como de las reortodoxias, y la apertura a una mayor conciencia de la problemática social, aunque sea bajo la tendencia a subsumirse en un puro movimiento horizontal, multicultural e izquierdo-cultural, provoque entre estos sectores teológicos de América Latina, comprometidos en principio y supuestamente con la superación de aquellos mismos sistemas y en la apertura hacia aquellas similares tareas, una tan pronta internalización y seguimiento.

---

[560] Pero, incluso, un autor como Florencio Galindo, quien da muestra de un incisivo tratamiento del fundamentalismo evangélico estadounidense y su impacto sobre la realidad religiosa y social de América Latina, no se libra, sin embargo, de incidir en una evidente tendencia hacia la idealización ligera y falta de criticidad, al momento de referirse sobre aquellos otros grupos que, siendo de igual modo parte integral de la religión americana, aunque en su modalidad de un radicalismo de la relevancia y la horizontalidad, exhiben asimismo rasgos propios del comportamiento fundamentalista, aunque, claro está, desde su extremo opuesto. Por cierto, tal falta de criticidad e idealización del que se resiente el tratamiento de Galindo para con estos sectores evangélicos usamericanos que extreman la dimensión de la relevancia a expensas de la identidad, puede explicarse, en cierto modo, en mi opinión, tanto por la falta de conocimiento del autor sobre esta línea del protestantismo, como por la simpatía que a él mismo le genera el que estos sectores solidaricen abiertamente con la temática de la teología de la liberación, que él mismo, por supuesto, profesa.

No obstante, lo que esta tan ligera idealización no toma en cuenta, y no puede hacerlo, desde luego, en razón de aquel claro estado de idealidad y dependencia, como carencia de recursos críticos, a los que ya nos hemos referido, para aquilatar su peso, es que tal modelo de educación teológica no es más que otra faceta de aquella misma religión americana, a la que, ¡cual ironía!, llama tanto a combatir como a superar. Religión americana, claro está, no en su modalidad de polarización de la identidad, sino esta vez de la relevancia y la horizontalidad, pero que, al igual que aquella, y a pesar de su aparente mutua adversidad, se resiente de la misma minusvaloración por el acervo del pensamiento histórico o, lo que resulta ser lo mismo, de aquella misma particular presunción de que la historia en general, y la teológica en particular, solo cuenta en realidad en la medida en que entrecruza el destino de los Estados Unidos. Religión americana, por lo demás, que tanto en su radicalismo de la identidad como en el de la relevancia da evidencias por igual de aquella misma tendencia a unificar sin mayor margen de problematicidad fe cristiana y cultura usamericana, ora en su modalidad de derecha y pensamiento liberal, ora de progresismo posmoderno e izquierda cultural, olvidando demasiado pronto la importante insistencia que ya hiciera Kierkegaard tocante a la virtual imposibilidad de ser cristiano en una sociedad que de suyo considera serlo, es decir, "culturalmente cristiana". Por eso, la advertencia de Harold Bloom –al respecto de que "aun cuando sea cierto que es en el fundamentalismo donde la tendencia antiintelectualista se revela en toda su abierta saña, tal propensión antiintelectual aparece, sin embargo, como el sello distintivo de toda la religión americana"[561]– debiera llevar a estos sectores evangélicos latinoamericanos tan encandilados con estos nuevos modelos educativos usamericanos a preguntarse aquello que ya hemos planteado en algún otro lugar, a saber: ¿No se estará a fin de cuentas reemplazando nada más un fundamentalismo por otro, no esta vez el del *Left Behind,* ni como diría el propio Bloom, el de "la pancarta del feto y el ondeamiento de la bandera"[562], ni siquiera el de la fosilización del pensamiento de las tardías reortodoxias, sino el del posmodernismo, el multiculturalismo, el deconstructivismo, el genitivismo, el progresismo, la izquierda cultural, es decir, la religión americana en su modalidad de un radicalismo de la relevancia y la horizontalidad? Pero nuestras observaciones sobre este modelo de educación teológica se insertan, como ya hemos dicho, en una realidad educacional mucho más global y mayor y, más específicamente hablando, en aquello que Morris Berman ha definido como el creciente fenómeno de "democratización" de la educación y sus instituciones en los Estados Unidos. Sobre tal modelo, observa el propio Berman:

---

[561] *La religión americana,* 270.
[562] *Op. cit.,* 234.

La hegemonía corporativa, el triunfo de la democracia consumista global basada en el modelo americano es el colapso de la civilización americana. [...] Las universidades –en los Estados Unidos– mantienen un aurea de elitismo (entendido positivamente); son vistas como el sitio de pensamiento más avanzado sobre la tierra, lugares donde hombres y mujeres son libres para dirigirse a las ciencias y humanidades y así absorber los más altos elementos de la cultura. Lemas en latín decoran los escudos de varias de estas escuelas, jactándose de "luz" y "verdad". La realidad, sin embargo, es algo muy distinto, ya que miles de esas instituciones tienen, literalmente o de facto, políticas de admisión abiertas en nombre de la "democracia". La democratización del deseo significa que virtualmente quien sea puede ir a la universidad –en tanto pueda pagar por ello–, siendo el propósito el de conseguir un trabajo; y en un mundo educativo ahora subsumido en los valores mercantiles, los estudiantes destacan – con el consentimiento de las autoridades– creyendo que son consumidores que están comprando un producto. Dentro de este contexto, un miembro del profesorado que intente aplicar la tradición de las humanidades como una experiencia edificante y transformadora, que rete a sus alumnos a pensar profundamente sobre asuntos complejos provocará evaluaciones negativas y el rector pronto le dirá que se busque un trabajo en otro lado. Objetar a una dimensión meramente utilitaria de la educación es visto como algo extraño y rápidamente etiquetado de "elitista" (¡horror de horrores!); pero la verdad es que no puede haber educación liberal genuina sin tal objeción.[563]

Ya advertía Reinhold Niebuhr, y con bastante anterioridad a la imposición plena de este modelo, que el constante aumento de estudiantes en las universidades estadounidenses no había hecho a aquella nación más inteligente, en términos de sabiduría social, criterio estético, serenidad espiritual o cualquiera de las otras realizaciones humanas fundamentales. En realidad, a juicio del teólogo estadounidense, solo había conseguido hacer a los Estados Unidos la nación más pragmática desde el punto de vista de la tecnicidad, pero demostrando a la vez que la eficacia tecnológica, y utilizando en ello nada más que criterios cuantitativos, se consigue más fácilmente que cualquier otro valor cultural o social.[564] Por lo demás, sostener que este ascendente proceso de "democratización" que experimenta la educación en los Estados Unidos, y que, a decir verdad, no es más que un mero eufemismo para describir aquel profundo estado de experimentación y destradicionalidad en que le ha sumido la izquierda cultural, que ha hecho de ella otro producto más

---

[563] *El crepúsculo,* 147 ss.
[564] *Op. cit.,* 116.

dentro de aquella cultura del consumo, pueda ser explicado únicamente en razón de la presión estudiantil o de las leyes del mercado, y no en razón también de una cierta línea docente que se ha beneficiado con este nuevo giro educacional, sería, a nuestro juicio, no comprender la dinámica real de este círculo vicioso. El propio Berman, a quien no se le podría reprochar ser un advenedizo en la comprensión de este mecanismo educacional usamericano, sostiene que el carácter institucional y hegemonizante que ha llegado a adquirir este concepto de democratización en la educación superior en los Estados Unidos se debe en gran medida a la conducta agresivamente antiintelectual y sesgada ideológicamente que se ha posicionado en gran parte de su nuevo cuerpo de profesores universitarios, particularmente de aquellos que, como ha dicho Richard Rorty, forman parte de aquella "izquierda cultural"[565], o de la "pseudoizquierda académica"[566], como Harold Bloom sin tapujo alguno le ha convenido en llamar, cuyo principal objetivo y misión, a decir verdad, guarda más bien relación con la concientización ideológica y la propaganda partidista que con "el compromiso con la investigación imparcial, la autoridad de la racionalidad, la razón como principio discursivo, es decir, los fundamentos de la vida académica"[567], que debieran regir, desde luego, en toda universidad.

Se trata, en resumidas cuentas, de una izquierda cultural que se ufana de su filosofía revolucionaria y de su noble cruzada contra el imperio de las ciencias dominantes, y que pretende además ser depositaria de la "excelencia académica" y de la "universidad crítica" por excelencia, pero que al despreciar la lectura de los clásicos y la investigación que eche mano de una tradición de mayor antigüedad, no ha hecho más que convertir a las facultades en templos sesgados donde adoctrinar, leer y releer hasta el hartazgo su Torá progresista, posmoderna y antiintelectualista. Un antiintelectualismo que se manifiesta por sobre todas las cosas en un radical rechazo contra toda tradición histórica y que se enorgullece de su actitud provocativa y rebelde contra todo pensamiento elitista, por considerar a ambos

---

[565] Aunque el término "izquierda cultural", como bien lo ha observado R. del Castillo, traductor al español de la obra de R. Rorty (*Forjar nuestro país*, 174), procede de Henry Gates, no cabe duda de que ha sido Rorty quien lo ha popularizado hasta hacerlo prácticamente nomenclatura oficial para referirse a esta nueva izquierda estadounidense y mundial. Precisamente, en esta obra que mencionamos, Rorty dedica todo un capítulo al análisis de esta "izquierda cultural" (*Op. cit.*, 71-96).

[566] *Op. cit.*, 41.

[567] Citado en J. M. Marco, *Op. cit.*, 233. El propio Marco, y para hacernos una idea más clara de esta enorme presión ideológica que ejerce este tipo de profesores sobre el alumnado, en este modelo de universidad secuestrada ya por el ideologismo de la izquierda cultural, relata parte de la experiencia de una estudiante, en una entrevista concedida al *New York Times*:

> Una estudiante declaró en 2003 a un periodista del *New York Times* que se había de derechas cuando llegó a la universidad y los profesores le hicieron saber que sus padres "eran unos racistas, unos sexistas, unos patrioteros, además de unos homófobos, y nosotros" –es decir, los profesores– "vamos a cambiar este estado de cosas" (*Ibíd.*, 235).

gestores de la cultura dominante, pero que, al mismo tiempo, no es capaz al parecer de percibir que no son ni la tradición histórica, ni mucho menos el "horrendo elitismo" del pensamiento ilustrado, los que dominan y amenazan con destruir lo poco que queda de cultura superior en los Estados Unidos y en el mundo entero. Como ha dicho R. Rorty, es una izquierda cultural que ha sido formada en "la escuela del resentimiento", y por lo tanto se halla completamente persuadida de que el respeto y el honor que se le deba a los héroes literarios, filosóficos, en fin, del pensamiento, no son más que signos de debilidad y una tentación además de venir a dar en aquel execrable elitismo.[568]

Sin embargo, a decir verdad, tal resentimiento, lejos de quedar circunscrito en el marco de lo estrictamente literario, asume otros comportamientos todavía más concretos de presión y hostilidad, especialmente contra aquellos que, situados en el mismo rubro universitario, disienten de su programa antiintelectualista, de moda y deshistorizante. Ya el historiador marxista Eugene Genovese, un pionero en la lucha por posibilitar espacios de educación marxista en las universidades de los Estados Unidos, podía, empero, a la luz de aquella cada vez más creciente presión ejercida por la izquierda cultural en gran parte de las universidades de aquel país, con gran honestidad intelectual en su momento denunciar:

> Yo, como alguien que vio despedir a sus profesores durante la época de McCarthy y que tuvo que luchar como marxista procomunista por su derecho a enseñar, temo que nuestros colegas conservadores estén enfrentándose hoy a un nuevo macartismo, en ciertos aspectos más eficaz y vicioso que el anterior.[569]

Vistas así las cosas, profesores que se muestren de algún modo críticos a las pólizas del cuotaje multicultural, a las extravagancias matonescas y pseudointelectuales del feminismo radical, a la propaganda a favor del aborto libre o la agenda de la ideología de género o LGTB, sin otro argumento mejor que el hecho de que oponerse a todo esto sería comportamiento propio del fundamentalismo religioso o de un concepto de educación y universidad dominado por el modelo elitista y patriarcal, resultan ser, a decir verdad, los candidatos ideales para este tipo de resentimiento antiintelectual. Por otra parte, no es sorprendente, tampoco, que tal "radicalismo democratizante" no tome la forma de resistencia erudita contra el fondo mismo del problema: el antiintelectualismo que socava el valor de la tradiciones históricas, la educación como una mercancía más dentro de una sociedad de suyo ya definida por el *leitmotiv* del consumo, la mercantilización de la vida y la cultura por parte de las oligarquías económicas corporativas, etc., sino que

---

[568] *Forjar nuestro país,* 108.

[569] Citado en S. M. Lipset, *El excepcionalismo,* 291.

se canalice en la forma de un radicalismo feminista, deconstructivista, posmodernista, contracultural, de teoría de sistemas, multiculturalista, agudizando con todo ello todavía más el problema. De este modo, y tal como hemos repetido hasta la saciedad, tal radicalismo de esta izquierda cultural no hace más que estacionarse en la superficie del problema, sin llegar jamás a su fondo estructural, ya que su tan celebrada democratización de la educación no es en realidad el libre acceso a aquello único que podría cuestionar inteligentemente el centro mismo de aquello que degrada la cultura y la vida de una sociedad, a saber, una perspectiva educacional que no desprecie ni el discurso racional ni el acervo histórico, sino más bien un subproducto de aquella misma cultura del consumo, en su fachada rebelde y contracultural. En otras palabras, frente a un modelo exclusivamente empresarial que no ha hecho más que convertir a la institución de la universidad en una mera entidad comercial, para restarle así toda función de convergencia cultural y espacio para el análisis social, bajo la coartada de estar produciendo una "educación de calidad" para los nuevos tiempos de línea tecnológica y empresarial, esta nueva izquierda cultural no ha encontrado otra mejor manera de contrarrestar esta política educacional que proponer en su lugar una agenda de educación que despoje a esta de todo acervo de tradición histórica y de paso la subordine casi por completo a la nueva dinámica del relativismo, el multiculturalismo y la posmodernidad. El recordatorio, por tanto, que hiciera ya Virgilio en su *Eneida,* no podría cobrar en esta particular coyuntura educacional mayor urgencia y actualidad: "Aegrescit medendo". En consecuencia, lo que allá es la coartada de la "calidad", aquí lo es la de la "democratización radical". Sin embargo, ambas coartadas no son más que la distinta modalidad de una misma política educacional que tiende a despojar a la educación de su compromiso con la seriedad y la dignidad.

Por supuesto, a la luz de toda esta información que hemos aportado, viene prácticamente exigido el preguntarnos si, en realidad, se trata en torno a todo esto de una verdadera radicalidad de lo novísimo o simplemente de la readaptación en cierto modo extemporánea de ciertas teorías que con mucho han dejado ya de ser referenciales, incluso en el propio contexto en el que han sido originalmente formuladas, Europa, pero que adquieren en el espacio académico usamericano todo el manto vanguardista y hasta incluso la expectativa de llegar a ser agentes de verdadera transformación social que la propaganda cultural les promociona. Sobre qué tan novísimo o no resulta ser este nuevo enfoque de la educación, se refiere quien fuera por mucho tiempo corresponsal del *The New York Times,* Richard Bernstein:

Mucho de lo que se atribuye a la novedad es, de hecho, una reformulación caduca, ingenua, maniquea e imitativa del desacreditado concepto decimonónico llamado marxismo. […] Abramos casi cualquier periódico académico contemporáneo (humanista) y encontraremos frases como "cuerpos colonizados", "el punto de vista del sometido", los "grandes terrenos subterráneos del conocimiento subyugado", los "marginados" que están en contrapeso con el "significado socialmente producido" de la "cultura predominante del varón blanco representada en el currículum hegemónico". Inspirada por el filósofo francés Michel Foucault, esta jerga representa la formulación de ideas marxistas básicas del siglo XIX que han sido tomadas por generaciones de intelectuales deseosos de mostrar que el mundo tal como existe es la creación (la "construcción social") de grupos que detentan el poder, y que su ideología (el "discurso predominante") fue empleada para mantener el predominio sobre todos los demás (los "subalternos victimados").[570]

Pero, entonces, atendida la observación de Bernstein, surge inmediatamente también la pregunta del porqué tales novismos –o, mejor dicho, readaptaciones– de la izquierda cultural de los Estados Unidos hallan prácticamente su único lugar, y siempre en el marco de este nuevo modelo de educación y universidad, en los departamentos de literatura (literatura comparada, multicultural etc.), y unos cuantos departamentos de historia, escuelas de derecho, y ahora últimamente escuelas de teología. A tal inquietud abierta, John Searle[571], profesor de filosofía en Berkeley, parece dar la más sugerente de las respuestas. De este modo, mediante lo que él llama "la migración de la política radical de las ciencias sociales a las humanidades", intenta explicar cómo teorías empíricas y de análisis social de línea marxista, que luego del desplome soviético, la caída del muro de Berlín y otros fenómenos parecidos, incluso más allá de Europa, mostraron su absoluta incapacidad de concreción histórica, lejos de extinguirse por el peso de estos acontecimientos migraron del escenario histórico hacia el campo literario de las universidades. Sobre todo hacia las universidades de países jóvenes que, al no haber experimentado en carne propia la brutal realidad de aquel impase, tendieron ligeramente a la idealización de sus contenidos[572] y extrapolaron sus constructos teóricos hacia un campo donde los tales no requiriesen mayor verificación histórica

---

[570] Citado en S. M. Lipset, *El excepcionalismo*, 261.

[571] *The Storm over the University*, en, P. Berman (Ed.), *Debating P.C.: The Controversy Over Political Correctness on College Campuses*, Delta, New York, 1995, 105 ss.

[572] Pero esta tendencia a la idealización de aquello que a la luz de su enmarque histórico podría resultar, por decir lo menos, abiertamente problemática, no resulta algo insólito en los espacios académicos de los Estados Unidos. Ya Th. Adorno, con mucha anterioridad a lo que apuntamos, hacía alusión a aquella misma propensión entre ciertos círculos académicos, tanto al respecto del fascismo como del estalinismo, arribando prácticamente a la misma conclusión que hemos señalado más arriba para, de algún modo, explicar tan anómalo acontecimiento, a saber: que los Estados Unidos nunca habían tenido una vinculación directa con tales decepciones históricas (cf. C. Offe, *Theodor W. Adorno: "la industria cultural y otras perspectivas sobre "el siglo americano"*, en, *Op. cit.*, 116).

para su legitimidad, esto es, el lenguaje y la literatura. Precisamente, este sería el caso, según Searle, de muchos espacios académicos de los Estados Unidos bajo el tutelaje de la izquierda cultural, donde la literatura y otras disciplinas ya descritas han dejado de poseer sus tradicionales propiedades asignadas para convertirse en recurso para alcanzar meros objetivos políticos o reforzar el activismo contracultural. Por lo demás, que el mundo académico de los Estados Unidos, con su idealización casi adolescente de la corriente marxista, cuyos estragos no experimentó jamás, y a la que asociaba únicamente a su revolución cultural y a sus rostros más emblemáticos, que, a la sazón, adquirían prácticamente ya fama de estrellas de cine, reunía las condiciones casi perfectas para su acogida, lo avizoraba prematuramente quien fuera editor de las *Presses universitaires* de France, Nicos Poulantzas. Poulantzas, quien había empezado en la década de los setentas una extensa serie de libros sobre Marx, y de los más variados tópicos –*sic:* "Marx y la cocina, Marx y el deporte, Marx y la sexualidad, Marx y lo que fuera"–, se había quedado ya a finales de los ochentas sin escritores franceses marxistas para completar la obra de su vida, a lo que habría comentado, un poco desmoralizado, a un colega, poco antes de suicidarse: "Nuestra única esperanza es América"[573].

Ahora bien, podría parecer un paradojismo casi proverbial el que sean precisamente las universidades estadounidenses los últimos bastiones, al menos del mundo desarrollado, en los que el marxismo intelectual se muestre todavía vivo y saludable, o, como sostienen los teóricos del marxismo B. Ollmann y E. Vernoff[574], que sean en estas mismas universidades donde se lleve a cabo actualmente toda una revolución propia del marxismo cultural, cuando todo el mundo occidental ha dado casi ya por obsoletos sus constructos. Así, por ejemplo, quien fuera profesor de la universidad de Cambridge y asimismo Premio Nobel, M. F. Perutz, puede con toda seguridad afirmar, dando plena corroboración de aquello: "El marxismo bien puede estar desacreditado en la Europa del Este, pero aún parece florecer en Harvard"[575]. Empero, tal evidente estado paradojal, que desde luego no se puede minimizar, encuentra en realidad su plausible lógica interna no solo en virtud de aquel nuevo giro educacional emprendido por gran parte de las universidades estadounidenses, lo cual, lejos de ser su origen, sería más bien su consecuencia, sino especialmente a partir de aquel propio genio cultural, que, como ya hemos advertido, trasunta una sempiterna fascinación por todo aquello que se desvela novedoso, exótico, no convencional. Finalmente, pareciera ser John Gray, recogiendo incluso los conceptos que de R. Rorty y R. Flacks hemos acotado en

---

[573] Citado en R. Hughes, *Op. cit.,* 84.

[574] *The Left Academy: Marxist Scholarship on American Campuses. Vol I,* McGraw-Hill, New York, 1982.

[575] Citado en S. M. Lipset, *El excepcionalismo,* 264-265.

páginas precedentes, el que logra reunir en una especie de síntesis los vacíos tanto políticos como culturales de esta izquierda cultural de los Estados Unidos:

> La clase académica (norteamericana) emplea la retórica y las teorías de la *intelligentsia* radical de Europa de hace una década o una generación, para legitimar su alejamiento de su propia cultura. El marxismo académico norteamericano es políticamente improcedente y marginal y compensa su manifiesta nulidad política buscando una hegemonía dentro de las instituciones académicas.[576]

Esto no quiere decir, ni mucho menos, que en las universidades estadounidenses –como en todas las universidades del mundo– no debiera existir una línea de pensamiento representativa de la izquierda, como así también, y para que la enseñanza sea integral, de centro y de derecha por igual. Todo lo contrario, lo que se pretende es más bien evitar que una izquierda cultural se transforme en censora de las libertades de otras corrientes de pensamiento, y siga convirtiendo a su actividad, como bien lo ha dicho ya Robert Hugues[577], en un ejercicio repleto de jerigonzas y de temas que con mucho no son más que del interés de su propia agenda en particular, pero que dado en este contexto su posicionamiento preferencial, procura elevar a distintivo académico, casi a canon universal. En razón de aquello, y ante tal particular momento que experimenta a la sazón la institución de la universidad, en el contexto de Usamérica y a partir de su influencia en muchos otros espacios universitarios del mundo, las preguntas que vertiera Jesús G. Maestro sobre su estado y realidad siguen cobrando una enorme actualidad:

> ¿A quién le importa la universidad? Sí, ¿a quién le importa? ¿A los políticos que la están dejando año tras año sin presupuestos y sin recursos? ¿A los rectores que obedecen a los políticos? ¿A los profesores que sustituyen el conocimiento científico –nunca tan depreciado y minusvalorado– por la estrategia administrativa, nunca tan acreditada y sagaz como hoy, hecha toda ella picaresca enriquecida? ¿A los periodistas, que tras hacer público el informe angloamericano del Ranking Académico de la Universidad del Mundo 2010 –el ARWU, en acrónimo inglés–, lo interpretan según la ideología del amo que les paga?[578]

Obviamente, y como el propio Maestro lo vuelve certeramente a señalar, bajo la actual hegemonía de la izquierda cultural y su agenda progresista posmoderna,

---

[576] Citado en S. M. Lipset, *Op. cit.*, 267.

[577] *Op. cit.*, 72.

[578] *Op. cit.*, 18-19.

no es hora para la Universidad de visiones medievalistas, ni de aristocracias modernas, ni de burguesías ilustradas, ni tampoco, a pesar de lo que se diga, de Estado de bienestar –pues la educación con fin de lucro aquí no es menos obcecada que en el capitalismo más declarado–, sino, más bien, y en sus estrictas palabras:

> Es hora de minorías, de etnarquías, de protectorados de *lobbies* y gremios, de gru*pillos* ideológicos que se aprovechan y parasitan de las ascuas del Imperio. La posmodernidad es neofeudalista. Feudo, sí; Estado, no. Universidad, tampoco. Al sofista no le interesa que la gente piense racionalmente. Al sofista solo le interesa el conocimiento para adulterarlo. Así se convierte la cultura en opio del pueblo.[579]

Pero, a vueltas con nuestro tema, dejemos que sea Berman mismo quien nos ofrezca su parecer de esta línea docente, en el marco de su propia experiencia laboral en una de estas universidades comprometidas con esta política educacional "democratizante", a la que el autor ha consentido en denominar, simplemente, como *Alt. U*:

> En lo que concierne al profesorado, no estaba claro cómo habían sido contratados, más allá del hecho de que parecían armonizar con el grupo. El mérito era en el mejor de los casos una consideración secundaria, y un buen número de ellos estaban vergonzosamente no cualificados: no solo eran asombrosamente ignorantes sino agresivamente antiintelectuales en su visión de las cosas, y desdeñosos hacia cualquier expresión individual que atentara contra la mentalidad colectiva. Por lo tanto, fui ridiculizado por utilizar la palabra *esporádico* y atacado por leer a George Steiner. Cuando una vez me referí a Francis Bacon en una reunión del profesorado, mis colegas parecían no tener idea de a quién me estaba refiriendo. Estos "retiros", como eran llamados, contenían grandes dosis de críticas a las instituciones tradicionales y tenían el sabor de rituales de cultos, manteniendo unido al grupo. El rector me llevó aparte en algún momento y me dijo que me iría mucho mejor en ese lugar si empezaba a alabar públicamente a la institución en esos retiros –una sugerencia que me recordaba a la Revolución Cultural China–. Varias de las tesis en *Alt. U* eran meramente indulgentes. [...] El protocolo era no llamar nunca a los estudiantes, "estudiantes; más bien, eran "coaprendedores", y en un extraño sentido esto era correcto, porque *Alt. U* era un clásico caso de los ciegos guiando a los ciegos. *Alt U* se jactaba de ser una organización "rebelde", manifestando un rechazo radical a la cultura dominante; pero si esa

---

[579] *Op. cit.,* 19.

cultura es la de mercantilismo, esta institución era, de hecho, una gran representante suya. Su radicalismo nunca se dirigió al enemigo real, por así decirlo, sino que iba a lo seguro: feminismo radical, deconstrucción, posmodernismo, teoría de sistemas (la cual, vergonzosamente, nunca fue claramente definida). Este era el "lado oscuro de la izquierda" de Richard Ellis, y era, en *Alt. U*, fuertemente totalitario. Todo flotaba en un mundo de valores equivalente, excepto por los varios dogmas ya mencionados, que constituían la verdad. Algunos de los miembros del profesorado eran plenamente fantásticos, no poseyendo ningún verdadero centro, casándose con "procesos de grupos" como una especie de salvación. Verdaderos posmodernistas, eran personas cuyas vidas eran "textos", siendo constantemente "reinventadas" para cubrir un vacío inherente. Como podrán imaginar, cualquiera que estuviera en desacuerdo con ellos, o con esta visión (no) filosófica, era temido, condenado al ostracismo, y, ultimadamente, detestado. [...] Dejé *Alt. U* con una sensación de alivio y nunca miré hacia atrás. No obstante, una cosa aún me persigue, porque el asunto aquí no es un pequeño instituto disfrazándose de institución educativa, por cómico que el lugar haya sido. En su interminable letanía de autoelogios, los profesores de *Alt. U* a menudo se jactaban de que representaban la educación del futuro; y me temo que puedan haber estado en lo cierto. Porque *Alt. U* puede ser diferente solo en *grado* del tipo de instituto o universidad que está desarrollándose en los Estados Unidos; puede en última instancia no ser muy diferente en especie. Adivino que si tú, lector, eres estudiante o académico, reconoces elementos de tu propia institución en mi descripción de *Alt U*.[580]

En consecuencia, se debe estar dispuesto a reconocer, tras años de insistir en aquel modelo de educación "democratizante", como estandarte de la izquierda cultural, y particularmente en su lema de "una universidad disponible para todos", que lo que se ha llegado a sedimentar es un tipo de universidad que parece más bien el reforzamiento de la etapa escolar que realmente el inicio de un periplo superior y nuevo. Un perfil de universidad en el que los alumnos son los encargados ahora de calificar a los profesores, y en donde los pocos profesores realmente más capacitados que sus alumnos rehúsan a ofrecer más exigencias y requerimientos a estos por temor a que sus quejas y presiones puedan poner en riesgo su estabilidad laboral. Un tipo de universidad que, más ligada a los intereses de las empresas o a la agenda de la izquierda cultural –lo que equivale, a pesar de lo que nos haga creer el discurso de este ideologismo, prácticamente a lo mismo, toda vez que este no se ve menos beneficiado de aquella política empresarial que los

---

[580] *El crepúsculo*, 149-151 y 152.

mismos bloques a los que acusa tan estruendosamente de pretender simplemente lucrar con la figura de la "universidad"–, la convierte en realidad en portadora de un concepto de educación que más tiene que ver con un producto de compra y venta o concientización ideológica que con el compromiso con la excelencia educativa y la formación integral, a la que jóvenes ya de suyo con deficiente preparación escolar acuden –claro está, en tanto puedan pagar o en su defecto servirse de algún resquicio que la agenda progresista les pueda proporcionar– simplemente en búsqueda de la obtención de un título que les permita enfrentar la vida laboral, en medio de una sociedad completamente obsesionada por los títulos, pero displicente en cuanto a la educación en tanto recurso de calidad. Una forma de universidad, a decir verdad, en la que las disciplinas del mercado y tecnológicas han terminado por llevar prácticamente a la extinción a las humanísticas, y si a estas aún se les conserva, es bajo el secuestro del ideologismo multiculturalista, posmoderno y progresista de la izquierda cultural. Un perfil de universidad, además, en el que la apelación a cualquier elemento que sea visto como parte de un acervo tradicional es condenado como ciencia de dominación, pensamiento elitista, asuntos de hombres blancos, viejos, occidentales, ya muertos, y ahora último, y como para engrosar la lista progresista, heterosexuales y cristianos, y se celebra en cambio todo aquello que se ofrezca como exótico y contracultural, o que caiga bajo el dominio de los grupos sexistas, etnocentristas, multiculturalistas, curiosamente los mismos que, bajo una agenda que supuestamente promueve la justicia, la igualdad y la solidaridad, resultan, en resumidas cuentas, los sectores más excluyentes a la hora de permitir otras formas de pensar. Un perfil de universidad, para terminar, que a la luz de todo esto que nos hemos esforzado en señalar ha traído como resultado, no se puede negar, una todavía mayor degradación en la actividad literaria de los Estados Unidos, de la que, por supuesto, a la actividad teológica no se le puede desligar.

3.6.8 *El asunto de la literatura en general y de la teología en particular: producción literaria y políticas de traducción al español*

En estricta relación con el asunto literario, pero siempre en el marco de esta política educacional, no resulta sorprendente, por tanto, el que Jesús G. Maestro, al tratar acerca del estado actual de la teoría y la crítica de la literatura, haya objetado referirse a la situación literaria de los Estados Unidos de América, al afirmar categóricamente:

> Si bien se mira, allí nunca ha habido en rigor pasión por la literatura. Ha habido simplemente interés por su comercialización, sobre todo académica –y siempre en la medida de lo rentable, ni un ápice más–, pero por su interpretación científica, racional y lógica, me permito dudarlo. Todos reconocemos las excepciones. Y todos las afirmamos. No hará falta

señalarlas, por pocas hayan sido. Con todo, el grueso de las universidades norteamericanas siempre ha exigido interpretar la literatura desde lo "políticamente correcto" *en cada momento*. Siempre. Y *en cada momento*.[581]

No podemos dejar de mencionar a este respecto, el estudio mencionado por M. Berman[582], según la lista del *New York Times,* sobre las diez novelas más vendidas en los Estados Unidos entre los años 1961 y 2001, el cual indicaría la nada despreciable tendencia de una caída del 43 por ciento en la longitud de las frases y del 32 por ciento en el número de signos de puntuación por frase, con la conclusión final de que tal evidente reducción de los lapsos de atención no habría hecho más que conducir a un claro abuso de estereotipos, tanto lingüísticos como de ideas, y, por lo tanto, a un evidente deterioro de la calidad de la literatura. A partir de esta tendencia, es posible todavía colegir, a nuestro entender, dos consecuencias de mayor trascendencia en lo que al campo de la publicación literaria en los Estados Unidos se refiere, incluido, por cierto, como hemos dicho, el de la propia teología, y aquello en relación con su evidente impacto en la inversión literaria y teológica en América Latina. En primer lugar, el que las casas editoriales se muestran cada vez menos dispuestas a desafiar los absolutos del mercado y, por lo mismo, claramente más proclives también a un tipo de publicación de corte evidentemente más masivo y sobrecargado de lugares comunes que, sencillamente, les permita asegurar un pronto éxito de ventas, *best sellers!,* aun cuando, claro está, el nivel de su contribución al pensamiento crítico y al acervo cultural ilustrado sea, en no pocos casos, absolutamente reducido, sino abiertamente contraproducente. En segundo lugar, y como consecuencia de lo anterior, la conformación de un lector cada vez menos docto y exigente, cuya capacidad real de plantear lecturas críticas al material que le es ofrecido no parece ser demasiado elevada ni sugestiva.[583] Y, entonces, ¿cómo se ha llegado a dar con este tal atolladero? En relación a lo primero, que sin duda alguna es lo que conlleva todo lo demás, comenta Sven Birkerts:

> En el área editorial, con la irrupción de las grandes corporaciones que adquieren las compañías que antes eran independientes, el aspecto

---

[581] *Op. cit.,* 17.

[582] *Edad oscura,* 45.

[583] Erraríamos, sin embargo, si juzgáramos tal tendencia como un fenómeno relativamente reciente en el contexto estadounidense, atribuible, como luego trataremos, al interés y al efecto ocasionado por las grandes fusiones editoriales. Como ya anteriormente hemos visto, Alexis de Tocqueville destacaba en su visita a los Estados Unidos el hecho de que la gran mayoría de los autores estadounidenses eran, por lo general, "periodistas o vendedores de ideas" y, por lo mismo, "se cruzaran con un público que desprovisto de mayor formación literaria, buscara bellezas fáciles que se demuestren por sí mismas y que se puedan gozar al instante" (*Op. cit.,* 432 ss.).

financiero ha desplazado casi por completo cualquier servicio a la cultura. Lo que se imprime y cómo se imprime viene determinado, en última instancia, por el accionista; a las cuentas trimestrales de pérdida y ganancias no les interesa si lo que aparece en las páginas es James Joyce o Joyce Elbert, solo que los resultados –económicos– sean buenos.[584]

No cabe duda de que esta actual tendencia editorial en los Estados Unidos es también una resultante natural de aquel fenómeno educacional definido ya por Berman como la "democratización de la educación". Una democratización en este caso también de las publicaciones literarias, que se ufana de su enorme disponibilidad para el consumo de todos los usuarios. Sin embargo, lo que tal democratización se reserva es el derecho a revelar que de lo que verdaderamente aquí se trata no es de la democratización regulada por la excelencia literaria y el pensamiento crítico e ilustrado, sino por las respectivas oligarquías económicas que se benefician de tal política masiva y estereotípica de publicación. En otras palabras, se trata aquí de una democratización literaria siempre dentro de la cultura del "McWorld", cuya real libertad de elección no oscila más, como ha dicho el propio Berman, que entre Wendy's o Burger King o, en relación con lo literario, entre Danielle Steel o Deepak Chopra. Lo cual equivale a decir, y haciendo la reconversión al mundo hispano, pero siempre bajo la dirección de este modelo, entre Isabel Allende, J. J. Benítez o Paulo Coelho. Aunque la propaganda, en uno y otro caso, y al decir certero de M. Vargas Llosa, sea ofrecer la impresión al lector de que mediante el consumo de dicha literatura *light* se transforma al mismo tiempo en un lector culto, moderno, revolucionario, de vanguardia.[585] Así las cosas, y bajo este evidente reduccionismo, la eventualidad de que las casas editoriales en los Estados Unidos pudiesen llegar a interesarse por un tipo de trabajo crítico, trabajosamente documentado y que exija al mismo tiempo del lector un esfuerzo mental y de acervo cultural mucho más elaborado que el de tipo *best seller*, parece quedar confinada únicamente o bien al esfuerzo de las pequeñas editoriales universitarias o a publicadoras más bien independientes, lo suficientemente persuadidas de que aún vale la pena correr este tipo de riesgos. Quizás nadie ha podido expresar mejor esta situación de tensión para un escritor con este

---

[584] *Elegía a Gutenberg. El futuro de la lectura en la era electrónica,* Alianza Editorial, Madrid, 1999, 258.

[585] "La literatura *light*, como el cine *light* y el arte *light*, da la impresión cómoda al lector y al espectador de ser culto, revolucionario, moderno, y de estar a la vanguardia, con un mínimo esfuerzo intelectual. De este modo, esa cultura que se pretende avanzada y rupturista, en verdad propaga el conformismo a través de sus manifestaciones peores: la complacencia y la autosatisfacción" (*Op. cit.,* 37).

tipo de propuesta, y desde el epicentro mismo del problema, que Sven Birkerts, cuando escribe:

> ¿Se atisba en algún sector de nuestra sociedad que los escritores tengan alguna importancia? ¿Y los libros? Es necesario que un escritor tenga un éxito de millones de dólares para que salga en las noticias. Y, en realidad, ¿quién presta atención a esas representaciones, a esas contribuciones más serias a la realidad que se encuentran amontonadas en las estanterías de las librerías? La figura del escritor provocador pertenece al pasado. Comienza mendigando un editor y, cuando lo encuentra, suplica que le haga algo de caso. Los libros difíciles siempre han dependido del apoyo de una camarilla fiel de lectores, pero en la medida en que estos han disminuido, los editores cada vez se muestran menos deseosos de arriesgarse. Nuestra cultura está dominada por la billetera, y por el miedo a la crisis. Como consecuencia, nuestras expresiones artísticas se dirigen cada vez más al mínimo común denominador, expresan conocimientos que apelan a una audiencia más general. Y es así como se conforman y promulgan los valores culturales. ¿Importa ser listo, cultivado o reflexionar sobre las cosas con profundidad y sutileza? ¿Dónde podemos hallar confirmación alguna de que el refinamiento artístico o la discriminación sean deseables, para fines sociales o en sí mismos? En ningún lado. Al menos no fuera de los pequeños círculos que hayamos podido formar con personas que piensan como nosotros. ¿Ha muerto la literatura? Desde la amplia perspectiva de la escala social, sí. Ya no es una fuente de energías ni ámbito de reconocimientos compartidos. Si sobrevive es como un refugio de aquellos que se niegan a aceptar la cultura de masa norteamericana.[586]

Llegados, por lo tanto, hasta este punto de nuestra argumentación, nos urge hacer un pequeño alto en el ritmo de nuestro pensamiento y preguntarnos más allá de lo estrictamente relacionado con el modelo de la educación democratizante, el progresismo, el posmodernismo, la multiculturalidad en tanto estandartes de la izquierda cultural: ¿Cuál ha sido el verdadero legado literario de la religión americana en el espectro evangélico de América Latina, tanto desde el posicionamiento de la relevancia como de la identidad? ¿Cómo ha afectado a la conciencia y al comportamiento del mundo evangélico latinoamericano aquel esfuerzo literario proveniente del protestantismo de los Estados Unidos, ya sea directamente

---

[586] *Op. cit.*, 236-237. Acerca de cómo las casas editoriales en los Estados Unidos, incluso aquellas generalmente reconocidas por la calidad de sus materiales, están cediendo cada vez más a aquella tendencia comercial y de masa, véase las muy atractivas páginas de M. Berman, *El crepúsculo*, 66 ss. y 76 ss.

a través de traducciones del inglés al español o por medio simplemente de casas editoriales avecindadas en nuestro continente bajo sus particulares directrices? Somos de la opinión de que no se exageraría demasiado si se afirmara que aquel fenómeno que Alvin Kernan describía, en relación con el espectro literario de los Estados Unidos, como la "muerte de la literatura", ha ocurrido ya en forma prematura en lo que respecta al tipo de literatura evangélica que desde aquel país se ha despachado tradicionalmente para América Latina. Desde luego, habría que reconocer que el predominio ha estado dado aquí por aquella línea editorial que se ha posicionado en torno al radicalismo de la identidad y no de la relevancia, y que salvo minúsculas excepciones, atribuibles más bien a las reortodoxias y con las características ya anotadas en el capítulo anterior, ha oscilado entre un material nada más que de corte "devocional" –del tipo, como diría Harold Bloom, de "el creyente y su corazón a solas con Dios", esto es, sin mayor conciencia de cultura, sociedad, menos conciencia de catolicidad–, cuando no, directamente, como gráficamente lo ha señalado José Grau, del tipo "teologías-ficción", en la línea del *Left Behind* y la guerra espiritual. Es decir, y si queremos ser todavía más directos, un tipo de literatura que bien podría ser definida como "basura evangélica con lindas cubiertas", como lo ha afirmado sin ambages en algún momento René Padilla. Ciertamente, hablamos aquí, específicamente, y como ya ha sido advertido, de aquel tipo de literatura que habitualmente se ha remitido hacia América Latina desde aquel particular posicionamiento evangélico de los Estados Unidos, pues nadie podría poner en duda la abundancia y la calidad del material teológico que se encuentra disponible en aquel país, en la medida, claro está, en que todo aquello que resulta ser significativo para la historia y para el quehacer de la teología aparece muy prontamente traducido al inglés.[587]

---

[587] Otra cosa muy distinta es determinar, en efecto, con qué instrumentos de referencia y orientación cuenta el lector en un mercado teológico –y literario, en general– como el de los Estados Unidos, que, parafraseando lo dicho por Todd Gitlin en su *Enfermos de información. De cómo el torrente mediático está saturando nuestras vidas* (Paidós, Barcelona, 2005), se halla tan "saturado de información" para poder discernir qué es aquello que reporta una verdadera contribución al quehacer teológico y qué es aquello otro que no sobrepuja más que el material secundario o incluso contraproducente. Otra cosa es indagar, también, si es precisamente aquel material teológicamente contribuyente el que está realmente incidiendo en el quehacer teológico y en la dinámica que están adoptando las iglesias en aquel país. No cabe duda de que la primera claridad al respecto de todo esto debe venir de parte de las propias instituciones teológicas, porque son estas las que habrán de incidir, mediante la formación de líderes y ministros congregacionales, en el rumbo que las iglesias habrán de seguir. En tal sentido, se podría concluir con A. Kernan (*Op. cit.*, 138), que si llegara a ocurrir aquello del fin de la "Era Gutenberg", aquello no se presentaría en el contexto de los Estados Unidos en esa forma prevista ya por A. Huxley en su *Mundo feliz,* esto es, quedando únicamente de toda la literatura que alguna vez existió un solo ejemplar de Shakespeare, sino, más bien, en una sobreabundancia bibliográfica del tipo que previó Diderot, al comienzo de la época alta de la imprenta, con la diferencia de que en este actual contexto no habría ningún marco de referencia

No se está tratando de decir que este tipo de literatura no haya prestado nunca y bajo ninguna circunstancia siquiera alguna leve utilidad al mundo evangélico de América Latina, y podemos aquí pensar específicamente en el servicio conferido al creyente individual por aquel material de tipo devocional, testimonial o de autoayuda, aunque incluso este mismo bajo el riesgo permanente de la descontextualidad, la promoción de la *American way of life* o el tratamiento superficial y poco especializado respectivamente. Sin embargo, lo que sí se está afirmando y sin rodeo alguno es que, aunque le pudiéramos conceder algún relativo valor dentro de tal literatura a este subgénero devocional, testimonial o de autoayuda, en el contexto señalado y bajo las limitaciones ya advertidas, la misma vista en perspectiva general y a la luz de sus consecuencias percibidas, ha resultado absolutamente incapaz de ofrecer a este mismo pueblo evangélico de América Latina una mayor utilidad en cuanto a la formación de una conciencia crítica tanto en lo social y cultural como en lo teológico-eclesial. Es más, podríamos nuevamente afirmar sin riesgo a pronunciarnos desmedidamente que tal literatura, en virtud de su rol hegemónico y referencial en el concierto evangélico de nuestro continente, como también en razón de sus particulares contenidos teológicos, esto es, en tanto continuidad de aquella religión americana en su acepción de radicalismo de la identidad y todo lo que aquello implica, ha agudizado mucho más aquel pasivismo político y aquel quietismo social que ha caracterizado la herencia de esta presencia misionera y, en consecuencia, ha impedido que este mismo mundo evangélico continental haya podido articular aquel ejercicio de lúcida protesta evangélica, cuánto más en tiempos en que oscuros pasajes de nuestra historia política latinoamericana así urgentemente lo requerían.

Y, sin embargo, debemos ahora también preguntarnos: ¿Cuál ha sido, por su parte, la contribución literaria de aquel otro sector del protestantismo estadounidense al mundo evangélico de América Latina, aquel que durante todo este capítulo hemos venido caracterizando como posicionado en torno al discurso de la relevancia y de la horizontalidad, definido como progresismo posmoderno y que, a diferencia del sector precedente, quisiera aparecer muy por el contrario como una expresión –aunque siempre dentro de aquella misma religión americana, claro está– más culta, más refinada, más sofisticada, más ligada al mundo de la academia y la universidad, con mayor conciencia asimismo de su responsabilidad social y cultural, un sector, por lo demás, cuya declarada presunción es aparecer como abiertamente comprometido en la superación de todo aquel retrogradismo y pasivismo atribuido tradicionalmente al radicalismo de la identidad y, en consecuencia, inmerso de lleno en los nuevos signos ideológicos y culturales

---

mayor para distinguir, de entre toda aquella explosión bibliográfica, lo que resulta en producción verdaderamente contribuyente y lo que lleva nada más que a la destrucción de la propia literatura. Esto cuenta, desde luego, para la propia teología en el contexto de aquel país.

de los actuales tiempos de posmodernidad, bajo el hegemonismo de la izquierda cultural? Pues bien, ya hemos señalado que la presencia de este sector del protestantismo estadounidense se nos ha ofrecido en el concierto evangélico de América Latina relativamente tardía y su impacto significativamente menor en relación con el sector al que anteriormente ya nos hemos referido. Lo mismo, en efecto, habría que decir en lo tocante a su influjo literario, el que solo en estas últimas décadas ha comenzado a lograr una mayor penetración entre ciertos sectores del mundo evangélico latinoamericano, precisamente en aquellos situados de igual modo en torno al discurso relevante y horizontal. Ahora bien, a tal influjo lo podemos apreciar, y a diferencia de aquel otro sector determinado por el imperativo de la identidad –fundamentalismo, reortodoxias–, no ya en lo que guarda relación con traducciones directamente del inglés al español, y bajo la acusación de adolecer de todo esfuerzo de contextualización, sino básicamente a través del apoyo financiero para la publicación de aquellos materiales producidos por sus propios homólogos hispanos, tanto aquellos que se desenvuelven en el contexto latinoamericano como aquellos que operan en sus mismos medios eclesiásticos y académicos usamericanos. No obstante, la acentuación de proceder aquí bajo el absoluto imperativo de la contextualidad no resuelve en modo alguno el asunto al respecto de cuál sea la verdadera contribución literaria que se llegue a proporcionar al mundo evangélico latinoamericano, toda vez que, como se ha insistido ya hasta la saciedad, no se opera en realidad más que con un criterio de contextualidad determinado por particulares intereses ideológicos –la dinámica contracultural, el multiculturalismo, la izquierda cultural, las teologías del genitivo, el posmodernismo, etc.– que no solo llevan al reduccionismo a ese mismo concepto de contextualidad sino al de la propia teología en general.

Todo esto que se ha venido exponiendo hasta el momento, comprenderá el lector, no reporta un disputar inocuo o un llamado a la controversia espuria y antojadiza, porque de lo que verdaderamente se trata aquí es de poder dilucidar, a fin de cuentas y más allá de todo retorismo de compromiso, cuál sea aquella cuota de responsabilidad que le corresponda a aquella herencia misionera y a sus actuales movimientos eclesiásticos, tanto de la relevancia como de la identidad, en aquellos vacíos que ha exhibido sempiternamente el mundo evangélico latinoamericano y asimismo su propio quehacer teológico: su indiscutible tendencia hacia el antiintelectualismo, su muy lamentable ruptura con aquel concepto teológico de catolicidad, tan caro a toda genuina afirmación del cristianismo, su evidente ausencia de una lúcida y crítica participación en la esfera social y cultural, etc. Ciertamente, no sería posible soslayar, en la medida en que la nobleza del material bibliográfico a utilizar siempre será proporcional a la calidad del edificio intelectual, cultural, incluso espiritual que se desee proyectar, la incidencia indiscutible que ha tenido este contingente literario misional en aquellos vacíos ya advertidos, aunque, naturalmente, no toda la responsabilidad de esta precariedad le deba ser remitida. En efecto, a la hora de ir en búsqueda de algún fondo bibliográfico que pudiese ser capaz de sobrepujar la monotematicidad de temáticas dadas por estas dos aristas y en sus formas ya radicalizadas de la religión americana, la identidad y la relevancia, nos enfrentamos con una pobreza literaria en nuestro medio que es de veras para lamentar. Una precariedad bibliográfica, ya sea por concepto de traducción directamente del inglés al español o de propia producción hispana, aunque siempre dentro de aquella misma directriz editorial, que más allá del subjetivismo de una fe privada, la autoayuda, el *Left Behind*, la guerra espiritual, la formulación proposicional, o bien el análisis sociológico partidista, las teologías del genitivo y la agenda de la izquierda cultural, pareciera no tener nada más que poder proporcionar. Pero que, al mismo tiempo, ha dejado completamente huérfano a este mismo mundo evangélico de América Latina al respecto de materias tan cruciales para el desarrollo de su fe y de su propia teología como aquellas que se insertan en el amplio surco de la historia del pensamiento cristiano y asimismo filosófico en general.

Pues bien, ante tal lúgubre cuadro expuesto, no deja de ser tremendamente sorprendente el hecho de que si el lector evangélico de América Latina ha podido, después de todo, ¡y contra viento y marea!, tener acceso a traducciones o a producciones que bien podrían ser consideradas de importancia capital en la formación de la historia del pensamiento, tanto cristiano como filosófico, o incluso a materiales teológicos de evidente seriedad y contribución académica que redunden en aporte para su propio quehacer teológico, estos le hayan sido posibilitados a través de los esfuerzos de editoriales españolas, tanto laicas como católicas. Vistas así las cosas, no podría constituir entonces paradoja alguna el que no haya sido precisamente a través de los esfuerzos de traducción de la religión americana, en su modalidad de radicalismo de la identidad o de la relevancia, *evangelical* o *mainline churches*, que el lector evangélico de América Latina haya podido contar con el privilegio de poder leer, ¡y en su propio idioma!, a teólogos y biblistas protestantes de la talla de un Karl Barth, un Rudolf Bultmann, un Dietrich Bonhoeffer, un Oscar Cullmann, un Wolfhart Pannenberg, un Paul Tillich, un Jürgen Moltmann, un Eberhard Jüngel, un Martin Noth, un Gerhard von Rad, un Hans Joachim Kraus, un Joachim Jeremias, un Eduard Schweizer, un Ulrich Luz, un Gerd Theissen, solo por mencionar algunos, o asimismo a insignes católicos, como los franceses H. de Lubac, J. Daniélou, I. Congar, los alemanes K. Rahner, W. Kasper, los suizos H. von Balthasar, H. Küng, el belga E. Schillebeeckx, los españoles X. Pikaza, J. Mateo, L. Alonso Schökel, entre muchos otros más, o incluso y directamente ya en su propio idioma, a teólogos latinoamericanos de la liberación tanto católicos como evangélicos como G. Gutiérrez, los hermanos Boff, J. Míguez Bonino, R. Alves, etc., sino a través de los esfuerzos editoriales de aquellas mismas publicadoras católico-españolas.

No desconocemos aquí, por supuesto, que el criterio y selección de estas traducciones y publicaciones están pensadas en función básicamente de las necesidades del mundo teológico católico, y que por lo mismo muchas obras de teólogos protestantes cuya traducción sería de extremo valor para el mundo evangélico hispanoparlante, sobre todo en el área de la teología sistemática, sencillamente todavía seguirán en punto de espera. No obstante, y más allá de ello, debemos insistir con total claridad en que si no fuera gracias a la calidad de las temáticas y publicaciones de estas tales editoriales católico-españolas, y que cubren mucho más que la publicación de teólogos protestantes, incluyendo temáticas tales como teología católica, ciencias bíblicas, patrística, teología medieval, historia de la filosofía, etc., la enorme pobreza de bibliografía teológica que de suyo caracteriza al continente latinoamericano, como consecuencia a este respecto de su sesgada herencia misionera, se haría todavía mucho más patente y terminal. Esto debemos enfatizarlo cuánto más si la mayoría de los estudiantes de teología evangélicos o simplemente laicos con inquietudes teológicas en América Latina no tienen acceso a un segundo idioma –inglés, francés, menos aún alemán–, de modo que dependen exclusivamente para su formación y desarrollo teológicos y, a partir de allí, el de su propia comunidad, de lo que se produzca o se traduzca al español.

Cuán dramático contraste observamos aquí, por lo demás, entre aquello que ha sido la constante editorial de esta herencia evangélica misionera, sin importar ahora mayormente su tendencia, y el llamado que hiciera un John Mackay[588], quien, junto con alentar la publicación de literatura teológica producida desde la propia América Latina, alentaba al mismo tiempo la traducción al español de aquellas obras teológicas fundamentales, tanto en la formación del pensamiento cristiano como de la actual discusión teológica contemporánea, estas últimas presentes fundamentalmente en su tiempo en idioma alemán. Al respecto de esto último, y aunque en el campo de los estudios básicamente filosóficos, Mackay recomendaba para el quehacer teológico evangélico de América Latina seguir en los pasos de la prestigiosa revista española *Revista de Occidente,* fundada por el propio José Ortega y Gasset, y la que, junto con publicar los ensayos de sus integrantes nacionales, ponía al servicio del lector hispano la crema y nata de las últimas producciones filosóficas de toda Europa y del mundo. Frente a ello, no puede resultar, una vez más lo repetimos, más que abiertamente lamentable, aunque en modo alguno sorprendente, que el lector evangélico latinoamericano tenga que recurrir –¡y enhorabuena!– a los esfuerzos de casas editoriales católicas y provenientes desde España para poder leer, en su propio idioma, obras fundamentales en la historia del pensamiento cristiano y teológico, incluso más, ¡en su propia acepción protestante!, mientras que, con todo el poder adquisitivo con que cuentan las casas editoriales de los Estados Unidos, se le siga bombardeando a

---

[588] *Op. cit.,* 276 ss.

este con materiales, para decirlo eufemísticamente, nada más que periféricos y de segunda categoría, y aquello, tanto desde el extremo de la identidad como desde la relevancia por igual.

Con todo, habría que endosarle empero una cuota de mayor responsabilidad en este lamentable vacío y precariedad bibliográfica en que se ha sumido al mundo evangélico de América Latina a aquellas corrientes usamericanas posicionadas más bien en torno al radicalismo de la relevancia, que no de la identidad, toda vez que la presunción de aquellas al respecto de estas –y aquí radica sin lugar a dudas su mayor margen de responsabilidad– ha sido, precisamente, como ya hemos advertido, aparecer como una modalidad tanto teológica como eclesiástica de mayor envergadura y profundidad, es decir, mayormente ligada al mundo de la academia y la universidad y, en consecuencia, portadora de una superior contribución social y cultural, ¡intelectual! Por cierto, independientemente de que estos sectores se encuentren generalmente asociados con aquel modelo de universidad que ha asumido casi ya en su totalidad aquella política de educación democratizante de la izquierda cultural, y que, tal como acotaban Alvin Kernan y Morris Berman, ha arrastrado incluso a universidades cuyo prestigio al menos nominalmente no sería posible soslayar, nadie podría negar el enorme contingente de valiosos recursos bibliográficos con los que cuentan. Aunque, desde luego, otra cosa sería determinar, como ya se había advertido anteriormente, cuánto de aquella literatura teológica considerada realmente contribuyente a la historia del pensamiento cristiano ocupa verdaderamente entre estos círculos un lugar dirigencial, toda vez que la misma, y del mismo modo que la literatura clásica, no escapa al juicio posmoderno que entre tales espacios académicos comienza a ser cada vez más preferencial, y que ve en ella no más que ciencia dominante y arrogancia extemporánea del hombre blanco occidental.

Por consiguiente, el reparo que ha de plantearse al respecto de estos sectores no debe girar en términos de lo que se publica o se traduce para sus propios círculos eclesiásticos o teológicos de habla inglesa, cuya abundancia de calidad bibliográfica nadie podría discutir, sino, más bien, al respecto de por qué, habida cuenta de todos aquellos recursos editoriales y económicos con los que se dispone, no se ofrece entonces una contribución de mayor significación y utilidad, ya sea por concepto de traducción o de publicación directamente al español, al mundo evangélico de América Latina. ¿No son acaso estos sectores, cuya presunción es ser portadores de una mayor sofisticación académica e intelectual, precisamente los llamados a cubrir aquellos enormes vacíos de recursos bibliográficos de los que se resiente el contexto evangélico latinoamericano, sobrepujando así lo que tradicionalmente ha sido la constante editorial de aquellos sectores posicionados en torno al radicalismo de la identidad: devocionalismo, autoayuda, formulismo proposicional, *Left Behind,* guerra espiritual, etc.? Y, en razón de aquello mismo, ¿no habría que esperar, por lo tanto, de estos mismos sectores la adopción de aquella política que ya proponía John Mackay para América Latina, y que en buena parte, ellos mismos han puesto en marcha hace mucho tiempo ya para su propio contexto de habla inglesa, esto es: al tiempo de incentivar la buena literatura teológica producida al interior de la propia América Latina, poner a disposición del lector continental aquella literatura que ha marcado tanto los inicios de la historia del pensamiento cristiano como su posterior desarrollo —Padres de la Iglesia, teología medieval, historia de la Reforma, historia de la filosofía, grandes teólogos protestantes, los aportes más importantes de las ciencias bíblicas, etc.–, de modo que, a partir de este gran acervo de tradición teológica, pueda encontrar este mismo mundo evangélico de nuestro continente un fondo de pertenencia histórica desde donde poder afirmarse y edificar? Desde luego, la respuesta no puede ser más que afirmativa, sobre todo en atención a la enorme cantidad de recursos con los que estos tales sectores se encuentran apercibidos, y al mismo hecho también de que los mismos no cejan de proclamar que en ellos se supera la monotematicidad literaria e intelectual que ha pesado tradicionalmente entre aquellos sectores posicionados en torno al radicalismo de la identidad. Sin embargo, y he aquí la tragedia singular, la mirada abiertamente ideologizada con la que se construye el ideario religioso, político y aun cultural de América Latina por parte de estos sectores no solo que no permite reconocer la evidente urgencia y necesidad de llenar estos tales vacíos bibliográficos, para el bien del propio quehacer eclesiástico y teológico evangélico de nuestro continente, sino que lleva además a destinar todos estos importantes recursos con los que se cuenta para persistir en una política editorial marcada casi unilateralmente por la temática del multiculturalismo, la arenga contracultural, el posmodernismo popular, la teología genitiva y el izquierdismo cultural que, más allá del efecto mediático y sensacional que pudiese despertar, poca utilidad en realidad reporta en resolver aquella tan dramática precariedad.

Tal sesgada propensión se explicaría si se atiende además al singular hecho de que gran parte de los agentes eclesiásticos y teológicos latinoamericanos que se desenvuelven entre estos círculos usamericanos posicionados en torno al radicalismo de la relevancia y de la horizontalidad, y que inciden en no poca medida en los criterios de traducción y publicación al español, toda vez que cuentan con acceso a tan importantes casas editoriales, al haber recibido casi la totalidad de su formación cultural y teológica desde aquel país, han heredado en consecuencia aquella misma minusvaloración hacia un pensamiento en perspectiva histórica, en privilegio casi exclusivo de lo que se ofrece con un cariz de relevancia, pragmatismo, activismo y, en última instancia, ideologismo izquierdo-cultural. Descontando el antecedente, por lo demás, de que se muestran generalmente más interesados en ocupar aquellos importantes accesos editoriales para la promoción de sus propios tratados del genitivo que para posibilitar la traducción y publicación al español de aquellas obras consideradas realmente fundamentales para el acervo de la historia del pensamiento cristiano, y cuya disponibilidad en español significaría una contribución capital al quehacer teológico evangélico de América Latina. En orden a lo anterior, no cabe duda de que la finalización del convenio que mantenía la ELCA, a través de su importante casa publicadora Ausburg Fortress, con Ediciones Sígueme, y con el fin de poner al servicio de la comunidad hispana en los Estados Unidos todos los inmejorables aportes de dicha editorial española, no puede significar más que un grandísimo retroceso en la superación de aquel vacío de bibliografía y de tradición teológica al que hemos venido aludiendo aquí, toda vez que ha sido a partir de Ediciones Sígueme que el lector evangélico de habla hispana ha logrado tener acceso a obras claves en la historia del pensamiento cristiano, incluso en su modalidad de contribución protestante. Ciertamente, tan dramática falta de visión no nos puede llevar más que a plantearnos la pregunta al respecto de qué voces "latinas", en definitiva, Ausburg Fortress ha estado cotejando al momento de tomar tan lamentable decisión. La respuesta, en este caso, resulta claramente obvia.

Ante tal cercenada visión de la teología y asimismo comprensión de cuál sea la verdadera contribución que se requiere para el quehacer teológico evangélico de América Latina, una esperanzadora muestra de disidencia nos parece lo que representa el trabajo en tres volúmenes del teólogo cubano, residente hace muchos años ya en los Estados Unidos, Justo L. González, *Historia del pensamiento cristiano*[589], cuyo aporte para el quehacer teológico de nuestro continente no podría ser jamás suficientemente reconocido.[590] Es de esperar entonces que a partir de este tan saludable precedente se comience a gestar un movimiento de teólogos de habla hispana que persistan precisamente en esta misma línea de recuperación de una teología en perspectiva histórica, y para el bien de todo el quehacer teológico de América Latina. No deja de ser irrisorio que el motivo más frecuentemente esgrimido para no apoyar aquella política bibliográfica para América Latina que, tal como apuntaba John Mackay, fuese capaz de poner al servicio de lector evangé-

---

[589] Los tres volúmenes recogidos en Caribe, Nashville, 2002, y ahora uno solo en CLIE, Barcelona, 2010.

[590] No se está tratando de sugerir aquí, ni mucho menos, que el trabajo de González resulte ya definitivo, o que no haya ciertos pasajes en que su tratamiento de corrientes y de autores merezca ciertas distancias o reparos, acaso por las mismas limitaciones de selección de temas o de simplicidad subyacente a todo manual de esta naturaleza. Tampoco se está señalando que no existan trabajos en español que abarquen más o menos estas mismas materias, y acaso con una mayor envergadura tanto editorial como del mismo tratamiento de las temáticas, y pensamos aquí particularmente en las publicaciones católico-españolas. Sin embargo, lo que sí se está afirmando y con toda claridad es que en la medida en que el trabajo de J. L. González ha sido capaz de entregar una visión de conjunto del acervo teológico universal del cristianismo, desde los inicios de su pensamiento hasta finales del siglo XX, visión esta de catolicidad tan ausente o desdeñada entre el mundo evangélico de América Latina, y sin sucumbir además ni a los provincialismos de escuela ni a las idealizaciones demasiado simplistas de los reformadores y las denominaciones, tal trabajo ha prestado a ese mismo mundo evangélico, y lo seguirá prestando por mucho tiempo más, una contribución de inestimable valor.

lico latinoamericano lo mejor de sus producciones internas al tiempo que las contribuciones más insignes al acervo del pensamiento cristiano, tanto pasadas como presentes, y de lo cual el trabajo ya mentado de Justo L. González es muestra clara, sea ni más ni menos la carencia de un mayor mercado disponible. Y, como resultante de aquello, se apele además a la escasez de un lector lo suficientemente especializado como para apreciar sus contenidos, como dispuesto también a asumir el precio que todo su coste implicaría. Todo lo cual, según esta explicación, justificaría entonces la tendencia a persistir en la monotemática precariedad editorial dada tanto por el radicalismo, primeramente, de la identidad como, últimamente, de la relevancia, con la que se encuentra prácticamente saturado el mercado evangélico de nuestro continente. En efecto, no cabe duda de que este tipo de argumentaciones se resienten no solamente de un enorme reduccionismo de la teología en general, marcado básicamente por una noción pragmatista, utilitarista y en no poca medida deshistorizante de esta, reduccionismo que en última instancia bien podríamos afirmar resulta en caracterización prácticamente de toda la religión americana, desde el extremo de la identidad como del de la relevancia, pero, también, de un evidente reduccionismo histórico y cultural, característico a su vez del genio cultural estadounidense, a partir del cual, sin embargo, se pretende determinar qué es aquello que resultaría en mayor contribución o aporte al destino evangélico de América Latina. Desde luego, no sería trabajo demasiado oneroso salir al paso de tales argumentaciones, gran parte de lo cual ya hemos realizado en páginas precedentes. No obstante, es obvio que la mayor consecuencia de seguir insistiendo en esta monotemática tendencia editorial la seguirán experimentando aquellos espacios del mundo evangélico de América Latina destinados precisamente a la educación teológica, gran parte de cuyos estudiantes, como hemos dicho, no cuentan con la disponibilidad de un segundo idioma como forma de cubrir aquel vacío de bibliografía, y que si no fuera por el aporte de las editoriales católico-españolas a las que ya hemos aludido, no contarían prácticamente con ningún otro recurso editorial en su propio idioma como medio para acceder a la herencia cristiana universal y de paso tomar distancia crítica de aquella herencia misionera y su respectiva literatura.

Nadie podría negar la existencia de un verdadero círculo vicioso subyacente a toda esta situación, consustancial a toda forma de antiintelectualismo: se apunta, por una parte, a la carencia de un lector evangélico lo suficientemente crítico como a la vez interesado en tales contenidos y materias, para luego justificar que una línea editorial que se afane por desbordar los límites de la religión americana no tendría en consecuencia mayor cabida en el concierto evangélico de América Latina. Mas, por otra parte, se les priva a todos aquellos lectores evangélicos de nuestro continente, tanto ligados a instituciones teológicas como simplemente a lectores independientes, interesados en ampliar sus horizontes teológicos, precisamente de aquello único que podría acrecentar su acervo de conocimiento, y además formar en ellos tal conciencia crítica, esto es, la buena literatura teológica. Por supuesto, no estamos sugiriendo aquí, desde luego, que todo el mundo evangélico de nuestro continente manifieste un expreso y denodado interés de disponer, y asimismo de asumir los costos de una línea editorial bajo esta directriz arriba propuesta, esto es, y entre otras cosas, que cubra temáticas fundamentales de la historia del pensamiento cristiano, que promueva aquel saludable principio teológico de catolicidad, que ponga al servicio del lector las últimas investigaciones de las ciencias bíblicas y teológicas, y que ofrezca una lúcida lectura crítica de la cultura y de la sociedad a la luz de la inteligencia escritural y el acervo de la tradición cristiano-teológica. Porque, a decir verdad, lo cierto es que el gran universo de este contingente evangélico pareciera no solo no expresar mayor disconformidad con aquella constante editorial que le ha sido tradicionalmente impuesta, sino incluso promocionarla como definitiva y sin mayor margen de problematicidad. Ciertamente, y no faltaba más, aquello resulta claramente explicable en la medida en que la dependencia con aquella religión americana le ha resultado al evangelicalismo latinoamericano prácticamente total y no ha sido posible avizorar en el transcurso de su historia mayores voces críticas a esa herencia recibida, comenzando, primeramente, desde la propia literatura.

No es posible ofrecer soluciones simples ni definitivas al respecto de cómo superar esta precaria situación teológico-bibliográfica en que se halla inmerso el mundo evangélico de América Latina bajo los énfasis de la línea editorial de su herencia misionera, y cuyas consecuencias, como hemos visto, han tenido una enorme incidencia tanto en su perfil eclesiástico como en su quehacer teologal. Tampoco sería lo más oportuno extrapolar directamente casos y ejemplos que se encuentran allende a su particular sensibilidad evangélica, incluso más allá de sus territoriales fronteras. No obstante, y a pesar de las notorias diferencias que podrían distar entre una realidad y otra, como bajo las anteriores precauciones ya advertidas, nos parece, se debiera al menos considerar seriamente el camino emprendido por una buena parte del catolicismo español, luego de que tan larga herencia de la Contrarreforma y movimientos tales como el franquismo, entre otros, le sumieran en un evidente ostracismo y retroceso teológico, no demasiado diferente al que experimenta, *mutatis mutandis,* actualmente el propio mundo evangélico de nuestro continente. Como es sabido, una de las primeras medidas adoptadas por gran parte de este catolicismo español como forma de superar dicho estado de retrogradismo y estancamiento teológico, y bajo el evidente impulso del espíritu del Concilio Vaticano II, fue procurar una mejor preparación desde el punto de vista de las ciencias bíblicas y teológicas para sus sacerdotes y profesores. Para poder concretizar precisamente aquello, se pensó específicamente en gestionar la posibilidad de que estos pudieran realizar estudios, y por razones obvias, fuera de las fronteras de España, apuntando básicamente a universidades suizas, holandesas y alemanas principalmente. Es más, inclusive en la posibilidad de que pudiesen alternar cursos en facultades protestantes bajo la dirección de los más prestigiosos profesores evangélicos del momento, algo ciertamente impensado para aquel catolicismo solo un poco de tiempo atrás, y en tiempos además en que el mayor progreso en cuanto a las ciencias bíblicas y teológicas reposaba casi sin contrapesos sobre las facultades evangélicas, y aquel catolicismo post Vaticano II recién comenzaba a arrimarse a aquello. Desde luego, tal política permitía, por una parte, el que una vez terminado aquel periplo escolar, dichos sacerdotes y profesores retornaran a España y contribuyeran con esta ampliación de sus horizontes académicos a sus propias facultades de teología y, junto con ello, se reestructuraran las casas editoriales ligadas a estas mismas facultades o, en su defecto, se crearan otras nuevas, poniendo de esta forma al servicio del lector católico español lo más insigne de las investigaciones bíblico-teológicas básicamente evangélicas, sin perder por ello el marco referencial característico del catolicismo.

Consideramos que el derrotero asumido por esta buena parte del catolicismo peninsular, en su empeño por dejar atrás su largo eclipse teologal, posee elementos de evidente utilidad a considerar en nuestro propio esfuerzo de sobrepujar aquel intenso y extendido crepúsculo bibliográfico y teologal que, de igual modo, como mundo evangélico latinoamericano, nos sobrecoge, sin ni por un solo segundo soslayar la dificultad inherente a dicho cometido. En primer lugar, y tal como lo hiciera aquella buena parte de aquel catolicismo español, en la medida en que tomaba conciencia de la insuficiencia de sus propios recursos para emprender dicha tarea, se torna extremadamente necesario, a nuestro juicio, que el quehacer teológico de América Latina, y en vista a sus evidentes vacíos de plataforma teológica, procure referentes de educación y formación intelectual que sobrepujen no solo desde luego sus exclusivas fronteras regionales, lo "contextual", sino cuánto más los límites de su particular herencia misionera. Aun cuando, claro está, tenga siempre el imperativo de conservar aquella peculiar impronta que lo identifica como un quehacer teológico solidario con el horizonte histórico, social y aun cultural de América Latina. Desde luego, no se podría negar que la dificultad más inmediata e ininterrumpida a que nos habría de enfrentar esta propuesta de ampliación de horizontes teologales, y así lo ha sido desde el comienzo mismo del movimiento evangélico en América Latina, consistiría en que resulta un acto ya demasiado natural como reflejo para este buscar sus referentes espirituales e intelectuales en los exclusivos márgenes dados por la religión americana, tanto en su modalidad de identidad como de relevancia, incluyendo toda la amplia gama de sus matices. Por lo mismo, no erraríamos demasiado si llegáramos a afirmar que cualquier referencia fuera de esta particular herencia misionera y los específicos contornos de su *American Religion,* mucho más si se llegara a tratar de una referencia que por soslayo o por decisión abierta le llegase confrontar, será siempre vista por este mismo contingente evangélico latinoamericano como una tendencia "foránea", "ajena", reñida incluso con la propia comprensión que se tenga de lo evangélico, aun cuando la misma pueda poseer mayor capacidad de continuidad con las fuerzas históricas y teológicas de la iglesia antigua e incluso de la propia Reforma.

Pero, además, aquello que casi todos estarían de muy buena gana dispuestos a reconocer en fenómenos tales como el fundamentalismo, y este de cuño más encarnizado –el evangelio de la prosperidad, el neopentecostalismo, etc.–, resulta mucho más difícil de ser advertido al interior de sectores que por efectos denominacionales se reconocen mucho más ligados al movimiento histórico y teológico de la Reforma. Así, por ejemplo, cuando alguien en Chile en una conversación expresaba alguna vez la legítima inquietud tocante a, "¿cómo ser reformado sin ser *emergente*, *fundamentalista* ni *tradicionalista*?", entendiendo en ello que lo *reformado* era el punto de referencia y lo *emergente*, *fundamentalista* y *tradicionalista* (reortodoxias) sus predicados, parecía no reparar demasiado en que, con tales predicados, no hacía más que confirmar el que los marcos referenciales de tal comprensión de lo reformado, al menos en el contexto chileno y sin duda también latinoamericano, se hallaban casi absolutamente determinados por los límites y fuentes de aquella misma religión americana. En otras palabras, que tales predicados se habían transmutado ya prácticamente en sujeto de este, a la vez que en su elemento pormenorizado. Dicho de otra forma, que lo *fundamentalista* como predicado de lo reformado, se entendía dentro del habitual esquema del integrismo evangelicalista; lo *tradicionalista* de este, dentro de los énfasis proposicionales característicos de las reortodoxias; y lo *emergente*, dentro del fenómeno de los nuevos movimientos post institucionales, pero todo aquello siempre dentro de los márgenes de aquella misma *American Religion*. Es más, se podría decir que solo faltaba agregar el predicado del progresismo posmoderno para hacernos con el paisaje ya completo de la influencia de este genio religioso y cultural en nuestro continente. Más allá del detalle de esta ilustrativa conversación, a lo que queremos apuntar con todo esto es precisamente al hecho de que en nuestro particular contexto latinoamericano la comprensión de un protestantismo de cuño más histórico –básicamente reformado, pero también luterano– aparece casi siempre completamente subordinada dentro los exclusivos márgenes de la herencia misionera usamericana y los universos simbólicos de su respectiva religión americana, fuera de los cuales, pareciera ser, no existirían otros puntos mayores de referencia.[591] En efecto, tal dificultad para identificar el ascendente influjo de la *American*

---

[591] Por ejemplo, la posibilidad de una comprensión y afirmación de la tradición reformada, su teología, su culto, su pensamiento, incluso su legado bibliográfico, más allá de las mediaciones del reortodoxismo usamericano o, puesto en un contexto más amplio, las de la propia religión americana, lo cual vale decir, en este caso, las tradiciones reformadas propias de la línea escocesa, francesa, holandesa, suizo-alemana, solo por mencionar algunas de ellas, resulta prácticamente, en este contexto, algo desconocido o impensado, y, en muchos casos, cuánto más en la medida en que

Religion entre estos círculos y sus tradiciones se explica, entre otras cosas, porque a falta de mayores elementos críticos de contrastación y análisis, principalmente bibliográficos, se le tiende a considerar a esta bien como aquella expresión más autorizada dentro del propio protestantismo histórico, o bien porque se está dispuesto a reconocer dicho influjo únicamente allí donde el fenómeno se muestra ya absolutamente extravagante y estereotípico.

Y si, a pesar de todo, aún le fuera efectivamente posible al quehacer teológico evangélico latinoamericano desbordar aquellos estrechos límites de su exclusiva referencia regional, que lo recluyen finalmente a un asunto de interés meramente "ideológico", bajo el eslogan del interés "contextual", como, a su vez, y por sobre todo, los límites de la religión americana, o cuando menos matizarlos, se hace extremadamente necesario, y en un segundo lugar, situar la producción teológica, ya sea por concepto directamente de publicaciones al español o por concepto de traducción, en el marco de la actividad universitaria y bajo otra figura que el estricto móvil misional o genitival. En efecto, y en relación con esto último, la escasez de literatura teológica de verdadera contribución y calidad de la que se ha resentido sempiternamente el mundo evangélico de América Latina requiere además una variación significativa de su giro y objetivos. Ya no es posible seguir sosteniendo que la primera necesidad que ha de cubrir la literatura evangélica que arribe o que se produzca desde la propia América Latina ha de ser la actividad misionera, toda vez que ha de ser nuestro continente acaso uno de los sectores más evangelizados en todo el planeta. Pero, tampoco, desde luego, la subversión e incluso olvido de lo que constituye el discurso fundante del quehacer teológico, por aquello que indiscutiblemente resulta en su discurso subalterno o derivado, como sucede en las teologías del genitivo y en casi todas las propuestas teológicas del radicalismo de la relevancia y la horizontalidad. Ciertamente, ya el solo hecho de hablar de este asentamiento de la literatura teológica en el marco de la educación superior podría ser motivo más que esperanzador para prever una sustancial mejora en su calidad, todavía más cuando lo que tradicionalmente se ha remitido hacia América Latina desde el posicionamiento de la identidad no ha superado generalmente más que el móvil exclusivamente misional y el tratamiento a todas luces propagandístico, no especializado y formulacional.

Ahora bien, situar la literatura teológica evangélica en el marco de la actividad universitaria requiere, desde luego, una correcta comprensión de cuál sea el rol que le competa a esta no solo en relación con el quehacer teológico, sino con la educación superior en general. En otras palabras, no debemos suponer que, por el simple hecho de que una literatura posea el imprimátur, "universidad", aquello

---

tales líneas resulten confrontantes con aquellas mediaciones usamericanas, puestas en cuestionamiento como expresiones no consistentes con lo reformado, liberales, "neo-ortodoxas", europeizantes, según sea el caso.

le confiera inmediata inmunidad contra el ideologismo y la superficialidad, tal como lo hemos abordado ya en las páginas precedentes. ¿No es acaso, precisamente, sobre dicha legitimación "universitaria" que reposa la pretensión de aquellos sectores provenientes del radicalismo de la relevancia y la horizontalidad de producir una literatura teológica de calidad, aun cuando los vacíos e ideologismos de la misma queden suficientemente en evidencia? En lo que dice relación con la posibilidad de esperar una producción de literatura teológica directamente de la propia América Latina y siempre en el marco del espacio universitario, el asunto adquiere todavía una complejidad mayor. En primer lugar, porque la figura de la facultad de teología en el marco de la universidad –cuánto más pública que privada–, le ha resultado históricamente al mundo evangélico de nuestro continente una instancia realmente inusitada y poco familiar, en la medida en que no fue ni siquiera objetivo secundario para aquella herencia misionera la inserción del mundo evangélico en el ámbito de la universidad, habiendo incluso hasta el día de hoy pocos ejemplos reales a mencionar. En segundo lugar, porque gran parte de esos mismos exiguos ejemplos a resaltar expresan una cada vez más mayor deuda de dependencia con aquel espíritu del modelo de educación democratizante, propio del modelo de universidad usamericana, ligada principalmente a la izquierda cultural, al igual que al tipo de producción teológica que desde allí podría dimanar.

Frente a todo este cuadro que no se nos ofrece demasiado alentador y que nos amenaza incluso con bloquear aquellas brechas donde preveíamos hallar salidas para aquella nuestra evangélica y latinoamericana precariedad teológica bibliográfica –ampliación de nuestras referencialidades eclesiales y teológicas, posicionamiento de la literatura teológica en el marco de la actividad universitaria, etc.–, la pregunta que finalmente queda es: a la luz de todas estas encrucijadas observadas, ¿tiene algún sentido, entonces, aguardar un tiempo mejor para aquello que, ya sea por concepto de traducción o de producción directamente al español, se nos presenta y se nos promueve como "literatura teológica" en el concierto evangélico latinoamericano? La respuesta a ello no puede ser más que afirmativa, aunque echando mano a una reserva más bien de esperanza que de realismo puro, y a condición de seguir siempre insistiendo en aquello mismo que ya hemos señalado hasta el hartazgo: la ampliación de las referencias teológico-educacionales, principalmente para los estudiantes de teología, de modo que, a partir de este ensanchamiento de horizontes teológicos y toda vez que los mismos se muestren mucho más solidarios con la historia del pensamiento cristiano y con aquel saludable concepto teológico de catolicidad de lo que lo ha sido la religión americana, se logre tomar mayor conciencia de los aportes pero también de los evidentes límites de nuestra herencia misionera. Esto implica, evidentemente, si es que no se quiere venir a dar en un constante círculo vicioso o en tamaña contradicción vital, no seguir en aquella sempiterna dependencia de los modelos teológicos y pedagógicos usamericanos, ni ver tampoco en aquellos suelos teológicos del Norte la meta más alta a la que un estudiante de teología latinoamericano podría aspirar. Incluye, por supuesto, no renunciar al propósito de situar la literatura teológica en el marco de la actividad universitaria, pero a falta de una mayor familiaridad del mundo evangélico latinoamericano con la institución de la universidad, mucho más en su modalidad de facultad de teología evangélica, o en su defecto, por hallarse esta generalmente subordinada a los influjos e intereses de aquella misma religión americana, tanto en su modalidad de relevancia como de identidad, procurar situarle en aquellos espacios de educación teológica acaso menos publicitados o pequeños, pero al cabo más críticos e independientes al respecto del influjo de aquella herencia, su teología y su literatura.

En todo esto, sin duda, habrá que incurrir en evidentes riesgos y sacrificios, luchar, si se quiere expresarlo con todo su colorido, contra toda una máquina de anquilosado pensamiento y su respectiva línea editorial, incluidos todos sus generosos recursos para conferirle a la misma durante todos estos años tal condición de hegemonía y referencialidad, y en modo alguno esperar frutos a corto plazo de todo este esfuerzo comprometido. En otras palabras, incluye primeramente el esfuerzo por poner al servicio del lector evangélico latinoamericano precisamente aquello que esta religión americana y su línea editorial, al menos para América Latina, tradicionalmente le ha negado y omitido. Primero, desde la polarización de la identidad, bajo el prejuicio nacido nada más que de la ignorancia de llamarle a todo aquello que no engarzara con sus reducidas visiones de ser humano, mundo y teología, sin más como catolicismo, liberalismo, modernismo, humanismo, izquierdismo o lo que fuera; y, ahora últimamente, y desde el extremo de la relevancia y la horizontalidad, denominar a todo aquello que no se ajuste a los intereses de la agenda de la izquierda cultural, simplemente como fundamentalismo, ciencia de dominación, aun cuando en todo ello se haya despreciado (y se lo continué haciendo aún) literatura valiosísima desde el punto de vista de la historia del pensamiento cristiano, las ciencias bíblicas y el diálogo serio y responsable con el pensamiento y la cultura moderna, con un costo demasiado oneroso para la conciencia y el desarrollo de este propio pueblo evangélico. Pero también habrá que incorporar, en un segundo pero no menos importante sitial, las condiciones y el arrojo para que los propios teólogos o biblistas latinoamericanos puedan contribuir con sus propios trabajos e investigaciones a ese mismo mundo evangélico de América Latina, desde todas las áreas en las que la vida de la iglesia y su quehacer teológico estén comprometidos, mas bajo el deber de superar el tutelaje de aquella religión americana y sus respectivas polarizaciones de la relevancia y la identidad.

No obstante, en tal tarea no solo han de verse involucrados los traductores, con su monumental cometido de volcar al idioma español aquellas obras consideradas esenciales para la historia del pensamiento cristiano y el quehacer actual de la teología, y con las que el lector evangélico hispano, debido a la hegemonía de la religión americana y su miopía editorial, nunca ha podido contar, o únicamente aquellos que con sus trabajos e investigaciones directamente en nuestra lengua contribuyan "desde adentro" a la ampliación de esta misma referencia teologal evangélica, aun con todo lo imprescindible que aquello pudiese significar, sino, fundamentalmente, y a la par de los anteriores, aquellos esfuerzos editoriales lo suficientemente persuadidos y convencidos de la importancia de dicha actividad. Esfuerzos editoriales que, en la medida en que han surgido del compromiso por la educación teológica y la plena conciencia de esta tremenda necesidad bibliográfica para América Latina, no se muestren dispuestos a ceder a las presiones empresariales, aun "evangélicamente" hablando, ni procuren en ello nada más que utilidades de mercado, sino la contribución excelente y totalmente independiente para el bien y el desarrollo de nuestro propio quehacer teológico continental. Aunque en ello, claro está, pueda haber en más de algún momento más pérdidas que beneficios, más acusaciones y presiones que reconocimiento y condiciones lo suficientemente óptimas para avanzar, y la continuidad de dicha tarea solo pueda ser sostenida únicamente si es entendida como misión, vocación y no solamente como actividad comercial.

Finalmente, no podríamos concluir este capítulo, y particularmente en esta sección en que tratamos acerca de la necesidad de incentivar la producción teológica al interior de la propia América Latina, sin dejar de mencionar la muy grata sorpresa que ha sido descubrir en el tiempo más reciente, y particularmente en el contexto chileno, aunque imagino se trata de proyectos que comienzan a hacerse extensivos por todo el continente, las iniciativas de ciertos grupos de laicos por crear sus propias editoriales independientes, y por producir de esta forma sus propios materiales de bibliografía teológica. Tales iniciativas, sin lugar a dudas, no podrían ser jamás valoradas suficientemente, cuánto más si se repara en el esfuerzo que ello implica y el hecho de ser una apuesta en un medio como el chileno, y de suyo el latinoamericano, no precisamente rebosante en cuanto a producción literaria se refiere, mucho menos evangélica, lo que evidencia, sin embargo, en mi opinión, algunas grietas y vacíos que requieren prontamente ser atendidos si la aspiración es aquí constituir una significativa contribución literaria al mundo evangélico de América Latina. En primer lugar, como ya lo hemos señalado más arriba, al no tratarse de proyectos editoriales en el marco de la actividad académico-universitaria, bajo su dirección y guía, y el tutelaje dentro de esta, digámoslo, de una "facultad de teología", sino de iniciativas por cuenta y cargo de individuos particulares, prácticamente sin mayor educación formal en teología, ciencias bíblicas, filosofía y, por lo tanto, sin los instrumentos apropiados para llevar a cabo aquel ejercicio elemental de discriminación y selección bibliográfica, se corre el evidente riesgo de destinar una enorme cantidad de esfuerzo tanto humano como económico en publicaciones en su mayoría absolutamente secundarias, cuya real contribución al mundo evangélico de nuestro continente resulta ser en realidad, y en términos cualitativos, no demasiado diferente de lo que se ha recibido tradicionalmente por vía de la *American Religion.*

Así las cosas, y al tratarse de grupos o personas que provienen mayoritariamente del mundo del fundamentalismo, y en menor medida de las reortodoxias, y al no contar con aquella formación académica ya advertida, y al juzgar por los hechos, tampoco con algún tipo de asesoramiento más calificado en materia teológica, aunque, por cierto, conscientes del vacío bibliográfico que pesa gravosamente sobre nuestro medio, tienden por lo mismo y por las razones que ya hemos explicitado en lo que va de este libro a privilegiar en sus publicaciones materiales de un extremado conservadurismo, para no decir directamente fundamentalismo, y siempre dentro de los márgenes de la *American Religion,* y se muestran a su vez abiertamente recelosos y sospechosos de cualquier material que sobrepuje tales límites, por el temor, por decirlo así, de abrir las puertas al "liberalismo" o al "progresismo", aunque, bajo tal procedimiento, naturalmente, se renuncie a la publicación de materiales de significativo valor tanto teológico como bíblico. No obstante, se trate de un renunciamiento consciente y activo, aunque motivado nada más por un prejuicio infundado y antojadizo, o simplemente –lo más probable– por flagrante desconocimiento de que más allá de estos estrechos marcos referenciales usamericanescos existe una producción teológica de mayor envergadura y contribución, subyace, a mi juicio, bajo ambos comportamientos, la evidente carencia de formación teológica de parte de sus integrantes, si por ello de la formación teológica entendemos, claro está, algo de mayor profundidad y consistencia que lo dado tradicionalmente por la *American Religion,* ya sea por concepto de la típica figura del "Instituto teológico o bíblico", la ascendencia congregacional o misionera, o simplemente la lectura personal y autodidacta de sus productos.

Incluso más, y dentro de esta misma línea de producciones editoriales independientes, uno se encuentra no pocas veces con publicaciones que pretenden abordar temáticas que bien podríamos considerar clásicas dentro de la historia de la teología, tanto de la teología sistemática como de las ciencias bíblicas, a cargo de personas absolutamente autodidactas y sin los más mínimos recursos académicos para llevar a cabo tales complejas tareas (entiéndase, desde la teología sistemática, el conocimiento de la teología de los Padres, los Reformadores, la ortodoxia, el liberalismo, la historia del pensamiento filosófico, corrientes teológicas contemporáneas, acceso a bibliografía teológica en un segundo idioma, ¡por decir lo menos!, y desde la ciencias bíblicas, entre tanto, el dominio de los idiomas bíblicos, hermenéutica, géneros literarios, etc., ¡por decir lo menos!, además de los grados académicos necesarios para acreditar todo aquello, maestrías, doctorados, etc.), y acaso con el único mérito, para haber conseguido aquello, del manejo de un buen marketing en las redes sociales o, en su defecto, haber caído en gracia o ser amigas precisamente de quienes encabezan tales proyectos. Y todo aquello, desde luego, no lo perdamos de vista, ante un medio evangélico consumidor de tales productos que, en su orfandad de tradición teológica, de carencia de historia del pensamiento cristiano y filosófico, y apercibido únicamente de la herencia misionera de la *American Religion*, en su modalidad básicamente de reortodoxias y fundamentalismo, resulta incapaz por lo mismo de determinar el real aporte de estos artículos, en la medida también en que aspectos tan importantes a la hora de juzgar una producción teológica, como el currículum de los autores, su grado académico, la universidad donde lo han adquirido, etc., son simplemente asuntos intrascendentes, desconocidos, en última instancia, sin la más mínima importancia al momento de ponderar todo aquello. Todo lo anterior, naturalmente, por incómodo que resulte para muchos oírlo, o en este caso, leerlo, no intenta restar en modo alguno el evidente valor que de suyo le cabe a todas estas iniciativas editoriales independientes, pero sí intenta evitar que tanto esfuerzo humano y económico comprometido, ya se ha dicho, y a falta de un mayor acervo teológico que lo sustente y direccione, simplemente se desperdicie o, lo que es lo mismo, termine recalando en los mismos lugares comunes de la religión americana de los que se halla tan absolutamente saturado nuestro medio evangélico de América Latina.

PARTE III

IDENTIDAD Y RELEVANCIA. SU RELACIÓN DIALÉCTICA Y CLAVES DE INTEGRACIÓN PARA EL QUEHACER ECLESIÁSTICO Y TEOLÓGICO EVANGÉLICO DE AMÉRICA LATINA

1

Planteamiento del problema

Hemos procurado describir en el concurso de los dos capítulos precedentes la crucial participación que les ha cabido a las corrientes evangélicas estadounidenses tanto en el nacimiento del movimiento evangélico de América Latina como asimismo en la asignación de su más reconocida dirección y perfil hasta el presente. En otras palabras, y a despecho de los matices que pudiesen aparecer contenidos en estas tales corrientes: el influjo de la religión americana sobre el mundo evangélico de nuestro continente. Hemos utilizado, por lo demás, en función de aquella descripción, figuras tan caras como indisolubles a la fe cristiana, y en consecuencia al propio quehacer de la teología, como lo son las de identidad y relevancia, toda vez que creemos que la caracterización más notoria de aquellas tales corrientes evangélicas usamericanas –con su consiguiente impacto en nuestro medio– ha sido la evidente tendencia hacia la escisión de aquellas indisolubles dimensiones de la fe. Por lo mismo, y asumiendo el peligro siempre latente de arribar a visiones demasiado simplistas o deterministas, incluso si las mismas se han pretendido utilizar nada más que como meros tipos ideales, nos ha parecido, empero, lo más conveniente dar el tratamiento de estas corrientes a partir de esta evidente polarización observada. Primero, en relación con aquellas modalidades que han tendido hacia la exacerbación de la primacía de la identidad de la fe en detrimento de su contraparte de contextualización o de relevancia. Aunque, y esto deba ser apuntado, mucho de aquella comprensión de la identidad cristiana se encuentre relacionada más bien con un determinado entorno ideológico y cultural, la *American way of life* o la derecha religiosa, que con una comprensión teológica de verticalidad o con la misma recuperación de la gran tradición teológica eclesial. Segundo, y sin aminorar ni por un solo instante el flujo constante, casi omniabarcante, de la corriente previamente señalada, en el orden de aquellas expresiones acaso no tan reconocidas de la religión americana, al menos en cuanto a su impacto en América Latina, y cuya enfatización se decanta en torno a una indudable radicalización del discurso relevante y horizontal de la fe, en desmedro de su elemento de unidad e identidad cristiana. Aunque, y al igual que en el caso anterior, respondiendo tal comprensión de relevancia y contextualización a similares condicionamientos ideológico-culturales, lo que vale decir aquí: aquellos que se desprenden de la filosofía de la izquierda cultural y el posmodernismo de línea popular.

Obviamente, es de esperar que un planteamiento como el que hasta ahora hemos desarrollado pueda originar ciertas inquietudes de parte del lector no demasiado familiarizado con alguna mayor lectura crítica de esta herencia misionera y sus modelos eclesiástico-teológicos internalizados, o por lo menos requerir de ciertas precisiones que, en el transcurso de nuestra exposición, acaso hemos omitido y que nos parece indispensable abordar de inmediato. Solo para mencionar algunas de estas: ¿No será que se ha esgrimido un cuadro demasiado sombrío de esta herencia misionera, el cual ha tendido a destacar mucho más los elementos de vacío o distorsión siempre adjuntos a una empresa de este tipo, que sus denodados esfuerzos y sacrificios por comunicar en nuestro continente –¡y aún con todo aquello!– el evangelio de Jesucristo? ¿No se ha restado todo el mérito a esta misma empresa, cuánto más considerando las evidentes condiciones de recelo y hostilidad con las que debió casi de inmediato lidiar a su arribo a América Latina, tanto por parte de las autoridades civiles –quienes vieron en esta más de alguna vez las pretensiones de un panamericanismo usamericano o el agente encubierto de la política exterior de los Estados Unidos–, como por parte de las mismas autoridades eclesiásticas católicas –quienes no cejaron esfuerzos en denunciarla como una fuerza advenediza a la espiritualidad latinoamericana y tendiente al extrapolar los vicios del capitalismo tardío–? ¿No es posible suponer también que dentro de aquella misma figura "identidad-relevancia", que hemos elegido para caracterizar la dinámica de los movimientos evangélicos estadounidenses, la religión americana, si se quiere, se den a su vez importantes flujos dirigidos hacia sus puntos de encuentro e intersecciones, más que hacia sus mismos extremos y polarizaciones? ¿No son precisamente aquellos sectores de la religión americana, comunidades eclesiásticas, organizaciones, etc., que hemos identificado aquí como preservando aquella dimensión de identidad de la fe cristiana y un concepto de la revelación que parte de su comprensión vertical, lo *evangelical,* si se quiere, acaso una de las fuerzas de disidencia y resistencia más poderosas contra la inmensa maquinaria de la cultura dominante y su ideologismo perverso y *contra naturam?*

2

Dos explicaciones sobre el tema

2.1 Pasión por la gran comisión

Ciertamente, no sería posible dejar de reconocer que nos hallamos, dentro de los movimientos evangélicos estadounidenses, acaso con el genio misionero en su máximo esplendor.[592] Como tampoco sería posible pretender, como ya hemos tratado de advertir anteriormente, que esta innegable vocación proselitista pueda ser comprendida únicamente bajo el solo impulso del fervor evangélico, sin incorporar al mismo tiempo aditamentos que se han mostrado históricamente tan inseparables a su propia esencia, como el elemento político, el ideológico y aun el cultural, aunque los mismos hayan sido integrados más bien como un acto de tipo reflejo que en virtud de una política articulada y manifiesta. Sin embargo, y habiendo advertido todo lo anterior, nos es menester también afirmar bajo el siguiente retorismo, y a fin de no ofrecer una evaluación del mismo modo trunca de la historia de esta herencia misionera, lo que versa: ¿Quién podría dejar acaso de destacar la abnegación y el sacrificio de la mayoría de los actores de esta empresa misionera por llevar a cabo aquello que asumían sin mayor mediación de riesgos ni cuestionamientos como el mandato de la gran comisión evangélica? ¿Quién podría dejar de advertir el profundo sentido de llamado y de vocación religiosa con que se asumía el compromiso por esta actividad y cuyo resultado más inmediato era poner en contacto a nuestra América Latina, a despecho de sus mediaciones culturales, ideológicas y políticas ya advertidas, con elementos tan cruciales al espíritu evangélico como el valor central de las Escrituras y el encuentro con Jesús, el Cristo, a través de la sola fe, la gracia sola y el cambio de vida testimonial del convertido, tal como aquel catolicismo anclado todavía en el espíritu colonial jamás lo pudo satisfacer? Es más, y en orden a esto último, ¿quién podría de igual manera no conceder que el mérito de aquella comunicación evangélica a América Latina, al menos bajo la dimensión de empresa misionera, ¡cuánto más considerando el legado hegemónico de aquel catolicismo colonial en nuestro continente!, le deba ser atribuido directamente a aquellos movimientos evangélicos estadounidenses, y no precisamente a aquellas expresiones acaso más históricas e ilustradas de una fe protestante de cuño europeo, las cuales o bien nunca abrazaron aquel mismo fervor misionero o simplemente creyeron que el mismo quedaba ya suficientemente

---

[592] Aunque, en rigor de verdad, sería más ajustado afirmar con la religión americana en general, si en tal concepto incluimos, como debe ser, a aquellos grupos desprendidos de los primeros movimientos evangélicos de aquel país, tales como los mormones o los testigos de Jehová, entre otros, y cuya evidente pasión misional nadie podría desconocer.

comprendido en nuestro contexto por medio del trasvasije de la iglesia del trasplante o incluso por el propio legado religioso de la Iglesia Católica? Bastaría simplemente, para dar confirmación de todo aquello, recordar el tesón con que los representantes de las iglesias evangélicas estadounidenses defendieron, ante la Conferencia de Edimburgo, el derecho a considerar a América Latina como tierra prioritaria de evangelización, cuando el resto de las iglesias evangélicas de Europa se oponía tenazmente a aquello, por considerar dicho continente, como ya hemos dicho anteriormente, suficientemente evangelizado ya por la Iglesia Católica, y a su vez por el temor de entorpecer las relaciones con esta. Ya el propio Max Weber[593], en carta dirigida a Adolf von Harnack, y aprovechando la reciente visita de este a los Estados Unidos en razón de un congreso luterano realizado en Saint Louis, Missouri, le reprochó a este, y sin esconder en ello el ánimo de controversia, la superioridad de las "sectas estadounidenses" comparadas con el cristianismo adherido a las iglesias oficiales de Europa, precisamente en lo tocante al fervor ascético y religioso que estas últimas, a juicio de Weber, bien parecen desconocer.

Es cierto que tal comprensión de la misión cristiana, y sin duda bajo el peso de sus particulares mediaciones, derivó no pocas veces en una actividad más bien proselitista, la "evangelización"[594], que en el anuncio de todo el mensaje de Dios y la inserción de la fe cristiana en todas aquellas áreas de la vida social, política y aun

---

[593] Carta dirigida el 12 de febrero de 1906, citada de C. Offe, *Max Weber: ¿soluciones americanas a la jaula de la servidumbre?*, en, *Op. cit.*, 84.

[594] En efecto, no es posible negar, tal como lo hemos intentado demostrar a través de todo el primer capítulo de este trabajo, que el mundo evangélico latinoamericano caería muy pronto en la aporía, sin duda alguna por injerencia de los movimientos misioneros provenientes de los Estados Unidos, particularmente aquellos relacionados con la gran línea *evangelical* –Segundo Despertar, fundamentalismo y en cierto modo también las reortodoxias–, de confundir "misión cristiana" con "evangelización proselitista". De este modo, se reduciría el completo consejo de Dioso de Dios al solo anuncio del "plan de salvación", a "la salvación del alma de las personas", al "crecimiento numérico de los nuevos convertidos", entendida siempre la meta de esta evangelización como un cambio interior, como la adopción de una micro ética individualista y como un apartarse visible del mundo. Sin embargo, es obvio que bajo esta evidente escisión del completo consejo de Dios, quedaron sin tocar las estructuras políticas, sociales, económicas culturales en las que esos mismos conversos hacían su vida, pues tales estructuras se encontraban muy allende, según esta visión, del genuino mandamiento de evangelización. El resultado de todo ello ha sido, a la luz de todos estos años de evangelización al solo anuncio del "plan de salvación", al "crecimiento numérico de los convertidos", a la "correcta proposición doctrinal", entendida siempre la meta de esta evangelización como un mero cambio interior, como la adopción de una ética individualista, como un apartarse visible del mundo exterior o, en su defecto, y para el caso de las reortodoxias, "poseer la correcta doctrina". Sin embargo, es obvio que bajo esta evidente escisión del completo consejo de Dios y su misión quedarían sin tocar, como largamente ya hemos visto, las estructuras políticas, sociales, económicas y aun culturales en las que esos mismos conversos desarrollan su concreto modo de existencia, pues tales estructuras se encuentran muy allende, según esta visión, del genuino mandamiento bíblico a la evangelización.

cultural, en que el destino histórico de América Latina se hallaba comprometido. No obstante esto, no debemos olvidar, cuánto más tratándose del caminar de la iglesia a través de la historia, aquello de que Dios tiende a escribir recto en líneas curvas, y que tal como lo ha dicho el Apóstol a los gentiles, "la obra de cada uno se hará manifiesta, y el mismo fuego la probará" (1 Co 3,13). Pero tampoco se deben olvidar las sabias palabras vertidas por José Míguez Bonino[595] en relación a una de las expresiones más representativas de la religión americana en nuestro continente, el fundamentalismo, y que nosotros bien podemos aquí ampliar a toda esta herencia misionera por igual, cuando afirma que es preciso separar, por una parte, a este como sistema, con todos los vacíos teológicos e ideológicos que en el mismo podamos desvelar, y a las personas en América Latina que, por otra, y acaso ante el silencio o el pasivismo de otras voces evangélicas, se han acogido a este sistema y han podido ver incluso allí el rostro misericordioso de Dios y el pleno acceso y disfrute a la vida en comunidad. Esta ineludible distinción no solo ha de contar, por supuesto, en relación con el gran número de personas que en América Latina han tomado contacto con el mensaje del evangelio a través de esta herencia misionera de los Estados Unidos –algo que, independientemente de toda justificada evaluación o lectura crítica, jamás se podría dejar de valorar–, sino también al respecto de los mismos agentes en terreno de esta comunicación misionera, la abnegación, el tesón y la convicción de los cuales, más allá de toda excepción –que siempre hace a la regla–, nadie podría negar.

2.2 Hábitos del corazón: Una natural tendencia hacia la polarización y la escisión

Al respecto de aquella otra inquietud que podemos avizorar, aquella de ofrecer, a partir de la figura "identidad y relevancia", una representación de los movimientos evangélicos estadounidenses, como yendo siempre en dirección hacia sus polarizaciones y no hacia sus puntos de intersección y encuentro, debemos también precisar lo siguiente. En primer lugar, si partimos del principio ciertamente elemental de que la función más importante del quehacer teológico es velar por la correcta relación entre la dimensión de identidad y de relevancia de la fe cristiana, se verá también que tanto el modo de afirmación de aquella verdad –escritural, primeramente, pero que también incluye el despliegue de sus sistematizaciones doctrinales a través de la historia–, como el mismo esfuerzo por clarificarla no aparecen nunca desligados de los hábitos culturales característicos de cada tradición, o, como diría R. Bellah, de sus "hábitos del corazón". Y es que no es posible despachar como cosa nimia o fútil, cuánto más si se trata de comprender la particular sensibilidad que lleva a una determinada tradición cultural a ensayar su propio modo de afirmación e interpretación de aquel mensaje cristiano, aquello de que

---

[595] *Rostros del protestantismo latinoamericano*, 53.

"la religión es la sustancia de la cultura, y la cultura es la forma de la religión"[596], tal como el mismo Tillich, despabilado observador de la relación entre ambos fundamentales hábitos del corazón, ya lo había advertido. De suerte, entonces, que no hay despropósito alguno en afirmar aquello de que el genio religioso de cada tradición es también el genio de su propia herencia cultural, como asimismo la antigua teología, oriental y occidental, bien lo podrían corroborar. La primera, tan deudora de las mediaciones filosóficas de Platón hasta Plotino, que dio a luz a aquella hondura especulativa que, bajo el recurso de la alegoría, creerá hallar el fin último de la fe cristiana no en ninguna parénesis moral, sino en la unión inmortal con Dios, entendida esta como deificación incluso más que como salvación. La segunda, bajo el importante influjo del estoicismo, y renuente por lo mismo a esa misma especulación oriental, que estableció, por medio del comportamiento práctico y ético del cristianismo, para no hablar de rigorismo moral, el derrotero que conducirá a la salvación, la cual será, ante todo, salvación del pecado y recompensa del obrar.

Pero, entonces, ¿qué podríamos decir del modo en que el genio cultural de los Estados Unidos ha incidido en aquella evidente tendencia que observamos hacia la polarización o escisión de aquellas dimensiones indisolubles de la fe? Respondamos a esto desde un alcance más amplio. Ya nos hemos referido suficientemente al genio religioso usamericano y a este indirectamente en el marco más amplio de sus hábitos culturales como nación o, mejor incluso, de sus "hábitos del corazón". Por una parte, su firme arraigo como país en los énfasis característicos de la Ilustración, que, en ausencia de un verdadero período de romanticismo, le ha llevado a establecer su itinerario en los márgenes de aquel programa de "orden y progreso", y a ver en el criterio de lo medible y cuantificable los signos siempre inconfundibles del desarrollo más pleno. Así lo ha advertido ya el perspicaz crítico de la cultura usamericana Jean Baudrillard[597], cuando afirmaba que Estados Unidos es el único país del mundo en el que lo medible y cuantificable, en otras palabras, la cantidad, constituye de suyo ya un valor inobjetable, a partir de lo cual recién solamente se puede comenzar a reflexionar. No en vano, y acaso constatando el mismo juicio del crítico francés, el diplomático británico Lepel Henry Griffin, nada menos que en una fecha como 1880, podía señalar como una de sus primeras impresiones a su arribo a los Estados Unidos aquello de que: "A los americanos les satisfacen las cosas si son grandes o, si no son grandes, si cuestan mucho dinero"[598]. Pero también aquella misma ausencia de espíritu romántico le ha conducido a una evidente infravaloración del acervo histórico de tradiciones, no solo en el sentido de no poseer una filosofía de la historia o de hacer de esta

---

596 *Teología de la cultura*, 45.

597 *Op. cit.,* 120.

598 Citado en M. Hertsgaard, *Op. cit.,* 136.

un insumo existencialmente irrelevante, tal cual era la queja esgrimida ya por Tillich[599], sino en términos y acaso con un cariz más dramático para el resto de las naciones y sus propios legados históricos, de que la historia en realidad solo comienza a contar en la medida en que roza su destino e intereses. En tal sentido, la historia universal se reemplaza aquí por las historias particulares de cada uno de los ciudadanos estadounidenses y su búsqueda afanosa por la felicidad personal, cuyo derecho, al menos en lo que respecta a luchar por ella, queda garantizado ni más ni menos que por la propia Constitución nacional. Aunque, a decir verdad, no todos aquellos mismos ciudadanos cuenten con los mismos recursos y posibilidades para alcanzarla, y aquello a pesar de la insistencia en que el camino a ella se consigue por asunto de meritocracia y bajo ninguna circunstancia por motivo de estirpe o de casta social.[600] Por lo mismo, aquella búsqueda de felicidad personal, cuya idea de luchar por ella lejos de ser meramente metafórica se resiente de un literalismo casi material, en la medida en que aquella misma felicidad individual se plantea como *summum bonum* de la *American way of life*, quedando, empero, casi siempre subsumida en la primacía del *tener* por sobre el *ser*, o como bien nos vuelve a recordar Baudrillard[601], en el impulso obsesivo por tener siquiera un minuto de fama o publicidad, ¡ser una celebridad!, no admite interferencia alguna que le pudiese estorbar, sean los derechos de los demás individuos, sean los derechos de la misma comunidad.[602]

---

[599] *Pensamiento cristiano II,* 403.

[600] Sin embargo, y como bien señala S. P. Lipset (*El excepcionalismo*, 111), dentro de una pléyade de serios analistas sociales y políticos de los Estados Unidos, el credo usamericano tocante al valor incuestionable de la meritocracia y el consiguiente rechazo a toda idea de casta social contradice evidentemente todo lo demostrado hasta el momento por los datos estadísticos al respecto de quiénes son aquellos que en realidad ocupan las posiciones más aventajadas o alcanzan las mejores remuneraciones en la sociedad estadounidense, según los cuales, la movilidad social en aquel país está estrictamente ligada a los orígenes sociales de los individuos, lo que, a la postre, se convierte en una nueva especie de estratificación social. Esto es tan así, como en otro momento explica el mismo Lipset (*Op. cit.,* 100), y para esto toma como base las estadísticas del Estudio de Ingresos de Luxemburgo, que siendo Estados Unidos el país supuestamente más rico del mundo, tiene entre las naciones desarrolladas la más alta población en situación de pobreza, además de ocupar el último lugar en cuanto a la correcta distribución de los ingresos entre estos mismos países desarrollados.

[601] *Op. cit.,* 82. No deja de ser interesante que Baudrillard observe todo esto en una fecha en que todavía no había llegado a su plena apoteosis la cultura de los *reality shows*, fenómeno televisivo originado en los Estados Unidos y desde allí exportado posteriormente al resto del mundo. Esto no hace más que confirmar, por lo tanto, aquello que R. Barnet y J. Cavanagh señalaban en aquel pionero trabajo ya citado, esto es: que el mayor producto de exportación de los Estados Unidos hacia el mundo no es otro sino su cultura popular, o su *American way of life*, y adjunto a ello, toda la gama de valores o desvalores, como se quiera ver, contenidos en dicho programa cultural.

[602] Precisamente esta idea de que la consecución de aquella felicidad, concepto por lo demás que en la sociedad estadounidense lleva a cuestas una tan enorme carga social, es un derecho que no depende, evidentemente, de las condiciones de beneficencia del Estado o del origen social —esto

Por otra parte, la profunda convicción traída consigo por los padres peregrinos ya al momento mismo de su arribo al Nuevo Mundo, tocante a dejar atrás todo un orden pasado y su anquilosado sistema para dar inicio a una nueva era que se abría ante sus ojos preñada de oportunidades y carente de fronteras, conquistable únicamente en virtud de la fuerza del trabajo y el arrojo de la fe, y sin que ninguna casta social o estirpe de nobleza la pudiese llegar a entorpecer. Como bien dirá E. C. Ladd al desentrañar aquel profundo sentimiento presente ya en los orígenes mismos de la nación estadounidense, en la que fe y Conquista inextricablemente se fusionan, y cuya mutua alianza ni el paso del tiempo ha podido desvanecer: "Europa es Egipto, Estados Unidos es la tierra prometida. Dios ha guiado a su pueblo para que establezca una nueva especie de orden social que será luz para todas las naciones"[603]. De este modo, y bajo el absoluto excepcionalismo de sus fuerzas culturales e ideológicas, subyacentes ya en los orígenes mismos de su formación como nación, se daba así a luz en los Estados Unidos a un genio religioso que, aunque protestante y anglosajón preponderantemente, no sería de propiedad, como ya se ha dicho, ni del protestantismo, ni del catolicismo, ni del judaísmo, sino más bien, del "americanismo", presente este en cada una de estas variaciones, bajo la forma de aquella *American Religion*. Una religión americana que, liberada ya del tutelaje de un elitismo clerical y las vetustas tradiciones de un antiguo mundo ya dejado atrás, buscará su afirmación como tal no en el valor preponderante de la articulación racional, ni en el amparo del acervo histórico de tradiciones, ni mucho menos en la compresión de la fe como misterio y don sacramental[604], sino básicamente en el activismo y la pulsión emocional. Baste sim-

---

último, según ya hemos visto, lejos está de ajustarse a la realidad–, es lo que lleva a S. P. Lipset (*El excepcionalismo,* 109) a sostener que la ambición y la competitividad individual en los Estados Unidos sean vistas como un valor más que como una tara social. Dado que la comprensión de esta felicidad, prosigue Lipset (*Op. cit.,* 58-59), está tan profundamente asociada en la sociedad estadounidense a la idea del reconocimiento y la prosperidad, en otros términos, al éxito, no es azaroso que los sectores que se sienten menos privilegiados socialmente para alcanzarla, y que por lo mismo necesitan urgentemente reafirmar su valor personal en medio de una sociedad tan determinada por los criterios de medición y cantidad, se encuentren siempre bajo la poderosa presión de valerse de cualesquiera medios para obtener reconocimiento o dinero, en otras palabras, su felicidad, aunque los tales vayan en detrimento de la propia salud individual y a la postre de la sociedad. En definitiva, y como bien lo han señalado autores desde la talla de R. K. Merton hasta D. Bell, entre otros, los valores culturales de los Estados Unidos, y ya desde el momento mismo de su nacimiento, han presionado siempre a la gente a triunfar y a ser exitosa, sea por medios legítimos en lo posible, o por medios que evidentemente atenten contra aquella legitimidad, si aquello fuese necesario.

[603] Citado en S. P. Lipset, *El excepcionalismo,* 82.

[604] Pero esta carencia de sentido sacramental y sensibilidad ante el misterio de la fe que resulta prácticamente en distintivo general de toda la religión americana, es consecuencia directa, según Tillich (*Pensamiento cristiano II,* 466), de aquella misma ausencia de un período romántico en los Estados Unidos y del predominio en su lugar del moralismo y pragmatismo propios de la Ilustración,

plemente con recordar la enorme dificultad que hallaba aquel gran intérprete del genio religioso estadounidense, William James, para avizorar siquiera algún rasgo de utilidad en la experiencia de los místicos españoles[605], precisamente debido a aquella falta de practicidad en la vida que creía observar en estos. Y, aquello, paradojalmente, a pesar de que él mismo juzgaría la veracidad de la religión, y con ello definiría el credo o la esencia de la religión americana misma, "en los sentimientos, los actos y las experiencias de hombres particulares en soledad, en la medida en que se ejercitan en mantener una relación con lo que consideran la divinidad"[606].

No obstante, esta afirmación de la fe cristiana bajo el particular genio de la religión americana y su sempiterna aspiración a acceder al contenido de su revelación directamente –pretensión, ciertamente, de todo gnosticismo–, sin la mediación ya de tradiciones o, en su defecto, sometiendo a estas a tal grado de usamericanización, de modo tal que ya aparezcan totalmente subsumidas en el surco de su propia matriz cultural, con el ya consabido resultado, como reza la cita de Williams James, de mantener al Dios cristiano cautivo en la experiencia de los individuos

---

que los movimientos no conformistas se encargaron de llevar a extremos realmente insospechados, en el marco no solamente del protestantismo, sino de la misma religión americana como hábito religioso cultural mayor. En otras palabras, de la pulsión iconoclasta de la religión americana, que le ha llevado a la actitud refractaria hacia todo símbolo, se ha seguido, en consecuencia, una evidente incapacidad para descubrir la presencia de lo infinito en lo finito, base, por supuesto, de todo sentido de sacramentalidad. Básicamente, esta carencia de sentido sacramental y de valoración del misterio de la fe ha sido una de las sensaciones más potentes que hemos obtenido durante nuestra estancia pastoral y educativa en los Estados Unidos, presente sobre todo no solo en aquella aridez de símbolos, sino aún más en aquella ausencia de continuidad en cuanto a la celebración eucarística, aun en tradiciones evangélicas donde aquello sería lo más lógico de esperar. Bajo tal estado de cosas, y si se piensa además en que los mayores flujos misioneros de los Estados Unidos hacia América Latina han sido el del Segundo Despertar y luego el del fundamentalismo, dos de las expresiones de la religión americana acaso con menos conciencia sacramental y sentido del símbolo litúrgico, se podrá comprender a su vez, a la par con otros elementos y más allá incluso de los propios énfasis denominacionales, la absoluta reticencia entre gran parte del mundo evangélico latinoamericano –¡incluso en expresiones supuestamente en mayor continuidad con el protestantismo histórico!– a una mayor continuidad de la celebración eucarística, como también su enérgico rechazo prácticamente a todo simbolismo litúrgico.

[605] Véase, por ejemplo, sus comentarios sobre Teresa de Jesús en su, *Las variedades de la experiencia religiosa. Estudio de la naturaleza humana. Estudio de la naturaleza humana II*, Prana, México, 2010, 86 ss.

[606] *Las variedades de la experiencia religiosa. Estudio de la naturaleza humana I*, Prana, México, 2006, 35. Es por eso que un observador a la distancia de la vida religiosa estadounidense, como lo ha sido G. W. F. Hegel, para quien además este genio le ha resultado tan censurable como a la vez incomprensible, ha podido señalar, aunque no carente de toda veracidad, aquello de que "la vida religiosa, en aquel país, se administra según el parecer de cada uno", lo cual, a su juicio, también explicaría "la división en tantas sectas que se dan a los extremos de la locura y al desenfreno de la imaginación", por carencia de aquella unidad religiosa tal como aún se conserva en Europa. *Lecciones sobre la filosofía de la historia universal I*, Altaya, Barcelona, 1994, 175-177.

o en los solitarios recovecos de su corazón, exhibe también el influjo no menos contrastante de los hábitos culturales de la propia nación: a falta de aquella comprensión de la fe como misterio y don sacramental, se exacerba en cambio una vocación por el activismo cual ningún otro genio religioso ha podido emular. A falta de aquella evidente continuidad con el acervo de tradiciones históricas, tanto bíblicas como teológicas, que desemboca ineluctablemente en aquel consabido comportamiento antiintelectualista, se enciende por su parte la pasión proselitista y misionera, una que probablemente no encuentre comparación en toda la historia del cristianismo. En otras palabras, se trata simplemente de aquello que Harold Bloom[607] ha visto desarrollarse en modo eximio en la religión americana a falta de aquella intensidad doctrinal distintiva del protestantismo histórico, esto es: *entusiasmo y gnosticismo.*[608] Un entusiasmo que siempre deriva en las modalidades de activismo ya descritas y un gnosticismo que, a falta de mediaciones históricas sobre las cuales apoyarse y sistematizar, termina indefectiblemente en antiintelectualismo o, lo que es lo mismo, fascinación por aquello que se ofrece con un matiz de progresismo, posmodernidad, izquierdismo cultural.

Pero volviendo a aquella inquietud inicial, si acaso piensa el lector que hemos dado un rodeo demasiado innecesario para acometerla, a saber, si hemos ofrecido una representación de la religión americana como siempre tendiente hacia sus extremos, ora de la relevancia, ora de la identidad, y nunca hacia sus puntos de intersección o encuentro, bástenos decir primeramente que en ningún momento se ha intentado sugerir que en aquella religiosidad, incluidas todas sus modalidades, no existan esfuerzos decididos por afirmar el contenido de la fe cristiana –identidad– como al mismo tiempo hacer llano a este mensaje para cada época y generación –relevancia–, y estos en una cierta relación dialéctica. No obstante, lo que sí se ha intentado señalar es que los modos tanto de afirmación como de interpretación de aquel mensaje aparecen, cual pocos genios religiosos conocidos, profundamente desgarrados de sus fuerzas históricas primigenias y, al mismo tiempo, altamente informados por los hábitos culturales de

---

[607] *La religión americana,* 44.

[608] Precisamente H. Bloom (*Op. cit.,* 56) cree ver en el gnosticismo una de las fuerzas ocultas más informantes de la religión americana. Pero, a su vez, en aquella "religión de la chispa" o del "yo pneumático", uno de los condicionamientos fundamentales a la hora de explicar el rechazo en esta por el interés colectivo como asimismo su evidente tendencia hacia el comportamiento antiintelectual. Desde luego, Bloom asocia aquello del gnosticismo y sus consecuencias particularmente con aquella modalidad de la religión americana que exacerba la dimensión de identidad de la fe cristiana, pero como ya hemos podido observar, no es menos cierto también que aquellos sectores de esta que se posicionan en torno al discurso relevante y horizontal se resienten, y en un grado no menor que el del radicalismo de la identidad, de aquel mismo influjo gnosticista, aunque la insistencia sea aquí que aquello constituye, por supuesto, un acto de sofisticación académica y de democratización del espíritu eclesial.

su entorno nacional, aquellos mismos a los que someramente hemos aludido ya. Bajo tal estado de cosas, no resulta caprichoso preguntarse si con aquel modo de afirmación no solo discurre el contenido de la fe cristiana, sino el de los propios valores de la nación, y si con aquella forma de interpretación, por otra parte, se da también la actualización de aquellos mismos hábitos culturales, promocionados recurrentemente como valores cristianos sin más. Y, entonces, bien podemos concluir que la excepcionalidad del genio de la religión americana, aquella que hace de esta un genio religioso completamente distinguible frente a todos los demás, se constituye en buena parte en razón de sus polarizaciones, ora de la relevancia, ora de la identidad, más que en función de sus relaciones dialécticas. Así, por ejemplo, cualquier observador, en el terreno del panorama eclesiástico y teológico que ofrecen los Estados Unidos, no tendría mayores dificultades para entrecruzarse con discursos teológicos o comunidades eclesiásticas posicionados en torno al radicalismo o bien de la identidad –fundamentalismo, reortodoxismo, neopentecostalismo, etc.– o bien de la relevancia –progresismo posmoderno–, pero verse, en cambio, en no pocos aprietos a la hora de esperar de estos un claro relacionamiento dialéctico entre ambas esenciales dimensiones de la fe cristiana. Pero, incluso más, nadie podría negar que tal escisionismo de dimensiones contiene una más larga data todavía que la actual, sobre todo en cuanto a la comprensión del rol social y cultural de las iglesias, ante el que premilenialistas y posmilenialistas aparecerán como dos alternativas radicalmente contrapuestas. Los primeros, proclives a mostrarse más bien contemplativos en cuanto a tales tareas y deberes, y siempre prestos a acusar a los segundos de humanistas; los segundos, en cambio, viendo en el acuerdo social y en el esfuerzo del ser humano el impulso fundamental para la consecución de aquella actividad, al tiempo que reprochándole a los primeros su tendencia al escapismo político y social.

Por lo demás, volvemos a encontrar una similar y más actual propensión hacia la polarización y la escisión en la perspectiva de educación teológica que en este contexto se establece entre las *Escuelas de teología* y, más recientemente, las *Escuelas de religiones,* según el modelo de la "universidad (pos)moderna"[609], y las *Escuelas de divinidades* o *Seminarios,* estas últimas con el soporte más bien de iglesias y denominaciones y su interés por satisfacer las necesidades prácticas de la actividad eclesial. En cuanto a las primeras, y bajo la innegable influencia de la distinción weberiana entre "hechos y valores"[610], tan celebrada en este modelo de universidad, pero, al mismo tiempo, tan pronta a desvanecerse cuando se trata de

---

[609] Un buen panorama acerca del modelo de "universidad moderna" en el contexto de los Estados Unidos y su impacto en la cosmovisión y educación teológica de ese país, puede verse en Julie A. Reuben, *The Making of the Modern University,* The University of Chicago Press, Chicago, 1996.

[610] Ya en su capítulo, *La ciencia como profesión, de su obra Ciencia y política* (CEAL, Buenos Aires, 1980, 26), Max Weber escribía:

imponer los propios valores de la izquierda cultural y su dinámica de "educación democratizante", la tendencia será el rechazar todo asomo de una teología de cariz confesional o el intento de postular al cristianismo como religión revelada. Desde luego, aquello en tal contexto de universidad, bajo el hegemonismo de la nueva izquierda, no solamente atentaría contra su discurso oficial de lo políticamente correcto, sino que confabularía además contra la propia finalidad de la "educación teológica" que aquí se plantea, a saber: atender al fenómeno de la religión simplemente en cuanto hecho social observable, en sus distintas manifestaciones históricas, ideológicas y culturales en los que este tenga lugar, siendo el cristianismo a este respecto nada más que otra expresión, sin duda más ligada a lo coercitivo y patriarcal, y en exclusiva referencia al itinerario occidental. Por lo mismo, se verá como intromisión inaceptable que los profesores, en este contexto, se constituyan como "testigos de la fe". Epíteto, este, con una fuerte carga de minusvaloración y reproche que se le enrostrará generalmente –aunque, desde luego, no exclusivamente, en la medida en que hay profesores de la vieja guardia que se han transformado acaso en los esbirros más espartanos de este modelo, como asimismo jóvenes disidentes a este– a aquellos maestros de edad más avanzada que todavía no han asimilado los cambios generados por este nuevo modelo de universidad democratizante bajo el soporte ideológico del neomarxismo y que, por lo mismo, aún no han comprendido que bajo esta nueva reestructuración de la academia –*docta ignorantia*– no hay ya lugar para el proselitismo expreso de sus convicciones religiosas. De este modo, las antiguas facultades de teología quedan transmutadas ahora en meras escuelas de religiones, y los estudiantes que allí se han formado, muchos de los cuales todavía con la finalidad explícita de poder llegar a servir como pastores o líderes espirituales de sus respectivas comunidades, aunque siempre en el marco de las *mainline churches,* en agentes eclesiásticos prácticamente incapaces de explicitar con un cierto margen de lucidez lo que caracterizó alguna vez la teología de sus propias iglesias, saberse solidarios e insertados en la gran tradición teológica eclesial, mucho menos informados por la teología escritural, y que reducen básicamente toda su función pastoral a pura

---

El joven americano no tiene respeto por nada ni por nadie, por ninguna tradición ni por ninguna situación profesional, a no ser por la propia obra personal del individuo; a esto llama el americano "democracia". [...] El profesor le vende conocimientos y métodos. En contraste, los estudiantes alemanes vienen a las aulas exigiéndonos cualidad de conductores y a menudo tienden a confundir a los profesores con autoridades en el campo de la orientación práctica de la vida.

Precisamente en este contexto surge su insistencia, al menos en lo relativo a la educación, de separar "hechos y valores" y, especialmente, según consta en la cita, azuzado por su experiencia en los Estados Unidos. Como se podrá ver, y solo en este contexto, tal separación surge más como liberación de una carga que como metodología tendiente a una mayor excelencia pedagógica.

actividad izquierdo-cultural o al discurso propio del progresismo y la posmodernidad popular.

Cuando se les pregunta a los promotores de este modelo de universidad democratizante, cuánto más en vista de los innegables estragos que ha causado esta transformación de la tradicional facultad de teología en escuela de religiones en la vida práctica de este tipo de comunidades protestantes –estragos, a decir verdad, que no siempre parecen ser capaces de llegar a identificar, toda vez que generalmente se trata de personeros relacionados únicamente con los intereses de la academia, y esta secuestrada ya completamente por la agenda de la izquierda cultural, y no con la vida real y cotidiana de las iglesias–, dónde entonces se podrían llegar a formar teológicamente hablando aquellas personas que desean servir como pastores o líderes espirituales de sus comunidades, en el marco de un compromiso teológico y existencial expreso con la fe cristiana y su tradición confesional, su respuesta no se hace esperar ni intenta ocultar en ello aquel tonillo despectivo al mejor estilo schleiermacheriano: "¡En los Seminarios, claro está!", "¡en las Escuelas de divinidades, por supuesto!". Sin embargo, uno bien sabe que, en este tal contexto, y salvo muy contadas excepciones, esta no es tampoco una solución demasiado aventajada que la anterior, aunque en cierto modo preferible debido generalmente a la calidad de compromiso cristiano de sus docentes. En efecto, no es novedad descubrir que el estudiante que, al procurar obtener una formación pastoral y teológica al servicio de su comunidad de fe, en la línea de su propia tradición confesional, y al querer salvaguardar en todo ello la dimensión de identidad cristiana, recurre a estos tales Seminarios o Escuelas de divinidades –y ni siquiera pensamos aquí en aquellos espacios educacionales abiertamente identificados con el fundamentalismo o con los nuevos modelos de capacitación dados por el neopentecostalismo–, no se verá tampoco librado por lo general de encallar en aquella otra polarización que ofrece la educación teológica de los Estados Unidos, pero asimismo Canadá y, por qué no decirlo, virtualmente todo el primer mundo. Esto es, la de convertir al quehacer teológico en un discurso prácticamente cerrado e inalterado, sin mayor espacio para el diálogo entre cristianismo y otras formas de pensamiento humano, donde la historia del pensamiento cristiano –ya que el filosófico o bien se ignora o simplemente se encuentra completamente ya anatemizado–, se ha terminado por reducir a nada más que al repaso de las reortodoxias, y a una especie de beatificación casi docetizante de la figura de los reformadores, junto con una fijación extemporánea y decimonónica por discusiones bizantinas que con mucho han dejado ya de ser cuestión de real interés teológico, salvo como momentos de ese mismo acervo de pensamiento.[611]

---

[611] Básicamente discusiones en torno posturas escatológicas como lo *a*, *pre* o *pos*milenial, o lo *anti* o *pro*arminianista, el *anti*liberalismo, etc.

Y, sin embargo, y como ya lo hemos venido apuntado durante todo este trabajo, tal tendencia hacia la polarización y la radicalización de sus componentes de la que se resiente el genio de la religión americana debe suscribirse todavía, en el surco de un fondo cultural mayor, de la cual esta no es más que una expresión, aunque indiscutiblemente rectora. En consecuencia, bien podríamos admitir que es el genio en cuanto tal de aquella nación el que podría ser descrito como un continuo dirigirse hacia sus extremos, como un asentarse sobre sus polarizaciones y elementos evidentemente contrastantes. Así, por ejemplo, nos es irrelevante constatar cómo al tiempo en que se celebran con devoción inusitada los logros obtenidos por la modernidad, sobre todo aquellos relacionados con la vida tecnificada y los avances del mundo empresarial, se evita en cambio en la mayor parte de aquella sociedad integrar las cosmovisiones crítico-racionales derivadas de aquella misma modernidad, lo que da a luz, por lo demás, y específicamente a través del fundamentalismo evangélico, en tanto visión de ser humano, cultura y sociedad, una de las respuestas más integristas y destempladas frente a aquella modernidad hasta ahora conocidas en el mundo desarrollado. Tampoco es azaroso observar cómo en aquella misma construcción social de la realidad pueden aparecer del mismo modo yuxtapuestas, y sin mayores esfuerzos de mediación, ni religiosos, ni culturales, ni los que fueran, los modos de vida más disímiles y contrapuestos plausibles de imaginar, desde aquella actitud iconoclasta hacia toda moral tradicional, la religión laica del progresismo izquierdo-cultural o la fascinación desbordante por todo aquello que ofrezca un cierto vaho de esnobismo y exoticidad, hasta las conductas más intolerantes y reaccionarias en el área de lo político y lo moral, siempre prontas a satanizar y a situar en el eje de la oscuridad todo aquello que parezca poner en situación de revisión o riesgo su cosmovisión monolítica de la realidad. No es asimismo asunto inoficioso considerar cómo una nación en la que un tan altísimo porcentaje de su población[612], más que ninguna otra en todo el mundo, cree firmemente en la existencia literal del cielo, el infierno, un mundo de seis mil años, un *Left Behind,* incluso afirma haber tenido alguna experiencia con seres espirituales, ángeles, etc., que dona más dinero a ministerios religiosos que a todas las demás asociaciones voluntarias del país juntas[613], que cuenta también con la mayor tasa de asistencia a las iglesias, el mayor número de denominaciones y de formación de nuevas sectas cada día, donde es posible además observar un templo evangélico prácticamente cada nueva cuadra, al punto de, como ha dicho J. D. Caputo[614], sobre todo en relación con el fundamentalismo evangélico

---

[612] Un estudio comparativo al respecto de otras naciones puede seguirse en S. M. Lipset, *El excepcionalismo,* 78 ss.

[613] Véase, R. N. Bellah, *Hábitos del corazón,* 281.

[614] *El poder de los débiles,* en, G. Vattimo; J. D. Caputo, *Después de la muerte de Dios,* 217-218.

de aquel país, hallarnos en una nación donde la religión se encuentra completamente desbordada, posea a su vez el mayor índice de delincuencia, asesinos en serie y otras peligrosas desviaciones sociales. Menos aún resulta cosa nimia el apreciar cómo un país cuyo orgullo es haber superado, y ya al momento mismo de su nacimiento como tal, la estratificación de clases y el beneficio por estirpe o aristocracia, al tiempo que ser la nación más rica y poderosa del planeta, ofrezca entre aquellas más desarrolladas quizás uno de los menores índices de movilidad social, como, al mismo tiempo, uno de los mayores en cuanto a la desigual distribución de los recursos o en cuanto a la misma realidad de la pobreza. Asimismo, a nadie podría dejar indiferente el hecho de que precisamente la sociedad de los Estados Unidos, cuya abierta presunción es la de poseer el más alto nivel de libertad de expresión y de diálogo sin mediación o coacción de instituciones gubernamentales, sea, según datos de S. M. Lipset[615], la que posea más abogados *per capita*, más demandas por negligencia y más pleitos por cuestiones ambientales, laborales y personales que ninguna otra sociedad en el mundo, lo que da cuenta de una incapacidad abismal de deliberar y llegar a acuerdos entre las partes simplemente por la vía del advenimiento personal. Desde luego, tampoco es intrascendente reparar, tal como ya lo advirtiera el mismo S. M. Lipset[616], aquella notoria contradicción de valores que se dan cita ya en el núcleo mismo del credo usamericano, entre, por una parte, un *individualismo* celebrado particularmente por los sectores más conservadores, los que ven en el concepto de libertad individual y de logro, en tanto principios fundamentales de la ascendencia social, valores irrenunciables de la nación precisamente puestos en riesgo por el discurso del colectivismo social, como, por otra, un *igualitarismo* sostenido por los sectores más progresistas, para quienes el mismo resulta impostergable al momento de querer edificar un país basado en el valor de la justicia social, pero que, y a decir verdad, dan cuenta de que tal concepto de "justicia social" no es más que un mero distributismo dirigido a minorías favorecidas en virtud de un puro ideologismo izquierdo-cultural, cuyo resultado es convertir a estas mismas minorías en grupos de interés y de presión al servicio de esa misma ideología. Finalmente, a nadie podría dejar de sorprender el que sean precisamente los Estados Unidos, aquella nación por antonomasia identificada con el capitalismo y este de cuño más liberal, además de punta de lanza de la lucha contra la ideología del comunismo y gestora de la guerra fría, quienes lleven actualmente a cabo en gran parte de sus universidades, y de allí al resto de la academia mundial, una verdadera revolución del marxismo cultural, cuando se pensaba ya que todo el mundo occidental había dado por obsoletos los constructos de tal ideología.

---

[615] *El excepcionalismo*, 385.
[616] *Op. cit.*, 167.

En otras palabras, y tal como bien lo ha precisado G. Puente, al prologar aquel sugerente libro de C. Cañeque, *Dios en América,* no es, en consecuencia, asunto adiáforon el apreciar cómo el quehacer social usamericano es, por una parte, "un quehacer siempre zarandeado entre un pragmatismo de signo triunfalista, y abierto a todos los vientos de la innovación, y un tradicionalismo fundamentalista ergotizante y retardatario"[617], por otra. Por eso, cuando el propio G. Puente, al inquirir en aquel mismo paisajismo usamericano, vuelve en tonalidad retórica a preguntar: "¿Qué es, entonces, lo que define la figura totalizante del pueblo americano? ¿Una actitud mental conservadora o reaccionaria de tipo pasadista, o bien una vocación innovadora, pragmática y progresista?"[618], ha dejado contenida en tal pregunta la clave para comprender la esencia misma de aquella genialidad cultural. En efecto, lo que caracteriza al particular genio usamericano, su modalidad religiosa incluida, claro está, y no se trata aquí, por supuesto, de recalar en aquello que con justa razón definía Jean François Revel como la propagandística "obsesión antiamericana", sino simplemente describir lo que de este se nos antoja como su talante más sobresaliente, es, como decíamos, aquella indiscutible tendencia a dirigirse hacia sus elementos contrastantes, estacionarse sobre sus polarizaciones, sin el esfuerzo de mayores espacios de mediación o integración. En otras palabras, y si quisiéramos utilizar un lenguaje más teológico para describir tal comportamiento, y de paso engarzar con las figuras elegidas para dar curso a nuestra investigación, la sempiterna tendencia a buscar la totalidad de la existencia o bien en el recurso de la identidad, o bien en el de la relevancia, uno frente al otro de manera yuxtapuesta y no en sus relaciones dialécticas. Precisamente aquí radica el particular genio de la cultura usamericana y en consecuencia también el de su propia religión, aquello que le confiere a esta un cariz definitivamente distintivo. He aquí, entonces, el excepcionalismo de esta nación que, al decir de S. M. Lipset, es también su espada de dos filos, toda vez que contiene tanto su grandeza como su perdición. En las propias palabras de este gran investigador:

Los valores norteamericanos son sumamente complejos, en particular por causa de las paradojas que, en nuestra cultura, permiten que surjan fenómenos simultáneamente perniciosos y benéficos, a partir de las mismas creencias básicas. El credo norteamericano se parece a un arma de dos filos: engendra un alto sentido de la responsabilidad social, iniciativa independiente y voluntarismo, a la vez que fomenta una conducta egoísta, el atomismo y un desdén del bien común. Más específicamente, su énfasis en el individualismo amenaza las formas tradicionales de la

---

[617] En su prólogo de la obra de C. Cañeque, *Op. cit.,* 11.

[618] *Op. cit.,* 10.

moral comunitaria, y por ello ha promovido, a lo largo de la historia, una tendencia particularmente virulenta de voracidad.[619]

He aquí la "América", como dirá Baudrillard, de los vertiginosos contrastes, de la lucha emblemática por la libertad –*Give me liberty or give me death!*, exclamará Patrick Henry en medio de la *American Revolution*–, y a la vez la de la segregación racial; de la búsqueda afanosa por la singularidad y el distintivo, y al mismo tiempo de la radical homogeneización de las vidas de acuerdo al catálogo de la *American way of life*. O, como ya apuntaba Leopoldo Zea, en ese su fantástico capítulo *Las dos Américas* de su *América como conciencia:*

> La Norteamérica de un Washington afirmando los derechos del hombre, la de un Lincoln aboliendo la esclavitud, la de un Roosevelt entendiendo la democracia en un sentido universal, pero también aquella desbordada por ambiciones territoriales, la que habla de un destino manifiesto, la de discriminaciones raciales y todo tipo de imperialismos.[620]

Una América, por lo demás, tan llena de luces, aglomeraciones y sonidos, pero a la par tan pavorosamente sombría, solitaria y enmudecida en medio de aquel mismo ininterrumpido y estridente activismo. La América, en gran medida, no hay duda de ello, de la frivolización y banalización de la cultura, bajo la exigencia de que lo que se llegue a entender por esta sea siempre un producto que aparezca en términos de lo masivo, lo rentable, lo rápido, lo entretenido, ¡la *American way of life* por excelencia!, pero que también, y como bien lo recuerda, Johan Norberg, algo que suele pasársenos generalmente desapercibido, es también la América cuya expresión cultural trasciende con mucho las canciones de Madonna o las películas de Bruce Willis, para hablarnos de un "país en el que hay 1700 orquestas sinfónicas, 7 millones y medio de entradas por año en la ópera y 500 millones de entradas a los museos, [...] con bastante frecuencia gratuitas"[621]. La América de la utopía realizada y de los sueños prometidos, donde todo lo inimaginable puede acontecer, pero asimismo la de las tantas historias de dolor no contadas y de los sueños trocados en pesadillas. Y, no obstante, ¡y aún con todo!, es la América que se ofrece siempre provocativa y seductora al ojo del espectador, tan difícil de resistir incluso por aquellos mismos que con total vigorosidad la injurian y la denostan. Y no solo esto, sino que premia e invita a dar conferencias a sus universidades tanto a pensadores supuestamente serios como a simples charlatanes,

---

[619] *El excepcionalismo,* 382-383.

[620] *Op. cit.*, 102.

[621] Citado en Jean François Revel, *La obsesión antiamericana*, 159. El libro de Johan Norberg corresponde a, *En defensa del capitalismo global,* Unión Editorial, Madrid, 2005.

tanto extranjeros como nacionales, que han hecho del difamar su nombre y propagar un virulento antiusamericanismo por todo el orbe la misión de su vida y su negocio más rentable; que dona además una inmensa cantidad de fondos y dinero precisamente a naciones que han esparcido por todo el mundo la imagen de un imperio cruel e implacable. ¿Acaso tal libertad de expresión y de pensamiento, y por qué no decirlo, desprendimiento, la podríamos encontrar en otro país? ¿Es posible acaso ser un crítico, ni siquiera vehemente, sino solo sugerente, del sistema comunista chino, venezolano o cubano, y vivir para contarlo? ¿Cuántas universidades en el mundo y sus respectivos gobiernos estarían dispuestos no solamente a tolerar, sino mucho más a invitar, sostener y premiar a aquellas voces portadoras de una condenación delirante contra la propia identidad cultural, nacional del país anfitrión? ¡He aquí, también, si se me permite este lapsus lipsetiano, el incomparable excepcionalismo usamericano!

2.3 Conclusión

Pero, entonces, y habiendo dicho todo lo anterior, ¿es que acaso podemos dirigir nuestra mirada en busca de otros genios religiosos que sí han sabido resolver de mejor manera la correcta relación dialéctica entre identidad y relevancia, afirmación del mensaje cristiano y su esfuerzo por hacerlo llano para cada nueva época y generación? ¿Podemos, en efecto, afirmar que el genio del protestantismo europeo ha llevado a cabo esta tarea de una forma significativamente mejor, cuánto más atendiendo a la gran crisis que experimenta actualmente en aquel continente el protestantismo de corriente histórica? O, por otra parte, ¿nos está autorizado concluir que aquella armónica correlación de dimensiones encuentra en el contexto de los así llamados países del mundo de los dos tercios su más plena realización? Sean cuales sean las respuestas que podamos esgrimir frente a todos estos requerimientos, lo cierto es que cada uno de los tales no hace más que confirmar que en la afirmación del mensaje cristiano, la preservación de su irreductible distintividad de entre todos los mensajes de este mundo y en el esfuerzo por hacer este mensaje comprensible para cada coyuntura histórica radica la gran labor de cada iglesia y su misión: en la correcta relación dialéctica de ambas dimensiones, la grandeza de cada genio cultural, como así también en el descuido o alzamiento desproporcionado de una sola de ellas, el peligro de su disfuncionalidad. Ahora bien, el por qué nos hemos detenido a lo largo de toda nuestra presentación específicamente en el genio particular de la religión americana, sus contribuciones, sus horizontes de oportunidades, pero también sus insoslayables vacíos y distorsiones, y no en otros genios que, aunque desde el punto de vista del acervo teológico, sin duda mucho más contribuyentes, a la luz de sus resultados presentes, tampoco demasiado aventajados en cuanto a la resolución de aquella dialéctica relación de dimensiones, es asunto que también debemos responder. Tal respuesta, por supuesto, no requiere ningún tratamiento de tipo metafísico, ni tampoco hacer apología de aquellos otros genios y sus tradiciones que podrían parecernos más significativos, al menos, desde el punto de vista teológico, sino simplemente apuntar al hecho ciertamente decisivo, imposible de contradecir, de que ha sido el genio de la religión americana y no otro, en su modalidad básicamente *evangelical*, y últimamente más proclive a las *mainline churches*, el responsable de la evangelización protestante de América Latina, como, asimismo, responsable de imprimirle luego a este movimiento y hasta nuestros días su más notorio perfil y dirección.

Es, por tanto, en razón de todo esto que cuando algunas voces[622] parecieran sugerir que nos hallamos en presencia de un nuevo orden de relaciones en cuanto a lo que la actividad misional entre los Estados Unidos y América Latina se refiere, dada por el cambio de una política anterior de evidente tutelaje y unilateralidad, a una actual de intercambio y mutua cooperación entre las partes, que nos dirigen incluso, para dar corroboración a aquello, a la presencia de aquel incipiente contingente misionero latinoamericano operando en el propio contexto de los Estados Unidos, al menos, por ahora, en el marco exclusivo de las comunidades de inmigrantes hispanos, tal entusiasta aseveración no puede menos que despertarnos severos cuestionamientos. No, desde luego, en términos de ofrecer algún tipo de reparo al respecto de la efectiva realidad de aquella presencia misionera hispana en aquella nación, de la cual nosotros mismos hemos llegado a ser tanto parte como testigos, y que a todas luces va en decidido incremento, vista la necesidad expresa que las propias iglesias angloparlantes manifiestan tocante a poder contar con agentes misionales que puedan comunicarse directamente en español y conocer asimismo las pautas culturales de las comunidades hispanas establecidas en aquel país.[623] Pero sí, desde luego, en lo que dice relación con el pleno derecho que, creemos, nos asiste de impugnar aquello de que si con la presencia de tal contingente misionero hispano en los Estados Unidos se ha comenzado efectivamente ya a revertir el proceso de esta historia misional, o a escribir un nuevo capítulo de la misma, la cual desde siempre ha evidenciado, como un dato mismo de la causa, imposible de desmentir, el influjo prácticamente absoluto y sin contrapesos de la *American Religion* en el mundo evangélico de nuestro continente. Y, a partir de

---

[622] Así, por ejemplo, E. Fediakova (*Op. cit.,* 31):

> Durante las últimas décadas el intercambio misionero entre Estados Unidos y América Latina ha pasado a ser desde un proceso unilateral a uno de intercambio mutuo: EE. UU. perdió su monopolio de enviar misiones al tercer mundo, convirtiéndose en un gran receptor de las misiones evangélicas de otros países. En la actualidad son latinoamericanos quienes consideran que es posible reevangelizar a Norteamérica a partir de la singular espiritualidad y cordialidad que caracterizan al modo de creer latinoamericano.

[623] No obstante, nuestra observación al respecto del marco en que se daría tal cooperación hispana misionera, ya la hemos recogido, como verá el lector, al tratar en páginas precedentes sobre el multiculturalismo y los programas de misión con las comunidades hispanas en los Estados Unidos.

lo anterior, poner en tela de juicio también la insistencia de que sería a su vez el propio evangelicalismo latinoamericano el que se constituiría en agente misional ahora para los Estados Unidos, lo que legaría en esta oportunidad el acervo, por así decirlo, de su particular *Latin American Religion* a aquel país. Ciertamente, aquello gozaría de un margen de mayor credibilidad si la religión americana, y esta en su propio *Sitz im Leben*, los Estados Unidos de Norteamérica, se estuviese resistiendo de un evidente agotamiento de sus fuerzas vitales o, en su defecto, si el propio mundo evangélico latinoamericano poseyera ya de suyo una tal conciencia histórica teologal como para poder identificar y afirmar aquello que constituye su particular aporte y distintivo, más allá, claro está, de la "singular espiritualidad y cordialidad que caracterizan al modo de creer latinoamericano"[624].

Sin embargo, bien sabemos, por una parte, que las fuerzas vitales de la religión en el contexto de los Estados Unidos pasan por cualquiera de sus estados menos por uno de debilitamiento, y que, por otra parte, el mundo evangélico latinoamericano se halla todavía demasiado lejos de lograr conseguir un tal distanciamiento hermenéutico del influjo de estas mismas fuerzas como para comenzar a definir aquello que sería su real contribución al acervo de la teología, y no ser solo una continuidad o simplemente un satélite de estas.[625] Pues bien, mientras todos estos elementos,

---

[624] E. Fediakova, *Ibíd.*, 31.

[625] Pero esto cuenta, por supuesto, no solo para la realidad latinoamericana sino para todos aquellos enclaves geográficos en los que la religión americana se ha constituido en el más importante canal evangelizador. Y, a este respecto, cuando E. Fediakova señala aquello de que "EE. UU. perdió su monopolio de enviar misiones al tercer mundo, convirtiéndose en un gran receptor de las misiones evangélicas de otros países", habría que precisar que aun cuando a dicha aseveración le asista mucha veracidad, de la misma no se debe colegir que este haya perdido tal monopolio en lo que dice relación con la influencia ejercida por su religión americana en tales contextos del mundo de los dos tercios. Esto queda absolutamente de manifiesto al observar el evidente estado de uniformidad, de acuerdo a la "religiosidad americana", que exhiben tales agentes misionales al operar en el contexto de los Estados Unidos. Pero, incluso, más allá del radio exclusivo de estos contextos del tercer mundo, también resulta posible comprobar el poderoso influjo que actualmente ejerce la *American Religion* en otras latitudes y con semejantes efectos de uniformidad, desde el tipo de elección musical, la forma de culto, hasta la misma forma de pensamiento. Así, por ejemplo, en lugares tan diversos como Rusia, Ucrania, Italia, Grecia, entre otros, donde lo más plausible sería esperar acaso, por su reconocida riqueza cultural, el florecimiento de un protestantismo acrisolado por el acervo de sus tradiciones, y en consecuencia el cumplimiento casi natural de aquella máxima que afirma que el genio de una religión es también su genio cultural, con lo que más bien uno se encuentra, sobre todo a luz del crecimiento vertiginoso que ha experimentado allí el neopentecostalismo, es con un protestantismo casi completamente uniformado por el espíritu de la religión americana, específicamente en su modalidad de identidad, que exhibe prácticamente ya los mismos efectos que este ha evidenciado a lo largo de toda su historia en el concierto evangélico de América Latina: antiintelectualismo, ruptura con todo concepto teológico de catolicidad, deshistorización del culto y sus elementos simbólicos, dicotomía de la vida, moralismo, la obsesión más bien reciente con el sionismo al estilo usamericano, la guerra espiritual y el *Left Behind*, etc. La correcta observación que

según nuestra mirada, quedan aún totalmente por acometer, nos resulta más prudente no referirnos ni mucho menos todavía a un nuevo orden de relaciones, y más bien destinar todos nuestros esfuerzos, sin distracción alguna, al trabajo de articular para el quehacer teológico evangélico de América Latina, y a la luz del peso de aquella herencia misionera recibida y en modo alguno interrumpida, la dialéctica relación de las dimensiones de la identidad y de la relevancia de la fe cristiana.

hiciera ya en su momento M. Herstgaard, tocante a que la globalización no sería más que la creciente usamericanización a nivel mundial de la vida, ha de incluir desde luego y en una muy altísima medida, tal como lo demuestran estos breves ejemplos y otros tantos que podríamos citar aquí, la creciente usamericanización actual del cristianismo y no, como suponen algunos, entre ellos la propia Fediakova (*Op. cit.*, 35), la modificación del mismo según las pautas culturales de cada nación. En tal sentido, habría que diferenciar entre la universalidad del cristianismo, su catolicidad –lo cual incluye en efecto las matizaciones dadas por el genio cultural de cada región, y esto como meta claramente propendida– y su usamericanización, la cual tiende a la evidente uniformidad de este con los efectos que ya ampliamente hemos discutido.

3

La insistencia en una teología estrictamente regional como vía para alcanzar una teología descriptiva de América Latina. Un cotejo con el proyecto filosófico hispanoamericano

3.1 Universalidad y regionalidad

Así las cosas, los cuestionamientos que no podemos seguir obviando ya más responder, si es que de veras el quehacer teológico evangélico de América Latina no quiere seguir siendo nada más que eco de la religión americana o simplemente su satélite con ciertos aderezos latinescos son, en resumidas cuentas, los siguientes: ¿Cómo sería, en consecuencia, un quehacer teológico evangélico remitido específicamente desde América Latina? ¿Qué áreas debería ineluctablemente acometer? ¿Cómo debería ser su relacionamiento con las dimensiones de la relevancia y de la identidad? ¿Debería ser un quehacer estrictamente regional y gremial, tal como la teología de la liberación, primero, y las del genitivo, luego, respectivamente han propuesto, como prácticamente única vía de salvaguardar tal impronta continental y resultar al mismo tiempo contribuyente a las necesidades reales de nuestro medio? Respecto de esto último, y ya que pareciera ser la alternativa más recurrente como exclusiva a la hora de esgrimir una estrategia para superar aquella evidente aporía entre repetición, en este caso, de la religión americana, y autonomía de nuestra teología, permítasenos cotejar someramente la forma en que el proyecto de una filosofía hispanoamericana ha salido al paso de una similar tensión al respecto de su particular paradigma, y que sin lugar a dudas nos puede ofrecer muy valiosos insumos a la hora de ensayar nosotros mismos nuestro propio esfuerzo por superar dicha aporía. Recordemos a este propósito, primeramente, la equilibrada advertencia de aquel gran filósofo que fuera el mejicano Leopoldo Zea, insigne representante de este movimiento, en cuanto a que en aquel precipitado afán por producir una filosofía hispanoamericanista sin más, se le someta a esta a determinaciones geográficas y temporales que no hagan más que instrumentalizarla y a la postre empobrecerla. Recordemos tal advertencia no solo porque nos presta evidentes elementos de juicio a la hora de plantear como hemos dicho ya la tarea de elaborar un quehacer teológico evangélico desde América Latina, sino además por cuanto ha sido particularmente Zea quien mayormente ha incentivado el desarrollo de una filosofía con plena identidad y conciencia de Hispanoamérica, a la que ha dedicado sus mejores esfuerzos. Así se referirá, por consiguiente, al peligro de que un regionalismo y temporalismo exacerbado haga olvidar la misión universal que también habrá de competerle a la filosofía de Hispanoamérica, sin la cual difícilmente esta podría ser denominada en esos términos.

Esta tarea de tipo universal y no simplemente americano, tendrá que ser el supremo afán de esta nuestra posible filosofía. Esta nuestra filosofía no deberá limitarse a los problemas propiamente americanos, a los de su circunstancia, sino a los de esta circunstancia más amplia, en la que estamos insertos como hombres que somos, la llamada humanidad. No basta querer alcanzar una verdad americana, es menester, además, tratar de alcanzar una verdad válida para todos los hombres, aunque de hecho no pueda lograrse. No hay que considerar lo americano como un fin en sí, sino, por el contrario, como un límite y punto departida para un fin más amplio. De aquí la razón por la cual todo intento de hacer filosofía americana, con solo la pretensión de que sea americana, tendrá que fracasar. Hay que intentar hacer pura y simplemente filosofía, que lo americano se dará por añadidura.[626]

Por supuesto, y así continúa brillantemente argumentando Zea, esta legítima pretensión de universalidad de la filosofía se ha entendido la mayor de las veces en el concierto de América Latina prácticamente como un ejercicio de tipo atemporal y aséptico, ligado básicamente a la exposición de sistemas, aun con todo lo valioso que el conocimiento de los tales reporte para la formación del acervo referencial y metodológico de aquella disciplina. A saber, "la filosofía como oficio, pero no la filosofía como tarea"[627], como dirá él mismo. Distinción esta que ya veíamos ofrecida por el propio Kant para mentar la filosofía como mera actividad académica y esta misma como postura ante la vida, el *filosofar*.[628] Desde luego, y reconocido nuevamente el valor que como acervo filosofal tal introducción a los sistemas confiere, lo cierto es que un quehacer filosófico planteado en estos tales términos contiene el riesgo de discurrir fácilmente sin informar la vida política e intelectual de una nación, pues en tal caso se hace reflejo nada más que, como bien advirtiera Hegel en relación con la filosofía de Hispanoamérica y bien nos recordara el propio Zea, "de vida ajena". A diferencia del ciudadano europeo, continúa acotando Zea[629], para quien no tiene mayor relevancia el plantearse el problema de una filosofía estrictamente europea, no porque esta carezca de matices, claro está, sino porque parte desde una conciencia y tarea universal, para un hispanoamericano, entre tanto, tal emplazamiento sí revierte una verdadera complejidad, en la

---

[626] *América como conciencia*, 6. A la misma conclusión arribaba también el filósofo argentino Risieri Frondizi, diciendo: "Para que surja una filosofía iberoamericana, hay que 'hacer' filosofía sin más; el carácter iberoamericano vendrá por añadidura". "¿Hay una filosofía Iberoamericana?", *Realidad. Revista de ideas*, Volumen Tercero, marzo-abril, 1948.

[627] *Op. cit.*, 6.

[628] E. Cassirer, *Op. cit.*, 68.

[629] *Op. cit.*, 8.

medida en que no ha hecho en sentido estricto todavía auténtica filosofía. Es decir, no se ha abocado a la tarea de reflexionar y ensayar soluciones sobre los problemas circunstanciales y universales a que le emplaza su propio entorno y la historia en general, desde aquella disciplina en particular, sino que más bien ha desarrollado una actividad filosófica de tipo general, en términos únicamente de academia, profesión, explicitación de sistemas. Dicho de otro modo, tales problemas y sus posibles soluciones han sido objeto de su preocupación e interés filosofal solo de forma derivada, no constituyendo problemática vital y primaria, como sí lo han sido para Europa. Bien podríamos decir que se ha relacionado con estos únicamente en tanto escuela y sistemas. No se está negando aquí, en efecto, puntualiza Zea, la posibilidad de que tales problemáticas y soluciones presentes en tales sistemas filosóficos no sean de algún modo también los nuestros, sino, más bien:

> De no ser racionalista, simplemente, porque está de moda el racionalismo; ni de sentirnos angustiados simplemente porque sea una moda el existencialismo. Si hemos de ser racionalistas o existencialistas ha de ser porque estas posturas resuelven o nos dan los elementos de una posible solución de nuestros problemas.[630]

Podríamos seguir dando cita y extendiéndonos en más pasajes de la obra de Zea. Bástenos simplemente con los que aquí ya hemos recogido para mostrar cómo la tarea de construir una filosofía hispanoamericana contiene adjunto similares riesgos y desafíos, pero, a su vez, sea dicho de paso, enormes divergencias con el reclamo actual de dar a luz una teología latinoamericana contextual, autónoma y libre, según se dice, del acervo teológico tradicional, y este en su modalidad mayormente europeo-occidental. Pues bien, como primer elemento a destacar, sea menester afirmar que una teología latinoamericana –siguiendo la advertencia ya acotada por Zea con respecto a la tarea filosófica hispanoamericana–, o aquella que se produzca en cualquier otro lugar, no podría darse jamás por satisfecha con la mera explicitación de sistemas, de escuelas, con mantener una existencia únicamente al modo de ejercicio exclusivo de la academia, mas discurrir al margen de toda la carga histórica y circunstancial desde donde la misma es pronunciada y le asiste responsabilidad. En otras palabras, el quehacer teológico evangélico latinoamericano debería hacer suya la lúcida advertencia que ha hecho R. Fornet-Betancourt, comentando el temor de Friedrich Nietzsche tocante a que los filósofos o la filosofía misma fuesen el principal obstáculo para el filosofar, esto es: "Prevenir contra el hábito de la repetición acrítica de los que confunden la filosofía con la administración de la tradición y el querer vivir de las rentas del capital filosófico acumulado"[631]. En

---

[630] *Ibíd.*, 9.
[631] *Crítica intercultural*, 9.

efecto, afirmamos esto incluso si la justificación es aquí la propiciación de aquel distanciamiento hermenéutico, o la sedimentación primeramente de aquel acervo tradicional, por las que tanto hemos abogado en esta obra. Empero, se debe reconocer que lo que ha sido una preocupación latente para la filosofía hispanoamericana, no lo ha sido en cambio para la teología de nuestro mismo continente, cuánto más la de cuño evangélico. No solamente porque esta última, y a diferencia de la primera, no ha nacido a la luz de la actividad estrictamente académica y bajo aquella reposada conciencia de saberse parte de un gran acervo universal, sino antes bien en el marco de un alcance mucho más generalizado que el del mero ejercicio profesional, que a la vez le ha privado de su conciencia de historicidad, y que aparece al mismo tiempo como su elemento reduccionista y su límite natural, esto es, en el de la transmisión misionera. Pero además porque, a la luz de esta particular procedencia, la tal ha mostrado resentirse precisamente de aquello que se le enrostra a la primera, a saber: el repasar atemporal, aséptico y poco solidario con la problemática contextual de escuelas y sistemas. En tal sentido, la filosofía hispanoamericana parte ya con la ventaja de saberse incluida dentro de un gran derrotero universal, y debe ahora básicamente destinarse a la tarea de precisar cuál ha de ser su particular contribución a este mismo acervo tradicional, de acuerdo a las problemáticas y soluciones que su propia carga histórica le emplace. Sin embargo, puede abocarse a aquello con la salvaguarda de que tal contribución, por más específica que ella misma lo requiera, no habrá de partir por lo mismo desde el vacío filosofal ni habrá de correr en consecuencia con el riesgo de diluirse en un discurso ajeno a ese mismo paradigma disciplinar. En otras palabras, por cuanto se ha hecho cargo de aquel talante de catolicidad filosofal, se halla provista entonces de las mejores condiciones posibles para poder determinar lo que en el mismo se le ofrece como riqueza, como límite o como imperativo a sobrepujar. Todo lo contrario sucede con el concurso de la teología evangélica latinoamericana, cuya carencia de lo que el proyecto filosófico generosamente dispone le ha llevado a ser eco de una voz ni siquiera universal, sino de una de tipo reduccionista y carente de todo sentido de catolicidad. Mas con el agravante, a decir verdad, de que no parece aún estar en condiciones ni de reconocerla ni por lo mismo de relacionarse críticamente con ella, esto es, por supuesto, la *American Religion*.

Esto no significa, en absoluto, que la teología evangélica latinoamericana haya carecido en el curso de esta transmisión misionera y en su fijación de lo porvenir de una cierta vehiculización de sistemas. Pero estos, se debe convenir una vez más, no han sido los sistemas propios de las escuelas teológicas que han marcado gran parte de la historia del pensamiento cristiano y asimismo el derrotero de la teología occidental, sino los propios de la religión americana, bajo los cuales ha organizado esta su visión de ser humano, mundo y sociedad, y que se han internalizado en nuestro continente mayoritariamente en la forma del radicalismo de la identidad, y más recientemente, como asomos de esta misma polarización pero en torno a la dimensión de la relevancia. En tal sentido, la preocupación de que la teología latinoamericana, y esta en su connotación evangélica, venga a dar en nada más que en eco de la teología europea, repetición descarnada de sistemas que en nada guardan solidaridad con los avatares de nuestra historia, problemáticas y sensibilidad, no es a decir verdad más que un alarmismo antojadizo, heredado primeramente por ese mismo trasvasije misionero y su inveterado antiintelectualismo y espíritu de anticatolicidad, como luego hecho punta de lanza por todas aquellas teologías posicionadas en torno al radicalismo de la relevancia y la contextualidad.

Por otra parte, Europa, y así lo expresaba ya Zea[632], parte de la riqueza del acervo de sus tradiciones que, al mismo tiempo, le confiere su conciencia de unidad. Allí a sus pensadores, artistas, hombres de ciencia, en fin, a aquellos a quienes se debe en buena parte su propio legado cultural, se les valora y revalora; incluso en el mismo tratamiento revisionista y a veces descarnadamente crítico que se llegue a hacer de estos, nunca pierden su rol referencial. Y, sin embargo, Hispanoamérica, continúa arguyendo el filósofo mexicano, desconoce a sus clásicos, o los mismos han sido reducidos a una mera pieza de museo para ser despertados de vez en cuando y según convenga por el chauvinismo nacional, para luego volver otra vez a su existencia anónima e intrascendente. Ya en su propio tiempo, la acusación dirigida contra muchos de ellos ha sido que su afán de universalismo no ha sido más que una actitud criptoeuropeizante, una mala copia de aquel acervo del cual se es menester independizar. Luego, la contribución cabalmente hispanoamericana se tendía a reconocer allí donde acentuaba su autonomía radical, su rompimiento con aquel acervo tajante y sin vuelta atrás, y no precisamente en la conciencia que, surgida de aquella misma continuidad, permitía el aprovechamiento lúcido y crítico de esta, al tiempo que el desarrollo de su impronta particular. Por supuesto, nadie podría negar que tal tendencia hacia el rupturismo ha sido llevada en nuestros días por algunos sectores hacia su máxima radicalidad, llegando a adquirir en muchos casos un comportamiento no demasiado disímil al del fundamentalismo más obtuso y vulgar. Así las cosas, no es de extrañar, entonces, que para aquellos sectores teológicos posicionados en torno al radicalismo de la relevancia y la contextualidad todo asomo de continuidad con aquel gran acervo teológico de la cristiandad, y este en sus formas de credos, confesiones, historia del pensamiento cristiano o filosófico, o simplemente bajo la estructura de una teología occidental, sea visto como el mero repetir de un formulismo extraño, la promoción solapada de una ciencia dominante bajo el esquema de un discurso teologal. Pero, por otra parte, se celebre la impronta distintiva y peculiar de un quehacer propiamente continental allí donde el rompimiento con tal acervo se vuelve proverbial, al punto que en muchos de estos casos no resulte alarmista preguntarse si, después de todo, sigue siendo esto realmente teología.

---

[632] *Ibíd.*, 9 ss.

Naturalmente, subyace aquí el sempiterno vicio de la teología evangélica de América Latina, no solo de aquella posicionada en torno al radicalismo de la identidad, sino también como hemos visto de aquella situada en torno al extremismo de la relevancia y la contextualidad, y que no es otro sino aquel sensible vacío de conciencia universal. Permítasenos, una vez más, insistir sobre aquella tara por cuanto la teología, mucho más que la misma filosofía, jamás podría renunciar a tal conciencia de catolicidad, toda vez que en su discurrir se halla comprometido no solamente el destino político y social de los individuos y la sociedad, y los esfuerzos de sus diversas escuelas por esclarecerlo, sino el sentido último del ser humano, su destino escatológico, al tiempo que sus relaciones horizontales a la luz de este propósito final. Todo lo cual, y en ello no podría haber duda alguna, ninguna teología por sí sola podría alcanzarlo, mucho menos agotarlo, debiendo más bien recurrir al esfuerzo de todos sus ensayos en recorrido histórico para adelantar en esta meta. Y, no obstante, tal conciencia de catolicidad –y de allí la comprensión de que, en el aprovechamiento crítico, que no en el mero eclecticismo acrítico, y no en la exclusión a priori de cada escuela, sistema y sus respectivas contribuciones es posible apuntar a un mayor esclarecimiento de este destino escatológico y del sentido último de la verdad– no siempre ha sido el comportamiento más frecuente en el quehacer de la teología. Esto también conviene reconocerlo para partir desde una conciencia no solamente católica, sino de la realidad. Ya el propio Zea[633] llamaba la atención al respecto del vicio de exclusividad que acompaña a cada escuela filosófica y a sus respectivos intérpretes, de modo tal que cada filósofo ostenta pretensión de que las verdades de su sistema resultan universales, fuera de todo espacio y tiempo de consideración, pretendiendo alcanzar así el principio de todo cuanto existe y cuanto puede existir. Pero esta pretensión de totalidad, arguye Zea, no ha hecho de la historia de la filosofía más que una historia de las contradicciones filosóficas. Allí donde se esperaba unidad en la diversidad, se ha venido a dar contradicción en la pluralidad, y allí donde se aguardaba comprensión del otro, exclusión y mala comprensión *a priori* de la otredad. Bien, entonces, puede concluir Zea: "Cada filosofía al pretender ser poseedora de la verdad única, tiene necesariamente que negar a las otras, pues de aceptarlas se negaría a sí misma"[634]. Por esto, y con toda lucidez lo advierte nuestro filósofo, cualquier filosofía que se precie de tal debe ser capaz de articular en relación dialéctica lo universal y lo circunstancial, su conciencia de catolicidad y su compromiso contextual o, si se quiere, por qué no, sus dimensiones de identidad y relevancia. Desde luego, esta impostergable comprensión circunstancial le recuerda a cada filosofía que ella misma participa de un entrevero histórico particular, personal y regional, sobre el cual tiene evidente carga y responsabilidad. Mas, como indispensable contraparte,

---

[633] *Op. cit.*, 24 ss.
[634] *Op. cit.*, 26.

esta misma coyuntura que no se puede soslayar le indica a su vez que ella misma es parte de un universo simbólico más amplio que se abre a lo universal, y que más allá de sus especificidades responde a la pregunta humana como tal. Es decir, intenta resolver los problemas de aquella circunstancia llamada humanidad. En tal sentido, acota Zea:

> La filosofía no se justifica por lo local de sus resultados, sino por la amplitud de sus anhelos. Así, una filosofía americana no se justificará como tal por lo americano sino por la amplitud del intento de sus soluciones. Es menester que se haga Filosofía con mayúscula, y no simplemente filosofía de un determinado país; hay que resolver los problemas circunstanciales, pero con miras a la solución de los problemas de todo hombre. En nuestro caso, el límite, lo americano, nos será dado a pesar nuestro.[635] [...] Una filosofía americana tendrá que ser el resultado de un querer resolver problemas humanos, los problemas inherentes a la humanidad, no bastará el querer resolver los problemas propios de América. Si lo que nos proponemos es hacer pura y simplemente filosofía americana, dicha filosofía no resultará; por el contrario, si lo que nos proponemos es hacer pura y simplemente Filosofía, es decir, resolver los problemas que todo hombre se plantea por el hecho de ser hombre, el resultado será una verdadera filosofía, y lo americano nos será dado a pesar de nuestro intento de absoluta validez. Lo humano marcará los límites de nuestra obra haciendo de ella una obra circunstancial. Dicha filosofía se encontrará matizada por lo que es inherente al hombre americano. [...] El hacer filosofía americana será inevitable si los americanos filosofamos; pero lo que debemos evitar es limitarnos a lo americano. Esta nuestra filosofía, si es auténticamente filosofía, será por un lado filosofía americana por estar hecha por americanos y, por el otro, alcanzará un cierto valor universal, el que le será dado por aquello que de común tengamos con los demás hombres.[636]

3.2 Apertura y clausura

Una vez más debemos advertir aquí los evidentes puntos de continuidad y encuentro entre el proyecto de una filosofía latinoamericana y la tarea misma de una teología evangélica articulada desde nuestro continente, y aquello en relación también con sus riesgos y dificultades a observar. Empero, se deberá admitir que tales taras, como la tentación a la totalización del discurso, la pretensión de exclusividad de los sistemas o la evidente dificultad para poder articular en correcta

---

[635] *Op. cit.,* 31.
[636] *Op. cit.,* 32.

relación dialéctica lo circunstancial y lo universal, no solo han sido problemática recurrente de una filosofía en particular, sino de la Filosofía toda, como asimismo no solo de un quehacer teológico contextual, sino de la propia Teología como tal. Es cierto que bien se podría argumentar que, en lo que respecta a la teología como ciencia en particular, y esta a la luz de sus fuentes fundamentales –Escritura y tradición–, se asoman principios de indiscutible consenso universal que ni aun la diversidad de escuelas podría llegar a minar en lo que a su unidad se refiere, y a los que bien podríamos conceder el rótulo de dogmas, sin más. No obstante, en la medida en que en la fijación y la explicitación de tales dogmas o doctrinas se ha visto siempre comprometido un esfuerzo de comprensión humana, los riesgos de la totalización y la exclusión, como a su vez de la desintegración entre lo circunstancial y lo universal, no han estado en ningún modo ausentes, sino que han constituido más bien su dinámica reiterada. Permítasenos detenernos por un momento en tales particularidades de los dogmas, para ejemplificar de forma más concreta el modo en que aquello se ha cristalizado en la tradición cristiana, para luego y sobre la base de esta información retomar la temática del quehacer teológico latinoamericano.

Quienquiera haya prestado reposada atención a la historia de los dogmas cristianos[637] tendrá que atender al enojoso camino recorrido por estos desde su inicial formulación hasta su más cabal fijación. Cuenta aquello, principalmente, al respecto de la fijación de los dogmas cristológicos y trinitarios. En última instancia, no se ha tratado solamente aquí de la veracidad de una afirmación que la iglesia ha considerado como un principio fundante de su fe y práctica, sino del cómo sistematizar, conceptualizar y, por último, aprehender aquella verdad revelada que, con mucho, supera los más denodados esfuerzos de traducción y aprehensión humanos. Otra vez, la dialéctica ya mentada entre la afirmación de la verdad del mensaje cristiano y su interpretación contextual vuelve a recobrar preponderante importancia, y así ha ocurrido a través de toda la historia de la formación y fijación de los dogmas cristianos. Que esta tarea de interpretación y contextualización, en cuanto a lo que la fijación de los dogmas se refiere, ha sido asumida por la iglesia con suficiente seriedad, lo evidencia, contra lo que popularmente se pueda llegar a suponer, la propia impronta del lenguaje, la cual da cuenta siempre de las categorías de pensamiento respectivos de una particular época, cultura, edad. En esta

---

[637] Los orígenes del vocablo griego "dogma" deben ser buscados en el marco de los edictos imperiales. No obstante, ya a partir de los padres apologetas del siglo II, la idea del concepto hace referencia a una opinión de escuela, a la usanza de las diversas doctrinas de las escuelas filosóficas de la época, mas en el entendido de que la doctrina cristiana –y en contraposición con la opinión de los filósofos– constituye la única enseñanza verdadera, pues no proviene del juicio de los hombres, sino del de Dios. Así, Orígenes puede llamar a las doctrinas cristianas *dogmata theou*. Cf. Wolfhart Pannenberg, *Teología sistemática I*, 8 ss.

dirección, deben ser ponderados, por ejemplo, los términos *naturaleza, persona*, etc., con los que el Concilio de Calcedonia enarboló su fijación del dogma cristológico, o los de *falta, ofensa, castigo, reparación*, etc., con los que Anselmo precisó su teoría de la sustitución, cuya influencia ha sido prácticamente normativa para toda la teología occidental y, particularmente, para su soteriología. No solo debe reconocerse aquí que el lenguaje de la filosofía aristotélica, en lo primero, o la terminología del derecho romano, en lo segundo, sirvieran al caso para proporcionar el instrumental técnico para conceptualizar dichos postulados, sino que dichos términos y expresiones han sido tomados de un preciso campo del conocimiento humano, propio de un particular entrevero histórico y, por lo tanto, han resultado en figuras no extemporáneas a la comprensión de la mentalidad de su tiempo. Todo esto no es más, a decir verdad, que una clara muestra de que el proceso de la fe es también, como se ha dicho, el proceso de la gramática en que se circunscribe y expresa dicho desarrollo.[638]

He aquí, entonces, la grandiosidad y a la vez precariedad del lenguaje humano, en lo que a la conceptualización y sistematización de la verdad insondable del mensaje cristiano se refiere. Por una parte, sirve este de vehículo de aprehensión de dicha verdad, de modo que, por medio de aquellas formulaciones conceptuales, podamos traducir en discurso humano aquello que de otra forma se nos tornaría sencillamente imposible de penetrar. Mas, por otra parte, tales figuras del lenguaje, por cuanto están ancladas a una determinada cosmovisión cultural e histórica –¡y no podían serlo de otro modo!– resultan, si se fuerza su equiparidad de un modo casi consustancial con aquella verdad de la que intentan dar expresión, en visiones que más que sugerir, alentar y provocar un mejor esfuerzo de comprensión, lleguen más bien a obstaculizar dicho cometido. En otras palabras, del mismo modo en que nos abren a la universalidad, contienen también la posibilidad latente de obstruir tal referencialidad por medio de su fijación extemporánea y exclusivista. En efecto, ya el notorio antecedente de que las diversas corrientes de la tradición cristiana hayan asumido desde sus inicios y mantengan aún a la sazón diversos posicionamientos al respecto de lo que verdaderamente compromete y direcciona la figura del dogma apunta inconfundiblemente al hecho de que un planteamiento de carácter hermenéutico es lo que realmente subyace a la génesis misma de su formación. Este, por tanto, como todo ejercicio de interpretación –si seguimos aquí las figuras de *apertura* y *clausura* propuestas por Severino Croatto[639]

---

[638] Véanse los interesantes alcances acerca del lenguaje y la terminología de los dogmas de J. Ratzinger, *La cuestión de la historicidad de los dogmas*, en, *Teología e historia. Notas sobre el dinamismo histórico de la fe*, Sígueme, Salamanca, 1972, 88.

[639] *Op. cit.*, 37 ss. Para Croatto, la función del exegeta es ablandar el texto, abrirlo para una nueva relectura; no obstante, todo ejercicio de interpretación es, a su vez, también un momento de

para la interpretación de un texto–, se compondría entonces de un momento de *apertura*, que bien podríamos aquí representar como el encuentro epifánico con el misterio, y que al tiempo que en ese impacto irradia toda la potencia de su luz, bien podría a su vez llegar a encandilar, sino le siguiera aquel otro instante de *clausura*, representado aquí por la posterior aprehensión y conceptualización de ese encuentro. Tal instante de clausura, por tanto, evitaría aquel desbordamiento inicial precisamente por medio de la formulación conceptual, al procurar retener así, de aquella luz, lo esencial o lo que resulta factible, humanamente hablando, de sistematizar. Empero, es evidente que en este segundo movimiento, el de *clausura*, cada tradición cristiana o cada escuela quisiera apropiarse del sentido todo de ese encuentro epifánico y, en consecuencia, por medio de la articulación dogmática, ofrecer una aprehensión totalitaria y excluyente de este, agotada, luego de su formulación inicial, para otro nuevo instante de apertura.[640]

---

clausura, por cuanto cada exegeta, intérprete o lector, pretende, en su ejercicio de interpretación, agotar todo el sentido del texto. Por ello, para Croatto, ninguna lectura quisiera presentarse como preliminar o parcial, sino que siempre albergará, consciente o inconscientemente, el anhelo de resultar definitiva, y en este caso no podrá evitar el riesgo de resultar totalizante y excluyente.

[640] No cabe duda de que ha sido el absoluto estacionamiento en aquel exclusivo instante de clausura el que ha contribuido mayormente al descrédito y escozor con los que se asocia todavía hoy el concepto de dogma. Precisamente, W. Pannenberg (*Teología sistemática I*, 11) ha visto que esta deplorable asociación, sobre todo en lo que dice relación con la tradición occidental antigua, se explicaría por la combinación del dogmatismo doctrinal y la fijación jurídica, y estos en el marco de la coacción estatal. Que la antigua tradición occidental ha marcado los lineamientos básicos de la comprensión del dogma para gran parte de la Iglesia cristiana de Occidente lo evidencia la particular articulación del concepto en el marco de la tradición católica romana, para la cual, la figura del dogma reposa en el campo de lo normativo y, en consecuencia, debe ser visto como una declaración con efecto jurídico, cuya aceptación, se precisa, debe ser total, aun a costa –diría el teólogo protestante– de un *sacrificium intellectus*. Esto cuenta principalmente para los dogmas de la Inmaculada Concepción (1854) y la Infalibilidad Pontificia (1870), ambos decretados en el Concilio Vaticano I, como el de la Asunción de María (1959), promulgado en el Concilio Vaticano II, cuya comprensión, al margen de los particulares presupuestos de tradición y magisterio, propios del catolicismo romano, plantea una evidente tensión tanto de fe como de razón para el mundo evangélico. Por tanto, en esta directriz trazada se acentuará la continuidad histórica de los dogmas, al tiempo que se soslayarán sus retrocesos y tensiones. No obstante, distinto emplazamiento encontramos ya en la tradición teológica oriental, la que siempre –más ligada al pensamiento especulativo y no al marcado énfasis práctico-moralista de la teología de occidente, como consecuencia del claro influjo de la filosofía estoica– habrá de comprender al dogma más bien como una proposición filosófica-doctrinal. Ahora bien, ¿y qué decir de lo que emplaza, compromete y direcciona la figura del dogma para el amplio espectro del mundo protestante? Respuesta ciertamente compleja, si más allá de un acercamiento, en rigor, estrictamente académico, nos hacemos cargo de la multiformidad de expresiones y comportamientos de este colorido mundo evangélico, particularmente latinoamericano. En primer lugar, valga recordar que el valor de una declaración doctrinal no podría estar dado solamente por su condición de afirmación de consenso, tal como se afirmaba en el criterio de

Sería iluso poner en duda que el riesgo siempre presente para la teología latinoamericana, sobre todo para aquella empecinada en superar los estrechos límites de la religión americana, al menos en su modalidad que extrema la dimensión de la identidad, ha de ser precisamente la tendencia a regionalizar de manera exclusivista su discurso teologal. Clausurarlo, de modo tal que otras teologías, cuánto más aquellas que responden a un mayor acervo tradicional, no solo sean vistas como impedidas de ofrecer alguna contribución sustancial, mucho menos lectura crítica de su propia epistemología, sino además declaradas como moralmente inhabilitadas en la medida en que son consideradas como depositarias de un expertaje dominante y de una pretensión tutelar. En otras palabras, el riesgo

---

catolicidad propuesto por Vicente de Lerins (434): "curandum est, ut id teneamus quod ubique, quod semper, quod ab omnibus creditum est". Ciertamente, como el mismo Pannenberg lo ha advertido (*Op. cit.*, 13), el consenso en materia doctrinal puede ser expresión de la universalidad de la verdad, como también puede estar al servicio de intereses ideológicos o regionales, en última instancia, de poder. Sin embargo, que la fijación consensuada no puede ser esgrimida como criterio ni absoluto ni definitivo no significa, mucho menos sugiere, una minusvaloración de los grandes acuerdos doctrinales afirmados por la iglesia. Es así, por tanto, que las confesiones luteranas siempre han reconocido el pleno valor de los antiguos símbolos eclesiásticos. Incluso desde la primera publicación del Libro de la Concordia (1580), los símbolos de la iglesia antigua (los credos Apostólico, de Nicea, de Constantinopla y de Atanasio) fueron incorporados en el mismo comienzo del libro. No obstante, con el propio Pannenberg, podríamos afirmar, frente aquello, que "el consenso doctrinal eclesiástico adquiere peso solo en cuanto *consensus de doctrina evangelii*" (*Ibíd.*, 14). Por tanto, para el protestantismo el dogma no puede resultar en nada más que una expresión, primero de fe, y luego conceptual de esta confesión, dimanada expresamente del testimonio mismo de las Escrituras, y aquello como explicitación sistemática de sus más caros contenidos. Una confesión, no obstante, no de carácter privado ni doctoral, sino que se declara y se experimenta en la vida comunitaria y cultual. Su fin, no es, por tanto, la fijación de una verdad como pensamiento puro, inamovible, ecuacional, como, por ejemplo, en la filosofía de la religión de Hegel, para quien Dios y la religión se dan únicamente *en* y *a través* del pensamiento, para despojar así a la fe cristiana de toda la dimensión del misterio, no habiendo ya lugar para hablar de un *Deus absconditus*, sino solo de un *Deus revelatus* por medio del pensamiento especulativo, sino la comunicación de la gracia presente en aquella verdad. Véase, especialmente su, *El concepto de la religión*, FCE, México, 1981, 278 ss. En virtud de aquello, el dogma debe ser visto para el mundo protestante siempre como punto de partida, como guía, como referente y jamás como meta final del camino hacia aquella búsqueda de una más plena comprensión y acercamiento de la gracia revelada en la verdad escritural. En última instancia, dicha consecuencia se deriva de la propia comprensión que Lutero había expresado ya de la teología, quien en abierto antagonismo al marcado interés especulativo de la escolástica, había destacado la función práctica y existencial de esta, en tanto que su objeto no es solo el razonamiento metafísico sobre Dios, sino la relación soteriológica de este con el hombre pecador: "Theologiae proprium subjectum est homo peccati reus et perditus, et Deus justificans ac salvator hominis peccatoris" (*Psalmi LI* WA, 40, II, 328). Queda de este modo, entonces, para Lutero, el objeto formal de la teología –no así siempre para el luteranismo–, determinado a un nivel relacional y dialécticamente establecido: "Dios-hombre", "pecado-gracia" "ley-evangelio", y no al nivel de una intelección racional que a partir de lo creado busca la comprensión de la obra de Dios, como en el caso de la escolástica y especialmente de

aquí no es solo la negación del principio de universalidad, constituyente de toda verdadera teología, sino la actitud clausurante del sentido último de verdad, agotado ya bajo los márgenes de su específica regionalidad. Lo mismo que ya advirtiera Leopoldo Zea al respecto de una filosofía continental que se propusiera hacer filosofía latinoamericana sin más, transformando a su propia circunstancialidad en una forma de paralela universalidad, se podría afirmar de esta conducta clausurante de una teología latinoamericana bajo el exclusivismo de su regionalidad, a saber: se denota aquí un evidente sentimiento de inferioridad, además, por cierto, de una comprensión fragmentada de la disciplina teológica como tal, que se intenta disfrazar o sublimar por medio del comportamiento desafiante, militante, exclusivista, regional. Obviamente, nadie está intentando negar la existencia de problemáticas y desafíos cuyas soluciones nadie más que nosotros como latinoamericanos podríamos avizorar y que son, en consecuencia, de nuestra exclusiva responsabilidad, toda vez que sus emplazamientos desde aquella particular circunstancialidad se nos ofrecen únicos e irrepetibles, con su determinada carga histórica y social. Y, sin embargo, ni aun con toda aquella carga contextual, regional, circunstancial, el horizonte de catolicidad de la teología podría quedar suprimido, a riesgo, claro está, de quedar seriamente cercenada no solamente la especificidad de la teología en tanto ciencia en particular, sino asimismo su condición de garante y testigo de la fe eclesial.

3.3 Crítica intercultural al proyecto filosófico latinoamericano

Nuestro cotejo del proyecto de una filosofía hispanoamericana, como propuesta que en muchos aspectos se entrecruza, especialmente a la luz de la tensión entre lo universal y lo regional que ha recogido esta filosofía, con nuestro propio desafío de ensayar caminos para un quehacer evangélico latinoamericano, no podría resultar completamente satisfactorio sin ofrecer siquiera algunas breves anotaciones al respecto de la crítica que la filosofía intercultural, específicamente aquella encabezada por R. Fornet-Betancourt[641], dirige contra aquella comprensión de

---

Tomás de Aquino. Partir de esto último, a juicio de Lutero, no sería más que autoengaño y funesto error. Precisamente así –dirá en la *Disputa de Heidelberg*–, es como procede el *teólogo de la gloria*, quien llama a lo malo bueno, y a lo bueno malo, entre tanto que el *teólogo de la cruz*, partiendo de Cristo y de su pasión, llama a cada cosa según su nombre:

19. No puede llamarse en justicia "teólogo" al que crea que las cosas invisibles de Dios pueden aprehenderse a partir de lo creado.

20. Sino, mejor, a quien aprehende las cosas visibles e inferiores de Dios a partir de la pasión y de la cruz.

21. El teólogo de la gloria llama al mal bien y al bien mal: el teólogo de la cruz llama a las cosas como son en realidad (*Controversia de Heidelberg*, tesis 19-21, T. Egido, *Lutero. Obras*, 82).

[641] Presente, particularmente, en su *Crítica intercultural*.

filosofía que domina a este proyecto, bajo el auspicio de nombres tales como Enrique Dussel, Arturo A. Roig, Juan C. Scannone, Luis Villoro y el mismo Leopoldo Zea, entre otros. Una crítica intercultural que, como bien podrá apreciar el lector, y amén de aquello la recogemos, contiene elementos de extrema similitud, salvando por supuesto las debidas diferencias, con los reparos que especialmente las teologías progresistas posmodernas y del genitivo por igual dirigen contra aquel posicionamiento teológico que se esfuerza en salvaguardar lo católico y lineal de este quehacer. Según Fornet-Betancourt[642], acaso el más importante teórico del movimiento intercultural, en el constructo de filosofía que aparece claramente escenificado en el planteamiento filosófico de E. Dussel, y que a su juicio resulta en gran medida constitutivo de la cosmovisión general del proyecto de una filosofía latinoamericana, al menos en cuanto a lo que a su comprensión de lo que es filosofía se refiere, el paradigma que se impone, para luego y desde allí determinar si ha habido o no en realidad un quehacer filosófico latinoamericano, es el de la tradición occidental, en tanto saber técnico y profesional, tendiente a alcanzar un alto nivel de abstracción, reflexividad y articulación racional, principalmente bajo la estructura del método. De acuerdo a este tal razonamiento, prosigue la observación de R. Fornet-Betancourt, habría que concluir entonces que no solamente el pensar filosófico hispanoamericano habría sido medido y lo seguiría siendo en la actualidad bajo tales categorías de la filosofía occidental, sino cuánto más el de los pueblos amerindios y afroamericanos, sujetos históricos impostergables para nuestro pensador intercultural, del intrincado acervo cultural latinoamericano. En consecuencia, se impondría aquí un concepto arbitrario de universalidad filosófica y cultural que propendería a la homogeneidad y a la uniformidad desde aquel centro de pensamiento único y dominante, pero que negaría al mismo tiempo toda apertura al diálogo intercultural, puesto que únicamente lo concedería allí en su dimensión bipolar. Es decir, entre lo latinoamericano –en ese sentido, ajustado ya a aquella idea de lo occidentalmente universal– y lo occidental en su sentido básicamente europeizante, pero no entre los diversos sujetos históricos internos –amerindios, afroamericanos, etc.– que en la polifonía de sus voces dan vida genuina a lo latinoamericano. Y, todo aquello, ciertamente, a la luz de su inalienable derecho de autodeterminación política, religiosa y cultural.

Ahora bien, la cuestión realmente de fondo aquí, para la crítica intercultural, es un llamado radical a repensar qué se debe entender por la actividad filosófica propiamente dicha: si amor por la sabiduría, de acuerdo a un pensar abstracto y organizativo según el método de la lógica griega, y específicamente aristotélica, tal como posteriormente ha sido desarrollado por la academia occidental, o simplemente una cierta forma de organizar y dar sentido a los fundamentos ético-ónticos de la vida, en orden a lo cual cada pueblo tendría, en consecuencia, su propia forma

---

[642] *Op. cit.*, 52 ss.

de filosofía, en la medida en que se ha planteado con relativa fecundidad el sentido de esa misma vida, de la muerte y de la divinidad. Desde luego, los reparos que la crítica intercultural dirige a la filosofía académico-occidental, por su declarado eurocentrismo, han de ser extensivos a la filosofía helénica por igual, fuente primera, a su juicio, de ese pensamiento único y tutelar. Recordada es la contundente afirmación de Heidegger en su, ¿Qué es eso de filosofía?, en términos de que: "La frase 'la filosofía es griega en su esencia', no dice sino que Occidente y Europa, y solo ellos, son, en su marcha histórica más íntima, originariamente filosóficos"[643]. Más allá de esto, y del escozor que una afirmación de esta tal naturaleza sin duda alguna habrá de ocasionar, especialmente entre las corrientes suscritas al relativismo cultural o a la propia crítica intercultural, habría que preguntarse, empero, como bien lo ha planteado E. Dussel[644], si en realidad toda sabiduría dimanada de aquellos fundamentos óntico-éticos de la vida podría ser considerada en propiedad como filosofía sin más, si entendemos por esta una reflexión y un lenguaje que tienden a la univocidad no-mítica de la realidad y a la correspondiente objetivización del saber adquirido. Lo cual no implica, ciertamente, que le esté excluido a tal asignación de la filosofía la utilización para su acervo de relatos mitológicos, tal como su propia historia bien lo podría corroborar, pero sí que su acercamiento a tales relatos ha de ser siempre con criterios hermenéuticos, y con el fin precisamente de aumentar por medio de sus símbolos y metáforas la versatilidad de sus contenidos.

Reconocido entonces el tratamiento hermenéutico con que la filosofía siempre procedería en relación al mito, al punto de que tal procedimiento sería uno de los más importantes elementos que le distinguirían de otras formas de pensamiento, habría que aceptar, como bien lo enfatiza Dussel, para hacer distinción entre filosofía y sabiduría cultural, que la sabiduría que subyace a las tragedias de Sófocles sería tan poco filosófica, por consiguiente, como la propia teogonía de Quetzalcóatl, aun cuando en ambos relatos sería absurdo negar que se está en presencia de una sabiduría simbólica o de la última preocupación humana, la vida, la muerte, la divinidad. Por lo mismo, y yendo un paso más allá, se debe admitir, como con toda claridad lo ha expuesto J. C. Scannone, y con el mérito además de hacerlo en medio de una discusión con tan evidentes presiones, que probablemente solo en Grecia se ha dado el paso, y que constituye la verdadera novedad histórica, de avanzar desde la sabiduría práctica, el fundamento óntico-ético de la vida y el pensamiento mitológico hasta el "plano de la razón críticamente argumentativa, metódica y sistemática, a saber, de la ciencia"[645]. Es, por tanto, en el marco de esta novedad histórica, que, como Scannone enfatiza, no constituye sobreasunción

---

[643] Sur, Buenos Aires, 1960, 17.

[644] *Transmodernidad e interculturalidad (Interpretación desde la filosofía de la liberación)*, en, *Crítica intercultural*, 158.

[645] *Respuesta a Raúl Fornet-Betancourt*, en, R. Fornet-Betancourt (Ed.), *Crítica intercultural*, 182.

ni desecho de otras formas de sabiduría, tal como posteriormente ha sido desarrollada y profundizada en la tradición occidental, que tal actividad del pensamiento humano puede ser considerada en propiedad, filosofía, y *a fortiori* también ciencia, aun con toda la vorágine de respuestas críticas que tal designación pudiese despertar. Por último, y con toda razón, se pregunta el mismo Scannone, y pensamos que esta pregunta resulta en este contexto fundamental, si el afán y esfuerzo por conservar a toda costa el nombre "filosofía", tal como lo hace la crítica intercultural, para otras formas de sabiduría, no menos válidas para la vida y las culturas, no constituye una supervaloración de la misma, como a la vez un subrepticio resto de etnocentrismo occidental, el mismo, paradójicamente, del que tanto se desea distanciar.

En lo que respecta al quehacer teológico evangélico latinoamericano, es cierto que la crítica filosófica intercultural ofrece importantes contribuciones a considerar, algunas de las cuales ya hemos revisado al tratar brevemente sobre esta en nuestro apartado acerca de la multiculturalidad. Sin embargo, se debe precisar que cada una de ellas debe ser ponderada con un generoso margen de mesura y criticidad, para evitar así lo que ha ocurrido con otras muchas teologías –y pensamos aquí particularmente en la teología de la liberación y su utilización de la sociología marxista, o las progresistas posmodernas y del genitivo y su empleo de los énfasis dados por la posmodernidad y la izquierda cultural–, que han convertido a aquel marco hermenéutico y referencial que han escogido para vehicular su teología no solo en un recurso derivado y contingente, sino a la postre, y a falta de mayor capacidad o voluntad para someter a este a un constante ejercicio de evaluatividad desde las propias fuentes de la fe cristiana y la historia de los efectos (*Wirkungsgeschichte*), en una estructura intocable e inamovible a la que se le tributa al fin de cuentas la última lealtad. Por lo demás, insistimos en este tratamiento con parámetros de criticidad, no solo porque la crítica –valga la redundancia– filosófica intercultural constituye un programa relativamente reciente, sino porque muchas de sus enfatizaciones, aunque plausibles desde luego para el quehacer teológico evangélico latinoamericano de considerar, asumen un posicionamiento filosófico, antropológico y cultural, y desde allí un no menor contingente de visiones y exigencias, que emplazan a la teología cristiana abiertamente a precisar qué es aquello que constituye para esta su discurso inalienablemente fundante, como asimismo qué sería aquello que caería bajo la categoría de discurso derivado y vehicular.

Convenga para ello simplemente en reparar en que la mayor dificultad que advierte R. Fornet-Betancourt[646], en el planteamiento de Juan Carlos Scannone –dicho sea de paso, el pensador del movimiento filosófico latinoamericano que junto a E. Dussel evidencia más amarras con la tradición cristiana, al menos en la forma de una "filosofía-teología de la liberación"–, para que este pueda asumir

---

[646] *Crítica intercultural*, 72, nota 141.

en total plenitud el proyecto intercultural, es precisamente el que el trasfondo de su paradigma sea teológico-cristiano y expresado en el consabido método de la inculturación. Es decir, y entendiendo por ello la referencia a una cultura supuestamente universal informada por la herencia cristiano-occidental, cuyo fin sería más la internación de esos valores que la recreación intercultural de todas las tradiciones culturales de la humanidad, sin la apelación a ninguna tradición cultural estimada como tutelar. Pero, incluso, prescindiendo de cualquier posible influjo de inculturación, queda todavía presente la cuestión de si "tal recreación intercultural de todas las tradiciones culturales de la humanidad, sin la apelación a ninguna tradición cultural estimada como tutelar", no lleva simplemente a omitir el hecho indiscutible de que han existido y siguen existiendo aún en la actualidad formas culturales que abiertamente resultan oscurantistas y opresivas para la vida humana e incluso para la sociedad actual. Y, en tal sentido, estar dispuesto a conceder la advertencia que el filósofo español, pero avecindado por mucho tiempo ya en México, Luis Villoro, dirige a la crítica intercultural y su –en principio– válida insistencia por una recreación mayor de las culturas: que parta de la comprensión autónoma de cada una de estas y no desde un solo centro de comprensión dominante, esto es, que una ética de las culturas no solo se debe limitar a una suerte de comprensión de las mismas –que la mayoría de las veces, y en rigor de verdad, se queda nada más que en el impulso victimizante o idealizante de cada una de ellas–, sino también en el uso de algún juicio de valor.[647] Por supuesto, se deberá admitir que, si ya el solo hecho de establecer un cierto criterio de evaluación despierta tan evidente resistencia entre estos círculos, este escozor se recrudece aún más en la medida en que tal ejercicio adquiere el marco referencial de la tradición judeocristiana, a la que, desde luego, y a pesar de todos los esfuerzos por hacerla aparecer como el *summun* del pensamiento opresivo, resulta imposible de desheredar o desatender.

Pues bien, frente a todo este caudal de información, el quehacer teológico evangélico latinoamericano debería por lo menos considerar, y a diferencia de la insistencia intercultural, que la aspiración teológica cristiana de universalidad, o de catolicidad para ser más precisos todavía, no ha constituido jamás, correctamente entendida, una velada o declarada pretensión de uniformidad fraguada ni mucho menos desde un supuesto centro de pensamiento dominante, tendiente a negar los matices teológicos particulares de cada genio cultural. Muy por el contrario, tal principio de catolicidad teologal, y en toda la hondura hermenéutica e histórica que su comprensión pudiese conllevar, constituye más bien la mejor garantía por el respeto y la valía de cada uno de los pueblos y culturas en los que el evangelio se ha llegado a encarnar. Esto no ha de implicar, por supuesto, tal como tampoco lo implica para el caso de la filosofía y su trasfondo helénico-occidental,

---

[647] Respuesta a Raúl Fornet-Betancourt, en, *Crítica intercultural*, 188.

que la teología cristiana deba desconocer o incluso rechazar sus raíces judeocristianas, primeramente, como, en un segundo lugar, grecolatinas, y estas a la luz de su posterior desarrollo occidental. Pero mucho menos, claro está, olvidar que sus fuentes primarias de fundamentación siguen siendo primero y absolutamente Cristo y su revelación, para dar lugar y en segundo momento ya, al acervo de la tradición, entendida esta no como normativa anquilosada e intocable, sino antes bien como pensamiento vivo y siempre en constante desarrollo y construcción.

Asimismo, debemos también recordar que, para el quehacer teológico y eclesiástico evangélico de América Latina, dicho principio de universalidad teologal no ha constituido jamás un acto de imposición ni desde lo paradigmático cultural ni mucho menos desde lo teórico-racional, al que se deba en consecuencia responsabilizar de la insignificante contribución que tal quehacer ha tenido en el área del pensamiento teológico o en el robustecimiento eclesial, ni mucho menos en la fijación obsesiva por un solo modelo religioso y cultural estimado realmente como tutelar, tal como sin embargo ha ocurrido con la *American Religion* y la *American way of life*. Antes bien, y a la luz de su particular herencia misionera, tal principio ha constituido, para el quehacer teológico y eclesiástico evangélico de nuestro continente, más bien una lamentable deuda y vacío, con consecuencias todavía por evaluar. Porque aquí lo que se ha impuesto, a decir con toda honestidad, como verdadero pensamiento único y modelo cultural homogeneizante y tutelar, no ha sido desde luego el gran acervo teologal presente en la historia del pensamiento cristiano y filosófico, los grandes credos ecuménicos, la herencia teológica de los reformadores y, todo aquello, por supuesto, en correspondencia fecunda con el surco de nuestro variopinto genio cultural, sino más bien la desreferencialidad y la ruptura más radical, bajo el esquema de un exclusivo modelo teológico y cultural, esto es, otra vez lo repetimos, la *American Religion* y la *American way of life*. Es cierto, por lo demás, que bien puede el quehacer teológico y eclesiástico evangélico latinoamericano afirmar, junto a la crítica intercultural, aquello de que es en la polifonía de las voces y en la multiformidad de sus diversos sujetos históricos que se construye el intrincado acervo cultural continental, e incluso no cerrarse a problematizar la pretensión de un derecho que podría caberles a todos estos actores de fijar su propia autodeterminación política, religiosa y cultural. Y, sin embargo, a despecho de cuanto nos parezca redimible del programa intercultural, el principio aquel de que cada cultura solo puede ser juzgada a partir de sí misma y jamás nunca desde algún centro externo referencial, el que observado consecuentemente no solo debería amparar a los diversos grupos etnoculturales, sino a su vez a cuanto colectivo social pulule en la actualidad, no importa lo degradante o corrosivo de su accionar, no podría conducir jamás a que la teología cristiana deba abdicar de sus elementos fundantes de comprensión y evaluación del mundo y sus posibilidades, a saber, Palabra, en primer lugar, y luego tradición cristiana, como testimonio de la fe eclesiástica universal, en un segundo lugar. Renunciar efectivamente a aquello no solo significaría postergar o incluso negar que existe en el centro más sensible de la fe cristiana un discurso inconfundiblemente fundante, por medio del cual mundo y ser humano han de ser discernidos y ponderados, por temor precisamente a que en aquella indubitable definición, otros discursos a todas luces derivados y tomados de otros quehaceres del pensamiento humano, pero a la postre incorporados casi al punto de fundantes, se sientan importunados o escandalizados y con ello se dejen de percibir los beneficios y promociones que sus alianzas han otorgado.

4

El proceso de internalización del pensamiento filosófico en América Latina

4.1 El periplo

Otro aspecto que requiere detenida observación, y más allá de lo estrictamente concerniente al proyecto filosófico latinoamericano o de la crítica intercultural misma, es el de atender al proceso de internalización hacia América Latina del pensamiento filosófico especializado, no solo por cuanto en la atención a dicha introducción se dilucida en buena parte la cuestión de si ha existido en realidad o no un pensamiento filosófico característico de nuestro continente, sino porque, a despecho de todas las diferencias de forma y fondo que puedan venir al caso, podemos a partir de este esclarecimiento obtener relevantes antecedentes a la hora de ensayar nuestra propia respuesta acerca de la particularidad del quehacer teológico evangélico latinoamericano. Además, por cierto, de diagnosticar sus vacíos y eventuales desafíos tanto en lo presente como en lo porvenir. En cuanto a la introducción del pensamiento filosófico propiamente tal en Hispanoamérica, Augusto Salazar Bondy, en su importante trabajo, ¿Existe una filosofía de nuestra América?[648], cree hallar cuatro influencias fundamentales en torno a este proceso de internalización. La primera sería la influencia, en efecto, de España, la cual se iniciaría con la introducción de las corrientes predominantes en el tiempo de la Conquista, y en el marco por supuesto del sistema político y eclesiástico patentado por la corona, cuyo fin no era otro que formar a los súbditos del Nuevo Mundo en la fidelidad irrestricta a esos valores de Estado e Iglesia, y legitimar filosóficamente el derecho a la lucha contra los aborígenes y el consecuente apoderamiento de la tierra. Es la filosofía propia del escolasticismo, que en la versión española adquirirá ribetes de mayor conservadurismo y antimodernismo que en el resto de Europa.[649] La hegemonía de la escolástica se vería disminuida, sin

---

[648] Siglo XXI, México D. F., 1988. Véase, especialmente su utilísimo capítulo, *El proceso*, 11-32.

[649] Por supuesto, aparecerán de vez en cuando ciertas corrientes divergentes y desafiantes al escolasticismo, como el platonismo renacentista y el humanismo erasmista, mas, como el propio Salazar Bondy lo advierte (*Op. cit.*, 12), al costo no pocas veces de la propia vida de sus expositores. También se dará, durante el período colonial, una pléyade de figuras y maestros hispanoamericanos de gran influencia pedagógica, entre los que habría que mencionar a los escolásticos Antonio Rubio en México, Diego de Avendaño en el Perú, Agustín de Quevedo y Villegas en Venezuela y Alfonso de Briceño en Chile. Pensadores ilustrados, y ya en el primer período del siglo XIX, son también el mexicano Benito Díaz de Gamarra, el peruano Pedro de Peralta y Barnuevo, el cubano José de la Luz y Caballero, el venezolano Andrés Bello, pero con larga residencia en Chile, el chileno José Victorino Lastarria, y el argentino Juan Bautista Alberdi. Por último, representantes ilustres del

embargo, aunque no al punto ni mucho menos de perder toda su influencia, toda vez que seguirá siendo por un largo tiempo el único marco categorial reconocido por la iglesia, entrando ya el siglo XVIII y al tiempo en que, con la conformación de las nuevas repúblicas, se asomaban a América Latina las corrientes filosóficas originadas a partir del Renacimiento y sus epígonas.[650] Ya en el siglo XIX, nuestro autor hace referencia a la influencia en América Latina del krausismo, de gran repercusión en la Península, además del tradicionalismo de Donoso Cortés y el pensamiento católico ecléctico de Jaime Balmes. Iniciado el siglo XX, se destaca la notable influencia de Unamuno, tanto a través de sus obras literarias como de las filosóficas, como así también el impacto acaso mayor de Ortega y la revista por él fundada, *Revista de Occidente,* de amplia divulgación entre los intelectuales latinoamericanos de la época. Hace notar Salazar Bondy que con la sola excepción de Unamuno –personaje prácticamente desbordante en toda la modalidad del pensamiento–, se trata, en relación con aquella influencia española, ya sea tanto para el caso de Ortega como para el de los movimientos y pensadores anteriores, de la transmisión de filosofías provenientes de otras naciones, y de una España que ha servido más bien de vehiculización de estas corrientes para América Latina que de fuente de las mismas.

Como segunda influencia en el marco de este proceso de internalización del pensamiento filosófico a América Latina, nuestro pensador identifica a la filosofía inglesa en particular y a la anglosajona en general. Cree ver esta influencia ya a partir del período de la Ilustración, y aquello a través de la física de Newton y la filosofía de Locke, Adam Smith y Bentham, principalmente, cuya expansión alcanzaría incluso las primeras décadas del siglo XIX, con la presencia del empirismo y el utilitarismo, y la gran acogida que habrá de tener en nuestro continente la filosofía escocesa del *common sense.* Este trasfondo habrá de servir como puente mediador, a su juicio, para el contacto con el pensamiento estadounidense, reducido prácticamente hasta el momento a la sola doctrina del federalismo de Jefferson, Benjamin Franklin y Thomas Paine. De este modo se hará conocido el idealismo religioso de Emerson, el trabajo filosófico y psicológico de William James y el pragmatismo y la doctrina pedagógica de John Dewey.

Como tercera influencia menciona nuestro autor a la filosofía francesa, asimismo despuntando con la Ilustración, y bajo la figura de Descartes, fundamentalmente,

---

movimiento positivista en este período serán el peruano González Prada, el mexicano Justo Sierra, el cubano Enrique José Varona y el argentino José Ingenieros (cf. Salazar Bondy, *Op. cit.,* 16, nota 1).

[650] Pero habría que considerar asimismo como elementos coadyuvantes en relación al decrecimiento de esta hegemonía, nos precisa nuestro autor (*Ibíd.,* 12 ss.), la política liberalizante de los ministros de Carlos III, la obra de escritores con espíritu reformador como el Padre Feijoo, la visita de viajeros ilustres a América Latina y sus ideas vanguardistas, como Alexander von Humboldt, expediciones como la de la Academia de París, etc.

para luego recalar y con mayor penetración aún en el sensualismo de Condillac y sus epígonos de la ideología y filosofía de Rousseau y otros autores enciclopédicos. La siguiente etapa de este influjo francés en nuestro continente correspondería al eclecticismo y espiritualismo de la época de la Restauración, para proseguir con el positivismo de Comte y sus discípulos. Ya en las primeras décadas del siglo XX, se distingue la presencia del vitalismo bergsoniano, en opinión de nuestro filósofo, la más importante influencia de la filosofía francesa en América Latina después de la Ilustración, para luego de la Segunda Guerra constatar el influjo del existencialismo, con figuras tales como Sartre, Merlaeu-Ponty, Marcel y Camus[651]; la corriente marxista, bajo nombres de la talla de Lefebvre y Althusser; y, por último, la epistemología de Meyerson, Bachelard y Piaget, solo para mencionar acaso las figuras más sobresalientes de esta corriente.

Como cuarta influencia, Salazar Bondy destaca la filosofía alemana y su similar austriaca, cuyo proceso de introducción a América Latina habría resultado mucho más rezagado y lento en relación con las anteriores filosofías nacionales, las cuales se harían presentes, en primer lugar, a través de la filosofía de Leibniz, como posteriormente por medio de Herder y los prerrománticos. Luego, en opinión de nuestro filósofo, habría que considerar una débil influencia del Idealismo, por medio de figuras, no obstante, de segunda línea en Alemania, tales como Karl Krause y Ahrens. Ya en el siglo XIX, haría su incursión el naturalismo materialista de Büchner y Haeckel, la doctrina filosófica-pedagógica de Herbart, la psicología experimental y voluntarista de Wundt, y solo tardíamente las figuras de Schopenhauer y de Nietzsche, y esto a pesar de ser figuras señeras de la filosofía germánica. El momento de mayor influencia de la filosofía alemana en América Latina lo fija, empero, nuestro pensador, ya en la década del treinta del siglo XX, con la introducción de la fenomenología de Husserl y sus derivaciones axiológicas y ontológicas, a través de pensadores como Max Scheler, Moritz Geiger, Alexander Pfaender y Nicolai Hartmann, y el subsiguiente existencialismo de sus discípulos Jaspers y Heidegger. Otras participaciones importantes de la filosofía alemana que según Salazar Bondy habría que mencionar serían el historicismo y vitalismo de pensadores como Simmel y Dilthey; el marxismo y el pensamiento socialista a través de sus autores clásicos, Marx y Engels, en efecto, y sus posteriores promulgadores, tales como Ernst Bloch y Herbert Marcuse[652],

---

[651] La penetración de este tipo de existencialismo se vería grandemente facilitado gracias al empleo de literatura como medio de difusión de sus doctrinas, lo que al mismo tiempo le permitiría acceder al amplio público de América Latina, aunque, por supuesto, y debido a las características propias de tal género literario, las mismas quedasen la mayoría de las veces no más que en un nivel de divulgación masiva y popular (cf. Salazar Bondy, *Ibíd.*, 18).

[652] En lo que respecta al marxismo, señala Salazar Bondy (*Ibíd.*, 17), aunque ha tenido importantes repercusiones sociales y políticas en América Latina, especialmente con el establecimiento del régimen socialista en Cuba –a lo cual deberíamos también agregar el caso de la Venezuela de Chávez y Maduro, como asimismo el proyecto del *Socialismo del siglo XXI*, apuntando hacia aquel mismo norte–,

principalmente; el positivismo lógico y filosófico de Wittgenstein; y, por último, el psicoanálisis, con pensadores tales como Freud, Jung y Fromm, respectivamente. Otras influencias filosóficas nacionales con presencia en América Latina, pero con un impacto menos vigoroso que las ya mentadas, resultan, para nuestro autor, la filosofía italiana, presente ya en el primer siglo de la Colonia vía el platonismo renacentista; en la Ilustración, por medio de teóricos de la historia y del derecho como Vico, Beccaria y Filangeri; y ya en el siglo XX, a través del pensamiento estético de Croce y del pensamiento marxista de autores como Labriola, Gramsci, Mondolfo y Della Volpe. La influencia rusa estaría exclusivamente presente en la reflexión social y la filosofía de la historia. Primero, por mediación del anarquismo de Bakunin y del conde Kropotkin, y luego a través del socialismo marxista de Plenájov, Lenin, Trotski, Bujarin y Stalin. También habría que mencionar la influencia filosófica literaria de escritores como Dostoievski y Tolstoi. Finalmente, Salazar Bondy se refiere a otras tangenciales influencias filosóficas nacionales, como la polaca, representada por Adam Schaff y la escuela lógica y marxista; la húngara, por medio de la vigorosa figura del filósofo marxista Georgy Luckács; y la de pensadores judíos, especialmente de lengua alemana, como Walter Benjamin, Gershom Scholem, pero especialmente Martin Buber, cuyo legado en otros autores asimismo de origen judío, como Husserl, Wittgenstein, Bergson, entre otros, nadie podría desconocer.

4.2 Caracterizaciones

No pretendemos hacer justicia a la esclarecedora síntesis que logra Salazar Bondy en su capítulo destinado al proceso de internación del pensamiento filosófico hacia América Latina en estas breves páginas. Una síntesis que, como bien lo señala nuestro autor, más que procurar el detalle de este periplo ha perseguido más bien entender su carácter y orientación.[653] En el entendido de que una detención mayor en este trayecto de internación podría fácilmente distraernos del real objetivo que aquí nos hemos propuesto –cual es, a partir de este, establecer puntos de contraste y conexión con el proceso mismo del quehacer teológico evangélico latinoamericano, para luego y desde allí, comprender acaso un poco mejor los vacíos que subyacen a este y ensayar a su vez posibles caminos para acometerlos–, escojamos entonces algunas de las más importantes caracterizaciones que Salazar Bondy cree visualizar en la actividad filosófica de nuestro continente tras el recorrido de todo este itinerario.[654]

---

y el activismo contracultural, entre los sectores más jóvenes de la sociedad, no ha sido ni con mucho una filosofía de gran demanda en la academia universitaria ni de la atención de los mayores intelectuales del continente, pero sí, empero, aquella filosofía que más esfuerzo de vulgarización ha recibido.

[653] Véase, *Ibíd.*, 17, nota 1. Al respecto de otras influencias a las que alude nuestro pensador, y acaso porque él mismo lo confiesa, de una divulgación claramente menor, aunque no exentas de valía, hemos decidido no darles atención, tales como la originada por la destacada participación de aquel grupo de filósofos hispanoamericanos denominados como *fundadores,* abiertos opositores a la filosofía positiva, o el influjo de la filosofía católica, ya en pleno siglo XX, a través específicamente del neotomismo.

[654] *Ibíd.,* 26 ss.

Una de las primeras caracterizaciones que cree advertir nuestro autor es aquella de que el filosofar latinoamericano daría cuenta de una *evolución paralela y con determinantes exógenos*.[655] En otras palabras, que el desenvolvimiento ideológico hispanoamericano ha corrido en paralelo con el proceso del pensamiento europeo y más recientemente usamericano, siendo estos los que han determinado sus giros y transformaciones y no este mismo el que los ha producido. En consecuencia, dicha evolución se ha mostrado a su vez *discontinua*, en la medida en que no ha sido provocada por la virtud y generación de sistemas doctrinales internos. Por lo mismo, ha ofrecido características de presentación sinóptica, privilegiándose más bien el resumen o el perfil esquematizado de los nuevos sistemas que el análisis reposado de sus constructos teóricos y metodologías. Como otra caracterización estaría el hecho, para nuestro autor, de que se ha tratado asimismo de una evolución que presenta tanto el contraste de un *retardo decreciente* como a la vez de una *aceleración creciente*.[656] Se afirma esto en el sentido de que, si bien durante largos años los productos ideológicos que se asomaban a América Latina, preferentemente originados desde Europa, llegaban con un enorme retraso a nuestro continente, incluso cuando los mismos en su contexto de origen ya estaban en proceso de superación o directamente obsoletos, en la actualidad se experimenta, en virtud del fenómeno de la globalización y el tecnologicismo, una verdadera avalancha de las últimas corrientes filosóficas producidas en casi todo el mundo, aunque preferencialmente desde los Estados Unidos, al punto de que, a la luz de esta desbordante información, no resulta ya posible aquilatar o discernir la real contribución o aporte de estos insumos.

Otra caracterización recogida por Salazar Bondy en el marco de este mismo recorrido tiene que ver con que la introducción del pensamiento filosófico a América Latina ha visto su aparición prácticamente *ex nihilo*. Esto es, sin la existencia de una tradición intelectual vernácula que le haya preparado y sostenido, lo que ha llevado a este pensamiento a no tener incidencia ninguna, y en contraste notorio, verbigracia, con el caso de Europa, en la conciencia y en el desarrollo histórico y cultural de nuestros pueblos, por más que los esfuerzos primitivos hayan sido procurar el efecto práctico de sus contenidos, tal como fue el proyecto de los grandes pedagogos nacionales o del mismo movimiento positivista.

Otro rasgo característico que arrojaría el filosofar hispanoamericano a la luz de este proceso es, para nuestro filósofo peruano, *la superficialidad y la pobreza*[657] que, en términos generales, mostrarían sus planteamientos y desarrollos doctrinarios, en los que primarían más la disertación de carácter oratoria y el tratamiento de tipo literario-sinóptico que la elaboración crítica y trabajosa de sus fundamentos.

---

[655] *Ibíd.*, 26.

[656] *Ibíd.*, 27.

[657] *Ibíd.*, 29.

En las palabras insuperables del propio Salazar Bondy, en Hispanoamérica "la mayor parte de las veces el afán filosófico se satisface y consume en el menester de la exposición pedagógica, el resumen y formulación no técnica de las doctrinas y sistemas importados para el uso de la escuela"[658].

Adjunto a ello, y como última caracterización que aquí recogemos, se evidenciaría para nuestro autor en el pensar filosófico latinoamericano, una *ausencia metodológica característica y una proclividad teórica, ideológica identificable*[659] que podrían fundar una tradición de pensamiento o, al menos, el perfil de un filosofar razonablemente claro y definido.

4.3 Ausencia de filosofía propia. La tarea de nuestra filosofía

Finalmente, el conjunto de todas estas caracterizaciones y sus respectivas problematizaciones, cuya mención por nuestra parte no ha sido más que aleatoria, le lleva a concluir a Salazar Bondy que hasta el día de hoy no ha habido, en propiedad, en América Latina, o en la América hispanoindia, como él gusta designarla, un pensamiento filosófico riguroso, auténtico y que, al tiempo que se nutre de la universalidad de la filosofía, sea capaz de robustecer las raíces de su propia vernácula doctrina. Es decir, un pensar o un quehacer al que por su hondura, originalidad y correcta relación dialéctica entre lo universal y lo particular de la filosofía, se le pueda llamar en propiedad "filosofía de América Latina"[660]. En efecto, ya advertía con anterioridad el filósofo argentino Aníbal Sánchez Reulet, dándole con ello indirectamente la razón al juicio aquí expresado por Salazar Bondy, que del hecho de que haya ciertos hombres en Hispanoamérica dedicándose a la filosofía no se sigue por necesidad que exista la tipicidad y la originalidad de una tradición y de un pensar filosófico característico de nuestro continente. Por ello, tal tarea para nuestro pensador es la gran deuda del quehacer filosófico de Hispanoamérica. Una deuda que no puede seguir siendo diferida aludiendo al carácter peculiar de nuestro pensamiento que, cuando no disculpa o incluso exalta con retorismo alegre aquello que es más bien falta de acuciosidad, profesionalismo o incluso pereza, no sobrepuja más que el detalle folklórico.[661] En este sentido y en nuestra opinión con inobjetable razón, toda vez que aquello no ha hecho más que reforzar el subdesarrollo intelectual y la condición de dependencia en todos los

---

[658] *Ibíd.*, 29.

[659] *Ibíd.*, 29.

[660] *Ibíd.*, 77.

[661] Pero aquí se debe advertir que Salazar Bondy no ensaya nada nuevo. Ya Luis Villoro, en una de sus tempranas reflexiones en torno al pensar filosófico de América Latina (¿Es posible una filosofía americana?, en, Sociedad cubana de filosofía, Ed., *Conversaciones filosóficas interamericanas,* La Habana, Ministerio de Educación, 1953, 153 ss.), concluía que la falta de autenticidad en la filosofía hispanoamericana se explicaba no por una cuestión de disposición cultural sino por falta de vigor y carencia de suficiente profesionalismo en el análisis.

órdenes, rechaza nuestro filósofo la observación realizada por el pensador argentino Juan Bautista Alberdi, de destacada participación, no obstante, en tantas diversas materias, según la cual el genio cultural hispanoamericano carecería de aquella tendencia teórica y especulativa que resultaría esencial para el quehacer de la filosofía, siendo, en consecuencia, su contribución nada más que la aplicación de los sistemas teóricos originados en Europa. Es decir, una contribución supeditada básicamente a la dimensión de lo práctico y divulgativo.[662]

Es cierto, como lo afirmaba J. Gaos, buen conocedor del genio cultural de nuestros pueblos, que el pensamiento hispanoamericano tiende con más facilidad hacia lo estético, en el sentido de una cierta propensión hacia lo retórico y literario, que hacia lo conceptual y pragmático, como asimismo hacia el uso político y pedagógico de las ideas, más que a la introducción metodológica de sus sistemas. Sin embargo, concluir de aquello, tal como el propio Gaos parece sugerirlo, que la ausencia de una filosofía sólida y auténtica en Hispanoamérica se explicaría simplemente por carencia de interés y aptitud para tal tarea[663] es algo que Salazar Bondy –y aquí nos unimos plenamente a ello– descarta por completo. No en el sentido, claro está, de negar la existencia de una cierta inclinación cultural hispanoamericana, distinguible si se quiere de otros genios culturales, puesto que son precisamente estas mismas caracterizaciones, no confundidas ni disfrazadas, como anteriormente se advertía, con la falta de profesionalismo o de acuciosidad, lo que podría comenzar a darle un cierto perfil inconfundible al pensamiento filosófico de nuestro continente. Antes bien, la explicación estaría dada para Salazar Bondy –siguiendo y profundizando la observación que hiciera ya Leopoldo Zea[664], respecto a que, si no ha habido hasta el momento una filosofía original y característica de Hispanoamérica, esto se ha debido principalmente no a una falta de aptitudes inherente a nuestros pueblos, sino más bien a una serie de condiciones ambientales muy particulares, sumado a unos menesteres históricos ineludibles que han ocupado mayormente sus energías y tiempo– por la situación histórica de nuestras naciones. Tal situación histórica apuntaría, por una parte, a unos evidentes condicionamientos de subdesarrollo y dominación desde el tiempo colonial hasta nuestros días, como al enorme abismo

---

[662] *Ibíd.,* 91. Del mismo modo el filósofo peruano Miró Quesada se referirá a semejante situación en los siguientes términos: "En la cultura occidental, la filosofía se adelanta a la acción, la fundamenta y justifica. En Latinoamérica primero es la acción y luego la justificación de esta acción. Una, Europa, crea las filosofías que como ideologías sirvan para la destrucción o la creación de un nuevo orden; la otra, Latinoamérica, se lanza a la acción y, al unísono con la misma, trata de encontrar la filosofía que la justifique; no necesita crearla, le bastará tomarla de prestado". Citado en L. Zea, *La filosofía americana,* 34.

[663] *La filosofía en la Universidad,* FCE, México 1958, 171.

[664] *El sentido de la filosofía en Latinoamérica,* en, *Revista de Occidente,* Madrid, 1966, número 38, 207.

existente entre las élites con acceso al progreso y a la educación, y la enorme masa poblacional pauperizada y casi analfabeta que vive por lo demás en situación de evidente enajenación cultural y social, por otra.

Pero, entonces, ¿es posible en vistas a la preocupante y no menos veraz realidad descrita poder configurar un filosofar hispanoamericano auténtico y metodológicamente claro?[665] Sí, responde nuestro autor[666], en la medida en que aquellos condicionamientos vayan cada día revirtiéndose y relaciones de equidad social sean el norte que nuestros pueblos se propongan alcanzar. Pero no solo esto, sino que también resulta posible de aguardar porque el ser humano en ciertas circunstancias, no comunes ni previsibles, salta por encima de su condición actual y trasciende su realidad hacia nuevas formas de existencia individual y social, con frutos perdurables para su historia política y social. Y la filosofía sería, en opinión de Salazar Bondy, aquella creación del espíritu humano que, en tanto foco de su conciencia más honda, podría constituir aquella parte de la humanidad que se empine sobre sí y vaya de la negatividad del presente hacia formas superiores y más lúcidas de la realidad. En tal sentido, la filosofía cumpliría no solo con la función de hacernos conscientes de nuestra condición de subordinación, y aquello básicamente constituyéndose en una conciencia canceladora de mitos, sofismas, ídolos, elementos de enajenación que nos han conducido precisamente a esa condición, sino también de entregarnos los recursos para superar dicho estado de postergación, toda vez que su llamado es a expandir nuestra conciencia antropológica hispanoamericana.

Por ello, el camino para comenzar a saldar esta tarea incluye, para Salazar Bondy, primeramente y sumándose con ello a una pléyade de voces filosóficas

---

[665] Se da un hecho bastante peculiar al respecto de la condición de autenticidad y de claridad metodológica que debiera alcanzar la filosofía hispanoamericana en los planteamientos, tanto de Salazar Bondy como de Leopoldo Zea, que es preciso mencionar. Mientras que el primero en su apelación al principio aquel de autenticidad, llega en ciertos trazos a abrazar aquello mismo que en muchas de sus páginas se ha esforzado en denunciar, esto es, el recelo a toda incorporación de tradiciones filosóficas históricas o contemporáneas por temor a no ser pertinentes a nuestra realidad contextual y, en consecuencia, venir a dar en el hábito, a su juicio, por antonomasia contrario a la autenticidad, la imitación (*Op. cit.,* 81), incluso, más, llega a afirmar que la filosofía a la que en Hispanoamérica se debería propender no podría ser jamás variación de las concepciones de mundo de los centros dominantes (*Ibíd.,* 92), el segundo, por su parte, y en cuanto al asunto de la metodología, cree que el filósofo latinoamericano, y en vistas a su pensar "comprometido", no debiera jamás reparar si sus afirmaciones, en tanto filósofo, son de estricta competencia de la metodología filosófica, de la de las ciencias políticas o de la de la sociológica (*La filosofía americana como filosofía sin más,* Siglo XXI, México D. F., 2005, 55 ss.). Conviene aquí seguir, y por las razones que ya largamente hemos discutido, la idea de autenticidad que propone Zea, como preferir a su vez la claridad metodológica por la que insiste Salazar Bondy.

[666] *Op. cit.,* 88 ss.

hispanoamericanas previas y contemporáneas[667], no buscar lo peculiar y original a toda costa[668], pues, como ha observado L. Zea[669], bajo una comprensión así ya tan destemplada de la originalidad habría que concluir entonces que tampoco la filosofía europea más contemporánea ostentaría dicha particularidad –acusación que, por supuesto, no es muy frecuente escuchar–, ya que gran parte de sus planteamientos, a los que se les atribuye gran singularidad, se asientan sobre el acervo de otro filosofar, al que se reconoce como antecedente, instrumento y punto de partida a soluciones que, por distintas que resulten de la problemática actual, no por ello dejan de estar relacionadas con los problemas fundamentales del ser humano como tal. O, como advierte Luis Villoro, y yendo más atrás en el acervo filosofal, habría que concluir también que la filosofía de Aristóteles no tendría ninguna impronta peculiar que aportar por el hecho de apoyarse en la tradición platónica, o que Leibniz no sería más que el resultado de un proceso imitativo, por seguir en gran medida al cartesianismo francés, y lo mismo el inglés Ayer cuando continúa el surco ya iniciado por la escuela de Viena.[670] En todos estos casos, y en tantos más que se podría mentar, lo que se observa no es una filosofía nacional, ni siquiera europeo-occidental, sino un planteamiento filosófico que atañe a las preguntas más hondas del ser humano y, por lo tanto, un patrimonio del pensamiento universal. Un patrimonio, empero, que a la luz de la problemática actual que se desea abordar no es visto ni como tótem sagrado ni como punto final, sino como un acervo que en virtud de su misma utilidad se presenta susceptible de seguir y profundizar, pero también de confrontar y superar.

Por lo mismo, esta tarea implica el cuidado de no polarizarse en la reacción exclusivista, etnocentrista, regionalista, es decir, asumir una posición de radical ruptura respecto de la tradición occidental, creyendo que con tal comportamiento el producto final será una auténtica filosofía hispanoamericanista, libre de algún centro dominante o de un canon tutelar. Desde luego, aquello no solo da cuenta, como largamente ya hemos demostrado y en relación específica con el quehacer

---

[667] Entre las cuales podemos mencionar a los argentinos Juan Bautista Alberdi y Aníbal Sánchez Reulet, al mexicano Vasconcelos, en cierto sentido también al peruano Mariátegui, a los españoles, pero avecindados por muchos años en México, José Gaos y Luis Villoro.

[668] Como bien repara L. Zea, a diferencia de Hispanoamérica, para la que la originalidad de la cultura y del pensamiento se volvió prácticamente una obsesión, que más que provocar la creación provocó a ratos el excentricismo más funesto, los Estados Unidos, en cambio, nunca se plantearon el problema de la humanidad de sus hombres, ni la originalidad de su cultura, ni la posibilidad de una filosofía que le fuese propia. Simplemente actuaron en función de sus intereses, dando así no solo a la creación, lo queramos o no, de un nuevo imperio, sino de una filosofía y una cultura que les ha llegado a ser propia, esto es, la *American way of life* (*La filosofía americana como filosofía sin más*, 21).

[669] *Op. cit.*, 30.

[670] "Sentido actual de la filosofía en México", *Revista de la Universidad de México*, vol. XXII, número 5, 1968.

de la teología, de un evidente inferiorismo sublimado de discurso regional, como, a su vez, de una consigna altisonante, pero que en lo concreto del análisis nunca se observa como tal, sino también de un reclamo que, desde el punto de vista histórico y del influjo de las ideas, resulta claramente extemporáneo y de una desinformación garrafal. En efecto, como ha apuntado el filósofo peruano Miró Quesada[671], América Latina, por su propia formación cultural, se encontraba en sus orígenes ya lo suficientemente occidentalizada para poder escapar a un proceso, la occidentalización, del que ni siquiera las naciones más espiritualmente alejadas de Occidente han podido escapar. De modo tal que la cultura y el pensamiento occidental, lejos de serle un aditamento extraño y antinatural, confluyen más bien en un elemento reconocible y en gran medida familiar, sin prejuicio de sus propias adaptaciones y contextualizaciones de esta tradición a la luz de su propia diversidad cultural. Por consiguiente, tan vehemente demanda por romper con la tradición occidental, a fin de poder alcanzar así un producto filosófico original, resultaría en realidad en un reclamo claramente ajeno y superpuesto en relación con el acervo cultural continental, viniendo a dar más bien dicha idea de originalidad, en vistas a su planteamiento tan destemplado y radical, en lo que más bien haría violencia y aparecería como extemporáneo a aquel fondo cultural. Ciertamente, como bien ha visto el filósofo boliviano, Guillermo Francovich[672], de suyo la imitación en cuanto uso de un modelo a utilizar, no tiene por qué cargar con el estigma de la inferioridad, sino más bien la imitación perezosa y superficial. Y añade con asertividad magistral: "El que imita a Cristo en sus exterioridades será cuando mucho un fariseo, pero el que lo imita en el sentido de Kempis, puede llegar a las cumbres de la santidad". De suerte que a juicio de Francovich, la originalidad planteada como última finalidad no puede sino venir a dar en excentricidad rayana ya en la deformidad. Como ya lo repetía Luis Villoro[673], el punto de arranque de una auténtica tradición filosófica no es nunca la consecución afanosa por la originalidad, sino más bien la fuerza y la hondura de su reflexión crítica. La originalidad, en su acepción de autenticidad, no de excentricidad, siempre llega por la vía de aquel profundo filosofar, es decir, como consecuencia y no como finalidad. Y reflexionaba, además, profundizando en aquel mismo planteamiento, si acaso no ha sido aquel afán por acceder a la originalidad, prácticamente como última finalidad, el que ha llevado a que en América Latina la filosofía se haya entendido más como una invención personal, emparentada más con la creación literaria que con la actividad científica filosófica propiamente tal.

---

[671] Cf. L. Zea, *La filosofía americana*, 39 ss.

[672] Cf. L. Zea, *Op. cit.*, 44.

[673] "Sentido actual de la filosofía en México", *Revista de la Universidad de México,* vol. XXII, número 5, 1968.

En consecuencia, la exigencia para el filósofo latinoamericano sería, y de cara a uno de los más importantes pasos para comenzar a saldar esta tarea de ausencia de filosofía propia, abrirse a un pleno sentido de universalidad filosofal. Esto es, y en las claras palabras de Leopoldo Zea:

> Primero, la conciencia de que son parte de una gran unidad cultural que la expansión occidental ha hecho expresa, parte de lo que hemos llamado Humanidad; segundo, la conciencia de que, siendo parte de esta gran unidad, nada de lo realizado, nada de lo hecho, ninguna experiencia puede serles ajena, y, no siéndolo, puede y debe apropiársela, no como curiosidad o recuerdo sino como instrumento para enfrentar los problemas de su propia realidad. Lo original, si ello ha de tener alguna importancia, se dará por sí solo, independientemente del instrumento y, lo que es más, por la forma como este instrumento ha sido y puede ser usado.[674]

Ya observaba el filósofo argentino Francisco Romero[675], a contraparte de la opinión que hoy por todos lados se pretende imponer, que el primer signo de un real despertar en la conciencia filosófica de Hispanoamérica sería un renovado y riguroso interés por el estudio del pasado, para luego proyectarse al futuro con un fondo de mayor consistencia y profundidad. Y Leopoldo Zea[676], defensor incansable como hemos visto de aquella conciencia de universalidad, matizaba aquello con la fundamental necesidad de no omitir, en esta recuperación de las tradiciones pretéritas, la propia historia filosófica de Hispanoamérica, y a nombres tan insignes como Sarmiento, Alberdi, Bilbao, Lastarria, Montalvo, Mora, Caso, Korn, Vasconcelos, Deustúa, Ferreira, Ramos, Mariátegui, etc. Pero esta necesidad de articular en la filosofía hispanoamericana un profundo sentido de catolicidad filosofal, al tiempo que la recuperación de la propia tradición continental, implica, a su vez, la comprensión de que cada una de estas etapas que componen esta gran historia filosófica universal y particular no son más que un recurso provisional, instrumental y no la palabra definitiva sobre la que se imponga un punto final. Comenta magistralmente Salazar Bondy, aunque más bien en relación con la filosofía actual:

> Por consiguiente, quienes sienten el llamado del pensamiento reflexivo en Hispanoamérica, a la vez que se sumergen en su medio vital, no pueden dispensarse de adquirir las técnicas desarrolladas por el pensamiento

---

[674] *La filosofía americana*, 58.

[675] *Filosofía de la persona y otros ensayos de filosofía*, Losada, Buenos Aires, 1944, 133.

[676] *La filosofía americana*, 61.

filosófico mundial en su larga historia, ni conviene que dejen de lado aquellos conceptos y métodos capaces de servir de soportes a una teoría rigurosa. A costa seguramente de penosos esfuerzos, deben hacer suyos todos estos productos, más difíciles de adquirir por ellos sin respaldo de una sólida base cultural nacional y operando en contrario un cierto elemento de disparidad de culturas. Pero todo el tiempo han de tener conciencia de su carácter provisional e instrumental, de su condición de medios y elementos filtrantes de un proceso mental coordinado con el desarrollo nacional, para no tomarlos como modelos definitivos ni como contenidos absolutos.[677]

Finalmente, la tarea para la filosofía hispanoamericana no ha de consistir en otra cosa, y aunque parezca una perogrullada, que la de filosofar sin más, que lo de lo tan procurada originalidad caerá por necesidad natural. Pero hacerlo de tal modo que sea posible articular en una sana relación dialéctica lo universal y lo circunstancial, en el marco, desde luego, de una claridad metodológica y de una rigurosa teoricidad. Precisamente, habrá de ser aquella seriedad metodológica y acuciosa teoricidad lo que, a juicio del filósofo nacido en Italia, pero de larga residencia y trayectoria en México, Alejandro Rossi, le permitirá a su vez al quehacer filosófico de Hispanoamérica no confundir ni mezclar, como ha sido la constante ya, una reflexión filosófica con una sociológica, no reemplazar al filósofo por el predicador, separar la filosofía de la apologética.[678] En otras palabras, ser fiel a su método y ofrecer por lo mismo una mejor contribución a las diversas esferas de la vida desde su específica referencialidad disciplinar. Esta consistencia desde el constructo metodológico y teórico, que no asepticidad en la medida en que se trata de un reflexionar en situación humana e histórica y, por lo tanto, sujeto siempre a la contingencia y a la subjetividad, incluye, por lo demás, como todas estas voces al unísono lo repiten, la recuperación de lo universal, pero asimismo el estudio minucioso de lo hispanoamericano en particular, de modo tal que lo específico de este filosofar no aparezca solo como un ulterior apéndice o una añadidura etéreamente comprendida, sino como un punto real de referencia a partir de nuestra historia política, económica, cultural, social. En otras palabras, y como José Gaos[679] ya lo advertía, incluye la salvación y en toda su profundidad de aquella *circunstancialidad* tan claramente propugnada por Ortega.

---

[677] *Op. cit.*, 92.

[678] "El sentido actual de la filosofía en México", *Revista de la Universidad de México*, vol. XXII, número 5, 1968.

[679] *Pensamiento de lengua española*, Editorial Stylo, México, 1945, 360.

4.4 Conclusión

Difícilmente se podría impugnar, y aun reconociendo su finalidad estrictamente orientadora, que el proceso de introducción del pensamiento filosófico a América Latina descrito por Salazar Bondy resulta de gran utilidad y capacidad sintética. Tampoco, nos parece, se podrían demasiado problematizar las caracterizaciones que a la luz de este proceso cree este identificar en el quehacer filosófico de América Latina. Mucho más conflictiva, por supuesto, se presenta para algunos –y pensamos aquí, como ya hemos visto, en la crítica filosófica intercultural o en las corrientes de tipo etnocentristas– la conclusión final a la que a partir de este proceso y sus caracterizaciones este llega, cual es la de rechazar una tradición filosófica distinguible y metodológicamente definida dimanada desde América Latina. Sin embargo, no se debe desconocer, tal como también ya hemos advertido, la inmensa cantidad de testigos autorizados del pensamiento filosófico hispanoamericano que, matizando, ampliando o aun disintiendo en algunos elementos de su tesis, arriban ya a una similar propuesta. Y, desde luego, más allá de los reparos de la crítica filosófica intercultural que ya mentábamos, debemos mencionar aquí las opiniones vertidas por Leopoldo Zea, las que lejos de aparecer a nuestro juicio como un componente insalvable al respecto de las conclusiones de Salazar Bondy, se nos ofrecen más bien como necesarias complementaciones.

Entre ellas habría que recordar la insistencia de Leopoldo Zea[680] de comprender a la filosofía no tanto como una reflexión que únicamente habrá de surgir como el resultado de ciertas óptimas transformaciones, sino como aquella reflexión que más bien las genera y las hace posibles. En tal sentido, y en complementación necesaria con lo dicho ya por Salazar Bondy, la inautenticidad de un quehacer filosófico para Zea[681] no solo tendría que ver con la imitación perezosa o la ausencia de claridad metodológica, sino además con un tipo de filosofía que, en determinados pasajes, crea una idea del ser humano que es la negación de aquel mismo ser humano, o articula un discurso abstracto sobre la libertad que, al mismo tiempo, le sirve ideológicamente para legitimar la opresión de otros grupos o comunidades. En consecuencia, para Zea, gran parte, que no toda la filosofía occidental, aun con su enorme estructura metodológica y gran acervo cultural, ha venido básicamente a dar en un tipo de quehacer filosófico caracterizado por la inautenticidad, toda vez que su proyecto ha servido consciente o inconscientemente al anterior propósito. Como, por otra parte, esta misma filosofía hispanoamericana, carente muchas veces de aquello que se ofrece contundente en el modelo filosófico occidental, ha desarrollado en determinadas circunstancias conductas filosóficas de gran autenticidad, como cuando ha puesto terminantemente en duda la validez de aquella interrogación occidental por la verdadera humanidad

---

[680] *La filosofía americana,* 105.
[681] *Op. cit.,* 113.

del hombre no occidental, consagrándose a demostrar su evidente prejuicio filoso-fal. Dicho de otro modo, la autenticidad de nuestra filosofía no solo vendrá única-mente, de acuerdo al parecer de L. Zea, como el resultado directo de un supuesto desarrollo o de la transformación más óptima de condiciones a nivel estructural, aunque aquello no se pueda soslayar, sino también en función de la capacidad que tengamos como hispanoamericanos de enfrentarnos a esos mismos problemas de subdesarrollo y desigualdad social que nos afectan, pero hacerlo, desde luego, hasta sus últimas consecuencias, buscando siempre en ello la plena realización y dignidad del ser humano.

4.5 Semblanzas y contrastes con el quehacer de la teología

Hasta aquí nuestro escueto y selectivo recorrido por el quehacer filosófico his-panoamericano, un recorrido cuyo real propósito ha podido parecerle bastante enigmático al lector, toda vez que nos hemos reservado hasta este momento la tarea de explicitar abiertamente cuál podría ser su relación con el quehacer teo-lógico evangélico de América Latina o cuáles los elementos de aprendizaje para este que, a partir de sus puntos de conexión y contraste, podríamos descubrir. Es cierto que tanto las esferas de contacto como de divergencia entre ambos queha-ceres no podrían ser consideradas más que bajo un tratamiento eminentemente indirecto, en la medida en que no solo el escenario histórico se nos ofrece entre uno y otro contexto bajo un conjunto de condicionamientos disímiles entre sí, y con motivaciones que asimismo lo son también. Allí, el influjo de las ideas; aquí, la tarea misionera; allí, la propuesta ideológica en el marco de la actividad polí-tico-pedagógica y académica; aquí, la evangelización y conversión del individuo en el marco ofrecido por la *American Religion* y las comunidades de fe. Empero, también indirecto, por cuanto cualquier esfuerzo de comparación o por procurar desentrañar situaciones contrapuestas no podría jamás soslayar aquello de que, en lo que respecta al quehacer de la teología, y cuánto más en relación a sus aplicacio-nes en torno a la vida comunitaria, la pretensión subyacente no es solo un asunto de método o de acervo sino una confesión de fe.

Una confesión de fe que bien podría pregonar, junto a la ya proverbial senten-cia de Blaise Pascal, aquello de: "Fuego. Dios de Abraham, Dios de Isaac, Dios de Jacob, y no de los filósofos y de los sabios"[682]. No en el sentido –al menos así debería ser– de ignorar la contribución que el acervo filosófico ha prestado y desde sus inicios a la teología, ora con la hondura de sus emplazamientos, ora como instrumento de vehiculización gramatical y conceptual. Menos aún en el de verle como una amenaza o estorbo para la fe y, en consecuencia, una disciplina que se debe anatemizar y excluir, como en el caso del fundamentalismo y las mismas reortodoxias, sino en el sentido de que lo que se asume en última instancia aquí,

---

[682] *Pensamientos y otros escritos*, Porrúa, Ciudad de México, 1989, 361.

ya lo hemos advertido, más allá de todo acervo y metodología, es el principio de una revelación directa de Dios, hecha en Cristo y su Palabra. Y, sin embargo, reconocido plenamente todo lo anterior, debemos insistir en que al menos en su formalidad externa, es decir, en tanto hecho que positivamente dado resulta susceptible de analizar y describir, tales elementos de relación y de contraste entre ambos quehaceres y sus procesos en nuestro continente, nos pueden servir al propósito de esclarecer todavía más de lo que ya lo hemos hecho las caracterizaciones, los riesgos y las eventuales posibilidades del quehacer teológico y eclesiástico evangélico de América Latina. Dicho todo esto, señalemos entonces algunos de estos elementos, muchos de los cuales ya han sido abordados a lo largo de esta presentación, pero que, a la luz de esta nueva información, nos permitirán obtener un panorama mucho más complementario e integral de los mismos.

Uno de los aspectos que se nos ofrecen más reveladores en este esfuerzo de comparación entre los procesos históricos de influjo de las ideas de ambos quehaceres es el carácter eminentemente simplificado y carente de mayor diversificación que exhibe el quehacer teológico evangélico. Efectivamente, cotejando la concisa pero esclarecedora síntesis que logra Salazar Bondy al respecto del proceso de introducción de las ideas filosóficas en América Latina, desde el tiempo de la Colonia y prácticamente hasta nuestros días, los diversos influjos filosófico-nacionales, sus respectivas adaptaciones ya en nuestro continente, etc., uno no puede menos que constatar la condición básicamente compacta y elemental que revela en contraparte el proceso teológico evangélico. Responde este más bien al influjo prácticamente de una sola y gravitante fuente, la *American Religion* o, para ser más precisos, los influjos del Segundo Despertar y luego del fundamentalismo, incluso este último en sus expresiones ya propias de las reortodoxias. Naturalmente esta primera caracterización que aquí nos atrevemos a esbozar resulta de gran utilidad a la hora de intentar clasificar o describir el desarrollo de este proceso. Sin embargo, vista las cosas con mayor profundidad, esa misma simplicidad, incluida su ya advertida utilidad, no deja de desvelar a su vez la notoria pobreza ideológica y teórica de este desarrollo, incluso al asumir que lo que ha prevalecido en este ha sido evidentemente la tarea misionera y no la actividad académica.

Indudablemente, se debe también reconocer que otras voces han dejado constancia de su presencia en este periplo, y pensamos aquí en las iglesias del trasplante o en las iniciativas misioneras de ciertos agentes individuales, colportores, comerciantes, diplomáticos, etc., cuya gestión, a despecho de su escasa repercusión o masificación, nadie se atrevería a poner en entredicho. Incluso más, podríamos igualmente mencionar, ya en medio de nuestros días, la presencia cada vez más creciente del progresismo posmoderno eclesiástico y teológico, aun cuando el mismo no sea más que una variante religiosa de la izquierda cultural usamericana y, en última instancia, una expresión de aquella misma *American Religion* en su modalidad que exacerba el discurso relevante y horizontal. No obstante, en la medida en que lo primero siquiera ha llegado a ejercer un mediano efecto de información en la conciencia y en el comportamiento del espectro evangélico, y lo segundo, amén de resultar en aquella variación ya mentada, constituye un muy reciente fenómeno, cuyos reales efectos en la población evangélica todavía restan por evaluar, se debe admitir que el elemento de mayor y verdadera configuración en el perfil y en el accionar del mundo evangélico de América Latina, al menos visto este como un cuerpo global y estadísticamente referido, le debe ser atribuido, como largamente ya hemos insistido, a los grupos evangelicalistas provenientes de los Estados Unidos, una vez terminada la guerra hispano-americana y con influencia aún hasta nuestros días. Esto es, a aquellas corrientes que más allá de la diversidad de sus enfatizaciones y matices, se han caracterizado por ser señeras representantes de la *American Religion*, en aquella su modalidad, cabe recordar, tendiente a radicalizar la dimensión de la identidad, y entre las cuales es menester, por supuesto, mencionar por su rol esencial en el proceso de internalización de esta perspectiva no solo de fe, sino también política, antropológica y cultural –la *American Religion*– hacia América Latina, las corrientes surgidas a partir del Segundo Despertar, en una etapa inicial, como luego las del así llamado fundamentalismo misional, en una etapa posterior y con una repercusión y trascendencia mucho más capital.

No estamos sugiriendo con esto que se deba minimizar la importancia que le quepa a estas enfatizaciones y matices a la hora de intentar configurar la historia y el perfil del protestantismo en América Latina. Y, en tal sentido, un libro como el de J. Míguez Bonino, *Rostros del protestantismo latinoamericano,* al cual por lo demás en muchos pasajes hemos aludido ya, seguirá conservando su pleno valor y actualidad. Sin embargo, existe el evidente riesgo de que, en el afán por la descripción pormenorizada de estas enfatizaciones y matices, llevada muchas veces hasta la exageración de lo puntual, se pierda la perspectiva del cuadro global. Dicho de otro modo, que la concentración tan detallada en los árboles no nos permita acceder a la unidad que presenta el bosque en sentido general. Porque bien se debe aceptar que los rostros liberal, evangélico, fundamentalista, pentecostal, etc., que ha evidenciado el evangelicalismo de América Latina, y que bien podrían emular a aquel proceso de influjo de las ideas que ha experimentado el quehacer filosófico hispanoamericano descrito ya por Salazar Bondy, han respondido y a diferencia de este a una sola fuente, y en un curso de tiempo también, en contraposición con aquel quehacer, que por su brevedad y simplicidad nos permite acceder a una comprensión mucho más precisa y definida de su desarrollo global. En otras palabras, es perfectamente plausible conceder la existencia de alguna etapa con matices liberales –no en el sentido teológico, sino más bien de perspectiva económica y política– en el protestantismo de América Latina, como asimismo con enfatizaciones pentecostales, evangélicas, etc. No obstante, aquello no nos debe llevar a desconocer que por sobre la diversidad y aparente antagonismo de dichas especificaciones o tendencias, existe un elemento configurador que cual hilo conductor se impone y da sentido de unidad al producto mayor, a saber, la *American Religion* y el genio cultural nacional sobre el cual esta se asienta, la *American way of life*.

Dicha perspectiva mayor es algo que lamentablemente, a la hora de considerar la historia del protestantismo en América Latina, ha pasado generalmente desapercibida, incluso entre sus mejores observadores, puesto que se ha llegado a reconocer dicho influjo, aun constituyendo este el verdadero elemento configurador de la conciencia y el comportamiento del mundo evangélico de América Latina, solamente allí donde la exageración ha llegado a ser casi caricaturesca –pentecostalismo, neopentecostalismo, expresiones destempladas del fundamentalismo, etc.–, pero sin llegarlo a descubrir o admitir allí donde la pretensión ha sido más bien ser la continuación de la doctrina y el espíritu de la Reforma –reortodoxias–, o una expresión capaz de superar los sesgos y vacíos del fundamentalismo, como es el caso del actual progresismo posmoderno. En parte, esto se debe, y así lo hemos en páginas previas ya sugerido, a una comprensión bastante limitada del real alcance y contenido de la religión americana, cuando no lisa y llanamente a un directo desconocimiento de la misma. Pero mucho más aún a un desconocimiento del genio cultural que a la misma le da forma y el modo en que este se conecta con aquella, siendo este último generalmente reducido, como en el caso ya de la teología de la liberación, a la sola preocupación por el modelo político y económico que generalmente le caracteriza, pero bajo una despreocupación garrafal por otros elementos cuánto más significativos, tanto de la primera como del segundo, como, por ejemplo, el antiintelectualismo, el antielitismo, la minusvaloración por el acervo histórico, el pragmatismo, la prepotencia de lo existente, la ausencia de esteticismo y prácticamente de toda dimensión del misterio, la tendencia contracultural y la fijación desbordante por lo exótico y novedoso, etc. Pero en parte, también, debemos decirlo, debido a que gran parte de los historiadores evangélicos latinoamericanos que han descrito el curso de esta historia y su perfil han obtenido su formación dentro de los márgenes académicos provenientes de esta misma cosmovisión religiosa y, por lo tanto, en la medida en que el mismo se ha llegado a constituir en su sustancia y elemento formador, no ha sido siempre asunto fácil tomar conciencia de la real transversalidad de este medio.

En consecuencia, la pregunta que hiciera el profesor Eugenio Araya en relación con el protestantismo chileno, y a la que anteriormente nos hemos referido, a saber, "¿protestantismo sin Reforma?", debe hacerse extensiva, por lo tanto, y a la luz de todo lo que hemos expuesto, prácticamente al gran grueso del evangelicalismo de América Latina. No en términos, desde luego, de minusvalorarle a este como tal, o de suponer que fuera de este acervo reformacional no podría haber nada más que heterodoxismo, superficialidad, inautenticidad, sino en términos de no presionar la proximidad y continuidad con una tradición –ora por pretensión de superioridad, ora por desconocimiento garrafal– que, en rigor de verdad, no ha tenido una mayor incidencia ni en la formación espiritual ni cúltica, ni mucho menos intelectual en nuestro medio, olvidando entretanto atender a las verdaderas fuerzas espirituales e ideológicas que le han dado forma a este y le han conducido hasta su perfil actual. Esto es, una vez más lo repetimos, y haciendo las veces de unidad de sentido mayor, primeramente, la *American Religion,* y derivadamente, la *American way of life.* Por supuesto, esto no quiere decir, ni mucho menos, que tal acervo reformacional, o en un sentido mucho más amplio, la gran herencia cristiana teologal, no ha de ser de la incumbencia del mundo evangélico de América Latina, o que este no ha de ver en tales fuentes un marco de referencia fundamental que, junto al entrevero de su propia circunstancialidad, le permita reconstruir su identidad y desarrollar al mismo tiempo un correcto sentido de catolicidad. ¡Todo lo contrario! Pero sí quiere decir que, a menos que se esté plenamente consciente de cuál ha sido aquella verdadera fuerza que le ha formado y le sigue conduciendo hasta la actualidad, cuáles los riesgos y omisiones que ha traído esta consigo, sin perjuicio del conjunto de posibilidades que a pesar de todo aquello no podríamos soslayar, existe el evidente riesgo de seguir insistiendo en la lucha con un tipo de enemigo que, a decir verdad, en nuestro medio jamás ha tenido lugar, y que ha sido antes bien el espanto sempiterno de esta fuerza formadora e interpolado por ella misma en nuestra realidad evangélica: el liberalismo, la crítica bíblica, la teología de la crisis, el quehacer filosófico, la iconografía y el simbologismo litúrgico, el acervo histórico, etc., y todo aquello que en páginas anteriores nos hemos encargado ya ampliamente de abordar. Sí quiere decir, también, y en contraparte con todo aquello, que en la medida en que el espectro evangélico latinoamericano se siga distrayendo con diatribas tan extemporáneas como estas y, que además, fuerza es decirlo, ni siquiera su herencia misional las ha sabido ponderar –¡y en su propio contexto nacional!–, en el marco de una comprensión relativamente fundamentada y sin el riesgo de venir a dar en la consabida caricaturización o demonización popular, continuará postergando abordar las verdaderas problemáticas que por influjo de esta misma fuerza ha absorbido, y a las que le cabe sin lugar a dudas la real responsabilidad en el escaso aporte teológico, eclesial y aún social que ha llegado evidenciar.

Ya hemos dicho que a diferencia del quehacer filosófico de Hispanoamérica y su proceso de influjo de las ideas filosóficas, en forma, primeramente, de filosofías nacionales y luego de sus respectivas adaptaciones criollas, no es posible hablar en el quehacer teológico evangélico latinoamericano de un largo y variado influjo de ideas y doctrinas, reduciéndose básicamente estas a aquella sola fuente a la que ya hemos hecho referencia, la religión americana, y sus dos expresiones misionales más importantes para América Latina, Segundo Despertar y fundamentalismo. Todo lo demás que podamos agregar más allá de esta referencialidad será en gran medida nada más que una variación de estas dos tendencias de la *American*

Religion, radicalizadas en torno a la dimensión de la identidad, con la sola excepción, claro está, del reciente progresismo posmoderno como una expresión de aquella misma usamericana religiosidad tendiente, no obstante, a exacerbar la dimensión opuesta. Así las cosas, y bajo la procedencia de una fuente tan reconocible como unidimensional, amén de un transcurso de tiempo relativamente exiguo, además, si lo contrastamos con el proceso de introducción de las ideas del quehacer filosófico continental, no resulta tarea demasiado onerosa seguir el curso del influjo de estas ideas o doctrinas, y asimismo aquilatar el impacto que las mismas han tenido en el medio en que se han logrado internalizar. No solo porque las mismas se reduzcan a los contenidos ya de suyo bastante simples y reconocibles de la *American Religion,* sino porque, desde el momento en que han servido *ex profeso* al trabajo misionero y no académico –incluso ya en su propio contexto original–, han logrado, y a diferencia del radio nada más que universitario que ha logrado el quehacer filosofal, conferirle un mayor impacto y masividad a su influjo doctrinal, siendo el comportamiento práctico de las comunidades o la manera de situarse el creyente evangélico mismo ante la dimensión horizontal de la vida –cultura, historia, artes, política, historia, el mismo acervo filosófico y teologal–, los lugares más privilegiados desde donde observar esta realidad.

Obviamente, la caracterización señalada por Salazar Bondy en relación con el quehacer de la filosofía hispanoamericana, en términos de que ha sido el filosofar europeo, primeramente, y luego, usamericano, el que le ha impuesto los giros y transformaciones que luego habría este de adoptar, sin mediación siquiera de un fondo filosófico propio, se cumple en el quehacer teológico y eclesiástico latinoamericano de un modo mucho más radical. Dos precisiones, sin embargo, nos parece conveniente aquí realizar. La primera es reiterar, en efecto, que los giros y transformaciones le han venido a este quehacer, a diferencia de aquel y hasta en la actualidad, por el canal de una sola y exclusiva fuente, primero desde el radicalismo de la identidad, y más recientemente, sin menguar aquel, desde el de la relevancia, pero siempre en el mismo marco de la religión americana. La segunda, entre tanto, es que esa hegemónica referencialidad no le ha llegado, empero, ni desde el vacío religioso ni espiritual, siendo precisamente el catolicismo, tanto el colonial como posteriormente el popular, aquel fondo vernáculo con el cual esta se ha debido encontrar. Resultando dicho encuentro, la mayoría de las veces, y como bien ya es sabido, en una confrontación abierta y sin posibilidades prácticamente ni de redención ni de matices, pero, asimismo, y para sorpresa tanto de vernáculos como de advenedizos, en ciertos cuadros de evidente asimilación. Básicamente, esta dialéctica entre confrontación y asimilación quedará muy bien reflejada en el pentecostalismo de cariz autóctono –aunque, desde luego, no solamente en este–, en el que se rechazan enérgicamente, por ejemplo, posturas "católicas", especialmente aquellas asociadas con el orden iconográfico y litúrgico, por considerarlas atentatorias contra la fe cristiana y, sin embargo, se recoge gran parte de su misma espiritualidad popular, reñida en buena parte con los principios elementales de la misma religión americana, para no hablar de los principios del protestantismo en general.

Por otra parte, aquella misma pobreza de contenidos teóricos y de un fondo metodológico consistente y definido que acusaba el filósofo peruano para el quehacer filosófico hispanoamericano, cuya resultante habría sido para este el que prevaleciese aquí el recurso oratorio o el tratamiento literario, por sobre la elaboración crítica de los fundamentos o el interés por los aspectos metodológicos y, a partir de aquello, la constante confusión entre un análisis filosófico y un planteamiento propio de la disciplina sociológica, inclusive la confusión entre el quehacer de un filósofo y el de un predicador, merece en lo que respecta al quehacer teológico y eclesiástico evangélico de nuestro continente algunos breves comentarios a su vez. Ya hemos señalado que cualquier esfuerzo de comparación o por desentrañar elementos divergentes entre el quehacer filosófico y el quehacer eclesiástico y teológico evangélico latinoamericanos, en vistas, por supuesto, a un mayor esclarecimiento y comprensión de este último, no podría sino ser acometido bajo un tratamiento básicamente indirecto, en razón del conjunto de elementos disímiles que median entre cada uno de estos contextos, sus itinerarios, y asimismo sus respectivos presupuestos. Recordado todo esto y atendiendo simplemente a lo que en cuanto hecho dado y observado nos está permitido acceder, habría luego que reconocer cuánto más profunda ha sido en el contexto teológico evangélico de nuestro continente, aquella dramática carencia de un mayor desarrollo metodológico a partir de lo distintivo y propio de la especialidad teológica, lo cual, en última instancia, podría asimismo explicar el enorme vacío de contribución teológica consistente y seria que pesa sobre nuestro medio. Negar que tal carencia es en gran medida la herencia de su particular trasfondo misionero, cuyo radio de influencia permanece absolutamente vigente hasta el día de hoy, o en su defecto atribuirle dicha tara o falencia a una cierta particularidad del genio cultural hispanoamericano, tal como lo hiciera ya José Gaos al intentar explicar aquella falta de profundidad teórica en nuestra filosofía o, incluso más, concluir que aquello resulta tanto en la caracterización como en los límites del pueblo evangélico de América Latina, sería incurrir en un desliz histórico y en un fatal reduccionismo antropológico y aun de la propia fe. Fuerza es reconocer, a su vez, que tanto el individuo y, bajo su impulso, las sociedades y colectivos, al buen decir de Salazar Bondy, siempre podrán dar inesperadamente aquel salto cualitativo que les permita dejar atrás aquel conjunto de creencias y condicionamientos propios de situaciones de oscurantismo y de opresión, hacia nuevas formas de existencia más dignas y auténticas. Y, en tal sentido, negar aquella posibilidad, que, cual *principio esperanza*, según el juicio de Ernst Bloch, resulta tan definitivo de la condición humana, sería sin duda alguna venir a dar en un peor desliz y reduccionismo que el anterior. No obstante, la veracidad de todo aquello, y así lo reconocen uno y otro autor, tal salto cualitativo y esperanzador no podría jamás ser conseguido a menos que se esté plenamente apercibido de los condicionamientos históricos e ideológicos que han llevado al oscuro cuadro anterior.

Dicho de otro modo: aunque se deba reconocer que aquel conjunto de condicionamientos que ya identificaba Salazar Bondy como raíz principal de aquella carencia de profundidad y claridad teórica y metodológica en el quehacer filosófico de Hispanoamérica, y *a fortiori*, de la posibilidad de dar a luz una filosofía auténtica, y entre los cuales habría que mencionar la condición de continente sometido y dependiente, y además de esto con amplios márgenes de exclusión social y enajenación medio-cultural, se tornan asimismo claramente incidentes a la hora de explicar similar carencia en el espectro teológico y eclesiástico evangélico de nuestro continente, cuánto más si consideramos que gran parte de su contingente ha sido constituido por los estratos medios y bajos de la sociedad, y no podríamos jamás soslayar el rol fundamental que le cabe a este influjo misionero y su ideología religioso-cultural en tal estado de cosas. Ciertamente, no es necesario volver a profundizar en algo sobre lo cual largamente ya nos hemos detenido, pero baste simplemente con afirmar que factores tales como aquel profundo antiintelectualismo, minusvaloración flagrante por el acervo y la conciencia históricos y, en consecuencia, ausencia prácticamente de todo sentido de catolicidad teologal, escasa visión del rol fundamental que le cabe a la institución universitaria en la actividad teológica de la iglesia, una contribución prácticamente insignificante de recursos bibliográficos para el desarrollo del quehacer teológico y eclesial, y en general todos aquellos contenidos que resultan indisolubles de la *American Religion*, tanto en su modalidad polarizada en torno al discurso de la identidad como al de la relevancia, han resultado decisivos a la hora de configurar el gran perfil teológico y eclesiástico del espectro evangélico de América Latina.

Con lo anterior, no se está señalando, desde luego, que no hayan existido jamás ni existan en la actualidad instituciones teológicas comprometidas en superar dicho modelo misional, como tampoco individuos que a la sazón realicen significativos esfuerzos en orden a ofrecer una contribución teológica con un mayor fondo histórico referencial, y aquello en sensibilidad, además, con los elementos contingentes de la vida, si se quiere, la orteguiana circunstancialidad. Pero habría que preguntarse, en primer lugar, y sin restarle mérito alguno a todo el aporte que dichas iniciativas ya han proporcionado y lo siguen haciendo al mundo evangélico continental, hasta qué punto gran parte de tales instituciones, que no todas, en su afán de sobrepujar dicho modelo teológico misional, esto es, aquel discurso de la religión americana radicalizado en torno a la dimensión de la identidad y todo lo que aquello ha llevado consigo, no han acabado, a decir verdad, por posicionarse en aquel otro extremo de aquella misma religiosidad, o por lo menos recibir gran parte de su influjo con similares efectos en cuanto a la definición metodológica y la referencia teologal. Asimismo, habría también que preguntarse, y tal como lo planteara Salazar Bondy para el quehacer filosófico continental, si del hecho de que haya ciertos individuos dedicados al quehacer de la teología se debe concluir paso seguido la existencia de una teología que, por hondura, sensibilidad a su circunstancialidad, formación de escuela y autenticidad merezca ser llamada en rigor *teología de América Latina.* Y, además de esto, si aquella supuesta teología definida en cuanto a su método, con claridad al respecto de lo que resulta insustituible de la fe cristiana y con evidente solidaridad al respecto del destino histórico de América Latina, ha sido al fin de cuentas capaz de informar, tal como lo ha hecho la religión americana, a este gran contingente evangélico, su perfil y su actuar.

¿No habría que concluir aquí lo mismo que muchas veces se le enrostra al catolicismo, no sin cierta veracidad, pero con poca autocriticidad al respecto de la propia situación evangélica, a saber, que aunque existan en la actualidad significativos aportes bíblicos y teológicos en el área de la investigación y producción académicas, de tal modo que hasta un propio creyente evangélico se podría de aquello con amplia libertad aprovechar, sigue habiendo, no obstante, una brecha casi insalvable entre, por una parte, aquella académica realidad y sus insumos, como, por otra, la vida práctica de las comunidades y de los fieles, informadas todavía en gran medida por resabios de un catolicismo preconciliar? Dicho más directamente, ¿no habría que concluir de igual manera al respecto de la situación evangélica, esto es, que a pesar de tales valiosas iniciativas tanto institucionales como en el área de lo individual, el perfil, la cosmovisión y el comportamiento del gran contingente evangélico de nuestro continente sigue siendo informado y dirigido por los contenidos elementales de la *American Religion,* en su modalidad primeramente que exacerba la dimensión de la identidad, pero también últimamente el discurso relevante y horizontal, de acuerdo con el ideologismo de la izquierda cultural?

Al respecto de aquella verdadera obsesión que ha caracterizado a la filosofía latinoamericana por alcanzar un talante original, no como aquel fruto que destila natural a resultas de un filosofar metodológicamente claro y definido, y una correcta relación dialéctica entre lo universal y lo circunstancial, sino como meta prácticamente única del camino y cuyo solo objetivo sería el producir un producto filosófico auténticamente continental, ya observaba Salazar Bondy y con él otros muchos más que lo único conseguido con dicho proceder ha sido el venir a dar en una suerte de exclusivismo y etnocentrismo que, lejos de evidenciar originalidad y autenticidad, se ha resentido la más de las veces de excentricismo e inferioridad. En relación con el quehacer teológico latinoamericano, sabido es que, para aquellas corrientes posicionadas en torno al discurso relevante y horizontal, todo aquello que no provenga de tales líneas ni apoye su agenda gremial no puede resultar más que en fundamentalismo, repetición, ciencia de dominación, europeísmo, curiosamente "usamericanismo" y, por supuesto, falta de originalidad y autenticidad. En este sentido, ha sido la teología de la liberación la primera de estas corrientes que se ha arrogado, incluso en su modalidad evangélica, dicha condición de originalidad y autenticidad, es decir, de constituir un quehacer teológico característico de América Latina o, mejor dicho, de aquella América Latina excluida y oprimida. Una condición, por lo demás, y por las razones que ya al tratar sobre esta hemos ampliamente advertido, resulta en la opinión todavía sostenida en muchos espacios educacionales de Canadá, los Estados Unidos y Europa en general. Sin embargo, vistas las cosas a partir de la temática del método teológico, de la sensibilidad con aquel concepto tan caro al quehacer de la teología como lo es el de catolicidad, de la correcta relación dialéctica entre la dimensión de la relevancia y de la identidad y, desde luego, desde la capacidad de poder lúcidamente determinar qué es aquello que constituye el discurso fundante de la fe cristiana y en consecuencia su indisoluble especificidad, y qué aquello otro que, aun con todo su valor y actualidad, es discurso derivado y nada más, no nos es posible relacionar a este movimiento liberacional con una auténtica y representativa teología de América Latina, ni incluso como una teología en su sentido más estricto como tal. Naturalmente, aquí también la demanda, tal como en el quehacer de la filosofía, y esto lo sabemos muy bien aquellos que hemos recibido una buena parte de nuestra formación en dicha línea teologal, es poder acceder a un evidente nivel de originalidad y autenticidad. Empero, en la medida en que tal idea de originalidad se ha planteado no solo como fin del quehacer teologal, sino además en carencia de todo aquello que hemos mencionado más arriba, la misma no ha podido redundar en nada más que repetición de los consabidos lugares comunes del discurso populista –pobre, compromiso, contextualidad, etc.– y en la muy ruinosa idea de que la autenticidad teologal equivale a la adscripción de un determinado posicionamiento ideológico-partidista.

5

El camino del quehacer eclesiástico y teológico evangélico latinoamericano. Una propuesta

5.1 Aspectos preliminares

Llegamos así, por tanto, al final de este largo recorrido en el que hemos intentado abordar la cuestión acerca del influjo del protestantismo usamericano, la *American Religion,* sobre el concierto evangélico de América Latina, y aquello desde la dialéctica relación entre las dimensiones de la identidad y la relevancia de la fe cristiana. No podríamos cerrar esta exposición sin enunciar siquiera brevemente algunos caminos acaso todavía pendientes para el quehacer teológico y eclesiástico latinoamericano, toda vez que los mismos no han sido suficientemente cubiertos por este influjo misionero o incluso han sido directamente excluidos. Caminos que creemos podrían resultar altamente contribuyentes a la hora de intentar configurar un perfil y un accionar de este quehacer con un mayor fondo de recursos para enfrentar los desafíos del presente y del futuro, desde, por supuesto, una correcta articulación de aquella tan fundamental dialéctica. Por cierto, con esto no se pretende aspirar a una cierta uniformidad de los quehaceres teológicos de América Latina, lo cual además de constituir tamaña ingenuidad, resultaría asimismo atentatorio contra aquel principio tan insistido de catolicidad y la pluriformidad que por esencia le es tan característica al espíritu del protestantismo. Pero, incluso, aun cuando todo aquello constituya una indiscutible verdad, no la es menos afirmar que en la medida en que cada uno de estos quehaceres, de estas dinámicas eclesiásticas –que, a despecho de lo que popularmente se piensa, no reportan una mayor diversidad que la dada por los límites de su herencia misionera–, se entrecruzan con un común elemento de origen e informante, sin perjuicio de su grado de intensidad, la importancia de tales derroteros para cada uno de ellos aparece entonces con un significativo margen de aplicabilidad.

5.2 Recuperación de lo universal y lo circunstancial, como camino hacia un quehacer teológico evangélico auténtico y profundo

Ya veíamos al revisar brevemente el itinerario del quehacer filosófico latinoamericano cómo el consenso de sus más destacadas voces enfatizaba aquello de que el camino hacia un filosofar continentalmente auténtico y profundo pasaba irremisiblemente tanto por la recuperación del acervo universal de la filosofía como por la debida atención de sus urgencias y tareas contextuales, lo regional y lo circunstancial, si se quiere. Tal remarcación, en lo que al quehacer teológico evangélico latinoamericano respecta, constituye una labor cuya importancia no se podría jamás llegar a exagerar. No solo por el valor que de suyo ya contiene en tanto condición de un genuino quehacer teologal, sino además porque particularmente, en este caso, hablamos de algo que ha sido, en cuanto a lo primero, sencillamente postergado, como en relación a lo segundo, o entendido básicamente dentro de los márgenes de aquella cosmovisión radicalizada en torno a la dimensión de identidad y, en tal sentido, como una actividad enmarcada dentro de una especie de supracultura evangelical, cuando no, y desde el posicionamiento que exacerba el discurso de la relevancia y lo horizontal, como un programa más ideológico que teológico, cuyo resultado ha sido transformar al discurso contingente y derivado en fundante y en excluyente centro teologal. Mas, resintiéndose ambos casos, ora desde la subcultura evangélica o desde el activismo izquierdo-cultural, de una ostensible ausencia de lo universal. Al respecto del carácter fundamental que contiene la recuperación de lo universal para el quehacer teológico y eclesiástico en general, cuánto más para nuestro medio evangélico continental, en consideración de que aquí prácticamente toda connotación de catolicidad teologal ha sido básicamente suprimida por efectos del tan hegemónico influjo que ha ejercido el evangelicalismo de los Estados Unidos, es algo que no necesitamos explicitar más, pues ha sido la constante advertencia que ha recorrido de principio a fin prácticamente cada página de nuestro escrito. Ciertamente, hablamos de catolicidad teologal no en la acepción más reduccionista que cabe de la modernidad, esto es, como un metarrelato inalterable y definitivo sobre el cual nada más se podría agregar, sino, antes bien, como un acervo siempre en desarrollo y vivo, cuya hondura y densidad ha sido conseguida precisamente por el aporte de cada una de sus diversas voces y testigos y, por lo mismo, una historia, un acervo siempre abiertos a la corrección, a la superación, a la complementariedad.

Del mismo modo, debemos ahora agregar: un quehacer teológico no podría obviar *para todas sus dimensiones* la atención de lo circunstancial y aquello que atañe específicamente a las urgencias de su regionalidad, sin riesgo de venir a dar a la postre en un ejercicio que, aunque posiblemente fecundo desde lo metodológico e instrumental, carezca sin embargo de encarnación e impacto en su propia historicidad. Remarcamos aquello de *para todas sus dimensiones* con el fin de precavernos de aquella errónea pero muy popular y extendida idea, cuyas lamentables consecuencias hemos advertido ampliamente ya, según la cual un quehacer teológico que no atienda exclusiva e inmediatamente lo devocional o intraeclesial (radicalismo de la identidad), o bien lo contingente y contextual (radicalismo de la relevancia), sería un quehacer teológico desde lo eclesiástico y lo sociocultural vacuo, descomprometido y en resumidas cuentas con muy poco que aportar. De tal forma, en tanto, que según este modo de razonar una investigación, verbigracia, dedicada exclusivamente a la cuestión histórica o lingüística, solo por algo mencionar, es decir, que no se ajuste al inmediatismo y pragmatismo –bien de lo intraeclesiástico, bien de lo contextual–, sería un ejercicio desprovisto de utilidad, por carecer de aquel efecto de inmediatista practicidad que ambos sectores, de acuerdo a sus respectivas precomprensiones, reclaman como sello de un genuino quehacer teologal. No es necesario, ciertamente, polemizar más –ya lo hemos hecho suficientemente–, contra este tan arraigado pragmatismo antiintelectualista del que muestra resentirse tan sensiblemente el mundo evangélico latinoamericano desde sus ambas polarizaciones, como legado ciertamente indiscutible y continuo de su influjo misional. Simplemente podríamos agregar que se cumple plenamente en este aquello que ya advirtiera Theodor Adorno, al decir que "del primado de la razón práctica –y aquí cabe decir del primado de un pragmatismo antiintelectual– al odio a la teoría no ha habido más que un paso"[683]. Hecha, entonces, la debida aclaración, debemos señalar, por tanto, que nos referimos a un quehacer teológico que soslaye para el conjunto total de sus producciones tal atención por lo contingente y contextual. Tal soslayamiento, que bajo este particular entendido no podría resultar para ningún quehacer teológico absolutamente sostenible, aparece desde luego mucho menos factible para el caso específico de nuestra teología continental.

En efecto, no es posible, dado el itinerario histórico que entrecruza y desde sus inicios a América Latina, y que revela en buena parte su condición de continente tan vulnerable a los ideologismos, al discurso populista, a la dinámica fundacional, con estructuras democráticas e institucionales a partir de todo aquello tan poco estables y confiables, que el quehacer teológico evangélico aparezca recluido en una suerte de subcultura y desligado completamente de cualquier participación en esta realidad contextual. Y, sin embargo, ninguna atención por esta concreta regionalidad, válida e impostergable como lo es, podría convertir aquella su temática de interés particular en un discurso que no solo llegue a transformar lo derivado en fundante, sino que por lo mismo a difuminar también la especificidad del mensaje cristiano y aquello que torna a este claramente distinguible frente a cualquier otro discurso o disciplina igualmente abocados en el abordaje de aquella circunstancialidad. No cabe duda de que en esto reside el gran riesgo que subyace a todas las teologías del genitivo, no siempre felizmente llamadas por algunos *teologías contextuales*, toda vez que no existe ningún quehacer teológico que pueda ser articulado desprovisto de alguna contextualidad. No, en efecto, un riesgo en lo que dice relación con llamar la atención al respecto de una particular dimensión contextual, muchas veces, a decir verdad, obviada o desconocida por un quehacer demasiado absorto en lo universal, sino en exclusivizar sus contenidos, oponiéndolos a toda legítima articulación dialéctica con lo universal y, por lo tanto, no librándose siempre de la tendencia de venir a dar en un fundamentalismo de lo regional. Por supuesto, con esto no se está rechazando la importancia que le cabe a aquella variopinta tematicidad contextual, pues precisamente el

---

[683] *Minima moralia*, 93.

reconocimiento de aquella diversidad es condición fundamental de una genuina afirmación de catolicidad teologal. No obstante, sí esta impugnando el absolutismo en que muchas veces recalan gran parte de sus voces, su desgarramiento con el resto de la eclesialidad, la presunción de que solamente sus enfatizaciones merecerían arrogarse la condición de un quehacer preocupado por la realidad contextual, cuando, en rigor de verdad, ni existe como hemos dicho, un quehacer teológico desprovisto de lo contextual[684], ni muchas de estas teologías del genitivo superan el interés exclusivo de un grupo de interés académico y gremial, prácticamente privado y sin mayor arraigo en la vida eclesial.[685]

Pero, acaso, ¿no fue la tendencia a absolutizar un cierto discurso derivado, difuminando en consecuencia la centralidad del mensaje cristiano, el gran peligro con que el gnosticismo amenazó a la iglesia naciente, y que de haberse finalmente impuesto habría llevado a la desintegración de la fe cristiana, al diluirla en otra religión del misterio más? En tal sentido, como lo ha expresado Philipp Vielhauer[686], la muerte y resurrección de Jesús constituyeron ya a partir de la propia redacción de los evangelios, la fuerza centrípeta en la que finalmente convergieron todas aquellas fuerzas y tendencias centrífugas de la tradición, muchas de las cuales como el propio gnosticismo amenazaban con la verdadera difuminación de este mensaje único y capital. Ciertamente, tanto la muerte como la resurrección de Jesús han constituido desde un primer momento el acontecimiento central que ha dado origen a la novedad de salvación y al comienzo de la edad escatológica, y, en consecuencia, han llegado a constituir desde el primer momento también el discurso fundante y el centro gravitante de la fe eclesial. Por consiguiente, y como

---

[684] Lo que en realidad sí creemos que existe es la diferencia entre un tipo de contextualidad teologal que clausura al resto de las demás y se constituye ella misma en centro y periferia, según se presente la oportunidad, y otra que, sin negar su lugar preferencial, no solo permite la salutífera confrontación con las demás, sino que entiende el carácter derivado de su regionalidad y la necesidad de poner siempre a esta en constante revisión con el discurso cristiano fundamental.

[685] Uno se pregunta si no es esto precisamente lo que ocurre con gran parte de las teologías del genitivo formuladas en los Estados Unidos –aunque, por cierto, no solo en los Estados Unidos– con la distinción, y solo para mencionar un breve ejemplo, entre una teología *mujerista* y *feminista*, y dentro de esta una subdivisión entre una *teología mejicana-americana mujerista* o *feminista*, y una *teología latinoamericana mujerista o feminista*, y así otras tantas subdivisiones más por el estilo. No cabe duda de que tales teologías del genitivo, o *progresistas-posmodernas*, como aquí hemos preferido denominarlas, en la medida en que continúen ofreciendo un discurso de interés únicamente excluyente y gremial o, lo que es lo mismo, transformando lo derivado en fundante, seguirán destinadas a desarrollar una existencia únicamente como actividad académica, dentro por supuesto de ese mismo horizonte progresista-posmoderno alentado por la izquierda cultural, mas sin llegar realmente a internalizarse en la cotidianidad de la vida comunitaria y sus verdaderas problemáticas.

[686] *Historia de la literatura cristiana primitiva*, Sígueme, Salamanca, 1991, 371.

magistralmente lo expresara Ernst Käsemann[687], ha sido este mensaje y ninguno otro más el que ha mantenido la unidad de la fe –la catolicidad– en la diversidad –lo regional–, y unidad aun en medio de la pluriformidad de voces y tradiciones, lo cual también es signo de una correcta afirmación de catolicidad. Una unidad, no obstante, que no puede ser comprendida como uniformidad, sino, antes bien, como unidad en la diversidad y continuidad en la discontinuidad.

5.3 Recuperación de la dimensión del misterio

Hemos hecho referencia en el transcurso de esta investigación a aquella notoria carencia de sentido sacramental y sensibilidad frente al misterio de la fe que caracteriza a la religión americana, y que ha sido causa al mismo tiempo de que a esta le resulte trabajo continuamente enojoso ser capaz de percibir la presencia de lo infinito en lo finito o, lo que es lo mismo, la densidad de lo trascendental allí donde el activismo o el inmediatismo de la utilidad no se halle sin más comprometido, a saber: el silencio, los símbolos, la actitud contemplativa, etc. Y, no obstante, no sería posible ponderar correctamente esta afirmación sin integrarla previamente dentro del horizonte general del excepcionalismo usamericano, según el cual, el valor de una acción o una tradición es medido según el grado de utilidad o satisfacción inmediata que reporte. Pues bien, si añadimos además a todo esto aquellos otros componentes esenciales de la *American Religion*, como aquel su inveterado antiintelectualismo o incluso aquella idea tan internalizada entre su población de que la historia solo adquiere algún relativo valor en la medida en que entrecruza el destino práctico de la nación, es posible llegar a comprender entonces el perfil tan iconoclasta que caracteriza al evangelicalismo de los Estados Unidos, especialmente –pero no únicamente– en lo que a la comprensión del culto cristiano se refiere. Ciertamente, aquello que bien guarda relación con el espíritu general de la *American Religion,* incluyendo –y a pesar de lo que se pueda llegar a creer– asimismo a aquellas familias denominacionales que aparecen en principio nominalmente insertadas en el legado más próximo de la Reforma –tanto en su modalidad de reortodoxias como de progresismo–, encuentra un cumplimiento tanto más radical en aquellas expresiones propias y subsiguientes a los dos grandes despertares, integrando desde luego al fundamentalismo y, desde allí, a los subsiguientes movimientos pentecostales y neopentecostales.

No es posible minimizar de ningún modo la decisiva importancia que todo esto ha revertido y sigue revirtiendo aún para el concierto evangélico de América Latina, cuánto más si se repara en que el gran influjo de la *American Religion* sobre nuestro continente ha sido ejercido por medio de sus expresiones más bien ligadas al radicalismo de la identidad y, dentro de estas, básicamente y por asunto de

---

[687] En su ya clásica conferencia, *El problema del Jesús histórico*, en, *Ensayos exegéticos*, Sígueme, Salamanca, 1978, 160 ss.

expansionismo misional, a través del Segundo Despertar, el fundamentalismo, y el posterior pentecostalismo, tanto en su versión clásica como neopentecostal. Estos últimos, aun cuando mucho más el segundo, por supuesto, ofrecen una fusión cuánto más irreductible con los contenidos elementales de la *American way of life*. Hemos visto además *cómo*, en algunos de los informes elaborados por el CCLA, en los que se discutía la cuestión tocante al poco éxito que la empresa misionera estadounidense había logrado entre los sectores medios y altos de la población latinoamericana, aparecía como uno de los factores de mayor incidencia a la hora de explicar dicha falta de mayor efectividad –si bien, por supuesto, no el único– la insuficiente comprensión de tales compañías al respecto del genio religioso-cultural latino, ligado más bien a lo contemplativo y a lo estético-ornamental, en contraposición con el activista y moralista de la *American Religion,* en el que, precisamente, todo lo anterior aparecía –y sigue apareciendo aún– generalmente bajo una condición de abierto menoscabo y recelo. Desde luego, no queremos afirmar con lo anterior que basten por sí solas las cualidades de un determinado genio cultural para obtener y acaso por ósmosis una comprensión profunda del misterio de nuestra fe. Bastaría simplemente para refutar aquello recordar que, a despecho de todas las riquezas que el genio religioso latino pudiese contener, especialmente en lo que dice relación con la dimensión simbólica y ornamental del culto, tales compañías misioneras se encontraron con un continente que, aunque en principio ya evangelizado y por lo tanto nominalmente cristiano, ostentaba un altísimo grado de sincretismo y, por qué no decirlo, de criptopaganización de la fe cristiana y su culto. Y aun cuando no sea posible suavizar ni mucho menos ocultar aquella desmejorada realidad cultural y de fe, como tampoco minusvalorar el importante esfuerzo de corrección –tarea siempre titánica, a decir verdad, mucho más tratándose en este caso de los esfuerzos de la religión americana– llevado a cabo por tales compañías misioneras, no es menos cierto que un genio religioso-cultural como el latino, en la medida, claro está, en que aparezca encauzado por criterios de una teología escritural, podría ofrecer una evidente mayor profundidad y sensibilidad al respecto de aquella comprensión del misterio de la fe y su dimensión simbólica y sacramental, tal como otros genios religioso-culturales más allá del usamericano han logrado desarrollar.

Y, sin embargo, no es posible tampoco soslayar el hecho de que tales significativas propensiones de nuestro genio religioso-cultural han sido llevadas prácticamente hasta su expresión más mínima, cuando no directamente erradicadas, bajo el influjo hegemónico y uniformizante de la *American Religion*, tal como ha sucedido, por lo demás, en todos aquellos lugares en que dicha corriente ha llegado a ser normativa. Somos de la opinión de que es particularmente en torno a la dimensión del culto cristiano y su liturgia, como lugar privilegiado desde el cual es posible mayormente adentrarse en el ser sacramental y en el misterio de la fe eclesial, donde resulta mucho más factible reconocer el influjo de la religión americana y sus consecuencias en nuestro contexto evangélico latinoamericano. Un influjo cuyo resultado a la postre ha sido, y a contramano de lo que nuestro genio cultural pudiese proporcionar, el hallarnos con una comprensión del culto y su liturgia que más allá de algunas variaciones propias, de acuerdo al énfasis de las denominaciones, se muestra abiertamente iconoclasta y rupturista con los elementos básicos que hacen al espíritu del culto cristiano antiguo; carente prácticamente de toda integración de símbolos, sin mayor comprensión de los diversos momentos litúrgicos, mezclándolos o directamente suprimiendo muchos de estos –invocación, confesión, absolución, etc.–, ora por desconocimiento, ora por un complejo absurdo de anticatolicidad; incapaz de valorar la importancia del silencio como elemento esencial en la introducción de aquel misterio; rendida casi en su totalidad a la musicología uniformizante del neopentecostalismo y sus reduccionistas contenidos liricos, al tiempo que, o bien vaciándose de toda la tradición himnológica del protestantismo, o destruyendo completamente sus ritmos con el argumento de que los mismos deben ser actualizados para así captar a las generaciones más jóvenes[688]; una actividad cúltico-litúrgica, para terminar, que amparada en aquel importante principio tan caro a la Reforma, tocante a no llevar a la escisión la dimensión de lo sagrado y lo profano, pero que aquí opera nada más que bajo una interpretación completamente extemporánea y antojadiza, no ha servido más que para domesticar y trivializar en gran medida el misterio de nuestra fe en el marco de la celebración litúrgica.

Ciertamente, este llamado a la recuperación del misterio de la fe no es en modo alguno incompatible con las expresiones comunitarias de alegría o con una mayor expresividad de lo corporal para vehiculizar dicho estado de regocijo, en respuesta, por supuesto, a la gracia y la misericordia de Dios que en su nombre ha reunido a su pueblo. En tal sentido, la crítica que generalmente se le hace al protestantismo

---

[688] Más allá de que entre los sectores ligados al progresismo-posmoderno exista una similar minusvaloración del legado himnológico del protestantismo, aunque, por cierto, por motivos muy distintos a estos –es decir, y no agregando nada nuevo en realidad a lo que ya hemos pasado revista: se trata de himnos escritos por hombres occidentales blancos, no usan lenguaje inclusivo, no hablan de salvación universal, sino de gracia únicamente a través de Jesucristo, no hablan del pecado estructural, sino solo del individual, etc.–, se debe reconocer aquí el esfuerzo por integrar el cántico cristiano de todos los pueblos a la celebración comunitaria, en lo que bien tiene que ver con una valorización de la catolicidad del culto y una decidida acción por liberarse del uniformismo de la religión americana, al menos, claro está, en su modalidad que radicaliza el discurso de la identidad. Por supuesto, las dificultades comienzan a surgir aquí cuando se observa que los criterios para elegir aquella representatividad aparecen regidos casi en su totalidad por los mismos criterios de posmodernidad y una evidente carga de estereotipo multicultural, cuando, por lo demás, y a objeto de no incomodar a la agenda izquierdo-cultural que en el servicio también debe hallar legitimidad, se termina suprimiendo de dicho criterio de elección musical, prácticamente toda dimensión vertical de la fe y de algún principio de identidad, para acabar finalmente con un servicio que es más bien mezcla del folklore universal y la última composición pop de aquel grupo o artista progre del momento.

tradicional, en términos de racionalizar en demasía el culto, para privarlo así de una mayor libertad en cuanto a la expresividad corporal, no deja de contar con algún asidero, a petición, claro está, de que dicha invectiva no se extienda al concierto evangélico de nuestro continente, donde, a decir verdad, han primado más bien los elementos emocionales y corporales por sobre lo discursivo y racional. Con todo, sigue siendo válido aquel llamado a conceder una mayor flexibilidad a la expresión corporal en la actividad del culto, y cada línea denominacional o comunidad en particular sabrá bien determinar, sobre la base de su propia tradición cultural y el discernimiento de espíritus, qué elementos habrá de incorporar y cuáles habrán de ser los límites o la forma de direccionar los mismos, precaviéndose, desde luego, de aquella debilidad tan recurrente en nuestro concierto evangelical, de que cada sector canonice su propia dinámica en particular e intente a partir de esta imponer un criterio de legitimidad y uniformidad extensivo a los demás. En conclusión, es posible la apertura a una mayor expresividad corporal en el culto sin venir por ello a dar ni en la uniformización ni mucho menos en la chabacanería lamentablemente tan usual, con el resultado de vilipendiar aún más el culto cristiano evangélico, especialmente ante el juicio de la sociedad. No obstante, aun cuando sea posible conceder todo esto, no se podría correctamente argumentar que aquella cada vez más creciente ausencia de sensibilidad al respecto del misterio de la fe, y en no pocos casos también del mismo ser sacramental, de los que en gran medida se resiente el colectivo evangélico de nuestro continente, y especialmente en torno a la actividad cultual, se deba precisamente a una especie de restricción corporal, como tantas veces y erradamente se ha llegado a plantear. Esto más bien se debe explicar en términos de aquella rudimentaria comprensión y valoración que la religión americana ha evidenciado y desde sus inicios por todos aquellos elementos que no resultan clasificables ni dentro del activismo eclesial, ni dentro un positivismo moral –los símbolos, los espacios de silencio, el sentido de catolicidad del culto, etc.–. Taras todas estas que, por medio de su influjo misional, han sido internalizadas en nuestro continente y han configurado en tan altísima medida la comprensión, la práctica y la dinámica del culto evangélico de América Latina. No es posible aquí exagerar todo esto, ya que hablamos de elementos que resultan esenciales a la hora de poder garantizar la constante apertura a aquel misterio –toda vez que los mismos en tanto signo y figura de una gracia que ni el discurso racional, ni el activismo eclesial, ni menos el positivismo moral podrían jamás agotar–, que nos conduce constantemente a la renovación y la actualización de nuestro seguimiento cristiano en la experiencia comunitaria del culto.

5.4 Recuperación de la dimensión ecuménica sobre la base de un diálogo profundo y veraz entre las iglesias

No vamos a incluir por supuesto aquí un tratado acerca de la importancia fundamental que reporta la dimensión ecuménica para el ser mismo de la iglesia y su credibilidad ante el mundo, en tanto cristalización concreta de aquel llamado a recuperar y a vivir el sentido de catolicidad tanto de la fe como de la propia actividad teológica, ni tampoco la urgencia que también reviste para esta procurar una comprensión más lúcida, profunda y menos estereotípica de las religiones del mundo, cuánto más de cara a los actuales desafíos a los que emplazan los tiempos posmodernos. Al respecto de lo primero, mucho se ha reflexionado ya, de manera que no nos parece necesaria en este espacio una justificación adicional. Aunque, desde luego, se deba constatar que dicha reflexión se ha circunscrito por lo general a los esfuerzos de una teología norteamericana (Estados Unidos y Canadá) y cuánto más europea[689], quedando entretanto como gran desafío y tarea todavía para la teología evangélica de América Latina. En cuanto a lo segundo[690], baste simplemente con señalar que en la medida en que el ya suficientemente conocido y ampliamente comentado proceso de globalización ha sido también el proceso de expansión de las diversas religiones del mundo a las sociedades occidentales, no es posible, por lo tanto, seguir considerando al cristianismo como el único horizonte de sentido capaz de ofrecer un camino soteriológico y de identidad espiritual. De tal suerte, entonces, sea a partir de las grandes religiones históricas que por efecto de tal proceso de globalización se han instalado ya de lleno en las sociedades de Occidente, en lo que anteriormente no pasaba de ser un detalle nada más que pintoresco, o sea incluso a partir de la pléyade de movimientos religiosos arribados a la par de la posmodernidad, todos ellos de cuño esotérico y ecléctico, *Nueva Era,* si así le podemos denominar, el hecho indiscutiblemente cierto es que este nuevo paradigma religioso cada vez más descristianizado, pluralista e individualista constituye un enorme desafío para la fe cristiana y su pensamiento imposible naturalmente de minimizar. Un desafío, por lo demás, en el que ya no parece posible seguir apelando a modo de un supuesto interactuar con estas, cuánto más tratándose de las grandes religiones no cristianas, al antiguo método de las religiones comparadas y su tratamiento apologético, consistente en desentrañar los elementos que en común tendrían las mismas con el cristianismo, para luego demostrar la forma en que este sería la expresión sublime y definitiva de aquellas insuficientes y paganas aproximaciones[691], sino, antes bien, un compromiso que

---

[689] El lector en español puede consultar el significativo trabajo de W. Kasper, *Caminos de unidad. Perspectivas para el ecumenismo,* Cristiandad, Madrid, 2008; o el de J. Burggraf, *Conocerse y comprenderse. Una introducción al ecumenismo,* Ediciones Rialp, Madrid, 2003; o el mismo ya citado en H. Küng, *Teología para la posmodernidad.*

[690] Respecto al modo en que las diversas teologías cristianas han procedido en su tratamiento y enjuiciamiento de las religiones, es de gran valor la obra, felizmente traducida al español y ya citada de, P. F. Knitter, *Introducción a las teologías del mundo.*

[691] En parte, y aunque nos parezca muy legítimo reconocer el esfuerzo que desde el posicionamiento evangélico han venido realizando principalmente los grupos emergentes, en orden a prestar

implique, como bien ha dicho H. Küng, "el sustituir el desprecio de estas por el aprecio, el olvido por la comprensión y el proselitismo por el estudio y dialogo"[692].

Sobre la base entonces de que la importancia de la actividad ecuménica entre las iglesias cristianas propiamente dichas no es tarea que debamos mayormente justificar, o que la misma necesidad tocante a emprender un fecundo diálogo interreligioso, a despecho de su indiscutible actualidad, desbordaría por ahora lo que nos hemos propuesto aquí tratar, quisiéramos en consecuencia reducir nuestras observaciones sobre aquel trabajo ecuménico puesto en marcha ya entre muchas iglesias evangélicas de América Latina, poniendo especial énfasis en aquellos elementos que, a la luz de la escisión de las dimensiones de la relevancia y la identidad, podrían definitivamente llevarlo a desvirtuarse. Lo primero que debemos señalar es que ningún análisis, por crítico que se quisiera plantear, podría soslayar los avances significativos que una buena parte del mundo evangélico de América Latina ha conseguido en la consecución de esta vital tarea para la fe cristiana, su pensamiento y su credibilidad. Esto es algo que debiera ser suficientemente reconocido, especialmente si se toma en cuenta el carácter abiertamente refractario hacia el diálogo ecuménico con que arribaban los primeros contingentes misioneros desde Usamérica hacia América Latina, y que encontrarían su expresión de mayor antagonismo en aquel militante fundamentalismo. Un antagonismo no solamente referido, desde luego, en contra de cualquier voluntad de diálogo con el catolicismo, sino incluso contra aquellas expresiones del propio protestantismo sindicadas a partir de este posicionamiento como modernistas, liberales, no evangélicas. En consecuencia, y como bien se podrá apreciar, bastante se ha avanzado ya desde aquel particular estado de cosas, caracterizado por la cerrazón, el gueto y la sospecha hasta el presente, en la recuperación de aquella fundamental dimensión para la fe cristiana, por parte del mundo evangélico de América Latina, como lo es la ecumenicidad. No obstante, y para que aquella dimensión que ya ha comenzado felizmente y en una buena parte a ser recuperada pueda

---

una mayor atención al mundo de las religiones, este es el esquema con que incluso estos siguen operando en su tratamiento de estas.

[692] *Teología para la posmodernidad,* 187. Sobre las condiciones necesarias para un correcto acercamiento del cristianismo a las grandes religiones no cristianas, puede verse especialmente la tercera parte de esta obra, *El cambio de paradigma de las grandes religiones. Presupuestos para un análisis de la situación religiosa de nuestro tiempo,* en la que el autor desarrolla muy sugerentes observaciones al respecto de esta materia y en confrontación abierta con aquella postura ambivalente del protestantismo, de la que la declaración *Directrices para el diálogo con los hombres de diversas religiones e ideologías,* emitida por el Consejo Mundial de Iglesias (1977-1979), o la posterior Asamblea General de Vancouver (1983) serían expresión singular. Indudablemente, esa ambivalencia que resulta ciertamente válida visto el protestantismo como un todo, particularmente si se compara con el posicionamiento jerarquizante y monolítico del catolicismo, se explica, por supuesto, a la luz del carácter heterogéneo y de la diversidad de voces que dan vida al protestantismo.

efectivamente fluir de un modo consistente y veraz, y no quedar al poco tiempo vaciada de todo contenido y finalidad, es necesario precaverse de algunos riesgos que podrían resultar tentadores, considerando nuestra particular historia evangélica y asimismo nuestra peculiar herencia misional. Aquí solamente podemos enunciar algunos, en el entendido, por cierto, de que sobre esto podríamos profundizar mucho más.

Lo hemos advertido en algún otro momento, pero conviene una vez más volver a replantearlo: vistas las cosas a la luz del concreto derrotero histórico que ha cursado el protestantismo latinoamericano, su innegable historia de exclusión y marginalidad, la negación en muchos pasajes de este periplo de sus libertades religiosas más elementales, sin la exclusión tampoco del padecimiento de abiertas hostilidades, su procedencia en un tan altísimo porcentaje de los estratos medios y bajos de la sociedad –si bien en la actualidad está experimentando una importante movilidad social–, su desmejorada percepción de sí mismo en términos de posicionamiento social y cultural, no es de extrañar, en consecuencia, que las libertades actualmente conquistadas, sobre todo en el área del reconocimiento y la igualdad estatal, concedan la oportunidad para un significativo acercamiento ecuménico con el catolicismo, pero que al mismo tiempo también pudiese concitar velados anhelos reivindicativos frente a una iglesia estimada por tan largo tiempo como privilegiada y oficial. En este caso, la tal apertura hacia el diálogo ecuménico, aquí específicamente con el catolicismo, y más allá de la instancia significativa para profundizar en los elementos esenciales de la fe cristiana y el modo en que estos podrían influir en la sociedad, podría ser usada básicamente como plataforma para demostrar que, frente a ese mismo catolicismo, se es ahora un igual y se pueden alcanzar similares beneficios en el área social y estatal, quizás todavía más. Sería ingenuo no observar en aquella enfatización de igualdad, acaso velada presunción de superioridad, anhelos evidentemente reivindicativos a la luz de aquella historia de marginalidad, pero que trasuntan en última instancia un claro dejo de inferioridad, y que las riquezas de una tradición teológica protestante prácticamente desconocida, y reducida nada más que a la *American Religion*, no pueden en este caso obviamente subsanar. Aunque, debamos aceptar, en realidad, que este específico riesgo de desvirtuar lo que verdaderamente entraña la dimensión de ecumenicidad es más perfectible de ser hallado entre aquellos sectores del evangelicalismo latinoamericano posicionados en torno al radicalismo de la identidad, y que dentro de la herencia de la religión americana han recibido particularmente su influjo *evangelical*.

Empero, es justo también señalar que no siempre encontramos una situación mucho más aventajada entre aquellos grupos que han hecho del discurso relevante y horizontal prácticamente lo fundante de la fe eclesial. Por supuesto, no podríamos negar que aquí la apertura hacia la actividad ecuménica, e incluso el diálogo interreligioso, pareciera encontrar un incentivo y difusión sin par, incluso dentro de nuestra propia realidad evangélico-continental. Y, sin embargo, fuerza es a su vez señalar que no es posible aquí sustraerse a los vacíos inherentes al programa ecumenicista del progresismo posmoderno, que del mismo modo conducen a minar los principios básicos de todo planteamiento ecuménico profundo y veraz. Baste simplemente con observar la absoluta inconsecuencia de una agenda que, por una parte, promociona a viva voz la importancia y el valor fundamental de la actividad ecuménica, con lo cual, y en principio, plenamente podemos concordar, pero que, al mismo tiempo, rechaza, desconoce o no toma suficientemente en serio los grandes acuerdos ecuménicos de la cristiandad. El resultado no es, por tanto, únicamente, y al decir con total honestidad, la negación de lo que hace al corazón mismo del ecumenismo, esto es, la participación en aquello que la iglesia ha creído y confesado más allá de un entrevero histórico en particular, sino además, y en ausencia de aquella comprensión de catolicidad que le otorga precisamente a la actividad ecuménica su sustancia fundamental, la promoción de una idea de ecumenicidad que en realidad no es más que una interminable parafernalia de activismo izquierdo-cultural, que se ve siempre en la necesidad de buscar a sus mismos pares progresistas posmodernos, incluso fuera del cristianismo como tal, para poder materializarla.

En definitiva, la recuperación de la dimensión ecuménica constituye una tarea fundamental para el quehacer eclesiástico y teológico evangélico de América Latina, no solamente en el marco de las diversas iglesias evangélicas que componen el variopinto y a la vez paradojalmente homogéneo escenario de nuestro evangelicalismo continental, sino también de cara a posibilitar espacios de entendimiento lúcidos y respetuosos con el catolicismo. No obstante, y para que el discurso de aquella recuperación no aparezca utilizado como plataforma para la consecución de otros objetivos o reivindicaciones, ni mucho menos vaciado de todo fondo y direccionalidad, es determinante que su *norma normans* quede establecida en referencia exclusiva a la persona de Cristo, su mensaje, su muerte y su resurrección. Sin esa referencia primera, constante y definitiva a la persona de Cristo y su proclamación, ya hemos dicho, al modo de una *norma normans,* toda actividad supuestamente ecuménica entre las iglesias cristianas, incluido aquí el diálogo con el propio catolicismo, pierde al poco tiempo todo fondo y directriz. Por lo tanto, la recuperación de la dimensión ecuménica para el mundo evangélico de América Latina debe ser eminentemente *evangélica*, en cuanto referencia directa y constante a la persona y el mensaje de Jesús, el Cristo, como su justificación *y soporte insustituibles.* Asimismo, debe incluir un compromiso decidido por integrar en su horizonte aquel principio tan caro al cristianismo como lo es el de la catolicidad. En este sentido, la recuperación de la dimensión ecuménica debe ser además eminentemente *católica*, en términos de reconocer la universalidad de la fe y aquello confesado por la iglesia de todos los tiempos, sin lo cual aquello del ecumenismo no es más que *contraditio in terminis*. Pero también debe poseer una familiarización razonable de su acervo confesional, más allá, por supuesto, de las mediaciones –o desviaciones– características de la *American Religion*. Con arreglo a aquello, la recuperación de la dimensión ecuménica para el mundo evangélico debe ser por lo mismo justificadamente *confesional*, no entendiendo por aquello de lo confesional, ciertamente, un comportamiento intolerante o una mentalidad de gueto[693], sino antes bien, una clara convicción de pertenencia e identidad, un principio elemental de honestidad referencial frente a todo dialogar. De modo que la afirmación que en su momento emitiera el entonces cardenal Josef Ratzinger, en vísperas de la *Declaración conjunta sobre la doctrina de la justificación entre luteranos y católicos,* y a la que hemos aludido en algún otro momento, a saber, "cuando a los luteranos de hoy día se les pregunta 'qué es lo que entienden por justificación', se reciben siempre respuestas muy deficientes"[694], se troque en nuestro medio –y más allá del exclusivo tópico de la doctrina de la justificación y de lo luterano mismo– por un: "Son capaces de dar repuestas con una clara referencialidad *evangélica*, una conciencia plena de *catolicidad* y, al mismo tiempo, un conocimiento certero de su arraigo *confesional*".

5.5 Recuperación de la correcta articulación dialéctica de la dimensión de la identidad y de la relevancia

Ha sido sin lugar a dudas la salutífera articulación dialéctica entre la dimensión de la identidad y la de la relevancia de la fe cristiana, afirmación del mensaje insustituible de esta fe y sus respectivas aplicaciones contextuales, la tarea más importante y a la vez más compleja para la iglesia y su quehacer teologal a través de toda su historia. Importante no solo porque en ello radica, tal como Paul Tillich lo destacara hasta la saciedad, la función más importante de la teología cristiana, a saber: hacer relevante para cada nueva generación el mensaje de la fe, pero hacerlo desde aquello que le infunde a esta su distintiva e indisoluble identidad. Compleja no solo por cuanto existe la tendencia casi connatural a enfatizar desmedidamente una sola de estas dimensiones en detrimento de su contraparte, sino también el riesgo de que aquello que se llegue a entender por la dimensión de identidad y se esfuerce por preservar, contenga en una alta medida, cuando no en un porcentaje descomunal, aquel conjunto de pautas, visiones y valores culturales en que dicho mensaje se ha llegado a encarnar, sin que aquello se llegue, generalmente, ni a avistar ni a situar en un indispensable margen de criticidad. Pero, a su vez, lo que se llegue a afirmar como relevancia, o bien la transmisión inalterable de esas visiones y valores como rectores para la actualidad, cuándo no la oposición de

---

[693] Es precisamente esta insistencia en abandonar el acervo confesional aquello único en lo que no podemos concordar con el programa ecuménico sugerido por H. Küng en su *Teología para la postmodernidad,* 162, en tantos otros aspectos retengan su indiscutible utilidad.

[694] Citado en E. Jungel, *Op. cit.,* 16.

aquello mismo a un nivel meramente partidista e ideológico. Sin duda, este es el riesgo inherente a todo quehacer teológico y eclesial: polarización en torno a una sola de estas dimensiones, confusión de sus respectivas funciones, pero que en el caso del protestantismo usamericano y en virtud de las características de su particular genio cultural, aparece como un peligro mucho más notorio y transversal, con las consecuencias ya suficientemente descritas para nuestro propio contexto evangélico continental.

Con esto tampoco se pretende afirmar que en aquel particular universo evangélico usamericano no existan algunos serios y decididos esfuerzos por alcanzar una armoniosa relación entre ambas dimensiones, pero sí se quiere señalar que la propensión casi natural de este genio religioso-cultural apunta a la polarización y confusión de cada una de estas dimensiones. Así, por ejemplo, hemos podido observar cómo aquellos sectores posicionados en torno al radicalismo de la dimensión de identidad no solo tienden a evidenciar un comportamiento de absoluto rechazo y negatividad hacia cualquier tipo de revisión de aquello que se estima entre estos círculos como principio de fe fundacional: en primer lugar, el contenido de las Escrituras, pero este bajo un muy peculiar acercamiento hermenéutico-cosmovisional, como asimismo y en segundo lugar, confesiones o experiencias religiosas que han hecho el marco reconocible de aquella identidad. Pero, además, y de un modo en que ya no resulta posible diferenciar lo que se entiende aquí por el contenido fundante de aquella identidad, aquel conjunto de pautas ideológicas y culturales donde aquello se ha llegado a internalizar. Esto no significa, ni mucho menos, que tales sectores que exacerban el discurso de la identidad, tal como aquí la hemos llegado a precisar, no se esfuercen en hacer relevante su mensaje para la generación actual. Bastaría simplemente con considerar los enormes recursos económicos que destinan para promocionar sus cosmovisiones y doctrinas por todos los medios a imaginar, para abdicar rápidamente de aquella peregrina idea. No obstante, se deberá admitir que lo que aquí se esfuerza por hacer aparecer como relevante, y con la certeza inquebrantable de que habrá de resultar significativo e interpelante para la generación actual, es el contenido prácticamente inalterable de todo aquello que desde este particular paradigma se entiende en términos de fe fundacional, visiones culturales e ideológicas incluidas. Como contraparte de ello, y en el marco de este mismo contexto religioso vivencial, hemos tenido asimismo oportunidad de revisar cómo aquellos sectores cuya tendencia se decanta hacia una evidente polarización del discurso relevante y horizontal se caracterizan por un revisionismo radical de todo aquello que se estima desde el anterior movimiento como fundacional, vale decir, aquellas visiones tradicionales o conservadores tanto en el área de lo político, lo económico y lo moral que le han conferido a este su distintivo marco categorial. Lo significativo es aquí, sin embargo, que tanto aquel revisionismo de lo que para aquel otro sector resulta fundacional, como asimismo su propia ponderación de los contenidos de la agenda de la izquierda cultural al rango de lo referencial –cuando no en su propia versión progresista posmoderna de lo fundacional–, se lleva a cabo, entre tanto, en el surco de aquel mismo genio cultural que igualmente ha contenido a los sectores posicionados en torno al radicalismo de la identidad, esto es, la *American Religion* y la *American way of life*. De tal suerte, entonces, que nos hallaríamos aquí con una postura que, aunque pareciera situarse en las antípodas o equidistante de la anterior, no es más que la cara opuesta, progresista o posmoderna, si se quiere, de aquella misma usamericana religiosidad. En otras palabras, no solo existiría en el *ethos* de la religión americana una evidente tendencia a la polarización de las dimensiones, o a la confusión de sus funciones, sino también a posicionar las visiones y valores de su particular genio cultural como el criterio más decisivo desde el cual determinar qué es aquello que se llegue a afirmar o a negar como relevancia e identidad.

Sería ilusorio pretender que tal problemática que acabamos de describir no haya tenido injerencia directa en el escenario evangélico de América Latina, dado el enorme grado de influencia de esta religiosidad y su genio cultural en nuestra situación continental. En realidad, y en consideración al hecho de que gran parte de la influencia de esta religiosidad ha sobrevenido a nuestro continente por la vía de aquellos sectores que han exacerbado el discurso de la identidad, no es de extrañar entonces que aquello que ha sido entendido en nuestro concierto evangélico como afirmación de la identidad haya adquirido prácticamente los mismos contornos de aquella expresión de la *American Religion*, como aquello asimismo que se ha esforzado por actualizar las mismas pautas y valores de aquel genio cultural. Así las cosas, lo que se ha conseguido es la creación de una verdadera subcultura evangélica. Una subcultura religiosa provista de sus propios universos simbólicos, códigos y lenguaje evangelical, superpuesta muchas veces a la realidad social y cultural y, por lo tanto, incapaz de interactuar significativamente con esta, a no ser desde el discurso clausurante de su identidad, el mismo que, paradójicamente, se piensa que habrá de resultar incuestionablemente relevante para la sociedad. La solución, en consecuencia, del conflicto ético entre fe y sociedad, ser humano y cultura, tal como lo expresara Bonhoeffer, ha estribado en sacrificar lo penúltimo a lo último, lo horizontal a lo vertical.[695] En tal sentido, no se podría desconocer que el programa del progresismo posmoderno teológico y eclesial constituye una reacción prácticamente lógica y hasta natural, aunque a ratos evidentemente desproporcional y contaminada por el ideologismo de la izquierda cultural, contra aquella exacerbación clausurante del discurso de la identidad, cuyo indiscutible mérito ha sido volver a rescatar para la reflexión y la dinámica eclesial y su quehacer teologal toda aquella dimensión relevante y horizontal de la fe cristiana, sin la cual la misma no podría realmente llegar a encarnarse.

---

[695] *Ética*, Estela, Barcelona, 1968, 97.

Empero, habría que volver aquí a preguntar, tal como lo hemos hecho a lo largo de toda esta presentación, comenzando por la propia teología de la liberación en tanto quehacer teológico señero en esta apuesta de recuperación de lo horizontal, si acaso gran parte de aquel discurso que se estima relevante no responde aquí en realidad a los intereses de una agenda previamente establecida, si ese mismo discurso no se vuelve muchas veces en fundante –y en realidad, no tan fundante por convicción cuanto por utilidad–, llegando incluso a difuminar toda dimensión vertical, base y fundamento de todo lo horizontal. Ahora bien, y en relación específica con esta expresión de la religión americana polarizada en torno al discurso relevante y horizontal, o progresismo posmoderno, como le hemos convenido en llamar, uno no puede dejar de preguntarse, a decir verdad, si lo relevante aquí no es en gran medida nada más que la protesta y el activismo izquierdo-cultural contra todo aquello que, desde esta misma religiosidad y mismo genio cultural, ciertos sectores como el fundamentalismo o el mismo reortodoxismo han transformado en inexpugnable identidad. No resulta azaroso bajo ninguna eventualidad, por lo tanto, sea desde el radicalismo de la relevancia o de la identidad, progresismo posmoderno o fundamentalismo evangelical, derecha religiosa o izquierda cultural, e independientemente de toda aparente irreconciliable adversidad, que los contenidos más profundos de esa misma *American Religion y American way of life* se refuercen desde uno y otro bando por igual. Lo que ha dicho Morris Berman, por tanto, en relación a la cuestión del liberalismo entre Republicanos y Demócratas en los Estados Unidos, se puede aplicar aquí con la misma propiedad: "Se trata en realidad de escoger entre realismo o retórica"[696].

En consecuencia, debemos una vez más preguntar: ¿Debe siempre la afirmación de la identidad cristiana redundar en una pérdida de su compromiso por el discurso relevante y horizontal? ¿Debe la atención por lo contextual sacrificar a su vez lo normativo e indisoluble de la dimensión de la identidad? La relación entre el *intra nos* y el *extra nos* de la misión de la iglesia, evangelización a los perdidos y humanización del ser humano, ética del individuo y justicia social, cristianismo y cultura, iglesia y pensamiento actual, ¿debe siempre constituir un reduccionismo opcional, al modo del "o esto o aquello" kierkegaardiano, de suerte que quien se aboque a lo primero no solo descuide, sino que invalide la importancia de quien acomete lo segundo? Ciertamente, la única forma de relevancia cristianamente posible es, por tanto, aquella que se afirma en la identidad, pero no del formulismo ni del activismo ideológico, no de la estrategia del gueto o de la libre frontera, sino de la confesión y del seguimiento del Crucificado. Es allí, entonces, como bien ha visto Jürgen Moltmann, donde ha de darse la verdadera síntesis entre la dimensión de la identidad y de la relevancia cristiana.[697] La identidad de

---

[696] *Las raíces,* 30.
[697] *El Dios crucificado,* 33.

la fe cristiana es entonces afirmación de la *theologia crucis*, la que, como en círculos concéntricos, interpela primero al ser humano en su irreductible existencialidad, existencialidad que se ha de expresar luego en torno a la vida en comunidad y, que desde allí, en tanto comunidad cristiana que sigue en pos del Crucificado, ha de desafiar a los poderes autodivinizados y demoníacos de este mundo, que oprimen al ser humano y a la sociedad desde su realidad existencial y estructural. Desde esta identidad con el Crucificado, en la que toda relevancia se afirma y justifica, queda invalidado, por tanto, todo reduccionismo opcional del "o esto o aquello", "cristianismo o cultura"; "iglesia o pensamiento actual", "misión hacia adentro o hacia fuera", "ética individual o justicia social". La relevancia de la fe cristiana se actualiza constantemente a partir de aquella identidad con el Cristo Crucificado y Resucitado, la tarea evangelizadora de la iglesia incluye también la humanización del ser humano, la edificación de los santos es a su vez equipamiento para el distintivo aporte del creyente en torno a la lucha por la justicia social, la fe cristiana no excluye ni rehúye el diálogo con el pensamiento y la cultura moderna o posmoderna, mas lo emprende desde su distintiva referencialidad. En otras palabras y citando las felices palabras de G. Machen: "El Reino debe ser promovido; no solo en ganar a *todo hombre* para Cristo, sino en ganar al *hombre entero*"[698]. Vistas así las cosas, la crisis actual de la iglesia tanto desde el extremo de la identidad como de la relevancia, tanto del solo *intra nos* como del *extra nos* de la misión cristiana, no es sino el resultado de su pérdida de identificación con el Crucificado. En las certeras palabras de Moltmann:

> La crisis de la iglesia en la sociedad actual no es solo resultante de su acomodación o de su caída en el gueto, sino una crisis de su propia existencia como iglesia del Cristo crucificado. Toda crítica que verdaderamente le alcanza desde afuera, no es más que un indicio de su crisis cristológica

---

[698] *Op. cit.,* 12; las cursivas son mías. El propio Machen (*Ibíd.,* 11) buscaría la solución entre el relacionamiento "cristianismo y cultura", intentando superar en ello tanto la tendencia que subordina el primero a lo último, como la que los contrapone, en su propuesta de la así denominada "consagración". En sus propias palabras:

> ¿Se encuentran, pues, el cristianismo y la cultura en un conflicto que solo puede resolverse mediante la destrucción de una u otra de las fuerzas contendientes? Afortunadamente, es posible hallar una tercera solución, a saber: la consagración. En lugar de destruir las artes y las ciencias o de ser indiferentes a las mismas, cultivémoslas con todo el entusiasmo del auténtico humanista, mas al mismo tiempo consagrémoslas al servicio de nuestro Dios. En lugar de sofocar los placeres que ofrece la adquisición del saber o la apreciación de lo bello, aceptemos estos placeres como dones de un Padre celestial. En lugar de eliminar la distinción entre el Reino y el mundo, o por otro lado retirarnos del mundo en una especie de monasticismo intelectual modernizado, avancemos gozosamente, con todo entusiasmo, para someter el mundo a Dios.

interna. La cuestión eclesial, por muy incómoda que pueda resultar para conservadores y progresistas, no es más que una pequeña manifestación de su crisis interna, pues únicamente en Cristo mismo se decide qué es y qué no es una iglesia cristiana. El que una cristiandad se aliene, divida y se convierta en cómplice de la opresión en medio de una sociedad ella misma alienada, dividida y opresora, el que eso llegue a ser una realidad, se decide en último término en si el Crucificado se le convierte en un extraño o, por el contrario, es el Señor que determina su existencia.[699]

Hemos realizado un largo y detallado recorrido a través de la religión americana, intentando desentrañar a través de este sus elementos fundantes, sus fuerzas directrices, precaviéndonos siempre de poder situarla en el marco de su genio cultural envolvente. Asimismo, nos hemos esforzado por explicitar el impacto que esta ha llegado a ejercer en el concierto evangélico latinoamericano. La conclusión final, una vez realizado todo este periplo, no puede ser otra, por lo tanto, sino un enérgico llamado a establecer un relacionamiento eminentemente crítico con esta. No en el sentido, claro está, de cortar definitivamente las amarras con ella o dejar de reconocer su ascendencia hegemónica en nuestro medio, lo cual, en efecto, más que un emplazamiento a la responsabilidad, sería poco más que una arenga ingenua. Antes bien, la invitación es aquí a desarrollar un interactuar con esta religiosidad –evitar hacerlo sería nada más que una quimera– que suponga elementos de evidente distanciamiento hermenéutico, y que permita situarla además en el horizonte de una teología con mayor conciencia de catolicidad, de modo tal de poder estar plenamente conscientes del conjunto de todos sus recursos y contribuciones –ignorar aquello no sería más que presunción–, pero asimismo reparar en su no menor contingente de vacíos y distorsiones –ignorar aquello no sería más que peligrosa negación–. Por lo mismo, no podríamos dejar de señalar, y a modo ya de remarcación final, cuán urgente nos parece la necesidad, y al mismo tiempo de cuánta utilidad para el mundo evangélico de América Latina, de dejar de considerar a la *American Religion*, o si se quiere al evangelicalismo de los Estados Unidos, tanto desde su extremo de la identidad como de la relevancia, *evangelical* o *mainline churches*, prácticamente como el único y exclusivo punto referencial a la hora de intentar determinar qué es aquello que se entiende por lo evangélico y en última instancia por protestantismo.

Naturalmente, no abogamos más aquí que por una simple voluntad de matización y de ampliación de los horizontes de comprensión, partiendo desde luego de la premisa elemental de que un desprendimiento total de aquella matriz religiosa y aún cultural sería a la luz de todo lo expresado ya completamente imposible. Y, sin embargo, se trata de una matización y de una ampliación de nuestros puntos

---

[699] *Ibíd.,* 11.

referenciales que se torna claramente urgente, si es que de veras se pretende sobrepujar aquella aporía teológica y espiritual, incluso cultural, a la que, digámoslo abiertamente, han conducido el monotematismo y reduccionismo de la religión americana a gran parte del mundo evangélico latinoamericano. Pero, entonces, cabe aquí preguntar si despojada aquella religiosidad, la *American Religion,* de su lugar de referencialidad casi exclusivo en cuanto construcción de identidad teológica y espiritual en nuestro medio, ¿no se vendría a dar, por consiguiente, en un vacío de estructura y direccionalidad? ¿Dónde podría volverse, por tanto, el quehacer eclesiástico y teológico evangélico de América Latina para reconocer allí su fondo de referencia desde el cual afirmarse y edificar? No podemos ofrecer ante tal pregunta, se entenderá, una respuesta que resulte completamente definitiva y satisfactoria, toda vez que probablemente la casi totalidad del contingente evangélico de nuestro continente seguirá encontrando invariablemente dentro de los márgenes de la *American Religion* y las fuerzas culturales que le contienen, y aquello por un acto más bien de tipo reflejo que racional, la única manera de afirmar su modo de ser protestante y evangélico. Empero, y más allá de este diagnóstico que no pretende esconder su evidente dejo de pesimismo, o de realismo, mejor sea dicho, permítasenos ofrecer al menos nuestra propia propuesta al respecto.

Tal referencialidad evangélica debe ser reconocida, en sentido estricto, en el legado espiritual y teológico de los reformadores, pero en un sentido todavía más universal y amplio, *católico,* si se quiere, en todas aquellas etapas de la historia de la iglesia cristiana y de su pensamiento en que ha sido redescubierto el valor fundamental de la *sola gratia*, la *sola fide*, la *sola scriptura* y el *solus Christus*. Pero la *sola gratia*, como advertirá Bonhoeffer[700], no como una mercancía que hay que liquidar y como almacén inagotable de la iglesia, de donde la cogen unas manos inconsideradas para distribuirla sin vacilación ni límites, ya que, como no tiene precio, se dirá, a nadie nada ha de costar. Tampoco como doctrina general de la iglesia y eslogan meramente teológico, al modo del "discurso teológicamente correcto", ni como la justificación del pecador y del pecado al mismo tiempo, menos como predicación del perdón sin arrepentimiento, oficio del bautismo sin disciplina, celebración eucarística sin confesión de pecados, afiliación eclesiástica sin discipulado. Es decir, no como gracia barata que desconoce completamente el seguimiento de Jesús, el Cristo, sino como gracia cara, por cuanto le ha costado a Dios la vida ni más ni menos que de su propio Hijo. Pero la *sola fide*, por lo demás, no como obra meritoria, sino, más bien, en el sentido de la sola gracia que se vehiculiza por medio de la fe, y que desde allí integra acción y voluntad humanas. Pero la *sola Scriptura,* claro está, no como interés únicamente de academia o filológico, ni reducida a la tiranía ahistórica y de la letra, es decir, a aquel

---

[700] *El precio de la gracia*, 15-16.

biblicismo tan funesto al que le ha sometido el fundamentalismo, pero, tampoco, y mucho menos todavía, como excusa y oportunidad grosera para la justificación de un perverso ideologismo, como en el uso que le da actualmente el progresismo posmoderno, sino como historia de la salvación que a través de su inteligencia orgánica conduce al ser humano al encuentro con aquello único que puede restaurar sus relaciones escindidas, a nivel tanto vertical como horizontal, esto es, Jesús, el Cristo. Y es que, quien pretenda que en la caracterización de *religión del libro* se define el genio distintivo del protestantismo, no acierta en comprender su más honda esencia, la cual no es otra que su convicción de ser comunidad llamada por la Palabra y al servicio de esta, el *Logos,* encarnado en Jesucristo, su vida, sus actos, sus sufrimientos, y no solo en la literalidad de sus palabras. Pero aquel *solus Christus,* finalmente, no como expresión nada más que de todo lo noble y bueno que se da cita en la cultura y en el compromiso y solidaridad entre los seres humanos, sino como única fuente de salvación y criterio único de lo cristiano, y como aquel que, junto con despertar el seguimiento y la adoración en los creyentes, ha de determinar también en estos todas las dimensiones de su existencia.

Hablamos, asimismo, de una referencialidad evangélica llamada a superar la religión que ha acompañado el advenimiento del Conquistador, tristemente tan internalizada en la conciencia latinoamericana colectiva, incluso entre amplios sectores evangélicos, y que a juicio de John Mackay[701], ha adolecido de los dos rasgos fundamentales de la fe cristiana genuina: la experiencia espiritual interna y la expresión ética externa. Una referencialidad que a su vez le permita al quehacer eclesiástico y teológico evangélico de América Latina conectarse con aquellas fuerzas que despuntaban en el marco de un horizonte histórico como mucho más connaturales con su respectiva sensibilidad religiosa y cultural. En ese esfuerzo no podría quedar ausente, por supuesto, el redescubrimiento de aquel otro Cristo español. Aquel que solo tardíamente y en forma muy exigua nos fue transmitido, pero que engarza de un modo cuánto más cabal con nuestra particular densidad espiritual y genio cultural. Ambas dos matrices, la espiritual y la cultural, que, aun siendo tan representativas del talante hispanoamericano, han llegado a ser no obstante tan ajenas a nuestra propia realidad evangélica, reemplazadas en su lugar por los contenidos peculiares de la *American Religion*. Indefectiblemente, el legado

---

[701] Trayendo Mackay a la cita las opiniones de Ricardo Rojas y Juan Terán, dos directores de universidades argentinas de comienzos del siglo XX, que, al referirse al catolicismo heredado por el conquistador español y presente en sus actuales formas, arribaban a similares conclusiones, comenta:

> La gente posee una religión, pero la religión no la posee a ella. Han practicado la religión, pero no la han vivido. La religión no ha sido objeto de preocupación intelectual ni incentivo para la vida virtuosa. Las almas no han estado en agonía. Ha habido indiferencia, ha habido paz; pero esta última ha sido esa paz imponente, estética, que reina en los cementerios: paz de muerte, no de vida (*Op. cit.,* 139).

de aquel otro Cristo español, nos parece, ha de constituir un punto de referencia indiscutible desde el cual el protestantismo de América Latina pudiese ampliar y reconstruir los márgenes de su propia comprensión de lo protestante y evangélico. Este otro Cristo español, no solo impedido de arribar y reemplazado por el Cristo advenido por el Conquistador, sino también por el de la religión americana, nos conecta primeramente, como ha dicho John Mackay[702], con los nombres de aquellos hombres que abrazaron la Reforma Protestante en España[703]: Juan de Valdés, Juan Díaz, Jaime y Francisco Enzinas, Juan Pérez de Pineda, Casiodoro de la Reina, Cipriano de Valera, entre otros. Pero también nos enlaza en virtud de su profunda comprensión interna del cristianismo, no como paz de cementerio sino como la agonía más honesta y pura, con la figura de los místicos españoles[704] y, por cierto, con la del gran Don Miguel de Unamuno, quien, aun cuando nunca se hubo confesando protestante[705], ha podido describir su fe cristiana de una forma más protestante que muchas de las desabridas alocuciones evangélicas modernas y posmodernas, fundamentalistas o progresistas, de Usamérica:

---

[702] *Op. cit.,* 142.

[703] Cuán penoso resulta constatar el enorme vacío bibliográfico que existe en la literatura evangélica latinoamericana sobre los orígenes de la Reforma protestante en España, cuyo legado debiese constituir, como hemos dicho, la más natural herencia de la teología evangélica de nuestro continente. Sobre esto puede consultarse, sin embargo, el excelente trabajo de Manuel Gutiérrez Marín, *Historia de la Reforma en España,* PEN, Barcelona, 1975.

[704] Ciertamente, en la figura de los más insignes místicos españoles –Juan de la Cruz, Teresa de Jesús, fray Luis de Granada y fray Luis de León– encontramos una pasión religiosa interior que, a juicio del propio Mackay (*Ibíd.,* 144), parece no tener competidores. Lamentablemente, como el propio Mackay apunta, el legado de su intensidad religiosa no logró germinar como hubiese sido de esperar en la vida espiritual de la Península, acaso por la sospecha constante de heterodoxia en la cual estos siempre vivieron, habiendo pasado todos ellos, por lo demás, con la sola excepción de Teresa, una temporada en las prisiones de la Inquisición. Tristemente, y como bien lo advierte Mackay (*Ibíd.,* 149), a pesar de ese concepto tan profundo, tanto en lo espiritual como en lo ético, y aun en la dimensión de lo cotidiano, que los místicos españoles sostuvieron de Cristo, él mismo quedó recluido únicamente en la actividad monástica y en el arrobamiento de la interioridad, siendo este Cristo, más allá del monasterio y del corazón, un extranjero para el mundo. Y, sin embargo, cuán distinto ha sido el itinerario de aquel otro monje, Lutero, a quien el encuentro con la *sola fide* en Cristo no le apartó del mundo, sino que le devolvió a este. Como ha visto Bonhoeffer (*El precio de la gracia,* 19), Lutero ha dejado el convento y ha vuelto al mundo, no porque el mundo fuese bueno y santo, sino porque el convento no era más que mundo. Y, entonces, al abandonar el convento para volver él mismo y ese Cristo al mundo, ha suscitado así el ataque más duro dirigido contra el propio mundo desde el cristianismo primitivo.

[705] Así Don Miguel podía escribir:

> Considero cristiano a todo al que invoca con respeto y amor el nombre de Cristo, y me repugnan los ortodoxos, sean católicos o protestantes –estos suelen ser tan intransigentes como aquellos–, que niegan cristianismo a quienes no interpretan el evangelio como ellos (*Mi religión,* en, *Autodiálogos,* Aguilar, Madrid, 1959, 31).

"Y bien, se me dirá: ¿cuál es tu religión?". Y yo responderé: "Mi religión es buscar la verdad en la vida y la vida en la verdad, aun a sabiendas de que no he de encontrarla mientras viva; mi religión es luchar incesante e incansablemente con el misterio; mi religión es luchar con Dios desde el romper el alba hasta el caer de la noche, como dicen que con Él luchó Jacob".[706]

Tal referencialidad la podemos encontrar, en la actualidad, en la iglesia o comunidad de cualquier barrio o ciudad de América Latina, donde vuelven a brillar la *sola gratia*, la *sola fide*, la *sola scriptura*, y donde el llamado al seguimiento de Jesús, el Cristo, no se deja de escuchar. La podemos hallar en una comprensión y vivencia de la fe tanto comunitaria como individual, donde el comportamiento ético y el compromiso social no excluye, sino que exige y reclama la más fervorosa experiencia espiritual interna, la cual no es otra sino la rendición de todas las dimensiones de la existencia humana a nuestro Señor, y no a las preferencias de la cultura hegemónica o posmoderna. La podemos reconocer en un quehacer teológico que no se estaciona a espaldas de la historia –como en los radicalismos de la identidad–, ni le sale destempladamente a impactar –como en los radicalismos de la relevancia–, aunque, por lo mismo, ya vaciado de todo fondo e identidad, sino en uno que camina al compás de la historia, la interpela y la enriquece desde lo propio y distintivo de la fe cristiana –Jesús, el Cristo, su mensaje, su muerte y su resurrección–, y en el testimonio de ese Cristo a través de toda la historia del pensamiento cristiano y particularmente evangélico. Esto es, en realidad, la correcta relación dialéctica entre la dimensión de la identidad y de la relevancia de la fe cristiana.

---

[706] *Op. cit.*, 29-30.

BIBLIOGRAFÍA

Adorno, Th. *Minima moralia. Reflexiones desde la vida dañada,* Akal, Madrid, 2006.

Adorno, Th.; Horkheimer, M. *Dialéctica de la Ilustración,* Akal, Madrid, 2007.

Althaus Reid, M. *La teología indecente. Perversiones teológicas en sexo, género y política,* Ediciones Bellatera, Barcelona, 2005.

Alves, R. *De la iglesia y la sociedad,* Tierra Nueva, Montevideo, 1974.

———. *La teología como juego,* La Aurora, Buenos Aires, 1982.

———. *El enigma de la religión,* La Aurora, Buenos Aires, 1979.

———. "Christian Realism: Ideology of the Establishment", *Christianity and Crisis,* Vol. 33, 15, 1973.

Araya, E. *Introducción a la teología sistemática. Prolegómenos,* CTE, Santiago, sin fecha de publicación.

———. *La posible imposibilidad. Crónicas históricas de las iglesias evangélicas en Chile,* CTE, Santiago, 1999.

Arendt, H. *Entre el pasado y el futuro. Ocho ejercicios sobre la reflexión política,* Plaza Edición, Barcelona, 2003.

Avendaño, J. L. "The Mission of the Church. A Contribution to the Evangelistic Work with Hispanic Communities in the United States, from the Principle of Discipleship as the Central Axis of the Christian Mission", *Grace Lutheran Church,* Des Moines, 2009.

———. "A propósito del discurso profético de la teología de la liberación", *Estudios evangélicos,* marzo, 2013.

Bangs, N. E. *A History of the Methodist Episcopal Church, Vol. II,* Mason and Lane, New York, 1842.

Barnet, R.; Cavanagh, J. *Global Dreams: Imperial Corporations and the New World Order,* Simon & Schuster, New York, 1984.

Barr, J. *Fundamentalismus,* Kaiser, München, 1981.

Barrio, J. M. *La gran dictadura. Anatomía del relativismo,* Rialp, Madrid, 2011.

Basham, D. *El cristiano y el gobierno secular,* Vino Nuevo, México, Vol. 2, 1977.

Baudrillard, J. *América,* Anagrama, Barcelona, 1987.

Bell, D. *Las contradicciones culturales del capitalismo,* Alianza, Madrid, 1977.

———. *El fin de las ideologías,* Tecnos, Madrid, 1964.

Bellah, R. *Beyond Belief: Essays on Religion in a Post-Traditionalist World,* University of California Press, 1991.

———. *Hábitos del corazón,* Alianza Editorial, 1989, 296.

Benoit, F. W. R. "La historia y el impacto del neopentecostalismo", *Obrero fiel,* 21 de marzo, 2008.

Berkhof, L. *Teología sistemática,* TELL, Michigan, 1988.

Berger, P. *The Desecularization of the World: Essays on the Resurgence of Religion in World Politics,* Eerdmans, Michigan, 1999.

Berman, M. *Las raíces del fracaso americano,* Sexto Piso, México D. F., 2012, 177.

———. *Edad oscura americana. La fase final del imperio,* Sexto Piso, México D. F., 2007.

———. *El crepúsculo de la cultura americana,* Octaedro, Barcelona, 2003.

Birkerts, S. *Elegía a Gutenberg. El futuro de la lectura en la era electrónica,* Alianza Editorial, Madrid, 1999.

Blank, R. *Teología y misión en América Latina,* CPH, Missouri, 1995.

Bloom, H. *Presagios del milenio. La gnosis de los ángeles, el milenio y la resurrección,* Anagrama, Barcelona, 1997.

———. *La religión americana,* Taurus, Madrid, 2009.

Boff, C. *Teología de lo político. Sus mediaciones,* Sígueme, Salamanca, 1980.

———. "Teología de la liberación y vuelta al fundamento", *Adital,* Curitiba, 2007.

Boff, L. *La dignidad de la tierra. Ecología, mundialización, espiritualidad. La emergencia de un nuevo paradigma,* Trotta, Madrid, 2000.

———. *El despertar del águila,* Trotta, Madrid, 2000.

———. *Ecología: grito de la tierra, grito de los pobres,* Trotta, Madrid, 2002.

———. *Una ética de la madre tierra. Cómo cuidar la casa común,* Trotta, Madrid, 2017.

Bolívar, S. E. *Carta de Jamaica: Contestando a un caballero que tomaba gran interés en la causa republicana en la América del Sur.* Presidencia de la República, Caracas, 1972.

Bonhoeffer, D. *El precio de la gracia. El seguimiento,* Sígueme, Salamanca, 1986.

———. *Vida en comunidad,* Sígueme, Salamanca, 1995.

———. Ética, Estela, Barcelona, 1968.

Borón, A. *Socialismo Siglo XXI: ¿Hay vida después del neoliberalismo?,* Luxemburg, Buenos Aires, 2008.

Bosch Navarro, J.; Tamayo Acosta. J. J. (eds.). *Panorama de la teología latinoamericana,* Verbo Divino, Estella, 2001.

Bruckberger, R. L. *The American Catholics as a Minority,* en, McAvoy, T. T. *Roman Catholicism and the American Way of Life,* Notre Dame, IN, 1960.

Bultmann, R. *¿Qué sentido tiene hablar de Dios?,* en, *Creer y comprender* I, Studium, Madrid, 1974.

Bunkowske, E. W. "Was Luther a Missionary?", *Concordia Theological Quartely,* Vol. 49, numbers 2 and 3, 1985.

Burggraf, J. *Conocerse y comprenderse. Una introducción al ecumenismo,* Ediciones Rialp, Madrid, 2003.

Calvino, J. *Institución de la religión cristiana* I-II, Rijwijk, Países Bajos, 1968.

Cañeque, C. *Dios en América. Aproximación al conservadurismo político-religioso en los Estados Unidos,* Península, Barcelona, 1988.

Caputo, J. D. *Hermenéutica espectral: Sobre la debilidad de Dios y la teología del acontecimiento; El poder de los débiles;* en, Vattimo, G.; Caputo, J. D. *Después de la muerte de Dios. Conversaciones, política y cultura,* Paidós, Buenos Aires, 2010.

Casanova, H. *Los ancianos de la iglesia,* IECH, Santiago, 1992.

Cassirer, E. *Kant, vida y doctrina,* FCE, México, 1968.

CLADE III. *Tercer congreso latinoamericano de evangelización,* Fraternidad Teológica Latinoamericana, Quito, 1992.

Collins, J. *El pensamiento de Kierkegaard,* FCE, México, 1958.

Congregación para la doctrina de la fe. *Instrucciones sobre la teología de la liberación*, BAC, Madrid, 1986.

Contreras, F. J.; Poole, D. *Nueva izquierda y cristianismo*, Encuentro, Madrid, 2001.

Costas, O. *El protestantismo en América Latina hoy: ensayos de camino*, INDEF, San José, 1975.

Croatto, J. S. *Hermenéutica bíblica*, La Aurora, 1984.

Cruz Kronfly, F. *La sombrilla planetaria*, Planeta, Bogotá, 1994.

Degler, C. *Out of Our Past: Forces That Shaped Modern America*, Harper & Brothers, New York, 1959.

Deiros, P. *Protestantismo en América Latina. Ayer, hoy y mañana*, Caribe, Nashville, 1997.

Dewey, J. *Una fe en común*, Losada, Buenos Aires, 1964.

Dieterich, H. *Hugo Chávez y el socialismo del siglo XXI*, Instituto Municipal de Publicaciones de la Alcaldía de Caracas, 2005.

———. *El socialismo del siglo XXI*, Ediciones de Paradigma y Utopías, México, 2002.

Dillenberger, J.; Welch, C. *Protestant Christianity. Interpreted Through its Development*, Charles Scribner's Sons, New York, 1954.

Donner, Th. *Fe y posmodernidad. Una cosmovisión cristiana para un mundo fragmentado*, CLIE, Barcelona, 2004.

Duquoc, Ch. *El destierro de la teología. El reto de su supervivencia en la cultura contemporánea*, Mensajero, Bilbao, 2006.

Dussel, E. *Introducción a una filosofía de la liberación Latinoamericana*, Editorial Extemporánea, México, 1979.

———. *Transmodernidad e interculturalidad (Interpretación desde la filosofía de la liberación)*, en, Fornet-Betancourt, R. (Ed.). *Crítica intercultural de la filosofía latinoamericana actual*, Trotta, Madrid, 2004.

Egido, T. *Lutero. Obras*, Sígueme, Salamanca, 2001.

Elert, W. *The Structure of Luteranism*, CPH, St. Louis, 1962.

Enkvist, I. *La educación en peligro*, EUNSA, Navarra, 2010.

Fediakova, E. "Protestantismo misionero norteamericano en América Latina en el siglo XX", Universidad Alberto Hurtado, *Persona y sociedad*, Vol. XXI, número 1, 2007.

Fernández Ramos, F. *Fundamentalismo bíblico*, Desclée De Brouwer, Bilbao, 2008.

Fornet-Betancourt, R. (Ed.). *Crítica intercultural de la filosofía latinoamericana actual*, Trotta, Madrid, 2004.

———. *Hacia una filosofía intercultural latinoamericana*, DEI, San José, 1994.

Foucault, M. *Microfísica del poder*, Planeta-De Agostini, Barcelona, 1994.

Freire, I. *Pensadores norteamericanos del siglo XIX Una antología general*, Siglo XXI, Buenos Aires, 2004.

Frondizi, R. "Hay una filosofía Iberoamericana?", *Realidad. Revista de ideas*, Volumen Tercero, marzo-abril, 1948.

Fukuyama, F. *The End of History and the Last Man*, Avon Books, New York, 1992.

Gadamer, H. *Verdad y método I*, Sígueme Salamanca, 2005.

Galindo, F. *El "fenómeno de las sectas" fundamentalistas. La conquista evangélica de América Latina*, Verbo Divino, Estella, 1994.

Gaos, J. *La filosofía en la Universidad*, FCE, México, 1958.

———. *Pensamiento de lengua española*, Editorial Stylo, México, 1945.

Gaustad, E. S. F. *The Great Awakening in New England*, Harper & Bros, New York, 1957.

George, S. *El pensamiento secuestrado. Cómo la derecha laica y religiosa se ha apoderado de Estados Unidos,* Icaria, Barcelona, 2009.

Getz, G. *The Story of Moody Bible Institute,* Moody Press, Chicago, 1969.

Gibellini, G. *La teología del siglo XX,* Sal Terrae, Santander, 1998.

Giddens, A. *The Consequences of Modernity,* Polity Press, Cambridge, 1990.

Gitlin, T. *Enfermos de información. De cómo el torrente mediático está saturando nuestras vidas,* Paidós, Barcelona, 2005.

Goen, C. C. (Ed.). *The Works of Jonathan Edwards Series,* Volume 4, *The Great Awakening,* Yale University Press, New Heaven, 2009.

Gogarten, F. *Verhängnis und Hoffnung der Neuzeit. Die Säkularisierung als theologisches Problem,* Sibenstern Taschenbuch Verlag, Stuttgart, 1953.

González, J. L. *Historia del pensamiento cristiano III,* Caribe, Florida, 2002.

————. *The Changing Shape of Church History,* Chalice Press, St. Louis, 2002.

González, J. L.; Cardoza, C. F. *Historia general de las misiones,* CLIE, Barcelona, 2008.

Grau, J. *Catolicismo romano: Orígenes y desarrollo II,* Ediciones Evangélicas Europeas, Barcelona, 1990.

Gutiérrez, G. *Teología de la liberación,* CEP, Lima, 1971.

Gutiérrez Marín, M. *Historia de la Reforma en España,* PEN, Barcelona, 1975.

Haldeman, M. *The signs of the Times,* Charles C. Cook, New York, 1912.

Harnack, A. von. *Das Wesen des Christentums,* J. C. Hinrichs, Leipzig, 1901.

Harrington, M. *Socialism: Past and Future,* Arcade Publishing, New York, 1989.

Hart, D. G. *Defending the Faith: J. Gresham Machen and the Crisis of Conservative Protestantism in Modern America,* Presbyterian and Reformed Publishing Co, New Jersey, 2003.

Haville, M. *An Illusion of Power,* en, Glover, P.; Haville, M. (Eds.). *The Signs and Wonders Movement: Exposed,* Day One Publications, Bromley, 1997.

Hegel, G. W. F. *Lecciones sobre la filosofía de la historia universal I,* Altaya, Barcelona, 1994.

————. *El concepto de religión,* FCE, Madrid, 1981.

Heidegger, M. *Ser y tiempo,* Trotta, Madrid, 2009.

————. *¿Qué es eso de filosofía?,* Sur, Buenos Aires, 1960.

Herberg, W. *Protestant-Catholic-Jew. An Essay in American Religious Sociology,* Garden City, New York, 1983.

Hertsgaard, M. *La sombra del águila. Por qué Estados Unidos suscita odios y pasiones en el mundo,* Paidós, Barcelona, 2003.

Hesse, H. *El lobo estepario. Solo para locos,* Centro Gráfico, Santiago, sin fecha de publicación.

Himmelfarb, G. *One Nation, Two Cultures: A Searching Examination of American Society in the Aftermath of Our Cultural Revolution,* Vintage, New York, 2001.

Hoffet, F. *Imperialismo protestante. Consideraciones sobre el destino desigual de los pueblos protestantes y católicos en el mundo actual,* La Aurora, Buenos Aires, 1949.

Hofstadter, R. *El antiintelectualismo en la vida norteamericana,* Tecnos, Madrid, 1969.

Hugues, R. *La cultura de la queja. Trifulcas norteamericanas,* Anagrama, Barcelona, 1994.

Huntington, S. P. *El choque de las civilizaciones y la reconfiguración del orden mundial,* Paidós, Buenos Aires, 2004.

James, W. *Las variedades de la experiencia religiosa. Estudio de la naturaleza humana, I-II,* Prana, México, 2006, 2010.

Jungel, E. *El evangelio de la justificación del impío como centro de la fe cristiana. Estudio teológico en perspectiva ecuménica*, Sígueme, Salamanca, 2004.

Kaiser, A. *El papa y el capitalismo. Un diálogo necesario*, El Mercurio, Santiago, 2017.

Kaiser, A.; Álvarez, G. *El engaño populista. Por qué se arruinan nuestros países y cómo rescatarlos*, Planeta, México, 2018.

Kant, E. *¿Qué es la Ilustración?*, Alianza Editorial, Madrid, 2004.

Käsemann, E. *Ensayos exegéticos*, Sígueme, Salamanca, 1978.

Kasper, W. *El Dios de Jesucristo*, Sígueme, Salamanca, 1998.

———. *Jesús el Cristo*, Sígueme, Salamanca, 1994.

———. *Caminos de unidad. Perspectivas para el ecumenismo*, Cristiandad, Madrid, 2008.

Kernan, A. *La muerte de la literatura*, Monteavila Editores Latinoamericana, Caracas, 1993.

Kimball, D. *La iglesia emergente. Cristianismo añejado para nuevas generaciones en Cristo*, Vida, Miami, 2009.

———. *Jesús los convence, pero la iglesia no. Perspectivas para una generación emergente*, Vida, Miami, 2009.

Knitter, P. F. *Introducción a las teologías del mundo*, Verbo Divino, Navarra, 2002.

Kosmin, B. A.; Lachman, S. P. *One Nation Under God. Religion in Contemporary American Society*, Harmony Books, New York, 1993.

Küng, H. *La justificación. Doctrina de Karl Barth y una interpretación católica* Estella, Barcelona, 1965.

———. *La encarnación de Dios. Introducción al pensamiento de Hegel como prolegómenos para una cristología futura*, Herder, Barcelona, 1974.

———. *La Iglesia*, Herder, Barcelona, 1975.

———. *Teología para la posmodernidad. Fundamentación ecuménica*, Alianza Editorial, Madrid, 1989.

———. *Proyecto de una ética mundial*, Trotta, Madrid, 1992.

———. *Hacia una ética mundial. Declaración del parlamento de las religiones del mundo*, Trotta, Madrid, 1994.

Laclau, E.; Mouffe, Ch. *Hegemonía y estrategia socialista. Hacia una radicalización de la democracia*, FCE, Buenos Aires, 2011.

Lalive d'Epinay, Ch. *El refugio de las masas. Estudio sociológico del protestantismo chileno*, CEEP, Concepción, 2009.

Lévinas, E. *De otro modo que ser, o más allá de la esencia*, Sígueme, Salamanca, 2003.

Lipovetsky, G. *La felicidad paradójica. Ensayo sobre la sociedad de hiperconsumo*, Anagrama, Barcelona, 2013.

———. *La era del vacío: Ensayos sobre el individualismo contemporáneo*, Anagrama, Barcelona, 2000.

———. *El imperio de lo efímero: La moda y su destino en las sociedades modernas*, Anagrama, Barcelona, 2013.

Lipovetsky, G.; Serroy, J. *La cultura-mundo. Respuesta a una sociedad desorientada*, Anagrama, Barcelona, 2010.

Lipset, S. M. *El excepcionalismo norteamericano. Una espada de dos filos*, FCE, México, 2004.

———. *Jews and the New American Scene*, Harvard University Press, Cambridge, 1985.

Lonergan, B. *Método en teología*, Sígueme, Salamanca, 2006.

Longfield, B. J. *Presbyterian Controversy: Fundamentalists, Modernists, Moderates*, Oxford, Oxford University Press, 1991.

Lores, R. *El destino manifiesto y la empresa misionera*, en, Álvarez, C. [*et al.*]. *Lectura teológica del tiempo latinoamericano: Ensayos en honor del Dr. Wilton M. Nelson*, Seminario Bíblico Latinoamericano, San José, 1979.

Lyon, D. *Jesús en Disneylandia. La religión en la posmodernidad*, Cátedra, Madrid, 2002.

Lyotard, J. F. *La Posmodernidad (explicada a los niños)*, Gedisa, Barcelona, 1986.

————. *La condición postmoderna*, Cátedra, Madrid, 1984.

Machen, G. *Cristianismo y cultura*, FELIRE, Madrid, 1974.

Mackay, J. *El otro Cristo español. Un estudio de la historia espiritual de España e Hispanoamérica*, CUPSA, Buenos Aires, 1989.

Maduro, O. *Marxismo y religión*, Monte Ávila Editores, Caracas, 1981.

Maestro, J. G.; Enkvist, I. (Eds.). *Contra los mitos y sofismas de las "teorías literarias" posmodernas (Identidad, género, ideología, relativismo, americocentrismo, minoría, otredad)*, Editorial Academia del Hispanismo, Vigo, 2010.

Mannheim, K. *Utopía e ideología. Introducción a la sociología del conocimiento*, FCE, Madrid, 1997.

Mansilla, M. A. "El pentecostalismo clásico y el neopentecostalismo en América Latina", *Revista Fe y Pueblo*, Número 18, marzo, 2011.

————. "El neopentecostalismo chileno", *REVISTA ciencias sociales*, Número 18, 2007.

Marco, J. M. *La nueva revolución americana. Por qué la derecha crece en los Estados Unidos y por qué los europeos no lo entienden*, Ciudadela, Madrid, 2007.

Mardones, J. M. *Neoliberalismo y religión. La religión en la época de la globalización*, Verbo Divino, Navarra, 1998.

————. *Postmodernidad y cristianismo. El desafío del fragmento*, Sal Terrae, Santander, 1988.

Mariátegui, J. C. *Siete ensayos de interpretaciones de la realidad peruana*, Amauta, Lima, 1973.

Márquez, N.; Laje, A. *El libro negro de la nueva izquierda. Ideología de género o subversión cultural*, Grupo Unión, Buenos Aires, 2016.

Martel, F. *Cultura Mainstream. Cómo nacen los fenómenos de masas*, Taurus, México, 2011.

Marx, K. *Crítica de la filosofía del derecho de Hegel*, Ediciones Nuevas, Buenos Aires, 1965.

Marx, K.; Engels, F. *Tesis sobre Feuerbach y otros escritos filosóficos*, Fundación editorial el perro y la rana, Caracas, 2010.

————. *La sagrada familia o crítica de la crítica crítica contra Bruno Bauer y consortes*, Akal, Madrid, 1981.

McGiffert, A. C. *Protestant Thought Before Kant*, Scribner's Sons, New York, 1911.

McLaren, B. *El mensaje secreto de Jesús. Descubra la verdad que podría cambiarlo todo*, Betania, Nashville, 2006.

————. *A Generous Orthodoxy. Why I am a missional, evangelical, post/protestant, liberal/ conservative, mystical/poetic, biblical, charismatic/contemplative, fundamentalist/calvinist, anabaptist/anglican, methodist, catholic, green, incarnational, depressed-yet-hopeful, emergent, unfinished Christian*, Zondervan, Grand Rapids, 2004.

McLoughlin, W. *Modern Revivalism: Charles Grandison Finney to Billy Graham*, Ronald Press Company, New York, 1965.

————. *Billy Sunday Was His Real Name*, University of Chicago Press, Chicago, 1995.

Mendoza, P. A.; Montaner, C. A.; Vargas Llosa, A. *Manual del perfecto idiota latinoamericano*, Plaza & Janés, Barcelona, 1998.

————. *El regreso del idiota*, Debate, México D. F., 2007,

Metz, J. B. *Teología del mundo*, Sígueme, Salamanca, 1970.

————. *La fe en la historia y en la sociedad*, Cristiandad, Madrid, 1979.

Míguez Bonino, J. *Rostros del protestantismo latinoamericano*, Nueva Creación, Buenos Aires, 1995.

————. *Historia y misión. Los estudios históricos del cristianismo en América Latina con referencia a la búsqueda de liberación*, en, *Protestantismo y liberalismo en América Latina*, DEI, San José, 1983.

————. *Fe cristiana y cambio social en América Latina*, Sígueme, Salamanca, 1973.

Moltmann, J. *El Dios crucificado. La cruz de Cristo como base y crítica de toda teología cristiana*, Sígueme, Salamanca, 1975.

————. *Conversión al futuro*, Morova, Madrid, 1974.

————. *Teología política-ética política*, Sígueme, Salamanca, 1987.

————. *¿Qué es teología hoy?*, Sígueme, Salamanca, 1992.

————. "Teología de la liberación. Carta abierta a José Míguez Bonino", *IGLESIA VIVA*, Valencia, n.° 60, 1975.

Mueller, J. T. *Doctrina cristiana*, Concordia, Missouri, 1973.

Muro, T. *Momento cultural nitzscheano y positivismo de la teología fundamental*, en, Conesa, F. (Ed.). *El cristianismo, una propuesta con sentido*, BAC, Madrid, 2005.

Murphy, E. *Handbook for Spiritual Warfare*, Thomas Nelson Publishers, Nashville, 1992.

————. *Manual de guerra espiritual*, Grupo Nelson, Nashville, 1995.

Mybes, F. *Historia de las iglesias luteranas en Chile originadas por la inmigración alemana*, Optima, Santiago, 1996.

Myrdal, G. *Objetividad de la investigación social*, FCE, México, 1970.

Nájar, D. *El ministerio emergente en la cultura posmoderna*, en, Pinto, B. [*et al.*]. *Los desafíos de ser cristianos en América Latina hoy*, Puma, Lima, 2010.

Navarro Monzó, J. *El problema religioso de la cultura latinoamericana*, Federación Sudamericana de Asociaciones Cristianas de Jóvenes, Montevideo, 1925.

Niebuhr, R. *La ironía en la historia americana*, Instituto de Estudios políticos, Madrid, 1958.

Noce, A. de. *La agonía de la sociedad opulenta*, EUNSA, Pamplona, 1979.

Norberg, J. *En defensa del capitalismo global*, Unión Editorial, Madrid, 2005.

Oakland, R. *La fe desechada. La iglesia emergente. Una nueva Reforma o un engaño de los postreros días*, Lighthouse Trails Publishing, Silverton, 2009.

Ocaña, M. *Cristología neopentecostal. ¿Cristología del mercado total?*, CLAI, Quito, 2006.

Offe, C. *Autorretrato a distancia. Tocqueville, Weber y Adorno en los Estados Unidos de América*, Katz Editores, Buenos Aires, 2006.

Ollmann, B.; Vernoff, E. (Eds.). *The Left Academy: Marxist Scholarship on American Campuses. Vol. I*, McGraw-Hill, New York, 1982.

Orozco, J. L. *De teólogos, pragmáticos y geopolíticos. Aproximación al globalismo norteamericano*, Gedisa, Barcelona, 2001.

Ortega y Gasset, J. *Kant, Hegel, Dilthey*, Revista de Occidente, Madrid, 1958.

————. *Misión de la universidad*, Revista de Occidente, Madrid, 1968.

Orwell, G. *Rebelión en la granja (La granja de los animales)*, Zig-Zag, Santiago, 2018.

————. *1984*, Austral, Barcelona, 2001.

Otto, R. *Lo Santo. Lo racional y lo irracional en la idea de Dios*, Revista de Occidente, Madrid, 1965.

Pacheco, W. "Impedimentos, libertad y nuevo status legal a las iglesias protestantes-evangélicas en Chile", *Colección de Estudios Evangélicos*, Valparaíso, 2003.

————. "Fe y obras: Breve perfil ecuménico y de su servicio social del Rev. Dr. David Trumbull (1870-1889), en, Concha M. I.; Salinas C.; Vergara, F. *Historia Religiosa de Valparaíso*, Ediciones Universitarias de Valparaíso, Valparaíso, 2005.

Padilla, R. *Misión integral. Ensayos sobre el Reino y la iglesia*, Nueva Creación, Buenos Aires, 1986.

Pannenberg, W. *Teología sistemática I*, UPCO, Madrid, 1992.

————. *Teoría de la ciencia y teología*, Cristiandad, Madrid, 1981.

————. *Una historia de la filosofía desde la idea de Dios*, Sígueme, Salamanca, 2002.

Pascal, B. *Pensamientos y otros escritos*, Porrúa, Ciudad de México, 1989.

Paz, O. *El laberinto de soledad*, FCE, Madrid, 1998.

Piedra, A. *Evangelización protestante en América Latina. Análisis de las razones que justificaron y promovieron la expansión protestante, Tomos I-II*, CLAI, Quito, 2001-2002.

Piedra, A.; Rooy, S.; Bullón H. F. *¿Hacia dónde va el protestantismo? Herencia y prospectivas en América Latina*, Kairós, Buenos Aires, 2003.

Pierson, G. W. *Tocqueville in America*, The John Hopkins University Press, Baltimore, 1996.

Plaskow, J. *Sex, Sin and Grace: Women's Experience and the Theologies of Reinhold Niebuhr and Paul Tillich*, University Press of America, Lanham, 1980.

Popper, K. *La sociedad abierta y sus enemigos*, Plaza Edición, Barcelona, 2006.

Potter, A.; Heath, J. *Rebelarse vende. El negocio de la contracultura*, Taurus, Madrid, 2005.

Preus, R. D. *The Theology of Post-Reformation Lutheranism: A Study of Theological Prolegomena*, CPH, St. Louis, 1970.

Prien, H. J. *Historia del cristianismo en América Latina*, Sígueme, Salamanca, 1985.

Ratzinger, J. *Teología e historia. Notas sobre el dinamismo histórico de la fe*, Sígueme, Salamanca, 1972.

————. *El cristianismo en la crisis de Europa*, Cristiandad, Madrid, 2006.

Reuben, J. A. *The Making of the Modern University*, The University of Chicago Press, Chicago, 1996.

Revel, J. *El conocimiento inútil*, Planeta, Barcelona, 1989.

————. *La obsesión antiamericana. Dinámica, causas e incongruencias*, Tendencias, Barcelona, 2007.

Richard, P. *Teología alemana y teología latinoamericana de la liberación*, en, Hinkelammert, F. J. [*et al.*]. *Teología alemana y teología latinoamericana de la liberación. Un esfuerzo de diálogo* DEI, San José, 1990.

————. "Bíblia. Memória histórica dos pobres", *Estudios Bíblicos*, 1, 1984.

Ricoeur, P. *El conflicto de las interpretaciones. Ensayos de hermenéutica*, FCE, Buenos Aires, 2003.

————. *El mal: un desafío a la filosofía y a la teología*, Amorrortu, Buenos Aires, 2006.

Roig, A. *Sobre la interculturalidad y la filosofía latinoamericana*, en, Fornet-Betancourt, R. (Ed.). *Crítica intercultural de la filosofía latinoamericana actual*, Trotta, Madrid, 2004.

Romero, F. *Filosofía de la persona y otros ensayos de filosofía*, Losada, Buenos Aires, 1944.

Rorty, R. *Forjar nuestro país. El pensamiento de izquierdas en los Estados Unidos del siglo XX*, Paidós, Barcelona, 1999.

Rorty, R.; Vattimo, G. *El futuro de la religión*, Paidós, Barcelona, 2005.

Rossi, A. "El sentido actual de la filosofía en México", *Revista de la Universidad de México*, vol. XXII, N.° 5, 1968.

Roszak, Th. *The Making of a Counter Culture. Reflections on the Technocratic Society and Its Youthful Opposition*, University of California Press, California, 1968.

Rousseau, J. J. *Discurso sobre el origen de la desigualdad entre los hombres*, Alianza Editorial, Madrid, 2012.

Rycroft, S. *Religión y fe en América Latina*, La Aurora, Buenos Aires, 1961.

Saint-Exupéry, A. de. *El principito*, Zig-Zag, Santiago, 1981.

Saiving Goldstein, V. "The Human Situation: A Feminine View", *Journal of Religion*, 40, 1960.

Salazar Bondy, A. *¿Existe una filosofía de nuestra América?* Siglo XXI, México D. F., 1988.

Sandeen, E. *The Roots of Fundamentalism. British and American Millenarianism*, The University of Chicago Press, United States, 1970.

Scannone, J. C. *Respuesta a Raúl Fornet-Betancourt*, en, Fornet-Betancourt, R. (Ed.), *Crítica intercultural de la filosofía latinoamericana actual*, Trotta, Madrid, 2004.

Schrage, W. *Ética del nuevo testamento*, Sígueme, Salamanca, 1987.

Searle, J. *The Storm over the University*, en, Berman, P. (Ed.). *Debating P.C.: The Controversy Over Political Correctness on College Campuses*, Delta, New York, 1995.

Sepúlveda, J. *Una iglesia trasplantada: las comunidades alemanas*, en, *De peregrinos a ciudadanos. Breve historia del cristianismo evangélico en Chile*, Fundación Konrad Adenauer, Santiago, 1999.

Simmel, G. *De la esencia de la cultura*, Prometeo, Argentina, 2009.

Stedman, M. S. *Religión y política en los Estados Unidos de América*, Paidós, Buenos Aires, 1964.

Stott, J. *The Lausanne covenant: An Exposition and Commentary*, World Wide Publications, Minneapolis, 1975.

Sung, J. M. *Economía tema ausente en la teología de la liberación*, DEI, San José, 1994.

Svensson, M. *Resistencia y gracia cara. El pensamiento de Dietrich Bonhoeffer*, CLIE, Barcelona, 2011.

Taguieff, P. *La nueva judeofobia. Israel y los judíos: desinformación y antisemitismo*, Gedisa, Barcelona, 2009.

Tamayo-Acosta, J. J. *Nuevo paradigma teológico*, Trotta, Madrid, 2004.

Taylor, M. C. *Erring: A Postmodern A /Theology*, University of Chicago Press, Chicago, 1984.

Theissen, G. *Colorido local y contexto histórico en los evangelios. Una contribución a la historia de la tradición sinóptica*, Sígueme, Salamanca, 1997.

Theissen, G.; Merz, A. *El Jesús histórico. Manual*, Sígueme, Salamanca, 2004.

Thirion, A. *Révolutionnaires sans révolution*, Robert Laffont, París, 1972.

Tillich, P. *Teología sistemática I. La razón y la revelación. El ser y Dios*, Sígueme, Salamanca, 1982.

————. *Teología de la cultura*, Amorrortu, Buenos Aires, 1974.

————. *La era protestante*, Paidós, Buenos Aires, 1965.

————. *Pensamiento cristiano y cultura en Occidente. Primera parte: De los orígenes a la Reforma*, La Aurora, Buenos Aires, 1977.

————. *Pensamiento cristiano y cultura en Occidente. Segunda parte: De la Ilustración a nuestros días*, La Aurora, Buenos Aires, 1977.

Toynbee, A. *Estudio de la historia I*, Emecé, Buenos Aires, 1951.

Twain, M. *Las aventuras de Huckleberry Finn*, Anaya, Madrid, 2010.

Unamuno, M. de. *El sentimiento trágico de la vida. En los hombres y en los pueblos*, Alianza Editorial, Madrid, 1986.

————. *Autodiálogos*, Aguilar, Madrid, 1959.

Vargas Llosa, A. *El caso Trump,* en, Vargas Llosa, M. (coord.). *El estallido del populismo*, Planeta, Santiago, 2017.

————. "La máquina de matar: El Che Guevara, de agitador comunista a marca capitalista", *El instituto independiente*, 2005.

Vargas Llosa, M. *La civilización del espectáculo,* Alfaguara, Santiago, 2012.

Velasco, J. M. *Ser cristiano en una cultura posmoderna,* PPC, Madrid, 1997.

Vielhauer, P. *Historia de la literatura cristiana primitiva,* Sígueme, Salamanca, 1991.

Villalpando, W. L. *Las iglesias del trasplante. Protestantismo de inmigración en la Argentina,* Centro de Estudios Cristianos, Buenos Aires, 1970.

Villoro, L. *¿Es posible una filosofía americana?,* en, Sociedad cubana de filosofía. (Ed.). *Conversaciones filosóficas interamericanas,* La Habana, Cuba: Ministerio de Educación, 1953.

————. "Sentido actual de la filosofía en México", *Revista de la Universidad de México,* vol. XXII, N.° 5, 1968.

Warneck, G.; Robson, G. *Outline of a History of Protestant Missions from the Reformation to the Present Time,* Kissinger Publishing, Whitefish, 2006.

Weber, M. *La ética protestante y el espíritu del capitalismo,* Orbis, Barcelona, 1985.

————. *Ciencia y política,* CEAL, Buenos Aires, 1980.

Wit, H. de. *En la dispersión el texto es patria. Introducción a la hermenéutica clásica, moderna y posmoderna,* Universidad Bíblica Latinoamericana, San José, 2002.

Zea, L. *América como conciencia,* UNAM, México, D. F., 1972.

————. *Las ideas en Iberoamérica en el siglo XIX,* La Plata, 1956.

————. *La filosofía americana como filosofía sin más,* Siglo XXI, México, D. F., 2005.

————. "El sentido de la filosofía en Latinoamérica", en, *Revista de Occidente,* Madrid, 1966, número 38.

Žižek, S. *Multiculturalismo o la lógica cultural del capitalismo multinacional,* en, Jameson. F.; Žižek, S. *Estudios culturales. Reflexiones sobre el multiculturalismo,* Paidós, Buenos Aires, 2008.